Fantasy

Herausgegeben von Friedel Wahren

Von JENNIFER ROBERSON erschienen in der Reihe
HEYNE SCIENCE FICTION & FANTASY:

DER SCHWERTTÄNZER-ZYKLUS

1. *Schwerttänzer* · 06/5072
2. *Schwertsänger* · 06/5073
3. *Schwertmeister* · 06/5074
4. *Schwertmagier* · 06/5178
5. *Schwertprinz* · 06/9139
6. *Schwert-Rache* · 06/9159 (in Vorb.)
7. *Schwert-Bruder* · 06/9160 (in Vorb.)

Die Bände 1 und 2 sowie 3 und 4 erscheinen
als Sonderausgaben:
Zwei Romane in einem Band · 06/9137 und 06/9138

DER CHEYSULI-ZYKLUS

1. *Wolfsmagie* · 06/5671
2. *Das Lied von Homana* · 06/5672
3. *Das Vermächtnis des Schwerts* · 06/5673
4. *Die Fährte des weißen Wolfs* · 06/5674
5. *Die Ehre der Prinzen* · 06/5675
6. *Die Tochter des Löwen* · 06/5876
7. *Der Flug des Raben* · 06/5877
8. *Der Gobelin mit Löwen* · 06/5878
9. *Löwenmagie* · 06/5879

Jennifer Roberson

Schwertmeister

**Dritter Roman
des Schwerttänzer-Zyklus**

Schwertmagier

**Vierter Roman
des Schwerttänzer-Zyklus**

**WILHELM HEYNE VERLAG
MÜNCHEN**

HEYNE SCIENCE FICTION & FANTASY
Band 06/9138

Titel der Originalausgaben
SWORD-MAKER
SWORD-BREAKER
Übersetzungen aus dem amerikanischen Englisch
von Karin König

Dieser Band enthält die Romane
SCHWERTMEISTER
(erstmals erschienen 1993 als Heyne-Buch Nr. 06/5074)
und
SCHWERTMAGIER
(erstmals erschienen 1995 als Heyne-Buch Nr. 06/5078)
Das Umschlagbild malte Jon Sullivan

Neuausgabe 7/2001
Redaktion: Friedel Wahren
Copyright © 1989 und 1991 by Jennifer Roberson O'Green
Erstveröffentlichungen bei Daw Books, Inc., New York
Copyright © 1993, 1995 der deutschsprachigen Ausgaben
by Wilhelm Heyne Verlag GmbH & Co. KG, München
http://www.heyne.de
Printed in Germany 2001
Umschlaggestaltung: Nele Schütz Design, München
Technische Betreuung: M. Spinola
Satz: Schaber, Satz- und Datentechnik, Wels
Druck und Bindung: Elsnerdruck, Berlin

ISBN 3-453-18814-4

Inhalt

DRITTER ROMAN

Schwertmeister

Seite 7

VIERTER ROMAN

Schwertmagier

Seite 563

Schwertmeister

Dieses Buch ist Donald A.
Wollheim gewidmet

DANKSAGUNG

Wie jeder Autor bestätigen wird, der einen Ehepartner oder einen anderen bedeutsamen Menschen hinter sich weiß, entsteht kein Buch vollständig unabhängig von diesem Menschen. Es gibt Dinge, die dieser Mensch tut: Er nimmt Telefonate entgegen, bringt die Post herein (sagt einem, ob ein Tantiemenscheck dabei ist), geht frische Milch einkaufen, scheucht die Katze vom Computer, befiehlt dem bellenden Hund, ruhig zu sein, und erledigt Myriaden anderer Aufgaben. Diese Dinge sind alle wichtig, denn die Konzentration ist gelegentlich eine sehr heikle Angelegenheit. Aber dieser Mensch trägt auch einen großen Teil zum tatsächlichen Entstehen des Buches bei. Er liest, liest erneut, liest noch einmal. Sagt dir, was möglich ist und was nicht. Macht dich völlig verrückt. Aber er verbessert das Buch auch.

Mark O'Green hat viel mit diesem Buch zu tun gehabt. Ohne ihn würde es nicht existieren. Dafür und für andere Dinge versichere ich ihn meiner Dankbarkeit.

PROLOG

S ie ist keine Frau für müßige Konversation, denn sie
hat wenig Geduld für oberflächliches Gerede und
noch weniger für Entschuldigungen und Erklärungen.
Das gilt auch für jene Themen, die von Leben und Tod
handeln, von meinem oder ihrem eigenen Tod. Und
dennoch suchte ich bei beiden Zuflucht: bei Entschuldigungen und bei Erklärungen. Irgendwie mußte ich es
tun.

»Es war nicht mein Fehler«, erklärte ich. »Hatte ich
eine Wahl? Hast du mir eine Wahl *gelassen*?« schnaubte
ich verächtlich. »Nein, natürlich nicht, nicht *du* ... du
läßt niemandem eine Wahl oder eine Chance und am al-
lerwenigsten mir ... Du tötest mich einfach über den
Kreis hinweg mit Blicken und *forderst* mich dazu *heraus*,
dich zu ergreifen, dich zu töten, dich mit meiner Klinge
zu zerstückeln, weil nur das dich zu dem Eingeständnis
zwingen kann, daß du genauso ein Mensch bist wie jeder andere auch und genauso verletzlich. Genauso zerbrechlich wie jedermann, Mann oder Frau, aus Fleisch
und Blut gemacht ... und du *blutest*, Del ... genau wie
jeder andere ... genau wie *ich* ... blutest du.«

Sie sagte nichts. Helles Haar schimmerte im Feuerschein weiß, und blaue Augen waren nichts als dunkle
Höhlen in einem schattenumwölkten Gesicht, dem Umriß und Ausdruck fehlten. Die Schönheit blieb, aber sie
war verändert. Verwandelt von Anspannung, Besessenheit und Schmerz.

Hinter mir schnaubte der an einen Baum gebundene
Hengst, stampfte, scharrte eine dünne Schicht Schneematsch von winterbraunem Gras. Scharrte immer wie-

der, schob sogar das Gras beiseite, bis dort, wo er gegraben hatte, ein richtiges Loch entstanden war.

Pferde können nicht sprechen wie Menschen. Sie sprechen, so gut sie können, mit Ohren, Zähnen und Hufen. Jetzt sagte mir der Hengst, daß er nicht fressen wolle. Daß er nicht schlafen wolle. Daß er die Nacht nicht an einen kahlen Baum gebunden verbringen wolle, von einem nordischen Wind, der nicht — ganz — vergehen würde, bis auf die Knochen ausgekühlt. Er wollte fort. Weiterlaufen. Südwärts in seine Wüstenheimat ziehen, wo es niemals kalt ist.

»Es war nicht meine Schuld«, wiederholte ich bestimmt. »Hoolies, Bascha, du und dein sturmgeborenes Schwert ... Was sollte ich deiner Meinung nach tun? Ich bin Schwerttänzer. Stell mich mit einem Schwert in der Hand in einen Kreis, und ich tanze. Gegen Bezahlung, zur Schau, für die Ehre ... für alles das, was zu benennen die Menschen sich scheuen, aus Angst, zuviel zu zeigen ... Nun, ich habe *keine* Angst, Del, ich weiß nur, daß du mir keine andere Wahl gelassen hast, als dich zu töten, als du mich mit deinem magiebeladenen Schwert angegriffen hast — was hast du *erwartet?* Ich habe getan, was ich tun mußte. Was notwendig war, für uns beide; aus keinem anderen Grund.« Ich kratzte ärgerlich an den Narben auf meiner rechten Wange: vier tief eingekerbten Klauenspuren, jetzt vom Alter weiß, die durch den Bart schnitten. »Ich habe wie die Hoolies versucht, dich zur Aufgabe zu zwingen, dich dazu zu bringen, diese dreimal verfluchte Insel zu verlassen, bevor etwas geschähe, das wir beide bedauern würden, aber du hast mir keine Wahl gelassen. Du bist völlig freiwillig in diesen Kreis getreten, Del ... Und du hast den Preis bezahlt. Du hast herausgefunden, wie gut der Sandtiger tatsächlich ist, nicht wahr?«

Keine Antwort. Natürlich nicht, sie dachte noch immer, sie sei besser. Aber ich hatte auf die überzeugendste Art bewiesen, wer von uns der Bessere war.

Die Kälte verfluchend, rückte ich den wollenen Umhang zurecht und wickelte ihn mir enger um die Schultern. Braunes, allzu lange nicht geschnittenes Haar wurde mir in die Augen und in den Mund geweht und stach mich. Auch verfing es sich wiederholt in meinem kurzgestutzten Bart, egal, wie oft ich es zurückstrich. Sogar die Kapuze half nichts, der Wind zog sie mir immer wieder und wieder vom Kopf, bis ich aufgab und sie auf den Schultern liegen ließ.

»Du und diese Metzgerklinge«, murmelte ich.

Del sagte noch immer nichts.

Erschöpft rieb ich mir über die Augenbrauen, die Augen, das Gesicht. Ich war müde, zu müde. Die Wunde in meinem Leib schmerzte unaufhörlich und erinnerte mich bei jedem Zwicken daran, daß ich Staal-Ysta weitaus eher verlassen hatte, als vernünftig gewesen war angesichts des Schwertstoßes, den ich hatte einstecken müssen. Die Wunde war erst halbwegs verheilt, aber ich verließ den Ort dennoch. In Staal-Ysta war nichts für mich geblieben. Nichts und niemand.

Tief in dem Steinhaufen züngelte eine Flamme. Rauch wirbelte auf, kräuselte sich, zerriß in der Luft. Wind trug ihn davon, trug die Nachricht meiner Anwesenheit zu den Bestien, die irgendwo nördlich von mir in der Dunkelheit lauerten. Die Hunde der Hoolies, nannte ich sie. Diese Bezeichnung paßte genausogut wie jeder andere Name.

Ich wartete darauf, daß sie reden würde, sogar darauf, daß sie mich anklagen würde, aber sie gab überhaupt keinen Laut von sich. Saß nur da und sah mich an, *starrte* mich an, hielt das *Jivatma* quer über wollbekleidete Oberschenkel. Die Klinge lag ungeschützt in der Dunkelheit, beschriftet mit Runen, die ich nicht lesen konnte — nicht lesen sollte — und die von Blut und von einer verbotenen Macht sprachen, die zu stark war, als daß jemand anderer sie hätte stimmen oder beherrschen können, mit Haut, Willen und Stimme.

Del beherrschte sie. Sie war Teil ihrer persönlichen Magie, die Fallen eines Schwertsängers.

Schwert*sänger*. Mehr als ein Schwerttänzer (dies war mein eigener Beruf). Etwas, das sie von mir unterschied. Das sie *fremdartig* machte.

Dessen Name Boreal war.

»Hoolies«, murmelte ich laut und angewidert und hob noch einmal die Lederbota, um nordischen *Amnit* tief in meine Kehle zu schütten. Ich schluckte ihn hinunter, Schluck für Schluck, erfreut darüber, daß er in meinem Bauch brannte und meine Sinne umnebelte. Und wartete darauf, daß sie sagen würde, Trinken hülfe auch nichts. Daß ein trinkender Mann nicht mehr sei als eine Marionette der Flasche. Wie gefährlich das Trinken für einen Schwerttänzer sei, für einen Mann, der davon lebt, sein Schwert und sein Können zu verkaufen, der seine Schärfe wegpißt, wenn er am Morgen Alkohol pißt.

Aber Del sagte nichts von alledem.

Ich wischte mir mit dem Handrücken den *Amnit* vom Mund. Glotzte sie über das prasselnde Feuer hinweg verschwommen an. »Nicht meine Schuld«, belehrte ich sie. »Denkst du, ich hätte dich treffen *wollen?*« Ich hustete, spie aus, atmete, was die nur halbwegs verheilte Wunde betraf, zu tief ein. Das ließ mich hochfahren, schwitzend, bis ich erneut Luft holen konnte, so vorsichtig, das Ein- und Ausatmen peinlich genau abmessend. »Hoolies, Bascha ...«

Aber ich brach ab, verwirrt, weil sie nicht da war.

Hinter mir grub der Hengst Löcher. Und er war, genau wie ich, allein.

Ich ließ allen Atem auf einmal ausströmen, achtete nicht auf das protestierende Ziehen in der Rippengegend. Das Ausatmen wurde von einer Reihe von Flüchen begleitet, die ich so heftig hervorstieß wie möglich, in dem Versuch, den Ansturm schwarzer Verzweiflung zu bewältigen, die weitaus schlimmer war, als ich sie bisher jemals kennengelernt hatte.

Ich ließ die Bota fallen, erhob mich und wandte dem Steinhaufen den Rücken zu. Trat zu dem Hengst, ruhelos, überprüfte das Seil und die Knoten. Er schnaubte, rieb den harten Kopf an mir, beachtete meinen Schmerzenslaut nicht, suchte genausosehr Erlösung wie ich. Die Dunkelheit malte ihn schwarz, am Tage ist er kastanienbraun, klein, kompakt, stark, in der südlichen Wüste geboren.

»Ich weiß«, sagte ich, »ich weiß. Hier ist es nicht gut für uns.« Er knabberte an einer Umhangbrosche, einem in Gold gefaßten Granat. Ich stieß seinen Kopf fort, um neugierige Zähne daran zu hindern, zu meinem Gesicht zu wandern. »Wir sollten nach Hause ziehen, alter Junge. Einfach nach Süden und nach Hause ziehen. Alles, was die Kälte und den Wind und den Schnee betrifft, vergessen. Alles, was diese Hunde betrifft, vergessen.«

Eines Tages *würde* er vergessen. Pferde denken nicht wie Menschen. Sie erinnern sich nicht an vieles, außer daran, was man ihnen beigebracht hat. Wieder zu Hause im Süden, in der Wüste, die Punja genannt wird, würde er sich nur an den Sand unter den Hufen und die stechende Hitze des Tages erinnern. Er würde die Kälte und den Wind und den Schnee vergessen. Er würde die Hunde vergessen. Er würde sogar Del vergessen.

Hoolies, ich wünschte, *ich* könnte das. Sie und den Anblick ihres Gesichts, als ich ihr die Klinge durch die Haut stieß.

Ich zitterte. Jäh wandte ich mich von dem Hengst ab und ging zu dem Steinhaufen zurück. Beugte mich hinab, nahm die Scheide und den Harnisch auf, schloß die Faust um das Heft. Das kalte Metall erwärmte sich in meiner Hand sofort, süß und verlockend. Zähneknirschend riß ich die Klinge aus der Scheide und hielt sie in den Feuerschein; die Flammen brachten den Stahl zum Erglühen. Sie liefen die Klinge hinab wie Wasser, hielten nur kurz inne, um sich in den Runen zu sammeln, die ich jetzt genausogut kannte wie meinen Namen.

Ich zitterte. Mit größter Sorgfalt trug ich das Schwert zu einem der dichten Haufen zerbrochener Flußsteine, fand einen vielversprechenden Spalt und zwängte die Klinge hinein. Prüfte ihren Sitz: gut. Dann schloß ich, in der Absicht, sie zu zerbrechen, beide Hände um das Heft. Um sie ein für allemal zu zerstören.

Samiel sang zu mir, einen kleinen persönlichen Gesang.

Er war hungrig, noch immer so hungrig, mit einem Durst, der keine Grenzen kannte. Zerbräche ich ihn, dann würde ich ihn töten. Wollte ich dieses Risiko eingehen?

Ich festigte meinen Griff um das Heft. Biß die Zähne zusammen ... schloß die Augen ...

Und zog das Schwert, mit klingendem Geräusch, sehr vorsichtig aus dem Spalt heraus.

Ich wandte mich um. Setzte mich hin. Lehnte mich geschwächt gegen die Flußsteine. Wiegte jenes tödliche *Jivatma*, das ich zu meinem eigenen gemacht hatte.

Ich legte meine Schläfe gegen den Knauf des seidig geriffelten Hefts. Er fühlte sich kühl und tröstlich an, als spüre er meine Qual.

»Ich werde anscheinend alt«, murmelte ich. »Alt ... und müde. Wie alt bin ich jetzt — vierunddreißig? Fünfunddreißig?« Ich streckte eine Hand aus und schloß in Gedanken nacheinander den Daumen und die Finger. »Laß mich sehen ... die Salset fanden mich, als ich einen halben Tag alt war ... behielten mich ... sechzehn Jahre bei sich? Siebzehn? Hoolies, wer kann da sicher sein?«

Ich schaute stirnrunzelnd in die Ferne. »Es ist schwierig, die Jahre zurückzuverfolgen, wenn man nicht einmal einen Namen hat.« Ich kaute an der Unterlippe und dachte nach. »Sagen wir einmal, es wären sechzehn Jahre bei den Salset gewesen. Mindestens. Sieben Jahre als Lehrling bei meinem Shodo, als ich den Umgang mit dem Schwert lernte ... und seitdem dreizehn Jahre als berufsmäßiger Schwerttänzer.« Der Schock traf mich wie ein Schwall kalten Wassers. »Ich könnte schon *sechs*unddreißig sein!«

Ich schaute an meinem Körper hinab, der genauso geschwächt war wie ich selbst. Unter der vielen Wolle konnte ich nichts erkennen, aber ich wußte, was da war. Lange kräftige Beine, aber auch schmerzende Knie. Sie schmerzten, wenn ich zuviel lief, schmerzten nach einem Schwerttanz. Schmerzten, wenn ich zu lange ritt, alles aufgrund dieser nordischen Kälte. Es heilte bei mir alles nicht mehr so schnell wie früher, und ich spürte die verbliebenen Schmerzen länger.

Wurde ich langsam weichlich?

Ich preßte eine steife Hand gegen den Bauch.

Nicht so, daß man es bemerkt hätte, obwohl mich die Wunde Gewicht und Kraft gekostet hatte. Und dann war da die Wunde selbst, schlimm, ja, und zwar schlimm genug, um jeden Mann für mehrere Wochen ans Bett zu fesseln, aber ich schonte mich schon seit fast einem Monat und war *noch immer* nur halbwegs wiederhergestellt.

Ich kratzte meine bärtige, mit Narben versehene Wange. Alt waren sie jetzt, uralt. Vier gewundene Linien, die tief in die Haut eingegraben waren. Am Anfang waren sie monatelang lebhaft purpurfarben gewesen, häßliche Erinnerungen an die Katze, die mich beinahe getötet hatte, aber ich hatte mich nicht wieder darum gekümmert. Nicht einmal dann, wenn die Leute mich angestarrt hatten. Und ganz sicher nicht, wenn Frauen sich darüber aufgeregt und sich über die Ursache Gedanken gemacht hatten. Weil die Narben die Münze gewesen waren, mit der ich mir meine Freiheit von den Salset erkauft hatte. Ich hatte einen raubenden Sandtiger erledigt, der alle Kinder getötet hatte. Seit damals kein namenloser Chula mehr. Statt dessen ein Mann, der sich zur Feier seiner Freiheit Sandtiger nannte.

Vor langer Zeit. Jetzt waren die Narben weiß. Aber die Erinnerungen waren noch immer lebendig.

So viele Jahre lang allein, bis Del in mein Leben schritt und eine Farce daraus machte.

Ich kratzte erneut an den Narben. Bärtig. Langhaarig. Ungekämmt. In Wolle anstatt in Seide gekleidet, um den nordischen Wind abzuwehren. So würde ich die Schmerzen nicht sosehr spüren.

Das Schwert, in meinen Händen, an meiner Haut erwärmt, auf unheimliche Art verlockend. Die Klinge vergoß Licht und Runen. Und auch das Versprechen der Macht. Es floß von der Spitze aufwärts und nahm dann auch das seidig geriffelte Heft ein. Berührte meine Finger, ach, so zärtlich, und verweilte an meiner Handfläche. Sanft und süß wie die Berührung einer Frau: wie Del, sogar Del, die Frau genug war, um sanft und süß zu sein, wenn ihre Stimmung dem entsprach, wohl wissend, daß es etwas anderes war als Schwäche. Eine ehrliche Frau, Delilah, im Bett und im Kreis.

Ich warf das Schwert über den Steinhaufen in die Dunkelheit. Sah das Aufblitzen von Licht, den Bogen. Hörte den dumpfen Aufprall, als es auf windüberfrorenem Gras landete.

»Ich wünsche dich zu den Hoolies«, belehrte ich das Schwert. »Ich will nichts von dir.«

Und in der düsteren Ferne weit jenseits des Schwertes bellte eine der Bestien.

TEIL I

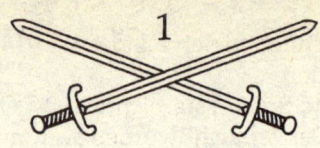

1

Nur Narren machen Versprechungen. Also kann man mich einen Narren nennen, denke ich.

Damals hielt ich es für eine gute Idee. Die Hunde, die Del und mich bis Staal-Ysta verfolgten, waren bösartige, durch Magie entstandene Bestien, von einem unbekannten Gegner auf unsere Spur angesetzt. Wochenlang blieben sie lediglich in unserer Nähe und taten nichts anderes, als Hütehund zu spielen und uns weiter nach Norden zu treiben. Aber als wir erst einmal dort waren, taten sie noch weitaus mehr. Sie griffen eine Ansiedlung am Ufer des Sees an und töteten mehr als dreißig Menschen. Einige davon waren Kinder.

Nun, ich bin kein Held. Ich bin Schwerttänzer, ein Mann, der sein Schwert und seine Dienste an den Höchstbietenden verkauft. Keine wirklich rühmliche Beschäftigung, wenn man darüber nachdenkt. Es ist ein rauher, fordernder Beruf, für den nicht jeder Mann geeignet ist. (Manche glauben vielleicht, sie wären es. Der Kreis trifft die Entscheidung.) Und es ist ein Beruf, der oft Handeln erfordert, und darin bin ich sehr gut.

Aber das macht mich nicht zum Helden.

Männer sind vermutlich ziemlich gut darin, auf sich selbst aufzupassen. Frauen auch, es sei denn, sie stecken ihre hübschen Nasen mitten in etwas, das sie nichts angeht. Sehr häufig geht sie etwas nichts an, und sie tun es trotzdem. Aber andererseits verdienen Kinder keine Grausamkeit. Was sie verdienen, ist Zeit, damit sie alt genug werden können, um ihre eigenen Entscheidung zu treffen, ob sie leben oder sterben wollen. Die

Hunde hatten allzu vielen Kindern der Ansiedlung diese Zeit gestohlen.

Ich schuldete Staal-Ysta nichts, dem Ort der Schwerter, wo dank Del versucht worden war, mir ein Jahr meines Lebens in Form eines ehrenwerten Dienstes zu stehlen. Ich schuldete der Ansiedlung am Ufer des Sees nichts, außer dem Dank für die Betreuung des Hengstes. Und niemand schuldete *mir* im Gegenzug etwas, und einige waren für mich gestorben.

Abgesehen davon war meine Zeit auf der Insel abgelaufen. Ich war mehr als bereit zu gehen, sogar mit einer nur halbwegs ausgeheilten Wunde.

Niemand erhob Einspruch. Sie waren genauso bereit, mich ziehen zu sehen, wie ich bereit war zu gehen. Sie gaben mir sogar Geschenke mit: Kleidung, ein wenig Schmuck, Geld. Das einzige Problem war, daß ich noch immer ein Schwert brauchte.

Für einen Nordbewohner, der in Staal-Ysta ausgebildet wurde, ist ein *Jivatma* — eine Blutklinge — ein geweihter Gegenstand. Ein Schwert, aber eines, das aus der alten Magie entstanden und mit enormer Willenskraft ausgestattet ist. Bei der Herstellung sind Rituale und zahllose Anrufungen der Götter erforderlich. Da ich Südbewohner und Glaubensabtrünniger bin, erkannte ich nichts davon an. Und doch schien es nicht wichtig zu sein, daß ich keines der Rituale ehrte oder daß ich — meistens — nicht an die nordische Magie glaubte. Der Schwertschmied gestaltete eine Klinge für mich und beschwor die Rituale, und Samiel gehörte mir.

Aber Samiel lebte nicht — noch nicht. Nicht so, wie die anderen lebten. Nicht so wie Dels Boreal.

Für einen Nordbewohner war Samiel erst halb geboren, weil ich ihn noch nicht angemessen gestimmt, noch nicht *gesungen* hatte, um die Beherrschung zu erlangen, die ich brauchte, um die Macht zu lenken, versprochen durch Segnung und genau befolgte Rituale. Aber immerhin ist reiner, gut gearbeiteter Stahl für sich schon ausreichend tödlich. Ich hielt die nordische Magie für übertrieben.

Und doch existierte etwas davon. Ich spürte ihre Existenz in dem Stahl, wann immer ich die Waffe aus der Scheide zog. Dels Blut zu schmecken, hatte die Bestie in der Klinge erweckt, genau wie ihre Klinge, aus der Scheide befreit, die uns nachspürenden Hunde erweckt hatte.

Ich ließ das Schwert nicht über Nacht in Gras und Schmutz liegen. Alte Gewohnheiten sind schwer abzulegen. Sosehr ich dieses Ding auch haßte, so wußte ich es doch besser, als daß ich es nicht beachtet hätte. Also nahm ich es, spürte, daß das Eis durch Wärme ersetzt worden war, und schob es wieder in seine Scheide. Ich schlief schlecht, wenn überhaupt, fragte mich, was die Hunde tun würden, wenn ich sie erst einmal eingeholt hätte, und ob ich gefordert sein würde, das Schwert zu benutzen. Es war das letzte, was ich tun wollte, nach dem, was Del und andere mir erzählt hatten.

Sie hatte es sehr direkt gesagt, um es mir zu verdeutlichen: »*Wenn du morgen dort hinausgehst und ein Eichhörnchen tötest, dann ist das wahres Tränken, und dein Schwert wird alle jene Gewohnheiten annehmen, die dieses Eichhörnchen hat.*«

In jenem Augenblick hatte mich der Gedanke amüsiert: eine Klinge mit der Seele eines Eichhörnchens? Aber mein Gelächter hatte sie nicht amüsiert, weil sie wußte, was es bedeuten konnte. Doch ich hatte ihr nicht geglaubt. Jetzt wußte ich es viel besser.

In der Dunkelheit, auf meinem Schlafplatz, schaute ich das Schwert verbittert an. »Du bist in dem Augenblick erledigt«, sagte ich direkt, »in dem ich ein anderes finde.«

Ungesprochen blieben die Worte: ›*Bevor* ich dich benutzen muß.‹

Ein Mann kann seine Magie vielleicht hassen, aber er geht kein Risiko damit ein.

Der Hengst hatte seine Begrüßung parat, als ich beginnen wollte, ihn zu satteln. Zuerst wich er seitwärts aus, trat sauber unter dem Sattel weg, schüttelte heftig den Kopf und schlug mich mit dem Schweif. Pferdehaar, hart geschlagen, sticht. Es erwischte mich am Auge, das sofort zu tränen begann und mir den Grund dafür lieferte, den Hengst mit sämtlichen Kraftausdrücken zu belegen, die mir einfielen, wovon er vollständig unbeeindruckt blieb. Er zuckte mit den Ohren, rollte mit den Augen, scharrte Löcher ins Gras. Drohte erneut mit seinem Schweif.

»Ich werde ihn dir abschneiden«, versprach ich. »Und wenn das so weitergeht, schneide ich dir vielleicht noch mehr als nur deinen *Schweif* ab ... Es könnte dein Ende bedeuten.«

Er beäugte mich fragend, schnaubte, hob dann jäh den Kopf. Die Ohren durchschnitten die Luft wie Klingen. Er zitterte vom Kopf bis zu den Hufen.

»Eine Stute?« fragte ich gereizt.

Aber er war still bis auf das Atmen. Ein Hengst, der eine Stute wittert, stößt normalerweise Töne aus, die laut genug sind, um sogar Tote zu erwecken. Er täte dasselbe bei einem anderen Hengst, nur daß die Töne dann eine Herausforderung wären. Dies war etwas anderes.

Ich sattelte ihn schnell, während er abgelenkt war, band ihn los und stieg auf, bevor er protestieren konnte. Aufgrund seines alarmierenden Verhaltens hätte ich fast mein Schwert gezogen, überlegte es mir aber noch einmal. Es war besser, dem Hengst freien Lauf zu lassen, als auf ein fremdartiges Schwert zu vertrauen. Dem Hengst konnte ich zumindest trauen.

»In Ordnung, Alter, gehen wir!«

Er stand unbeweglich, zitterte aber und atmete schwer. Ich drängte ihn mit Zügeln, Fersen und Zungenschnalzen, die Lichtung zu verlassen, aber er reagierte nicht.

Ich glaubte nicht, daß die Bestien, die ich als Hunde bezeichnet hatte, der Grund waren. Ihr Gestank war schon verflogen, seit ich Staal-Ysta verlassen hatte. Demnach war es etwas anderes, und zwar etwas, das sehr nahe war, aber nichts, was ich benennen konnte. Ich bin kein Pferdesprecher, aber ich weiß ein wenig über Gewohnheiten bei Pferden. Genug, um Menschen oder andere Pferde als Ursache der Unruhe des Hengstes auszuschließen. Wölfe vielleicht? Vielleicht. Er war früher schon einmal von einem Wolf angegriffen worden, obwohl er damals nicht so reagiert hatte wie jetzt.

»*Jetzt*«, schlug ich sanft vor und gebrauchte die in Stiefeln steckenden Fersen.

Er wand sich, zitterte, tänzelte seitwärts, schnaubte. Aber zumindest bewegte er sich. Beharrlich lenkte ich ihn ostwärts. Er jagte von der Lichtung und tauchte durch vereinzelte Bäume hindurch, wobei er Schneematsch und Schlamm verspritzte. Und atmete wie ein Blasebalg durch weit geöffnete Nüstern.

Es war ein wenig vertrauenerweckender Friede. Der Hengst war nervös und sprang bei Umrissen und Schatten grundlos zur Seite. Meistens macht er mir Freude. Er ist so gebaut, daß er ohne besondere Schwierigkeiten endlos laufen kann. Aber wenn ihn der Hafer sticht, dann ist das auch für *mich* schmerzhaft, und sein Benehmen steigert sich zu einem regelrechten Kriegsverhalten.

Im allgemeinen ist es das beste, diese Anwandlungen aus ihm herauszureiten. Der Hengst war schon seit acht Jahren mein verläßlicher Begleiter und mehr wert als viele Männer. Aber sein jetziges Verhalten erschütterte die erst halbwegs verheilte Wunde und brachte mich entschieden aus der Fassung. Ich bin groß, aber nicht ungeschickt. Er hatte keinen Grund, sich über eine schlechte Behandlung seines Mauls zu beschweren. Aber manchmal forderte er mich heraus, und dies war solch eine Gelegenheit.

Ich griff die Zügel fester, setzte mich tiefer in den Sattel und stieß ihm die Fersen in die Flanken. Er tat einen überraschten Satz, schnaubte und wandte den Kopf, um mir einen erschreckten Blick zuzuwerfen.

»So ist es gut«, stimmte ich säuselnd zu. »Hast du vergessen, wer der Herr ist?«

Wodurch ich unerwarteterweise an einen Satz erinnert wurde, den jemand über den Hengst und mich gesagt hatte. Ein Pferdesprecher, ein Nordbewohner: Garrod. Er hatte gesagt, daß unsere Beziehung unter dem ewigen Kampf leide, wer von uns der Herr sei.

Nun, so war es. Aber ich hasse ein voraussagbares Leben.

Der Hengst schlug geräuschvoll mit dem Schweif, schüttelte den Kopf so heftig, daß die Messingverzierungen klirrten, die von seinem Kopfstück herabhingen, und verfiel aus seiner steifbeinigen, rumpferschütternden Gangart in einen erheblich angenehmeren Trab.

Die Anspannung ließ nach, der Schmerz verging, und ich erlaubte mir ein Seufzen. »Gar nicht so schlimm, nicht wahr?«

Der Hengst zog es vor, nicht zu antworten.

Ostwärts und ein wenig nördlich ritten wir. Auf Ysaaden zu, eine Ansiedlung, die hoch oben in den zerklüfteten Bergen, nahe der Grenzgebiete, verborgen liegt. Von Ysaa-den waren Berichte über Morde durch Bestien nach Staal-Ysta zu den *Voca* gelangt, die die Pflicht hatten, Schwerttänzer auszusenden, wenn Nordbewohner in Not waren.

Andere hatten diese Aufgabe übernehmen wollen. Aber ich, mit meinem schimmernden neuen nordischen Titel, war denjenigen überlegen, die Anspruch darauf erhoben. Und so wurde mir die Aufgabe übertragen. Dem südlichen Schwerttänzer, der jetzt auch *Kaidin* war, da er diesen Rang bei einer formellen Herausforderung erworben hatte.

Ich verfolgte die Spuren der Hunde, obwohl durch

den täglich stärker schmelzenden Schneematsch kaum noch welche zu finden waren. Abdrücke in trocknendem Schlamm waren deutlich, aber die Schneeschmelze verschob noch immer feuchten Schlamm und verwischte die Spuren. Ich ritt mit seitwärts geneigtem Kopf und achtete auf Veränderungen, und was ich sah, war deutlich genug: Die Bestien durchquerten das Gebiet diagonal nach Nordosten, ohne einen Gedanken an die Spuren, die sie hinterließen, oder an etwaige Verfolger zu verschwenden. Ysaa-den war genauso eindeutig ihr Ziel, wie zuvor Del ihr Ziel gewesen war.

Wir waren von oberhalb der Baumgrenze herabgestiegen und bewegten uns jetzt am Rande von Hochlandwäldern, wobei wir von brachliegenden Bergflanken abwärts glitten. Hochland, Tiefland, für mich, der ich in der Wüste geboren und aufgewachsen war, alles unbekannte Begriffe, bis Del mich in den Norden gebracht hatte. Vor nur zwei Monaten, aber es erschien mir viel länger. Jahre, vielleicht noch länger. Zu lange für jeden von uns.

Das Gras blieb winterbraun und würde es, wie ich dachte, auch noch eine Weile bleiben. Der Frühling im Hochland kam ganz sacht, bestenfalls versuchsweise. Ich wußte, daß er seine Gunst noch immer zurückziehen, scheu den Rücken kehren konnte, um mir Schnee zu bringen anstatt Wärme. Das war zuvor schon einmal geschehen, gerade vor einer Woche, als ein Sturm die Welt wieder weiß gefärbt und mein Leben in Trübsal verwandelt hatte.

Die Bäume trugen noch immer keine Blätter, außer jenen mit spitzen grünen Nadeln. Der Himmel zwischen ihnen war blau, ein strahlenderes, reicheres Blau, das wärmeres Wetter versprach. Dahinter lagen zerklüftete Berge, die die Farbe aus dem Himmel kratzten. Stücke der Bergspitzen waren zu Boden gestürzt, mit der Zeit zu lose hier und da verstreuten Steinen abgerundet oder zu riesigen Steinhügeln aufgehäuft wie Stapel von Orakelknochen. Späne und Geröll verdeckten die Spuren und machten sie fast unleserlich. Der Hengst suchte sich geräuschvoll seinen Weg, hämmerte Eisen auf Fels. Und der Fels gab nach wie immer.

Im Süden ist der Frühling anders. Wärmer, sicherlich. Schneller mit seiner Gunst bei der Hand. Aber viel zu kurz, um Trost bieten zu können. Innerhalb von Wochen würde Sommer sein, und die Punja würde unter dem bleifarbenen Auge der Sonne erglühen. Sie reichte aus, um einen Mann schwarz zu brennen, aber mich buk sie kupferbraun.

Ich hob eine Hand und betrachtete sie. Meine rechte Hand, die Handfläche nach unten. Eine breite Handfläche, mit langen starken Fingern, voller Einkerbungen und von Sehnen durchzogen. Die Knöchel waren erhöht, und zwei davon trugen schlimme Narben. Der Daumennagel war spatelförmig und beschädigt von Wochen in einer Goldmine, wo ich an eine Mauer gekettet worden war. An manchen Stellen konnte ich Erzteilchen sehen, die in der Haut eingeschlossen waren. Meine Zeit im Norden hatte meine Bräune ein wenig ausgebleicht, aber darunter war ich noch immer dunkler als im Norden geborene Männer und Frauen. Sonnenverbrannte Haut, bronzebraunes Haar, grüne statt blaue Augen. Fremdartig für den Norden, genauso wie Del es für mich gewesen war.

Ah, ja, Delilah: fremdartig für uns alle.

Männer sind Narren, wenn es um Frauen geht. Es spielt keine Rolle, wie klug oder wie geschickt man ist oder wieviel Erfahrung man hat. Sie werden alle mit dem Wissen geboren, was erforderlich ist, um sich den Kopf verdrehen zu lassen. Und wenn sie die Gelegenheit erhalten, dann tun sie es auch.

Ich habe Männer gekannt, die nur mit Huren geschlafen haben und auch nicht mehr wollten, weil sie glaubten, dies sei der beste Weg, um Verwicklungen zu vermeiden. Ich habe Männer gekannt, die Frauen geheiratet haben, damit sie nicht für den Beischlaf bezahlen mußten. Und ich habe Männer gekannt, die beides getan haben: mit Huren und Ehefrauen geschlafen.

Ich habe sogar Männer gekannt, die den Frauen ganz abgeschworen haben, aus religiösem Eifer oder dem Verlangen nach anderen Männern. Keines von beidem trifft auf mich zu, aber ich werde auch keinen Mann dafür verfluchen. Und sicherlich habe ich im Süden auch Männer gekannt, die in dieser Angelegenheit keine Wahl haben, da sie kastriert wurden, um einem Tanzeer oder jemand anderem zu dienen, der sie kaufte.

Aber ich habe keinen Mann gekannt, der, in betrunkenem oder nüchternem Zustand, nicht zumindest einmal eine Frau wegen tatsächlicher oder eingebildeter Sünden verflucht hätte. *Eine* Frau oder auch mehrere.

Bei mir war es ungewöhnlich.

Denn es war nicht Del, die ich verfluchte. Ich verfluchte mich selbst, weil ich ein Narr war.

Ich verfluchte mich selbst, weil ich ein für allemal bewiesen hatte, wer von uns der Bessere war.

Ein bittersüßer Sieg. Eine mit Blut erkaufte Freiheit.

Der Hengst spannte sich an, schnaubte geräuschvoll und blieb stehen.

Ich sah Bewegung zwischen den Bäumen, von herabgefallenem grauen Felsgestein herunterkommend. Nicht mehr, nur Bewegung, etwas, das durch ausgelegte Orakelzeichen glitt, die aus Felsgestein statt aus Knochen bestanden. Ich erblickte einen wippenden Schwanz, starrende Augen, knurrend gefletschte Zähne. Hörte das Heulen eines Wesens auf der Jagd.

Zu spät versuchte der Hengst fortzulaufen. Da griff die Katze an.

Sie brachte uns zu Fall, uns beide. Sie sprang, landete, spreizte sich und warf den Hengst um. Ich spürte, wie er sich aufbäumte und zusammenbrach, spürte, wie er stürzte. Ich hatte gerade noch Zeit genug, mein linkes Bein hochzureißen und aus dem Weg zu ziehen, sonst hätte er es eingeklemmt, wenn er darauf gelandet wäre. Vielleicht hätte er es mir sogar gebrochen.

Ich rollte schmerzerfüllt zur Seite, als der Hengst zu Boden ging. Ich knurrte und hielt jäh den Atem an, als mein Bauch protestierte. Und achtete nicht darauf, denn ich dachte an den Hengst.

Ich kam stolpernd auf die Füße und verfluchte die Katze. Ein großes Männchen mit festem Fleisch. Weiß, mit Asche gesprenkelt, wie ein Mensch, der die Pocken hat.

Ich hob einen Stein auf und warf.

Er traf eine Flanke und prallte ab. Die Katze knurrte kaum.

Ein weiterer Stein, ein weiterer Treffer. Dieses Mal schrie ich sie an.

Zähne versanken in Pferdehaut. Der Hengst harkte mit den Vorderhufen das Gras, schrie vor Schmerz und Entsetzen.

Meine Hände schlossen sich um das Heft. »O Hoolies, Bascha ... kein Eichhörnchen, eine *Katze* ...«

Und das Schwert wurde lebendig in meinen Händen.

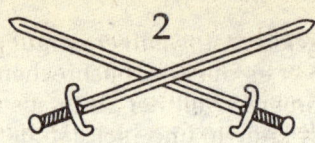

2

Hungrig. Es war *hungrig.*
Und so durstig.

Ich hatte es schon zuvor gespürt, in dem Schwert. Hatte *sie* schon zuvor gespürt: sowohl Hunger als auch Durst gleichermaßen. Fast untrennbar, unteilbar voneinander.

Hatte sie schon zuvor gespürt, im Kreis. Als ich das Schwert durch Del hindurchgestoßen hatte.

O Hoolies, Bascha.

Nein. Denk nicht über Del nach.

Heiß. Es war *heiß* ...

Besser, als an Del zu denken.

War es das?

Heiß wie die Hoolies, ich schwöre es.

Schweiß brach mir aus allen Poren und rann mir die Stirn hinab, die Achseln, den Bauch entlang. Unter Haaren und Wolle verursachte er einen Juckreiz.

Die Katze. Denk an die Katze.

Hoolies, es ist *heiß* ...

Und das Schwert ist so durstig.

O Bascha, hilf mir.

Nein ... Del ist nicht hier.

Denk an die Katze, du Narr.

Denk nur an die *Katze* ...

Das Schwert ist warm in meinen Händen. Alles, woran ich denken kann, sind Durst und das Bedürfnis, es mit Blut zu tränken.

Schwitzend, noch immer schwitzend ...

O Hoolies, warum ich?

Dreimal verfluchter Sohn einer Salsetziege ...

Achte auf die Katze, du Narr!

In meinem Kopf höre ich einen Gesang.

Kann die Katze ihn auch hören?

Hoolies, jetzt sieht sie mich. Sieht das Schwert. Weiß, was ich will. Wendet sich von dem Hengst ab — armer Hengst — und mir zu ...

O Hoolies, da kommt sie ... heb das Schwert, du Narr ... *tu etwas*, Schwerttänzer ...

Aber ich will dieses Schwert nicht. Und dies ist kein realer Kreis ...

Real genug, Punjawurm. Bist du bereit für die Katze?

Bin ich bereit für das *Schwert*?

Es ist schon zuvor geschehen, das Verlangsamen. Das fast völlige Aussetzen der Bewegung von allem, was ich betrachte, als warte es auf mich. Es geschah jetzt, wie schon zuvor, obwohl das Verlangsamen diesesmal fast ein wirkliches *Anhalten* war, sauber und rein, und mir Zeit und Raum zum Handeln ließ, Zeit und Raum ließ, die Handlungsweise festzulegen und zu erwählen, die der Katze den besten Tod bereiten würde, bevor sie ihn mir bereitete.

Es ist mir schon zuvor passiert. Aber niemals genauso wie jetzt.

Ich roch Blut, Moschus, Verzweiflung, ebenso wie schauerliche Angst. Spürte, wie sich die Nerven in meinem Bauch wanden, als sich die nur halbwegs verheilte Wunde zusammenzog. Ich fragte mich schnell und unbehaglich, was das Schwert tun würde. Aber als ich die Schreie des Hengstes hörte, verging die Angst.

Langsam, oh, so langsam, schaute die Katze von dem Hengst auf. Es war Blut an ihrer Schnauze, Blut an ihren Krallen sowie Pferdehaare.

In meinem Kopf hörte ich einen Gesang. Einen kleinen persönlichen Gesang, der auf Mächtiges hinwies.

Unter der Katze schlug der Hengst um sich, wobei seine Beine wie Dreschflegel umherwirbelten. Ich hörte seine Verzweiflungslaute.

Und das Schwert gab mir singend ein Versprechen:

Der Hengst würde freikommen, wenn ich ihm die Macht gäbe, die es brauchte.

Es sei denn, ich wäre in der Lage, die Katze ohne den Gebrauch irgendwelcher Magie zu überwältigen. Das Schwert war, trotz allem, ein *Schwert* und für sich schon ausreichend wirkungsvoll.

Aber der Hengst schrie und schlug um sich, und in meinem Kopf hörte ich den Gesang. Einen sanften, zarten Gesang. Der aber doch zu mächtig war, um gänzlich überhört zu werden.

Ich gab ihm, genaugenommen, nicht nach. Ich überhörte ihn zunächst doch einfach. Ich war zu besorgt um den Hengst, um meine Zeit mit dem Lärm zu verschwenden, der in meinem Kopf umherwirbelte. Und so schob ich ungeduldig alles beiseite.

Nicht für lange. Gerade lange genug, um über etwas anderes nachzudenken. Um aufzuhören, es zu unterdrücken. Um mein armes Pferd zu retten.

Und so verschaffte ich ihm völlig unbeabsichtigt seinen Moment. Ich ließ ihn im Schatten eines Augenblicks sein Leben haben.

Lärm stürmte auf mich ein, während ich auf die Katze losstürzte. Nein, nicht Lärm: *Musik*. Etwas weit Beredteres als gewöhnlicher Lärm. Mächtiger als Geräusche. Und plötzlich erinnerte ich mich daran, was ich auf dem Aussichtspunkt am Ufer des Sees gehört hatte, als ich bei dem Schwert gekniet hatte. Als die Musik der Canteada in meinen Schädel gekrochen war.

Und wie sie singen konnten, die Canteada! Eine aus Träumen geborene Rasse, die durch Glauben Gestalt annahm. Die, wie Del mir einmal erzählt hatte, der Welt Musik gegeben hatten.

Genauso wie sie *mir* für den Moment der Namensgebung Musik gegeben hatten.

Für den Hengst, so dachte ich, ist es das wert. Ich will das Risiko auf mich nehmen, für alle die Male, da er *meine* Haut gerettet hat.

Nur der Gedanke, einen Moment lang. Und einen Moment lang war das alles, was notwendig war.

Die Katze flog zur Seite. Der Hengst sprang auf, stolperte und rannte los.

Das Maul rollte, öffnete sich und entblößte beeindruckende Fänge. Aber langsam, oh, so langsam. Wußte sie nicht, daß ich ihren Tod sang?

Weiße Katze mit grau irisierenden Augen und einem gescheckten, silbern gesprenkelten Fell. Der Pelz allein wäre ein Vermögen wert. Ich würde ihn mitnehmen, wenn die Katze erst einmal tot wäre.

... *das Schwert war in meinen Händen lebendig* ...

»Was mir gehört, gehört mir«, belehrte ich sie, damit sie verstand.

Das Schwert war *lebendig*.

Die Katze zog die Lippen zurück und schrie.

Das Schwert lud sie ein. *Komm näher,* sagte es. *Komm näher.*

Es machte alles so *leicht*.

Der Sprung kam weich und mühelos. Lächelnd beobachtete ich sie und bewunderte ihre Anmut. Beobachtete, wie sich die Hinterbeine anzogen, um zuzuschlagen, sah, wie sich die Vorderpfoten ausstreckten, die Krallen ausgefahren, sah, wie sich das Maul weit öffnete, das Schimmern elfenbeinfarbener Fänge. Während ich vor Erwartung laut auflachte, gab ich ihr den Gedanken ein, sie werde siegen.

Dann erwischte ich sie hinten in der Kehle und trieb die Klinge durch die Schädelbasis.

Freudige Erregung. *Freudige Erregung.* Und eine mächtige Befriedigung.

Nicht meine. Nicht *meine*, die Erregung eines anderen. Von *etwas* anderem ... nicht wahr? Es war nicht ich, nicht wahr?

Etwas in mir lachte. Etwas in mir *rührte sich*, wie erwachende Erkenntnis.

O Hoolies, was ist es?

Ich roch verbranntes Fleisch. Dachte, es sei das der Katze. Erkannte, daß es mein eigenes war.

Ich schrie etwas. Etwas Passendes. Etwas *Ausdrückliches*. Um den Schock und die Wut und den Schmerz freizulassen.

Riß die Hände von dem Heft, als das Metall weiß und heiß erglühte.

O Hoolies, Del, *davor* hast du mich niemals gewarnt.

Ich taumelte zurück, die Hände über den Handgelenken gekreuzt, und stieß Obszönitäten aus. Stolperte, fiel, rollte zur Seite, lag flach ausgestreckt auf dem Rücken, bemüht, mit den Händen abzublocken. Hoolies, aber sie schmerzten!

Ich roch verbrannte Haut. Nicht meine, die der Katze. Nun, das ist zumindest etwas. Allerdings ist sie zu tot, um es zu spüren.

Ich lag auf dem Rücken, noch immer fluchend, und hoffte, daß Kaskaden von Obszönitäten Oberhand über den Schmerz gewännen. Alles war willkommen, solange es das Feuer abwehrte.

Schließlich ging mir vor Schmerz der Atem aus, und ich öffnete die Augen, um meine Hände zu betrachten. Es war leicht, sie zu sehen. Sie ragten am Ende schmerzhaft steifer Arme in die Luft, wobei die Ellbogen auf dem Boden aufgestützt waren.

Hände. Nicht verkohlte Überreste. *Hände.* Mit einem Daumen und vier Fingern an jeder Hand.

Schweiß trocknete auf meinem Körper. Der Schmerz verging. Ich atmete wieder normal und beschloß, mit dem Fluchen aufzuhören. Es schien jetzt keinen Sinn mehr zu haben.

Noch immer auf dem Rücken liegend, bewegte ich vorsichtig die Finger. Knirschte mit den Zähnen, blinzelte — und war unglaublich erleichtert angesichts der Entdeckung, daß die Haut heil und die Knochen vollkommen verhüllt geblieben waren. Keine Brandblasen. Keine Probleme unter der Haut, nur normale, alltägliche

Hände, obwohl die Narben und vergrößerten Knöchel geblieben waren. *Meine* Hände also, nicht irgendein magischer Ersatz.

Ich fühlte mich besser. Setzte mich langsam auf, winselte wegen des Protests in meinem Innern und bewegte Finger und Daumen noch einmal, einfach um sicherzugehen. Kein Schmerz. Keine Steifheit. Normale Beweglichkeit, als sei niemals etwas geschehen.

Stirnrunzelnd spähte ich zu dem Schwert. »Was, zu den Hoolies, bist du?«

In meinem Geist formte sich ein Wort: *Jivatma.*

O Hoolies, Bascha ... was soll ich jetzt tun?

Was ich tat, war aufzustehen. Alles schien sich einwandfrei zu bewegen, wenn auch ein wenig mühsam. Durch die Wolle hindurch massierte ich die wunden Narben unterhalb der Rippen und vergaß es dann sofort. Die Katze verdiente weitere Aufmerksamkeit. Die Katze — und das Schwert.

Ich ging zu beiden hinüber. Ich hatte die Katze recht gut getroffen: durch das geöffnete Maul und weiter durch die Rückseite des Schädels. Sie lag ausgestreckt auf der Seite, aber das Heft, das im Schlamm steckte, stützte ihren Kopf ab, so daß er auf gleicher Höhe mit dem Boden war.

Zwei Höhlungen starrten zu mir herauf. Die Augen darin waren geschmolzen.

Länger, als ich mich zu erinnern wage, konnte ich nicht fortsehen. Konnte mich nicht einmal bewegen. Ich konnte nur hinstarren und mich an die Hitze des Hefts erinnern. Ich hatte es für Einbildung halten wollen, aber jetzt wußte ich es besser.

Schwerter schmelzen keine Augen. Noch versengen sie Barthaare oder machen Lippen rissig. Schwerter schlitzen auf, stoßen zu, schneiden auf, gelegentlich zerfetzen sie, wenn der Schwertfechter schlecht kämpft. Aber niemals *schmelzen* sie etwas.

Etwas in mir flüsterte: *Vielleicht tun Jivatmas das.*

Ich betrachtete erneut meine Hände. Noch immer heil. Rußig und narbig, aber noch immer heil.

Nur die Katze war verbrannt.

Nun, Teile von ihr. Die Teile, die das Schwert berührt hatte.

Leere Augenhöhlen waren schwarz. Ich erkannte, daß dort kein Blut war, das Schwert hatte alles aufgesaugt.

O Hoolies, Bascha, ich habe etwas getan, dem ich abgeschworen hatte.

In der Ferne bellten Bestien. Wie ein Rudel Hunde bellten sie. Wie sie hinter Boreal hergebellt hatten, wann immer Del sie gestimmt hatte.

Und der Hengst schnaubte zur Antwort.

Hengst ...

Ich ließ von der Katze und dem Schwert ab und ging zum Hengst hinüber. Er war nicht weit gekommen, gerade weit genug, um Entfernung zwischen sich und die Katze zu legen, und jetzt wartete er ruhig, wobei ihm der Schweiß die Flanken und die Schultern hinunterrann.

Mit Blut gemischter Schweiß.

»O Hoolies«, sagte ich laut, »sie hat dich ganz schön erwischt, nicht wahr?«

Der Hengst stieß mich mit der Nase an, als ich zu ihm trat. Grimmig schob ich die zerzauste schwarze Mähne von seinem Widerrist — unten im Süden schneiden wir die Mähnen kurz, aber oben im Norden läßt man sie lang — und sah, daß sich die Katze ziemlich tief in den braunen Widerrist gegraben hatte, obwohl der Sattel den Hengst gut geschützt hatte. Ich fand Spuren ihrer Fänge und Krallen, die Vertiefungen in sein Fell gekerbt hatten. Weitere Krallenspuren von den Hinterbeinen der Katze fanden sich weit unten an der rechten Schulter des Hengstes und hier und da einige weitere. Alles in allem war der Hengst gut davongekommen. Die Katze war abgelenkt worden, durch mich oder durch das Schwert. Ich habe halberwachsene Sandtiger erlebt, in der Punja, die größere Pferde auf die gleiche Art zu Fall brachten, wie diese Katze es getan hatte. Aber sie vollendeten ihr Werk schneller, indem sie den Opfern die Halsader aufrissen.

Auch diesbezüglich hatte ich — oder das Schwert — der Katze keine Gelegenheit gegeben, ihre Arbeit vollständig zu beenden.

Etwas wie Angst zwickte mich tief innen. Ich schob das Gefühl mühsam beiseite und wandte meine Aufmerksamkeit bewußt dem Hengst zu. »Nun, Alter«, tröstete ich ihn, »sieht so aus, als würden wir zusammenpassen, denn du paßt jetzt zu meiner Wange — vielleicht sollte ich dich Schneekater nennen. Passend zu Sandtiger.«

Der Hengst schnaubte geräuschvoll.

»Vielleicht doch nicht«, stimmte ich zu.

Der Todesgeruch einer Katze und der Geruch von verbranntem Fleisch verursachten dem Hengst Unbehagen. Darum band ich ihn an den nächsten Baum und nahm ihm den Sattel ab, womit ich Gewicht von seinem wunden Fell nahm. Ich wußte, daß ich ab jetzt einen oder zwei Tage nicht mehr reiten würde, also errichtete ich ein Lager.

Wenn ein Pferd das einzige Wesen zwischen einem Mann und einem langen Marsch — oder zum Tod — ist, lernt er den Wert des Pferdes zu schätzen, und daher standen Gesundheit und Sicherheit des Hengstes jetzt an erster Stelle. Wenn uns das Zeit kostete, dann war das nicht so schlimm. Die Hunde, das wußte ich, würden warten, und der Süden würde uns auch nicht davonlaufen. Also nahm ich die noch übriggebliebene Bota mit *Amnit* auf. Ich wagte es nicht, eine Infektion zu riskieren, und Alkohol ist als Desinfektion ausreichend.

Ich hielt inne, um den Hengst liebevoll zu tätscheln und die Stärke des Seiles und des Knotens zu überprüfen. »Ruhig, Alter! Ich will nicht lügen — es wird weh tun. Nimm es mir nicht übel.«

Ich zielte sorgfältig und spritzte, traf jeden Kratzer und Biß, den ich sehen konnte. Vielleicht war das grausam, aber wenn ich versucht hätte, jede Wunde einzeln sanft abzutupfen, dann hätte ich, wenn er erst einmal das Beißen des *Amnit* gespürt hätte, nur eine Wunde reinigen können, denn der Hengst hätte mich dann nicht mehr nahe genug herangelassen, um mehr zu tun. Zumindest erreichte ich auf diese Art fast alle Wunden auf einmal.

Schreiend zog er sich zusammen und trat aus. Ein Pferd — besonders ein Hengst —, der mit beiden Hinterhufen losschlägt, ist ein gefährliches, tödliches Geschöpf, das einen umbringen kann. Wohlweislich trat ich einen weiteren Schritt zurück und grinste, als er sich mit ärgerlichem Blick umsah, um mich zu suchen. Als er mich gefunden hatte, holte er zu einem seitlichen Tritt mit nur einem Hinterhuf aus und hoffte, mich hinterrücks zu erwischen. Als dies mißlang, scharrte er gereizt und grub Krater in das Gras.

»Du schadest dir nur selbst«, belehrte ich ihn. »Ich weiß, daß dich das verrückt macht — es erginge mir genauso —, aber es ist besser als zu sterben, weißt du. Also bleib einfach stehen wie ein ruhiges Pferd für alte Damen und denk daran, was dir bevorstünde, wenn ich nicht dieses Zeug hätte.« Ich hielt inne und prüfte den Inhalt. »Das ist Alkoholverschwendung, wenn du mich fragst. Ich könnte den Rest genausogut trinken.«

Der Hengst blinzelte kläglich mit einem Auge.

Ich ließ mich erweichen. »Ich sage dir was, alter Junge — ich werde dir eine Extraportion Hafer geben. Das sollte dir helfen, dich besser zu fühlen.«

Ich griff in eine der Satteltaschen und zog eine Hand voll Hafer heraus, wobei ich mich bemerkenswert behende bewegte, um ihm die Gabe hinzuhalten. Aber der Hengst war nicht hungrig. Er knabberte lustlos an dem Hafer und pustete das meiste davon durch schlaffe Lippen. Er wollte nicht einmal Süßgras, das jetzt, da der größte Teil des Schnees schmolz, erste grüne Spitzen zeigte.

Ich spürte ein Stechen in mir. »Du solltest mich lieber nicht verärgern, nach dem vielen *Amnit*, den ich verschwendet habe.« Und dachte derweil an das Schwert.

Aber der Hengst reagierte nicht.

Es kam schnell und deutlich und scharf: *Wenn er mir nun stirbt ...*

Nein. Ich unterbrach den Gedanken. Kein Grund, mir unnötige Sorgen zu machen.

Der Hengst bewegte sich unruhig, schob Steine gegen Steine. Ich wollte ihn jetzt noch nicht alleinlassen, also lehnte ich mich gegen seinen Baum und goß mir *Amnit* in die Kehle.

»Du bist einfach schon zu lange aus dem Süden heraus, Alter ... wie ich. *Genau* wie ich. Du bist ein Sandtiger, der aus seiner Wüste verschleppt wurde und Schnee statt Sand schluckt ... Du solltest dich am besten wieder auf direktem Weg nach Hause begeben, bevor die Kälte all deine Gelenke versteift.«

Nun, sie hatte bereits einige von meinen Gliedern versteift. Im Norden altern die Knochen schneller. Im Süden tut es die Haut.

Was vermutlich bedeutete, daß ich innerlich *und* äußerlich alt wurde.

Unsinn. Welch ein Gedanke.

Ich trat weg vom Baum, rieb mit einer Hand über die Wirbelsäule des Hengstes und glättete rauhes, dichtes Fell.

Er zitterte, erwartete *Amnit*. Ich beruhigte ihn mit ein paar Worten. Über seinen Leib hinweg betrachtete ich die Katze mit ihrer fremdartigen Stahlzunge.

Ich erinnerte mich an meine Empfindungen. An das *Bedürfnis*, das Schwert zu tränken, als es seinen persönlichen Gesang gesungen hatte. Und daran, wie ich, im Augenblick meiner Angst um den Hengst allzu leicht überredet, eigenen Abwehrmöglichkeiten den Rücken gekehrt und dem Gesang freie Bahn gelassen hatte. Und der Klinge ihre Freiheit gegeben hatte.

Für den Hengst.

War es das wert gewesen? Vielleicht. In diesem Augenblick. Für diesen *besonderen* Augenblick.

Aber was sollte ich jetzt tun? Ich brauchte es nicht. Ich *wollte* es nicht. Jetzt nicht. Niemals. Ich hatte zuviel von seiner Macht geschmeckt.

»Laß es zurück«, sagte ich laut. »Du kannst ein anderes Schwert bekommen.«

Nun, das konnte ich. Irgendwo. Irgendwann. Aber in der Zwischenzeit brauchte ich eine Waffe.

»Laß es zurück«, wiederholte ich.

Hoolies, ich wünschte, ich könnte es.

3

*E*in leiser, sanfter Gesang. Ein persönlicher, vertrauter Gesang. Mächtig in seinem Versprechen, geschwächt durch Nichtbeachtung.

Tief im Schlaf murmelte ich.

Ein leiser, trauriger Gesang, eine Spur von Verlangen, auf das nur hingewiesen wird, zu zaghaft, um von Bedürfnis zu sprechen.

Erinnerungen an beides.

Der Hengst rührte sich und weckte mich dadurch. Ich setzte mich auf, starrte angestrengt in die Dunkelheit und orientierte mich. Stand auf und trat zu dem Hengst, der teilnahmslos im Gras scharrte.

Sein Kopf war gesenkt, hing schwer am entspannten Hals herab. Er verlagerte sein Gewicht von einem Huf auf den anderen. Als ich ihn berührte, bemerkte er es kaum.

Plötzlich hatte ich Angst.

Einzelhieb und dieses Pferd waren alles, was ich jemals gehabt hatte. Und Einzelhieb war fort.

Ein leiser, sanfter, verlockender Gesang, der mir eine Gemeinschaft versprach, wie sie niemand jemals erfahren hat.

Gemeinschaft und *Macht.*

Er versteifte sich unter meiner Hand. Ich spürte die Anspannung in seinem Körper, hörte sie in dem rasselnden Schnauben, in dem Knirschen von Kies unter beschlagenen Hufen. Seine Ohren richteten sich steil auf und legten sich wieder an den Kopf an.

»He ...« Ich brach den Satz ab.

Ich hatte es seit Wochen nicht gespürt. Zuerst war es

so fremdartig, daß ich es nicht erkannte. Dann glitt die Fremdartigkeit ab und verwandelte sich in Vertrautheit. Ein Mann vergißt nicht, wie es ist, wenn man krank ist.

Nicht *krank* krank. Das war ich zuvor auch schon manchmal gewesen, vom Wundfieber oder der nordischen Krankheit, die man ›Erkältung‹ nennt. Und auch nicht krank von zuviel Alkohol. Auch das habe ich schon erlebt, häufiger, als ich mich erinnern kann. Nein. Diese Krankheit betraf nicht den Körper, sondern die Seele, wie ein Namenstagsgeschenk eingeschlungen in eine Schärpe namens Angst.

Und selbst das war anders.

Alle Haare auf meinen Armen richteten sich auf. Kitzelten mich im Nacken. Strafften die Kopfhaut über dem Schädel. Ich zitterte unabsichtlich, schimpfte mich einen Narren und spürte dann, wie Übelkeit mein Inneres verknotete.

Man frage mich nicht, was es ist. Del hatte es Übereinstimmung mit der Magie genannt. Kem, der Schwertschmied, hatte gesagt, ich sei empfänglich für das *Wesentliche* der Magie, was auch immer das bedeuten mag. Ich weiß nur, daß es mich krank macht und ich mich unbehaglich fühle und daß es, aus meiner Sicht, sehr bitter ist. Da ich eine auffallend heitere, gutgelaunte Seele bin — oder zumindest eine Seele, die niemals Böses im Schilde führt —, mag ich es nicht besonders, wenn meine Empfindlichkeiten von etwas so Düsterem und Unberechenbarem wie der Magie strapaziert werden.

Wenn sie nur nicht bewirken würde, daß ich mich *krank* fühlte.

Vielleicht war es die Katze. Ich hatte zuviel Katze gegessen. Zuviel nordische Katze in den Bauch eines Südbewohners gestopft.

Aber der Hengst hatte keine Katze gegessen, und auch er war nicht glücklich.

Oder, was wahrscheinlicher war, das Schwert. Ich

traute ihm zu, daß es mein Leben auf mehr als eine Art verschlechtern konnte.

Andererseits ...

»Ach, Hoolies«, murmelte ich, als ich den Gestank der Hunde wahrnahm.

Ich hatte vergessen, wie es war, in ihrer Nähe zu sein, weiße Augen in der Dunkelheit schimmern zu sehen, ihren Gestank zu riechen. Den Druck von vielen von ihnen zu spüren, die so nahe an mich herandrängten.

Ich hatte Spürhund gespielt. Jetzt jagten sie mich.

Der Hengst erkannte den Geruch auch. Er hatte, wie auch ich, schon zuvor getötet, hatte pelzige Körper unter kaltem südlichen Stahl zerschmettert, hatte es aber nicht mehr gemocht als ich. Wir waren nicht für die Magie gemacht, beide nicht, sondern waren nur dafür auf der Welt, unter südlicher Sonne den Sand zu bereisen. *Ohne* die Gunst der Magie.

Das Schwert lag in der Scheide neben dem Feuer, neben meinem Schlafplatz. Es war, so dachte ich grimmig, ein Zeichen des Verfalls meiner Gewohnheiten, daß ich meine Waffe zurückgelassen hatte, als ich zu dem Hengst gegangen war. Es zeigte außerdem einen ungewöhnlichen Hang zur Sorge auf, die niemals eines meiner Laster gewesen ist, und auch meine entschiedene Abneigung gegen das nordische Schwert. Ich meine, es *war* ein Schwert, ob ich es nun mochte oder nicht. Es konnte mein Leben retten, selbst wenn ich es nicht mochte. Aber in diesem Moment vermochte es gar nichts zu tun, weil ich es zurückgelassen hatte. Ich hatte nur ein Messer und kein Pferd für die Flucht. Oder für einen Angriff, wenn es dazu kommen sollte. Ich mußte zu Fuß zurechtkommen.

Weiße Augen schimmerten hell in der Dunkelheit. Leise versammelten sich die Hunde und trugen Schatten anstelle von Kleidung. Schwarz und Grau auf Grau und Schwarz. Ich konnte ihre Anzahl nicht ausmachen.

Es kam mir in den Sinn, daß der Hengst vielleicht

trotz allem geritten werden könnte, Schmerzen hin oder her. Nicht weit, nicht weit genug, um ihn zu verletzen, einfach weit *genug*. Genug, um die Bestien hinter uns zu lassen.

Aber Rückzug war nicht der Anlaß, zu dem ich hergekommen war. Das entsprach nicht dem Versprechen, das ich gegeben hatte.

Ich atmete tief ein. »Na los«, sagte ich, »versuchen wir es.«

Reine Prahlerei vielleicht. Nicht mehr als Lärm. Aber es ist immer einen Versuch wert, weil es manchmal gelingt.

*Manch*mal.

Sie krochen aus den Schatten in das rotgraue Leuchten verglühender Kohlen. Mit Mähnen versehene, graue, gefleckte Bestien: teilweise Hund, teilweise Wolf, teilweise Alptraum. Ohne jegliche Schönheit, ohne eine Spur von Unabhängigkeit. Was sie taten, geschah auf Befehl eines anderen, es war nicht ihre eigene Entscheidung.

Der Hengst bewegte sich unbehaglich. Er stampfte und zerschmetterte den Fels.

»Versuchen wir es«, wiederholte ich. »Bin ich zu nahe an das Lager herangekommen?«

Sie kamen alle auf einmal, wie eine Woge schlammigen Wassers. Wie eine Überschwemmung verschluckten sie mein Lager und ebbten zurück, auf die Bäume zu.

Aber die Flut hatte das Schwert mit sich genommen.

Ungläubig starrend, sah ich das Schimmern des Knaufs, ein von dem Heft zurückgeworfenes Aufblitzen des Mondlichts. Sah Zähne sich um die Scheide schließen, sie abstreifen und sie zurücklassen. Offensichtlich bedeutete die einer benannten Klinge innewohnende Schutzmagie für gleichermaßen magische Bestien keinen Unterschied.

Wodurch ich mich fragte, warum es sie überhaupt gab, wenn sie gegen die Hunde nutzlos war.

Zwei von ihnen nahmen das Schwert ungeschickt mit dem Maul auf. Einer hielt das Heft, der andere die Klinge, und sie knurrten sich gegenseitig eifrig an, wie zwei Hunde, die um einen Stock kämpfen. Aber dieser Stock war aus Stahl. Mit Magie belegter, von Göttern gesegneter Stahl.

Die anderen umkreisten sie wie die Wachphalanx eines Tanzeers. Sie strebten den Bäumen zu, den Schatten, die ich nicht durchdringen konnte.

Hoolies, sie hatten das *Schwert* gewollt.

Soviel zu meinem eigenen Wert.

Ich mußte fast lachen. Wenn sie dieses dreimal verfluchte Ding *so* sehr wollten, dann sollten sie es haben. Ich wollte es nicht. Das war ein Weg, es loszuwerden.

Nur daß ich es besser wußte. Die Bestien konnten es niemals gebrauchen, aber der Mann, der sie geschaffen hatte, konnte es. Und das wollte ich nicht riskieren, denn er war derjenige, den ich suchte.

Ganz ruhig zog ich die Wachpfeife unter meiner wollenen Tunika hervor und steckte sie mir zwischen die Lippen. Solch ein winziges, unbedeutendes Ding, aber von Wesen gemacht, an die zu glauben mir noch immer schwerfiel, obwohl ich sie selbst gesehen — und gehört — hatte. Canteada. Ich erinnerte mich ihrer silbrigen Haut, ihrer fedrigen Schöpfe, ihrer geschickten Finger und froschähnlichen Kehlen. Und ich erinnerte mich ihrer Musik.

Musik war in der Pfeife, wie auch Macht. Und so wartete ich einen Moment lang, um falsche Hoffnungen zu wecken, und blies dann einen unhörbaren Ton.

Es gelang, wie immer. Sie ließen das Schwert fallen und flohen.

Ich grinste an der Pfeife vorbei, ging hinüber und hob die Klinge auf.

Und wünschte, ich hätte sie nicht berührt.

Ein Schamgefühl durchflutete mich. Scham, Zorn und Kummer, daß ich das Schwert so schlecht behandelt hatte, obwohl es soviel Besseres verdiente. Was hatte es mir getan?

Ungläubig spie ich die Pfeife aus. *Ich* hatte diese Gedanken nicht gedacht. Sie waren von irgendwoher gekommen. Die *Empfindungen* waren von irgendwoher gekommen.

Ich warf das Schwert erneut zu Boden. Es schlug dumpf im Gras auf, glühte im Schein der Kohlen und des Mondlichts rot-weiß. »Sieh mal, du«, sagte ich, »du bist vielleicht nicht so wie irgendein Schwert, das ich jemals gekannt habe, aber das gibt dir nicht das Recht, mir zu sagen, was ich denken soll. Es gibt dir nicht das Recht, mich so zu beeinflussen, daß ich mich schuldig, beschämt oder ärgerlich fühle — oder sonst *irgend etwas*, hörst du mich? Magie, verfluchte Magie — ich will nichts mit dir zu tun haben, und daran wird sich niemals etwas ändern. Soweit es mich betrifft, können die Hunde dich haben ... Nur soll dich niemand in die Hände bekommen, der sich deiner Magie zu bedienen weiß ...«

Ich brach jäh ab. Ich erkannte genau, wie dumm es sich anhörte, daß ich mit einem Schwert sprach.

Nun, mit einem Schwert zu sprechen, ist nicht so schlimm. Ich denke, wir alle tun dies von Zeit zu Zeit, bevor wir in einen Kreis eintreten. Aber mit einer magiebelegten Klinge zu sprechen, verursachte mir ausgesprochenes Unbehagen. Ich hatte Angst, sie könnte es verstehen.

Ich wischte mir die schweißnassen Handflächen an der Kleidung ab. Diese Empfindungen hatte ich nicht erwartet. Diese *Scham* hatte ich nicht erwartet.

Und ich hatte ganz bestimmt nicht die Macht erwartet, die darauf wartete, freigelassen zu werden.

Sie hatte sich so fest zusammengerollt wie eine Katze vor dem Sprung.

In meinem Kopf hörte ich einen Gesang. Einen leisen, sanften Gesang, der Gesundheit und Wohlstand und ein langes Leben versprach, als sei er ein Gott.

»*Jivatmas* sterben«, sagte ich heiser. »Das habe ich schon erlebt, zweimal. Du bist nicht unbesiegbar, und du machst uns nicht unsterblich. Versprich mir nicht, was du nicht halten kannst.«

Zeichen verschwammen und verblaßten. Ich beugte mich hinab und hob das Schwert auf.

Es brannte in meinen Händen.

»*Hoolies* ...« Haut verschmolz mit Stahl. »Laß los!« Ich schrie. »Du dreimal verfluchter Sohn einer Ziege ... *Laß meine Hände los!*«

Stahl haftete fest, liebkoste, vereinnahmte. Ich dachte erneut an geschmolzene Augen in einem von einer Klinge gespaltenen Schädel.

»Zu den Hoolies mit dir!« schrie ich auf. »Was willst du ... meine *Seele?*«

Oder versuchte ich, eine Seele zu *geben?*

... jetzt auf den Knien ...

... Hoolies, o Hoolies ... an einem Schwert festhaftend ... o Hoolies, an einem Schwert *festhaftend* ...

... und für wie *lange?*

Schweiß rann mir den Körper hinab. In der kalten Nachtluft dampfte ich. »Niemand hat mir jemals erzählt ... niemand hat jemals gesagt ... niemand hat mich davor *gewarnt* ...«

Nun, vielleicht hatte man das doch getan. Ich hatte nur nicht richtig zugehört.

Schweiß brannte mir in den Augen. Ich blinzelte, senkte den Kopf zu einer Schulter hinab, rieb nasses Haar zurück. Ich stank nach Schweiß, alter Wolle und Schmutz, vermischt mit dem beißenden Geruch der Angst.

Ich atmete stoßweise ein. »Was, zu den Hoolies, bin ich ...«

Feuer entzündete den Himmel.

Zumindest *dachte* ich, daß es Feuer war. Es war etwas. Etwas Helles und Blendendes. Etwas, das den Glanz des Mondes und der Sterne mit einer außergewöhnlichen, an den Rändern mit Spitze versehenen Schönheit abschwächte.

Und es war so schön wie nichts, das ich jemals gesehen habe. Nichts, das ich jemals erträumt hatte. Kniend hielt ich das Schwert fest in meinen Händen — oder das Schwert hielt *mich* fest und schaute, mit offenem Mund, und ließ den Kopf zurücksinken, bis ich den Glanz der nordischen Lichter sah. Die Magie himmelgeborenen Stahls, von den Göttern mit Runen verziert, in menschlichem Blut getauft.

Gepriesen durch den Gesang.

Am Himmel tanzte ein Vorhang schimmernden Lichts. Die Farben waren stumme, ineinanderfließende Herrlichkeit. Sie kräuselten sich. Tröpfelten. Tauschten ihre Plätze. Trafen sich und verschmolzen miteinander, bildeten neue Farben. Helle, flammende Farben, wie Feuer am Himmel. Sie machten die Nacht lebendig.

In meinem Kopf hörte ich einen Gesang. Einen neuen und mächtigen Gesang. Kein Gesang, den ich kannte. Er kam nicht von meinem Schwert, das zu neu war, um so zu singen. Von einem Schwert geringen Alters. Von einem Schwert, das die *Macht* verstand, da es von seiner eigenen Macht wußte und auch wußte, wie man diese Gabe schützte. Ein Schwert, das aus dem Norden geboren war, aus Eis und Schnee und Sturm, aus dem kalten Winter, der aus einem scharfkantigen Bansheesturm heult.

Ein Schwert, das meinen Namen kannte und dessen Namen ich auch kannte.

Samiel fiel mir aus den Händen. »Hoolies«, krächzte ich, »sie lebt.«

4

Ich leugnete es. Sofort. Heftig. Mit allem, was ich hatte. Ich *wagte* nicht, mir den Gedanken zu erlauben, daß es wahr sein könnte, denn nach zu hoch geschraubten Hoffnungen fällt man nur um so tiefer.

O Bascha. *Bascha.*

Ich leugnete es. Verzweifelt. Den ganzen Weg durch die Dunkelheit hindurch, wobei ich meinen Weg mit Sorgfalt wählte. Den ganzen Weg durch Geröll hindurch, rutschend und stolpernd. Durch die Schatten der über mir aufragenden Bäume.

Fast erstickt von der schmerzlichen Wahrheit: Del ist tot. Ich habe sie getötet.

Feuer erfüllte den Himmel. Solch reine, lebhafte Farben, die sich wie südliche Seide kräuselten. Boreals Werk, nicht das eines anderen: Stahl, der über den schwarzen Himmel strich, mit einer aus Magie erwachsenen Kunstfertigkeit.

Zweifel wurden fortgeweht wie Rauch und ließen mich atemlos zurück.

... *Delilah lebt ...*

Ich blieb stehen. Verhielt mit unsicherem Schritt. Hörte auf, mich selbst einen Narren zu schimpfen. Und stand unbeholfen da und klammerte mich fest an einen Baum. Versuchte wieder zu atmen. Versuchte zu verstehen. Versuchte einen Aufruhr von verworrenen Gefühlen zu entwirren, der sich nicht entschlüsseln ließen.

... *Delilah lebt ...*

Ich war in Schweiß gebadet. Ich lehnte mich gegen den Baum und schloß die Augen, zitterte, ließ die eingesaugte Luft ausströmen. Saugte sie noch lauter wieder ein. Erstickte fast. Achtete nicht auf den Knoten in meinem Bauch, das Verkrampfen meiner Eingeweide, das Zittern meiner Hände.

Versuchte zu verstehen.

Erleichterung. Schock. Überraschung. Eine überwältigende Freude. Aber auch Schuld und eine seltsame anschwellende Angst. Eine tiefe und hartnäckige Verzweiflung.

Delilah lebt.

Götter des Valhail, helft mir!

Farben strömten aus dem Himmel wie Schichten gekräuselter Seide: Rosa, Rot, Violett, Smaragdgrün, ein Hauch südlichen Gelbs, Spuren von Bernsteingold. Die Rötung glänzenden Orangerots. Der Reichtum von Blau auf Schwarz und allen Schattierungen dazwischen.

Ich rieb mir den Schweiß vom Gesicht. Bemühte mich, ruhiger zu atmen. Folgte der Helligkeit dann schweigend hinab und trat aus einer von Bäumen freigelegten hohlen Dunkelheit in Kälte, Nebel und Regenbogen, wo ein Schwert die Oberhand hatte. Fremdartiger, mit Runen versehener Stahl, nackt in Dels bloßen Händen.

Delilah lebte.

Sie stand so da, wie ich sie schon früher hatte dastehen sehen, und huldigte dem Norden oder dem Schwert selbst. Mit weitgespreizten Beinen, stocksteif, die Arme weit über den Kopf gestreckt, die Klinge über den flachen Handflächen ausbalancierend. Drei Fuß tödlichen Stahls, der in der Nacht weiß schimmerte, ein Fuß verknoteten Silbers, das sorgfältig zu einem Heft gedreht worden war. Reich verziert und doch seltsam leer, mit einer außerordentlichen Ausgewogenheit. Fest gebündelt in seiner versprochenen Macht, tödlich in seinen gehaltenen Versprechungen.

Ganz in Weiß, Delilah. Tunika, Hose, Haar. Und das starre, entstellte Gesicht, das nichts zeigte außer Verzweiflung.

Dünner Nebel perlte von der Klinge. Fließendes Wasser leckte Dels Hände, das Gesicht, die Kleidung, schäumte um ihre Knöchel, ergoß sich über den Boden. Tropfen von Feuchtigkeit glitzerten, reflektierten schwertgeborene Regenbogen. Ganz in Weiß, Delilah, unbeugsames Weiß. Ein leeres, starres Segeltuch. Hinter ihr lag die Nacht, unnachgiebig schwarz. Aber über uns angeordnet leuchteten die Farben der Welt, herbeigerufen von Stahl, mit Runen versehen.

Weiß auf Schwarz, und Licht. Ein strahlendes, blendendes Licht, das mich blinzeln ließ.

Ein Geist, dachte ich, ein Gespenst. Ein aus Schatten gemachter Geist, dem ein ausgelassener Dämon Licht geliehen hat. Nicht mehr als eine Geistererscheinung oder eine Täuschung der Phantasie. Es war nicht wirklich Del. Es konnte nicht *wirklich* Del sein.

Götter, laßt es Del sein ...

Ich spürte die Berührung des Windes. Er blies sanft über die Lichtung, zerriß schwertgeborenen Nebel und berührte leicht mein Gesicht. Die tastenden Finger eines blinden Mannes, die zärtliche Berührung eines Geliebten. Ein kalter Winterwind, der an einen Banshee grenzte. Mir seine Kraft zu schmecken gab. Mich seine Macht spüren ließ.

Glaube! befahl er mir einfach. *Ich bin aus Boreal geboren, und nur ein Mensch befiehlt ihr. Nur ein Mensch kann ihre Macht anrufen. Um sie zu stimmen und zu beherrschen. Um mich aus Nichts zu formen, um mir zu gegebener Zeit Leben zu schenken.*

Der Winter war auf der Lichtung eingezogen. Er machte meine Ohren und meine Nase empfindungslos und versteifte betagte Gelenke. Hob den Saum und die Falten meines Umhangs an und riß ihn mir vom Körper, strich mir das Haar aus dem Gesicht. Bedrohte den Bart mit Rauhreif und die Lungen mit eisigem Atem.

Del sang weiter. Einen kleinen sanften Gesang. Einen Gesang unendlicher Macht.

Sie hatte ihre Seele für diesen Gesang verkauft. Ebenso wie die Menschlichkeit.

Ich wandte ihr den Rücken zu. Ich wandte ihrer Macht den Rücken zu. Dem Winter und dem Wind und richtete meinen Blick auf den Frühling. Dachte an zukünftige Dinge, nicht an vergangene.

Trat aus ihrem Licht in die Dunkelheit. In Dinge, die ich verstand.

Dachte: Del *lebt.*

Was bedeutete, daß ich verärgert sein durfte.

Und das war ich, als sie letztendlich in mein Lager geritten kam. Hoolies, sechs Wochen. Und die ganze Zeit: *lebendig.*

Und ich dachte, sie sei tot.

Und ich dachte, ich hätte sie getötet.

All diese Tage und Nächte.

Delilah lebt.

Ich kauerte bei dem aufgeschichteten Feuer und wärmte mir die Hände über den Kohlen. Es war nicht wirklich nötig, da Dels vom Schwert herbeigerufener Winter gebannt war, aber zumindest hatte ich etwas zu tun. Ich konnte das Feuer anschauen, statt sie anzustarren.

Oh, ich schaute. Ich schaute — und schluckte schwer. Schaute in erzwungener, falscher Gleichgültigkeit wieder fort, starrte blind auf Hände, die wiederholt zu zittern versuchten, es aber nicht taten, weil ich es nicht zulassen wollte. Dazu benötigte ich aber meine ganze Kraft.

Sie ritt ein gesprenkeltes dunkles Pferd, einen Rotschimmel, dachte ich, fahl, obwohl das in der Dunkelheit schwer zu erkennen war. Einen dunkeläugigen großen Wallach, der vornehm über sturmverstreutes Geröll schritt.

Der Hengst, der sich weniger um Stolz und Erscheinung kümmerte, zog die Lippen zurück und schrie schrill. Er würde den Wallach auf seinen Platz verweisen und wissen, warum er das tat.

Mondgebleichtes weißes Haar war aus einem ebenfalls blassen Gesicht zurückgestrichen und offenbarte die scharfgeschnittenen Kanten zu stark hervortretender Knochen. Der jetzt deutlich sichtbare Kopf war makellos in seiner Schönheit, aber ich hätte es vorgezogen, wenn er mehr Fleisch auf den Knochen aufgewiesen hätte. Sie hatte zuviel an den Kreis und an seine Nachwirkungen verloren.

Das Feuer war vom Himmel verschwunden, wie Wein, der aus einem Becher verschüttet wurde. Die Klinge hing ihr schräg von links nach rechts in ihrem gewohnten Harnisch über den Rücken. Von der unteren Wölbung der reichverzierten Klinge bis zu dem sorgfältig gearbeiteten Knaufknoten erhob sich fast ein Fuß schimmernden Stahls neben ihrem Kopf.

Boreal: *Jivatma.* Die Blutklinge eines Schwertsängers.

Mit ihr hatte sie den Mann getötet, der ihr das Kämpfen beigebracht hatte. Mit meiner Klinge hatte ich fast sie getötet.

Delilah lebt.

Der Hengst stampfte, scharrte, schrie, bog den Hals und hob den Schweif. Ich war erleichtert, dies zu sehen, denn diese herrische Gebärde, die für seine Verhältnisse gedämpft erfolgte, war ein Zeichen dafür, daß es ihm besser ging. Vielleicht hatte ich mir umsonst Sorgen gemacht.

Um den Hengst *und* um Del, denn sie stand hier vor mir.

Mit der üblichen Umsicht zügelte Del ihren Wallach am Rande des kärglichen Feuerscheins. Nicht weit genug entfernt, um den Hengst zu beruhigen, aber weit genug entfernt, um ihm zu zeigen, daß der Wallach seine Herrschaft nicht bedrohte.

Oder tat sie es, um mir dasselbe zu zeigen?

Hoolies, das war vorbei. Der Kreis hatte seine Wahl getroffen.

Ganz in Weiß, Delilah: im Süden die Farbe der Trauer. Was sie im Norden bedeutete, wußte ich nicht. Eine mit einem Gürtel zusammengehaltene Tunika, bauschige Hosen. Ein schwerer Umhang, frei von allen Verzierungen, bis auf das mondgebleichte Silber der Fellschuhe, die über Kreuz um ihre Schienbeine gebunden waren, und braune Lederarmschützer, die den größten Teil der Unterarme bedeckten. Sie schimmerten durch Silberverzierungen, wie auch ihr Gürtel. Und Silberspangen hielten den Umhang. Offenes Haar fiel ihr über die Schultern.

Ich dachte: *Ich kann dies nicht tun.*

Und wußte doch irgendwie, daß ich es tun würde.

»Nun«, sagte ich heiter, »was bietet man einem Geist an?«

»*Amnit*«, sagte sie, »wenn man welchen hat.«

In ihrem Tonfall schwang nichts anderes mit als die vertraute Gelassenheit. Keine Spur von Gefühlen. Ich hoffte, daß mein Tonfall es dem ihren gleichtat.

»Oh, eine Bota oder zwei.« Ich nahm eine Bota vom Boden auf und ließ sie von meiner Hand baumeln. Der Lederbeutel verdrehte sich an seinem Riemen und drehte sich dann in einer langsamen, vorhersehbaren Spirale wieder in die andere Richtung zurück.

Sie saß schweigend im Sattel und beobachtete, wie sich die Bota drehte. In dem schwachen Licht wirkten ihre Augen schwarz. Zu schwarz in einem so weißen Gesicht.

O Hoolies, Bascha. Was sollen wir jetzt tun?

Sie beobachtete, wie sich die Bota drehte.

Und fragte sich, was sie sagen sollte.

Nein, nicht Del. Sie gestaltet Wörter genauso sorgfältig wie Waffen, gebraucht sie aber seltener.

Schließlich sah sie mich an. »Ich bin gekommen, weil ich dich brauche.«

Tief in meinem Innern zog sich etwas zusammen.

Dels Stimme klang fest. Sie gibt beim Reden wenig preis. »Niemand will mit mir tanzen.«

Natürlich. Das. Nichts sonst, was sie betrifft. Ihre Bedürfnisse unterscheiden sich von meinen.

Die Wunde schmerzte erneut. Ich setzte die Bota ab und atmete vorsichtig aus. »Oh?«

»Niemand«, wiederholte sie. Dieses Mal hörte ich eindeutig Schmerz, Qual und Kummer heraus. Bei Del immer gedämpft. Fast immer verdeckt. Oft überhaupt nicht spürbar.

Zorn regte sich. Ich unterdrückte ihn sofort und rieb mir müßig das bärtige Kinn. »Aber du denkst, *ich* wollte das.«

Der Wallach stampfte. Del beruhigte ihn, die Hände hielten die Zügel über dem Knauf ihres Sattels nur leicht fest. Ihre Augen blickten fest. »Du bist der Sandtiger. Südbewohner, kein Nordbewohner. Meine Schmach hat für dich keine Bedeutung.« Nur einen kleinen Moment lang hielt sie inne. »Du warst immerhin der Sieger.«

Ich antwortete zunächst nicht, ließ die Worte sich setzen. Der Sieger — war ich das? Auf eine Weise. Ich hatte den Tanz und daher meine Freiheit gewonnen. Aber gewinnen heißt oft auch verlieren; der Geschmack des Sieges war in diesem Fall entschieden bittersüß.

Ich schaute starr in die Glut des Feuers. Kohlen und Farbe flossen ineinander und erfüllten meine Augen. Ruhig sagte ich: »Ich wäre fast gestorben.«

Sanft, wenn sie es konnte: »Ich hatte einen weiteren Weg als du.«

Ich sah sie scharf an. Die Reste des Feuerscheins überlagerten ihr Gesicht und verbargen seinen Ausdruck vor mir. Und dann verblaßte er, langsam, und ich sah ihren Gesichtsausdruck. Sah die Entschlossenheit.

Ich wollte lachen. Wir diskutierten hier, wer von uns dem Tod näher gewesen war, und jeder von uns war für die Umstände verantwortlich, die den anderen betrafen.

Ich wollte lachen. Ich wollte weinen. Und dann vergingen beide Empfindungen. An ihre Stelle trat Zorn. »Ich habe dich fast getötet, Del. Ich trat in diesen Kreis in der Hoffnung, dich zu besiegen, dich *aufzuhalten*, und doch habe ich dich fast getötet.« Ich schüttelte den Kopf. »Jetzt ist es anders. Nichts kann mehr dasselbe sein.«

»Eines bleibt«, entgegnete sie ruhig. »Es gibt noch immer Dinge, die ich tun muß, bevor mein Gesang beendet ist.«

»Was zum Beispiel?« fragte ich. »Ajani jagen und töten?«

»Ja«, antwortete Del einfach.

Als ich mich jäh erhob, dehnte sich die neue Haut um meine Wunde. Aber das hielt mich nicht auf. Es hielt mich überhaupt nicht auf. Ich nahm den kürzesten Weg direkt über die Feuerstelle auf ihren Wallach zu, faßte hinauf und ergriff Dels Handgelenk, bevor sie reagieren konnte.

Es ist nicht leicht, Del unbemerkt zu erwischen. Sie kennt mich gut genug, um vieles von dem vorherzusagen, was ich vorhabe, aber nicht so gut, um *alles* vorherzusagen. Und diesesmal hatte sie nicht mit mir gerechnet.

Ich hörte ihren erschreckten Laut, als ich sie aus dem Sattel zog. Hörte mein angestrengtes Keuchen sich mit ihrem Laut vermischen.

Es war unangenehm. Es war schmerzhaft. Sie ist groß und stark und schnell, war aber von ihrer eigenen Wunde geschwächt. Sie befreite sich in einem Gewirr aus Steigbügeln, Umhang, Harnisch und Schwert, Armen und Beinen. Ich wußte, daß es weh tat. Ich *wollte*, daß es weh tat. Aber wenigstens tat es uns beiden weh.

Sie landete hart. Der Wallach schnaubte und tänzelte seitwärts und ließ uns Raum, da er von weiteren Feindseligkeiten absah. Ich keuchte erneut, als meine halb verheilte Wunde protestierte. Schweiß brach wieder aus.

Hoolies, das schmerzte.

Aber ich bedauerte es nicht.

Der Knaufknoten ihres Schwertes traf mich am Kinn, aber nicht fest genug, um Schaden anzurichten. Nicht fest genug, um meinen Griff zu lockern. Nicht fest genug, mich aufzuhalten, während ich sie zu Boden warf.

Schweratmend stand ich über ihr und beugte mich ein wenig nach rechts, um die Wunde vor weiteren Schmerzen zu bewahren. »Du einfältige, sandkranke, selbstsüchtige, kleine Närrin, hast du *nichts* gelernt?«

Del lag ausgestreckt auf dem Rücken, das Schwert unter ihr eingeklemmt. So griff sie nach ihrem Messer.

»Oh, o Bascha ... das glaube ich nicht.« Ich schlug ihr Handgelenk mit dem Fuß herunter und lehnte mich ein wenig darauf. Genug, um es ruhig zu halten. Das Messer glitzerte im Mondlicht nur eine Handbreit vor mir. »Wie ... willst du mich töten, weil ich dich beschimpft habe? Weil ich dich eine Närrin genannt habe? Oder selbstsüchtig?« Ich lachte über ihren Gesichtsausdruck. »Du *bist* eine Närrin, Bascha ... ein albernes, selbstsüchtiges, sandkrankes Mädchen, das sich von Racheträumen nährt.«

Helles Haar glitt von ihrer Kehle. Ich sah zarte Haut sich bewegen, als sie schwer schluckte. Sehnen standen angespannt hervor.

»O nein«, sagte ich scharf und beugte mich hinab, um sie vom Boden hochzuzerren.

Das brachte ihre Bemühungen vollständig zum Erlahmen, denn ich war nicht gnädig. Da ich die Lehrergebnisse ihres Bruders schon früher zu spüren bekommen hatte, war ich nicht gewillt, ihr diese Gelegenheit erneut zu gewähren. Ich drehte die Hüften zur Seite und nahm den Tritt, der meiner Leistengegend zugedacht war, mit dem Schienbein auf, was zwar weh tat, aber nicht so sehr, wie es hätte sein können. Dann ergriff ich Umhang, Tunika und Harnischleder mit den Händen und riß sie vom Boden hoch. Halb zog, halb schleppte ich sie und preßte ihren Rücken gegen einen der herabgefallenen Felsen. Ich bändigte sie auf die einzige Art, die ich kannte, und zwar mit meinem ganzen Gewicht. Zwischen mir und dem Fels gefangen, konnte Del nirgendwohin ausweichen.

Kein Messer. Kein Schwert. Jetzt hatte sie nur noch Worte zur Verfügung.

»Du hast Angst«, klagte sie mich an. »Verfluch mich, wenn es dir Spaß macht ... Benenn mich mit allen Namen, die dir einfallen, wenn du dich dadurch besser fühlst. Das ändert nichts. Ich sehe es in deinem Gesicht, in deinen Augen ... Ich spüre es in deinen *Händen*. Du hast Todesangst, Tiger. Angst wegen mir.«

Das hatte ich nicht erwartet.

»Angst.« Weniger heftig, aber nicht weniger sicher. »Ich kenne dich, Tiger ... Du hast die letzten sechs Wochen damit verbracht, dich selbst für das zu bestrafen, was du getan hast ... Ich *kenne* dich, Tiger ... Du hast jeden Tag und jede Nacht der letzten sechs Wochen mit der Angst verbracht, daß ich tot sein könnte, und mit der Angst, daß ich leben könnte. Aber wenn ich tot gewesen wäre, hättest du nicht damit leben können ... damit, deine nordische Bascha getötet zu haben?« Nur einmal schüttelte sie den Kopf. »O nein, nicht du ... nicht der *Sandtiger*, der nicht ganz der sorglose, gefühllose Mörder ist, der er den Leuten gegenüber gern wäre. Also hast du gebetet ... Ja *du*, für alle Fälle ... Du hast gebetet, daß ich leben möge, damit du dich nicht hassen müßtest, und doch hattest du die ganze Zeit über Angst, daß ich leben *würde*. Denn wenn es so wäre und wir uns jemals wieder gegenüberstünden, müßtest du erklären, warum. Du müßtest mir *sagen*, warum. Du müßtest einen Weg finden, das zu rechtfertigen, was du getan hast.«

Ich nahm mein Gewicht von ihr. Wandte mich um. Trat zwei unsichere Schritte von ihr fort. Und blieb stehen.

O Hoolies, Bascha. Warum tut es immer so weh?

Ihre Stimme klang unerbittlich. »Also, Tiger ... wir stehen uns gegenüber. Jetzt ist Zeit für Erklärungen, für das Erzählen, für die Rechtfertigung ...«

Ich unterbrach sie schroff. »Bist du deswegen gekommen?«

Sie klang ein wenig atemlos, wenn auch nicht weniger bestimmt. »Ich habe dir gesagt, warum ich gekommen bin. Niemand will mit mir tanzen. Natürlich nicht in Staal-Ysta ... und ich glaube auch nirgendwo sonst. Frauen sind im Norden freier als im Süden, aber nur wenige Männer wollen gegen eine Frau tanzen, auch nicht im Übungsgang. Und ich brauche es. Dringend. Ich habe an Kraft, Geschwindigkeit und Können verloren ... Ich brauche dich zum Tanzen. Wenn ich Ajani töten soll. Ich muß stark genug sein, um es zu tun.«

Ich fuhr mit der Absicht herum, etwas zu sagen, aber ich ließ es bleiben, als ich sah, wie sie am Fels lehnte. Es war keine Farbe in ihrem Gesicht, überhaupt keine, sogar in ihren Lippen nicht. Sie preßte einen Arm über ihren Unterleib, als wollte sie ihre Eingeweide festhalten. Sie sank gegen den Fels.

O Hoolies, Bascha.

»Faß mich nicht an!« zischte sie.

Ich blieb kurz vor ihr stehen und wartete.

Sie atmete geräuschvoll ein. »Sag, daß du mit mir tanzen willst.«

Ich spreizte die Hände. »Und wenn ich es nicht tue, wirst du mir nicht erlauben, dich anzufassen — ist es das? Du wirst mir nicht erlauben, dich vom Boden aufzuheben — wo du dich gleich befinden wirst — und dich zum Feuer zu tragen, wo es Nahrung und *Amnit* gibt ...«

»Sag es«, sagte sie, »und wir müssen nicht herausfinden, daß du mich nicht tragen *kannst,* was deinen Stolz unwiderruflich verletzen würde.«

»Del, du machst dich lächerlich ...«

»Ja«, stimmte sie zu. »Aber das haben wir beide schon zuvor getan.«

»Wenn du denkst, daß ich mit dir in einen Kreis eintrete, nach allem, was beim letzten Mal geschehen ist ...«

»*Sag es einfach!*« schrie sie, und schließlich zerbrach etwas. Sie kreuzte beide Arme vor den Rippen und hielt sich ganz fest umfangen, stand nur noch durch Anspannung in den Beinen und pure Entschlossenheit aufrecht. »Wenn ich ihn nicht verfolge ... wenn ich Ajani nicht töte ... wenn ich meinen Schwur nicht ehre ...« Sie verzog das Gesicht, gelöstes Haar hing herab, verbarg einen großen Teil ihres Gesichts, aber nicht den rauhen Tonfall ihrer Stimme. »Ich muß, ich *muß* ... es bleibt mir nichts anderes übrig ... überhaupt nichts bleibt mir übrig ... keine Eltern, keine Brüder, keine Tanten und Onkel und Vettern ... nicht einmal Kalle gehört mir ... nicht einmal meine *Tochter* gehört mir ...« Sie sog schmerzlich und geräuschvoll den Atem ein. »Ajani ist alles, was ich habe. Sein Tod ist alles, was ich habe. Er ist alles, was von der Ehre übriggeblieben ist.«

Ich fragte mich kurz, mit wem sie sprach: mit mir oder mit sich selbst? Aber ich hielt inne und dachte an etwas anderes. »Es gilt noch mehr zu ehren als nur das.« Ich hatte vor, alles sorgfältig zu erklären, brach aber ab, um sie aufzufangen, als ihre Beine nachgaben und sie an dem Fels hinabglitt. Und entdeckte, daß sie recht hatte: Ich konnte sie nicht aufheben. Also saßen wir beide dort, verfluchten den persönlichen Schmerz und verbargen ihn hinter mühseligen, gemurmelten Flüchen und abschlägigen Antworten auf halbwegs gehauchte Fragen.

»Tanz mit mir«, bat sie. »Willst du, daß ich bettle?«

Ich knirschte es durch fest zusammengebissene Zähne. »Ich will nicht, daß du bettelst. Ich will nicht, daß du tanzt. Ich will nicht, daß du irgend etwas tust außer genesen.«

Del ballte eine Hand zur Faust und schlug sich schwach auf die Brust. »Es ist alles, was ich habe ... es ist alles, was ich *bin* ... wenn ich Ajani nicht töte ...«

Ich wandte mich unbeholfen zu ihr um und versuchte, wunde Haut nicht zu bewegen. »Darüber werden wir später sprechen.«

Ihre Stimme klang erschreckt. »Was tust du?«

»Ich versuche, einige deiner Kleidungsstücke zurückzuschlagen, damit ich einen Blick auf deine Wunde werfen kann.«

»Laß es«, bat sie, »laß es. Sie heilt ohne deine Hilfe. Glaubst du, sie hätten mich gehen lassen, wenn ich in Todesgefahr wäre?«

»Ja«, antwortete ich unverhohlen. »Telek und Stigand? Und der ganze Rest der *Voca?* Dumme Frage, Bascha ... Ich bin überrascht, daß sie dich nicht an dem Tag hinausgeworfen haben, als *ich* fortging.«

»Das zu tun, hätte Staal-Ysta entehrt«, sagte sie schwach. »Ich war der erwählte Meister ...«

»... der im Kreis sterben sollte, während er mit mir tanzte«, beendete ich ihren Satz. »Telek und Stigand haben dich den Sandtigern vorgeworfen, Bascha — kein beabsichtigter Scherz —, und hatten nicht die Absicht, daß du den Tanz überlebtest. Dein Tod hätte die Ehre von Staal-Ysta wiederhergestellt, und durch meinen Sieg kaufte ich das Jahr zurück, zu dem du mich verpflichtet hattest. Im Süden nennen wir das ›zwei Fliegen mit einer Klappe schlagen‹ ... das ist es, was die *Voca* wollten. Du solltest sterben und ich Staal-Ysta verlassen. Wie es aussieht, sind wir *beide* fortgegangen.«

»Und Kalle blieb zurück.« Ihr Tonfall klang verbittert, während sie sich von mir abwandte, sich sehr aufrecht setzte und die Lagen zerknitterter Wolle zurechtzog, die ihre wunden Rippen verhüllten. »Also haben sie bekommen, was sie wollten. Ich habe eine Tochter verloren, die mir vielleicht nicht gehören sollte … Aber da ist noch immer ihr Vater. Und Ajani werde ich töten.«

»Was bedeutet, daß wir wieder da sind, wo wir angefangen haben.« Ich atmete tief ein, hielt scharf die Luft an, als ich ein Stechen verspürte, und ließ sie dann langsam wieder ausströmen. »Was ich zuvor schon sagen wollte …«

»Ich bin nicht gekommen, um deinen Rat einzuholen.« Del stieß sich unbeholfen hoch, richtete sich mit unendlicher Vorsicht auf und ging sehr langsam auf den Rotschimmel zu.

Die Plötzlichkeit dieser Abfolge verblüffte mich. »Was?«

Sie ergriff die Zügel des Wallachs, führte ihn zu einem Baum in sicherem Abstand zu dem Hengst und band ihn fest. »Ich bin nicht gekommen, um deinen Rat einzuholen. Nur um mit dir zu tanzen.«

So kühl und kurz angebunden. Wie die alte Del — ohne Zeit für die Empfindungen anderer. Ein vollständiger Kreis, dachte ich. Am Ausgangspunkt zurück.

Aber nicht ganz, Bascha. Ich bin nicht derselbe Mann. Wegen — oder trotz — dir bin ich nicht derselbe Mann.

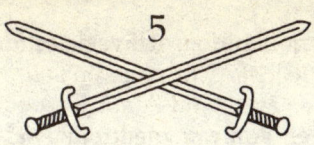

5

Ich saß auf meinem Schlafplatz bei der Feuerstelle, kratzte Sandtigernarben, trank *Amnit* und dachte nach. *Dachte nach.*

Was, zu den Hoolies, geschieht jetzt?

Nun, sie wollte mit mir reiten. Für eine Weile. Um mit mir im Kreis zu tanzen, bis sie genesen genug wäre, Ajani herauszufordern. Was bedeutete, daß sie schon immer vorgehabt hatte, mich zu verlassen, wenn sie mich erst einmal gefunden hätte. Wenn sie erst einmal wieder gesund wäre.

Was bedeutete, daß sie mich benutzte.

Nun, wir benutzen uns alle gegenseitig. Auf die eine oder andere Art.

Aber Del benutzte *mich.*

Wieder.

Offensichtlich ohne meine eigenen Gefühle zu bedenken. Oder vielleicht *hatte* sie sie bedacht und glaubte, ich sei ohne sie glücklicher dran. Wenn sie erst einmal bereit wäre zu gehen.

Oder vielleicht erfand sie eine wilde Geschichte, um den wahren Grund zu verbergen, warum sie mich aufgespürt hatte, was weniger mit Ajani und mehr mit mir zu tun hatte.

Nein. Nicht Del. Sie ist nichts, wenn sie nicht zu etwas entschlossen ist.

Nichts, wenn sie nicht *besessen* ist.

Was bedeutete, daß Ajani noch immer das wichtigste Thema war und ich lediglich ein Mittel zu dem Zweck, sie kampffähig genug zu machen, damit sie ihn töten konnte.

Was wiederum dahin zurückverwies, daß ich benutzt wurde.

Wieder.

Ein kleiner Teil von mir meinte, es sei nicht wichtig, es sei eine ausreichende Entschädigung, Del um mich zu haben. Weil sie, natürlich, wieder mein Bett teilen würde, und das sollte genug sein, damit ein Mann gewisse Dinge übersähe.

Vielleicht wäre es früher so gewesen. Aber jetzt nicht mehr. Ich konnte nichts übersehen. Denn ein größerer Teil von mir mochte es nicht, auf ein *Mittel zum Zweck* reduziert zu werden. Ich verdiente Besseres.

Und ein noch größerer Teil erinnerte mich mit ausgesprochener Klarheit daran, daß Del nicht zweimal nachgedacht hatte, als sie mich den *Voca* auf Staal-Ysta als Köder angeboten hatte, um sich ein Jahr ihres Exils zu ersparen.

Nun, vielleicht hatte sie zweimal darüber *nachgedacht.* Aber sie hatte dieses Angebot dennoch recht leicht gemacht, ohne mich auch nur um Rat zu fragen.

Und das schwärte. Oh, es schwärte.

Ich saß auf meinem Schlafplatz bei der Feuerstelle, kratzte, trank und schaute. Und wartete lange auf Delilah.

Sie beschäftigte sich mit ihrem Wallach, sattelte ihn ab, rieb ihn trocken, sprach sanft auf ihn ein, machte ihn für die Nacht bereit. Verschwendete Zeit? Hinhaltetaktik? Vielleicht. Aber wahrscheinlich nicht. Del weiß, was sie tut und warum, und verbringt keine Zeit mit dem Spiel ›Was-wäre-wenn‹, sobald die Tatsachen feststehen.

Ich beobachtete sie: ein weißer Geist im Glühen des Feuers, ein weißes Gespenst vor schwarzen Bäumen, so Weiß-auf-Weiß, Delilah: Tunika, Hosen, Haar, außer dem blitzenden Silber. Beschläge auf Gürtel und Armschutz. Zwei schwere Umhangspangen, die jede wollverhüllte Schulter beschwerten.

Und das gewundene Schwertheft, über ihren Rücken geschwungen.

Hoolies, was tue ich?

Hoolies, was tue ich *nicht?*

Ich hatte auf beides keine Antwort. Ich saß bei der Feuerstelle, trank *Amnit* und wartete auf Delilah.

Schließlich kam sie. Die Arme voller Gerätschaften und Bettzeug, kam sie endlich auf das Feuer zu. Auf mich zu. Und schließlich konnte ich es ihr sagen.

»Nein«, sagte ich ruhig.

Mitten im Schritt zögerte sie. Blieb ganz stehen. »Nein?« wiederholte sie offen und eindeutig verwirrt. Dachte an etwas anderes.

»Du hast mich gebeten, mit dir zu tanzen. Nun, ich kann es dir in der südlichen Sprache, in der Desertsprache, und in Nordisch sagen. Sogar in der Hochlandsprache.« Ich lächelte wenig belustigt. »Welches Nein willst du? Welches wirst du glauben?«

Ihr Gesicht war so weiß wie Eis. Nur ihre Augen waren schwarz.

Mit ausgesprochener Sorgfalt setzte ich meine Bota ab. »Dachtest du, ich sei so gut in Übung, daß ich mich hinlegen und dir den Bauch hinstrecken würde, damit du dich wieder gut fühlen könntest?«

Sie stand sehr ruhig und umklammerte die Decken.

Ich behielt einen sachlichen Tonfall bei. Vollkommen ausdruckslos, damit sie wüßte, wie das war. »Du bist mit der Erwartung gekommen, daß ich zustimmen würde. Nicht um zu fragen, nicht um zu bitten ... um es zu *befehlen.* ›Tanz mit mir, Sandtiger. Tritt in den Kreis‹«. Langsam schüttelte ich den Kopf. »Ich lehne die Motive nicht ab, warum du Ajanis Tod wünschst. Ich verstehe Rache genausogut oder besser als jeder andere. Aber du hast dein Recht verwirkt, von mir zu erwarten, daß ich alles tue, nur weil du darum bittest. Du hast die *Bitte* verwirkt.«

Del sagte lange Zeit überhaupt nichts. Das schwache

Licht der Feuerstelle grub Linien in ihr Gesicht, zeigte mir aber nicht seinen Ausdruck. Überhaupt keinen Ausdruck.

Ich wartete. Der Kreis lehrt Geduld, viele Arten von Geduld. Aber noch nie hatte ich das Warten so tief empfunden. Noch niemals hatte ich sosehr gewünscht, es möge aufhören. Und ich hatte Angst, die Antwort zu kennen, zu wissen, wie es ausgehen würde.

Ihre Stimme klang sehr leise. »Willst du, daß ich gehe?«

Ja. Nein. Ich weiß es nicht.

Ich schluckte schmerzlich. »Du hattest unrecht«, belehrte ich sie.

Del umklammerte das Bettzeug.

»Unrecht«, wiederholte ich sanft. »Und bis du es einsiehst, bis du es zugeben kannst, kann ich dir, glaube ich, nicht helfen. Ich *will* dir nicht helfen.«

Atem entströmte ihrem Mund. Und damit ihre Antwort. Ihre Erklärung. Ihre *Entschuldigung*, für etwas, das keiner Entschuldigung bedurfte, weil keine Entschuldigung ausreichend sein konnte. »Es war für Kalle . . .«

»Es war für dich.«

»Es war für die Familie . . .«

»Es war für dich.«

Schmerzliche Verzweiflung. »Es war für die *Ehre*, Tiger . . .«

»Es war für dich, Delilah.«

Der volle Name ließ sie zurückweichen. Die Bewegung ließ sie zusammenzucken. Ihre Abwehr zerbrach: ihre Abwehr gegen den Schmerz, gegen die Wahrheit, gegen mich. Das letztere, so dachte ich, war das, was zählte. Es könnte sie noch heilen.

»Stolz«, sagte ich, »ist mächtig. Du hast meinen Stolz sehr leichtfertig weggeworfen. Willst du dasselbe mit deinem Stolz tun?«

Ihr Gesicht war blaß vor Entsetzen. »Wieso habe ich deinen Stolz weggeworfen?«

Ich sprang auf, ungeachtet der Schmerzen eines verzerrten Leibes. Sie aus dem Sattel zu reißen, hatte von uns beiden Tribut gefordert. »Hoolies, Del, hast du es vollständig vergessen? Ich war mein halbes Leben lang ein *Sklave!* Kein unschuldiges, junges, nordisches Mädchen, das mit Schwertern und Messern spielt und von seiner Familie sehr geliebt wird, sondern ein menschliches Lasttier. Ein Chula. Ein *Ding.* Etwas ohne Namen, ohne Identität, ohne Daseinsgrund, außer dem Grund, anderen zu dienen. Außer dem Grund, andere zu *bedienen* ... Was glaubst du, habe ich nachts in den Hyorts mit den Frauen getan?«

Ich sah das Entsetzen auf ihrem Gesicht, aber es zügelte mich kaum. »Glaubst du, es war immer zum Vergnügen? Glaubst du, es war immer nur so, daß ein Mann eine Frau benutzt hätte?« Ich schüttelte mir das Haar aus den Augen. »Laß es mich sagen, Delilah: Es ist nicht immer nur die Frau, die benutzt wird ... Es ist nicht immer nur die Frau, die sich schmutzig und benutzt fühlt und ohne Wert, außer dem Wert, den sie im Bett hat. Es *ist* nicht immer nur die Frau ...«

O Hoolies, ich hatte nicht soviel sagen wollen — oder es so grob sagen wollen. Aber ich beendete es trotzdem, denn es wollte gesagt werden. Denn es *mußte* gesagt werden, wenn wir jemals auch nur eine Spur unserer alten Beziehung wiederentdecken wollten, selbst der des Kreises.

Ich festigte mühsam meine Stimme. »Ich habe meine Freiheit — und meinen Namen — durch Verzweiflung und reines, zufälliges Glück errungen, Del, gar nicht zu reden von der körperlichen und seelischen Qual ... Und doch wolltest du das alles erneut wegwerfen, nur um dir selbst ein wenig Zeit zu erkaufen. Habe ich dir das bedeutet? Ein Mittel zum Zweck? Die Münze, um dir deine Tochter zu erkaufen? Ein Körper, den man verschachern kann? War ich das, Delilah?«

Sie war so angespannt, daß sie zuckte. Und dann

beugte sie sich ruckartig hinab. Legte das Bettzeug und die Gerätschaften ab. Erschauerte einmal zutiefst, ergriff dann das Heft ihres Schwertes mit beiden Händen und zog es aus der Scheide.

Einen Moment lang, einen ungläubigen, schmerzlichen Moment lang dachte ich, sie wollte mich töten. Daß ich zu weit gegangen war, obwohl ich kaum weit genug gegangen war.

Der Moment verging. Del wiegte Boreal. Senkrecht und vorsichtig preßte sie die Klinge zwischen ihre Brüste.

Kurz, oh, so kurz, schloß sie die Augen, murmelte etwas und ließ sich dann langsam und schmerzerfüllt auf ein Knie nieder. Senkte dann auch das andere.

Del kniete vor mir im Schmutz. Sie beugte sich vor, legte Boreal flach auf den Boden, kreuzte die Arme über der Brust und ballte die Hände zu Fäusten. In tiefer Ehrerbietung verbeugte sie sich, wobei ihre Stirn auf der Klinge ruhte.

Sie verhielt sich einen Augenblick unbeweglicher Stille lang vollkommen ruhig und erhob sich dann wieder. Ihre Augen schimmerten im Feuerglühen schwarz, von allem leergefegt außer dem Wissen um das Bedürfnis. Um ihres genausogut wie um meines.

Mit häufigen Unterbrechungen und schwerem Schlucken sprach sie in der nordischen Sprache zu mir. Es war ein Dialekt, den ich nicht kannte, wahrscheinlich auf Staal-Ysta und durch genaue, geforderte Rituale entstanden, die dazu gedacht waren, das Mysterium des *Jivatma* zu steigern. Ich war niemals sehr beeindruckt von dem Aufwand an solchen Dingen, denn ich bevorzugte geradeheraus geführte, ungeschmückte Reden, aber ich versuchte nicht, sie zu unterbrechen. Offensichtlich brauchte sie das.

Schließlich hielt sie inne. Verbeugte sich erneut. Richtete sich auf, sah mich an und wiederholte alles in südlicher Sprache, so daß ich es verstehen konnte.

Ich unterbrach sie sofort entsetzt. »Das ist nicht notwendig.«

Sie wartete. Schluckte. Begann erneut.

Ich fluchte. »Ich *sagte* ...«

Sie erhob die Stimme und fuhr mir über den Mund.

»Hoolies, Del, glaubst du, das ist es, was ich will? Demütigung? Buße? Ich verlange nichts dergleichen, du Närrin ... Ich will lediglich, daß du verstehst, was du getan hast. Ich will lediglich, daß du erkennst ...« Aber ich brach angewidert ab, denn sie hörte nicht zu.

Schließlich fuhr sie fort. Alle Formen wurden gewahrt, alle Erfordernisse befriedigt. Sie war eine wahre Tochter von Staal-Ysta, gleichgültig, was andere sagten, unabhängig davon, daß sie ins Exil verbannt worden war. Sie vollendete das Ritual.

Sie verbeugte sich erneut über Boreal. Nahm ihr Schwert auf, erhob sich, wandte sich unbeholfen von mir ab und ging auf den Rotschimmel zu. Stolperte ein wenig. Fing sich mühsam. Ihre Anmut war verschwunden, nicht aber ihre Würde.

Sie hatte ihren Stolz über Bord geworfen. Jetzt waren wir beide gleich.

6

ie brach durch, stieß zu, traf mich, genau über dem losen Gürtel. Ich spürte das kurze Kitzeln, als kalter Stahl Stoff und Haut zerteilte, leicht durch beides hindurchglitt, dann kurz eine Rippe erwischte, daran vorbeirieb, tiefer schnitt, in die Eingeweide stach. Es war überhaupt kein Schmerz zu spüren. Er wurde von Schock und Eis vereinnahmt. Und dann rann mir die Kälte durch die Knochen und biß in jeden Muskel.

Tief im Schlaf zuckte ich zusammen.

Ich sprang zurück, befreite mich aus der Klinge. Die Wunde selbst war nicht schmerzhaft, zu taub, um mich zu behindern, aber der Sturm tobte in meinem Körper. Das Blut, das ich verströmte, war Eis.

Ich zog ein Knie zum Bauch hoch, versuchte, die Wunde zu schützen. Versuchte, die Klinge abzuwenden, die meine Haut bereits durchdrungen hatte.

»Ergib dich!« schrie sie. »Ergib dich!« Entsetzen und ein Rest von Zorn machten ihren Tonfall schrill.

Ich wollte. Aber ich konnte nicht. Etwas war in mir, in meinem Schwert. Etwas kroch in das Blut und in die Knochen und Sehnen und in den neuen glänzenden Stahl. Etwas, das von Bedürfnis sprach. Das von der Möglichkeit des Sieges sprach. Das von Möglichkeiten zu verletzen sprach ...

Ich wachte schwitzend und wie ein Blasebalg atmend auf, wie der Hengst, wenn er zu hart angetrieben wird. Das Feuer war bis auf die Kohlen heruntergebrannt. Nur der Mond spendete Licht und bot wenig genug davon. Ich suchte in der Dunkelheit nach Del. Sah nichts als noch tiefere Schatten.

Hoolies, hatte ich das geträumt? Hatte ich das Ganze geträumt?

Ich setzte mich steif auf und wünschte sofort, ich hätte es nicht getan. Tief innen schmerzte es. Ich hatte mich im Schlaf gedreht, und die erst halb verheilte Wunde protestierte.

Mein Schwert schrie nach Blut.

Hatte ich das Ganze geträumt? Oder nur einen Teil davon?

Ein Zweig schnellte zurück. Bewegung. Vielleicht hatte ich es nicht geträumt.

Hoolies, mach es wirklich!

Ich starrte in die Dunkelheit. So angespannt, daß mir die Augen brannten, versuchte die schmale Linie zwischen Traum und Realität auszumachen.

»Ich werde dich töten«, keuchte sie. »Irgendwie ...« Und sie griff mich an, mich, brach durch meine schwache Abwehr und zeigte mir drei Fuß tödliches Jivatma. »Ergib dich!« schrie sie erneut.

Mein Schwert schrie nach Blut.

Del war fort. Da war ich sicher, und ich haßte es. Haßte mich selbst für den Sog der Angst, der Qual, das Aufwallen schmerzlicher Schuld. Was ich zu ihr gesagt hatte, hatte gesagt werden müssen. Ich bedauerte kein Wort davon. Aber keines meiner Worte hatte sie vertreiben sollen.

Die Worte hatten ihr nur eine Wahl lassen sollen.

Del trifft immer ihre eigene Wahl, egal, wie schmerzlich sie ist. Egal, wie fordernd. Sie weicht nicht aus und hält die beendete Aufgabe für wichtiger als die jeweilige Handlung. Zu meinem Ärger, besessene Delilah, war das Ergebnis immer wichtiger als die Art, wie etwas ausgeführt wurde.

Was bedeutete, daß sie vielleicht sehr wohl gegangen war, da ich ihr meine Antwort gegeben hatte.

Hatte ich das? Ich erinnerte mich nicht daran, mich geweigert zu haben, mit ihr zu tanzen, so bald sie ihr Unrecht eingestand.

Sie hatte ein Bußritual durchgeführt. Mich um Vergebung gebeten. Offen von Schande gesprochen und wie die ihre mich beeinflußt hatte. Aber nicht einmal, nicht *einmal* hatte sie zugegeben, daß sie im Unrecht gewesen war.

Hoolies, sie ist starrköpfig!

Leise fluchend entwirrte ich Decken und Felle von meinen Beinen, stand steif auf und fluchte noch stärker. Hörte dann den Rotschimmelwallach in der Dunkelheit schnauben und erkannte, daß Del nicht wirklich *gegangen* war, sie war nur einfach nicht da.

Nun, eine Frau hat ein Recht auf ihren Privatbereich.

Und dann sah ich das Licht.

O Hoolies, Bascha, was tust du jetzt?

Boreal natürlich. Del ging ohne sie nirgendwohin. Sie gebrauchte sie nicht immer, denn sie mochte nicht prahlen, aber wenn sie es tat, dann konnte es sich sehen lassen. Wie jetzt, mit dem Licht.

Del hatte etwas vor.

Ich bin groß, aber ich kann mich leise bewegen. Ich habe in der Kindheit, in der Sklaverei, gelernt, wie man für lange Zeitspannen bewegungslos bleibt. Wie man *unsichtbar* wird, so daß man von niemandem bemerkt wird. Das rettete mich vor zusätzlichen Auspeitschungen, vor Schlägen und Hieben und Knüffen. Das hatte ich aus einem Bedürfnis nach Selbsterhaltung kultiviert, und es diente mir sogar in der Freiheit. Es diente mir gerade jetzt.

Leise bewegte ich mich, in meinen Umhang eingehüllt, und glitt leichten Fußes durch die Schatten. Ab und zu hielt ich inne, ahmte Bäume nach, denn manche Leute sagen, ich sei dazu groß genug. Und schließlich sah ich Delilah in der Dunkelheit knien und leise ihr Schwert ansingen.

Ungeachtet dessen, was mit meinem Schwert geschehen war, als ich die Katze getötet hatte, ist mir Musik noch immer fremd. Ich verstehe sie nicht. Und ich verstand es auch jetzt wirklich nicht, obwohl die Worte deutlich genug waren, wenn sie auch in der nordischen Sprache anstatt in der südlichen gesungen wurden. Aber der Gesang war ein persönlicher Gesang, einzig und allein für Boreal komponiert.

Del singt ihr Schwert oft an. Nordbewohner tun dies, man frage mich nicht warum. Im Süden tanzen wir nur und lassen die Bewegung für sich selbst sprechen. Aber auf Staal-Ysta hatte ich gelernt, daß es für einen Schwerttänzer üblich — nein, *notwendig* — war zu singen. Eine Variation des Tanzes. Musik für den Kreis.

Für Del war es mehr als das. Es war Musik für das Schwert. Sie stimmte damit seine Macht und gebrauchte sie, abhängig von dem Gesang, der Boreals Magie nutzbar machte.

Del sang sanft, und Boreal erwachte zum Leben.

Ich habe es schon zuvor gesehen. Tropfen für Tropfen, Perle für Perle, die die Klinge von der Spitze bis zum Heft entlangliefen bis der Stahl entflammte. Aber dieses Mal war das Licht schwach, persönlich, als dämpfe sie es absichtlich. Ihr Gesang war kaum ein Flüstern, und die Antwort, die kam, desgleichen.

Schuld flackerte auf. Dies war eindeutig ein persönliches, privates Ritual, für Del allein bestimmt. Aber ich ging nicht fort. Ich konnte es nicht. Ich habe der Magie immer mißtraut, und jetzt mißtraute ich Del.

Tief innen zog sich etwas zusammen. Etwas, das von Unbehagen zeugte. Etwas, das von Angst zeugte.

Würde es immer dasselbe sein? Oder waren wir zu weit gegangen?

Del sang ihren Gesang, und das Schwert erwachte zum Leben.

»Hilf mir«, flüsterte sie. »O hilf mir . . .«

Es war die nordische Sprache, nicht die südliche, aber ich hatte genug davon gelernt, um zu verstehen. Die Notwendigkeit hatte mich geformt, und dieser Augenblick war nicht anders.

Del sog den Atem ein. »Mach mich stark. Ich muß

stark sein. Mach mich hart. Ich muß *hart* sein. Laß mich nicht so weich sein. Laß mich nicht so schwach sein.«

Sie war die stärkste Frau, die ich kannte.

»Ich habe ein Verlangen«, flüsterte sie, »ein starkes und mächtiges Verlangen. Eine Aufgabe, die beendet werden muß. Ein Gesang, der beendet werden muß. Aber jetzt habe ich Angst.«

Licht kräuselte sich am Schwert hinauf. Es pulsierte, als antworte es.

»Mach mich stark«, bat sie. »Mach mich wieder hart. Mach mich zu der, die ich sein muß, wenn ich meinen Gesang beenden soll.«

Ziemlich leicht zu erbitten. Schwerer, so dachte ich, damit zu leben.

Ein letztes Mal bat sie sanft: »*Mach, daß ich mich nicht mehr darum sorge, was er denkt.*«

O Hoolies, Bascha. Tu dir das nicht an.

Aber es war bereits zu spät. Boreal war stumm. Delilah hatte ihre Antwort bekommen.

Und ich hatte ein Schwert zu hassen.

7

Etwas Böses weckte mich auf. Etwas riß mich aus einem traumlosen Schlaf und zwang mich, wach zu werden. Plötzlich und auf unschöne Weise wach zu werden.

Etwas Böses, das roch. Etwas in meinem *Gesicht* ...

Ich weiß nicht, was ich rief. Etwas Lautes. Etwas Ärgerliches. Und, das gebe ich zu, etwas Ängstliches. Aber immerhin kenne ich keinen lebenden Mann, der keine Angst hätte, wenn er aus gesundem Schlaf aufwacht und eine Bestie entdeckt, die über seinem Kopf steht.

In dem Moment, da ich von meinem Schlafplatz hochfuhr, sprang mir der Hund an die Kehle. Ich roch seinen Gestank, spürte seinen Atem, sah das weiße Glitzern seiner glänzenden Augen. Schlug mit beiden Armen um mich und versuchte, ihn fortzustoßen.

Der Hund sprang erneut, versuchte noch immer meine Kehle zu erwischen. Dumpf hörte ich Del auf der anderen Seite der Feuerstelle, die etwas in nordischer Sprache rief. Sie klang erschreckt *und* wütend. Ich antwortete nicht, denn ich hatte keine Zeit, es zu versuchen, hoffte aber, daß sie noch etwas anderes tun würde als nur zu rufen. Was sie natürlich auch tat, mit Boreal in der Hand.

Mein eigenes Schwert lag unter zerwühltem Bettzeug begraben. Ich lag jetzt auf Schmutz, hartem, kaltem Schmutz, den Kopf auf den Steinen der Feuerstelle. Der Hund würde vielleicht meine Kehle erwischen, die Kohlen würden vielleicht meine Haare erwischen.

Niemand will sterben. Aber schon gar nicht ohne Haare.

Die Bestie machte kein Geräusch. Wohl aber Del, und zwar laut, als sie mir zurief, ich solle mich flach auf den Boden legen.

Ich versuchte es. Ich meine, kein Mann, der sich Boreals Macht bewußt ist, riskiert allzu bereitwillig sein Leben. Aber in dem Moment, als ich mich herumwarf und mich in den Schmutz zu graben versuchte, wich der Hund der Klinge aus. Del konnte mehr, aber mein Kopf war im Weg. Und auch meine um sich schlagenden Hände, die sich um eine pelzige Kehle krallten. Ich wollte nichts mehr als versuchen, mein Messer zu erreichen, wagte aber nicht, auch nur mit einer Hand von dem Hund abzulassen, weil ich dann meinen kurzzeitigen Vorteil verlieren würde.

Ich spürte Zähne an meiner Kehle. Zuschnappend, packend, ergreifend. Der Gestank war überwältigend. Es roch nach verfaulenden Körpern.

Etwas schmiegte sich fest an meinen Nacken. Etwas wie Draht oder ein Seil. Und dann erkannte ich, daß es meine Kette war. Mein Band mit den Sandtigerkrallen.

Hoolies, er wollte meine *Krallen?*

Aber ich hatte keine Zeit, mich über die anfängliche überraschte Reaktion hinaus zu wundern. Ich hörte Dels gemurmelte Anweisung, meinen Kopf im Auge zu behalten, was ich aber nicht wirklich tun konnte, weil die Augen *darin* waren, und duckte mich. Aber sie verfehlte den Hund erneut, wenn auch nur knapp. Ich hörte Boreals Flüstern, als Stahl an meinem Kopf vorbeisang.

»*Tu* es einfach«, platzte ich heraus.

Und dann sprang die Bestie fort, entwischte der Klinge erneut. Sie ließ mich in der Dunkelheit zurück und floh in die Bäume.

Ich lag ausgestreckt auf dem Rücken, und eine Hand machte sich eifrig durch wollene Schichten hindurch an meinem Hals zu schaffen, um festzustellen, ob ich heil war. Um zu fühlen, ob ich blutete. Ich riß die Wollkleidung ziemlich gewaltsam herunter und stieß ein erleichtertes Seufzen aus, als meine Finger nur Haut berührten. Überhaupt kein Blut oder zerfetztes Fleisch, nur heile Haut ohne Bißwunden.

Del mißachtete mich derweil vollständig und trat über mich hinweg, um der Fährte der Bestie zu folgen. Nur für den Fall, daß sie kehrtmachen würde. Nur für den Fall, daß sie Gefährten haben sollte. Keine schlechte Idee, aber sie hätte auch einmal an mich denken können. Immerhin konnte ich, nach allem, was *sie* wußte, genau hier an dieser Stelle verbluten, vor ihren Augen Stück für Stück — oder Tropfen für Tropfen — verbluten.

Nur daß sie nicht darauf achtete. Was die Wirkung irgendwie zunichte machte.

Ich spürte das Band in meinem Nacken, hörte das Klappern der Krallen, spürte Erleichterung schnell durch mich hindurchrauschen. Was bedeutete, daß ich völlig berechtigterweise verdrießlich war, denn ich war in Ordnung.

Ich ließ Del vier Schritte gehen. »Mach dir keine Gedanken«, sagte ich. »Er hat bekommen, weswegen er gekommen war.«

Sie fuhr herum. Das Schwert schimmerte. »Was meinst du mit ›weswegen er gekommen war‹?«

Ich setzte mich langsam auf und massierte noch immer die Haut an meiner Kehle. Sie fühlte sich gequetscht an, was nicht überraschend war. »Die Pfeife«, sagte ich heiser. »Die Wachpfeife der Canteada. Das ist es, was sie wollten.« Also doch nicht meine Krallen, obwohl ich ihr das nicht sagte. Ich glaubte nicht, daß sie verstehen würde, warum ich mir überhaupt Gedanken darum gemacht hatte.

Del blickte zurück in die Schatten. Ich wußte, daß die Bestie fort war, denn ihr Gestank war verweht. Aber sie wartete, das Schwert bereithaltend, bis ihr Mißtrauen erstarb. Und dann kam sie zu mir.

»Laß mich sehen«, bat sie.

Endlich. Aber ich hob nachlässig die Schultern, als sie sich hinkniete und Boreal dicht neben sich legte. »Es geht mir gut. Er hat nicht einmal die Haut verletzt.«

Dels Hände waren beharrlich. Sie schälte Stoffschichten zurück, schob meine Hand zur Seite und betrachtete im schwachen Licht des Mondes sorgfältig die Haut.

Es war ein seltsames Gefühl, sie nach so langer Trennung so nahe bei mir zu haben. Ich roch ihren vertrauten Geruch, spürte ihre vertraute Berührung, sah das schwache Stirnrunzeln zwischen ihren Brauen. In Augenblicken wie diesen war es schwer, mir auch nur in Erinnerung zu rufen, was zwischen uns getreten war.

Aber dann gab es da auch andere Augenblicke, in denen ich mich nur zu gut an alles erinnerte.

O Hoolies, Bascha ... Zuviel Sand wurde aus der Wüste geweht.

Wenn Del meinen forschenden Blick bemerkte, ließ sie es sich jedenfalls nicht anmerken. Sie untersuchte nur sorgfältig meinen Hals, nickte leicht und nahm ihre Hände fort. »So«, sagte sie, »sie haben gelernt. Und wir sind wieder da, wo wir angefangen haben.«

»Nicht ganz«, murmelte ich. »Zuviel Sand wurde aus der Wüste geweht.«

Del runzelte die Stirn. »Was?«

Aus irgendeinem Grund war ich gereizt. »Wir sind nicht wieder da, wo wir angefangen haben, weil sich zu vieles geändert hat.« Ich änderte meine Stellung, spürte das Ziehen erneut angespannten Narbengewebes und versuchte mein Unbehagen vor ihr zu verbergen. Genauso wie sie das ihre vor mir verbarg. »Geh wieder schlafen, Del. Ich werde die erste Wache übernehmen.«

»Du bist nicht in der Verfassung dafür.«

»Das ist keiner von uns, aber wir müssen es beide

tun. Ich dachte nur, dann könnte ich genausogut anfangen.«

Sie wollte widersprechen, tat es aber nicht. Sie wußte es besser. Ich hatte recht. Und so kehrte sie zu ihrem Schlafplatz auf der anderen Seite der Feuerstelle zurück und wickelte sich in ihre Felle. Alles, was ich von ihr sehen konnte, war das gedämpfte, helle Schimmern ihres Haars.

Ich sortierte mein eigenes zerwühltes Bettzeug und brachte es in Ordnung. Und dann setzte ich mich vorsichtig auf, schmiegte mich tiefer in den Umhang und die Felle und bereitete mich darauf vor, die Nacht zu durchwachen. Ich wollte sie bis zur Dämmerung schlafen lassen, denn sie hatte dasselbe für mich getan.

Das Problem war nur, daß ich es nicht konnte.

Es war nicht viel erforderlich. Nur ein Blick auf Del auf der entgegengesetzten Seite der Feuerstelle, ganz eingewickelt in Felle und Decken. Der Glanz des Mondes auf ihrem Haar. Das Geräusch ihres gleichmäßigen Atems. Und alle Gefühle kehrten zurück.

Ich saß steif da, halb krank. Die Gelenke schmerzten, meine Wunde klopfte, die Haut an meiner Kehle quälte mich. Sogar mein Kopf schmerzte. Weil ich die Zähne so fest zusammenbiß, daß der Kiefer zu brechen drohte.

Sag es ihr einfach, du Narr. Sag ihr die Wahrheit.

Auf der anderen Seite der Feuerstelle bewegte sie sich. Zumindest hatte sie genauso große Schmerzen wie ich, innen *und* außen.

Tief in mir krampfte sich etwas zusammen. Nicht Verlangen. Etwas noch Mächtigeres: Demütigung. Und mehr als nur ein wenig Unbehagen. Sowohl des Geistes als auch des Fleisches.

O Hoolies, Narr, sage ihr einfach die Wahrheit.

Öffne einfach den Mund und rede. Das ist nie sehr schwer gewesen.

Du hast Del dazu gebracht, um Verzeihung zu bitten. Sie hat zumindest eine Erklärung verdient.

Aber da sie nicht darum gebeten hatte, fühlte ich mich noch schlechter.

Etwas in mir verzagte. Schuld. Bedauern. Gewissensbisse. Genug, um einen Mann zu zerbrechen.

Aber die Frau war die Worte wert.

Ich starrte angestrengt hinaus in die Dunkelheit. Die Nacht war ruhig bis auf ihren üblichen Gesang. Es war kalt — und noch kälter im Bett allein —, aber der Frühling versprach wärmere Nächte. Die Farben waren bereits anders.

Du bist dabei, die Wahrheit zu vermeiden, Alter.

Die Frau ist die Worte wert. Das mindeste, was du tun kannst ist: sie laut auszusprechen, damit sie sie hören kann, anstatt sie nur zu denken.

Leichter gedacht als gesagt.

Ich schaute erneut zu Del hinüber. Und wußte nur zu genau, daß ich die Verantwortung dafür teilte, die Dinge ins rechte Licht zu rücken, selbst wenn sie im Unrecht war — und sich geirrt hatte. Daß ich meine eigenen Fehler eingestehen mußte. Denn wenn Dinge schieflaufen, sind zwei nötig, um sie wieder geradezubiegen.

Ich atmete tief ein, so tief, daß es mich schwindelig machte, und atmete wieder aus. Und öffnete schließlich den Mund. Diesesmal würden die Worte ausgesprochen statt weggeschlossen werden.

»Ich *hatte* Angst«, sagte ich. »Ich hatte Todesangst. Ich war alles das, was du mir zuvor vorgeworfen hast. Und das war es auch, warum ich Staal-Ysta verlassen habe.«

Ich wußte, daß sie noch wach war. Aber Del sagte nichts.

»Ich ging absichtlich«, fuhr ich stumpfsinnig fort. »Ich bin nicht vertrieben oder ausgeladen oder auch nur gebeten worden zu gehen. Ich war ein *Kaidin*, gemäß aller Gebräuche, und sie hatten kein Recht, es zu fordern. Ich hätte bleiben können, und ich hätte feststellen können, ob du lebtest oder tot warst ... Aber ich konnte es nicht.

Ich sah dich dort im Kreis liegen, von meinem Schwert aufgeschlitzt, und ich ließ dich absichtlich zurück.«

Del war sehr ruhig.

Ich fuhr mir mit der Zunge über die trocknen Lippen. »Sie brachten dich in Teleks Haus — in *Teleks* Haus! —, weil es das nächste war. Weil sie dachten, daß du sterben würdest und deine Tochter es verdienen würde, zu wachen und die Begräbnisgesänge zu hören.«

Ihr Atem rasselte schwach.

»Sie flickten mich wieder zusammen — du hast mich recht gut getroffen — und überreichten mir die Geschenke, die einem neuen *Kaidin* gegeben werden. Sie sagten, ich hätte mich ehrenwert verhalten und verdiente daher die Huldigung ebenso wie den Rang. Sie flickten mich wieder zusammen, überreichten mir die Geschenke und ruderten mich über den See.« Ich schluckte schmerzlich, es war viel schwerer, als ich es mir vorgestellt hatte. »Ich wußte, daß du lebtest. Als ich ging. Ich wußte es. Aber ich dachte, du würdest sterben. Ich dachte, du würdest *sterben.* Ich dachte ... ich *habe* ... ich dachte einfach ... und ich konnte nicht ... ich *konnte* einfach nicht ...« Ich brach ab. Die Leere war unglaublich. »O Hoolies, Del ... Obwohl ich viele Leben vernichtet habe, konnte ich es nicht ertragen, deines vernichtet zu haben.«

Stille. Es war nicht so herausgekommen, wie ich es vorgehabt hatte. Ich hatte nicht alles gesagt, was gesagt werden mußte, was ich hatte sagen *wollen,* denn ich konnte es nicht. Wie konnte ich erklären, was ich durchgemacht hatte, als ich spürte, wie mein eigenes Schwert in ihren Körper eindrang? Wie konnte ich ihr sagen, wie es war, sie auf dem hartgefrorenen Boden liegen zu sehen wie das zerbrochene Spielzeug eines Puppenspielers, zerschnitten von meinem Schwert? Wie konnte ich ihr sagen, wie erschreckt ich gewesen war, wie *elend* ich mich gefühlt hatte? Wie sehr ich mir in diesem Moment gewünscht hatte, an ihrer Stelle zu sein?

Wie konnte ich ihr sagen, daß ich völlig *sicher* war, daß sie sterben würde — und es nicht ertragen konnte, das zu sehen?

Und so hatte ich sie verlassen. Als sie lebte. So konnte ich mich an sie erinnern, wie sie *lebendig* war.

Das war für mich sehr wichtig. Es war notwendig. Es war *erforderlich*, wie so viele Dinge von mir gefordert worden waren. Von mir selbst gefordert worden waren.

Stille, während ich dasaß und darauf wartete, daß sie etwas über meine Feigheit sagen würde. Meinen Mangel an Einfühlungsvermögen. Meine Bereitschaft, sie auf Staal-Ysta zu verlassen, bevor ihr Schicksal feststand. Ich hatte sie dazu gebracht, mich um Vergebung zu bitten. Jetzt brauchte ich ihre Bereitschaft.

Und dann, schließlich, eine Antwort. Ihr Tonfall war seltsam locker. »Du hättest mich töten sollen. Du hättest es beenden sollen. Dein Schwert in mir zu tränken und zu stimmen, hätte dich unbesiegbar gemacht.« Del seufzte ein wenig. »Die Magie des Nordens und alle Macht des Südens. Unbesiegbarkeit, Tiger. Ein Mann, mit dem man rechnen muß.«

Ich atmete tief ein, um mich zu beruhigen. Das Schlimmste war für mich vorbei. Denke ich. »Das bin ich bereits«, sagte ich trocken. »Ich bin alles, was ich genau jetzt sein will, in diesem Augenblick, hier. Ich brauche dafür keine Magie. Sicherlich nicht die Art von Magie, die daher rührt, Menschen zu töten.«

Del zog ihre Decken fester um sich und schloß die Kälte aus. Verschloß sich in sich selbst, wie sie es so oft tat. »Du hättest mich töten sollen«, sagte sie. »Jetzt habe ich keinen Namen. Eine Klinge ohne Namen.«

Kummer war herauszuhören. Qual. Verbitterung. Die schmerzliche Sehnsucht einer Verbannten nach dem Land, das nicht mehr das ihre war. Nach einer Welt, die ihr für immer verweigert war, außer in der Erinnerung.

Ich starrte blind in die Dunkelheit. »Und ein Gesang, der niemals endet?«

Das traf sie eindeutig. »Ich werde ihn beenden«, erklärte sie. »Ich *werde* meinen Gesang beenden. Ajani wird durch meine Hand sterben.«

Ich ließ einen Moment vergehen. »Was dann, Delilah?«

»Es gibt Ajani. Nur Ajani.«

Sie war kalt, hart, unerbittlich. Auf ihre Aufgabe konzentriert. Ihr Schwert hatte ihre Bitte erfüllt.

Aber wieviel davon war dem Schwert zuzuschreiben? Wieviel davon lediglich Del? Wie verantwortlich ist *irgend jemand* von uns für das, was wir tun, um zu überleben, um unseren Weg in der Welt zu gehen?

Wie hart machen wir uns selbst, um die schwierigsten Ziele zu erreichen?

Ruhig sagte ich: »Ich gehe nicht in den Süden.«

In ihr Bettzeug eingekuschelt, war Del nichts als ein unbestimmter Schatten am Boden. Aber jetzt setzte sie sich auf.

Das Mondlicht ließ sie erglühen, als die Decken von ihren Schultern glitten: unverdorbenes Weiß vor der gesprenkelten Dunkelheit. Ihr offenes Haar war zerzaust und fiel ihr über die Schultern. Verdeckte die Seiten ihres Gesichts.

Sie sah mich stirnrunzelnd an. »Ich hatte mich gefragt, warum sie mir erzählt haben, du würdest nach Ysaa-den gehen. Ich dachte zuerst, daß sie vielleicht logen, nur um mir Kummer zu bereiten — es wäre weit von meinem Weg und von deinem entfernt gewesen, wenn ich in den Süden hätte gehen müssen —, aber dann fand ich deine Spuren, und es stimmte.« Sie schüttelte den Kopf. »Aber ich verstehe nicht, warum. Du hattest dich ständig über den Schnee und die Kälte beklagt, seit wir die Grenze überschritten hatten.«

Ich horchte auf ihren Tonfall, hörte Echos und Nuancen, ihren Kampf, ihre Ausgeglichenheit zu bewahren.

»Ich mag es nicht«, stimmte ich zu. »Ich mochte es

nicht, *bevor* wir die Grenze überschritten. Aber es gibt etwas, das muß ich tun.«

Ich mochte auch ihr Aussehen nicht. Die Anspannung. Sie war zu dünn, zu verzerrt, zu besessen von Ajani. Das Schwert hatte in ihre Haut eingeschnitten, aber der Mann hatte sie mehr verletzt.

Dels Tonfall klang beherrscht, als wolle sie nicht zuviel preisgeben. Aber das sagte mir dennoch genug. »Ich dachte, du würdest nun sofort in den Süden ziehen.«

»Nein. Nicht dieses Mal.«

»Ich dachte, der Sandtiger wandert, wohin er will, unbeeinflußt von anderen Begierden.« Sie hielt inne. »Zumindest war das bisher so.«

Ich schloß die Augen, wartete einen Herzschlag lang und antwortete ihr dann ruhig. »Das gelänge nicht, Del. Du hast mich monatelang hierhin und dorthin gedrängt wie einen Orakelknochen. Das ist nicht mehr möglich. Es gibt Dinge, die ich tun muß.«

»*Ich* muß nach Süden ziehen.«

»Wer hält dich davon ab? Warst du nicht diejenige, die fünf Jahre damit verbracht hat, auf Staal-Ysta zu lernen, damit sie ganz allein in den Süden ziehen konnte? Warst du nicht diejenige, die mit nichts als einem sturmgeborenen Schwert hinter dem Sandtiger hergejagt ist, um sich seiner Begleitung zu versichern? Warst du nicht . . .«

»Genug, Tiger. Ja, ich habe alles dies getan. Und ich habe folgendes getan: Ich bin zu dir gekommen, um dich um Hilfe zu bitten, damit ich wieder zu Kräften komme. Aber wenn du mir diese Hilfe nicht gewähren willst . . .«

»Ich werde sie dir gewähren«, unterbrach ich sie. »Das sagte ich bereits, nachdem du dein kleines Ritual durchgeführt hattest. Aber ich kann nicht sofort in den Süden ziehen, was bedeutet, daß du mit mir kommen mußt, wenn du meine Hilfe wirklich willst.«

»Es ist etwas geschehen«, sagte sie mißtrauisch. »Haben Telek und Stigand dich gezwungen, Schwüre zu leisten? Haben sie dir eine Aufgabe erteilt? Hast du den *Voca* im Austausch dafür versprochen, dich um mich zu kümmern?«

»Nein. Ich habe die volle Absicht, nach Hause zu ziehen, sobald ich ihr Lager ausfindig gemacht habe. Es hat nichts zu tun mit Schwüren Telek oder Stigand gegenüber oder mit Versprechungen den *Voca* gegenüber. Ich möchte es einfach tun.« Ich hielt inne. »Aber wenn dir das nicht gefällt, mußt du nicht mitkommen.«

»*Wessen* Lager willst du ...?« Sie brach ab. »Das der Bestien? Der Hunde? O Tiger, du willst nicht ...«

»Ich habe ein Versprechen gegeben, Del. Mir selbst. Ich beabsichtige, es zu halten.«

Mit großen Augen sah sie mich an, was nicht gerade dazu beitrug, daß ich mich besser fühlte. Kein Mann bekommt gern vorgeworfen, daß es ihm die meiste Zeit seines Lebens an Verantwortungsgefühl gefehlt hat, und daß ich dieses Versprechen gegeben hatte, zeigte eine neue Seite des Sandtigers auf. Del *sagte* eigentlich nicht etwas, aber schließlich mußte sie das auch nicht tun. Es reichte, daß sie mich auf genau die Art ansah, wie sie es jetzt tat.

»Tiger ...«

»Darum bin ich hier draußen, inmitten eines nordischen Niemandslandes, Del — warum sonst? Ich verfolge jene Hunde. Nach Ysaa-den oder wohin auch immer. Zu *wem* auch immer — ich habe vor, den Zauberer zu finden, der sie ausgesandt hat.«

»Und du willst ihn töten«, verdeutlichte sie.

»So stelle ich es mir vor«, stimmte ich zu. »Es sei denn, er wäre so höflich, auf meine Bitte hin aufzuhören.«

Sie schob sich die Haare hinter die Ohren. »Aha. Du verfolgst die Hunde, um ihren Meister zu töten, und ich verfolge Ajani mit genau derselben Absicht. Wo liegt der Unterschied, Tiger? Warum hast du recht und ich unrecht?«

»Ich will darüber nicht streiten ...«

»Ich streite nicht. Ich frage.«

»Meine Gründe sind ein wenig anders gelagert als deine«, sagte ich gereizt. »Abgesehen davon, daß sie uns länger gejagt haben, als ich mich erinnern möchte, haben diese Bestien auch Menschen getötet. Und einige davon waren Kinder.«

»Ja«, stimmte Del zu, »so wie Ajani meine Familie getötet hat ... einschließlich aller Kinder.«

»O Hoolies, Del ...« Ich änderte meine Lage und wünschte sofort, ich hätte es nicht getan. »Was du willst, ist Rache, schlicht und einfach. Ich sage nicht, daß das *falsch* ist — was Ajani getan hat war furchtbar —, aber ich denke, du hast den Bezug zur Realität verloren. Was dich jetzt antreibt, sind fehlgeleiteter Stolz und äußerste Besessenheit, und das ist für niemanden gesund.«

»Du denkst, ich wäre im Bett eines Mannes, oder im Haus eines Mannes besser aufgehoben, um ihm vierzehn Söhne zu gebären.«

Ich blinzelte. »Vierzehn wäre vielleicht ein bißchen viel. Hart für die Frau, denke ich.«

Del verkniff sich eine Erwiderung. »Tiger, leugnest du es? Sähest du mich nicht lieber im Bett eines Mannes anstatt im Kreis?« Sie hielt bewußt inne. »In *deinem* Bett vielleicht, anstatt in deinem Kreis?«

»Du bist in meinem Bett gewesen«, antwortete ich direkt, »*und* du bist in meinem Kreis gewesen. Ich weiß nicht, was ersteres dir gebracht hat, aber letzteres hat dich fast getötet.«

Daß sie verletzt war, wurde offensichtlich, daß ich zu tief getroffen hatte ebenfalls. »Das stimmt«, sagte sie schließlich. »Ja, das stimmt. Und was das erstere betrifft? Ich weiß es nicht. Ich weiß nicht, was es mir gebracht hat. Ich weiß nicht, was es mir hätte bringen *sol-*

len — wollen wir einen Preis für den Beischlaf festlegen?«

»Ich ziehe nach Norden«, sagte ich. »Oder wohin auch immer die Hunde ziehen. Du kannst mitkommen oder nicht. Das liegt bei dir. Aber wenn du mitkommst, werden wir für nichts einen Preis festlegen. Kein Beischlaf, Del. Würde dich das glücklich machen?«

Sie sah mich ebenfalls an. »Ich dachte, das wäre dein Preis.«

»Für den Übungskampf mit dir?« Ich schüttelte den Kopf. »Das war einmal, ja. Damals, als wir uns zum ersten Mal trafen und du mir einen Beischlaf versprachst anstelle von Geld, das du nicht hattest. Und du hast bezahlt, Bascha. Du hast sehr angenehm bezahlt, letztendlich ... Nur daß ich damals nicht genau gezählt habe. Und du, so denke ich, auch nicht — so daß wir diese Schuld als erledigt betrachten können.« Ich zuckte die Achseln. »Wenn du jetzt mit mir kommen willst, um die Übung zu bekommen, die du brauchst, um Ajani gegenüberzutreten zu können, dann ist das für mich in Ordnung. Aber die Dinge können nicht mehr dieselben sein, nach allem, was geschehen ist.«

»Du wirst nicht standhalten«, prophezeite sie. »Dies könnte Wochen dauern, und es geht dir nicht so gut.«

»Wette mit mir.«

Del lächelte zaghaft. »Ich kenne dich, Tiger. Dies ist keine ehrliche Wette. Nicht für dich. Ich *kenne* dich.«

»Tust du das? Wirklich? Dann laß dir sagen, warum es doch eine ehrliche Wette *ist*.« Ich hielt ihren Blick mit meinem fest. »Wenn ein Mann zum Narr gemacht wurde, hat er nicht das Bedürfnis, mit der Frau das Bett zu teilen, die dies getan hat. Wenn ein Mann *benutzt* wurde — ohne seine Erlaubnis oder sein Wissen —, hat er nicht das Bedürfnis, mit der Frau das Bett zu teilen, die ihn benutzt hat.« Mühsam zügelte ich meinen Tonfall. »Und wenn diese Frau sich bei Gegenüberstellung mit der Wahrheit unnachgiebig weigert, zuzugeben, daß sie unrecht hatte, denkt er tatsächlich nicht mehr daran, mit ihr das Bett zu teilen. Denn was er an dieser Frau mag, ist mehr als nur ihr Körper. Was er an dieser Frau mag, sind ihre Rechtschaffenheit und Ehrlichkeit und ihr Ehrgefühl.«

Del sagte nichts. Ich glaube, sie konnte es nicht.

»Aber dann hast du im letzten Jahr alle diese Eigenschaften irgendwie zurückgestellt, nicht wahr, Delilah? Also vermute ich, daß das, was ich empfinde, nicht mehr so wichtig ist.«

Dels Gesicht war blaß. »Tiger ...«

»Denk darüber nach«, sagte ich. »Und denk zur Abwechslung auch mal an *mich*, statt nur an deine Ehreneide, an deine Besessenheit.«

Der Schreck wich langsam. Ich hatte eine Reihe von Saiten in ihr angeschlagen, aber sie war eindeutig nicht darauf vorbereitet, mit dem umzugehen, was ich ihr gesagt hatte. Und so kehrte sie zu unserem ursprünglichen Thema zurück. »Ich behaupte noch immer — ich behaupte *noch immer* —, daß die Wette Zeitverschwendung ist.«

Ich zuckte die Achseln. »Dann laß es uns ausprobieren.«

Ihr Blick war bestimmt. »Wie hoch ist dein Einsatz?«

Ich sah sie einen Moment lang fest an. Dann zog ich mein Schwert aus der Scheide.

Es fühlte sich richtig an. Warm und gut und *richtig*, wie eine Frau, die dich umarmt.

Wie ein völlig getränktes *Jivatma*, das dich zu beschützen verspricht.

Alle Haare auf meinem Arm standen aufrecht. Meine ganze Kraft war nötig, um das Schwert herunterzunehmen. Im wechselvollen trüben Mondlicht schimmerte das neu gefertigte *Jivatma*.

Alle Farbe wich aus ihrem Gesicht. Ich nickte zur Bestätigung auf die Frage, die sie nicht stellen wollte. »Jetzt weißt du, wie ernst es mir ist.«

»Aber ... das kannst du nicht. Du kannst nicht dein *Schwert* verwetten.«

»Ich habe es gerade getan.«

Sie schaute auf die Waffe, die stumm vor meinen Knien lag. »Was sollte ich damit tun?«

»*Wenn* du siegen würdest — und das wirst du nicht —, alles was du willst. Es würde dein Schwert werden.«

»Ich habe ein Schwert.« Ihre linke Hand streckte sich aus, um den Harnisch und die Scheide zu berühren, die neben ihr lagen. »Ich habe ein Schwert, Tiger.«

»Dann verkauf es. Gib es weg. Zerbrich es. Schmelz es ein.« Ich zuckte die Achseln. »Es ist mit gleich, Del. Wenn du siegst, kannst du tun, was du willst.«

Sie schüttelte langsam den Kopf. »Du hast keinen Respekt vor Dingen, die du nicht verstehst.«

Ich unterbrach sie. »Respekt muß verdient werden, Bascha, nicht erkauft. Und auch nicht geübt, wie es in Staal-Ysta geschieht. Weil Respekt nichts als ein Wort ist, solange er nicht erwiesen ist. Leere, Del. Nicht mehr als das.«

Noch immer schüttelte sie den Kopf. »Dieses Schwert wurde für dich gemacht ... *von* dir gemacht ...«

»Es ist ein Stück Stahl«, sagte ich knapp.

»Du hast die Rituale ausgeführt, um den Segen gebeten ...«

»... und es in dich hineingestochen.« Das verschlug ihr die Sprache. »Glaubst du, ich wollte ein Schwert haben, das versucht hat, dich zu töten?«

Del schaute auf Boreal, die in ihrer Scheide neben ihr lag. Erinnerte sich an den Kreis. Erinnerte sich an den Tanz.

Ihr Tonfall klang seltsam hohl. »Ich hätte dich getötet.«

»Du hast es versucht. Ich habe dich verrückt gemacht, und du hast es versucht. Ehrlich genug — ich hatte beabsichtigt, dich aus dem Konzept zu bringen.« Ich zuckte die Achseln. »Aber ich wollte dich nicht töten. Ich habe es nicht beabsichtigt. Das *Schwert* wollte es ... dieses blutrünstige, zornige Schwert.«

»Zornig«, wiederholte sie.

»Das war es«, sagte ich. »Ich konnte es spüren. Es *schmecken*. Ich konnte es in meinem Kopf hören.«

Sie hörte etwas aus meinem Tonfall heraus. »Aber ... jetzt ist es nicht zornig?«

Ich lächelte grimmig. »Nicht mehr sosehr. Genau wie dieser Hund hat es bekommen, was es verdiente.«

Del nickte bedächtig. »Du hast also jemanden getötet. Immerhin. Du hast dein *Jivatma* getränkt.«

Ich blinzelte nachdenklich. »Nicht ... ganz. Ich habe *etwas* getötet, ja, aber nicht das, was du vielleicht erwartest. Und nicht auf die Art, wie du es mir gesagt hast.«

Del runzelte die Stirn und war sehr aufmerksam. »Was hast du getan, Tiger?«

»Ich habe etwas getötet«, wiederholte ich. »Eine Katze. Weiß mit silbernen Sprenkeln.« Aus irgendeinem Grunde sagte ich nichts über das Fell, das ich in den Satteltaschen verstaut hatte. »Aber ich habe nicht gesungen.«

»Ein Schneelöwe«, sagte Del. »Du hast überhaupt nicht gesungen?«

»Ich bin ein Schwert*tänzer*, kein Schwertsänger oder was auch immer du zu sein beanspruchst. Ich töte Menschen mit meinem Schwert. Ich singe es nicht an.«

Del schüttelte gedankenvoll den Kopf. »Es spielt keine Rolle, ob du laut gesungen hast oder nicht. Sogar ein Stummer kann sich ein *Jivatma* verdienen. Sogar ein Stummer kann einen Gesang hervorbringen.«

Ich runzelte die Stirn. »Wie?«

Sie lächelte. »Ein Gesang kann schweigend gesungen werden. Ein Gesang kann aus der Seele kommen, ob man ihn nun hört oder nicht. Nur das Schwert zählt, und es benötigt nur die Seele und alle ihr innewohnenden Empfindungen.«

Ich dachte an den Gesang, den ich auf dem Aussichtspunkt am Seeufer gehört hatte. An den Gesang, den ich die ganze Zeit in meinem Kopf gehört hatte, seit ich die Klinge benannt hatte. Dank der Canteada war ich nicht in der Lage gewesen, ihn zu vergessen.

Und jetzt war es mein Schwert.

»Ich brauche es nicht«, erklärte ich. »Ich *will* es nicht, Del.«

»Nein. Aber es will dich.« Sie deutete auf mein Schwert. »Um dich zu finden, habe ich mein *Jivatma* gebraucht. Ich habe den Himmel mit meinem Schwert bemalt — du hast alle die Farben gesehen. Du hast alle die Lichter gesehen. Alles durch einen Gesang, Tiger... und du könntest dasselbe tun.«

Fragen brodelten auf. »Warum *hast* du es getan? Und wie hast du mich so schnell gefunden? *Insbesondere* mit dieser Wunde... Sie hätte dich länger behindern müssen, als meine es getan hat.« Ein plötzliches Frösteln berührte mit einer Fingerspitze mein Rückgrat. »Du hast nichts — *Sonderbares* getan, nicht wahr? Versprechungen gegeben? Irgendeinen Pakt geschlossen? Ich weiß, wie du bezüglich solcher Dinge bist.«

»Was ich tue, ist meine Angelegenheit.«

»Del... was hast du getan?« Ich schaute genauer auf die in ihr Gesicht eingegrabenen Linien. »Was hast du getan?«

Ihr Mund war eine harte schmale Linie. »Ich habe ein *Jivatma*.«

Eine Antwort, irgendwie. Sie sagte mir mehr als genug. »Also hast du es angesungen, nicht wahr? Mehr Magie von ihm erbeten? Noch mehr von deiner Menschlichkeit im Austausch für geheime Kraft angeboten?«

»Was ich tue...«

»... ist deine Angelegenheit. Ja, Del, ich weiß, ich weiß... Du hast dich immer so sehr bemüht, sicherzustellen, daß ich es verstehe.« Nur so konnte ich meinen

Tonfall gelassen halten. »Wie hast du das geschafft? Mit Magie?« Ich hob die Augenbrauen. »Hast du mich dadurch so schnell eingeholt?«

Ihr Gesicht war nachdenklich. »Das hat nichts mit Magie zu tun, Tiger. Sie sagten mir, daß du nach Ysaaden zögest. Ich kenne den Norden gut ... Ich habe eine Abkürzung genommen.«

Ich wartete. Sie sagte nichts mehr. Also fragte ich. »Warum hast du den Himmel bemalt?«

Nach einem Moment des Zögerns zuckte sie leicht die Achseln. »Ich dachte, es würde dich zu mir bringen.«

Das war etwas. Von ihr war es alles. »Aber du bist zu mir gekommen«, sagte ich. »Nachdem ich dich auf der Lichtung zurückgelassen hatte. Du kamst zu *mir*.«

Sie berührte das Heft ihres Schwertes. Sehr zärtlich. »Nachdem ich es getan hatte und du gekommen warst, habe ich erkannt, daß du nicht bleiben würdest. Daß ich zu dir kommen müßte.« Del lächelte traurig. »Der Stolz eines Mannes ist eine wichtige Angelegenheit.«

Ich runzelte kläglich die Stirn, mochte das schuldbewußte Zwicken nicht. »Es hat keinen Sinn, wenn ich den Himmel bemale.«

Sie lachte leise. »Vielleicht nicht. Aber es gibt andere Dinge. Andere Magien sind verfügbar. Du hast mein *Jivatma* gesehen.«

»Hmm.«

Del zuckte die Achseln. »Du hast mir geschworen, es niemals zu benutzen. Du würdest niemals damit töten, es niemals tränken. Aber du *hast* getötet, Tiger, und du hast deiner Klinge einen Gesang gegeben.« Sie schaute erneut auf mein Schwert. »Ob es dir gefällt oder nicht, es steckt Magie in deiner Klinge. Es steckt *Macht* in deiner Klinge. Und wenn du nicht lernst, sie zu beherrschen, wird sie dich beherrschen.«

Ich schaute zu Boreal, die so ruhig in ihrer Scheide steckte. Ich wußte, was sie tun konnte. Aber nur auf

92

Dels Bitte hin. Wenn sie ihren eigenen Neigungen überlassen würde ...

Nein. Denk nicht darüber nach. Denk an etwas anderes.

»Du«, sagte ich, »bist sandkrank. Also ist es jetzt an dir, aufzupassen.«

Und als Del mich verärgert anfunkelte, rollte ich mich in meine Bettdecke.

8

Man konnte sehr leicht in alte Verhaltensmuster verfallen. Del und ich waren schon lange genug zusammen, um gewisse Rhythmen in unserem alltäglichen Dasein entwickelt zu haben. Überwiegend einfache Dinge: Einer von uns entzündete und hütete das Feuer, der andere bereitete die Mahlzeit, beide kümmerten wir uns um unsere Pferde. Wir wußten, wann sie sich ausruhen mußten, wußten, wann wir Ruhe brauchten, kannten die geeignetsten Zeiten und Orte, um während der Nacht zu rasten. Vieles von dem, was wir taten, erforderte keine Worte, denn das meiste war eine Wiederholung der Dinge, die wir schon früher getan hatten.

Man konnte leicht vergessen, sich nur daran erinnern, daß wir zusammen waren. Und dann würde etwas, eine kleine Sache, anstehen und mich daran erinnern, daß wir für den Zeitraum von sechs Wochen *nicht* zusammengewesen waren — und ich würde mich an den Grund dafür erinnern.

Wir ritten auf Ysaa-den zu, folgten der Spur der Hunde. Sprachen wenig miteinander, weil wir nicht wußten, was wir sagen sollten. Zumindest wußte *ich* es nicht. Was Del dachte — oder wußte oder nicht wußte —, war, wie immer, ihre eigene Angelegenheit und mehr als persönlich, es sei denn, sie beschloß es zu teilen. Im Moment tat sie dies nicht.

Sie ritt vor mir. Dem Hengst gefiel dies nicht, aber ich bestimmte das Tempo. Ich wollte nicht, daß er sich überanstrengte. Also hielt ich ihn hinter dem fahlen

Rotschimmel, und er mußte sich mit dem Platz als Zweiter begnügen. Das Problem war nur, daß er es nicht war.

Dels Rücken war kerzengerade aufgerichtet. Sie reitet ohnehin immer sehr aufrecht, aber ich wußte, daß ein wenig ihrer außerordentlich geraden Haltung mit der Wunde zu tun hatte. Egal, was sie sagte oder nicht sagte — oder wieviel Magie sie angewandt hatte, ich wußte, daß sie Schmerzen hatte. Und ich wußte, welche Anstrengung es für sie bedeutete weiterzuziehen.

Boreal unterteilte ihren Rücken in zwei Hälften, von der linken Schulter zur rechten Hüfte, wie Samiel auch meinen Rücken unterteilte. Ich schaute auf Boreal und dachte Böses. Ich dachte auch an mein eigenes Schwert. Was erwartete es von mir? Wozu würde es mich zwingen?

Und dann vergaß ich Samiel und schaute erneut auf Boreal. Bemerkte, wie ruhig sie in der Lederscheide wippte. Wie sanft die Waffe ruhte und die tödliche Klinge verbarg. Den fremdartigen, von Göttern gesegneten Stahl verbarg, der seinen eigenen Gesang sang, genau wie Delilah es tat.

Und mit kalter, plötzlicher Klarheit fragte ich mich, wieviel von Dels Besessenheit in der Klinge statt in ihrem Gehirn den Ursprung hatte.

Ich wußte über *Jivatmas* wenig mehr als das, was Del und Kem mir erzählt hatten. Und selbst dann hatte ich ihren Worten wenig Beachtung geschenkt. So war es, bis mir mein eigenes neugestaltetes Schwert seinen Blutdurst gezeigt hatte und ich erkannte, wie unabhängig ein *Jivatma* sein konnte. Was bedeutete, daß Del für ihre Handlungen möglicherweise nicht völlig verantwortlich war. Hatte sie nicht bei mehr als einer Gelegenheit um Boreals Hilfe gebeten? Um *Macht?*

Ich schaute auf das Heft, das so weit über ihre linke Schulter hinausragte. Hatte Del ihre eigene Persönlichkeit freiwillig den Forderungen eines magiebeladenen

Schwertes unterworfen? Brauchte sie die Rache so dringend?

Sie hatte Eide geschworen. Ich selbst schwöre auch oft, aber niemals Eide. Zumindest keine bindenden, eher solche, die den Schwörenden zwingen, etwas zu tun, das er lieber nicht tun sollte. Aber Del war anders. Del nahm Versprechen und Eide und Schwüre sehr viel ernster. Das hatte sie dazu getrieben, eine Schwerttänzerin zu werden. Ein Kind aufzugeben. Das war es, was sie nach Süden getrieben hatte, allein, um nach ihrem entführten Bruder zu suchen.

Das war es, was sie dazu getrieben hatte, sich einen Schwerttänzer namens Sandtiger auszusuchen, der Leute kannte, die sie nicht kannte, und auch wußte, wo man sie fand.

Ein Mann macht sich zu vielem, abhängig von den Bedürfnissen und der Gestaltung seines Lebens. Ich, ich war ein Sklave. Und dann ein freier Mann, der Macht suchte, um sein Leben selbst in die Hand zu nehmen. Ein Leben eigener Wahl, ohne Forderungen von anderen.

Nun ja, es *gab* Forderungen. Wenn ich von einem Tanzeer angeheuert wurde, konnte er mir befehlen. Aber nur dann, wenn seine Wünsche in ausreichendem Maße mit meiner Bereitschaft übereinstimmten. Und es gab Dinge, die ich nicht tat. Menschen zu töten, die es verdient hatten oder mir keine andere Wahl ließen, war etwas, womit ich schon vor vielen Jahren zurechtgekommen war. Lange Zeit war das Töten fast ein Vergnügen, weil es ein wenig von meinem Zorn freisetzte. Nach einiger Zeit, als ich ein wenig älter geworden war, war die Feindseligkeit nicht mehr so offensichtlich. Ich war frei. Niemand konnte mich jemals wieder zum Sklaven machen. Ich mußte nicht mehr töten.

Abgesehen davon, daß es das einzige war, worin ich gut war.

Der Schwerttanz war mein Leben. Ich hatte es frei erwählt. Ich hatte den Schwerttanz erlernt und war ein Schwerttänzer des siebten Grades geworden, was bedeutete, daß ich sehr gut war. Es machte mich zu dem, was ich war. Zu einem gefährlichen, tödlichen Mann.

Der sein Schwert an jeden vermietete, der Geld hatte.

Von Natur aus sind wir einsame Seelen. Immerhin ist es schwierig für einen Berufsmörder, ein normales Leben zu führen. Huren macht es nichts aus, mit uns zu schlafen, solange wir sie bezahlen und sie damit angeben können — und manchmal ist unser Ruhm schon Bezahlung genug —, aber anständige Frauen heiraten uns normalerweise nicht. Weil sich ein Mann, der sich und sein Schwert verdingt, um leben zu können, immer auf einer Gratwanderung befindet und weil eine Frau, die mit ihrem Mann alt werden möchte, es nicht mag, ihn jung zu verlieren.

Es gibt natürlich Ausnahmen. Schwerttänzer heiraten oder nehmen eine Frau als Eigentum ohne den Vorteil der Rituale. Aber die meisten von uns tun dies nicht. Die meisten von uns reiten allein. Die meisten von uns sterben allein, sie hinterlassen keine Frauen oder Kinder, die trauern.

Dafür gibt es einen Grund. Häusliche Verantwortung kann die Seele eines Schwerttänzers zerstören.

Und jetzt war Del da. Nicht mehr dieselbe Del. Für immer eine andere Del. Nicht wegen des Mädchens, das sie geboren hatte, obwohl mich das veranlaßte, anders über sie zu denken. Nicht weil wir in der Vergangenheit so viele Male ein Bett geteilt hatten. Sondern aufgrund ihrer Taten und meiner Taten und aufgrund der daraus erfolgenden Veränderungen.

Treue ist eine heilige Angelegenheit. Etwas, das man bewundern muß. Etwas, das man in Ehren halten muß. Es ist nichts, das zwei Menschen in unserem Beruf, in dem die Treue so oft erkauft wird, häufig erfahren. Treue in einem Kreis ist tatsächlich sehr selten, weil zu oft jemand stirbt oder seinen Stolz opfert, was eine Beziehung zerstören kann. Aber für eine Weile hatten wir sie kennengelernt. Für eine Weile hatten wir sie gelebt.

Aber wir hatten im Kreis auf Staal-Ysta beide der Tugend abgeschworen.

O Hoolies, Bascha, was ich für die alten Tage geben würde.

Aber *welche* alten Tage? Die mit ihr oder die ohne sie?

Ohne sie war es leichter. Denn in den Tagen mit ihr hatte ich sie beinahe getötet.

Del wandte sich einen Moment im Sattel um und schob sich das Haar hinter ein Ohr. Dadurch wurde ihr Gesicht sichtbar. Ein fein gezeichnetes Gesicht mit phantastischen Flächen, von denen zu viele offenlagen. Qual, Schwüre und Besessenheit hatten die jugendliche Haut in eine Maske spröder Schönheit verwandelt. Eine kalte, scharfkantige Schönheit, die mich an Glas denken ließ.

Glas bricht zu oft. Ich fragte mich, wann sie brechen würde.

Ich erwachte unmittelbar nach Tagesanbruch und sah nach Del. Das tat ich, wie ich bemerkt hatte, jeden Morgen, seit wir wieder zusammen waren, und es verwirrte mich. Aber dennoch tat ich es jeden Morgen. Zur Beruhigung.

Und jeden Morgen sagte ich zu mir: Ja, Del lebt. Ja, Del ist hier.

Es ist immerhin kein Traum.

Grummelnd setzte ich mich auf. Versuchte, die Muskeln zu strecken und die Gelenke knacken zu lassen, ohne sie aufzuwecken, weil kein Mann einer Frau gern verrät, daß er älter wird, daß die Jahre ihren Tribut fordern. Und dann stand ich langsam auf und ging, gleichermaßen langsam, zu dem Hengst hinüber. Ich untersuchte ihn jeden Morgen, nur um sicherzugehen. Die Krallenwunden heilten gut, aber das Fell würde weiß nachwachsen. Wie ich würde auch er die Narben mit in den Tod nehmen.

Und dennoch schien er in viel besserem Zustand zu sein — oder vielleicht war es einfach so, daß die Gegenwart des Wallachs ihm wieder mehr Interesse am Leben schenkte. Was auch immer es war, er war wieder mehr er selbst. Sein altes unfreundliches Selbst.

Ich ließ meine Hand an der Schulter des Hengstes hinabgleiten, strich Winterfell aus. Es war *fast* Frühling, und er verlor sein Fell.

»Tiger.«

Ich schaute zurück und sah Del am Feuer stehen. Sie hatte alle ihre Decken abgelegt und sich in weißer Wolle mir zugewandt, das helle Haar aus dem Gesicht geflochten und mit weißem Band zurückgebunden. Sie nahm die Scheide und den Harnisch auf und ließ Boreal in die Dämmerung gleiten. Mit Runen versehener Stahl schimmerte. »Willst du mit mir tanzen, Sandtiger?«

Ich wandte mich von dem Hengst ab, um sie direkt anzusehen. »Du bist nicht in der Verfassung zu tanzen, Del. Noch nicht.«

»Irgendwann muß ich anfangen. Es ist schon viel zu lange her.«

Aus irgendeinem seltsamen Grund machte mich das sehr ärgerlich. »Hoolies, Frau, du bist sandkrank! Ich bezweifle, daß du eine Stellung länger als ein Augenzwinkern aushalten und kaum gegen einen Angriff bestehen könntest, den ich führen würde. Glaubst du, ich sei blind?«

»Ich glaube, daß du Angst hast.«

Etwas tief in mir wand sich. »Also das wieder.«

»Und wieder und wieder.« Sie hob das tödliche *Jivatma*. »Tanz mit mir, Sandtiger. Ehre das Abkommen, das wir getroffen haben.«

Stolz bewog mich, einen Schritt auf mein Schwert zu tun. Aber nur einen einzigen Schritt. Ich sah sie kopfschüttelnd an. »Dieses Mal nicht, Bascha. Ich bin älter und ein wenig weiser. Du kannst mich nicht in den Kreis locken. Nicht mehr. Ich kenne deine Kniffe zu gut.«

Die Spitze ihres Schwertes zitterte für einen Moment. Und blitzte dann auf, als sie ihren Griff verlagerte und die Klinge senkrecht nach unten stieß, tief in die Erde. »Dich locken?« fragte sie. »O nein.« Und bevor ich sie aufhalten konnte, kniete sich Del vor das Schwert. Sie setzte sich auf die Fersen und kreuzte die Hände vor der Brust. Der Zopf fiel ihr über die Schulter herab, so daß er über dem Boden baumelte. »Geehrter *Kaidin*«, sagte sie, »willst du etwas von deinem Können mit mir teilen?«

Ich sah die nordische Frau an, die sich vor mir verbeugte, und alles, was ich empfand, war Verärgerung. Eine tiefe und beständige Verärgerung, die so stark war, daß sie mich krank machte.

»Steh auf!« sagte ich heiser.

Aber sie beugte nur den Kopf.

»Steh auf, Delilah!«

Der volle Name ließ sie zusammenzucken, aber sie stand nicht auf.

Und so überquerte ich die Lichtung und ging zu ihr, denn ich wußte aus Erfahrung um die Kraft ihrer Entschlossenheit. Sie wußte, daß ich da war. Sie war nicht taub, und sie konnte meine Reihe gemurmelter Flüche nicht überhören. Aber sie stand nicht auf. Sie hob nicht einmal den Kopf.

Ich streckte eine starre Hand aus. Und bekam Boreal zu fassen.

»*Nein* ...« Einen Schrei unterdrückend, fiel Del rückwärts. Krankheit und Qual hatten ihr Kraft und Schnelligkeit geraubt. Ich hielt den Beweis in Händen.

»Ja«, sagte ich deutlich, »wir haben ein Abkommen getroffen, Bascha, und ich werde es ehren. Aber nicht jetzt. Noch nicht. Keiner von uns ist dazu bereit.« Ich schüttelte müde den Kopf. »Vielleicht liegt es nur daran, daß ich älter bin. Vielleicht liegt es daran, daß ich klüger bin. Oder vielleicht liegt es auch nur an dem blinden Stolz der Jugend, der dich dazu verleitet, dein Leben zu riskieren.« Ich rieb mit einer Hand über meine Augenbraue und schob herabgefallenes Haar zur Seite. »Hoolies, ich weiß es nicht — vielleicht ist es einfach eine Eigenart der Schwerttänzer. Ich habe früher das gleiche getan.«

Del sagte nichts. Sie kniete noch halb auf dem Boden und stützte sich mit einer Hand auf, während sie die andere auf die Rippen preßte. Ihr Gesicht war hochrot. Flecken hellen Karmesinrots vor perlweißer Haut.

Ich seufzte. Setzte Boreals Spitze auf dem Boden auf und drückte sie langsam hinab, so daß sie von allein aufrecht stand. Dann ließ ich mich schnell auf Dels Augenhöhe nieder, kniete mich vorsichtig hin und öffnete meinen schweren Gürtel.

Dels Augen weiteten sich. »Was tust du?«

»Ich will dir etwas zeigen.« Ich ließ den Gürtel fallen und zog mehrere Lagen Wolle hoch. Legte meinen Brustkorb frei. »Da«, sagte ich. »Siehst du es? Dein Werk, Del. Ein sauberer, vollkommener Schwertstoß. Und er tut weh. Er schmerzt wie die Hoolies. Und wird noch einige Zeit schmerzen, Del — vielleicht sogar für immer. Weil ich nicht mehr so jung bin, wie ich einmal war. Bei mir heilt alles langsamer. Und alles tut länger weh. Ich lerne aus meinen Fehlern, weil meine Fehler stets in der Nähe sind, um mich zu erinnern.«

Dels Gesicht war jetzt aschgrau. Sie schaute durchdringend auf die häßliche Narbe, die deutlicher sichtbar war, als sie es sonst vielleicht gewesen wäre, weil ich, seit ich in den Norden gekommen war, viel von meiner Farbe verloren hatte. Bläuliches Purpur vor Hellbraun ist keine attraktive Mischung.

»Ich habe Schmerzen, Bascha. Und ich bin müde. Ich will nur noch nach Hause ziehen, in den Süden, wo ich mich in der Sonne braten lassen und den nordischen

Schnee vergessen kann. Aber das kann ich erst tun, wenn ich die Arbeit beendet habe, die zu tun ich versprochen habe. Und um diese Arbeit zu beenden, muß ich hierbleiben.«

Del schluckte hart. »Ich will nur tanzen.«

Ich zog meine Tunika herunter. »Ich werde dich nicht bitten, mir deine Wunde zu zeigen, weil ich mir gut vorstellen kann, wie sie aussieht. Ich habe es getan, Bascha ... Ich weiß, wie der Stoß war. Ich weiß, was er dir angetan hat. Wenn du jetzt in einen Kreis einträtest, würdest du den Tanz nicht überleben.«

Ich nahm mein eigenes Schwert auf, das noch immer auf dem Boden zwischen uns lag. »Ich habe dich einmal fast getötet. Ich möchte das nicht noch einmal riskieren.«

»Zuviel Zeit«, flüsterte sie.

Ich stand mit einem Grummeln auf. »Du hast alle Zeit der Welt, meine nordische Bascha. Du bist jung. Du wirst gesund werden. Du wirst deine Kraft wiedergewinnen. Du wirst wieder tanzen, Delilah. Das verspreche ich dir.«

»Wie alt bist du?« fragte sie plötzlich.

Ich schaute stirnrunzelnd auf sie hinab. »Ich dachte, das hätte ich dir bereits gesagt.«

»Nein. Du hast mir nur erzählt, daß du älter seist als ich.« Del überraschte mich mit einem Lächeln. »Das wußte ich bereits.«

»Ja, nun ... das denke ich mir.« Verwirrt kratzte ich meine Sandtigernarben. »Ich weiß nicht. Alt genug. Warum? Spielt es denn eine Rolle? Nach dieser ganzen Zeit?«

»*Du* bist derjenige, der das Alter zum Thema gemacht hat, Tiger. Ich wollte nur wissen, wie alt der alte Mann ist.«

»Wie alt bist *du*?« konterte ich, obwohl ich es genau wußte. Aber es ist eine bei Frauen verhaßte Frage.

Del zuckte mit keiner Wimper. Und sie zögerte auch

nicht. »In drei weiteren Tagen werde ich einundzwanzig Jahre alt sein.«

»Hoolies«, sagte ich angewidert, »ich *könnte* dein Vater sein.«

Dels Gesichtsausdruck war ernst. »Er war vierzig, als er getötet wurde. Wie nahe bist du daran?«

»Zu nahe«, murmelte ich säuerlich und ging davon, um meine Blase zu beschwichtigen.

9

Del und ich ritten mehr als zwei Tage lang beständig in nordöstlicher Richtung. Wir ritten gemächlich in mehreren Etappen voran: erstens der Hengst, zweitens ich und drittens Del selbst. Keiner von uns liebt eine angeschlagene Gesundheit. Und keiner von uns redet gern darüber — was bedeutete, daß wir angesichts unserer beträchtlichen Wunden überwiegend schwiegen.

Aber wir nahmen natürlich alles wahr. Ich nahm Del wahr, und sie nahm mich wahr. Aber wir sagten beide nichts, denn das hätte bedeutet, Unbehagen zuzugeben, wozu keiner von uns bereit war. Man könnte es Stolz, Hochmut oder Dummheit nennen. Nur der Hengst war völlig ehrlich, aber er machte kein Aufhebens davon. Er hatte Schmerzen. Und das zeigte er uns.

Ich tätschelte seinen Hals, vermied aber die verheilenden Krallennarben. »Ich weiß, alter Junge ... aber es wird besser werden, das verspreche ich dir.«

Del, die vor mir zwischen Bäumen mit kahlen Zweigen hindurchritt, wandte den Kopf und murmelte über eine Schulter hinweg: »Wie kannst du das wissen? Du weißt nicht einmal, wohin wir reiten.«

»Wir reiten nach Ysaa-den.«

»Und wenn du dort keine Antworten findest?«

Wieder das. Es war an dem Tag, an dem wir aufgebrochen waren, kurz ein Streitthema gewesen. Sie war wenig davon überzeugt, daß ich mit der Verfolgung der Hunde zu ihrem Herkunftsort die richtige Entscheidung getroffen hatte. Aber da alle *ihre* Entscheidungen von einem unersättlichen Bedürfnis nach Rache beeinflußt wurden, erwiderte ich ihr, daß ich nicht so sicher sei, ob sie überhaupt eine neutrale Meinung zu irgendeinem Thema habe. Sie hatte sich in hochmütiges Schweigen gehüllt, wie Frauen dies so oft tun, wenn der Mann sie ertappt, und das Thema nicht mehr erwähnt.

Bis jetzt.

Ich paßte meine Haltung der Bewegung des Hengstes an und versuchte eine Stellung zu finden, die das heilende Narbengewebe nicht belastete. »Del«, sagte ich geduldig, »du wußtest nicht, wo *du* hinreiten würdest, als du in den Süden kamst, um deinen Bruder zu finden. Ich habe nicht bemerkt, daß dich das aufgehalten hätte, denn bevor wir uns trafen, hatten wir noch nie voneinander gehört — nun, vielleicht hattest du von *mir* gehört —, und jetzt sind wir hier und reiten zusammen im Norden. Was alles in allem bedeutet, daß es dir nicht viel ausgemacht hat, kein Ziel zu haben. Du zogst einfach los.«

»Das war etwas anderes.« Ich nickte müde vor mich hin. Ist es nicht immer etwas anderes?

Del spähte über die Schulter zu mir zurück und biß die Zähne zusammen, als ihr das Drehen des Körpers Schmerzen bereitete. »Wie willst du feststellen, wann du am Ziel bist?«

»Ich werde es einfach wissen.«

»Tiger . . .«

»Del, hör einfach auf, mich zu bearbeiten und zu hoffen, daß ich dir nachgebe. Ich habe mir meine Meinung gebildet und beabsichtige, mein Versprechen auszuführen.« Ich hielt inne. »Mit dir oder ohne dich.«

Schweigen. Del ritt weiter. Dann, sehr gedämpft: »Diese Bestien waren niemals hinter *dir* her.«

Es war halb Herausforderung und halb Prahlerei. Und auch die Wahrheit, denn es war schon vor Monaten ziemlich klargeworden, daß die Hunde Dels Schwert, Del oder beides wollten.

Aber das war damals. Die Dinge hatten sich geändert. »Aber jetzt sind sie hinter mir her.«

Del brachte ihren Wallach zum Stehen. Wandte sich noch abrupter im Sattel um, was ihr weh tat, sie aber nicht davon abhielt, mich anzustarren. »Was?«

»Ich sagte: ›Aber jetzt sind sie hinter mir her.‹ Warum sonst hat einer von ihnen wohl die Wachpfeife gestohlen?«

Del zuckte die Achseln. »Sie war von den Canteada gemacht. Mit Magie belegt. Verlockend genug, denke ich, denn ich glaube nicht, daß du gemeint warst.«

Der Hengst streckte sich aus, um den fahlen Leib des Wallachs anzuknabbern. Ich zog ihn zurück, strafte ihn leicht und lenkte ihn weg, in der Hoffnung, ihn für etwas anderes zu interessieren, vielleicht für einen Baum. »Sie sind schon einmal in mein Lager gekommen. Sie alle. Und sie haben versucht, mein Schwert zu stehlen.«

»Zu *stehlen!*«

»Zu stehlen«, bestätigte ich. »Sie hatten kein großes Interesse an mir, nur an dem Schwert.«

Del Stirnrunzeln vertiefte sich. »Ich verstehe nicht.«

»Was gibt es da zu verstehen?« Ich kämpfte mit dem Hengst, der Anstalten machte, seine Zähne wieder dem Leib des Rotschimmels zu nähern. »Ursprünglich wollten sie nur *dein* Schwert, erinnerst du dich? Und dann meines ... nachdem ich es erst einmal getränkt hatte. Nachdem ich erst einmal die Katze getötet hatte.« Die Erinnerung zog sich in meinem Bauch zusammen. »Sogar nachdem ich erst einmal ...« Aber ich brach ab.

Dels Brauen schossen aufwärts. »Nachdem du erst einmal *was?*«

Die Erinnerung blühte noch vollständiger auf. Ich stand auf dem Aussichtspunkt am Seeufer und schaute hinunter auf Staal-Ysta, den Ort der Geister, wo nordische Tote in nordischer Erde begraben lagen, gewürdigt von Hügelgräbern und Steindolmen.

Ich stand auf dem Aussichtspunkt am Seeufer und schaute hinunter auf Staal-Ysta, den Ort der Schwerter, die Insel, die im Wasser trieb und von der Umarmung des Winters schwarz gefärbt war. Und ich hatte eine nackte Klinge in die Erde getrieben.

Nackt, als sie hineinglitt. Mit Runen versehen, als sie herauskam.

Ein Frösteln lief mein Rückgrat hinab. »Sie haben es gewußt, seit ich das Schwert benannt habe.«

Del wartete.

»Es muß so sein«, sann ich. »Sie waren ursprünglich eine große Gruppe, ich habe die Spur tagelang verfolgt ... Und dann hat sich die Gruppe geteilt. Einige Spuren führten weiter. Andere führten im Kreis zurück ...« Ich runzelte die Stirn. »Diese Hunde müssen es gewußt haben.«

Kurz darauf nickte sie. »Namen sind mächtig. Mit *Jivatmas* muß man vorsichtig sein. Auf Namen muß man gut aufpassen.« Und dann besänftigte sich ihr Gesichtsausdruck. »Aber das weißt du. Du würdest niemals jemandem den Namen deiner Blutklinge verraten.«

»Ich habe ihn *dir* verraten.«

Del war überrascht. »*Mir* verraten! Wann? Du hast mir nichts davon gesagt. Nichts, was sich auf ihren Namen bezog.«

Ich betrachtete stirnrunzelnd die Ohren des Hengstes. »Dort auf dem Aussichtspunkt, oberhalb der Insel. Nachdem ich es herausgezogen hatte. Ich sah die Runen, las den Namen — und sagte ihn dir.« Ich war ein wenig verlegen, denn ich wußte, wie dumm das klang. »Ich habe nicht erwartet, daß du es hören würdest. Ich war nicht einmal sicher, ob du noch lebtest ...« Ich brach ab. »Ich habe den Namen ... einfach gesagt. Dort auf dem Aussichtspunkt ... für dich.« Ich hielt inne, mußte es erklären. »Du hattest mir den Namen *deines* Schwertes genannt. Ich dachte, ich sollte dasselbe tun. Dadurch wären wir ebenbürtig.« Ich atmete heftig aus. »Das ist alles. Das ist der Grund. Dadurch wären wir ebenbürtig.«.

Del sagte kein Wort.

Die Erinnerung war so deutlich. »Da war er«, sagte ich zu ihr. »Aufgeschrieben. Sein Name ... in den Runen. Genau wie du und Kem es versprochen hatten.«

»Runen«, wiederholte Del. »Runen, die du nicht lesen kannst.«

Ich öffnete den Mund. Schloß ihn wieder.

Das war mir nicht aufgefallen. Die Runen waren mir so vertraut gewesen, daß ich nicht einmal darüber nachgedacht hatte. Niemals. Ich hatte nur daraufgeschaut — und es *gewußt*. So wie ein Mann die Form und Beschaffenheit seines Kinns kennt, wenn er sich jeden Morgen rasiert. So wie sein Körper weiß, wie er zu einer Frau paßt, ohne daß Belehrungen nötig wären.

O Hoolies.

Unvermittelt zog ich das Schwert aus der Scheide. Wog die Klinge über meinem Sattelknauf aus und betrachtete die fremdartigen Runen.

Schaute *wie gebannt*. Bis meine Sicht verschwamm und die Formen ineinanderflossen. Die Formen, die ursprünglich nicht auf der Klinge gewesen waren. Nicht, als Kem sie mir gegeben hatte. Nicht, als ich sie ins Wasser getaucht und, sehr zynisch, den Segen der nordischen Götter erfleht hatte.

Nicht, als ich sie in die nordische Erde versenkt hatte, am Rande des Aussichtspunktes.

Erst nachdem ich sie herausgezogen hatte.

Del saß auf ihrem ruhigen Rotschimmel neben mir. Wie ich betrachtete auch sie die Klinge. Aber sie lächelte, wenn auch nur ein wenig. Ich schaute nur.

»Also«, sagte sie, »geht der Sandtiger wieder einmal seinen eigenen Weg. *Bahnt* sich seinen eigenen Weg, wie du dir auch dieses Schwert erkämpft hast.«

Mein Tonfall war schroff. »Was?«

»Erinnerst du dich daran, wie Kem dir in die Hand geschnitten und die Klinge mit Blut benetzt hat?«

Ich nickte säuerlich. Ich hatte es nicht besonders gern mit mir machen lassen.

»Das ist ein Teil der Benennungszeremonie. Normalerweise zeigen sich dann die Runen. Meine haben es getan. Alle *Jivatmas* tun dies.« Sie hielt inne. »Aber deines natürlich nicht.«

Ich erinnerte mich, daß Kem schon so etwas ähnliches gesagt hatte. Ich erinnerte mich auch, daß er gesagt hatte, der Glaube sei eine Notwendigkeit, und der wahre Name des *Jivatma* bliebe verborgen, solange ich nicht vollständig an seine Magie glaube. Das war in diesem Augenblick der Grund dafür gewesen, daß keine Runen sichtbar wurden.

Aber dort auf dem Aussichtspunkt, mit der Angst, daß Del tot sei, hatte ich daran geglaubt. Weil es das Schwert gewesen war, nicht ich, das versucht hatte, sie zu töten.

Und so hatte das Schwert in diesem Moment des Glaubens seinen wahren Namen preisgegeben. In Runen, die ich nicht lesen konnte.

Ich sagte etwas sehr Grobes. Sehr Heftiges. Es hatte mit Dingen zu tun, die ich gern mit dem Schwert getan hätte. Die ich ihm gern angetan hätte. Dinge, die mir großen Spaß gemacht hätten, die mir große Erleichterung verschafft hätten, Dinge, die alle zukünftigen Probleme gelöst hätten, weil es dann keine Zukunft für das Schwert gegeben hätte.

»Ja«, stimmte Del zu. »Es ist schwer, die zweite Seele anzuerkennen — besonders wenn diese Seele einst eine Katze und kein Mensch war. Aber du wirst sie anerkennen.« Sie lächelte, ein wenig selbstgefällig, wie es mir schien, was genauso unnötig war, wie es unbeantwortet blieb. »Sie kennt dich jetzt. Sie hat dir gesagt, was sie sein muß. Was sie am meisten will.«

»Töten«, murmelte ich.

Del antwortete ruhig. »Ist es nicht das, was du tust? Ist es nicht das, was du bist?«

Ich betrachtete die Klinge. Die Runen blieben. Vertraute Formen. Aber nicht lesbar.

Ich schaute von dem Schwert fort auf Dels Gesicht. »Samiel«, sagte ich ihr.

Del sog erschreckt den Atem ein.

»Samiel«, wiederholte ich. »Du konntest mich beim ersten Mal nicht hören. Jetzt kannst du es. Jetzt weißt du, was es ist.«

Ich sah sie den Namen aussprechen. Ich sah sie mein Schwert betrachten. Ich sah sie an ihr eigenes denken, daran, was die ›Ehre‹ mit sich brachte.

Sie wandte ihr Pferd um und ritt los.

Bei Sonnenuntergang beobachtete Del nachdenklich, wie ich mich um den Hengst kümmerte, Händevoll Hafer an ihn verfütterte und ruhig mit ihm sprach. Ich dachte mir nichts dabei. Menschen, die allein reiten, sprechen oft mit ihren Pferden. Und sie hatte mich dies schon zuvor tun sehen, wenn auch, zugegebenerweise, nicht so intensiv. Sie hatte während des Rittes nach Norden mit ihrem einfältigen gesprenkelten Wallach gesprochen. Jetzt hatte sie den ruhigen Rotschimmel, aber ich bezweifelte, daß sie ihre Gewohnheiten ändern würde.

Sie reichte mir die Bota, als ich zu der Feuerstelle zurückkehrte und mich auf meinem Schlafplatz einrichtete, indem ich mich in Umhang und Decken wickelte. Leise sagte sie:

»Du sorgst dich sehr um ihn.«

Ich trank *Amnit*, schluckte ihn hinunter und zuckte die Achseln. »Er ist ein Pferd, genausogut wie jedes andere, besser als die meisten. Er wird es vielleicht schaffen.«

»Warum hast du ihm nie einen Namen gegeben?«

Ich legte die Bota beiseite. »Namen sind Zeitverschwendung.«

»Du hast dein Schwert benannt. *Beide*, dein südliches Schwert, Einzelhieb, und dann dein nordisches Schwert.« Aber sie sprach den Namen nicht aus. »Und

110

du hast selbst einen Namen, ehrenhaft erworben. Nach Jahren, in denen du keinen Namen hattest.«

Ich zuckte die Achseln. »Ich bin einfach nie dazu gekommen. Es schien irgendwie albern. Irgendwie — verweichlicht.« Ich grinste über ihren Gesichtsausdruck. »Er braucht keinen Namen. Er weiß, was ich meine.«

»Oder gemahnt er dich an etwas?«

Sie stellte die Frage sehr sanft, zeigte damit nicht mehr als echte Neugier. Del ist kein Mensch, der bewußt Unfrieden heraufbeschwört, weder mit Worten noch mit Waffen. Aber es schien eine seltsame Frage zu sein.

Ich runzelte die Stirn. »Nein. Ich habe einiges, was Erinnerungen hervorruft: diese Narben und meine Halskette.« Ich zog das Lederband unter der wollenen Tunika hervor und rasselte mit den gebogenen Krallen. »Außerdem habe ich ihn erst Jahre später bekommen, lange nachdem ich freigekommen war.«

Del betrachtete ihren Wallach, der in angemessener Entfernung von dem Hengst angebunden war. »Sie haben ihn mir gegeben«, sagte sie, »damit ich schneller abreisen würde.«

Ihre Stimme klang gefaßt, aber ich habe gelernt, die Nuancen zu erkennen. Mehr als nur die Wunde war nicht verheilt und würde auch noch eine ganze Weile schmerzen.

Ich ließ meine Halskette los. »Du hast das Richtige getan.«

»Habe ich das?« Jetzt war die Verbitterung offensichtlich. »Ich habe meine Tochter im Stich gelassen, Tiger.«

Ich sah keinen Sinn darin, diplomatisch zu reagieren. »Das hast du vor fünf Jahren getan.«

Da fuhr sie herum. Sah mich wütend an. »Welches Recht hast du ...«

»Das Recht, welches du mir gegeben hast«, belehrte ich sie nüchtern, »als du mich Staal-Ysta verpflichtet hast — ohne meine Erlaubnis, erinnerst du dich? —, um dir Zeit mit Kalle zu erkaufen. Obwohl du sie fünf Jahre zuvor aufgegeben hattest.«

Ich wollte es ihr nicht vorwerfen, es war ihre Entscheidung gewesen. Aber jetzt befand sie sich so sehr in der Defensive, daß sie jede Bemerkung so interpretierte, als stelle ich ihre Beweggründe in Frage. Was bedeutete, wie schon zuvor, daß sie sie selbst in Frage stellte.

Das tut Del nicht gern.

»Ich hatte keine Wahl.« Ihr Tonfall war unversöhnlich. »Ich hatte Schwüre abgelegt. Blutschwüre. Alle Schwüre sollten geehrt werden.«

»Vielleicht«, stimmte ich geduldig zu, »und du machst deine Sache gut … um den Preis, Kalle zu verlieren. Es war deine Entscheidung.«

Del wandte den Kopf und sah mich an. »Eine weitere Sache«, sagte sie leise, »die Ajanis Tod rechtfertigt.«

Ich glaube, es gibt keine Möglichkeit für einen Mann, die Gefühle einer Frau für ihr Kind ganz zu teilen oder zu verstehen, wir sind zu verschieden. Da ich selbst kein Vater war — zumindest, soweit ich wußte —, konnte ich mir nicht einmal vorstellen, was sie empfand. Aber ich war ein Kind ohne jegliche Familie gewesen, gefangen in Namenlosigkeit und Sklaverei und hatte mich selbst als unvollständig empfunden. Dels Tochter hatte eine Familie, wenn auch keine Blutsverwandten, und ich dachte, daß diese Beziehung den Preis rechtfertigte.

Selbst wenn die Mutter nicht so dachte.

»Es ist vorbei«, sagte ich ruhig. »Du bist von Staal-Ysta verbannt worden. Aber zumindest lebst du.«

Del starrte angestrengt in die Dunkelheit. »Ich habe Jamail verloren«, sagte sie, »als er bei den Vashni blieb. Und jetzt habe ich Kalle verloren. Jetzt habe ich niemanden mehr.«

»Du hast dich. Das sollte genug sein.«

Dels Blick war tödlich. »Du verstehst nichts.«

Ich hob die Augenbrauen. »*Ist* das so?«

»Ja. Du weißt nichts von den Gebräuchen der Familien im Norden. Überhaupt nichts von Familie. Und doch wertest du so schnell Dinge ab, die mir sehr wertvoll sind.«

»Nun, Del ...«

Dels Ungeduld war offenkundig. »Ich werde es dir einmal sagen. Ein letztes Mal. Ich werde es dir sagen, damit du es weißt, und dann wirst du vielleicht verstehen.«

»Ich denke ...«

»*Ich* denke, du solltest still sein und mir zuhören.«

Ich schloß den Mund. Manchmal muß man Frauen reden lassen.

Del atmete tief ein, um sich zu beruhigen. »Im Norden sind die Verwandtschaftskreise sehr eng. Sie sind *heilig* ... genauso heilig wie ein Kreis für den Schwerttänzer. Generationen leben in einem einzigen Haus, manchmal bis zu vier, wenn die Götter bei der Verteilung der Lebensspannen großzügig sind.« Sie nickte kurz. »Wenn ein Mann heiratet, kommt die Frau in sein Haus — außer wenn er keine Familie hat und dann in ihres zieht —, und so erweitert sich der Kreis. Kinder werden geboren, und der Kreis erweitert sich noch mehr. Und wenn Krankheiten auftreten und die Alten sterben, oder auch die Neugeborenen, wird der Kreis wieder kleiner, so daß wir uns gegenseitig beistehen können. So können wir Schmerz, Kummer und Qual teilen und müssen ihnen nicht allein begegnen.«

Ich wartete, sagte nichts.

»Brüder und Schwestern und Vettern, Tanten und Onkel und Großverwandte. Manchmal sind die Häuser groß. Aber immer mit Gelächter erfüllt. Immer mit Gesang erfüllt. Selbst wenn Menschen sterben, damit ihre Seele in Frieden gehen kann.«

Ich dachte zurück an die Häuser auf Staal-Ysta. Große Holzhäuser, die voll von Menschen waren. So anders als das, was ich kannte. So fremdartig in ihren Gebräuchen.

Del sprach sehr sanft. »Wenn etwas Wichtiges geschieht, hat die Verwandtschaft immer Anteil daran. Werbungen, Hochzeiten, Geburten. *Und* Tod. Die Gesänge werden immer gesungen.«

Sie hielt inne, schluckte, runzelte die Stirn und fuhr dann fort. »Ein Vater stimmt einen Gesang für das verlorene Kind an, und die Mutter nimmt ihn auf und dann die Brüder, die Schwestern, die Tanten, die Onkel, die Vettern, die Großverwandten ... bis das Kind für immer in den Schlaf gesungen wurde. Wenn es einen Ehemann betrifft, beginnt die Ehefrau. Bei einer Ehefrau beginnt der Ehemann und so weiter. Der Gesang wird immer gesungen, damit die gerade Verstorbenen von einem Leben jenseits der Welt erfahren. Damit sie keine Dunkelheit umgibt, sondern nur Licht. Das Licht eines Tages, das Licht eines Feuers ... das Licht eines Sterns in der Nacht oder das Schimmern eines *Jivatma*. Licht, Tiger, und Gesang, damit man keine Angst haben muß.« Sie atmete hastig ein. »Aber jetzt, für mich, wird es keinen Gesang geben. Es ist niemand da, der ihn für mich singen könnte.« Sie beherrschte ihre Stimme mühsam wieder. »Niemand, für den *ich* singen könnte, denn Jamail und Kalle sind fort.«

Das war ein Hilferuf. Nach etwas Mitgefühl. Nach etwas Verständnis. Aber ich merkte, daß mir die Worte fehlten, das Feingefühl, das notwendige Verständnis, weil ich das Bedürfnis nach Rache kennengelernt hatte. Das Bedürfnis nach Blutvergießen.

Und so brachen die ersten Worte aus mir heraus, die mir einfielen, weil es die einfachsten waren. Weil sie kein *Mit*gefühl erforderten — nur stilles, großes Gefühl. »Dann laß uns die Welt von diesen Hunden befreien, Bascha ... laß sie uns von Ajani befreien.«

Del blinzelte heftig. Aber ihre Stimme klang sehr fest. »Willst du mit mir tanzen, Tiger? Willst du in den Kreis eintreten?«

Ich betrachtete mein Schwert, das ruhig in seiner

Scheide steckte. Ich dachte an seine Macht. Ich dachte an einen Mann namens Ajani und an die Frau, die einst Delilah genannt wurde. »Wann immer du willst.«

Lippen teilten sich. Ich wußte, was sie wollte. Sie wollte sagen: Hier, jetzt, in diesem Augenblick. Die Versuchung war unglaublich groß, aber sie widerstand ihr. Und machte sich dadurch nur um so stärker.

»Nicht jetzt«, sagte sie ruhig. »Auch nicht morgen. Vielleicht übermorgen.«

Sie wußte genausogut wie ich, daß übermorgen zu früh war. Aber wenn dieser Tag kommen würde, konnten wir es erneut verschieben.

Oder auch nicht.

Ich rollte mich vorwärts auf die Knie, zog eine meiner Satteltaschen heran, tauchte in ihre Tiefen und zog das aschgrau gesprenkelte Fell hervor. Ich schob es ihr sanft zu.

Del ergriff es. Faltete es auseinander und zeigte seine ganze Pracht. Und sah mich erklärungsheischend an.

»Dein Geburtstag«, belehrte ich sie. Dann, verlegen: »Ich kann es nicht gebrauchen.«

Dels Hände liebkosten das Fell. Der größte Teil ihres Gesichts war hinter herabhängendem Haar verborgen. »Ein schönes Fell«, sagte sie weich. »Ein Fell, wie man es für die Wiege eines Neugeborenen verwendet.«

Etwas zwickte in meinem Bauch. Ich setzte mich aufrechter hin. »Versuchst du, mir etwas mitzuteilen?«

Del runzelte die Stirn. »Nein. Nein, natürlich ...« Und dann verstand sie genau, was ich meinte. Sie strich das helle Haar zurück und sah mich offen an. »Nein, Tiger. Niemals.«

»Was meinst du mit niemals?« Und dann dachte ich daran, warum manche Frauen keine Kinder haben konnten, und bedauerte, die Frage gestellt zu haben. »Ich meine ... nein, vergiß es. Ich weiß nicht, was ich meine.«

»Doch, das weißt du.« Del lächelte, wenn auch nur

schwach. »*Ich* meine, niemals. Nur Kalle. Ich habe es so gemacht.«

»Was meinst du damit, du hast es *gemacht* ...« Und, hastig: »Nein, vergiß es.«

»Eine Übereinkunft«, erklärte sie einfach. »Ich habe sie von den Göttern erbeten. So konnte ich sicher sein, daß ich meine Schwüre erfüllen würde. Kalle hatte mich bereits genug Zeit gekostet.«

Ich blinzelte. »Solche Dinge sind nicht *bindend.*« Ich hielt inne. »Nicht wahr?«

Del zuckte die Achseln. »Ich habe seit Kalles Geburt nicht mehr geblutet. Ob es das war oder die Antwort der Götter auf meine Bitte, kann ich nicht sagen. Nur daß du keine Angst haben mußt, daß ich dich zu etwas zwingen könnte, das du nicht willst.«

Aha. Ein weiteres Teil des Puzzle namens Delilah rückte an seinen Platz.

Nur Kalle, für immer, die ihr gar nicht mehr gehörte. Und ihr jetzt auch niemals wieder gehören konnte.

Dank mir.

Dank meinem Schwert.

O Hoolies, Bascha ... was soll aus dir werden?

Was soll aus *uns* werden?

Kurz darauf streckte ich die Hand aus und berührte ihren Arm. »Es tut mir leid, Bascha.«

Del sah mich mit blinden Augen an und umklammerte das vom Mond silbrige Fell. Und lächelte schließlich. »Gibst du die Wette schon verloren?«

Ich brauchte einen Moment, weil ich es schon vergessen hatte. »Nein«, gab ich säuerlich zurück, »ich gebe die Wette nicht verloren. Aber du wirst dir noch wünschen, ich hätte sie verloren gegeben.«

Sie warf mir einen schiefen Blick zu. »Ich schlafe nicht mit meinem Vater.«

Hoolies, sie wußte, wie sie verletzen konnte.

10

Hier«, verkündete Del. »Diese Stelle ist genausogut geeignet wie jede andere, und darum können wir genausogut jetzt feststellen, ob einer von uns dazu fähig ist.«

Da ich von dem Rhythmus des Hengstes und der Wärme der Mittagssonne — nun, nicht die Wärme, die ich gewöhnt war, aber es war *wärmer* — schon in den Schlaf gewiegt worden war, hatte ich keine Ahnung, wovon sie sprach. Also öffnete ich die Augen, sah Del absteigen und zügelte hastig den Hengst.

»Genausogut geeignet wofür? Und wozu sollen wir fähig sein?« Ich hielt inne. »Oder auch nicht?«

»Wahrscheinlich nicht«, bemerkte sie, »aber das ändert sich vielleicht noch.«

Ich runzelte die Stirn. »Del ...«

»Wir haben genug Zeit vertan, Tiger. Ysaa-den liegt nur einen Tag entfernt, und wir müssen noch tanzen.«

Oh, das! Ich hoffte, daß sie es nicht merkte. »Wir könnten noch ein wenig warten.«

»Wir *könnten* warten, bis wir den Norden gänzlich verlassen haben ... Aber dann würde sich dein Versprechen nicht erfüllen.« Del blinzelte zu mir herauf, bedeckte die Augen mit der flachen Hand, die sie gegen die Stirn preßte. »Ich brauche es, Tiger. Und du auch.«

Ja, nun ... Ich seufzte. »In Ordnung. Zeichne einen Kreis. Ich muß mich erst ein wenig lockern.«

Was ich tun mußte: schmerzende Gelenke und steife Muskeln daran zu erinnern, was Bewegung bedeutete, vom Tanzen einmal ganz abgesehen. Wir waren sechs Tage lang in Richtung Nordosten geritten, und allmählich hielt ich es für keine so gute Idee mehr, den Hunden bis zu ihrem Schöpfer zurück zu folgen. Es tat zu weh. Ich hätte mich lieber in einem rauchigen kleinen Wirtshaus verkrochen, mit *Aqivi* im Becher und einem Wirtshausmädchen auf dem Knie — nein, das täte wahrscheinlich auch weh. Sicherlich täte es weh, wenn ich etwas Anstrengenderes täte, als sie auf dem Knie zu halten. Also wäre es sowieso unsinnig gewesen, sie auf dem Knie zu halten.

Hoolies, ich hasse es, alt zu werden.

Del band ihren Wallach an einen Baum, fand einen langen Ast und zog einen Kreis in die Erde, wobei sie den Ast durch vermodertes Holz, feuchtes Laub und Schlamm zog. Ich beobachtete sie nachdenklich und bemerkte, wie starr sie ihren Körper hielt. Es war keine Biegsamkeit in ihren Bewegungen, keine flüssige Anmut. Wie ich hatte auch sie Schmerzen. Und wie ich genas auch sie.

Zumindest außen, wenn nicht auch innen.

Del hielt inne, warf den Ast beiseite, richtete sich auf und schaute mich an. »Kommst du? Oder verlangst du eine offizielle, den Ritualen entsprechende Einladung?«

Ich brummte, zog den Fuß aus dem Steigbügel, schwang ein Bein langsam hinüber und stieg ab. Der Hengst strebte zu dem Wallach hinüber, um ein paar Bisse und Tritt anzuwenden, aber ich unterstützte seine Bemühungen nicht und band ihn in einiger Entfernung von dem ruhigen Rotschimmel an, der sein Bestes getan hatte, um Freundschaft zu schließen. Es war der Hengst, der nichts davon wissen wollte.

Langsam löste ich die Umhangspangen, zog das wollene Kleidungsstück aus und drapierte es über den Sattel. Es fühlte sich gut an, davon befreit zu sein. Bald würde ich es, so hoffte ich, für immer einpacken können. Ich würde mich nicht frei fühlen, bis wir nicht wieder die Grenze überschritten hatten und ich Wolle und Felle durch Gaze und Seide ersetzt hätte; doch mich von dem Umhang zu befreien, war zumindest etwas. Es erlaubte mir, wieder zu atmen.

Meine Hand wanderte zu dem Harnisch, der über der Tunika getragen wurde. Finger verfingen sich in Perlen und Besätzen, fanden dann ihren Weg zu Lederriemen, geschmeidig und weich, die sich eng an weiche Wolle anschmiegten. Über meinem Rücken hing schräg die Scheide mit dem Gewicht des Schwertes. Mein hungriges, ärgerliches Schwert.

»Tiger.«

Ich schloß die Augen. Öffnete sie wieder, wandte mich um und sah Del im Kreis, ganz in Weiß, die in der Sonne erstrahlte. Es war eine Täuschung klaren makellosen Lichts, das nicht durch ein Gitterwerk aus Ästen abgeschirmt wurde, aber nichtsdestotrotz erschütterte es mich. Es erinnerte mich an die Nacht, die noch gar nicht so lange her war und in der sie in einem selbstentfachten Feuer und allen Farben der Welt gestanden hatte. Damals hatte ich geglaubt, wenn auch nur ganz kurz, sie sei ein Geist und keine Frau. Als ich sie jetzt ansah, wie sie so hell erstrahlte, fragte ich mich, ob ich sie vielleicht doch getötet hatte.

Nein. Nein.

Du Narr.

»Tiger«, sagte sie erneut. Unerbittlich wie immer.

Du sandkranker, lokiköpfiger Narr.

Del zog ihr Schwert aus der Scheide. Licht erwachte aus Boreal zum Leben.

Sie würde nicht singen. Sie würde es nicht tun. Und auch ich, das schwor ich, würde es nicht tun.

O Hoolies, Bascha ... Ich will es nicht tun.

Dels Gesicht war gelassen. Ihre Stimme verriet nichts. »Tritt in den Kreis.«

Ein Zittern durchlief meine Glieder. Etwas zwickte mich in den Eingeweiden.

Bascha, bitte zwing mich nicht.

Del lächelte. Das Glühen der Klinge liebkoste ihr Gesicht. Es war freundlich, zu freundlich. Sie war älter, härter, kälter. Das Licht verlieh ihr erneut Jugend. Boreal machte sie wieder zu Del. Zu derjenigen vor dem Exil. Und vor Kalle.

Etwas kitzelte mich im Nacken. Kein Insekt. Keine verirrte Haarsträhne, die auf nackte Haut gefallen wäre. Etwas *Größeres*.

Etwas, das von Magie sprach, das mir eine Warnung zuflüsterte.

Oder war es einfach Angst, die mir Gänsehaut verursachte?

Angst vor meinem Schwert? Oder vor Del?

O Hoolies. Bascha.

»Tiger«, fragte Del, »bist du im Stehen eingeschlafen?«

Vielleicht. Und vielleicht träume ich.

Ich schlüpfte aus meinem Harnisch. Schloß die Hand um das Heft und zog die Klinge aus der Scheide. Hängte den Harnisch über meinen Sattel und ging auf den Kreis zu.

Del nickte, wartete. »Es wird uns beiden guttun.«

Meine Kehle verengte sich. Atmen war schwierig. Etwas rührte sich in meiner Magengrube. Ich biß mir auf die Lippe und schmeckte Blut. Schmeckte auch Angst.

O Bascha ... zwing mich nicht.

»Zuerst langsam«, schlug sie vor. »Wir müssen beide noch genesen.«

Ich schluckte schwer. Nickte. Zwang mich, über die mit einem Ast eingekerbte Linie zu treten.

Del runzelte leicht die Stirn. »Bist du in Ordnung?«

»Tu es«, sagte ich heiser. »Tu es einfach.«

Sie öffnete den Mund. Um eine Bemerkung zu machen. Um eine Frage zu stellen. Um eine Zurechtweisung auszusprechen. Aber sie tat nichts davon. Sie schloß einfach den Mund und trat fort, beide Hände um Boreals Heft geschlossen. Glitt weich in ihre Stellung. Daß es schmerzte, war deutlich an der weichen Haut um ihre Augen und dem kurzen Anspannen ihres Kinns zu erkennen, aber sie verbannte den Schmerz. Stellte die Füße auseinander. Balancierte aus. Hob die Klinge hoch. Und wartete.

Bei einem echten Tanz hätten wir unsere Schwerter in der Mitte des Kreises auf den Boden gelegt und unsere Positionen direkt gegenüber voneinander bezogen. Es war ein Wettrennen zu den Schwertern. Ein Tanz. Ein Zweikampf, um einen Sieger zu bestimmen. Manchmal ging es um Leben und Tod. Andere Male nur um die Aufgabe. Und gelegentlich nur darum zu zeigen, was das Tanzen bedeutete.

Aber dies war kein echter Tanz. Dies war nur Übung, eine Gelegenheit, uns gegenseitig auf die Probe zu stellen. Festzustellen, wie kampfesstark wir waren. Oder wie sehr wir der Übung bedurften.

Ich brauchte es für die Bestien. Del für Ajani.

Vielleicht ein und dasselbe Ziel?

Sie wartete ruhig. Ich habe sie schon früher so warten sehen, immer bereit, niemals schwankend, vollkommen in Einklang mit ihrem Schwert. Es erschien mir nicht mehr seltsam und fremdartig, daß eine Frau ein Schwerttänzer sein konnte. Daß eine Frau so gut sein konnte. Del hatte beides aus sich gemacht. Ich hatte die Ergebnisse gesehen — und gespürt.

Schweiß rann seitlich an meinem Gesicht entlang. Die Anspannung machte mich unruhig. Ich wünschte mich an einen anderen Ort, *irgendwo*hin.

Del senkte ihr Schwert. Kurz. Geringfügig. Kaum wahrnehmbar. Ein Gruß an ihren Gegner. Ich sah Konzentration in blauen Augen. Und kein Anzeichen von Angst.

Bedeutete es Del gar nichts, daß ich *sie* fast getötet hatte?

»*Kaidin*«, sagte sie weich und benannte mich damit mit dem nordischen Rang. Belegte mich mit nordischer Ehre.

Ich hob mein Schwert. Nahm meine Stellung ein. Spürte die Vertrautheit des Ganzen, das Einrichten der Muskeln und der Haut an ihren gewohnten Stellen. Spürte den Protest des Narbengewebes, das in eine andere Lage geschoben wurde.

Schweiß rann mir in die Augen. Verzweiflung wurde zu einer vorrangigen Empfindung.

Ich senkte das Schwert. Fuhr herum. Trat vollständig aus dem Kreis heraus. Und fluchte, als mein Bauch sich verkrampfte.

»Tiger?« Dels Stimme klang bestürzt. »Tiger ... was ist?«

»... kann nicht«, sagte ich rauh.

»Du kannst nicht?« Sie war ein weiß verhülltes Gespenst, das aus dem Kreis heraustrat und Boreal trug. »Was meinst du damit? Bist du krank? Ist es wegen deiner Wunde?«

»Ich kann einfach nicht.« Ich richtete mich auf, preßte die Hände auf meinen Leib und wandte mich ihr zu. »Verstehst du nicht? Das letzte Mal, als wir dies getan haben, tötete ich dich fast.«

»Aber ... dies ist kein wirklicher Tanz. Es ist nur *Übung* ...«

»Glaubst du, das spielte eine Rolle?« Schweiß tropfte auf meine Tunika. »Hast du auch nur die leiseste Ahnung, wie es ist, wieder mit dir in den Kreis einzutreten, zwei Monate nach dem letzten verhängnisvollen Tanz? Hast du auch nur die leiseste Ahnung, welch ein Gefühl es ist, dir über den Kreis hinweg mit dieser Metzgerklinge gegenüberzustehen?« Ich zeigte ihr Samiel. »Das letzte Mal habe ich — hat *er* — alles getan, um sich in dir zu tränken ... Und jetzt ist er sogar noch stärker, weil ich ihn letztendlich getränkt *habe*.« Ich hielt inne. »Willst du dieses Risiko eingehen? Willst du dein Leben meiner Fähigkeit anvertrauen, ihn zu beherrschen?«

»Ja«, antwortete sie ruhig und ohne Zögern. »Weil ich dich kenne, Tiger. Ich kenne deine Kräfte, deine Macht.

Deinen *eigenen* Anteil an der Macht, von tief innen her ... Glaubst du denn, ich würde jemals an dir zweifeln?«

Sie sollte zweifeln. *Ich* täte es.

Ich strich mir feuchtes Haar aus den Augen. »Del, ich kann nicht mit dir tanzen. Nicht jetzt. Vielleicht niemals. Weil ich jedesmal, wenn ich es versuche, alles wieder vor mir sehe. Dich auf dem Boden ... und Blut überall im Kreis. Blut überall an meinem Schwert.«

Del betrachtete meine Klinge. Dann ihre eigene. Erinnerte sie sich vielleicht, daß Boreal auch blutverschmiert gewesen war? Daß jemand anderer als sie selbst seinen Anteil an Blut im Kreis gelassen hatte?

Sie atmete tief ein. Schloß kurz die Augen, als kämpfe sie einen inneren Kampf. Öffnete sie dann wieder und sah mich an. »Es tut mir leid«, sagte sie sanft. »Ich bin — anders. Für einen Zweck. Ich habe hinter mir gelassen, was andere vielleicht beunruhigt. Wieder für einen Zweck. Erinnerungen können dich von deinem Weg abbringen. Aber — du solltest wissen, daß es nicht *leicht* für mich war, dich zu verletzen.« Sie runzelte leicht die Stirn, als seien die Worte nicht so hervorgekommen, wie sie sie gemeint hatte. »Du solltest wissen, daß auch ich Angst hatte ... daß *du* tot seist. Daß ich *dich* getötet hätte.«

»Ich kann nicht«, sagte ich erneut. »Nicht jetzt. Noch nicht. Vielleicht niemals. Ich weiß, ich habe es versprochen. Ich weiß, du brauchst jemanden, mit dem du tanzen kannst, damit du Ajani gegenübertreten kannst. Aber ... nun ...« Ich seufzte. »Vielleicht solltest du gen Süden ziehen. Zur Grenze weiterziehen. Nach Harquhal vielleicht — und jemanden suchen, der mit dir tanzen will. Schwerttänzer tun für Geld fast alles.« Ich zuckte die Achseln. »Sogar gegen eine Frau zu tanzen.«

»Es wird vergehen«, belehrte sie mich. »Vielleicht ... habe ich dich verärgert?«

Ich grinste. »Du verärgerst mich oft, Bascha, aber das bedeutet nicht, daß ich das mit dem Schwert bereinigen will.«

»Es wird vergehen«, sagte sie erneut.

»Vielleicht. Vielleicht nicht. Was ...« Ich brach ab.

Del runzelte die Stirn. »Was ist?«

Mein Magen drehte sich. Alle Haare auf meinen Armen standen aufrecht. Ein Schaudern rieselte durch Haut und Muskeln. »Magie«, sagte ich kurz. »Kannst du sie auch riechen?«

Del schnüffelte. »Ich rieche Rauch.« Sie runzelte die Stirn, prüfend, erkennend. »Rauch ... und etwas anderes. Etwas *Größeres*.« Sie schaute sich mit zusammengezogenen Augenbrauen um. »Jetzt ist es fort ...«

»Magie«, wiederholte ich. »Nein, sie ist nicht fort. Sie ist noch da. Sie ist da, Bascha ... das versichere ich dir.« Ich konnte lediglich versuchen, nicht wieder zu erschauern. Statt dessen rieb ich mir die Haut durch die Wolle hindurch und massierte den kribbelnden Arm. »Nicht die Hunde ... die Hunde *eigentlich* nicht ... Etwas anderes. Etwas Größeres.«

Del schaute in nordöstliche Richtung. »Wir sind nur noch einen Tag von Ysaa-den entfernt ...«

»... und in klarer kalter Luft wie dieser riecht man Bewegung, ich weiß. Aber dies ist *mehr*.«

»Rauch«, sagte sie erneut, sinnend, und trat vom Kreis weg. Von mir fort. Wie ein jagender Hund, der eine Beute verfolgt, glitt Del durch Bäume und Schatten, bis sie eine Lichtung fand, die sich zum Himmel öffnete, frei von Bäumen. »Da«, sagte sie, als ich neben sie trat. »Siehst du?«

Ich sah über ihre deutende Hand hinaus. Es war nicht viel mehr zu erkennen als die zerklüfteten Abhänge eines Berges und der messerscharfe Grat des Gipfels, der an einigen Stellen dunkel, an einigen weiß im Sonnenlicht schimmerte.

»Wolken«, sagte ich.

»Rauch«, korrigierte Del. »Viel zu dunkel für Wolken.«

Ich starrte angestrengt zum Gipfel hinauf. Sie hatte recht. Es war keine Wolke, die den Gipfel einhüllte, sondern Rauch, der vom Berghang aufstieg. Aschgrau, grauschwarz zog er vor dem Himmel seine Spur wie ein feuchtes Herdfeuer im Wind.

»Ysaa-den«, murmelte sie.

Ich runzelte die Stirn. »Dann ist dieses kleine Bergdorf erheblich größer, als mir gesagt worden ist. Das ist genug Rauch für eine Stadt, die halb so groß ist wie die Punja ...«

Del unterbrach mich. »Nein, nicht das Dorf. Der Name. *Ysaa-den.*«

Ich seufzte. »Bascha ...«

»Drachenlager«, sagte sie. »Das ist die Bedeutung der Worte.«

Ich sah stirnrunzelnd zum Berg hinauf. »Oh, ich verstehe — jetzt wird von mir erwartet, daß ich an Drachen glaube.«

Del streckte die Hand aus. »Das solltest du. Dort ist er.«

»Das ist ein *Berg*, Del ...«

»Ja«, stimmte sie geduldig zu. »Sieh dir die Form an, Tiger. Sieh dir den *Rauch* an.«

Ich schaute. Zum Rauch. Zum Berg. Und sah, was sie meinte: Der Umriß der Bergspitze, rauh, zerklüftet und schattig, bildete so etwas wie den Kopf eines echsenähnlichen Tieres. Ich sah die starre Kuppel des Schädels, die hervorstehenden Brauen, die wogenden Falten der von entblößten Zähnen zurückgezogenen Drachenhaut. Nur daß die Zähne Felsspitzen waren, wie auch der Rest des gewaltigen Tieres.

Ein gewaltiges *mythisches* Tier.

»Dort ist das Maul«, sann sie, »und die Nüstern ... Siehst du den Rauch? Er dringt aus beiden Nüstern.«

Nun, irgendwie schon. Da war Rauch, ja, und er

schien irgendwie aus den seltsamen Felsformationen zu dringen, die an ein Maul und an Nüstern erinnerten — wenn man *sehr* genau hinschaute.

»Ein Drache«, sagte ich angewidert.

»Ysaa-den«, wiederholte sie.

Ich brummte.

Del sah mich an. »Hörst du es, Tiger?«

»Ich höre den Wind in den Bäumen.«

Sie lächelte. »Hast du keine Phantasie? Es ist der Drache, Tiger, der Drache in seinem Lager, der gegen den Wind anzischt.«

Es war *Wind*, nicht mehr, der durch die Bäume strich. Er klagte sanft, strich uns das Haar aus dem Gesicht, kräuselte wollene Falten, blies Rauch in den Himmel. Und den Geruch von etwas — *etwas* — ein wenig kräftiger als Holzrauch.

Mein Nacken kribbelte. »Magie«, murmelte ich.

Del stieß ein Geräusch aus, das sehr nach Zweifel und Spott klang. Und dann wandte sie sich um und ging an mir vorbei, eilte zurück zum Kreis, den sie in den feuchten harten Boden eines Landes gezogen hatte, dem ich nicht trauen konnte.

Nicht mehr als meinem eigenen Schwert.

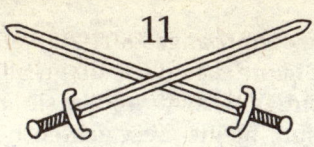

11

Wegen seines so dramatischen Namens Drachenlager hätte man Ysaa-den für einen beeindruckenden Ort halten können. Aber das war es nicht. Es war nicht viel mehr als ein baufälliges kleines Dorf, daß sich bis zur Hälfte des Berghanges ausbreitete. Es gab zusammengedrängte Häuser wie jene auf Staal-Ysta, aber sie waren kleiner, ärmlicher. Nicht so gut instand gehalten. Es lag eine Aura des Verfalls über dem ganzen Ort, aber immerhin hatte der Dorfbewohner, der zur Insel gekommen war, etwas darüber gesagt, daß die Einwohner wegen der Hundeangriffe den Mut verlören.

Ich schnüffelte vorsichtig, als Del und ich in das kleine Bergdorf einritten. Es gab viel zu riechen, in Ordnung, und nicht alles davon war gut, aber der Gestank hatte weniger mit den Hunden zu tun als mit Krankheit, Hoffnungslosigkeit und Verzweiflung. Auch der seltsame scharfe Geruch, den ich bei dem Kreis wahrgenommen hatte, den Del gezogen hatte. Rauch — und mehr.

Es war Mittagszeit. Und warm genug, daß wir unsere Umhänge ablegen konnten, sogar so hoch in den Bergen. Und so hatten wir sie schon zuvor abgelegt und an unsere Sättel gebunden, wodurch die Harnische und Schwerter offen zu sehen waren. Und das trieb viele Leute aus ihren Häusern, damit sie uns in das Dorf einreiten sehen konnten: nordische Schwerter in nordischen Harnischen. Es bedeutete, daß wir vielleicht — nur *vielleicht* — die Schwerttänzer waren, die von Staal-Ysta gesandt worden waren. Die Retter, die Ysaa-den erwartete.

Ich bin es gewohnt, angestarrt zu werden. Unten im Süden tun die Leute dies, weil sie im allgemeinen wissen, wer ich bin. Vielleicht wollen sie mich anheuern, mir Aqivi kaufen, meine Geschichten hören. Vielleicht wollen sie mich herausfordern, um den Beweis zu erbringen, daß sie besser sind. Oder vielleicht kennen sie mich überhaupt nicht, wollen mich aber kennenlernen. Das passiert manchmal bei Frauen. Oder vielleicht starren sie auch jeden Mann an, der größer ist als die anderen und Sandtigernarben im Gesicht hat. Ich weiß nur, daß sie mich anstarren.

Hier im Norden ist meine Größe nicht so ungewöhnlich, weil nordische Männer fast immer so groß sind wie ich oder größer. Aber hier im Norden bin ich von der Haut und den Haaren her um viele Schattierungen dunkler. Und noch dazu vernarbt. Also starren sie mich an.

Auch in Ysaa-den starrten sie mich an. Aber ich bezweifle, daß sie Größe, Farbe oder Nationalität bemerkten. Hier starrten sie mich an, weil jemand das Land mit Magie belegt hatte, die sie tötete. Und vielleicht — nur vielleicht — konnten wir etwas tun, um dies aufzuhalten.

Als wir die Mitte des Dorfes erreichten, hatten sich die Häuser geöffnet und Männer, Frauen, Kinder, Hunde, Hühner, Katzen, Schweine, Schafe, Ziegen und andere Lebewesen ausgespien. Del und ich wurden von den Einwohnern Ysaa-dens überspült. Die menschlichen Einwohner bildeten einen See aus blauen Augen und blondem Haar. Die anderen — die vierbeinigen — brachten uns ein Ständchen aus verschiedenen Gesängen, die alle zusammen einen fürchterlichen Lärm bildeten. Vielleicht konnte Del etwas Anziehendes an dieser Musik finden, da sie in Gesang so bewandert war, aber für mich war es nur Lärm. Genauso, wie es immer ist.

Wir hielten an, weil wir nicht weiterreiten konnten.

Die Leute drängten heran und zertrampelten matschigen Schnee zu Schlamm und Dreck. Dann, als spürten sie das Unbehagen des Hengstes und ihren Mangel an Höflichkeit, wichen sie zurück, verscheuchten die Tiere und machten uns Platz. Aber nur wenig Platz. Sie hatten sichtlich Angst, daß wir gehen würden, wenn wir Gelegenheit dazu hätten.

Del zügelte den Rotschimmel, um ihn daran zu hindern, ein Kind anzustoßen. Die Mutter ergriff das kleine Mädchen und riß es zurück, wobei sie ihm etwas zumurmelte. Del sagte der Frau ruhig, daß alles in Ordnung sei, daß das Mädchen nur neugierig und nichts geschehen sei.

Ich sah sie scharf an, als sie sprach, und mir fiel ihr Tonfall auf. Sie dachte an Kalle, an ihre Tochter auf Staal-Ysta. Und würde es, wahrscheinlich, noch lange Zeit tun. Vielleicht sogar jedes Mal, wenn sie ein blondes blauäugiges Mädchen von ungefähr fünf Jahren sah.

Aber sie würde lernen, damit zu leben, genauso wie sie es bei allem anderen gelernt hatte. Dies ist eine ihrer besonderen Stärken.

Sie sah mich an. »Es war dein Versprechen.« Mit anderen Worten: Sie würde mir die Einleitungen und Erklärungen überlassen.

Ich bewegte mich unbehaglich im Sattel, verteilte mein Gewicht neu. Unten im Süden spreche ich gern mit Dorfbewohnern oder Tanzeers, um Vereinbarungen zu treffen, einen Handel vorzuschlagen, Lösungen für Probleme zu ersinnen — aber das gilt für den Süden, dessen Sprache ich kenne. Und wo ich auch für solche Dinge bezahlt werde. Geld hat einen ungeheuren Anreiz.

Nur war ich hier nicht im Süden. Ich kannte die Menschen nicht, ich kannte die Sprache nicht — zumindest nicht sehr gut —, kannte die Gebräuche nicht. Und diese Art Unwissenheit kann eine ganze Welt von Problemen heraufbeschwören.

»Sie warten«, sagte Del ruhig.

Das taten sie. Sie alle. Sahen mich an.

Nun, es half nichts, ich mußte mein Bestes tun. Ich atmete tief durch. »Ich bin auf der Jagd nach Hunden«,
begann ich in der nordischen Sprache mit südlichem
Akzent — und das ganze Dorf brach in Beifall aus.

Er war laut genug, um Tote aufzuwecken. Zuvor hatte
ich nur den Lärm von Tieren gehört. Jetzt war da auch
menschlicher Lärm, mit dem ich mich auseinanderset-
zen mußte. Und der war genauso schlimm.

Hände tätschelten meine Beine, die einzig erreichbaren Körperteile. Ich konnte nicht umhin: Ich versteifte
mich, griff hinauf zu meinem Schwert und erkannte erst
dann, daß die Hände nur tätschelten. Es war eine Art
des Willkommens, der Freude, außerordentlicher Dankbarkeit.

Dels Rotschimmel wurde umringt. Auch sie war diesem freudigen Willkommen ausgesetzt. Ich fragte mich,
wie es auf sie wirkte, da sie nicht nach Ysaa-den gekommen war, um jemandem zu helfen. Sie war aufgrund eigener Bedürfnisse gekommen, die nichts mit Hunden
zu tun hatten. Nur mit Ajani.

Wenn jemand bemerkte, daß ich kein Nordbewohner
war, was ziemlich wahrscheinlich war, so wurde es
nicht erwähnt. Offensichtlich war das einzig Wichtige,
daß Staal-Ysta von ihrer hoffnungslosen Lage gehört
hatte, ihre Bitten erhört und uns gesandt hatte, um die
Dinge zu regeln. Niemand kümmerte sich darum, wer
wir waren. Für sie waren wir die Rettung mit der stäh-
lernen Erlösung in unseren Schwertscheiden.

Ich schaute über die Menschenmenge hinweg. Da
man von uns Rettung erwartete, sah ich keinen Sinn
darin, Zeit zu verschwenden. Also kam ich direkt zur
Sache. »Wo kommen die Bestien her?«

Wie ein Mann wandten sich alle dem Berg, dem Drachen über ihrer Welt zu. Und, einer nach dem anderen,
deuteten sie hinauf. Sogar die kleinen Kinder.

»Ysaa«, murmelte jemand. Und dann stimmten alle anderen mit ein. Das Wort rollte durch das Dorf.

Ysaa. Ich benötigte keine Übersetzung: Drache. Was keinen Sinn ergab. Es *gab* keine Drachen. Nicht einmal im Norden, einer Gegend kalter, rauher Lebensumstände. Drachen waren mythische Lebewesen. Und sie hatten nichts mit Hunden zu tun.

»Ysaa«, flüsterte jedermann, bis das Wort zu einem Zischen wurde. Genauso wie der Atem des Drachen, der von dem gähnenden Felsmaul herunterkroch.

Dann, nachdem sie ihn benannt hatten, wandten sich alle wieder zu mir um. Hellblaue Augen schauten mich erwartungsvoll an, wollten eindeutig etwas von mir. Etwas, das mit dem Drachen zusammenhing.

Ich sah Del an. »Das ist lächerlich.« In der südlichen Sprache, nicht in der nordischen, denn ich bin *doch ein wenig* diplomatisch. »Ich bin hergekommen, um denjenigen zu finden, der die Hunde ausgesandt hat, nicht um Gutenachtgeschichten zu hören.«

»Nun«, sagte sie leichthin, »wenn es lächerlich *ist*, wird deine Aufgabe um so leichter sein.«

»Warum?« fragte ich mißtrauisch.

»Was glaubst du?« erwiderte sie. »Sie wollen, daß du den Drachen tötest.«

Ich spähte hinauf zu dem Berg in Drachenform. Er war ein Haufen Felsen, nicht mehr. »Wenn das wahr ist«, belehrte ich sie, »wird diese Aufgabe sehr leicht sein.«

Es stimmt, es war dumm gewesen, dies zu sagen. Wenn ich etwas in diesem Geschäft gelernt habe, dann den Grundsatz, niemals einen Gegner zu unterschätzen. Aber der Gedanke, daß ein *Berg* ein Feind sei, war genug, um sogar mich zu verärgern, obwohl ich sonst sehr ausgeglichen bin. Menschen, die der Religion oder der Mythologie erlauben, ihr Leben zu bestimmen, beschwören nichts als Ärger. So geht es einfach nicht. Wir werden geboren, wir leben, wir sterben — Götter haben genausowenig damit zu tun wie *Drachen.*

Und ich war gekommen, um Hunde zu jagen.

Jetzt, in einem Haus, schüttelte Del den Kopf. »Es spielt keine Rolle«, sagte sie. »Kein anderer Schwerttänzer von Staal-Ysta ist jemals hierhergekommen. Nur du. Und so kannst du jetzt dein Versprechen einlösen, wie du es vorgesehen hast.« Sie hielt inne. »Hast du mir das nicht erzählt? Daß du die Aufgabe übernommen habest, Ysaa-den im Namen deines neuerworbenen Ranges zu helfen?«

Nun, ja. Irgendwie schon. Ich meine, das hatte ich gesagt, aber eigentlich hatte ich vorgehabt, die Hunde aufzuspüren. Zu dem Zeitpunkt hatte mir das eine Möglichkeit zur Flucht geliefert. Eine Möglichkeit, alles hinter mir zu lassen, was ich Del angetan hatte. Weil ich geglaubt hatte, mich im Rahmen einer Aufgabe von ihrem Tod ablenken zu können.

Das Problem war nur — nun, nein, kein Problem —, daß Del nicht tot war. Was bedeutete, daß ich die Aufgabe nicht mehr brauchte, weil es nichts mehr gab, *wovon* es sich abzulenken galt.

Die Menschen von Ysaa-den — und alle ihre Tiere — hatten uns geschlossen zum Haus des Dorfältesten begleitet. Es war das größte, aber auch das leerste Haus. Er hatte die Hälfte seiner Familie an den Drachen verloren, wie er uns erzählte.

Ich seufzte, blieb geduldig und wandte mich meinen eigenen Angelegenheiten zu. Del und ich stellten unsere Pferde in dem Pferch hinter dem Haus ab — was dem Hengst nicht sonderlich gefiel, so daß er den kümmerlichen Zaun mit eisenbeschlagenen Hinterhufen bearbeitete, bis ich ihn an seine Manieren erinnerte — und gesellten uns dann zu dem Dorfältesten im Haus, wo ich versuchte, das Thema Hunde auf den Plan zu bringen. Aber er winkte ab, als wäre das unnötiger Ballast. *Er* wollte über den Drachen sprechen.

Ich hörte ihm kurz zu und erwähnte dann etwas von Müdigkeit nach einer langen Reise. Er nahm den Hinweis auf und verließ unter Verbeugungen das Haus, ließ uns allein. Damit wir uns ausruhen und erfrischen konnten.

Zumindest war das leere Haus ruhig. Der Gedanke, mit zahlreichen Menschen und Tieren zusammen zu leben, war keine Idee, die ich in Erwägung ziehen wollte.

Die Behausung des Dorfältesten war wie alle Häuser auf Staal-Ysta aus Holz erbaut, mit Schlamm, dünnen Zweigen und Stoff in den Ritzen zwischen den Balken. Das Haus bot Schutz vor der schlimmsten Kälte und dem Wind, blieb aber trotz der Feuerstelle unter dem offenen Rauchloch, das sowohl die Luft herein als auch den Rauch hinausließ, innen ziemlich kühl. Ein offener Gang wurde an beiden Seiten von hölzernen Stützbalken begrenzt, die in gleichmäßigen Abständen von etwa zehn Fuß angebracht waren. Jenseits der Stützbalken befanden sich die Wohnbereiche der Familien, kleine enge Nischen, die eher an Boxen als an Räume erinnerten. Es war ein Ort erzwungener Nähe. Del hatte von Familienbanden und Blutstreue gesprochen, die durch Lebensgebräuche gefestigt wurden. Ich erkannte, warum. Wenn sie nicht lernten, miteinander zu leben, würden sich diese Menschen letztendlich gegenseitig töten.

Del betrat die erste leere Nische, die sie fand. Zweifellos erwartete der Dorfälteste von uns, daß wir einen anderen Bereich benutzten — von ihm mit Bedacht ausgewählt, am anderen Ende des Hauses, da war ich sicher —, aber Del war niemals eine Anhängerin unnötigen Zeremoniells gewesen. Sie öffnete ihre Bettrolle, breitete die Felle über festgestampfter Erde aus und setzte sich nieder. Und nahm ihr *Jivatma* heraus.

Es war ein Ritual, das ich mehrere Male miterlebt hatte. Für jeden, der von dem Schwert lebt, ist die Pflege der Waffe ein wichtiger Teil des Überlebens. Del und ich hatten so manchen Abend unter dem Mond damit verbracht, unsere Schwerter zu säubern, zu schleifen und zu ölen, kleine Kerben zu behandeln oder Harnisch und Scheiden zu überprüfen und zu reparieren. Aber jetzt, hier, an diesem Ort, wirkte es seltsam, wie sie wieder einmal das Schwert umsorgte. Ich weiß nicht, warum. Es war einfach so.

In der Ferne bellten Bestien. Ich hörte das unheimliche Heulen, das von den Felsschluchten zurückgeworfen wurde, das Wehklagen der durch Magie erschaffenen Hunde, das von dem Drachen herunterschwebte, um durch ganz Ysaa-den zu ziehen, durch die Spalten in den Häusern glitt und durch die Rauchlöcher heruntergeisterte. Ich zitterte.

»Hoolies«, stieß ich entsetzt hervor. »Wie könnt ihr Leute an einem so kalten Ort leben? Ich brauche warme Tage oder ein Fleckchen Erde ohne Schnee. Wie kannst du das ertragen, Del? Diese Kälte und den Schnee und düstere grauweiße Tage? Es gibt hier keine *Farbe!*«

Sie hielt den Kopf über ihre Arbeit gebeugt. Der geflochtene Zopf schwang langsam hin und her, während sie sich um die Klinge kümmerte. Mit plötzlichem Unbehagen erinnerte ich mich der Wette, die wir bezüglich einsamer Nächte in verschiedenen Betten abgeschlossen hatten.

Und ich erinnerte mich an andere Dinge. An das Verhalten, das ich nicht entschuldigen konnte. An die Erklärungen, die ich nicht hinnehmen konnte.

Del schaute nicht einmal auf. »Es gibt Farben«, sagte sie schließlich. »Sogar im Winter. Es sind die zarten Farben des Schnees — Weiß, Grau, Blau, Rosa, alle abhängig von Sonne und Schatten und der Tageszeit — und der Reichtum der Berge, der Seen, der Bäume. Und sogar der Kleidung der Kinder.« Sie warf mir einen schnellen Blick zu. »Es gibt Farben, Tiger. Du mußt nur danach Ausschau halten.«

Ich brummte. »Ich ziehe den Süden vor. Die Wüsten.

Sogar die Punja. Zumindest weiß ich dort, woran ich bin.«

»Weil es dort keine Drachen gibt?« Del lächelte nicht, ließ nur den Schleifstein die Klinge entlanggleiten. »Aber es gibt Cumja und Danjacs und Sandtiger ... gar nicht zu reden von lüsternen Tanzeers, mordlustigen Borjuni und Kriegerstämmen wie den Vashni.«

Aufrecht zu stehen, war keine große Sache, außer wenn man schmerzende Knie und einen müden Rücken hatte. Ich ließ meine Bettrolle fallen und legte meinen Körper darauf, wobei ich ihre letzte Bemerkung aufgriff. »Sie haben deinem Bruder ein Zuhause gegeben.«

»Seinen Überresten«, sagte sie. Der Schleifstein wurde lauter hörbar als gewöhnlich. »Du hast gesehen, was er dem alten Mann bedeutete.«

Das hatte ich gesehen. Ich bin ein Mann für Frauen, habe kein Verlangen nach Männern in meinem Bett, aber ich hatte deutlich gesehen, was sich da zwischen Dels Bruder und dem alten Vashnihäuptling abgespielt hatte, der ihn aufgenommen hatte.

Und ich hatte damals gedacht, daß zumindest der Junge jemanden gefunden hatte, den er lieben konnte, nachdem er seiner Männlichkeit und seiner Zunge beraubt worden war. Jemanden, der *ihn* lieben konnte.

»Aber du hättest ihn auf jeden Fall zurückgebracht«, sagte ich. »Hattest du das nicht vor — ihn aus dem Süden wegzuholen?«

»Natürlich. Und das hätte ich auch getan. Aber — er hat sich anders entschieden.«

»Ich glaube nicht, daß er eine Wahl hatte, Del. Ich glaube, er wußte, daß es das Beste für ihn war, bei den Vashni zu bleiben, wo er um seiner selbst willen angenommen wurde.«

»Aber nur deshalb, weil er dem alten Mann *gehörte.*«

Ich wußte, was sie mit der Betonung des Wortes meinte. Im Süden, wo Frauen kaum mehr sind als Gebärmaschinen oder Schmuckstücke, suchen Männer oft anregende Gesellschaft bei ihrem eigenen Geschlecht. Sowohl im Bett als auch anderswo. Und dann gab es da natürlich den Sklavenhandel …

Ich unterbrach den Gedanken. »Vielleicht ist es so«, stimmte ich zu. »Und vielleicht wollte er es damals so.«

Del hielt in ihrer Bewegung inne. »Aber was geschieht?« fragte sie. »Was geschieht, wenn der alte Mann stirbt? Wird Jamail dann der Sklave eines neuen Häuptlings? Wird er dann dem neuen Mann dienen, wie er dem alten gedient hat?«

»Ich weiß es nicht«, sagte ich. »Wir werden es niemals erfahren. Es sei denn, wir kehren dorthin zurück, um es herauszufinden.«

»Nein«, sagte sie scharf. Dann, ruhiger: »Nein. Du hast recht: Er hat seine Wahl getroffen. Genauso wie ich meine Wahl in bezug auf Kalle getroffen habe.«

Ich erwartete mehr. Aber sie bot mir nichts weiter als den stummen runden Schleifstein auf Stahl. Eine andere Art von Gesang.

Einen Gesang, den ich verstand.

Wir blieben bis zum Sonnenuntergang ungestört. Dann kamen der Dorfälteste und mehrere andere Dorfbewohner in das Haus und luden uns sehr höflich zum Essen ein. Da Del und ich nichts Besseres zu tun hatten — und beide hungrig waren —, nahmen wir an.

Wenn ich die Wahl gehabt hätte, dann hätte ich eine Mahlzeit innerhalb eines Hauses vorgezogen. Tatsächlich hatte ich das irgendwie erwartet. Aber offensichtlich sahen die Nordbewohner den ersten Atemzug des Frühlings als Versprechen für mildere Nächte und Tage an. Als sich das Essen als eine über das ganze Dorf verstreute Versammlung unter freiem Himmel entpuppte (wobei man auf dem fellbedeckten Boden saß), wickelte ich mich so fest in meinen Umhang, daß es mir fast unmöglich war, mich zu bewegen, auch wenn ich meinem Eßarm genug Raum ließ, seine Arbeit zu tun.

Im Essen bin ich gut. Und man muß mich niemals zu einer geschenkten Mahlzeit drängen, es sei denn, sie wird von einem Feind serviert.

Der Dorfälteste, dessen Name Halvar lautete, war sich der Ehre unser Anwesenheit in Ysaa-den überaus bewußt. Er war sich auch seiner Verantwortung bewußt, uns angemessen bewirten zu müssen. Während Del und ich Schweinebraten, Brot und Knollen aßen und krügeweise Ale tranken, unterhielt uns Halvar mit der Geschichte seines Dorfes. Ich hörte nicht sehr aufmerksam zu, da es mir Schwierigkeiten bereitete, seinem Akzent zu folgen, und er nur von dem Drachen erzählte, was mir sagte, daß die Mythologie in Ysaa-den überhandnahm. Und ich habe mich nie besonders für Mythologie interessiert. Gebt mir einfach ein reines Schwert aus gut geschliffenem Stahl ...

»Tiger.«

Es war Del, wenig überraschend. Ich schaute zu ihr hinüber, wobei ich mir eine Fleischfaser aus den Zähnen zog.

»Was ist?«

Sie runzelte die Stirn. Vollführte dann mit einer Hand eine anmutige Geste, die die ganze Versammlung einschloß. »Weil wir morgen dem Drachen gegenübertreten werden, würde das Dorf Ysaa-den uns zu Ehren gern einen Gesang anstimmen.«

»Ich singe nicht«, antwortete ich prompt.

»Sie wollen nicht *dich* singen hören, Tiger. Sie wollen für uns singen.«

Ich schluckte das befreite Stück Schweinefleisch hinunter und spülte mit Ale nach. Zuckte die Achseln. »Wenn sie wollen. Du weißt, daß ich nicht viel von Musik halte.«

Del wechselte geschickt die Sprache, sprach jetzt in akzentuiertem südlichen Dialog und lächelte Halvar zur Beruhigung heuchlerisch an. »Es ist als Ehrung gedacht. Und wenn du überhaupt irgendwelche Manieren hast

— *oder* Vernunft —, dann wirst du ihnen sagen, wie geehrt wir uns fühlen.«

»Sie können uns in den Schlaf singen, soweit es mich betrifft.« Ich trank noch mehr Ale.

Dels Lächeln verschwand. »Warum bist du so grob? Diese Leute glauben an dich, Tiger ... Diese Leute versuchen dir zu sagen, wie viel es ihnen bedeutet, daß du gekommen bist, um ihr Dorf zu retten. Du bist der *Sandtiger* ... eine Gestalt aus südlichen Legenden. Jetzt kannst du vielleicht auch zu einer Gestalt aus nordischen Legenden werden. Jemand, der sich um die Probleme anderer kümmert, der für die Hilflosen und Schwachen sorgt ...«

Ich mußte unterbrechen, bevor sie weitersprechen konnte. »Es wird nichts nützen, an meinen Stolz zu appellieren.«

»Es hat zuvor genützt.«

Ich überhörte diese Bemerkung. »Vielleicht, weil ich einfach nicht verstehen kann, warum ein Dorf voller Erwachsener darauf besteht, Geschichten zu erzählen, anstatt die Dinge verstandesmäßig zu erörtern.« Ich deutete in Richtung des aufragenden Berges. »Es ist ein Haufen Gestein, Del, nicht mehr. Wenn die Hunde dort oben sind, werde ich hingehen ... Aber warum erzählt man mir unentwegt, daß dort ein Drache haust?«

Del seufzte und setzte ihren Becher ab. Rundum sahen uns die Menschen an. Wir unterhielten uns in der südlichen Sprache, nicht in der nordischen, aber zweifellos war der Sinn unserer Diskussion offensichtlich, selbst wenn die Worte nicht verstanden wurden.

»Tiger, hast du nicht zugehört, was Halvar uns darüber erzählt hat, wie Ysaa-den entstanden ist?«

»Ich habe es *gehört*, ja ... aber ich habe nicht eines von zehn Worten verstanden. Diese Hochlandsprache ist völlig verdreht, und ich spreche sie ohnehin nicht so gut.«

Del runzelte die Stirn. »Ein Gebirgsdialekt. Ja, es ist

vielleicht schwierig für dich. Aber das entschuldigt nicht deine Grobheit ...«

»... weil ich seine Geschichte nicht ernst nehme?« Ich schüttelte den Kopf. »Ich bin nicht hier, um meine Zeit mit den Einbildungen eines Geschichtenerzählers zu verschwenden, Del. Sie sind ohnehin alle nur Lügner, wenn du mich fragst — sie erfinden gegen Bezahlung Geschichten, obwohl sie ihre Zeit lieber damit verbringen sollten, richtige Arbeit zu leisten. Ich meine, wie schwer ist es, Geschichten zu erfinden? Und dann dafür *bezahlt* zu werden ...«

»Tiger.« Dels Stimme unterbrach mich. »Wir sprechen nicht über *Skjalds*, die im Norden hoch verehrt werden — und woher willst du wissen, ob es schwer oder leicht ist, ein *Skjald* zu sein? Was weiß ein Mann, der andere Männer tötet, vom Geschichtenerzählen?«

Ich warf ihr einen schiefen Blick zu. »Das letzte Mal, als ich hingesehen habe, hast du deinen eigenen Anteil am Handel mit dem Tod gehabt, Delilah.«

Das verschlug ihr für einen Moment die Sprache. Und dann sah sie Halvar an, der geduldig wartete, und brachte ein schwaches Lächeln zustande. Aber ihre Stimme klang nicht schwach. »Dieser Mann und sein Dorf haben angeboten, uns hoch zu ehren, Sandtiger. Du wirst dem Gesang zuhören, und du wirst ruhig sein Ende abwarten, und dann wirst du Halvar und jedem anderen in Ysaa-den für seine Freundlichkeit und Güte danken. Verstehst du?«

»*Natürlich*«, sagte ich beleidigt. »Was glaubst du überhaupt, wer ich bin? Irgendein Narr, der heute morgen von einem Ziegenwagen gefallen ist?«

»Nein«, sagte Del kühl. »Irgendein Narr, der vor achtunddreißig oder neununddreißig Jahren vom Himmel gefallen und auf dem Kopf gelandet ist.«

»*Sechs*unddreißig«, erwiderte ich gereizt. Und fluchte, als sie Halvar süß lächelnd darüber informierte, daß wir uns durch den Gesang sehr geehrt fühlen würden.

Zumindest glaube ich, daß es das war, was sie ihm sagte. Man kann bezüglich der Hochlandsprache niemals völlig sicher sein. Sie ist holperig wie der Norden selbst. Aber was auch immer sie gesagt hatte, erfreute Halvar mächtig. Er rief etwas — für mich — Unverständliches, und die Menschen zerstreuten sich in Richtung ihrer Häuser, kehrten aber Augenblicke später mit Felltrommeln, Flöten, Pauken, Tambourinen, Holzstökken und anderen Instrumenten zurück, die ich nicht kannte.

Es waren offensichtlich Musiker. Die übrigen, die nur ihre Stimmen hatten, nahmen ihre Kinder auf den Schoß oder Geliebte in die Arme und bereiteten sich darauf vor, uns einen Gesang darzubieten.

Die Sonne war untergegangen, war von den Bergen verschluckt worden. Der Drache rauchte im Halbdunkel verdrießlich und sandte tief aus seiner ›Kehle‹ ein schwaches rotes Glühen. Ich sah stirnrunzelnd zu ihm hinauf und bemerkte, daß die Dunkelheit seine Gestalt nicht vollständig in ein freundlicheres Tier verwandeln konnte, wie es zu erwarten gewesen wäre — wenn überhaupt, dann sah er einem Drachen jetzt ähnlicher denn je —, und merkte, daß der seltsame Geruch geblieben war. Ein großer Teil davon wurde von anderen Gerüchen überlagert — Schweinebraten, Ale, ungewaschenen Körpern, Säuglingen, die frisch gewickelt werden mußten, Tiere, die zu beengt gehalten wurden —, aber der Geruch blieb zwischen allen diesen vorhanden, zog von dem wie ein Drache geformten Berg herunter, um Ysaa-den in ein muffiges, übelriechendes Leichentuch zu hüllen.

Kein Holzrauch. Holzrauch hat einen reinen süßen Duft, je nach der Holzart. Und auch kein Dunggeruch, nach Ziegen, Kühen oder anderem — ich muß es wissen, da ich in meiner Zeit als Sklave Dung eingesammelt habe —, der eine ganz eigene Schärfe hat. Dies war anders.

»Hunde«, sagte ich scharf.

Halvar unterbrach seine Einleitung zum Gesang. Del sah mich schief an.

»Hunde«, wiederholte ich, bevor sie etwas sagen oder mich wieder mit Schimpfwörtern belegen konnte. »So riecht es. Oder, noch besser, so riechen *sie*.« Ich hob das Kinn in Richtung des Berges. »Der Rauch.«

Del runzelte die Stirn. »Wie schlecht gewordene Eier?« schlug sie vor.

Ich dachte darüber nach. »Ein wenig«, stimmte ich zu. Dann, nach weiterer Überlegung: »Aber eher wie verwesende Körper.«

Ich sagte es leise, damit nur Del es hören konnte. Erwartungsgemäß reagierte sie barsch. Und dann wandte sie sich von mir ab und wieder Halvar zu, ganz betont, und sagte, er solle den aufgeschobenen Gesang beginnen.

Er war mehr als bereit dazu. Das Problem war nur, daß er noch etwas von uns benötigte und dann auch darum bat.

Dels Gesichtsausdruck veränderte sich. Ich sah alle Farbe daraus entweichen, ganz langsam, sah, wie sich ihre Augen ebenso langsam weiteten. Sie schüttelte es ziemlich schnell ab, aber der Schaden war bereits eingetreten. Als sie mit dem Dorfältesten sprach, tat sie dies in ihrem abgehackten Schwerttänzertonfall, ganz geschäftsmäßig, ohne jegliche Ausstrahlung. Sie hatte diesen Tonfall schon zuvor öfter gebraucht. Aber ich hatte nicht erwartet, daß sie ihn bei Halvar einsetzen würde, den sie doch schätzte.

Ich wurde unter meinem Umhang unruhig. »Was ist?«

Del gab mir mit der Hand ein Zeichen, als sei es genug.

»Was ist?« wiederholte ich mit etwas mehr Nachdruck. »Wir sind zu zweit hier, Bascha ... Was hat er gefragt?«

Sie warf mir einen tödlichen Blick zu. »Sie wollen Namen wissen«, antwortete sie. »Namen lebender Verwandter, die sie, wenn wir morgen versagen und sterben sollten, benachrichtigen können. Damit Grabgesänge gesungen werden können.«

Das kam unerwartet. Und wirkte ausgesprochen ernüchternd. »Nun«, sagte ich schließlich, »ich vermute, es bedeutet dann weniger Arbeit für Halvar, wenn *tatsächlich* etwas passiert. Denn es ist ja niemand da, der für einen von uns singen könnte.«

Del antwortete nicht sofort. Und als sie es tat, geschah es sehr leise und mit einem seltsamen Mangel an Gefühl. Sie sprach in der Hochlandsprache mit Halvar, erklärte ihm, wie die Dinge lagen. Ich verstand nicht alle Worte, aber ich konnte seinen Gesichtsausdruck lesen.

Er sah Del an. Sah mich an. Atmete tief ein und wandte sich an die versammelten Dorfbewohner, Erwachsene und Kinder gleichermaßen.

Ich hörte Dels erschrecktes Einatmen. Und dann versuchte sie Halvars kleine Rede wirkungslos zu machen, indem sie ihm wiederholt widersprach. Aber er war unerbittlich. Ich verstand das Wort für Ehre.

Vertraute darauf, daß er das richtige Wort fände. Es ließ sie sofort verstummen.

»Was ist?« fragte ich verwirrt.

Del war stahlhart. »Ich habe es ihm gesagt.« Sie biß die Zähne zusammen. »Ich habe es ihm gesagt. Daß es keine Namen gibt. Daß es keine Verwandten gibt. Nur der Sandtiger und Delilah, mit Blutklingen statt Familien und dem Kreis anstelle eines Heims.«

Ich wartete einen Moment. »Und?«

Del atmete tief ein, hielt den Atem an, ließ ihn ausströmen. Langsam. Schweigend. »Nun«, sagte sie, »sie werden singen. Sie werden einen Gesang für alle die anstimmen, die wir verloren haben, einen Abschiedsgesang, weil sie keine Familie hatten, die ihn für sie hätte singen können, um sie ins Licht zu geleiten, als sie starben.« Sie schluckte sichtbar. »Da du und ich keine Familie haben, die die Gesänge für uns singen könnten.«

Ich hörte die erste Stimme, die Halvars, das Privileg des Dorfältesten. Und dann die Stimme einer Frau, seiner Frau. Und dann eine weitere und noch eine, bis das ganze Dorf sang. Nur Stimmen, keine Flöten, keine Trommeln, keine Stöcke, keine Pauken, keine klingenden Tambourine. Nur Stimmen.

Stimmen genügten.

Fest in meinen Umhang gehüllt, saß ich unter einem sternengesprenkelten nordischen Himmel und dachte nur an den Süden. An die Wüste. An die Punja.

Wo eine Frau einen Jungen geboren hatte — einen starken, gesunden Jungen — und ihn zurückgelassen hatte, damit er im glühenden Sand unter einer sengenden Sonne verbrennen sollte.

12

Der Gestank wurde schlimmer. Halvar, der ein Stückchen vor der wiederum vor mir reitenden Del ritt, schien es nicht zu bemerken, was bedeutete, daß er entweder keinen Geruchssinn hatte oder sich so an den Gestank gewöhnt hatte, daß er ihn nicht mehr bemerkte. Mir schien dies in Anbetracht des Ausmaßes des Gestanks nicht möglich. Hoolies, ich konnte ihn *schmecken*. Er verursachte mir Übelkeit.

Ich lehnte mich in meinem Sattel zur Seite, paßte auf, daß ich nicht den Hengst erwischte, und erbrach mich. Zweimal. Er wackelte mit einem Ohr, schüttelte den Kopf und ging weiter.

Wir stiegen unaufhörlich zu dem Drachen auf, der seine Gegenwart durch Gestank *und* Rauch unter Beweis stellte. Beide erfüllten Nase und Mund, verweilten in den Lungen und verursachten einen starken, dumpfen Kopfschmerz, der mich sowohl gereizt als auch ungeduldig machte. Es waren keine Anzeichen von den Hunden mehr zu sehen gewesen, seit Del und ich Ysaaden erreicht hatten, obwohl wir sie gehört hatten. Und kein Anzeichen von einem Drachen. Während wir aufstiegen, bewirkte unsere Annäherung an die Felsformationen und die eingestürzten Felsspitzen, daß sie ihre gespenstische Gestalt verloren und zu nichts anderem als Fels und Erde wurden, was genau dem entsprach, was ich schon die ganze Zeit behauptet hatte. Ich fühlte mich entsprechend gerechtfertigt, doch unglücklicherweise wollte niemand an meinem Triumph teilhaben.

Während wir aufwärts stiegen, unterhielt Halvar uns

mit Geschichten über den Drachen und Ysaa-den. Das Problem war nur, daß ich zu weit hinter dem Dorfältesten und Del zurück war, um über den Lärm der Hufe hinweg alles hören zu können. Des weiteren konnte ich seinen Gebirgsdialekt fast nicht verstehen. Was mich nicht sonderlich störte, wenn ich ehrlich sein soll. Ich war damit zufrieden, mich dem Rhythmus des beständigen Aufstiegs anzupassen, und verbrachte meine Zeit damit, mich aufmerksam umzusehen. Ein Teil von mir wartete auf die Hunde. Jetzt, da ich nicht mehr die Canteada-Pfeife bei mir trug, waren die Risiken ein wenig anders gelagert. Aber ich hatte noch immer ein Schwert, ebenso wie Del.

Ebenso wie Halvar, aber seines war ein altes, schlecht gepflegtes Bronzeschwert, das niemandem von Nutzen sein konnte, außer einem im Kämpfen ungeübten Dorfältesten. Ich hatte das Gefühl, daß Halvar eher eine Behinderung denn eine Hilfe wäre, wenn es dazu käme, daß wir uns verteidigen müßten. Aber man kann einem Dorfältesten, wenn Probleme auftauchen, nicht einfach den Kopf tätscheln und ihn zu Mama und Papa schikken. Die Hunde hatten Halvars Eltern gefressen, und er war ohnehin ein zu gewissenhafter Mensch, als daß er so leicht aufgegeben hätte. Er würde ein gewisses Maß an Würde und Ehre als Dorfältester zeigen müssen.

Von den Höhen erklang ein trauriges, jammerndes Heulen, das sich plötzlich in ein tückisches, grollendes Knurren verwandelte. Halvar verhielt sein Pferd.

»Weit genug«, sagte er so betont, daß sogar ich es verstand. »Ich bin Dorfältester, kein Held. Solche Dinge sollten Schwerttänzern und Schwertsängern überlassen bleiben, die auf Staal-Ysta ausgebildet wurden.«

Was bedeutete, daß Halvar mehr als ein gewissenhafter Mensch war. Er war auch ziemlich schlau.

Wir hatten zwei Drittel des Wegs den Berg hinauf zurückgelegt. Der Weg hatte sich bereits vor einiger Zeit zu einem Pfad verengt, und jetzt erinnerte er eher an eine von schmelzendem Schnee geformte Rinne. Ich fragte Halvar, warum die Dorfbewohner, wenn sie den Drachen und seine Hunde so fürchteten, keine Angst hatten, weit genug hinaufzuklettern, um einen Weg anzulegen.

Halvar sah mich einen Moment lang offen an. Dann schaute er zu Del hinüber.

Sie seufzte. »Er hat das alles erklärt, Tiger. Während wir aufstiegen.«

Es gefiel mir nicht, daß sie mir Schuldgefühle einreden wollten. »Ich habe dir gesagt, daß ich seinen Dialekt nicht gut verstehe. Und außerdem mußte *einer* von uns nach den Hunden Ausschau halten.«

Del antwortete nicht sofort. Sie schaute den Berg hinauf in Richtung des ›Rachens‹, der noch immer in unregelmäßigen Abständen Rauchwolken ausstieß. »Die Hunde waren nicht immer hier«, erklärte sie schließlich. »Halvar erzählte, daß der erste vor ungefähr sechs, vielleicht sieben Monaten auftauchte. Anscheinend tötete er einen der Dorfbewohner, aber niemand ist sich dessen sicher, weil der Mann niemals gefunden wurde. Aber danach erschienen immer mehr dieser Bestien ... Und immer mehr Dorfbewohner verschwanden. Es gibt hier einen Pfad, denn der heilige Mann des Dorfes hatte vermutet, der Drache könne vielleicht mit Geschenken besänftigt werden. Und so kletterten die Dorfbewohner zu ihm hinauf, um ihm Gaben zu bringen. Unglücklicherweise ließ sich der Drache nicht besänftigen. Immer mehr Menschen verschwanden. Also sandte man Nachricht nach Staal-Ysta und bat um Hilfe.« Sie hielt inne. »Dich haben sie bekommen.«

Ich wollte etwas auf ihren übermäßig freundlichen Tonfall erwidern, der mich manchmal rasend machen kann, aber Halvar deutete den Berg hinauf und sagte etwas zu Del, das ich nicht verstand. Es klang für mich wie eine Warnung. Was auch immer es war — es gefiel Del nicht sonderlich. Sie gab Halvar in scharfem Tonfall eine Antwort, die ihn erröten ließ. Aber er tippte nur an die Spitze seines nutzlosen Bronzeschwertes und wiederholte, was er schon zuvor gesagt hatte. Dieses Mal bekam ich einen Teil davon mit. Etwas über *Jivatmas*.

»Was ist?« fragte ich wie gewöhnlich.

Del sah Halvar an. »Er sagt, es wäre klug, unsere Schwerter in den Scheiden zu lassen. Daß der heilige Mann die Magie zu einer Gefahr für Ysaa-den erklärt hat, weil sich der Drache davon ernährt.«

»Oh?« Das klang mir verdächtig. »Und woher weiß er das?«

»Er stellte Wachen auf, als die Hunde das erste Mal erschienen«, erklärte sie. »Zumindest behauptet Halvar das. Aber die Wachen haben die Hunde angezogen, anstatt das Dorf zu beschützen. Und die Hunde haben sie gestohlen.«

»Wen gestohlen, die *Wachen*? Ist er sandkrank? Was sollten Hunde mit Wachen anfangen?«

Del lächelte nicht. »Vielleicht dasselbe, was sie mit der Pfeife anfangen wollten.«

Und mein Schwert? Mein frisch getränktes *Jivatma*? Sie waren nicht im geringsten an dem Ding interessiert gewesen, bis ich es getränkt hatte. Nur an Boreal, die nach Blut und Macht roch.

Ich sah Halvar etwas respektvoller an. »Sag ihm, daß wir die Warnung zu schätzen wissen.«

Del sah mich an. »Tiger ...«

»Und frag ihn, ob er jeden Tag jemanden herschicken wird, der die Pferde füttert und tränkt. Wir werden sie hierlassen und den Rest des Weges zu Fuß gehen. Ich würde sie mit ihm zurückschicken, aber mir gefällt der Gedanke nicht, völlig ohne Pferde zu sein. Zumindest sind sie auf diese Weise in Reichweite, wenn wir sie brauchen.« Ich schaute erneut zu dem rauchenden ›Rachen‹ hinauf, der noch mindestens eine Stunde Fußmarsch von der Stelle entfernt war, an der wir uns befanden. »Irgendwie.«

»Jeden Tag?« echote Del. »Wie viele Tage gedenkst du denn in den Bergen umherzulaufen?«

»Zwei«, antwortete ich knapp. »Wenn ich einen Berg bis dahin nicht besiegen kann, ob nun mit Hunden oder ohne, bin ich das Geld nicht wert, das man mir bezahlt.«

»Das tun sie nicht.«

Ich runzelte die Stirn. »Was tun sie nicht?«

»Dich bezahlen.«

Ich runzelte die Stirn stärker. »Was meinst du damit, daß sie mich nicht bezahlen? Ich tue dies für meinen Lebensunterhalt, Bascha. Erinnerst du dich?«

»Aber diese Aufgabe hast du als eine Pflicht deinem Rang als *Kaidin* gegenüber übernommen.« Auch ihr Gesichtsausdruck war freundlich, aber ich kenne diesen Blick in ihren Augen. »Sie haben nicht den Sandtiger angeheuert, und Staal-Ysta hat ihn auch nicht gesandt. Ein neu ernannter *Kaidin* hat die Bitte des bedrohten Dorfes beantwortet und geschworen, auf jede ihm mögliche Weise zu helfen.« Sie hob helle Augenbrauen. »Hast du mir das nicht erzählt?«

»Hoolies, Del, du *weißt*, daß ich ein Schwerttänzer bin. Ich tue nichts umsonst.« Ich hielt inne. »Zumindest nichts Gefährliches.«

»Dann solltest du das vielleicht Halvar erklären, der der Älteste eines Dorfes ist, das wahrscheinlich gar kein Geld hat — oh, vielleicht eine oder zwei Kupfermünzen, wenn du darauf bestehst aufzurechnen —, das aber alle Widrigkeiten überleben kann, weil die Menschen ihren Lebensunterhalt aus dem Boden und dem lebenden Inventar erwirtschaften, in Währungen wie Wolle und Milch und Schweinefleisch ... Es sei denn, du betrachtest dies nicht als Leben, nicht wahr? Wenn es nicht Gold oder Silber oder Kupfer ist, ist es die Mühe nicht wert.«

Ich saß auf dem Hengst und sah sie an, betroffen von der Heftigkeit ihrer Verachtung. Dies war nicht die Del, die ich kannte ... Nun, ja, ich vermute, sie war es doch. Es war die *alte* Del, diejenige, die sowohl Worte als auch Waffen benutzt hatte, als wir auf dem Weg nach Julah die Punja durchquert hatten.

War dies die Del, die ich zurückhaben wollte, damit wir einen Teil der alten Beziehung wiederherstellen konnten?

War ich sandkrank?

Del hielt den fahlen Rotschimmel zurück, der den Hengst anrempeln wollte. »Also, gehen wir jetzt zurück? Erklärst du Halvar, daß dies alles ein großes Mißverständnis war, damit er gezwungen ist, das wenige an Geld anzubieten, das Ysaa-den besitzt? Willst du ein Dorf im Namen deiner Habsucht bluten lassen?«

Der Drache schnaubte Rauch. Eine der Bestien bellte.

»Hübsche kleine Rede«, bemerkte ich schließlich. »Du weißt wirklich, wie man einen Menschen erpressen kann, nicht wahr? Nur hast du zufällig übersehen, daß ich vorrangig gar kein Geld verlangen wollte — du bist einfach mit Riesenschritten zu dem Schluß gekommen, daß ich ein Lump sei, ein verkommenes Schwert ohne Sinn für Menschlichkeit, aber statt dessen mit einem ausgeprägten Sinn für Habsucht.« Ich lächelte sie mit beredter Heuchelei an. »Nun, du sollst nicht denken, du hättest mich überzeugt ... Ich werde tun, was ich will, egal, was du denkst, und dich raten lassen, was meine wahren Absichten sind. Ich möchte dir auch empfehlen, deinen eigenen Rat zu befolgen, niemals etwas vorauszusetzen. Denn das könnte dich in Schwierigkeiten bringen.«

Ich kletterte von dem Hengst und führte ihn von dem Pfad fort zu einem kräftigen jungen Baum, wo ich ihn anband und ihm erklärte, ich sei in zwei Tagen zurück, wenn nicht eher.

Er stieß mich mit der Nase an und schlug dann mit dem Kopf gegen meine Rippen, was schmerzte und mir den Abschied erleichterte. Tatsächlich verärgerte er mich regelrecht. Ich gab ihm einen Klaps auf die Nase und sagte ihm, daß er soeben seine heutige Haferration verspielt habe.

Natürlich sagte ich Halvar nichts davon, und der Hengst würde seine Ration von demjenigen bekommen, der sich um ihn kümmern würde, aber das mußte *er* nicht wissen. Es würde ihm guttun, bis zum Sonnenuntergang zu leiden.

Ich sah Del an, die noch immer auf ihrem Rotschimmel saß. »Nun? Kommst du mit?«

Sie legte den Kopf zurück und sah, leicht stirnrunzelnd, zum Gipfel des Berges hinauf. Ihr Haar, das noch immer gebunden und geflochten war, hing ihr auf den Rücken. Die Linie ihres Kinns durchschnitt die Luft wie eine Klinge. Ich sah, wie sich ihre Lippen teilten, sie sagte etwas zu sich selbst, sprach es schweigend aus, und ich fragte mich, was ihr durch den Kopf ging. Ajani? Die Verzögerung?

Oder vielleicht ein südlicher Schwerttänzer, der ihren schwindenden Vorrat an Geduld abschätzte.

Hoolies, sie mußte nicht bleiben. Ich zwang sie nicht dazu. Sie konnte mit Halvar umkehren und den Berg hinunter nach Ysaa-den zurückreiten. Oder geradewegs in den Süden. Nach Harquhal und weiter, vielleicht sogar nach Julah oder zu den Vashni, die ihren Bruder hatten. Hoolies, es gab keinen Ort auf der Welt, wo Del nicht hingehen konnte, wenn sie sich dazu entschließen sollte.

Außer Staal-Ysta.

Del ließ ein Bein über den Sattel gleiten und stieg vorsichtig ab, wobei sie ihre Rippengegend so weit wie möglich schonte. Es würde noch Tage, möglicherweise sogar Wochen dauern, bis einer von uns sich wieder frei bewegen konnte, ohne Steifheit und Schmerz zu verspüren. Es war auch möglich, daß keiner von uns die Geschmeidigkeit seiner Bewegungen jemals wieder vollständig zurückerlangen würde, da die Schwertklingen sowohl die Haut als auch Muskeln verletzt hatten.

Andererseits war es möglich, daß nur *ich* mich nicht erholen würde. Del war einundzwanzig. Die Jugend regeneriert schneller, vollständiger, besser.

Ich zog meinen Umhang aus, rollte ihn zusammen und befestigte ihn an meinem Sattel. Zweifellos würde ich in der kommenden Nacht bedauern, ihn zurückgelassen zu haben, aber sein Gewicht und seine schweren Falten würden mich während des Aufstiegs behindern. Ich hoffte, die Aufgabe beendet zu haben, bevor es für mich so kalt würde, daß ich die Wärme seines Gewichts brauchen würde.

Ich hoffte es.

Nun, man kann *immer* hoffen.

Del band den Rotschimmel an — außer Reichweite des Hengstes — und sprach kurz mit Halvar. Wie ich zog auch sie ihren Umhang aus und legte ihn ab. Sonnenlicht glitzerte auf dem Heft ihres *Jivatma*. Halvar betrachtete es mit einer Art Verehrung. Zweifellos erzählte sich jedes Dorf, das an Drachen glaubte, auch Gutenachtgeschichten über nordische Blutklingen und über Männer, die sie schwangen. Jetzt konnten sie ein völlig neues Kapitel über die hellhaarige Frau hinzufügen, die mit nichts als einem Namen und einem Gesang einen Bansheesturm heraufbeschwor.

»Laß uns gehen«, sagte ich gereizt. »Wir vergeuden unsere Kräfte.«

»Der Drache auch«, bemerkte Del, als Rauch aus ›Rachen‹ und ›Nüstern‹ drang. Dieses Mal war gleichzeitig ein Geräusch zu hören: ein tiefes zischendes Grollen, als speie der Drache aus.

»Nehmt Euch vor dem Feuer in acht«, sagte Halvar auch für mich recht gut verständlich.

Ich sah zum Berg hinauf. »Wenn es dort Feuer gibt« — ich deutete hinauf —, »muß es jemand schüren. Was bedeuteten würde, daß es dort oben mehr gibt als nur

Felsen und Hunde, sondern wahrscheinlich auch einen Menschen.«

Halvar sah mich befremdet an.

»Das ergibt einen Sinn«, sagte ich verteidigend. Ich hasse es, wenn man mir Zweifel entgegenbringt. »Glaubt Ihr wirklich, es gäbe einen *Drachen* dort oben, der Feuer spuckt und all das?«

Halvar sah mich noch immer an. Und dann sah er Del an, als hoffe er, sie könne es ihm erklären.

»Nein«, sagte Del ruhig, »er denkt nichts dergleichen ... Tiger, es tut mir leid, daß du sosehr von der Unterhaltung ausgeschlossen warst — ich habe nicht bemerkt, daß es für dich so schwer verständlich war. Niemand in Ysaa-den glaubt daran, daß es dort oben einen *echten* Drachen gibt — niemand ist so dumm, an ein mythisches Wesen zu glauben —, sondern sie glauben an einen Zauberer. Tatsächlich an einen bestimmten: Chosa Dei.«

»*An wen?*«

»Chosa Dei«, wiederholte sie. »Er ist ein legendärer Zauberer, Tiger. Du mußt bestimmt von ihm gehört haben, sogar im Süden.«

»Nein.« Nachdrücklich. »Del ...«

»Er wurde seit Hunderten von Jahren nicht mehr gesehen, seit einem Kampf mit seinem Bruder, Shaka Obre, der auch ein Zauberer ist. Aber Halvar erzählte mir, daß Ysaa-den seit fast neunzig Jahren in seinem Schatten lebt. Sie glauben, daß Chosa Dei derjenige ist, der sie jetzt bedroht, und daß er erwacht ist. *Er* ist der ›Drache‹, nicht dieser Felsenhaufen.«

»Hast *du* schon von diesem Zauberer gehört?«

»Natürlich.« Del war äußerst ernst. »Seine Geschichte war mir als Kind eine der liebsten. Ich weiß alles über Chosa Dei ... und über all die Kämpfe mit seinem Bruder und wie sie ihre ganze Magie bei dem Versuch verschwendet haben, sich gegenseitig zu töten ...«

»Bist du *völlig* sandkrank?« Ich starrte sie verständnislos und mit offenem Mund an. »Du stehst hier und erzählst mir, ein Mann aus Kindergeschichten lebe in diesem Gebirge und blase Rauch aus Felstunneln, nur um sich die Zeit zu vertreiben?«

Del lächelte. »Nein«, sagte sie in der südlichen Sprache. »Aber es wäre sehr grob, dies Halvar gegenüber zu sagen und somit die Geschichte seines Dorfes zu verderben.«

Ich blinzelte. »Warum *sind* wir dann hier?«

Sie ließ einen Daumen unter einen Harnischriemen gleiten und rückte ihr Schwert zurecht. »Weil ein neuernannter *Kaidin* ein Versprechen gegeben hat, das er zu halten gedenkt.«

Ich öffnete den Mund, um etwas zu erwidern. Etwas Grobes natürlich. Sie warf mir jetzt Dinge vor, die ich irgendwann einmal gesagt hatte. Aber bevor ich ein Wort sagen konnte, wurde ich unterbrochen.

Von einem klagenden, anschwellenden Heulen, das auf schauerliche Weise als Echo zurückgeworfen wurde. Und von einem Klumpen übelriechenden Rauchs, der von einem erhitzten Wind herabgeweht wurde.

Egal, *wer* es war, jemand — *etwas* — tötete Menschen. Und ich war hier, um dies zu beenden.

»Komm«, sagte ich kurz.

Del folgte mir.

Es ist für einen Schwerttänzer wichtig, sich in Form zu halten. Denn wenn Ausdauer, Geschwindigkeit und Atem fehlen, riskiert man, den Tanz zu verlieren. Und in den meisten Fällen riskiert man dann auch sein Leben.

Was bedeutet, daß ein Schwerttänzer, der sein Geld wert ist, immer in Form bleibt.

Es sei denn, er ist kürzlich verwundet worden, was die Situation völlig ändert.

Ich vermute, daß man nach zwei Monaten nicht von kürzlich reden kann. Aber es fühlte sich so an. Es fühlte sich bei jedem Schritt so an, als séi es erst gestern gewesen — nein, eher noch heute. Vielleicht so, als sei es erst einen Moment her. Ich weiß nur, daß es schmerzte, den Berg zu erklimmen.

Ich wußte, daß es närrisch war, mir die Ersteigung eines Felsgebirges aufzuhalsen, wo es keine Luft zum Atmen gab und meine Lungen nicht die Kraft zum Atmen hatten. Ich wußte, daß es närrisch war, auch nur zu *erwägen*, irgend etwas mit meinem Schwert ausrichten zu können, sei es gegen einen Menschen oder gegen ein Tier. Und sicherlich war es närrisch, es mit Del zu tun, die in keiner besseren Verfassung war als ich. Es ist schön, Rückendeckung zu haben — es ist *großartig*, Rückendeckung zu haben —, aber nur, wenn sie von Nutzen ist.

Wir schimpften und schnauften und husteten und fluchten und brummten den ganzen Weg bergauf. Wir rutschten auch, stolperten, fielen hin, würgten aufgrund des Drachengestanks. Und wünschten, wir wären irgendwo anders, *täten* etwas anderes. Del dachte zweifellos an Ajani, während ich von einem Wirtshaus träumte. Einem Wirtshaus im *Süden*, wo die Tage warm und hell sind. Und wo es keine Berge zu erklimmen gibt.

Der Drache schnaubte Rauch. Ein Grollen begleitete ihn. Und dann ein unaufhörliches Zischen, das uns Wind ins Gesicht spie. Ich strich mir die Haare aus den Augen und paßte heiße Finger dem Gewebe meiner schweren wollenen Tunika an.

Ich rutschte, glitt, kletterte. Warf eine Frage über meine Schulter in Richtung der Frau, die hinter mir kletterte. »*Wer* ist dieser Mann noch mal?«

»Welcher Mann? Oh.« Del atmete schwer. Sie sprach in kurzen, abgehackten Sätzen, weil ihr der Atem ausging. »Chosa Dei. Zauberer. Man vermutet, daß er sehr mächtig war — bis er einen Streit verlor.«

»Mit seinem Bruder.«

»Shaka Obre.« Del sog den Atem ein. »Es gibt Ge-

154

schichten über sie beide ... Erzählungen von großer und
mächtiger Magie ... und auch von Ehrgeiz. Chosa Dei
ist das Beispiel, das Eltern habsüchtigen Kindern vor-
halten. ›*Schau, o schau, hüte dich davor, soviel zu wollen,
oder du wirst wie Chosa Dei enden, der auf dem Drachenberg
lebt*‹.« Die Worte gingen in einem Husten unter.

»Also denken jetzt alle in Ysaa-den, *ihr* Berg sei ein
Drachenberg, und Chosa Dei wohne darin.«

»Ja.«

»Das klingt, als würden sie dem alten Mann und seinem Hang zum Ehrgeiz nachgeraten. Ich meine, indem
sie behaupten, ihr Dorf liege im Schatten des Drachen,
versuchen sie ein gewisses Maß an Ruhm zu beanspruchen, nicht wahr? Genau wie Bellin die Katze.«

Jetzt war Del an der Reihe. »*Wer?*«

»Bellin die Katze«, wiederholte ich. »Du weißt schon,
dieser alberne Junge damals in Harquhal, der ein Panjandrum sein wollte. Der sich einen Namen machen
wollte.« Ich sog Luft ein. »Das Kind mit den Äxten.«

Daran erinnerte Del sich. »Oh. Der.«

»Nun, es scheint mir, daß Ysaa-den ihm ein wenig
ähnelt ...« Ich unterdrückte einen Fluch, als ich mit einem Fuß ausrutschte und fast auf dem Gesicht landete.
»Ich meine, ist es nicht ziemlich albern, eine Geschichte
als Wahrheit anzunehmen, nur um ein wenig Ruhm zu
erlangen?« Ich klopfte mir den Schmutz von der Kleidung und ging weiter.

»Wenn du in Ysaa-den leben würdest, was tätest *du*
dann?«

Ich dachte darüber nach. »Das ist wahr.«

Del rutschte, bekam einen Stein zu fassen und kletterte wieder aufwärts. »Aber was soll's? Niemand weiß
wirklich, wo der Drachenberg liegt — es gibt zahllose
Landkarten mit zahllosen Bergen, die nach Chosa Deis
Gefängnis benannt sind —, und niemand weiß wirklich,
ob Chosa Dei jemals existiert hat. Er ist eine Legende,
Tiger. Einige glauben sie, andere nicht.«

»Zu welcher Gruppe gehörst du, Delilah?«

Del lachte kurz auf. »Ich habe dir erzählt, daß Geschichten über Chosa Dei und seine Kämpfe mit Shaka Obre sehr beliebt waren, als ich klein war. Natürlich möchte ich sie glauben. Aber das bedeutet nicht, daß ich sie tatsächlich glaube.«

Ich fragte mich, nicht zum ersten Mal, wie Dels Kindheit gewesen sein mochte. Ich kannte nur Bruchstücke davon, weil sie mir nicht mehr erzählt hatte, aber es war nicht schwer, die Einzelheiten zusammenzufügen.

Ich stellte mir ein hübsches, aber eigensinniges Mädchen vor, das sich lieber wie ein Knabe als wie ein Mädchen verhielt und dem man als einziger Tochter die Freiheit gewährte, ein Junge zu *sein*, wenn auch nur symbolisch, weil das für Vater, Onkel und Brüder einfacher war. Einfacher für eine Mutter, die wußte, daß sie in der Minderheit war. Keine Röcke und Puppen für Del. Sie bekam ein Schwert in die Hand statt eines Kochlöffels.

Ich hatte sie einmal gefragt, was sie geworden wäre, wenn sie keine Schwerttänzerin geworden wäre. Und sie hatte geantwortet, daß sie vielleicht geheiratet hätte. Und wahrscheinlich Kinder bekommen hätte. Aber es war mir unmöglich, Del in dieser Rolle zu sehen, mir auch nur *vorzustellen*, wie sie ein Haus, einen Mann und ein Kind umsorgte. Nicht weil ich dachte, daß sie es nicht könne, sondern weil ich sie nie bei einer solchen Tätigkeit gesehen hatte. Ich hatte immer nur eine Frau mit einem Schwert gesehen, die sich im Kreis um Männer kümmerte.

Sechs lange Jahre lang war das alles, was Delilah gewesen war. Aber ich stellte es in Frage. Selbst wenn es ihr nicht in den Sinn kam, ich mußte daran denken. Ich konnte nicht umhin.

Was würde aus Delilah werden, wenn Ajani erst einmal tot war?

Und noch wichtiger: Wozu würde Delilah *werden*, wenn Ajani erst einmal tot war?

»Tiger ... schau.«

Ich schaute. War zu sehr außer Atem, um zu sprechen.

»Wir sind fast da«, keuchte Del, die fast genausosehr außer Atem war wie ich. »Spürst du die Hitze nicht?«

Hitze, ja, wenn man ein Nordbewohner war. Für einen Südbewohner war es nur eine sanfte Wärme, wie die leichte Brise eines Frühlingstages. *Ich* bemerkte, daß es stank.

»Hoolies«, murmelte ich, »wenn dieser Mann ein so mächtiger Zauberer ist, warum kann er dann nicht an einem Ort leben, der besser *riecht?*«

»Keine Wahl«, krächzte Del. »Es war ein Zauberbann, der ihm von Shaka Obre auferlegt wurde.«

»Oh. Natürlich. Ich vergaß.« Ich erkletterte den letzten Rest des Berges und erreichte die Lippe des Drachen. Hitze und Gestank rollten heraus und badeten mich in Drachenatem. »Hoolies, dieser Ort *stinkt!*«

Del kam an den Rand herüber und hielt inne, um wieder zu Atem zu kommen. Ich sah ihren angewiderten Gesichtsausdruck, als der Geruch auch sie verschlang. Es ist schwierig genug, Luft in überanstrengte Lungen zu saugen, aber wenn sie so schlecht riecht, ist diese Aufgabe noch viel schwieriger.

Rauch quoll aus dem ›Rachen‹. Ich stahl mich davon und ging hinüber, um ihn aus der Nähe zu betrachten.

Von unten sah es wie ein Drache aus. Die Gestaltung von Erde und Fels, die Anordnung derselben — von unten sah alles drachenähnlich aus. Aber von oben, von der Öffnung im Fels aus, war es nur eine große übelriechende Höhle, die sich in den Berg zurück erstreckte. Die Felsspitzen, die die ›Zähne‹ bildeten, waren nichts als Felssäulen. Ewiger, unaufhörlicher Regen und Wind, durch den Eingang der Höhle rauschend und den Gestank verwester Körper sowie den Anflug von etwas anderem mit sich tragend, hatten sie geformt.

Hat Magie einen Geruch?

»Keine Hunde«, bemerkte Del.

Keine Hunde. Kein Drache. Kein Chosa Dei.

»Warte einen Moment«, murmelte ich und sah stirnrunzelnd zu Boden. Ich beugte mich hinab, hockte mich hin und besah mir den grasbewachsenen Boden und die darauf abgebildeten Abdrücke genauer. »Krallenspuren«, murmelte ich, »die direkt in die Höhle führen.«

Del trat unfreiwillig einen Schritt zurück, und eine Hand bewegte sich in Richtung des Hefts, das über ihrer linken Schulter hervorragte. »Es könnte nicht ihre *Höhle* sein ...« Aber sie brach ab.

»Laß es stecken«, schlug ich vor, Halvars Warnung gedenkend. »Ja, ich denke, sie könnte es sein ... wenn ich daran glaubte, daß es wirklich Hunde wären. So habe ich sie genannt: die Hunde der Hoolies — aus Ermangelung eines besseren Namens, aber ich habe niemals wirklich geglaubt, daß es Hunde sind. Und ich glaube nicht, daß Bestien in Höhlen leben.« Ich zuckte die Achseln. »Obwohl ich vermute, daß sie es *könnten.*«

Wir sahen uns an, und uns gefiel der Gedanke nicht. Uns gefiel die Vision nicht, die ich gemalt hatte. Ich empfand sie als ziemlich ekelerregend. Del sagte nichts.

Sie trat näher an den Eingang heran. Sie zog Boreal nicht aus der Scheide, aber sie hatte die rechte Hand in ihren Harnisch eingehakt, als wolle sie sie *für alle Fälle* in der Nähe haben. Und ich konnte es ihr nicht verdenken.

»Tiger, glaubst du ...«

Aber ich hörte sie den Satz nicht beenden. Ein übelriechender Windstoß fegte brüllend aus der Höhle, und mit ihm kam eine überwältigende Vorahnung von Macht.

Ich verspürte ein Kribbeln, weil alle meine Haare auf Armen, Oberschenkeln und im Nacken aufrecht standen. Sogar meine Knochen kribbelten, und der Magen stieg mir in die Kehle hinauf. Es kostete mich Überwindung, mich nicht zu erbrechen. »Del ... o Hoolies ... *Del ...*«

»Was ist es? Tiger, was *ist* es?«

Ich stolperte von der Öffnung zurück und unterdrückte das Würgen. Ich versuchte auch Del fortzuwinken, aber sie folgte mir ohnehin. »Nicht, Bascha ... warte ... spürst du es nicht?«

Vielleicht. Vielleicht auch nicht. Aber Del zog Boreal aus der Scheide.

Das trieb mich auf die Knie. »Ich sagte, *warte* ... o Hoolies, Bascha ... ich glaube, ich werde krank.«

Aber ich wurde nicht krank. Ich konnte nicht krank sein. Es war keine Zeit dafür.

Ich stand auf, stolperte einen oder zwei Schritte vorwärts, fuhr wieder herum und zurück zur Höhle. »Dort drinnen«, keuchte ich. »Ich schwöre, es ist *dort* drinnen ...«

»*Was* ist dort drinnen, Tiger?«

»Das Wesen, das wir gejagt haben. Zauberer. Dämon. *Wesen*. Ich weiß es nicht! Ich weiß nur, daß es dort *drinnen* ist. Es *muß* dort sein — und wir müssen hinein.«

Del schaute zur Höhle. Schaute zurück zu mir.

»Ich *weiß*«, sagte ich gereizt. »Denkst du, mir gefällt der Gedanke?«

Dels *Jivatma* schimmerte: helles Lachsrot-Silber. Als Antwort brüllte der Drache.

Zumindest klang es so. Es war Wind, der durch die Höhle pfiff, in Rissen und Spalten heulte und dann aus der Öffnung herausfegte, um unsere Gesichter mit Gestank zu umhüllen.

»Komm mit«, sagte ich verzweifelt und betrat die Höhle. »Bringen wir dies hinter uns.«

Das Gewicht der Felsen war erdrückend. Ich blieb beim Eingang stehen.

»Was ist?« fragte Del, und es verklang in der Dunkelheit.

Ich wartete, sagte nichts. Das Gefühl verging nicht.

Del öffnete den Mund, schloß ihn wieder.

Hinter mir wölbte sich der Himmel. Ich wollte nichts

mehr, als mich von der Höhle abwenden und in den Himmel hinausschreiten. Mich aus der Dunkelheit befreien. In der kalten klaren Luft auf dem Rückgrat des Drachen entlanggehen, die Sonne im Gesicht. Sogar die nordische Sonne.

Del wartete noch immer. Irgendwo taten die Hunde es ihr nach.

Ich schwitzte. Schob Haar aus den Augen. Sog Atem ein und spie, verfluchte mich selbst für diese Schwäche.

»Brauchst du Licht?« fragte Del.

Ich sah sie scharf an, sah Verständnis in ihren Augen. Sie wußte. Sie erinnerte sich, obwohl sie nicht dabeigewesen war. Sie erinnerte sich zu gut an das Ergebnis.

»Nein«, sagte ich rauh.

»Ich müßte nur singen. Mein *Jivatma* wird uns Licht spenden.«

Ich betrachtete Boreal: ein schwach-silbernes Versprechen in der Dunkelheit. Licht ergoß sich von dem dahinterliegenden Tag in den Eingang der Höhle, aber es erstarb zu schnell, als daß es die Höhle ausgeleuchtet hätte. Es verlieh ihr eine unheimliche Unwirklichkeit, eine Vorahnung von Unsichtbarem. Die Wände waren mit Schatten besetzt.

Licht würde alles verändern. Aber wir konnten es uns jetzt nicht leisten. »Nein«, belehrte ich sie kurz. »Wir wollen doch den Hunden keine weitere Magie anbieten.«

Sie wartete kurz. »Glaubst du wirklich ...«

»Ich habe nicht die leiseste Ahnung.« Mein Unbehagen ließ mich barsch reagieren. »Ich denke mir nur, daß es nichts schaden könnte, vorsichtig zu sein.«

Atem dröhnte in der Kehle des Drachen. Das Geräusch war genauso betäubend wie die Luft, die an uns vorbei auf den Eingang zu rauschte. Das Brüllen klang fast wirklich, obwohl wir beide wußten, daß es nicht real war. Es war nicht mehr als Wind und Rauch, der aus der Höhle in die jenseitige weite Freiheit ausgestoßen oder von ihr eingesogen wurde.

»Wirst du es schaffen?« fragte Del.

»Laß es gut sein«, sagte ich mürrisch. Ich trat einen Schritt auf die Dunkelheit zu und blieb stehen. »Es ist *fort.*«

»Fort?«

»Dieses *Gefühl* ... es ist vergangen. Eben konnte ich es fast schmecken, und jetzt ist es völlig verschwunden.« Ich runzelte die Stirn und wandte mich langsam um. »Es war hier ... es war *hier* ...« Ich stach mit einem Finger abwärts, »... hat diesen Ort erfüllt ...

Es war wie eine Zisterne, die von unaufhaltsam rinnendem Sand erfüllt ist — nur daß das, was ich gespürt habe, *Magie* war ...« Ich schüttelte stirnrunzelnd den Kopf. »Jetzt ist alles vorbei.«

Wind heulte durch die Höhle. Und mit ihm kamen der Gestank und das Jaulen eines Hundes.

Ich schloß meine Hand um das Schwertheft und zog die Klinge heraus. »Zu den Hoolies mit diesen Hunden!« Und ging voraus in die Dunkelheit.

13

Durch den Schlund des Drachen hinab — so oder ähnlich hätte Halvar es ausgedrückt. Die Decke wurde niedriger, die Wände kamen näher, die Dunkelheit war fast vollständig. Bis auf ein schwaches rotes Glühen, das aus den Tiefen des Drachen heraufkroch, um uns den Weg zu erleuchten.

Ein gespenstisches karneolfarbenes Licht, das mich an frisches Blut erinnerte.

Die Angst war vorbei. Die Bewegung verschaffte uns Gelegenheit, sie beiseite zu schieben und an etwas anderes zu denken. Aber ich konnte sie nicht ganz vergessen. Sie wartete darauf, daß ich mich an sie erinnern würde, damit sie wieder hervorkriechen konnte.

Der Schlund fiel zum Magen hin ab. Wir ließen den Schlund hinter uns und betraten einen größeren Raum. Del und ich blieben stehen und festigten den Griff um die Waffen.

»Was zu den Hoolies ist *das?*«

Del schüttelte den Kopf.

Ich runzelte düster die Stirn. »Ich dachte, du kennst nordische Magie.«

»Ich weiß etwas *über* nordische Magie ... aber ich weiß nicht, was das ist.«

Das war ein Flammenvorhang. Gespenstische karneolfarbene Flammen, die sich über die ganze Breite der Höhle vom Boden bis zur Decke erstreckten. Es ähnelte einem Vorhang, der aufgehängt worden war, um eine Abtrennung zweier Räume zu bewirken. Undurchdringlich, aber dennoch seltsam lebendig schimmerte er vor der Dunkelheit. Funken glühten hell, erstarben, schwangen gegen ein Netz.

Aber es war nicht heiß. Es war kalt.

Mißtrauen keimte auf. »Weißt du, woran mich das erinnert«, fragte ich leichthin, »woran mich das *stark* erinnert? An das Licht von Bor ... von deinem Schwert.« Ich fing mich rechtzeitig.

Del warf mir einen Blick aus verengten Augen zu. Sie verzieh mir nicht. »Ich glaub nicht, daß es dasselbe ist.«

»Wie kannst du das wissen? Du hast selbst gesagt, du wüßtest nicht, was es ist. Nach dem, was *du* weißt, könnte es genau dasselbe sein.«

»Aber nicht aus derselben Quelle.« Del kam näher. Rotes Licht wand sich von ihrer Klinge, veränderte die Farbe. Lachsfarben-Silber wurde in Bernsteinfarben-Bronze verwandelt.

Ich betrachtete mein eigenes Schwert. Es hatte bis jetzt keinerlei Neigung gezeigt, eine bestimmte Farbe anzunehmen. Das Phänomen war bekannt — ich hatte unzählige Male gesehen, wie *Jivatmas* gestimmt worden waren, und alle hatten eine unverkennbare Farbe gezeigt, aber meines hatte dies nie getan. Es zeigte strahlendes und schimmerndes Silber, aber das war bei jedem anderen Schwert genauso, außer bei denjenigen, die aus nordischer Magie entstanden waren.

Was plötzlich die Frage aufwarf, ob meines vielleicht *nicht* getränkt war. Nicht richtig getränkt.

Und doch mußte es getränkt sein. Es zeigte zu viele Symptome. Zeigte zuviel von seiner Macht. Sogar die Hunde wußten es.

Del betrachtete stirnrunzelnd den Vorhang. »Vielleicht irgendeine Art Schutz? Etwas, das Menschen fernhalten soll?«

»Aber warum? Was gibt es dort zu verbergen? Warum sollte *hier* ein Schutz angebracht sein?«

Del lächelte plötzlich. »Chosa Dei«, antwortete sie. »Es ist Chosa Deis Gefängnis.«

»Oh, richtig. Natürlich, ich vergaß.« Ich blinzelte gegen die Helligkeit des Vorhangs an, sah mich um, suchte nach einem Hinweis. »Ich glaube nicht, daß es einen Weg um dieses Ding herum gibt ... irgendeinen Tunnel oder Gang.«

Del zuckte die Achseln, sagte nichts. Wie ich inspizierte auch sie den Raum.

Ich hörte den Drachen poltern. Fuhr herum und schaute, als sich der Vorhang wellte. Das Glühen wurde intensiver, und dann teilte sich der Vorhang. Heißer Rauch quoll hervor.

Del und ich duckten uns natürlich. Flammen — oder was auch immer — züngelten auf uns zu. Der Vorhang schwankte im Wind, wurde dann auf ein Brüllen hin zerfetzt, als der Rauch aus dem Raum in den dahinterliegenden Tunnel gesogen wurde.

Der Gestank ließ mich schwanken. Ich vergaß alles bezüglich brennender Vorhänge oder Gänge und konzentrierte mich darauf, den Atem anzuhalten, damit ich meinen Mageninhalt nicht verlor. Del, halb verhüllt vom Rauch, klang nicht besser. Sie hustete stoßweise und würgte und fluchte, wenn auch nur kurz, in ihrer gewundenen nordischen Sprache. Ich half ihr mit südlichen Worten aus.

Und wünschte dann, ich hätte es nicht getan, denn beim Fluchen muß man Luft einsaugen.

»Urgh, *Götter*...«, stieß ich hervor. »Das genügt, um einem Mann Übelkeit zu verursachen.«

»Kohle«, sagte Del bestimmt. »Ich weiß es jetzt: *Kohle* ... und etwas anderes. Etwas Zusätzliches. Etwas, das riecht wie ...«

»... verweste Körper. Das habe ich dir schon vorher gesagt.« Der Vorhang schloß sich, als der Rauch erstarb. Im Moment schlief der Drache oder hielt vielleicht nur den Atem an. Ich stand auf, mit dem Verlangen nach Aqivi, um den fauligen Nachgeschmack hinunterzuspülen, und rückte meine jetzt schmutzige Tunika zurecht.

Und hielt mein Schwert fest in einer Hand. »Was ist diese ›Kohle‹, die du erwähntest?«

Del stand auf, klopfte sandigen dunklen Staub von ihrer nicht mehr unverfälscht weißen Kleidung und blickte stirnrunzelnd auf den Vorhang. »Kohle«, wiederholte sie. »Das ist ein Brennstoff. Kohle ähnelt Felsgestein, aber sie brennt. Wir haben in den Ebenen gelebt, wo reichlich Holz vorhanden ist. Ich habe nur einmal Kohle gesehen. Sie kommt von hoch oben in den Bergen, vom Hochland über der Baumgrenze.«

»Nun, wenn sie so schlecht riecht, kann ich nicht verstehen, wie überhaupt *jemand* sie benutzen mag.«

»Ich habe dir gesagt, da ist noch etwas anderes ...«

Der Vorhang schwang kurz zur Seite und entließ einen weiteren Schwall an Gestank. Rauchiger Wind rauschte auf seinem Weg zur Kehle des Drachen durch den Raum. Ich fluchte, schwankte heftig und versuchte durch den Spalt in den Flammen hindurchzuspähen.

Entsetzt sog ich den Atem ein. »Hoolies, ich habe *Menschen* gesehen!«

Del sah mich scharf an. Sie brauchte nicht zu fragen.

»Es stimmt«, erklärte ich. »Durch den Vorhang — ich schwöre, ich habe Menschen gesehen. Männer, glaube ich, die etwas um ein Feuer herum taten. Ein *wirkliches* Feuer, Bascha — nicht dieser magische Vorhang.« Ich schlenderte zu den *Flammen*, versuchte erneut hindurchzuspähen. »Wenn der Rauch hervordringt, wird er dünner. Du kannst geradewegs hindurchsehen. Wir müssen nur warten ...«

»... und dann einfach hineingehen?« Dels Brauen wölbten sich. »Bist du sicher, daß das klug wäre?«

»Natürlich bin ich nicht sicher. Ich kann die Zukunft nicht voraussagen, Bascha. Wie, zu den Hoolies, soll ich wissen, was klug ist und was nicht? Aber Halvar sagte, daß es keinen anderen Weg in den Drachen hinein gebe. Hier stehen wir und haben keine andere Wahl und zwei magische Schwerter. Also können wir diese Sache genausogut beenden, bevor es hier noch schlimmer riecht.«

»Ich bin mir nicht so sicher ...«

Ich hob eine ruhegebietende Hand. »Hörst du das? Das ist das Poltern ... Der Vorhang wird sich jeden Moment teilen ... Gebrauch einfach dein *Jivatma*, Del. Ist es nicht dafür gedacht?«

»Dies ist kein Kreis, Tiger ... du weißt nicht ...«

»Sei still und gebrauch dein Schwert ... Del ... *jetzt* ...«

Ich stieß eine Schwertspitze in den Vorhang aus kalten Flammen, als er dünner wurde und auseinanderwehte, und stach leicht zu, nicht allzu sicher, welche Art von Antwort ich bekommen würde. Die Spitze glitt ziemlich leicht hindurch, als sei der Vorhang aus Luft gemacht. Farbige kalte Luft, die so geformt war, daß sie wie Flammen aussah.

Ich stieß das Schwert ein wenig tiefer, wagte mich vorsichtig vor. Spürte ein Prickeln in Fingern und Händen, das sich ausbreitete, um die Unterarme mit einzubeziehen. Ich trat einen einzigen Schritt vor, verschloß Nase und Mund vor dem Gestank und spürte den Vorhang auf der Haut zufallen.

Das Gefühl war seltsam, aber nicht bedrohlich. Ich ging vorsichtig vorwärts, wobei ich mir bewußt wurde, daß die Geräusche gedämpft waren und das Licht erstarb. Alles war rot.

»Kommst du?« fragte ich undeutlich und hielt den Atem wieder an.

Ihre Stimme klang nicht besser. »Ja, Tiger, ich komme.« Sie klang gereizt. So als fände sie, daß wir nicht das Richtige täten. So als hielte sie mich für töricht.

So als gäbe sie mir nach, was noch niemals ihre Stärke gewesen war.

Ich wollte etwas erwidern, aber ich war viel zu beschäftigt.

Fast durch ... fast ...

Etwas wußte, daß ich da war.
»Tiger ... *warte* ...«
... oh ... Hoolies ...
»Del!«
Der Drache verschluckte mich ganz.

14

Sie hatten mich erneut besiegt. Ich spürte es deutlich bis in die Knochen.

Ich lag mit dem Gesicht nach unten auf dem Fels, Beine und Arme ausgestreckt. Kalter harter Fels, der in die Haut biß. Der Wangenknochen und Brauen quetschte. In eine Hüfte einschnitt.

Sie hatten mich erneut besiegt, genau wie die Salset es getan hatten.

Ich drehte mich. Sog Luft ein. Hustete. Versuchte, mich nicht zu erbrechen. Lag sehr, sehr still, um meinen elenden Magen wieder zu beruhigen. Um ihm keinen Grund zum Protest zu geben.

Hoolies, aber es schmerzte.

Lauschte in die Stille. Hörte nichts in der Dunkelheit. Nichts außer stoßweisem Atmen. Ich hielt ihn an: Das Geräusch hörte auf. Begann erneut zu atmen und empfand das Geräusch als tröstlich.

Erwachende Muskeln verkrampften sich. Ein Bein zuckte, dann eine Hand. Unter mir knirschte Metall. Der Klang von Eisenfesseln.

Sie hatten mich erneut *angekettet*.

Ich fuhr entsetzt hoch, stieß mir an der niedrigen Decke den Kopf, stützte mich auf Hände und Knie. Sank dann gegen die Mauer zurück, glitt daran herab und blieb als kraftloser Haufen aus Haut und Knochen liegen. Hielt die Augen fest geschlossen. Saß schwer atmend da, während ich versuchte, den Sandtiger und allen übriggebliebenen Willen wiederzufinden.

Etwas immerhin. Es erlaubte mir, mit der Angst umzugehen. Sie erneut zurückzustoßen, wenn auch nur für einen Moment. Es erlaubte mir, die Augen zu öffnen.

Sah das gegen den Fels gelehnte Schwert: schwaches Schimmern in noch schwächerem Licht.

Schwert?

Erstaunt schaute ich. Kroch darauf zu, erreichte es, zog es klirrend über den Fels. Setzte mich unbeholfen auf unebenen Fels und hielt das Schwert in beiden Händen.

Nicht Einzelhieb.

Nicht Einzelhieb?

Und warum habe ich ein Schwert, wenn ich in Aladars Mine bin? Die Klinge war Eis in meinen Händen. Eine Vision brach hervor. Ich schüttelte sie ab und wünschte, ich hätte es nicht versucht. Die Bewegung erschütterte meinen Kopf.

Hoolies, und es schmerzte.

Ich lehnte mich gegen die Mauer, wischte mir den Schweiß aus den Augen und schob feuchtes Haar beiseite. Bartstoppeln verfingen sich in Wolle. In *Wolle*, nicht an Haut. Nicht an der Nacktheit eines Sklaven.

Rund um mich herum wartete der Fels mit großer Selbstzufriedenheit. Schwaches karneolfarbenes Licht überzog die Mauern mit Licht. Es badete die Klinge in Blut.

Ich bewegte mich, hielt den Atem an und veränderte noch vorsichtiger meine Lage. Sogar meine Ohren schmerzten, denn sie waren von einem dumpfen Klingeln erfüllt.

Ich roch etwas Faules. Und auch meinen eigenen Geruch, miteinander vermischt Angst und Anstrengung. Was ich brauchte: ein Bad. Was ich *wollte*: hier herauskommen.

Den Tunnel herab wimmerte etwas.

Ich bin nicht in Aladars Mine.

Wo *bin* ich dann — o Hoolies.

Ich weiß, wo ich bin.

Krallen kratzten auf Fels. Ein Schnaufen kroch den Tunnel herab.

Ich glaube, ich möchte nicht hier sein.

Das Wimmern echote in der Leere.

Hoolies — *wo ist Del?*

Bei Aladar natürlich — nein, nein, du bist nicht *in* Aladars Mine. Du bist nicht einmal im Süden. Du bist im Drachen, zusammen mit Hunden, die dir hart auf den Fersen sind.

Schnaufen kroch durch die Düsterkeit. Ein scharfes Grollen begleitete es.

Erwähl eine Richtung und *geh*.

Ich konnte nicht aufrecht stehen, weil die Tunneldecke zu niedrig war. Ich konnte nur trippeln, halb vornüber geduckt, umklammerte ein nordisches Schwert und versuchte, in der Enge des Tunnels so wenig wie möglich die Wände zu berühren. Die Spitze des Schwertes berührte von Zeit zu Zeit den Boden, kreischte über den Stein. Der Versuch, es von der Wand zurückzuziehen, endete zumeist mit einem angestoßenen Ellbogen, außer wenn ich sehr vorsichtig vorging.

Es ist schwer, sehr vorsichtig zu sein, wenn man um sein Leben läuft. Vorsicht kann tödlich sein.

O Delilah. Wo bist du?

Wenn sie nur nicht tot ist!

Ein Heulen durchdrang die Düsterkeit. Ich konnte nicht sagen, aus welcher Richtung es gekommen war.

Ich stieß mir den Kopf, zerbiß mir die Lippe, spie Blut und fluchte. Spürte das Prickeln im Nacken, das Stechen der Angst im Bauch. Und kam ruckartig zum Stehen, da ich das Ende des Tunnels erreicht hatte.

Hoolies, bring mich hier heraus! Es erinnert zu sehr an Aladars Mine ...

Ich brach den Gedanken ab. Roch den Gestank von Hunden.

... Ende des Tunnels ...

Aber es war nicht das Ende der Welt. Der Tunnel schwoll zu einer hohlen Röhre an, groß genug, daß ich aufrecht darin stehen konnte. Und breit genug für mein Schwert. Ich richtete mich auf und rang um Haltung, wobei ich das Spannen der Narbe verfluchte, die in meiner Rippengegend protestierte.

Ich war nicht mehr in einem Kreis gewesen, seit dem einen Mal, als ich Del gegenübergestanden hatte. Ich hatte seit diesem Kampf, den ich mit Del getanzt hatte, nicht einmal mehr *geübt*. Kondition war ein Wort, das nicht mehr zu mir paßte.

Aber ich war schon in schlechterer Verfassung gewesen.

Natürlich war ich da auch *jünger* gewesen ...

Ein Hund betrat die Röhre am schmalen Ende.

Zumindest *versuchte* der Hund, mich anzugreifen. Ich schlug ihm mit einem Streich den Kopf ab.

Es sollte etwas erwähnt werden bezüglich des Stehens in einem engen Raum, während man gefährliche Bestien bekämpft. Weil ich feststellte, als ich mich wieder außerhalb des Bergs im hellen klaren Sonnenlicht befand, feststellte, daß es Vorteile mit sich brachte, wenn man so kämpfte wie ich jetzt. Denn jedesmal, wenn ich einen Hund tötete, fiel der Körper auf den Boden. Und der so aufgeschichtete Stapel bildete einen Wall gegen die noch im Tunnel befindlichen Bestien, der mir Gelegenheit zum Atmen gab. Und Gelegenheit, meine schwindende Kraft zu sammeln.

Mein durstiges *Jivatma* zu benetzen.

Schließlich hielten sie inne. Und ich dann auch. Und ich erkannte, daß keine weiteren Bestien da waren, zumindest im Tunnel nicht. Der Rest war irgendwo anders.

Außer Atem stand ich da, sog die Luft ein und versuchte, meinen Kopf frei zu bekommen. Funken tanzten am Rande meines Sichtfeldes und sprangen auf wie winzige Flämmchen. Ich beugte mich vor, legte die Arme um die angezogenen Knie und versuchte Luft zu schnappen.

Während das Blut der Bestien über meine Stiefel floß.

Als ich soweit war, richtete ich mich auf, bog mich vorsichtig zurück und versuchte Verkrampfungen zu lösen. Versuchte das gezackte Narbengewebe zu strecken, das bei der Anspannung zu zerreißen drohte.

Etwas echote im Tunnel.

Ich richtete mich wieder auf, zuckte zusammen, das *Jivatma* bereithaltend. Vor mir häufte sich ein Wall aus blutenden Körpern. Durch die Zwischenräume hörte ich eine Stimme, von Felsen und der Entfernung, von den Windungen und Biegungen des Drachen verzerrt.

»... lange ich gewartet habe?«

Und Dels Stimme, sanft: *»Sechshundertzweiundvierzig Jahre.«*

Eine Pause, und Überraschung. *»Wie könnt Ihr das wissen?«*

»Man erzählt sich Geschichten über Euch, Chosa.«

Chosa. Chosa *Dei?* Aber er war doch nur eine Legende. Ein Mann aus Geschichten.

»Was sagen sie noch über mich?«

»Daß Ihr ein ehrgeiziger, rachsüchtiger Mann seid.«

Oho, Bascha. Nicht das Beste, was du sagen konntest.

»Und was sagen sie über Euch?«

»Daß ich Euch sehr ähnlich sei.«

Ich hörte eine Andeutung von Gelächter. *»Aber ich bin keine Frau, und Ihr seid kein Mann, nicht wahr?«*

»Schwerttänzerin«, antwortete sie sehr ruhig. *»Auch Schwertsängerin. Ausgebildet in Staal-Ysta, Chosa ... Ihr wißt von Staal-Ysta?«*

»Oh, ich weiß. Ja, natürlich weiß ich. Ich weiß viele Dinge, nicht wahr? Ich kenne Staal-Ysta ... Ich weiß von Jivatmas ... Ich weiß viele Dinge, nicht wahr? Wie ich auch weiß, was Ihr seid, nicht wahr? Genau weiß, was Ihr seid. Auf Euch habe ich gewartet. Ich brauche Euch sehr, Euch und Euer Jivatma ... Ich harre Euer seit Jahren ...«

Mein Stichwort, dachte ich. Aber mein Weg war von Bestien versperrt.

Hastig reinigte ich die Klinge an meiner schmutzigen Tunika und legte das Schwert neben den Eingang. Ohne Rücksicht auf das schleimige und ekelhafte Blut zog ich die Körper beiseite und warf sie übereinander. Nicht alle waren noch vollständig, und ich trat die Stücke zur Seite. Sobald ich einen Durchgang freigeräumt hatte, nahm ich das Schwert auf und rannte los.

Das Problem war nur, daß die Stimmen in dem Moment verblaßten, als ich mich in Bewegung setzte, von den Tunneln und Spalten fortgestohlen. Ich blieb stehen, kauerte mich hin, duckte mich, um meinen Kopf zu retten, und lauschte. Hörte nur meinen eigenen Atem. Keine Del mehr. Keinen Chosa Dei mehr.

Es *konnte nicht* Chosa Dei sein.

Ich fluchte, ging unbeholfen weiter und verfluchte die geringe Höhe des Tunnels. Verfluchte mich selbst für meine Größe. Wünschte, ich hätte die Macht, die den Berg auseinandersprengen und Chosa mit sich nehmen könnte. Chosa und seine Hunde.

»... also mußte ich die Pfeife haben, nicht wahr? Ich mußte die Wachen haben. Ich muß alle Magie haben. Das ist es, was ich tue: sammeln. Und ich muß alles haben, natürlich, alles, was sonst? Sonst hat es keinen Sinn, der Zweck ist sonst nicht erfüllt, nicht wahr? Keine Magie hat einen Wert, wenn nur jeder ein wenig davon hat.«

Ich blieb stehen, atmete schwer, aber Del antwortete nicht. Oder ich konnte es in dem Gewirr der Dracheninnereien nicht hören. Ich sog den Atem ein und rannte weiter, wobei die Stiefelschritte in dem Tunnel widerhallten.

»... waren ein Mittel, nicht mehr. Ich habe keine besondere Vorliebe für Bestien. Ich bin kein Mensch, der Haustiere mag. Aber ich mußte irgendwo anfangen, und so gestaltete ich mir einen — Hund, sagtet Ihr, glaube ich, nicht wahr? Nun denn, einen Hund. Einen guten und treuen Hund, der bereit ist, auf *mein Kommando hin zu sterben. Natürlich brauchte ich dann mehr, denn Jivatmas einzusammeln, ist schwierig. Eine einzelne Bestie war dieser Aufgabe nicht gewachsen, also befahl ich ihr, mir einen weiteren Menschen zu bringen. Der mir wiederum einen weiteren bringen konnte. Alles Dorfbewohner, nicht wahr? Bis ich genug hatte und sie nach Jivatmas aussandte.«*

Ich nahm die linke Abzweigung. Ihre Decke war höher, und ich rannte.

Hoolies, Hoolies, Bascha — worauf hast du dich eingelassen?

Die Stimme stieg seitlich von mir an. *»... nein, nein, nicht ›gestalten‹ — ich kann es besser. Gestalten ist sehr einfach, ich gestalte um, nicht wahr? Das ist meine persönliche Gabe, die Magie von Chosa Dei. Ich nehme mir, was geschaffen worden ist und entziehe ihm seine Macht. Ich vernichte es äußerst gründlich und gestalte es dann meinen eigenen Bedürfnissen entsprechend um.«*

Ich blieb stehen, als die Stimme erstarb, hinter mir langsam verblaßte wie eine Kerze, die fortgetragen wird. Ich fuhr an dem Platz herum, wo ich stand, so daß die Schwertspitze die Wand entlangkratzte. Nichts lag hinter mir. Nichts als Leere.

O Bascha. Bascha.

Die Stimme echote von weit unten im Tunnel. *»... wißt, was Ihr seid? Wißt Ihr, was Ihr seid?«*

Ich lauschte, während ich rannte, hörte Del aber nicht antworten.

»... glaube, Ihr habt Euch der Bewußtheit verweigert, habt Angst, die Wahrheit zuzugeben, nicht wahr? Ich kann dieses Schwert riechen. Ich kann es schmecken ... Ich habe es die ganze Zeit über geschmeckt. Man kann es nicht vor mir verbergen, weder in der Scheide noch in einem Gesang. Und Ihr könnt es auch jetzt nicht verbergen. Ich kann umgestalten, was Ihr singt, umgestalten, was ihr schafft.«

Diesesmal hörte ich Dels Stimme: *»Warum?«*

Der Tonfall des Zauberers war sanft. *»So werde ich*

vielleicht die Wachen umgestalten. So werde ich vielleicht mein Gefängnis umgestalten.« Der Tonfall veränderte sich plötzlich. Chosa Dei war ärgerlich. *»So werde ich vielleicht meinen Bruder umgestalten, der mich an diesen Ort gebracht hat.«*

Der Tunnel verzweigte sich erneut. Ich nahm eine Abzweigung und blieb dann stehen. Er verzweigte sich noch einmal. Der Drache war voll von Tunneln, und Chosa Dei war in ihnen allen.

O Bascha, Bascha. Wie, zu den Hoolies, finde ich dich?

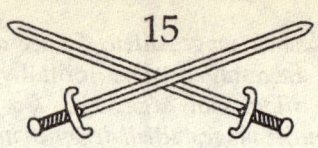

15

Fels biß in meine Knie. Die Klinge fiel klirrend zu Boden. Ich erkannte, daß ich gefallen war.

Hinter mir grollte die Bestie.

Ich taumelte hoch, ergriff die Waffe und wirbelte herum. Spießte sie auf, als sie sprang, riß die Klinge heraus und stieß erneut zu, als ein zweiter Hund erschien, der aus den rötlichen Schatten sprang. Hinter ihm nahte ein dritter.

Es spritzte reichlich Blut, als ich durch Brustkorb und Rückgrat schnitt und den dritten Hund in zwei Hälften zerteilte. Ich spürte ein Aufflackern der Freude, das jähe Gefühl des Sieges.

Und dann erinnerte ich mich an Chosas Worte: daß die Bestien einst Menschen gewesen waren. Dorfbewohner aus Ysaa-den. Schwerttänzer von Staal-Ysta.

Gallenflüssigkeit stieg auf. Kurz, nur kurz rutschte das Heft in meiner Hand. Und dann roch ich den Gestank. Spürte das Blut auf meinem Gesicht verkrusten. Und wußte, daß der vernichtete Mensch mich getötet hätte, wenn ich gezögert hätte.

Chosa Dei hatte Del. Er brauchte mich nicht mehr. Er brauchte mein Schwert nicht mehr. Er hatte das, was er gewollt hatte. Hatte das, was er *benötigt hatte*, um sich aus seinem Gefängnis zu befreien, damit er seinen Bruder finden und Shaka Obre vernichten konnte, der die anhaltend gute Eingebung gehabt hatte, Chosa in die Berge zu verbannen, wo er nichts und niemandem schaden konnte.

Sechshundertzweiundvierzig Jahre lang.

Sechshundert*ein*undvierzig, denn die letzten sechs Monate war Chosa Dei beschäftigt gewesen.

Und wo, fragte ich mich flüchtig, ist Shaka Obre *jetzt*?

Chosa Deis Stimme glitt durch Risse. »*... und eine Frau ist stärker, nicht wahr? Eine Frau hat größere Bedürfnisse. Eine Frau hat einen stärkeren Willen. Eine Frau ist, wenn sie sich dazu entschlossen hat, sehr viel entschlossener. Sehr viel bestimmter, nicht wahr? Mehr auf ihre Ziele ausgerichtet.*«

Dels Stimme echote auf seltsame Weise. »*Einige würden es vielleicht ›besessener‹ nennen.*«

»*Aber ja — ja, natürlich! Besessenheit ist notwendig. Besessenheit ist erforderlich. Besessenheit ist der Meister, wenn das Mitgefühl allmählich zerstört wird.*« Ich hörte Chosa lachen. »*Jetzt verstehe ich. Jetzt begreife ich. Mehr als ein Jivatma. Mehr als eine Blutklinge. Mehr als die Waffe eines Schwerttänzers. Es ist Eure zweite Seele. Es ist ein zweites Ihr...*«

»*Nein!*« fauchte Del. »*Ich bin mehr als nur ein Schwert. Mehr als nur eine Waffe. Mehr als ein Wunsch nach Rache...*«

Chosa klang bestürzt. »*Was ist stärker als Rache, wenn sie Euch so weit gebracht hat? Sie hat Euch geformt, sie hat Euch erschaffen...*«

»*Ich habe mich erschaffen! Ich habe dieses Jivatma erschaffen. Es hat nicht mich erschaffen.*«

»*Es hat Euch umgestaltet*«, antwortete Chosa, »*und Euch zu etwas anderem gemacht, nicht wahr? Euch zu dem gemacht, was Ihr sein mußtet. Rache ist mächtig.*« Die Stimme des Zauberers veränderte sich kaum merklich. »*Sagt mir den Namen des Schwertes.*«

Sie ist ganz sicher nicht dumm.

»*Chosa Dei*«, antwortete Del prompt. »*Nun gestaltet Euch selbst um...*«

Die Stimmen verblaßten erneut. Del und Chosa waren fort.

O Hoolies, Bascha ... kannst du nicht erneut singen? Nur um mir einen kleinen Hinweis zu geben?

Chosas Stimme wurde laut vernehmbar, erneut ein

Verwirrspiel der Tunnel. »*Ihr werdet mir den Namen sagen, nicht wahr? Während Ihr noch beide Füße habt, beide Hände? Während Ihr noch Eure beiden Brüste habt?*«

Ich belegte ihn mit jedem Schimpfnamen, den ich kannte. Aber ich tat es in Gedanken.

Bis auf rauhes Atmen und widerhallende Stiefelschritte beim Laufen.

Abzweigung um Abzweigung um Abzweigung. Aber das Licht wurde heller. Der Geruch wurde sogar noch stärker. Und Chosa Deis Drohungen wirkten zwingend. Ich hörte das Wimmern und Knurren sich versammelnder Hunde. Das Pfeifen eines Gebläses.

Eines Gebläses?

Licht fiel kurz durch einen Riß in der Tunnelwand, wurde von meiner Klinge zurückgeworfen. Ich blieb stehen, murmelte einen Fluch, als wunde Muskeln sich beschwerten, und streckte die Hand zu dem Riß hinaus. Warme Luft und Rauch zogen hindurch, auch rötliches Licht.

Ich preßte mich an die Wand, stieß mein Gesicht in den Riß. Ich sah Licht, Feuer und Rauch, bis mir die Augen tränten. Tränen rannen mir das Gesicht hinab.

Ich fluchte, zwinkerte und versuchte Einzelheiten zu erkennen.

Sah Menschen um das Feuer. Menschen um eine *Schmiede*. Chosa Dei spielte Schmied.

Fels biß in meine Stirn, als ich gegen die Wand sank. Ich konnte nicht glauben, was ich gesehen hatte. Konnte meinen Augen nicht trauen. Aber ein zweiter Blick bestätigte es: Chosa Dei hatte eine Schmiede. Männer bedienten ein Gebläse. Er hatte *Jivatmas* gestohlen, und jetzt wollte er das von Del. Damit er sich von Shaka Obres Wachen befreien konnte.

Chosa Dei hatte mehr als eine Schmiede. Er hatte einen Schmelztiegel. Er schmolz *Jivatmas*. Gestaltete sie um, um ihre Magie für seine eigenen Pläne zu verwenden.

178

Und jetzt wollte er Boreal. Jetzt brauchte er einen Bansheesturm und die ganze urwüchsige Magie des Nordens, um seine Fesseln abzuwerfen. Um den Berg zum Einsturz zu bringen, damit der Drache wieder fliegen konnte.

Die Stimme erscholl durch den Riß. »... *war einst mächtig. Ich kann es wieder sein. Aber ich brauche die urwüchsige Magie. Ich muß wieder gesunden, um die Einschränkungen aufzuheben, nicht wahr? Um wieder eins zu werden, damit ich meinen Bruder vernichten kann.*«

Dels Antwort ging in dem Brüllen einer auflodernden Flamme unter, die durch das Gebläse ins Leben gerufen worden war. Ich sah sie aufflackern und wieder kleiner werden, sah sie durch den Vorhang dringen, dem Del und ich gegenübergestanden hatten. Und schließlich wußte ich, was zu tun war.

Jetzt mußte ich nur noch einen Weg aus den Tunneln hinaus und in den zweiten Raum auf der gegenüberliegenden Seite des Vorhangs finden.

Wo ich — was tun würde?

Hoolies, ich wußte es nicht. Chosa seine wertvollsten Körperteile abschneiden — wenn Zauberer wertvolle Körperteile haben — und sie Del als Trophäe überreichen?

Wenn sie noch lebte, um sie in Empfang zu nehmen.

Wenn sie noch heil war.

Halt aus, Delilah! Der Sandtiger ist auf dem Weg ...

Die Hunde begannen im Chor zu knurren.

Chosa Deis Stimme erhob sich. »... *kann jeden Gesang zunichte machen. Ich kann jedes Schwert vernichten. Sollen wir es versuchen?*«

... laß sie nicht erneut sterben ...

Ich rannte. Stolperte. Fluchte. Hustete im Rauch. Blinzelte gegen das Licht an ... *Licht* ... Hoolies, der Boden des Tunnels war zerstört. Die Risse waren offene Spalten, die geradewegs hinunter in den Raum hinter Shaka Obres Wachen führten.

Ich warf mich auf den Tunnelboden und steckte den Kopf in eine der Spalten. Hielt den Atem an wegen des Geruchs und des Rauchs, die mir die Tränen in die Augen trieben. Blinzelte, sah in dem Augenblick, bevor die Tränen zurückkehrten, das Schimmern von Dels *Jivatma.* Sah den Kreis von Bestien, die näher herandrängten.

Und Chosa Dei unter mir.

Wenn ich mein Schwert gerade hinunterfallen ließe, könnte ich seinen Kopf wie eine Melone teilen.

Aber andererseits könnte ich ihn verfehlen. Und ihm ein weiteres *Jivatma* verschaffen.

Man kann nicht viel über einen Mann sagen, wenn man nur von oben seinen Kopf und seine Schultern sieht. Augen sagen einem eine Menge, ebenso der Gesichtsausdruck und die Haltung. Ich konnte nichts dergleichen sehen. Nur dunkles Haar und dunkel verhüllte Schultern.

Aber ich sah Del deutlich.

Sie war vollständig von Bestien eingekreist. Sie stand unbeweglich in diesem Kreis, vorsichtig und äußerst ruhig. In ihren Armen lag Boreal: ein diagonaler Blitz von links nach rechts, der über ihre Brust schnitt. Der Feuerschein der Schmiede beleuchtete den Stahl, färbte ihn rot.

Del konnte die Farbe verändern. Sie mußte nur singen.

Aber Chosa Dei konnte ihre Gesänge zunichte machen. Del hatte keine Waffe zur Verfügung.

Wodurch nur ich mit der meinen übrigblieb. Hoolies, was sollte ich tun?

Chosa Dei sprach erneut. »*Soll ich Euch zeigen, wie ich einen Menschen umgestalte? Wie ich ihn in eine Bestie verwandle?*«

Del schwieg.

»*Ja, ich denke, das sollte ich tun.*«

Wie erstarrt schaute ich ungläubig zu. Del stand ge-

fangen im Kreis der Hunde, unfähig, den Zauberer aufzuhalten. Der somit ungehindert tun konnte, was er
wollte. Chosa Dei rief einen der Männer herüber, die die
Schmiede unterhielten, und entließ die anderen drei.
Der vierte kniete nieder, und Chosa legte ihm die Hände
auf den Kopf.

Ein Teil von mir schrie dem Mann zu, er solle fliehen,
sich losreißen, um sich von Chosa zu befreien. Aber er
tat nichts dergleichen. Er kniete nur schweigend und
schaute verwirrt, als Chosa ihm die Hände auf den Kopf
legte.

»Nein«, sagte Del ruhig.

Chosas Stimme war genauso ruhig. »*Oh, ich denke
doch.*«

Er gestaltete den Mann um. Man frage mich nicht,
wie. Ich weiß nur, daß sich die Gestalt des Mannes irgendwie veränderte, irgendwie verändert *wurde*, langsam und kaum merklich, bis die Nase vor- und der Kiefer zurückgeschoben wurde, die Schultern nach innen
verlagert und die Hüften zu Keulen zurückgebogen
wurden — der Mann war kein Mann mehr, sondern ein
Wesen mit tierähnlicher Gestalt.

Augen schimmerten weißlich. Ein Schwanz wurde
aus dem Hinterteil herausgebildet. Das Wesen kauerte
mit den Gelenken und dem Fell eines Hundes auf dem
Felsenboden und zeigte keinerlei Spuren von Menschlichkeit mehr.

»Nein«, wiederholte Del, aber ihr Tonfall war von
Entsetzen geprägt.

»*Umgestaltet*«, sagte Chosa. »*Jetzt wird er sich zu den
anderen gesellen. Und vielleicht wird* er *Eure Kehle angreifen.*«

O Hoolies. O *Götter*...

Ich schloß die Augen, zwang mich dann, wieder hinzusehen.

Rauch stieg aus der Schmiede auf. Der größte Teil davon wurde durch den Vorhang gesaugt, als die Wachen

ihm zu entweichen erlaubten. Der Rest verbreitete sich im Raum und entkam durch Risse, Spalten und Löcher.

Risse, Spalten und *Löcher*. Laut fluchend preßte ich das Gesicht fester gegen den Spalt und hielt Ausschau nach einem geeigneten Hinweis. Und sah ihn fast sofort, sprang auf und rannte ganze zwölf Schritte weiter den Tunnel hinab, wo mich das Loch willkommen hieß. Mein Eingang in den Raum.

Es war das größte von allen. Das wußte ich, weil ich den Rauch beobachtet hatte. Der größte Teil war hier hindurchgesaugt worden, aber das besagte nicht viel. Del konnte *vielleicht* nicht hindurch gelangen, und ich bezweifelte, daß ich es konnte. Es sei denn, ich wäre völlig nackt und mit Allasalbe eingeschmiert gewesen.

Fleisch erzitterte, ebenso der Geist. Der Gedanke daran, unangekündigt — und ohne alles — hinabzufallen, um einem Zauberer gegenüberzutreten, war nicht angenehm. Einem großen Teil von mir gefiel er nicht.

Besonders meinen wertvollen Körperteilen nicht.

Also würde ich einen Kompromiß schließen. Die *Hälfte* meiner Kleider würde ich ablegen.

Ich kniete mich neben das Loch, legte das Schwert beiseite und öffnete den schweren breiten Ledergürtel. Dann legte ich den Harnisch ab und streifte ihn über Arme und Kopf, ohne die Spangen zu öffnen. Und schließlich beide Tuniken, die ich gedankenlos zur Seite warf. Kühle Tunnelluft reizte die bloße Brust und die Arme und verursachte mir Gänsehaut.

Zunächst versuchsweise ließ ich die Beine durch das in den Fels getriebene Loch hinab, legte Unterarme und Ellbogen zu beiden Seiten auf und balancierte das Gewicht mit den Schultern aus. Ich senkte mich vorsichtig hinab. Spürte, daß die Hüften steckenblieben. Eine Drehung ließ sie hindurchgleiten. Aber die Breite des darüberliegenden Brustkastens und der Achselhöhlen versprach mich schmerzhaft zuzuspitzen, wenn ich nichts unternahm, um dies zu vermeiden.

Hoolies, aber es schmerzte ... Ich zog mich wieder hoch, stieß geräuschvoll den Atem durch zusammengebissene Zähne und kletterte wieder aus dem Loch hinaus.

Chosas Stimme schwebte herauf: »*Meine Bestien werden hungrig. Nennt mir den Namen Eures Schwertes.*«

Komm schon, Del, halt durch ... Ich tue, was ich kann.

Ein schneller Blick zeigte mir zerklüftete Vorsprünge in der Felswand. Ich wußte, ich würde springen müssen, wenn es dann soweit wäre, aber ich wollte die Entfernung verkürzen. Der einfachste Weg war, Gürtel und Harnisch zu benutzen, um mich so weit wie möglich durch das Loch hinabzulassen und mich dann des Rest der Strecke fallen zu lassen.

Ich würde es riskieren, mir ein Bein zu brechen. Aber ich riskierte ohnehin so viel, daß das nicht weiter wichtig war.

Ich band den Gürtel um einen Felsvorsprung und verknotete ihn fest. Ich schnitt die Scheide vom Harnisch ab, was mir ein Gewirr von Lederriemen bescherte, und trennte schnell die Riemennaht auf. Dann zog ich alles durch den Gürtel und ließ es in das Loch baumeln.

Nicht sehr viel. Doch zumindest etwas.

Aber dann war da immer noch das Schwert. Ich konnte es nicht gut mit hinunternehmen. Das zusätzliche Gewicht würde den Versuch beenden. Und ich wagte nicht, es mir mit abgerissenen Streifen meiner Tunika an den Körper zu binden. Wenn ich es aus Versehen verlieren würde, hätte Chosa ein weiteres *Jivatma*. Und irgendwie wollte ich es behalten, bis ich es in seinen Leib stoßen könnte.

Also legte ich es vorsichtig neben das Loch, gegenüber von meinem geplanten Einstieg, und ließ mich hinab.

Im Tunnel bellte eine Bestie.

Ich fror. Ich mochte den Gedanken nicht besonders, angegriffen zu werden, während ich in dem Loch eingeklemmt war. Ich ziehe den offenen Kampf vor. Also zog ich mich wieder hoch, ergriff das Schwert und gelangte bis zu den Knien hinaus, als der Hund aus den Schatten auf mich zusprang.

Ich hatte es satt. Ich wollte nicht mehr. Auf Knien bekämpfte ich den Hund. Mein Gleichgewicht und meine Hebelkraft waren gestört, aber reiner Stahl zerteilt noch immer die Haut von Bestien. Der Blutstrom machte meine Haut glitschig und tropfte mir den Bauch hinab bis auf die Hose.

Was mich auf eine Idee brachte.

In der Düsternis sah ich Augen. Das Schimmern weißer Hundeaugen. Aber diese Bestie zog den Schwanz ein und rannte davon, was eine willkommene Abwechslung war.

Erneut legte ich die Klinge vorsichtig neben das gezackte Loch. Dann schöpfte ich mit tropfenden Händen Bestienblut herauf und verteilte es über meinen Rücken und die Seiten sowie über die Schultergelenke, dorthin, wo sie in die Oberarme übergingen, wobei ich dem Brustkasten unter den Achselhöhlen, wo mein Körper besonders breit war, besondere Aufmerksamkeit schenkte.

Hoolies, ich stank!

Keine Zeit mehr vergeuden ...

Ich glitt mit den Stiefeln über den Rand, wickelte mir die Harnischriemen noch ein zusätzliches Mal um das linke Handgelenk und ließ mich hinab.

Die Hüften glitten erneut hindurch, obwohl mich der Stoff ein wenig behinderte. Und meine Taille, ganz rutschig vom Blut, auch wenn das nicht nötig gewesen wäre. Und dann meine unteren Rippen. Die oberen blieben stecken.

Ich fühlte mich vollkommen ausgeliefert, als ich wie ein Korken in einer Flasche feststeckte. Von der Taille abwärts war ich sehr leicht erreichbar, aber ich konnte nicht weiter sehen als bis zu meinem Brustkorb.

Die Harnischriemen hatten noch immer Spiel. Ich preßte den rechten Arm gegen den Rand des Lochs und drückte zu, versuchte mich freizuwinden. Hautschichten wurden abgeschürft und schmerzten. Aber schließlich schlüpfte ich hinaus und ließ Teile von mir an Felszacken zurück. Meine Schultergelenke hatten auch Haut verloren und dann zuvorkommenderweise mein eigenes Blut dem bereits vorhandenen hinzugefügt.

Es reichte, um den Korken zu lösen. Ich fiel, spürte die Riemen sich straffen und wimmerte, als sich die Schlinge um mein linkes Handgelenk zusammenzog. Mein ganzes Gewicht hing daran, und ich wünschte, ich hätte ein bißchen weniger gewogen.

Mein Kopf war auf gleicher Höhe mit dem Boden des Lochs. Ich spähte an meinem Körper vorbei hinab und versuchte, die Entfernung abzuschätzen. Ich war noch immer gefährlich weit vom Boden entfernt — ungefähr sieben Männer meiner Größe aneinandergebunden —, und die Landung würde auf Fels erfolgen. Wenn ich mir kein Bein bräche, schlüge ich mir wahrscheinlich den Kopf auf.

Das Schwert lag noch immer im Tunnel. Vorsichtig zog ich mich mit einem Arm erneut hinauf und schob ihn durch die Öffnung. Ich mußte mich nur ein wenig hochziehen, dann würde ich das Schwert ergreifen, es senkrecht halten und geradewegs auf den Boden hinabfallen.

Um meine Richtung festzulegen, schaute ich hinab. Und sah Chosa Dei mit einem Hund.

Hoolies, er *aß* ihn! ... nein, nein, das tat er nicht ... er ... Hoolies, ich *weiß* es nicht ... etwas, etwas Ekelerregendes ... er kniete davor nieder und legte ihm die Hände auf den Kopf ... Er sagte etwas zu ihm, *tat* etwas mit ihm ... und der Hund begann sich zu verwandeln.

Er schmolz. Ich weiß keinen besseren Ausdruck dafür. Die Bestie zerschmolz aus der eigenen vertrauten Form und wurde zu etwas anderem. Etwas annähernd Menschlichem — aber ohne Menschlichkeit.

Er war dabei, die Bestie umzugestalten. Sie wieder zu einem Menschen zu machen.

An meinem Harnisch herabhängend, verspürte ich so etwas wie Übelkeit. Ich hatte bis zu diesem Moment das volle Ausmaß von Chosa Deis Macht nicht erkannt. Wenn er frei wäre, wenn er frei *käme ...* wenn er erst einmal seinen Bruder vernichtet hätte, was würde er dann anderen antun? Würde er, indem er alle Magie *einsammelte*, die Welt umgestalten?

Chosa Dei erhob sich und ließ das halbfertige Wesen auf dem Boden zurück, wo es sich wand, verkrampfte und starb. *»Es ist jemand hier«*, sagte er. *»Jemand anderer ist hier ... verbirgt sich in den Tunneln. Verbirgt sich in meinem Berg.«* Er streifte den Raum mit seinem Blick. *»Und er hat ein zweites Jivatma, ein vollständig getränktes.«*

Hoolies. O *Hoolies ...*

»Dort!« schrie Chosa und zeigte auf mich.

Ich sah Dels nach oben gerichtetes Gesicht. Ich sah die Hundemeute. Und wußte, was ich zu tun hatte.

Chosa Dei vernichten.

Während ich mich aufwärtsreckte, stieß ich die rechte Hand durch die Öffnung und tastete den Rand ab. Berührte die Klinge, tastete mich bis zu ihrem Heft und schwang mich hoch, um die Finger darum zu schließen. Dachte an einen Gesang, während ich durch die Öffnung zurückfiel und wieder an meinem Harnisch hing.

Unter mir drängten sich die Hunde und warteten darauf, daß ich fiele.

Ein Gesang. Denk an einen Gesang. An etwas Persönliches. An etwas *Mächtiges.* An etwas, das niemand außer dem Sandtiger vollständig versteht.

Ich dachte an den Süden. Ich dachte an die Wüste. Und dann dachte ich an die Punja mit ihren tödlichen Samumen und Schirokkos, an den Windstoß, der Sand mit sich brachte und einem Menschen die Haut von den Knochen reiben und die Knochen blankputzen konnte. Ich dachte an die Sonne und den Sand und die Hitze und die Macht eines Sturmes, der hier und dort durch die Punja blies, kraftlos wie eine junge Ziege, dorthin ziehend, wohin er befohlen wurde. Denn dort gibt es eine stärkere Macht als nur die Hitze und den Sand. Dort gibt es auch den Wüstenwind. Einen heißen trockenen Wind. Einen Wind von einer Heftigkeit, die der Chosa Deis gleichkam.

Einen versengenden Wüstensturmwind, der alles bis auf die Knochen abstreift. Schirokko und Samum. Aber auch *Samiel* genannt.

Tief in mir sang ich einen Gesang. Vom Tränken, vom Stimmen. Von der Vernichtung eines Zauberers, der glaubte, nur Dels *Jivatma* besitze große Macht.

Dein Fehler, Chosa. Nun komm und kämpf mit *mir* ...

Ich durchschnitt den Harnisch und fiel.

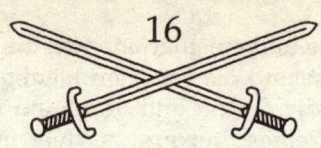

16

Ich landete in sich windenden Körpern voller Zähne und Krallen und faulem Atem. Dankte ihnen dafür, daß sie meinen Fall abgefangen hatten. Befreite mich, obwohl mein Körper blieb, wo er war.

Hitze ... Sand ... Sonne ... die Explosion eines Samiel ...

Die Explosion Samiels, ausgelöst, um den Berg von den Bestien und dem Zauberer zu befreien.

Sengende, brennende Sonne — mit Blasen bedeckte schwitzende Haut ... aufgesprungene und blutende Lippen ...

Del und ich hatten es überlebt. Aber Chosa würde es nicht überleben.

Das Singen der Salset, die versammelt sind, um den Jahreswechsel zu feiern ... das schrille Wimmern des Shukar, der zu seinen Göttern betet ... das Johlen und Schreien von Wüstenborjuni, die eine Karawane niederreiten ... das Rasseln und Klappern von Hanjii mit Goldringen in Nase und Ohren ...

Musik, alles Musik, der Gesang des Wüstenlebens. Die Musik der Punja, die Musik *meines* Lebens.

Dumpfes Klirren der Ketten, die mich in der Mine festhalten ...

Das Klingen des Meißels auf dem Fels, das Bröckeln fallenden Gesteins mit dem Versprechen des Goldes ...

Wiehern und Schnauben und Stampfen, als sich der Hengst gegen meinen Willen stemmt ...

Ein persönlicher, mächtiger Gesang, den niemand sonst singen kann.

Das Weinen eines Jungen, dessen Rücken von der Peitsche brennt, der versucht, seinen Schmerz zu verbergen, der versucht, seine Erniedrigung zu verbergen ...

Niemand sonst wußte um diese Dinge.

Der Gesang einer Klinge aus bläulichem Stahl, der Gesang von Einzelhieb, der mir die Freiheit schenkt, das Leben, den Stolz und die Kraft ...

Und der Schrei einer wütenden Katze, die von einem Felsenhügel herunterfliegt.

Nur ich wußte um diese Dinge.

Nur ich konnte mein Leben singen.

Nur ich konnte Chosa Dei vernichten ...

Schirokko. Samum. Samiel.

Versuch dein Bestes, Chosa Dei — *diesen* Gesang kannst du nicht umgestalten.

Dumpf hörte ich die Hunde. Das Wimmern Boreals. Ein Bruchstück von Dels Gesang, als sie durch Haut und Knochen hieb.

Dumpf hörte ich Chosa Dei, aber ich konnte seine Worte nicht verstehen. Alles in meinem Kopf war Teil meines persönlichen Gesangs.

Alles in meinem Gesang war ein Teil von Samiel.

Nimm ihn. Nimm ihn. Nimm ihn.

Dumpf rief Del.

Nimm ihn ... nimm ihn ... nimm ihn ...

Del rief mir zu.

Nimm ihn ... nimm ihn ...

Vernichte ihn ...

»Tiger ... Tiger, *nein* ... du weißt nicht, was du tust ...«

Sing ihn in deinen Gesang ...

»Tiger, es ist *verboten* ...«

Samiel zersplitterte Rippen.

Haut, Blut, Muskel und Knochen, Samiel wollte alles.

»Tiger ... Tiger, *nein* ...«

Samiel sang seinen Gesang.

Ich konnte nur zuhören.

Muskeln verkrampften sich. Arme, Beine und auch mein Kopf zuckten. Ich schlug ihn auf den Boden des Raumes auf.

Warum ist mein Kopf auf dem Boden?

Warum ist *überhaupt etwas* von mir auf dem Boden?

Ich öffnete die Augen, sah die Decke des Raumes. Sah *mehrere* Zimmerdecken, bis ich wieder klar sehen konnte.

Hoolies, was ist mit mir?

Ich setzte mich auf, wünschte, ich hätte es nicht getan und legte mich wieder zurück.

Hoolies. O *Hoolies*.

Was habe ich getan?

Da ich ein Mann bin, der seinen Schmerz für sich behält, brachte ich ein nur rauhes Ächzen hervor. Und ebenso einen Schwall herkömmlicher Flüche, dem ein Schwall seltener Flüche folgte, bis mir der Atem ausging.

Zu dem Zeitpunkt war Del zurück.

»Also«, sagte sie, »hast du überlebt.«

Ich wartete einen Herzschlag lang. »Habe ich das?«

Dels Gesicht war blutbespritzt. Die Haare hingen ihr in rötlichen Streifen herab. »Ich hatte zuerst meine Zweifel, als ich sah, daß du nicht mehr geatmet hast. Aber dann habe ich dir auf die Brust geschlagen, und du hast sofort wieder angefangen.«

Nachdenklich rieb ich über eine wunde Stelle. Sie lag genau über meinem Herzen. »Warum hast du mich geschlagen?«

»Ich sagte es dir bereits: Du hast nicht mehr geatmet. Es war dein eigener Fehler, und ich war wütend.« Sie zuckte die Achseln. »Das scheint ein nützlicher Trick zu sein, dieser Schlag auf die Brust.«

Ich untersuchte meine blutverkrustete Brust, die an mehr als einer Stelle verletzt zu sein schien. Es waren Bißwunden und Krallenstriemen sowie schmerzhafte Kratzer zu sehen. »Warum habe ich nicht geatmet?«

»Weil du ein dummer, gefühlloser, tauber, stummer und blinder Narr gewesen bist ... ein Mann, der so mit sich selbst beschäftigt ist, daß er keine Zeit für andere hat und nicht auf andere achtet, wenn sie versuchen, sein Leben zu retten, weil er erpicht darauf schien, es zu verlieren. Und du hast es fast *getan.* Tiger, du bist ein Narr! Was willst du vollbringen? Es hat keinen Sinn, dich oder deine Gesundheit zu opfern. *Keinen* Sinn. Hast du keinen Gedanken an mich verwandt? Dachtest du, ich *wollte* dich tot sehen, nur um es dir heimzuzahlen, daß du mich fast getötet hättest?«

Vom Boden aus sah ich zu ihr hinauf. Ihr Zorn war wirklich furchteinflößend. »Was habe ich getan?« fragte ich.

»Was du getan hast? Was du *getan* hast?«

Ich nickte. »Was habe ich getan?«

Del zeigte es mir. »Das.«

Es war vom Boden aus kaum zu sehen. Also richtete ich mich ganz langsam und ganz vorsichtig auf und stützte mich auf einem Ellbogen auf. Schaute in die Richtung, in die sie deutete.

Jemand — *etwas* — war tot. Die Überreste lagen auf dem Boden verstreut.

»*Das* habe ich getan?«

Del senkte den Arm. »Du hast keine Ahnung, nicht wahr? Du weißt wirklich nicht, was du getan hast.«

»Anscheinend habe ich jemanden getötet. Oder etwas. Was *ist* das?«

»Chosa Dei«, antwortete sie. Dann, bedeutungsvoll: »Chosa Deis *Körper.* Sein Geist ist irgendwo anders.«

»Hoolies, nicht hier, hoffe ich. Ich möchte nicht so bald wieder mit ihm kämpfen.« Ich setzte mich ganz auf. Sah mich in dem Raum um. »Ich sehe, daß du die Hunde erledigt hast.«

»Das habe ich. Das hast du. Wichtig ist, daß sie tot sind. Ich glaube, sie sind alle tot.« Sie zuckte die Achseln. »Nicht daß es jetzt noch wichtig wäre, da Chosa Dei — fort ist.«

Ich bewegte langsam die Schultern, rieb gegen die Anspannung im Nacken an. »Nun, darum sind wir hergekommen. Jetzt ist Ysaa-den sicher — und auch alle *Jivatmas* sind es.«

»Oh?« fragte Del. »Bist du sicher?«

»Er ist *tot*, nicht wahr? Oder ist Chosa Dei etwa nicht tot?«

»Sein Körper«, wiederholte sie. »Seine Seele ist in deinem Schwert.«

Ich hielt erneut den Atem an. »Seine Seele ist *wo?*«

»In deinem Schwert«, antwortete sie. »Was glaubst du, was du getan hast?«

»Ich habe ihn getötet.« Ich hielt inne. »Nicht wahr? Ich habe ihm das Schwert durch die Rippen gestoßen. Das *sollte* ihn getötet haben.«

»Nicht das. Das meine ich nicht. Ich meine das, was du getan hast, als du gesungen hast.«

Ein Frösteln überlief meine Haut. »Was?«

Dels Blick wurde schärfer. »Du hast gesungen. Erinnerst du dich nicht? Du fielst von der Decke des Raumes in eine Meute von Hunden und hast die ganze Zeit über gesungen. Du hast nicht einmal aufgehört.« Sie zuckte die Achseln.

»Es war nicht sehr *gut*, du hast eine wirklich fürchterliche Stimme — aber das ist unwichtig. Wichtig ist, daß du es wolltest. Wichtig ist, daß es gelang. Du hast Chosa Dei vernichtet, aber du hast auch dein Schwert neu geschaffen.«

»Was?«

Del sprach überdeutlich. »Du hast es erneut getränkt, Tiger. Genau wie Theron es getan hat.«

Theron. Ich dachte Monate um Monate zurück und erinnerte mich des nordischen Schwerttänzers, der in den Süden gekommen war, um Del zu verfolgen. Er hatte ein *Jivatma* wie sie, ein wahrhaft gestaltetes, wahrhaft getränktes *Jivatma*. Aber er hatte mehr gewollt und seine nordische Klinge im Körper eines Magiers erneut getränkt. Das hatte ihm einen Vorteil verschafft. Es hatte Del fast besiegt. Mich fast besiegt.

192

»Nun«, sagte ich schließlich, »ich habe es nicht absichtlich getan.«

Del machte auf dem Absatz kehrt und ging davon. Ich glaube, sie war noch immer wütend, obwohl ich nicht recht wußte, warum. Ich hatte gerade ihr Leben gerettet. Ich hatte gerade die Welt gerettet.

Ich lächelte verzerrt. Mühte mich dann auf die Füße und ging zu dem Körper hinüber.

Nun, es war eine Art Körper. Er war versengt und eingeschrumpft und runzlig, in sich selbst zusammengebrochen. Er war nur noch halb so groß wie ich. Er war sogar kleiner als Del.

Nimmt eine Seele soviel Raum ein?

Es war seltsam, auf die Überreste eines Mannes hinabzublicken, den ich niemals gesehen, aber getötet hatte. Es waren keine erkennbaren Züge, kein normales Haar, nichts zu sehen, das auf einen Menschen hindeutete. Er war ein Umriß, nicht mehr. Es hinterließ einen schlechten Geschmack in meinem Mund.

Aus dem Stapel loser Kleider und runzliger Haut schimmerte das Heft meines erneut getränkten *Jivatma*. Chosa Deis neues Gefängnis.

»Ich werde es zerbrechen«, sagte ich. »Ich werde es einschmelzen.« Ich schaute zu dem Schmelztiegel. »Ich werde es zu Schlacke einschmelzen und mir dann ein südliches Schwert besorgen.«

Del fuhr herum. »Das *kannst* du nicht!«

»Warum nicht? Ich will kein Schwert mit *ihm* darin herumschleppen.«

Dels Gesicht war weiß. »Du mußt es mit dir herumschleppen. Du mußt es für immer tragen, bis wir eine Möglichkeit finden, seine Magie loszuwerden. Verstehst du nicht? Chosa Dei ist dort *drinnen*. Wenn du das Schwert zerstörst, wirst du sein Gefängnis zerstören. Du bist jetzt sein Wächter. Sein eigener, persönlicher Wächter. Nur du kannst ihn gefangenhalten.«

Ich mußte fast lachen. »Del, das ist lächerlich. Willst

du mir allen Ernstes erzählen, daß Chosa Dei *in* meinem Schwert ist und wieder herauskommen könnte, wenn nicht *ich persönlich* ihn bewache?«

Unter dem Blut war sie weiß. »Immer«, sagte sie, »immer. Immer mußt du zweifeln.«

»Du mußt zugeben, daß das ziemlich unglaubwürdig klingt«, belehrte ich sie. »Ich meine, *du* warst diejenige, die mir gesagt hat, Chosa Dei sei nur eine Legende, eine Gestalt, die jemand für Geschichten erfunden hat.«

»Ich habe mich geirrt«, erklärte sie.

Ich starrte sie an. Die ganzen letzten zwei Wochen über hatte ich sie dazu bringen wollen, genau das bezüglich ihres Verhaltens auf Staal-Ysta zuzugeben, und sie hatte es nicht getan. Aber sie war mehr als bereit, die vier magischen Worte zu sagen, wenn es um Chosa Dei ging — *wer* auch immer er war.

Mein Körper juckte von Schweiß und verkrustetem, übelriechendem Blut. Gedankenvoll kratzte ich durch meinen Bart hindurch über darunterliegende schmerzende Haut. »Sieh mal an«, sagte ich. »Du erwartest von mir, daß ich den Rest meines Lebens damit verbringe, Chosa Dei zu bewachen.«

»Nein, nicht dein ganzes Leben lang. Bis wir die Magie losgeworden sind.«

Ich runzelte die Stirn. »Wie sollen wir das schaffen? Und worum geht es dabei?«

Del hob ihr Schwert, das sie noch immer in der rechten Hand hielt. »Hier drinnen ist Macht«, sagte sie. »Ungezügelte Magie und gezähmte Magie — Herrschaft erlangt man durch angemessenes Tränken und Stimmen sowie durch Willenskraft. Aber es gibt eine Möglichkeit, die Macht loszuwerden, sie woandershin zu lenken, so daß das Schwert wieder ein Schwert wird.« Sie zuckte die Achseln. »Magie ist Magie, Tiger — sie hat ihr eigenes Leben. Darum konntest du, als Theron starb, sein *Jivatma* benutzen. Die Magie war daraus vertrieben worden.«

Das gefiel mir nicht sonderlich. »Also willst du sagen, daß mein Schwert *seine* Magie verlöre, wenn ich stürbe — zusammen mit Chosa Dei.«

Dels Brauen wölbten sich. »Das ist eine Möglichkeit, ja. Aber dann wärst du tot. Welchen Sinn hat es, einem Schwert seine Magie zu entziehen, wenn man dann nicht mehr lebt, um es zu benutzen?«

Ich machte mir nicht einmal die Mühe, darauf zu antworten. »Gibt es noch eine andere Möglichkeit?«

»Ja. Aber das lernt man nicht auf Staal-Ysta.«

»Wo *wird* es gelehrt?«

Del schüttelte den Kopf. »Ich glaube, dazu würde jemand benötigt, der die Magie von *Jivatmas* verstünde. Auch jemand, der Chosa Dei verstünde und die Bedrohung, die er darstellt. Weil Chosa Dei selbst mächtig ist. Wenn die Beseitigung nicht exakt durchgeführt würde, könnte er sich befreien.«

»Er hätte keinen Körper«, bemerkte ich. »Dieser hier ist zerstört.«

Del zuckte die Achseln. »Er würde einen anderen finden. Es könnte sogar deiner sein, denn bis dahin wird er dich gut genug kennen.«

Haut zog sich zusammen. »Was?«

Del seufzte stirnrunzelnd, als sei sie meiner Unwissenheit überdrüssig. »Chosa Dei *lebt* nicht mehr, nicht mehr als Baldur in *meinem* Schwert. Aber sein Geist und seine Seele sind da, das, woran er am meisten glaubt. Du wirst es spüren, Tiger. Du wirst *ihn* spüren. Nach einiger Zeit wirst du ihn kennen — du wirst *müssen* —, und er wird dich kennen.«

Ich runzelte die Stirn. »Weiß er, daß er sich in diesem Schwert befindet?«

Del zuckte die Achseln. »Selbst wenn er es weiß, spielt es keine Rolle. Chosa gestaltet Dinge nach seinem Willen um. Er wird dasselbe mit deinem Schwert versuchen.«

»Was wäre, wenn ich es jemand anderem gäbe?«

Del lächelte schief. »Welches getränkte, benannte *Jivatma* erlaubt jemand anderem, es zu berühren?«

»Wenn ich ihm Samiels Namen nennen würde, könnte er es berühren.«

Sie hob eine Schulter an. »Ja, das könntest du tun. Und dann könnte er dein Schwert berühren. Aber er könnte nicht du sein, er könnte weder die Magie noch Chosa Dei beherrschen.«

Ich sagte etwas sehr Kurzes und Deutliches.

Del überhörte es. »Ich frage mich ...«, murmelte sie.

»Du fragst dich? Was fragst Du dich? Wovon redest du?«

Ihr Gesichtsausdruck war nachdenklich. »Von Shaka Obre.«

»Chosas Bruder? Warum?«

»Weil er uns vielleicht — nur vielleicht — helfen könnte.«

»Er ist eine *Legende*, Bascha.«

»Das war auch Chosa Dei.«

Ich runzelte die Stirn. Dachte darüber nach. »Ich brauche keine Hilfe von einem Zauberer.«

»Tiger ...«

»Ich komme allein zurecht.«

Helle Brauen wölbten sich. »Oh?«

»Gib mir nur ein wenig Zeit. Ich werde mir schon etwas ausdenken. Inzwischen laß uns hier verschwinden.«

Ich schaffte drei Schritte. »Tiger.«

Ich fuhr herum. »Was?«

Del deutete auf mein Schwert, das noch immer in den Überresten Chosas steckte.

»Oh.« Ich ging hinüber, beugte mich hinab, berührte das Heft aber noch nicht. »Was wird geschehen?«

»Ich weiß es nicht.«

»Das hilft mir sehr«, sagte ich. »Ich dachte, du kennst dich mit diesem ganzen Zeug aus.«

»Ich kenne *etwas* von diesem ›Zeug‹«, stimmte sie zu.

»Aber du hast etwas getan, das niemals jemand zuvor getan hat.«

»Niemand?«

»Niemand. *An-Ishtoyas*, die die Reise unternehmen, während sie ihr Schwert tränken, nehmen immer Bürgen mit sich, um Mißgeschicke wie dieses zu vermeiden.«

»Damit willst du also sagen, daß ich auf mich allein gestellt bin.«

Del nickte schweigend.

Der Beste zu sein, ist oft unterhaltsam. Aber der *Erste* zu sein, ist etwas anders. Es kann gefährlich sein. Und ich bin noch nie so übertrieben eingebildet gewesen, mein Leben auf diese Art zu riskieren.

Ich atmete tief ein, streckte die Hand aus ...

»Darf ich etwas vorschlagen?« fragte Del.

Meine Hand zuckte zurück. *»Was?«*

»Versichere dich, daß du stärker bist. Jetzt. In diesem Moment. Wenn Chosa irgendeine Art von Schwäche spürt, wird er sie für sich selbst nutzen.«

Ich warf ihr einen unglücklichen Blick zu. Dann richtete ich mich auf und *trat* das Schwert aus dem runzligen, eingeschrumpften Berg Kleider, Knochen und Haut heraus.

Stahl schepperte über den Felsenboden. Nichts geschah. Das Schwert lag einfach da.

Außer daß die Klinge stumpf war.

Stirnrunzelnd stieg ich über die Überreste hinweg und schaute hinab auf das Schwert. Das Heft sah genauso aus wie immer — heller, glänzender Stahl —, aber die Klinge war von einem schmutzigen, stumpfen Grau, fast Schwarz. Die Spitze selbst *war* schwarz, als sei sie verbrannt.

»In Ordnung«, sagte ich. »Warum?«

Del stand neben mir, das Schwert in der Hand. Sie schaute auf die eigene Klinge hinab, die hell lachsrotsilbern schimmerte. Wenn sie gestimmt wurde, glühte sie stärker und heller. Nicht annähernd schwarz. Keines der *Jivatmas*, die ich je gesehen hatte, hatte diese Farbe gezeigt.

»Ich weiß es nicht«, sagte sie. »Niemand weiß, welche Farbe es haben wird, bis das *Jivatma* sie zeigt.«

»Aber du glaubst, das ist es?«

Del seufzte ein wenig. »Das glaube ich. Es ist die Folge des Tränkens und Stimmens.«

»Ich mag Schwarz und Grau nicht. Ich zöge etwas Helleres vor. Etwas Wüstenähnlicheres.«

Del sah mich überrascht an.

Ich zuckte abwehrend die Achseln. »Nun, wir haben alle unsere Vorlieben. Grau und Schwarz sind nicht meine Lieblingsfarben.«

»Vielleicht geschieht eine Verwandlung, wenn man das Schwert erneut tränkt.«

Ich stand da und betrachtete das Schwert mit der stumpfen Klinge, die Hände in den Hüften und auf der blutigen Unterlippe kauend. Dann, mit einem ungeduldigen Achselzucken, beugte ich mich hinab und hob es auf.

Nichts geschah. Überhaupt nichts. Das Schwert fühlte sich kalt und tot an.

Ich runzelte die Stirn. »Was soll es . . .«

»*Tiger!*«

Dieses Mal landete ich flach mit dem Bauch auf dem Boden, mit hochgezogenen Knien, die Füße flach aufgelegt, mich aufstützend, und starrte erstaunt das Schwert an, das nur drei Fuß entfernt lag.

Noch immer grau und schwarz. Aber das Schwarz war ein wenig heller geworden.

Dels Hand lag über ihrem Mund. Kurz darauf sprach sie durch die Finger. »Bist du in Ordnung?«

»Mußtest du mich schon wieder auf die Brust schlagen?«

»Nein.«

»Dann bin ich, glaube ich, in Ordnung.« Dieses Mal

schmerzte das Aufstehen mehr, aber ich schaffte es, ohne mir etwas anmerken zu lassen. Und dann stand ich einen oder zwei Momente lang da, versuchte die Verwirrtheit zu verbannen und betrachtete stirnrunzelnd das Schwert. »Er ist wütend.«

»Wer?«

»Samiel. Chosa Dei ist nur erschreckt. Er hat nicht erkannt, daß er tot ist — oder was auch immer.«

Del trat einen Schritt vor. »Weiß *er* es?«

»Weiß er *was*?«

»Wo Shaka Obre ist?«

»Oh, zu den Hoolies ...« Ich funkelte sie an. »Ich habe gesagt, ich komme damit zurecht, Bascha — *ohne* Shaka Obres Hilfe.«

»Es war nur eine Idee«, bemerkte Del.

Ich näherte mich dem Schwert. »Im Moment dachte ich nur ans Verschwinden.«

»Wie?« fragte Del. »Kannst du dich nicht daran erinnern, was das letzte Mal geschehen ist, als wir versuchten, durch die Wachen zu kommen?«

Ich erinnerte mich sehr gut daran. Man vergißt es nicht so schnell, wenn man in der Mitte eines Tunnels in einem Berg erwacht, der wie ein Drache geformt ist. »Aber jetzt ist Chosa Dei tot, so daß die Wachen arbeitslos sind. Außerdem denke ich, daß wir diese nordische Magie anwenden sollten, von der du immer sprichst; dann wären wir in der Lage, einen Weg hinauszufinden.«

»Nur wenn du herausfindest, wie du dein Schwert aufheben kannst.«

Das war grundsätzlich einfach. Ich mußte Chosa Dei nur zeigen, wer der Herr war.

Del und ich gingen hinüber zum ›Vorhang‹. Eine weitere Betrachtung ergab nicht mehr, als wir bereits wußten: Das Ding war eine von Shaka Obre errichtete Wache, die Chosa Dei gefangenhalten sollte. Es ließ den Rauch hinaus, ließ Menschen herein — obwohl nicht ganz sicher war, wo sie endeten, wie ich bezeugen konnte — und verhinderte Chosas Flucht.

Verhinderte *unsere* Flucht.

Schweiß rann mir die Schläfen hinab. »Jetzt«, sagte ich und ergriff das Heft mit beiden Händen.

Del sah mich stirnrunzelnd an. »Du siehst nicht ...«

Die Klinge erbebte, *ich* erbebte. »Jetzt. Nicht morgen.«

Del wandte sich um, erhob ihr Schwert, schaute zu mir herüber. Ich ahmte ihre Haltung nach. Zusammen durchschnitten wir den Vorhang, als bestünde er nur aus Seide.

Wachen zerfielen zu Rauch. Das Gefängnis war durchbrochen.

Nach sechshundertzweiundvierzig Jahren war Chosa Dei von seinem Berg befreit.

Aber bis wir Shaka Obre fänden, wäre ich niemals von Chosa befreit.

17

Wir saßen im Haus des Dorfältesten in Ysaa-den und flickten zusammen, was noch von zerschlagenem Fleisch und Geist zu retten war. Wir waren allein, wie immer, umgeben von Einsamkeit. Uns gegenseitig helfend, hatten wir Blut und Schmutz und Gestank abgewaschen und hatten fehlende oder zerfetzte Kleidung durch Kleidungsstücke ersetzt, die Halvar und seine Frau uns gegeben hatten. Jetzt saß ich auf einem warmen Fell, die Augen fest geschlossen, die Beine über Kreuz, und knirschte mit den Zähnen, als Del Stichwunden und Zahnabdrücke mit einer Kräuterpaste behandelte.

»Sitz still«, kommandierte sie, als ich meine Augen aufschlug.

»Es *tut weh*.«

»Ich weiß, daß es weh tut. Es wird noch mehr weh tun, wenn sich diese Bißwunden infizieren. Besonders diese *hier*.«

Sie tat es absichtlich. Ich zuckte zurück und verfluchte sie, verfluchte sie noch mehr, als sie lediglich lächelte und noch mehr Salbe in eine Bißwunde weit unten an meinem Bauch rieb. Del hatte den gelockerten Hosenbund zur Seite geschoben, zerkratzte und zerbissene Haut freigelegt und hatte nun Spaß daran, mich zu drangsalieren.

»Ich kann das tun«, sagte ich. »Was das betrifft, auch Halvars *Frau* kann das tun. Sie hat es angeboten.«

»Jeder in Ysaa-den hat es angeboten, Tiger. Du bist ein Held. Sie werden dir alles geben, was du willst, wenn sie nur können.« Del setzte sich auf ihre Fersen zurück. »Muß ich annehmen, daß du jetzt ihre zwei Kupfermünzen von ihnen verlangst?«

Sie trug Blau anstelle von schmutzigem Weiß, ein kühles, sanftes Blau, daß die Farbe ihrer Augen verstärkte. Helle Wimpern, helles Haar, noch hellere Haut — sie fühlte sich, ohne Zweifel, genauso müde und zerschlagen wie ich. Aber irgendwie sah sie nicht so aus.

»Nein«, antwortete ich mürrisch. »Ich möchte nur dieses Schwert loswerden, damit ich in Frieden leben kann. Oder, fürs erste jedenfalls, ein warmes Bett und eine Bota Aqivi. Und da dies hier der Norden ist, werde ich *Amnit* nehmen.«

»Du wirst deinen *Amnit* bekommen. Du wirst sogar dein Bett bekommen. Was dessen Wärme betrifft, so wird das davon abhängen, wie viele Frauen du hineinlegst.«

Ich knurrte. Ich war so voller Wunden, Bisse, Kratzer, Risse und Krallenspuren, daß ich bezweifelte, einem Bettpartner viel Freude bereiten zu können. Besonders da das, was ich am meisten wollte, nur Schlaf war.

»Zuerst das Essen«, erinnerte mich Del, als meine Augen zufielen. »Es ist eine Feier.«

»Können sie nicht ohne mich feiern?«

»Nein. Dann hätten sie niemanden, für den sie ihren Gesang der Erlösung und der Dankbarkeit singen könnten.«

Ich knurrte erneut. »Es gibt noch dich.«

»Aber *ich* habe Chosa Dei nicht getötet.«

»Du hast die Hälfte der Hunde getötet.«

»Die einst Dorfbewohner waren.« Dels Stimme klang ernst. »Ich denke, wir müssen diesen Teil der Geschichte nicht erzählen. Laß sie denken, die Hunde hätten ihre Verwandten einfach getötet, anstatt daß sie in Bestien verwandelt wurden, die noch mehr Menschen getötet haben, einschließlich ihrer Verwandten und Freunde.« Sie strich sich Haare aus den Augen. »Es wäre nur gnädig.«

Es wäre auch eine Lüge, aber eine, die ich verstehen konnte. »Dann gib mir die Tunikas, damit wir etwas essen gehen können. Mein Magen knurrt.«

Del gab mir zuerst die Untertunika aus weichgekämmter, ungefärbter Wolle, und dann, als ich sie angezogen hatte, reichte sie mir die grüne Übertunika, die aufgrund von komplizierter Perlenstickerei aus Bronze, Kupfer und Bernstein leise klingende Geräusche von sich gab.

»Das ist zu viel«, murmelte ich. »Er gibt sein bestes Kleidungsstück fort.«

»Ein Maß seines Respekts und seiner Dankbarkeit.« Dels Stimme war so sanft, wie sie nur sein kann.

Ich sah sie frustriert an. »Ich wäre ohnehin gekommen. Es hatte nichts mit Ysaa-den oder seinen Problemen zu tun. Es hatte mit den Hunden zu tun. Wären sie woanders hingegangen, wäre auch *ich* woanders hingegangen.«

»Aber das haben sie nicht getan und du auch nicht.« Del stand langsam auf und unterdrückte ein Stöhnen.

Sie trug ihr Schwert, wie gewöhnlich, im Harnisch über dem Rücken. »Sie warten auf uns, Tiger. Wir sind die Ehrengäste.

Ich runzelte die Stirn und erhob mich vorsichtig. Nach und nach verlor ich meine Verbindungen zum Süden. Zuerst Einzelhieb, der beim Kampf mit Theron zerbrochen war. Dann meine südlichen Seiden- und Gazestoffe, die gegen nordisches Leder und Fell eingetauscht worden waren. Und schließlich meinen Harnisch, den ich in Chosa Deis Berg aufgegeben hatte. Stück für Stück für Stück, auf dem Weg verstreut.

Ich nahm mein *Jivatma* auf, das weder durch eine Scheide noch durch einen Harnisch geschützt war, und folgte Del aus dem Haus. Es war nichts, *nichts* an ihr, das auch nur entfernt südlich gewesen wäre. Eine nordische Bascha bis in die Knochen, egal wo sie war. Ich hatte mich verändert, während Del dieselbe geblieben war.

Zeit, nach Hause zu gehen, sagte ich.

Aber ich sagte es nur zu mir selbst.

Heißes Essen, feuriger *Amnit* und warme Wünsche taten sich zusammen, um es mir unendlich schwer zu machen, während des Festmahls wach zu bleiben. Die Abendluft wurde frostig, aber ich trug jetzt zusätzlich zu der neuen Wollkleidung zwei Felle. Ich saß wie ein Fellberg auf einem dritten Fell und schaffte es, meine Augen einen Spaltbreit offenzuhalten, während Halvar das Dorf — in der Hochlandsprache — mit meinen Heldentaten erfreute.

Nun, *unseren* Heldentaten. Del wurde nicht ausgelassen.

»Bleib wach«, zischte sie, auf dem Fell neben mir sitzend.

»Ich versuche es. Hoolies, Bascha, was erwartest du? Bist *du* nach allem, was wir getan haben, nicht müde?«

»Nein«, antwortete sie grausam. »Dafür bin ich zu jung.«

Ich beschloß, dies zu ignorieren, da ich sehr genau wußte, daß sie log. Vielleicht war sie noch nicht *schläfrig*, aber sie war sicherlich angeschlagen. Das zeigte sich in all ihren Bewegungen. Es zeigte sich, wenn sie sehr still saß. »Wie lange müssen wir noch hier draußen sitzen?«

»Bis die Feier zu Ende ist.« Del beobachtete Halvar und verfolgte mit einem Ohr seine Worte, während sie mit mir sprach. »Wir haben gegessen, und jetzt erzählt Halvar die Geschichte nach. Wenn das erst einmal geschehen ist, werden sie alle einen Erlösungsgesang singen. Anschließend wird jedermann dasitzen, die Geschichte nacherzählen, die Durchführung bewundern und auf dein Wohl trinken.« Sie hielt inne und beobachtete mich. »Aber da ich, deinem Aussehen nach zu urteilen, bezweifle, daß du das überstehen wirst, kannst du dich wahrscheinlich davonstehlen.«

Ich nickte und unterdrückte ein Gähnen. Das kostete mich alle Kraft, die ich noch hatte.

Halvar sagte etwas zu Del, schaute an ihr vorbei zu mir — Del hatte den Dorfältesten unterbrochen, um seine Worte zu übersetzen und wiederholte mir gegenüber, was immer er zu Del gesagt hatte, einfach um höflich zu sein. Ich verstand eines von zwanzig Worten: *Gesang.*

Ich nickte. »Dann singt. Ich höre zu.«

Del warf mir einen mißbilligenden Blick zu und sprach dann kurz mit Halvar. Als Reaktion grinste der Dorfälteste, wandte sich an die versammelten, alle in ihre wärmsten Felle gewickelten Dorfbewohner und verkündete etwas. Wieder einmal sah ich zu, wie Musikinstrumente hervorgeholt wurden.

Ich saß mit einem höflichen, auf meinem Gesicht festgeklebten Lächeln da und versuchte interessiert auszusehen, während Ysaa-den zum Gesang überging. Meine eigene Gesangseinlage zur Bekämpfung Chosa Deis hatte weder verbessertes Verständnis noch Anerkennung bewirkt. Für mich klang das alles wie Lärm, wenn auch zugegebenermaßen Lärm mit Methode. Ich vermute, daß er sogar hübsch war, wenn man derartiges mag.

Del mochte es offensichtlich. Sie saß da, ganz in weißes Fell gehüllt, die Augen in die Ferne gerichtet, und verlor sich in der Musik. Ich fragte mich, ob sie sie in ihre Kindheit zurücktrug, als ihre Familie sich zum Gesang versammelt hatte. Und ich fragte mich plötzlich, ob *sie* jemals zu etwas oder jemand anderem gesungen hatte als zu ihrem Schwert.

Als der Gesang beendet war, wandte sich Halvar erneut uns zu und sagte etwas. Dieses Mal sah Del überrascht aus.

»Was ist?« fragte ich, während ich mich erhob.

»Er will den heiligen Mann zu uns bringen, damit dieser die Orakelknochen wirft.«

»Also liebt der alte Mann es zu spielen.«

Del wedelte mit der Hand. »Nein, nein — um die Knochen *richtig* zu werfen, so wie es früher gemacht wurde. Bevor die Menschen damit begannen, sie zum Wetten zu benutzen.«

Ich wollte noch etwas sagen, aber der alte heilige Mann war bereits erschienen. Er blieb vor uns stehen, verbeugte sich und setzte sich dann auf das gesprenkelte Fell, das Halvar sorgfältig ausgebreitet hatte. Er war ein *sehr* alter Mann, wie es heilige Männer oft sind, die so viel Zeremoniell in ein einziges Leben gepreßt haben. Bei den Salset war der Shukar eine Art heiliger Magier gewesen. Ich fragte mich, ob die nordischen Gebräuche dieselben waren.

Der alte Mann — mit weißen Haaren, blauen Augen und zittrig — schien auf etwas zu warten. Und dann brachte einer der jüngeren Männer einen niedrigen Dreifuß und stellte ihn vorsichtig vor ihm ab. Auf den drei Spitzen lag eine Platte aus poliertem Gold. Ihr Rand, der sich sanft aufwärts bog, war mit nordischen Runen versehen.

Ich blinzelte. »Ich dachte, du hättest gesagt, Ysaa-den hätte nur zwei Kupfermünzen.«

»In Münzen«, stimmte Del zu. »Dies ist ein Orakelständer mit Platte. Jedes Dorf hat einen solchen ... es sei denn, er wurde gestohlen oder eingetauscht.« Sie zuckte die Achseln. »Einige der alten Gebräuche sterben, wenn der Überlebensdrang größer ist.«

Der alte Mann nahm einen Lederbeutel aus seinen Fellen und löste vorsichtig das Zugband. Er schüttete den Inhalt in seine Handfläche: eine Handvoll polierter Steine. Sie waren nicht durchsichtig, aber seltsam durchscheinend, aus hellem, perlmuttartigem Weiß mit einem Hauch von Grün und Rot und Blau, als der alte Mann sie in seiner Hand ausstreute. Einer war feurig schwarz, aber in so vielen Farben schimmernd, daß ich sie gar nicht alle benennen konnte.

Ich runzelte die Stirn. »Das sind nicht wirklich Knochen. Das sind nur Steine. Orakelknochen sind *Knochen*.«

»Knochen der Erde«, sagte Del. »Sie sind sorgfältig geschliffen und poliert worden.«

Ich grunzte. »Vielleicht, aber es sind nicht die Art Orakelknochen, die *ich* kenne.«

»Diese funktionieren«, bestätigte sie.

Ich öffnete den Mund, um etwas zu erwidern — wieder eine *andere* Geschichte —, aber ich sagte nichts. Auch wenn ich nicht an Weissagung glaubte, wußte ich sehr genau, daß Del mir ins Gesicht springen würde, wenn ich etwas Despektierliches über den alten Mann und seine Steine sagen würde. Sie würde Chosa Dei erwähnen, den sogar *sie* für eine Legende gehalten hatte, bis er sie fast getötet hatte.

Also gab ich ihr keine Gelegenheit.

Der alte Mann warf die Steine auf die goldene Platte. Sie klapperten und rutschten, wie erwartet, und verteilten sich in zufälligen Mustern. Nur für den Mann, der sie zur Weissagung benutzt, sind die Muster niemals zufällig. So viel wußte sogar ich.

Er warf sie siebenmal, bevor er sprach. Und dann sagte er nur ein einziges Wort.

Dieses Mal runzelte Del die Stirn.

»Jhihadi«, wiederholte der alte Mann.

Del sah zu Halvar und ignorierte mich völlig. »Ich verstehe nicht.«

Halvar schüttelte den Kopf, genauso verwirrt wie Del.

»Jhihadi«, sagte der alte Mann und ließ die Steine in seine Hand gleiten.

Eine große Stille lag über der Versammlung. Zweifellos hatte jedermann tiefsinnige Worte der Weisheit erwartet, oder ein Versprechen guter Gesundheit. Statt dessen hatte der heilige Mann von Ysaa-den ihnen ein Wort genannt, das keiner von ihnen kannte.

»Jhihadi«, sagte ich leise, »ist ein südliches Wort.«

»Südlich?« Del runzelte die Stirn. »Warum? Was hat ein südliches Wort mit uns zu tun?«

»Tatsächlich ist es ein Wort der Wüstensprache, keine rein südliche Sprache ... und es könnte etwas mit der Tatsache zu tun haben, daß *ich*, immerhin, Südbewohner bin.« Ich lächelte huldvoll. »Obwohl ich, der ich das Wort kenne, bezweifle, daß es mich persönlich betrifft.« Ich grinste sie an und zuckte dann die Achseln. »Er muß etwas anderes meinen, oder *jemand* anderen. Er ist immerhin alt, und das sind einfach hübsche Steine.«

»Warum?« fragte sie mißtrauisch. »Was bedeutet ›Jhihadi‹?«

»Messias«, sagte ich einfach.

Zöpfe schwangen, als sie sich abrupt umwandte und den heiligen Mann ansah. Sie fragte ihn in höflichem Ton etwas, aber ich hörte unterschwelligen Zweifel heraus. Das Bedürfnis nach einer Erklärung.

Der alte Mann warf die Steine erneut aus. Und wieder verteilten sie sich in verschiedenen Mustern, von denen ich keines lesen konnte.

Er betrachtete sie und nickte dann. »Jhihadi«, wiederholte er. Und fügte in der Hochlandsprache etwas hinzu, das mit einem weiteren Wort der Wüstensprache endete.

»Iskandar?« sagte ich scharf. »Was hat Iskandar damit zu tun?«

Del sah mich verwirrt an. »Ich weiß nicht, was das *ist*.«

»Eine alte Geschichte«, sagte ich beiläufig. »Iskandar ist ein Ort und wurde nach einem Mann benannt, der vermutlich ein Messias war. Ich weiß nicht, wieviel an der Geschichte dran ist — du weißt, wie Geschichten verdreht werden können.« Wir standen da, sahen einander stirnrunzelnd an und dachten an Chosa Dei. »Auf jeden Fall war Iskandar der Ort, wo dieser vermeintliche Messias seinem Tod begegnete.«

Del sah mich eindringlich an. »Wurde er ermordet? Hingerichtet?«

Ich grinste. »Nichts so Romantisches. Sein Pferd trat ihm an den Kopf. Er starb zehn Tage später. Das ist der Grund, warum es Zweifel an seiner Identität gibt, denn ein wahrer Messias sollte nicht physisch verwundbar sein.« Ich zuckte die Achseln. »Ich weiß wirklich nicht viel darüber, weil es nicht die Art Dinge ist, auf die ich sonderlich achte ... ich weiß nur, daß er auf dem Todeslager versprach, zurückzukommen. Aber da das vor Hunderten von Jahren war und Iskandar in Schutt und Asche liegt, habe ich meine Zweifel bezüglich dieses Jhihadi, von dem der alte Mann spricht.«

Del runzelte noch immer die Stirn, wodurch ihre Brauen zusammentrafen. »Er sagt, daß wir dorthin gehen.«

»Nach Iskandar?« Ich machte mir nicht die Mühe, meine Belustigung zu verbergen. »Dann muß der alte Mann sandkrank sein.«

Del kaute an ihrer Lippe. »Wenn Ajani dort ist ...«

»Das wird er nicht. Ich verspreche dir, Bascha ... Iskandar ist eine Ruine, niemand geht dorthin. Nicht einmal Ajani würde das tun, es sei denn, er spricht gern mit Geistern.«

»Warum sollte der alte Mann das sonst sagen?«

Nach einem wohlabgewogenen Blick in die Runde der versammelten Dorfbewohner faßte ich meine Gedanken auf höfliche Art in Worte. »Sollen wir einfach sagen, daß Menschen manchmal versuchen, Weissagungen zu decken, indem sie darauf bestehen, daß sie wahr seien, wenn sie es in Wirklichkeit gar nicht sind?«

»Er lügt nicht«, erklärte Del.

Ich seufzte. Hier war ich, der ich mich so sorgfältig diplomatisch ausgedrückt hatte, und jetzt war Del so direkt.

»Nein«, stimmte ich zu. »Sagte ich denn, daß er das täte?«

»Du sagtest ...«

»Ich sagte, daß er sich vielleicht geirrt hat. Nun, sind wir jetzt fertig? Können wir schlafen gehen?«

Del wandte sich zu dem alten Mann um und fragte etwas in der Hochlandsprache. Danach warf er die Steine noch einmal aus. Dann sagte er ihr, was er sah.

»Nun?« drängte ich, als sie es mir nicht übersetzte.

»Ein Orakel«, sagte sie. »Dort ist ein Orakel zu erkennen.«

»Das sind Orakel*knochen* ...«

»Nein, nicht Knochen ... ein *Orakel*. Ein Mann sagt die Ankunft des Jhihadi voraus.« Dels Gesichtsausdruck zeigte Verwirrung, als sie mich ansah. »Ein Mann, der kein Mann ist, aber er ist auch keine Frau.« Jetzt runzelte sie die Stirn. »Ich verstehe nicht.«

»Das sollst du auch nicht, Bascha. Darauf bauen diese Leute, sie profitieren von der Auslegung.« Ich lächelte den heiligen Mann an und neigte respektvoll den Kopf. Dann vollführte ich dieselbe Geste Halvar gegenüber. »Können wir *jetzt* schlafen gehen?«

Del war offensichtlich verwirrt. »O Tiger, ich schwöre dir — du bist ein alter Mann geworden. Was ist mit den Zeiten geschehen, als du die ganze Nacht aufgeblieben bist und *Amnit* oder Aqivi getrunken und in Wirtshäusern Lügen gehandelt hast?«

»Ich habe dich getroffen«, erwiderte ich. »Ich habe mich dir angeschlossen und habe mehr eingesteckt, als ich beschreiben kann.« Ich stand langsam auf und zog die Felle wieder um meine Schultern. »Ist dir das Antwort genug?«

Del, die aus der Fassung gebracht war, erwiderte nichts. Ich ging davon und zu Bett.

Einige Zeit später setzte ich mich in der Dunkelheit kerzengerade auf. Neben mir glühte das ungeschützte

Schwert. Es war rot wie vom Wind angefachte Kohlen und heiß wie das Herdfeuer eines Schmieds. So heiß wie Chosa Deis Feuer im Innern des Drachen.

»Nein«, sagte ich deutlich und legte meine Hände um das Heft.

Der Schreck ließ mich ruckartig erstarren. Dann begann ich zu zittern. Es war nicht die Hitze des Schwertes, sondern die Macht, die hindurchwogte. Rohe, ärgerliche Macht, völlig unkontrolliert.

»Nein«, sagte ich erneut und richtete mich auf die Knie auf. Die Felle fielen herab, bis ich halb nackt dakniete und nichts trug als geborgte Hosen. Ich hatte gelernt, daß es wärmer war, wenn man nackt unter Fellen schlief, aber während wir in Ysaa-den waren, hatte ich diese Gewohnheit ein wenig geändert. Es schien angemessen, obwohl nur Del das Haus mit mir teilte.

Macht lief durch meine Hände und kroch dann die Arme hinauf, bis Ellenbogen und Schultern schmerzten.

»Zu den Hoolies mit dir«, brachte ich zähneknirschend hervor. »Ich habe dich bereits einmal besiegt. Ich kann es wieder tun.«

Es schmerzte. Hoolies, es *schmerzte* ... aber ich würde ihm nicht nachgeben. Ich kann ziemlich stur sein.

Chosa Dei war nicht erfreut. Ich spürte ihn in dem Schwert, spürte, wie er die Grenzen seines Gefängnisses ausprobierte. Ich fragte mich, ob er wußte, was geschehen war, ob er seine Lage verstand, ob er erkannte, daß er tot war. Für einen Mann wie ihn, der daran gewöhnt war, sowohl Leben als auch Magie zu stehlen, würde es eine furchtbare Entdeckung sein, zu erkennen, daß *sein* Leben gestohlen worden war, zusammen mit seiner erneuerten Magie.

Er testete die Klinge erneut. Ich setzte meine eigene Willenskraft ein. Verspürte zunehmende Neugier, verspürte das Bedürfnis zu verstehen.

Und spürte auch, daß Samiel versuchte, die Magie

wieder aufzusaugen, die der Zauberer entnommen
hatte.

Wie lange? fragte ich mich erschöpft. Wie lange wird
dies weitergehen?

Die Macht zögerte, floß dann plötzlich wieder aus
und ließ meine Arme taub zurück. Langsam löste ich
meine Hände von dem Heft und setzte das Schwert
wieder ab. Ich reagierte mit Zittern, Schweiß badete Gesicht und Rippen.

Ein Frösteln überfiel mich, die Art Frösteln, die an
den Knochen nagt. Zitternd kroch ich wieder unter die
Felle und suchte übriggebliebene Wärme. Ich schmiegte
Fell um mein Kinn und versuchte Arme und Hände zu
entspannen. Als das Zittern nicht aufhören wollte, stieß
ich meine Hände zwischen die angezogenen Knie und
hielt sie fest am Platz. Wartete, daß die Reaktion nachlassen würde.

Eine Hand berührte meine starre linke Schulter, obwohl ich es durch die Felle nur gerade eben spüren
konnte. »Tiger ... bist du in Ordnung?«

Ich atmete tief in den Bauch ein und dann wieder aus.
Versuchte meine Stimme ruhig zu halten. »Ich dachte,
du wärest noch immer mit Halvar und all den anderen
draußen.«

»Es ist sehr spät. Fast Morgengrauen. Ich bin schon
seit Stunden im Bett.«

Stunden. Dann hatte sie gesehen, was geschehen
war.

»Bist du in Ordnung?« wiederholte sie.

»Laß mich einfach allein«, sagte ich. »Laß mich wieder schlafen.«

»Du zitterst. Frierst du?«

»Geh zurück ins Bett, Del. Du hältst mich wach.«

Der Schreck wirkte nach. Die Hand wurde zurückgezogen. Einen Augenblick darauf ging auch Del, kroch
zurück unter ihre Felle, die nur drei Fuß von meinen eigenen entfernt lagen.

212

Ich lag schwitzend und zitternd da und versuchte meine Hände zu beruhigen, während meine Arme sich zu verkrampfen drohten. Ich spürte die Anspannung in den Schulterblättern, die hinabglitt und mein Rückgrat verkrampfte. Ich wollte mich nicht verkrampfen, *Hoolies*, laß mich nicht verkrampfen ... ich würde fast lieber mit einem Messer bearbeitet werden. Zumindest ist der Schmerz reiner.

Konzentriere dich ... *konzentriere dich* ... langsam ließ das Zittern nach. Ich nahm meine Hände zwischen den Knien hervor und spürte die Sehnen sich lockern. Der geisterhafte Schmerz der drohenden Verkrampfung floß langsam aus Rücken und Schultern ab, und schließlich konnte ich mich völlig entspannen. Die Erleichterung war überwältigend.

Ich stieß ein dankbares Seufzen aus. Dann rollte ich mich auf die linke Seite, zog die Felle erneut um mich und sah, daß Del mich beobachtete.

Sie saß mit gekreuzten Beinen auf ihrem Schlafplatz, ein Fell um ihren Körper geschlungen. Es gab nicht viel Licht in dem Haus, nur ein schwaches Schimmern von den Kohlen. Aber helles Haar und ein noch helleres Gesicht fingen das Licht ein und verstärkten es. Ich konnte ihr Gesicht recht deutlich erkennen. Ich konnte den Ausdruck darauf erkennen.

»Was ist?« krächzte ich.

Sie antwortete zunächst nicht. Es war, als sei sie an einem weit entfernten Ort gefangen. Sie sah mich nur starr an, einzig auf mein Gesicht konzentriert.

Mit mehr Nachdruck: »Was ist?«

Etwas glitzerte in ihren Augen. »Ich habe mich geirrt«, sagte sie.

Ich schaute sprachlos zurück.

»Ich habe mich *geirrt*«, wiederholte sie.

Ich sah Tränen überlaufen.

»Geirrt«, sagte sie mit belegter Stimme. »All die Gründe: ein Irrtum. All die Entschuldigungen: ein Irr-

tum. Nur aus Selbstsucht habe ich dein Vertrauen miß-
braucht.«

Nach längerem Schweigen konnte ich endlich etwas
durch meine enge Kehle zwingen. »Da war Kalle ...«

»*Irrtum*«, erklärte Del. »Eine Tochter ist eine Tochter
und viele Opfer wert, aber dich zu *benutzen*, wie ich es
getan habe, dich zu einer Münze zu machen, mit der man
Tauschhandel betreiben konnte ...« Ihre Stimme versagte abrupt. Sie schluckte schmerzvoll. »Was ich getan
habe, war, auf seine Art, nichts anderes, als das, was
Ajani mir angetan hat. Er nahm mir meine Freiheit ...
ich habe versucht, dir die deine zu nehmen.«

Eine beliebige Anzahl von Erwiderungen lag mir auf
der Zunge. Jede und jede von ihnen war dazu gedacht,
die Wahrheit dessen, was sie gesagt hatte, in Frage zu
stellen, irgendwie aus ihren Gedanken zu verbannen,
was sie getan hatte. Damit sie sich besser fühlen sollte.
Damit sie nicht mehr weinen würde. Damit ich mich
nicht schuldig fühlen würde, obwohl man mir keinen
Vorwurf machen konnte.

Ich drängte das alles zurück. Diesem Impuls nachzugeben hätte bedeutet, die Macht ihres Eingeständnisses
abzuschwächen.

Ich atmete tief ein. »Ja«, stimmte ich zu. »Es war
falsch, was du getan hast.«

Dels Stimme klang seltsam leer. »Ich habe nichts getan, dessen ich mich schämen müßte, bis auf das. Ich
habe Menschen getötet. Viele Menschen. Menschen, die
mir im Weg waren, im Kreis und außerhalb. Ich entschuldige mich für keine dieser Tötungen, sie waren alle
notwendig. Aber was ich Staal-Ysta angeboten habe,
selbst wenn es nur für ein Jahr war, war nicht notwendig. Ich hatte kein Recht, dieses Angebot zu machen. Es
war nicht mein Leben, das geopfert werden sollte.«

»Nein«, sagte ich weich.

Del atmete hörbar ein. »Wenn du willst, daß ich gehe,
dann werde ich das tun. Du hast die Aufgabe beendet,

die du dir gestellt hattest. Du hast dein Versprechen erfüllt. Jetzt ist es mir überlassen, die meine zu beenden, meinen Gesang zu beenden. Ajani liegt nicht in deiner Verantwortung.«

Nein. Das hatte er niemals getan. Aber ich wußte, daß ich den Mann für das, was er Del angetan hatte, fast ebenso sehr haßte wie sie.

Ich dachte darüber nach, wieder allein zu reiten. Nur der Hengst und ich. Keine weiblichen Komplikationen. Keine Rachemission. Keine Besessenheit. Nur durch den Süden zu reiten und zu versuchen, Arbeit aufzutreiben. Zu versuchen, mir meinen Lebensunterhalt zu verdienen. Jeden Tag älter zu werden, ohne mir Gedanken machen zu müssen.

Und keine nordische Bascha, mit der man sich die Zeit vertreiben konnte, im Gespräch oder im Kreis.

Ich räusperte mich. »Ich habe nichts zu tun.«

»Nach dem, was ich getan habe ...«

»Ich werde darüber hinwegkommen.«

Das kam abrupt. Spontan. Beiläufig. Es war auch genug. Wir sind beide nicht sehr gut darin, Gefühle in Worte zu fassen.

Del zog ihre Felle zurecht und legte sich auf ihrem Schlafplatz wieder zurück. Sie wandte mir den Rücken zu und die rechte Schulter ragte aufwärts. »Darüber wäre ich froh«, sagte sie.

Ich lag da und dachte darüber nach, überwältigt von neuen Empfindungen. Aber ich war von dem Schwert erschöpft, und es war zu anstrengend, über Gefühle nachzudenken. Del hatte ihr Eingeständnis gemacht. Del hatte die Aufgabe erfüllt, die ich von ihr erwartet hatte. Also mußte ich jetzt nur noch meine Augen schließen und loslassen, fortgleiten. In die Dunkelheit fallen. Der Schmerz war gnädigerweise vergangen, und der Schlaf lockte. Lockte. *Lockte* ...

Es war angenehm, hineinzutreiben, gerade am Rande des Wirbels ... am Punkt des Hinabfallens ...

»Du bist nicht alt«, sagte Del. Sehr leise, aber bestimmt.

Der Schlaf zog sich einen Moment zurück. Ich lächelte und zog ihn schnell wieder heran.

Nach Hause gehen, dachte ich und glitt vom Rand der Welt hinab.

TEIL II

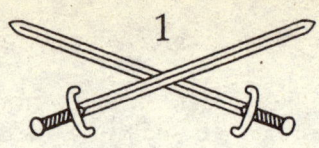

1

T iger«, sagte sie, »du pfeifst.«
»Nein, das tue ich nicht.«

»Nicht jetzt, nein ... aber du hast es getan.«

»Ich pfeife nicht, Bascha ... das erinnert zu sehr an Musik.«

»Pfeifen *ist* Musik«, erklärte sie, »und du hast es getan.«

»Sieh mal«, sagte ich geduldig, »ich singe nicht, ich summe nicht, ich pfeife nicht. Ich tue nichts, was auch nur annähernd mit Musik verbunden ist.«

»Weil du unmusikalisch bist. Aber das bedeutet nicht, daß du nichts derartiges tun *könntest*. Es bedeutet nur, daß du das alles nur mangelhaft tun kannst.« Sie hielt inne. »Und das tust du.«

»Warum *sollte* ich pfeifen? Ich habe es niemals zuvor getan.«

»Weil du dank der Canteada und deines *Jivatma* jetzt besser verstehst, welche Macht der Musik innewohnt ... und vielleicht, weil du glücklich bist.«

Nun, ich *war* glücklich. Ich war schon die ganze Zeit glücklich, seit Del ihr Eingeständnis gemacht hatte. Und noch glücklich*er*, seit wir das Hochland gegen die Ebenen und dann die Ebenen gegen das Grenzland eingetauscht hatten. Bevor eine Stunde vergangen wäre, würden wir den Norden ganz hinter uns gelassen haben.

Aber ich wußte nichts davon, daß mich dies zum *Pfeifen* brachte.

Ich atmete tief ein und dann zufrieden wieder aus. »Riechst du das? Das ist Luft, Bascha ... gute, reine

Luft. Und auch *warme* Luft ... keine gefrorenen Lungen mehr.«

»Nein«, stimmte sie zu, »keine gefrorenen Lungen mehr ... jetzt können wir südliche Luft atmen und unsere Lungen *verdörren* lassen.«

Ich grinste nur, nickte und ritt weiter. Es fühlte sich gut an, wieder auf dem Hengst zu sitzen und aus den Bergen und Hochebenen hinaus in das verkümmerte Grenzland zwischen dem Norden und Harquhal zu reiten. Es fühlte sich so gut an, daß mich nicht einmal Dels beharrliche Schweigeperioden störten oder die trockene Ironie ihres Tonfalls, wenn sie *tatsächlich* sprach. Ich wußte nur, daß ich mich mit jedem Schritt auf die Grenze zu weiter meiner Heimat näherte. Der Wärme und der Sonne und dem Sand. Den Wirtshäusern und dem Aqivi. All den Dingen, die ich in den letzten ungefähr zwanzig seltsamen Jahren meines Lebens so gut gekannt hatte — seit ich erst einmal frei gewesen war, um sie kennenzulernen.

»Ha!« sagte ich. »Siehst du? Dort ist jetzt der Markierstein.« Ohne auf eine Antwort zu warten, stieß ich dem Hengst die Stiefel in die Flanken, trieb ihn zu einem erschreckten, unruhigen Lauf an und galoppierte die Strecke, die noch zwischen mir und dem Süden geblieben war. Ich trieb ihn bis hinter den Steinhaufen, nahm ihn zurück, hielt ihn im Zaum und beobachtete, wie Del die Strecke in weitaus sittsamerer Gangart zurücklegte.

Oder war es Widerstreben anstatt Sittsamkeit?

»Nun komm, Del«, rief ich. »Der Boden ist gängig. Laß dieses fahle Pferd laufen!«

Statt dessen ließ sie es gehen. Den ganzen Weg bis zu dem Steinhaufen. Und dann zügelte sie es, glitt herunter und band seine Zügel um einen Steinstapel. Ohne etwas zu sagen, ging Del eine kurze Strecke fort und wandte mir den Rücken zu, wobei sie stur in Richtung Norden schaute.

Oh. Das wieder.

Ungeduldig beobachtete ich, wie sie das Schwert aus der Scheide zog, Klinge und Heft über beiden Händen liegend ausbalancierte und das Schwert dann über ihren Kopf hob, als wolle sie es ihren Göttern darbieten. Das brachte mir die Nacht wieder in Erinnerung, in der sie Farben aus dem Himmel gerufen und die Nacht mit Regenbogen bemalt hatte. Es brachte mir die Nacht wieder in Erinnerung, in der ich erkannt hatte, daß sie nicht tot war, in der ich erkannt hatte, daß ich sie nicht getötet hatte.

Die Ungeduld verging. Del verabschiedete sich von ihrer Vergangenheit und ihrer Gegenwart. Kein Staal-Ysta mehr. Keine Kalle mehr. Kein vertrautes Leben mehr. So sehr ich mich freute, den Süden wiederzusehen, so war es doch für sie nicht dasselbe. Das könnte es auch niemals sein, ungeachtet der Umstände.

Der Hengst stampfte, protestierte gegen die Untätigkeit. Ich brachte ihn mit einem Schwung der Zügel und einem einzigen Wort der Verwarnung zur Ruhe. Zur Abwechslung gehorchte er. Dann schwang er den Kopf herum so weit er nur konnte, schaute auf das noch immer unsichtbare Harquhal und schnaubte. Mit Gefühl.

»Ich weiß«, belehrte ich ihn. »Nur noch einen Moment oder zwei länger ... du kannst so lange warten, auch wenn es dir nicht gefällt.«

Er schüttelte den Kopf, ließ die Gebißstange klappern und schlug vernehmlich mit dem Schweif, der dringend geschnitten werden mußte. Das wurde mir fast sofort klar, als die Enden des rauhen Pferdehaars meinen Oberschenkel trafen.

»Hör auf damit«, schlug ich vor, »sonst werde ich dir deine *wertvollsten Körperteile* abschneiden, und was willst du *dann* machen?«

Del kam zu dem fahlen Rotschimmel zurück, zog die Zügel von dem Felsen los und führte den Wallach auf mich zu. Sie trug ihre Klinge noch immer ungeschützt und zeigte keinerlei Anzeichen, sie wegstecken zu wollen.

Ich runzelte die Stirn. Zügelte den Hengst, als dieser ernsthaft überlegte, den Rotschimmel mit einem Zwikken zu begrüßen. Versuchte eine Frage zu stellen, aber Del kam mir zuvor.

»Es wird Zeit«, sagte sie einfach.

Augenbrauen hoben sich. »Zeit?«

Sonnenlicht strahlte von Boreal ab. »Zeit«, stimmte Del zu, »einander im Kreis gegenüberzutreten.«

Es war drei Wochen her, seit das Thema zuletzt aufgekommen war, kurz bevor wir Ysaa-den erreicht hatten. Del sagte nichts von Übung, und ich wäre damit zufrieden gewesen, die Angelegenheit auf sich beruhen zu lassen. Ich hatte gehofft, sie könnte für immer ruhen.

Ich schaute hinab auf das Heft meines eigenen *Jivatma*, das in einer geborgten, an meinem Sattel befestigten Scheide ruhig neben meinem linken Knie hing. Halvar war so großzügig gewesen, mir die Scheide zu überlassen, die er für sein altes Bronzeschwert gebraucht hatte. Sie gefiel mir nicht wirklich, weil es nur eine Schwertscheide war und nicht die Scheide- und Harnisch-Kombination, wie ich sie bevorzugte, aber ich hatte etwas gebraucht, worin ich die Waffe tragen konnte. Ich konnte sie nicht mit ungeschützter Klinge herumschleppen.

»Ich glaube nicht«, belehrte ich sie.

Del furchte die Brauen. »Hast du immer noch Ang . . .«

»Du kennst dieses Schwert nicht.«

Sie betrachtete das Heft. Dachte über das nach, was ich gesagt hatte. Seufzte ein wenig und versuchte tapfer, ihre Geduld nicht zu verlieren. »Ich brauche Übung, Tiger. Und du auch. Wenn wir uns unseren Lebensunterhalt verdienen sollen, während wir versuchen, Ajani aufzuspüren, müssen wir wieder kampfstark werden.

Wir müssen miteinander üben, um die richtige zeitliche Abstimmung, die Kraft und die Ausdauer wiederzuerlangen ...«

»Das weiß ich alles«, sagte ich, »und du hast völlig recht. Aber ich trete so lange nicht mit dir in einen Kreis, wie Chosa Dei in diesem Schwert ist.«

»Aber du kannst es kontrollieren. Du kannst *ihn* kontrollieren. Ich habe dich gesehen. Nicht nur in dieser Nacht in Halvars Haus, sondern auch all die anderen Male auf dem Weg hierher ...«

»... und all die anderen Male bringen mich dazu, mich jetzt zu weigern«, sagte ich offen. »Dieses Schwert war schon nicht leicht zu kontrollieren, *bevor* ich es in Chosa Dei erneut getränkt habe ... glaubst du, ich wollte wirklich riskieren, jegliche erlernte Kontrolle zu verlieren, während wir beide üben?« Ich schüttelte den Kopf. »Chosa Dei wollte dein Schwert. Er wollte ihm die Magie entziehen, sie umgestalten, sie neu *erschaffen*, für seine eigenen speziellen Bedürfnisse. So weit ich es sagen kann, glaube ich, daß er das noch immer will.«

Del war offensichtlich bestürzt. »Wie kann er noch immer ...?« Sie schüttelte den Kopf und brach ab. »Er ist in einem *Schwert*, Tiger.«

»Und willst du, die du nicht weißt, wozu er fähig ist, wirklich riskieren, ihn Kontakt zu Boreal aufnehmen zu lassen?«

»Ich glaube nicht ...« Sie hielt inne. Runzelte die Stirn. Betrachtete nachdenklich Samiels Heft, daß neben meinem Knie aufragte. Deutete dann eine Geste des Zugeständnisses an. »Vielleicht hast du recht. Vielleicht würde er die Magie aus meinem *Jivatma* stehlen, wenn dein Schwert und meines sich jemals träfen. Und dann ...« Sie brach erneut ab, starrte mich, die Wahrheit erkennend, an. »Wenn er deine Magie und meine miteinander verbinden würde, was würde das dann aus ihm machen? Welche Art Mann wäre er dann?«

Ich schüttelte den Kopf. »Wir können nicht herausfinden, was geschehen könnte. Dein *Jivatma* unterscheidet sich von anderen, Bascha. Das hast du immer schon gewußt, obwohl du wenig darüber sagst. Aber es ist sogar für mich offensichtlich geworden, jetzt, wo ich einige andere gesehen habe. Jetzt, wo ich weiß, wie sie gemacht werden und was in sie hineingelangt.« Ich zuckte die Achseln. »Du hast sie in Baldur getränkt und deine Rituale vervollständigt, indem du deine Pakte mit jenen Göttern besiegelt hast, die du so sehr verehrst.« Ich schaute sie unverwandt an. »Ich glaube, das hat deinem *Jivatma* eine intensivere Art Macht verliehen.«

Del sagte nichts, und ihr Schweigen war sehr beredt.

Ich spreizte beide Hände, so daß die Zügel durch meine Finger glitten. »Als ich es erneut getränkt habe … als ich es so getränkt habe, wie man es tun soll, *letztendlich* … sang ich von besonderen, persönlichen Dingen, genau wie du es getan hast. Und mein Schwert ist, genau wie deines, anders, nur daß dies bei meinem von Chosa Dei kommt und nicht von irgendwelchen besonderen Pakten.« Ich schüttelte den Kopf. »Ich verstehe es noch nicht. Und vielleicht werde ich es niemals verstehen. Aber ich weiß, daß Hitze und Kälte sich nicht vereinen. Eines von beiden muß immer siegen. Und ich glaube, es ist dasselbe mit unseren Schwertern.«

Del war offensichtlich verwirrt. »Es war ein Fehler … es hätte niemals geschehen sollen … in Staal-Ysta lehrt man uns, ein Schwert niemals erneut zu tränken …«

»Ich hatte doch nicht die geringste Chance, nicht wahr?«

»Nein, nein … ich mache dir keine Vorwürfe.« Aber sie runzelte noch immer die Stirn. »Ich denke an den Grund, warum das erneute Tränken verboten ist. Ich denke an einen Schwerttänzer, der sein *Jivatma* erneut tränkt, wann immer er es wünscht. Und wie er selbst die persönliche Macht des Feindes ›sammeln‹ kann, genau wie Chosa Dei Magie sammelte, indem er Dinge umgestaltete.« Del betrachtete mein Schwert. »Ich denke an einen Mann ... oder eine Frau ... der oder die die Ehre und die Versprechen vergißt und sich der Macht ergibt. Dem erneuten Tränken ergibt.«

»Willst du damit sagen, daß nichts stärkeres als *Gebräuche* Schwerttänzer mit *Jivatmas* davon abhält, ihr Schwert jedes Mal, wenn sie töten, erneut zu tränken?«

»Gebräuche«, antwortete sie, »und die Ehre.«

Ich gab einen spöttischen Laut von mir. »*Das* ist eine Art Kontrolle! Du sagst mir damit, daß ein Schwerttänzer, der all dieser Gebräuche und Ehrenkodexe überdrüssig ist, zum Verräter werden könnte. Durch den ganzen Norden und den Süden reiten und sein Schwert auf seinem Weg immer wieder erneut tränken könnte.«

»Niemand würde das tun ...«

»Warum nicht?« unterbrach ich sie. »Was sollte ihn davon abhalten? Was sollte ihn *tatsächlich* davon abhalten, wenn die Gewohnheit nicht genug ist?«

»Ein Schwerttänzer, der so etwas täte, würde von den *Voca* formell gerügt und zum Geächteten erklärt werden«, sagte sie. »Zu einer Klinge ohne Namen. Er würde Staal-Ysta eine *Schwertschuld* schulden und unterläge der Bestrafung durch jeden Schwerttänzer, der ihn herausfordern würde.«

Ich schnalzte in gespieltem Kummer dreimal mit der Zunge. »Solch eine erschreckende Aussicht, Bascha. Genug, um mich dazu zu bringen, mich ins Bett zu legen und mir die Decke über die Ohren zu ziehen.«

Sie errötete. »Nur weil niemand im Süden überhaupt irgendeine Form von Ehre hat oder Verantwortung übernimmt ...«

»Das ist es nicht«, belehrte ich sie. »Das ist nicht mein Thema. Was ich sagen will ist, daß diese Schwerter gefährlich sind. Welche Magie auch immer ein normales Schwert in ein mit der Macht, einem Menschen die Seele auszusaugen, beladenes Schwert verwandelt, ist nichts, was man leichtnehmen sollte. In den falschen Händen könnte ein *Jivatma* eine verheerende Waffe sein.« Ich lächelte sardonisch. »Und dennoch händigen die *An-Kaidin* auf Staal-Ysta sie weiterhin aus.« Ich bewegte mich im Sattel. »Ich weiß nicht, ob das sehr klug ist, Delilah.«

»Niemand außer einem *Kaidin* erhält ein *Jivatma.* Oder derjenige, der statt dessen die Wahl trifft, ein Schwerttänzer zu sein.« Sie zuckte die Achseln und streckte eine Hand aus. »Zum Zeitpunkt seiner oder ihrer Wahl hat der oder die *An-Ishtoya* seine oder ihre Ehre bewiesen, dafür ist der Rang gedacht. Es ist ein Auswahlprozeß, eine Möglichkeit, die Ehrenkodexe von Staal-Ysta nachdrücklich geltend zu machen. Es wird nicht leichtfertig gehandhabt, Tiger. Sie vergeben eine Blutklinge nicht an jeden, es sei denn, es ist ganz sicher, daß er — oder sie — weiß, wie man die Magie angemessen anruft und sich eindeutig verpflichtet, die Ehrensysteme aufrechtzuerhalten.«

»Del«, sagte ich geduldig, »*ich* habe ein *Jivatma.*«

Das drang durch. Del starrte mich mit großen Augen an. Und machte dann eine abwehrende Handbewegung. »Ja, natürlich, aber das ist so, weil du eines *Jivatma* wert warst.«

»War ich das? Habe ich es nicht erneut getränkt?«

Sie öffnete den Mund zu einer Erwiderung und schloß ihn dann langsam wieder. Runzelte die Stirn noch stärker, verzog die glatte, weiche Stirn vor Anspannung und Kummer. Es ist niemals leicht, den Schwachstellen lebenslanger Überzeugungen von Angesicht zu Angesicht gegenüberzustehen. Das weiß ich. Ich pflegte der Magie generell zu mißtrauen.

»Del«, sagte ich ruhig, »ich habe nicht die Absicht, es erneut zu tränken, wenn es das ist, worüber du dir Sorgen machst. Und genauso würde ich dieses Ding auch nie wieder stimmen ... ich bin ein *Schwerttänzer*, kein Zauberer. Ich will nur sagen, daß es mir ziemlich seltsam erscheint, diese Art Macht freimütig und mit sehr wenigen Beschränkungen fortzugeben. Ehre ist eine Sache, Bascha — und ich bezweifle nicht, daß sie auf Staal-Ysta einiges zählt —, aber nicht jeder auf der Welt versteht den Wert einer solchen Sache. Sicherlich wären die meisten Menschen — jeder, den *ich* kenne — mehr als bereit, jeden verfügbaren Vorteil zu nutzen, wenn es den Unterschied zwischen Leben und Sterben bedeuten würde.«

Del sah mich vom Boden herauf an. »Willst du mir damit sagen, daß du glaubst, ich würde meine Ehre wegwerfen und Ajani unfair bekämpfen?«

Ich grinste. »Ich glaube, du wirst tun, was auch immer nötig ist, um ihn zu töten. Weil du das, was du tust, im *Namen* der Ehre tust, was die Mühe irgendwie ausgleicht.«

Sie zuckte leicht eine Schulter. »Vielleicht. Vielleicht auch nicht. Aber wie ich Ajani töte, hat nichts mit deiner mangelnden Bereitschaft zu tun, mit mir in den Kreis zu treten.«

Ich seufzte. »Es hat damit zu tun, aber ich vermute, du kannst es gerade jetzt noch nicht erkennen. Also laß uns einfach sagen, daß ich, als ein Südbewohner, dem Ehre *und* Skrupel vollständig abgehen, nicht das leiseste Verständnis für das habe, was dieses Schwert zu tun in der Lage ist. Und das ist, zusätzlich zu anderen Dingen, der Grund, warum ich nicht mit dir tanzen möchte.«

»Chosa Dei«, murmelte sie.

Ich tippte auf den Heftknauf. »Genau hier, Bascha ... und wird jeden Moment ärgerlicher.«

Del betrachtete das Schwert in ihren Händen. »Ich muß tanzen«, sagte sie. »Darum habe ich dich gesucht.«

Das schnitt tief ein. Geradewegs durch die Haut, die Muskeln und die Magenwand hindurch in die verborgenen Stellen. Vier Wochen lang hatte ich jegliche Gedanken an persönliche Dinge beiseite geschoben, weil wir damit beschäftigt gewesen waren, Hunde zu jagen, aber jetzt waren sie wieder gegenwärtig. Jetzt schmerzte es wieder.

Es war besonders schmerzhaft angesichts der Dinge, die sie mir in Halvars Haus erzählt hatte.

»Nun denn«, sagte ich schließlich, »warum ziehst du dann nicht weiter, nach Harquhal, zwanzig Meilen oder so nach Süden, wo du, dessen bin ich mir sicher, jemanden finden wirst, der einen angemessenen Gegner für dich abgibt.«

Del sah lange Zeit zu mir herauf. Ihr Gesichtsausdruck war unlesbar. Für eine Frau von nur einundzwanzig Jahren — gerade erst einundzwanzig Jahren — konnte sie sehr gut verbergen, was sie empfand.

Abrupt ließ sie ihr Schwert wieder in die Scheide gleiten, wandte sich zu ihrem Rotschimmel um und stellte einen Fuß auf den Steigbügel. Schwang ein Bein hinüber, setzte sich und nahm die lose herabhängenden Zügel auf.

Hoolies, ich dachte, sie würde gehen. Nach alldem ... nachdem man die Dinge schließlich geregelt hatte, will sie wirklich gehen ...

Del führte ihr Pferd zu meinem. »Ich habe gelogen«, sagte sie offen.

O Hoolies, Bascha ... jetzt verwirrst du mich.

»Ich habe von Anfang an gelogen.«

»In bezug auf was?« fragte ich vorsichtig.

»In bezug auf das Tanzen. In bezug auf den Grund, warum ich dich gesucht habe.«

»Oh?«

Del nickte. »Du bist die Art Mann — oder warst es —, der die Zuneigung einer Frau leichtnehmen würde. Das Eingeständnis der Bewunderung seitens einer Frau. Das Bedürfnis einer Frau nach dir. Du würdest es leichtnehmen und sie verletzen, weil sie etwas Wertvolles angeboten hätte — die Wahrheit dessen, was sie empfände —, und du nichts Wertvolles darin erkennen würdest.«

»*Ich* würde das tun?«

»Männer«, sagte sie. »Du, früher, mit Sicherheit. Ich erinnere mich daran, wie du warst.«

»Aber ich würde es jetzt nicht mehr tun?«

Ihr Gesicht war seltsam ausdruckslos. »Nicht in meiner Nähe. Nicht in Reichweite meines Schwertes.«

Ich grinste und verbarg dieses Grinsen dann hinter einem schelmischen Gesichtsausdruck. »Also willst du, wie ich glaube, sagen, daß du mich nicht nur wegen des Tanzens gesucht hast.«

»Nein.«

Das machte mich abrupt wütend. Ich runzelte die Stirn. »Nein, du hast mich nicht wegen des Tanzens gesucht, oder doch, stimmt das nicht?«

Del lächelte. Sie *lächelte*. »Ich habe dich wegen des Tanzens gesucht, ja — du bist der Sandtiger —, aber auch wegen dir selbst. Nur wegen dir, Tiger, jetzt ist es heraus. Ich hoffe, du gehst sorgsam damit um.«

Das bedeutete etwas. Das bedeutete *viel* — aber ich konnte es nicht zeigen. Einige Dinge sind einfach zu persönlich. »Soll ich das also so verstehen, daß du Zuneigung für mich empfindest? Daß du mich *brauchst*?«

Del wandte ihr Pferd in Richtung Süden. »Vermute nichts, Tiger. Es könnte dich in Schwierigkeiten bringen.«

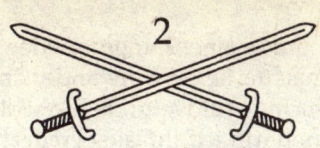

2

Es war warm in Harquhal. Eine schwache Nachmittagsbrise blies uns Sand ins Gesicht und hinterließ Sand zwischen unseren Zähnen. Dieses eine Mal störte mich das Knirschen nicht. Es bedeutete, daß ich wieder zu Hause war.

Del jedoch störte es. Sie ritt ihren Rotschimmel nach Harquhal hinein, pustete den Sand von ihren Lippen, klopfte die blaue, wollene Tunika ab und murmelte in der Hochlandsprache vor sich hin. Es hatte etwas zu tun mit Staub und Sand. Es hatte etwas zu tun mit Abneigung. Und etwas, so glaube ich, mit einem Bad.

Aber das Bad würde warten müssen. »Harnisch«, sagte ich kurz und eilte die Straße hinunter davon.

Harquhal ist einer der Orte, die Schwerttänzer anziehen. Es ist eine Grenzstadt, was bedeutet, daß zwei Kulturen zusammentreffen, und das nicht immer auf friedliche Weise. Und *das* bedeutet wiederum, daß es oft Arbeit für jene von uns gibt, die sich anheuern lassen, um Schutz oder Rettung oder Rückhalt zu gewähren, abhängig von den Umständen und abhängig von dem Arbeitgeber. Was bedeutet, daß da, wo Schwerttänzer sind, auch Schwertschmiede und Handwerker sind, die dieser Kunst geweiht sind.

Der Mann, den ich besuchen wollte, war mir von drei verschiedenen Schwerttänzern in drei verschiedenen Wirtshäusern empfohlen worden. Es ist absolut sinnlos, bezüglich der Ausrüstung, die möglicherweise ein Leben retten kann, ungeduldig zu sein. Ich nahm mir Zeit, informierte mich und genehmigte mir einige Becher

Aqivi, einfach um meine Zunge wieder daran zu gewöhnen. Del machte keine Einwände, aber ich konnte ihre wachsende Ungeduld spüren. Sie wollte nach Ajani fragen, aber das hatte ich ihr ausgeredet. Zuerst wollte ich mir einen passenden Harnisch und eine Scheide besorgen, so daß ich, wenn wir in Schwierigkeiten geraten würden, vorbereitet wäre.

Obwohl sie schließlich sagte, daß ich mit all dem Aqivi in mir Glück hätte, wenn ich stehen bleiben könnte, vom Tanzen ganz zu schweigen.

»Ich will nicht tanzen«, belehrte ich sie. »Ich werde nach Möglichkeit sogar überhaupt nicht tanzen. Es gibt keinen Grund, feindselig zu sein.«

»Wir wollen einen Mann töten. Ich denke nicht, daß wir es vermeiden können.«

»*Du* willst ihn töten. Ajani ist nicht mein Problem. Mein Problem, gerade jetzt, ist, einen Mann zu finden, der mir mit einem passenden Harnisch genau das geben kann, was ich haben will.«

Was mich dazu brachte, noch einen dritten Schwerttänzer zu fragen, der mir denselben Namen nannte. Also gingen wir zu ihm.

Er war ein typischer Südbewohner: mit braunen Haaren, braunen Augen und von der Sonne braungebrannt. Er trug die einfache Kleidung des Händlers — eine gazeartige Tunika, bauschige Hosen, ein langes Gewand —, ohne jegliche Verzierungen. Was bedeutete, daß er kein übermäßiges Maß an Stolz in seine Erscheinung legte, unähnlich anderen begabten Menschen, sondern eher in sein handwerkliches Geschick.

Er stand hinter einem Tisch. Der Laden war klein, vollgestopft mit flachen Körben voller Häute, Holzgestellen, Regalen voller Draht, Lederriemen und Werkzeuge. Er beobachtete, wie Del und ich durch den mit einem Vorhang versehenen Eingang hereinkamen, und nickte zum Gruß. Dieses Nicken schloß Del kaum mit ein, sondern war überwiegend für mich gedacht, den

Mann, den Südbewohner. Es hatte sich nicht viel geändert, während ich im Norden gewesen war.

Ich blieb am Tisch stehen und schaute dem Mann tief in die Augen. »Es ist ein ganz besonderes Schwert.«

Juba lächelte. Zweifellos hatte er genau dieselben Worte schon zuvor gehört, geäußert von zahllosen Schwerttänzern, die von der Klinge überzeugt waren, die ihnen ihren Lebensunterhalt ermöglichte. Nur daß in diesem Falle das, was ich gesagt hatte, eine Untertreibung war.

»Ein ganz besonderes Schwert«, wiederholte ich, »das besonderer Aufmerksamkeit bedarf.« Ich legte das Schwert in seiner Scheide auf den Tisch vor Juba. »Berührt es nicht«, sagte ich.

Juba lächelte erneut. Es war kein herablassendes oder ungläubiges Lächeln — er war zu sehr Profi, um seine Gedanken so offen zu zeigen —, sondern es war ein Lächeln subtiler Bestätigung: *Laß den Kunden sagen, was er will. Juba wird es selbst beurteilen.*

Nur das Heft war über dem Rand der Scheide Halvars zu sehen. Es war glänzender, wie gedrehte Seide wirkender Stahl ohne übertriebene Verzierungen. Das Schwert war einfach ein Schwert.

»*Jivatma*«, sagte ich und Jubas braune Augen weiteten sich. »Ich will«, fuhr ich fort, »einen wahren Schwerttänzerharnisch, zugeschnitten auf meine Größe, und auch eine schräglaufende Scheide. Eine geschlitzte Scheide natürlich — mit einem sechs Zoll tiefen Schnitt am Rand —, damit die Klinge, wenn ich sie außen an der Scheide einhake, frei hängt. Wenn sie in der Scheide steckt, soll sie sich eng anpassen — ich kann Klappern nicht ausstehen —, aber sie muß sich leicht herausziehen lassen. Ohne sich zu verhaken und ohne daß ich unbeholfene Bewegungen ausführen muß.«

Juba nickte leicht. »Caddaholz«, sagte er. »Es ist leicht, aber sehr stabil. Und innen ein Velourlederfutter. Außen werde ich sie mit einer Danjac-Haut umhüllen

und sie dann schnüren und mit Lederriemen umwik-
keln, mit etwas Draht zur Unterstützung.« Er hielt inne.
»Wollt Ihr Verzierungen?«

Manche Schwerttänzer heften gern Münzen oder
Ringe oder Schmuckstücke an ihre Scheiden, um zu beweisen, daß sie erfolgreich waren. Manche nehmen
auch gern dem Verlierer etwas als eine Art Trophäe ab
— ob er nun tot oder noch lebendig ist. Ich war immer
eher der Meinung, daß so etwas Schwierigkeiten heraufbeschwören könnte. Obwohl es durchaus richtig ist,
daß nicht allzu viele Diebe mit einem Mann kämpfen
wollen, der seinen Lebensunterhalt mit einem Schwert
verdient, habe ich jedoch niemals einen Räuber kennengelernt, der nicht alles tun würde, um einen Mann von
seinem Reichtum zu trennen. Was bedeutete, daß ein
Schwerttänzer, der betrunken war oder sich mit einem
ränkevollen Wirtshausmädchen einließ oder dessen Ur-
teilsvermögen einfach getrübt war, geradezu dazu herausforderte, beraubt zu werden.

Ich begann den Kopf zu schütteln.

»Ja«, sagte Del. »Könnt Ihr dies kopieren?«

Sie hatte so ruhig hinter mir gewartet, nichts zu Juba
oder mir gesagt, daß ich fast vergessen hatte, daß sie da
war.

Aber jetzt trat sie vor und bat Juba um Tonschiefer
und einen Griffel. Er legte die Schiefertafel auf den
Tisch, gab ihr den Griffel und beobachtete in nachdenk-
lichem Schweigen, wie sie das Muster aufzeichnete.

»Hier«, sagte sie schließlich. »Könnt Ihr diese in das
Leder einarbeiten? Von oben bis unten, so ... sich um
und um und um windend ... könnt Ihr das tun?«

Juba und ich schauten auf die Tafel. Del hatte sorgfältig kunstvoll gearbeitete Runen in den ungebrannten
Schiefer eingeritzt und dann den Staub fortgeblasen.
Die Formen waren kompliziert und präzise und ähnel-
ten nichts, was ich jemals gesehen hatte.

Außer auf Samiels Klinge.

Juba runzelte die Stirn und sah mich dann an. »Wollt Ihr das?«

Sein Tonfall drückte Zweifel aus. Er war immerhin ein Südbewohner und Del eine nordische Frau ... aber sein Job war es, den Kunden zufriedenzustellen. Er würde mich entscheiden lassen.

Ich warf Del einen Seitenblick zu. Sie äußerte sich nicht, nur Schweigen, aber ich spürte die Anspannung ihres Körpers. Sie würde mich nicht bitten, ja zu sagen, weil es meine Wahl sein mußte. Aber sie wollte eindeutig, daß ich Juba erlauben sollte, die Runen einzuarbeiten.

Was zu den Hoolies ... »Arbeitet sie ein.«

Juba zuckte die Achseln und nickte. »Ich muß Euch messen«, sagte er, »und auch das Schwert. Aber wenn Ihr mir nicht erlauben wollt, es zu berühren ...«

»Ich werde Euch helfen«, sagte ich. »Meßt zuerst mich, und dann werden wir uns um das Schwert kümmern.«

Er arbeitete schnell und sachkundig, wickelte Lederriemen erst in der einen und dann in der anderen Richtung um mich herum und verknotete sie dann an den zu markierenden Stellen. Als er fertig war, sah ich nur einen Lederriemen voller Knoten, aber Juba beherrschte diese Sprache.

Dann schaute er auf das Schwert.

Ich befreite es aus Halvars Scheide und legte die Scheide beiseite. Jetzt war die Klinge ungeschützt. Sie war an der Spitze schwarz, ein schmutziges, dumpfes Schwarz, das sich drei Finger breit die Klinge hinauf erstreckte, als sei sie in irgend etwas eingetaucht worden. Runen fingen das Licht ein wie Wasser.

Juba sog den Atem ein. Begehren verdunkelte seine Augen. Ich sah seine Finger zucken.

»Ein *Jivatma*«, wiederholte ich. »Dachtet Ihr, der Sandtiger lügt?«

Ich tat es absichtlich. Nicht um zu prahlen, obwohl

das immer ein wenig mit hineinspielt, sondern um sicherzugehen, daß er verstand, für wen er den Harnisch fertigte. Wenn ein Schwerttänzer wie der Sandtiger mit Jubas Arbeit zufrieden war, könnte dies seinen Ruf verbessern und seine Geschäfte hundertfach mehren. Wenn er mit der Arbeit *nicht* zufrieden war, könnte Juba erledigt sein.

Aber ich tat es auch, weil ich wußte, daß Juba, wenn er allein gelassen wurde, doch das Schwert berühren könnte. Versuchen könnte, es aufzuheben. Und ich erinnerte mich viel zu gut an den Schmerz, den Boreal mir verursacht hatte, bevor Del mir ihren Namen gesagt hatte.

»Meßt es aus«, sagte ich. »Wenn es bewegt werden muß, werde ich es tun.«

Schnell zog Juba noch einen weiteren Lederriemen hervor und maß das Schwert aus, wobei er hier und dort Knoten knüpfte. Ich bewegte es, wie er es mir sagte und hielt den Lederriemen für ihn, wenn er in Kontakt kommen mußte. Als er fertig war, nickte er. »Sie wird passen. Das verspreche ich Euch. Sie wird so sein, wie ihr gesagt habt.«

»Und die Runen«, sagte Del nachdrücklich.

Juba sah sie zum zweiten Mal an. Dieses Mal *betrachtete* er sie und sah, was sie war. Sah über die nordische Schönheit hinaus. Sah über die Unabhängigkeit hinaus. Sah hinter das kühle Verhalten auf die Frau, die darinnen lebte.

Und sah wieder fort, da er ein südlicher Narr war. »Wie bald?« fragte er.

Ich zuckte die Achseln. »So bald Ihr könnt. Ich liebe es nicht, mein Schwert in der Hand zu tragen, und ich kann einen Gürtel oder ein Degengehänge nicht leiden.«

Nein, natürlich nicht. Kein wahrer Schwerttänzer trägt sein Schwert in etwas anderem als in Harnisch und Scheide. Ich hatte nicht vor, diese Angewohnheit zu ändern und zu riskieren, wie ein Narr auszusehen.

Juba dachte darüber nach. Er könnte bessere Bezahlung verlangen, wenn ich es so schnell haben wollte. Andererseits sollte mein Name genügen. »Zwei Tage«, bot er an.

»Morgen abend«, sagte ich.

Juba überlegte. »Nicht genug Zeit«, erklärte er. »Ich habe viel Arbeit, jetzt, wo so viele Leute nach Iskandar ziehen. Es wäre mir eine Ehre, den besten Harnisch und die beste Scheide für den Sandtiger zu fertigen, aber ...«

»Morgen abend«, sagte ich. »Was ist mit Iskandar?«

Er zuckte die Achseln und grub sich bereits durch Stapel von Leder. »Man sagt, daß der Jhihadi kommt.«

Ich grunzte. »Das gleiche sagt man alle zehn Jahre oder so.« Ich steckte mein Schwert in die Scheide und nahm es auf. Mit Del auf den Fersen ging ich durch den mit einem Vorhang versehenen Eingang hinaus.

»Du hast ihn gehört«, sagte sie, sobald wir draußen waren. »Er erwähnte Iskandar und den Jhihadi ... und du willst behaupten, es wäre Unsinn, wenn ein *Südbewohner* es erwähnt.«

»Iskandar ist eine Ruine«, sagte ich wieder einmal. »Niemand hat einen Grund dort hinzugehen.«

»Außer vielleicht, wenn der Messias kommt.«

»Alle möglichen Sorten von Gerüchten geraten in Umlauf, Bascha. Sollen wir sie alle glauben?«

Del antwortete nicht, und ihr Mund war fest zusammengepreßt.

»Und jetzt«, begann ich, »schlage ich vor, daß du mir erzählst, was es mit diesen Runen auf sich hat.«

Sie zuckte die Achseln. »Es sind einfach Runen. Verzierung.«

»Das glaube ich nicht, Bascha. Ich kenne dich besser. Du warst zu präzise, was mich nervös macht. Ich möchte wissen, welche *Art* von Runen es sind — was bedeuten sie? — und wofür sie gedacht sind.«

Del antwortete nicht. Wir waren unmittelbar vor Jubas Laden, als ich abrupt stehenblieb, herumfuhr, um sie anzusehen, und ihr dabei beinahe auf die Zehen trat. Sie sah mir ins Gesicht und sah wahrscheinlich, wie ernst es mir war. Sie trat einen Schritt zurück und seufzte.

»Eine Warnung«, belehrte sie mich. »Ein Schutz gegen Einmischung. Und auch dein Name und wer du bist ... und dein nordischer Rang.«

»Ich bin ein Südbewohner.«

Sie ging mühelos darüber hinweg. »Auch dein südlicher Rang«, fuhr sie nüchtern fort. »Des siebten Grades, wie du es gesagt hast. Ich habe nichts vergessen.«

»Du hast vergessen, mich zu fragen, ob ich solche Dinge auf meiner Scheide haben will.«

Sie war eindeutig beunruhigt. »Du selbst hast mir gesagt, wie gefährlich ein *Jivatma* in den falschen Händen sein kann. Du hast mir erklärt, daß sogar ein Nordbewohner, wenn er sich stark genug fühlt, die Lehren von Staal-Ysta verwerfen könnte, um zusätzliche Macht zu erlangen.«

»Aber was hat das mit *meinem* Schwert zu tun?«

»Schutz«, sagte sie einfach. »Wenn ein gewissenloser Schwerttänzer Macht für sich selbst erlangen wollte, könnte er nichts Besseres tun, als dein *Jivatma* zu stehlen.«

»Du meinst ...« Ich brach ab. »Willst du damit sagen, die Runen seien dazu da, *mich* zu beschützen?«

»Ja.«

»Niemand kann mein Schwert auch nur berühren, ohne seinen Namen zu kennen, Del. Ist das nicht Schutz genug?«

Sie wich meinem Blick nicht aus. »Du trinkst«, sagte sie. »Du hast bereits zu trinken begonnen, und du wirst, bevor die Nacht vorbei ist, noch mehr trinken, um deine Heimkehr zu feiern. Ich habe dich das schon zuvor tun sehen.« Sie zuckte die Achseln. »Ein Mann, der trinkt, tut und sagt oft dumme Dinge.«

»Und du denkst, ich könnte jemandem den Namen dieses Schwertes sagen und ihm — oder ihr — somit erlauben, es zu berühren. Es zu gebrauchen. Es vielleicht sogar erneut zu tränken, wenn er oder sie die richtige Prozedur kennt.«

Dels Augen waren kalt. »Chosa Dei ist keine Legende mehr«, sagte sie. »Er ist eine Wahrheit, und andere werden sie erfahren. Du selbst hast gesagt, daß du nicht weißt, was das Schwert vollbringen kann. Willst du, daß ein Feind dein Schwert *und* Chosa Dei auf einmal erringt? Weißt du, was das bedeuten würde?«

»Chosa Dei würde befreit werden«, sagte ich grimmig.

»Und mehr als das.« Falten verunstalteten ihre Brauen. »Ein Mann, der Können und Kraft erlangen will, könnte noch Schlimmeres tun, als eine Klinge in *dir* zu tränken.«

Daran hatte ich nicht gedacht, um die Wahrheit zu sagen. Aber jetzt tat ich es. Ich dachte gründlich darüber nach und schaute stirnrunzelnd auf mein in der Scheide steckendes *Jivatma*.

Ich, in Gefahr. Ich, eine Quelle des Könnens und der Kraft. Die Art ›ehrenwerter Feind‹, die andere vielleicht anziehend finden. Hoolies, ich war der *Sandtiger* ... was auch immer jemand wirklich von mir dachte, war nicht mehr wichtig. Ich hatte den Ruf, sehr gut zu sein — nun, ich bin es —, und jeder, der eine Blutklinge zu seinem Vorteil nutzen wollte, könnte tatsächlich mich erwählen.

»Aber signalisieren wir nicht dadurch, daß diese Runen eingearbeitet werden, jedem, der daran interessiert sein könnte, daß ich ein gutes Ziel bin?«

Del schüttelte den Kopf. »Sie teilen deinen Namen mit und wer du bist, ja. Sie dienen auch als Schutz. Ein Mann wäre ein Narr, wenn er sich mit deinem Schwert abgeben würde.«

Ich war nicht überzeugt.

Del versuchte es erneut. »Chosa Dei wird alles in seiner Macht Stehende tun, um sich zu befreien. Jeder, der versuchen würde, dieses Schwert zu benutzen, würde den Tod herausfordern ... oder Schlimmeres. Würde die Besessenheit herausfordern.«

»Wie die Loki. Nicht wahr?« Ich schüttelte den Kopf. »Ich dachte, wir wären für immer von dieser Art Dinge befreit, da die Canteada sie im Kreis gefangen hatten ... und jetzt stehen wir *dem hier* gegenüber.«

Del strich eine Strähne hellen Haares hinter ihr linkes Ohr. »Es ist gut, daß nur Nordbewohner, die auf Staal-Ysta ausgebildet wurden, die Macht der *Jivatmas* verstehen und wissen, wie sie gebraucht werden kann ... ein Südbewohner weiß nichts von diesen Dingen. Es ist daher unwahrscheinlich, daß ein Südbewohner versuchen sollte, dein Schwert zu stehlen.«

Stimmt. Schon fühlte ich mich ein wenig besser. »Also — du denkst, daß nordische Runen gewissenlose Nordbewohner abschrecken werden.« Ich grinste. »Ich dachte, du hättest mir einmal erzählt, daß alle Nordbewohner *ehrenwerte* Leute seien.«

Del bemerkte den Witz nicht. »Ajani ist ein Nordbewohner«, sagte sie.

»Aber er ist kein Schwerttänzer.«

»Und auch kein ehrenwerter Mann.« Dels Stimme klang äußerst bitter. »Denkst du, er wäre das, was er geworden ist, durch Ignoranz und Dummheit geworden? Denkst du, er könnte nicht lernen, was er für wichtig hält? Und würdest du die Gebräuche und die Ausbildung eines Schwerttänzers nicht für wichtig halten, wenn du wüßtest, daß dein Leben davon bedroht sein könnte?«

»Del ...«

»Denkst du, er würde so dumm sein, eine Geschichte zu ignorieren, die erzählt, wie man eine benannte Klinge tränkt? Oder die Chance zu ignorieren, eine solche von jemandem wie dem Sandtiger zu stehlen, der ein

Schwerttänzer des siebten Grades und zusätzlich ein *Kaidin* ist? Denkst du . . .«

»*Del.*«

Sie hielt den Mund.

»In Ordnung«, sagte ich beruhigend, »in Ordnung, ja, ich verstehe, nein, ich widerspreche dir nicht. Er ist nicht dumm und er ist kein Ignorant. In Ordnung? Können wir jetzt gehen?« Ich zupfte an schwerer Wolle. »Können wir jemanden aufsuchen, der all dieses Gewicht für einen Dhoti und einen Burnus eintauscht?«

»Du kennst ihn nicht«, sagte sie beharrlich. »Du kennst Ajani überhaupt nicht.«

Nein, das tat ich nicht. Und das konnte ich auch nicht. Bis Delilah ihn finden würde.

Ich seufzte, legte eine große Hand auf ihre Schulter und dirigierte sie die Straße hinunter. »Komm mit, Bascha. Laß uns diese Wolle loswerden. *Dann* können wir darangehen, Leute zu suchen, die vielleicht wissen, wo Ajani sich aufhält.«

»Keine Verzögerungen mehr«, sagte sie. »*Keine* Verzögerungen mehr.«

Es hatte sechs Jahre gedauert. Del war, letztendlich, am Ende ihrer Geduld. Und ich konnte es ihr wirklich nicht verdenken.

»Ich verspreche es«, sagte ich. »Wir werden ihn finden.«

Del sah mir ins Gesicht. Ihre Augen waren etwas, was man anschauen mußte. Blauestes Blau und wunderschön, aber so unglaublich unerbittlich.

Und ich erinnerte mich, als ich sie ansah, an etwas, was Chosa Dei in dem Raum zu ihr gesagt hatte. Etwas, dem sogar Del in bezug auf sich selbst zugestimmt hatte, als sie an ihren Schwur gedacht hatte.

Besessenheit ist notwendig. Besessenheit ist erforderlich. Besessenheit ist der Meister, wenn das Mitgefühl allmählich zerstört wird.

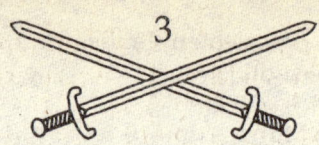

3

Sie setzte sich auf mein Knie und fuhr die Narben auf meiner Wange nach. »Soooo«, schnurrte sie, »du bist also gekommen.«

Ich öffnete ein Auge. »Sollte ich das?«

»O ja. Jedermann sagte, du würdest zurückkommen. Und jetzt bist du hier.«

Ich öffnete das andere Auge. Der Anblick änderte sich nicht, der Anblick einer schwarzhaarigen, braunäugigen Frau, die ihren Körper auf meinen Oberschenkel preßte. Die sich gegen mich lehnte, um lasterhafte Reize zu offenbaren, die kaum von der lockeren, gazeartigen Bluse verborgen wurden.

»Kima«, belehrte sie mich und lächelte. »Und du bist der Sandtiger.«

Ich räusperte mich. »Der bin ich.« Ich bewegte mich ein wenig, versuchte eine bequemere Lage zu finden. Kima war kein Leichtgewicht, und ich war noch immer ein wenig angegriffen von meiner schweren Arbeit in Chosas Berg. »Wer hat gesagt, ich würde kommen?« Kima wedelte mit der Hand. »Jeder«, sagte sie. »All die anderen Mädchen und ich hatten eine Wette abgeschlossen, wer von uns dich bekommen würde.«

Wirtshausmädchen sind allgemein dafür bekannt, daß sie gern Wetten abschließen. Und sie sind für ihre Gewöhnlichkeit bekannt. Aber andererseits, wenn man ein Mann ist, der zu lang allein in der Punja war und das dringende Begehren nach einer Frau hat, dann macht man sich nicht wirklich Gedanken darum. Es war üblicherweise so, daß ich einfach zu allem nickte, was sie sagten, da mein einziges Interesse ihren physischen Reizen galt. Jetzt sah ich Kima stirnrunzelnd an.

»*Warum* bin ich gekommen?«

»Weil das alle Schwerttänzer tun.« Sie kuschelte sich eng an meine Brust und stieß mit ihrem Kopf gegen mein Kinn. »Ich kenne Männer wie dich, Sandtiger ... der Reiz des Geldes ist mächtig. Er bringt euch alle aus der Wüste heraus.«

Ja, nun, gelegentlich. Tatsächlich *häufiger* als nur gelegentlich, es ist irgendwie Teil unseres Lebensstils. Es ist schwer, ohne Geld zu leben.

Ich griff an Kima vorbei, schaffte es, meinen Becher zu ergreifen und hob ihn vorsichtig an den Mund. Nahm drei Schlucke und wurde den Becher dann an Kima los. »Wieviel hast du gewonnen, weil du es geschafft hast, mich zu ›bekommen‹?«

Ihr Kichern klang tief und kehlig. »Ich habe noch nicht gewonnen. Ich muß dich erst noch ins Bett bekommen.«

Ich saß — samt Kima — in einer Ecke des Wirtshauses, in einen kleinen Alkoven geschmiegt. Ich war noch niemals jemand, der sich inmitten eines Raumes präsentiert, denn es ist dann schwer, jedermann in dem Wirtshaus im Auge zu behalten. Aber wenn man mir einen Ecktisch überläßt oder einen, der in eine Nische geschoben steht, dann bin ich ein glücklicher Mann.

Ich war jetzt nicht unglücklich, obwohl ich schon glücklicher gewesen war. Ich konnte nicht umhin, an Del zu denken, die fortgegangen war, um ein Zimmer in einem Gasthaus die Straße hinauf zu reservieren. Was würde sie von Kima halten?

Kima fuhr erneut die Narben nach, glitt mit den Fingernägeln durch meinen Bart. Die andere Hand rutschte tiefer, dann noch tiefer. Ich setzte mich so plötzlich aufrecht hin, daß sie beinahe auf den Boden gefallen wäre. »Entschuldige«, murmelte ich, als sie Aqivi über ihre Bluse verschüttete.

Sie erwog, beleidigt zu sein. Registrierte dann die Tatsache, daß die nasse Bluse auf ziemlich außergewöhnliche Weise noch mehr der halbverborgenen Reize enthüllte. Sie lehnte sich erneut gegen mich. »Erst der Sohn und jetzt der Vater. Er mag vielleicht jünger sein, aber du bist stärker.«

Ich brummte gleichgültig und versuchte, um sie herumzugreifen, um noch mehr Aqivi in den wiedererlangten Becher gießen zu können. Und dann begannen ihre Worte zu wirken. »*Was?*«

Sie lächelte, glitt mit ihrer Zungenspitze über die Narben und schmollte auf liebreizende Art, als ich mich ihr entzog. »Dein Sohn«, sagte Kima. »Er war auch hier.«

»Ich habe keinen Sohn.«

Kima zuckte die Achseln. »Er sagte, er wäre dein Sohn.«

»Ich habe keinen Sohn.« Ich schob sie von meinen Knien. »Und du bist sicher, daß er *meinen* Namen genannt hat?«

Sie stand über mir, die Hände auf den Hüften. Die Brüste spannten sich unter dem nassen Gaze. »Willst du mit mir ins Bett gehen oder nicht?«

Dels kühle Stimme drängte sich dazwischen. »Laß sie nicht warten, Tiger. Sie könnte die Stimmung verlieren.«

Sie hielt inne. »Andererseits wahrscheinlich auch nicht. *Haben* Wirtshausmädchen Stimmungen?«

Kima fuhr herum und stand von Angesicht zu Angesicht — nun, nein, nicht *genau* von Angesicht zu Angesicht; Del war einen Kopf größer — der kalten, harten Wahrheit gegenüber: Wenn Del im Raum ist, existiert keine andere Frau. Ihre Gegenwart bedeutet Größe, Farbe, das Schwert. Sie bedeutet auch Anmut und Gefahr. Sowie eine Menge anderer Dinge.

Kima erkannte es eindeutig sofort. Sie beschloß, auf *ihre* Art zu kämpfen, da sie nicht mit Del konkurrieren konnte. »Er geht mit *mir* ins Bett! *Ich* werde die Wette gewinnen!«

Del lächelte kühl. »Mit allen Mitteln.«

»Augenblick«, sagte ich, Ärger witternd. »Gerade jetzt ist es mir ziemlich gleichgültig, wer mit wem ins Bett geht — das kann bis später warten ... was *ich* wissen will ...«

Del unterbrach mich. »Du hast früher niemals warten können.«

Ich knallte den randvollen Becher hin. Aqivi floß über meine Hand. »Schau, Bascha ...«

Kima betrachtete Del von oben bis unten. »Du gehörst nicht hierher. Was willst du hier? Hier ist kein Platz für ein anderes Mädchen. Und du *kannst ihn nicht haben.*«

Dels Lächeln intensivierte sich. »Ich habe ihn bereits.«

Frauen können boshaft sein ... ich stand auf, stieß meinen Stuhl so heftig zurück, daß er gegen die Wand prallte und schaute Del tief in die Augen, was für mich kein Problem ist. »Kannst du nicht einfach einen Moment warten? Ich versuche etwas herauszufinden.«

Del taxierte Kima. »Fünf Kupfermünzen vielleicht.«

»Nein, *nein* ...«, begann ich, und Kima fluchte wütend.

Ab hier wurde der Tumult für den Rest des Wirtshauses interessant. Ich überhörte die Wetten, die in bezug darauf abgeschlossen wurden, welche der Frauen siegen würde. Oder ob eine von ihnen es wert wäre.

Was in mir den Wunsch erweckte, Del herumzuwirbeln, damit alle sehen könnten, was sie war. Die Wetterei würde beendet sein, bevor sie richtig begonnen hatte. Andererseits wollte ich Del nicht zur Schau stellen, denn es wäre wohl kaum als Kompliment zu verstehen, wenn man eine Frau wie ein Schmuckstück behandelte.

Abgesehen davon würde sie mich wahrscheinlich dafür töten.

Ich wandte mich erneut zu Kima um. »Du hast gesagt ...«

»*Geh* mit ihr!« schrie Kima. »Denkst du, es macht mir etwas aus? Denkst du, du wärest das wert? Ich habe bessere Schwerttänzer gehabt als dich. Ich habe *stärkere* Schwerttänzer gehabt als dich ...«

»Woher willst du das wissen?« fragte Del.

Ich fluchte. »Würdest du einfach ...? Del, warte ... *Kima!*« Aber sie war fort, stürmte erregt durch das Wirtshaus. Das ermöglichte es mir, mich wieder Del zuzuwenden. »Hast du auch nur die leiseste Ahnung, was du gerade getan hast?«

»Wenn du sie so sehr willst ...«

»*Das* ist es nicht!« Ich strich mit einer Hand durch mein Haar und versuchte, meinen Tonfall zu zügeln. »Was ich herauszufinden *versucht* habe war, was sie gemeint hatte, als sie von einem Mann sprach, der mein Sohn zu sein behauptet.«

»Dein Sohn?« Dels Brauen hoben sich, während sie sich mit einem Bein einen Stuhl unter dem Tisch hervorzog. »Ich wußte nicht, daß du einen Sohn hast.«

»Ich *habe keinen* ... o Hoolies, Bascha, laß es uns einfach vergessen. Laß uns einfach hier sitzen und etwas trinken.«

Del schaute auf meinen Becher. »Das hast du bereits getan.«

Ich rückte meinen Stuhl zurecht und setzte mich hin. »Hast du uns ein Zimmer reserviert?«

»Zwei Zimmer, ja.«

Ich blinzelte. »Zwei Zimmer? Warum?«

»Um es dir leichter zu machen. So kannst du deine Wette gewinnen.«

»Zu den Hoolies mit der Wette.« Ich war ein wenig verärgert. Ich empfand Del gegenüber in der letzten Zeit freundlichere Gefühle, da sie letztendlich zugegeben hatte, sich geirrt zu haben, und hatte keinerlei Absicht, an dieser Wette festzuhalten. Es war ohnehin eine wirklich alberne Angelegenheit, und ich sah keinen Sinn darin, die Farce fortzuführen. Immerhin waren wir beide gesunde Menschen mit normalen Trieben, und es war bereits einige Zeit her, daß wir ein Bett miteinander geteilt hatten.

Del lächelte. »Gibst du so leicht auf?«

»Ich denke, wir haben so lange an der Wette festgehalten, wie wir es verantworten konnten.«

Dels Tonfall klang sehr ernst. »Sie wurde angemessen abgeschlossen.«

»Das ist mir egal. Es ist mir *egal*. Laß uns die Wette vergessen.«

Jetzt entsprach ihr Gesichtsausdruck ihrem Tonfall. »Das können wir nicht. Ich denke, zwei Zimmer wären das beste. Und nicht nur wegen der Wette ... ich brauche die Zeit allein. Ich brauche die Zeit, um mich zu sammeln.«

»Zu sammeln?« Ich runzelte die Stirn. »Ich verstehe nicht ganz.«

»Für die Tötung.« Dels Haltung war sehr sachlich.

»So? Du wirst ihn ganz einfach töten. Dafür bist du hergekommen. Das hast du seit sechs ganzen Jahren vor.«

Del runzelte die Stirn. »Zuvor wäre es einfach gewesen. Aber jetzt ...« Ihre Stimme versagte. Sie schaute auf den Tisch hinab, schimpfte über die Messer- und Schwertkratzer und wischte mit angewidertem Gesicht Holzspäne vom Tisch. »Ich bin jetzt anders. Die Aufgabe ist dieselbe, aber ich bin ein anderer Mensch.« Sie sah mich nicht an. »Ich bin verändert *worden*.«

»Del ...«

Hellbewimperte Lider hoben sich. Blaue Augen sahen mich an. »Es gab einmal eine Zeit, in der sie mich überhaupt keine Mühe gekostet hätte, meine Aufgabe. Als sie meine ganze Welt war. Als sie alles war, woran ich dachte. Und die Erfüllung dieser Aufgabe wäre süß gewesen, weil es alles war, was ich wollte.«

Ich wartete schweigend, wie erstarrt durch ihre Eindringlichkeit.

»Aber du hast mich verändert, Tiger. Du bist in mein Leben gestolpert und hast meine Denkungsart verändert. Meine Art zu fühlen verändert.« Ihr Mund verkrampfte sich leicht. »Ich wollte es nicht. Ich wollte es *niemals*. Aber jetzt bist du hier, und ich merke, daß ich verwirrt bin. Ich merke, daß ich *abgelenkt* bin — und Ablenkung kann gefährlich sein.«

Ablenkung konnte tödlich sein.

»Und daher werde ich die Götter und mein Schwert bitten, mir in dieser Angelegenheit zu helfen. Mir zu helfen, mich zu sammeln, damit ich meine Aufgabe ohne zusätzliche Verwirrung vollenden kann. Ohne diese Ablenkung.«

Ich sah sie unverwandt an. »Hast du das nicht schon zuvor versucht? In der Nacht, in der wir uns wiedertrafen?«

Sie errötete und wurde dann wieder blaß. »Du hast es *gesehen?*«

»Ich habe es gesehen.« Ich war nicht stolz darauf. »Del, ich wußte nicht, was du tatest, dort draußen in den Bäumen mit dem magiebeladenen Schwert. Also habe ich selbst nachgesehen.«

Sie war nicht erfreut. »Und ich werde erneut darum bitten. Wieder und wieder, wenn es sein muß. Ich muß meine Konzentration wiederfinden.«

»Wenn du vorhast, alle Menschlichkeit abzustreifen, nur damit du in der Lage bist, Ajani zu töten, dann ist es das vielleicht nicht wert.«

Blaue Augen flackerten kurzzeitig. Ihr Mund wurde hart und schmal. »Ich habe Schwüre geleistet.«

Ich seufzte. »In Ordnung. Ich gebe auf. Tu, was du tun mußt.« Ich betrachtete sie mißtrauisch, überdachte ihre Verpflichtung. »Aber wenn du Abstand gewinnen willst, dann spiele nicht mit mir. Ich hasse Frauen, die spielen.«

»Ich spiele niemals.«

Das *hatte* sie niemals getan, das stimmte. Das bedeutete aber nicht, daß sie es nicht konnte.

Ich schob den Krug über den Tisch. »Trink.«

Del nahm ihn an. »Hast du wirklich einen Sohn?«

»Ich sagte es dir bereits, Bascha: soweit ich weiß nicht.«

»Ja, ich erinnere mich ... es ist nichts, worüber du nachdenkst.«

»Und ich habe auch nicht vor, darüber zu *reden* ... zumindest nicht mit dir.« Ich nahm meinen Becher wieder an mich und trank sofort daraus, schluckte den Aqivi hinunter.

Del trank ihren Anteil. »Aber du *könntest* einen Sohn haben«, bemerkte sie.

Ich runzelte die Stirn. »Das könnte ich, ja. Ich könnte mehrere Söhne haben. Ich könnte *viele* Söhne haben, warum? Willst du sie alle suchen?«

»Nein. Aber sie — oder vielleicht auch nur er — wollen dich vielleicht finden.« Sie schaute zu Kima hinüber, die jetzt auf dem Knie eines anderen Mannes saß. »Offensichtlich weiß er, wer du bist, wenn er in Wirtshäusern mit dir prahlt.«

Ich dachte darüber nach. Vielleicht würde ich, wenn ich einen berühmten Vater hätte, auch mit ihm prahlen, aber ich war nicht allzu sicher, daß ich gern das Objekt der Prahlerei wäre. Es ist eine Sache, als solches zu dienen, aber es ist eine andere Sache, einen völlig Fremden sich als nahen Verwandten bezeichnen zu hören. Als *nächsten* Verwandten.

Del trank vorsichtig. »Der Gastwirt hat sein Glück herausgefordert. Als ich drohte, wir würden unseren Geschäften woanders nachgehen, stellte er es mir frei zu gehen und sagte, das Gasthaus sei beinahe besetzt, und es sei in ganz Harquhal wegen des Orakels dasselbe. Daß alle Welt hierherkäme.«

Noch immer in Gedanken an meinen ›Sohn‹ vertieft,

brachte ich nur sehr mühsam Aufmerksamkeit auf. »Was?«

»Das Orakel«, wiederholte sie. »Erinnerst du dich an das, was der heilige Mann in Ysaa-den vorhergesagt hat?«

»Oh. Das.« Ich winkte ab. »Wir haben keinen Grund — und auch niemand sonst —, nach Iskandar zu gehen. Orakel oder nicht.«

Del betrachtete ihren Becher. »Viele Leute gehen hin«, sagte sie.

»Ich dachte, du hättest gerade gesagt, daß viele Leute *hierher* kämen.«

»Zunächst«, stimmte sie zu. »Weißt du, wo Iskandar liegt?«

»Irgendwo weiter fort von hier.« Ich machte erneut eine Handbewegung: in Richtung Nordosten.

»Ein bißchen mehr in *diese* Richtung.« Del ahmte meine Geste nach, aber mit einer leichten Abweichung in Richtung Nord-Nordost. »Der Gastwirt sagte, Harquhal sei die letzte feste Ansiedlung vor Iskandar, so daß die Leute hier Rast machen, um Vorräte zu kaufen.«

»Iskandar ist eine *Ruine.*«

»Darum kaufen sie Vorräte.«

Ich stellte den Becher auf den Kopf und trank dann noch mehr Aqivi. Setzte den Becher dann wieder ab. »Und ich vermute, daß dieser geschwätzige Gastwirt an dieses Orakel glaubt. An diesen Messias glaubt.«

Del zuckte die Achseln. »Ich weiß nicht, was er glaubt. Ich weiß nur, was er mir erzählt hat, nämlich daß die Leute nach Iskandar gehen.«

Ich konnte meinen Abscheu nicht verbergen. »Weil der Jhihadi wiederkommt.«

Sie ließ ihren Becher kreisen und beobachtete, wie sich ihre Finger bewegten. »Die Leute brauchen etwas. Für einige ist es die Religion, für andere sind es die Träume, die aus dem Huvakraut geboren werden. Ich sage nicht, was davon gut oder was schlecht oder was richtig oder falsch ist ... nur, daß die Leute etwas *brauchen*, um überleben zu können.« Ihre Stimme war sehr ruhig. »Ich brauchte, nach Ajanis Angriff, Rache. Dieses Bedürfnis half mir zu leben.« Jetzt verließ ihr Blick den Becher und richtete sich auf meine Augen. »Du hast auch etwas gebraucht. Dadurch hast du deine Zeit als Sklave überlebt. Dadurch hast du deine Zeit in Aladars Mine überlebt.«

Ich antwortete einen langen Augenblick nicht. Und als ich es dann tat, sagte ich nichts über mich selbst oder die Monate, die ich in der Mine verbracht hatte. »Also sagst du, daß die Leute es brauchen, daß das Orakel die Wahrheit sagt. Weil sie einen Jhihadi brauchen.«

Del hob eine Schulter. »Ein Messias ist eine sehr spezielle Art Zauberer, nicht wahr? Kann er keine magischen Dinge tun? Kann er nicht die Kranken heilen und die Lahmen kurieren und Regen machen, um ein von Jahren der Trockenheit ausgelaugtes Land wieder zu sättigen?«

»Ist es das, was man von ihm erwartet?«

Del bewegte sich auf ihrem Stuhl. »Als ich zu dem Gasthaus ging, hörte ich auf der Straße von dem Orakel reden. Als ich den gleichen Weg zurückkam, hörte ich von dem Jhihadi reden.« Sie zuckte die Achseln. »Das Orakel hat die Ankunft eines Mannes vorausgesagt, der Sand in Gras verwandeln kann.«

»Sand in Gras? Sand in *Gras?*« Ich runzelte die Stirn. »Wofür, Bascha?«

»Damit die Menschen in der Wüste leben können.«

»Es leben *tatsächlich* Menschen in der Wüste. *Ich* lebe in der Wüste.« Del seufzte leise. »Tiger, ich erzähle dir nur, was ich gehört habe. Habe ich gesagt, daß ich irgend etwas davon glaube? Habe ich gesagt, daß ich an Orakel oder Jhihadis glaube?«

Nicht direkt. Aber sie klang halbwegs überzeugt.

Ich zuckte die Achseln, wollte etwas sagen und wurde dadurch unterbrochen, daß jemand herankam. Ein

Mann stellte sich an unseren Tisch. Seinem Aussehen nach ein Südbewohner: dunkelhaarig, mit dunklen Augen und gebräunter Haut. Um die vierzig Jahre alt und zeigte alle seine Zähne. Einige fehlten.

»Sandtiger?« fragte er.

Ich nickte müde. Ich war nicht in Stimmung.

Das Lächeln verstärkte sich. »Aha, das dachte ich mir! Er hat Euch sehr gut beschrieben.« Er verbeugte sich kurz, warf einen kurzen Blick auf Del und schaute dann sofort wieder zurück zu mir. »Darf ich noch mehr Aqivi bringen lassen? Es wäre mir eine Ehre, Euch einen Becher auszugeben.«

»Wartet«, schlug ich vor. »Wer hat mich so gut beschrieben?«

»Euer Sohn natürlich. Und es klang sehr schmeichelhaft ...« Er runzelte kurz die Stirn. »Obwohl er nichts von einem Bart gesagt hat.«

Ich war nicht beunruhigt wegen des Bartes. Nur wegen meines ›Sohnes‹. Unbewegt fragte ich: »Wie war sein Name? Hat mein ›Sohn‹ Euch einen Namen genannt?«

Der Mann runzelte kurz die Stirn, dachte darüber nach und schüttelte dann den Kopf. »Nein, nein das hat er nicht getan. Er sagte nur, er sei der Junge vom Sandtiger, und erzählte uns Geschichten über Eure Abenteuer.«

»Abenteuer«, echote ich. »Ich beginne mich selbst darüber zu wundern.« Ich schob meinen Stuhl zurück und erhob mich. »Danke für das Angebot, aber ich habe eine Verabredung. Vielleicht morgen abend.«

Der Mann war eindeutig enttäuscht, widersprach aber nicht. Er trat unter Verbeugungen zur Seite und ging zurück zu seinen Freunden an einem anderen Tisch.

Del, die noch immer dasaß, lächelte. »Also gewinnt das Mädchen ihre Wette?«

»Welches Mädchen ... oh. Nein.« Ich runzelte die

Stirn. »Ich gehe zu dem Gasthaus. Willst du mitkommen?«

»Bist du schon müde? Aber du hast nur *einen* Krug Aqivi gehabt.« Del erhob sich weich. »Genau wie in Ysaa-den ... vielleicht hat das Alter dich langsamer werden lassen.« Sie schob ihren Stuhl unter den Tisch zurück. »Oder ist es das Wissen, daß du einen Sohn hast?«

»Nein«, sagte ich gereizt, »es geht um das Tragen dieses Schwertes.«

Del verließ das Wirtshaus vor mir und trat auf die dunkle Straße. »Warum sollte das Tragen dieses Schwertes dich ermüden?«

»Weil Chosa Dei heraus will.«

Del vollführte eine Geste. »Hier entlang.« Und dann, während sie weiterging: »Es wird also schlimmer.«

Ich zuckte die Achseln. »Laß uns einfach sagen, daß Chosa letztendlich erkannt hat, in welcher Art Gefängnis er sich befindet.«

»Du mußt stärker sein, Tiger. Du mußt wachsam sein.«

»Ich muß von Chosa freikommen, Bascha.« Ich umging eine Urinpfütze. »Wo ist dieses Gasthaus mit dem geschwätzigen Wirt?«

»Genau hier«, antwortete Del und wandte sich von der Straße ab. »Ich habe ihm gesagt, daß du bezahlst.«

»*Ich* bezahle! Warum? Hast du kein Geld?«

Del schüttelte den Kopf. »Ich habe *Schwertschuld* an Staal-Ysta bezahlt. Ich habe gar nichts mehr.«

Das brachte mich zum Schweigen. Ich hatte die *Schwertschuld* vergessen, das Blutgeld, das man Staal-Ysta schuldet, wenn ein Leben unfair beendet wurde. Die *Voca* hatte Del alles genommen: Geld, Tochter, Lebensstil. Und ich hatte ihr beinahe das Leben genommen.

Wir gingen in das Gasthaus und riefen nach dem Wirt, der hinter einer aus einem Vorhang bestehenden

Abtrennung hervorkam. Er nahm mein Geld, nickte zum Dank und begrüßte mich dann herzlich. »Es ist mir eine Ehre, den Sandtiger als Gast zu haben.«

Ich murmelte etwas Angemessenes und fügte dann eine Extramünze hinzu. »Ich möchte morgen früh ein Bad nehmen. Und ich möchte das Wasser heiß haben.«

»Ich werde selbst dafür sorgen.« Dann, als ich mich dem Vorhang zuwandte: »Ich habe Euch denselben Raum gegeben wie Eurem Sohn. Ich dachte, es würde Euch gefallen. Und er wollte auch heißes Wasser.«

Ich blieb abrupt stehen.

»Mach dir nichts draus«, sagte Del.

»Ich habe keinen . . .«

»*Mach dir nichts draus*, Tiger.« Und schob mich durch den Vorhang.

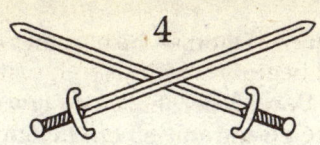

4

Die Knie fast bis zum Kinn hochgezogen, saß ich fröhlich im heißen Wasser. Es war nicht besonders bequem — die Wanne des Wirts war zu klein —, aber zumindest konnte ich naß werden. Immerhin ein Teil von mir, der Rest mußte mit der Hand gewaschen werden, anstatt durch Einweichen sauber zu werden.

Del kam herein ohne anzuklopfen und trug ein Bündel bei sich. »Ein hübscher Anblick«, bemerkte sie. Und dann, ein Lächeln halbherzig verbergend, schlug sie vor, eine größere Wanne zu benutzen. »Du paßt nicht richtig in die hier.«

Ich sah sie finster stirnrunzelnd an. »Ich hätte gern eine größere Wanne. Ich würde es *sehr schätzen*, eine größere Wanne zu haben. Aber diese ist die einzige, die da ist.«

Sie kauerte sich auf den Rand meines zerbrechlichen Bettes und betrachtete meine verkrampfte Haltung. »Wenn du schnell dort heraussteigen müßtest, glaube ich nicht, daß du es könntest.«

»Ich gehe nirgendwo schnell hin. Ich nehme nur ein Bad.« Ich kratzte ein juckendes Ohr. »Was tust du hier? Ich meine, hast du nicht, zu dem ausdrücklichen Zweck, allein zu sein, zwei Zimmer gemietet?«

Del ignorierte den Seitenhieb. »Ich habe dir ein paar Kleider gebracht«, sagte sie und ließ das Bündel fallen.

Ich versuchte mich aufzurichten, aber es gelang mir nicht. »Was für Kleider?« fragte ich mißtrauisch, denn ich stellte mir im Geiste noch mehr Wolle vor. »Was hast du getan, Del?«

»Ich habe Vorräte gekauft«, antwortete sie. »Inklusive

südlicher Kleidung. Dhoti — hier — und einen Burnus. Siehst du?«

Ich sah. Ein Velourlederdhoti, wie erwähnt, ein rostbraunfarbenes Gewand mit einem Ledergürtel und ein blaß orangefarbener Seidenburnus, der über allem getragen wurde. Und auch ein Paar weiche Lederreitstiefel. »Woher weißt du meine Größe?«

»Ich weiß, daß du schnarchst, ich weiß, daß du trinkst, ich weiß, daß du Wirtshausmädchen magst … ich weiß vieles über dich.« Del ließ die Seide aus der Hand gleiten. »Du wirst dich rasieren, nicht wahr?«

»Ich hatte es vor, ja. Warum? Willst du, daß ich all diese Haare *behalte?*«

Sie neigte den Kopf zu einer Seite. »Du trägst den Bart jetzt schon so lange, daß ich vergessen habe, wie du ohne ihn aussiehst.«

»Zu lang«, murmelte ich. »Zu viel Zeit, zu viele Haare, zu viel Wolle.« Ich versuchte, mich in der Wanne zurechtzusetzen und schürfte mir das Schienbein an rauhem Holz auf. »Ich dachte, du hättest kein Geld. Wie hast du dann all dieses Zeug gekauft?«

»Ich habe ihnen gesagt, du würdest bezahlen.« Del zuckte vornehm die Achseln, als ich einen Protest hervorstieß. »Die Ladeninhaber kennen dich, Tiger. Sie fühlen sich geehrt, wenn sie mit dir Geschäfte machen können. Sie sagten, sie wären überglücklich, auf deine Bezahlung zu warten — sofern sie zu einem späteren Zeitpunkt des heutigen Tages erfolgt.«

»Ich habe eigentlich nicht viel Geld, Bascha … und jetzt noch weniger als zuvor.« Ich preßte mein Gesäß gegen das Holz und zischte, als ein Splitter eindrang. »Du kannst nicht durch ganz Harquhal laufen und den Leuten in meinem Namen Geld versprechen. Ich könnte vielleicht gar keines haben.«

Del zuckte die Achseln. »Ich bin sicher, daß du welches gewinnen kannst. Es kommen täglich mehr Schwerttänzer hier an … und ich denke, daß die meisten von ihnen, wenn nicht sogar alle, glücklich wären, dem Sandtiger in einem Kreis gegenübertreten zu dürfen.«

»Ich bin nicht in der Verfassung, irgend jemandem in einem ... *autsch*.« Ich fluchte, zog mir einen Splitter aus der Haut und veränderte meine Lage. Nahm meine Beine schließlich heraus und legte sie über den Rand. Abkühlendes Wasser schwappte über meinen Bauch.

Del betrachtete meine Stellung genau. »Du läßt Wasser auf den Boden tropfen.«

»Ich kann es nicht ändern ... meine Knie haben sich verkrampft.« Jetzt in bequemerer Haltung sitzend, ließ ich einen Streifen brauner Seife über meine Brust laufen, der wolleverfilzte Haare löste. »Also denkst du, wir könnten etwas Geld gewinnen, nicht wahr? Obwohl wir beide aus der Übung sind?«

»Wir wären nicht aus der Übung, wenn du *in* einen Kreis treten würdest.« Del lächelte milde. »Wie oft habe ich dich gefragt?«

»Nein.« Ich schrubbte mich heftiger ab und zog ein Haar, das ich mir gerade aus der Brust gerissen hatte, unter einem Fingernagel hervor. »Autsch ... Del, würde es dir etwas ausmachen? Kann ich mein Bad allein nehmen?«

Sie stand auf, glitt aus ihrem Harnisch und legte Boreal aufs Bett. »Wenn du dich rasieren willst«, sagte sie, »dann laß mich es tun. Du wirst dir die Kehle durchschneiden.«

»Das habe ich noch nie zuvor getan ... und ich rasiere dieses Gesicht schon länger, als du auf der Welt bist.«

Del hob eine Schulter an. »Ich pflegte meinen Vater zu rasieren. Er war nicht viel älter als du.« Ohne meine Erlaubnis — und meinen gemurmelten Fluch ignorierend — trat sie zu dem Stuhl neben der Wanne und hob mein Messer auf, das frisch geschliffen worden war, um ein Kinn von seinem Bart zu befreien. »Seif dir das Gesicht ein«, schlug sie vor.

Hoolies, das ist keinen Streit wert ... ich seifte mich gehorsam ein und legte dann den Kopf, wie befohlen, zurück. Versuchte mein Gesicht nicht anzuspannen, als Del die Klinge auf der Haut aufsetzte.

»Halte still, Tiger.« Und dann, als ich stillhielt: »Schmerzen diese Narben noch?«

»Die Sandtigernarben? Nein, nicht mehr. Schon lange nicht mehr.« Ich hielt inne. »Aber wenn du hineinschnittest, würden sie es, glaube ich, tun.«

»Ich werde nicht hineinschneiden.« Del klang abwesend, während sie sich auf die Rasur zwischen den Krallenstriemen konzentrierte, was nicht annähernd bewirkte, daß ich mich sicherer fühlte. »Sie werden mit zunehmendem Alter weißer und schmaler«, bemerkte sie. »Aber sie müssen sehr weh getan haben, unmittelbar nachdem die Katze dich erwischt hatte.«

»Wie die Hoolies«, stimmte ich zu. »Andererseits war ich nicht in der Verfassung, es wirklich zu bemerken. Sie hat mich auch an anderen Stellen erwischt, aber ihre Krallen waren noch nicht voll entwickelt. Das Gift hat mich mehrere Wochen lang aus dem Verkehr gezogen. Ich hatte Glück, daß ich überlebt habe.«

»Was du Sula zu verdanken hattest.«

Ja, was ich Sula zu verdanken hatte. Der Salsetfrau, die mich nicht sterben lassen wollte. Sie hatte die Anordnung des Shukar und des restlichen Stammes, daß dem lästigen Chula der Tod gewährt werden sollte, mißachtet. Diese Anordnung war erfolgt, weil sie alle wußten, daß ich mit der Tötung des Sandtigers auch meine Freiheit gewonnen hatte.

Ich bewegte mich. Der Name Sula brachte Erinnerungen zurück, die ich lieber vergessen hätte. »Bist du fertig?«

»Ich habe noch gar nicht richtig angefangen.«

Ihr gebundener Zopf hing über eine Schulter nach vorn und schwang hin und her, während sie beschäftigt war. Seine Spitze strich über meine Brust.

Es war, ziemlich plötzlich, äußerst schwierig zu atmen. Ich bewegte mich, setzte mich ein wenig mehr auf und schob mich dann wieder hinab. »Del, glaubst du ...«

»Halte einfach still.«

Sie hatte keine Vorstellung davon, wie schwierig das war, angesichts der Umstände. »Du hast gesagt, du würdest nicht spielen.«

Sie blinzelte mit blauen Augen. »Was?«

»Spielen«, sagte ich ernüchtert. »Was glaubst du, was *dies* ist?«

»Ich *rasiere* dich!«

»Gib mir mein Messer zurück.« Ich beugte mich vor, ergriff ihr Handgelenk und entwand ihr das Messer mit der linken Hand. »Wenn du glaubst, daß ich fünfunddreißig oder sechsunddreißig Jahre — oder wieviele es auch immer sind! — gelebt habe, ohne einige weibliche Tricks kennenzulernen, dann bist du jünger, als ich dachte.«

Was mich, als es erst einmal heraus war, nicht glücklicher machte. Ich saß im kühlen Wasser und schaute, wobei ich ein nasses Messer festhielt, von dem Seife und Barthaare herabtropften.

Del stand mit den Händen auf den Hüften da. »Und wenn *du* glaubst, ich würde dir erzählen, ich wollte zwei Zimmer mieten, und würde dich dann so reizen ...«

Die Ernüchterung machte mich gereizt. »Frauen tun solche Dinge immerzu.«

»Einige Frauen vielleicht. Nicht alle. Sicherlich nicht *ich.*«

Ich kratzte mir heftig den Kopf. »Vielleicht nicht. Vielleicht nicht *absichtlich*, aber das ändert nichts an der Tatsache ...«

»... daß du keine Selbstkontrolle hast?«

Ich schaute. »Das *könntest* du als Kompliment auffassen.«

Sie dachte darüber nach. »Das könnte ich.«

»Also? Kann ich jetzt mein Gesicht selbst rasieren?«

Jemand klopfte an die Tür.

»Geh *fort*«, murmelte ich, aber Del wandte mir den Rücken zu, ging zur Tür und öffnete sie.

Ein Fremder stand davor. Ein Südbewohner. Er trug ein Schwert im Harnisch. »Sandtiger?« fragte er.

Ich nickte müde. Wünschte, ich hätte mein Schwert bei der Hand, statt daß es auf dem Stuhl läge, und empfand es als dumm, daß ich es wünschte. Aber ein nackter Mann fühlt sich *häufig* dumm. Oder zumindest verletzlich.

Er grinste, zeigte weiße Zähne in einem dunkelhäutigen Gesicht. »Ich bin Nabir«, sagte er. »Ich würde gern mit Euch tanzen.«

Nabir war jung. Sehr jung. Vielleicht gerade achtzehn. Und ich hätte wetten können, daß seine Knie nicht schmerzten.

»Fragt mich morgen«, grollte ich.

Ein Stirnrunzeln zog seine Augenbrauen zusammen. »Ich werde morgen nicht hier sein. Morgen früh breche ich nach Iskandar auf.«

»Iskandar. Iskandar! *Was ist in Iskandar?*«

Nabir schien durch meinen Ausbruch etwas bestürzt zu sein. »Das Orakel sagt, daß der Jhihadi ...«

»... nach Iskandar kommt, das weiß ich. Ich denke, *jeder* weiß es.« Ich sah den Jungen stirnrunzelnd an. »Aber warum kümmert *Euch* das? Ihr seht nicht religiös aus.«

»Oh, das bin ich auch nicht.« Er machte eine schnelle, abwehrende Handbewegung. »Ich bin Schwerttänzer. Darum gehe ich dorthin.«

Ich kratzte abwesend an meinen Narben, die jetzt vom Bart befreit waren. »Warum geht ein junger, zugegebenermaßen nicht religiöser Schwerttänzer nach Iskandar? Dort gibt es nichts zu *tun*.«

»Jedermann geht dorthin«, sagte er. »Sogar die Tanzeers.«

Ich schaute offen zu Del. »Tanzeers«, echote ich.

»Ajani«, sagte sie eindringlich.

Stirnrunzelnd schaute ich zurück zu Nabir, der so geduldig wartete. »Ihr sagtet, jedermann ginge dorthin ... Schwerttänzer, Tanzeers ... wer noch?«

Er zuckte die Achseln. »Die Anhänger der Glaubensgemeinschaften gehen natürlich hin, sogar die Hamidaa und *Khemi*. Und man sagt, daß auch einige Stämme hingingen: die Hanjii, die Tularain und auch andere, denke ich. Sie wollen das vom Orakel Vorhergesagte leibhaftig sehen.«

»Machtverschiebung«, murmelte ich. »Die Tanzeer werden ihn niemals überleben lassen, es sei denn, er arbeitet für sie.« Ich richtete mich in der Wanne auf und winkte Nabir mit einer Hand zu. »Geht hinunter in das nächste Wirtshaus — ich habe seinen Namen vergessen — und trinkt einen Becher auf mein Wohl.« Ich zog eine Augenbraue hoch. »Und sagt Kima, daß ich Euch geschickt hätte.«

»Werdet Ihr mich treffen?« beharrte Nabir. »Es wäre mir eine Ehre, mit dem Sandtiger im Kreis zu tanzen.«

Ich sah mir sein Gesicht genauer an — sein junges, noch in der Entwicklung begriffenes Gesicht — und auch seinen Harnisch. Seinen neuen, starren Harnisch, der quietschte, wenn er sich bewegte.

»In einem Jahr«, belehrte ich ihn. »Jetzt geht und genehmigt Euch diesen Becher.«

Del schloß die Tür hinter ihm und wandte sich dann mir zu. »Er ist jung. Neu. Ungeübt. Er wäre vielleicht die Übung wert gewesen. Und zumindest würdest du ihn nicht verletzen, was vielleicht irgendein anderer Schwerttänzer tun wird, einfach um ihn einzuführen.«

»Ich kann das Risiko nicht auf mich nehmen, Bascha. Wenn ich in einen Kreis eintrete, wird es gegen jemanden sein, der gut ist. Jemanden, der der Herausforderung gewachsen ist, gegen Chosa Dei zu tanzen.«

Dels unausgesprochener Kommentar stand laut in dem kleinen Raum.

Ich schüttelte den Kopf. »Jemand, der nicht *du* bist.«

»Es *wird* jemanden geben müssen«, sagte sie. »Tatsächlich deren *mehrere*. Du bist stark aus der Übung. Wenn du auf Leben und Tod tanzen müßtest ...«

»Ich bin nicht dumm genug, mich im Moment anheuern zu lassen, um jemanden zu töten. Und außerdem ...«

»Manchmal hat man keine Wahl.«

»... *und außerdem* ...«, ich lächelte, »... bist auch du aus der Übung.«

»Ja«, stimmte Del zu. »Aber ich beabsichtige zu tanzen, sobald ich einen Gegner finde.«

Ich beobachtete, wie sie auf mein Bett zuging. »Was ... *jetzt?*«

»Es hat keinen Sinn, Zeit zu verschwenden.« Del nahm Harnisch und Schwert wieder auf, schlüpfte hinein und eilte zur Tür. »Vielleicht wird Nabir es tun ... nein, steh nicht auf ... du mußt noch immer die Hälfte deines Gesichts rasieren.«

»Er ist ein. *Junge!*« rief ich und planschte unbeholfen in meiner Wanne herum.

Dels Stimme klang gütig. »Nicht sehr viel jünger als ich.«

5

Del hatte recht: sie kannte mich sehr gut. Der Ve-
lourslederdhoti paßte, ohne wund zu reiben, genau
wie die weichen Reitstiefel — ich bin Schuhen gegenüber immer geteilter Meinung gewesen, aber diese waren bequem —, und der blaß orangefarbene Burnus ergoß sich wie Wasser über das mit einem Gürtel versehene Wüstengewand. Ich war wieder ein Südbewohner.

Aber ich verschwendete nicht viel Zeit damit, die
Kleidung zu bewundern. Ich ergriff mein Schwert in
seiner geborgten Scheide und verließ schnell das Gasthaus, wobei ich dem Wirt über die Schulter hinweg zurief, daß jetzt jemand anderer das Wasser haben könnte.
Als er zu einer Antwort ansetzte, war ich bereits aus der
Tür.

Es ist nicht schwer, einen Schwerttanz zu finden, besonders in einer Grenzstadt wie Harquhal, die durch
den Wettbewerb gedeiht. Man muß nur nach der größten Menschenansammlung Ausschau halten — besonders nach Männern in Harnischen — und wird finden,
wonach man sucht.

Ich fand Del sehr leicht, da sie die Art Frau ist, die die
Aufmerksamkeit auf sich zieht. Sie wartete ruhig innerhalb des menschlichen Kreises, der Ansammlung von
Männern und Frauen, die darauf warteten, den Tanz zu
sehen. Jemand zog sorgfältig einen Kreis in den Staub,
wobei er sich sehr bemühte, die Linie gleichförmig tief
zu ziehen. Es war nicht wirklich wichtig — bei einem
Schwerttanz befindet sich der wahre Kreis im Kopf, da
die eingezeichneten Linien durch aufgewirbelten Staub

und Schmutz schnell verwischen —, aber das war alles Teil des Rituals.

Ihr Gesichtsausdruck war friedfertig, wie auch ihre Haltung. Aber Del ist sehr groß für eine Frau — sogar groß für südliche Männer, und sie hält ihren Körper aufrecht. Sogar wenn sie, so wie jetzt, ruhig am Kreis stand, forderte sie die scharfsinnige Abschätzung aller heraus, die auf den Tanz warteten. Besonders mit einem nordischen Schwert, das in seinem Harnisch über ihrem Rücken hing.

Ich hielt nach Nabir Ausschau und sah ihn Del gegenüber am Kreis warten. Alle seine Hoffnungen waren ihm ins Gesicht geschrieben, genau wie seine südliche Arroganz. Er bezweifelte nicht, daß er die nordische Frau besiegen würde. Ich war nur überrascht, daß sie seine Zustimmung errungen hatte.

Andererseits ist, wenn man jung und stolz und neu ist, jeder Tanz willkommen. Zweifellos dachte Nabir, es sei den Ärger wert, gegen eine Frau zu kämpfen, da er sich eines Sieges vor so vielen zuschauenden Schwerttänzern, von denen einige seine Helden waren, sicher war.

Ich empfand fast Mitleid mit ihm.

Ich taxierte ihn schnell und präzise. Er war vier Finger kleiner als Del, was ihm wahrscheinlich nicht gefiel, und es fehlte ihm die harte Fitneß, die mit der Reife und der Erfahrung kommen würde. Er war nicht weich, aber er war auch noch nicht völlig ausgereift. Er mußte noch etwas wachsen. Er war, so schätzte ich, siebzehn, achtzehn, vielleicht neunzehn. Woraus ich schon so viel ersehen konnte, ihn als Schwerttänzer einzuschätzen, besonders als solchen, dessen Interesse einzig seinem Gegner galt.

Ich bin ein Schwerttänzer des siebten Grades, was in meinem Fall sieben Jahre Lehrzeit bedeutete. Aber diese sieben Jahre sind — zusammen mit dem sie begleitenden Rang — niemals eine sichere Sache. Lehrlinge, die in gewissem Maße vielversprechend scheinen, werden bestenfalls zum vierten Grad zugelassen, vom siebten ganz zu schweigen. Nabir konnte, allein schon von seinem Alter her, nicht viel mehr als ein Lehrling im zweiten Jahr sein oder vielleicht auch im dritten. Denn der Rang hat, wenn er auch mit dem Terminus *Jahr* bezeichnet wird, wenig mit der Zeit zu tun, die anhand der Jahreszeiten gemessen wird. Das ›Jahr‹ eines Lehrlings wird nur dann vollendet, wenn bestimmte Fähigkeiten erlernt wurden, und das kann viel länger dauern als zwölf Monate.

Ich hatte den siebten Grad in sieben Jahren beendet. Es war alles reibungslos verlaufen. Eine Quelle des Stolzes. Etwas für die Geschichten, für die Legende. Aber jetzt, während ich Nabir betrachtete, fragte ich mich, was *seine* Gründe dafür waren, ein Schwerttänzer werden zu wollen. Ich dachte, daß sie den meinen, die von Haß und einem mächtigen Bedürfnis nach Freiheit genährt worden waren, kaum ähnlich sein konnten. Das Bedürfnis nach Freiheit war mehr als nur physisch gewesen. Es war auch emotional gewesen. Mental. Und es war stark genug gewesen, mich zum Sandtiger zu machen.

Den hatte Nabir treffen wollen.

Nicht zum ersten Mal wünschte ich mir einen wahren Harnisch mit Scheide. Ich stand da, hielt inmitten von anderen Schwerttänzern, die angemessen ausgerüstet waren, ein umhülltes Schwert fest und fühlte mich seltsam fehl am Platze. Irgendwie ungenügend. Aber es war nicht nur der Stil, der ein Kennzeichen unseres Berufes war. Es war auch die Bequemlichkeit. Ich trug eine Klinge lieber über meinem Rücken, als sie in der Hand mit mir herumzuschleppen.

Der Kreis war vollendet. Ich erwog, neben Del zu treten, um ihr zu sagen, daß sie eine einfältige, sandkranke Närrin sei, entschloß mich aber dagegen, als ich erkannte, daß es sie ihrer Konzentration berauben und zu ihrer

Niederlage beitragen könnte, falls sie verlor. Und das konnte sie. Unabhängig davon, wie sehr sie triumphierte — wenn auch leise —, weil Jugend im Heilungsprozeß von Vorteil wäre, so war sie doch nach der Wunde, die ich ihr beigebracht hatte, noch immer nicht wieder völlig genesen. Hoolies, ihre Kondition war furchtbar! Sie würde Glück haben, wenn sie lange genug durchhielt, um eine passable Vorstellung zu bieten.

Andererseits war sie eigentlich nicht allein. Sie hatte Boreal.

Jemand bewegte sich neben mir. Ein Mann. Mit einem Harnisch: ein Schwerttänzer, der nach Huvakraut und Aqivi roch und auch nach einem zufriedenstellenden Besuch in Kimas Bett oder dem einer anderen wie sie.

»Also, Sandtiger«, sagte er, »seid Ihr gekommen, um das Debakel zu sehen?«

Ich erkannte ihn an der Stimme. Eine tiefe, rauhe, halb erstickte Stimme, die zu seltsamen Zeitpunkten und an seltsamen Konsonanten hängenblieb. Es war keine Verstellung. Abbu Bensir hatte bezüglich seiner Stimme keine Wahl, da ein wie ein Schwert geformtes Stück Holz seine Kehle vor ungefähr zwanzig Jahren fast zerschmettert hatte. Er hatte nur überlebt, weil sein Shodo — sein Schwertmeister — die Haut und die Luftröhre aufgeschnitten hatte, um Luft in seine Lungen strömen zu lassen.

Während der jüngste Lehrling desselben Shodo entsetzt das betrachtete, was er einem Schwerttänzer des sechsten Grades angetan hatte.

»Welches Debakel?« fragte ich. »Dasjenige, das gleich im Kreis beginnen wird, oder den Tanz, den Ihr von mir erbeten werdet?«

Abbu grinste. »Seid Ihr so sicher, daß ich Euch fragen werde?«

»Möglicherweise«, antwortete ich. »Eure Kehle mag weitgehend geheilt sein, aber Euer Stolz wird es niemals. Es war Euer eigener Fehler, daß ich Euch beinahe getötet hätte — der Shodo hatte Euch gewarnt, daß ich ungeschickt sei —, aber Ihr habt es ignoriert. Ihr wolltet nur den früheren Chula besiegen, damit er sich daran erinnern sollte, was er gewesen war.«

»Was er *war*«, sagte Abbu nüchtern. »Ihr wart noch immer ein Chula, Sandtiger ... warum es leugnen? Ihr habt die ganzen sieben Jahre dazu gebraucht, Euch von dieser Schande zu befreien ... wenn Ihr es überhaupt geschafft habt.« Er schürzte huvakrautbefleckte Lippen. »Ich habe gehört, daß Ihr im letzten Jahr von Sklavenhändlern gefangen und in die Mine eines Tanzeer geworfen wurdet ... wirkt das noch immer nach?«

Ich behielt einen ruhigen Tonfall bei. »Seid Ihr gekommen, um diesen Tanz zu beobachten oder nur um mir Huvagestank ins Gesicht zu blasen?«

»Oh, um den Tanz zu beobachten ... um zu sehen, wie der Junge die Frau erniedrigt, die keinen Platz in einem südlichen Kreis hat.« Er zuckte die Achseln und kreuzte die Arme über einer schwarz verhüllten Brust. »Sie ist phantastisch anzusehen — sie würde das Bett eines Mannes ausfüllen —, aber die Waffe eines Mannes aufzunehmen und in den Kreis eines Mannes einzutreten, ist die reinste Dummheit. Die nordische Bascha wird verlieren — nicht zu schlimm, hoffe ich. Es würde mir nicht gefallen, sie verletzt zu sehen —, und dann werde ich Mitleid mit ihr empfinden.« Er grinste mich an, und die dunklen Brauen wölbten sich vielsagend. »Ich werde ihr einige Tricks mit dem Schwert beibringen — im Bett *und* außerhalb.«

Ich hatte vier, vielleicht fünf Monate im Norden verbracht. Ich hatte auch ungefähr ein Jahr mit Del verbracht. Genug Zeit zu erkennen, daß ich eines oder zwei Dinge über mich selbst herausgefunden hatte. Genug Zeit zu erkennen, daß ich die Einfältigkeit südlicher Männer nicht besonders mochte. Mehr als genug Zeit, meine eigene Abneigung gegenüber Abbus offensichtlicher Sicherheit darüber zu empfinden, daß eine Frau, die gut genug fürs Bett sei, nicht gut genug für den Kreis sei.

Andererseits war nicht jede Frau wie Del. *Keine* andere Frau kam Del gleich. Sie hatte den Kreis und das Schwert aus anderen Gründen erwählt, als nur der Gleichheit wegen.

Was sie nicht in einem falschen Licht erscheinen ließ.

Ich sah zu ihr hinüber. Sie war nicht fit. War nicht bereit. Aber sie war noch immer ganz entschieden *Del*.

Ich warf Abbu Bensir einen Seitenblick zu. »Habt Ihr Interesse an einer kleinen Wette?«

»*Darauf?*« Er sah mich in geheucheltem Unglauben an und verengte dann die hellbraunen Augen. »Was wißt Ihr über den Jungen? Ist er so gut? Oder so schlecht?«

Keine Frage in bezug auf die Frau. Gut geeignet für eine Wette.

Ich hob eine Schulter. »Er kam heute morgen zu mir und bat mich um einen Tanz. Ich habe abgelehnt, und er hat statt dessen die Frau akzeptiert. Das ist alles, was ich weiß.«

Abbu runzelte die Stirn. »Eine Frau anstelle des Sandtigers...« Dann schüttelte er den Kopf. »Das macht keinen Unterschied. Ja, ich werde darauf wetten. Was bietet Ihr an?«

»Alles, was hier drinnen ist.« Ich schlug auf die Münztasche, die von meinem Gürtel baumelte. »Aber Ihr habt mich zwischen zwei Aufträgen erwischt, Abbu. Es ist nicht viel übrig.«

»Genug, um einem Hanjii-Nasenring zu entsprechen?« Abbu griff in seine eigene Tasche und zog einen Ring aus purem südlichen Gold hervor, der zu einer runden Platte flachgehämmert worden war.

Das brachte Erinnerungen zurück: Del und ich, in einem Kreis, aber nur für den Sieg. Wir hatten vor den Hanjii getanzt, einem Stamm, der dem Kannibalismus frönte. Und auch ein Stamm, der großen Wert auf männlichen Stolz und Ehre legt. Dels nachfolgender Sieg über mich — dank eines gut in einen sehr verletzlichen Bereich plazierten Knies — hatte damit geendet, daß wir beide Ehrengäste eines religiösen Rituals, das Sonnenopfer genannt, geworden waren. Ohne Nahrung, Wasser oder Pferde in der Punja zurückgelassen, wären wir um ein Haar gestorben.

Aber hatte ich in meiner Satteltasche etwas, das einem Hanjii-Nasenring entsprach? »Nein«, antwortete ich wahrheitsgemäß. Ich lüge niemals, wenn es um Geld geht. Die Menschen können sonst leicht feindselig werden.

Abbu schürzte die Lippen und zuckte dann die Achseln. »Ja, nun, ein anderes Mal — es sei denn, Ihr hättet immer noch diesen kastanienbraunen Hengst ...?«

»Den Hengst?« echote ich. »Ich habe ihn noch immer, ja — aber er ist nicht Teil des Wetteinsatzes.«

Hellbraune Augen taxierten mich. »Werdet Ihr in Eurem hohen Alter sentimental, Sandtiger?«

»Er ist nicht Teil des Wetteinsatzes«, wiederholte ich ruhig.

»Aber ich biete Euch etwas anderes Wertvolles an ... etwas, das Ihr seit mehr als zwanzig Jahren begehrt.« Ich lächelte, als sich sein dunkelhäutiges Gesicht rötete. »Ja, Abbu, ich werde Euch in einem Kreis treffen — *wenn* die Frau verliert.«

»Wenn die Frau *verliert* ...« Er sperrte fast den Mund auf. »Seid Ihr sandkrank? Wollt Ihr die Wette *verschenken*?« Seine Augen verengten sich mißtrauisch. »Warum wettet Ihr auf die Frau?«

Ich nickte in Richtung des Kreises, in dessen Mitte sich Del und Nabir bückten, um die Klingen auf den Boden zu legen. »Warum schaut Ihr nicht zu und versucht, es herauszufinden?«

Abbu folgte meinem Blick. Wie auch ich es getan hatte, taxierte er Nabir als einen möglichen Gegner. Aber er

taxierte Del als nichts anderes als eine mögliche Bettgefährtin.

Alles zu meinem Nutzen.

Abbu warf mir einen Blick zu. »Wir sind keine Freunde, Ihr und ich, aber ich habe Euch niemals für einen
Narren gehalten. Und dennoch wettet Ihr auf die Frau?«

Ich lächelte milde. »Jemand muß es tun, sonst gäbe es
keine Wette.«

Abbu zuckte die Achseln. »Ihr müßt mich sehr dringend treffen wollen.«

Ich antwortete nicht. Nabir und Del hatten ihre Fuß-
bekleidungen und ihre Harnische abgelegt und sich außerhalb des Kreises direkt einander gegenüber aufgestellt. Es sollte ein wahrer Tanz werden, ein Schautanz,
ein Tanz des Schwertkönnens, durchgeführt aus Freude
am Wettbewerb. Es bestand für niemanden die Notwendigkeit zu sterben, was der wahren Natur des Tanzes
entspricht. Shodos lehrten niemanden, in die Welt hin-
auszuziehen und zu töten. Sie lehrten nur die Anmut
und das Können, das notwendig war, um ein südliches
Schwert zu beherrschen. Es war eine Perversion des
wahren Tanzes, daß sich die meisten von uns später
verdingten. Es war auch eine der wenigen Arten, wie
man sich in einem Land, das aus Hunderten kleiner Domänen bestand, die von Hunderten von Wüstenprinzen
regiert wurden, seinen Lebensunterhalt verdienen
konnte. Wenn die Macht absolut ist, sucht man seine
Freiheit — und seinen Lebensunterhalt — auf jede nur
erdenkliche Weise.

Abbu Bensir hatte recht: Wir waren noch nie Freunde
gewesen. Als ich als Lehrling angenommen wurde, war
er ein Schwerttänzer des sechsten Grades, der sich bereits verdingte. Er hatte dem Shodo zuliebe zugestimmt, mit hölzernen Schwertern zu üben, aber er war
dann dumm genug gewesen, unvorsichtig zu sein, weil
er zu selbstverständlich an das Können geglaubt hatte,
das er sich Jahre zuvor angeeignet hatte. Er war älter als

ich und selbstzufrieden, und daran wäre er beinahe gestorben.

Seit damals hatten wir uns von Zeit zu Zeit getroffen, wie Schwerttänzer das im Süden tun. Wir hatten uns ganz ähnlich verhalten, wie zwei Hunde, die die gegenseitige Stärke und Entschlossenheit erkennen. Wir hatten einander vorsichtig und wiederholt umkreist und uns durch Worte und Gesten beurteilt und getestet. Aber wir waren niemals in den Kreis eingetreten. Er war ein anerkannter Meister, wenn auch einer ohne Phantasie. Ich hatte mir, nach sieben Lehrjahren und mehr als zwölf Jahren professionellen Schwerttanzes, einen Ruf als hervorragender, unschlagbarer Gegner erworben. Größer, stärker, schneller in einem Land schneller, mittelgroßer Männer. Und ich hatte noch keinen Tanz verloren, der es erfordert hätte, daß jemand starb.

Natürlich galt das für ihn genauso.

Was bedeutete, daß er mich unbedingt treffen wollte. Jetzt war ich die Mühe wert.

»Sie ist phantastisch«, murmelte Abbu.

Ja, das ist sie.

»Aber viel zu groß.«

Nicht für mich.

»Und hart, wo sie weich sein sollte.«

Stark anstatt schwach.

»Sie ist fürs Bett gemacht, nicht für den Kreis.«

Ich warf ihm einen Blick zu. »Vorzugsweise *Euer* Bett?«

»Besser meines als Eures.« Abbu Bensir grinste. »Ich werde Euch erzählen, ob sie es wert war.«

»Nett von Euch«, murmelte ich. »*So*zusagen.«

Er hätte vielleicht geantwortet, aber der Tanz hatte bereits begonnen. Er beobachtet das Ganze, genau wie ich, sehr aufmerksam, taxierte die Haltungen, die Muster, die Stile. Das ist etwas, was man nicht verhindern kann, wenn man andere tanzen sieht. Man sieht sich selbst im Kreis, beurteilt, wie *man selbst* es gemacht hätte, und kritisiert die anderen. Man nickt oder schüttelt den Kopf, flucht leise und murmelt verächtlich. Spendet gelegentlich Lob. Und sagt immer den Sieger voraus und wie schwer der andere verlieren wird.

Mein Magen zog sich zusammen, während ich zusah. Innerlich zweifelte ich absolut nicht daran, daß Del der bessere Schwerttänzer war — der *weitaus* bessere —, aber sie war, meiner Meinung nach, zu offensichtlich aus der Übung. Sie war langsam, steif, unbeholfen und wandte keine ihrer bemerkenswerten Listen an. Ihre Klingenmuster waren offenkundig und weitausholend, was ungewohnt ist bei einer Frau, deren wahres Talent die Subtilität ist. Ihrer Haltung fehlte die geschmeidige, beredte Kraft, die so oft von Männern, die an grobe Stärke bei Gegnern gewöhnt sind, übersehen wird. Sie gab Nabir nichts von der Del, die ich kannte, und doch würde sie ihn haushoch besiegen. Das war von Anfang an deutlich erkennbar.

Was mir Grund zur Erleichterung gab.

Abbu blickte finster drein. »Der Junge ist ein Dummkopf.«

»Weil er mit einer Frau tanzt?«

»Nein. Weil er so leicht aufgibt. Seht Ihr, wie er sich ihr unterwirft? Seht nur, wie er ihr erlaubt hat, den Tanz zu führen?« Abbu schüttelte den Kopf. »Er hat Angst, sie zu verletzen und hat ihr daher den Kreis überlassen. Er hat ihr den Tanz überlassen. Und das alles nur, weil sie eine Frau ist.«

»Ihr würdet das nicht tun?« fragte ich, als die Klingen im Kreis klirrten. »Wollt Ihr mir erzählen, Ihr könntet ihr Geschlecht ignorieren und einfach gegen sie kämpfen, Tänzer gegen Tänzer?«

Abbu schaute noch finsterer drein.

Ich nickte. »Das dachte ich mir.«

»Und Ihr?« forderte er mich heraus. »Was würde der Sandtiger tun? Er war selbst sein halbes Leben lang eine Frau ....«

Ich schloß meine Hand um sein Handgelenk. »Wenn Ihr nicht sehr vorsichtig seid«, begann ich, »dann wird unser Tanz genau jetzt stattfinden. Und dieses Mal werde ich Eure Kehle mit Stahl öffnen anstatt mit Holz.«

Ein Tosen erhob sich aus der Menge. Es hatte nichts mit Abbu und mir zu tun, sondern mit dem Ausgang des Tanzes. Was bedeutete, daß Del gewonnen hatte. Nabir hätten sie bejubelt. Ihr zollten sie nur Schweigen, nachdem sie erst einmal ihren Schock überwunden hatten.

Abbu riß fluchend sein Handgelenk los. »Ihr seid verweichlicht«, klagte er mich an. »Denkt Ihr, ich kann es nicht erkennen? Eure Hautfarbe ist schlecht, Eure Knochen stechen hervor, der Blick Eurer Augen ist stumpf. Ihr seid nicht der Sandtiger, den ich vor achtzehn Monaten tanzen sah. Was bedeutet, daß Ihr alt, krank oder verletzt seid. Was davon ist es, Sandtiger?« Er hielt inne. »Oder trifft alles zu?«

Ich zeigte ihm alle meine Zähne. »Wenn ich krank bin, werde ich genesen. Wenn ich verletzt bin, wird es wieder heilen. Aber wenn ich alt bin, dann seid Ihr noch älter. Schaut in einen Spiegel, Abbu. Euer Leben steht Euch im Gesicht geschrieben.«

Ich übertrieb nicht. Sein dunkelhäutiges Gesicht war an Mund und Augen scharf eingeschnitten, und in seinem dunkelbraunen Haar zeigten sich graue Strähnen. Die Nase war ihm zumindest einmal gebrochen worden, wovon er eine Einkerbung über dem Nasenrücken zurückbehalten hatte, der er sich während meiner Lehrzeit als punjageboren hätte rühmen können. Er war, das wußte ich, älter als vierzig. Das ist in unserem Beruf schon alt. Und man sah ihm jedes dieser Jahre an.

Aber das gilt auch für mich. Die Wüste ist niemals freundlich.

Del, im Kreis, sagte etwas zu Nabir. Da ich sie kannte, mußte es etwas Diplomatisches sein. Etwas, das mit zukünftigen Siegen zu tun hatte. Sie ist keine Frau, die den Stolz eines Mannes mit Füßen tritt, außer wenn er es herausfordert. Und das hatte Nabir nicht getan, nicht wirklich. Oh, er war sich seines Sieges gewiß gewesen, aber andererseits hatte ich einen gewissen anderen jungen Schwerttänzer gekannt, der ganz ähnlich empfunden hatte, als es darum ging, sein vom Shodo gesegnetes Schwert aus bläulichem Stahl zu erringen. Und der seinen ersten Tanz an einen erfahrenen Schwerttänzer verloren hatte, der keine Zeit gehabt hatte, den Launen und dem Stolz eines arroganten jungen Mannes nachzugeben. Ich hatte es verdient gehabt zu verlieren. Und ich hatte verloren.

Nun, das hatte auch Nabir.

Er nahm es natürlich schwer. Das hatte ich auch getan. Es blieb abzuwarten, ob Nabir aus der Niederlage etwas lernen würde oder ob er sie in seinem Geist schwären lassen würde. Zugegebenermaßen gab es noch mehr, womit er sich geißeln mußte — er hatte seinen ersten Tanz an eine *Frau* verloren —, aber wenn er klug war, würde er in Zukunft zweimal darüber nachdenken, seinen Gegner zu unterschätzen. Zu viele Variablen spielten bei einem Tanz mit hinein und sicherlich mehr als nur das Geschlecht. Und wenn Nabir nicht mit ihnen umzugehen lernte, sie nicht anzunehmen lernte, würde er beim ersten Mal, wenn er auf Leben und Tod in einen Kreis eintrat, getötet werden.

Als der Junge Del nicht antworten wollte, wandte sie sich ab und trat aus dem Kreis heraus. Sie trug noch immer die blaue, wollene Tunika und die Hosen, die jetzt schweißgetränkt waren. Sie mußte jetzt zu südlicher Kleidung übergehen. Mit einem angehobenen Arm rieb sie sich die Feuchtigkeit aus dem Gesicht und befreite es von gelöstem Haar. Ihre Bewegungen waren steif und ließen jede Anmut vermissen. Sie bückte sich, nahm Harnisch und Schuhe auf und ließ die Menge vor sich zurückweichen. Sie war erhitzt, schwankte ein wenig und war offensichtlich müde. Aber sie verbarg die

Schwere dieser Müdigkeit vor jedermann außer vor mir.

Ich war so froh, daß der Tanz vorüber war, daß ich an nichts anderes dachte.

»Der Junge war ein Dummkopf«, erklärte Abbu.

»Ja.«

»Und ich war ein Dummkopf, daß ich so viel auf ihn gesetzt habe.«

Ich lächelte. »Ja.«

Abbu zog den Hanjii-Nasenring aus seiner Tasche. »Ich zahle meine Schulden, Sandtiger. Ich will nicht nachgesagt bekommen, daß ich es nicht täte.«

»Jetzt brauche ich das nicht, Abbu.«

Er starrte mich gereizt an, während er mir den Nasenring gab, und sah dann an mir vorbei auf Dels sich zurückziehenden Rücken. »Sie könnte vieles lernen, wenn sich ein Mann die Zeit nehmen würde, sie zu lehren.«

Ein Mann hatte das getan. *Männer* hatten das getan, alles Nordbewohner, *An-Kaidin* von Staal-Ysta. Und ein Bandit namens Ajani. Aber ich sagte nichts davon zu Abbu Bensir, der das auch nicht verstehen würde.

»Oh, ich weiß nicht, Abbu ... es scheint mir, als hätte sie bereits eine Menge gelernt.«

»Sie könnte besser sein. Schneller, glatter ...« Er machte eine nachdrückliche Handbewegung. »Sie ist natürlich eine Frau, mit den Fehlern einer Frau, aber sie *hat* Talent. Vielverspechendes Talent. Und sie ist groß genug und kräftig genug ...« Dann schüttelte er den Kopf. »Aber es wäre eine Dummheit, eine Frau zu lehren. Zu *versuchen*, eine Frau zu lehren.«

»Warum?«

Er war sehr selbstsicher. »Sie würde heulen, wenn der Shodo sie zum ersten Mal rügen würde. Sie würde sofort aufgeben, wenn sie das erste Mal verletzt würde. Oder sie würde einen Mann treffen und alles Interesse verlieren. Sie würde sein Essen kochen, sein Haus führen, seine Kinder gebären. Und sie würde das Schwert beiseite legen.«

Ich hob in lässiger Herausforderung die Augenbrauen. »Ist eine Frau nicht dafür geschaffen? Essen zu kochen, ein Haus zu führen und die Kinder eines Mannes zu gebären?«

Noch immer stirnrunzelnd, sah Abbu mich ungeduldig an. »Ja, natürlich, für alles das ... aber könnt Ihr nicht sehen, Sandtiger? Oder seht Ihr nichts außer der Frau, anstatt das Können der Frau zu sehen?« Sein Blick war sehr direkt. »Als ich Euch zum ersten Mal tanzen sah — Euren ersten *richtigen* Tanz, nicht den, bei dem Ihr mich beinahe getötet habt —, wußte ich, was Ihr sein würdet. Obwohl Ihr verloren hattet. Und ich wußte, daß zwei Namen in der Punja genannt werden würden, anstatt nur meiner.« Er zuckte mit einer Schulter. »Ich war bereit zu teilen, und das bin ich noch immer. Weil ich kein blinder Narr bin. Weil ich Talent anerkenne, wenn ich es sehe, selbst bei einer Frau. Und das solltet Ihr auch tun.«

Dies war nicht der Abbu Bensir, an den ich mich erinnerte. Er war sich seines Talents, seiner Technik und seiner Wirkung immer außerordentlich sicher gewesen. Andererseits *war* er ein ausgezeichneter Schwerttänzer. Er *hatte* eine hervorragende Technik. Und sicherlich hatte er Wirkung, mit der zerstörten Nase und allem. Obwohl er kleiner war als ich und leichter, mit deutlicher ausgeprägten südlichen Gesichtszügen, verfügte Abbu Bensir nichtsdestotrotz über die unausgesprochene Fähigkeit, die Menschen um sich herum zu beherrschen.

Aber er war niemals für seine Menschlichkeit oder ehrliche Gesinnung bekannt gewesen. Und ganz sicher nicht in bezug auf seinen Umgang mit Frauen. Er war immerhin Südbewohner, und die Frauen, die er kannte, waren Wirtshausmädchen oder einfältige Bedienstete, die für verschiedene Tanzeers oder Händler arbeiteten.

Er kannte mit Sicherheit keine Frau, die die Zeit wert

war, sie in der Handhabung eines Schwertes zu unterweisen. Ich bezweifle, daß ihm die Idee jemals gekommen war, ebensowenig wie mir — bevor ich Del traf. Aber ich hatte Del getroffen, und ich hatte mich verändert. Würde Abbu Bensir dasselbe tun?

Nicht, wenn ich etwas dazu zu sagen hatte. Sollte er lieber der arrogante südliche Mann bleiben.

»Ich erkenne ein Talent, wenn ich es sehe«, belehrte ich ihn. »Ich erkenne es an. Habt Ihr vergessen, daß ich auf *sie* gewettet habe?«

»Das habt Ihr getan, um mich herauszufordern«, erklärte Abbu. »Wir sind wie Öl und Wasser, Sandtiger ... so wird es zwischen uns immer sein.« Er sah an mir vorbei und beobachtete, wie sich die Menge langsam zerstreute. Dann kehrte sein Blick blitzartig zu mir zurück. »Ihr habt den Nasenring, Sandtiger. Jetzt werde ich mir die Frau nehmen.«

Er streifte mich leicht, als er sich umwandte, und die schwarze Gazeunterkleidung kräuselte sich. Er trug Harnisch und Klinge, eine südliche Klinge, die im Sonnenlicht schimmerte. Ein altes, ehrenwertes Schwert, das in vielen Legenden bedacht wurde.

Ich sah ihn fortgehen, mit dem flüssigen Gang eines Mannes davonschreiten, der mit seinem Leben sehr zufrieden ist. Eines Mannes, der, dessen war ich sicher, keinerlei Zweifel an sich selbst hegte.

Oder an der Frau, der er folgte.

6

Als ich das Wirtshaus erreichte, hatte Abbu Bensir Del bereits in die Ecke getrieben. Nun, nicht *richtig* in die Ecke getrieben. Sie saß in einer Ecke, und er saß bei ihr.

Sie saß mit dem Rücken zur Wand, genau wie ich es immer getan habe. Dadurch konnte sie mich sehen, als ich mich näherte, obwohl sie sich nichts anmerken ließ. Dadurch konnte ich mich auch nähern, ohne daß Abbu es bemerkte, da sein Rücken mir zugewandt war. Also zog ich Vorteil daraus und blieb unmittelbar hinter ihm stehen. Hörte *seiner* Annäherung zu.

»... Ihr könntet noch viel besser werden«, sagte er überzeugt. »Mit meiner Hilfe natürlich.«

Del antwortete nicht.

»Ihr müßt zugeben«, fuhr er fort, »daß es ungewöhnlich ist, eine Frau mit Euren Möglichkeiten und Eurer Hingabe zu finden. Hier im Süden ...«

»... werden Frauen wie Sklaven behandelt.« Del lächelte nicht. »Warum sollte ich Eurer sein?«

»Nicht mein Sklave, meine Schülerin.«

»Ich war bereits eine *Ishtoya*. Ich war bereits eine *An-Ishtoya*.«

Nun war er verwirrt. »Ich bin Abbu Bensir. Jeder südliche Schwerttänzer kann Euch sagen, wer ich bin und wozu ich fähig bin. *Jeder* südliche Schwerttänzer ... sie alle kennen mich.«

Zum ersten Mal seit meinem Hinzutreten sah Del mich an. »Kennst du ihn?«

Abbu setzte sich aufrecht und wandte dann den Kopf. Sah mich, runzelte die Stirn, vermittelte mir wortlos die

Botschaft zu gehen und wandte sich dann wieder Del zu. »Fragt jeden anderen, aber nicht ihn.«

Ich grinste. »Aber ich kenne Euch *tatsächlich*. Und weiß, wozu Ihr fähig seid.«

»Nämlich?« fragte Del kühl.

Abbu schüttelte den Kopf. »Er wird Euch keine faire Antwort geben. Er und ich sind alte Rivalen im Kreis. Er wird nicht gut über mich sprechen.«

»Und Ihr seid ein Lügner«, sagte ich liebenswürdig. »Ich würde ihr die Wahrheit sagen, Abbu: daß Ihr ein hervorragender Schwerttänzer seid, der jedermann viel beibringen kann.« Ich hielt inne. »Aber ich bin noch hervorragender als Ihr.«

Del lächelte fast. Abbu starrte mich nur an. »Dies ist ein privater Tisch.«

»Die Dame war zuerst hier. Warum fragen wir *sie* nicht?«

Del machte eine ungeduldige Handbewegung, sie zeigt keine Toleranz bei solchen Dingen.

Ich zog mir einen Stuhl heran, setzte mich hin und lächelte Abbu entwaffnend an. »Habt Ihr ihr Euren Plan bereits erklärt?«

»Plan?« echote er bestürzt.

Ich sah Del an. »Er beabsichtigt, deinem Können zu schmeicheln, da Frauen leichtgläubige Geschöpfe sind ... er wird dir sagen, wovon er glaubt, daß du es hören willst, selbst wenn er nicht der gleichen Meinung ist ... und dann wird er dich in den Kreis führen, einfach um dein Interesse zu entfachen ...«, ich grinste, »und dann wird er dich direkt ins Bett führen.«

Abbus helle Augen glitzerten.

»Es funktioniert nicht«, belehrte ich ihn. »Ich habe es bereits versucht.«

»*Und* bist gescheitert.«

Abbu, der nicht dumm ist, runzelte die Stirn. Er sah Del an. Dann mich. Und forderte dann seinen Nasenring zurück.

»Warum?« fragte ich.

»Weil Ihr ihn unter falschen Voraussetzungen gewonnen habt. Ihr und die Frau kennt einander.«

Ich zuckte die Achseln. »Ich habe niemals gesagt, daß es nicht so wäre. Es ist nicht zur Sprache gekommen, Abbu. Ich habe eine Wette angeboten. Ihr habt die Wette angenommen. Der Nasenring wurde fair gewonnen.« Ich lächelte. »Und ich brauche ihn, um *meine* Schulden zu bezahlen.«

Del sah mich an. »Du hast auf den Tanz gewettet?«

»Ich habe auf dich gewettet.«

»Um zu gewinnen.«

»*Natürlich* um zu gewinnen. Denkst du, ich sei ein Narr?«

Abbu fluchte leise. »*Ich* bin der Narr.«

»Weil Ihr eine Frau lehren wollt?« Dels Tonfall klang wieder kühl. »Oder weil Ihr auf die falsche Person gewettet habt?«

Kima trat mit einem Krug an den Tisch heran. »Aqivi«, verkündete sie und schmetterte ihn auf den Tisch.

Abbu Bensir sah über den Rand des Kruges hinweg in offensichtlicher Herausforderung zu Del. Ich habe dies schon zuvor gesehen — Abbu hat, so ungern ich es zugebe, Erfolg bei Frauen —, aber ich hielt es nicht für sehr gefährlich. Er war nicht der Typ Mann, der Del interessieren könnte. Er war zu arrogant, zu abrupt, sich seiner Außergewöhnlichkeit, die einzig auf seinem Geschlecht beruhte, zu sicher.

Er war, und das vor allem anderen, zu *südlich*.

»Was könnt Ihr mich lehren?« fragte Del.

Ich trat sie unter dem Tisch.

Abbu dachte darüber nach. »Ihr seid groß«, sagte er, »und stark. Ihr habt eine genauso große Reichweite wie jeder Südbewohner ... ausgenommen vielleicht der Sandtiger. Aber Ihr würdet besser daran tun, Eure Muster kleiner zu halten. Subtiler.« Er griff über den Tisch hinweg nach Dels linkem Handgelenk. »Ihr habt die nötige Kraft — ich habe es gesehen —, um kleinere Muster zu führen, aber Ihr nutzt sie nicht. Ihr wart vorhin viel zu offen. Das hat Eure Reaktionszeit verlangsamt und ließ Möglichkeiten offen, Euch zu besiegen. Daß Ihr gesiegt habt, hatte weniger mit Eurem besseren Können als vielmehr mit der Unerfahrenheit des Jungen zu tun.« Er lächelte flüchtig. »Ich würde es anders machen.«

Es war eine exakte Zusammenfassung von Dels Tanz. Daß er auch kleinere Klingenmuster vorschlug, gefiel mir nicht, weil es mir zeigte, daß er sie sehr gut beurteilt hatte. Del gebraucht gewöhnlich *tatsächlich* kleinere, festere Muster, aber sie war aus der Übung und hatte nicht ihre üblichen Techniken angewandt.

Und wenn Del irgend etwas beeindrucken könnte, dann war das ein Mann, der sie aufgrund ihrer Erfolge beurteilte und nicht aufgrund ihres Geschlechts.

»Hier«, sagte ich abrupt, »es besteht kein Grund dafür, guten Aqivi zu verschwenden.« Ich ergriff den Krug und begann Alkohol in die Becher zu füllen, die Kima hingestellt hatte.

Abbu beobachtete mich von der Seite. Im Profil war seine Nase ein Zerrbild —, aber gerade das verlieh ihm den Anschein hart erworbener Erfahrung. Anders als Nabir war er kein Junge an der Schwelle des Mannestums. Abbu Bensir hatte sie schon vor vielen Jahren überschritten. Er hatte das hagere, tödliche Aussehen eines Borjuni, obwohl er Schwerttänzer anstatt Räuber war.

Was er über mich dachte, konnte ich nicht sagen. Ich war erheblich größer und schwerer und auch jünger, aber Abbu Bensir hatte recht. Ich hatte meine Kräfte, meine Ausdauer und meine Gesundheit nach der Wunde, die Del mir zugefügt hatte, noch nicht wieder vollständig zurückerlangt, und das zeigte sich auch. Sicherlich zeigte es sich einem erfahrenen Schwerttänzer, der sehr wohl zu beurteilen wußte, was zählte.

Er lehnte sich auf seinem Stuhl zurück und goß Aqivi in seine Kehle. »Also«, sagte er träge zu Del, »hat diese große Wüstenkatze Euch von unseren Abenteuern erzählt?«

»Abenteuer?« echote ich bestürzt. Abbu und ich hatten, meines Wissens nach, noch niemals viel mehr als ein Wirtshaus miteinander geteilt.

Wie es vorauszusehen gewesen war, sagte Del nein.

Natürlich war es das, was er beabsichtigt hatte. Mit einer geschickten, ruckartigen Bewegung seiner Finger öffnete Abbu den Kragen seines Untergewandes und ließ ihn aufklaffen. Seine Kehle war nun freigelegt und zeigte die helle Narbe, die von dem Messer des Shodo zurückgeblieben war. »Mein Ehrenmal«, sagte er. »Und es wurde mir von niemand anderem verliehen als dem Sandtiger.«

Dels Brauen hoben sich.

Abbus Stimme klang überschwenglich. »Es geschah sehr früh in seiner Laufbahn, aber es war ein eindringliches Zeichen für den Süden, daß ein neuer Schwerttänzer geboren werden sollte.«

»Es war nichts von ›sollte‹ daran«, sagte ich gereizt. »Es hat mich sieben weitere Jahre gekostet.«

»Ja, aber es erregte die Aufmerksamkeit jener von uns, die solche Dinge als Talent und Möglichkeit erkennen konnten.« Er hielt inne. »Der *wenigen* von uns.«

»Tat es das?« fragte Del kühl.

»O ja«, sagte Abbu. »Er war ein unbeholfener, siebzehnjähriger Junge mit Händen und Füßen, die zu groß waren für seinen Körper — und seinen Geist —, aber die Möglichkeiten waren da. Ich wußte, daß er werden würde ... solange seine angeborene Unterwürfigkeit und all seine Jahre als Chula ihn nicht zerstören würden, bevor er richtig begonnen hatte.«

Dels Augen flackerten nicht. »Abbu Bensir«, sagte sie weich, »paßt auf, wo Ihr hingeht.«

Er ist kein dummer Mann, er änderte seine Taktik sofort. »Aber ich bin nicht hier, um über den Sandtiger zu reden, den Ihr unzweifelhaft viel besser kennt als ich.« Da war ein Glitzern in seinen Augen. »Ich bin gekommen, um meine Dienste als Shodo anzubieten. Ich denke, Ihr könntet davon profitieren.«

»Vielleicht könnte ich das«, sagte Del. Und sah mir dann tief in die Augen. »Wenn du mich noch einmal trittst ...«

Ich fuhr ihr über den Mund, indem ich meine Stimme hob und Abbu ansprach. »Werdet Ihr nicht nach Iskandar gehen wie jeder andere auch?«

»Eventuell. Obwohl ich es für Unsinn halte, dieses Gerede von einem Jhihadi.« Abbu zuckte die Achseln und trank Aqivi. »Iskandar selbst, so heißt es in den Geschichten, versprach zurückzukehren, um dem Süden Wohlstand zu bringen, um den Sand in Gras zu verwandeln. Ich sehe keinerlei Anzeichen davon.« Er schüttelte den Kopf. »Ich denke, es ist nicht mehr als ein einfältiger Mann, der sich einbildet, ein Orakel zu sein ... ein Eiferer, der Aufmerksamkeit braucht, bevor er stirbt. Er wird die Stämme unzweifelhaft aufrütteln — das hat, soweit ich gehört habe, schon begonnen —, aber niemand, der ein wenig Verstand hat, wird darauf hören.«

»Außer den Tanzeers.« Ich zuckte die Achseln, als Abbu stirnrunzelnd über seinem Becher brütete. »Sie werden den Vorhersagen des Orakels nicht glauben, aber wenn sie überhaupt irgendwelche Intelligenz haben, werden sie erkennen, daß dieses Orakel — und der angekündigte Jhihadi, wenn jemals einer erscheint — einiges ihrer Macht aufsaugen könnte.«

»Ein Aufstand«, sagte Abbu nachdenklich, »im Namen der Religion geführt.«

»Die Menschen werden im Namen des Glaubens erstaunliche Dinge tun«, bemerkte ich. »Umgebt ihn mit dem Ruch des Heiligen, und sogar der Meuchelmord wird verehrt werden.«

»Ich verstehe nicht«, warf Del ein. »Was du über Religion sagst, ja, das habe ich selbst erlebt, aber inwiefern würde das den Süden betreffen?«

Ich zuckte die Achseln. »Der Süden besteht aus Hunderten von Wüstendomänen, die von jedem regiert werden, der stark genug ist, sich zu behaupten. Er kommt hin, baut seine Machtposition auf, nennt sich Tanzeer, um ein wenig Glanz zu erhalten — und regiert.«

Sie blinzelte. »So einfach?«

»So einfach«, bestätigte Abbu mit seiner gebrochenen Stimme. »Natürlich würde jeder Mann, der sich entschließen würde, so etwas zu tun, eine große Streitmacht treuer Männer brauchen ... oder eine große Streitmacht *gedungener* Männer, die seinem Geld die Treue halten.« Er grinste. »Ich selbst war an dem Aufbau mehrerer solcher neuer Regierungen beteiligt.«

Dels Stimme klang milde. »Aber Ihr selbst habt niemals versucht, Euer *eigenes* Reich zu gründen.«

Er zuckte die Achseln. »Es ist leichter, das Geld zu nehmen und zum nächsten Wüstenbanditen weiterzuziehen, der im Begriff steht, sich Tanzeer zu nennen.«

Del sah mich an. »Hast du das auch getan?«

»Niemals von Anfang an«, antwortete ich. »Ich habe mich verdingt, um den bereits etablierten Tanzeer zu beschützen, aber ich bin niemals hingegangen und habe eine brandneue Domäne errichtet.«

Sie nickte nachdenklich. »Also ist ein Tanzeer nicht vom Geburtsrecht her Tanzeer ... er wird nur durch die Kraft der Waffen zum Fürsten.«

Ich schüttelte den Kopf. »Ein Tanzeer ist vom Geburtsrecht her Tanzeer, wenn seine Familie die Domäne lange genug unterhält. Und einige dieser Wüsten›fürstentümer‹ existieren bereits seit Jahrhunderten und werden an jeden Erben weitergegeben ...«

»... der wiederum stark genug sein muß, es zu halten«, beendete Del den Satz.

»Natürlich«, krächzte Abbu. »Es hat viele neu ernannte Tanzeers gegeben, die vorzeitig geerbt haben und einfach nicht die Kräfte auftreiben konnten, die nötig waren, um sich gegen Eindringlinge zu verteidigen.«

Er lächelte. »Das ist der leichteste Weg, eine Domäne zu vergrößern.«

»Sie jemand anderem zu stehlen«, sagte sie.

»*Alle* Domänen sind gestohlen worden«, konterte Abbu. »Sicherlich gehörte der Süden früher einmal niemandem, er *war* einfach — und dann suchten sich Männer, die stark genug waren, es zu tun, die Domänen, die sie haben wollten, für sich selbst aus ... und so weiter und so weiter, bis das Land vom Meer bis zur nordischen Grenze aufgeteilt war, und auch vom Osten bis zum Westen.«

»Aufgeteilt«, echote sie. »Gibt es überhaupt kein unbesetztes Land mehr?«

Abbu zuckte die Achseln. »Domänen existieren dort, wo das Land es wert ist, sie zu unterhalten. Dort gibt es Wasser oder eine Stadt oder eine Oase oder Berge — ein Ort, der es wert ist, eine Domäne zu haben, wird zu einer. Was niemand will, bleibt unbesetzt.«

»Die Punja«, sagte ich. »Niemand herrscht über die Punja. Außer den Stämmen vielleicht ... aber sie haben mehr Respekt vor dem Land. Sie teilen es nicht auf und besetzen es. Und sie unterwerfen sich auch nicht der Herrschaft irgendeines Mannes, der sich zum Tanzeer ernennt. Sie ziehen einfach mit dem Wind, der hierhin und dorthin weht.«

»Ähnlich einem Schwerttänzer.« Del ließ ihren Becher auf dem Tisch kreisen. »Also stellt das Orakel — das unter den Stämmen Anhänger gewinnt — für die Tanzeers eine Bedrohung dar.«

»Indem es die Stämme mobilisiert, ja«, stimmte Abbu zu.

»Aber das Orakel ist nur ein Sprachrohr«, sagte ich. »Der Jhihadi stellt die wahre Bedrohung dar. Denn wenn die Geschichten wahr würden — wenn Sand in Gras verwandelt würde —, dann würde das bedeuten, daß der *ganze* Süden wert wäre, besetzt zu werden. Jeder Mann würde ein Tanzeer in sich selbst werden, und die Autorität jener unbedeutenden Fürsten, die die gegenwärtigen Domänen innehaben, würde zusammenbrechen.«

»Also werden sie versuchen ihn zu töten.« Dels Ton war sachlich. »Unabhängig davon, wer er ist, unabhängig davon, warum er gekommen ist, selbst wenn alles eine Lüge ist — die Tanzeers werden ihn töten lassen. Nur für alle Fälle.«

»Wahrscheinlich«, stimmte ich zu.

Abbu lächelte matt. »Zuerst müßten sie ihn einmal finden.«

»Iskandar«, sagte Del. »Soll er nicht dort erscheinen?«

Abbu zuckte die Achseln. »So sagt es das Orakel.«

»*Ihr* werdet gehen«, erklärte sie.

Abbu Bensir lachte. »Nicht wegen des Orakels. Nicht wegen des Jhihadi. Ich gehe dorthin wegen des Tanzens. Ich gehe dorthin wegen des Geldes.«

Del runzelte die Stirn. »Wegen des Geldes?«

Abbu nickte. »Wo sich Menschen versammeln, wird es Wetten geben. Wo es *Tanzeers* gibt, wird es Arbeit geben. Es ist leichter, beides an einem Ort zu finden, als über den ganzen Süden verstreut.«

»In der Hochlandsprache ein *Kymri*«, erklärte ich. »Wir haben nicht viele hier im Süden ... aber Abbu hat recht. Wenn dieses Orakel genug Leute aufhetzt, werden sie alle nach Iskandar gehen. Und das werden auch die Tanzeers tun. Und auch die Schwerttänzer.«

»Und die Räuber?« fragte sie.

»Die Borjuni, ja«, stimmte Abbu zu. »Sogar Huren wie Kima.«

»Ich möchte hingehen«, sagte Del.

Ich seufzte. »Scheint ein genauso geeigneter Ort wie

jeder andere zu sein, um etwas über Ajanis Verbleib zu erfahren.«

Aber Del sah mich nicht an. Sie sah zu Abbu. »Und ich möchte, daß Ihr mich lehrt.«

Ich verschluckte mich fast am Aqivi. »Del ...«

»Morgen«, erklärte sie.

Abbu Bensir lächelte nur.

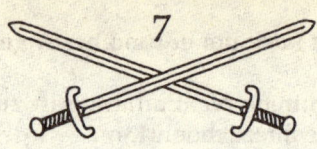

7

W arum?« fragte ich, während ich im Eingang stehenblieb. »Was versuchst du zu beweisen?«

Del, in ihrem kleinen Zimmer im Gasthaus, sah mich
kaum an, während sie sich auf den Rand ihres mit Latten versehenen Bettes setzte, um ihre Stiefel und Fellga-
maschen auszuziehen. »Nichts«, antwortete sie und
wickelte die Lederbänder ab.

»Nichts? *Nichts?*« Ich funkelte sie an. »Du weißt genauso gut wie ich, daß Abbu Bensir dir nichts mehr beibringen kann.«

»Nein«, stimmte sie zu und schälte die Gamaschen
von den Stiefeln.

»Warum dann . . .«

»Ich brauche die Übung.«

Ich stand von den Türpfosten flankiert da und beob-
achtete, wie sie den Stiefel auszog. Sie ließ ihn auf den
Boden fallen und wandte sich dann dem anderen zu. Er-
neut begann sie mit der Gamasche. Ihr bloßer rechter
Fuß war an den Rändern wund gerieben. Der Rest des
Fusses war weiß.

»Also«, sagte ich, »benutzt du ihn als Trainingspart-
ner.«

Del schnürte die Bänder auf. »Ist er so gut, wie er behauptet?«

»Ja.«

»Besser als du?«

»Anders.«

»Und *hast* du ihm diese Narbe zugefügt?«

»Nein.«

Sie neigte leicht den Kopf. »Also ist er ein Lügner.«

»Ja und nein. Ich habe ihm die Narbe nicht selbst zugefügt, aber ich habe den Grund dafür geliefert, daß es nötig wurde.«

Del sah zu mir hoch. »Er haßt dich nicht dafür. Er könnte es — ein anderer Mann würde es vielleicht tun —, aber er tut es nicht.«

Ich zuckte die Achseln. »Wir sind niemals Feinde gewesen. Nur Rivalen.«

»Ich glaube, er respektiert dich. Ich glaube, er weiß, daß du deinen Platz im Süden hast — in der Hackordnung der Schwerttänzer — und er den seinen.«

»Er ist ein anerkannter Meister der Klinge«, sagte ich. »Abbu Bensir ist ein Begriff unter den Schwerttänzern. Niemand wäre dumm genug, das ihm gegenüber zu bezweifeln.«

»Nicht einmal du?«

»Ich habe mich nie für einen Dummkopf gehalten.« Ich hielt inne. »Du willst wirklich mit ihm üben?«

»Ja.«

»Du hättest ...«

»... dich fragen können?« Del schüttelte den Kopf. »Ich habe dich gefragt. Mehrere Male.«

»Ich werde üben«, sagte ich abwehrend. »Nur nicht mit meinem *Jivatma*. Wir werden uns hölzerne Übungsschwerter besorgen ...«

»Stahl«, sagte Del knapp.

»Bascha, du weißt, warum ich nicht ...«

»Du mußt es ja auch nicht.« Sie striff die Gamasche von ihrem Stiefel. »Also nehme ich statt deiner Abbu Bensir.«

»Aber er glaubt, daß er dich *unterrichten* soll.«

»Er soll denken, was immer er will.« Del zog an ihrem Stiefel. »Wenn ein Mann das, was man von ihm will, nicht auf die *Art* tut, wie man es will, dann erfindet man neue Namen für die gleiche Sache. Wenn es Abbu Bensirs Stolz befriedigt zu glauben, daß er die leichtgläubige nordische Bascha lehrt, dann laß ihn. Ich werde dennoch meine Übung bekommen. Ich werde dennoch meine Fitneß verbessern.« Sie sah mich offen an. »Was auch *du* nötig hast.«

Ich ignorierte diese letzte Bemerkung, denn wir wußten beide, daß es stimmte. »Wie lange soll das gehen?«

»Bis ich fit bin.«

Enttäuschung wallte auf. »Er will dich nur in sein Bett bekommen.«

Del erhob sich und begann ihren Harnisch aufzuhaken. »Ich lasse mir ein Bad bringen. Wenn du wirklich glaubst, ich wäre jemand, der dich quälen will, dann wäre es gut, wenn du gingest.«

Wie auf ein Stichwort rollte einer der Söhne des Gastwirts die Wanne aus meinem Zimmer. Sie war natürlich leer, was bedeutete, daß Del einen Extrabetrag für sauberes Wasser bezahlt hatte. Aber sie hatte kein Geld.

Die Enttäuschung schlug eine weitere Kerbe. »Bezahle ich auch dafür?«

Del nickte.

Ich schaute. »Es scheint so, als würde ich für ungeheuer vieles bezahlen und doch nichts dafür bekommen.«

»Oh?« Helle Brauen hoben sich. »Ist Höflichkeit und Großzügigkeit abhängig davon, wie bald und wie viele Male ich mit dir ins Bett gehe?«

Ich trat zur Seite, als der Junge die Wanne durch den Eingang rollte. Ich wartete ungeduldig, daß er sie hinstellen und gehen würde. Als er das erst einmal getan hatte, wandte ich mich erneut Del zu.

Ich stand jetzt direkt vor ihr und blieb so stehen, als sie sich von dem Bett umwandte, um mich Auge in Auge anzusehen. Da sie barfuß war, betrug der Größenunterschied zwischen uns noch einen Finger mehr, zusätzlich zu den bereits fünf, die ich schon immer größer war. Aber das beeinträchtigte sie nicht.

Ich atmete tief ein, um mich zu beruhigen. »Du machst es mir nicht leicht.«

Del preßte die Lippen zusammen. »Ich versuche

nicht, es überhaupt zu irgend etwas zu *machen*. Ich versuche, meinen Gesang zu beenden.«

Ich versuchte, einen ruhigen Tonfall beizubehalten. »Wie viele Männer hast du getötet?«

Dels Augen verengten sich. »Ich weiß es nicht.«

»Zehn? Zwanzig?«

»Ich weiß es nicht.«

»Schätze«, schlug ich vor.

Sie öffnete den Mund. Schloß ihn wieder. Und brachte dann zähneknirschend hervor: »Vielleicht zwanzig oder so.«

»Wie viele in einem Kreis?«

»In einem Kreis? Keinen. Ich habe sie alle getötet, um mich zu verteidigen.« Sie hielt inne. »Oder um andere zu verteidigen. Sogar dich.«

»Und einige einfach aus Rache. Ajanis Männer, du hast auch einige von ihnen getötet, nicht wahr? Vor einigen Monaten?«

»Ja.«

»Und erforderte jede dieser Tötungen solch intensive Konzentration?«

Dels Mund wurde zu einer flachen Linie. »Ich weiß, was du damit sagen willst. Du willst damit sagen, daß es falsch ist, solches Verhalten, solche *Konzentration* zu brauchen. Daß ich bereits getötet habe, wird eine weitere Tötung nicht weniger schwierig machen.«

Ich schüttelte den Kopf. »Ich will damit sagen, daß ich denke, daß du dich vielleicht selbst bestrafst. Daß du dadurch, daß du dir selbst solch unerbittliches Verhalten abverlangst, glaubst, du könntest den Tod deiner ganzen Familie wettmachen.«

Der Sohn des Gastwirts stieß mit dem Wassereimer gegen den Türrahmen, als er hindurchgehen wollte, und ließ Wasser über den Rand schwappen. Was auch immer Del vielleicht gesagt hätte, erstarb, bevor es heraus war, und ich wußte, daß nichts davon jetzt mehr gesagt werden würde. Der Moment war vorbei.

»Laß dich schön vollsaugen«, schlug ich oberflächlich vor. »Ich muß all deine Schulden bezahlen gehen.«

Stumm beobachtete Del, wie der Junge Wasser in die Wanne schüttete. Wenn sie nach mir sah, dann war es jetzt zu spät. Ich war bereits aus dem Zimmer. Aus dem Gasthaus. Und sehr aus der Stimmung.

Ich mußte in drei Wirtshäusern suchen, bevor ich ihn fand. Vielleicht war er überrascht. Vielleicht war er schüchtern. Oder vielleicht wollte er einfach an einem ruhigeren, kleineren Ort trinken, wo es nicht nach Huvakraut stank und so laut war wie in dem Wirtshaus, in dem Kima arbeitete.

Aber ich fand ihn. Und dann, als ich ihn gefunden hatte, stand ich im schwachen Licht der Dämmerung hinter der Tür und beobachtete ihn von weitem.

Nabir war, so beschloß ich, ein gutaussehender Junge, der gut in Form war. Schon bald würde er in seine Möglichkeiten hineinwachsen und jedermann im Kreis einwandfreies Können bieten. Wahrscheinlich auch einwandfreie Gesellschaft, obwohl er im Moment einfach in schwärzester Stimmung war. Sehr viel schlimmer dran, als ich es gewesen wäre, wenn es von derselben Frau verursacht worden wäre.

Er saß im hinteren Teil des Gastraumes zusammengesunken auf seinem Stuhl an einem Tisch, der gegen die Wand gerückt worden war. Seinen Kopf hatte er gleichgültig zurückgeworfen, aber ansonsten war nichts Gleichgültiges an ihm. Er runzelte die Stirn. Schwarzes Haar umrahmte ein gutes, wenn auch wenig bemerkenswertes Gesicht. Dichte schwarze Brauen trafen sich bei einem selbstverspottenden Stirnrunzeln über dem Nasenrücken. Es war eine gerade, schmale Nase mit nur der Andeutung einer Krümmung. Tatsächlich eher meiner ähnlich als Abbus, die die charakteristische Krümmung eines Raubvogelschnabels aufwies — oder aufgewiesen hatte. Bei einigen Wüstenstämmen ist die Krümmung der Nase eines Mannes kennzeichnend für größeren Heldenmut, als ein Krieger ihn hat, man frage mich nicht, warum. Eine dieser Moden, vermute ich, wie die verunstaltenden Nasenringe der Hanjii oder die Halsketten aus menschlichen Fingerknochen der Vashni.

Vor ihm auf dem Tisch lagen Harnisch und Schwert. Das war es, was er so stirnrunzelnd betrachtete. Daneben standen ein Krug mit Alkohol und ein Becher, aber er trank nichts. Saß nur da und runzelte die Stirn und schmollte und erwog, seinen neuen Beruf aufzugeben.

Ich bahnte mir meinen Weg durch die Tische und hielt inne, als er aufsah. Ich sah die Erkenntnis, die Anerkennung, die Weitung dunkelbrauner Augen. Er setzte sich so hastig auf, daß er fast seinen Stuhl umgeworfen hätte, was seinen Stolz noch mehr verletzt hätte.

Ich hieß ihn sich wieder hinsetzen, als er sich erheben wollte und setzte mich auf einem anderen Stuhl hin. »So«, sagte ich, »Ihr gebt also bereits auf?«

Ärger flackerte auf und erstarb wieder, wurde von Erniedrigung ersetzt. Er konnte mir nicht in die Augen sehen.

Ich behielt einen unterhaltsamen Ton bei. »Es ist am Anfang schwierig. Man weiß nicht, ob jemand mit einem tanzen will, und daher fragt man nicht. Und dann, wenn man genug Mut gesammelt hat, einen anerkannten Meister, einen Schwerttänzer des siebten Grades zu fragen — weil, so denkt man, gegen ihn zu verlieren erwartet wird und daher leichter ist —, lehnt er ab. Man geht und fragt sich, ob überhaupt *jemals* jemand mit einem tanzen wird — jemand anderer als ein anderer ehemaliger Lehrling, der gerade erst angefangen hat —, und dann kommt eine Frau daher und sagt, *sie* will mit dir tanzen.« Ich bewegte mich auf meinem Stuhl. »Zuerst fühlt man sich beleidigt — eine *Frau!* —, und dann erinnert man sich daran, daß sie die Frau bei dem Sandtiger war, eine Frau, die ein Schwert trägt und im Harnisch geht, genau wie Ihr. Man sieht, daß sie groß und

stark und fremdartig ist, und man denkt, daß sie irgendwo in einem Hyort sein und für jemanden kochen und
ein Baby umsorgen sollte, und man denkt, daß man sie
an ihren Platz verweisen wird. Im Namen Eures hart erworbenen Schwertes und Eures heiklen südlichen Stolzes nehmt Ihr die Einladung der Frau an.« Ich hielt inne.
»Und verliert.«

»Ich schäme mich«, flüsterte er.

»Ihr habt aus einem Grund verloren, Nabir. Aus einem.« Ich beugte mich vor und goß Alkohol in seinen Becher: Aqivi. »Ihr habt verloren, weil sie gesiegt
hat.«

Lider flackerten. Er sah kurz zu mir und schaute dann
zurück zu seinem verschmähten Schwert und Harnisch.

Ich trank. »Ihr habt verloren, weil Ihr Euch nicht von
der Arroganz Eures Geschlechts trennen konntet, und
von dem Wissen um *ihres*.«

Er runzelte die Stirn.

Ich sagte es noch direkter. »Sie hat gesiegt, weil sie
besser war.«

Rote Flecken erschienen auf seinem dunklen Wüstengesicht. »Wie kann eine Frau besser sein ...«

»... als ein Mann?« Ich zuckte die Achseln. »Es hat
vielleicht etwas mit ihrer Ausbildung zu tun, die vor der
Euren begonnen hat. Eine *formale* Ausbildung war es.
Und sie hat, genau wie Ihr, als Kind mit hölzernen
Schwertern gespielt.«

Er preßte die Kiefer zusammen. »Ich bin ein Schwerttänzer des zweiten Grades.«

Ich trank. Nickte. »Etwas, worauf man stolz sein
kann. Aber ich frage Euch: Warum seid Ihr gegangen,
bevor Ihr die anderen Grade vollendet hattet? Es gibt
sieben, wie Ihr wißt.«

Dunkle Augen schimmerten. »Ich war bereit zu gehen.«

»Ah. Ihr wart der Disziplin überdrüssig.« Ich nickte.
»*Und* Ihr habt das Lied der Münzen immer wieder bei

anderen Schwerttänzern anstatt bei Euch selbst gehört.«

Schwarze Brauen zogen sich zwischen seinen Augen zusammen. »Es ist nichts Unehrenhaftes daran, wenn man dann geht, wie ich es getan habe. Es gibt auch einige, die nach einem *einzigen* Jahr gehen.«

Ich nickte. »Und die meisten von ihnen sind tot.«

Er hob das Kinn. »Weil sie eine Einladung zu einem Tanz auf Leben und Tod angenommen haben.«

»Und das werdet auch Ihr tun.«

Er schüttelte den Kopf. Schwarzes Haar verfing sich in der herabgefallenen Kapuze seines indigofarbenen Burnus. »Ich bin nicht so dumm zu denken, daß ich dafür gut genug wäre.«

»Aber damit macht man das richtige Geld.« Ich zuckte die Achseln, als er mich unverwandt ansah. »Tanzeers zahlen immer gut, wenn sie jemanden getötet haben wollen.«

»Ich würde es lieber . . .«

». . . vermeiden, ich weiß. Aber was geschieht, wenn ein Schwerttänzer gedungen wird, um *Euch* zu töten?«

Seine Augen weiteten sich. »*Mich?*«

»Natürlich. Wenn Ihr diesem Tanzeer dient . . .«, ich hob meine linke Hand, ». . . dann will *jener* Tanzeer . . .«, meine rechte Hand, ». . . Euch schließlich aus dem Weg geräumt wissen. Und so wird jemand wie ich oder jemand wie Abbu Bensir — oder jemand wie Del — gedungen werden, um Euch in einen Kreis zu fordern, in dem der Tanz mit dem Tod enden wird.«

»Ich kann ablehnen.« Aber seine Sicherheit schwand.

»Ihr könnt ablehnen. Tatsächlich mehrere Male. Aber dann werdet Ihr den Ruf eines Feiglings erlangen, und kein Tanzeer wird Euch für irgend etwas anheuern.« Ich zuckte die Achseln. »Tötet oder werdet getötet.«

Nabir runzelte die Stirn. »Warum erzählt Ihr mir das?«

»Oh, vielleicht weil ich nicht zusehen möchte, wie Ihr

einen Beruf aufgabt, für den Ihr vielleicht geeignet seid.« Ich trank erneut. »Ihr braucht nur ein wenig Übung.«

Er blinzelte. »Mit … Euch?«

»Mit mir.«

»Aber … ich bin nicht gut genug für Euch.«

Im Moment war er es wahrscheinlich doch. Aber das sagte ich ihm nicht. »Ihr wart gut genug, um mich zum Tanz herauszufordern, nicht wahr?«

»Aber ich wußte, daß ich verlieren würde. Ich dachte nur …« Er seufzte. »Ich dachte nur, daß es, wenn ich in einem Kreis zusammen mit dem Sandtiger gesehen würde, meinem Namen dienlich sein könnte. Ich wußte natürlich, daß ich verlieren würde, aber ich hätte gegen den *Sandtiger* verloren. Jeder verliert gegen Euch.«

»Und Ihr werdet auch beim Üben verlieren«, erklärte ich. »Aber zumindest werdet Ihr ein wenig lernen.« Und ich würde meine Kondition zurückerlangen. »Sollen wir also morgen beginnen?«

Langsam nickte Nabir. »Was ist mit …« Er brach ab, überlegte und begann erneut. »Was ist mit der Frau? Ist sie wahrhaftig ein Schwerttänzer?«

Ich grinste. »Wenn Ihr Sorge habt, Euer Ruf — und Euer Stolz — hätte einen zu harten Schlag erlitten, um überleben zu können, dann würde ich mir darum keine Gedanken machen. Del hat auch mich besiegt.«

»*Euch?*«

»Nur im Übungskampf natürlich.« Ich erhob mich und stellte seinen Becher ab. »Danke für den Aqivi. Morgen früh als erstes sehe ich Euch.«

Er stieß sich hoch. »Sandtiger …«

»O ja … das werdet Ihr nicht brauchen.« Ich deutete auf seine Klinge. »Wir werden hölzerne Schwerter benutzen.«

Er blinzelte. »Hölzerne? Aber ich habe seit meinem ersten Jahr nicht mehr mit hölzernen Klingen geübt.«

»Ich weiß, ich auch nicht, und für mich liegt das

schon erheblich längere Zeit zurück als für Euch.« Ich zuckte die Achseln. »Ich möchte mich nicht gern vergessen und Euch den Bauch aufschlitzen. Zumindest kann ich Euch mit einem hölzernen Schwert nur ein paar Rippen brechen.« Ich grinste über seinen erschreckten Gesichtsausdruck. »Jetzt geht und sucht Euch eine Frau — vielleicht das hübsche kleine Wirtshausmädchen gegenüber, die Euch so sehr angehimmelt hat — und vergeßt nordische Baschas.«

»Sie ist wunderschön«, platzte er heraus.

Ich brauchte nicht zu fragen, welche Frau er meinte, ich habe diesen Gesichtsausdruck schon zuvor gesehen. »Die erste Lektion«, sagte ich. »Vergeßt solche Dinge. Wenn Ihr im Kreis seid, sogar gegen eine Frau ...«, ich hielt inne, »sogar gegen eine Frau wie Del, dann müßt Ihr an den Tanz denken. Und *nur* an den Tanz.«

»Im Kreis ist kein Platz für eine Frau.«

»Vielleicht nicht.« Ich hatte keine Lust, ihm irgendwelche von Dels Einwänden gegen diese Argumentationen zu erwidern. Das hätte zu lange gedauert. »Aber wenn Ihr dort eine trefft, wollt Ihr dann sterben, nur weil sie Brüste hat anstatt Hoden?«

»Hod ...« Er verstand es. Es war genug, um ihn dazu zu bewegen darüber nachzudenken. Kurz darauf nickte er. »Ich werde versuchen, nicht an die Frau zu denken. Ich werde versuchen, die Frau nicht zu *sehen*. Ich werde versuchen, es so zu machen wie Ihr.«

Hoolies, ich wünschte, daß ich nur die Frau sehen *könnte*, wenn ich mit Del im Kreis stehe. Wie Abbu Bensir. Wie Nabir. Wie all die anderen Männer, die sie in einem Kreis gesehen — oder getroffen — hatten.

Denn dann würde ich das Blut vergessen.

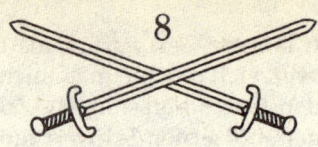

8

Wir trafen uns draußen im Freien, ein Stück vom Zentrum der Stadt entfernt. Ich suchte zum Nutzen des Jungen, und auch zu meinem eigenen, Abgeschiedenheit. Man muß seinem Gegner nicht sagen, daß man nicht ist, was man sein sollte.

»Zieht den Kreis«, befahl ich ihm.

Nabirs dunkle Augen weiteten sich. »Ich?«

Ich nickte ernst. »Das Privileg des Ranges«, sagte ich, »ist, daß man andere langweilige Dinge tun lassen kann, wie zum Beispiel im Schmutz zu graben.«

Er winkte ab. »Nein, nein ... ich meinte nur ... ich dachte, Ihr würdet es tun, um sicherzugehen, daß es richtig gemacht würde.«

»Es ist nicht allzu schwierig, einen Kreis zu ziehen«, sagte ich trocken. »Ich glaube, ein Schwerttänzer des zweiten Grades kann es schaffen.«

Was ihn daran erinnerte, wie es auch von mir beabsichtigt war, daß er einen gewissen eigenen Status hatte. Tatsächlich hätte Nabir, wenn ein Lehrling des ersten Grades dagewesen wäre, die Aufgabe an diesen delegieren können.

Aber es war keiner da. Also nahm Nabir das hölzerne Schwert in die Hand und fragte mich, einen wie großen Kreis ich haben wollte.

»Einen zum Üben geeigneten«, antwortete ich. »Es hat keinen Sinn, wenn wir uns jetzt schon die Beine lahmtanzen.« Insbesondere weil auch ein Übungskreis von sieben Schritten Durchmesser mich bereits genug fordern würde. »Wir werden als nächstes zu einem Trainingskreis übergehen und dann zu einem voll ausgeweiteten Tanzkreis, wenn ich irgendwann glaube, daß Ihr dazu bereit seid.«

Er öffnete den Mund. »Aber ...« Und brach ab. Seine Disziplin war also noch nicht vollständig abgebröckelt.

»Ich weiß«, sagte ich. »Ihr wollt sagen, daß Ihr gestern in einem Tanzkreis getanzt habt. Nicht wahr? Ihr habt verloren. Wir werden es auf meine Weise machen.«

Nabir errötete, nickte und fuhr damit fort, einen peinlich genau gezogenen Kreis in den Staub zu zeichnen. Er kannte die Dimensionen genauso gut wie ich — sieben lange Schritte im Durchmesser für einen Übungskreis, zehn für einen Trainingskreis und fünfzehn für einen voll ausgeweiteten Tanzkreis — und hatte eine ruhige Hand, was bedeutete, daß seine Linie nicht sehr schwankte. Das ist eines der Dinge, die ein Lehrling im ersten Jahr lernt: wie man einen sauberen Kreis zieht. Das hilft dabei, die Grenzen im Geiste festzusetzen, wo der wahre Kreis sein muß, wenn ein Lehrling Erfolg haben soll. Es klingt leicht. Es ist es nicht.

Nabir beendete seinen Kreis und sah mich mit der staubigen Klinge in der Hand erwartungsvoll an.

»Die Schuhe«, schlug ich vor. »Oder wollt Ihr mir noch einen weiteren Vorteil verschaffen?«

Wieder errötete er. Ich wußte, was er empfand — konnte er sich vor dem Sandtiger an *nichts* mehr erinnern? —, aber ihn bei der Hand zu halten würde ihm überhaupt nicht helfen. Er mußte darüber hinwegkommen, zu beeindruckt von mir zu sein, oder es würde seiner Konzentration schaden.

Obwohl ich mich durch die Hochachtung des Jungen, wie ich zugeben muß, gut fühlte. Es ist immer schön zu wissen, daß *irgend jemand* von dem beeindruckt ist, was man zuwege gebracht hat. Auch wenn Del es nicht war.

Nabir schlüpfte aus seinen Schuhen und ließ sie außerhalb des Kreises fallen, zusammen mit seinem indigofarbenen Burnus, der cremefarbenen Unterkleidung und dem Gürtel. In seinem Lederdhoti war er plötzlich überwiegend nackt und zeigte eine hagere südliche Kontur unter dunkler südlicher Haut. Sehnen spannten sich sichtbar, als er sich bewegte, da jeder Zentimeter seiner Haut fest gespannt war. Hager wie er war, war da dennoch ein sich wellender Bereich von Muskeln zwischen seinen Rippen und dem oberen Rand seines Dhoti zu sehen.

Ich runzelte nachdenklich die Stirn. »Zu welchem Stamm gehört Ihr?«

Er versteifte sich sichtbar. Farbe wogte durch sein Gesicht, daß die Wangenknochen hervorstachen und die Augen brannten. »Ist das wichtig?«

Es war Streitbarkeit in seinem Tonfall zu erkennen. Ich zuckte die Achseln. »Nicht wirklich. Ich war nur neugierig ... Ihr paßt einfach nicht in irgendeinen der Stämme, die ich kenne. Und doch ist Stammesblut in Euch ...«

»Ja«, unterbrach er mich. »Ich habe keinen Stamm, Sandtiger ... keinen, der mich haben wollte.« Er preßte die Kiefer zusammen. »Ich bin ein Mischling.«

»Nun gut, einige der besten Menschen, die ich kenne, sind Mischlinge.« Ich grinste. »Mich eingeschlossen — vielleicht. Hoolies, zumindest wißt Ihr es.«

Nabir sah mich über den von ihm so sorgfältig gezogenen Kreis hinweg an. »Ihr *wißt* nicht, ob Ihr reinrassig oder ein Mischling seid?«

»Das kommt vor«, sagte ich trocken. »Nun, wollen wir anfangen?«

Nabir nickte. »Was kommt zuerst?«

»Die Beinarbeit.«

»Beinarbeit! Aber ich habe die Beinarbeit vor fast zwei *Jahren* gelernt!«

»Ihr habt nicht viel gelernt, nicht wahr?« Dann, freundlicher: »Oder vielleicht habt Ihr es auch nur vergessen.«

Das bewirkte genau das, was ich erwartet hatte. Es ließ den Jungen verstummen.

Etwas so Grundlegendes wie die Beinarbeit zu üben war für uns beide gut. Sie ist eine der Grundlagen des Schwerttanzes, ein Teil des Grundwissens, das festgelegt werden muß, wenn man überhaupt etwas lernen oder Fortschritte machen soll. Schwerfälligkeit schafft einen nachlässigen Schwerttänzer, der kaum Zukunft hat. Sie schafft auch tote Schwerttänzer, die gar keine Zukunft haben. Es hat einfach keinen Sinn, das Wesentliche zu kürzen, wenn einige Extrastunden pro Tag, die man mit Beinarbeit verbringt, den Unterschied zwischen Überleben und Tod bedeuten können.

Aber es hatte nichtsdestotrotz lange Zeit gedauert, bis ich die Übungsroutine soweit unterbrochen hatte, um Techniken der Beinarbeit mit aufzunehmen. Del und ich hatten, vor dem Tanz in Staal-Ysta, jeden Tag zusammen trainiert, oder fast jeden Tag. Die Beinarbeit hatten wir nicht geübt, weil sie für uns nach so vielen Jahren dazugehörte. Es war alles Teil des Trainings. Aber Nabir brauchte eine neue Einstellung, und eine Möglichkeit, diese zu entwickeln, war, ganz von vorn anzufangen.

Nun, eigentlich konnte ich nicht *so* viel Zeit mit ihm verbringen. Ich bin Schwerttänzer, kein Shodo. Ich konnte keine Jahre investieren. Hoolies, ich konnte nicht einmal *Tage* investieren. Del würde darauf drängen, nach Iskandar weiterzuziehen, sobald sie das Gefühl hätte, daß die Übung mit Abbu nicht mehr nötig wäre.

Was bedeutete, daß ich soviel aus den Übungsstunden mit Nabir herausholen mußte wie nur möglich. Und *das* wiederum bedeutete, daß ich sehr viel härter arbeiten mußte, als ich es, sogar bei guter Gesundheit, gewohnt war.

Schließlich gebot ich Einhalt, denn wir waren beide schweißgebadet. Harquhal ist eine Grenzstadt, keine Wüstenstadt. Es war gerade erst Frühling, sogar im Süden, und die Temperaturen waren noch milde. Aber wir schwitzten, und wir stanken. Ich würde ein weiteres Bad benötigen.

Er stand in der Mitte des Kreises und nickte in erschöpfter Zufriedenheit. Das Haar klebte ihm am Kopf, Strähnen ringelten sich feucht im Nacken. »Gut«, keuchte er, »gut.«

Nun, vielleicht für ihn. Ich hatte Schmerzen.

»Ich erinnere mich an einige kleine Dinge, die der Shodo mich sehr früh gelehrt hat. Diese Art Dinge, so sagte er, könnten den Unterschied zwischen einem Stoß durch die Rippen und einem seitlichen Hieb ausmachen.«

Gut für ihn, dachte ich ironisch. Ich hatte beides vor fast drei Monaten gehabt. Und durch dasselbe Schwert.

Ich nickte stumm. Ich stand mit den Händen auf den Hüften da, das hölzerne Schwert in einer Faust und versuchte, nicht zu keuchen.

»Also, Sandtiger, ist das der neue ... *Ishtoya?*«

Eine gebrochene männliche Stimme, nicht Dels. Ich wandte mich abrupt um und wünschte, ich hätte es nicht getan. Sah Abbu Bensir außerhalb des Kreises stehen. Neben meiner Kleidung und dem nordischen, in einer Scheide aus Caddaholz, Leder und Runen steckenden Schwert.

Also hatte er zwischen gestern und heute ein nordisches Wort gelernt. Zweifellos erwartete er eine Reaktion von mir. Also bemühte ich mich, nicht zu reagieren.

»Neues Schwert, neuer Harnisch«, sagte ich obenhin.

»Armer alter Einzelhieb ...« Abbu schüttelte den Kopf. »Es muß ein schwerer Schlag gewesen sein. Immerhin erringt ein Chula nicht oft seine Freiheit, ganz zu schweigen von einem von einem Shodo gesegneten Schwert. Und es dann *zerstört* zu wissen ...« Erneut schüttelte er den Kopf.

Aus dem Augenwinkel sah ich, wie Nabir sich versteifte, als er das Wort Chula hörte. Ich hob eine beredte Schulter. »Das neue Schwert ist besser.«

»Ist es das?« Abbu schaute auf das Heft hinab, das über den Rand der Scheide aus Danjac-Haut herausragte. »Nordisch, seinem Aussehen nach. Und da dachte ich, ein wüstengeborener Punjawurm wie Ihr würde niemals ein fremdes Schwert tragen.«

»Wir verändern uns alle«, sagte ich spontan. »Wir werden älter, ein wenig weiser ... wir lernen, die Menschen nicht nach ihrer Herkunft, ihrer Sprache und ihrem Geschlecht zu beurteilen.«

»Tun wir das?« Abbu grinste. »Das tun wir. Ja, Sandtiger, die Frau ist viel besser, als ich erwartet habe. Aber ich kann sie noch immer viel lehren.«

»Wartet, bis sie sich warm gemacht hat.« Ich zeigte ihm die Zähne. »Oder noch besser, wartet, bis sie singt.«

Abbu hörte nicht zu. Er betrachtete nachdenklich mein Zwerchfell, das durch das Ablegen der Unterkleidung und des Burnus freilag. Wie Nabir trug auch ich nur einen Dhoti. Er verbarg keine der Zacken, Einkerbungen und Narben, die ich mir in neunzehn Jahren des Tanzens zugezogen hatte. Und keine der Peitschenspuren aus den sechzehn Jahren der Sklaverei. Und keinen einzigen der Kratzer, die ich mir von einem sterbenden Sandtiger eingehandelt hatte, der mir eben dadurch, daß er gestorben war, meine Freiheit geschenkt hatte.

Aber Abbu Bensir hatte das alles schon zuvor gesehen, denn ein Schwerttänzer trägt im Kreis nur einen Dhoti. Meine Geschichte war kein Geheimnis, und auch die Beweise dafür blieben nicht verborgen, da ich sie in meiner Haut trug.

Nein, er hatte das alles schon zuvor gesehen. Jetzt schaute er auf etwas, was er *noch nicht* gesehen hatte: auf das häßliche, bläuliche Narbengewebe, das von Boreal zurückgelassen worden war.

Er warf einen schnellen Blick auf mein Gesicht. »Ich verstehe«, bemerkte er nachdenklich.

»Laßt mich raten«, sagte ich trocken. »Jetzt wollt Ihr mich in einen Kreis fordern.«

Abbu schüttelte seinen grau bestäubten Kopf. »Nein. Wenn Ihr und ich uns treffen, werdet Ihr der Mann sein, den ich vor achtzehn Monaten gesehen habe. Ich will keinen unfairen Vorteil, weil Ihr Euch noch ... *davon* erholt.« Er runzelte die Stirn, so daß sich seine schwarzen Augenbrauen verbanden. »Ich habe Männer an weniger sterben sehen.«

Ich hob meine Augenbrauen. »Nett von Euch.«

Jetzt zeigte Abbu die Zähne. »Ja.« Dann kehrte sein Stirnrunzeln zurück. Er betrachtete erneut die heilende Wunde. »Ihr seid nach Norden gezogen«, sagte er. »Ich habe gehört, daß Ihr nach Norden gezogen wärt.«

»In *den* Norden, ja.« Ich zuckte die Achseln. »Warum? Ich habe noch keinen Schwerttänzer kennengelernt, der an einem Ort bleibt.«

Abbu machte eine abwehrende Handbewegung. »Nein, nein, natürlich nicht. Aber ich habe Erzählungen gehört über nordische Magie ... über nordische Schwerter ...« Er sah mich nachdenklich und mit einem Stirnrunzeln an. »Stahl *schneidet*«, sagte er leise. »Es verbrennt nicht. Es versengt nicht. Es frißt die Haut nicht weg.«

Es hatte nicht gebrannt. Es hatte gefroren. Auf eine Weise hatte ich großes Glück gehabt. Boreals Bansheebiß hatte genug äußere Haut weggefressen, um einen abgeflachten Auswuchs in der Größe einer Mannesfaust zurückzulassen, aber der eisige Stahl hatte auch das Blut und das innere Gewebe gefroren und somit einen erheblichen Blutverlust verhindert. Das *Jivatma* hatte, dank Valhail, alles Lebenswichtige verfehlt. Aber hätte Del mich mit einer südlichen Klinge getroffen, dann wäre ich, selbst wenn sie die lebenswichtigen Stellen verfehlt hätte, im Kreis verblutet.

»Ist das wichtig?« fragte ich. »Es heilt.«

»Versteht Ihr nicht?« beharrte Abbu. »Wenn ein Schwert das im *Kreis* tun kann ...«

»Nein.« Ich sagte es barsch und ließ keinen Raum für

Zweifel. »Es ist das beste, wenn der Kreis so belassen wird, wie wir es gelernt haben.«

»Ein Schwerttänzer mit einer Klinge, die in der Lage ist, das zu tun, wäre sein Gewicht in Gold, Edelsteinen und Seide wert ...« Abbu zuckte die Achseln. »Er könnte seinen Preis nennen.«

»Und vielleicht ein eigenes Reich finden?« Ich grinste. »Glaubt mir, Abbu, Ihr wolltet nicht den Preis dafür bezahlen, ein nordisches *Jivatma* mit Euch herumzutragen.«

Er schaute noch einmal auf meine Habseligkeiten hinab: auf das freiliegende Heft eines fremden Schwertes. Auf die fremdartigen Runen, die sich von dem gespaltenen Rand bis zu der verzierten Spitze der Scheide entlangwanden.

»*Jivatma*«, keuchte er und betonte die Silben auf seltsame Art. »Ich hörte sie dieses Wort sagen. Nur einmal. Aber als es einmal gesagt war, klang es laut.« Abbu schaute schweren Herzens von dem Schwert fort und wieder zu mir. »Als ein Schwerttänzer einen anderen — als ein Schüler, der die Lehren Eures Shodo geteilt hat —, bitte ich Euch um Erlaubnis, die Bekanntschaft Eures Schwertes machen zu dürfen.«

Es war eine gestelzte, formelle Ausdrucksweise. Und es war ein Ritual, das von jedem Schwerttänzer ausgeführt wurde, der die Waffe eines anderen Schwerttänzers berühren wollte. Wir sind vielleicht oft Mörder, aber der wahre Tanz gründet sich auf vollendete Höflichkeit. Einige von uns erinnern sich daran.

Nabir, der, aus einem eigenen Sinn für Höflichkeit heraus, im Kreis geblieben war und die zwei erfahrenen Schwerttänzer ihrer Unterhaltung überlassen hatte, kam jetzt näher. Er war immerhin dem bloßen Stahl von Dels Klinge begegnet. Ich dachte mir, daß er genauso das Recht hatte, mich darum zu bitten, wie Abbu.

»Habt Ihr und Del mit Stahl trainiert? Mit Euren eigenen Klingen?«

Abbu runzelte die Stirn. »Natürlich.«

»Dann habt Ihr ihr *Jivatma* gesehen.«

»Gesehen. Aber nicht berührt.« Sein Lächeln war verzerrt. »Irgend etwas an ihr ... untersagte es.«

Ich warf Nabir einen Seitenblick zu. Seine Augen sahen unverwandt auf das im Sonnenlicht hell schimmernde Heft. Die Klinge selbst war in der mit Runen versehenen Scheide verborgen.

Seufzend legte ich die restliche Entfernung zurück und ließ die hölzerne Übungsklinge neben den Haufen Seide und Gaze fallen. Hob den Harnisch auf, winkte Nabir näher, ließ nordischen Stahl in das südliche Sonnenlicht gleiten. Legte Harnisch und Scheide ab und präsentierte das Schwert dann in seiner Ganzheit, wobei die Klinge in meiner linken Hand ruhte, während die andere das Heft ausbalancierte.

Sonnenlicht floß über die Runen wie Wasser. Der reine Glanz blendete.

Mit einer Ausnahme.

»Was ist los damit?« fragte Nabir. »Warum ist die Spitze ganz verkohlt?«

Verkohlt. Ich hätte es nicht so ausgedrückt. Aber es stimmte: Die Klinge sah so aus, als seien einige Zentimeter davon in eine Feuersbrunst gestoßen worden.

Nun, irgendwie war es auch so gewesen. Nur daß das Feuer Chosa Dei gewesen war.

»Es ist wie ihres«, sagte Abbu ernst. Nickte dann langsam. »Also ist es wahr. Es *ist* Magie in nordischen Schwertern.«

»Nur in einigen. In Dels, ja. Glaubt mir. Aber dieses ... nun, dieses ist sich noch nicht so ganz sicher, was es sein will. Glaubt mir auch in diesem Punkt.«

»Darf ich?« Abbu streckte eine Hand aus.

Ich grinste. »Er würde es nicht mögen.«

Abbu runzelte die Stirn. »Er wer? *Wer* würde es nicht mögen?«

»Er. Das Schwert.«

Abbu schaute. »Wollt Ihr damit sagen, Euer Schwert hätte *Gefühle?*«

»So ähnlich.« Ich zog das Heft zurück, als Abbu es zu umfassen drohte. »Uu*huu* ... ich habe es Euch nicht erlaubt.« Schnell bückte ich mich, hob den Harnisch auf und steckte das Schwert wieder in die Scheide. Klemmte es in meine linke Armbeuge. »Seid versichert, Abbu ... Ihr wollt es nicht wissen.«

Er errötete. Hellbraune Augen wurden schwarz, als sich die Pupillen erweiterten. »Ihr kränkt mich mit diesem Blödsinn ...«

»Das war nicht beabsichtigt«, konterte ich schnell. »Glaubt mir, Abbu, Ihr *wollt* es nicht wissen.«

»Ich weiß zu vieles«, bellte er. »Ich weiß, daß Ihr in den Norden gezogen seid und daß Euch Euer Gehirn aus dem Kopf herausgefroren wurde, zusammen mit den aus Eurem Bauch entfernten Eingeweiden.« Er warf einen verächtlichen Blick auf meine noch immer nackte Rippengegend mit ihrer durch ein Schwert entstandenen Narbe. »Und ich habe Besseres zu tun, als hier zu stehen und Eurem Geschwätz zuzuhören.«

»Dann tut es nicht«, schlug ich milde vor, was ihm nicht besser gefiel.

Abbu sagte leise etwas in der Wüstensprache, die ich genauso gut verstand — und sprechen konnte — wie er, machte dann auf dem Absatz kehrt und marschierte davon, wobei sein schwarzes Untergewand flatterte.

Ich seufzte. »Ah, gut, es ist kein Schaden entstanden. Wir sind nicht *weniger* begeistert voneinander, als wir es auch zuvor schon waren.«

Nabirs Gesichtsausdruck war undurchdringlich, als ich hinabgriff, um die hölzerne Klinge, die Schuhe, die Unterkleidung und den Gürtel aufzusammeln. Er wartete, bis ich damit fertig war, die Gegenstände hier und dort zu verstauen.

»Ist es wahr?« fragte er.

»Ist was wahr?«

»Das.« Er nickte in Richtung meines Schwertes. »Lebt es?«

Ich lachte nicht, denn das hätte seine Würde verletzt. Und ich versuchte sehr angestrengt, nicht zu lächeln. »Ein Zauberer ist hier drinnen«, sagte ich ernst.

Einen langen Augenblick später nickte er. »Ich dachte mir, daß es so sein könnte.«

Ich öffnete den Mund. Schloß ihn wieder. Verschluckte den Lachanfall, der sehr heftig auszubrechen versuchte. Nicht, weil *kein* Zauberer in meinem Schwert war, sondern wegen Nabirs Reaktion.

Schließlich gelang mir ein harmloses Lächeln, als ich mich vom Kreis abwandte. Von Nabir abwandte. »Glaubt nicht alles, was Ihr hört.«

»Das muß ich nicht«, sagte er. »Ich habe es *gesehen*.«

Das ließ mich abrupt stehenbleiben. Langsam wandte ich mich wieder um. »Ihr habt es gesehen?«

Nabir nickte. »Ihr habt Abbu Bensir glauben gemacht, daß Ihr gelogen hättet. Ihr wußtet, daß er Euch nicht glauben würde. Und er tat es auch nicht. Er ging fort und dachte, Ihr wäret ein Narr oder sandkrank ... ein Mann, der sagt, daß sein Schwert *lebt*.« Er zuckte die Achseln. »Ich habe die Worte auch gehört ... aber ich habe auch gesehen, was Ihr getan habt.« Sein jugendlicher Mund verzog sich. »Beziehungsweise was Ihr *nicht* getan habt.«

Jetzt verwirrte er *mich*. »Was habe ich nicht getan?«

Nabirs Tonfall klang ruhig. »Ihn das Schwert berühren lassen.«

Ich legte es mit einem Achselzucken fort. »Ich mag es ganz einfach nicht, wenn andere mein Schwert berühren.«

»Darf ich?«

»Nein ... und aus dem gleichen Grund.«

Nabirs dunkle Augen blieben fest. »Als Schüler eines Shodo, erbitte ich ehrfürchtig ...«

»Nein«, sagte ich erneut, wohl wissend, daß ich gefangen war. »Wir sind nicht *wirklich* Schüler und Shodo, also sind die üblichen Formen nicht anwendbar.«

Seine jungen Gesichtszüge waren fast hart. Es gibt Stämme im Süden, die von Natur aus sehr wild sind, und das zeigt sich an der Haut. Vielleicht als Mischling geboren, hatte Nabir aber mehr als einen Spritzer der in der Punja gezüchteten Wildheit mitbekommen. Das veränderte ihn erheblich.

»Wenn die üblichen Formen nicht anwendbar sind«, sagte er ruhig, »dann habe ich nicht mehr den Wunsch, mit Euch zu tanzen.«

»Nein?«

»Nein. Und Ihr *braucht* mich, um mit Euch zu tanzen.« Nabir lächelte in täuschender Unschuld. »Ihr helft nicht mir, Sandtiger. Ihr helft Euch selbst. Ihr seid langsam und steif und unbeholfen durch diese Wunde, und Ihr habt Angst, daß Ihr Eure Kräfte nicht genug zurückerlangt, um gegen Männer wie Abbu Bensir zu tanzen. Und wenn Ihr *nicht* . . .«

»In Ordnung«, sagte ich. »In Ordnung. Ja, ich bin aus der Übung. Ich bin langsam und steif und unbeholfen, *und* ich habe Schmerzen wie die Hoolies. Aber ich habe mir die Qual *verdient*, Nabir . . . ich habe mir die Langsamkeit, die Steifheit und die Unbeholfenheit verdient. Eure ist vielleicht angeboren.«

Das war nicht nett. Aber er hatte mich zu tief getroffen, als er mir seine Ehrfurcht entzogen hatte.

»Also«, sagte er weich, »legt Ihr die stumpfe Klinge an den neu geschaffenen Schleifstein an und gestaltet eine neue Schneide.«

»Spielt das eine Rolle?« fragte ich. »Ihr werdet dadurch selbst besser werden.«

Nabir nickte. »Ja. Aber Ihr hättet mich vielleicht fragen können.«

Ich seufzte müde. »Das hätte ich vielleicht tun können. Aber Ihr werdet, wenn Ihr mein Alter erreicht, lernen, daß Stolz Euch dazu bringen kann, merkwürdige Dinge zu tun und zu sagen.«

»Ihr seid der Sandtiger.« Er sagte es mit einer beredten Einfachheit, die mich beschämte.

»Ich war ein Sklave«, sagte ich direkt. »Ihr habt das Wort gehört, als Abbu es aussprach: Chula. Und ich war fast genau in Eurem Alter, als ich meine Freiheit erlangte. Glaubt mir, Nabir, all diese Jahre der Vergangenheit bauen nicht für eine leichte Zukunft vor, sogar wenn man frei ist.«

»Nein«, stimmte er sehr leise zu.

Ich seufzte schwer und rieb meine Stirn unter noch feuchtem juckenden Haar. »Schaut«, sagte ich, »ich kann Euch seinen Namen nicht sagen. Also könnt Ihr ihn nicht berühren. Es tut mir leid, Nabir ... aber wie ich Abbu bereits gesagt habe, seid Ihr besser dran, ihn nicht zu kennen.«

»Das ist also die Antwort? Sein Name?«

»Ein Teil davon«, stimmte ich zu. »Der Rest bleibt besser unerklärt.« Ich machte Anstalten, mich abzuwenden. »Kommt Ihr mit? Ich brauche einen Krug Aqivi.«

Ernst kam er heran. Und dann: »Bin ich wirklich langsam und steif und unbeholfen?«

Ich erwog zu lügen. Ließ aber den Gedanken fallen. Er war der Wahrheit wert. »Ja. Aber das wird sich ändern.« Ich grinste. »Einige weitere Kreise mit mir, und Ihr werdet der gesetzmäßige Erbe des Sandtigers sein.«

Nabirs Lächeln kam zaghaft, aber warm. »Gar keine so schlechte Sache.«

»Nur manchmal.« Ich schlug ihm auf den Rücken. »Wie war das kleine Wirtshausmädchen?«

Nabir verweigerte die Antwort. Was bedeutete, daß er das Mädchen entweder zu sehr mochte, um es zuzugeben, oder daß er nicht den Mut gehabt hatte.

Ah, nun, gib ihm Zeit ... das junge Mannesalter kann unangenehm sein.

9

Über unsere hölzernen Klingen hinweg, blickte Nabirs Gesicht starr. »Sie will mich nicht heiraten.«

Wie bei Unterbrechungen üblich, war es fürchterlich. Ich richtete mich aus meiner zusammengekauerten Haltung auf und senkte stirnrunzelnd mein Schwert. »Wer will nicht ...« Ich blinzelte. »Das kleine *Wirtshausmädchen?*«

Nabir nickte und senkte auch sein wie eine Klinge geformtes Stück Holz. Seine Augen blickten wild drein.

Es war, so dachte ich, ein interessanter Zeitpunkt, um dies mitzuteilen. Wir waren mitten in einem Trainingsgang, zu dem wir vom Übungskreis nach zwei Tagen vorangeschritten waren. »Warum *wollt* Ihr, daß sie es tut?«

Nabir richtete sich auf. Schweiß rann seine Schläfen hinab. »Weil ich sie liebe.«

Ich öffnete den Mund. Schloß ihn wieder. Dachte darüber nach, wie man die Situation am besten mit dem Jungen besprechen könnte, dessen heikler Stammesstolz — ob er nun als Mischling geboren war oder nicht — manchmal Diplomatie erforderlich machte. Nicht daß er mir hätte schaden können, wenn es soweit käme, aber ich hatte auch keinerlei Verlangen danach, seine Gefühle zu verletzen.

Ich rieb mit dem Unterarm über meine Stirn und strich mir so das Haar aus den Augen. »Seid nicht gekränkt, Nabir ... aber ist sie Euer erstes Mädchen?«

Sein ganzer Körper versteifte sich. »Nein«, erklärte er. »Natürlich nicht. Ich bin schon seit vielen Jahren ein Mann.«

Ich wartete geduldig. Schließlich hob er den Blick.

»Ja.« Das Wort klang gedämpft.

So. Jetzt verstand ich.

»Laßt uns abbrechen«, schlug ich vor.

Er folgte mir aus dem Kreis heraus, nahm die Bota, als ich sie ihm reichte, und nahm einige Schlucke, während ich mich in meine Gaze und Seide wickelte und mein Gesäß im Sand zurechtrückte. Ich saß neben der hölzernen Klinge und schlang die Arme um hochgezogene Knie.

»Also«, sagte ich leichthin, »habt Ihr mit dem Mädchen geschlafen. Und es hat Euch gefallen. Es hat Euch sehr gefallen.«

Nabir, der noch immer dastand, nickte. Er umklammerte die Bota fest.

»Daran ist nichts falsch.« Ich blinzelte zu ihm hinauf. »Aber Ihr müßt sie nicht *heiraten*.«

»Ich will es.«

»Ihr könnt nicht jedes Mädchen heiraten, mit dem Ihr schlaft.«

Offensichtlich war es ihm noch nicht in den Sinn gekommen, daß noch andere Frauen eine Rolle spielen könnten. Er hatte die Magie eines Frauenkörpers entdeckt — und die seines eigenen — und dachte nun, daß es für den Rest seines Lebens so — mit *dieser* Frau — sein sollte.

Armer Junge.

»Sie will mich nicht«, sagte er verbissen.

Ein Segen, zweifellos. Aber da er es erwartete, fragte ich: »Warum nicht?«

Seine Kiefermuskeln spannten sich an. »Weil ich ein Mischling bin. Weil ich keinen Stamm habe.«

Noch besser, weil er nur wenig Geld und noch weniger Aussichten hatte. Aber das sagte ich nicht. »Dann betrachtet es so«, sagte ich. »Es ist ihr Verlust, nicht der Eure.«

»Wenn ich mich dem Stamm wieder anschließen

könnte ...« Er änderte seinen Satz abrupt. »Wenn ich mich als wert erweisen könnte, würden sie meinen Geburtsstatus übersehen.«

»Wer würde das?«

Nabir runzelte die Stirn und reichte mir die Bota hinab. »Die Älteren.«

»Von welchem Stamm?«

Nabir schüttelte den Kopf. »Ich sollte nicht davon sprechen. Ich habe schon zuviel gesagt.«

Ich wollte wirklich nicht zuviel Zeit mit dem Versuch verbringen, Nabirs Vergangenheit zu enträtseln oder seine mögliche Zukunft vorherzusagen. Ich kratzte an den Sandtigernarben. »Nun«, sagte ich schließlich, »es ist auch ihr Verlust. In der Zwischenzeit haben wir noch eine Lektion zu beenden.«

»Wenn ich des Stammes wert sein könnte, dann wäre ich ihrer wert«, beharrte er. »Das hat sie gesagt.«

Sie hatte wohl eher alles mögliche gesagt, was ihr eingefallen war, nur um ihn loszuwerden. Es könnte aber auch wahr sein. Ein Wirtshausmädchen, das auf ein besseres Leben hofft, macht seine Träume an jemandem mit größerer Statur fest, nicht an einem Mischling, der nichts zu bieten hat außer sich selbst. Für ein Mädchen, die sich jede Nacht an Männer aller Arten verkauft, würde Nabirs Aufmerksamkeit — und seine Gegenwart in ihrem Bett — nicht genug sein. Sie müßte wissen, daß da noch mehr wäre.

Im Moment war da nicht mehr.

Ich trank Wasser und korkte die Bota wieder zu. »Ein Schwerttänzer sollte wirklich nicht an Heirat denken, Nabir. Das macht die Schneide stumpf.«

»Wir haben gar keine Schneide.« Er grinste und hob seine Klinge. »Seht Ihr? Sie ist nur aus Holz.«

Ich lächelte. »Ihr seid noch immer erpicht darauf, richtige Schwerter zu benutzen, nicht wahr?«

»Mein Shodo hat mir gesagt, daß Holz nur eine gewisse Zeit nützlich sei. Daß ein richtiges Schwert notwendig sei, um ein richtiges Verständnis für den Tanz zu entwickeln. Denn ohne das Risiko lerne man nichts.«

Ja, nun ... Nabirs Shodo hatte niemals mein *Jivatma* kennengelernt. »Vielleicht ist das so«, stimmte ich zu, »aber im Moment ziehe ich Holz vor.«

Nabir sah an mir vorbei. »Sie ist es«, sagte er finster.

Das Wirtshausmädchen? Ich wandte mich um. Nein. Del.

Endlich hatte sie nordische Wolle gegen südliche Seide eingetauscht. Der intensiv blaue Burnus kräuselte sich beim Gehen, und die Kapuze bedeckte ihre Schultern. Die Sonne hatte ihr Haar bereits ein wenig heller gebleicht, und ihre Haut war intensiver gefärbt als gewöhnlich. Bald würde sie sich in ein cremiges Gold verwandeln. Und das Haar würde fast zu Weiß aufgehellt werden.

Del überquerte weich den Sand, und das Heft schimmerte hinter ihrer linken Schulter hervor. Ihre Treffen mit Abbu Bensir hatten etwas von der Anspannung ihres Körpers vertrieben, als erkenne sie, daß sie etwas entschieden auf ihr Ziel Zuführendes tat, denn sie mußte bei Kräften sein, um Ajani treffen zu können. Ich war froh zu sehen, daß sie sich besser bewegte, sich besser fühlte, aber die Quelle dessen gefiel mir nicht. Wenn sie bereit gewesen wäre, mich mit hölzernen Klingen zu treffen, wie Nabir, dann hätte ich das gleiche bewirken können. Hoolies, ich hätte mehr bewirken können.

Del blieb neben dem Kreis stehen. »Tiger ist der einzige mir bekannte Schwerttänzer, der sein Tanzen auf dem Boden sitzend ausübt.«

Nabirs Augen weiteten sich. Wie würde ich dazu stehen?

»Das stimmt nicht«, erwiderte ich gleichmütig. »Nabir kann dir erzählen, daß ich ihn häufiger auf den Kopf geschlagen habe als du zählen kannst ... ich gönne ihm nur eine Verschnaufpause.«

Nabir runzelte die Stirn. Es stimmte nicht. Del, die es sah, lächelte schief und dachte sich ihr Teil. Aber sie sagte nichts, sondern schaute nur tadelnd auf die hölzerne Klinge, die der Junge festhielt. »Wollt Ihr *jemals* Stahl benutzen?«

Nabir öffnete den Mund.

»Das ist nicht nötig«, antwortete ich für ihn. »Du weißt genausogut wie ich, daß die grundlegenden Kenntnisse besser mit Holz als mit Stahl vermittelt werden.«

»Er *braucht* die grundlegenden Kenntnisse nicht ... zumindest nicht unabhängig vom Stahl. Bei einer hölzernen Klinge gibt es kein Risiko, und ohne Risiko lernt man nichts.«

Ich sah sie verärgert an, als Nabir ruckartig den Kopf wandte und mich ansah. »Ich habe Euch gesagt, warum«, sagte ich. »Wenn wir schon vom Risiko sprechen ... was ist mit dem Risiko, das der Junge eingehen würde, wenn ich mein Schwert benutzen *würde?*«

»Was soll damit sein?« erwiderte Del. »Es wäre genauso gut für dich, damit du Kontrolle darüber erlangst, wie es für ihn gut wäre, um die Technik zu erlernen.«

Nabir räusperte sich. »Ich würde gern gegen Stahl kämpfen.«

»Dann kämpft mit mir.« Del schlüpfte leicht aus dem Burnus und ließ ihn zu ihren Füßen liegen. Darunter trug sie eine weiche cremefarbene Ledertunika mit kurzen Ärmeln und einem Gürtel, der ihre Taille betonte. Sie hatte etwas Ähnliches getragen, als ich sie das erste Mal gesehen hatte. Obwohl nichts Unanständiges an ihrer Tunika war — sie verhüllte alles —, war es immer noch erheblich weniger, als südliche Frauen trugen. Sogar im Bett.

Nabir, der sie nur in nordischer Tunika, Hose und Schuhen gesehen hatte, starrte sie an. Es war ein großer Teil der Glieder zu sehen, da sie lange Beine und Arme hat, und daher eine Menge Haut. Eine *Menge* cremiger

nordischer Haut spannte sich über feine nordische Knochen.

Ich, der ich sie auch schon länger, als ich mich erinnern mochte, nur in nicht weniger als Tunika und Hose
und Schuhen gesehen hatte, starrte sie ebenfalls an.
Aber mit weniger Erschütterung als Nabir. Sie ist sehr
beeindruckend, ja, aber bezüglich irgendwelcher Erwartungen auch außerordentlich enttäuschend.

Nabir schluckte schwer. »Ich habe bereits gegen Euch
getanzt.«

»Und verloren«, sagte sie. »Wollen wir sehen, was Tiger Euch beigebracht hat?«

Ich beobachtete, wie sie ihren Harnisch aufhakte und
sich bereitmachte, ihn ihrem Kleiderstapel hinzuzufü-
gen, wenn sie erst einmal die Klinge aus der Scheide gezogen hätte. Ich stand auf. »Das glaube ich nicht, Del.«

Sie lächelte nicht. »Es ist seine Entscheidung.«

»Ja«, sagte Nabir sofort.

Ich ignorierte den Jungen und sah statt dessen Del an.
»Du tust das, um mich unter Druck zu setzen. Um mich
dazu zu *zwingen*, mein Schwert zu gebrauchen.«

»Du kannst nicht dein ganzes Leben damit verbringen, Angst davor zu haben«, sagte sie. »Ich will nicht
bestreiten, daß du dir zu recht Sorgen machst, aber du
mußt lernen, es zu kontrollieren. Und es wäre besser, es
jetzt zu tun, als bei einem Tanz auf Leben und Tod oder
in einer gefährlichen Situation, wo Zögerlichkeit deinen
Tod bedeuten könnte.«

Nabir runzelte die Stirn. »Ich verstehe nicht.«

»Das sollt Ihr auch nicht«, sagte ich kurz. »Das hat
nichts mit Euch zu tun.«

»Aber was *hat* es dann ...«

»Dies.« Ich beugte mich hinab, nahm den Harnisch
auf und zog die Scheide von meinem Schwert ab. »Damit hat es zu tun, Nabir: mit einer Blutklinge. Einer benannten Klinge. Einem *Jivatma*. Und mit noch etwas:
mit Chosa Dei. Dessen Seele in dieser Klinge ist.«

»Und auch deine«, sagte Del fest. »Glaubst du, nur Chosa Dei wäre in dieses Schwert eingegangen, als du es erneut getränkt hast? Du hast dich selbst hineingesungen, genauso wie Chosa Dei. Das wird, zusammen mit deiner Entschlossenheit und Kraft, jeden Versuch, den er vielleicht unternehmen könnte, um dich der Macht zu berauben, abschlagen.«

»Chosa Dei«, echote Nabir.

Ich sah ihn scharf an. »Kennt Ihr Chosa Dei?«

»Natürlich.« Er zuckte die Achseln. »Aus Geschichten darüber, wie der Süden zum Süden wurde.«

Jetzt war ich an der Reihe, die Stirn zu runzeln. »Was?«

Er zuckte erneut die Achseln. »Ich hörte als Kind, daß der Norden und der Süden einst eins waren. Daß es keine Wüste gegeben hat, sondern nur Grasland und Berge. Und dann wurde Chosa Dei eifersüchtig auf seinen Bruder — ich habe seinen Namen vergessen — und versuchte das zu stehlen, was sein Bruder besaß.«

»Shaka Obre«, murmelte ich.

Nabir brach ab und blinzelte. »Was?«

»Sein Bruder.« Ich machte eine Handbewegung. »Fahrt fort.«

»Chosa Dei wurde eifersüchtig. Er wollte das haben, was sein Bruder — Shaka Obre? — besaß. Und als sein Bruder das nicht aufgeben wollte, versuchte Chosa es zu stehlen.«

»*Was* versuchte er zu stehlen?«

Nabir zuckte die Achseln. »Den Süden. Chosa hielt bereits den Norden besetzt, aber er wollte auch den Süden, weil er immer alles das wollte, was sein Bruder hatte. Er versuchte es mit vielen magischen Tricks, aber keiner funktionierte. Bis er lernte, wie man die Macht in Dingen sammelt und sie umgestaltet.« Nabir runzelte die Stirn. »Es war eine echte Bedrohung. Also verteilte Shaka Obre zahllose Wachen über das Land, weil er wußte, daß Chosa es nicht wagen würde, zu zerstören, was er so sehr begehrte — nur daß er sich irrte. Chosa *ging* das Risiko ein, das Land zu zerstören. Er dachte, wenn er es nicht haben könne, dann sollte sein Bruder es auch nicht haben.«

»Aber das funktionierte nicht.« Del klang nachdenklich. Kannte sie das Ende auch?

Ich beschloß, ihnen beiden zuvorzukommen. »Oh«, sagte ich, »ich verstehe. Chosa versuchte den Süden einzunehmen, und Shaka Obres zahllose Wachen trugen ihr Scherflein dazu bei. Dadurch wurde das Land brachgelegt und in eine unfruchtbare Wüste verwandelt — zumindest das meiste davon.« Ich glaubte kein Wort davon. »Aber wenn das alles wahr ist, warum verwandelte Shaka Obre den zerstörten Süden dann nicht wieder in das, was er einmal war?«

Nabir nahm seine Erzählung wieder auf. »Das wollte er. Aber Chosa war so zornig, daß er seinen Bruder mit einem Fluch belegte und irgendwo einsperrte.«

»*Chosa* wurde eingesperrt«, erklärte ich, als widerlege das die Geschichte.

»Ich weiß nicht«, sagte Nabir mürrisch. »Ich weiß nur, was ich gehört habe, nämlich daß Chosa Dei Wachen aufstellte, um Shaka Obre in einem Drachen gefangenzuhalten. Aber daß Chosas Magie zu dem Zeitpunkt, als der Fluch aufgehoben wurde, letztendlich Erfolg hatte. Auch Shaka Obre wurde eingesperrt.«

Ich schaute von ihm zu Del. Sie zeigten beide den gleichen Gesichtsausdruck. »Warum«, begann ich erneut, »kennt jeder diese Geschichten außer mir? Nordbewohner, Südbewohner — das scheint nicht wichtig. Wer hat euch diese Geschichten *erzählt?*«

»Jedermann«, antwortete Del. »Meine Mutter, mein Vater, meine Onkel, meine Brüder ... einfach jeder, den ich kannte.«

Ich sah Nabir an. »Und wie war das bei Euch?«

»Meine Mutter«, antwortete er sofort. »Bevor...« Aber er brach abrupt ab.

Ich beließ es dabei. »*Mir* hat niemals jemand etwas davon erzählt.«

Dels Stimme klang weich. »Niemand erzählt Sklaven Geschichten.«

Nein. Das tun sie nicht.

Noch etwas, was ich verloren hatte.

Ich drängte mich an Nabir vorbei und betrat den Kreis. »In Ordnung«, sagte ich, »in Ordnung. Wenn Ihr so sehr gegen echten Stahl zu kämpfen wünscht, dann werde ich Euch echten Stahl bieten. Aber Ihr setzt Euer Leben aufs Spiel.«

Nabir zögerte nur einen Moment. Dann griff er hinab, tauschte die hölzerne Klinge gegen eine stählerne ein und richtete sich wieder angespannt auf. Und betrat den Kreis.

Sein ruhiges Gesicht war undurchdringlich. »Ihr seid der Sandtiger.«

Ich bin ein Narr, dachte ich. Ein alternder, sandkranker Narr.

Der keinerlei Geschichten kennt außer denen, die er selbst erfindet.

10

Das Schwert trieb mich auf die Knie. Nicht das Nabirs, sondern mein eigenes.

»*Siehst du es?*« schrie ich Del zu, die ruhig am Kreis wartete.

Nabir, der in dem Moment, als meine Klinge ihre scheinbar dramatische Botschaft übermittelt hatte, sofort zurückgesprungen war, stand jetzt am äußersten Rand des Kreises. Es war offensichtlich, daß er den Kreis am liebsten verlassen hätte, aber ebenso offensichtlich, daß er es nicht tun würde. Gewohnheiten sind nur sehr schwer abzulegen.

»Ich sehe es«, bemerkte Del. »Ich sehe auch, daß du es das tun *läßt*.«

»Ich lasse es! Ich lasse es? Bist du sandkrank?« Ich stand unbeholfen auf, kämpfte um mein Gleichgewicht, murmelte Flüche bezüglich wunder Knie und sah sie angriffslustig an. »Ich habe es nichts tun *lassen*, Del. In einem Moment trainierte ich mit Nabir und im nächsten saß ich im Sand. Ich hatte nicht die geringste Chance.«

»Sieh es dir an«, sagte sie.

Ich schaute. Es war ein Schwert. Dasselbe alte Schwert, das es immer gewesen war, zumindest seit ich es in dem Berg erneut getränkt hatte.

Und schaute dann genauer hin. Das Schwert *war* anders. Die schwarze Verfärbung hatte sich die Klinge hinauf fortgesetzt. Fast die Hälfte der Klinge war jetzt davon bedeckt.

Ich wollte kein schwarzes Schwert.

Ich legte meine Hände noch fester um das Heft. »Nein«, sagte ich flach und sandte jedes kleinste bißchen Kraft, das ich aufbringen konnte, durch Arme, Hände und Finger in das Schwert selbst. Es würde das Schwert *zwingen*, sich zu verändern, wenn ich ihm meinen Willen aufzwang. .

Ich fühlte mich wie ein Narr. Welchen Nutzen hätte es, wenn ich mir *vorstellen* würde, daß ich einen südlichen Zauberer, der in meinem Schwert gefangen war, überwältigen würde? Welche Art Macht war das? Ich konnte keine Dämonen herbeirufen oder Runen erschaffen, konnte keine Macht von Menschen und Dingen einsammeln. Ich konnte nur schwerttanzen.

»Singe«, sagte Del ruhig.

»*Singe*«, stieß ich höhnisch hervor.

»Singen ist der Schlüssel. Es ist schon immer der Schlüssel gewesen. So kannst du ihn besiegen.«

Ich hatte auch eine Klinge in ihn hineingestoßen. Aber jetzt lagen die Dinge anders. Ich konnte nicht gut ein Schwert erstechen.

Innerlich fluchte ich. Aber ich schuf auch einen kleinen Gesang, einen *dummen* kleinen Gesang. Man frage mich nicht, was es war. Ich kann mich nicht einmal daran erinnern. Einfach irgend ein alberner kleiner Gesang über einen südlichen Sandtiger, der wilder war als ein nordischer Zauberer ... auf jeden Fall funktionierte es. Das Schwarz zog sich ein wenig zurück. Jetzt sah nur noch die Spitze verkohlt aus.

»Das ist zumindest etwas«, sagte Del, als ich mich schwankend aufrichtete. »Im Moment sollte es genug sein.«

Ich blinzelte, rieb mir über die Augen und versuchte wieder einen klaren Blick zu bekommen. »Ich fühle mich schwindelig.«

»Du hast Macht zu Hilfe gerufen.« Ihr Ton war sachlich. »Du kannst das nicht einfach *tun*, ohne zu erwarten, daß du einen gewissen Preis dafür zahlen mußt. Kommst du genauso frisch aus einem Kreis heraus, wie du hineingegangen bist?«

Wohl kaum. Ich konnte mich riechen. »Schwindelig«, wiederholte ich. »*Und* durstig und hungrig.«

Nabir stand noch immer am äußersten Rand des Kreises. Er starrte auf das Schwert. »Kann es alles tun? Absolut alles?«

Ich sah auf die Klinge hinab. »Eine Sache, die es tun *kann*, ist, zu bewirken, daß man sich ziemlich krank fühlt. Hoolies, ich brauche etwas zu trinken!«

Del reichte mir meinen Harnisch. »Du brauchst *immer* etwas zu trinken.«

Ich steckte das Schwert in die Scheide, sah sie stirnrunzelnd an und schob die Arme durch die Schlaufen. Das neue Leder war noch immer steif. Ich würde etwas Zeit damit verbringen müssen, Öl in die Riemen einzuarbeiten. »Zieh dir was an«, sagte ich verärgert zu ihr. »Laß uns etwas essen gehen.«

Del sah an mir vorbei zu Nabir. »Kommt Ihr mit?«

Er schüttelte den Kopf. »Ich möchte Xenobia besuchen.«

»Sein Sonnenschein«, erzählte ich ihr leise, als Del verwirrt dreinschaute.

Sie beobachtete, wie Nabir seine Sachen aufsammelte, wie auch ich die meinen aufsammelte. »Ich wußte nicht, daß er einen hat.«

»Seit zwei Tagen. Ein Wirtshausmädchen. Er will sie heiraten.«

»Sie *heiraten!*«

»Das hat er gesagt.« Ich stopfte Seide, Gaze, die Bota und das Übungsschwert unter meine Arme und wandte mich in Richtung Harquhal. »Sie ist sein erstes Mädchen, und er glaubt, er sei in sie verliebt.« Ich grinste, als Nabir davoneilte. »Warum verlieben sich so viele Jungen und Mädchen in die oder den Erstbesten, der mit ihnen ins Bett geht?«

Dels Tonfall klang tödlich. »Ich habe das nicht getan.«

Nein. Nicht bei Ajani.

»Komm mit, Bascha«, seufzte ich. »Du brauchst auch einen Schluck.«

Das Wirtshaus war voll besetzt und laut. Grünlich-grauer Huvarauch wirbelte im Gebälk umher und zog übelriechende Bahnen. Der Ort stank auch nach saurem Wein, scharfem Aqivi, Hammelstew und gewürztem Kheshi, alles vermischt mit dem herben Beigeschmack von südlichem Sand, staubigen Körpern und einer Spur billigen Parfums. Der Ort war vollgepackt mit Männern, die Wirtshausmädchen glücklich machten. Und er war mit Arbeit überlastet — in bezug auf beide Beschäftigungsarten.

Jeder Tisch war mit Schulter an Schulter sitzenden, burnusbekleideten Männern besetzt. Ich sah Schwerter von Gürteln hängen, Schwerter von Degengehängen baumeln und Schwerter, die an Harnische gebunden waren. Wenn ein Tanzeer eine Streitmacht wünschte, müßte er nur hierher kommen.

»Kein Platz«, murmelte Del.

»Dort ist Platz. Nur gibt es da keine Tische.« Ich drängte mich durch ein Knäuel von Männern in der Nähe der Tür hindurch und steuerte auf ein tiefliegendes Fenster zu. Sie ignorierten mich überwiegend und wichen nur ein wenig zurück, aber als Del hindurchzugehen begann, hörte ich plötzlich Stille einkehren. Nicht in dem ganzen Raum — dazu war er zu voll —, aber die Gruppe an der Tür hörte ganz eindeutig auf zu reden.

Ich warf einen Blick über meine Schulter. Wie nicht anders zu erwarten, standen fünf Münder unschön offen. Schlossen sich dann wieder und lächelten breit, als Del durch das wieder in Bewegung geratene Knäuel schritt.

Man hätte denken sollen, daß sie zur Seite treten würden. Südbewohner haben zumindest ein paar Manieren — nur daß es diese Gruppe anscheinend nicht tat. Als Del auf dem Weg zu mir in ihrer Mitte angelangt war, schlossen sie sich um sie herum.

O Hoolies, Bascha, kannst du *nirgendwohin* ausweichen?

Ich bezweifle, daß sie viel mit ihr vorhatten. Vielleicht ein Kneifen hier und ein Zwicken da, ein Streicheln oder ein Liebkosen oder zwei. Aber was immer sie auch als Gegenleistung zu bekommen hofften, gab Del ihnen nicht. Sie hatte etwas anderes im Sinn. Ich hörte, im Handumdrehen, mehrere Flüche, einen oder zwei Schmerzenslaute, ein lautes, erschrecktes Zischen. Und dann war Del hindurchgelangt. Sie gesellte sich am Fenster zu mir.

Ich bemerkte ein ganz schwaches Schimmern von Stahl, als sie ihr Messer in seine Scheide zurücksteckte. Hinter ihr bückten sich zwei Männer, um sich ihre Schienbeine zu reiben. Einer untersuchte aus Sandalen herausragende Zehen. Del trug Stiefel. Sie alle schauten zu ihr.

»Hier?« fragte Del am Fenster.

»Ein tiefer Sims.« Ich verstaute die Kleidung, die Bota und das Schwert in dieser Nische. »Wir können ihn als Tisch benutzen.«

Das konnten wir. Die Adobeziegelwände des Wirtshauses waren fast eine Manneslänge dick, und die Fenster waren in die Steine hineingeschnitten. Da der Sims so tief war, konnte ein Mann bequem darauf sitzen.

Del schaute sich nach der Menge um. »Wir hätten vorne Essen und Getränke holen sollen. Jetzt müssen wir uns noch einmal unseren Weg hindurch erkämpfen.«

»Nein, das tun wir nicht. Dieses kleine Mädchen wird uns gern aushelfen.« Ich ergriff den Ellenbogen eines Wirtshausmädchens, die auf jemandes Knie kauerte, und zog sie hoch und herüber. »Aqivi«, sagte ich knapp. »Und Kheshi und Hammelstew.« Ich schaute zu Del. »Und Wein für die Lady. Sie hat einen ausgezeichneten

Geschmack.« Bevor das Mädchen protestieren konnte, gab ich ihr einen Klaps und schickte sie durch die Menge davon.

Dels Gesichtsausdruck war merkwürdig milde. »Wenn du das jemals wieder tust, kannst du dich gleich zu den anderen stellen.«

»Zu welchen anderen?«

»Zu den Männern an der Tür.«

Ich schaute hinüber, sah, daß sie die Männer meinte, die sie bedrängt hatten und runzelte die Stirn. »Was habe ich *getan?*«

»Du hast sie wie Dreck behandelt.«

Ich keuchte fast. »Ich habe sie nur weggeschickt, damit sie ihre Arbeit tut. *Eine* ihrer Arbeiten immerhin.«

Dels Mund war angespannt. »Es gibt Möglichkeiten, das gleiche zu tun, ohne das Mädchen herabzusetzen.«

»O Del, nun komm . . .«

»Vielleicht ergibt das mehr Sinn für dich: Du hast sie wie einen Sklaven behandelt.«

Ich richtete mich auf, immerhin war ich Sklave gewesen. »Das habe ich nicht . . .«

»Doch, das hast du«, sagte sie. »Und wenn du das nicht sehen kannst, bist du blind.«

»Ich habe nur . . .« Aber ich konnte den Satz niemals beenden. Jemand kam hinter mir heran und schlug mich auf den Rücken.

»Sandtiger!« rief er. »Wann seid Ihr hereingekommen?«

Hoolies, das tat weh. Ich wandte mich um, sah ihn stirnrunzelnd an und blinzelte dann erstaunt. »Ich dachte, Ihr wäret *tot.*«

»Hoolies, nein«, sagte er, »obwohl es sich so angefühlt hat, sogar für mich.« Er grinste, sah an mir vorbei zu Del und stieß mich mit dem Ellenbogen in die Rippen. »Ich würde Euch die Narbe zeigen, Sandtiger, aber das könnte die Bascha kränken.«

»Ich würde wahrscheinlich sogar ohnmächtig werden.« Dels Stimme klang ausgesprochen sanft.

Verspätet erinnerte ich mich an die Vorstellungsformalitäten. »Del, dies ist Rhashad. Ein alter Freund von mir. Rhashad, dies ist Del. Eine neue Freundin von mir.«

»Ich kann verstehen, warum.« Er schenkte ihr sein schönstes Lächeln, wobei er große, sehr weiße, von einem schweren roten Schnurrbart, der bis über sein Kinn reichte, eingerahmte Zähne zeigte. »Ihr seid im Norden geboren, nicht wahr? Ich bin selbst zur Hälfte nordisch.«

Und das konnte man sehen. Rhashad war ein Grenzbewohner, geboren im Vorgebirge in der Nähe der Ruinen von Iskandar. Sein Haar war rötlich blond, seine Augen dunkelblau. Passend zu seinem Haar war seine Haut zu einem seltsamen gelblichen Rot gebrannt, mit einer großzügigen Ansammlung von Sommersprossen. Er war groß, seine Höhe reichte fast an meine heran. Del war nur eine Fingerbreite kleiner. Er hatte mehr Gewicht als ich, obwohl das hauptsächlich an seinen breiten Schultern lag.

»Also«, sagte ich trocken, »ich vermute, daß du auf dem Heimweg bist, denn dein Zuhause liegt in der Nähe von Iskandar. Zweifellos machst du gerade einen Abstecher, und sei es auch nur, um zu sehen, was sich tut.«

Rhashad grinste. Er hat ein hübsches Grinsen. Er zeigte es weiterhin Del. »Es liegt mir im Blut, Tiger. Und ich wage es nicht, arm nach Hause zu gehen. Meine Mutter würde mich aus dem Haus werfen.«

Rhashads Mutter war ein seit langem bestehender Scherz unter Schwerttänzern, die ihn kannten. Sie war, so behauptete er, eine Riesin, die ihn mit nur einer kurzen Bewegung eines Fingers zu Boden schicken konnte. Aber jemand, der sie einmal getroffen hat, sagte, sie sei ein kleines Wesen, das ihrem Sohn kaum bis zum Ellenbogen ging. Rhashad ist dafür bekannt zu übertreiben, aber das ist alles nur Teil seiner Vorstellung. Bis jetzt hat es ihn nicht umgebracht, obwohl es vor einiger Zeit fast soweit gewesen wäre.

Ich schaute zu Del. »Seine Mutter ist die nordische Hälfte. Daher hat er seine Farbe.«

Del wölbte die Augenbrauen. »Daher hat er seinen *Charme.*«

Was Rhashad prompt dazu veranlaßte, nach einem Wirtshausmädchen zu rufen, um Dels Voraussicht zu belohnen. Ich sagte ihm, daß bereits ein Mädchen auf dem Weg sei. Er setzte sich im Fenster zurecht und legte die Ellenbogen auf das Fensterbrett.

»Ich bin fertig mit Julah. Es ist jetzt ein neuer Tanzeer dort unten, jetzt, wo Aladar tot ist. Ich nahm ein wenig Arbeit an, aber dann wurden die Vashni zu aktiv, und ich beschloß, zurück nach Hause zu ziehen. Es hat keinen Sinn, mein Leben aufzugeben, nur um ihre schwarzäugigen Frauen Reichtümer mit meinen Knochen verdienen zu lassen.«

Ich wußte all das über Aladar. Ich war dabeigewesen, als Del ihn getötet hatte. »Was hat die Vashni aufgeschreckt?«

Rhashad zuckte die Achseln. »Dieser Orakelbursche. Er erzählt aller Welt dauernd, der Jhihadi käme, um den Süden für die Stämme zurückzufordern. Die Vashni waren schon immer abergläubisch. Also beginnen sie jetzt zu denken, daß sie der Vorhersage vielleicht nachhelfen sollten, indem sie sie wahr werden lassen. Sie haben hier und dort einige Leute getötet, noch nichts Ernsthaftes, aber es hat offensichtlich die Fremden getroffen. Du weißt schon ... jeder Blonde, Rothaarige, Blau- oder Grünäugige ... von wem immer sie *glauben*, er sähe nicht südlich aus. Ich vermute, daß sie das Gefühl haben, sie müßten den Süden von Fremden befreien, wenn sie ihn zurückfordern wollen.« Er zuckte die Achseln und strich über eine Hälfte seines Schnurrbartes. »Ich sehe zu nordisch aus, denke ich, also machte ich mich auf meinen Weg zurück hierher.«

»Jamail«, sagte Del schreckensbleich.

Rhashad runzelte die Stirn. »Wer?«

»Ihr Bruder«, erklärte ich. Dels Gesicht war weiß. »Er lebt bei den Vashni.«

Das Stirnrunzeln vertiefte sich: zwei Linien trafen sich zwischen seinen Augen. »Was hat ein Nordbewohner bei den Vashni zu suchen?«

»Kümmert Euch nicht darum«, sagte Del grimmig. »Seid Ihr sicher, daß sie alle Fremden töten?«

»Das *haben* sie getan. Ob sie es noch immer tun, kann ich nicht sagen. Ich weiß nur, daß dieser Orakelbursche sie alle aufgerüttelt hat.« Seine blauen Augen blickten ernst drein.

»Ich will offen sein, Bascha ... wenn Euer Bruder bei den Vashni ist, stehen seine Chancen nicht sonderlich gut. Sie nehmen religiöse Angelegenheiten sehr ernst.«

»Sie werden ihn töten«, sagte sie verbittert, »weil dieser lokiköpfige Orakelbursche es ihnen befiehlt.«

Rhashad hob eine gleichgültige Schulter. »Dann macht das mit *ihm* aus. Er ist auf dem Weg nach Iskandar.«

»Das Orakel?« Ich runzelte die Stirn. »Woher wißt Ihr das?«

»Ein Gerücht. Es ergibt jedoch einen Sinn. Dieser Orakelbursche hat vorausgesagt, daß der Jhihadi sein Gesicht in Iskandar zeigen wird. Glaubst du nicht, daß er dann vielleicht dort sein möchte? Um seine Behauptung irgendwie zu beweisen?«

Ich antwortete nicht. Das Wirtshausmädchen kam heran, endlich, und trug Schalen mit Stew und Kheshi herbei und auch je einen Krug Wein und Aqivi. Sie balancierte das alles mit großer Sorgfalt und Konzentration und stieß südliche Entschuldigungen hervor, während sie sich ihren Weg durch die Menge bahnte. Del sah es und streckte sofort die Hand aus, um sie von den Krügen und Bechern zu befreien.

»Zahle ihr etwas extra«, befahl Del, als ich nach meiner Satteltasche griff.

Ich runzelte die Stirn, während ich tief hineingriff. »*Du bist* fürchterlich großzügig mit meinem Geld.«

»So sind Frauen«, bemerkte Rhashad heiter. »Du solltest sehen, wie schnell meine Mutter das Geld ausgibt, das ich nach Hause schicke.«

Del dankte dem Mädchen und wölbte dann eine Augenbraue in Richtung Rhashad. »Ihr schickt Geld nach Hause zu Eurer Mutter?«

»Wenn ich es nicht täte, würde sie mir die Ohren langziehen. Oder noch schlimmer: meinen Schnurrbart.« Rhashad grinste. »Ihr solltet meine Mutter kennenlernen. Sie würde eine mutige Bascha wie Euch mögen.«

»Oder auch nicht«, sagte ich hastig, denn ich sah Interesse in Dels Augen aufflackern. Vielleicht für die Mutter. Ich wollte es nicht riskieren, daß es vielleicht Rhashad galt. »Hier, trinkt etwas Aqivi. Del zieht Wein vor.«

Del zog es vor, nichts zu trinken. »Kennt Ihr einen Mann namens Ajani? Er ist ein Nordbewohner, kein Grenzbewohner, aber er reitet auf beiden Seiten.«

»Ajani, Ajani«, murmelte Rhashad. »Der Name klingt bekannt ... ein Nordbewohner, sagt Ihr?«

»Genau das«, sagte sie flach, »in jeder Beziehung, auch was sein Aussehen betrifft. Er ist blond, blauäugig, sehr groß ... und er liebt es, Menschen zu töten. Und wenn er das nicht tut, sie an Sklavenhändler zu verkaufen.«

Rhashads Blick verschärfte sich. Er betrachtete sie intensiver. Dieses Mal sah er sie wirklich. Sah sie *und* das Schwert.

Der Tonfall seiner Stimme war seltsam. »Wart Ihr jemals in Julah?«

Sag nein, warnte ich sie stumm.

Del sagte ja.

Hoolies, er würde es sich zusammenreimen.

Rhashad nickte langsam. Sein scharfsinniger Blick ruhte auf mir. »Vor achtzehn Monaten — ungefähr — regierte Aladar Julah. Ein reicher Mann, Aladar: Er handelte mit Gold und mit Sklaven. Und würde das noch heute tun, wenn ihn nicht Sklaven getötet hätten.« Er sah Del nicht an. »Niemand kennt irgendwelche Namen. Nur daß eine eine nordische Frau war, der andere ein südlicher Mann. Ein Mann mit Narben auf seinem Gesicht, der als Sklave in Aladars Mine war.«

Ich hob eine Schulter an. »Viele Männer haben Narben.«

Rhashad streckte vier Finger aus und strich damit über eine Wange. »Viele Männer haben Narben. Aber nicht alle genau solche.«

»Ist das wichtig?« fragte Del rauh.

Rhashad ließ seine Hand sinken. »Nicht für mich«, sagte er ruhig. »Ich verrate meine Freunde nicht. Aber andere Leute könnten es tun.«

Kälte berührte mein Rückgrat. »Warum? Wenn Aladar tot ist, was kümmert es dann den neuen Tanzeer, wie es passiert ist?«

»Der neue Tanzeer ist Aladars Tochter.«

»Aladars *Tochter*«, keuchte ich. »Wie konnte eine *Frau* die Domäne erben?«

»Danke«, sagte Del trocken.

Ich winkte ab. »Nicht jetzt, das ist wichtig.«

Rhashad nickte. »Das ist es wirklich. Und der Grund, warum sie die Domäne leitet, ist, weil sie reich genug war, um Männer zu kaufen, und stark genug, sie zu halten.« Er lächelte flüchtig. »Zu viel Frau für mich.«

»Eine Frau«, sann ich. »Hoolies, die Dinge ändern sich.«

»Zum Besseren«, bemerkte Del und trank dann ihren sauren Wein.

»Vielleicht nicht, Bascha.« Ich sah stirnrunzelnd in meine Schale mit schnell abkühlendem Kheshi. Dann zuckte ich die Achseln. »Ja, nun, das wird nicht andauern. Sie nehmen vielleicht jetzt ihr Geld, aber das wird sich geben. Sie werden nicht lange damit zurechtkommen, Befehle von einer Frau entgegenzunehmen. Rhashad hat es auch nicht getan, nicht wahr? Und er ist ein Grenzbewohner. Ein Mann, der Angst vor seiner Mutter hat.«

»Ich *respektiere* meine Mutter. Und das solltest du auch tun. Sie ist ein besserer Mann als du.«

»Sie werden sie stürzen«, sagte ich nachdenklich. »Sie werden jemand anderem ihre Treue schenken. Sie werden die Domäne einem Mann anbieten, oder jemand wird sie für sich selbst stehlen. Und dann wird ein anderer versuchen, sie wiederum *ihm* zu stehlen.« Ich schüttelte den Kopf. »Julah wird Blut bedeuten.«

»Siehst du, warum ich gegangen bin?« fragte Rhashad. »Zuerst fangen die Vashni an zu töten, und jetzt wird es einen Krieg geben um die Kontrolle über Julah. Ich werde lieber meine Mutter besuchen.«

»Und Jamail ist mittendrin, wenn er nicht bereits tot ist.« Del seufzte und kratzte an ihrer Augenbraue. »O Tiger, wie lange noch? Erst muß man sich um Ajani Gedanken machen und jetzt auch noch um Jamail. Was soll ich tun?«

»Geh nach Iskandar«, sagte ich. »Das ist die einzige logische Chance.«

Dels Mund war verzerrt. »Es gibt keine Logik, wenn es um Gefühle geht.«

Was, so dachte ich, ungefähr das Wahrste war, was sie jemals gesagt hatte. Besonders wenn man es auf *sie* bezog.

11

Etwas landete auf meinem Kopf. »Komm mit«, sagte die Stimme. »Wir gehen nach Iskandar.«

Ich lag mit dem Bauch nach unten auf meinem wackeligen Bett und drückte mein Gesicht in das Bündel Stoff, das vorgab, ein Kissen zu sein. Mein linker Arm lag unter dem Bündel. *Ich* lag unter einem Laken aus Gaze und versuchte wieder einzuschlafen.

Das Ding auf meinem Kopf wich nicht. Ohne meine Augen zu öffnen griff ich aufwärts, ertastete die Satteltaschen, zog sie von meinem Kopf weg und hinüber zur Seite des Bettes. »Wer hält euch fest?« murmelte ich.

Del war wenig amüsiert. »Ich habe keine Zeit für so was. Ajani könnte in Iskandar sein.«

»Ajani könnte überall sein. Ajani könnte in den Hoolies sein.« Ich befreite meinen linken Arm. »Ich *hoffe*, daß Ajani in den Hoolies ist. Dann können wir ihn vergessen.«

Del nahm die Satteltaschen auf. »Fein«, erklärte sie. »Ich werde mit Abbu dorthin gehen.«

Del droht niemals. Del handelt. Sie war dabei, jetzt zu handeln.

»Warte …« Ich hievte mich hoch, blinzelte durch zu helles Tageslicht zu ihr hin und versuchte mich an meinen Namen zu erinnern. Mein Mund schmeckte wie ein alter Dhoti. »Gib mir einen Moment Zeit, Bascha.«

Sie gab mir keinen Moment Zeit. »Wir treffen uns bei den Ställen.« Und schlug die Tür hinter sich zu.

O Hoolies.

Hoolies.

Warum tut sie das immer an dem Morgen nach der Nacht davor?

Ich schwöre es, die Frau plant es. Sie plant es und wartet ab. Sie weiß, was sie mir damit antut.

Mühsam drehte ich mich ganz herum und setzte mich auf. Natürlich war die Tür noch immer geschlossen. Del war noch immer fort.

Ich saß auf dem Rand des Bettes und verbarg mein Gesicht in den Händen, wobei ich über die vom Schlaf faltige Haut rieb. Ich brauchte etwas zu essen und einen Schluck Aqivi, aber Del würde mir nichts von beidem gönnen. Und sie würde mir auch keine Zeit gönnen.

»Du könntest sie immer noch einholen«, schlug ich vor.

Ja. Das könnte ich. Ich wußte, wohin sie ging.

Und ich wußte, wer mit ihr gehen würde.

Hoolies, Hoolies, *Hoolies*.

Ich hasse Männer wie Abbu.

Ich benutzte den Nachttopf. Dann, in dem Versuch, gleichzeitig wach zu werden und mich zu waschen, spritzte ich mir Wasser ins Gesicht und durchtränkte den größten Teil meiner Haare. Nasse Strähnen breiteten sich über meinen Nacken aus. Tröpfchen lösten sich und rollten hinab, kitzelten die Schultern, die Brust, den Bauch.

Ich fühlte mich nicht wesentlich besser. Nur nasser.

Ich schaute finster zur Tür, während ich nach meiner Unterkleidung, dem Harnisch und dem Burnus griff. »Was erwartest du? Ich habe die ganze Nacht mit Rhashad zusammengesessen.«

Del, die schon fort war, antwortete nicht. Was mir genauso recht war. Sie hätte etwas erwidert. Dann wäre *ich* gefordert gewesen zu antworten. Und wir hätten, in dem Versuch, die Oberhand zu behalten, zuviel Zeit damit verbracht, wegen nichts zu streiten.

Was mir ziemlich dumm erschien.

Ich beugte mich hinüber, um mir die Schuhe anzuziehen, die Del für mich besorgt hatte. »Du *bist* dumm«, murmelte ich. »Du könntest gerade jetzt in einem Wirtshaus sitzen, mit einer warmen und willigen kleinen, südlichen Schönheit auf dem Schoß und einem Krug Aqivi in der Hand. Oder du könntest dich irgendeinem reichen Tanzeer dafür verdingen, seine feuchtäugige Tochter zu beschützen, oder für einen ähnlich bequemen Job wie diesen. Oder mit Rhashad über den Orakelknochen sitzen und ihm all sein Geld abnehmen. *Oder* du könntest schlafen.« Ich hatte einen Schuh angezogen. Ich wandte mich dem anderen zu. »Und was tust du statt dessen? Machst dich bereit, mit einer kaltherzigen, heißzüngigen Bascha auf Rachefeldzug nach Iskandar zu reiten ...«

Del wartete bei den Ställen. Mit dem fahlen Rotschimmel. Draußen. Auf der Straße. Was mir etwas sagte.

»Es wird dort sein«, belehrte ich sie. »Es ist schon seit Hunderten von Jahren dort.«

Sie runzelte die Stirn.

»Iskandar«, klärte ich sie auf.

Dels Stirnrunzeln vertiefte sich. Aber sie sprach von etwas anderem. »Ich hätte ihn für dich bereitgehalten, aber niemand kann an ihn herankommen.«

Ihn. Sie konnte nur eines meinen. »Das geht deshalb nicht, weil sie nicht die richtige Technik haben.« Ich ging an ihr vorbei in den aus Latten gebauten Stall, nahm das Zaumzeug auf und ging hinüber zu seiner Box. Zumindest war es eine Art Box, aber es war nicht viel davon übriggeblieben. »In Ordnung«, sagte ich, »was hast du vor?«

Der Hengst, der an ein in den Boden versenktes, dickes Stück Holz gebunden war, antwortete mir, indem er heftig scharrte. Weitere Teile der Box fielen herab. Der Boden um ihn herum war voll davon.

»Aha«, sagte ich, »ich verstehe.«

Und das tat auch der Stallknecht. Er kam angerannt,

als er bemerkte, daß der Besitzer des Hengstes zurück war. Ich hörte seiner Schimpfkanonade weitaus länger zu, als mir lieb war, und da ich den Hengst ohnehin aufzäumen, satteln und beladen mußte, verlor ich keine Zeit. Nur meine schwindende Geduld.

»Wieviel?« fragte ich.

Der Stallknecht nahm die Frage als Einladung dazu, erneut mit seinen Beschwerden zu beginnen. Ich unterbrach ihn mitten im Wort, indem ich mein Messer zog.

Er wurde weiß. Keuchte. Wechselte dann von Weiß zu Rot, als ich mich über den linken Vorderhuf des Hengstes beugte, um ihn auf Steine oder festgebackenen Schmutz zu untersuchen und den Strahl des Hufs mit meiner Messerspitze zu reinigen.

»Wieviel?« wiederholte ich.

Der Stallknecht nannte einen Preis.

»Zuviel«, belehrte ich ihn. »Dafür könntet Ihr Euch einen zweiten Stall kaufen. Er hat nicht *so* viel Schaden angerichtet.«

Er nannte einen anderen Preis.

Ich überließ dem Hengst seinen linken Huf wieder und trat an den rechten Huf heran. »Ich könnte ihn hier-*lassen* ...«

Ein dritter — und besserer — Preis. Ich nickte und gab ihm das Geld.

Del war aufgestiegen und wartete, während ich den Hengst hinaus ins Tageslicht führte. Ihr Rotschimmel schnaubte. Der Hengst zog seine Oberlippe hoch, trompetete seinen Führungsanspruch heraus und trat mir, während er den Schweif hob und tänzelte, gleichzeitig in die Hacken. Ein Hengst, der am Ende eines nur zu menschlichen Armes herumtänzelt, ist äußerst beunruhigend. Daher war ich, zwischen einem momentanen Taubsein durch seinen Lärm und dem Traktieren meiner Stiefelhacken, in keiner besonders guten Stimmung.

Aber andererseits ging es Del nicht besser. »Hübsche

Technik«, bemerkte sie, als ich mit der Faust auf seine Nase schlug.

»Ich muß seine Aufmerksamkeit erringen.«

»Das hast du«, sagte Del. »Jetzt versucht er, dich zu beißen.«

Nun, das tat er. Aber auch Pferde haben schlechte Stimmungen.

Ich setzte meinen linken Fuß in den Steigbügel und begann mich hinaufzuziehen. Der Hengst schwang den Kopf herum und erwischte mich nur deshalb nicht, weil ich es kommen sah und ihn ins Maul schlug. Er versuchte es noch zweimal, und ich schlug ihn noch zweimal. Dann gab ich die Zögerlichkeit auf, wuchtete mich mit einem Schwung hinauf und landete auf dem Sattel, die Zehen in die Steigbügel gehakt.

»*Jetzt* versuche es«, schlug ich vor.

Er würde es vielleicht tun. Er hatte es zuvor getan. Dieses Mal tat er es nicht. Wofür ich sehr dankbar war, weil ich das Gefühl gehabt hatte, daß er siegen würde.

»Bist du fertig?« fragte Del.

Bevor ich antworten konnte — obwohl das nicht erwartet wurde —, trat der Stallknecht vor. »Ich konnte nicht umhin, Eure Narben zu bemerken — seid Ihr der Sandtiger?«

Ich nickte und nahm die Zügel auf.

Der Mann zeigte mir ein breites Grinsen. »Ich habe Eurem Sohn ein Pferd verkauft.«

»Meinem *Sohn* ...« Ich schaute stirnrunzelnd zu ihm hinab. »Welche Art Pferd, wohin ging er, und wie sieht er aus?«

Dels Tonfall klang trocken. »Nur eines auf einmal, Tiger. Du wirst den armen Mann verwirren.«

Der Stallknecht kannte die Pferde am besten. »Eine alte, graue Stute«, sagte er. »Mit einem Spritzer Weiß unten an der Nase und drei weißen Beinen. Sehr sanft. Die Stute einer Lady, aber er sagte, das sei es, was er wollte.«

»Wohin ging er?«

»Nach Iskandar.«

Wohin sonst? »Wie sieht er aus?«

Der Mann zuckte die Achseln. »Nicht groß, nicht klein. Achtzehn oder neunzehn Jahre alt. Mit braunen Haaren und blauen Augen. Er sprach die südliche Sprache mit einem Akzent.«

»Welche *Art* Akzent?«

Er zuckte die Achseln und schüttelte den Kopf.

»Aber er hat Euch gesagt, er sei mein Sohn.«

»Der Sohn des Sandtigers, ja.« Er grinste. »Er hat nicht die Narben, aber er trägt eine Kette aus Krallen.«

»Und ein Schwert?« fragte ich grimmig.

Er runzelte die Stirn. Dachte zurück. Schüttelte den Kopf. »Ein Messer. Kein Schwert.«

»Eine Halskette, aber kein Schwert. Und reitet eine alte, graue Stute.« Ich schaute zu Del. »Wenn er wirklich nach Iskandar geht, wissen wir wenigstens, wonach wir Ausschau halten müssen.«

Sie war verblüfft. »Du willst *Ausschau halten?*«

»Sollte nicht schwer sein, ihn zu finden. Er hat offensichtlich keine Hemmungen, mit seiner Herkunft zu prahlen — auch wenn es eine Lüge ist.«

Ihre Stimme klang ein wenig seltsam. »Woher willst du wissen, daß es eine Lüge ist?«

»Er ist zu alt«, belehrte ich sie. »Wenn ich sechsunddreißig bin und er achtzehn — oder auch *neunzehn* —, bedeutet das, daß ich gerade . . .« Ich brach ab.

»Achtzehn«, half Del aus. »Oder vielleicht siebzehn.«

Immerhin nicht allzu alt. »Laß uns aufbrechen«, sagte ich kurz. »Es hat keinen Sinn hierzubleiben.«

Als wir Harquhal hinter uns gelassen hatten, war der größte Teil meiner schlechten Stimmung verflogen. Es war zu schwierig, schlecht gelaunt zu bleiben, wenn die südliche Sonne auf mein Gesicht schien und die Stelle erwärmte, wo der Bart gewesen war. Es fühlte sich seltsam an, glattrasiert zu sein. Es fühlte sich seltsam an, Gaze und Seide zu tragen. Es fühlte sich seltsam an, so sorglos zu sein.

Aber es fühlte sich *gut* an, sich so seltsam zu fühlen.

»Weißt du«, bemerkte ich, »du hättest mich gestern abend vorwarnen können, daß du gehen willst. Ich hätte mich von Rhashad verabschieden und Nabir sagen können, daß es keine weiteren Lektionen gibt ...«

»Nabir weiß es. *Ich* habe es ihm gesagt.«

»Oh? Wann?«

»Gestern abend. Du und Rhashad, ihr wart voller Aqivi und zu beschäftigt mit dem Versuch, das Geld des anderen zu gewinnen ... Nabir kam herein, und ich sagte es ihm.« Sie zuckte die Achseln. »Er sagte, er würde auch mitkommen, wenn er Xenobia davon überzeugen könnte, ihre Tätigkeit aufzugeben, und mit ihm zu gehen.«

»Xenobia«, murmelte ich.

»Und ich habe es Abbu gesagt, der gestern abend auch hereinkam.«

Ich sah sie an. »Er kam herein? Ich habe ihn nicht gesehen. Wann kam er herein? Gestern abend? In unser Wirtshaus?«

»Ich sagte bereits, daß du voller Aqivi warst.« Del machte eine flüchtige Handbewegung. »Kurz bevor ich ging.«

»Ging«, echote ich. »Du bist *gegangen*? Wann? Warum?« Ich runzelte die Stirn. »Mit ihm?«

»Gut, daß *du* heute gar keine Fragen hast.«

»Ich denke, ich habe das Recht dazu.«

»Oh? Warum?«

»Ich habe es einfach.« Ich runzelte die Stirn, denn mir gefiel ihr Tonfall nicht. »Wer weiß, in welche Schwierigkeiten du dich hättest bringen können, wenn du so mit Abbu weggegangen wärst. Du weißt nicht, welche Art Mann er ist, Bascha.«

»Einer, der dir sehr ähnlich ist.« Sie hob eine Hand,

um meinem Protest vorzubeugen. »Nein ... der so ist, wie du *warst*. Ich gebe zu, du hast dich geändert. Du bist nicht mehr der eingebildete Narr, der du früher einmal warst.«

»Zu freundlich«, sagte ich trocken. »Und war er mir auch im Bett ähnlich?«

»Du hast kein Recht, das zu fragen.«

»Hoolies, du meinst, du hast es *getan*?« Ich verhielt den Hengst abrupt. »Es war nur ein Spaß, nach all dem Gerede von deinem Bedürfnis nach Konzentration ... willst du mir erzählen, daß du gestern abend mit Abbu weggegangen bist?«

Dels Ton klang tödlich. »Ich habe dich bezüglich meines Bedürfnisses nach Konzentration nicht belogen. Und ich habe dir offen gesagt, daß ich Abgeschiedenheit brauche. Würde ich dann mit Abbu ins Bett gehen?«

Das beruhigte mich nur einen Moment. »Vielleicht. Ich bin mir nicht mehr sicher.«

»Nein.«

Ich fühlte mich ein wenig besser ... ich fühlte mich *erheblich* besser aufgrund Abbus mangelnden Erfolges, aber ich war immer noch ein wenig verärgert darüber, daß sie mit ihm gegangen war. »Du mußt zugeben, daß ich ein Recht habe, mir Sorgen zu machen.«

»Nein«, erwiderte Del. »Dazu hast du kein Recht.«

Das brachte mich wieder auf. »Warum habe ich kein Recht dazu? Wir haben die letzten — wieviel, achtzehn Monate? — zusammen verbracht, *im* Bett und außerhalb, und du sagst, ich habe kein Recht dazu?«

»Du hast kein Recht zu fragen, mit wem ich zu schlafen beschlossen habe«, erklärte Del, »nicht mehr, als ich das Recht habe, dich dasselbe zu fragen.«

»Aber du *kannst* ruhig fragen«, sagte ich. »Du warst die einzige Frau in meinem Bett, seit ...« Ich runzelte die Stirn. »Hoolies, siehst du, was du angerichtet hast? Ich kann mich nicht einmal erinnern.«

»Elamain«, sagte sie trocken.

Elamain. Elamain — o *Elamain*.

Del sah meinen Gesichtsausdruck. »Ja«, sagte sie, »Elamain. *Jene* Elamain.«

Wie konnte ich das vergessen? Wie konnte *irgendein* Mann das vergessen? Ihr Appetit war unersättlich gewesen, ihr Können jenseits allen Glaubens, ihre Ausdauer unglaublich, ihre Phantasie unvergleichlich ...

»Natürlich«, bemerkte Del, »hat sie dich fast umgebracht.«

Der Traum verschwand. »Schlimmer«, sagte ich ... mit Gefühl.

»Was könnte schlimmer sein als das ... oh. Oh. Ja, ich erinnere mich. Sie hat dich fast kastriert.«

Ich bewegte mich im Sattel. »Laß uns nicht darüber reden. Abgesehen davon, was hast du erwartet? *Du* hast mir nichts gegeben. Warum sollte ich nicht mit Elamain schlafen ...«

»... insbesondere da sie dir keine große Wahl gelassen hat.« Del lächelte. »Tiger, du denkst vielleicht, andere Frauen wüßten nicht, aber wir wissen. Ich weiß sehr genau, welche Art Frau Elamain ist — oder war, denn Hashi hat sie wahrscheinlich getötet und wie sie ihre Magie dir gegenüber eingesetzt hat. Frauen wie sie haben Macht. Männer können ihr niemals widerstehen.« Sie schob ihr gelöstes Haar hinter ihre Schultern. »Man kann so abgelenkt werden ... man kann die Übersicht darüber verlieren, was man vorgehabt hat, nur weil eine Frau ...«

»... mir eine Geschichte darüber erzählt, wie ein nordischer Borjuni ihre Familie getötet und ihren Bruder in die Sklaverei verkauft hat.« Ich lächelte. »Klingt das bekannt, Bascha?«

»Das habe ich nicht gemeint, Tiger.«

»Nein. Du meintest, daß Frauen wie Elamain arme Narren in ihr Bett locken. Ich weiß. Ich streite nicht einmal ab, daß es zu anderen Zeiten auch auf mich gewirkt hat.« Ich zuckte die Achseln. »Du hast eine andere Methode angewandt, aber das Ergebnis war dasselbe.«

Del antwortete nicht sofort. Sie hatte ihren fahlen Rotschimmel in meine Richtung gelenkt, und jetzt mußte sie ihn zurücknehmen, damit er nicht gegen den Hengst stieß. Als sie ihn beruhigt hatte, erwiderte sie meinen Blick kerzengerade. Und neigte den Kopf ein wenig.

»Was hättest du getan?« fragte sie. »Was hättest du mit deinem Leben angefangen, wenn ich dich nicht in diesem Wirtshaus gefunden hätte?«

»Angefangen?«

»Angefangen«, wiederholte sie. »Du sagtest, ich hätte dich genauso sehr abgelenkt, wie Elamain es vielleicht getan hätte — dich abgelenkt von was? Dich veranlaßt, den Überblick zu verlieren über — was?«

»Nun, wenn du mich nicht in diesem Wirtshaus gefunden *hättest*, wäre ich nicht als Sonnenopfer der Hanjii zurückgelassen worden. Ich wäre nicht in Aladars Mine geworfen worden. Ich hätte Einzelhieb nicht verloren und wäre nicht an diesem nordischen Schwert kleben geblieben und hätte Chosa Dei nicht eingesaugt.«

»Danach habe ich nicht gefragt.«

»Diese Dinge *wären* nicht geschehen.«

»Tiger, du weichst meiner Frage aus.«

»Nein, das tue ich nicht.« Ich zuckte die Achseln. »Hoolies, ich weiß es nicht. Ich bin ein Schwerttänzer. Ich verdinge mich, um Dinge zu tun. Ich hätte wahrscheinlich diese Dinge *getan*. Beantwortet das deine Frage?«

»Ja«, sagte sie, »das tut es.« Sie verscheuchte eine weitere Fliege. Oder vielleicht dieselbe. »Du hast mich einmal gefragt, was ich tun würde, wenn Ajani tot wäre. Wenn ich meinen Gesang einmal beendet hätte.«

»Ja, das habe ich gefragt. Soweit ich mich erinnere, hattest du keine Antwort.«

»Weil ich mich weigere, darüber hinauszusehen. Über

Ajanis Tod hinauszusehen bedeutet, die Konzentration zu verlieren. Die Vision abzuschwächen. Und das kann ich mir nicht leisten.« Del hob abrupt eine Hand. »Also schaue ich nicht soweit. Aber du hast nicht die gleiche Einschränkung. Du *kannst* voraussehen. Was ich dich jetzt frage, ist: hast du es?«

»Kein Schwerttänzer verschwendet viel Zeit damit, über das nächste Jahr, den nächsten Monat, die nächste Woche nachzudenken. Hoolies, manchmal nicht einmal über den nächsten *Tag*. Nur über den nächsten Tanz. Er schaut voraus bis zu dem Tanz, Bascha. Denn dafür lebt er.«

Dels Blick war fest. »Wann wird dein Tanz beendet sein?«

»Das kann ich nicht beantworten«, sagte ich rauh. »Ich weiß nicht einmal, was es bedeutet.«

»Das tust du. Oh, das tust du. Du bist kein dummer Mensch. Du bist kein einfältiger Mensch. Du gibst nur vor es zu sein, wenn du mit Wahrheiten handeln willst.«

Ich sagte kein Wort.

Del lächelte flüchtig. »Es ist in Ordnung, Tiger. Ich mache es genauso.«

»Du gibst nicht vor, einfältig zu sein. Und du gibst niemals vor, ein Narr zu sein.«

»Nein.« Ihr Mund war seltsam verzogen. »Statt dessen mache ich mich kalt und hart. Ich mache mich innerlich tot, damit ich diesen Wahrheiten nicht begegnen muß.«

Es gibt Zeiten, in denen ich diese Frau hasse.

Jetzt war es nicht so.

TEIL III

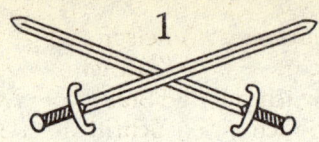

1

Dels Stimme kam aus weiter Ferne. »Tiger ... was ist mit dir?«

Es ergab keinen Sinn. Nur ein Wirrwarr von Worten. Nein, nicht von Worten, von *Klängen.*

»Tiger? Bist du in Ordnung?«

Ich fühlte mich — seltsam.

»Tiger!«

O Hoolies, Bascha ... etwas ist falsch ... etwas ist falsch mit *mir* ... etwas ist *falsch* mit ...

Ich brachte den Hengst zum Stehen. Stieg ab. Zog das Schwert aus der Scheide. Ging dann über den Weg zu einem herabgefallenen Haufen Felsgestein. Fand einen Riß. Trieb das Schwert hinein.

Trieb das *Heft* hinein und ließ die Klinge aufrecht in die Luft ragen.

»Tiger ...?« Und dann drängte sie ihren Rotschimmel zwischen die Klinge und meinen Körper.

Dadurch wurde ich zurückgestoßen. Ich fiel flach auf den Boden. Ich saß da und versuchte herauszufinden, was geschehen war.

Del lenkte den Rotschimmel herum. Ihr Gesichtsausdruck war zutiefst erschreckt. »Bist du loki geworden?« schrie sie.

Ich glaubte nicht. Irgendwie saß ich nur auf dem Boden anstatt im Sattel.

Schweigen: Del sagte nichts. Ihr Wallach stampfte, wirbelte Kieselsteine und Staub auf. Ich hörte das Klakken von Fels auf Fels, das Kratzen des Hufes auf hartem Untergrund, das Klirren von Gebiß und Zaumzeug.

Sah das Schwert aus dem Riß hervorstehen.

»Hoolies«, murmelte ich heiser.

Del sagte nichts. Sie beobachtete, wie ich aufstand, beobachtete, wie ich mir den Staub vom Burnus klopfte, beobachtete, wie ich einen Schritt auf das Schwert zu machte. Und führte den Wallach dann dazwischen.

So aufgehalten, streckte ich eine Hand aus, um den Rotschimmel abzuwehren. »Was versuchst du ...«

»Dich davon abzuhalten, dich umzubringen«, sagte sie flach. »Denkst du, ich könnte das nicht beurteilen?«

»Ich würde niemals ...«

»Du hast es gerade getan. Oder hättest es getan.«

Ich sah erstaunt zu ihr hinauf. Dann über den fahlen Leib des Rotschimmels hinweg zu dem wartenden Schwert, das geduldig in die Luft ragte.

Das konnte ich nicht getan haben. Das *konnte* ich nicht getan haben. Das ist nichts, was ich tun würde. Ich hatte zuviel Seelenqual in meinem Leben überstanden, um es absichtlich zu beenden, und erst recht nicht mit eigener Hand.

»Laß mich in Ruhe«, sagte ich.

Del bewegte den Wallach nicht.

»Laß mich in Ruhe«, wiederholte ich. »Ich bin wieder in Ordnung, Bascha.«

Ihr Gesichtsausdruck war undurchschaubar. Dann führte sie den Wallach aus dem Weg. Ich hörte das Zischen einer Klinge, die aus der Scheide gezogen wird. Ich wurde von einem seltsamen Gedanken heimgesucht: Würde Del versuchen, mich zu töten, um mich daran zu hindern, mich selbst zu töten?

Aus irgendeinem Grunde lachte ich nicht. Und sah nicht zu meinem Schwert.

Ich näherte mich ihm vorsichtig. Empfand nichts. Keine Angst, keine Erwartung, keinen Wunsch danach, mich selbst zu verletzen. Nur eine sanfte Neugier darüber, was das Ding gewollt haben mochte.

Ich sagte kein Wort.

Ich beugte mich hinab. Schloß eine Hand um den hervorstehenden Teil des Hefts, wobei ich es vermied, die Klinge selbst zu berühren. Zog das Schwert aus dem Riß und hielt es mit der richtigen Seite nach oben.

Schwarz kroch die Klinge hinauf. Jetzt berührte es schon die Runen.

»Es will nicht weichen«, brach es aus mir heraus.

Dels Stimme: »*Was?*«

»Es — er — will nicht weichen.« Ich sah stirnrunzelnd auf das Schwert hinab und zwang meinen Blick dann davon fort, um Dels zu begegnen. »Chosa Dei will nach Süden ziehen.«

Dels Mund wurde zu einer dünnen Linie. »Sag ihm, daß wir nordwärts ziehen.«

»Nordostwärts«, korrigierte ich sie. »Und er weiß genau, wohin wir gehen — darum hat er diese Schau abgezogen.« Ich hielt inne. »Immerhin einer der Gründe. Er will auch aus dem Schwert heraus. Mich zu töten wäre ein erfolgreicher Weg.«

Del steckte Boreal zurück in die Scheide und führte den Wallach näher heran. »Es ist wieder schwarz.«

»Ein Teil davon.« Ich wandte die Klinge von einer Seite zur anderen, um beide Seiten zu zeigen. »Was denkst du, was passieren würde, wenn die ganze Klinge schwarz würde?«

Dels Stimme klang seltsam. »Willst du das wirklich herausfinden?«

Ich sah sie scharf an. »Weißt du es?«

»Nein. Aber *ich* würde das Risiko nicht eingehen.«

»Das werde ich auch nicht tun«, murmelte ich. »Zeit, ihm wieder einmal zu zeigen, wer der Herr ist.«

Wie schon zuvor, schloß ich beide Hände um den Griff und verschränkte die Finger an ihrem Platz. Beim letzten Mal war ein Gesang notwendig gewesen, ein Bruchstück eines kleinen Gesangs, der gesungen wurde, um Chosa Dei an seinen Platz zu verweisen. Ich rief ihn erneut herbei und ließ ihn meinen Kopf ausfüllen. Dachte kurzzeitig an nichts anderes als daran, meine

Vorherrschaft zu beweisen. Wie der Hengst bei Dels fahlem Rotschimmel.

Ich schwitzte, als ich die Augen öffnete. Der Gesang in meinem Kopf erstarb. Die Runen waren frei von Verkohltem, aber nicht die ganze Klinge. »Nur ein wenig«, keuchte ich. »Jedes Mal bleibt mehr von dem Schwarz zurück.«

»Du mußt wachsam sein«, erklärte Del.

»Wachsam«, murmelte ich. »Sei *du* wachsam.«

Ihr Gesicht schwankte vor mir. »Bist du in Ordnung?« fragte sie.

Ich taumelte auf den Hengst zu, der gelangweilt am Schlamm knabberte. Sein Maul war davon verkrustet. »Ob ich in Ordnung bin, fragt sie. Ich weiß es nicht. *Sollte* ich in Ordnung sein? Jedes Mal, wenn ich diese kleine Diskussion mit meinem Schwert habe, fühle ich mich, als wäre ich um zehn Jahre gealtert.« Ich blieb abrupt vor dem Hengst stehen und fuhr herum. »Aber das bin ich nicht, nicht wahr?«

»Was?«

»Um zehn — oder mehr — Jahre gealtert.«

Del taxierte mich kritisch. »Ich glaube nicht. Du siehst genauso aus wie zuvor — ungefähr wie sechzig, würde ich sagen.«

»Das ist nicht witzig«, schnappte ich und erkannte dann, wie ich geklungen haben mußte. »In Ordnung, in Ordnung, aber kannst du es mir vorwerfen? Wer weiß, zu was Chosa Dei in der Lage ist, sogar in einem Schwert!«

»Stimmt«, räumte Del ein. »Nein, Tiger, du siehst nicht so aus, als wenn du um zehn oder zwanzig Jahre gealtert wärst. Tatsächlich siehst du besser aus als noch vor einer Woche. Das Trainieren bekommt dir. Du solltest es häufiger tun.«

»Das würde ich, wenn ich es könnte«, murmelte ich. »Vielleicht in Iskandar.«

Ich wandte mich zu dem Hengst um, der mich mit einem Stoß seines Mauls gegen mein Gesicht, gefolgt von einem Schnauben, begrüßte. Sein Schnauben ist jedes Mal schlimm genug, und dieses Mal war Dreck mit im Spiel. Dreck und Schleim ergeben Schlamm.

Ich fluchte, wischte mir den Schlamm von Gesicht und Hals und benannte ihn mit einem Dutzend unflätiger Namen. Er hatte sie alle schon zuvor gehört und zuckte nicht einmal mit einem Ohr. Also ergriff ich die Zügel, stellte einen Fuß auf den linken Steigbügel, zog mich mühsam hoch und ließ meinen Körper auf den Sattel plumpsen. Spähte zu Del hinüber.

»In Ordnung«, sagte ich, »in Ordnung. Ich gebe auf. Je eher ich Chosa aus diesem Schwert vertreiben kann, desto glücklicher werde ich sein ... Und wenn das bedeutet, daß ich Shaka Obre finden muß, dann werden wir das tun.«

Dels Gesichtsausdruck war seltsam. »Das könnte Monate dauern. Vielleicht sogar Jahre.«

Ich knirschte mit den Zähnen. »Ich weiß das«, belehrte ich sie. »Was, zu den Hoolies, soll ich *sonst* tun? Dieses Ding für den Rest meines Lebens bekämpfen?«

Dels Stimme klang ruhig. »Ich denke einfach, du solltest erkennen, welche Art Verpflichtung du eingehst.«

Ich sah sie an. »Dieses Schwert hat gerade versucht, mich dazu zu bringen, mich selbst zu töten. Jetzt ist es eine *persönliche* Angelegenheit.«

Ihre glatten Brauen zogen sich zusammen. »Shaka Obre ist kaum mehr als ein Name, Tiger ... er wird schwer zu finden sein.«

Ich seufzte. »Wir haben Chosa Dei gefunden. Wir werden Shaka Obre finden, egal was dafür notwendig ist.«

Dels Lächeln erschien seltsam abrupt.

»Was ist?« fragte ich vorsichtig.

»Nur daß du genauso klingst wie ich.«

Ich dachte darüber nach. Über Dels Suche nach Ajani und die Opfer, die sie gebracht hatte.

Jetzt war ich an der Reihe.

Sie führte ihren Rotschimmel neben mich. »Wie weit ist es noch bis Iskandar?«

»Nach dem, was Rhashad mir gesagt hat, noch einen Tagesritt. Wir sollten morgen abend dort eintreffen.« Ich spähte den Pfad hinab, der sich durch verkümmerte Bäume und dünnes Gras wand. »Weißt du, vielleicht wäre es nicht so schlimm, wenn tatsächlich ein Jhihadi dort *wäre*. Vielleicht kann er mein Schwert heilen.«

Del klang pikiert. »Es ist nichts mit deinem Schwert, was du nicht selbst heilen könntest. Du brauchst nur Kontrolle. Und die Bereitschaft, es zu *versuchen*.«

Ich sah sie lange an. Und veränderte dann meine Lage im Sattel. »Weißt du«, sagte ich leichthin, »ich werde froh sein, wenn Ajani tot ist.«

Das verblüffte sie. »Warum?«

»Weil du dich dann vielleicht daran erinnerst, wie es ist, wieder ein Mensch zu sein.«

Ihr Mund öffnete sich. »Ich *bin* ...«

»*Manchmal*«, stimmte ich zu. »Aber dann wieder, zu anderen Zeiten, bist du ein kaltherziges, hart urteilendes Weib.«

Ich wandte den Hengst um und ritt weiter. Kurz darauf folgte sie mir.

Schweigen ist manchmal sehr laut.

Iskandar hatte, wie ich wußte, schon lange vor Harquhal bestanden. Was bedeutete, daß der Pfad zwischen beiden sehr neu war, nur als Reaktion auf das Orakel angelegt. Mit der Zeit würde der Pfad verblassen, von Wind und Regen fortgewaschen werden, und das Land würde wieder ursprünglich werden, ohne die Narben, die ihm von Pilgern, die hierhergezogen waren, um den Jhihadi zu sehen, zugefügt worden waren. Bis dahin würde der Pfad jedoch erst einmal eine Lebensader werden.

Rhashad hatte ihn sehr genau beschrieben, obwohl es

nicht nötig gewesen wäre. Es war leicht, den Weg zu erkennen. Leicht, die Leute zu erkennen, die Harquhal auf dem Weg nach Iskandar hinter sich ließen. Aber schwerer, sie zu umgehen.

Wir umgingen sie gelegentlich, indem wir den Pfad verließen. Die Dämmerung brach herein, es wurde frostig, und mein Magen beschwerte sich. Del und ich überquerten einen Hügel und fanden einen abgelegenen Lagerplatz, denn wir hatten keinen Wunsch nach Gesellschaft. Unterwegs kann man niemals sicher sein.

»Kein Feuer«, schlug ich vor, als ich von meinem Hengst kletterte.

Del sagte nichts und nickte nur. Sie zog ihren Sattel, die Satteldecke, die Satteltaschen und die Rolle mit den Fellen und Decken von ihrem Pferd, warf alles auf einen Haufen und ging zurück, um sich um den Rotschimmel zu kümmern.

Es ging sehr schnell. Wir banden die Pferde an, breiteten unsere Bettrollen aus, aßen eine Reisemahlzeit aus unseren Satteltaschen und tranken Wasser aus Botas. Als die Sonne untergegangen war, blieb uns nur noch die Möglichkeit, ins Bett zu gehen. Aber keiner von uns hatte das Bedürfnis.

Im weißen Licht des Vollmondes saß ich auf meinem Fell, die Decken um die Knie drapiert, und bearbeitete meinen Harnisch mit Öl. Das Leder war steif, weil es neu war, und mußte weich gemacht werden. Mit der Zeit würden das Öl, mein Schweiß und die Form meines Körpers den Harnisch zwingen, sich anzupassen. Bis dahin würde ich ihn jede Nacht bearbeiten. Es war ein Ritual.

Del führte ihr eigenes Ritual aus, genauso wie ich meines vollführte. Aber es war nicht ihr Harnisch, den sie bearbeitete. Es war Boreals Klinge. Mit Schleifstein, Öl und Tuch. Und ausgesprochen sanfter Sorgfalt.

Sie hatte ihr Haar zurückgebunden. Somit lag der größte Teil ihres Gesichts frei. Im Mondlicht wirkten die

Konturen hart. Die Flächen wirkten wie aus Glas geschnitten.

Die Klinge hinab und wieder hinauf: verlockendes Zischen. Dann das Flüstern von Seide auf Stahl. Sie hielt den Kopf gebeugt und seitlich geneigt, während sie die Länge der Klinge entlangschaute. Weißbewimperte Lider waren gesenkt und verbargen die Augen vor mir. Der dichte, helle Zopf fiel über eine seideverhüllte Schulter und schwang mit ihrer Bewegung mit. Die Klinge hinab und wieder hinauf: langsame, subtile Verlockung.

Ganz plötzlich mußte ich es wissen. »Woran denkst du?«

Del zuckte kurz. Sie war sehr weit fort gewesen.

Ruhig wiederholte ich: »Woran denkst du, Bascha?«

Ihr Mund verzog sich einen Moment. Nahm dann wieder seine richtige Form an. »An Jamail«, sagte sie weich. »Ich habe mich daran erinnert, wie er war.«

Ich hatte ihn nur einmal gesehen. Und niemals so wie sie.

»Er war ... ein Junge«, sagte sie. »Nicht anders als alle anderen. Er war der Jüngste von uns allen, mit zehn — fünf Jahre jünger als ich. Er versuchte so angestrengt, ein Mann zu werden, als wir wollten, daß er ein Junge bliebe.«

Ich lächelte und verstand. »Daran ist nichts Falsches.«

»Er dachte es. Er pflegte meinen Vater anzusehen, meine Onkel, meine Brüder und dann mich. Und zu schwören, er sei genauso tapfer ... zu schwören, er sei genauso stark ... zu schwören, er sei genauso fähig wie jeder ausgewachsene Mann.«

Ich hatte als Junge keine normale Kindheit gehabt. Ich konnte nicht sagen, wie es hätte sein sollen. Konnte nicht nachempfinden, was Jamail empfunden hatte. Konnte die Worte nicht sagen, die ich vielleicht gesagt hätte, wenn ich Jamail gewesen wäre und meine Schwester hätte trösten wollen.

»Sie trieben uns zusammen«, sagte sie. »Wir verbargen uns unter dem Wagen, versuchten uns klein zu machen, aber die Borjuni steckten den Wagen in Brand. Wir konnten uns nirgends sonst verstecken. Wir rannten ... Jamails Kleidung fing Feuer ...« Sie brach einen Moment lang ab, das Gesicht seltsam verzerrt. »Sie fing Feuer, aber er schrie nicht. Er stopfte sich einfach die Fäuste in den Mund und biß darauf, bis sie bluteten. Ich mußte ihn zu Boden werfen. Ich mußte ihn zum Stolpern bringen und zu Boden werfen, damit ich die Flammen ersticken konnte ... und in dem Moment erwischten sie uns.«

Meine Hände ruhten auf dem Harnisch. Dels Hände fuhren fort, ihre Klinge zu bearbeiten. Ich bezweifle, daß sie es überhaupt bemerkte.

»Er hatte Verbrennungen«, sagte sie. »Sie kümmerten sich nicht darum. Er lebte, er würde genesen. Er würde noch immer eine hübsche Summe einbringen. Das war das einzige, woran sie dachten: was die südlichen Sklavenhändler zahlen würden.«

Nein, es war nicht alles, woran sie gedacht hatten. Da war auch noch Delilah — eine fünfzehnjährige, nordische Schönheit —, aber Del sprach nicht von sich selbst. Jamail war das Thema. Jamail war alles, was zählte, und auch das Schicksal ihrer Familie.

Del hielt sich selbst nicht für wert genug, die Besessenheit zu rechtfertigen.

O Bascha. Bascha. Wenn du nur wüßtest.

»Aber er hat es überlebt«, sagte sie. »Und sicherlich mehr als nur das: die Sklaverei, die Kastration und den Verlust seiner Zunge. Er hat das alles überlebt, nur um in die Hände der Vashni zu fallen.« Del atmete tief ein. »Also bleibt mir jetzt nur, hier zu sitzen und mich zu fragen, ob er tot ist.«

»Du weißt nicht, daß er es ist.«

»Nein. Nein, das weiß ich nicht. Und es nicht zu wissen schmerzt.«

Ihre Hand fuhr mit ihrer Aufgabe fort, niemals in ihrer Bewegung zögernd. Boreal sang einen Gesang, einen Gesang der Versprechen.

»Mach dir keine unnötigen Sorgen«, sagte ich. »Jamail könnte bei den Vashni auch vollkommen sicher sein.«

»Sie töten Fremde. Er ist zu offensichtlich nordisch.«

»Ist er das? War er das?« Ich zuckte die Achseln, als sie aufschaute. »Als wir ihn fanden, hatte er bereits fünf Jahre im Süden verbracht. Davon zwei Jahre bei den Vashni. Nach allem, was wir wissen, könnten sie ihn als einen der Ihren ansehen. Der alte Mann liebte ihn, das sollte einiges Gewicht haben.«

»*Alte* Männer«, sagte sie leise, »verlieren oft ihre Macht.«

»Und manchmal tun sie es nicht.«

»Aber alte Männer sterben.«

Ich schüttelte den Kopf. »Ich kann es dir nicht erleichtern, Del. Ja, er könnte tot sein. Aber du *weißt* es nicht.«

»Und ich frage mich: Werde ich es jemals wissen? Oder den Rest meines Lebens verbringen, ohne zu wissen, ob einer meiner Blutsverwandten übriggeblieben ist.«

»Glaube mir«, sagte ich rauh, »du kannst lernen, damit zu leben.«

Dels Hand schloß sich über der Klinge. »Und sagst du *das*, weil ich ein kaltherziges, hart urteilendes Weib bin?«

Ich sah sie scharf an, bestürzt über ihre Frage. Und noch bestürzter über den verletzten Tonfall. »Nein«, antwortete ich ehrlich. »Ich sage das, weil es das ist, was *ich* getan *habe*.«

»Du«, sagte sie verwirrt.

»Ich«, bestätigte ich. »Vergißt du die Umstände? Keine Mutter, kein Vater für mich ... und auch keine Brüder oder Schwestern. Ich habe nicht die leiseste Ahnung, ob jemand von *meinen* Blutsverwandten übriggeblieben ist, da ich meine Blutsverwandten gar nicht kenne.«

»Grenzbewohner«, sagte sie. »Grenzbewohner oder Fremde.«

Ich richtete mich auf. »Denkst du das?«

Del zuckte die Achseln. »Du hast die Größe eines Nordbewohners, aber deine Hautfarbe ist überwiegend südlich. Nicht so dunkel natürlich, und deine Gesichtszüge sind nicht so grob. Du bist ein wenig von beidem, denke ich, was heißen könnte, daß du ein Grenzbewohner bist.« Sie lächelte flüchtig und abschätzend. »*Oder* ein Fremder. Hast du das niemals in Erwägung gezogen?«

Das und mehr. Alles. An jedem Tag meiner Zeit als Sklave. In jeder Nacht in meinem Bett aus Dreck. Und hatte es niemandem gegenüber zugegeben. Nicht einmal Sula oder Del gegenüber. Denn das zuzugeben könnte mich schwach machen. Die Schwachen überleben nicht.

»Nein«, sagte ich laut und vertrieb die Schwäche.

»Tiger.« Del legte das Schwert beiseite. »Ist dir niemals in den Sinn gekommen, daß die Salset vielleicht gelogen haben?«

»Gelogen?« Ich runzelte die Stirn. »Ich verstehe nicht.«

Sie saß mit über Kreuz geschlagenen Beinen da. Die Finger kreisten um ihre Knie. »Du hast dein Leben in dem Glauben verbracht, daß du zum Sterben in der Wüste zurückgelassen wurdest. Im Stich gelassen von der Mutter, dem Vater ... so hast du es erzählt.«

»Das ist das, was man mir erzählt hat.«

»Wer hat es dir erzählt?« fragte sie sanft.

Ich runzelte die Stirn. »Die Salset. Das weißt du. Worum geht es hier?«

»Um Lügen. Um Irreführung. Um absichtlich zugefügte Qual, um den fremden Jungen leiden zu lassen.«

Etwas zwickte mich im Bauch. »Del ...«

»Wer hat es dir erzählt, Tiger. Es war nicht Sula, nicht wahr?«

Meine Antwort kam sofort. »Nein. Sula war niemals grausam. Sula war meine ...« Ich brach ab.

Del nickte. »Ja. Sula war deine Rettung.«

Ich umklammerte den Harnisch mit beiden Händen. »Was meinst du damit?« fragte ich. »Was hat Sula hiermit zu tun?«

»Wann ist dir das erste Mal bewußt geworden, daß du kein Salset warst?«

Ich wußte keine wirkliche Antwort. »Ich wußte es einfach immer schon.«

»Weil sie es dir gesagt hatten.«

»Ja.«

»Wer hat es dir gesagt? Wer hat es dir zuerst gesagt? Wer hat es dir in so jungem Alter gesagt, daß du niemals etwas anderes gedacht hast?«

»Del ...«

»Waren es die Erwachsenen?«

»Nein«, sagte ich verwirrt. »Die Erwachsenen haben mich vollständig ignoriert, bis ich alt genug war, um nützlich sein zu können. Es waren die Kinder, immer die Kinder ...« Ich brach ab. Erinnerte mich nur zu gut an die schmerzvollen Tage meiner Vergangenheit, an den Alptraum meiner Kindheit.

Erinnerte mich und *fragte* mich.

Hätte es eine Lüge sein können?

Ich saß sehr still da. Alles war plötzlich und auf seltsame Weise klar, so wie es unmittelbar vor einem Schwerttanz ist. Wenn man sich auf Messers Schneide befindet und weiß, daß ein Augenblick den Unterschied bedeuten kann.

Alle meine Sinne verschärften sich. Ich wußte, wer und wo ich war und was ich geworden war. Und ich wußte, daß es schwierig war zu atmen.

Del wartete in vollkommenem Schweigen ab.

»Die Kinder«, wiederholte ich und spürte, wie sich der Abgrund unter mir auftat.

Dels Gesicht war angespannt. »Kinder können grausam sein.«

»Sie sagten . . .« Ich brach ab, denn ich wagte nicht, es laut auszusprechen.

Kurz darauf nahm sie meine Worte auf. »Sie sagten, daß du von Eltern zum Sterben in der Wüste zurückgelassen worden bist, die dich nicht haben wollten.«

»Sie alle sagten das«, murmelte ich vage. »Erst einer, dann auch alle anderen.«

»Und du hast es niemals in Frage gestellt.«

Ich konnte nicht mehr dort sitzenbleiben. Ich konnte überhaupt nicht mehr sitzen. Wie konnte ich einfach *dasitzen* . . .?

Ich stieß den Harnisch beiseite, stand steif auf und ging dann vier Schritte fort. Blieb stehen. Starrte blind in die Dunkelheit.

Fuhr wieder herum, um sie herauszufordern. »Es war niemand da, den ich hätte fragen *können*. Wen sollte ich fragen? Was sollte ich sagen? Ich war ein Chula . . . Chulas *stellen* keine Fragen . . . Chulas reden überhaupt nicht, weil zu reden Schläge nach sich zieht.«

»Es gab Sula«, sagte sie sanft.

Etwas rührte sich träge. Zorn. Verzweiflung. Eine Art Schmerz, wie ich ihn nie zuvor empfunden hatte, weil ich mir nie zuvor Gedanken darum gemacht hatte. Nicht auf die Art, wie ich mir Gedanken um sie machte. »Ich war *fünfzehn*.« Ich wußte nicht, wie ich es erklären sollte. Nicht so, daß sie es erkennen konnte, verstehen konnte, begreifen konnte. »Ich war fünfzehn, als ich Sula traf. Damals wußte ich es besser, als daß ich gefragt hätte. Damals machte ich mir keine Gedanken darum. Damals war nichts in mir, das sich auch nur gefragt hätte, wer ich war.«

»Das ist eine Lüge«, sagte sie.

Verzweiflung schneidet wie eine Klinge. »O Hoolies ... o Bascha, du weißt einfach nicht ...« Ich strich mit steifen Fingern durch meine Haare. »Es gibt keine Möglichkeit, daß du es wissen *kannst*.«

»Nein«, stimmte sie zu.

Ich sah sie im Mondlicht an. Es schmerzte, sie anzusehen. Darüber nachzudenken, was sie gesagt hatte. Sich zu fragen, ob sie recht hatte.

»Es war falsch, daß du das getan hast«, sagte ich. »Du hättest es nicht tun sollen. Du hättest es ruhen lassen sollen — du hättest *mich* in Ruhe lassen sollen ... siehst du nicht, was du getan hast?«

»Nein.«

»*Vorher* wußte ich, was ich war. Ich wußte, was geschehen war. Es machte mich nicht glücklich — wer würde glücklich sein zu wissen, daß er im Stich gelassen wurde? —, aber zumindest hatte ich eine Vorstellung. Zumindest war da etwas, was ich hassen konnte. Zumindest fragte ich mich nicht, ob es Lüge oder Wahrheit war.«

»Tiger ...«

»Du hast mir das genommen«, sagte ich. »Und jetzt ist da *überhaupt* nichts mehr.«

Dels Gesicht war betroffen. Sie starrte mich einen Moment wie blind an und atmete dann geräuschvoll ein. »Würdest du nicht auch lieber wissen, daß du *nicht* im Stich gelassen worden bist?«

»Meinst du, ob ich *lieber* wissen würde, daß meine Eltern von Borjuni ermordet wurden? Oder vielleicht von den Salset ermordet wurden, die mich dann als Andenken mitnahmen?«

Sie zuckte zusammen. »Das wollte ich nicht ...«

Ich wandte ihr erneut den Rücken zu. Schaute äußerst angestrengt in die Dunkelheit und versuchte die Dinge zu sortieren. Sie hatte alles verändert. Das verändert. Ich mußte meinen Halt zurückgewinnen. Mußte neue Spielregeln finden. Jetzt war ich an der Reihe, geräuschvoll einzuatmen. »Was soll ich jetzt tun? Was soll ich tun, Del? Mich mit Fragen nach der Wahrheit in die Sandkrankheit treiben?«

»Nein«, antwortete sie barsch. »Welche Art Leben ist das?«

Ich fuhr herum. »Deine Art«, belehrte ich sie. »Du strafst dich selbst mit *deinem* Leben. Soll ich mich mit meinem strafen?«

Del erschauerte. Schluckte dann sichtbar. »Ich wollte dir nur ein wenig Frieden geben.«

Aller Ärger erstarb in mir. Und damit wich auch die Bitterkeit und ließ Leere an ihrer Stelle zurück. »Ich weiß«, sagte ich. »Ich weiß. Und vielleicht hast du das auch, Bascha. Ich weiß es nur noch nicht.«

»Tiger«, flüsterte sie, »es tut mir leid.«

Das Mondlicht lag auf ihrem Gesicht. Es schmerzte mich, sie anzusehen.

»Geh zu Bett«, sagte ich abrupt. »Ich muß noch nach dem Hengst sehen.«

Der Hengst war nur vier Schritte entfernt angebunden. Es ging ihm gut. Er schlief. Er brauchte nichts von mir.

Aber Del sagte kein Wort.

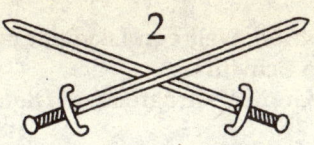

2

Iskandar war eine Spielzeugstadt: ein Stapel unge-
brannter Ziegelblöcke, die zu lange in Sonne und Regen gelegen haben. An den Gebäuden waren keine Ekken mehr zu erkennen, nur abgerundete, wie eingefallene Schultern wirkende Außenwände, die langsam zu
Staub zerfielen. Zu dem Dreck und dem Lehm und den
Schieferhaufen, aus denen die ganze Stadt entstanden
war.

»Das ist verrückt«, sagte ich. »All diese Leute, die auf
das Wort eines unbekannten Eiferers hin ihre Heime zurücklassen, um einer ruinierten Stadt entgegenzuzie-
hen. Und nach allem, was jedermann weiß, gibt es dort
nicht einmal Wasser.«

Del schüttelte den Kopf. »Es gibt dort Wasser. Es ist
zu viel Grün dort. Und glaubst du nicht, daß der Jhihadi
dafür sorgen wird, wenn er gerade dorthin zurückzukehren plant?«

Ihre Stimme klang trocken und ironisch. Ein Echo
meiner eigenen. Del glaubt mehr an Religion, als ich es
tue — zumindest im Sinne des wahren Glaubens —,
und sie hatte bisher keine Anzeichen von Ablehnung
gegenüber der angekündigten Wiederkehr gezeigt.
Wenn überhaupt etwas, so hatte sie mich wegen meines
Zynismus gewarnt und gesagt, ich solle den Glauben
anderer respektieren, selbst wenn er nicht meinem eigenen entspreche.

Aber jetzt, von Angesicht zu Angesicht mit Iskandar,
dachte Del nicht an den Glauben. Nicht einmal an Religion. Sie dachte an Ajani. Sie dachte daran, einen Mann
zu töten.

Und an die ihren, weit von Iskandar entfernten, Göttern geleisteten Schwüre.

»Wo ist die Grenze?« fragte ich. »Du kennst all diese Dinge.«

Was der Wahrheit entsprach, denn sie wußte mehr als ich. Ein Teil von Dels Ausbildung auf Staal-Ysta war etwas gewesen, was sie *Geographie* nannte, die Lehre davon, wo Orte lagen. Ich kannte den Süden recht gut, besonders die Punja, aber Del kannte alle Arten von verschiedenen Orten, sogar jene, an denen sie niemals gewesen war.

»Die Grenze?« echote sie.

»Ja. Die Grenze. Du weißt: dieses Ding, das den Norden vom Süden trennt.«

Sie warf mir einen Blick zu, der genau nichts sagte. Was bedeutete, daß er eine Menge sagte. »Die Grenze«, sagte sie kühl, »ist nicht wahrnehmbar.«

»Sie ist was?«

»Nicht wahrnehmbar. Ich kann nicht sagen, wo sie liegt. Das Land ist zu ... seltsam.«

Der Hengst stolperte. Ich zog seinen Kopf hoch, beruhigte ihn und ließ ihn weitergehen. »Was meinst du mit ›seltsam‹?«

Del machte eine allumfassende Handbewegung. »Sieh dich um, Tiger. In einem Moment befinden wir uns auf Wüstensand, im nächsten auf nordischem Grasland. Einen Schritt weiter zwischen Grenzlandgestrüpp und einen weiteren Schritt weiter in windzerzauster Felslandschaft.«

»So?«

»So. Es ist eine Sache, von Julah nach Staal-Ysta zu reiten und zu sehen, wie sich das Land verändert ... es ist eine völlig andere Sache, dieselben Veränderungen im Abstand von zehn Schritten zu bemerken.«

Ich hatte nicht wirklich darüber nachgedacht. Aber als sie es jetzt erwähnte, bemerkte ich, daß sich das Land sehr veränderte. Wie auch die Temperatur. In einem Moment war es heiß, im nächsten ein klein wenig frostig. Aber das eine verschmolz mit dem anderen und bewirkte überwiegende Wärme.

Wir streiften, wie auch der Weg, den Rand eines weiten Plateaus. Zu unserer Linken erhoben sich die Ausläufer des Nordens, zu unserer Rechten, jenseits des Plateaus, erstreckten sich gestrüppbewachsene Grenzgebiete, die, wenn das Auge so weit sehen könnte, zur Wüste abflachen würden. Unter uns, direkt in Richtung Nordosten, befand sich ein weiteres, kleineres Plateau. In dessen Mittelpunkt, auf der Spitze, stand die Stadt Iskandar.

Sie konnte nicht als Hügelfestung oder auch als Wüstenstadt bezeichnet werden. Es gab keine Mauern, nur Gebäude mit Dutzenden von Wegen und Eingängen. Die meisten davon waren von herabgefallenen Ziegelblöcken blockiert, die allmählich zu Staub zerfielen, doch Schieferwände markierten Fundamente, die mit trockenem, grasfarbenem Schlamm wie mit Mörtel verputzt waren.

Einst mochten die Ruinen vielleicht majestätisch gewesen sein, Wahrzeichen menschlichen Stolzes. Aber die Menschen waren zurückgekehrt, und das Majestätische war zerstört worden.

Iskandar war ein Straßengewirr, das von Wüstenparasiten überrannt worden war. Es gab Karren, Wagen, Pferde, Danjacs und unzählige menschliche Tiere, die herbeigebracht worden waren, um die Lasten hereinzutragen. Die meisten hatten sich in die Stadt begeben und erfüllten alle Ritzen, aber viele hatten auch Hyorts um die Ränder der Stadt aufgestellt, wodurch kleine Lager mit Wüstenbewohnern entstanden waren, die sich nicht mit dem Stadtpöbel vermischen wollten.

Wir hielten unsere Pferde am Rande des Plateaus an. Der Pfad wand sich hinab, aber wir blickten nicht hinunter. Wir schauten darüber hinweg auf die Stadt.

»Stämme«, sagte ich knapp.

Del runzelte die Stirn. »Woher willst du das wissen? Sie sehen aus wie jeder andere.«

»Nicht, wenn man näher herankommt. Sehe ich wie ein Hanjii aus?« Ich deutete mit dem Kopf auf Iskandar. »Die Stämme bauen keine Städte. Sie wollen nicht darin leben. Die meisten von ihnen ziehen in Karren und Wagen umher und errichten ihre Hyorts, wenn sie eine Weile rasten. Siehst du? Daher all diese Zelte, die die Ränder der Stadt umgeben.«

»Aber sie haben doch gerade ihre *eigene* Stadt gebildet, indem sie sich alle auf einem Fleck niedergelassen haben.«

»Besondere Umstände.« Ich zuckte die Achseln, als sie mich ansah. »Du findest niemals so viele Stämme versammelt — zumindest nicht ohne Blutvergießen. Aber wenn dieses Orakel sie alle aufgestört hat, wird es anders werden. Sie werden einander dulden, bis diese Jhihadifrage geklärt ist.«

Del schaute auf die zerstörte Stadt hinab. »Glaubst du, daß die Salset da sind?«

Etwas kitzelte in meinem Magen. »Ich denke, es ist möglich.«

»Würden sie wegen des Jhihadi kommen?«

Ich dachte an den Shukar. Die Magie des alten Mannes hatte nachgelassen, sonst hätte *er* die Katze getötet und mich ohne Fluchtmöglichkeit gelassen. Für die Salset basiert Magie auf der Religion. Wenn die Magie nicht wirkt, sehen die Götter fort. Sie hatten von dem Shukar fortgesehen. Wie hätte sonst ein kleiner Chula die Katze an seiner Statt töten können?

Ich dachte über Dels Frage nach. Würde er sie nach Iskandar führen? Wenn er glaubte, er müßte es. Wenn er glaubte, es würde ihm Ehre einbringen. Wenn der alte Mann noch lebte.

Vor einem Jahr hatte er noch gelebt.

»Vielleicht«, sagte ich. »Vielleicht auch nicht. Das hängt davon ab, wie die Dinge stehen.«

»Du könntest Sula wiedersehen.«

Ich nahm die Zügel auf. »Laß uns weiterreiten. Es hat keinen Sinn hierzubleiben, nur um die Landschaft zu betrachten.«

Nun, das hatte es nicht. Aber ich hätte es besser ausdrücken können.

Del wandte den Rotschimmel um und eilte den Weg hinab, der sich vom Rand des Plateaus fortwand. Hinab, hinüber und dann hinauf. Und wir würden in Iskandar sein.

Wo sie Ajani vielleicht letztendlich finden würde.

Der Hengst erklomm die letzte Erhebung und brachte mich auf das Plateau, auf dem Iskandar himmelwärts ragte.

Der Weg war jetzt nicht mehr schmal, sondern breit und gut eingeebnet und zeigte Spuren von Karren und Wagen. Er wand sich um Bäume und dichtstehende Büsche und teilte sich dann in fünf Abzweigungen: fünf kleinere Wege, die auf fünf verschiedene Teile der Stadt zuführten, wo sie sich erneut teilten. Die meisten führten nicht nach Iskandar hinein. Die meisten endeten an Ansammlungen von Hyorts, an Sammelpunkten, die durch hölzerne Wagen entstanden waren.

Was mir einiges klarmachte.

»Was ist das?« fragte Del, während sie ihren Rotschimmel neben mich dirigierte.

Ich schaute stirnrunzelnd und verwirrt zu den Hyorts. Es waren mehrere zehn und zwanzig davon zwischen dem Rand des Plateaus und der Stadt errichtet worden. Das veränderte das Aussehen des Ortes; zeichnete den Umkreis von Iskandar weich; veränderte die Lage des Landes auf mehr als eine Art.

»Stämme«, sagte ich schließlich. »Zu viele und zu verschiedene.«

»Sie haben genauso das Recht hier zu sein wie jeder andere.«

»Das stelle ich gar nicht in Frage. Ich frage mich nur, wohin das führen wird.«

»Wenn es wirklich einen Jhihadi gibt ...«

»... könnte er gefährlich sein.« Ich führte den Hengst um eine Ziege herum, die mitten auf dem Weg stand. »Zu viele Macht in der Hand eines Mannes.«

Del ritt auch an der Ziege vorbei. »Und wenn er sie dazu gebrauchen würde, Gutes zu tun?«

Ich gab einen spöttischen Laut von mir. »Kennst du irgend jemanden, der so viel Macht hat und sie dazu gebraucht, *Gutes* zu tun?« Ich schüttelte den Kopf. »Ich halte das nicht für möglich.«

»Nur weil du das noch nicht erlebt hast, heißt das doch nicht, daß es nicht sein kann. Vielleicht kommt er deshalb.«

»*Wenn* er kommt«, murmelte ich.

Hyorts säumten beide Seiten des Weges. Ich roch den ätzenden Geruch von Danjac-Urin. Den Geruch der Milch und des Käses von Ziegen. Den fast überwältigenden Gestank von zu vielen Menschen — von zu vielen Gebräuchen —, die zu dicht beieinander lebten.

Und das war außerhalb der Stadt.

Del und ich wurden kaum beachtet. Ich wußte nicht, wie lange einige der Stämme hier schon lagerten, aber offensichtlich lange genug, daß die Ansicht von zwei Fremden keines Kommentars mehr bedurfte. In der Punja hätte uns ein halbes Dutzend der versammelten Stämme sofort getötet oder gefangengenommen. Aber niemand belästigte uns. Sie schauten und schauten dann fort.

Schauten von *Del* fort.

Ich runzelte die Stirn. »Es müssen Nordbewohner hier sein.«

»Warum denkst du ... oh, ich verstehe.« Del sah sich um. »Wenn welche hier *sind*, müssen sie in der Stadt sein.«

»Dorthin gehen wir«, sagte ich. »Wir werden es früher oder später erfahren, Bascha. Früher — wir sind fast drin.«

Und das waren wir. Wir durchquerten die letzte Ansammlung von Hyorts und betraten Iskandar selbst. Keine Mauern, keine Tore, keine Wachen. Nur offene Wege und die Stadt.

Die Stadt und ihre neuen Bewohner.

Die meisten davon Südbewohner. Weniger Grenzbewohner. Eine Handvoll flachshaariger Nordbewohner, deren Köpfe und Schultern über den Rest der Menschen hinausragten. Und Ziegen und Schafe und Hunde und Schweine, die ungehindert durch die Straßen Iskandars liefen.

Ich konnte nicht umhin zu grinsen. »Sieht nicht sehr nach dem Ort aus, an den ein lange erwarteter Jhihadi zurückkehren könnte.«

»Es stinkt«, bemerkte Del.

»Das kommt daher, weil hier eigentlich niemand lebt. Aber das stört sie nicht. Sie *borgen* sich die Stadt nur für eine Weile aus ... sie werden sie mit dem Jhihadi wieder verlassen.«

»Wenn der Jhihadi sie verläßt.«

Ich führte den Hengst einen engen Weg entlang. »Es würde für ihn sinnlos sein zu bleiben. Iskandar ist eine Ruine. Er zieht vielleicht eine bewohnbare Stadt vor.«

»Sie könnte bewohnbar *gemacht* werden ... Tiger, wohin gehen wir?«

»Informationen«, antwortete ich. »Man kann sie nur an einem Ort bekommen.«

Dels Tonfall klang trocken. »Ich glaube nicht, daß es hier ein Wirtshaus gibt.«

»Wahrscheinlich gibt es *doch* eines«, bemerkte ich, »aber dort gehen wir nicht hin: Du wirst schon sehen.«

Das tat sie, als wir erst einmal dort anlangten. Und es war auch kein Wirtshaus. Es war gar nicht ein Ort, sondern zwei: der Brunnen und der Basar.

In jeder Ansiedlung ist der Brunnen der Mittelpunkt der Stadt. Dorthin geht jeder, weil es eine Notwendigkeit ist. Und auch ein Ort der Begegnung, besonders in Iskandar, das von keinem Tanzeer regiert wurde. Es war der einzige Ort in der Stadt, wo sich alle Wege kreuzten.

So wird er zum Basar. Wo die Menschen auch hingehen, kaufen sie. Andere hatten Dinge zu verkaufen. Sogar in Iskandar.

»So *viele*«, rief Del aus.

Mehr als ich erwartet hatte. Stände füllten den größten Teil des Basars aus und ergossen sich auch noch in sich daran anschließende Straßen. Es gab Händler aller Arten, die den Vorbeiflanierenden zuschrien. Das Jammern der Dijflöten erfüllte die Luft, schneidend in ihrem überladenen südlichen Stil, während Straßentänzer Glockenbänder schrillen ließen und auf harte Lederhäute von Trommeln schlugen. Sie bahnten sich ihren Weg durch die Menge und versuchten eine oder zwei Münzen aufzustöbern oder die Kunden zu den Ständen der Händler, die sie dafür angeheuert hatten, zurückzuführen.

»Es ist so«, sagte Del. »Es ist genau wie ein *Kymri*.«

Aber dies war der Süden, nicht der Norden. Wir haben keine *Kymri*.

Ich zügelte den Hengst. Vor uns lag der überbevölkerte Platz. »Es hat keinen Sinn, dort hindurchzureiten«, sagte ich. »Wir sollten besser laufen ... he!« Der Schrei sollte einen Jungen aufhalten, der sich an dem Hengst vorbeidrängen wollte. »Du«, sagte ich ruhiger. »Bist du schon lange hier?«

»Ungefähr sechs Tage«, antwortete er in der Wüstensprache.

Ich nickte. »Also lange genug, um ein wenig über den Ort zu wissen.«

Der Junge lächelte zaghaft. Schwarzhaarig, dunkelhäutig, helläugig. Ein Halbblut, dachte ich. Aber ich hätte die Hälften nicht benennen können.

»Wo können wir einen Platz zum Schlafen finden?«
fragte ich.

Die Augen des Jungen weiteten sich. »Überall«, antwortete er. »Es gibt viele, viele Zimmer. Viel mehr Zimmer als Menschen. Bleibt, wo Ihr wollt.« Seine Augen ruhten auf meinem Schwertheft. »Schwerttänzer?« fragte er.

Ich nickte bestätigend.

»Dann werdet Ihr zu den Kreisen wollen.« Er winkte mit der Hand. »Auf der anderen Seite der Stadt. Dort sind alle Schwerttänzer.«

»Alle?«

»Alle«, wiederholte er. »Sie kommen jeden Tag. Dort bleiben sie alle, um einander herauszufordern, damit sie die Tanzeers beeindrucken können.«

»Und wo sind die Tanzeers?«

Ein schnelles Lächeln erhellte das Gesicht des Jungen. »In den Zimmern, die noch Dächer haben.«

Aha. Natürlich. In einer so alten Ruine wie Iskandar würde das Holz verrottet sein. Die Häuser würden keine Dächer mehr besitzen, außer jenen mit mehr als einem Stockwerk. Wohin die Tanzeers sich zurückziehen würden.

Also: das Aufteilen der Macht begann.

Jungen erfahren oft Dinge, die andere Leute nicht erfahren. »Wie viele?« fragte ich. »Wie viele Tanzeers?«

Er zuckte die Achseln. »Ein paar. Noch nicht viele. Aber sie haben Schwerttänzer mitgebracht ... die restlichen heuern sie an.« Seine Augen strahlten. »Ihr werdet keine Probleme damit haben, Arbeit zu finden.«

Das klang nicht ganz wahr. »Und weißt du auch, *warum* sie so viele von uns anheuern?«

Der Junge zuckte die Achseln. »Schutz vor den Stämmen.«

Das machte Sinn. Die Stämme und die Tanzeers vermischten sich nicht häufig, und wenn sie es taten, dann nicht von Angesicht zu Angesicht. Und wenn sich der versprochene Messias vorrangig an die Stämme wenden würde, wie es den Anschein hatte, dann würden die Tanzeers es wissen wollen.

Ich grub eine Münze aus meiner Tasche und warf sie dem Jungen zu. Er fing sie auf, grinste erneut und schaute an mir vorbei zu Del. Sagte schnell etwas in der Wüstensprache, wandte sich dann um und rannte über den Platz.

Grinsend dirigierte ich den Hengst mit den Knien. Wir ritten auf direktem Wege über den Basar zu den dahinter liegenden Randgebieten. Wo sich, laut der Aussage des Jungen, die Kreise befinden sollten.

»Was hat er gesagt?« fragte Del. »Und du weißt, welchen Teil ich meine.«

Ich lachte und wandte dann den Kopf, um zurückzuschauen. »Er machte mir ein Kompliment bezüglich meines Geschmacks bei Baschas.«

»Dieser Junge kann nicht älter als zwölf gewesen sein!«

Ich zuckte die Achseln. »Im Süden fängt man früh an.«

Es war nicht leicht, tatsächlich auf direktem Wege über den Platz zu gelangen. Es gab kein System in dem Gewirr von Gassen zwischen den Ständen. Einige machten Windungen, einige endeten plötzlich, einige führten wieder zurück. Zweimal war ich gezwungen umzukehren, fand dann aber schließlich meinen Weg durch die eng beieinanderstehenden Gebäude und dann hinaus auf das Plateau.

Wir waren, soweit ich es beurteilen konnte, direkt gegenüber der Hyorts, wobei Iskandar dazwischen lag. Aber hier gab es keine Hyorts. Hier gab es keine Wagen. Nur Pferde, Schlafplätze und Kreise.

»Sieht eher nach einem Krieg aus«, bemerkte ich, »als nach einer Versammlung für den Jhihadi.«

Del brachte ihren Wallach neben mir zum Stehen und betrachtete die Szene. »Viele Kriege«, stimmte sie zu. »Sind dort nicht viele Tanzeers?«

Langsam schüttelte ich den Kopf. »Es fühlt sich nicht richtig an.«

»Was fühlt sich nicht richtig an?«

»Die Tanzeers heuern *tatsächlich* eine Streitmacht an ... ein Heer von Schwerttänzern. Nur daß sie dies auf einer individuellen Basis tun — verfeindete Tanzeers heuern Männer an, um sich gegenseitig zu bekämpfen, damit sie einander zerstören können —, aber niemals als Gruppe. Das Charakteristische an einer Wüstendomäne ist, daß jeder Mann für sich selbst einsteht ... es scheint nur einfach nicht richtig, daß hier so viele zusammen sind und alle Männer anheuern.«

Del zuckte die Achseln. »Ist das wichtig?«

»Vielleicht«, sagte ich unbehaglich. »Vielleicht auch nicht.«

Und dann dachte ich an das, was Abbu Bensir bezüglich dessen gesagt hatte, daß man zu einem abgelegenen Ort zieht, um Geld zu gewinnen und einen Job zu finden. Es war nicht die südliche Art, aber ich sah gewisse Vorteile. Zweifellos erging es so auch den anderen, darum waren so viele hier.

»Wir könnten reich werden«, sagte ich nachdenklich. »Wenn wir uns dem richtigen Tanzeer verdingen würden, könnten wir *sehr* reich werden.«

»Ich bin nicht hergekommen, um reich zu werden. Ich bin hergekommen, um einen Mann zu töten.«

»*Wenn* du ihn findest«, sagte ich, »was willst du dann tun? Ihn zum Tanz herausfordern?«

»Er ist dieser Ehre nicht wert.«

»Oh. Also willst du einfach zu ihm hingehen und ihm den Garaus machen.«

Dels Gesichtsausdruck veränderte sich nicht. »Ich weiß es nicht.«

»Denkst du, du möchtest darüber nachdenken?«

Jetzt sah sie mich an. »Ich habe seit sechs Jahren darüber nachgedacht. Jetzt ist an der Zeit, es endlich zu tun.«

»Aber du kannst es nicht *tun*, ohne es zu durchdenken.«

Ich bewegte mich im Sattel, verlagerte mein Gewicht auf die auf dem Sattelknauf aufgestützten Arme. »Er ist kein beliebter Mann. Andere werden ihn auch töten wollen. Ich bezweifle, daß er allein umhergeht. Und wenn er all die Dinge getan hat, die du mir erzählt hast, dann bezweifle ich sogar, daß er allein *pißt*.«

Dels Stimme war fest. »Ich werde einen Weg finden.«

Ich setzte mich wieder im Sattel zurück. »Können wir wenigstens zuerst etwas essen? Und uns vielleicht einen Platz zum Übernachten suchen?«

Del streckte eine Hand aus und deutete auf das Plateau. »*Dort* können wir übernachten.«

»Irgendwie hatte ich gedacht, wir könnten uns vielleicht ein Zimmer suchen. Es hätte vielleicht kein Dach, aber schließlich ist keiner von uns ein Tanzeer. Und es sieht nicht nach Regen aus.«

Automatisch schaute Del gen Himmel. Er zeigte ein klares, strahlendes Blau ohne die geringste Bewölkung. Aber dies war Grenzland. Dies war *seltsames* Land, es fühlte sich einfach nicht richtig an. Zu viele Teile zusammengemischt: die Vegetation, die Temperatur, die Menschen.

»Sandtiger! Tiger! *Del!*«

Ich sah mich um. Runzelte die Stirn. Spähte zu den Kreisen hinüber, sah aber niemanden, den ich gekannt hätte. Nur Männer in den Kreisen mit Schwertern in den Händen.

»Da.« Del zeigte in die andere Richtung. »Ist das nicht ... Alric?«

Alric? »Oh ... *Alric*.« Der Nordbewohner, der uns in Rusali, der Domäne unmittelbar vor Julah, geholfen hatte. Ich blinzelte. »Ja, ich glaube, er ist es.«

Alric näherte sich winkend. Mit ihm kam eine kleine, dicke Frau heran. Zwei kleine Mädchen liefen vor ihnen her, und auf einem Arm trug er ein drittes. Zumindest glaube ich, daß es ein Mädchen war, manchmal ist es schwer zu sagen.

Del glitt aus dem Sattel. »Lena hat ihr Baby bekommen.«

Ich blieb auf meinem sitzen. »Und so wie es aussieht, erwartet sie noch ein weiteres.«

Die kleinen Mädchen stürzten sich, nachdem sie herangekommen waren, auf Del, die sich hinabbeugte, um sie zu begrüßen. Ich war insgeheim erstaunt, daß sie sich überhaupt an sie erinnerten. Sie waren gerade mal drei und vier Jahre alt — oder vielleicht vier und fünf, wer kann das in diesem Alter schon genau sagen —, und sie hatten nur eine Woche oder so mit uns verbracht, als Alric uns in sein Haus aufgenommen hatte, nachdem ich verwundet worden war. Aber Del kann sehr gut mit Kindern umgehen, und die Mädchen hatten sie bewundert. Offensichtlich hatten sie ihre Meinung nicht geändert.

Ich beobachtete sie, während sich die Mädchen um ihre Umarmung balgten. Sie lächelte, lachte mit ihnen, tauschte südliche Begrüßungen aus. Ich erwartete fast Schmerz zu sehen, erwartete, daß Del Kalle in ihren Gesichtern sah, aber dort war nur Glück zu erkennen. Ich sah keine Spur von Qual.

Ungefähr in dem Moment erreichte uns Alric mit seiner hochschwangeren Frau. Als ich sie das letzte Mal gesehen hatte, war sie auch hochschwanger gewesen. Und da die älteren Mädchen altersmäßig kaum ein Jahr auseinander waren, begann ich zu vermuten, daß Lena und Alric sich aktiver, gemeinsamer Nächte erfreuten.

Lena war Südbewohnerin und sah auch so aus. Er war eindeutig Nordbewohner. Die Mädchen waren ein wenig von beidem. Sie hatten das schwarze Haar und die dunkle Haut ihrer Mutter, aber ihres Vaters hellblaue Augen und hochgewölbte Wangenknochen. Sie würden Schönheiten sein, wenn sie erst erwachsen wären.

Alric grinste. »Das dachte ich mir!« sagte er. »Ich habe Lena gesagt, daß Ihr es wärt, aber sie war anderer Meinung. Sie sagte, Del wäre inzwischen sicherlich zur Vernunft gekommen und hätte nach einem nordischen Mann anstatt nach einem südlichen Danjac Ausschau gehalten.«

»Oh?« Ich schaute auf Lena hinab, die mir weiße Zähne zeigte. »Ich vermute, daß Ihr denkt, sie wäre mit einem zweiten Alric besser bedient.«

Lena tätschelte ihren angeschwollenen Bauch. »Ein starker, gesunder Nordbewohner ist gut für die Seele einer Frau.« Schwarze Augen glänzten. »Und auch für andere Dinge.«

Alric lachte laut. »Wenn auch bisher alles, was dieser gesunde Nordbewohner zustande gebracht hat, Mädchen sind.« *Er* tätschelte Lenas Bauch. »Vielleicht wird dieses ein Junge.«

»Und wenn nicht?« fragte ich. Alrics Grinsen verstärkte sich. »Wir werden es weiter versuchen, bis wir einen bekommen.«

Ich wartete auf Dels Kommentar, denn sicherlich hatte sie einen parat. Aber die Mädchen schnatterten auf sie ein, und sie hatte keine Gelegenheit, auch etwas zu sagen.

Lena winkte zur Begrüßung mit der Hand. »Kommt mit, kommt mit … wir haben nicht weit von hier in der Stadt ein Haus. Ihr werdet mitkommen und bei uns bleiben. Es gibt dort viele Zimmer. Wir können zusammen auf den Jhihadi warten.«

Ich sah zu Alric. »Seid Ihr deshalb hergekommen?«

Er verlagerte das Gewicht des Babys auf seinem Arm. »Alle anderen zogen nach Iskandar. Sogar die Tanzeers. Ich dachte, es würde sich vielleicht lohnen, selbst herzukommen und zu sehen, wie es mit dem Tanzen steht.« Er deutete mit dem Kopf in Richtung der Kreise. »Und, wie Ihr sehen könnt, sind jede Menge Schwerttänzer da. Es wird auch Geld dasein. Oder ein Tanzeer, der mich anheuert. Da ich all diese kleinen Münder füttern muß, wäre zusätzliches Geld willkommen.«

Drei kleine Münder zu füttern und ein viertes unterwegs — kein Wunder, daß er nach Iskandar gekommen war, aber ich dachte, daß es bei Lena doch seltsam wäre. Es konnte nicht mehr lange dauern bis zur Geburt.

Lena spürte meine Gedanken. »Ein Kind, das in Gegenwart eines Jhihadi geboren wird, wird sein ganzes Leben lang gesegnet sein.«

»Oder ihr ganzes Leben lang«, sagte Alric leutselig. Die Möglichkeit, vielleicht eine weitere Tochter zu bekommen, schien ihn nicht zu beunruhigen.

Er hatte sich nicht sehr verändert. Er war noch immer groß. Noch immer ein Nordbewohner. Noch immer ein Schwerttänzer. Aber es schien seltsam, ihn jetzt anzusehen — lächelnd, begeistert, offen freundlich — und sich daran zu erinnern, was ich empfunden hatte, als ich ihn das erste Mal getroffen hatte. Als ich geglaubt hatte, er habe es auf Del abgesehen. Ich hatte ihm absolut nicht getraut, bis wir in einem Straßenkreis gegeneinander angetreten waren. Auf diese Weise lernt man einen Mann kennen. Lernt, woraus er gemacht ist.

»Alric«, sagte ich plötzlich, »wie steht es bei Euch mit dem Tanzen?«

Seine Brauen hoben sich. »Ziemlich gut. Warum?«

»Was haltet Ihr von ein paar Gängen? Im Andenken an alte Zeiten.«

Er grinste und zeigte große Zähne. Alric war überall groß. »Ihr habt mich immer besiegt«, sagte er. »Aber ich habe geübt. Jetzt kann ich vielleicht Euch besiegen.«

Ich schaute zu den Kreisen hinüber. »Wollen wir es herausfinden?«

»Nicht *jetzt*«, sagte Lena. »Zuerst kommt Ihr mit zu unserem Haus. Ihr werdet etwas essen. Euch ausruhen. Uns Eure Neuigkeiten erzählen. Und wir werden Euch unsere erzählen.« Sie warf einen Blick auf Alric. »Es ist auch später noch Zeit zum Tanzen und Trinken.«

Del kam mit einem Mädchen auf jedem Arm heran. Der Rotschimmel trottete hinter ihnen her. »Wir sind dankbar für Euer Angebot. Eure Neuigkeiten werden willkommen sein.«

Ich war ein wenig überrascht. Ich hatte erwartet, Del würde sofort hinter Neuigkeiten über Ajani herjagen und versuchen wollen, ihn in Iskandar aufzuspüren, oder herauszufinden, ob er erwartet wurde. Aber offensichtlich hatte sie über das nachgedacht, was ich gesagt hatte.

Wenn sie den Mann töten wollte, mußte dies sorgfältig geplant werden.

»Kommt mit«, sagte Lena. Sie wandte sich um und watschelte davon.

Alric schaute über den mit schwarzem Flaum bedeckten Kopf des Babys hinweg zu Del. Er lächelte, sagte etwas in einem nordischen Dialekt und warf mir einen schiefen Blick zu.

Dels Kinn hob sich. Sie antwortete kurz in demselben Dialekt und bat die Mädchen dann, ihr den Weg zu ihrem Aufenthaltsort zu zeigen. An ihren Armen hängend, führten sie sie auf die Stadt zu. Der Rotschimmel trottete hinterher.

»Und was war das?« fragte ich Alric.

Er grinste. »Ich habe sie gefragt, ob ein Südbewohner Manns genug sei für eine freimütige Hochlandfrau.« Blaue Augen glitzerten. »Als ein älterer Bruder gesprochen, der sich um das Wohlergehen seiner Schwester kümmert.«

»Natürlich«, stimmte ich trocken zu. »Und was hat die Schwester dem älteren Bruder *erzählt?*«

»Es gibt keine südliche Übersetzung davon. Es war ein nordischer Kraftausdruck.« Alrics Grinsen verstärkte sich. »Was ganz für sich allein spricht.«

Nun, ich vermute, das tut es. Aber er sagte mir nichts weiter.

»Laßt uns essen gehen«, sagte ich säuerlich.

Alrics Blick war arglos. »Möchtet Ihr das Baby halten?«

Was mir die Gelegenheit verschaffte, einen unübersetzbaren *südlichen* Kraftausdruck zu gebrauchen.

Das breite Grinsen verstärkte sich erneut. »Und hier habe ich gehört, daß Ihr Vater wärt.«

Der Hengst trat mir in die Fersen. Da ich stehengeblieben war, kam das nicht überraschend. »Vater ...? Oh, das.« Angewidert stieß ich dem Hengst den Ellenbogen gegen die Nase und schob ihn einen Schritt zurück. »Habt Ihr ihn gesehen?«

Alric hob das Baby höher auf eine große Schulter und strebte der Stadt zu. »Euren Sohn? Nein. Ich hörte nur, daß hier ein Junge sei — tatsächlich ein junger Mann —, der sagt, er sei der Sohn des Sandtigers.«

»Das ist er nicht«, murmelte ich und paßte meinen Schritt dem seinen an. »Zumindest nicht, so weit ich weiß.«

»Spielt es eine Rolle, wenn er es ist?«

Ich dachte darüber nach. »Vielleicht.«

»Vielleicht? *Vielleicht*? Wie seltsam, daß Ihr das sagt.« Das Baby erwischte eine Handvoll blonden Haares und zog daran. Alric befreite es sanft. »Wollt Ihr keinen Sohn haben, der Euer Blut in sich trägt?«

Welches Blut? Und wessen? So weit ich wußte, konnte es das Blut von Borjunimördern sein. »Ich denke, ich schaffe es ganz gut, es allein in mir zu tragen.«

Alric spottete, aber gedämpft. »Ein Mann sollte einen Sohn haben. Ein Mann sollte eine Familie haben. Ein Mann sollte Verwandte haben, die die Gesänge für ihn singen.«

»Nordbewohner«, murmelte ich.

»Und wenn Ihr ihm im Kreis begegnet?«

Ich blieb abrupt stehen. »Er ist Schwerttänzer? Mein S ... — dieser junge Mann?«

Alric zuckte die Achseln und runzelte flüchtig die Stirn. »Ich habe bei den Kreisen von ihm gehört. Ich habe angenommen, daß er Schwerttänzer sei, aber vielleicht ist er das auch nicht. Vielleicht ist er ein Tanzeer.«

Mein Sohn ein Tanzeer. Was bedeutete, daß er mich anheuern konnte.

»Nein«, sagte ich, »das glaube ich nicht.«

»Nun, es ist nicht wichtig. Er ist, was immer er ist.«
Alric schritt weit aus und führte mich in die Stadt.

3

Das Haus, das Alric für Lena und die Mädchen in Anspruch genommen hatte, war groß — vier Räume —, aber es hatte kein Dach, und auf einer Seite fehlte eine halbe Wand. In dem Raum, dem der größte Teil der Wand fehlte, brachte er das Zugpferd und sein eigenes Pferd, einen wild aussehenden kastanienbraunen Wallach, unter. Damit waren noch zwei Räume verfügbar, und er bot Del und mir einen davon an.

Ich war niemals jemand, der gern enge Beschränktheit teilt, weil ich Abgeschiedenheit vorziehe, aber in manchen Situationen ist es gut, Leute um sich zu haben. Ich hielt es für möglich, daß dies eine davon werden könnte. Wenn sich die Stadt mit Fremden füllte, würden unvermeidlich Schwierigkeiten entstehen. Es würden sicherlich Diebe auftauchen, um Andächtige auszurauben, und es würde Fehden zwischen verfeindeten Rassen geben. Und wenn der versprochene Jhihadi niemals eintreffen würde — was ich für sehr wahrscheinlich hielt —, würde die Enttäuschung ungeduldige Menschen dazu treiben, Dinge zu tun, die sie sonst nicht einmal in Erwägung gezogen hätten. Wie zum Beispiel, Kämpfe anzufangen und zu töten. Wenn man das alles bedachte, mußte ich zugeben, daß Alrics Angebot großzügig war. Del und ich stimmten zu.

Lena schickte die beiden kleinen Mädchen — Felka und Fabiola, aber man frage mich nicht, welche welche war — fort, um Del beim Verstauen unserer Habseligkeiten in einem der Räume zu helfen. Ich erwog kurz, ebenfalls zu helfen, entschied mich aber dann dagegen.

Del schien es Freude zu machen, einige Zeit mit den Mädchen verbringen zu können, obwohl sie wenig hilfreich sein würden. Und mir war eher danach, mit Alric am Feuer zu sitzen und eine Bota Aqivi mit ihm zu teilen, während Lena das Essen zubereitete.

Alric wischte sich den Mund ab. »Habt Ihr Dels Bruder jemals gefunden?«

Ich nahm die Bota entgegen. »Wir haben ihn gefunden. Und wir haben ihn zurückgelassen.«

»Tot?«

Alric zog eine Grimasse. »So gut wie tot. Es ist kein gastfreundlicher Stamm.«

Ich hob eine Augenbraue in seine Richtung. »Ihr habt Euer Schwert von einem Vashni bekommen, nicht wahr? Die Klinge mit dem Heft aus menschlichen Oberschenkelknochen?«

Alric nickte. »Aber ich habe es weggelegt und mir ein südliches Schwert besorgt. Ich beschloß, daß es ein wenig zu schauerlich sei, ein Schwert mit einem aus den Knochen eines mir unbekannten Menschen gemachten Heft zu benutzen — oder vielleicht eines Menschen, den ich *tatsächlich* gekannt habe.«

»Neue Schwerter«, überlegte ich. »Davon hört man jetzt viel.«

»Das habe ich bemerkt.« Alrics Blick ruhte auf dem Harnisch neben meinem Bein. »Kein Einzelhieb mehr?«

Ich nahm einen flachen, heißen Laib Brot von Lena entgegen und blies darauf, um ihn abzukühlen. »Er zerbrach bei einem Schwerttanz, nachdem wir Julah verlassen hatten.« Ich blies etwas heftiger und biß dann hinein. Der dampfende Laib war schmackhaft, locker und würzig. »Wie Ihr, besitze auch ich noch ein anderes.«

»Aber Eures ist ein *Jivatma*.«

Alrics Stimme klang seltsam. Ich warf ihm einen Blick zu, warf einen Blick auf das in der Scheide steckende Schwert und sah dann wieder ihn an. Erinnerte mich daran, daß es Alric gewesen war, der mir als erster etwas über *Jivatmas* gesagt hatte. Über nordische Blutklingen und darüber, wie die Ränge im Norden festgelegt wurden.

»*Jivatma*«, stimmte ich zu. »Del nahm mich mit nach Staal-Ysta.«

Blonde Brauen schoßen in die Höhe. Senkten sich dann wieder. »Da Ihr eine Blutklinge besitzt, nehme ich an, daß Ihr ein *Kaidin* seid.«

»Ich bin Südbewohner«, sagte ich. »Ich bin ein Schwerttänzer des siebten Grades. Ich brauche keinen Phantasienamen.«

»Aber Ihr tragt ein *Jivatma*.«

Gereizt schluckte ich heißes Brot hinunter und spülte mit Aqivi nach. »Glaubt mir, Alric, ich würde es Euch schenken, wenn ich könnte. Aber das dreimal verfluchte Ding läßt es nicht zu.«

Alric lächelte. »Wenn Ihr mit einer Blutklinge in Händen in einen Kreis eintretet, wird Euch niemand besiegen können.« Er hielt nachdenklich inne. »Außer vielleicht Del.«

»Nein«, platzte ich heraus.

»Aber sie besitzt auch ein *Jivatma* ...«

Ich schüttelte den Kopf. »Das habe ich nicht gemeint. Ich meinte, Del und ich haben es einmal versucht. Wir werden es nie wieder tun.«

Alric grinste. »Ihr habt verloren.«

Das traf, aber nur ein wenig. »Niemand hat verloren. Niemand hat gesiegt. Wir wären beide fast gestorben.« Ich trank und fuhr dann fort, bevor er irgendwelche Fragen stellen konnte. »Und was das Mitnehmen meines Schwertes in einen Kreis betrifft — nein. Auf jeden Fall nicht *hier*. Hier geht es um Schaukämpfe. Ich glaube einfach nicht, daß es fair wäre.«

Alric zuckte die Achseln. »Dann singt nicht. Ein ungestimmtes *Jivatma* ist nicht viel mehr als ein Schwert.«

»So ist es nicht.« Ich nahm einen zweiten Laib Brot entgegen. »Ihr versteht nicht. Dieses Schwert wurde nicht rechtmäßig getränkt, weder beim ersten *noch* beim zweiten Mal.«

»Beim zweiten Mal!« Alrics Augen weiteten sich. »Ihr habt Eure Klinge erneut getränkt?«

»Ich hatte keine Wahl«, murmelte ich und biß in den zweiten Laib. »Das Ding verursacht mir Magenschmerzen, und ich möchte es austauschen. Ich werde dieses zur Seite legen und ein südliches Schwert gebrauchen.«

»Es gibt hier einen Schwertschmied«, sagte er. »Da so viele Schwerttänzer hier sind, wäre ein Schmied ein Narr, wenn er solch einen unerwarteten Gewinn verschmähen würde. Sein Name ist Sarad, und er hat draußen bei den Kreisen eine Schmiede errichtet.«

»Ich werde morgen zu ihm gehen«, sagte ich, als Del mit den Mädchen zurückkam.

Ein leichtes Stirnrunzeln kräuselte ihre Brauen, obwohl sie sich in ihrem Verhalten nichts anmerken ließ. Die Mädchen halfen ihrer Mutter bei der Essenszubereitung, und Del kam herüber, um sich neben Alric und mich zu setzen.

»Was ist los?« fragte ich.

Die gefurchte Stirn glättete sich nicht. »Kannst du es nicht spüren? Das Wetter ändert sich. Es fühlt sich nicht richtig an.«

Alric und ich sahen uns beide um und erforschten das Tageslicht und die Temperatur. Die Art, wie der Tag *schmeckte,* so seltsam sich das auch anhört.

»Kühler«, bemerkte Alric. »Nun, ich will mich nicht beklagen. Nachdem ich schon so lange im Süden lebe, könnte ich ein wenig nordisches Wetter gebrauchen.«

»Dies ist die Grenze.« Ich zuckte die Achseln. »Manchmal ist es kühl und manchmal heiß.«

»Es *war* heiß«, sagte Del, »noch vor einer Stunde. Aber jetzt ist es kühler. Erheblich kühler. Es fühlt sich einfach nicht richtig an.«

Ich schaute hinauf zu dem Dach, das nicht wirklich ein Dach war. Einige wenige dünne Holzsparren waren übriggeblieben, aber die meisten waren verfault und zusammengebrochen, wodurch sie Holz für Lenas Herdfeuer lieferten. Alle vier Räume waren in ähnlichem Zustand, wodurch sie den Elementen weitgehend preisgegeben waren. Kein richtiger Schatten und auch kein Schutz. Alric hatte eine Reihe von Decken aufgespannt, um ein behelfsmäßiges Dach zu errichten, aber das würde nicht viel helfen, wenn das Wetter schlechter würde.

Del schüttelte nur den Kopf. »Ich spüre etwas in den Knochen.«

Ich hob unverhohlen die Brauen. »Bekommst du mit den Jahren Probleme?«

Sie warf mir einen Blick zu. »Einer von uns hat sie bereits eindeutig.«

»Hier.« Lena reichte Tonschalen mit Brot und Hammeleintopf herum. »Da die Stämme hereinkommen, sollten wir reichlich Hammelfleisch zur Verfügung haben. Und auch all die Händler. Vielleicht werden wir hier monatelang leben.«

Ich hielt es für unwahrscheinlich, daß sie das müßten.

»Ich könnte Fallen legen«, bot Del an, und sofort wollten Felka und Fabiola sie begleiten.

Das erinnerte mich an etwas. Einen Moment lang wurde ich zu einem vertrauten und doch unbekannten Ort davongetragen. Das Gefühl verging schnell wieder, und ich erkannte, woran ich mich erinnert hatte. Del, die anbot, Fallen zu legen, während ein strohblonder, kleiner Grenzbewohner darum bat, ihr helfen zu dürfen. Massou, Adaras Sohn, der einen nordischen Dämon beherbergt und uns fast alle vernichtet hatte.

Loki. Es genügte, um mich zittern zu lassen. Den Göttern sei Dank für die Canteada, die sie in einem zur Falle gewordenen Kreis gesungen und die Grenzbewohner somit befreit hatten.

»Später«, versprach Del den Mädchen. »Wir wollen erst abwarten, ob ein Sturm aufkommt.«

Lena drückte das Baby an ihre Brust. »Zumindest braucht sich diese Kleine keine Gedanken darüber zu machen, wo ihre Mahlzeiten herkommen.«

Alrics Augen glänzten. »Und ich auch nicht, wenn es soweit kommt.«

Ein Windstoß fegte in den Raum und streute Händevoll Staub aus. Ein kühler, feucht schmeckender Wind, der auf die kommende Veränderung hinwies. Nach Monaten, die ich im Norden verbracht hatte, erkannte ich die Vorzeichen genau.

Del sah mich an. »Regen.«

Nun, es *war* die Grenze. Einen Tagesritt von hier in Richtung Süden, und Regen war eine fast unbekannte Sache.

»Vielleicht.« Ich trank *Amnit*.

»Regen«, sagte sie erneut, aber mehr zu sich selbst.

Alric schaute nach oben. Zwei Decken, die an verfaulendes Holz gebunden waren, und das Wetter schmeckte nach Regen.

Lena bewegte sich unbehaglich. Im Süden geboren und aufgewachsen, konnte man dem Regen nicht trauen und ihn nicht sehr gut verstehen. »Vielleicht sollten wir nach einem Haus mit Dach Ausschau halten.«

Alrics blondes Haar schwang über seine Schulterblätter, als er den Kopf schüttelte, wobei er noch immer nach oben schaute. »Keine Dächer für Leute wie uns ... die Tanzeers haben auf alle Anspruch erhoben.«

»Auf alle?« fragte ich. »Es sind nicht *so* viele Leute hier ... und es können nicht so viele Tanzeers sein. Noch nicht.«

Alric zuckte die Achseln. »Ich habe nachgesehen. Alle unversehrten Behausungen wurden bereits beansprucht. Wir haben das beste genommen, das wir finden konnten.«

Ich legte die Bota beiseite. »Ich sage Euch was ... ich möchte ohnehin einen kleinen Spaziergang machen, einfach um mir alles genau anzuschauen. Ich werde sehen, ob ich auf dem Weg einen besseren Schutz finden kann. Wenn ein Sturm *kommt*, sollten wir vorbereitet sein.«

Alric stand auf. »Ich werde zu den Händlern gehen und noch mehr Decken und einige Felle kaufen ... wir können ein Behelfsdach errichten.«

Del schüttelte den Kopf, als ich in ihre Richtung sah. »Ich werde hierbleiben und Lena helfen.«

Das überraschte mich ein wenig. Del ist keine Frau für Frauenangelegenheiten, wie sie mir so oft nachdrücklich versichert hat. Aber sie ist auch keine Frau, die die Nöte anderer mißachtet. Lena hatte die Hände — und den Bauch — mit vier Kindern besetzt. Del verweigert niemals ihre Hilfe.

Nun, es war meiner Meinung nach in Ordnung. Ich glaubte nicht, daß Del viel Freude daran gehabt hätte, wenn ich mit einem Schwertschmied über ein anderes Schwert sprechen würde.

Ich ließ sie alle zurück und strebte hinaus und auf die Kreise zu. Mehr Wind kam auf, während ich dahinschritt, fegte durch enge Straßen und wand sich um Ekken, um meinen Burnus zu ergreifen. Sand stach mir ins Gesicht. Ich blinzelte, um die Sicht zu klären.

»Sandtiger? *Tiger!*«

Ich blieb stehen, blinzelte und wandte mich um. Aus einem zerstörten Eingang trat ein Nordbewohner heraus, dessen blonde Zöpfe bis zur Taille reichten. Und der eine Narbe auf der Oberlippe hatte.

»Garrod«, sagte ich ein wenig ungläubig.

Er grinste, als er herankam, die blauen Augen glänzten. »Ich hätte niemals geglaubt, Euch wiederzusehen; als Ihr und Del die Canteada verlassen hattet und gen Norden gezogen wart.« Er wurde ernst, denn er erinnerte sich an die Gründe. »Hat Del ihr Problem bereinigt?«

»Ja und nein«, antwortete ich. »Was macht Ihr hier? Iskandar ist eigentlich nicht Kisiri.«

Er zuckte die Achseln und verhakte die Daumen in einem breiten Gürtel. Seine Zöpfe schwangen, und herabbaumelnde bunte Perlen klimperten im Wind. »Wir brachen nach Kisiri auf. Wir waren bereits halbwegs dort, aber dann hörten wir von Iskandar und daß viele Leute hierher kämen. Ich wußte überhaupt nichts von irgendeinem Orakel oder diesem angekündigten Messias — zumindest nicht von Anfang an —, aber ich habe auf dem Weg eine Reihe Pferde aufgelesen. Und da das Handeln mein Beruf ist, wollte ich dorthin gehen, wo ich kaufen oder verkaufen könnte. Nur ein Narr würde eine solche Gelegenheit ungenutzt lassen, und ich bin niemals ein Narr gewesen.«

In letzter Zeit vielleicht nicht. Vorher wäre ich nicht so sicher gewesen, als wir kurzzeitig zusammen geritten waren. Garrod war ein Pferdesprecher, ein Mann, der Geschick mit Pferden hatte. Er nannte es eine Art Magie. Er behauptete, er könne mit ihnen *sprechen*, sie verstehen, so wie ein Mensch einen Menschen versteht. Ich war nicht so sicher, daß das stimmte, aber er hatte eine gewisse Art, mit ihnen umzugehen. Ich hatte es bei dem Hengst erlebt.

»Also seid Ihr nach allem nicht mit Adara und ihren Kindern weitergezogen.« Das überraschte mich ein wenig. Garrod hatte geschworen, er würde sie nach Kisiri bringen, aber ein Mann kann seine Meinung ändern.

Garrod grinste. »Oh, ich bin mit ihnen gegangen ... damals hatte ich keine Wahl. Das Mädchen ließ mir keine.« Und er rief nach Cipriana.

Sie kam. Und auch Adara, ihre Mutter. Und auch ihr Bruder, Massou.

Ich blinzelte einfältig und überrascht und war im Handumdrehen umringt. Sie waren eindeutig genauso verblüfft und sicherlich erfreuter. Ich war ein wenig verlegen, denn das letzte Mal, als ich mit ihnen zusammen gewesen war, hatten sie bösartige Dämonen beherbergt.

Die rothaarige, grünäugige Adara errötete, was nicht ganz mit ihrem Haar übereinstimmte, ihre Augen aber zum Leuchten brachte. Sie war seltsam zurückhaltend, fast schüchtern. Ich erinnerte mich mit einem Hauch von Unbehagen daran, daß sie meine Zuneigung erhofft hatte. Aber diese gehörte ganz Del. Adara hatte das Feld geräumt, aber sie hatte die Geschichte offensichtlich nicht vergessen.

Massou, blond und blauäugig wie seine Schwester, war größer, als ich ihn in Erinnerung hatte. Inzwischen war er elf, und Cipriana sechzehn.

Und Cipriana war *schwanger*.

Jetzt wußte ich, was Garrod damit gemeint hatte, daß er keine Wahl gehabt hätte. Frauen können einem dies antun.

Wie ihre Mutter, war auch sie errötet, aber aus anderem Grund. Es gehörte auch bei ihr nicht viel dazu, den Grund herauszufinden. Sie kam zu Garrod heran und schlang ihre Finger um seinen Gürtel. Helles Haar war aus dem Gesicht, das durch die Schwangerschaft apart gerundet war, zurückgebunden. Ich sah erneut die nordischen Gesichtszüge, die mich an Del erinnert hatten. Eine jüngere, weichere Del. Die Del vor Ajani.

Garrod legte einen Arm um ihre Schultern. »Wir sind jetzt verwandt.«

»Das sehe ich«, sagte ich trocken.

»Ist Del hier?« fragte Massou.

»Del ist hier«, bestätigte ich. »Wir wohnen einige Straßen weiter.«

Die Augen des Jungen erhellten sich. »Ihr könntet *hierher* kommen«, drängte er.

Adara nickte. »Das könntet Ihr. Wir haben genug Platz. Seht Ihr?« Sie deutete auf das Haus.

»Wir sind mit Freunden hier«, erklärte ich.

Garrod zuckte die Achseln. »Bringt sie mit.«

»Sie haben drei kleine Mädchen, und ein weiteres ist unterwegs.«

Der Pferdesprecher grinste erneut. »Bei *uns* ist auch eines unterwegs.« Worauf Cipriana errötete.

»Es ist Platz genug«, sagte Adara ruhig. »Ich kann verstehen, wenn Ihr Euch nicht trennen wollt, aber es ist genug Platz für Euch alle.«

Ihre Art zeigte eine Mischung aus verschiedenen Gefühlen. Sie erinnerte sich eindeutig daran, daß ich mich als an ihrer Verfügbarkeit uninteressiert erwiesen hatte: an der Witwe, deren Mann wegen seiner angegriffenen Gesundheit unfähig gewesen war. Es hatte sie Mut gekostet, überhaupt zu reden. Ich hatte sie sanft abgewiesen, aber es war zweifellos schwierig gewesen. Und dann waren die Loki in ihren Körper eingedrungen, und in die ihrer Kinder, und hatten sie alle zu seltsamem Verhalten veranlaßt.

Sie erinnerte sich an alles, war verwirrt und wollte doch meine Gesellschaft, was sie erneut verwirrte.

Ich schaute an ihr vorbei zu dem Haus und dachte an die anderen. »Habt Ihr ein Dach?«

Garrod schüttelte den Kopf. »Die Tanzeers haben alle Häuser mit unbeschädigten Dächern besetzt.«

»Das höre ich ständig.« Ich schaute in den sich verdunkelnden Himmel hinauf. »Ich glaube, es braut sich ein Sturm zusammen.«

»Aber es ist warm«, bemerkte Cipriana.

Massou widersprach. »Kühl.«

Garrod hielt die Nase in den Wind und runzelte die Stirn. »Es riecht fast nach Schnee.«

»Schnee!« Adara war erstaunt. »Vergeßt Ihr, daß wir von einem Ort nicht weit von hier kommen? Wir kennen das Wetter. An der Grenze schneit es niemals.«

»Es riecht wie *etwas*«, sagte ich. Aber nicht nach den Hunden.

Garrod runzelte noch immer die Stirn. »Ich denke, ich werde nach den Pferden sehen.«

Cipriana blieb noch da. »Habt Ihr noch immer den Hengst?«

»Natürlich.«

»Oh.« Ihr Gesichtsausdruck veränderte sich. Der Hengst hatte sie nicht besonders gemocht. Hatte niemanden von ihnen gemocht, nachdem die Loki sie erst einmal heimgesucht hatten.

»Er würde sich jetzt anders verhalten«, belehrte ich sie.

»Er hat mich gebissen«, sagte Massou.

»Ja, nun, er hatte seine Gründe. Er hat auch mich gebissen, und ich war niemals von Loki besessen.«

Adaras Röte vertiefte sich. »Ich wünschte, wir könnten das vergessen.«

»Ihr wart nicht Ihr selbst«, sagte ich. »Ich weiß das, und Del weiß es auch. Wir machen Euch keinerlei Vorwürfe wegen alledem.«

»Wir hätten Euch *töten* können.«

Oder Schlimmeres. Aber das sagte ich nicht. »Laßt es gut sein«, sagte ich leise. »Laßt Euch nicht zermürben.«

»Kann ich Del besuchen?« fragte Massou.

Wie immer schaute ich zu Adara. Es hatte eine Zeit gegeben, in der sie gewollt hatte, daß ihre Kinder uns mieden.

Adara, die mein Zögern verstand, nickte sofort, als wolle sie jeden Anschein ihrer früheren Abneigung vertreiben. »Natürlich kannst du gehen, aber nur wenn du willkommen bist.«

»Del hätte nichts dagegen«, sagte ich. »Ich bin sicher, daß sie sich freuen wird, ihn zu sehen.«

»Ich möchte hingehen«, erklärte der Junge.

Ich machte eine zustimmende Handbewegung. »Zwei Straßen weiter, das dritte Haus auf der linken Seite.«

Massou schoß davon.

Cipriana murmelte etwas darüber, daß sie Garrod suchen wollte und ging davon. Adara lächelte mich an und strich sich windzerzaustes Haar aus den Augen. »Ihr seht ein wenig müde aus. Möchtet Ihr etwas zu trinken? Oder zu essen?«

»Ich habe gerade gegessen.« Ich fühlte mich seltsam unbehaglich. »Wie lange werdet Ihr bleiben?«

»Bis Garrod bereit ist, weiterzuziehen.« Sie zuckte flüchtig die Achseln, denn sie merkte selbst, wie abhängig das klang. »Er ist ein braver Mann und behandelt Cipriana gut. Sie kümmern sich umeinander. Und es ist leichter für Massou und mich, bei ihnen zu bleiben. Ich kann ihnen bei der Babypflege helfen.«

Ich lächelte. »Das erste Enkelkind.«

Ihre Augen strahlten. »Ja. Kesars Blut wird weiterleben.«

Sie hatte ihren Mann auf dem Weg von der Grenze nach Kisiri begraben. Eine starke Frau, Adara, auf ihre Art genauso stark wie Del. Grenzbewohner müssen so sein.

Der Wind blies Sand in unsere Gesichter. Das lieferte mir einen Vorwand. »Ihr solltet besser hineingehen«, sagte ich.

Adara nickte nachdenklich und betrachtete forschend mein Gesicht. Als suche sie eine Antwort. Ich weiß nicht, was sie sah. Ich weiß nicht, was sie wollte. Ich konnte nur abwarten.

Sie lächelte zaghaft, spürte mein Unbehagen. Sie legte eine Hand auf meinen Unterarm. Eine schwielige, verhärtete Hand. Aber ihre Berührung war irgendwie sanft. »Ihr seid ein guter Mann«, sagte sie weich. »Wir werden Euch niemals vergessen.«

Ich beobachtete, wie sie sich dem Haus zuwandte. Beobachtete, wie sie durch die Tür ging. Sah das leichte Schwingen ihrer Hüften, das Flattern windgebauschter Röcke, ein Schimmern roten Haares. Hörte den rhythmischen Klang einer Frauenstimme, die sich in einem sanften Gesang erhob.

Man frage mich nicht warum. Ich bin nie für Musik empfänglich gewesen. Aber sie berührte etwas in mir, und ich folgte ihr dennoch.

Adara wandte sich erschreckt um, als ich in den Eingang trat. Der Gesang erstarb in ihrer Kehle, eine Hand lag ausgebreitet darüber.

Sie war plötzlich verwundbar. Und etwas in mir antwortete. »Geht es Euch gut?« fragte ich. »Braucht Ihr etwas?«

Adara schluckte schwer. »Fragt nicht danach«, sagte sie. »Ihr könntet vielleicht nicht die Antwort bekommen, die Ihr hören wollt.«

Ich betrachtete eine zerbrochene Wand.

»Sie sind irgendwo anders«, sagte sie, meinen Blick deutend.

»Nein, ich meinte nur ...« Ich brach ab. »Es könnte sehr peinlich werden, wenn sie es mißverstehen würden.«

Adara lächelte flüchtig. »Ja.«

Schatten krochen in den Raum und zeichneten ihr Gesicht weich. Schnee oder kein Schnee, ein Sturm braute sich zusammen. Das Licht hatte sich verändert.

»Ich wollte etwas sagen«, bemerkte ich.

Adaras Gesichtsfarbe veränderte sich.

Es war schwerer, als ich gedacht hatte. Ich bin niemals ein Mann gewesen, der mit einer Frau über grundlegende Dinge sprechen kann, über Dinge, die mit Gefühlen zu tun haben, außer bei Del. Und selbst das ist manchmal unbequem, weil wir so verschieden denken. Aber etwas an Adara veranlaßte mich, helfen zu wollen.

Ich atmete tief ein. »Es geht mich eigentlich nichts an. Aber ich werde es trotzdem sagen.«

»Ja«, sagte sie schwach.

»Eine Frau wie Ihr braucht einen Mann. Ihr seid schon zu lange allein. Del würde dem vielleicht nicht zustimmen ... sie würde wahrscheinlich sagen, daß eine Frau ohne einen Mann oft besser dran ist — und vielleicht hat sie damit in gewisser Weise recht, aber ich glaube nicht, daß Ihr zu diesen Frauen gehört.«

»Nein.« Es war ein Flüstern.

»Ihr solltet nicht allein sein. Ich weiß, Garrod ist eine gewisse Hilfe, aber das ist es nicht, was Ihr braucht. Ihr braucht selbst einen Mann. Jemanden, den Ihr umsorgen könnt, jemanden, der Euch umsorgen kann.«

Adara sagte nichts.

Ich bewegte mich leicht. »Ich meine nur, vielleicht ergibt sich eine Gelegenheit. Hier, in Iskandar. Es sind viele Männer hier.«

Eine kurze, vielsagende Handbewegung, die sie selbst einschloß. »Ich bin keine junge Frau mehr, und ich habe zwei Kinder.«

»Cipriana führt jetzt ihr eigenes Leben. Und Massou wird sehr bald ein Mann sein. Aber jetzt braucht er einen Vater. Er ist intelligent. Ein Mann könnte etwas viel Schlechteres bekommen, als Euch und den Jungen.«

Sie sah mich lange an. Ihre Augen waren voller Gedanken. Voller Möglichkeiten.

Sie schloß sie einen Moment. Sah mich dann direkt an und befeuchtete sorgfältig ihre Lippen. »Ich denke, Ihr solltet lieber gehen.«

Das überraschte mich. »Was?«

Ihr Mund zitterte leicht. »Das ist es nicht, was ich hören will, dieses Gerede von anderen Männern. Nicht von Euch. Nicht von *Euch*.«

Das hatte ich nicht beabsichtigt. Irgendwie hatte ich es noch schlimmer gemacht. Und das für uns beide. Nach zu vielen Wochen ohne Del in meinem Bett war ich mir Adaras Gegenwart sehr bewußt. Ich bin nicht für die Enthaltsamkeit geschaffen. Ich *wollte* Adara nicht ... aber ein Teil von mir wollte eine Frau.

Das meiste von mir wollte Del, so sehr das auch den Rest von mir verwirrte.

Adaras Lächeln war bittersüß. »Ich dachte nicht, daß ich dies sagen könnte, aber ich möchte kein Ersatz sein.«

Das war wie eine kalte Dusche. Der Wind fegte durch den Raum und kräuselte die Gaze ihrer Röcke. Strich ihr das Haar aus dem Gesicht, so daß ich ihren Stolz sehen konnte.

Ich wollte sie berühren, aber ich konnte es nicht. Es würde die Dinge nur verschlimmern.

»Für jemand anderen werdet Ihr das nicht sein.« Ich wandte mich um und verließ das Haus.

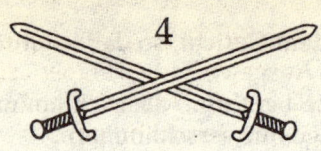

4

Sarad, der Schwertschmied, war einäugig. Das blinde Auge war hinter einem welken, faltigen Lid verborgen. Das gesunde Auge war schwarz. Haar der gleichen Farbe war zu einem Zopf geflochten und mit orange gefärbtem Leder im Nacken zusammengebunden. Er trug einen ockerfarbenen Burnus und einen Ledergürtel, der mit glänzend polierten Kupfermünzen besetzt war. Die Farben leuchteten hell und veränderten sich.

Sarad lächelte mich an. Er saß mit überkreuzten Beinen auf einer Decke und hatte Schwerter vor sich ausgebreitet. Stahl schimmerte dumpf im sterbenden Tageslicht. »Dies sind meine besten«, sagte er. »Ich kann natürlich bessere *machen* ... aber das würde Zeit erfordern. Habt Ihr Zeit?«

Nun, ja und nein. Ich konnte Zeit erübrigen, damit er mir eine Klinge anfertigen konnte, aber nur wenn ich bereit wäre, in der Zwischenzeit mein *Jivatma* zu gebrauchen.

Sarad gegenüberkauernd, dachte ich an Kem, den Schwertschmied auf Staal-Ysta. Es hatte Tage gedauert, Samiel zu gestalten, und das mit meiner Hilfe. Aber überwiegend aufgrund der Rituale. Kem hatte nichts erzwungen. Und während Sarad sich wahrscheinlich auch nicht beeilen würde — nicht wenn er ein gutes Schwert schmieden wollte —, so hatte er zumindest keine komplizierten Rituale zu beachten, die zusätzliche Stunden erfordern würden.

Die Schwerter sahen alle ausgezeichnet aus. Sie fühlten sich auch ausgezeichnet an. Ich hatte bereits sechs in der Hand gehabt und anhand einfacher und komplizierterer Muster ausprobiert. Zwei zeigten eine mir gut erscheinende Ausgewogenheit, aber sie hätten nur halbwegs zu mir gepaßt. Ich hatte mehr als die Hälfte meines Lebens damit verbracht, ein Schwert zu gebrauchen, das speziell für *mich* angefertigt worden war. Der Gedanke, mit einer gewöhnlichen Klinge zu tanzen, die für irgend jemanden gestaltet worden war, der das Geld hatte, sie zu kaufen, gefiel mir nicht.

Aber noch weniger gefiel mir der Gedanke, mit Chosa Dei zu tanzen, der abwartend in meinem Stahl ruhte.

Sarad machte eine Handbewegung, die eines der Schwerter einschloß. »Ich würde mich freuen, dem Sandtiger mein bestes Schwert zu einem sehr guten Preis anbieten zu dürfen.«

Ich schüttelte den Kopf. »Euer bestes ist nicht hier. Euer bestes habt Ihr noch nicht geschaffen.«

Etwas schimmerte in seinen Augen. »Natürlich. Ein Schwerttänzer wie Ihr schätzt wahres Können und Kreativität. Ich kann Euch ein perfektes Schwert gestalten. Alles, was ich brauche, ist Zeit.«

Ich nahm eines der beiden Schwerter auf, von denen ich glaubte, daß sie genügen würden. Der Stahl war rein und glatt, mit scharfen, schimmernden Schneiden. Es hatte das richtige Gewicht, die richtige Biegsamkeit, den richtigen Griff, die richtige Verheißung.

»Dieses«, sagte ich schließlich.

Sarad nannte seinen Preis.

Ich schüttelte den Kopf. »Zuviel.«

»Es gehört eine Scheide dazu ... seht Ihr? Und ich bin ein Meister, Sandtiger ...«

»Aber dies ist nicht das beste, das Ihr fertigen könnt. Erwartet Ihr dann von mir, daß ich den vollen Preis bezahle?«

Er dachte darüber nach. Überlegte, was es für seine Geschäfte bedeuten könnte, wenn der Sandtiger sein Schwert trüge. Nannte einen niedrigeren Preis.

Ich zählte das Geld ab.

Sarad steckte es ein. »Habt Ihr schon einen Tanzeer?«

»Noch nicht. Warum?«

Der Schwertschmied machte eine flüchtige Handbewegung. »Ich habe gehört, daß Tanzeers Schwerttänzer suchen.«

»Das habe ich auch gehört.« Ich runzelte leicht die Stirn. »Wißt Ihr, *warum* die Tanzeers so viele und alle sofort anheuern?«

Sarad zuckte die Achseln. »Ich höre Dinge ... Dinge über die Stämme, und den Jhihadi.« Er sah sich um und blickte dann wieder zu mir. »Ich glaube, die Tanzeers haben Angst. Also vereinigen sie sich angesichts eines mächtigen Feindes und heuern Männer zum Kämpfen an.«

Ich sah Sarad ernst an. »Wenn das Gerücht stimmt, würde das bedeuten, daß die Tanzeers glauben, daß dieser Jhihadi existiert oder daß er existieren *wird*. Und ich habe niemals Tanzeers kennengelernt, die an viel mehr als nur an ihre eigene Habgier glauben.«

Sarad zuckte die Achseln. »Es ist das, was ich gehört habe.« Er sah mich nachdenklich an. »Ich dachte, daß ein Mann wie der Sandtiger sicherlich von vielen gesucht und sofort angeheuert werden würde.«

Ich steckte das neu erstandene Schwert in die Scheide und dachte darüber nach, wie ich es am besten an meinem Harnisch befestigen könnte, der speziell für ein anderes Schwert angefertigt worden war. »Ich bin erst heute mittag hier eingetroffen.«

»Dann seid Ihr langsam.« Sarad lächelte. »Euer Sohn ist vor einer Woche angekommen.«

Ich versteifte mich. »Wo *ist* diese Person?«

Er zuckte die Achseln. »Ich habe ihn hier und dort gesehen. Er besucht die Kreise, bleibt eine Weile, geht dann in die Wirtshäuser.«

»In welche?«

Eine schnelle Handbewegung. »In dieses. Und in jenes. Und in das auf der anderen Straßenseite. Es gibt hier viele Wirtshäuser. Schwerttänzer trinken gern.«

Ich erhob mich. »Ich denke, es ist Zeit, daß ich *meinem Sohn* einen Besuch abstatte.«

»Das wird ihm gefallen«, sagte Sarad. »Er ist sehr stolz auf Euch.«

Ich grunzte und ging davon.

Er führte, so hatte man mir gesagt, eine alte graue Stute mit einem weißen Tupfer auf der Nase und drei weißen Beinen mit sich. Er war dunkelhaarig und blauäugig. Jung, vielleicht achtzehn oder neunzehn. Kein Schwert. Eine Kette aus Krallen um seinen Hals. Und er war schnell mit meinem Namen bei der Hand. Was alles in allem bedeutete, daß es nicht schwer sein sollte, ihn zu finden.

Außer daß ich ihn nicht finden konnte.

Oh, die Leute wußten von ihm. Ich besuchte jedes der drei Wirtshäuser, die Sarad mir genannt hatte, und zwei weitere. Keines davon war ein *richtiges* Wirtshaus, denn es waren kaum mehr als zerstörte Gebäude, in denen ein Südbewohner, der Alkohol besaß, hastig einen Laden errichtet hatte und Becher voll Aqivi und *Amnit* zu überhöhten Preisen verkaufte. Aber es schien niemanden zu stören. Es waren Orte, wo man sich treffen, Geschichten austauschen und Arbeit suchen konnte.

Ja, so sagten mir die Männer, sie kannten ihn. Und sie beschrieben ihn in der Art, wie ich es schon mehrfach gehört hatte. Aber keiner von ihnen kannte einen Namen. Jeder kannte ihn nur als den Jungen des Sandtigers.

Ich fand es beunruhigend. *Jedermann* könnte das gleiche behaupten, da niemand es besser wußte; er könnte alle Arten schändlicher Taten vollbringen und dadurch meinem Ruf schaden, den ich mir ziemlich mühsam aufgebaut hatte. Es hatte Jahre gedauert. Und dann machte ihn sich irgendein Junge, der sich einbildete, mein Sohn zu sein, ohne mein Wissen zu eigen.

Das gefiel mir nicht besonders.

Selbst wenn er mein Sohn *war*.

Nach einiger Zeit gab ich es auf. Aber ich ersuchte jeden, ihn an mich zu verweisen, wenn er auftauchen sollte.

Ich ging mit meinem neu erstandenen Schwert ›nach Hause‹ und dachte böse Dinge über den Mann, der mein Blut beanspruchte und, folglich, auch meinen Namen. Das gefiel mir überhaupt nicht. Mein Name gehörte *mir*, und ich hatte ihn mir zu einem sehr hohen Preis errungen. Ich wollte ihn nicht teilen. Nicht einmal mit einem Sohn.

Der Hengst weckte mich auf. Es war sehr spät und sehr dunkel, und jedermann sonst schlief, wegen der kühlen Temperatur in Decken eingerollt. Im anderen Raum schnarchte Alric sanft in Lenas Armen.

In unserem Raum schlief Del allein auf ihrem eigenen Schlafplatz. Wie auch ich auf meinem.

Der Hengst fuhr fort zu stampfen, zu scharren und zu schnauben. Wenn ich ihn noch lange weitermachen ließe, würde er alle anderen aufwecken. Und da ich keine große Lust hatte, Entschuldigungen für ein Pferd hervorzubringen, beschloß ich, ihn zu beruhigen.

Ich seufzte, warf die Decken von mir, rappelte mich auf. Alrics Behelfsdach war auf den verrottenden Dachsparren abgesackt, aber es hielt ein wenig Wind ab. Und es hielt das Licht ab. Ich mußte mich anstrengen, um etwas zu sehen.

Es war kalt außerhalb meiner Decken. Kaum hatte ich gesagt, wie schön es sei, wieder zu Hause zu sein, wo es warm war, schon mußte es kalt werden. Aber ich schloß diese Erkenntnis aus meinem Bewußtsein aus — ich war froh, daß ich in meinen Kleidern geschlafen hatte — und ging hinaus, um nach dem Hengst zu sehen.

Dels fahler Wallach war in einer Ecke des Raumes angebunden, den Alric zum Stall erklärt hatte. Er war von dem Lärm des Hengstes aufgeschreckt worden, stand aber noch ziemlich ruhig da. Der Hengst tat dies jedoch nicht. Außer Reichweite des Rotschimmels angebunden, warnte er ihn dennoch, nicht näher zu kommen.

Alrics notdürftiges Dach aus Decken und Fellen erstreckte sich nicht über den ›Stall‹, aber das Licht war hier kaum besser. Es war kein Mond zu sehen, kein Stern. Ich konnte nur durch die feuchte Dämmerung spähen. Wind strich über mein Gesicht und kroch in den Kragen meiner Tunika. Ich legte die Hand auf den warmen Rumpf des Hengstes und trat dann an seinen Kopf heran. Versprach ihm, ihn seiner wertvollsten Körperteile zu berauben, wenn er nicht ruhig wäre. In der Zwischenzeit versuchte ich, seine Zeichen des Unbehagens zu deuten.

Es war nicht nur der Wallach. Der Hengst mochte ihn nicht, aber er duldete ihn doch weitgehend. Er hatte es in den letzten Wochen gelernt. Und ich bezweifelte, daß das Packpferd, das Alric gehörte, eine alte, ruhige Stute, die Ursache war. Er hatte sich bereits als an ihr uninteressiert gezeigt, was bedeutete, daß etwas völlig anderes schuld sein mußte. Etwas, das ich nicht sehen konnte.

Wind strich durch die zerbrochene Mauer und wirbelte Staub und Sand auf. Der Hengst legte die Ohren an.

Ich legte eine beruhigende Hand auf seinen Hals. »Ruhig, alter Junge! Es ist nur ein wenig Wind. Und die Wand hält den größten Teil davon ab. Also beschwere dich nicht.«

In der Dunkelheit war das ganz schwache Leuchten eines einzelnen Auges auszumachen. Die Ohren blieben zurückgelegt.

Ich dachte kurz an Garrod. Er hätte mich aufgeklärt, er wüßte, was es zu bedeuten hat, einfach indem er mit dem Hengst *gesprochen* hätte.

Mit mir sprach das Tier nicht.

Oder doch? Er stampfte heftig mit einem Vorderhuf auf und kam meinen Zehen damit sehr nahe.

»He! Paß auf, Alter, oder ich *werde* dir …«

Eine schnelle Seitwärtsbewegung seines Kopfes, und er schloß die Zähne um meinen Finger.

Ich fluchte. Bearbeitete sein Auge, um sicherzugehen, daß er zuhörte. Sonst hätte er mich nicht beachtet und ich meinen Finger vielleicht verloren. Als er dann aber zuhörte, zog ich meine Hand aus seinem Maul zurück.

Und begann ernsthaft zu fluchen.

Ich trat besonnen einen Schritt zurück, außer Reichweite des Hengstes, und beäugte meinen Finger. Es war schlimm.

Ich fluchte noch etwas mehr, stieß die Worte zwischen zusammengebissenen Zähnen hervor und streckte die ganze Hand aus — den verletzten Finger eingeschlossen —, wobei ich mir einredete, daß es überhaupt nicht weh tat.

Ich drückte die Hand leicht. Das gefiel dem Finger nicht.

Ich marschierte erregt im Kreis herum und hegte böse Gedanken bezüglich des Hengstes. Wünschte kurz, ich wäre eine Frau, bei der Tränen nicht verurteilt würden. Ich weinte natürlich nicht, aber ich dachte, daß es schön wäre, diese Art Erleichterung zu haben. Aber ein Mann zeigt nicht soviel von sich selbst, wenn andere in der Nähe sind.

»Laß mich sehen«, sagte sie.

Ich fuhr herum, fluchte noch mehr, sagte ihr, es ginge mir gut.

»Hör auf zu lügen«, sagte sie. »Und hör auf zu versuchen, ein tapferer *Mann* zu sein. Gib zu, daß der Finger weh tut.«

»Er tut weh«, quetschte ich sofort zähneknirschend hervor. »Und jetzt tut er *immer noch* weh. Es zuzugeben, hat nicht geholfen.«

»Ist er gebrochen?«

»Das kann ich nicht sagen.«

»Hast du ihn dir angesehen?«

»Nicht sehr lange.«

Del kam näher. »Dann laß mich sehen.«

Die Hand zitterte. Sie wollte nicht berührt werden.

»Ich werde vorsichtig sein«, versprach sie.

»Das sagen sie alle.«

»Hier, laß mich sehen.« Sie nahm mein Handgelenk in eine Hand.

»Faß ihn nicht an«, sagte ich scharf.

»Ich werde ihn mir *ansehen,* nicht berühren. Natürlich muß der Knochen, wenn er gebrochen ist, gerichtet werden.«

»Ich glaube nicht, daß er gebrochen ist. Er hat nicht so fest zugebissen.«

Del untersuchte den Finger so gut sie es in dem schwachen Licht konnte. »Fest genug, um die Haut zu zerfetzen. Du blutest.«

»Blut wäscht ... *autsch* ...«

»Tut mir leid«, murmelte sie.

Ihr Kopf war gebeugt. Helles Haar verbarg ihr Gesicht, fiel weich über ihre Schultern, blieb auf ihren Brüsten liegen. Ich konnte ihren Gesichtsausdruck nicht sehen. Nur ihre Stimme hören. Ihren vertrauten Geruch riechen. Ihre Hände auf meinen spüren.

Das Erwachen kam plötzlich.

O Hoolies, Bascha ... wie lange noch ...?

»Es regnet.« Del schaute nach oben, spähte durch die Stelle, wo das Dach gewesen war, in den Himmel. Ihre Lippen teilten sich. Ihr Haar fiel aus ihrem Gesicht zurück. Ein gemeißeltes, makelloses Gesicht, das von Jahren der Besessenheit zerbrechlich geworden war. Von Monaten entschlossener *Konzentration.*

Ich dachte plötzlich an Adara, die mehr als erfreut gewesen wäre, mich haben zu können. Die aber kein Ersatz war. Welche Frau konnte das für Del sein?

»Das wäre es«, sagte sie fest.

Regentropfen rannen durch ihr Haar, rannen zusammen mit fast rosafarbenem Blut von meinem zerbissenen Finger herab, der, wie auch meine ganze Hand, unruhig auf ihrer Schulter ruhte. Wollte ihr Kinn umfassen, wollte ihr Gesicht berühren, verlangte danach, sich fest in glattes, helles Haar zu klammern ...

Del schluckte sichtbar. »Wir sollten uns unterstellen.«

Ich blinzelte nicht einmal, als das Wasser mein Gesicht hinablief. »Ja, das sollten wir wahrscheinlich.«

Del sah mich an. Keiner von uns bewegte sich.

Es regnete jetzt stärker. Keiner von uns bewegte sich.

Meine Stimme schwankte. »Ich kann mir schönere Orte vorstellen.«

Del sagte nichts.

»Ich kann mir *trockenere* Orte vorstellen.«

Del sagte nichts.

Die Anspannung explodierte zwischen uns. »Du solltest lieber zurückgehen«, sagte ich rauh. »Ich weiß nicht, wieviel länger ich deine wertvolle Konzentration noch respektieren kann.«

Del berührte mein Gesicht. Ihre Schwerthand zitterte.

O Delilah ... *nicht* ...

In der Dunkelheit waren ihre Augen schwarz. »*Zu den Hoolies mit meiner Konzentration.*«

5

In der Dämmerung waren wir wieder im Bett. Dieses Mal teilten wir uns eines, breiteten die Decken und Felle in der Kälte eines zu feuchten Morgens aus und versuchten, uns vor der durch die herabhängenden Dekken hereinwirbelnden Brise zu schützen.

»Zu lange«, murmelte ich schwach. »Können wir deine Konzentration nicht häufiger vergessen?«

Del, die ihre Haare unter meiner Schulter hervorzog, verzog den Mund ein wenig. »Wir sind bereits abgelenkt. Ich habe dir gesagt, daß Männer sich auf nichts konzentrieren können, wenn eine Frau verfügbar ist.«

Es traf mich überhaupt nicht, denn sie hatte es nicht böse gemeint. Ich empfand es als willkommene Unterbrechung. »Habe ich deine Konzentration zerstört?«

»Letzte Nacht sicherlich. Aber nicht heute.«

»Nein?«

»Nein«, antwortete sie leichthin. »Ich werde mit meinem Schwert Rücksprache darüber halten.«

Aus irgendeinem seltsamen Grund störte es mich. »Bascha ... das meinst du nicht ernst.«

»Natürlich meine ich es ernst.«

Ich rückte zur Seite, vergrößerte den Abstand zwischen uns, damit ich sie deutlich sehen konnte. »Willst du mir erzählen, daß du all die Menschlichkeit, die du dir gerade erst wieder zurückerobert hast, aufgeben willst?«

Dels Brauen hoben sich. »Und willst *du* mir erzählen, daß ich im Namen einer einzigen gemeinsamen Nacht vergessen soll, wer ich bin?«

Ich kratzte mein stoppeliges Kinn. »Nun, irgendwie

habe ich gedacht, daß dies zu *mehr* als einer einzigen gemeinsamen Nacht führen könnte. Wie vielleicht zu *vielen* einzigen gemeinsamen Nächten, die sich alle aneinanderreihen würden, bis wir sie nicht mehr auseinanderhalten könnten.«

Del dachte darüber nach. »Vielleicht«, räumte sie ein.

Ich wollte widersprechen, aber ich tat es nicht. Konnte es nicht. Ich sah das Glitzern in ihren Augen. »Hoolies, ich glaube, sie ist aufgetaut!«

Aber die Belustigung schwand dahin. »Tiger, ich will nicht über das hinweggehen, was letzte Nacht geschehen ist. Aber ich kann auch nicht über das hinweggehen, weswegen ich hierhergekommen bin.«

Ich seufzte, streckte mich erneut aus, kratzte an einer Braue. »Ich weiß. Ich wünschte, ich könnte dich bitten, Ajani zu vergessen, aber ich glaube nicht, daß das fair wäre.«

»Ich würde dich niemals darum bitten.«

Nein, vielleicht nicht darum. »Aber du *hast* versucht, meine Seele für ein Jahr an Staal-Ysta zu verkaufen.«

Del versteifte sich neben mir. »Und wie viele Jahre lang willst du mich noch daran erinnern?«

Ich lag da und wagte nicht zu atmen. Nicht wegen ihres Tonfalls, der eine Mischung aus Scham, Qual und Verwirrung war. Und auch nicht wegen ihrer Haltung, die den tiefsitzenden Schmerz deutlich ausdrückte. Sondern wegen der Worte selbst.

»Jahre«, wiederholte ich weich.

»Ja.« Sie *war* verwirrt. »Willst du das Thema einmal im Jahr aufgreifen? Zweimal? Vielleicht sogar einmal pro Woche?«

Ich schluckte schwer. »Einmal im Jahr, denke ich.«

»Warum?« Der Ausruf kam instinktiv. »Habe ich nicht zugegeben, daß ich falsch gehandelt habe?«

»Einmal im Jahr«, wiederholte ich, »weil das bedeutet, daß wir dieses Jahr gemeinsam *erleben*.«

Del lag sehr ruhig da. Sie atmete auch nicht. »Oh«,

war alles, was sie nach einiger Zeit des Nachdenkens sagte. Was sie nach einiger Zeit der Selbstdeutung sagte.

Die Aussicht war erschreckend. Aber auch seltsam erfreulich.

Ich bin nicht mehr allein.

Man könnte sagen, daß ich nicht mehr wirklich allein gewesen war, seit Del und ich uns das erste Mal zusammengetan hatten. Abgesehen von einigen aufgezwungenen Trennungen. Aber bis zu diesem Moment hatten wir niemals über mehr als nur den Augenblick nachgedacht. Schwerttänzer tun das niemals.

Männer und Frauen müssen es tun.

Was mich auf andere Dinge brachte. »Ich frage mich, ob er *tatsächlich* ...« Ich brach ab.

Del rührte sich unter den Decken. »Was fragst du dich? In bezug auf wen?«

»Ob er wirklich mein Sohn ist.«

Sie lächelte. »Würde es dir gefallen, wenn er es wäre?«

Ich dachte darüber nach. »Ich weiß es nicht.«

»Tiger! Ein *Sohn*.«

»Was nützt es, wenn man entdeckt, daß man einen erwachsenen Sohn hat, von dessen Existenz man nichts wußte? Und wenn es ihn *tatsächlich* gibt, dann nur wegen einer gemeinsamen Nacht, an die man sich nicht einmal mehr erinnern kann.«

Dels Tonfall klang trocken. »Hast du so viele gehabt?«

»Ja.«

Sie sah mich einen Moment lang fragend an, wandte dann den Kopf wieder in die andere Richtung und schaute hinauf in den heller werdenden Himmel. »Nun, ein Sohn ist ein Sohn. Es sollte nicht wichtig sein, wie er empfangen wurde, nur daß er empfangen wurde.«

»Wie Kalle empfangen wurde, das ist wichtig.«

Ich dachte, sie würde mich anfauchen, wie sie es so gut kann. Ich dachte, sie würde mich verfluchen, wie sie

es so gut kann. Ich habe ihr die meisten Ausdrücke beigebracht. Ich dachte, sie würde sich vielleicht vollständig zurückziehen. Sie ist sehr geschickt darin, wenn sie
keine Lust hat zu teilen. Del verbirgt sich sehr gut.

Aber dieses Mal versuchte sie es nicht.

Del seufzte schwer. »Kalle war niemals Kalle. Kalle
war ein Grund. Kalle war eine Entschuldigung. Sie
rechtfertigte die Qual. Sie machte es leichter, zu hassen.«

»Daher konntest du sie aufgeben.«

»Ja. Daher konnte ich meine Schwüre erfüllen.«

»Die du geleistet hast, *bevor* du überhaupt wußtest,
daß du schwanger warst.«

Del runzelte die Stirn. »Ja. Ich habe sie unmittelbar
nach dem Tod meiner Familie geleistet, in dem Moment,
als Jamail verschleppt wurde, in dem Moment, als Ajani
mir die Unschuld nahm. Spielt es eine Rolle wann? Sie
wurden geleistet. Und waren es wert, geleistet zu werden. Die Ehre ist den Kampf wert.«

Wie Del, sah auch ich zum Himmel hinauf. »Du hast
ein Kind aufgegeben. Warum sollte ich meines annehmen?«

Nach einem langen, schmerzlichen Schweigen wandte Del den Kopf ab. »Ich habe keine Antwort für dich.«

»Es gibt keine«, belehrte ich sie und rollte mich herum, um sie an mich zu ziehen.

Ich hatte fast damit gerechnet, daß Del etwas über das
neue Schwert sagen würde, wenn sie es entdeckte. Aber
nicht, daß es zerbrochen wäre.

Ich wandte mich von meiner Tätigkeit um, die Schlafdecken zum Trocknen in die Sonne zu legen. Nur daß
keine da war. Noch immer verdeckten Wolken den Himmel. »*Was?*«

»Es ist zerbrochen«, wiederholte sie.

»Das *kann* nicht sein!« Ich stieg über die Schlafdecken
hinweg und blieb bei der neuen Scheide stehen. Sie lag

genau da, wo ich sie gelassen hatte: auf einer Decke bei Samiel.

Das Schwert war aus der Scheide gerutscht. Die Klinge war in zwei Hälften gebrochen.

»Schlechter Stahl«, sagte sie.

Ich schüttelte den Kopf. »Das war kein schlechter Stahl. Dessen bin ich mir sicher. Ich habe ihn sorgfältig geprüft.«

Del zuckte die Achseln. Die Waffe, das blanke, nicht magiebeladene Schwert, konnte ihr Interesse nicht länger fesseln. »Wenn er zu sehr gepreßt wird, kann er brechen. Gegen wen hast du getanzt? Gegen Alric?«

»Del, ich habe nicht getanzt. Gegen niemanden. Ich habe dieses Schwert nur gekauft. Ich habe nicht einmal damit *trainiert.*«

»Dann war es schlecht geschmiedet.«

»Ich würde niemals ein schlechtes Schwert kaufen. Das weißt du.« Jetzt war ich verwirrt. Es sollte keine Rolle spielen, daß es kein nordisches *Jivatma* war, doch es sollte ein Schwert sein, dem ich mein Leben anvertrauen wollte. Dem ich es anvertraut hätte, wenn es heil gewesen wäre. Ich untersuchte das Schwert genau. »Das Heft und diese Hälfte sehen völlig normal aus. Laß uns den Rest ansehen.«

Ich nahm die Scheide auf, hielt sie umgekehrt und schüttelte den Rest der Klinge heraus. Sie landete mit dumpfem, häßlichem Klang auf der Hälfte mit dem Heft.

Del sog laut den Atem ein.

»Schwarz«, sagte ich bestürzt.

»Genau wie dein *Jivatma.*«

Wir sahen uns nur einen kleinen Moment lang an. Und dann ergriff ich den Harnisch, ergriff die Scheide und schloß eine Hand um das Heft. Und riß es aus der Scheide.

Samiel war heil. Samiel war unverändert. Stahl schimmerte glänzend und unbefleckt ... bis auf das schwarz Verkohlte, das sich über gut ein Drittel der Klinge erstreckte.

»Es ist mehr geworden«, sagte ich. »Mehr Verfärbung.«

Del sagte kein Wort.

Ich schaute auf die zerbrochene Klinge. »Er hat sie zerstört«, sagte ich tonlos.

Sie kniete sich neben mich und betrachtete das *Jivatma* genauer. »Er ist in deinem Schwert gefangen.«

»Er *zerstört* Dinge«, erklärte ich. »Verstehst du nicht? Das neue Schwert war eine Bedrohung. Er will mich zu seinen eigenen Bedingungen, wobei er keine Niederlage durch Unterlassung riskieren will.«

Dels Tonfall war sorgsam gedämpft. »Tiger, ich glaube, du bist ...«

»... sandkrank? Nein.« Irgendwie war ich mir da sicher. Man frage mich nicht wieso. Ich *wußte* es einfach, tief in meinem Bauch, tief in meinem Herzen, tief in einem Teil von mir, an dem niemand sonst teilhaben konnte. »Ich beginne zu verstehen. Ich denke, ich lerne ihn allmählich kennen.«

»Tiger ...«

Mein Blick ließ sie verstummen. »Du sagtest, er hätte mich kennengelernt. Warum kann ich ihn dann nicht auch kennenlernen?«

Alric kam herein. »Wollt Ihr trainieren?« fragte er. »Sie wetten bei den Kreisen auf die Kämpfe ... es sind Wetten zu gewinnen.«

Del und ich sahen ihn an. Dann betrachteten wir das Schwert. Und dachten an Chosa Dei.

»Wann?« fragte ich laut und an jeden gerichtet, der es wissen könnte. »Wann soll dieser Jhihadi ankommen?«

Del und Alric waren gleichermaßen unsicher bezüglich dieser Frage und warum *ich* sie stellte. Sie tauschten Blicke und sahen mich dann achselzuckend an.

»Ich weiß genausoviel wie du«, sagte Del.

Ich warf Alric, der noch immer den Durchgang zwischen unseren Zimmern versperrte, einen Blick zu. »Ihr seid schon länger hier.«

»Das Orakel kommt«, antwortete er. »Ich vermute, daß er zuerst hier eintreffen soll. Da er derjenige ist, der die Ankunft des Jhihadi vorhersagt, würde ich denken, daß er es von Iskandar aus tun will, anstatt nur bei Stammesversammlungen.«

Etwas klang seltsam. »Stämme«, sagte ich gespannt. »Wollt Ihr damit sagen, daß dieses Orakel seine Vorhersage *nur* an die Stämme richtet?«

Alric zuckte die Achseln. »Ich vermute, daß seine Vorhersage alle einschließt. Müßte sie das nicht, da er vom Süden spricht? Sicher weiß man nur, daß er zwischen den Stämmen einhergeht.« Er hielt inne. »Oder aber sie kommen zu ihm.«

Ich dachte zurück an das Gespräch, das Abbu Bensir und ich mit Del bezüglich Tanzeers, des Jhihadi und der Stämme geführt hatten. »Ich weiß nicht, wieviel davon wahr ist oder wieviel davon der ehrgeizige Versuch eines Mannes ist, sich einen Namen zu machen«, sagte ich langsam. »Man sollte denken, daß er sich, wenn er diese offensichtliche Art Macht erringen wollte, direkt an die Tanzeers wenden würde. Sie regieren den Süden ... zumindest Teile davon.«

»Aber sie sind korrupt«, bemerkte Alric. »Tanzeers werden ständig gekauft und verkauft. Hoheitsgebiete zerfallen über Nacht.«

»Es gibt Menschen, die nicht korrupt sind«, sagte ich ruhig. »Südliche Menschen, deren einziges Anliegen das Überleben ist, das Aufrechterhalten ihrer eigenen Lebensart. Sie schulden den Tanzeers absolut nichts, und sie mißachten die unbedeutenden Pakte und Machtkämpfe. Sie leben nur und beziehen Kraft aus ihrer Heimat.«

»Die Stämme«, stimmte er zu.

»Ich sollte es wissen«, sagte ich. »Ich bin bei einem aufgewachsen.«

Del schüttelte den Kopf. »Ich verstehe nicht.«

Ich runzelte die Stirn und versuchte, es in Worte zu fassen, die etwas bedeuteten. »Die Stämme sind alle kleine Teile des Südens. Verschiedene Rassen, verschiedene Gebräuche, verschiedene religiöse Glaubensrichtungen. Darum kann niemand die Punja wirklich regieren ... die Stämme sind zu sehr zerfallen, zu schwer zu beherrschen. Und daher begnügen sich die Tanzeers mit den Teilen, die sie beherrschen *können*, und die Menschen ... die Stämme werden in Ruhe gelassen.«

Del nickte. »Du hast so etwas schon einmal erwähnt, mit Abbu.«

»*Jetzt* frage ich mich, ob dieser Jhihadi-Unsinn vielleicht weniger mit den Tanzeers zu tun hat, sondern statt dessen auf die Stämme abzielt.« Ich kaute an meiner Unterlippe. »Die Stämme sind, zusammengenommen, uns anderen allen zahlenmäßig überlegen. Niemand weiß wirklich, wie viele es sind — sie leben in allen Teilen des Südens, und fast keiner von ihnen bleibt lange an einem Ort. Was es unmöglich macht, mit ihnen zu rechnen, selbst wenn man es wollte.«

Del nickte. »Also?«

»Wenn du also ein Mann wärst, der absolute Macht begehrte, was wäre dann der sicherste Weg, sie ein für allemal zu erlangen, *ohne* die Tanzeers einzuschalten?«

Sie vergeudete keine Zeit. »Die Stämme zu vereinigen.«

Ich nickte. »Was die Erklärung dafür sein könnte, warum so viele Tanzeers ihre Gebiete verlassen haben, um nach Iskandar zu kommen. Nicht wegen des Jhihadi. Wegen der *Stämme*. Sie heuern Schwerttänzer an, um eine Streitmacht für den Süden aufzurüsten.«

Alric schüttelte den Kopf. »Unmöglich«, sagte er. »Ich bin Nordbewohner, ja, aber ich lebe schon seit Jahren im Süden. Ich glaube nicht, daß irgend jemand alle Stämme vereinigen *könnte*, aus all den Gründen, die Ihr genannt habt.«

Jetzt war es an mir, den Kopf zu schütteln. »Es ist eine Frage der Sprache«, sagte ich. »Man muß nur die Art Botschaft finden, die jeden einzelnen Stamm anspricht, und dann die richtige Sprache gebrauchen.«

»Religion«, sagte Del tonlos.

Jetzt nickte ich. »Religion ohne Glauben, ohne Überzeugung, ist nicht mehr als ein Mittel, den Willen einiger weniger vielen aufzuzwingen. Seht Ihr das nicht? Sagt einem Mann, er solle etwas tun, und der Gedanke gefällt ihm vielleicht nicht. Er weigert sich. Aber sagt ihm, daß sein *Gott* es verlangt, und er wird sich beeilen, die Aufgabe zu erfüllen.«

»*Wenn* er gläubig ist«, warf Alric ein.

»Ich weiß nicht, wie es um Euch steht, aber ich bin kein religiöser Mensch. Ich halte es nicht für sehr sinnvoll, einen Gott oder Götter zu verehren, wenn wir für unser eigenes Leben verantwortlich sind. Sich auf etwas — oder *jemanden* — zu verlassen, das oder den man nicht kennt, ist ein Glücksspiel. Jedoch würden viele Menschen dem widersprechen. Viele Menschen richten ihr Leben rund um ihre Götter aus. Sie sprechen mit ihnen. Machen Angebote. Fragen sie um Rat.« Ich sah Del an. »Sie leisten Schwüre im Namen jener Götter und leben ihr Leben dann diesen Schwüren gemäß.«

Sie errötete. »Was ich tue, ist meine eigene Angelegenheit.«

»Ja«, stimmte ich zu. »Das streite ich nicht ab. Was ich sagen will ist, daß die Stämme voller Aberglauben sind. Wenn eine Ziege Zwillinge gebiert, soll das Jahr üppig werden. Und wenn es das nicht wird, *wenn* es das nicht wird, dann wird etwas anderes dafür verantwortlich gemacht.« Ich seufzte und kratzte an meinen Narben. »Wenn ein Mensch einen Weg finden könnte, die Stämme für ein gemeinsames Ziel zu vereinigen, könnte er den Süden für sich beanspruchen. Das wollte ich damit sagen.«

Alric runzelte die Stirn und dachte über die Folgen

nach. Dachte über die Tanzeers nach, die den Jhihadi tot sehen wollten. Die das Orakel tot sehen wollten. Und über all die Schwerttänzer, die sie anheuern konnten, um einen heiligen Krieg zu gewinnen.

Del schüttelte den Kopf. »Spielt das eine Rolle? Wie willst du wissen, daß es für den Süden nicht besser wäre, wenn *tatsächlich* ein Mann ihn regieren würde, anstatt all diese Tanzeers?«

»Weil niemand weiß, was dieser eine Mann tun würde«, entgegnete ich. »Zunächst einmal, wenn er die Stämme auf seine Seite gebracht hätte, brauchte er keine Schwerttänzer mehr anzuheuern, und wir wären arbeitslos.« Dels Gesichtsausdruck war zynisch. »In Ordnung«, räumte ich ein, »aber abgesehen davon, was wäre, wenn die Stämme beschlössen, daß wir anderen es nicht verdient hätten zu leben? Daß wir den Süden entweihen würden? Was ist, wenn dieser Jhihadi den heiligen Krieg erklären und uns andere zu seinen Feinden machen würde, die nur der Vernichtung wert wären?«

»Das würde er nicht tun«, erklärte Del. »Ein ganzes Volk? Ein ganzes Land?«

Alrics Stimme klang seltsam. »Die Vashni töten Fremde.«

Del erblaßte.

»Wenn der Sand in Gras verwandelt wird«, sagte ich, »wird der Süden begehrt sein.«

Del runzelte die Stirn und dachte nach. »Aber wenn der Süden so einschneidend verändert wird, dann ändert das auch die Lebensart der Stämme. Würden sie das wollen? Du selbst hast gesagt, daß sie ihre Lebensart zu schützen versuchen.«

»Das ist die eine Seite«, stimmte ich zu. »Aber da ist andererseits auch das Wissen, daß ein Mensch für seinen Gott — oder seine Götter — viele seltsame Dinge zu tun bereit ist.«

Alric nickte bedächtig. »Die *Khemi* zum Beispiel. Wie

viele Männer kennt *Ihr,* die freiwillig die Frauen aufgeben würden?«

Dels Stimme klang angewidert. »Ich weiß von den *Khemi*«, sagte sie. »Die Frauen aufzugeben ist eine Sache ... aber zu behaupten, wir seien Auswüchse und nicht wert, angesprochen, berührt oder *überhaupt* irgend etwas zu werden, bedeutet, die Dinge zu weit zu treiben.«

»Sie nehmen das Hamidaa'n ein wenig zu wörtlich«, stimmte ich zu. »Diese Schriftrollen sagen nicht wirklich, daß Frauen völlig wertlos seien. Sie sagen nur, sie seien weniger wert als Männer. Wenn man mit jemandem des wahren Hamidaa-Glaubens spricht — nicht mit den *Khemi*-Eiferern —, wird er Euch sagen, wie es wirklich ist.«

Dels Brauen hoben sich. »Und das rechtfertigt diese Meinung?«

»Nein. Es beweist nur, was ich sagte: Religion ist eine Methode des Herrschens.«

Del neigte den Kopf. »Wenn man es zuläßt. Sie kann auch Sicherheit bieten, einen zentralen Punkt im Leben. Sie kann das Leben lebenswert machen.«

Ich betrachtete ihren Harnisch, der neben meinem lag. Das komplizierte, gewundene Heft eines gefährlichen, faszinierenden Schwertes. »Du verehrst *das.* Macht das dein Leben lebenswert?«

Del blinzelte nicht einmal. »Was es verspricht, das hält es.«

Alric ging über unsere Diskussion hinweg. »Wenn das, was Ihr gesagt habt, stimmt, dann sollte etwas unternommen werden.«

Del kam mir zuvor, bevor ich mich äußern konnte. »Was ist, wenn es stimmt, was das *Orakel* gesagt hat? Wollt Ihr mit einem Messias streiten?«

»Als erstes«, sagte ich, »muß ich mir ein anderes Schwert kaufen.«

Alric schüttelte den Kopf. »Ich habe das Vashni-Schwert. Ich würde es Euch gern ausleihen.«

Del wartete, bis er in den angrenzenden Raum gegangen war. »Du bist ein Narr«, sagte sie. »Du gehst deinem *Jivatma* aus dem Weg, obwohl du lernen solltest, es zu beherrschen.«

»Das *stimmt*«, sagte ich scharf und beugte mich hinab, um das Schwert aufzunehmen. »Hier. Du hast die Wette gewonnen. Das Schwert ist jetzt das Pfand.«

»Tiger, *nein* . . .«

»Du hast gewonnen, Bascha. Du sagtest, ich könnte nicht bestehen.« Ich legte das Schwert in ihre Hände. Ich wußte, daß sie sicher war. Del kannte seinen Namen.

Sie schloß die Finger um die Klinge. Die Knöchel standen weiß hervor.

Ich runzelte die Stirn. »Du weißt es besser, Bascha. Du wirst dir auf diese Weise nur die Finger zerschneiden.«

Del sagte nichts. Ihre Augen waren weit geöffnet und schwarz. Alle Farbe wich aus ihrem Gesicht.

»Bascha . . .?« Ich dachte erneut darüber nach, wie Sarads Schwert zerbrochen war. »Hier, laß es mich halten . . .«

»Es will mich . . .«

Meine Hände lagen auf dem Schwert. »Laß los, Del . . . laß *los* . . .«

»Es *will* mich . . .«

»*Laß los* . . .«

»Boreal«, flüsterte Del.

Das erschreckte mich. Ließ mich erstarren.

»Er will uns *beide* . . .«

Ich nahm eine Hand von dem Schwert und stieß mit versteiftem Arm gegen ihre Brust.

Del fiel zurück, ließ mein Schwert los, ihre Hände öffneten sich ruckartig. Sie stolperte über den Schlafplatz, landete flach auf dem Rücken und sah mich entsetzt an.

Nicht weil ich sie gestoßen hatte. Das verstand sie.

Sondern wegen dessen, was sie erfahren hatte. Wegen dessen, was sie *empfunden* hatte.

»Du mußt es töten«, sagte sie.

»Wie kann ich ...«

»Töte es«, wiederholte sie. »Du mußt es beseitigen. Du mußt es von Chosa Dei befreien. Du mußt ...«

»Ich weiß«, sagte ich. »Ich weiß. Habe ich das nicht bereits gesagt?«

Del sammelte sich, riß sich wieder zusammen, blieb aber auf dem feuchten Staub sitzen. »Er will mich«, sagte sie. »Verstehst du? Er ist ein Mann. Er ist ein *Schwert* ... erkennst du, was das bedeutet?«

Es war ein schrecklicher Gedanke. Gallenflüssigkeit regte sich in meinem Inneren.

»Töte es«, sagte sie erneut. »Bevor es mir Schlimmeres antut.«

6

Del gefiel der Gedanke nicht. »Es sollte unter Beobachtung bleiben«, erklärte sie. »Es sollte niemals allein gelassen werden.«

Ruhig fuhr ich fort, das *Jivatma* in eine Decke zu wikkeln, und stöhnte, als ich an meinen geschwollenen kleinen Finger stieß. Wir hatten entschieden, daß er nicht gebrochen war, aber er schmerzte wie die Hoolies. Ein fester Verband schützte die zerfetzte Haut, konnte aber den Schmerz kaum lindern.

Ich legte das Bündel beiseite, neben die Wand und erhob mich. »Ich nehme es nicht mit. Ich kann das Vashni-Schwert benutzen. Dieses kann hierbleiben.«

»Du hast gesehen, was es angerichtet hat.«

»Als du es berührt hast. Wenn niemand weiß, daß es hier ist, kann es nichts anrichten.«

»Die Mädchen ...«

»Lena hat sie gut erzogen. Sie werden nicht hier hereinkommen, weil sie es nicht dürfen.«

Del war nicht überzeugt. »Es sollte unter Aufsicht bleiben.«

Ich seufzte. »Ja. Warum, denkst du, habe ich nach dem Jhihadi gefragt?«

Augen weiteten sich. »Aber du *glaubst* nicht ...«

»Gerade jetzt würde ich alles versuchen. Ich glaube, daß dieser Messias wahrscheinlich nicht mehr als ein Opportunist ist, aber warum sollte man dem Ganzen nicht wenigstens eine Chance geben? Die Tanzeers werden einen Beweis für seine Göttlichkeit fordern ... sie werden besondere Zeichen fordern, ihm spezielle Aufgaben stellen. Warum sollten wir ihn nicht bitten, mein Schwert zu ›heilen‹.«

»Weil er es vielleicht nicht kann.«

»Vielleicht kann er es nicht. Vielleicht kann er es.« Ich zuckte die Achseln. »Ich denke, es ist einen Versuch wert.«

Del sah mich stirnrunzelnd an. »Das sieht dir nicht ähnlich, Tiger.«

»Was sieht mir nicht ähnlich? Meine mangelnde Bereitschaft, dir zuzustimmen, oder meine Bereitschaft, es den Jhihadi versuchen zu lassen?«

»Du bist fast *niemals* bereit, mir zuzustimmen. Das meine ich nicht. Ich meine das letztere. Du bist derjenige, der behauptet, Religion sei Unsinn.«

»Ich pflegte dasselbe über die Magie zu sagen, und sieh nur, wohin es mich gebracht hat.« Ich steckte die Arme durch meinen Harnisch und rückte das geborgte Vashni-Schwert zurecht. »Schau, Bascha, ich sage nicht, daß ich an die Religion glaube — ich bezweifle wirklich, daß ich das könnte —, aber wer will behaupten, daß dieser Jhihadi, wenn er real ist, nicht mehr als ein Messias ist?«

»Mehr?«

»Wenn er Sand in Gras verwandeln können soll, würde ich sagen, daß er mehr als nur göttliche Zauberkraft besitzt.« Ich grinste. »Vielleicht vermag er Wunder zu vollbringen. Vielleicht ist er Shaka Obre.«

Das erschreckte sie. »Der *Jhihadi*?«

»Warum nicht? Ist Shaka Obre nicht derjenige, der einst den Süden besaß? Wer hat ihn grün und saftig werden lassen? Klingt es nicht logisch, daß er den Süden, wenn er ihn wirklich erschaffen hat, wieder zu dem machen will, was er einst war?«

»Chosa Dei hat ihn gefangengenommen.«

»Und er hat Chosa gefangengenommen. Aber Chosa ist jetzt frei — auf gewisse Weise —, und vielleicht ist Shaka das auch. *Er* könnte der Jhihadi sein. *Er* könnte der Mann sein, von dem das Orakel spricht.«

Del dachte darüber nach. »Wenn er es ist ...«

»... dann schuldet er mir etwas.«

Sie hob skeptisch eine Augenbraue. »Und du denkst, er wäre so dankbar, daß er dir einen besonderen Gefallen erweisen würde?«

»Chosa Dei war nahe daran, die Wachen zu vernichten. Er verfügte über wer weiß wie viele *Jivatmas*, deren Magie er gesammelt hat, und noch einige andere Tricks. Wenn er ein wenig mehr Zeit gehabt hätte — oder dein Schwert —, dann wäre er ausgebrochen. Ich habe ihn vielleicht in *mein* Schwert eingesaugt, aber zumindest streift er nicht frei umher. Wenn ich Shaka Obre wäre, würde ich mir dankbar sein.«

Del seufzte schwer. »Das ergibt genausoviel Sinn wie alles andere.«

»Und wenn dieser Jhihadi *nicht* Shaka Obre ist, welche Rolle spielt es dann? Er kann mein *Jivatma* vielleicht trotzdem befreien.«

Sie betrachtete das fest zusammengerollte Bündel. Das Schwert war vollständig verborgen. »Es verdient zu sterben«, sagte sie tonlos.

»Ich dachte irgendwie, du würdest mir zustimmen ... wenn du meinen Standpunkt erst einmal kennengelernt hättest.«

Ich rückte den Harnisch zurecht und wandte mich der Tür zu. »Hast du heute etwas vor?«

»Nach Neuigkeiten über Ajani Ausschau halten.«

Etwas zwickte mich im Bauch. »Aber nicht nach dem Mann selbst.«

Del schüttelte den Kopf. »Ich muß etwas über ihn erfahren. Ich muß erfahren, wer er *ist*. Was ihn nachdenklich macht. Es ist sechs Jahre her, und ich habe ihn niemals wirklich gekannt. Ich habe nur gewußt, was er getan hat.« Sie zuckte die Achseln. »Ich muß ihn sehen, ohne daß er mich sieht. Dann werde ich mit meinem Schwert sprechen.«

»Du willst nicht ... wieder um deine Konzentration bitten? *Jetzt?*«

Del lächelte. »Du hattest die letzte Nacht, nicht wahr?«

»*Wir* hatten die letzte Nacht. Und ich würde mich freuen, wenn es weiterginge.«

Das Lächeln verblaßte. Sie war ruhig, beherrscht, gelassen. »Das wird es ... wenn ich siege.«

Ich ließ den Hengst zurück, denn mir auf dem Pferderücken meinen Weg durch die anwachsenden Menschenmengen zu suchen, würde meine Geduld überfordern und könnte auch in einen Kampf ausarten, wenn sich der Hengst entschließen sollte, sich widerspenstig zu verhalten. Und außerdem kann man Gerüchte besser hören, wenn man, wie alle anderen, zu Fuß geht. Wenn ich das Neueste über das Orakel oder den Jhihadi erfahren wollte, sollte ich mich besser unter die Leute mischen.

Als ich mir einen Weg durch die Gassen, Straßen und Basare erkämpft hatte, wußte ich ein wenig mehr. Das Orakel, so sagte man, war eifrig dabei, die baldige Ankunft des Jhihadi zu verkünden. Natürlich ist ›bald‹ relativ. Nach orakelmäßiger Zeitrechnung könnte es immer noch ein Jahr dauern. Aber ich bezweifelte ernsthaft, daß jemand so lange warten würde.

Aber das Orakel verkündete auch einige andere Dinge. Es erwähnte Einzelheiten, Dinge über den Messias. Dinge wie *Macht:* eine neu erworbene Macht. Eine Enthüllung der Identität: ein Mann, der in vielen Gegenden reitet. Und eine unerschütterliche Verpflichtung, den Süden wieder zu dem zu machen, was er einst gewesen war.

Kein Wunder, daß die Tanzeers sich Sorgen machten.

Ich näherte mich mit einem Gefühl der Vorahnung der von den Stämmen vereinnahmten Seite der Stadt. Normalerweise kann man mit einem einzelnen Stamm, der für sich ist, auf die eine oder andere Weise zurechtkommen, durch Handel, Geschenke, Vereinbarungen.

Einige Stämme, wie die Hanjii und die Vashni, neigen ein wenig mehr zu Feindseligkeiten und werden im allgemeinen gemieden. Nur wenn man durch die Punja reitet — wo die Stämme, da sie Nomaden sind, umherziehen, wohin immer sie wollen —, ist es manchmal schwierig, sie zu meiden. Aber es war sehr ungewöhnlich, so viele verschiedene Stämme auf einem Fleck zusammengepfercht zu sehen. Das veränderte die Spielregeln.

Ich war nicht sicher, daß mein Besuch etwas nützen würde. Einerseits könnte es sein, daß die Salset gar nicht da waren. Andererseits — selbst wenn sie da waren — war es möglich, daß sie mich einfach ignorieren würden. Die Erwachsenen wußten alle sehr genau, was ich gewesen war. Und keiner von ihnen würde es mich vergessen lassen.

Sicherlich nicht der Shukar, der seine Gründe dafür hatte, mich zu hassen. Aber vielleicht war er tot. Wenn der alte Mann tot war, wäre die Sache für mich leichter.

Aber der alte Mann war nicht tot.

Ich fand die Salset eher zufällig. Nachdem ich mir einen Weg, der sich durch die Ansammlungen von Hyorts und Wagen wand, durch Ziegen, Schafe, Danjacs, Kinder, Hunde und Hühner gebahnt hatte, kam ich zum Ende der Hyortansiedlung neben der Stadt. Ich zögerte einen Moment unsicher, dachte daran, einen anderen Stamm aufzusuchen, und wandte mich dann um, um zurückzugehen. Und sah einen bekannten roten Hyort, der neben einem Wagen aufgebaut war.

Die Salset hatte hinter einer Ansammlung von blauen und grünen Tularain-Hyorts ihr Lager errichtet. Da mehr Tularains da waren, war es nicht verwunderlich, daß die Salset schwer zu sehen waren. Also bahnte ich mir mühsam einen Weg durch die Tularain-Ansammlung und blieb dann vor dem Hyort des Shukar stehen.

Er saß auf einer Decke vor seinem nach oben geschlagenen Türfell. Sein weißes Haar wurde dünner, er hatte fast alle Zähne verloren, seine Augen waren trübe und blind. Es war nicht viel übriggeblieben an dem alten Mann. Aber er erkannte mich dennoch, in dem Moment, in dem ich das erste Wort ausgesprochen hatte.

»Wir haben euch Pferde gegeben«, bellte er. »Wir haben uns um deine von Schmerzen geplagte Frau gekümmert. Wir haben euch Nahrung und Wasser gegeben. Du hast keine Ansprüche mehr an uns.«

»Ich kann Anspruch auf Höflichkeit erheben, die Ihr jedermann schuldet. Das ist ein Salset-Brauch.«

»Belehre *mich* nicht, was Salset-Brauch ist!« Das Zittern seiner Stimme beruhte auf dem Alter und auf Zorn, nicht auf Angst. »Du warst es, der die Bräuche aufgehoben und Hilfe bei einer unverheirateten Frau gesucht hat.«

Meine Verärgerung wuchs, bis sie der seinen gleichkam. »Ihr wißt genauso gut wie ich, daß es Sulas Entscheidung war. Sie war frei, an keinen Mann gebunden. Salset-Frauen nehmen, wen sie wollen, bis sie einen Mann als Ehemann akzeptieren. Ihr seid nur eifersüchtig, Alter — sie nahm einen Chula, keinen Shukar.«

»Du hast sie gezwungen zu sagen, daß *du* die Bestie getötet hättest . . .«

»Ich habe sie getötet«, sagte ich tonlos. »Das wißt Ihr auch . . . Ihr wollt nur einfach nicht zugeben, daß ein Chula dort Erfolg gehabt hat, wo Ihr versagt habt.« Ein Blick auf die Schäbigkeit seiner Kleidung und seines Hyorts sagte mir, daß die Zeiten nicht mehr leicht waren. Er war einst ein reicher Mann gewesen. »Hat sich Eure Magie ganz verbraucht? Haben die Götter die Augen von Euch abgewendet?«

Er war alt und würde vielleicht kein Jahr mehr leben. Ein Teil von mir mahnte, nicht so bitter, so hart zu sein, aber der größere Teil erinnerte mich daran, wie das Leben bei den Salset gewesen war. Ich schuldete ihm keine Höflichkeit. Ich schuldete ihm nichts außer Ehrlichkeit. Ich haßte den alten Mann.

»Du hättest an dem Gift sterben müssen«, sagte er. »Noch einen Tag länger, und du wärest gestorben.«

»Dank Sula war es nicht so.« Meine Geduld war am Ende. »Wo ist ihr Hyort, Shukar? Zeigt mir den Weg zu Sula, wie es die Salset-Höflichkeit verlangt.«

Er verzog die runzeligen Lippen und zeigte die übriggebliebenen Zähne, die von der Bezanuß braun gefärbt waren. Dann spuckte er zu meinen Füßen aus. »Wenn der Jhihadi kommt, werden du und andere wie du für immer aus dem Süden vertrieben werden.«

Das bestätigte meine Vorahnung, aber ich sagte nichts davon zu ihm. »Wo ist Sula, alter Mann? Ich habe keine Zeit für Spiele.«

»Ich habe keine Zeit für *dich*. Finde Sula selbst.« Trübe Augen verengten sich. »Und ich hoffe, es *gefällt* dir, was du findest, weil du die Ursache dafür bist!«

Ich vergeudete keine Zeit mit weiteren unnützen Fragen oder mit dem Versuch, seine düsteren Andeutungen zu entschlüsseln. Ich ging einfach fort, um Sula zu suchen.

Und als ich sie fand, wußte ich, daß sie sterben würde. Eindeutig.

»Setz dich«, sagte sie schwach, als ich im Eingang stehenblieb.

Ich setzte mich. Ich fiel fast hin. Ich konnte kein Wort sagen.

Sulas Lächeln war ihr eigenes. Man hatte es ihr noch nicht genommen. »Ich habe mich gefragt, ob mir die Götter noch einmal die Gelegenheit geben würden, dich wiederzusehen.«

Der Tag war trübe und unfreundlich. Wechselvolles Licht malte rauhe, siennafarbene Patina auf das Ockerorange des Hyorts. Es überschwemmte das Innere mit Fahlheit, wie alterndes Elfenbein. Es war unvorteilhaft für Sula.

Dies war meine dritte Sula. Die erste war sie in ihren frühen Zwanzigern gewesen, eine schlanke, wunderhübsche junge Frau mit klassischen Salset-Gesichtszügen: ein breites, lebhaftes Gesicht, ein eingesunkener Nasenrücken, das schwarze Haar so dick und von der Sonne verwöhnt, daß es bei Tageslicht rötlich schimmerte. Bei Nacht war es schwarze Seide.

Die zweite Sula war über vierzig gewesen und hatte eine Neigung zum Dickwerden gezeigt. Ihr hatte die frühere Schönheit gefehlt, aber nicht ihre Großzügigkeit, die Freundlichkeit, die ich zu schätzen gelernt hatte. Sie hatte Del und mich vor den Auswirkungen der Punja gerettet. Und jetzt würde ich sie sterben sehen.

Die dritte Sula war nicht wesentlich älter, und die Schwerfälligkeit war von ihr abgefallen. Es war nichts von Sula übriggeblieben außer über Knochen gespannte Haut. Das Haar war strähnig und matt. Die Augen dumpf vor Schmerz. In schlaffe Haut eingegrabene Linien zeugten von einem ständigen Kampf. Der Hyort roch nach Tod.

Ich konnte nur ihren Namen hervorbringen.

Ich weiß nicht, was sie in meinem Gesicht sah. Aber es rührte sie. Es brachte sie zum Weinen.

Ich nahm ihre Hand in meine und schloß dann die andere darüber. Zerbrechliche, zarte Knochen unter zu trockener, spröder Haut. Die Frau meiner Mannesjahre war ein Leichnam in Salset-Gaze.

Ich schluckte schwer. »Welche Krankheit ist es?«

Sula lächelte erneut. »Der alte Shukar sagt, daß es keine Krankheit sei. Es sagt, es sei ein Dämon, der in mich hineingebracht wurde, um mich zu bestrafen. Er lebt hier, in meiner Brust — und frißt mein Fleisch auf.« Sie lag in die Kissen gestützt. Mit einer Hand berührte sie ihre linke Brust.

»Warum?« fragte ich rauh. »Was hast du denn schlechtes getan?«

Sula hob einen Finger. »Vor vielen Jahren nahm ich einen jungen Chula auf, der kein Junge mehr war, sondern ein Mann. Und als er den Sandtiger tötete — als er seine Freiheit errang —, sorgte ich dafür, daß er sie auch bekam. Dafür werde ich bestraft. Dafür beherberge ich einen Dämon.«

»Das *glaubst* du doch nicht ...«

»Natürlich nicht. Der alte Shukar ist eifersüchtig. Er hat mich immer gewollt. Und er hat mir niemals vergeben.«

Sie vollführte eine schwache Geste. »Dies ist seine Bestrafung: Er erzählt den Leuten von dem Dämon, damit mir niemand hilft.«

»*Niemand* ...«

»Niemand«, stimmte sie erschöpft zu. »Oh, man gibt mir Nahrung und Wasser — niemand wird mich verhungern lassen —, aber es will mir auch niemand helfen. Nicht da, wo es der Dämon sehen kann.«

»Er ist ein gefährlicher alter Narr. Und er ist ein *Lügner* ...«

»Und er ist schon seit ewigen Zeiten Shukar.« Sula seufzte und bewegte sich in den Kissen. »Aber jetzt hat er sogar das verloren.«

»*Verloren* ...« Das verblüffte mich. »Wie?«

»Seine Magie war schwach. Die ganze Zeit, seit du fortgegangen bist, war seine Magie schwach. Und daher, als der Aufruf kam — als das Orakel unsere Namen aufrief —, wurde der Shukar von einem jüngeren, stärkeren Mann ersetzt.« Schwarze Augen blickten mich traurig an. »Der alte Mann sitzt in der Sonne. Der junge Mann spricht von Macht.«

»Erlangt durch den Jhihadi.«

Sula nickte schwach. »Das Orakel sagt, daß der Süden den Stämmen zurückgegeben werden wird. Es werden keine langen Reisen von dieser Oase zu jener, von diesem Ort zu einem anderen mehr nötig sein. Der Sand wird in Gras verwandelt sein, und Wasser wird überall im Land fließen.«

Ich barg ihre Hand in meiner. »Ist diese Veränderung das, was du willst?«

Sie war sehr müde. Ihre Stimme klang verzerrt. »Ich habe nur die Wüste gekannt ... die Hitze, den Sand, die Sonne. Ist es falsch, sich nach Gras zu sehnen? Die Götter um reichlich Wasser zu bitten?«

»Wenn ein Krieg der Preis ist, ja.« Ich hielt inne. »Laß mich dir etwas zu trinken holen.«

Sula hob eine Hand. Ich setzte mich wieder neben sie. »Du siehst nur eine Seite«, sagte sie. »Ausgerechnet du.«

»Ich verstehe nicht.«

Sie lächelte, aber sehr traurig. »Warum bist du bei uns geblieben?«

»Geblieben ...?« Ich runzelte die Stirn. »Ich mußte es. Ich hatte keine Wahl.«

»Warum bist du nicht fortgelaufen?«

»Wasser«, sagte ich sofort. »Ich hätte nicht genug Wasser mit mir nehmen können, um weit genug zu gelangen. Die Punja hätte mich getötet. Bei dem Stamm konnte ich zumindest überleben.«

Steife Finger ballten sich in meiner Hand. »Wenn das Land saftig und kühl wäre, könnte sich niemand Sklaven halten. Es wäre leicht davonzulaufen, einen Tag ungeschützt zu überleben, wenn es Wasser im Überfluß gäbe.«

Ich war einmal davongelaufen. Und wieder eingefangen worden. Als Bestrafung war ich an einen Pfosten im Sand angebunden und einen zweiten ganzen Tag ohne Wasser zurückgelassen worden. Dort zurückgelassen und nicht beachtet, nur zehn Schritte vom Lager entfernt, damit ich wüßte, was es bedeutete, daß die Salset meine Rettung waren, daß ich ihnen mein Leben schuldete.

Ich war damals neun Jahre alt.

Ich atmete schmerzerfüllt ein. »Ich bin wegen einer Auskunft gekommen. Du hast mir bereits einiges gesagt ... aber ich muß etwas über den Jhihadi erfahren. Darüber, was die Stämme vorhaben.«

Sula hielt meine Hand fest. »Sie planen einen heiligen Krieg.«

»Aber keiner verehrt dieselben Götter!«

»Das ist unwichtig. Wir brauchen einen Jhihadi.«

»Und *das* ist es, was er will? Den Süden vollständig zerstören?«

»Ihn erneuern. Ihn zu dem machen, was er einst war, bevor das Land brachgelegt wurde.« Sie rollte den Kopf auf den Kissen herum. »Ich bin nur eine Frau ... Ich sitze nicht in den Konzilen. Man hat mir nur gesagt, daß der Jhihadi alle Stämme vereinigen wird. Das verspricht das Orakel.«

»Also erwartet man von diesem Mann nur, daß er eines Tages *ankommt*, mit den Händen winkt, alle zu Freunden erklärt und sie dann aussendet, um zu töten?« Ich schüttelte den Kopf. »Keine friedliche Art von Messias.«

»Die jungen Männer wollen keinen Frieden.« Sula schloß die Augen. »Sie haben dem Orakel zugehört, aber sie haben gehört, was sie hören wollten. Wenn er die Vorherrschaft der Stämme vorhersagt, glauben sie, daß das nur auf Kosten ihrer Leben wahr werden kann. Sie halten nichts davon, mit den Tanzeers in Frieden zu leben. Sie vergessen, daß sich unser Leben ändern wird ... daß die Saat auf dem Land wachsen wird, daß das Wasser zu den Stämmen kommen wird, anstatt daß die Stämme ihm folgen müssen.« Sie atmete mühsam ein. »Er sagt nichts von einem Krieg, aber das ist es, was sie hören.«

»Hast du ihn gehört? Das Orakel?«

»Er hat einige der Stämme aufgesucht. Sein Wort wird weitergetragen.«

»Und sie akzeptieren ihn fraglos und glauben, was er sagt.«

Sula wandte den Kopf. »Sie glauben, was sie glauben wollen. Das Orakel spricht von einem Jhihadi, der Sand in Gras verwandeln kann. Man muß nur in die Punja

hinausgehen, um zu wissen, was das bedeuten könnte.«

Ich wußte es. Ich lebte dort. Hoolies, ich war dort *geboren* worden.

Was mich an etwas erinnerte.

»Sula.« Ich rückte näher heran. »Sula, da ist etwas,
was ich wissen muß ... etwas, was ich dich fragen muß.
Es hat damit zu tun, wie ich zu den Salset kam ...«

Sulas Augen waren glasig. »... Geschichten sagen,
daß der Süden und der Norden eins waren ... zwischen
zwei Brüdern aufgeteilt ...«

Ich blieb geduldig. Ich schuldete dieser Frau zuviel.
»Chosa Dei«, sagte ich. »Sein Bruder war Shaka Obre.«

»... und daß nach einem letzten Kampf die eine Hälfte brachgelegt wurde ...«

»Shaka Obres Wachen. Sie haben Chosa Dei zu Fall
gebracht.«

»... und nach Hunderten von Jahren würden die Brüder befreit werden, um erneut um das Land zu wettei-
fern ... um die zerbrochenen Hälften zusammenzufügen ...«

»Sula«, sagte ich scharf, »ist der Jhihadi Shaka
Obre?«

Ihre Lippen bewegten sich kaum. »... nur einen kleinen Gefallen ... einen einzigen kleinen Gefallen ...«

»Sula ...«

»Laß mich ohne Qualen sterben.«

»*Sula* ...« Ich beugte mich über sie. »Sula, bitte ... sag
mir die Wahrheit ... haben die Salset mich gefunden?
Oder haben sie mich *geraubt*?«

Vom Schmerz gezeichnete Brauen hoben sich. »Dich
geraubt?«

»Man hat mir erzählt ... sie haben immer gesagt ...«
Ich brach ab und versuchte es erneut. »Es würde mir etwas bedeuten, wenn ich wüßte, wie ich zu den Salset
gekommen bin.«

Tränen lösten sich von ihren Augen. »Ich habe gehört, was sie dir gesagt haben. Die Kinder. Wie sie dich verspottet haben.«

»Sula, was ist wahr? Wurde ich in der Punja zurück-gelassen? Ausgesetzt und dem Tod überlassen?«

Ihre Hand schloß sich um meine. Ihre Stimme war nur noch ein Flüstern. »O Tiger ... ich wünschte, ich wüßte es ...«

Mehr konnte sie nicht mehr geben. Und nachdem sie es gegeben hatte, starb sie.

Ich saß da und hielt ihre Hand.

Mutter. Schwester. Bettgefährtin. Frau.

Alles und nichts davon.

7

Der Mann trat vor mich hin. Ich hielt inne, trat beiseite, aber er versperrte mir erneut den Weg.

Kein Mann: ein Vashni.

»Nicht jetzt«, sagte ich deutlich und formulierte es in der Wüstensprache.

Dunkle Augen glitzerten. Er bewegte keinen Muskel, sagte kein Wort, gab keinerlei Hinweis darauf, daß er die Absicht hätte, beiseite zu treten.

Drei weitere Männer tauchten hinter ihm auf; das war kein Zufall.

Der Tag war grau. Stumpfes, trübes Sonnenlicht wich schweren Wolken. Regen verfärbte den Boden.

Vashni tragen nur sehr wenig Kleidung. Kurze Lederschurze mit Gürteln. Keine Schuhe, keine Sandalen. Aus Knochen, die von den Skeletten von Feinden stammten, gefertigten Schmuck. Im Regen waren die nackten Leiber glitschig und glatt wie geölte Bronze. Schwarzes Haar war aus wilden Wüstengesichtern gekämmt und zu einem einzigen langen Zopf zurückgeflochten, der in Hüllen aus gebundenen Fellen bis auf die gegürtete Taille hing.

Brustknochenplatten klimperten und klangen beim Atmen.

Ich trug ein Messer und ein Schwert. Ich berührte keines von beidem.

Seltsamerweise fühlte ich mich müde. Zu erschöpft, um unmittelbar nach Sulas Tod mit dieser Situation fertigzuwerden. »Wenn Ihr Fremde tötet, warum fangt Ihr dann bei mir an? Nur zehn Schritte entfernt ist eine ganze Stadt voll von ihnen.«

Der Krieger mir gegenüber lächelte, wenn ein Vashni

so etwas überhaupt kann. Hauptsächlich entblößte er die Zähne, sehr weiß in einem dunklen Gesicht. Er sprach die Wüstensprache schnell und fließend. »Eure Zeit wird kommen, Südbewohner ... jetzt bleibt Euer Leben erhalten.«

»Großzügig«, lobte ich. »Um was geht es Euch also?«

»Um das Schwert«, antwortete er ruhig. Hinter mir atmeten die anderen.

Hoolies, wie kam es, daß Samiel schon so bekannt war? Ich hatte niemanden getötet. Hatte seine Magie nicht vorgeführt. Nur Del und ich wußten von dem zerbrochenen Schwert und seiner geschwärzten, verfärbten Hälfte. Und die Vashni waren, so weit ich wußte, für keine Waffe eingenommen außer ihre eigene mit ihrer bösartigen, gewundenen Klinge und dem Heft aus menschlichen Oberschenkelknochen.

Ich schüttelte bedächtig den Kopf. »Das Schwert gehört mir.«

Röte überzog sein Gesicht und ließ seine Augen glitzern. »Keiner außer einem Vashni trägt ein Vashni-schwert.«

Ein Vashni ... oh, ein *Vashni*-Schwert ... wie das, was von meinem Harnisch herabhing.

Die Vashni sind nicht so wie alle anderen, und sie beurteilen Außenseiter nur nach ihren eigenen Maßstäben. Sie befleißigen sich keines abstoßenden, verabscheuungswürdigen Verhaltens wie die Hanjii, die Menschen essen, und sie entschuldigen keinen regelrechten Mord. Aber sie haben die Angewohnheit, Feindseligkeiten zu provozieren, so daß der Tod, der einem Feind dann zugemessen wird, als ehrenhaft gilt.

Und dann entfernen sie Haut, Muskeln, Eingeweide und verteilen das noch feuchte Skelett während einer ausgiebigen Feier.

Gerade jetzt wäre das Eingehen auf Feindseligkeiten vielleicht genau das, was ich brauchte, aber ich war ärgerlich. Zu ärgerlich, um logisch zu denken: dieser

Vashni hatte kein Recht, sich aus einer boshaften, auf Stammesgebräuchen begründeten Laune heraus in mein Leben einzumischen, ungeachtet des Grundes.

Nicht direkt nachdem Sula ...

Ich brach ab. War klug genug, um nicht zu protestieren oder etwas zu sagen, was er vielleicht als unfreundlich empfunden hätte. Ich hatte keinerlei Absicht, jemandes Brustschmuck zu werden. »Nehmt es«, sagte ich tonlos.

Er hob einen Finger. Ich stand sehr still. Ich spürte die Berührung einer Hand an dem Heft, das Klicken einer herausgleitenden Klinge. Das Gewicht auf meinem Rükken verringerte sich. Jetzt trug ich nur noch den Harnisch.

Die schwarzen Augen des Vashni zeigten einen kaum wahrnehmbaren Anflug von Verachtung. »Ein Vashni-Krieger gibt niemals seine Waffe auf.«

Ich biß die Zähne zusammen. »Wir haben bereits festgestellt, daß ich kein Vashni bin. Und ich sehe keinen Sinn darin zu versuchen, ein Schwert zu beschützen — oder dafür zu sterben —, das nur geborgt ist.«

Augen verengten sich. »Geborgt?«

»Mein eigenes Schwert ist zerbrochen. Dieses wurde mir geliehen.«

»Ein Vashni verleiht sein Schwert *niemals.*«

»Er tut es, wenn er tot ist«, stieß ich hervor. »Nennt es eine ständige Leihgabe.«

Der Krieger hatte eine solche Antwort offensichtlich nicht erwartet. Vashni sind es gewohnt, ängstliche Leute so stark einzuschüchtern, daß sie sich sofort ergeben, und ich spielte da nicht mit. Er starrte mich durch den Regen hindurch an und schaute dann an mir vorbei zu den anderen. Eine Hand lag nahe bei seinem Messer. War das beleidigend genug, um einen Angriff herauszufordern? Oder mußte er noch mehr tun?

Tief in mir verstärkte sich der Ärger. Instinktiv rief ich mir meine Eindrücke unserer unmittelbaren Umgebung und Situation in Erinnerung: Die Hyorts der Stämme in

nur einem oder zwei Schritten Entfernung ... regennas-
ser Boden ... schlechter Halt ... kein Schwert ... vier
Vashni ... keine Unterstützung ... der Eingang zur
Stadt zehn Schritte entfernt ... Hühner und Hunde und
Ziegen ...

Und dann fiel mir etwas ein. Es ließ mich das Kämpfen vergessen. »Aus welchem Teil des Südens kommt
Ihr?«

Er rümpfte die Nase. »Vashni kommen von überall
her. Der Süden gehört uns.«

»So sagt das Orakel.« Ich lächelte heuchlerisch. »Aber
er gehört Euch noch nicht ganz. Warum beantwortet
Ihr mir also nicht einfach meine Frage?«

Er dachte über mein Verhalten nach. »Beantwortet die
meine«, konterte er. »Warum macht Ihr Euch Gedanken
darum?«

»Weil die Gebirgsvashni unten in der Nähe von Julah
jemanden ›beherbergt‹ haben, den ich kenne. Ich habe
mich gerade gefragt, ob Ihr ihn wohl kennt.«

Er spuckte in den Schlamm. »Ich kenne keine Fremden.«

Ich fuhr dennoch fort. »Er ist ein Nordbewohner ...
blond, blauäugig, hellhäutig ... er ist auch kastriert und
stumm, dank des früheren Tanzeers von Julah.« Ich
zuckte beiläufig die Achseln, damit meine wahre Sorge
nicht erkennbar werden würde, die ihm sonst als Waffe
hätte dienen können. »Sein nordischer Name war Jamail. Er ist jetzt sechzehn Jahre alt.«

Er taxierte mich. Schwarze Augen blinzelten nicht.
»Seid Ihr mit diesem Junge verwandt?«

Ich hätte nein und damit die Wahrheit sagen können.
Aber lügen ist manchmal sinnvoll. In diesem Fall würde
ich dadurch meine Antwort bekommen. »Ich bin bluts-
verwandt mit seiner Schwester.«

Verwandtschaft. Solch ein einfacher, offensichtlicher
Schlüssel zu den Geheimnissen der Vashni. Eine Möglichkeit, die Hilfe des Kriegers zu erzwingen.

Er schaute erneut an mir vorbei zu den anderen. Aber ich wußte, daß er mir sagen würde, was er wußte, egal wie er sich dabei fühlte. Es ist ein wilder, gefährlicher Stamm, aber die Vashni haben, genau wie jeder andere auch, ihre Schwächen. In diesem Fall war es die Verwandtschaft. Sie würden keine Bastarde oder Mischlinge akzeptieren, aber reinrassige Verwandtschaft oder Blutsverwandtschaft kommt vor dem Stolz.

Seine Augen blickten nicht freundlich. »Es gab solch einen Jungen.«

»Ein nordischer Junge ... sechzehn.«

»Er war so, wie Ihr ihn beschrieben habt.«

Ich hielt meine Stimme ruhig. »Ihr sagtet ›war‹?«

Der Vashni versuchte es nicht mit Diplomatie, um den Schlag vielleicht zu dämpfen. »Der nordische Junge ist tot. Dies ist ein heiliger Krieg, Südbewohner ... wir müssen unser Volk von Unreinheiten befreien, um uns auf den Jhihadi vorzubereiten.«

Ich versuchte nicht an Jamail — oder an Del — zu denken, während sich meine Verachtung aufbaute. »Ist es das, was das Orakel gesagt hat?«

Ich erwartete, daß die Kränkung aufgegriffen würde. Ich erwartete kämpfen zu müssen. Aber der Vashni-Krieger lächelte.

Das Lächeln war offen, ungekünstelt und äußerst natürlich. Dann wandte er sich um und ging im Regen davon.

* * *

Wie soll ich es Del sagen? Wie, zu den Hoolies, soll ich es ihr sagen?

Sula ist tot, Chula. Es gibt keine Rettung mehr.

Wie soll ich ihr sagen, daß sie die einzige ist, die von ihrer Verwandtschaft noch übriggeblieben ist?

Wie willst du Sula für alles, was sie war und getan hat, danken?

Ich kann nicht einfach in unser geborgtes Schlafzimmer hineinspazieren und sagen: »Dein Bruder ist tot, Bascha.«

Du kannst nicht zu den Göttern des Valhail gehen und Sula zurückfordern.

Es würde sie umbringen. Oder sie dazu bringen, sich töten zu *lassen*, denn sie würde sofort Ajani verfolgen.

Wie sagt man einer kinderlosen Frau, daß sie dennoch einen Sohn geboren hat?

Sie hat erst gerade jetzt erkannt, daß es im Leben mehr geben muß als Rache.

Wie sagt man einer toten Frau, daß sie diejenige ist, die dir das Leben geschenkt hat?

Ist ihre Freiheit den Preis wert?

Ist meine Freiheit den Preis wert?

* * *

Etwas stimmte nicht. Ich wußte es sofort, als ich mich dem Haus näherte, das Del und ich mit Alric und seiner Sippe teilten. Da ist ein Gefühl, ein *Geräusch* ... wenn sich eine Menschenmenge versammelt, um Zeuge des Todes zu werden, dann weiß es jeder.

Zu viel Sterben, dachte ich. Zuerst Sula, dann Jamail ... wer starb jetzt?

Die Totenwache war im Gange. Es kostete mich große Überwindung hindurchzugehen und zu versuchen, das Haus zu erreichen. Und dann blieb ich unvermittelt stehen.

O ihr Götter ... oh ... Hoolies ...

Alle Haare an meinem Körper standen aufrecht. Mein Bauch brannte. Der Straßengestank der Magie.

O Hoolies ... nein ...

Jemand hatte mein *Jivatma*.

Nein — mein *Jivatma* hatte ihn.

Aber ich hatte es versteckt. Ich hatte es eingewickelt, zur Seite gelegt, versteckt ...

Und irgend jemand hatte es gestohlen.

Und jetzt stahl es ihn.

Er grub sich mit den Füßen in den Schlamm. Auf dem Rücken ausgestreckt liegend, grub er. Weil die Klinge an seinem Bauch eingedrungen war und sich ihren Weg durch seine Rippen gebahnt hatte, um oben aus einer Schulter herauszuragen.

Und eine geschwärzte Spitze zu zeigen, die nur leicht vom Blut gefärbt war.

Niemand tötet auf diese Weise. Ein sauberer Stoß durch die Rippen, durch den Bauch, ein Schlag quer über den Unterleib. Aber niemand zieht ein Schwert durch die Rippen wie eine Frau, die Stoffe webt.

Außer Chosa Dei.

Er lag auf dem Rücken im Regen und wühlte mit den Füßen den Schlamm auf. Versuchte seine Haut zu zerfetzen, um das schwer Erreichbare wirkungslos machen zu können.

Wie konnte er noch leben?

Weil Chosa Dei den Körper haben will.

Ich bahnte mir einen Weg durch die versammelte Menge und kniete mich neben ihn. Seine Augen sahen mich, erkannten mich, baten mich um Hilfe.

Langsam schüttelte ich den Kopf. Er hatte gewußt, was das Schwert war. Er hatte mir von Chosa Dei erzählt.

»Warum?« fragte ich nur.

Seine Stimme klang vor Schmerz gebrochen. »Sie wollte mich nicht haben ... mich haben ... Xenobia wollte mich nicht haben ...«

»Ist sie es wert zu sterben?«

»Sie wollten mich nicht haben ... mich haben ... man sagte, ich sei ein Bastard ...«

Ich wußte, von wem das gekommen war. »Vashni«, sagte ich grimmig. »Das ist Eure Stammeshälfte.«

Nabir nickte nicht. Schwarze, geweitete Augen starrten mich an. »*Mein Bruder*«, sagte er. »*Mein Bruder, ja? Ich muß meinen Bruder vernichten.*«

»Nabir!« Ich umschloß mit meiner Hand seinen Arm. »Gib ihn auf, Chosa.«

»Ich muß meinen Bruder vernichten.«

»Aber ich bin hier, Chosa. Wie willst du siegen?«

Nabir wühlte mit den Füßen den Schlamm auf. »Ich wußte, was es war ... ich wußte es ... mit diesem Schwert hätten sie mich vielleicht ... mit diesem Schwert hätte *sie* mich vielleicht ... das Schwert des Sandtigers ...«

Es war wenig Blut zu sehen. Chosa Dei vereinnahmte alles.

»Nabir ...«

»Ich stolperte ... er ließ mich *stolpern* ... er nahm meine Füße fort ...«

Sofort sah ich hin. Nabir wühlte noch immer den Schlamm auf, aber es waren keine Füße da, es zu tun. Nur schlammbedeckte Stümpfe.

»... und ich fiel ... und es drehte sich ... ohne, daß jemand es berührte, drehte es sich ...«

»Nabir ...«

»CHOSA DEI ... *weißt du nicht, wer ich bin?*«

Ich legte eine Hand auf das Heft. Spürte das Ausmaß seines Zorns.

»Weißt du nicht, WAS ich bin?«

Nur zu gut.

»Es tut mir leid«, sagte ich. »Es tut mir leid ... ich habe keine Wahl, Nabir.«

»Ich werde ihm seine Füße zurückgeben ...«

»Nein, Chosa ... es ist zu spät.«

»Ich werde DICH vernichten ...«

»Nicht solange *ich* dieses Schwert halte.«

»Du willst dieses Schwert nicht ...«

Zwei Hände auf dem Heft. »Und du kannst diesen Körper nicht bekommen.«

Nabirs Körper bäumte sich auf. »SAMIEL!« schrie er. *»Das Schwert ist Samiel ...«*

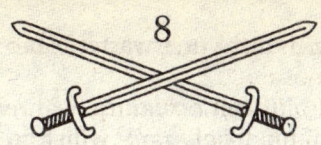

8

E r war noch nicht ganz tot. Aber ich wußte, daß ich ihn töten mußte.

»Nabir«, sagte ich, »es tut mir *leid* ...«

... machte das schwer Erreichbare unwirksam ...

Nabir war fast tot. Chosa benutzte, was noch übrig war.

»Sam ... Sam ... Sam*iel* ...«

»Es hat keinen Sinn, Chosa. Jetzt bin nur noch ich es.«

... Blut und Atem strömten aus.

Ungezügelter Zorn brach aus.

Hoolies, das tut *weh* ...

Ich war mir, wenn auch nur verschwommen, der um uns versammelten Menschenmenge bewußt. Im Moment sahen sie nur einen toten Mann am Boden und einen anderen Mann, der bei ihm kniete und das Schwert festhielt, das ihn getötet hatte. Und sie *hörten* ein tiefes, schneidendes Klagen wie das Maunzen einer auf der Lauer liegenden Katze. Sie wußten nicht, daß es der Stahl war. Sie wußten nicht, daß es Chosa war. Sie wußten nur, daß der Mann auf schmutzige, schaurige Art tot war.

Gesichter: Alric, kurz Lena, mit den Mädchen, die sie wieder hineindrängte. Garrod, mit Zöpfen und allem, der sich seinen Weg aus der Menge heraus zum inneren Umkreis bahnte. Und Adara, die stumm zuschaute und vergeblich versuchte, Massou fortzuschicken. Und viele, viele Fremde.

Keine Del. Wo ist De ...

Chosa Dei war ärgerlich. Chosa Dei war *sehr* ärgerlich ... und er gab sich keine Mühe, es zu verbergen.

Es kam für mich nicht unerwartet. Aber die Kraft war überwältigend.

Ich kniete im blutigen Schlamm, während der Regen meinen Rücken hinablief, und wünschte, ich wüßte, was zu tun wäre. Wünschte, ich hätte die Kraft. Wünschte, ich hätte die Fähigkeit, mein verkehrtes *Jivatma* zu vernichten.

Hitze jagte das Schwert hinab. Der Stahl dampfte im kalten Regen.

Ich zitterte. Ich *zitterte* mit ihm und versuchte, die rohe Kraft zu unterdrücken, die danach drängte, aus dem Schwert freizubrechen. Chosa Dei testete seine Fesseln in dem Versuch, die Magie, die ihn innerhalb des Stahls gefangenhielt, zu zerschmettern. Ich wußte es besser als mich zu fragen, was passieren könnte, wenn ich ihn einfach gewähren ließe, wenn ich ihn einfach frei ließe — wenn er das Schwert vollständig verlassen würde, wäre er nichts als eine *Wesenheit* ohne Gesicht und Gestalt. Um sein zu können, was er sein wollte, würde er einen Körper brauchen. Er hatte versucht, Nabirs zu nehmen. Er würde meinen nehmen, wenn ich es zulassen würde.

Der Regen wusch das Blut fort und ließ die Klinge unbefleckt zurück ... bis auf die Verfärbung, die sich jetzt beinahe bis zum Heft erstreckte.

Wenn Chosa es jemals berühren würde ...

Nein.

Meine Knochen schmerzten. Sie *kribbelten.* Das Blut rann heiß und schnell durch meine Adern, *zu* heiß und zu *schnell* und wogte in meinen Kopf. Ich dachte, mein Schädel würde platzen.

Samiel schrie. Das Schwert wehrte sich gegen Chosa.

Wenn wir *zusammenarbeiten* könnten ...

Licht flammte in meinem Kopf auf.

Geh zu den Hoolies, Chosa ... du besiegst mich nicht.

Die Klinge qualmte.

Du besiegst *mich* nicht ...

Der Regen hörte auf. Der Schlamm trocknete allmählich. Der Boden unter mir dampfte.

Wenn du einen Gesang haben willst, werde ich ihn singen ... ich kann nicht singen, aber ich werde es tun ... ich werde tun, was ich tun muß, Chosa ... was auch immer nötig ist, Chosa ... du wirst mich nicht besiegen, Chosa ... du wirst mein Schwert nicht bekommen ... du wirst *mich* nicht bekommen ...

Getrockneter Schlamm platzte auf.

Ich stand auf. Umklammerte das Heft mit den Händen. Beobachtete, wie das Schwarz weiterkroch und am Heft leckte.

Ich bin ein Südbewohner, Chosa ... du befindest dich jetzt in *meinem* Land.

Wind kam auf.

Glaubst du wirklich, du könntest *siegen* ...?

Der Wind begann zu wehklagen.

Dies ist *mein Land* ...

Ein heißer, trockener Wind.

... du bist hier nicht willkommen ...

Ein Wind aus der Punja.

... *ich will dich hier nicht haben* ...

Der durch die Gassen und die Straßen blies, seidene Burnusse kräuselte, Behelfsdächer zerstörte, Augen und Münder austrocknete.

Geh weg, Chosa! Geh zurück in dein Gefängnis!

Getrockneter Schlamm brach und zerbröckelte und wurde nordwärts aus der Stadt geweht.

Geh wieder schlafen, Chosa. Ich bin viel zu stark für dich.

Die Sonne biß in die Haut.

Sei nicht dumm, Chosa ... du kannst *mir* nicht das Wasser reichen ...

Schwarz floß das Schwert hinab und setzte sich erneut in der Spitze fest.

Nein, Chosa ... weg ...

Chosa Dei weigerte sich.

Chosa zog sich ein wenig zurück ... und dann verschlang mich der Feuersturm.

Ich begegnete Stimmen.

»Laßt ihn zugedeckt«, sagte jemand.

»Aber er sieht so heiß aus«, protestierte ein anderer.

»Er ist sonnenverbrannt. Aber er fühlt sich kalt an.«

Sonnenverbrannt? Wie konnte ich sonnenverbrannt sein? Das letzte, an das ich mich erinnerte, war, daß der Tag verregnet gewesen war.

Ich zitterte unter der Decke.

»Ich wünschte, wir könnten ihn dazu bringen, dieses Schwert loszulassen.«

»Wollt *Ihr* es berühren?«

»Nach dem, was es getan hat? Nein.«

»Ich auch nicht.«

Nichts war sehr wichtig. Ich ließ alles davontreiben. Und kam dann wieder zurück und versuchte, einen Sinn hinter den Worten zu entdecken.

»... was sie über das Orakel sagen ... glaubt Ihr, daß es wahr ist?«

Jetzt Alrics Stimme. Ich konnte sie allmählich auseinanderhalten. »Darum sind die meisten Leute hergekommen ... um das Orakel und den Jhihadi zu sehen.«

»Aber sie sagen, daß er *jetzt* kommt.« Das war Adara.

Garrods Stimme klang trocken. »Ganz genau in diesem Moment?«

»Nein. Aber heute. Vielleicht auch morgen.«

Lenas ruhigere Stimme: »Ich hörte, er sei bereits hier, aber bei den Stämmen verborgen.«

»Warum sollten sie ihn verstecken?« fragte Garrod. »Er ist es, den die Leute wollen.«

Alrics Stimme klang scharf. »Es gibt Leute, die ihn gern töten würden — oder töten *lassen* würden. Und abgesehen davon, würdet Ihr Euer heiliges Orakel präsentieren, bevor alles bereit ist?«

Adara klang überrascht. »Was meint Ihr mit ›alles‹?«

Garrod verstand. »Wenn es wirklich einen Jhihadi gibt, wäre es wirkungsvoller, wenn das Orakel erst kurz vor dem Messias auftauchte. Wenn es zu früh käme, würde sich jedermann langweilen.«

»Die Leute sind bereits gelangweilt«, bemerkte Alric. »Die Tanzeers — die vielleicht am meisten gelangweilt sind und für die dennoch das meiste auf dem Spiel steht — sind bereits dabei, sich gegenseitig herauszufordern. Sie stellen Schwerttänzer gegen Schwerttänzer auf und wetten auf den Ausgang ... ich war vorhin bei den Kreisen, um zu versuchen, eine Wette zu gewinnen. Sie reden dort auch über das Orakel — und wetten natürlich darauf und auch darauf, welche Art Persönlichkeit dahinterstecken mag. Die Gerüchte besagen, es sei weder Mann noch Frau.« Alrics Tonfall änderte sich. »Ich werde gleich zurückgehen, sobald ich weiß, daß es dem Sandtiger gutgeht.«

»Geht es ihm gut?« fragte Adara.

Etwas, was ich selbst gern gewußt hätte.

Und dann Dels Stimme, erregt, aus geringer Entfernung, die auf Massous durchdringenden Kommentar im anderen Raum antwortete. »Was meint du damit, daß er krank sei?«

Ich öffnete ein Auge. Sah Lena, Alric, Garrod, Adara — und Del, die sich herankämpfte. Das Auge schloß sich wieder.

»Es ist das Schwert«, sagte Alric zu ihr. »Es hat etwas damit getan.«

Sie kniete sich neben mich. Ich erkannte, ziemlich verschwommen, daß ich auf meinem Schlafplatz in dem Raum lag, den Del und ich uns teilten.

Sie schlug die Decken zurück. »Hat *was* mit ihm getan?«

Alric schüttelte den Kopf. »Ich kann Euch nicht genau sagen, was geschehen ist ... ich glaube nicht, daß irgend jemand es wirklich weiß. Aber es war das Schwert. Das *Jivatma* — und Tiger. Inmitten irgendeiner Art Kampf.«

Ich öffnete das Auge erneut.

»Chosa Dei«, sagte sie weich, wobei sie die Brauen hob. Finger waren sanft und flink, und dann hörte sie auf, mich zu untersuchen. »Tiger, kannst du mich hören?«

Ich öffnete das andere Auge. »Natürlich kann ich dich hören«, antwortete ich. »Ich kann euch alle hören — jetzt.«

»Was ist geschehen?«

»Ich weiß es nicht.«

Sie drückte ihren Handrücken gegen meine Wange. »Du bist sonnenverbrannt«, sagte sie, »und der Tag ist glühend heiß.«

Ich blinzelte. »Es hat geregnet.«

Del hob eine Hand und zeigte nach oben.

Ich folgte der Richtung ihres Fingers. Erkannte, daß Alrics Behelfsdach aus Decken und Fellen herabgekommen war — oder herabgezogen worden war, da noch Fetzen herunterhingen —, und sah deutlich den Himmel. Den blauen, brennenden Himmel, voll südlicher Sonne. Kein Regen. Keine Wolken. Kein Wind. Es war ruhig, sehr ruhig. Meine Haut erzitterte von der Sonne.

Ich bewegte mich leicht. Spürte Gewicht in meiner rechten Hand. Erkannte, daß ich ein Heft festhielt, an dem noch immer die Klinge befestigt war. »Was, zu den Hoolies ...?« Ich sah Del stirnrunzelnd an.

Alric antwortete statt ihrer. »Ihr wolltet nicht loslassen. Und niemand wagte, es zu berühren.«

Nun, nein. Es war, immerhin, ein *Jivatma* ...

Ich versteifte mich. Hievte mich dann auf meinem Schlafplatz in eine sitzende Position. »Hoolies, das war *Nabir!*«

»Das war er.« Garrods Gesichtsausdruck war ernst. »Wer auch immer er war, er ist tot.«

Ich schaute auf das Schwert. Langsam, sehr langsam, löste ich die steifen Finger und legte es neben mir ab. »Er hat Nabirs *Füße* vernichtet ...« Ich schluckte schwer, erkannte, daß ich benommen war, daß mein Magen rebellierte. »Und hat sich dann in dem Mann niedergelassen. Erst das Schwert, dann sich selbst ... er hätte beinahe bekommen, was er wollte.«

Adaras Stimme klang verwirrt. »Ich verstehe nicht.«

Del machte sich kaum die Mühe, sich zu ihr umzuwenden, sondern beobachtete statt dessen mich. »Erinnert Ihr Euch an die Loki, Adara?«

»*Ja.*«

»Etwas sehr Ähnliches ist in Tigers Schwert gefangen.«

»Kein Loki«, sagte ich. »Etwas viel Schlimmeres.«

Adara erschauerte. »Nichts könnte schlimmer sein.«

Garrods Brauen hoben sich. »Ihr habt gesehen, was Tiger getan hat ... und was es mit Tiger getan hat.«

Etwas störte mich. »Was *hat* es mit Tiger getan?«

Garrod faßte sich sehr kurz. »Es hat versucht, Euch zu verbrennen. Aber Ihr wolltet es nicht zulassen ... Ihr habt ihm Einhalt geboten ... sozusagen.« Er grinste. »Der Regen verging, der Schlamm trocknete aus, und die Sonne kam hervor.«

Lenas Stimme klang gedämpft. »Es war ein Samum.«

Samum — oder Samiel.

Ich sah zu Del. Keiner von uns sagte ein Wort.

Lenas Gesicht zeigte einen besorgten Ausdruck. »Der junge Mann kam, nachdem Alric zu den Kreisen gegangen war, um den Sandtiger zu suchen. Als ich erklärte, daß Ihr nicht da wärt, daß Ihr für eine Weile fortgegangen wärt, fragte er, welches Schwert Ihr trüget.« Sie hob die breiten Schultern. »Ich sagte es ihm: Alrics Vashni-Schwert. Und dann ging er fort.«

»Nur um später zurückzukommen, als Lena und die Mädchen fort waren.« Alrics Stimme klang bekümmert. »Wer würde ein *Jivatma* stehlen?«

»Ein junger, stolzer Mann, der versucht, seine erste Frau zu beeindrucken. Ein verstoßener Vashni-Mischling, der versucht, sich seinen Weg in den Stamm zu erkaufen.« Ich rieb meine Wange und wünschte gleich darauf, ich hätte es nicht getan. Del hatte recht: ich war sonnenverbrannt. »Wahrscheinlich hat er den Kriegern berichtet, daß ich das Vashni-Schwert hatte und wußte, daß das für Ablenkung sorgen würde, so daß er das *Jivatma* stehlen könnte.« Ich seufzte. »Es tut mir leid, daß Nabir tot ist, aber ich kann nicht behaupten, daß er nicht gewarnt gewesen wäre.«

Del schaute auf das ungeschützt neben meinem Schlafplatz liegende Schwert. »Tiger, das Schwarz ist höher gestiegen.«

Das war richtig: Die Verfärbung reichte fast bis zur Hälfte der Klinge hinauf. »Weniger als vorher«, bemerkte ich. »Es hatte fast das Heft berührt.« Ich sah mich um, sah den Harnisch und streckte einen Arm aus, um ihn zu erreichen. Del zog ihn näher heran und gab ihn mir dann in die Hand. Ich steckte das verfärbte Schwert in die Scheide und legte es wieder zu Boden. »Glaubst du ...« Aber was auch immer es war, was hatte gefragt werden wollen, es glitt von meiner schwachen Zunge ab.

Dels Stimme klang erschreckt. »Tiger ...? *Tiger* ...«

»Was ist los?« schrie Adara.

Krämpfe erschütterten meinen ganzen Körper. Zehen, Knöchel, Oberschenkel, dann durch Eingeweide und Brust, bis sie meinen Rücken erreichten. Die Brustmuskeln verknoteten sich und spannten die Haut bis zu meinen Schultern. Der Schmerz kroch bis in meinen Nacken hinauf, streckte sich dann und umschloß meine Kiefer.

Hoolies, und es *schmerzte*.

»Was ist *los*?« wiederholte Adara.

»Eine Reaktion«, erklärte Del kurz. »Das kommt von der Magie ... das ist schon mal geschehen ... es wird rechtzeitig vorbeigehen. Lena, habt Ihr Huvakraut? Wenn nicht, könntet Ihr Alric dann schicken, etwas zu besorgen? Ich kann einen Tee bereiten, der ihm helfen wird.«

»Ich habe etwas«, sagte Garrod und nahm Adara und Massou mit sich.

Ich fand es irgendwie verwirrend, daß über mich gesprochen wurde, als sei ich nicht da, aber da ich das ja auch im Grunde nicht war — nur mein sich verkrampfender Körper —, machte ich mir nicht die Mühe zu protestieren. Ich lag einfach verkrampft da und versuchte nur, durch die Verkrampfung des Zwerchfells und des Rückens ein- und auszuatmen.

Alric, der Dels Kopfbewegung bemerkt hatte, drängte Lena und die Mädchen in den anderen Raum zurück.

»Bascha ... ich kann nicht ... *atmen* ...«

Del schob das in der Scheide steckende Schwert zur Seite, aus dem Weg. »Ich weiß. Versuche, dich zu entspannen. Versuche, an etwas anderes zu denken.«

»Versuche *du* es.«

Ihr Tonfall wurde weicher. »Ich weiß«, sagte sie erneut.

Es bereitete mir Mühe, einen ganzen Satz zu sprechen. »Ist dir das ... auch schon passiert?«

Del war eifrig mit dem Bemühen beschäftigt, die schlimmsten Krämpfe herauszumassieren. Das Problem war nur, daß mein ganzer Körper verkrampft war und sie nur zwei Hände hatte. »Nicht so«, antwortete sie. »Ein wenig, ja, das erste Mal, als ich mein *Jivatma* angerufen habe. Aber danach nie wieder und niemals so ... dies ist das Schlimmste, was ich je gesehen habe.«

Und das passierte ausgerechnet mir. »Wenn diese Schwerter angeblich so *hilfreich* sind ...« Ich brach ab und knirschte mit den Zähnen. »O Hoolies ... das tut weh.«

»Ich weiß«, sagte sie schon wieder. »Das muß an Chosa Dei liegen ... wenn es nur das *Jivatma* wäre, wäre es nicht so schmerzhaft. Ich weiß nicht, was du getan hast, aber es hat zuviel ungezügelte Magie erweckt. Und jetzt bezahlst du den Preis.«

»Ich weiß auch nicht, was ich getan habe.« O Hoolies, es schmerzte. Schweiß rann mir den Körper hinab und stach in die sonnenverbrannte Haut. »Ich habe nur ... ich habe nur versucht, Chosa Dei davon abzuhalten, Nabirs Körper einzunehmen ... und zu versuchen, den *meinen* einzunehmen.«

Del preßte meinen Nacken in dem Versuch, den unbeweglichen Kiefer zu lösen. Der Schmerz war außergewöhnlich. »Du hast das Wetter verändert, Tiger. Du hast einen Sturm heraufbeschworen.«

Sie klang so sicher. »Woher willst *du* das wissen?« fragte ich durch zusammengebissene Zähne. »Du warst nicht einmal hier.«

»Weil ich mit *meinem* Schwert einen Bansheesturm herbeirufe, der nur im Norden bekannt ist. Dein Sturm hingegen ist ein Samum, ein heißer Wüstenwind, der direkt aus der Punja herausbläst.« Sie hielt inne. »Verstehst du nicht? Du hast die Kraft des Südens in deinem Schwert. Die Kraft, die Macht, die Magie ... dein Schwert *ist* der Süden, genau wie meines der Norden ist.«

Das bewirkte etwas. »Seit wann ... autsch ... ist dir das so klar?«

»Seit du das Schwert in dem Berg gegen Chosa Dei eingesetzt hast.«

»Warum also bis jetzt warten ... autsch! ... Hoolies, Bascha, sei vorsichtig ... du hast Garrod zum Huvaholen geschickt?«

»Ja.«

»Huvakraut ist ein Narkotikum.«

»Ja.«

»Es wird mich benommen machen.«

»Nicht benommener als du bist, wenn du zuviel Aqivi trinkst ... ah, da ist Garrod. Lena wird einen Tee zubereiten.«

Lena bereitete Tee zu. Del massierte mich. Ich schwitzte und litt. Als der Tee fertig war, war *ich* zu allem bereit, wenn es bedeutete, daß der Schmerz vergehen würde.

»Hier.« Del hielt den Becher fest. »Er wird bitter sein, weil er nicht so lang gebraut oder eingeweicht wurde, wie er es sollte, aber trink ihn trotzdem. Er wird helfen.«

Er war mehr als bitter. Er war *schrecklich.* »Wie lange dauert es, bis er wirkt?«

»Bei dieser Konzentration nicht lange. Versuche, dich zu entspannen, Tiger.«

»Ich glaube, ich habe vergessen, wie das geht.«

Sie massierte die Steifheit aus meinen Schultern heraus. »Laß ihm ein wenig Zeit.«

Ich ließ ihm Zeit. Ich ließ ihm viel Zeit. Und dann, als ich nicht aufpaßte, erwischte mich der Tee.

»Bascha . . .?«

»Ich bin hier, Tiger.«

»Der Raum steht auf dem Kopf.«

»Ich weiß.«

»Und du schwebst durch die Luft.«

»Ich weiß.«

»Und *ich* schwebe durch die Luft.«

»Ich weiß.«

Der Schmerz verringerte sich ein wenig. Erleichterung trat in mein Bewußtsein, aber ich wollte sie nicht hineinlassen. Ich hatte *Angst,* sie hineinzulassen. Wenn ich sie hineinließe und sie nicht bliebe, würde ich es niemals ertragen können.

Benommen sagte ich: »Er hat Nabirs Füße vernichtet.«

»Und hat versucht, *dich* zu vernichten.«

»Er wollte Nabirs Körper . . .«

Ihre Hände bearbeiteten noch immer meine wunde Haut. »Siehst du jetzt, Tiger, warum du vorsichtig sein mußt? Warum du es niemals beiseite legen oder verkaufen oder verstecken oder es irgend jemandem geben darfst? Warum es deine Sache ist, dich um das Schwert zu kümmern?«

Ich antwortete nicht.

»Du hast recht, Shaka Obre zu suchen. Er ist vielleicht der einzige, der dir helfen kann ... der einzige, der Chosa Dei gut genug versteht, um ihn zu besiegen.«

Ich konnte nicht mehr deutlich sprechen. »Wenn es so weitergeht wie bisher, dann lernt Chosa vielleicht *mich* gut genug kennen ... er will meinen Körper, sagtest du?«

»Du bist stark genug für Chosa Dei. Du kannst ihm das Wasser reichen, oder besser ... er kann dich nicht besiegen.«

Es wurde zunehmend schwieriger zu sprechen. »Das weißt du nicht, Bascha ... er hat mich heute fast besiegt ...«

»Aber er hat es nicht geschafft. Du hast ihn aufgehalten. Du hast ihn bekämpft, und du hast ihn besiegt. Du hast es jedes Mal geschafft, und du *wirst* es jedes Mal schaffen.«

Weiterer Schmerz floß von mir ab. Und mit ihm schwanden meine Sinne. »Ich muß ... es loswerden ...«

»Dann laß es richtig beseitigen.«

»Shaka Obre«, murmelte ich. »Vielleicht der Jhihadi ... *vielleicht* der Jhihadi ...«

Del lächelte leicht. Durch den Schleier meiner Wimpern wurden die angespannten nordischen Züge weichgezeichnet. »Wenn der Jhihadi für so etwas Zeit hat.«

»Hoolies ... Tee ... *stark* ...«

Die Krämpfe lösten sich allmählich. Ich ließ die Erleichterung einströmen und leugnete sie nicht mehr. Sie konnte mich einnehmen, sie konnte mich *haben* ... und ihr Wirken entsprach Seligkeit. »Oh, besser ... *besser* ...« Ich trieb benommen dahin, überließ mich dem Huvatee. Und dann fielen Worte aus meinem Mund. »Ich habe Sula gefragt«, nuschelte ich. »Ich habe sie nach der Wahrheit gefragt.«

Dels Finger wurden langsamer und nahmen dann ihre beständige, massierende Bewegung wieder auf. »Was hat sie gesagt?«

Es war schwer wachzubleiben. »Sie kannte die Wahrheit nicht ... sie sagte, sie wüßte nicht ...«

Die Finger waren jetzt sanft. »Es tut mir leid, Tiger.«

Meine Zunge lag dick in meinem Mund. »Und dann ... starb sie. Sie *starb*.«

Die Hände hielten inne.

Meine Augen waren zu schwer, um sie aufzuhalten. »Es tut mir leid ... Bascha ...«

»Es sollte dir nicht *meinetwegen* leid tun.«

»Nein ... wegen ... wegen Jamail.« Die Welt glitt davon.

»Jamail! Was *ist mit* ...« Sie brach ab.

Es wurde noch schwerer, es zu versuchen. »Ich habe nicht ... es tut mir leid ... ich meine ...« Die Sicht verblaßte langsam.

Del sagte nichts.

Ich spazierte am Rande der Klinge. *Ein ... weiterer ... Schritt ...*

»Das ist es nicht ... das ist es nicht, wie ...« Ich benetzte trockene Lippen »... ich wollte, daß es anders wäre ...«

Del saß da wie ein Fels.

Noch ein winziger Schritt ...

Die Zusammenhänge gingen mir verloren. »Es tut mir ... leid ... Bascha ...«

Der Fels bewegte sich schließlich. Del legte sich neben mich, wobei eine Hüfte gen Himmel zeigte. Ich spürte die Kante ihres Wangenknochens auf der sich lösenden Haut an meiner Schulter.

So ... nahe ... jetzt ...

Sie legte ihren Arm auf meine Brust und die Handfläche auf mein Herz, als wolle sie sein Schlagen spüren.

»... *Del* ...«

Sie schloß ihre Füße um meine. »Es tut mir auch leid«, flüsterte sie. »Es tut mir für uns beide leid.«

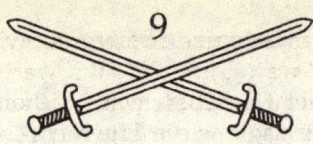

9

Dels Gesicht war weiß. »Das ist *ernst.*«
Kurz darauf nickte ich. »Deshalb habe ich das Thema angesprochen.«

»Wenn der Name allgemein bekannt ist ...«

»Das war nicht mein Fehler, Bascha. Nabir nannte
den Namen.«

»Aber ... wie konnte er ihn kennen?« Sie winkte ab,
bevor sie die Frage richtig ausgesprochen hatte. »Nein.
Er wußte es, weil Chosa Dei es ihm gesagt hatte. Chosa
Dei war *in* ihm ... das *Jivatma* hatte keine Geheimnisse.«

»Du willst sagen, wenn meine Klinge jemals jemanden verletzt, wird er alles über ihre Macht wissen?«

Dels Stimme wurde nüchtern. »Während er stirbt, ja.
Aber ich glaube nicht, daß es ihm viel nützt.«

Alric trat in den Eingang. »Ich konnte nicht umhin
zuzuhören ... und ich habe ohnehin gestern gehört, wie
der Junge es hinausgeschrien hat.« Er zuckte die Achseln. »Wenn Ihr Euch Gedanken darüber macht, daß der
Name der Blutklinge jetzt bekannt ist, so glaube ich
nicht, daß es wirklich so ernst ist.«

Del sah ihn stirnrunzelnd an. »Ihr seid Nordbewohner. Ihr wißt es besser ...«

»*Weil* ich Nordbewohner bin, ja.« Alric schüttelte den
Kopf. »Benannte Klingen sind hier unten nicht bekannt,
Del. Nicht bei sehr vielen. Und die Leute, die ich gestern
in der Menge gesehen habe, waren überwiegend Südbewohner. Der Name bedeutet nichts. Sicherlich wissen
sie nicht, daß den Namen zu kennen bedeutet, daß sie
Tigers Schwert ungehindert berühren können ... und
selbst wenn sie es durchschaut haben, bezweifle ich,

daß sie sich das zunutze machen würden.« Sein Gesichtsausdruck war grimmig. »Ihr wart gestern nicht hier. Ihr habt nicht gesehen, was geschehen ist.«

»Nein, aber ich kenne die Ergebnisse.« Del sah noch immer besorgt aus. »Südbewohner sind vielleicht keine Bedrohung, aber wenn Nordbewohner dabei waren ...«

»... dann wissen sie es auch.« Alric nickte erneut. »Aber sogar im Norden sind *Jivatmas* überwiegend eine Legende. Wenn man nicht gerade zum Schwerttänzer ausgebildet wurde, erfährt man nicht viel über Blutklingen.«

»Hoolies«, sagte ich müde, »was gäbe ich für ein südliches Schwert.«

Dels Stimme klang unerbittlich. »Das kannst du niemals haben. Nicht solange Chosa lebt.«

Das verwirrte mich. »Was meinst du damit? Was wäre, wenn ich losginge und ein *anderes* Schwert kaufte?«

»Wie das von Sarad dem Schwertschmied?« Ausgesprochene Verachtung klang in Dels Stimme mit. »Wie das, das du dir von Alric geborgt hast?«

Ich sagte nichts.

Sie seufzte. »Verstehst du denn nicht? Er wird dich kein anderes haben *lassen*. Er wird es zerbrechen wie das erste.«

Alric nickte. »Oder dafür sorgen, daß es gestohlen wird, wie das Vashnischwert, das ich Euch geliehen habe.«

»Das war wahrscheinlich Nabir ... ich glaube, daß er zu den Vashni gegangen ist und es ihnen gesagt hat, in der Hoffnung, es könnte ihm Wohlwollen einbringen.« Ich schälte tote Haut von meinem Unterarm ab. Aus irgendeinem merkwürdigen Grund verging der Sonnenbrand bereits, und die tote Haut löste sich zwei Tage eher als üblich. Ich betrachtete die Hautfalten und das Muster, das Haut und Haare bildeten. »Ich kann keinen weiteren Nabir riskieren. Ich kann keinen weiteren ... Kampf riskieren.«

»Einen weiteren Sturm, meint Ihr.« Alrics Mund verzog sich. »Ich weiß nicht, Tiger ... Ihr habt diesen recht gut unter Kontrolle gehalten. Und wenn *ich* die Fähigkeit hätte, immer dann einen Simum heraufzubeschwören, wenn ich es wollte ...«

»Ich will es *nicht*«, stellte ich deutlich fest. »Ich möchte nur zu der Art Leben zurückkehren, die ich zuvor geführt hatte, als ich mich hier ansässigen Tanzeers verdingt oder bei Wetten am Kreis mein Geld verdient habe.«

»Das geht nicht mehr«, sagte Del. »Das ist für dich vorbei.«

Alrics Brauen hoben sich. »Vielleicht nicht. Ich habe den anderen gegenüber schon zuvor erwähnt ... es gibt Wetten bei den Kreisen. Tanzeers heuern Schwerttänzer an, also stellen sich die Schwerttänzer zur Schau. Einige der Tanzeers lassen ihre Schwerttänzer gegeneinander antreten wie die Hoolies. Einige führen Listen. Diese Tänze sind echt.«

Ich schüttelte den Kopf. »Ich bin nicht in der Verfassung zu tanzen. Alles schmerzt zu sehr.«

Alric zuckte leicht die Achseln. »Das wird sehr bald vergehen.«

»Wird es das?« Verdrießlich pflückte ich tote Haut ab. »Ich bin nicht mehr so jung, wie ich einmal war.«

»Im Namen der *Hoolies!*« schrie Del. »Du bist erst sechsunddreißig!«

Erst. Sie sagte ›erst‹.

Wie großzügig von ihr.

Alric lehnte am Türrahmen. »*Ich* würde mein Geld auf Euch verwetten.«

»Auf mich oder auf mein Schwert?«

Er grinste ein nordisches Grinsen. »Ein wenig von beidem, denke ich.«

Ich schüttelte bedächtig den Kopf. »Ich weiß nicht, Alric ... ich bin mir nicht so sicher, daß irgend jemand hier jemals Geld auf einen Tanz setzen würde, bei dem ich beteiligt bin. Wenn so viele Leute, wie Ihr sagtet, gesehen haben, was gestern geschehen ist ...« Ich verstummte.

»Ihr seid sandkrank«, antwortete er freundlich. »Wißt Ihr, wie viele Leute nur für den Fall zahlen würden, daß Ihr dieses Schwert *möglicherweise* erneut stimmt?«

Ich verzog kurz den Mund. »Vielleicht. Die Menschen *sind* blutrünstig ... sie würden an so was vielleicht Gefallen finden. Aber wie viele Schwerttänzer wären bereit, ihr Leben gegen ein besessenes Schwert zu riskieren? Ich werde keine Gegner haben.«

Alric richtete sich hastig auf und trat zur Seite, als Lena ihren umfangreichen Bauch zwischen Mann und Türrahmen drängte. »Tiger«, sagte sie, »hier ist jemand, der Euch sehen will.«

»Mich sehen?«

Sie nickte. »Er hat nach Euch gefragt.«

Ich sah Del einen Moment lang nachdenklich an, raffte dann meine schmerzenden Muskeln und den Harnisch zusammen und zwang mich aufzustehen. Die Huvabenommenheit war vergangen, aber nicht die Nachwirkungen der Verkrampfung. Alles tat mir weh.

»Soll ich ihn hereinschicken?« fragte Lena.

»Nein, ich werde hinausgehen. Es wird Zeit, daß ich ein wenig Sonne bekomme.« Dabei warf sie einen Blick zum grellen Himmel, unbehindert durch eine Decke oder ein Fell.

Draußen war der Tag genauso strahlend. Und auch der Mann, der auf mich wartete und in blendende Seide gekleidet war. Tand glitzerte an seinen Fingern.

»Lord Sandtiger«, sagte er glücklich grinsend.

Verblüfft schaute ich ihn an. Und streckte dann die Hand aus, um eine derbe Schulter zu tätscheln. »Sabo. *Sabo!* Was machst du denn hier?«

Das Grinsen des Eunuchen hielt an. »Ich wurde gesandt, Euch zu holen.«

Mein Antwortgrinsen erstarb. »Mich holen? *Mich* ho-

len? Ich weiß nicht, Sabo ... als du das letzte Mal gesandt wurdest, mich zu holen, fiel ich direkt in die zit-
ternden Hände Hashis ... und fast unter das Kastrier-
messer!«

Ein Stück seiner Fröhlichkeit verging. »Das ist vorbei«, belehrte er mich. »Mein Herr Hashi, möge die
Sonne auf sein Haupt scheinen, starb vor zwei Monaten. Ihr braucht jetzt keine Angst mehr vor seiner Vergeltung zu haben.«

Ich hoffte, daß das stimmte. Sabos Herr, der Tanzeer
von Sasqaat, hatte sich als sehr unfreundlicher Gastge-
ber erwiesen. Natürlich hatte er Wiedergutmachung gefordert, weil die Unschuld seiner zukünftigen Braut geraubt worden war, und somit vermute ich, daß er das
Recht hatte ... nur daß niemand sonst Elamain jemals
bezichtigt hätte, eine Jungfrau zu sein — *niemals* —, so
daß die sogenannte Wiedergutmachung kaum mehr
war als die eifersüchtige Gehässigkeit eines alten Mannes. Aber es hatte mich nichtsdestoweniger beinahe
meine Männlichkeit gekostet. Nur durch Sabos Hilfe
waren Del und ich befreit worden.

Der rundgesichtige Eunuch lächelte noch immer. »Ich
habe jetzt einen neuen Herrn.«

»Oh? Wen?«

»Hashis Sohn. Esnat.«

»Esnat?«

»Esnat. *Lord* Esnat.«

Ich nickte höflich. »Und ist Lord Esnat ungefähr so
wie sein Vater?«

»Lord Esnat ist ein Narr.«

»Das war Hashi auch ... entschuldige: *Lord* Hashi.
War ein Narr.«

»Mein Herr Hashi, möge die Sonne auf sein Haupt
scheinen, war ein alter, verbitterter Mann. Lord Esnat
ist ein Narr.«

»Warum dienst du ihm dann? *Du* bist niemals ein
Narr gewesen.«

Sabos Stimme klang sanft. »Weil die Herrin mich darum gebeten hat.«

Tief innen zwickte mich etwas. »Die Herrin«, echote ich bedeutungsvoll. »Du meinst nicht ...«

»... Elamain«, beendete er meinen Satz. »Möge die Sonne auf ihr Haupt scheinen.«

»Und auf andere Teile ihres Körpers.« Ich kaute an meiner Unterlippe. »Dann gehe ich recht in der Annahme, daß Elamain diejenige ist, die dich gesandt hat?«

»Nein. Lord Esnat hat nach Euch geschickt.«

»Warum?«

»Elamain hat ihn darum gebeten.«

Ich beschloß, es ohne Umschweife zu sagen. »Ich bin immer noch mit Del zusammen, Sabo.«

Der Eunuch lächelte. »Dann habt Ihr Euch Eure Menschenkenntnis bewahrt ... und Euren guten Geschmack.«

»Aber ... verstehst du nicht? Ich kann nicht zu Elamain gehen.«

»Das wird Elamain nicht stören.«

»Daß ich noch mit Del zusammen bin? Natürlich wird sie das stören. Ich bin nicht *so* dumm, Sabo.«

»Die Herrin möchte Euch *sehen*.«

»Sie wird mich *ganz* sehen wollen.«

Sabos hellbraune Augen waren arglos. »Das hat Euch früher nicht abgehalten.«

Ich bewegte mich unbehaglich. »Ja, nun ... vielleicht nicht ...«

»Kommt mit und sagt es ihr selbst«, schlug er vor. Und dann erhellte sich sein Gesicht. »Ah, die nordische Bascha ... möge die Sonne auf Euer Haupt scheinen!«

Del, die im Eingang stand, schaute gen Himmel. »Ich denke, das tut sie bereits.«

Ich sah sie an. Dachte erneut an das Thema, das Sabo und ich erörtert hatten, an meine Einladung von Elamain. Stellte fest, daß ich nichts zu sagen wußte.

Del lächelte zaghaft. »Laß die ... *Herrin* ... nicht warten.«

Ich benetzte meine Lippen. »Ich vermute, daß du nicht mitkommen willst.«

Ihr Lächeln wurde breiter. »Du klingst fast hoffnungsvoll, Tiger.«

Ja, nun, vielleicht war das so. Aber das würde ich Del nicht sagen.

Ich zuckte die Achseln. »Nur so ein Gedanke«, bemerkte ich. »Ich dachte, du würdest vielleicht gern ein wenig plaudern. Zwei Frauen immerhin ...«

Del schüttelte ernst den Kopf. »Eher würde ich einen Kreis betreten ... *dort* kenne ich zumindest die Regeln.«

Ich wollte antworten, erinnerte mich dann aber an etwas. »Warte. Du bist doch fortgegangen, um etwas über Ajani zu erfahren.«

Del sagte ausdruckslos: »Das stimmt.«

»Und hast du etwas herausgefunden?«

Sie zuckte die Achseln. »Das kann warten.«

»Vielleicht kann es das, aber werde ich das?« Ich schüttelte den Kopf. »Ich kenne dich, Bascha ... du wirst mir nichts erzählen und dich dann allein auf den Weg machen.«

Sie lächelte. »Geh jetzt zu Elamain.«

»Del ...«

»Geh«, sagte sie tonlos.

Unschlüssig gab ich ihr ein Versprechen. »Ich werde sofort zurückkommen.«

Ihr Tonfall war ausgesprochen gütig. »Und vielleicht werde ich hier sein.« Hoolies, sie kann schwierig sein.

Ich sah zu Sabo. Sah das amüsierte Glitzern in seinen Augen. Wußte, daß ich nicht länger zögern konnte, ohne mich bloßzustellen.

Du bist ein erwachsener Mann, sagte ich mir. Und Elamain ist nur eine *Frau*.

Hoolies, welch ein Narr.

Esnät war nicht der einzige.

10

Elamain war allein. »Hallo, Tiger«, schnurrte sie.
O Hoolies. Del.

Ich wunderte mich über meine Gedanken. Ich meine, ich war ein erwachsener Mann. Einer, der seine eigenen Entscheidungen trifft und keine Frau braucht, die das für ihn tut. Ich brauchte keine Führung, keine Vorschläge, keine Befehle. Ich konnte meinen eigenen Weg in der Welt finden, mit oder ohne Frau, und daher brauchte ich genau in diesem Moment nicht einmal an Del zu *denken*.

Elamain breitete ihren Burnus aus. »Erinnerst du dich daran, wie es war?«

Hoolies, Hoolies, *Hoolies* ... wo ist Del, wenn ich sie brauche.

»Wann?« fragte ich. »In deinem Wagen? Oder in Hashis Zelle?«

Elamain schmollte. Eine schmollende Elamain genügt, um allen Sand aus der Punja fortzubewegen.

Nur daß ich es nicht wollte.

Elamain hatte sich in einem der Häuser eingerichtet, die noch ein Dach hatten. Esnat war immerhin ein Tanzeer und Elamain die Witwe eines Tanzeers. Der Raum, den sie bewohnte, war durch Teppiche und Seidenstoffe und Gaze, die hier und dort angebracht und aufgehäuft waren, um einiges behaglicher gemacht worden. Sie ruhte auf dicken Kissen, die einladend auf dicken Teppichen aufgetürmt waren.

Ihre goldenen Augen blickten sorgenvoll. »Wirfst du mir das vor?«

Goldene Augen, schwarz-seidenes Haar, weiche, dunkle Haut. Die Frau war für den Beischlaf gemacht.

Die Frau hatte *Spaß* am Beischlaf.

Mit gewissenhafter Sorgfalt hielt ich meine Augen über die kunstvolle Einbuchtung in der Seide ihres Untergewandes, die von ihren Brüsten herabfiel, gerichtet. »Du *hattest* etwas damit zu tun. Warst nicht du es, die Del Hashi als Hochzeitsgeschenk angeboten hat, damit er mich dir gäbe?«

Lider senkten sich kurz. Schwarze Wimpern verbargen ihre Augen. »Ich wollte dich nicht verlieren.«

»Vielleicht nicht. Aber das ist eine ziemlich häßliche Art zu versuchen, mich zu *halten*, findest du nicht auch? Es hat mich fast meine Männlichkeit gekostet.«

Sie setzte sich steif auf. »*Das* war nicht mein Fehler! Woher sollte ich wissen, daß Hashi so verärgert sein würde?«

Verärgert. Ein interessantes Wort: verärgert. Ich hätte es im Hinblick auf die Strafe, die Hashi als Wiedergutmachung dafür gefordert hatte, daß ich mit einer Frau geschlafen hatte — die allgemein dafür bekannt war, daß sie schlief, mit wem es ihr gefiel —, stärker ausgedrückt. Hashi *selbst* hatte es gewußt.

Ich hob die Augenbrauen. »Schläfst du auch mit Esnat?«

»Natürlich tue ich das.« Elamains Tonfall war sachlich. »Hashi ist *tot* ... ich mußte meine Stellung irgendwie halten.«

»Söhne heiraten nicht oft die Witwen ihrer Väter.«

»Ich brauche ihn nicht zu heiraten, Tiger. Ich muß nur mit ihm schlafen. Esnat ist ...« Sie hielt inne.

»Ein Narr?« half ich ihr.

Sie machte eine anmutige Handbewegung beiläufigen Eingeständnisses. Und streckte die Hand dann in meine Richtung aus. »Ich hoffte, daß du in Iskandar wärst. Komm zu mir, Tiger. Laß uns neu beleben, was wir einst geteilt haben.«

Soviel zu Sabos Beteuerungen. »Ich kann nicht, Elamain.«

Seide glitt tiefer. »Warum nicht? Bin ich alt und fett geworden?«

Sie wußte es besser. Elamain war nicht dicker als vor anderthalb Jahren, als ich dabei geholfen hatte, ihre Karawane vor den Borjuni zu retten. Und obwohl sie diese anderthalb Jahre älter war, konnte man es nicht erkennen. Sie war eine wunderschöne, verlockende Frau.

Und ich bin nicht aus Stein.

Ich räusperte mich hastig. »Sabo sagte, *Esnat* habe nach mir geschickt.«

Elamain schmollte erneut. »Weil ich es ihm befohlen habe.«

»Das hat Sabo auch gesagt. Nun, jetzt bin ich hier. Wolltest du über Geschäfte reden, Elamain ... oder geht es um etwas völlig anderes?«

Elamain hörte auf zu schmollen. Ihre Augen verloren ihren verführerischen Blick und nahmen einen anderen Ausdruck an. Elamain dachte nach.

Eine Frau wie Elamain — die *nachdenkt* — kann gefährlich sein.

»Da ist jemand anderes«, sagte sie.

»Vielleicht«, stimmte ich vorsichtig zu. »Vielleicht fühle ich mich aber auch einfach nicht nach ....«

Elamain ließ mich nicht ausreden. »Kein Mann hat sich jemals *nicht danach gefühlt*«, fauchte sie. »Nicht bei mir.«

Die Situation nahm völlig neue Gestalt an. Jetzt war ich neugierig. »Meinst du das ernst?« fragte ich. »Niemand? Niemals? Egal unter welchen Umständen?«

»Natürlich meine ich es ernst.« Elamain fand es nicht lustig. »Kein Mann — kein einziger Mann — hat zu mir jemals nein gesagt.«

»Und das bedeutet dir etwas.«

Farbe stieg in ihre Wangen. Bezaubernde, dunkle Wangen. »Wie würdest du dich fühlen, wenn du jemals einen Schwerttanz verlieren würdest?«

»Wir reden nicht von einem Schwerttanz, Elamain ...

wir reden über deinen Beischlaf mit Männern. Das eine hat mit dem anderen nichts zu tun.«

»Das eine ist dem anderen sehr *ähnlich*«, erwiderte sie, »und das nicht in einem offensichtlich vulgären Sinn.«

»Elamain ...«

Sie erhob sich. Glättete fließende Seide. Überquerte den mit Teppichen ausgelegte Boden in meine Richtung. »Da ist jemand anderes«, erklärte sie. »Sonst würde ein Mann wie du niemals nein sagen.«

Das verwirrte mich. »Ein Mann wie ich? Wie ist ein Mann wie ich?«

»Ein Mann wie du ist *ganz* Mann. Warum sollte er nein sagen?«

Elamain hatte einen Pluspunkt errungen, obwohl mir das nicht gefiel. »Sind wir alle so berechenbar?«

»Die meisten von euch«, bestätigte sie. »Kein einziger der Männer, die ich getroffen habe — außer Sabo und anderen Eunuchen — war dem Beischlaf und dem, was daraus werden könnte, abgeneigt. *Du* warst das natürlich auch nicht.«

Nein.

»Und kein Mann«, fuhr sie fort, »den ich in mein Bett eingeladen habe, hat jemals die Gelegenheit ungenutzt gelassen. Selbst Männer, die an Frauen gebunden waren, oder Männer, die Ehefrauen zu Hause hatten.«

Nein, das konnte ich mir vorstellen. Sie ist diese Art Frau.

Elamain runzelte die Stirn. »Nur du.«

»Ich bin nicht blind«, belehrte ich sie. »Ich bin nicht einmal taub. Und ich bin *ganz sicher* kein Eunuch.«

»Aber du willst nicht mit mir schlafen.«

Ich seufzte. »Elamain ...«

»Weil da jemand anderes ist.«

Ich sagte es deutlich: »Ja.«

Ein leichtes Stirnrunzeln führte ihre Brauen zusammen. Dann, plötzlich, glättete es sich. »Als du meine

Karawane gerettet hast, war eine Frau bei dir ... eine Nordbewohnerin. Du meinst nicht *sie*, nicht wahr? Diese Frau, die glaubt, sie sei ein Mann?«

Ich räusperte mich. »Zuerst einmal glaubt Del nicht, daß sie ein Mann sei. Sie *will* kein Mann sein, warum sollte sie auch? Sie ist mehr als vollkommen eine Frau ...« Ich hielt inne. »*Mehr* als vollkommen.«

Elamain war außer sich. »Sie ist fast so groß wie du! *Viel* größer als ich!«

»Ich mag große Frauen.« Ich dachte darüber nach, wo ich mich befand und wen Elamain herbeirufen könnte: Einen Tanzeer mit Autorität. »Aber ich mag auch kleinere Frauen.«

»Sie ist *weißhaarig*. Sie sieht alt aus.«

»Sie ist nicht weißhaarig, sie ist blond. Das Haar bleicht hier im Süden aus. Und sie ist ganz gewiß nicht alt. Sie ist mehrere Jahre jünger als du.«

Oho. Das hätte ich nicht sagen sollen.

Elamain starrte mich an. »Ich habe sie *gesehen*, Tiger. Sie sieht aus wie ein Mann mit Brüsten.«

Unglücklicherweise mußte ich lachen.

Hände legten sich auf Hüften. »Das tut sie. Sie ist riesig. *Und* sie trägt ein Schwert ... weißt du, was das bedeutet?«

Es bereitete mir Mühe, nicht noch mehr zu lachen. »Nein, Elamain. Warum sagst du es mir nicht?«

»Es bedeutet, daß sie Männer haßt. Es bedeutet, daß sie sie töten will. Wahrscheinlich will sie *dich* töten.«

»Manchmal«, stimmte ich zu. »Einmal hat sie es fast getan.«

Goldene Augen verengten sich. »Du verspottest mich.«

Ich grinste. »Ein wenig. Und du hast es verdient. Hast du inzwischen nicht gelernt, daß nicht alle Männer eine Frau gern klagen hören?«

Elamain hob eine Augenbraue. »Ich würde lieber den Sandtiger *schnurren* hören.«

Ich lächelte. »Dieses Mal nicht.«

»Du hast es früher getan.«

»Das war früher.«

Das Stirnrunzeln kehrte zurück. »Ist sie wirklich so gut?«

Geduldig erklärte ich: »Es ist mehr daran als nur das.«

»Oh?«

»Aber das würdest du nicht verstehen.«

Elamain dachte ausführlich darüber nach. Und lächelte dann — wie nur Elamain lächeln kann —, schüttelte ihren seidigen, schwarzen Vorhang ungebundenen Haars zurück und machte einen einzigen weichen Schritt vorwärts, um ihren Körper mit meinem zu vereinen. Und Elamain weiß, wie man sich vereint.

»Dann«, sagte sie rauh, »werde ich mich anpassen müssen.«

Hoolies, sie machte es mir schwer.

Ich war vier Schritte vom Eingang entfernt, als ein Mann aus einer Gasse kam und mir ihn den Weg trat. Ein schlanker, ziemlich junger Mann mit staubfarbenem Haar, das unter einem schlaffen Turban hervorschaute. Er trug einfache weiße Gaze, die jetzt beschmutzt und verdreckt war. Es waren Flecken an seinem Kinn, das sich im Hals zu vergraben versuchte. Seine Augen waren mittelbraun. Sein Verhalten zögerlich.

»Sandtiger?« fragte er. Als ich nickte, sah er erleichtert aus. »Ich bin Esnat«, sagte er.

Esnat. *Esnat.* Das Schuldgefühl ließ mich erglühen. Oder vielleicht war es auch der Sonnenbrand.

»Esnat«, antwortete ich. Eine einfältige Antwort.

Er schien sich nicht daran zu stören. »Esnat«, bestätigte er. »Ich bin der Tanzeer von Sasquaat.«

Elamain schlief mit *dem?*

Nun, Elamain würde so etwas tun.

Ich räusperte mich. »Das hat Sabo mir gesagt.«

»Ja. Ich habe es ihm befohlen.«

Esnat war nicht die Art Mann, die zu zeugen ich von Hashi erwartet hätte. Er war schüchtern, höflich und alles in allem zu langweilig für einen Mann in seiner Position. Was bedeutete, wie ich erschüttert dachte, daß Elamain freie Bahn hatte. Er *bildete sich* nur *ein*, er würde herrschen. .

Ich dachte über Elamain nach. »Also«, sagte ich, »kann ich Euch helfen?«

Esnat schaute betont an mir vorbei zum Eingang, was mich noch mehr ins Schwitzen brachte. Und bedeutete mir dann, ihm zu folgen.

Ich hatte zunächst nicht die Absicht. Immerhin war ich gerade von Elamain gekommen, und wer weiß, was Esnat vielleicht tun würde. Er *war* Hashis Sohn, die äußere Erscheinung zählt nicht immer.

Aber sein Verhalten blieb ziemlich unverändert: zögerlich, höflich, fast zu anspruchslos. Er war ein sehr bescheidener Mann ... oder aber ein sehr gerissener.

Ich blieb, wo ich war. »Was ist los?« fragte ich deutlich.

Esnat blieb stehen, kam einige Schritte zurück und sah erneut besorgt an mir vorbei. »*Kommt* Ihr?« zischte er. »Ich will nicht, daß sie zuhört.«

Ich bewegte mich nicht. »Warum nicht?«

Er heftete den Blick seiner mittelbraunen Augen eindringlich auf mich. Es war der erste Ausdruck irgendeiner Regung, die ich in seinem Gesicht sah. »Weil, Ihr schwerfälliger Narr, wie soll ich ein Geheimnis erklären, wenn ich nicht an diesem Geheimnis teilhabe?«

Ein schwerfälliger Narr, war ich das? Nun, zumindest klang das eher nach einem Mann, der wirklich ein Tanzeer war. Oder glaubte, daß er es war.

Ich erinnerte mich daran, daß ich mein *Jivatma* hatte. Ich ging mit Esnat.

Nicht weit. Nur um die Ecke, wo er sich in einem tiefliegenden Eingang verbarg. Dadurch mußte ich auf der

Straße bleiben, aber da ich noch keinen Anteil an dem Geheimnis hatte, war das nicht wirklich wichtig.

Esnat warf schnelle Blicke an mir vorbei die Straße hinauf und hinab. »In Ordnung«, sagte er schließlich. »Ich habe nach Euch geschickt, weil ...«

»*Elamain* hat nach mir geschickt.«

Er nickte nur, eindeutig ungeduldig. »Ja, ja, natürlich hat sie das ... *ich* wollte auch nach Euch schicken, aber ich habe gelernt, daß es einfacher ist, sie in dem Glauben zu lassen, daß sie die Dinge regelt.« Seine Haltung war sachlich, fast so wie bei Elamain, wenn sie von Esnats Status sprach. »Und ich weiß auch, was sie wollte ... aber Ihr wißt nicht, was *ich* will.«

Ich veränderte meine Haltung ein wenig.

Esnat sah es und lächelte. »Das ist es, was ich will«, sagte er.

Ich erstarrte. »Ihr wollt *was?*«

»Euch«, sagte er geradeheraus. »Ich will Euch anheuern.«

Ich entspannte mich ein wenig. Einen Moment lang ... Hoolies, der Moment war noch nicht vorbei. »Warum wollt Ihr mich anheuern?« Und vorsichtiger: »Wofür?«

»Euer Schwert«, sagte Esnat.

Ich war nicht von gestern. »Verzeiht«, sagte ich. »Über welches Schwert reden wir?«

Esnat sah mich offen stirnrunzelnd an. Und verstand dann und keuchte. »Nicht *das*, Ihr Narr ... ich will einen Schwerttänzer anheuern, damit er eines Schwerttänzers gemäße Dinge tut.«

Ich wünschte, er würde aufhören, mich einen Narr zu nennen. Besonders da es die Bezeichnung war, mit der jedermann *ihn* bedachte ... und ich hatte nicht das Gefühl, daß Esnat und ich uns irgendwie ähnlich wären.

»Eines Schwerttänzers gemäße Dinge«, echote ich. »Welche Art Dinge sind das?«

Esnat blinzelte. »Wißt Ihr das nicht?«

Wir redeten, wie mir allmählich schien, aneinander vorbei. Es war Zeit, die Dinge beim Namen zu nennen. »Was soll ich tun?«

»Helft mir, eine Frau zu erobern.«

»Ich dachte, Ihr schlaft bereits mit Elamain.«

»Nicht *diese* Frau ... eine Frau, die ich heiraten kann.«

Ich grinste. »Dann schickt Elamain fort.«

Esnat lachte. »Nein, jetzt noch nicht ... Elamain dient einem Zweck. Im Moment. Und nebenbei, wie sonst sollte ein Mann wie ich eine solche Frau ins Bett bekommen?«

Er war nicht *so* Übel ... nun, vielleicht war er doch sehr gerissen. Aber dennoch ... »Ihr seid ein Tanzeer, Esnat ... Ihr könnt jede Frau haben.« Ich berichtigte mich schnell, denn ich dachte an Del. »Fast jede Frau.«

»Jede, die ich kaufen würde, ja ... sogar *Elamain* ist gekauft.« Sein Lächeln wirkte wenig fröhlich. »Ich spreche nicht von Elamain. Ich spreche von Sabra.«

Ich nickte bedächtig. »Und ich soll Euch dabei helfen, sie für Euch zu gewinnen. Wie?«

»Indem Ihr tanzt natürlich.«

Mühsam bewahrte ich meine Geduld. »Esnat, mein Tanzen wird Euch nicht dabei helfen, diese Frau heiraten zu können.«

»Natürlich wird es das«, versicherte er mir. »Sie wird wissen, daß meine Werbung ernst gemeint ist.« Er hielt inne und betrachtete meine gerunzelte Stirn. »Versteht Ihr nicht? Normalerweise war es so, daß ein Mann, der eine Frau beeindrucken wollte, ihre anderen Freier bekämpfte. Wer auch immer siegte, gewann die Frau. Nun, ich bin ein Tanzeer, und wir tun solche Dinge nicht. Es wäre dumm, unser Leben zu riskieren, wenn es Schwerttänzer gibt, die dies für uns tun können.«

Ich überhörte die Anspielung. »So etwas Ähnliches habt Ihr schon zuvor erwähnt.«

»Und ich habe es so gemeint. Dies wird ein stellvertretender Tanz werden. Eine Möglichkeit, ihre Aufmerk-

samkeit zu erringen, ihr meine Sichtweise klarzuma-
chen. So wird sie mich als Bewerber akzeptieren.«

Vielleicht war dies die Art, wie Tanzeers heirateten.
Auf jeden Fall war das wirklich nicht meine Angelegenheit. Etwas anderes interessierte mich schon eher. »Wieviel bietet Ihr?«

Esnat sagte es mir.

»Ihr seid sandkrank!« explodierte ich.

»Nein. Es ist mir ernst.«

Ich starrte ihn an. »So viel für eine Frau?«

Esnat schaute mich offen an. »Ist eine Frau das nicht
wert?«

Er war genauso schlimm wie Del. »Ihr setzt eine
Menge aufs Spiel«, belehrte ich ihn. »Was ist, wenn ich
verliere? Werdet Ihr dann meine wertvollsten Körperteile fordern?«

»Eure wert ... oh.« Er lachte laut auf, was ich nicht
sehr komisch fand. »Nein, nein ... das war meines Vaters Art. Ich möchte lieber, daß Ihr Eure wertvollsten
Körperteile behaltet ... ich brauche nicht noch mehr
Eunuchen.«

»Was ist, wenn ich verliere?« wiederholte ich. »Ihr
bietet eine Menge, wenn ich siege. Was geschieht, wenn
ich verliere?«

Esnats Lächeln erstarb. »Ihr werdet nicht verlieren«,
sagte er. »Ich habe dieses Schwert gesehen.«

Allmählich verstand ich. »Also seid Ihr doch kein solcher Narr.«

Esnats Augen glitzerten. »Ich lasse sie denken, daß
ich einer sei. Das macht es leichter. Wenn sie keine Erwartungen hegen, muß ich meine Zeit nicht damit vergeuden zu versuchen, danach zu leben. Ich kann tun,
was ich will. Was ich will, ist Sabra.« Er zuckte die Achseln. »Ich bin nicht die Art Mann, die von Frauen wahrgenommen wird. Das wißt Ihr, wenn Ihr mich anseht.
Ich weiß das, wenn ich mich ansehe.«

»Oh, ich weiß nicht ...«

»Versucht nicht, freundlich zu sein, Tiger.« Er zuckte leicht die Achseln und steckte dann die Hände in seine weiten Ärmel. »Auch eine Frau wie Sabra wird mich nicht bemerken, bis ich einen Weg finde, sie dazu zu bringen, mich zu beachten. Sie ist selbst reich, Geld wird sie nicht beeindrucken. Ich brauche Hilfe. Ich brauche einen Vorteil. Ich brauche eine Möglichkeit, sie dazu zu bringen, mich zu *sehen*, zu sehen, was ich bieten kann.« Er sah kurz über meine linke Schulter hinweg. »Dieses Schwert«, sagte er einfach, »kann mir meinen Vorteil verschaffen. Die Kunde darüber kursiert in ganz Iskandar. Jeder Tanzeer wird es wollen, und Euch auch. Aber wenn *ich* den Mann anheuere, der dieses Schwert trägt ...« Esnat lächelte glücklich. »Dann kann ich Sabras Aufmerksamkeit erringen.«

Männer haben für weniger mehr getan. »Ihr wußtet es«, sagte ich. »Ihr wußtet, daß ich sofort kommen würde, wenn Ihr diese Falle mit Elamain auslegen würdet. Und Ihr wolltet Euch meine Dienste erkaufen, bevor jemand anderes ein Angebot machen kann.«

»Ich habe gelernt«, sagte Esnat, »vor allen anderen zuzuschlagen. Das Unerwartete zu tun. Gewisse Dinge *vorauszuahnen* ... Dinge wie magische Schwerter.«

»Ihr hättet dieses Schwert nicht vorhersehen können.«

»Nun, nein, nicht eigentlich«, gab er vernünftigerweise zu, »aber ich habe es mir zur Angewohnheit gemacht, *wachsam* zu sein ...« Braune Augen verengten sich. »Wollt Ihr Euch mir verdingen?«

Es wäre eine ziemlich leichte Aufgabe, dachte ich, selbst mit einem besessenen *Jivatma*, das ich nicht benutzen wollte. Ich bin gut, sehr gut. Wenn ich keine Zeit verschwendete und darum kämpfte, zu siegen, anstatt zu tanzen, könnte es sofort vorbei sein. Und ich würde nicht riskieren, jemanden zu verletzen, und inzwischen einen riesigen Gewinn erzielen.

Aber ich mochte *Esnat*. Langsam schüttelte ich den

Kopf. »Ich bewundere Eure Absichten, aber Ihr bietet zuviel.«

Esnats Augen nahmen einer Ausdruck besorgter Anklage an. »Denkt Ihr nicht, daß Ihr es wert seid?«

Ich zuckte die Achseln. »Was ich wert bin, ist nicht wirklich wichtig. Ich denke einfach, daß das zuviel ist. Ich will Euch nicht arm machen. Dann würde nichts für Sabra übrigbleiben.«

Esnat grinste. »Wenn Ihr das Spiel *gewinnen* wollt, müßt Ihr auch bereit sein, es zu verlieren.«

Hoolies, das war lächerlich. Aber wenn er es so empfand ... »In Ordnung«, stimmte ich schließlich zu, »ich werde Eure Bedingungen annehmen. Ihr macht es mir schwer, es nicht zu tun.«

Esnat lächelte glücklich. »Ich werde sofort die Herausforderung überbringen lassen. Der Tanz wird in zwei Tagen stattfinden.«

Es blieb nichts zu sagen übrig. Ich wandte mich ab, um davonzugehen.

Esnats Stimme hielt mich auf. »Hat Euch der Köder zugesagt?«

Ich machte mir nicht die Mühe, mich umzusehen. »Fragt Elamain.«

11

Der Weg zurück über Iskandars überfüllten Basar gestaltete sich seltsam. Es waren noch immer Hunderte von Menschen da, die sich alle in den Gassen und Straßen zusammendrängten, aber es fühlte sich anders an. Der *Geruch* war anders.

Zuerst, als ich mich mit den Ellenbogen durch Menschenansammlungen quetschte, die hier und da an den Ständen versammelt waren oder in Gruppen miteinander sprachen, dachte ich, es sei einfach deshalb so, weil jetzt noch mehr Menschen da waren. Aber dann, als ich meinen Weg tiefer ins Zentrum der Stadt fortsetzte, erkannte ich, daß es nichts mit der Anzahl der Menschen zu tun hatte. Es hatte mit Empfindungen zu tun. Ich konnte sie tatsächlich *schmecken:* die Vorahnung, die Ungeduld, eine angespannte Erwartung.

Verwirrt sah ich mich um. Und wußte fast augenblicklich, welcher Teil der Empfindungen es war.

Die Stadt beherbergte keine Stämme mehr. Am Tag zuvor war das nicht so gewesen. Menschen aus der Wüste waren ungehindert durch die Stadt gewandert und hatten genau das gleiche getan wie alle anderen: Sie hatten geschaut, sich unterhalten, Geschäfte abgewickelt. Aber jetzt waren die Stämme fort. Nur die anderen waren geblieben.

Auch die Tanzeers und ihre Wachen, die die engen Straßen füllten.

»Das ist nicht richtig«, murmelte ich und bahnte mir einen Weg durch die Menge.

In der Nähe sprach jemand von dem Orakel und erörterte seine Göttlichkeit. Ein Zuhörer widersprach, ein Streit folgte. Ich weiß nicht, wer siegte.

In der Nähe sprach jemand über den Jhihadi und die dem Süden versprochenen Veränderungen. Daß ein Mann mit einer neu erworbenen Macht die südlichen Stämme vereinigen und dann den Sand in Gras verwandeln könne.

Ich schüttelte den Kopf, während ich weiterging. Es war unmöglich.

Schließlich hatte ich mich hindurchgedrängt und suchte Del, um ihr von Esnat und dem Tanz zu erzählen, auf den ich mich eingelassen hatte. Entdeckte aber, daß sie fort war.

Lena schaute von der Essenszubereitung auf. »Vorhin waren einige Männer hier und suchten nach Euch.«

»Oh?«

»Sie sagten, sie seien Gesandte eines Tanzeer namens Hadjib, der Euch anheuern will.«

Ich schüttelte den Kopf. »Ich kenne ihn nicht.«

Lenas Gesichtsausdruck war seltsam. »Sie sagten, ihr Herr habe von Eurem Schwert gehört.«

Also fing es an. Jedermann wollte die Macht. »Wo ist Del?«

»Sie ist mit Alric zu den Kreisen gegangen. Sie sagte, sie hätte einen Schwerttanz zu tanzen.«

Die Vorahnung kam schnell und schmerzhaft. »Sie sagte, daß sie hier auf mich warten würde.«

»Nein, das hat sie nicht getan.« Lena grinste. »Sie sagte, sie wäre *vielleicht* noch hier.«

Ich schaute zu ihr hinunter. »Das ist nicht fair«, beschwerte ich mich. »Ihr Frauen deckt euch immer gegenseitig.«

Lenas Brauen hoben sich. »Tut Elamain das?«

Ich blinzelte. »Sie hat Euch von Elamain *erzählt?*«

»Ein wenig.« Lenas Lächeln verging nicht. »Ich habe ihre Sorte schon zuvor gekannt.«

Ich hatte keine Zeit mehr für Elamain oder ihre Sorte.

»Macht nichts, es ist nicht wichtig ...« Und dann hielt ich inne, als mir etwas einfiel. »Hoolies ... das würde sie nicht. Oder doch? *Würde* sie?« Ich sah Alrics Frau an. »Sie würde Ajani nicht herausfordern, ohne es mir zu sagen.«

Lena sah mich offen an. »Warum geht Ihr nicht hin und seht nach?«

Aber ich war bereits fort.

Er war groß. Er war blond. Ich hatte ihn noch nie zuvor gesehen.

O Hoolies, Bascha ... du sagtest, du würdest es nicht tun ... nicht mit *ihm* ... er war keinen Kreis wert ... du sagtest, er wäre es nicht wert ... du sagtest, du würdest es nicht tun ...

Vielleicht ist es nicht Ajani.

Laß dies nicht Ajani sein.

Wie immer hatte sie eine Menschenmenge angezogen. Die meisten waren Schwerttänzer, wie es zu erwarten gewesen war. Viele waren Tanzeers, und der Rest bestand aus einfachen Leuten. Überwiegend Südbewohner und hier und dort ein Nordbewohner.

Reiz ihn nicht, Bascha ... bring es einfach hinter dich.

Mein Magen verkrampfte sich. Meine Hände sehnten sich nach einem Schwert. Meine Augen wollten sich schließen, aber ich würde es ihnen nicht erlauben. Ich zwang mich zuzusehen.

Er war nicht besonders gut, aber er war auch nicht schlecht. Seine Muster waren offen und losgelöst, es fehlte ihnen die präzise Zielgerichtetheit, aber er war groß genug, um Schaden anzurichten, wenn er jemals mit einem Stoß durchkäme. Ich bezweifelte, daß das geschehen würde, denn Dels Verteidigung ist zu gut.

Beeile dich, Bascha.

Ich benetzte trockene Lippen. Biß mir in die Wange. Spürte das Jucken frischen Schweißes unter den Armen und die Schläfen hinabrinnen.

O Bascha, bitte!

Ich dachte erneut an Staal-Ysta. An den Kreis. An den Tanz, den wir tanzen mußten, vor den zuschauenden *Voca*. Vor den Augen ihrer Tochter. Niemand war für mich dagewesen. Niemand hatte an mich gedacht.

Mit Ausnahme der Frau, der ich gegenüberstand.

Aber ich hatte mich nicht hilflos gefühlt. Benutzt, ja. Betrogen, sicherlich. Aber nicht hilflos. Ich hatte gewußt, Del würde mich niemals töten wollen, nicht mehr, als ich es wollte. Und das hatten wir auch nicht getan, nicht wirklich. Das hatte das Schwert übernommen. Ein durstiges, namenloses *Jivatma*, das getränkt zu werden verlangte.

Jetzt fühlte ich mich hilflos. Ich stand am Rande der Menge, beobachtete, wie Del tanzte, und war mir nur der Angst bewußt. Nicht ihres Könnens, nicht ihrer Anmut, nicht ihrer makellosen Muster. Nur meiner Angst.

Würde es immer so sein? Jemand trat neben mich. »Ich habe die Bascha gut ausgebildet.«

Ich sah nicht hin. Ich brauchte es nicht. Ich kannte die gebrochene Stimme, die bekannte Anmaßung. »Sie hat sich selbst ausgebildet, Abbu. Mit der Hilfe Staal-Ystas.«

»Und ein wenig Eurer Hilfe, denke ich.« Abbu Bensir lächelte, als ich einen schnellen Blick auf ihn warf. »Ich will Euer Können nicht leugnen, und dabei auch mein eigenes nicht schmälern. Wir haben bei demselben Shodo gelernt.«

Ich beobachtete erneut Del. Sie hatte ihre Schnelligkeit, ihre Einteilung und ihre Finesse wiedergewonnen. Ihre Stöße kamen fest und sicher, ihre Muster waren natürlich weich. Aber sie versuchte nicht, ihn zu töten.

Ich runzelte die Stirn. »Also kann das nicht Ajani sein.«

Abbu sah verwirrt zu dem Mann im Kreis hinüber. »Ajani? Nein, das ist er nicht. Ich weiß nicht, wer das ist.«

Ich wandte mich jäh um. »Ihr *kennt* ihn?«

»Ajani? Ja. Er reitet auf beiden Seiten der Grenze.« Er zuckte die Achseln. »Ein Mann, der in vielen Gegenden reitet.«

Dieser Satz brachte mich einen Moment zum Schweigen. *»Ein Mann, der in sehr vielen Gegenden reitet.«* Ich wußte, daß ich das schon zuvor gehört hatte. Es hatte mit dem Jhihadi zu tun gehabt. Etwas, was das Orakel gesagt hatte ...

Jetzt war keine Zeit dafür. »Ist er hier? Ajani?«

Abbu zuckte die Achseln. »Vielleicht.«

Die Geräusche des vergessenen Schwerttanzes verblaßten. »Abbu ... *ist er hier in Iskandar?«*

Abbu Bensir sah mich geradeheraus an. Sah, wie ernst es mir war. »Vielleicht«, wiederholte er. »Ich habe ihn noch nicht gesehen, aber das bedeutet nicht, daß er nicht hier ist. Nicht mehr als es bedeutet, daß er hier *ist.«*

»Aber Ihr würdet ihn erkennen, wenn Ihr ihn sehen würdet.«

Abbu runzelte die Stirn. »Ja. Das sagte ich Euch bereits. Ich kenne den Mann.«

»Wie sieht er aus?«

»Er ist ein Nordbewohner. Blond, blauäugig, hellhäutig ... sogar größer als Ihr und von schwererem Körperbau. Ein wenig älter, denke ich. Und ein wenig jünger als ich.« Abbu grinste. »Wollt Ihr ihn zum Tanz herausfordern? Er ist kein Schwerttänzer.«

»Ich weiß, was er ist«, erwiderte ich und schaute grimmig zu Del.

Abbu sah ebenfalls zu ihr hin. »Wenn ich ihn sehe, werde ich ihm sagen, daß Ihr ihn sucht ... *ah* ... schaut, sie hat gesiegt. Und ohne ehrlos zu handeln.«

Klingen schlugen ein letztes Mal zusammen. Der Nordbewohner, dessen Muster zerstört waren, taumelte aus dem Kreis, was bedeutete, daß der Tanz verloren war. Er stand am zerstörten Rand des Kreises und sah Del entsetzt an.

Die, wie immer, bescheiden dastand und sich nicht ihres Sieges rühmte.

Die Erleichterung war spürbar. »Ich suche ihn nicht«, sagte ich. »Und sagt ihm nichts.«

Abbu betrachtete mich. »Habt Ihr eine alte Rechnung zu begleichen?«

Jetzt konnte ich ihm meine volle Aufmerksamkeit schenken. Ich sagte: »Es ist nichts.«

Er rieb gedankenvoll über die Einkerbung auf seinem zerstörten Nasenrücken. »Wir sind keine Freunde«, sagte er, »dieser Nordbewohner und ich. Ich *kenne* ihn, das ist alles.«

Es war nicht wirklich wichtig. Selbst wenn Abbu log und er und Ajani Freunde *waren,* würde eine Warnung im voraus wenig bewirken. Auf die eine oder andere Art würden Del und ich ihn finden.

Ich sah zu Del hinüber, die sich um ihr Schwert kümmerte. »Wie würdet Ihr einen Mann nennen«, begann ich, »der ungeschützte Karawanen mit Familien überfällt und jeden tötet, den er findet, außer denen, die er als Sklaven verkaufen kann? Diejenigen, die noch Kinder sind, weil sie weniger Schwierigkeiten machen. Diejenigen, die *nordische* Kinder sind, weil sie auf dem Sklavenmarkt im Süden höhere Preise erzielen.«

Abbu sah ebenfalls hin, und das sehr lange Zeit. Dunkle Augen waren unergründlich, verbargen, was er dachte. Als er sprach, ließ seine Stimme keinerlei Gefühl erkennen. »Wie ich *ihn* nennen würde, ist unwichtig. Wichtig ist, wie ich sie nenne.«

Etwas regte sich tief in mir. »Und wie nennt Ihr sie, Abbu?«

»Schwerttänzer«, sagte er heiser und bahnte sich dann einen Weg durch die Menge.

Ich wandte mich um und wollte zu Del gehen, wurde aber von einer Hand auf meiner Schulter aufgehalten. »Sandtiger!« rief der Besitzer der Hand. »Ich wußte nicht, daß Ihr einen Sohn habt. Warum habt Ihr es mir

nicht gesagt? Und obendrein solch ein guter Redner ...
der Junge ist zum *Skjald* geboren.«

Rotes Haar, blaue Augen, ein fließender Schnurrbart.
»Rhashad«, sagte ich überrascht. Und dann, mit ausgesprochener Deutlichkeit: »Wo ... ist ... er?«

Er deutete mit dem Daumen schräg zur anderen Straßenseite. »Dort drüben im Wirtshaus. Er ist gerade mitten in einer Geschichte über seinen Vater, dem größten
Schwerttänzer des Südens ... ich wollte nicht darüber
streiten, denn der Junge ist stolz auf Euch, aber er könnte sich ruhig einmal daran erinnern, daß es immerhin
noch *mich* gibt, und Abbu Bensir ...«

Ich unterbrach ihn. »... und zweifellos Eure Mutter.«
Ich sah kurz stirnrunzelnd zu Del, die mit sich selbst beschäftigt war. »Dort drüben im Wirtshaus, sagt Ihr ...?
Nun, ich denke, es ist an der Zeit, diesen Sohn zu treffen.« Ich sog die Luft ein. »*Del!*«

Sie hörte mich. Sah mich. Bahnte sich einen Weg
durch den Kreis. Ihr Gesicht war ein wenig gerötet, und
helles Haar war an den Schläfen feucht, aber sie schien
nicht erschöpft. »Was ist los?« fragte sie leise, als wolle
sie mich für den Lärm tadeln.

Ich hatte keine Zeit dafür. »Komm mit! Rhashad sagt,
daß dieser Narr, der überall herumerzählt hat, er sei
mein Sohn, dort drüben im Wirtshaus sei.« Ich deutete
in die entsprechende Richtung.

Del sah hinüber. »Geh voraus«, schlug sie vor. »Ich
muß noch meine Gewinne einfordern.«

»Kann das nicht warten?«

»Deine können das auch nie.«

Rhashad strahlte Del an. »Ihr habt den Tanz gewonnen, nicht wahr? Ein zerbrechliches Mädchen wie Ihr?«

Del, die nicht wirklich zerbrechlich ist, kannte den
Grund, warum das gesagt wurde. Und da sie Rhashad
mochte — man frage mich nicht warum —, war sie weniger geneigt zu streiten. »Ich habe gewonnen«, bestätigte sie. »Wollt Ihr als Nächster mit mir tanzen?«

Blaue Augen weiteten sich. »Gegen Euch? Niemals! Ich würde es hassen, diese zerbrechlichen Knochen zu zerstören.«

Del zeigte ihm die Zähne. »Meine Knochen sind sehr robust.«

»Redet ein anderes Mal über deine Knochen«, schlug ich vor. »Kommst du mit mir?«

»Nein«, sagte Del. »Das sagte ich dir bereits. Geh voraus, ich werde nachkommen.«

Rhashad machte eine eindrucksvolle Handbewegung. »Ich werde ihr den Weg zeigen.«

Hoolies, das war es nicht wert. Ich ging davon, um meinen Sohn aufzusuchen.

Das Wirtshaus war klein. Es hob sich vom Rest der zerstörten Stadt kaum ab, was bedeutete, daß es wenig Annehmlichkeiten bot. Es gab ein mit Decken errichtetes Behelfsdach, das den Kunden beim Trinken Schatten spendete, aber das war auch alles.

Ich lehnte mich an den Eingang und hielt Ausschau nach meinem Sohn.

Dunkelhaarig, blauäugig, neunzehn oder zwanzig Jahre alt. Der, nach seinem Pferd zu urteilen, nicht sehr gut reiten konnte. Der kein Schwert trug, aber statt dessen eine Zunge hatte, die er wahrscheinlich mehr gebrauchte, als gut für ihn war.

Nicht viel mehr. Aber ich dachte, das würde genügen, unter diesen Umständen.

Es waren viele Männer in dem Wirtshaus versammelt. Keine Stühle, sondern hastig zusammengeschusterte Hocker und Bänke standen im Raum verstreut. In der Mitte saß ein Mann auf einem Hocker, mit dem Rücken zur Tür, was niemals gut ist. Aber offensichtlich machte er sich keine Sorgen darüber, wer hereinkommen könnte. Er hatte ein Publikum.

Die Stimme klang jung und ausdrucksvoll. Er weidete sich offensichtlich in der Aufmerksamkeit, die seine Geschichte hervorrief, denn jedermann war davon gefesselt.

»... und so fand auch ich mich als Sieger über eine große Katze wieder, genauso wie mein Vater, der Sandtiger, es erlebt hatte — Ihr wißt alle von *ihm* —, und daher kennzeichnete ich meinen Sieg, indem ich die Krallen der Katze nahm und mir diese Kette fertigte.« Eine Hand berührte seinen Hals und rasselte kurz mit etwas. »Es war, so dachte ich, ein äußerst günstiges und angemessenes Treffen zwischen dieser Katze und dem Jungen des Sandtigers gewesen — das liegt im Blut —, und wenn ich meinen Vater letztendlich treffe, wird es mir ein Vergnügen sein, ihm die Krallen zu zeigen und ihm zu erzählen, was ich getan habe. Er wird sicher stolz sein.«

Die Zuhörer nickten wie ein Mann: Natürlich würde der Sandtiger stolz sein.

Nur daß ich es nicht war. Nicht *stolz*. Ich war nur ... Hoolies, ich weiß nicht, was ich war. Ich fühlte mich sehr seltsam.

»Natürlich«, fügte der Junge hinzu, »habe ich mir die Schönheit meines Gesichts nicht zerstören lassen.«

Die Männer in dem Wirtshaus lachten.

Ist das mein Sohn? fragte ich mich. Hätte ich dieses Mundwerk zeugen können?

Ich verließ die Tür, betrat leise den Raum, sagte nichts und blieb hinter dem jungen Mann stehen. Es war nicht viel zu sehen: dunkelbraune Haare, die seine Schultern streiften, ein lebhaft grüngestreifter Burnus, beredte, anmutige Hände von anderer Hautfarbe als meine. Er war braun, ja, aber die Sonne hatte ihn anders gebräunt. Dunkler als einen Nordbewohner. Heller als einen Südbewohner, sogar heller als mich. Und er sprach mit fremdem Akzent, der seine südliche Sprache verfärbte.

Warum noch länger warten?

Ich atmete tief ein, um mich zu beruhigen. »Wo ich

herkomme«, sagte ich ruhig, »benennt kein Mann einen Vater, wenn er sich der Wahrheit nicht sicher ist.«

Er begann sich auf seinem Hocker umzuwenden, schwang leicht herum. Er hatte ein junges, offenes und ziemlich — wie er es genannt hatte — schönes Gesicht. »Oh, aber ich *bin* mir sicher... ich bin der Sohn des *Sandtigers*...« Dunkelblaue Augen weiteten sich plötzlich in verspäteter Erkenntnis.

»Ach?« fragte ich sanft.

Der junge Mann erhob sich mit einer einzigen weichen Bewegung. Ich ahnte nicht, was kommen würde.

»*Wißt* Ihr«, rief der Junge, »wie lange ich darauf gewartet habe?«

Ich bin groß und stark genug, um den meisten einzelnen Schlägen zu widerstehen, besonders wenn sie von einem kleineren, leichteren Mann kommen. Aber es stand ein Hocker hinter mir, und als der Schlag mein Kinn traf, spreizte ich zwar beide Beine, um mein Gleichgewicht zu bewahren, fiel aber prompt über das Ding.

Es war kein anmutiger Fall. Es war ein *peinlicher* Fall.

Und Del war nicht hier, um es zu sehen.

Ich setzte mich auf, rückte meine in der Scheide und dem Harnisch steckende Klinge in eine bequemere Lage und blieb fluchend sitzen. Nahm keine Notiz von dem mich anstarrenden Publikum und sah mich nach dem Jungen um, der zur Tür eilte. Er war fort, aber sie nicht.

Del schlenderte in das Wirtshaus. Ihre Ankunft hatte einen Vorteil: jetzt starrten sie sie an, anstatt mich anzustarren.

»Vaterschaft«, bemerkte sie, »kann eine schmerzliche Sache sein.«

Ich stand auf, befreite meine Beine von dem Hocker und trat das Ding beiseite. »Dieser verlogene Punjawurm ist nicht mein Sohn... er ist ein Scharlatan!« Ich schaute sie stirnrunzelnd an. »*Du* hast gesehen, wer er ist!«

»Ja«, stimmte Del zu.

»Ich werde ihn töten«, versprach ich.

Einer der Männer erhob seine Stimme. »Ihr würdet Euren eigenen Sohn töten?«

Ich sah ihn an. »Er ist nicht mein eigener Sohn. Er ist nicht einmal Südbewohner.«

Der Mann zuckte kaum merklich die Achseln. »*Ihr* seht auch nicht wie ein Südbewohner aus.« Und dachte dann noch einmal darüber nach. »Vielleicht zur Hälfte, oder zu einem Viertel. Aber Ihr seid kein vollständiger Südbewohner. Es sind noch andere Dinge in dem Eintopf.«

Aus irgendeinem Grund verletzte mich das. Normalerweise kümmert es mich nicht sehr, wie ich aussehe oder was die Leute von mir halten. In meinem Beruf ist es unwichtig, wo ich geboren wurde oder wie vielen Rassen ich angehöre. Entscheidend ist, daß ich tanzen kann. Und siegen. Ich werde dafür bezahlt zu siegen.

Ich schaute in die Runde. »Zumindest bin ich hier *aufgewachsen.* Die Punja ist meine Heimat, aber *dieser* Junge kommt irgendwo anders her. Er ist ein verlogener, unverschämter Fremder, der meinen Namen benutzt, um *sich selbst* einen Namen zu machen.«

Der Südbewohner zuckte die Achseln. »Das schadet doch niemandem.«

Schadet niemandem. *Schadet* niemandem. Ich würde ihm ›schadet niemandem‹ *geben.*

»Tiger«, sagte Del ruhig. »Ist es einen Kampf wert?«

Nein. Nicht hier. Und nicht mit *ihm.* Wen ich wollte, war Bellin die Katze.

»Panjandrum«, murmelte ich angewidert und stolzierte aus dem Wirtshaus.

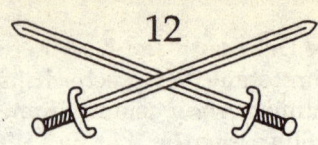

12

Dels Stimme klang ruhig. »Bist du verärgert, weil er gelogen hat? Oder weil es nicht wahr ist?«

Wir saßen in einem der zerstörten Gebäude, das als Wirtshaus diente. Weil kein richtiges Dach vorhanden war, konnte der Vollmond ungehindert hereinscheinen und bemalte den Raum mit silberner Farbe. Tropfende Kerzen und qualmende Laternen fügten weitere Beleuchtung hinzu. Es gab auch keine richtigen Tische und nichts, was an Stühle erinnert hätte, nur zusammengetragene Einzelteile, die ihren Zweck erfüllten, um darauf zu sitzen oder die Getränke darauf abzustellen. Es ähnelte sehr stark dem Wirtshaus, in dem ich Bellin entdeckt hatte.

Der sich als mein Sohn ausgab.

Ich hatte von Anfang an gewußt, daß nichts daran war. Obwohl es nicht *unmöglich* war, daß ich einen Sohn seines Alters gezeugt haben könnte, war es doch einigermaßen unwahrscheinlich. Zumindest unwahrscheinlich, daß der Junge genug wissen würde, um jedermann erzählen zu können, daß der Sandtiger ihn gezeugt hätte. Es schien wahrscheinlicher, daß, wenn es *tatsächlich* ein Sandtigerjunges im Süden gab, dieses nicht wissen würde, wer es war.

Und es würde nicht wissen, wer *ich* war.

Ich seufzte. »Ich weiß es nicht.«

Del lächelte zaghaft. »Es tut dir jetzt leid, nicht wahr? Du hast darüber nachzudenken begonnen, wie es sein könnte, einen Sohn zu haben ... hast darüber nachzudenken begonnen, wie du dich fühlen würdest, wenn du deiner eigenen Unsterblichkeit begegnen würdest, denn das ist es, was ein Kind bedeutet.« Sie hob eine Schulter und betrachtete den Alkohol anstatt mich. »Ich weiß, wie es für mich war, Kalle zu sehen, aber ich *wußte*, daß ich eine Tochter hatte. Für dich war es anders.«

Anders. So könnte man sagen.

Ich seufzte erneut, trank langsam, ließ den Aqivi meine Kehle hinablaufen. Das vertraute Brennen war gedämpft. Ich dachte an etwas anderes. »Er hätte es nicht tun sollen, Bascha. Diese Art Lüge ist nicht richtig. Wenn er sich so brennend gern einen Ruf machen will — ein *Panjandrum* sein will —, könnte er sich nach einer besseren Möglichkeit umsehen, als sich jemandes Namen zu borgen.«

»Oder sich den Namen von jemand anderem als dir borgen.«

Dumpfer Zorn regte sich. »Es hat mich zuviel Zeit gekostet, diesen Namen zu erlangen ... ich will ihn mit niemandem teilen, und ganz sicher nicht mit einem Lügner.«

»Er muß einen Grund dafür gehabt haben.«

»Dieser wo auch immer geborene Punjawurm braucht für nichts einen Grund, erinnerst du dich?« sagte ich gereizt. »Er will nur Ruhm. Also entschloß er sich, meinen zu borgen.«

Dels Tonfall klang trocken. »Du hast mehr als genug zu teilen.«

»Das ist nicht der Punkt. Der Punkt ist, daß er, Hoolies weiß *wie* lange, im Süden umhergeritten ist und, Hoolies weiß wie vielen, Leuten erzählt hat, daß er mein Sohn sei.« Ich hörte die Erregung in meiner Stimme und dämpfte sie bewußt. »Ich mag es einfach nicht.«

Del trank ihren Wein. »Wenn du ihn findest, kannst du es ihm sagen.«

»Ich *werde* ihn finden«, versprach ich. »Er kann sich nicht vor mir verbergen.«

Ihr Mund verzog sich leicht. »Er scheint in den letzten paar Wochen diesbezüglich gute Arbeit geleistet zu haben. Ich bezweifle, daß du ihn wiederfinden wirst, es sei denn, er will es.«

»Ich werde ihn finden«, wiederholte ich.

Eine Gestalt trat an unseren niedrigen ›Tisch‹. »Nun, Sandtiger«, sagte der Mann. »Ich habe gehört, daß Ihr angeheuert wurdet, um übermorgen zu tanzen.«

Ich schaute auf: Rhashad. »Das hat sich bereits herumgesprochen?« Und ich dachte, daß Esnat nicht viel Zeit vergeudet hatte, damit zu prahlen.

Der rothaarige Grenzbewohner grinste. »In ganz Iskandar. Das dauert nicht lange, wenn es um den Sandtiger geht.« Er setzte sich auf den Boden, machte sich nicht die Mühe, sich einen ›Stuhl‹ zu besorgen, und lehnte sich gegen die bröckelige Wand. Mit einer sommersprossigen Hand winkte er nach mehr Aqivi. »Ich habe vor, Geld darauf zu setzen.«

Ich zuckte die Achseln. »Es gibt noch nichts, worauf man setzen könnte ... ich habe keinen Gegner.«

Rashad zeigte große Zähne im Schatten seines rötlichen Schnurrbartes. »Sogar ich könnte dieser Gegner sein.«

Ich blinzelte nicht einmal. »Eurer Mutter würde das nicht gefallen.«

»Warum nicht?«

»Sie würde Euch nicht verlieren wollen.«

»Ha!« Rhashad hatte dieses Spiel schon zuvor gespielt. »Ich wäre mir nicht so sicher zu siegen, Sandtiger ... es heißt auch, daß Ihr nicht mehr der Tänzer sein sollt, der Ihr einmal wart.«

Ich trank sparsam. »Oh?«

Rhashad wartete, bis der gerade bestellte Krug Aqivi kam, und goß sich dann etwas davon in den Becher. »O ja. Es ist ziemlich bekannt. Der Sandtiger, so besagen die Gerüchte, hat seit Monaten nicht getanzt. Er hat seine Schnelligkeit verloren, seine Schärfe ... hat viel von seinem Feuer verloren. Wegen einer Wunde, höre ich ... einem noch nicht vollständig verheilten Schnitt.«

Ich lächelte belustigt. »Ihr habt mit Abbu gesprochen. Oder ihm *zugehört,* was noch schlimmer ist.«

Rhashad zuckte die Achseln. »Ihr kennt Abbu Bensir. Ein Teil des Grundes dafür, daß er ist, wer er ist, beruht auf dem Tanz hier oben.« Der Grenzbewohner tippte sich an den Kopf. »Ihr seid niemals ein Opfer gewesen. Ihr wißt nicht, wie das ist.«

»Abbu behauptet, was immer er will.« Ich trank mehr Aqivi. »Ihr kennt Gerüchte genausogut wie ich, Rhashad. Wie oft haben wir gehört, wie alt und langsam jemand sei — oder wie jung und ungestüm —, und haben entdeckt, wie sehr wir uns geirrt hatten?« Ich grinste und zeigte Zähne, die genauso weiß waren wie die seinen. »Das klingt für mich so, als wenn jemand — vielleicht Abbu? — versucht, bessere Bedingungen zu erzwingen.«

Der Grenzbewohner nickte. »Kein schlechter Versuch, weil Ihr *tatsächlich* nicht so gesund ausseht, wie ich Euch schon gesehen habe.« Er grinst betont zurück. »Und ja, ich kenne Gerüchte ... wie die über diesen Orakelburschen und den Jhihadi.«

Ich seufzte. »Was kommt jetzt?«

Er zuckte die Achseln. »Nur daß dieser Orakelbursche in den nächsten paar Tagen hier auftauchen soll. Morgen, oder vielleicht übermorgen. Vielleicht am Tag danach.«

»Das wird schon seit Tagen behauptet.«

»Dieses Mal sind die Gerüchte ein wenig eingehender.« Rhashad trank Aqivi. »Aber ich denke, es spielt keine Rolle. Außer natürlich, daß es einigen Einfluß auf unsere Geldbeutel haben wird.«

»Warum?« fragte Del. »Was hat das Orakel — oder der Jhihadi — mit Geld zu tun?«

»Es wird wahrscheinlich einen Krieg geben.« Er saß mit gespreizten Beinen gegen die Wand gelehnt und kämmte mit den Fingern seinen Schnurrbart. »Habt Ihr die Veränderung nicht bemerkt? Die Stämme sind alle verschwunden, das heißt: die Krieger ... man sagt, daß sich alle Stammesangehörigen in den Ausläufern des Gebirges versammelt haben, um diesen Orakelburschen willkommen zu heißen. Und dann sollen sie ihn nach Iskandar hinunterbringen, damit er den Jhihadi benennen kann.«

Ich nickte nachdenklich. »Ich habe bemerkt, daß sich etwas verändert hat. Die Tanzeers heuern bewaffnete Männer an.«

»Und einige Mörder.« Rhashads Zähne wurden kurz sichtbar. »Das war noch nie mein Stil, aber das hat ihn nicht daran gehindert zu fragen.«

Ich runzelte die Stirn. »Wer hat was gefragt?«

»Ein Tanzeer hat mich um Hilfe bei der Ermordung des Orakels gebeten.« Rhashad vollführte eine Geste. »Nicht in so deutlichen Worten natürlich, aber das war der wesentliche Punkt des Gesprächs.«

Ich rieb mir die brennenden Augen. »Ich dachte mir, daß es dazu kommen könnte. Sie können es sich nicht leisten, ihn leben zu lassen ... *insbesondere* wenn er die Krieger auf diese Weise aufrüttelt. Sie werden versuchen ihn zu töten, bevor er noch mehr Schaden anrichtet.«

Del schüttelte den Kopf. »Das wird einen Krieg *verursachen*.«

Rhashad wölbte die Lippen. »Einen kleinen, ja ... aber wenn das Orakel sie nicht mehr aufrüttelt, werden die Stämme niemals vereint bleiben. Sie werden sich letztendlich gegenseitig bekämpfen.«

»Und die Tanzeers werden siegen.« Ich nickte. »Also heuern sie Schwerttänzer an, um ihre Wachen zu verstärken, und planen, sie gegen die Stämme einzusetzen.«

»Das ist wahrscheinlich.« Rhashad trank etwas. »Ich bin kein Mörder. Ich habe dem Gesandten des Tanzeers gesagt, ich würde mich zum Tanzen verdingen, aber nicht um einen heiligen Propheten zu ermorden. Daran war er nicht interessiert, so daß ich noch immer keine Arbeit habe.«

Del sah mich an. »Du hast Arbeit.«

»Ich habe mich zum *Tanzen* verdingt«, betonte ich. »Glaub mir, Bascha, das letzte, was ich tun würde, wäre, mich in einen heiligen Krieg *oder* in eine Ermordung zu verstricken. Es macht mir nichts aus, im Kreis mein Leben zu riskieren, weil das kein wirkliches Risiko ist ...«, das war für Rhashads Ohren gedacht »... und ich werde mich nicht verdingen, um irgend jemanden zu ermorden. Und schon gar nicht, um dieses Orakel zu ermorden.«

Rhashads blaue Augen glitzerten. »»Ein Mann, der in vielen Gegenden reitet.‹«

Del runzelte die Stirn. »Was?«

»Oh, das ist eines der Dinge, die man sich über den Jhihadi erzählt. Das und seine spezielle ›Macht‹. Da niemand weiß, wer — oder was — er wirklich ist, erfinden sie alles mögliche.«

Ich sah Del an. »So etwa hat Abbu Ajani beschrieben.«

»*Abbu* hat ihn beschrieben ...« Del brach ab und dachte sich ihr Teil. »Also kennt Abbu Ajani. Und reitet auch mit ihm? Auf beiden Seiten der Grenze?«

»Das glaube ich nicht, Bascha.«

»Woher willst du das wissen? *Ich* habe mit ihm getanzt. Ich habe ihn ein wenig kennengelernt. Abbu könnte ...«

»... viele Dinge in sich verbergen. Aber er ist kein Borjuni. Er ist kein Mörder und kein Mann, der Kinder verkauft.« Ich behielt einen ruhigen Tonfall bei. »Er sagte, daß er Ajani kennt. Aber er sagte auch, daß sie keine Freunde seien. Bezeichnest *du* jeden, den du triffst, als Freund? Oder sind es für dich alles Feinde?«

Rhashad, der nicht viel von einem Diplomaten an sich hatte, spürte die Gefahr nicht. »*Ich* bin kein Feind, Bascha ... ich wäre viel lieber ein Freund.«

Dels Tonfall zerschnitt sein Gelächter. »Kennt Ihr Ajani?«

Rhashad sah sie an. Die Belustigung verging. »Ich kenne ihn nicht. Ich weiß *von* ihm. Was ist er für Euch?«

Del war sehr kurz angebunden. »Ein Mann, den ich töten will.«

Rötliche Brauen schossen in die Höhe. »Oh, kommt, Bascha . . .«

»Tut es nicht«, sagte ich bestimmt.

Er ist langsam, aber er begreift. »Oh«, sagte er schließlich. Und ging dann in eine andere Richtung davon. »Du hast mit Abbu Bensir getanzt?«

»Trainiert«, antwortete sie kurz.

Ich grinste. »So nennt *sie* es. Fragt Abbu danach. Er würde Euch erzählen, daß er sie unterrichtet hat.«

»Abbu würde keine Frau unterrichten.« Rhashad betrachtete sie nachdenklich. »*Ich* würde es jedoch. Braucht Ihr noch immer einen Shodo?«

Dels Stimme klang kalt. »Ich brauche Ajani.«

Ich setzte den Becher mit Aqivi ab. »Was du *meiner* Meinung nach brauchst . . .«

Aber ich beendete den Satz nicht. Etwas kam dazwischen.

Zunächst war es nicht erkennbar. Es war Lärm, nicht mehr. Ein seltsamer, fremdartiger Lärm. Ich dachte sofort an Hunde, schob den Gedanken aber dann ungeduldig beiseite. Es klang nicht danach. Und außerdem *waren* keine Hunde mehr da.

Rhashad bewegte sich unbehaglich, beugte sich von der Wand vor, um Haltung und Gleichgewicht zu verändern. Er tat dies, ohne darüber nachzudenken, denn tief verwurzelte Gewohnheiten sind schwer abzulegen. »Was, zu den Hoolies, ist *das?*«

Ich schüttelte den Kopf. Del bewegte sich nicht.

Stille breitete sich im Wirtshaus aus. Niemand sprach. Niemand bewegte sich. Alle lauschten nur.

Es war ein schrilles, durchdringendes Klagen. Es

echote in den Vorläufern der Berge und kroch dann auf das Plateau und in die Stadt selbst.

»Stämme«, sagte ich bewußt, als sich der Lärm plötzlich änderte.

Das durchdringende Klagen veränderte seine Tonhöhe. Hunderte von Stimmen vereinigten sich in frohlockendem Geheul.

Rhashads Augen blickten starr. »Hoolies«, keuchte er entsetzt.

Del sah mich an. »Du kennst die Stämme.«

Das war eine Aufforderung dazu, eine Erklärung abzugeben. Aber es gab nur wenig, was ich sagen konnte. »Wenn ich eine Vermutung äußern sollte«, murmelte ich schließlich, »dann würde ich sagen, daß es das Orakel ist. Sie zollen ihm Tribut ... oder bereiten sich vielleicht auf einen Angriff vor.«

»Tollkühn«, murmelte Rhashad. »Sie müßten den Randpfad heraufkommen. Das Plateau ist zu leicht zu verteidigen.«

Ich warf ihm einen schnellen Blick zu. »Wer lagert am Anfang dieses Pfades?«

»Stämme«, murmelte Del. »Aber ich glaube, daß sie immer noch in der Minderheit sind.«

»Wir kennen ihre Anzahl nicht einmal. Einige der Krieger sind vielleicht jeden Tag hier vorbeigekommen, aber die meisten haben woanders gelagert. Die *Familien* sind hier gewesen ... und einige wenige Männer, die sie beschützen sollten.«

Rhashad nickte. »Um den Anschein der Normalität zu wahren.«

Ich erhob mich und stieß meinen Stuhl zurück. »Ich denke, wir sollten zurückgehen. Alric ist wahrscheinlich bei Lena und den Mädchen, aber man weiß nie.«

Gerade als wir uns in Bewegung setzten, erstarb das Geheul. Sein Verstummen war unheimlich und seltsam beunruhigend. Dann drängte jedermann in dem Wirtshaus zur Tür hinaus.

»Komm mit, Bascha«, sagte ich. »Ich mag dieses Gefühl nicht ... ein Gefühl, als würde etwas geschehen.«

Del folgte mir auf die Straße.

Etwas geschah. Es wartete, bis wir fast den ganzen Weg zu dem Haus, das wir mit Alric teilten, zurückgelegt hatten, gab uns Zeit zu atmen, wurde dann aber ungeduldig. Die Zeit des Abwartens war vorbei.

Del und ich hörten es, bevor wir es sahen. Hufschläge, dann rasendes Geschrei. Ungefähr vier Straßen weiter.

»Der Basar«, sagte Del und zog Boreal aus der Scheide. Die Klinge schimmerte im Mondlicht weiß.

Ich zog ebenfalls mein Schwert aus der Scheide, und zwar mit tiefstem Widerwillen.

Im Basar versammelten sich die Menschen. Sie kauerten sich unbehaglich in die Schatten leerer Stände und Behausungen, mochten die Unsicherheit nicht, wußten aber nicht, was sie sonst hätten tun sollen. In der Mitte des Basars, im genauen Zentrum der Stadt, hatten sich Stammesangehörige versammelt. Nicht viele. Ich zählte sechs, die alle auf Pferden saßen und bereit waren, fortzureiten. Wir waren ihnen zahlenmäßig um einiges überlegen.

Ein siebtes Pferd war gesattelt, aber nicht auf die übliche Art. Der Mann, der es ritt, war tot.

»Was sind sie?« fragte Del.

»Zwei Vashni. Ein Hanjii. Ein Tularain. Sogar zwei Salset.«

»Kennst du die Salset?«

»Ich habe *sie* gekannt. Aber sie kannten keinen Chula.«

Bewegung lief durch die Menge. Einer der Stammesangehörigen — ein Vashni — fuhr mit seiner Rede fort, deutete auf den Körper und vollführte dann barsche Gesten. Er war eindeutig zornig.

»Was sagt er?« fragte Del, denn er sprach reine Wüstensprache mit dem Dialekt der Punja.

Ich atmete geräuschvoll aus. »Er warnt uns — nein, nicht *uns*. Er warnt die Tanzeers. Der Mann — der tote Mann — hat sich in ihre Versammlung eingeschlichen und versucht, das Orakel zu ermorden, genau wie Rhashad es vorausgesagt hat. Jetzt sagt er den Tanzeers, daß sie alle Narren seien, daß das Orakel leben wird, um uns den Jhihadi zu präsentieren, genau wie er es versprochen hat.« Ich hielt inne und hörte zu. »Er sagt, sie wollten keinen Krieg. Sie wollten nur das, was ihnen rechtmäßig zusteht.«

»Den Süden«, sagte Del grimmig.

»Und den in Gras verwandelten Sand.«

Der Krieger beendete seine Rede. Er vollführte eine Geste, und einer der anderen schnitt die Seile durch, die den Leichnam auf dem Pferd gehalten hatten. Der Körper fiel mit dem Gesicht nach unten herab. Er wurde roh herumgedreht und dann von seinen Hüllen befreit, um die blutige Nacktheit und seine himmelschreiende Verstümmelung zu zeigen.

Ich mußte ein Geräusch verursacht haben. Del sah mich scharf an. »Kennst du ihn?«

»Ein Schwerttänzer«, antwortete ich verbissen. »Kein sehr guter — und *kein* sehr kluger —, aber jemand, den ich nichtsdestoweniger kannte.« Ich atmete tief ein. »Das hat er nicht verdient.«

»Er hat versucht, das Orakel zu töten.«

»Dummer, dummer Morab.« Ich berührte sie am Arm. »Laß uns gehen, Bascha. Die Botschaft ist überbracht worden.«

»Werden die Tanzeers zuhören?«

»Nein. Das bedeutet nur, daß sie versuchen müssen, unter ihren eigenen Männern einen weiteren Mörder zu finden. Kein Schwerttänzer wird diese Arbeit übernehmen. Ich bin überrascht, daß Morab sich dafür hergegeben hat.«

»Vielleicht wollte er das Geld.«

Ich warf ihr einen angewiderten Blick zu. »Es wird schwer sein, es jetzt auszugeben.«

Gerade als Del und ich in die Schatten zurücktraten, ertönten die Hufschläge erneut. Ich wußte, ohne hinsehen zu müssen, daß die Krieger hinausritten. Und Morab war tot, ein Opfer der Gier und der Dummheit. Jemand würde ihn begraben. Die Dummköpfe versammelten sich bereits.

Die Dunkelheit war dicht und tief in den Höhlungen der tiefliegenden Türen. Del und ich waren klug genug, jeden zu meiden, den wir meiden konnten, ohne uns allzu auffällig zu benehmen. Ein Kompromiß war das beste. Ein Kompromiß — und ein Schwert.

Und doch half das Schwert nicht viel, als das *Ding* quer durch meinen Sichtkreis schnitt und nur zwei Fuß von meinem Gesicht entfernt in das Holz eines Türrahmens donnerte.

»Tut mir leid«, sagte eine Stimme. »Ich wollte nur ein wenig üben.«

Er hätte es besser wissen sollen. Seine Stimme verriet mir nicht nur, wer er war, sie verriet mir auch, *wo* er war. Und ich ging schnell dorthin, um ihn zu finden.

Er grinste, trat mit federnden Schritten aus einem Eingang heraus und kam direkt über die Straße. In jeder seiner Hände lag eine Axt, die dritte steckte im Holz.

»Axt«, sagte Del ruhig und untersuchte die ins Holz gepflanzte Waffe, während ich losging, um ihrem Werfer das Handwerk zu legen.

»Oh, ich weiß«, sagte ich leichthin und kitzelte sein Kinn mit meiner Klinge.

»Wartet«, sagte Bellin.

»*Du* wartest«, sagte ich. »Was, zu den Hoolies, tust du eigentlich?«

Bellins Stimme klang verschlagen. »Ich übe«, erklärte er.

»Nicht mehr.« Ein leichter Schlag hierhin und dorthin, und die Äxte flogen aus seinen Händen. »Nein«, sagte ich nüchtern, als er sich anschickte sie aufzuheben.

Im Mondlicht wirkte sein Gesicht sehr jung. Fast zu jung, und zu hübsch. Sein Grinsen erstarb. »Ich wußte, was ich tat.«

»Ich will wissen: *warum?*«

Er sah mich unerschütterlich an und achtete nicht auf die schmerzenden Hände. »Weil ich es konnte«, belehrte er mich. »Und weil Ihr *Ihr* seid.«

Del zog die Axt aus dem Türrahmen und brachte sie zu mir herüber. »Er hätte dir die Nase abhacken können.«

Bellin die Katze lächelte. »Ich wollte nur Eure Aufmerksamkeit erringen.«

Ich betrachtete ihn abschätzend, und mir gefiel seine Haltung nicht. Also streckte ich meine linke Hand aus, packte ihn am Kragen und stieß ihn zurück an die Wand. »Du«, sagte ich, »bist ein Narr. Ein verlogener, unverschämter Narr, der Glück hat, daß er noch lebt. Ich sollte dir eine Tracht Prügel verabreichen mit drei Fuß nordischen Stahls.«

Meine Faust war unter sein Kinn gepreßt, und Bellins Gesicht sah wenig glücklich aus. Aber er klang nicht reumütig. »Ich habe Euch in dem Wirtshaus geschlagen, weil ich es mußte.«

»Oh. Und warum das?«

»Wenn ich es nicht getan *hätte*, hätten sie vielleicht begonnen, mir zu mißtrauen.«

»Wer ist ›sie‹?« fragte ich.

»Die Männer, mit denen ich reite.«

»Die Männer, mit denen du reitest, haben von dir verlangt, mich zu schlagen? Das ist schwer zu glauben.«

»Ihr kennt sie nicht.« Er schluckte sichtbar. »Wenn Ihr Eure Hand von meiner Kehle nehmen würdet, könnte ich vielleicht atmen ... und dann könnte ich es Euch erklären.«

Ich ließ ihn sofort los. »Erkläre«, sagte ich barsch, als Bellin mühsam sein Gleichgewicht wiederfand.

Er rieb heftig seine Kehle und zupfte dann sein grüngestreiftes Gewand zurecht. »Die Geschichte würde bei einem Krug Aqivi besser klingen.«

Ich hob leicht meine Klinge. »Oder bei drei Fuß Stahl.«

Bellin schaute an mir vorbei zu Del. Lächelte schwach, beäugte die Axt in ihrer Hand und schaute dann wieder zu mir. »Es war Eure Idee.«

»*Meine* Idee ...« Schnell ging ich auf ihn zu und zwang ihn zurückzuweichen. Der Eingang hinter ihm war geöffnet. Bellin stolperte hindurch. Ich folgte ihm schweigend und mit Del auf den Fersen. »Meine Idee, Panjandrum?«

»Ja.« Er blieb stehen und bewahrte Haltung. »Meine Äxte«, sagte er klagend.

Del und ich rührten uns nicht.

Bellin, der das sah, seufzte. Rieb heftig seinen Kopf, wodurch seine zerschnittene Hand schmerzte, raufte sich die Haare und schaute dann zu mir zurück. »Ihr sagtet, ich könnte mit Euch reiten, wenn ich Ajani für Euch finden würde.«

Jetzt war Del an der Reihe. »Hast du ihn gefunden?« fragte sie. »Oder ist das wieder ein Trick?«

»Kein Trick«, versicherte er uns. »Wißt Ihr, wie viele Monate es mich gekostet hat, ihn zu finden?«

»Weniger als mich«, fauchte sie. »Was ist mit Ajani?«

Bellin seufzte. Er war, wie ich immer wieder bemerkte, nicht älter als neunzehn, vielleicht zwanzig, und fremd im Süden. Ich wußte nicht viel über ihn, außer daß er Ruhm suchte und redegewandt war. Ich war überrascht, daß er noch lebte, daß niemand ihn bis jetzt getötet hatte.

Und dann erinnerte ich mich an die Äxte.

»Wir warten«, sagte ich grimmig.

Bellin nickte. »Kurz nachdem ich Euch getroffen hatte, machte ich mich auf die Suche nach Ajani. Das war die Bedingung, wie Ihr gesagt hattet. Ich beschloß, sie zu erfüllen.«

Die Axt in Dels Hand blitzte auf. »Verschwende keine Zeit, Panjandrum.«

Er sah sie an. Sah die Axt an. Überlegte, wie es sein könnte, durch seine eigene Waffe zu sterben. Zumindest *denke* ich, daß er das tat. Aber es brachte ihn wieder zum Reden.

»Man kann nicht einfach in zahllose Städte und Ansiedlungen hineinmarschieren und nach Ajani fragen«, erklärte er, obwohl Del dies auf ihre direkte Art getan hatte. »Es ist mehr als das erforderlich. Klugheit, List, ein wenig Erfindungsgabe.« Er lächelte kurz. »Es bedarf eines Mannes, der weiß, wie man eine Geschichte seinen Bedürfnissen anpaßt.«

»Der Sohn des Sandtigers«, murmelte ich.

Bellin nickte. »Was war ich anderes als ein Fremder? Ein Neuling noch dazu. Niemand würde mir die Wahrheit sagen, wenn ich erklären würde, was ich wirklich wollte. Also setzte ich ihnen eine Geschichte vor. Die Beste, die mir einfiel.« Er berührte einen Schatten an seinem Hals, und aufgereihte Krallen rasselten. »Ich gab mich als Eueren Sohn aus. Und die Leute redeten mit mir.«

»Warum?« fragte Del barsch. »Warum soviel Ärger auf sich nehmen? Du mußtest wissen, daß wir nichts von dir wollten.«

Es war direkt, aber wahr. Bellin zuckte nur die Achseln. »Aber wenn ich Euch sagen würde, was Ihr wissen wolltet, würdet Ihr mich vielleicht besser beurteilen. Geschichten würden die Runde machen. Mein Name würde darin erwähnt werden.«

»Oh, *dein* Name ist bekannt«, sagte ich, »nur daß du ihn von mir gestohlen hast.«

Er grinste. »Aber vielleicht könnte ich Euch irgendwann gewachsen sein. Ich werde einer Menge Leute gewachsen sein. Wenn sie mich erst einmal kennenlernen, mögen sie mich ziemlich gern.«

Del und ich antworteten bewußt nicht.

Bellin räusperte sich. »Euren Namen zu benutzen, hat mich bekannt gemacht, mit einem gewissen Anspruch auf Ruhm, so daß ich einige Aufmerksamkeit erringen konnte. Ich habe mir damit den Zugang zu Orten erkauft und mir gute Chancen für den Fall verschafft, daß — *wenn überhaupt* — Ajani sich meiner bewußt würde oder meiner bewußt *gemacht* würde.« Bellin zuckte die Achseln. »Es brachte mir, was ich wollte: von Ajani angeheuert zu werden. Und es brachte *Euch*, was Ihr wollt ... aber noch mehr, als Ihr jemals erwartet habt.«

Dels war kurz angebunden. »Was ist es, Panjandrum?«

»Ajani ist der Jhihadi.«

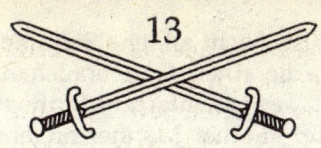

13

»*Was?*« brach es aus mir heraus.

Del wahrte etwas mehr Fassung. »Wenn du auch nur einen Moment glaubst, wir würden solchen Unsinn glauben ...«

Bellin lächelte nur. »Es spielt keine Rolle, was einer von *Euch* glaubt, sondern nur, was jedermann sonst glaubt.«

Das brachte uns einen Moment zum Schweigen. Es war zu wahr, als daß man es hätte leugnen können.

Dann wurde Del ärgerlich. »Es ist mir egal, wie er sich nennt. Ich weiß, was er ist ... ich weiß, was er *getan* hat.«

Bellin unterbrach mich. »Aber es ist wichtig. Könnt Ihr das nicht erkennen? Ajani erhebt sich zum Jhihadi. Er wird die Leute glauben machen, daß er es ist. Wenn sie es fest genug glauben, wird er der Jhihadi *sein*, weil sie ihn dazu machen werden.«

»Du meinst ...« Ich brach einen Moment ab und dachte über all das nach, was geschehen war, seit wir zum ersten Mal von dem Jhihadi gehört hatten. »Du willst uns erzählen, daß diese ganze Scharade Ajanis Idee war? Das Orakel und alles?«

»Unmöglich«, sagte Del kurz. »Nicht wenn die Stämme darin verwickelt sind. Nicht wenn so viele Leute bereit sind, ihn Messias zu nennen.«

Bellin zuckte die Achseln. »Ich weiß nichts über Orakel und Jhihadis ... ich bin ein Fremder, erinnert Ihr Euch? Ich weiß nur, daß Ajani die Stadt zu seinem eigenen Nutzen manipuliert.«

Ich schüttelte den Kopf. »Nicht die ganze Stadt. Nicht

jeden, der hier ist. Nicht all jene Stämme, die Tanzeers und die Leute, die einen Gott brauchen. Er *kann* das nicht alles tun ... es ist einfach nicht möglich.«

Bellin seufzte. »Er hat Männer angeheuert, um die Gerüchte zu verbreiten. Ich bin einer von ihnen. Wir spazieren zwischen den Menschen umher und lassen hier und da Hinweise fallen, über die sie nachdenken sollen. Es war Ajanis Idee zu sagen, daß das Orakel in zwei Tagen ankommen soll. Weil er dann den Jhihadi präsentieren kann ...«

Del griff den Gedanken auf und nickte. »... der in Wirklichkeit Ajani sein wird.«

Ich schüttelte bedächtig den Kopf. »Da hängt zuviel dran. Es sind zu viele Leute beteiligt ... ein Mann kann nicht einfach eines Tages beschließen, daß er ein Messias werden will, und sich dann dazu ernennen. So geht es nicht.«

»Natürlich geht es so«, lachte Bellin. »Die Religion ist eine seltsame Sache. Eine *sehr* seltsame Sache ... und Ajani versteht das. Er weiß, daß ein starker Mann, wenn er sich mit ebenso ehrgeizigen Männern umgibt, seine eigene Religion aufbauen oder sich zum König erheben kann. Alles was er braucht ist ein Kern getreuer Gefolgsleute, die bereit sind zu tun, was er befiehlt, *egal* was er befiehlt, um sie dann das Wort verbreiten zu lassen.« Er vollführte eine Geste. »Das hat er bereits. Und wir haben alle die Menschenmengen vorbereitet.«

»Sula«, sagte ich ernst. »Sie sprach von den Geschichten ... von einem versprochenen Jhihadi, der den Sand in Gras verwandeln soll.«

Bellin zuckte nur die Achseln. »Wenn man etwas wahrhaftig erscheinen lassen will, greift man auf wahrhaftige Dinge zurück.«

Das war absolut unmöglich. Nicht die Idee, die ich sehr gut verstehen konnte, sondern daß er so *viele* Leute aufrütteln könnte, die bereit wären, ihn Messias zu nennen. »Er ist nur ein Borjuni ... ein im Norden geborener

Verräter. Er tötet Menschen. Entführt Kinder und verkauft sie in die Sklaverei. Willst du uns erzählen, daß Ajani die Voraussetzungen dafür hat, eine neue Religion zu gründen und sich zum *Messias* zu machen?«

Bellins Gesichtsausdruck war seltsam. »Habt Ihr Ajani schon einmal getroffen?«

»Ich habe ihn schon einmal getroffen«, sagte Del kalt.

Er spreizte die Hände. »Dann wißt Ihr Bescheid.«

»Worüber weiß ich Bescheid« fauchte sie. »Wie sehr ihn seine Arbeit erfreut?«

Bellin wich nicht aus. »Wenn Ihr ihn getroffen habt, dann wißt Ihr es.«

»Sag es *mir*«, schlug ich vor. »Ich weiß nichts.«

Der junge Mann gestikulierte heftig mit den Händen. »In der Umgangssprache der Insel würden wir ihn einen *Musarreia* nennen, einen Mann, der sehr hell strahlt, so wie der größte Stern am Himmel. Ich bin auch Seemann. Er könnte als der Polarstern bezeichnet werden, nach dem wir steuern.« Er runzelte die Stirn, denn er sah unsere Gesichter. »Versteht Ihr? Er scheint heller als jeder andere. Er ist die Flamme, und wir sind die Motten ... Ajani zieht uns alle an. Und für jene, die nicht achtgeben, wird die Flamme zur Todesfalle.«

Ich konnte nichts sagen. Aber Del konnte es.

»Er ist ein *Mörder*«, erklärte sie. »Er hat meine ganze Familie getötet und meinen Bruder an Sklavenhändler verkauft. Ich war *dabei*. Ich weiß es.«

Bellin sah sie an. Ihre Stimme war sehr ruhig, aber deshalb nicht weniger überzeugend. »Niemand sonst weiß das. Und wenn er zum Jhihadi ernannt wird, wird niemand diese Geschichte glauben.«

Dels Gesicht zeigte einen seltsamen Ausdruck, und es schmerzte fast, es zu betrachten. Es war offensichtlich, daß sie Bellin einen Lügner nennen, alles widerlegen wollte, was er gesagt hatte, denn das Eingeständnis, daß er vielleicht recht hatte, gab Ajani zusätzliche Macht. Sie hatte sechs Jahre ihres Lebens damit verbracht, ein Gefängnis für ihn zu bauen, ihn in Gewahrsam zu nehmen, bis sie sich mit ihm beschäftigen könnte. Damals war er einfach Ajani, der Mann, der ihr Leben zerstört hatte.

Jetzt war er jemand anderer. Jemand, der nicht mehr im Gefängnis war. Jemand, mit dem sie sich zu anderen Bedingungen als ihren eigenen beschäftigen mußte.

Es tat mir weh, sie anzusehen. Es tat mir weh, ihre Qual zu erkennen, den Kampf um das Verstehen. Wieder mit Ajani konfrontiert zu werden, ohne ihm leibhaftig gegenüberzustehen.

Ich steckte mein Schwert zurück, steckte es tief in die Scheide. »Ich werde die Äxte holen.« Und ging hinaus.

Als ich zurückkam, saß Bellin am Boden, gegen eine bröckelige Wand aus Ziegelsteinen gelehnt. Del ging schweigend auf und ab: Eine hellhaarige, schwarzäugige Katze, die sich gegen das Eingesperrtsein wehrte.

Ich gab Bellin seine beiden Äxte. Die andere hatte er bereits. »Bist du sicher?« fragte ich leise. »Bist du ganz sicher?«

Im Mondlicht sah er jünger aus. »Ich weiß nicht alles. Nur das, was er uns gesagt hat.« Äxte klangen zusammen, als er geschickt damit hantierte. Es waren keine schweren Hackäxte, sondern kleinere, ausgewogenere Waffen. Und gleichermaßen tödlich. »Ich bin ein Pirat«, sagte Bellin ruhig, »ein zufälliger Seemann. Ich weiß wie man sein Glück erkennt, und ich weiß, wie man es sich nimmt. Ich habe meinen Weg in dieser Welt durch einen schnellen Verstand und eine noch schnellere Zunge gemacht. Ihr habt das Ergebnis gesehen.« Sein jungenhaftes Lächeln geriet schief. »Ich habe gelernt, die Menschen unter ihrer Haut zu beurteilen. Ajanis ist dikker als die meisten.«

Ich hockte mich neben ihn. »Erzähl weiter.«

Bellin seufzte. »Ich *weiß* das nicht ... ich vermute jetzt nur. Aber ich bin schon eine Weile hier, und ich glaube, ich verstehe ein wenig davon, wie der Süden funktio-

494

niert.« Er schaute kurz zu Del, die vier Schritte entfernt in die Schatten gehüllt dastand und zuhörte. »Um im Süden Macht zu haben, muß ein Mann ein Tanzeer sein.«

»Das ist offensichtlich«, sagte ich. »Jeder weiß das.«

»Könnte ein Nordbewohner eine Domäne beanspruchen?«

»Wahrscheinlich nicht«, antwortete ich. »Selbst wenn er genug Männer hätte, um sich eine kleine Domäne zu erobern, würden die Leute ihn niemals anerkennen. Jemand anderer käme daher — jemand *Südliches*, mit mehr Männern — und würde ihn gewaltsam absetzen. Er würde seine Domäne verlieren und wahrscheinlich auch sein Leben.«

Del trat ins Licht. »Er ist ein Borjuni«, sagte sie. »Das ist er seit Jahren. Warum sollte sich das jetzt ändern?«

Bellin zuckte die Achseln. »Ajani ist vierzig Jahre alt.«

Das traf den Punkt. Ich rieb gedankenvoll meine Narbe. »Zeit für eine Veränderung«, sagte ich. »Zeit für etwas Dauerhafteres.« Stirnrunzelnd erhob ich mich und begann selbst auf und ab zu gehen, wobei ich weiter nachdachte. »In Ordnung. Sagen wir, daß Ajani ehrgeizig ist. Wir wissen, daß er es ist. Sagen wir, daß er gierig ist. Das wissen wir auch. Und sagen wir, daß er auf irgendeine Weise ein Talent dafür hat, die Menschen zu begeistern — und zu beherrschen. *Du* sagst, daß er es hat.« Ich zuckte die Achseln. »Dann können wir auch sagen, daß er mehr will als nur eine einfache Domäne. Vielleicht will er sie alle — oder zumindest einen großen Teil davon.«

»›Sagen wir‹«, wiederholte Bellin zustimmend.

Ich fuhr fort, während ich noch immer auf und ab ging. »Aber wie fängt er das an? Indem er den Feind tötet. In diesem Fall: die *Feinde*.« Ich dachte darüber nach. »Wir wissen, daß das Töten ein naheliegendes Mittel für Ajani darstellt — das hat er oft genug bewiesen —, aber er braucht auch eine Waffe. Eine besondere Art Waffe, gegen die niemand anderer ankommt. Und ich meine damit kein Schwert.«

»Menschen«, erklärte Del, die nur zu gut verstand.

»Menschen«, stimmte ich zu. »So viele Menschen, daß die Tanzeers gezwungen sind aufzugeben.«

Sie kam weiter ins Licht und ließ die Schatten hinter sich. »Er will die Stämme. Aber er weiß, daß nichts sie vereinigen kann. Nichts kann sie zu der Bereitschaft bringen, gemeinsam gegen die südlichen Tanzeers anzutreten. Das hast du oft genug gesagt.«

Ich nickte. »Also benutzt er die Religion. Die Stämme sind unglaublich abergläubisch ... er macht sich zu einem Messias, den die Stämme außerordentlich verehren werden, weil er ihnen die Dinge erzählt, die sie am dringendsten hören wollen: daß er den Sand in Gras verwandeln kann.« Ich blieb unvermittelt stehen. »Wenn er so überwältigend ist, wie Bellin vermutet, werden sie alles tun, was Ajani verlangt. Sie werden sogar einen heiligen Krieg beginnen.«

Del widersprach verzweifelt. »Er ist nur *ein Mensch*.«

Bellins Stimme klang sanft. »Sein Schein ist sehr hell.«

Die Stille war schneidend. Dann sprach ich das Offensichtliche aus: »Das ändert die Dinge.«

Del schüttelte den Kopf. »Ich habe noch immer die Absicht, ihn zu töten.«

Trocken schlug ich vor: »Dann tust du es besser heimlich.«

Das saß. »Ich bin kein Mörder, Tiger. Was ich tue, tue ich bei Tageslicht, damit jedermann es sehen kann.«

»Gut«, stimmte ich zu. »Tu es, Bascha, aber du wirst einen heiligen Krieg auslösen.«

Del machte eine barsche Geste. »Aber es *gibt* keinen Messias! Es *gibt* keinen Jhihadi. Es ist alles Lüge!«

»Hast du Bellin nicht zugehört? Hast du nicht gehört, was er gesagt hat?« Ich deutete mit dem Daumen in seine Richtung. »Es ist egal, was wir wissen oder was wir denken ... nur was *sie* glauben zählt. Wenn du den Jhihadi tötest, werden sie dein Blut fordern. Sie werden *jedermanns* Blut fordern.«

»Tiger ...«

»Willst du das auf dich nehmen?«

»Willst du, daß ich ihn *nicht* töte?«

»Nachdem du all diese Schwüre geleistet hast?« Ich schüttelte den Kopf. »Ich möchte nur, daß du nachdenkst.«

»Ich habe nachgedacht.« Sie sah Bellin an. »Wo *ist* Ajani?«

Der Junge zögerte nicht. »Irgendwo in den Ausläufern der Berge. Ich weiß nicht wo.«

Ihre Augen verengten sich. »Und dennoch arbeitest du für ihn.«

Bellin zuckte die Achseln. »Ich wurde nur dafür angeheuert, nach Iskandar hineinzureiten und bei der Verbreitung der Gerüchte zu helfen. Er traf sich mit uns in der Nähe von Harquhal und sagte uns, was wir tun sollten. Dann ging er fort, um sich auf seine heilige Ankunft vorzubereiten.«

»Kannst du erfahren, wo er ist?«

»Er wird in einem oder zwei Tagen *hier* sein.«

»Du hast es gehört, Tiger«, sagte sie. »Endlich einmal ergibt etwas einen Sinn.«

Wie nett von ihr, das zu sagen.

Bellin stand auf und verstaute die Äxte unter seinem Gewand. Er barg sie in einem Gürtel an seinem Rücken, wo sie unter dem bauschigen Stoff absolut nicht zu sehen waren. »Ich kann es versuchen«, sagte er. »Aber Ajani ist absichtlich fortgegangen. Er will nicht gefunden werden. Er will im Verborgenen bleiben, bis der Jhihadi erscheinen kann.«

Ich dachte über die Krieger nach, die in den Ausläufern der Berge versammelt waren. Es war wahrscheinlich, daß sie wußten, wo er war. Vielleicht war er sogar *bei* ihnen.

Dann dachte ich über den toten Morab nach, dem so viel von seiner Haut und seinen Genitalien gefehlt hatte.

Das war das Risiko nicht wert.

»Wir werden uns etwas überlegen«, murmelte ich.

Bellin grinste mich an. »Das wird der Sohn des Sandtigers auch.«

14

Del schwieg während des ganzen Weges zurück zu der Behausung, die wir uns mit Alric teilten. Es gab nicht viel, was ich hätte sagen können, um sie aus ihrem Grübeln zu reißen. Und außerdem war ich selbst zu sehr mit Nachdenken beschäftigt.

Ajani. Der *Jhihadi?* Es war einfach nicht möglich.

Und doch ergab Bellins Erklärung durchaus einen Sinn. Ergab zuviel Sinn. Wenn das alles stimmte, waren Dels Schwüre ernsthaft gefährdet.

Offensichtlich wußte sie das. Wir gingen nicht in das Gebäude hinein, weil Del kurz vor der Tür plötzlich stehenblieb. Sich dann zur Seite wandte und halbwegs an der bröckeligen Wand zusammenbrach, die Arme fest unter ihren Brüsten verschränkt, während sie sich dagegen lehnte.

»Sechs Jahre«, sagte sie angespannt. »Sechs Jahre sind sie jetzt schon tot ... sechs Jahre bin *ich* jetzt schon tot ...« Sie rollte den Kopf in nutzloser, schmerzlicher Verzweiflung an der Wand hin und her. »Ein Messias ... ein *Messias* ... wie kann er so etwas tun?«

»Del ...«

»Er gehört *mir*. Dafür habe ich überlebt. Da*durch* habe ich überlebt. Darum habe ich nicht aufgegeben.«

»Ich weiß. Del ...«

Sie hörte nicht zu. »Den ganzen Weg nach Staal-Ysta habe ich mich am Haß genährt ... an der Rache, die mir im Namen der nordischen Götter versprochen worden war. Als ich keine Nahrung hatte, hatte ich keinen Hunger, weil da der Haß war ... als ich kein Wasser hatte, hatte ich keinen Durst, weil da immer der *Haß* war ...«

Sie hielt inne, als hätte sie sich selbst gehört und ihren Mangel an Selbstbeherrschung erkannt. Del fürchtete sich davor, die Fassung zu verlieren.

Ruhiger fuhr sie fort: »Und als ich wußte, daß da ein Kind sein würde, weidete ich mich an dem Haß ... das gab mir einen Grund zu leben. Es würde mich nicht sterben lassen. Ich *durfte* nicht sterben, weil ich meine Schwüre geleistet hatte. Das Kind würde ein Beweis sein, sogar in meinem Bauch.«

Ich sagte nichts.

Del sah mich an. »Du kannst Haß verstehen. Du hast davon gelebt, genau wie ich ... du hast von Haß erfüllt gegessen und getrunken und geschlafen ... aber du hast nicht zugelassen, daß er dich auffrißt. Du hast nicht zugelassen, daß er *du* wurde.« Sie legte beide Hände an ihr Gesicht. »Wenn Ajani mir genommen wird, dann bleibt kein *Ich* mehr übrig.«

Es schmerzte zu sehr. Es ließ meine Stimme hart werden. »Also willst du ihn trotz allem siegen lassen. Nach sechs Jahren. Nach all diesen Schwüren.«

»Du verstehst ni ...«

»Ich verstehe sehr gut, Delilah. Wie du selbst gesagt hast, habe auch ich mit dem Haß gelebt. Ich kenne seinen Geschmack, ich kenne seinen *Geruch* ... ich weiß, wie er im Bett ist. Und ich weiß, wie verlockend er ist, wie alles verschlingend ... wie *befriedigend* er anstelle eines menschlichen Partners ist.«

Dels Gesicht war knochenweiß. »Alles was ich getan habe, habe ich im Namen des Hasses getan. Ich habe eine Tochter geboren und habe sie aufgegeben ... ich habe mich in Staal ausbilden lassen ... ich habe viele Menschen getötet ...« Sie schluckte mühsam. »... ich habe versucht, mich an der Freiheit eines Mannes, an dem mir liegt, zu vergreifen ... und dann habe ich *ihn* fast getötet.«

Das beschäftigte mich einen Moment. »Nun«, sagte ich, »er hat überlebt.«

Dels Blick schwankte nicht. »Wenn er nicht überlebt hätte, hätte ich mir keine Trauer erlaubt. Ich hätte den Schmerz abgelegt und weiterhin Ajani gesucht ... allein, wie zuvor. Eine Frau, die sich vom Haß nährt und mit der Besessenheit schläft ...« Ihre Stimme versagte. Um gleich darauf wieder da zu sein. »Warum bist du hier, Tiger? Warum bleibst du bei mir?«

Ich wollte sie berühren, aber ich tat es nicht. Ich wollte mit ihr reden, aber ich konnte es nicht. Ich habe kein Talent im Umgang mit Worten. Dieser besondere Schwerttanz erforderte mehr, als wir uns beide bewußt waren. Viel mehr, als wir im Kreis mit unseren Schwertern gelernt hatten.

Als ich dazu fähig war, zuckte ich die Achseln. »Ich dachte irgendwie, du würdest bei *mir* bleiben.«

Del lächelte nicht. »Du hast keine Schwüre geleistet. Ajani ist nicht deine Verbindlichkeit.«

Müßig trat ich gegen einen Stein und ließ ihn beiseite rollen. Und trat dann an die Wand, neben Del, und lehnte mich dagegen. »Ich denke, es gibt Zeiten, in denen keine Schwüre geleistet werden *müssen*. Einige Dinge — geschehen einfach.«

Del sah mich an. Atmete dann hastig ein. »Du machst es mir schwer.«

Ich schaute unbewegt über die Straße. »Du hast Angst, nicht wahr?«

»Vor Ajani? Nein. Ich habe zu sehr gehaßt, um Angst zu haben.«

»Nein. Du hast große Angst vor dem, was danach kommt.«

Del schloß die Augen. »Ich habe Angst«, sagte sie, »daß ich nicht die Empfindungen haben werde, die ich haben sollte.«

»Welche sind das, Bascha?«

»Freude. Befriedigung. Stolz. Erleichterung. Erfüllung.« Sie öffnete die Augen wieder. Ihre Stimme war von Bitterkeit geprägt. »Die Empfindungen, die sich mit dem unbelasteten Beischlaf einstellen sollten oder die vom Haß gezeichnet sind.«

Ich sah stirnrunzelnd zu Boden. »Als ich jung war«, erzählte ich ihr, »schwor ich, einen Mann zu töten. Und ich meinte es absolut ernst. In meiner Seele war für nichts anderes mehr Platz als für Haß, für nichts anderes als diesen Schwur. Wie du, lebte auch ich davon. Ich trank davon. Ich ging jede Nacht mit ihm ins Bett und flüsterte den Sternen zu, daß ich den geleisteten Schwur einlösen würde, daß ich diesen Mann töten würde. Ich war ein Junge. Jungen schwören Dinge und halten sie niemals. Aber ich *meinte* es so ... und dieser Schwur half mir, bis zu dem Zeitpunkt zu überleben, als ein Sandtiger in das Lager kam und einige der Kinder tötete.

Dieser Schwur veranlaßte mich dazu, meinen groben Speer zu nehmen und allein in die Punja hinauszugehen, um den Sandtiger zu töten. Weil ich wußte, daß ich, wenn es mir gelänge, wenn ich den Sandtiger tötete, eine Gnade fordern könnte, und dann würde ich das bekommen, was ich mir am meisten wünschte.«

»Die Freiheit«, murmelte Del.

Ich schüttelte bedächtig den Kopf. »Eine Chance, den Shukar zu töten.«

Sie straffte sich. »Diesen alten Mann?«

»Dieser alte Mann hat mehr dazu beigetragen, das zu zerstören, was von meinem Leben übriggeblieben war, als irgend jemand sonst in dem Stamm. Und er war es, der mich überleben ließ.«

»Aber du hast ihn nicht getötet.«

»Nein. Ich war drei Tage lang krank von dem Gift. Sula sprach für mich und sagte, man schulde mir die Freiheit.« Ich zuckte die Achseln. »Ich hatte geglaubt, den Shukar zu töten, würde mir eine Freiheit verschaffen — eine Freiheit des Geistes, wenn nicht des Körpers. Es war die einzige Art, die ich gekannt hatte.«

»Aber sie haben dich statt dessen fortgeschickt.«

»Sie gaben mir die physische Freiheit. Ich war kein Chula mehr.«

»Was willst du damit sagen, Tiger?«

»Daß ich letztendlich gesiegt habe. Was der alte Mann sich am meisten gewünscht hatte, war, mich *tot* zu sehen, nicht frei ... und ich habe ihn überlistet.«

»Tiger ...«

Ich behielt einen ruhigen Tonfall bei. »Manchmal ist das, was wir wollen, nicht das Beste für uns. Egal wie sehr wir es wollen.«

Del antwortete nicht. Sie lehnte gegen die Wand, genau wie ich, und starrte in die Dunkelheit. Und sprach schließlich. »Denkst du, ich habe unrecht?«

Ich lächelte verzerrt. »Es spielt keine Rolle, was ich denke.«

Del sah mich an. »Es spielt eine Rolle«, sagte sie. »Ich wollte immer wissen, was du denkst.«

»Immer?«

»Nun, vielleicht am Anfang nicht ... nicht als wir uns zum ersten Mal trafen. Du warst unausstehlich, so selbstsicher und südlich und *männlich*.« Del lächelte leicht. »Ich dachte, daß das, was du brauchtest, ein Schlag auf den Kopf sei, um ein wenig Besinnung in dich hineinzuprügeln ... oder vielleicht die Kastrierung, damit du nicht mehr mit deiner Männlichkeit anstatt mit deinem Gehirn denken würdest.«

»Du hast keine Ahnung, was du einem Mann antun kannst, Delilah, wenn er das erste Mal ein Auge auf dich wirft. Glaube mir, kein Mann — kein *gesunder* Mann — kann dann mit etwas anderem denken.«

Del zog eine Grimasse. »Danach habe ich nie gefragt. Es ist eine Last, kein Geschenk.«

»Seltsam«, sagte ich müßig, »*ich* habe es nie als Last empfunden.«

Sie warf mir einen Blick zu. »Selbstgefälligkeit steht dir nicht.«

»Alles steht mir.«

»Sogar Chosa Dei?«

Ich runzelte die Stirn. Das Spiel war vorbei. »So weit es mich betrifft, hat er keinen Anteil daran. Er ist kein Teil von mir. Er ist nicht einmal Teil des Schwertes. Er ist nur ein Parasit.«

»Aber ein tödlicher. Und jetzt, wo wir wissen, daß Shaka Obre in keiner Weise mit diesem Jhihadi in Zusammenhang steht ...« Sie stockte. »Ich kann es noch immer nicht glauben. Ajani — ein Messias?«

Ich zuckte die Achseln. »Er ist ein Opportunist. Vielleicht ist wirklich etwas an dieser Jhihadi-Geschichte — immerhin war es der alte heilige Mann in Ysaa-den, der zuerst das Orakel und den Jhihadi erwähnt hat —, und Ajani hat einen Plan ausgeheckt, der sich auf dem begründet, was er gehört hat.«

Del schüttelte bedächtig den Kopf. »Ich kann den Mann, den ich kannte, nicht mit dem Mann, den Bellin kennt, in Einklang bringen.«

Ich dachte einen Moment darüber nach und sagte dann vorsichtig: »Bist du denn so sicher, daß du ihn mit irgend etwas in Einklang bringen kannst? Du kannst dich an Brutalität und Mord erinnern ... du hast gesehen, wie Ajani und seine Männer deine ganze Familie getötet haben. Du hast gesehen, wie Jamail mißhandelt wurde. Du hast Ajanis *Aufmerksamkeiten* erlitten. Mit fünfzehn Jahren — und unter solchen Umständen — konntest du diesen Mann auf keinen Fall richtig beurteilen. Du konntest nur *empfinden* ... und Gefühle — oder ihr Nichtvorhandensein — lassen nicht viel Objektivität zu.«

Dels Stimme klang tonlos. »Sie lassen die Fähigkeit — und das Verlangen — zu, einen Mörder zu töten.«

»Und damit sind wir wieder da, wo wir angefangen haben.« Ich richtete mich auf. »Aber vielleicht auch nicht.«

»Vielleicht auch nicht? Tiger, was willst du ...«

»Komm mit«, sagte ich bestimmt, »es gibt da jemanden, mit dem ich reden muß.«

»Jetzt? Es ist schon spät.«

»Komm mit, Bascha! Das kann nicht warten.«

Elamain dachte natürlich, ich sei gekommen, um sie zu
sehen. Bis sie Del sah.

»Esnat«, sagte ich knapp.

Sabo, der uns an der Tür begrüßt hatte, ging sofort
los, um seinen Herrn zu holen. Und so stand Elamain in
dem Raum, eingehüllt in ihr seidiges Haar, das vorn
über ihr Nachtgewand herabfloß. Die zarten Füße waren nackt. Ich empfand dies als seltsam erotisch. Dann
erinnerte ich mich daran, daß für einen Südbewohner
jeder Körperteil einer Frau erotisch war, da sie sie unter
so vielem verbarg.

»Esnat?« echote sie.

»Geschäfte«, sagte ich kurz. »Du kannst genausogut
wieder ins Bett gehen.«

Elamain warf Del einen schnellen Blick zu und sah
dann wieder zurück zu mir. »Nur wenn du mitkommst.«

»Verschwendet Eure Zeit nicht«, schlug Del vor. »Er
ist ein Mann, Elamain, keine zahme Katze ... und im
Gegensatz zu Euch glaube ich, daß er mehr Gefühl und
Integrität besitzt, als Ihr ihm zutraut. Einen Mann mit
Neckerei und Tricks zu bearbeiten, ist kein Weg, ihn für
sich zu gewinnen.«

Elamains Augen weiteten sich. »Wer neckt? Wer wen-
det Tricks an? Ich verberge nichts von dem, was ich will.
Nicht mehr als Ihr, die Ihr die Waffe eines Mannes bei
Euch tragt, tut, was *Ihr* wollt ...«

Aber sie konnte ihren Satz nicht beenden, weil Esnat
den Raum betrat.

Er hatte geschlafen und war noch nicht vollständig
wach. Er blinzelte, als er uns sah, zupfte seine Kleidung
zurecht und hob die Brauen, als er Elamain gewahr
wurde. Dünnes, staubfarbenes Haar, das jetzt nicht

mehr von einem Turban fast erdrückt wurde, hing lang auf schmale Schultern. Und die Flecken auf seinem Kinn waren zahlreicher geworden. Ich wurde mir immer wieder der Tatsache bewußt, daß ich für diesen Mann tanzen sollte, damit er eine Frau beeindrucken konnte.

Doch seine Werbung würde warten müssen.

»Ich verlange Ehrlichkeit«, sagte ich. »Warum seid Ihr hier?«

Sabo, Elamain und Esnat starrten mich an. Das war nicht das, was sie erwartet hatten.

»Warum?« fragte ich erneut. »Sasqaat liegt am anderen Ende der Punja. Es ist eine kleine Domäne. Warum solltet Ihr den ganzen Weg nach Iskandar auf Euch nehmen? Warum, um den Gedanken weiterzuführen, sollte *irgendein* Tanzeer kommen? Was lockt sie an?«

Etwas flackerte in Esnats Augen auf. Jetzt wußte ich, daß ich ihn genau an der richtigen Stelle erwischt hatte.

»Verschwendet keine Zeit«, sagte ich. »Ihr seid ein Tanzeer, und noch dazu kein dummer, egal was Ihr Elamain und andere glauben gemacht habt. Die Maskerade ist vorbei, Esnat. Ich will die Wahrheit hören. Dann werde ich Euch meine erzählen.«

Esnat sah sich um. Dann ließ er Kissen und Teppiche bringen. Er sank auf den nächstgelegenen Platz, gerade als auch Del und ich uns niederließen. »Das Orakel«, sagte er.

Elamain, die den Mund geöffnet hatte, um Einwände zu erheben, schloß ihn jetzt wieder. Sie runzelte die Stirn. Esnats Antwort war für sie offensichtlich unerwartet und verwirrend. Sie hatte geglaubt, daß sie aus einem völlig anderen Grund nach Iskandar gekommen seien.

Esnat gestikulierte erregt. »O Elamain, setz dich *hin*. Es hätte keinen Sinn, dich ins Bett zu schicken, denn du würdest nur an der Tür lauschen. Also setz dich hin, und halte den Mund. Vielleicht kannst du etwas lernen.« Er sah jetzt Sabo an. »Auch du, Sabo. Du kennst diesen Mann besser als ich.«

Elamain saß. Sabo saß. Esnat schaute wieder zu mir.

»Ihr seht ihn als eine Bedrohung an«, sagte ich. »Seine Verkündigungen über das Erscheinen eines Jhihadi haben jeden Tanzeer in die Angst versetzt, er könnte die Wahrheit sagen.«

Esnat nickte. »Es besteht kein Zweifel darüber, daß das Orakel die Stämme aufgerüttelt hat. Als die Nachricht kam, daß er die Ankunft des Jhihadi hier in Iskandar vorhersagte, konnte es niemand glauben. Aber die Stämme glaubten es und verließen die Punja in Massen. Das machte uns unruhig.«

»Also lagert Ihr hier oben, um diesen Jhihadi zu töten, bevor er erscheinen kann.«

Esnat schüttelte den Kopf. »*Ich* will ihn nicht töten. Ich denke, das würde die Entwicklung beschleunigen. Es gibt andere Tanzeers, die das gleiche denken wie ich, und wir wollen einen heiligen Krieg vermeiden, beziehungsweise keinen heraufbeschwören, indem wir das Orakel töten würden. Wir kamen in der Hoffnung nach Iskandar, die anderen überzeugen zu können.«

»Die anderen Tanzeers wollen Krieg?«

Er zuckte die Achseln. »Hadjib und seine Gefolgsleute halten ihn für unvermeidbar. Sie glauben, daß nichts die Stämme jetzt mehr beruhigen kann, es sei denn, das Orakel würde getötet. Ohne einen Führer, der sie vereinigen kann, werden die Stämme wieder auseinanderbrechen.« Esnat kratzte sich am Kinn und hinterließ rote Striemen. »Sie haben so viele Männer mitgebracht, wie sie anheuern konnten, und sie heuern noch weitere an. Sie glauben absolut, daß sie diesen Aufstand vor seinem richtigen Beginn niederschlagen oder aber die Stämme in einem Krieg vereinnahmen können.« Er zog eine Grimasse. »Diese Männer sind an absolute Macht gewöhnt. Sie haben keine Vorstellung von Religion oder von dem, was sie tun kann, um die Stämme zu vereinigen ... sogar die Wüstenstämme.«

Hadjib. *Hadjib.* Irgendwie kannte ich den Namen ... und dann erinnerte ich mich, woher. Lena hatte mir von einem Tanzeer erzählt, der nach mir gesucht hatte. Jetzt wußte ich warum.

»Aber Ihr versteht es *tatsächlich*«, sagte ich. »Ihr versteht, Ihr und einige andere, was geschehen könnte.«

Esnat zögerte nicht. »Es würde ein Blutbad geben.«

»Und das wollt Ihr nicht.«

»Nein. So etwas wäre schädlich.« Esnat runzelte die Stirn und schaute kurz zu Sabo, Elamain und Del. »Die Stämme stellen keine Bedrohung für uns dar, wenn sie so bleiben, wie sie seit Jahrzehnten sind: isolierte, unabhängige Rassen ohne richtige Heimat, die einfach im Süden umherziehen. Aber wenn sie sich aufgrund eines gemeinsamen Ziels, das vom Glauben motiviert wird, vereinigen, werden sie zu dem größten Feind, den wir uns vorstellen können. Sie werden im Namen ihres Jhihadi mit Freuden sterben, weil sie glauben, daß das, was sie tun, zur Erlangung göttlicher Gunst geschieht ... diese Art Fanatismus kann den Süden zerstören. Für uns — und für jedermann — bleibt es besser so, wie es ist.«

»Die Stämme könnten anderer Meinung sein.«

Esnat zuckte die Achseln. »Sie waren zufrieden mit ihrem Leben, wie Ihr sehr wohl wißt ... wenn das Orakel nicht aufgetaucht wäre, wären sie jetzt nicht hier.«

»Sie glauben«, sagte ich ruhig, »daß dieser Jhihadi den Sand in Gras verwandeln wird.«

»Das spielt keine Rolle«, sagte Esnat. »Ihr und ich wissen, daß so etwas unmöglich ist.«

»Magie«, sagte Del leise.

Esnat sah sie an. Er musterte sie schnell und lächelte dann. »Ihr habt Euren eigenen Anteil an der Magie, Bascha, und der Sandtiger auch. Aber Ihr werdet sicherlich erkennen, was notwendig wäre, um den Süden zu verändern. Ich glaube nicht, daß solche Magie noch existiert, wenn sie überhaupt jemals existiert hat.«

»Macht Euch keine Gedanken um die Magie«, sagte ich. »Es gibt noch etwas anderes, um das wir uns Gedanken machen müssen.« Ich rückte mich auf dem Kissen zurecht. »Esnat, was würdet Ihr und die anderen sagen, wenn ich Euch erzählte, daß es keinen Jhihadi gibt?«

Er lächelte schief. »Daß wir alle eines Geistes sind. Aber was würde das nützen? Hadjib und seine Gefolgsleute kümmert es nicht, ob der Jhihadi existiert oder nicht.«

Ich beugte mich ein wenig vor. »Was wäre, wenn ich Euch erzählte, daß ein Mann hinter diesem heiligen Krieg steht, kein wirklicher Jhihadi? Nur ein Mann wie Ihr und ich, aber ein sehr gerissener. Ein Mann, der die Stämme sehr geschickt glauben gemacht hat, daß er der Jhihadi sei, damit er Macht erlangen kann.«

Esnats Augen weiteten sich. »Ein einzelner Mann?«

»Ein einzelner Nordbewohner mit einem Talent, andere zu begeistern.«

Er saß verblüfft da und dachte darüber nach. Dachte daran, was es bedeuten könnte. »Aber diese *Gewaltigkeit* ...« Er brach ab. »Es ist unmöglich.«

»Ist es das? Denkt darüber nach. Ein Mann heuert einen anderen Mann an und nennt ihn ein ›Orakel‹. Er sendet ihn mit einer Botschaft, die Nomadenvölker anspricht, zu einigen der Stämme aus. Dieser Jhihadi, so sagt das Orakel, kann Sand in Gras verwandeln, so daß die Stämme wieder im Überfluß leben könnten. Die Stämme werden wieder *Macht* kennen.«

Esnat sagte nichts.

»Nach einiger Zeit verbreiten die Stämme selbst diese Kunde in der Punja und vielleicht sogar im ganzen Süden. Nach und nach bereitet dieses ›Orakel‹ den Boden vor, und vielleicht schlägt die Saat Wurzeln. Vielleicht trägt sie sogar Früchte.«

»Ein Mann«, murmelte Esnat.

»Ajani«, sagte ich. »Ein nordischer Borjuni, ein Mann, der sehr hell strahlt.«

Stirnrunzelnd rieb Esnat sein Kinn. »Hadjib würde nicht zuhören«, murmelte er. »Wir haben es versucht, wir alle. Sie mißachten das Wissen, das wir ihnen anbieten. Es sind zornige, mächtige Männer, die nicht bereit sind, einen Kompromiß in Erwägung zu ziehen, wenn der Krieg eine andere Möglichkeit ist.« Er sah mich offen an. »Sie wollen diesen Krieg, Sandtiger. Sie wollen ihn in Iskandar führen, damit keine Domänen bedroht werden.«

»Mehr als nur Domänen werden bedroht«, erklärte ich. »Für Karawanen stehen die Dinge in der Punja schlecht genug, ganz zu schweigen davon, wenn Borjuni und einige wenige feindselige Stämme Einfluß bekämen. Wenn sich die Stämme vollkommen auflehnten, könnten sie alle Karawanenrouten unterbinden. *Das* würde die Domänen genauso zerstören wie alles andere.« Ich schüttelte den Kopf. »Einige würden überleben, ja, aber nicht die kleinen, die so sehr vom Handel abhängig sind. Was ist mit Sasqaat? Ihr versorgt Eure Leute durch den Handel nach außen, nicht wahr?«

»Natürlich. Sasqaat würde ohne Handel untergehen.«

»Also dann?«

»Also dann«, wiederholte er. »Was können wir tun, wenn die anderen Tanzeers uns nicht zuhören? Wir können sie nicht einfach nach Hause schicken, obwohl das das Beste wäre.«

»Fordert sie heraus«, schlug Del vor.

Esnat sah sie blinzelnd an. »Was meint Ihr mit ›herausfordern‹?«

Ihre Stimme klang sehr ruhig. »Dies ist der Süden, nicht wahr? Wo die Dinge im Leben eines Tanzeers sehr häufig durch einen Schwerttanz entschieden werden. Zwei Männer, die für einen einzigen Zweck angeheuert werden: um Differenzen zu bereinigen. Um ein Herrschen mit dem Schwert zu ermöglichen. Um einen einzigen zum Sieger zu erklären.«

»Südliche Tradition«, sagte ich, »kann eine sehr mächtige Sache sein.«

Esnat sah uns an. »Sie haben bereits versucht, das Orakel zu ermorden.«

»*Wenn* es ein Orakel gibt«, stimmte ich zu. »Ajani hat ihn vielleicht schon seiner Pflichten enthoben. Und ich habe keinerlei Zweifel daran, daß er sich, wenn er sich den Stämmen als der Jhihadi präsentiert hat — oder es zumindest plant —, mit Wachen umgeben wird.« Ich schüttelte den Kopf. »Heute nacht haben wir bereits gesehen, was die Stämme zu tun bereit sind, um ihr Orakel zu beschützen. Für den Jhihadi werden sie noch Schlimmeres tun. Ich glaube nicht, daß die Tanzeers noch jemand anderen finden werden, der bereit wäre, dieses Risiko auf sich zu nehmen.«

»Aber es gibt noch andere Möglichkeiten. Und danach werden sie suchen.«

Ich schüttelte den Kopf. »Nicht wenn eine Regierung, die auf dem Ausgang eines traditionellen Schwerttanzes basiert, Eurer Seite die Gelegenheit gegeben hat, sie offen herauszufordern und das Orakel und den Jhihadi für sicher zu erklären. Wenn alle Tanzeers wachsam wären — auf beiden Seiten — und zustimmen würden, den Ausgang abzuwarten, könnte man den Krieg beenden, bevor er überhaupt begonnen hat.«

»*Wenn* wir siegen würden«, sagte er.

»Das ist immer ein Risiko«, stimmte ich zu. »Wenn Hadjibs Gruppe siegen würde, müßtet ihr sie tun lassen, was immer sie wollte. Ihr hättet kein Mitspracherecht bei ihren Plänen, selbst wenn diese Mord einschlössen.«

Er klang nachdenklich. »Aber wenn sie *verlören*, könnten wir sie nach Hause schicken.«

»Und wahrscheinlich noch mehr Gewalt verhindern.«

Esnat runzelte die Stirn. »Aber die *Stämme* ... niemand kann mit Sicherheit voraussagen, was sie tun werden.«

»Nein. Aber wenn Ajani in den Hintergrund verbannt wird und alle Tanzeers nach Hause ziehen, wird er einiges an Macht verlieren. Wenn sie fortgingen, glaube ich nicht, daß Ajani die Stämme lange genug zusammenhalten könnte, damit er durch den ganzen Süden ziehen und Domänen für sich selbst erobern könnte. Die Stämme würden letztendlich zu streiten beginnen.«

Ich schüttelte den Kopf. »Nach allem was wir wissen, war es Ajanis Idee, so viele Tanzeers wie möglich hier nach Iskandar zu locken. An einem Ort zusammengebracht, hat man die Tanzeers gut im Griff. Wenn sie in alle Winde verstreut sind, ist das nicht möglich. Genau wie bei den Stämmen.«

Esnat beobachtete mich genau. »Er spielt den einen gegen den anderen aus.«

»Der Trick ist, Ajanis Plan zu vereiteln. Die anderen Tanzeers zum Rückzug zu zwingen, würde genügen. Wenn Eure Seite den Tanz gewänne und alle anderen Tanzeers nach Hause ziehen würden, wäre die halbe Schlacht gewonnen, ohne daß ein Schwert gezogen werden müßte, außer jenen im Kreis.« Ich zuckte die Achseln. »Vielleicht sogar die ganze Schlacht.«

Esnat dachte darüber nach. »Wenn ich mit den anderen, die so empfinden wie ich, reden würde und sie einverstanden wären ... wir müßten die richtigen Worte finden, die Art Worte, die die anderen Tanzeers veranlassen würden, solch eine Herausforderung anzunehmen ...«

Ich unterbrach ihn. »Macht es zu einer formellen Herausforderung Hadjibs. Wenn er das Gefühl hätte, daß er die für den Krieg stimmende Gruppe unter sich hat, würde sein Stolz es erfordern, daß er persönlich auf die Herausforderung reagiert. Ich kann Euch die rituellen

Formulierungen nennen, die es erfordern werden, daß er die Herausforderung annimmt.«

Esnat fuhr fort, wobei er meinen Vorschlag vorbehaltlos in seinen Plan einfügte. »... und dann einen Schwerttänzer anheuern, der diesen Tanz wert ist, einen, der das Risiko wert ist, weil es kein Risiko *wäre*, wenn wir sicher wären, daß er siegen könnte ...« Ein eindringlicher Blick brauner Augen. »Werdet Ihr es tun, Sandtiger?«

Ich lächelte. Es entsprach nicht meiner Art, eine solch glänzende Gelegenheit ungenutzt zu lassen. »Ihr habt mich bereits zum Tanzen angeheuert, in der Hoffnung, eine Frau zu beeindrucken. Dafür habt Ihr mir ein sehr großzügiges ...«

Esnat machte sich nicht die Mühe, mich zu Ende anzuhören. »Geld«, sagte er abwehrend. »Dafür werdet Ihr eine Domäne erhalten.«

Elamain keuchte. »Das kannst du tun?«

Esnat lächelte sie an. »Ich kann viele Dinge tun.«

»Aber ... eine ganze *Domäne?*«

Er hob eine staubfarbene Augenbraue. »Ich denke, einen Krieg aufzuhalten, wäre die Kosten wert.«

Elamain sah mich an. Dann sah sie Esnat an.

Sabo grinste nur.

Möge die Sonne auf sein Haupt scheinen.

Später — tatsächlich *sehr* viel später — saß ich da und sann über meine Zukunft nach, wobei ich müßig an einer Kniescheibe kratzte. Ich vermute, daß das Kratzen ein Geräusch verursachte, weil Del sich umdrehte.

»Tiger, kannst du nicht schlafen?«

»Nein. Ich sitze hier und denke darüber nach, wie es ist, ein Tanzeer zu sein.«

»›Ist‹?« fragte sie ironisch. »Du bist dir deiner sicher.«

»Warum sollte ich es nicht sein? Ich bin der beste Schwerttänzer im Süden.«

»Der seit Monaten nicht getanzt hat.«

»Ich habe gegen Nabir getanzt.«

»Du hast mit Nabir *trainiert*.«

»Außerdem habe ich dieses Schwert.«

»Das niemals bei einem Tanz zu gebrauchen du geschworen hast.«

Ich beschloß, nicht zu antworten. Es schien, als habe Del jedesmal, wenn ich etwas sagte, eine Erwiderung parat.

Was bedeutete, daß wir wieder normal miteinander verkehrten.

Ich saß in unserem Raum gegen die bröckelige Wand gelehnt. Del lag, in Decken eingekuschelt, neben mir, und es war nicht viel mehr von ihr zu sehen als ein wenig Haar, helles Glänzen im Mondlicht. Nebenan schnarchte Alric. Ich hatte versucht zu schlafen, aber es war mir nicht gelungen. Zu viele Gedanken schossen mir durch den Kopf.

Ich: ein Tanzeer. Ein zum Tanzeer gewordener Schwerttänzer. Angesichts meiner Herkunft war es beinahe unmöglich, sich das vorzustellen. Ein Baby, das in der Wüste zurückgelassen wurde, um zu sterben, von Leuten geboren, die niemand kannte. Und dann ein Sklave, Gefangener der Salset. Und schließlich ein Mörder. Ein Mann, der von seinem Schwert lebte.

Ich: ein Tanzeer. Das brachte mich fast zum Lachen.

Ich streckte die Beine aus und beeinflußte die Stellung meiner Knie vorsichtig von innen, indem ich Sehnen und Knorpel durch innere Muskelkontrolle bewegte. Ich hörte das dumpfe Knacken, die krachenden Geräusche, spürte das Einrasten, das Gleiten an den richtigen Platz. Ich würde meine Knie zum Tanzen brauchen. Ich wünschte, ich wäre ein wenig jünger.

Del, deren Kopf nahe bei meinen Beinen lag, schlug eine Decke zurück. »Das klingt furchtbar.«

»Du solltest erst einmal den Rest von mir hören.«

»*Ich* klinge nicht so.«

»Du bist nicht alt genug dazu.« Kein ermutigender

Gedanke, außer vielleicht für Del. »Sei leise, solange du es kannst.«

»Ich habe einen Finger, der knackt.« Del demonstierte es. »Ich habe ihn mir auf Staal-Ysta einmal gebrochen.«

»Hoolies, ich habe mir einige Finger und Zehen so oft gebrochen, daß ich mich nicht einmal mehr daran erinnern kann, welche es waren.« Ich schaute auf den noch immer verbundenen kleinen Finger, den der Hengst zu verspeisen versucht hatte. »Außer diesem. An diesen erinnere ich mich.«

»Der ist nicht einmal gebrochen.« Del bewegte sich und rollte sich wieder auf den Rücken. »Vielleicht wird es eine gute Sache werden, das mit dieser Domäne. Vielleicht ist es an der Zeit, daß du dich irgendwo niederläßt. Kein Herumziehen mehr, kein Tanzen mehr ... keine gebrochenen Knochen mehr.«

Mich niederlassen. Ich. So hatte ich es noch nicht betrachtet. Ich hatte erst einmal nur über die Dinge nachgedacht, die sich aus dem Titel ergaben. Geld. Ein eigenes Zuhause. Einen Stall für den Hengst. Leute, die kochen und saubermachen würden. Aqivi, wann immer ich wollte. Vielleicht sogar einen Harem.

Ich warf Del einen Blick zu.

Vielleicht doch keinen Harem.

Ich rutschte an der Wand herab, streckte mich wieder auf meinem Schlafplatz aus und deckte mich zu. Del lag sehr nahe. Ihr Haar verfing sich in meinen Bartstoppeln. Ich zupfte es fort und glitt ein wenig näher an sie heran. Dachte daran, wie es so viele Jahre lang, in denen ich die Nächte und Tage mit niemandem geteilt hatte, gewesen war.

Die Frage tauchte erneut auf. »Bascha, was wirst du tun, wenn Ajani erst einmal tot ist?«

»Frag mich das, wenn er tot ist.«

»Del ...«

»Ich werde ihn morgen aufstöbern. Frag mich morgen abend.«

Ihre Stimme klang entschlossen. Sie wollte keine Fragen mehr hören und im besonderen keine über Ajani. Ich sah, wie sie die Augen schloß.

»Bascha ...«

»Schlafe jetzt, Tiger. Du bist älter als ich. Du brauchst deinen Schlaf.«

Ich lag lange Zeit in betrübtem Schweigen da und versuchte, eine entsprechend treffende Erwiderung zu ersinnen. Aber als ich sie gefunden hatte, war Del bereits fest eingeschlafen.

Also lag ich hellwach und mit offenen Augen da, starrte in die Dunkelheit und hegte unbarmherzige Gedanken bezüglich der Frau an meiner Seite und des schnarchenden Alric und der schlafenden Lena und der Mädchen.

Warum denken Menschen, die keinerlei Probleme mit dem Einschlafen haben, daß es für jeden anderen auch leicht sei?

Das ist einfach ungerecht.

Wenn ich Tanzeer wäre, würde ich jedermann zum Wachbleiben zwingen, bis ich selbst eingeschlafen wäre.

Wenn ich ein Tanzeer wäre?

Hoolies ... ich könnte es bald sein.

Wenn es mir gelänge, den Tanz zu gewinnen.

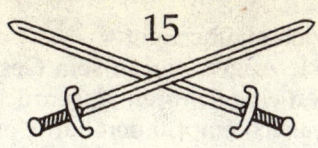

15

Ich ging hinaus, um den Kreis zu begutachten, und dort fand er mich.

Seine Worte waren fast schon ein Ritual. »Ich wurde gesandt, um Euch zu sagen, daß mein Herr Hadjib die formelle Herausforderung Lord Esnats annimmt. Sein persönlicher Schwerttänzer wird Euch im Kreis treffen, wenn die Sonne direkt darüber steht.«

Was uns nicht viel Zeit ließ. Es war bereits mitten am Vormittag. »Versteht Euer Herr Hadjib die Herausforderung richtig? Daß, falls ich den Tanz gewinne, er und seine Gefolgsleute Iskandar sofort verlassen und in ihre Domänen zurückkehren müssen?«

»Er versteht diese Herausforderung richtig. Mein Herr Hadjib schwört, daß kein Tropfen Blut vergossen werden soll, wenn er und seine Gefolgsleute genötigt sein werden, Iskandar zu verlassen. Und er läßt im Gegenzug fragen, ob Euer Lord Esnat seinen Anteil an der Herausforderung versteht, falls *Ihr* den Tanz verliert.«

»Lord Esnat versteht die Herausforderung gänzlich. Sollte ich den Tanz verlieren, werden sich Esnat und seine Gefolgsleute so an dem Kampf beteiligen, wie es Hadjib befiehlt.«

Einfache Bedingungen, die verständlich waren. Es war kein Tanz auf Leben und Tod, es ging nur um den Sieg.

Das Ritual war beendet. Es gab keinen Grund mehr für Förmlichkeiten.

»Also«, sagte ich freundlich, »habt Ihr Lust auf einen Becher Aqivi?«

Er lächelte. »Ich glaube nicht.«

Ich sah dunkle Augen, tief in sein Gesicht eingegrabene Linien, den eingekerbten Nasenrücken. Erinnerte mich an das, was ich empfunden hatte, als ich ihm fast die Kehle zerquetscht hatte.

»Zu schade«, sagte ich leichthin. »Ihr hättet vielleicht Gefallen daran gefunden, unsere phantastischen Geschichten nachzuerzählen.«

Abbu Bensirs Lächeln verstärkte sich. »Oh, ich denke, wir werden eine neue und bessere Geschichte zu erzählen haben, wenn dieser Tag vorüber ist. Und ebenso der restliche Süden.«

Ich schüttelte leicht den Kopf. »Das ist nicht Eure Art Tanz. Was haben sie Euch versprochen?«

»Jeder Tanz ist meine Art von Tanz. Ihr wißt es besser, Sandtiger.« Er grinste. »Was sie mir versprochen haben? Eine Domäne für mich allein.«

Ich blinzelte. »Euch auch?«

Eine silbern getupfte Augenbraue wölbte sich. »Ein beliebtes Geschenk, diese Domäne. Ich frage mich, ob es dieselbe ist.«

»Das würden sie nicht tun.«

»Sie könnten es tun. Traut Ihr Eurem Tanzeer?«

»Traut Ihr Eurem? Er hat versucht, *mich* anzuheuern.«

»Nicht dafür.«

»Nein. Er wollte einen Mörder.«

»Ah. Ich verstehe.« Abbu rieb sich die Nase. »Ich denke, darüber sind wir hinaus, seinem Tanz nach zu urteilen. Was denkt Ihr?«

Ich runzelte die Stirn. »Warum sagt Ihr das?«

»Ihr habt bei den Salset gelebt. Ihr wißt, wie die Stämme sind. Ich könnte wetten, daß Ihr einen heiligen Krieg vermeiden wollt, da Ihr Euch sehr gut vorstellen könnt, wie schmutzig ein solcher Krieg wäre.«

»Schmutzig«, bestätigte ich. »Das ist gut ausgedrückt.«

»Andererseits mache ich mir nicht wirklich Sorgen

darum. Soweit es mich betrifft, sind die Stämme nichts anderes als Parasiten, die uns das Wasser aus dem Mund stehlen. Es bliebe besser für uns, das wenige, das es gibt.«

»Also könntet Ihr genausogut diesen Tanz *gewinnen*, damit Ihr einige Krieger töten könnt.«

»Ich könnte genausogut *jeden* Tanz gewinnen, Sandtiger. Aber ich muß zugeben, daß Euch zu treffen alles nur um so süßer macht.«

»Endlich«, sagte ich.

»Endlich«, stimmte er zu.

Wonach uns nicht viel mehr zu sagen blieb. Wir gingen beide davon.

* * *

Ich saß draußen im Schatten gegen die Mauer gelehnt. Die Sonne stieg in den Himmel auf, und jedermann beobachtete sie aufmerksam. Wenn sie erst einmal über uns stehen würde, würden wir uns alle zum Kreis begeben.

Massou beobachtete mich. »Werdet Ihr sterben?«

Adara war natürlich entsetzt, aber ich winkte ab.

»Es ist eine ehrliche Frage«, belehrte ich sie, »und ich werfe ihm nicht vor, daß er sie gestellt hat. Er ist nur neugierig.«

Adaras grüne Augen starrten wie gebannt auf die Bewegung meiner Hand und meines Armes, als ich sorgfältig mein Schwert schliff. »Er hat kein *Recht* . . .«

»Ich hätte in seinem Alter dasselbe gefragt.« Wenn es mir erlaubt gewesen wäre, überhaupt etwas zu fragen. »Nein, Massou, ich werde nicht sterben. Es ist kein Tanz auf Leben und Tod. Es geht nur um den Sieg.«

Er dachte darüber nach. »Gut. Aber ich würde lieber Del tanzen sehen.«

Das traf mich ein wenig. »Warum?«

»Weil sie besser ist.«

519

Del, die nicht weit entfernt an der Mauer lehnte, lächelte und versuchte dann, es hinter einer Maske kühler Gleichgültigkeit zu verbergen.

Ich sah sie kurz stirnrunzelnd an und schaute dann zurück zu dem Jungen. »Das kommt nur daher, daß ich nicht in Hochform war, als du mich beim Üben gesehen hast.«

Dels Stimme klang trocken. »Du bist auch *jetzt* nicht in Hochform.«

»Gut genug für Abbu.«

Alric stand im Eingang. »Seid Ihr das?« fragte er ernst. »Abbu Bensir ist gut.«

»Und ich bin nicht gerade *schlecht*.«

Wieder Dels Stimme: »Aber nicht so gut, wie du einmal warst.«

»Und außerdem ist es ja nicht so, als hätte ich noch niemals zuvor gegen ihn getanzt. Ich bin derjenige, der ihm diese Halsverletzung zugefügt hat.«

Del erneut: »Mit einem hölzernen Schwert.«

Ich hörte auf, die Klinge zu schleifen. »In Ordnung, was ist los? *Willst* du, daß ich verliere? Ist es das, warum du so erpicht darauf bist, mein Selbstvertrauen zu erschüttern?«

Del lächelte. »Dein Selbstvertrauen erscheint mir unerschütterlich. Ich zweifle nur an deiner Bereitschaft zu erkennen, daß du nicht in der richtigen Verfassung bist.«

»Es geht mir gut.«

»Gut ist nicht genug.« Del rückte von der Mauer ab und richtete sich auf. »Ich will nicht, daß du in diesen Kreis spazierst und denkst, Abbu hätte keine Chance. Er ist gut, Tiger — ich habe selbst mit ihm trainiert. Du bist auch gut — ich habe selbst mit dir *getanzt*. Aber wenn du dich weigerst, die Wahrheit in dieser Sache zu erkennen, hast du verloren, bevor es begonnen hat.«

»Ich habe nicht die Absicht, in den Kreis einzutreten, ohne Vorsicht walten zu lassen, wenn du das befürchtest. Hoolies, Bascha, du denkst anscheinend, ich hätte noch nie zuvor getanzt!«

Del sah mich direkt an. »Wie oft bist du im Kreis verwundet worden?« .

»Häufiger, als ich zählen kann.«

»Wie oft bist du im Kreis *ernsthaft* verwundet worden?«

Ich zuckte die Achseln. »Zwei- oder dreimal vermutlich. Das passiert uns allen.«

»Und wie oft warst du im Kreis dem Tod sehr nahe?«

»In Ordnung«, sagte ich, »einmal. Das weißt du genausogut wie ich.«

»Und du hast seitdem keinen richtigen Tanz mehr getanzt.«

Ich fühlte mich plötzlich angegriffen. »Ich habe keine Angst, wenn du das meinst.«

Del lächelte nicht. »Natürlich hast du Angst.«

»Del ...«

»Ich habe es gesehen, Tiger. Ich war in dem Kreis, erinnerst du dich? Als du das letzte Mal versucht hast zu tanzen, hat die Angst dich hinausgetrieben.«

Ich vergaß Massou und Adara und Alric völlig. »Das war Angst um *dich!* Es hatte nichts mit mir zu tun.« Ich sah sie ärgerlich an. »Du hast keine Vorstellung davon, wie es für mich war, al   dich auf dem Boden dahingestreckt und mit Stahl in den Rippen liegen sah. Du weißt nicht, was ich empfunden habe. Du weißt nicht, was ich gedacht habe. Als ich auf dem Weg nach Ysaaden in diesen Kreis eingetreten bin, war ich wieder in Staal-Ysta. Ich konnte nur an diesen Tanz denken, und ich hatte Angst, es könnte wieder geschehen.«

Del zog Boreal. »Dann tanze jetzt mit mir.«

»*Jetzt?* Bist du sandkrank? Und außerdem sollst du dich mit Bellin treffen, erinnerst du dich? Er wird Informationen über Ajani für dich haben.«

»Nein«, sagte sie kühl. »Aufwärmung wird dir guttun. Es wird alle deine Muskeln lockern ... und deine geräuschvollen Knie ruhigstellen.«

»Oh, *gut*«, erklang es von Massou, bevor Adara ihn zum Schweigen bringen konnte.

Hoolies, Hoolies, Hoolies. Ich will das nicht!

Also sage Bascha ab.

Nicht so leicht, das zu tun.

Besonders wenn sie recht hat.

Ich säuberte die Klinge. Schaute zur Sonne auf. Wußte, daß wir die Zeit hatten. »Alric?«

Er nickte. »Ich spiele den Schiedsrichter.«

Adara zog Massou unter widerspenstigem Maulen gewaltsam zum Ende der Gasse. Er zappelte natürlich, aber sie ließ ihn nicht los. Er beruhigte sich schließlich, denn sie drohte ihm damit, ihn ganz wegzubringen, wenn er nicht den Mund hielte.

Es war kein Kreis erforderlich, also machten wir uns nicht die Mühe, einen zu ziehen. Wir standen uns nur schweigend gegenüber, maßen uns und hegten ganz persönliche Gedanken.

Meine waren nicht sehr glücklich. Ich weiß nicht, *was* sie dachte.

»Tanzt«, sagte Alric.

Hoolies, aber ich will nicht ...

Zu spät, Tiger. Du kannst nichts anderes mehr tun als tanzen.

Nichts anderes mehr tun als *singen* ...

Nein ... sing nicht ...

Gib Chosa Dei nicht die Chance ...

Nordischer Stahl klirrte. Das Geräusch erfüllte die Gasse. Lockere dich, dachte ich. *Lockere* dich ...

Dels Klinge blitzte auf. In die Schatten und wieder heraus; sie schnitt die Sonne entzwei. Zerbrach das Tageslicht mit dem Glanz magischen Stahls.

Ihr Götter, sie kann tanzen ...

Nun, ich kann es auch.

Meine Füße bewegten sich nach ihrem eigenen

Rhythmus. Ich spürte die Anpassung meiner Muskeln, die zu lange vom Kreis ferngehalten worden waren, das Schärferwerden des Blicks. Die Konzentration kehrte schnell zurück, schloß die Gasse, die Sonne und die anderen, die sich versammelt hatten, aus. Ich sah nur Del. Ich hörte nur Del: das Schürfen ihrer Füße, das Sirren ihres Stahls, das geräuschvolle Atmen.

Dies ist der wahre Tanz, bei dem zwei perfekt ausgewogene Hälften letztendlich zusammenkommen und ein vollständiges Ganzes bilden. Dies ist der Tanz des Lebens, des Todes, des Fortbestandes, die Welt innerhalb von sieben Schritten. Nichts anderes existiert. Nichts ist so wichtig. Nichts kann das Bedürfnis so befriedigen wie ein richtiger Schwerttanz, der mit dem richtigen Gegner getanzt wird.

Es gibt nichts anderes für mich.

Ah, ja, Bascha ... zeig mir, wie man tanzt.

Und dann, plötzlich, erwachte mein schlafendes Schwert. Chosa Dei erwachte. Ich spürte ihn von dem Ort, wo immer er lebte, durch die Klinge schwärmen. Spürte, wie er meine Kraft erforschte. Spürte, wie er sich sammelte. Wußte, was er vorhatte.

Verwirrung schwächte den Blick, sickerte durch die Konzentration: Aber ich habe nicht gesungen. Ich habe nicht einmal daran *gedacht* zu singen.

Chosa Dei kümmerte sich nicht darum. Chosa Dei war erwacht.

O Bascha ... *Bascha* ...

Sie spürte es in den Schwertern. Schmeckte es in der Luft, in dem beißenden Geruch der Magie. Und riß ihre Klinge von meiner los, trat zwei Schritte zurück. »Setze es gezielt ein!« schrie sie. »Steuere es! Du hast die Macht. *Gebrauche* sie!«

Ich konnte spüren, wie es — wie *er* — versuchte, das Schwert zu verlassen. Versuchte, die Klinge zum Heft hinaufzukriechen, wo er Kontakt mit meinen Händen bekommen könnte. Wenn dieser Kontakt erst einmal hergestellt wäre, wäre ich verloren, weil mein Fleisch viel zu schwach ist. Er hatte fast Nabir vereinnahmt — er *hatte* Nabir vereinnahmt —, er hatte Nabirs Füße vernichtet ...

Was würde er mir antun?

Ich stand in der Mitte der Gasse, umklammerte die Blutklinge und fragte mich, wie ich sie bekämpfen sollte. Wie ich sie *besiegen* sollte, bevor sie mich besiegte.

»Steuere sie«, wiederholte Del. »Du hast die Kraft. Gebrauche sie!«

Macht, hatte sie gesagt. Kraft.

Die Klinge wurde schwarz.

Gebrauche sie, hatte sie gesagt. *Gebrauche* sie.

Weiß ich, wie man das macht?

Hoolies, natürlich weiß ich das. Ich bin der *Sandtiger*.

Niemand besiegt mich.

Nicht einmal Chosa Dei.

»Ja!« schrie Del. »*Ja!*«

Ich mußte es wohl richtig machen.

Samiel, flüsterte ich. Aber nur in meinem Kopf. Nabir hatte es laut ausgesprochen. Nabir hatte mich in Gefahr gebracht.

Oder war es Chosa Dei?

Samiel, wiederholte ich. Aber nur im Kopf.

Dels Gesicht schwamm in mein Sichtfeld. Ein schweißglänzendes, lachendes Gesicht. »Ich habe dir *gesagt*, daß du es kannst ... aber du willst mir nie glauben!«

Ich keuchte. Schnaufte wie ein Blasebalg. Spürte das Ziehen in der Rippengegend: das gezackte Narbengewebe war gerissen. Meine Hände hielten noch immer das Schwert, klammerten sich um den Griff. Die Knöchel standen weiß hervor.

»Es ist ... vorbei?« Ich sah hinab auf das Schwert in meinen Händen. »Habe ich es getan?«

Sie nickte und grinste noch immer. »Du hast ihn zurückgeschlagen, Tiger. Dieses Mal ohne den Samum. Dieses Mal ohne die Hitze. Dieses Mal nur durch dich selbst. Mit der aus deinem Inneren kommenden Kraft.« Sie legte eine Hand auf mein Herz. »Und du hast sie im Überfluß.«

Ich runzelte die Stirn und betrachtete die Klinge. »Aber sie ist noch immer schwarz. Die Spitze. Chosa Dei ist noch immer hier drinnen.«

Sie nickte und zog die Hand zurück. »Er ist nicht vertrieben worden. Nur besiegt. Die Vertreibung wird einige Zeit dauern. Wir müssen es tun. Wir müssen ihn richtig beseitigen.«

Und dafür brauchten wir mehr Magie. Wir brauchten Shaka Obre.

»Tiger?« Alrics Stimme. »Tiger — könnt Ihr herkommen? Irgend etwas hat Euren Hengst erregt. Er versucht, das Haus abzureißen.«

Jetzt konnte ich es hören. Er stampfte und scharrte und trat und schrie sein Unbehagen heraus.

»Es ist die Magie«, murmelte ich ergeben. »Er haßt sie genauso sehr wie ich.«

Ich steckte mein besiegtes Schwert in die Scheide und ging hinein, um nach dem Hengst zu sehen. Er versuchte tatsächlich, das Haus abzureißen. Er scharrte Stücke bröckeliger Ziegelsteine und uralten Mörtel aus der Wand und zermalmte sie.

»In Ordnung«, sagte ich, »du kannst jetzt aufhören. Ich habe das Schwert weggesteckt.« Ich ging durch die Tür hinein und betrat den ›Stall‹. »Du gehst nirgendwo hin, also kannst du auch genauso gut ruh ...«

Er trat mit beiden Hinterhufen aus. Einer davon trat mich am Kopf.

Stimmen.

»Alric ... bringt ihn *hinaus* ...«

»Ich kann nicht, Del ... der Hengst hat sein Halteseil zerrissen ... er läßt mich nicht an ihn heran ...«

Ein Schwall unverständlicher Worte in einer Sprache, die ich nicht kannte oder aber vergessen hatte.

Dieselbe männliche Stimme. »Ich weiß, Del ... ich *weiß* ... aber wie kann ich ihn herausziehen, wenn der Hengst mich nicht an ihn heranläßt?«

Die Stimme einer Frau antwortete: erschreckt, ärgerlich, ungeduldig. »... brauchen einen Pferdesprecher ...« Dann, abrupt: »Holt *Garrod* ...«

Die Stimme eines Jungen: »*Ich* werde ihn holen!«

»Dann beeile dich, Massou ... beeile dich!«

Ich lag flach auf dem Rücken im Dreck.

Warum liege ich im Dreck?

Versuchte mich aufzusetzen. Konnte es nicht. Ich konnte nur zucken.

Wieder die Stimme der Frau. »Tiger ... bleib ruhig liegen! Versuche nicht, dich zu bewegen.«

Die Augen wollen sich nicht öffnen lassen.

Alles klingt verzerrt.

»Tiger ... *bewege* dich nicht ... gib ihm keine zweite Gelegenheit.«

Wem *welche* zweite Gelegenheit geben?

»Blutet er?«

»Das kann ich nicht sagen.«

Warum sollte ich bluten?

Scharf: »Versuch es nicht, Del. Es wäre nicht gut, wenn ihr beide am Boden läget.«

»Ich kann ihn nicht dortlassen, Alric. Der Hengst könnte ihm den Kopf zerschmettern.«

Jemand bewegte sich um mich herum. Nein ... *etwas*. Atmete schwer. Scharrte. Bewegte sich erneut um mich herum.

Jetzt eine neue Stimme. »Wo ist ... oh. Hier, macht mir Platz.«

»Tiger, *bewege* dich nicht.«

Keine Angst, ich glaube nicht, daß ich es kann.

»Redet mit ihm, Garrod. Sagt ihm, er soll uns hereinlassen, damit wir Tiger herausbringen können.«

Stille, bis auf ein nahes Kratzen. Ich schmeckte Staub. Spürte ihn. Er legte sich wie Federn auf mein Gesicht. Ich versuchte einen Arm zu heben, um den Staub wegzuwischen, aber nichts gehorchte mir. Ich zuckte nur.

Das Kratzen hörte auf. Ich roch den scharfen Geruch von Schweiß und Angst. Etwas hatte Angst.

»Jetzt«, sagte eine ruhige Stimme.

Hände. Sie berührten mich, ergriffen mich, zogen mich.

Hoolies, *zieht* mich nicht ... der Kopf wird mir vom Hals fallen ...

»Hier«, sagte jemand, und sie setzten mich wieder ab.

»Lebt er?«

Hoolies, ja. Natürlich, was denn sonst.

Etwas drückte auf meine Brust. »Ja.« Erleichterung. »*Ja.*«

Ich versuchte die Augen zu öffnen. Dieses Mal gelang es mir.

Nicht daß es viel genützt hätte. Was ich sah, wollte nicht stillhalten.

»Bascha?« Meine Stimme klang schwach. »Del ... was ist passiert?«

»Der Hengst hat versucht, dir den Kopf abzutreten.«

»Er würde nicht ...«

»Er *hat* es fast getan.«

Die Erinnerung kehrte ruckartig zurück. »Hoolies ...«, brach es aus mir heraus. »Der Tanz ...«

»Tiger ... Tiger, *nein* ...«

Ich wuchtete mich in eine sitzende Position hoch und stieß die Hände fort. »Ich muß gehen ... der Tanz ...« Und griff mir dann an den Kopf.

Del klang zornig. »Du wirst nirgendwo hingehen.«

Durch den Schmerz hindurch brachte ich zähneknirschend hervor: »Abbu wird warten. Sie *alle* werden warten ...«

»Du kannst nicht einmal aufstehen.«

Es schmerzte sogar zu blinzeln. »Es hängt zuviel von

dem Tanz ab ... sie haben *zugestimmt,* alle Tanzeers ... wenn ich nicht tanze, werden Hadjib und seine Gefolgsleute siegen ... es wird *Krieg* geben ... o Hoolies ...«

Alles um mich herum wurde grau. Ich spazierte am Rand entlang und fragte mich, zu welcher Seite ich fallen würde.

»Tiger?«

Ich zwang mich, meine Sinne zu sammeln. »... muß aufstehen«, murmelte ich. »Jemand muß mir hochhelfen.«

»Verschiebe den Tanz«, sagte Del. »Soll ich mich darum kümmern?«

»Sie werden nicht ... es gibt kein ... ich glaube nicht ...« Hoolies, das Denken fiel mir schwer. Noch schwerer als das Sprechen. »Ich werde diesen Tanz nicht verfallen lassen.«

Dels Gesicht war angespannt. »Sie werden nicht von dir erwarten, daß du tanzt, wenn du in einer solchen Verfassung bist.«

»Macht nichts ... Abbu wird den Sieg beanspruchen, und es wird keine Chance für den Frieden geben ...«

Sie nahm ihre Hand von meinem Arm. Ihr Tonfall war sehr kalt. »Wenn du das also tun *mußt,* dann steh auf und geh hinaus. Jetzt. Verschwende keine Zeit mehr mit Schwäche.«

Ich beugte mich vor, rollte mich auf einen Ellenbogen und versuchte meine Beine zu sortieren. Es kostete mich zwei Versuche. Dann taumelte ich auf die Füße.

Nur um wieder umzufallen. Dieses Mal auf die Knie. Und schließlich auf eine Hüfte, aufgestützt auf einen Ellenbogen. Ich schloß die Augen, biß die Zähne zusammen, versuchte abzuwarten. Und betete darum, daß der Schmerz und die Übelkeit nachlassen würden.

»Ich werde ihn verschieben«, sagte sie.

Ich schwitzte. »Du kannst nicht ... Bascha, du *kannst* nicht ... sie werden Genugtuung fordern ... sie haben das Recht ... Abbu würde siegen, und Hadjib würde siegen ... wir können es uns nicht leisten zu verlieren ...«

»Wir können es uns nicht leisten, *dich* zu verlieren.«

»... krank ...«, murmelte ich angespannt.

»Du hast einen Tritt an den Kopf bekommen«, sagte sie schroff. »Was erwartest du?«

Vielleicht ein wenig mehr Zuneigung ... nein, nicht von Del. Damit würde ich zuviel erhoffen.

Und dann drängte sich eine andere Stimme dazwischen. Eine heisere, männliche Stimme, die nach mir fragte. Die den Tanz erwähnte.

Er kam durch den Eingang. Ich blinzelte benommen zu ihm hinauf und versuchte mich nicht zu übergeben. Es war sehr schwer, klar zu denken.

»Ah«, bemerkte Abbu, »eine Möglichkeit, die Wahrheit zu umgehen.« Er sah die anderen an und dann wieder mich. »Ich kam herüber, um zu sehen, was Euch aufhält. Alle sind versammelt. Alle warten.« Er lächelte. »Euer Lord Esnat hätte beinahe aufgegeben, aber ich sagte, ich würde selbst hierherkommen. Es ist natürlich sehr ungewöhnlich ... aber ich will diesen Tanz zu sehr. Ich habe so viele Jahre gewartet.«

Ich konnte den Kopf nur weit genug anheben, um die Sonne zu sehen, ohne meinen Mageninhalt über den Boden zu verstreuen. »Ich werde dort sein«, murmelte ich. Die Sonne brannte unmittelbar über uns unheilvoll auf uns herab.

Abbu Bensir lachte.

Dels Tonfall war tödlich. »Würdet Ihr einen anderen Tänzer an seiner Stelle akzeptieren?«

»O Bascha ...«

Del überging meinen Einwand. »Würdet Ihr es?«

»... Süden«, nuschelte ich. »Glaubst du, Abbu oder sonst jemand wird eine Frau an meiner Stelle akzeptieren?«

Del sah nur Abbu an.

Er war vor allem Südbewohner: alte Gewohnheiten

halten sich hartnäckig. Aber jeder Mann kann sich ändern, wenn er einen guten Grund dafür hat.

Abbu Bensir lächelte. »Ich will den Sandtiger ... aber das kann noch ein wenig warten. Ihr seid keine Schande für den Kreis.«

Del nickte einmal.

Abbu sah mich an. »Ein anderes Mal, Sandtiger ... zuerst werde ich Eure Bascha besiegen.«

»Geht«, sagte Del kühl.

Abbu Bensir ging.

Zeit, wieder zu protestieren. »... kann nicht ... Del ... Del ...« Ich sog den Atem ein. »Du mußt Ajani suchen.« Die Welt wurde grau. »Du mußt Bellin treffen, herausfinden, wo Ajani ist ... Bascha, du mußt gehen ... du hast schon zu lange gewartet ...«

Del kniete sich neben mich. Sie legte eine Hand auf meine Schläfe und zog die blutigen Finger fort. Sie sah mich seltsam an.

Ich blinzelte durch den Nebel. »Du mußt Ajani finden.«

Ihre Stimme klang zornig. »*Zu den Hoolies mit Ajani.*«

»Del ... *warte* ... komm zurück ...«

Aber Del wartete nicht.

Und Del kam nicht zurück.

16

Er kniete neben mir. Ich sah ihm in die Augen. »Sterbe ich?« fragte ich. »Gibt es etwas, das ich wissen sollte?«

Alric lächelte. »Nein. Ihr fühlt Euch nur so. Hier.« Er reichte mir eine Bota. »Trinkt ein wenig davon. Danach werdet Ihr Euch besser fühlen.«

Ich trank. »Hoolies, das ist Aqivi!«

»Er wird helfen, Euch wieder zurechtzurücken. Ich wurde einmal über dem Ohr getroffen ... das raubt einem das Gleichgewicht.«

»Habe ich deshalb das Gefühl, zu stürzen?«

»Deshalb oder wegen der Unbeholfenheit.«

Vorsichtig berührte ich die empfindliche Stelle. Sie lag, wie Alric gesagt hatte, direkt über meinem Ohr. Sie war geschwollen, bedeckt, ein wenig verkrustet, aber ich konnte kein frisches Blut ertasten. Und es schmerzte wie die Hoolies.

Es war zu still. »Wo sind sie alle?« fragte ich. »Wohin sind alle gegangen?«

»Zu dem Tanz. Sie wollten auf Del wetten.«

»O Hoolies ... es ist *mein* Tanz ...«

»Ihr seid nicht in der Verfassung zu tanzen.«

»Vielleicht hilft das.« Ich trank mehr Aqivi. Versuchte, meine Sicht klar zu bekommen. »Ich muß gehen«, sagte ich. »Denkt Ihr, ich könnte ruhig hier sitzenbleiben, während sie dort draußen tanzt?«

»Das erwarte ich nicht von Euch, nein. Aber ich erwarte auch nicht, daß Ihr von mir verlangt, Euch zu tragen.«

Ich nahm noch einen Schluck und zwang mich dann

aufzustehen. Stand schwankend da und versuchte, das Gleichgewicht zu bewahren. »Warum seid Ihr doppelt?«

Alric stand auf. »*Ich*, doppelt?«

»Ja.«

Er nahm die Bota fort. »Ich denke, Ihr solltet Euch hinlegen.«

»Nachdem ich nach Del gesehen habe.«

»Tiger ...«

»Ich muß nach Del sehen.«

Alric seufzte. Stellte die Bota fort. Nahm mich unter einem Arm. »Wir werden es niemals bis zum Kreis schaffen.«

Es kostete mich große Anstrengung zu sprechen. »Natürlich werden wir das.«

»Warum zeigt Ihr mir dann nicht den Weg?«

»Zeigt mir zuerst einfach die Tür.«

Alric führte mich darauf zu.

Als wir durch die Gassen und zu den Kreisen hinaus gelangt waren, war ich mehr als bereit, mich hinzulegen und ohnmächtig zu werden. Aber ich wagte es andererseits nicht, nach dem, was ich gesagt hatte, in welcher Reihenfolge auch immer.

»Hoolies ...«, murmelte ich, »die *Leute* ...«

Sie drängten sich um den Kreis. Hinter uns lag die Stadt, zerbrochene Mauern und Schutt, die jetzt als Stufen und Plattformen dienten, von wo aus man den Tanz beobachten konnte. Menschen hingen aus den Fenstern zerbröckelnder zweiter Stockwerke und säumten die eingestürzten Dachfirste. Andere umringten den Kreis selbst und bildeten eine menschliche Ummauerung. Irgend jemand hatte als Begrenzungslinie einen zweiten Kreis um den ersten gezogen. Die drei Schritte zwischen dem wirklichen Kreis und dem zweiten war dazu gedacht, als Pufferzone zu dienen, die Leute zurückzuhalten.

Ich schwankte. Alrics Griff festigte sich. »Was habt Ihr erwartet? Dies ist ein Tanz zwischen zweien der besten Schwerttänzer im Süden — selbst wenn Ihr ausgeschlossen seid —, und es hängt viel davon ab.«

Ich blinzelte gegen das Sonnenlicht an. »Ich frage mich, wo Esnat ist. Er sollte hier sein. Er *sollte* besser hier sein ... er und alle seine Freunde ... und auch Hadjib.«

»Sie beobachten das Ganze wahrscheinlich von der Stadt aus.«

Jemand stieß mich an. Aus dem Gleichgewicht gebracht, fiel ich beinahe hin. Nur Alric hielt mich aufrecht.

»Alles dreht sich«, murmelte ich.

Ich hätte den Aqivi nicht trinken sollen. Oder vielleicht hätte ich einfach nicht an den Kopf getreten werden sollen. Nichts paßte zusammen. Ich sah Gesichter, hörte Reden, spürte den Druck der Menge. Aber alles schien in sehr großer Entfernung von mir zu sein.

Ich blinzelte durch das zunehmende Pochen in meinem Kopf hindurch. »Wo ist Del? Könnt Ihr sie sehen?«

»Nicht durch all diese Leute hindurch.«

»Dann laßt uns näher herangehen. Ich muß Del sehen.«

»Tiger ... wartet ...«

Aber ich wartete auf niemanden. Nicht, wenn ich Del sehen mußte.

Es ist nicht leicht zu *gehen*, wenn das Gleichgewicht nicht stimmt, ganz abgesehen davon, wenn man sich dabei noch seinen Weg durch eine Menschenmenge bahnen muß. Ich stolperte, taumelte, fiel fast hin, mißachtete Flüche und Beschimpfungen, bahnte mir mit der Schulter meinen Weg durch das Gedränge, während Alric die Nachhut bildete. Einige Leute versuchten uns aufzuhalten, aber Alric und ich sind groß. Sie versuchten es nicht lange.

Wir gelangten schließlich hindurch und fielen fast über die Linie. Menschen protestierten, beschwerten sich über meine Grobheit, aber einige waren Schwerttänzer, die mich erkannten. Die Kunde machte schnell die Runde: Man machte mir Platz. Das verschaffte mir die Möglichkeit zu atmen.

In Ordnung, ich gebe es zu. Ich hatte vor, Del aus dem Kreis herauszuzwingen, indem ich den Tanz als den meinen beanspruchen wollte. Immerhin war er das ja auch. Aber gerade, als ich hindurchgelangte und fast flach aufs Gesicht fiel, gab ihnen jemand das Zeichen zu tanzen.

»Wartet ...«, brach es aus mir heraus.

Zu spät.

Es war ein wahrer Tanz. Beide Schwerter lagen genau in der Mitte des Kreises. Abbus Rücken war mir am nächsten, Del stand ihm gegenüber. Er blockierte ihre Sicht auf mich, aber das war unwichtig. Jetzt, wo der Tanz begonnen hatte, würde Del ohnehin nichts anderes sehen als den Mann, der gegen sie tanzte.

Auf das Zeichen hin liefen sie los. Ergriffen die Schwerter. Richteten sich auf. Die Schwerter blitzten auf und schlugen gegeneinander, trennten sich kreischend und schlugen erneut zusammen.

Überall um uns herum summte die Menge.

Hoolies, mein Kopf schmerzt.

»Geht es Euch gut?« fragte Alric. »Ihr seht irgendwie schlecht aus.«

Ich machte mir nicht die Mühe hinzusehen. Ich wußte, wo er war: rechts von mir.

»Tiger, geht es Euch ...«

»Prima«, fauchte ich. »*Prima* ... laßt mich einfach den Tanz beobachten.«

Der Tanz war überwiegend ein nebelhafter Eindruck. Abbus Rücken war noch immer mir zugewandt. Er trug nur einen Wildlederdhoti und war, wie es üblich ist, an Armen, Beinen und Rumpf unbekleidet.

Die Menge murmelte und summte. Die Leute sprachen über den Mann. Sprachen über die Frau. Diskutierten darüber, wer siegen würde.

534

Wie ein Mann nannten sie Abbu.

Ich blinzelte und spreizte die Füße in dem Versuch, mein Gleichgewicht zu bewahren. »Paß auf diese Muster auf«, murmelte ich. »Bascha ... paß auf diese Muster auf.«

Alrics Stimme klang sehr ruhig. »Sie macht es gut, Tiger.«

»Sie läßt es zu, daß er sie einwickelt.«

»Del weiß, was sie tut.«

Abbu verschwamm mit zwei anderen Menschen. Ich rieb mit einer Hand über meine Augen. »Sie muß angreifen.«

Klingen schlugen zusammen und schabten aneinander.

»Bascha ... treib ihn zurück. Bring ihn zu mir herüber.«

Als er sich bewegte, konnte ich sie sehen. Sie trug nur die elfenbeinfarbene Tunika, und eine schonungslose Grausamkeit war ihr ins Gesicht geschrieben. Sie wollte ihn nicht töten. Sie wollte ihn ganz sicher bis jenseits aller Hoffnung auf Vergeltung schlagen. Das würde sie tun müssen, um ihn zu bezwingen. Abbu würde sich nicht ergeben, bis er wüßte, daß sie ihn töten würde.

Bis er wüßte, daß sie es tun *könnte*.

Dels Muster waren makellos. Seine aber noch besser.

»Komm schon, Bascha, achte auf ihn ... laß dich nicht von ihm hineinziehen ...«

Sie trieb ihn auf die andere Seite des Kreises. Hinter mir bewegten sich die Zuschauer, denn sie fürchteten, daß der Kreis gebrochen werden könnte. Ich wußte es besser. Sie würden ihn beide nicht brechen.

»Ja, Bascha ... ja ...« Der Tanz flammte erneut auf. Ich versuchte, den Schleier vor meinen Augen fortzublinzeln. »Hoolies, nicht *jetzt* ...«

Jetzt war es an Abbu Bensir, sich zu bewegen. Ich vollführte seine Bewegungen fast mit.

Alrics Hand klammerte sich um meinen rechten Arm. »Dies ist nicht Euer Tanz.«

Jemand stieß gegen meinen linken Ellenbogen. Er würde nahe herankommen, sich in dem äußeren Kreis bewegen und den kleinen Raum, der Alric und mir geblieben war, beanspruchen. Ich fuhr herum und fiel fast hin. Rieb mir erneut die Augen. »Alles doppelt ...«

»Aqivi«, bemerkte Alric. »Ich hätte Euch Wasser geben sollen.«

Ich fühlte mich betrunken. Ich fühlte mich *weit entfernt.* Der Lärm nahm zu und dann wieder ab. Das Geschrei verursachte mir Kopfschmerzen. Um mich herum drehte sich die Welt. Sogar Alric drehte sich.

»Bleibt an einer Stelle stehen«, schlug ich vor, als er zu meiner Linken näher herankam. »Komm schon, Bascha ... *tanze* ...«

Alles war grau. Der Gesang des Stahls schmerzte in meinen Ohren.

»Was ist los?« fragte Alric.

Ich warf einen Blick nach rechts. Wartete darauf, daß sich meine Sicht beruhigen würde. »Würdet Ihr wohl aufhören, ständig den Standort zu wechseln?«

»Was ist das für ein Geräusch?« fragte er.

Ich konnte nur den Stahl hören. Er durchschnitt direkt meinen Kopf.

Del durchbrach Abbus Abwehr und traf ihn am Ellenbogen. Abbu sprang zurück, aber das war sehr vielsagend. Die Frau hatte den ersten Treffer erzielt.

»Besser, Bascha ... besser ...«

»Was ist das für ein *Lärm?*« fragte Alric.

Ich hörte das Klingen von Stahl, das Kreischen und Kratzen der Klingen. Was dachte er, was das war?

»Komm schon, Bascha ... *besiege* ihn ...«

»Tiger ... seht Euch das an.«

Ich sah nur den Tanz. Zwei sich bewegende Körper: einer männlich, einer weiblich. Beide waren sich ebenbürtig. Beide bewegten sich leicht nach einem Rhythmus, den niemand sonst hörte. Nach einem Verlangen, das niemand sonst empfand.

Komm schon, Bascha ...

»Tiger!«

Alrics Stimme drang durch. Sie lenkte meine Aufmerksamkeit von dem Tanz und von Del ab. Sie veranlaßte mich, darüber hinauszuschauen.

Auf der gegenüberliegenden Seite des Kreises, hinter Dels Rücken, teilte sich die Menge plötzlich. Reihen von Zuschauern schälten sich auseinander wie die Rinde von einem Weidenbaum.

Ließen Vashni an ihren Platz.

Vashni. *Vashni?*

»Tiger«, wiederholte Alric.

Im Kreis ging der Tanz weiter. Stahl klang in der Luft. Das Geheul begann.

Erst sanft, dann ansteigend. Es verschluckte den Gesang der Schwerter. Es verschluckte das Murmeln. Es verschluckte die ganze Welt.

Ich rieb schmerzende Augen. »Zuviel Lärm«, beschwerte ich mich.

Alric, der erneut seinen Platz gewechselt hatte, stand jetzt zu meiner Linken. Er lächelte zu mir herab. Ein seltsames, triumphierendes Lächeln.

Lächelte zu mir *herab*. Aber wir sind gleich groß.

»Wartet ...«, begann ich, aber die Welt wurde erneut grau.

»Tiger. Tiger?«

Jetzt von rechts. »Ihr seid doppelt«, murmelte ich, »und tauscht die Plätze mit Euch selbst.«

Im Kreis tanzte Del. Aber niemand sah mehr zu.

»Orakel!« rief jemand. »Zeigt uns das Orakel!«

Das Geheul hörte auf. Die Vashni teilten sich, flossen auseinander und ließen die Mitte frei.

»Orakel«, murmelte jemand. Das Wort zog sich durch die Menge, bis ich nur noch ein Flüstern hören konnte. Den Klang der Silben.

Ich blinzelte über den Kreis hinweg. Sah das Haar, die Augen, die Haut. »Alric«, sagte ich angewidert, »wie seid Ihr dort *hinüber* gelangt?«

Er klang bestürzt. »Was?«

»Dort.« Ich versuchte, es ihm zu zeigen. »Im einen Moment seid Ihr dort drüben ... im nächsten seid Ihr direkt hier rechts von mir ... im nächsten seid Ihr auf meiner *Linken*. Ihr seid doch nicht dreifach vorhanden, oder?«

Alric antwortete nicht. »Er ist ein *Nordbewohner*«, platzte er heraus.

Nordbewohner? Nordbewohner?

Wovon spricht er?

Del und Abbu tanzten. Ich hörte den Gesang des Stahls, der sich durch das Summen zog, das Schreien aller anderen.

Sie schrien nicht nach dem Tanz. Sie schrien nach dem Jhihadi.

So viele Nordbewohner. So viele Alrics.

Ich schaute nach rechts: Alric.

Ich schaute nach links: Alric.

Über den Kreis hinweg: Alric.

Hoolies, ich mußte sandkrank sein.

»Aqivi«, murmelte ich. »Er hat meinen Kopf verwirrt.«

Mein verwirrter Kopf schwamm.

Ich blinzelte erneut über den Kreis hinweg. »Alric ... seid Ihr das?« Ich schwang meinen verwirrten Kopf herum und sah den Mann zu meiner Linken an. »Oder seid *das* Ihr ... nein, keiner von beiden ... wer ist dann *jener* Mann?«

Der Alric zu meiner Linken sah mich aus durchdringend hellblauen Augen an. Nein, nicht Alric ... Alrics Lächeln ist anders. Alrics *Augen* sind anderes. Er schneidet mit ihnen nicht durch einen hindurch.

Diese Augen waren kalt. Diese Augen waren eisig. Diese Augen warteten auf etwas.

»Das Orakel«, wiederholte Alric — der Alric zu meiner Rechten, der jeden anderen nachahmte.

Ich schaute über den Kreis hinweg. Ein blonder, blauäugiger Nordbewohner: Alric war genau das. Er sah Alric sehr ähnlich. Er sah Del sehr ähnlich. Vielleicht ist es einfach so, daß sich meiner Meinung nach Nordbewohner alle sehr ähnlich sehen ...

Mein Mund klappte auf. »Hoolies, das ist *Jamail* ...«

Alrics Stimme: »Wer?«

»Dels Bruder ... aber der Vashni hat gesagt, er sei tot!«

»Er sieht nicht tot aus. Er sieht wie ein Orakel aus.«

Orakel. Orakel?

Im Kreis, bei dem Tanz, kratzten und schlugen und kreischten die Schwerter aufeinander.

»Wartet ...«, sagte ich, »*wartet* ... ich glaube nicht ... das ist nicht ... *er* kann nicht das Orakel sein ... Jamail hat keine Zunge!«

Jamail öffnete den Mund und verkündete eine Prophezeihung.

Jetzt klappte *mein* Mund auf. »Bin ich wach«, fragte ich benommen, »oder hat der Hengst mich wirklich getötet?«

Alric antwortete nicht.

»Del!« schrie ich. »*Del!*«

Aber Del war mit dem Tanz beschäftigt. Sie wandte ihrem Bruder den Rücken zu.

»Hoolies, Bascha ... kannst du nicht hören? Da spricht dein Bruder!«

Da ... *spricht* ihr Bruder?

Ein Aufblitzen einer lachsfarben-silbernen Klinge, der Schrei magiebelegten Stahls.

»Er hat keine Zunge«, wandte ich ein.

Hoolies, alles paßte. Ein Stummer, der kein Mann, aber auch keine Frau war.

O Bascha, *schau!*

Der Gesang des Stahls erfüllte die Luft und unterstrich die Worte des Orakels, als er einen Arm hob und deutete.

»Jhihadi!« rief jemand. »Er benennt den Jhihadi!«

Die Menge hinter mir drängte vorwärts. Ich wurde angestoßen und fiel fast hin. Eine Hand auf meinem linken Arm hielt mich fest, eine andere verhakte sich in meinem Harnisch. Alric war rechts von mir.

Alric war *rechts* von mir.

»*Jhihadi!*« brüllte die Menge, als das Orakel seine Aussage verdeutlichte.

Der Mann zu meiner Linken lachte. Es war ein wildes, frohlockendes Lachen voller Überraschung und Genugtuung und einer seltsamen Art Macht. »All dieses Geld, das für ein falsches Orakel ausgegeben wurde, und jetzt wählt das wahre Orakel ohnehin mich . . .« Er festigte seinen Griff an meinem Harnisch. »Jetzt brauche ich nur noch dies.«

Ich wußte es, als ich mich umwandte. Aber da war es schon zu spät.

Ajani verschwendete keine Zeit. Er legte eine Hand um das Heft und zog mein *Jivatma* heraus, wobei er mich während dieser Bewegung zurückstieß. Ich fiel beinahe hin.

Er betrachtete mich aus hellen, eisigen Augen. Sah, daß ich stolperte. Sah, daß ich kämpfte. Sah mich meine schwindenden Sinne zusammennehmen. Sah meinen Mund sich zum Protest öffnen.

Und lächelte. »Samiel«, flüsterte er. Die Klinge erwachte zum Leben.

Oh . . . Hoolies . . . Ajani . . .

Ajani mit Samiel.

Ajani mit Chosa Dei.

Der jetzt auf mich gerichtet war. Ich hörte Alrics Fluch. Sah Ajanis Augen. Wie konnte ich sie verwechselt haben?

»Danke«, sagte Ajani. »Ihr habt es mir leichtgemacht.«

Ich sog den Atem ein und versuchte, die Benommenheit fernzuhalten. »Ihr wißt nicht, was Ihr habt. Ihr wißt nicht, was dieses Schwert *ist*.«

Ajanis Stimme klang sanft. Unpassend sanft. »Oh, ich denke, das weiß ich doch. Die Leute reden darüber ... sogar meine eigenen Männer, die gesehen haben, was Ihr damit tatet, und sich daran erinnerten, was der Junge gesagt hatte.« Er lächelte kurz, aber warm. »Ich weiß, was ein *Jivatma* ist. Ich weiß, was mit dem Namen zu tun ist. Es wird einem Mann sehr nützlich sein, der gerade zum Jhihadi ernannt wurde.«

Ich behielt einen ruhigen Tonfall bei. »Wenn Eure Männer dort waren, dann wißt Ihr es. Ihr wißt, was es noch tun kann. Was es *Euch* antun kann.«

Überall um uns herum flohen die Menschen.

Ajani hob das Schwert. Ich dachte darüber nach, wie es für Chosa Dei sein mochte, mich schließlich zu haben. Und wie es sein würde, wenn er — in meiner Haut — Ajani in Stücke reißen würde.

Es könnte interessant sein. Aber ich wäre lieber einfach *ich*.

Hinter mir schrie Alric. Sagte etwas über Männer: Borjuni.

Ich sah nur Ajani an, der mein *Jivatma* hielt.

Und hörte dann Delilahs Gesang, der durch den Kreis schnitt.

O Bascha, Bascha. Hier kommt endlich deine Chance.

Der Gesang wurde schriller. Der Kreis war erfüllt von nordischem Licht, das so hell war, daß sogar Ajani blinzelte.

Ich deutete freundlich auf die Frau, die sich näherte. Höflich sagte ich Ajani: »Jemand möchte Euch aufsuchen.«

Und als er sich umwandte, griff sie ihn an.

17

Ich wußte, daß sie müde sein mußte, nachdem sie mit Abbu getanzt hatte. Aber dies war endlich Ajani. Ich wußte, daß es nicht wichtig war. Del hätte auf dem Totenbett liegen können, und Ajani hätte sie davon vertrieben.

Also konnte sie ihn auch auf seines schicken.

Sie trieb ihn zurück, in die Menge. Die Menge wich zurück. Und drängte wieder heran, umringte Alric und mich, unterhielt sich murmelnd über den Jhihadi und die Frau, die ihn zu töten versuchte.

Hoolies, sie glaubten es! Sie dachten, er sei der Jhihadi!

Was bedeutete, daß die Menge Del zerreißen würde, wenn sie ihn tötete.

»Töte ihn nicht«, sagte ich. »O Bascha, sei vorsichtig ... denk darüber nach, was du tust.«

Ich erwartete keine Antwort. Und Del gab mir auch keine.

Sie würden sie töten. Sie würden sie in kleine Stücke reißen.

Bascha, töte ihn nicht!

Außer wenn ich zu Jamail gelangen könnte. Aber ich wußte es besser, als daß ich es versucht hätte. Ich konnte kaum stehen, wurde hierhin und dorthin gestoßen. Und selbst wenn ich es gekonnt hätte, hätten die Vashni mich sofort dafür getötet, daß ich es gewagt hätte, mich dem Orakel zu nähern, egal aus welchem Grund. Die Dinge standen bereits schlecht. Das Orakel hatte gesprochen, und eine Frau versuchte, ihm in die Quere zu kommen.

Des Orakels eigene Schwester.

Jamail, erinnerst du dich an mich?

Nein. Er hatte mich nur einmal gesehen.

Jamail, erinnerst du dich an deine Schwester?

Aber zwischen Jamail und seiner Schwester befanden sich Hunderte von Südbewohnern: Tanzeer, Schwerttänzer, Stammesangehörige. Sogar für das Orakel könnte es schwierig sein, durch die Menge zu gelangen, jetzt, wo der Jhihadi benannt war.

Jamail war nicht mehr wichtig. Seine Rolle in dem Spiel war beendet.

Die Menge schloß sich um uns. Hoolies, Del, wo bist du?

Die Menge teilte sich abrupt.

»Tiger ... *runter* ...«

Alrics Hand an meinem Harnisch zog mich zu Boden. Dann stieß sein Schwert vor und durchschnitt jemandes Eingeweide.

Was?

Was?

Ajanis Borjuni-Kameraden. Die jetzt zu geheiligten Leibwächtern des Jhihadi geworden waren.

O Hoolies ... nicht *jetzt*. Mein Kopf schmerzt zu sehr, und meine Sicht verschwimmt.

Ich rollte durch ein Gewirr von Beinen, kroch davon und fluchte, als man mir auf die Finger trat. Wünschte, ich hätte ein Schwert.

Über mir wurde der Kampf fortgeführt. Alric war ganz allein.

Hoolies, wo ist Del?

Und dann sah ich das Licht. Hörte das Pfeifen des Sturms. Spürte das Stechen umherfliegenden Staubs. Mit der Macht von *Jivatmas* bildeten sie einen eigenen Kreis. Sie schufen einen magischen, aus Licht und Hitze und Kälte gemachten Zaun.

»Ich brauche ein Schwert«, murmelte ich und stolperte auf die Füße.

Im Kreis heulte der Wind. Ajani hatte mein Schwert. »Tiger! Tiger ... *hier!*«

Ich wandte mich um, fing die Waffe auf. Eine alte, wohlbekannte Klinge. Ich sah sie in verwirrter Überraschung an.

Durch die kurzzeitig entstandene Lücke grinste Abbu Bensir mich an. »Ihr gehört mir«, rief er, »nicht ihnen.« Und wurde von der Menge verschluckt.

Weitere Borjuni-Freunde des neuen Jhihadi kamen mit gezogenen Waffen heran. Alric und ich zählten sie nicht. Wir wußten, daß sie in der Überzahl waren. Aber wir wußten auch, wie man tanzt. Sie wußten nur, wie man tötet.

Zeit. Zuviel, und die Stämme würden den Kreis erreichen, den Del mit Ajani teilte. Sie konnten nicht hindurchkommen, bis der Tanz vorbei und die Magie gedämpft wäre, aber sie würden sie letztendlich erreichen. Sie würden sie letztendlich töten.

Wenn sie dann noch lebte.

Zuviel Zeit, und Ajanis Borjuni-Leibwächter würden Alric und mich vernichten. Wenn es jedoch zuwenig wäre, könnten wir vielleicht entkommen, wenn wir ein wenig Glück hätten.

Das Glück beschloß, auf den Plan zu treten.

»Duckt Euch«, schlug eine Stimme vor. Ich wartete nicht, ich duckte mich. Die geworfene Axt spaltete einen Kopf.

Bellin lachte laut. »Übung«, sagte er.

Jetzt waren wir da. Der Vierte war noch immer im Kreis.

Komm schon, Delilah, *besiege* ihn!

Feuer flammte im Kreis auf. Menschen kreischten.

Zuerst nahm ich an, daß es zum natürlichen Verlauf des Kampfes gehörte, da sich mittlerweile auch andere daran beteiligten. Und dann erkannte ich, daß es nichts mit dem Kampf zu tun hatte, aber alles mit der Magie.

544

Chosa Dei wollte seine Freiheit. Andere würden den Preis dafür bezahlen.

Vielleicht sogar Del.

Nicht wieder, Bascha. Du hast ihn bereits einmal bezahlt.

Ajani rief etwas. Ich konnte ihn nicht verstehen. Mein Kopf pochte unbarmherzig, und meine Sicht war noch immer verschwommen. Aber ich hörte Ajani rufen.

Er sagte etwas über Shaka Obre.

Ajani kannte Shaka Obre nicht.

Ich tötete einen Borjuni. »Halt ihm stand, Bascha ... *halt ihm stand ...*«

Boreal schlug zu. Ein kalter Wind brach aus dem Kreis hervor und kräuselte Seide und Gaze. Er gefror Haar und Augenbrauen. Diejenigen, die noch dazu in der Lage waren, flohen.

Ich sog den Atem ein und riß meine geborgte Klinge aus einem Körper. »Singe einen Sturm herbei, Bascha ...«

In dem verrückten Versuch zu entkommen, fielen die Menschen übereinander. Ich sah ihren Atem in der Luft.

Der Winter betrat den Kreis. Der Sommer trieb ihn zurück. Der Hitzesturm briet uns alle. Ich schirmte meine Augen mit einem Arm ab.

Samiel brannte weißglühend. Die Luft wurde aus den Lungen gesaugt.

Die Feindseligkeit um uns herum verwandelte sich jäh in Angst. Sogar Ajanis Borjuni schwitzten einen anderen als ihren üblichen Gestank aus.

Ajani. Ajani im Kreis.

Mit Del.

Hoolies, Bascha, wo bist du ...?

Die Schreie erstarben. Licht blitzte auf. Alle Regenbogen tanzten, obwohl kein Regen da war, der sie hätte entstehen lassen können. Keine Feuchtigkeit in der Luft. Nur sengende Hitze.

Ajani schrie noch immer. Del trat im Kreis auf ihn zu.

Zurück, zurück, zurück. Boreal reizte Samiel, lachsfarben-silbern auf Schwarz.

»Tanzt«, forderte Del auf. »Tanzt mit mir, Ajani.«

Zurück. Zurück. Zurück. Er versuchte zu parieren, aber er konnte es nicht.

Ich sah die entblößten Zähne, das schweißüberströmte Gesicht. Sah die Angst in durchdringenden Augen. Es war keine Angst vor Del, sondern vor dem, was er in dem Schwert spürte.

Er war ein sehr großer Mann, ein Mann von enormer körperlicher Kraft und auch von Willenskraft. Aber er kannte Samiel nicht. Er kannte Chosa Dei nicht.

»Zuviel für Euch«, murmelte ich. Ajani rief etwas. Die Sehnen an seinem Hals standen hervor.

Hitze brach aus dem Kreis hervor. In der Nähe fing ein Dach aus Decken Feuer. Dann ein weiteres. Die Menschen schrien. Die Menschen rannten. Iskandar brannte.

Wind rauschte durch die Straßen, verbreitete die Flammen in seinem Kielwasser. Jetzt fingen Burnusse Feuer, und Menschen gingen in Flammen auf.

»Nein«, erklärte Del.

Boreals durch einen Gesang herbeigerufener Bansheesturm heulte aus dem Schwert heraus und zerriß Samiels Flamme. Auf Dels Ruf hin kam der Winter. Feuer brennt im Graupelschauer nicht.

Er kam unvermittelt und mit grausamer Heftigkeit. Er durchtränkte Iskandar völlig und drehte dann ins Nichts ab. Ich war naß, kalt und schwitzte. Aber so ging es auch allen anderen, sogar Ajanis Borjuni-Freunden.

Sie griffen mit frischer Energie an. Mit frischer Energie schlug ich zurück. Neben mir kämpfte Alric. Hinter mir zählte Bellin Ajanis Helfer, die hereingeschickt wurden, um uns einzukreisen. Er rief ihnen allen Willkommensgrüße entgegen, nannte sie alle beim Namen, was dazu beitrug, sie zu verwirren. Für Alric und mich war es eine zuverlässige Möglichkeit zu erkennen, welcher Mann uns übel wollte.

Bascha, sagte ich, ich komme.

Etwas traf meine Rippen. Ich schlug das Schwert ab und vergrub dann mein eigenes in einem Bauch. Riß es wieder heraus, um mich einem weiteren Mann zuzuwenden, aber ein Fehltritt ließ mich an ihm vorbeigeraten. Ich stolperte, versuchte mein Gleichgewicht wiederzufinden, und wurde dann von Hitze und Kälte und Licht und allen Farben der Welt verschluckt.

Bascha, Bascha, ich komme ... ob ich will oder nicht.

Ich brach hindurch, fluchte und fiel in den Kreis, wobei ich hart auf einer Schulter landete. Abbus Schwert fiel heraus.

Hoolies, mein Kopf schmerzt ... und die Welt wird wieder grau.

Innen tobte der Sturm. Ein heißer Regen fiel. Dampf stieg vom Boden auf. Der Atem des Winters blies und pfiff in meinen Ohren. Machte Nase und Ohrläppchen gefühllos.

Boreal strahlte in allen Farben des Nordens, in all den kräftigen, lebhaften Farben. Samiel war schwarz.

Ein neuer Gedanke kam auf: Wenn Chosa Dei Ajani einnimmt, kann Del Chosa Dei einnehmen.

Aber Del wartete nicht so lange.

Ausgestreckt am Boden liegend, sah ich es. Haß. Wut. Besessenheit. Die Erinnerung daran, was er getan hatte, daran, was ihr Leben geformt hatte. Daran, *wer* ihr Leben geformt und sie bis zu diesem Augenblick gebracht hatte, sie an den Rand gebracht hatte, wo das Gleichgewicht so gefährdet, so unglaublich leicht zu verlieren ist. Sie stand schwankend dort, an jenem Rand, und schaute gerade darüber hinaus. Erkannte den Preis an, weil sie ihn schon so viele Male bezahlt hatte.

Einmal mehr zu bezahlen, würde nichts verändern. Und auch alles verändern.

Delilahs langer Gesang würde enden.

Wind schrie durch den Kreis. Er verfing sich in den Klingen und zog daran und schrie in ärgerlichem Protest. Ajanis Gesicht war freigefegt. Ein unvergeßliches Gesicht, eine beeindruckende Gestalt. Ein Nordbewohner erster Güte: größer als ich und breiter, mit einer Löwenmähne von Haar, das genauso dicht und blond war wie Dels und von seinem Kopf herabwallte. Die Herrlichkeit einer Frau, männlich gemacht für einen Mann.

Bellin hatte es heraufbeschworen: Seine Glut war sehr hell.

Seine Glut war *zu* hell — Chosa Dei schaute aus seinen Augen hervor.

Helle, durchdringende Augen, von unheiligem Feuer erleuchtet. Mit dem Wissen versprochener Macht.

Zeit ihn auszulöschen, Bascha, bevor er uns auslöscht.

Del hörte auf zu singen. Del senkte ihr Schwert. Und stand da und wartete auf ihn.

Wartete? Wartete auf *was?*

War sie von seiner Glut geblendet worden?

Nein, nicht Delilah. Dies war der Mann, der sie erschaffen hatte, so wie ich mein Schwert erschaffen hatte. In Blut und Angst und Haß.

Ajani entblößte die Zähne. »*Wir treffen uns wieder*«, sagte er. »*Dieses Mal, um es zu beenden, nicht wahr?*«

Del sah ihn an, genau wie ich. Seine Gesichtszüge wurden weicher. Die perfekte Nase, sein schnell beweglicher Mund, der nach oben verlaufende Winkel nordischer Wangenknochen, die sein Gesicht länglich machten. Ajani wurde *vernichtet*.

Hoolies, Bascha, *töte* ihn!

Sie schlug ihm die Klinge aus den Händen. Ihre eigene lag an seiner Kehle. »Kniet nieder«, sagte sie heiser. »Ihr habt meinen Vater niederknien lassen.«

Bascha, das ist nicht Ajani ...

Mein Schwert lag am Boden. Mein sauberes, silbernes Schwert, das aus makellosem nordischem Stahl gefertigt war.

Mein *leeres*, makelloses Schwert.

O Bascha ... warte ...

»Del ...«, krächzte ich.

Ajani sah sie mit entblößten Zähnen an. Chosa Dei schaute aus seinen Augen heraus. *»Wißt Ihr, was ich bin?«*

»Ich weiß, was Ihr seid.«

Ajani schüttelte sein Haar zurück. Der Umriß seiner Kiefer veränderte sich. Er war Wachs, der weicher wurde. Entzündet eine Kerze, und er würde schmelzen.

Dels Stimme klang tödlich. »Ich sagte: *kniet nieder.«*

Um uns herum, jenseits des Kreises, warteten Hunderte von Menschen ab und beobachteten uns, zu erschreckt, um eine Flucht zu versuchen. Ich lag am Boden und keuchte, versuchte meinen Kopf freizubekommen. Dachte: Wenn ich das Schwert erreichen könnte ...

Aber Ajani war zu nahe. Er brauchte es nur aufzuheben. Er *würde* es aufheben ...

»Del ...«, krächzte ich erneut. Das war alles, was ich zustande bringen konnte.

Ajani kniete nicht nieder. Chosa Dei wollte es nicht zulassen.

»Ich bin Macht«, sagte er. *»Denkt Ihr, Ihr könnt mich besiegen? Denkt Ihr, ich werde Eurer Forderung Folge leisten, nachdem ich so lange darauf gewartet habe, die meine zu stellen?«*

Hoolies, er brauchte kein *Schwert*. Er brauchte nur sich selbst.

Bascha ... Bascha, *töte* ihn ... spiel keine Spiele mit diesem Mann ... nicht einmal im Namen deines Stolzes ...

Ajani breitete die Arme aus. Er hatte kein Gramm Fett zuviel am Leib, kein Pfund saß an der falschen Stelle. Er war fest, fit, *groß*. Er ließ mich schwächlich wirken. Seine Großartigkeit forderte Dels heraus.

»*Wißt Ihr, was ich bin?*«

Und ich fragte mich, während ich ihn beobachtete, welcher Mann diese Frage stellte.

Del veränderte ihren Griff. Das Schwert schnitt von oben nach unten. Sie durchtrennte eine Kniesehne.

Er fiel, wie sie es beabsichtigt hatte. Es war keine angemessene Haltung, aber er stand nicht mehr aufrecht, um über sie hinauszuragen. Um über *mich* hinauszuragen, als ich auf die Füße stolperte.

Seine Glut war sehr hell.

»Jetzt«, flüsterte ich eindringlich.

Del begann zu singen.

Chosa Dei war in ihm, aber etwas von Ajani war übriggeblieben. Als im Norden Geborener wußte er es. Ich sah es in seinen Augen, in Ajanis noch immer menschlichen Augen, als sich seine Gesichtshaut löste. Ich sah es an seiner Haltung, als er vor das Schwert fiel und eine blutige Halskette trug. Boreal war durstig. Die Klinge schmeckte ihn bereits.

Del sang einen Gesang von der Familie, die sie verloren hatte. Vater, Mutter, Großeltern, Brüder, Tanten, Onkel, Vettern. So viele Verwandte waren ermordet worden. Nur zwei von ihnen hatten überlebt: Jamail und Delilah, die letzten ihrer Linie. Der Mann konnte niemals einen Sohn zeugen, die Frau konnte niemals einen gebären.

Sie würde Ajani töten. Aber letztendlich würde er siegen.

Delilah beendete ihren Gesang. Stand da und sah ihn an. Ob sie sich betrogen fühlte, fragte ich mich, weil Ajani nicht allein war? Weil sie, wenn der Augenblick gekommen wäre, mehr töten würde als nur den Nordbewohner?

Chosa war nicht dumm. Er streckte die Hand aus. Berührte das Schwert. Schloß schlaffe Finger um den

Griff. Zog es vom Boden hoch. Schwarz strömte in die Klinge. Besser ein Schwert als nutzloses Fleisch.

Helles Haar umrahmte sein Gesicht. Sein großartiges, nordisches Gesicht, das keinerlei Anzeichen von Sanftheit zeigte. Chosa Dei war fort.

Ajani schüttelte sein Haar zurück und hielt das geschwärzte *Jivatma* fest. Aber er versuchte nicht, es zu benutzen, da Boreal seine Kehle küßte. Er betrachtete nur die Frau, die Boreal hielt, den Vorfahr von Stürmen.

»Wer seid Ihr?« fragte er.

Del machte sich nicht die Mühe, es ihm zu sagen. »Ihr habt eine Tochter«, sagte sie.

Und dann nahm sie seinen Kopf.

18

D er Körper fiel zu Boden. Del, die endlich befreit war, taumelte zurück und fiel zu Boden.

O Hoolies, Bascha ... werde *jetzt* nicht ohnmächtig.

Sie versuchte aufzustehen und konnte es nicht. Die Erschöpfung und die Reaktion nahmen ihr die Kraft. Sie konnte nur keuchen und ihr Schwert umklammern.

Hoolies, Tiger, *bewege dich* ...

Der eigene Kreis war fort, von verbannter Magie verbannt. Jeder, der uns jetzt erreichen würde, könnte uns leicht berühren.

Del hatte Ajani getötet. Für alle anderen war er der Jhihadi.

Ich hörte das Geschrei, die Rufe ärgerlicher Tanzeers. Das Klingen südlichen Stahls.

»Es tut mir leid, Esnat«, murmelte ich. »Ich glaube, Hadjib wird seinen Krieg bekommen.«

Samiel war, wie ich wußte, die Antwort ... bevor sie Del erreichen würden.

Bellin erreichte uns zuerst. »Berühre es nicht!« schrie ich.

Er duckte sich, stieß seine Äxte vor und hob die Klinge auf. Als ich einen unsicheren Schritt machte — Del und ich gleichzeitig —, flog das Schwert auf mich zu. Ich pflückte es aus der Luft.

Die Südbewohner rührten sich und schrien. Sie sahen den kopflosen Jhihadi, die Frau mit dem Schwert, den Sandtiger mit einem weiteren. Und einen fremden Jungen mit Äxten.

Bellin grinste mich an. »Tut etwas«, rief er. »Ihr seid doch angeblich so gut mit diesem Ding.«

Etwas tun?

Fein.

Wie wäre es mit einem Gesang?

Die Menschenmenge drängte geballt vorwärts. Aber ich durchschnitt die Luft mit einem erneut geschwärzten Schwert, und die Menge sprang wieder zurück. Gegenüber von mir stand Alric, der die Luft mit seiner Schwertspitze kitzelte. Und Gewalt versprach.

Alric. Bellin. Ich. Und Del, aber sie war erschöpft. Für den Moment hatten wir die Menschenmenge aufgehalten, aber das würde nicht lange so bleiben. Wir brauchten mehr Hilfe.

Samiel könnte sie vielleicht geben. Ich mußte nur singen.

Singen. Ich hasse es zu singen. Aber wie sonst ruft man die Magie an?

Bellin jonglierte mit den Äxten. Es war ein beeindrukkendes Kunststück und auch ein nützliches. Alle hatten gesehen, wie er sie gebrauchte. Jedermann zögerte, als Bellin sich leichtfüßig um Del und mich herum bewegte und einen Zaun aus fliegenden Äxten errichtete.

»Das ist einfach merkwürdig«, bemerkte er, »warum singt Ihr *jetzt?* Insbesondere, wo Ihr es so schlecht könnt?«

Ich sang einfach weiter. Oder wie auch immer man es nennen wollte.

»*Jivatma*«, sagte Alric kurz, als beantworte das die Frage. Für einige würde es das. Für Bellin beantwortete es nichts.

»Holt Del«, sagte ich und wandte mich sofort wieder meinem Gesang zu. Samiel schien es zu mögen.

Hinter uns, weit hinter uns, nahm das Geschrei zu. Die Stämme kamen heran.

Wir drängten auf die Stadt zu. Hoolies, wenn sie hindurchkämen, würden sie uns in Sekundenschnelle beseitigen. Samiel würde ein paar von ihnen überwältigen, aber wir würden letztendlich verlieren, einfach weil sie in der Überzahl waren.

Bellin, der sehr hilfreich war, begann mitzusingen. Er hatte eine bessere Stimme, aber er kannte meinen Gesang nicht.

Samiel schien es nichts auszumachen.

»Alric ... habt Ihr Del erreicht?«

»Ich habe sie, Tiger ... kommt, wir müssen gehen.«

»Tiger?« Das war Del. »Tiger ... das war *Jamail*.«

Das scharfe Heulen nahm zu. Wenn wir nur so langsam vorwärtskämen, würden wir keine Zeit gewinnen. Wir brauchten etwas Besonderes.

In Ordnung, sagte ich zu meinem Schwert, laß uns sehen, was du tun kannst.

Ich stieß es über meinem Kopf in die Luft und balancierte es dann flach über beiden Handflächen aus, wie ich es Del hatte tun sehen. Und ich sang mein Herz heraus — laut und sehr schlecht —, bis ein Feuersturm losbrach.

Er leckte aus der Klinge heraus, floß meinen Körper hinab, ergoß sich über den Boden. Ich sandte ihn in alle Richtungen, ließ ihn Füße und Gewänder kitzeln. Er trieb jedermann zurück: Tanzeers, Stammesangehörige, Borjuni.

Magie, so dachte ich, kann nützlich sein.

Ich rief einen Windstoß herbei, einen heißen, trockenen, aus der Punja selbst geborenen Wind. Er kostete den Sand, saugte ihn auf und spie ihn auf die Menschen.

Die Stämme, wenn niemand sonst, würden wissen, was er war. Würden ihn Samum nennen und seiner Kraft nachgeben. Man kann die Wüste nicht bekämpfen, wenn sie sich erhebt, um sich aufzulehnen.

»Geht nach Hause!« schrie ich. »Er war ein falscher Jhihadi! Er war ein *Nordbewohner* ... ist es das, was ihr wollt?«

In dem Sandsturm taumelten sie zurück. Stammesangehörige, Borjuni, Tanzeers. Der Samum kennt keinen Rang.

»Geht nach Hause!« schrie ich. »Es ist nicht der richtige Zeitpunkt!«

Das Heulen des Sturmes nahm zu.

»Jetzt«, sagte ich zu den anderen, als sich die schreiende Menschenmenge zerstreute.

Ich zog den Sturm auseinander und schuf einen engen Durchlaß. Bereitwillig gingen wir davon.

Garrod führte die Pferde zu uns: den Hengst und Dels fahlen Rotschimmel. »Geht«, sagte er kurz. »Sie sind getränkt und mit Proviant versehen. Verschwendet keine Zeit.«

Der Gedanke, jetzt sofort loszureiten, gefiel mir nicht. Es ging meinem Kopf nicht sehr gut. »Er wird mich abwerfen oder erneut treten.«

»Nein, ich habe mit ihm gesprochen. Er versteht die Notwendigkeit.«

Das war, wie ich im Vorbeigehen dachte, eine höchst lächerliche Feststellung. Er war ein *Pferd,* kein Mensch.

Ah, Hoolies, wen kümmert das? Wenn Garrod gesagt hat, er würde ... ich schob ein feuchtes Maul fort, das sich ausstreckte, um Frieden zu erbitten.

Del steckte ihr Schwert in die Scheide. »Jamail«, war alles, was sie sagte.

Das brachte mich zu einem Entschluß. »Sei nicht sandkrank«, fauchte ich. »Jamail ist das Orakel. Denkst du, jemand würde ihm weh tun?«

»Ich dachte, er sei tot, und er ist es nicht.«

»Dann sei froh darüber. Laß uns gehen.«

Garrod gab ihr die Zügel. »Verschwendet keine Zeit«, wiederholte er. »Ich kann die anderen Pferde aufhalten, aber nicht sehr lange. Es sind bei weitem zu viele ... der Sandsturm wird sie nur Zeit kosten, aber er wird sie nicht aufhalten ... wenn sie ihren Mut erst einmal wiedergefunden haben, werden sie Euch erneut verfolgen. Wenn Ihr einen Vorsprung erreichen wollt, dann *geht.*«

Del schwang sich auf den Rotschimmel und nahm die

Zügel auf, wobei sie auf mich herabsah. »Kommst *du* auch?«

Ich verstand. Steckte mein Schwert in die Scheide. Zog mich auf den Hengst hinauf, der stampfte und scharrte und schnaubte. Ich klammerte mich benommen an den Sattel. »Wo geht es hinaus?«

»Dort entlang«, sagte Del und deutete in die entsprechende Richtung, während Alric dem Hengst auf den Rumpf schlug.

»Was ist mit mir?« rief Bellin. »Sollte ich nicht mitkommen? Ich habe Ajani für Euch gefunden!«

Ich verhielt den Hengst einen Moment. »Ich könnte mir bessere Möglichkeiten vorstellen, berühmt zu werden, als mit der Frau zu reiten, die den neuen Jhihadi getötet hat. Sicherlich *ungefährlichere* Möglichkeiten. Es hat keinen Sinn, ein Panjandrum zu sein, wenn man nicht mehr lebt, um sich daran zu erfreuen.«

»Das ist richtig«, stimmte Bellin zu. »Also vermute ich, daß ich noch immer Euer Sohn sein kann. Ihr seht alt genug aus.«

Ich bedachte ihn mit einem Schimpfwort und führte den Hengst hinter Del her.

Wir klapperten ohne Respekt vor den Einwohnern durch die zerstörte Stadt. Garrod hatte absolut recht gehabt: jetzt, wo ich den Sandsturm gebannt hatte und Del und ich fort waren, konnte nichts die Menge mehr davon abhalten, ihre tödliche Absicht zu verfestigen. Unabhängig von meinem Ausruf, daß Ajani ein falscher Jhihadi sei, war er dank der keimenden Gerüchte und Jamails fehlgedeuteter Äußerung noch immer der einzige, den sie kannten. Die Menge, angespornt durch die Blutgier, würde nicht auf die Wahrheit hören, egal, wer sie ihnen vermittelte. Nicht einmal, wenn das Orakel es versuchte.

Durch die Stadt und wieder hinaus und dann durch die bunten Hyorts, die sich auf dem Plateau zusammendrängten. Und über den Rand und hinunter, den Pfad hinabeilend. Hinter uns erstarb das Geschrei langsam, während wir flohen, wurde durch Schluchten und die Entfernung zerrissen. Und Iskandar war fort.

Wir ritten so lange und so schnell wir konnten, denn wir wußten, daß wir den Abstand brauchen würden. Schließlich, als wir von den Schluchten des Grenzgebiets in die Ausläufer des Grenzgebiets gelangt waren und sich gestrüppreiche, baumbestandene Hügelketten aus südlicher Erde erhoben, wollte Del anhalten. Es war nicht so sicher, daß es eine gute Idee war, jetzt schon anzuhalten, aber sie sagte, ich sähe aus, als würde ich sofort vom Pferd fallen, wenn der Hengst auch nur einmal niesen würde.

Ich hielt den Kopf sehr still. »Wenn er auch nur einmal *blinzelt*.«

»Kannst du mir folgen?« fragte sie.

»Solange du kein zu schnelles Tempo vorlegst.«

Del führte uns von dem Pfad fort und über eine gewundene Reihe von Bergkämmen und Ausläufern, die näher an Harquhal als an Iskandar lagen. Die Bäume waren niedrig und knorrig und struppig, standen aber dicht und boten somit angemessenen Schutz. Hinter einem schräg abfallenden, durch Bäume sichtgeschützten Abhang, weit ab von dem neu gebildeten Pfad, stieg Del von ihrem Rotschimmel ab.

Sie streckte die Hand aus, um den Hengst abzufangen. »Brauchst du Hilfe?«

Ganz vorsichtig stieg ich ab, wobei ich mich an den Steigbügeln festhielt. »Hilfe wobei?«

Sie schüttelte nur den Kopf. »Setz dich irgendwo hin. Ich werde mich um die Pferde kümmern.«

Das tat ich. Das tat sie. Und kam schließlich mit den Satteltaschen, den Schlafdecken und den Botas zurück.

In der Talsenke aßen und tranken wir und streckten uns dann aus. Dachten über das nach, was geschehen war. Dachten über das nach, was wir getan hatten.

Del lag dicht neben mir. Ich konnte ihren Atem hören. »Nun«, sagte ich, »es ist vorbei.«

Sie sagte nichts.

»Du hast den Gesang für deine Familie gesungen, den Gesang, den zu singen du geschworen hast, und du hast die Blutschuld, die er dir für den Mord an ihnen allen geschuldet hat, eingetrieben.«

Sie sagte noch immer nichts.

»Dein Gesang ist vorbei, Bascha. Du hast ihn sehr gut gesungen.«

Sie atmete tief und geräuschvoll ein.

»Du hast gesagt, ich sollte dich fragen, wenn Ajani tot sei.« Ich wartete einen Moment. »Was wirst du jetzt tun?«

Del lächelte traurig. »Frag mich morgen früh.«

»Bascha ...«

»Frag«, sagte sie sanft. »Und dann frag mich am nächsten Morgen, und am nächsten ...« Sie rieb sich die Augen, die zweifellos genauso müde und wund waren wie meine. »Wenn du mich oft genug fragst, werde ich es vielleicht eines Tages wissen. Und dann wird es nicht mehr wichtig sein, weil Jahre vergangen sind, und ich vergessen habe, warum ich niemals wußte, was ich tun würde, wenn Ajani erst einmal tot wäre. Ich werde es einfach *getan* haben.«

Das war, so dachte ich, ein komplizierter Gedankengang. Aber in diesem besonderen Moment war es nicht wirklich wichtig.

Ich stieß einen Seufzer aus. Es fühlte sich so gut an, einfach *aufzuhören*. »Ein aufregender Tag«, bemerkte ich.

Del brummte nur.

Die Sonne sank im Westen tiefer. »Wer hat den Tanz gewonnen?«

Neben mir regte sich Del. »Niemand hat den Tanz gewonnen. Der Tanz wurde niemals beendet.«

Ich versuchte, mich empört zu geben. »Willst du mir

erzählen, daß du meine Chance, eine Domäne zu bekommen, vertan hast? Meine Chance, ein Tanzeer zu
sein?«

Unbeeindruckt zuckte Del die Achseln. »Du wärst ein
schlechter Tanzeer.«

»Woher willst *du* das wissen?«

»Ich weiß es einfach.«

Mürrisch brummte ich: »Du hast wahrscheinlich
recht.«

»*Ich* wäre ein besserer Tanzeer.«

»Du bist eine Frau, Bascha.«

»Na und?«

»Wir sind im Süden, erinnerst du dich?«

»Aladars Tochter ist ein Tanzeer.«

»Das wird auf keinen Fall so bleiben.«

Sie seufzte. »Das stimmt vermutlich. Der Süden ist
noch immer zu rückständig.«

Die Sonne sank noch tiefer. »Ich glaube, statt eines
Schwertes werde ich mir ein neues Pferd anschaffen.«

Del grinste kurz. »Das alte könnte protestieren.«

»Das alte kann sich von mir aus direkt in den Kochtopf protestieren. Ich habe nicht vor, mich weiter mit
ihm abzugeben, wenn er mir Stücke aus dem Kopf her-
ausschlägt, weil er die Magie haßt.«

»Du hast die Magie früher auch gehaßt.«

»Ich hasse die Magie immer noch. Aber das bedeutet
nicht, daß ich jemandem den Kopf abschlage, wenn er
sie gebraucht.«

»Du hast meinen gefordert.«

Ich brummte. »Das ist lange her, Bascha.«

»Vielleicht Stunden.«

Ich seufzte. »Warum streiten wir?«

»Wir streiten nicht. Wir verzögern etwas.«

»Was verzögern wir?«

»Die Diskussion darüber, was wir tun werden.«

»Was *werden* wir tun?«

»Nach Norden ziehen?«

»Nein.«

»Nach Süden ziehen?«

»Das müssen wir. Dort finden wir Shaka Obre.«

Del antwortete nicht sofort. Und als sie es tat, klang ihre Stimme seltsam. »Bist du sicher, daß du das tun willst?«

»Ich muß es tun. Wie sonst soll ich sein Schwert beseitigen?«

»Du hast gelernt, es besser zu beherrschen.«

Ich runzelte die Stirn. Wandte den Kopf, um sie anzusehen. »Du klingst, als hieltest du es für keine so gute Idee, Shaka Obre zu suchen.«

Sie wählte ihre Worte sorgfältig. »Ich denke einfach, daß es sehr schwierig sein wird, ihn zu finden. Sein Name ist in Mythen eingehüllt ... er ist Teil von Kindergeschichten.«

»Das war Chosa Dei auch, aber das machte ihn nicht weniger real. Das kann *ich* bezeugen.«

Del seufzte und zupfte an der Decke, die sie über ihre langen, nackten Beine geworfen hatte. »Es ist nicht leicht, Tiger.«

»Vieles ist nicht leicht, aber was meinst *du?*«

»Es ist nicht leicht, nach einem Mann zu suchen, der sehr schwer zu finden ist. Ich hatte Grund dazu, ich *mußte* es tun ... aber die Aufgabe war dadurch nicht einfacher.«

»Du meinst, daß du nicht glaubst, daß ich es schaffe?«

»Ich meine, daß es eine sehr schwierige Suche werden wird.«

»Ich habe keine große Wahl. Chosa Deis Gegenwart wird Grund genug sein, denke ich.«

Del seufzte. »Es wird schwierig werden. Wir werden jetzt gejagt, mehr als irgend jemand sonst im Süden — wir haben den Jhihadi getötet. Sie werden uns unablässig verfolgen. Wir haben den *Jhihadi* getötet, den Mann, der den Sand in Gras zu verwandeln versprach.«

»Den Mann, den sie für den Jhihadi *gehalten* haben.«

Del dachte darüber nach und lachte dann leicht. »Jamail war sehr gerissen, als er das tat, was er tat. Mir wäre das nicht eingefallen.«

»Was hat Jamail getan?«

»Auf Ajani gedeutet. Er muß gewußt haben, daß irgend jemand versuchen würde, ihn zu töten ... wenn nicht ich, dann die Tanzeers. Er hat trotz allem seine Rache bekommen.«

Ich brummte. »Er hat nicht auf Ajani gedeutet. Und auch nicht auf Alric. Ich weiß es, ich war dort.«

»Auf wen *sonst* hat er gezeigt? Ich habe es ihn tun sehen, Tiger.«

»Ich auch, Bascha.«

»Nun, wenn es nicht Ajani war ...« Dann, während sie aus ihren Decken hochschreckte: »Du bist *sandkrank!*«

»Oh, das glaube ich nicht.«

Laute Stille.

»Das würde er nicht tun«, sagte sie schließlich. »Er *hat* es nicht getan ... du weißt, daß er es nicht getan hat. Warum sollte er so etwas tun?«

Ich antwortete nicht, weil ich dachte, es sei offensichtlich.

Del sah mich an. »Dieses Pferd hat dich schlimmer getroffen, als ich dachte.«

Ich gähnte. »Ich wäre vielleicht ein schlechter Tanzeer, aber ich denke, ich komme mit der Rolle des Messias zurecht.«

Noch lautere Stille.

Dann, bewußt herausfordernd: »Kannst du den Sand in Gras verwandeln?«

Ein weiteres Gähnen. »Morgen.«

Dels Stimme klang eigenartig. »Er hat nicht *wirklich* auf dich gedeutet. Du warst gerade da, ja, aber er hat auf *Ajani* gedeutet. Ich sah ihn. Ich sah ihn deuten. Es war Ajani, Tiger.«

Ich lag nur da und lächelte und blinzelte träge.

»Schwöre bei deinem Schwert«, forderte sie.

Ich grinste. »Bei welchem?«

»Bei dem *Stahl*schwert, Tiger. Sei nicht so gemein.«

Ich streckte eine Hand aus und ergriff das wie gewundene Seide wirkende Heft. »Ich schwöre bei Samiel: Jamail hat auf mich gedeutet.«

Ich wußte, daß sie mich davor warnen wollte, den Namen laut auszusprechen. Aber sie verstand, was es bedeutete. Sie verstand den Schwur.

Del dachte intensiv darüber nach. Und traf dann eine vorsichtige Feststellung. »Du weißt es besser, als daß du falsche Schwüre auf dein *Jivatma* leisten würdest.« Als sei sie sich nicht sicher. Und vielleicht war sie das in bezug auf mich auch nicht.

Durch ein erneutes Gähnen hindurch: »Ja, Bascha. Du hast sehr deutlich gemacht, daß das ein böses Vergehen wäre.« Ich hielt inne. »Möchtest du, daß ich bei *deinem* Schwert schwöre?«

Sehr bestimmt: »Nein.«

Ich glitt in den Schlaf hinüber. Der Rand war so sehr nahe. Ich brauchte nur diesen letzten Schritt zu tun und mich vom Horizont hinabgleiten lassen, im Einklang mit der Sonne ...

Del legte sich wieder hin. Sagte eine Weile lang nichts.

Ich glitt einfach dahin und war mir ihrer Nähe auf abstrakte, erfreuliche Weise bewußt. Beine und Ellenbogen berührten sich. Meine Schläfe streifte ihre Schulter.

Träge dachte ich: Eine gute Art einzuschlafen ...

Dann wandte sie sich um und rückte näher an mich heran. Ihr Atem streifte sanft mein Ohr. »Haben Schwerttänzer, die zum Messias wurden, Bettgefährtinnen? Oder leben sie im Zölibat?«

Ich riß ein wundes Auge auf. »Nicht heute nacht, Bascha. Ich habe Kopfschmerzen.«

Die Sonne fiel über den Rand. Lachend tat ich es ihr gleich.

Schwertmagier

Als das Schwert
auf den magischen Sturm
antwortete

Ich spürte es, bevor ich es hörte: ein vibrierendes, betäubendes, bis ins tiefste Innere dringendes Kribbeln, das meine Ellbogenknochen klappern ließ und die Handgelenke zu zerbrechen drohte. Die Macht, die ich spürte, war süß, verlockend – oh, so verführerisch! Sie kannte mich. Sie kannte meinen Gesang. Ich hatte dieses Schwert getränkt, dann erneut getränkt, und wir waren jetzt doppelt miteinander verbunden.

Und dann veränderte sich die Macht. Die mich umgebende Wesenheit verging, und ich spürte etwas anderes an ihrer Stelle aufflammen. Etwas sehr Starkes. Etwas sehr *Zorniges*.

Es dehnte sich über das Schwert aus und funkelte wie ein Hitzeblitz über den Horizont der Punja.

Schwarzes Licht. *Schwarzes* Licht. Und dennoch glühte es. Es floß die Klinge hinab, berührte zögernd meine Hände um das Heft, floß dann weiter abwärts, verschlang Finger, Hände, Handgelenke. Ich fluchte. Mir entfuhr ein derber Fluch, weil ich plötzlich mehr Angst hatte als jemals zuvor. Das Licht berührte mich...

*Dieses Buch ist dem Gedenken
an Jan Carpenter gewidmet,
ihrer geliebten Tootsie und Kizzy
und all den Freunden,
die sie vermissen.*

DANKSAGUNG

Folgenden Menschen gegenüber empfinde ich aus verschiedenen Gründen Wertschätzung und Dankbarkeit: Russ Galen, ein außergewöhnlicher Agent; Alan Dean Foster und Raymond E. Feist, beide kluge Männer, für ihren äußerst verläßlichen Rat in allen Belangen; Betsy Wollheim und Sheila Gilbert, die Zukunft der Fantasy (aber beim nächsten Mal sollten wir in der Wohnung bleiben und uns Pizza und Bier bringen lassen!); Debby Burnett, für Kismet Cheysuli Wld Blu Yond'r, AKA ›Pilot‹; und Mark – für alles.

Zum Schluß Dank an alle Männer und Frauen, die verstanden haben, daß Sexismus ein Schwert ist, das in beide Richtungen schneidet, und eifrig daran arbeiten, es zu zerbrechen.

Es gibt Dinge im Leben, die man einfach *weiß*, ohne daß man viel darüber nachdenken muß.

Wie es zum Beispiel *jetzt* der Fall war.

Ich richtete mich in der Dunkelheit taumelnd auf, stolperte zwei Schritte durch Felsen, landete schmerzhaft auf den Knien.

»O Hoolies«, murmelte ich.

Prompt entledigte ich mich meines Abendessens.

Wenn überhaupt von Abendessen *die Rede sein* konnte. Del und ich hatten am Abend zuvor kaum Gelegenheit gehabt, eine angemessene Mahlzeit zu uns zu nehmen, da wir zu müde, zu unruhig, zu angespannt waren. Und auch zu benommen, was mich betrifft.

Um mich herum stiegen lautlos Insekten herab. Die einzigen Geräusche, die ich hörte, waren das Scharren von beschlagenen Pferdehufen – mein kastanienbrauner Hengst und Dels Schecke waren nur wenige Schritte entfernt angepflockt – und meine eigenen, eher unwürdigen Laute, die halb Schluckauf, halb Aufstoßen und ganz und gar kein Ausdruck guter Laune waren.

Hinter mir erklangen eine verschlafene Stimme und das Knirschen von Kieselsteinen und körnigem Sand, ausgelöst von einem sich bewegenden Körper. »Tiger?«

Ich kauerte auf den Knien, schwitzend und frierend und elend. Mein Kopf schmerzte zu sehr, um in Worten zu antworten, und so vollführte ich eine kraftlose, abwehrende Handbewegung, durchschnitt die Luft zwischen uns und hoffte, daß es genügte. Natürlich genügte es nicht. Bei ihr genügt niemals etwas.

Die Schläfrigkeit schwand. Sie verschwendet wenig Zeit aufs Aufwachen. »Bist du in Ordnung?«

Meine Haltung war unmißverständlich. »Ich bete«, murmelte ich säuerlich und wischte mir den Mund an einem Burnusärmel ab. Er war bereits scheußlich verschmutzt. »Kannst du das nicht sehen?« Erneut knirschte Sand. Sie warf von hinten eine Bota in meine Richtung, die neben mir landete. Das schwappende Aufschlagen von Leder auf Fels klang laut in der Fahlheit des ersten Lichts. Der Hengst schnaubte protestierend. »Hier«, sagte Del. »Wasser. Ich werde das Kheshi aufwärmen.«

Mein Magen rebellierte bei dem Gedanken. Jetzt war ich mit einem Protest an der Reihe. »Hoolies, Bascha – Kheshi ist das letzte, was ich brauche!«

»Du mußt *etwas* in den Bauch bekommen, sonst spuckst du dir den ganzen Tag die Seele aus dem Leib.«

Eine feine Art, den Morgen zu beginnen. Verdrießlich, vorsichtig, griff ich hinab und nahm den Riemen der Bota auf, wobei ich mein Gewicht verlagerte, um die schmerzenden Knie zu entlasten. Ich war innerlich und äußerlich steif und wund von den Anstrengungen des Schwerttanzes.

Nun, nein, es war kein richtiger Schwerttanz gewesen. Eher ein Schwertkampf, was eine völlig andere Sache mit völlig anderen Regeln ist. Noch besser, ein Schwert*krieg*. Del und ich hatten den Kampf gewonnen, unterstützt durch Glück, Freunde und Magie – nicht zu vergessen die allgemeine Verwirrung –, aber die Feindseligkeiten waren noch nicht beendet.

Ich erwog kurz, mich zu erheben, überdachte dann den Zustand meines Kopfes und Bauches und beschloß, nah am Boden zu bleiben, in Bethaltung, ungeachtet meiner wahren Absichten, da dies eine durchaus nützliche Haltung war.

Gegen meine erneut aufkommenden Kopfschmerzen anblinzelnd, entkorkte ich die Bota, trank ein wenig und entdeckte, daß Hammer und Amboß überhaupt nicht leiser wurden, wenn ich den Kopf nach hinten neigte. Mit großer Sorgfalt richtete ich den Kopf wieder auf und spähte in den fahlen Morgen, konzentrierte mich starr auf verblassende Sterne, um mich von dem Unbehagen in meinem angegriffenen Schädel und Bauch abzulenken.

Während ich dies tat, erkannte ich, daß noch etwas *anderes* entleert zu werden wünschte.

Was bedeutete, daß ich ohnehin aufstehen mußte, wenn auch nur, um einen Busch zu finden.

Hoolies, das Leben war viel einfacher gewesen, bevor ich mich mit einer Frau zusammengetan hatte.

»Tiger?«

Ich zuckte zusammen und wünschte dann, ich hätte es nicht getan. Sogar das Blinzeln verursachte meinem Kopf Schmerzen. »Was ist?« »Wir können nicht hierbleiben. Wir werden weiterreiten müssen.« Ich brummte, dachte statt dessen über Möglichkeiten nach, meine Kopfschmerzen loszuwerden. Vielleicht würde es helfen, Aqivi zu trinken, aber leider hatten wir keinen. »Kann schon sein«, stimmte ich halbherzig zu. »Aber eins nach dem anderen. Bascha. So sollten wir zum Beispiel erst einmal herausfinden, ob ich laufen kann.«

»Du brauchst nicht zu laufen. Du mußt reiten.« Sie hielt inne: kunstvolle, sarkastische Besorgtheit. »Glaubst du, daß du reiten kannst, Tiger?«

Ich wandte ihr weiterhin den Rücken zu, so daß sie meinen in die Dämmerung hinein ausgestoßenen Fluch nicht bemerkte. »Ich werde es schaffen.«

Sie beschloß, meine Ironie zu übergehen. »Du wirst es bald schaffen müssen. Bestimmt sind die hinter uns her.«

Ja, das stimmte. Es würden zehn und zwanzig sein, vielleicht sogar hundert.

Die Sonne kroch allmählich über die Schwertklinge des Horizonts. Ich blinzelte gegen das Licht an. »Vielleicht *sollte* ich beten«, murmelte ich. »Bin ich nicht der Jhihadi?«

Del grunzte skeptisch. »Du bist kein Messias, egal wie du die Tatsache deutest, daß Jamail auf dich gezeigt hat.«

Verletzte Unschuld: »Aber ich habe bei meinem *Schwert* geschworen.«

Sie formulierte etwas Knappes, sehr Kurzes in nordischer Sprache, die ihre Muttersprache ist und in der man genauso leicht fluchen kann wie in meiner südlichen Sprache.

»Ha«, sagte sie dann höflicher. »Du vergißt, Tiger – ich weiß es besser. Ich kenne dich. Du bist ein Mann, dem man einen Tritt an den Kopf verpaßt hat und der sich noch obendrein betrunken hat.«

Nun, der erste Teil stimmte: Man *hatte* mir einen Tritt an den Kopf verpaßt, und zwar, was die größte Schmach bedeutete, hatte mein eigenes Pferd das getan. Aber der zweite Teil stimmte nicht. »Ich bin nicht betrunken.«

»Du warst es gestern. *Und* letzte Nacht.«

»Das war gestern – und letzte Nacht. Und das meiste *davon* kam durch den Tritt an den Kopf... außerdem kann ich nicht erkennen, daß es mich davon abgehalten hätte, dich zu retten.«

»Du hast mich nicht gerettet.«

»O nein?« Mit ungeheurer Anstrengung erhob ich mich von einer knienden in eine stehende Haltung und wandte mich langsam zu ihr um. Die Bewegung schmerzte wie die Hoolies. Süßlich fragte ich: »Und *wer* war es, der eine ärgerliche Menschenmenge zurückgehalten hat, die dich in Stücke reißen wollte, weil du den Jhihadi getötet hast?«

Dels Tonfall klang überraschenderweise völlig nüchtern. »Es war nicht der Jhihadi. Es war Ajani. Ein Bandit. Ein Mörder. Ein Schänder.« Sie schaute durch dünnen Rauch, der von der Handvoll Kohlen, die sich als Feuer aufspielten, aufwärts zog. Klumpiges, knochengraues Kheshi tropfte aus einer beschädigten Schale, als Del diese großzügig füllte und mir hinhielt. »Frühstück ist fertig.«

Der Hengst wählte genau diesen Moment, um den Boden zu überfluten. Was mich an etwas erinnerte.

»*Warte* ...«, platzte ich eifrig heraus und stolperte zum nächstgelegenen Busch davon, um den Göttern meinen Tribut zu zollen.

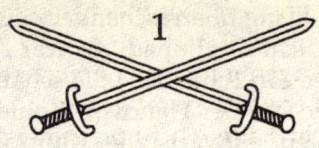

1

Ich stellte den Fuß in den Steigbügel, während ich die Zügel und den Sattelknauf ergriff – und rührte mich dann nicht mehr. Irgendwie *hing* ich, das Gewicht ungleichmäßig auf wunde Beine verteilt, die schmerzhaft zwischen dem Steigbügel und dem Boden ausgestreckt waren. Da der Steigbügel am Sattel befestigt war – der wiederum auf einem Pferd festgezurrt war, wie kurzzeitig auch immer –, erkannte ich, daß es nicht die vorteilhafteste Position war, wenn das Pferd sich bewegen sollte. Aber im Moment war ich zu Besserem nicht fähig.

»Uff«, bemerkte ich. »Wessen Idee war das?«

Der Hengst schwang den Kopf herum und betrachtete mich nachdenklich mit einem dunklen Auge, durch nichts Wahrnehmbares vieles versprechend. Aber ich konnte ihn verstehen.

Ich zeigte ihm eine Faust. »Lieber nicht, Cumfaköder.«

Del sagte von ihrem Schecken aus ziemlich schroff: »Tiger!«

»Oh, beruhige dich.« Mit einer Aufwärtsbewegung, die weder meinen Kopfschmerzen noch der Auflehnung meines Magens gerecht wurde, schwang ich mich auf den Pferderücken. »Natürlich hätte ich von *dir* nicht erwartet, daß du dich *nicht* beruhigst.« Ich warf ihr einen wütenden, gehässigen Seitenblick zu, der, wie ich tief im Innern wußte, nur ein Schatten dessen war, was hervorzubringen ich sonst imstande bin. Aber ein zerschlagener Körper und zuviel Alkohol –

und ein Tritt an den Kopf – hemmten meine Aus-
druckskraft.

Eine helle Augenbraue wurde hochgezogen. »Letzte
Nacht hast du etwas anderes gesagt.«

»Letzte Nacht hatte ich Kopfschmerzen.« Ich nahm
die losen Zügel auf, während ich meinen Körper auf
dem Lederhügel einrichtete, den manche Leute einen
Sattel nennen. »Ich habe *noch immer* Kopfschmerzen.«

Del nickte. »Das passiert einem Mann häufig, der
sich für eine angesehene Persönlichkeit hält. Der Kopf
schwillt an...« Sie vollführte eine müßige, aber vielsagende Geste.

»Das ist ein Panjandrum. Ich habe niemals behauptet, ein Panjandrum zu sein – obwohl ich vermutlich
eines bin, da ich der Sandtiger bin.« Ich rieb meine sandigen, von der Sonne angegriffenen Augen. »Nein, *ich*
bin ein Jhihadi. Sogar das Orakel sagt das.« Ich zeigte
erneut die Zähne. »Willst du deinen Bruder als Lügner
bezeichnen?«

Sie sah mich fest an. »Vor dem gestrigen Tag hätte
ich meinen Bruder als *tot* bezeichnet. Du hattest mir
gesagt, er sei es.«

Ich öffnete den Mund, um erneut ausführlich zu erklären, daß der Vashni mir gesagt hatte, Jamail wäre
tot. Ich hatte keinen Grund, dem Krieger nicht zu glauben, da der Stamm es mit der Ehre sehr genau nimmt.
Es ist nicht die Art der Vashni, Lügen zu verbreiten, so
daß kein vernünftiger Mensch so etwas auch nur in Erwägung zöge. Ich hatte es gewiß nicht getan. Und ich
hatte es auch nicht geglaubt.

Nein, Dels Bruder war nicht tot, egal, was der Vashni mir erzählt hatte. Denn Jamail – der totgeglaubte,
stumme Jamail – hatte über eine wirre Menschenmenge
inmitten eines wilden Schwertkampfes zwischen seiner älteren Schwester und dem Mann, der seine Familie ermordet hatte, hinweggedeutet – und mich zum
Messias erklärt.

Mich, nicht Ajani, der große Mühen auf sich genommen hatte, um jedermann davon zu überzeugen, daß er der Jhihadi sei. Obwohl niemand, einschließlich Del (*noch immer*), glaubte, daß Jamail auf mich gedeutet hatte.

Was ein wenig mit unserer gegenwärtigen mißlichen Lage zu tun hatte.

Ich schaute leicht verschwommen ostwärts an Del vorbei und hob eine Hand, um mich gegen den Glanz der Sonne abzuschirmen. »Ist das Staub?«

Sie schaute hin. Sie blinzelte, genau wie ich, hob eine abgeflachte Handfläche. Sie bildete eine dunklere Silhouette vor dem neuen Tag: ein Viertelprofil, überwiegend helles Haar. Eine Schulter, ein Ellbogen, die Rundung einer Hüfte und die Linie des Oberschenkels unter der Seide des Südens.

Und das in der Scheide steckende Schwert, diagonal über ihren Rücken gebunden, wobei ein gebieterisches Heft über eine muskulöse Schulter hinausragte.

»Aus Iskandar«, sagte sie ruhig aus dem gazeartigen Dunst heraus. »Ich würde keine Kupfermünze für die Wette verschwenden, daß es etwas anderes sein könnte.«

Was eine Entscheidung unumgänglich machte.

»Nördlich über die Grenze in dein Gebiet«, schlug ich vor, »aber wenn man deine Verbannung bedenkt, ist das keine gute Lösung…«

»…oder südlich«, warf sie ein, »wieder in die Punja, in *dein* Gebiet, was sicherlich für uns beide den Tod bedeutet, wenn wir ihm die Gelegenheit dazu geben.«

»Andererseits«, fuhr ich fort, »ist da noch Harquhal. Einen halben Tag vielleicht…«

»…wo sie sicherlich hinkommen werden, sie alle, da sie wissen, daß es der einzige Ort ist, wo man Vorräte kaufen kann, und auch wissen, daß wir nicht mehr viel übrighaben.«

Das war die Wahrheit. Unser plötzlicher und unerwarteter Aufbruch – oder noch besser, unsere *Flucht* – aus Iskandar hatte uns wenig Zeit gelassen, unsere Pferde zu beladen. Dank einem Freund besaßen wir jeder zwei Satteltaschen, aber die Nahrung war begrenzt, desgleichen der Wasservorrat, und Wasser war unverzichtbar, wenn wir die Punja durchqueren wollten. Obwohl ich viele Oasen, Zisternen und Ansiedlungen kannte – ich war in der Punja aufgewachsen –, ist die Wüste eine launische und unversöhnliche Bestie. Das einzig Sichere ist der Tod, wenn man das Spiel nicht richtig spielt.

Zusammen mit beißendem Sand stieß ich einen kurzen Fluch aus, während ich vielsagend die Zügel anhob und die Aufmerksamkeit des Hengstes auf mich zog. »Anscheinend haben wir keine große Wahl. Es sei denn, du kannst uns mit deinem Schwert hier herauszaubern.«

»Nicht mehr als du mit deinem«, antwortete sie ernst. Aber das Glitzern in den blauen Augen war deutlich sichtbar.

Die Waffe in meinem Harnisch wog plötzlich zehnmal soviel, einfach durch ihre Erwähnung. Und durch das, was ihre Erwähnung beinhaltete.

»Du weißt zufällig, wie man einen wunderschönen Morgen verdirbt«, murmelte ich und wandte den Hengst um.

»Und du weißt, wie man eine wunderschöne Nacht verdirbt.« Del wandte ihren Schecken auf Harquhal zu, das einen halben Tagesritt von der Grenze entfernt lag. »Wenn du den Mund schließen würdest, wäre dein Schnarchen vielleicht nicht mehr so schlimm.«

Ich machte mir nicht die Mühe zu antworten. Das Donnern der Hufe des Hengstes übertönte alles, was ich vielleicht hätte sagen können.

Das Donnern in meinem Schädel übertönte den Wunsch, es auch nur zu *versuchen*.

Wir hatten nicht viel getan, Del und ich. Nicht wenn

man wirklich darüber nachdenkt. Wir waren nur durch die Punja gen Süden gezogen und hatten einen vermißten Bruder gesucht, der von südlichen Sklavenhändlern entführt worden war. Nach Julah, der Stadt am Meer, wo wir, ohne eine Wahl zu haben, einen Tanzeer getötet hatten. Diese Art Vergehen wird mit dem Tode bestraft, wie es auch zu erwarten ist, wenn man einen mächtigen Wüstenprinzen tötet. Aber Del und ich waren sicher aus Julah und von dem gerade erst ermordeten Tanzeer entkommen. Und waren am Meer entlang in die Berge gezogen, wo wir den Vashni begegnet waren. Jenem Stamm also, der ihren Bruder festhielt.

Nur daß er nicht wirklich *festgehalten* wurde. Nicht mehr. Stumm und entmannt, hatte er es dennoch geschafft, sich sein Leben einzurichten. Dels Rettungspläne wurden von Jamail selbst durchkreuzt, der eindeutig nicht den Wunsch hatte, den Stamm zu verlassen, nachdem dieser ihn aus seinem Leben als Sklave befreit hatte. Obwohl er nicht eigentlich ein Vashni war – sie empfinden keine freundschaftlichen Gefühle gegenüber einem Mischling, noch dazu wenn er ein Fremder ist –, eignete er sich nicht als Opfer. Er hatte sich seinen Platz erobert.

Also hatten wir ihn zurückgelassen und waren nach Norden geritten, über die Grenze in Dels Heimat. Dort brachte sie mich nach Staal-Ysta, der Insel im schwarzen Wasser, und trat mich als Pfand für ihre Tochter ab.

Nun, es war nicht *ganz* so, kam aber der Wahrheit nahe. Nahe genug, um mich erkennen zu lassen, wie zielstrebig sie sein konnte, so zielstrebig, daß nichts sonst auf der Welt mehr wichtig war, nur die Aufgabe, die sie sich selbst gestellt hatte: Ajani zu finden und zu töten, den Mann, der ihre Familie ermordet, ein fünfzehnjähriges Mädchen geschändet und einen zehnjährigen Jungen in die südliche Sklaverei verkauft hatte.

Um Rjani finden zu können, mußte sie von der Blutschuld frei werden, die sie dem Ort der Schwerter schuldete, hoch in den nordischen Bergen, wo sie ihre kleine Tochter zurückgelassen hatte, um den Vater dieser Tochter zu finden und zu töten. Und wo sie letztendlich, ohne daß ich etwas davon wußte, meine Dienste angeboten hatte, um einen Teil ihrer Blutschuld zu bezahlen.

Meine Dienste ... ohne mich auch nur zu fragen.

Ich habe immer gewußt, daß Frauen zu fast allem fähig sind, was sie sich in den Kopf gesetzt haben, wenn sie sich erst einmal dazu entschlossen haben. Zu dieser Entscheidung zu gelangen, ist nicht immer einfach oder auch nur logisch, aber letztendlich gelangen sie dorthin. Und wenn sie gedrängt werden, machen sie notwendige Versprechungen, egal um welchen Preis.

In Dels Fall war ich der Preis. Und beinahe unser beider Tod. Oh, wir haben überlebt. Aber erst als ich mir ein nordisches Schwert besorgt hatte, ein magisches *Jivatma*, das genauso gefährlich war wie Dels Waffe – nur daß ich nicht wußte, wie man es stimmte, und beinahe hätte es *mich* gestimmt.

Und dann war da natürlich noch dieser dreimal verfluchte Drache gewesen, der überhaupt kein Drache war, und der Magier namens Chosa Dei.

Ein Mann, der kein Mann mehr ist. Vermutlich würde man ihn als einen *Geist* bezeichnen, der jetzt in meinem Schwert lebte. Vor mir wandte sich Del in vollem Galopp im Sattel um. Ein pferdegeborener Wind schnappte nach weißblonden Locken, zog sie aus dem Burnus frei: Helle, prächtige Seide, als Haar verkleidet ... und das makellose Gesicht, das davon umgeben war, wandte sich jetzt mir zu.

Es ist mir niemals gelungen, nicht über ihre Schönheit zu staunen, nicht ein einziges Mal.

»Beeil dich«, sagte sie.

Natürlich, da ist noch ihr *Mund.*

»Eines Tages«, murmelte ich, »werde ich dich festnageln – mich auf dich *setzen,* wenn es sein muß – und soviel Wein diese sanfte, selbstgerechte Kehle hinabgießen, wie ich kaufen kann, damit du wissen wirst, wie sich mein Kopf anfühlt.«

Ich sagte es nicht laut genug, daß sie es hören konnte. Aber natürlich *hatte* sie es doch gehört.

»Selbst ein Narr würde sich nicht betrinken, nachdem er einen Tritt an den Kopf bekommen hat«, bemerkte sie über den Lärm unserer Pferde hinweg. »Was bringt dir das also?«

Ich bewegte mich im Sattel, fand eine bequemere Stellung auf dem buckelnden Rückgrat meines galoppierenden Pferdes. »Du hast mich im Stich gelassen«, erinnerte ich sie mit erhobener Stimme. »Du hast mich dort am Boden mit meinem angeschlagenen, blutigen Kopf einfach liegenlassen. Wenn du geblieben wärst, hätte ich wahrscheinlich nichts getrunken.«

»Oh, also war es *mein* Fehler.«

»Statt dessen bist du davongestürzt, um Abbu Bensir zu bekämpfen – *mein* Tanz, wie ich bemerken möchte ...«

»Du warst nicht in der Verfassung, zu tanzen.«

»Das ist ein anderes Thema ...«

»Das *ist* das Thema.« Del zügelte ihren Schecken, führte ihn um eine kleine Ansammlung von Felsen herum, strich sich dann das Haar aus dem Gesicht und wandte sich erneut zu mir um. »Ich habe deinen Platz im Kreis eingenommen, weil jemand es tun mußte. Du warst verdingt worden, gegen Abbu zu tanzen ... hätte ich deinen Platz nicht eingenommen, wäre der Tanz verwirkt gewesen. Willst du über die Konsequenzen nachdenken?«

Wohl kaum. Ich kannte sie. Der Tanz war mehr als nur ein Schwerttanz: Er war eine verbindliche Entscheidung zwischen zwei Tanzeerparteien, mächtige, unbarmherzige Alleinherrscher, die den Süden, wann immer es möglich war, in kleine Stücke unter sich aufteilten und die Überreste als Belohnungen verteilten.

Eine Belohnung war *mir* versprochen worden, wenn ich siegen würde. Aber ich hatte nicht gesiegt, weil mir der Hengst an den Kopf getreten und Alric mich betrunken gemacht hatte.

Mein Magen schwebte, wie ich unglücklich feststellte, irgendwo in der Nähe meines Brustbeins, schüttelte sich und rüttelte sich und preßte sich in meinem Brustkorb zusammen. Die Knie, die durch verkürzte Steigbügel gebeugt waren, erinnerten mich, wann immer es möglich war, daß ich älter wurde und an Beweglichkeit verlor. Und dann war da mein Kopf, der unerwähnt bleiben soll, damit er nicht auf dumme Gedanken kommt.

Hoolies, diese Art Probleme genügen, um einen Mann außer Gefecht zu setzen. Sie können ihn ziemlich kraß daran erinnern, daß es bessere Möglichkeiten als diese gibt, sich seinen Lebensunterhalt zu verdienen.

Aber ich kenne keine.

Der Fehltritt des Hengstes drohte einen Teil meines Körpers, den ich ziemlich mochte, umzuordnen. Ich stieß einen Fluch aus, hob mein Gewicht vom Sattel an und dachte eher sehnsüchtig an andere, fleischliche Sättel.

»Du fällst zurück«, sagte sie.

»Warte nur«, murmelte ich. »Einst wird der Tag kommen ...«

»Das glaube ich nicht«, sagte Del und beugte sich tiefer über ihren Schecken.

Harquhal ist ... nun, Harquhal. Eine Grenzsiedlung. Die Art Stadt, die niemand wirklich bauen *will*, sondern die ohne jegliche Planung zufällig entstehen.

Oh, sie *genügte*, aber sie war nicht die Art Stadt, in der ich eine Familie gründen wollte.

Andererseits hatte ich weder eine Familie noch die Absicht, eine zu gründen, was bedeutete, daß die Art Stadt, zu der Harquhal gehörte, gut genug für mich war.

Del und ich ritten im verhaltenen Trab auf die Stadt zu, hatten den Galoppschritt schon vor einiger Zeit aufgegeben, und verfielen schließlich in Schritt, als wir uns der von einer Mauer umgebenen Stadt näherten. Der Hengst, der über einen angemessenen Galoppschritt und einen weichen, gleichmäßigen Schritt*schritt* verfügt, kann ganz entschieden nicht besonders gut traben. Er ist einfach nicht dafür gebaut, genauso wie ich nicht für niedrige Eingänge und kurze Betten gebaut bin.

Ein verhaltener Trab, von einem Pferd ausgeführt; das diese Gangart nicht annähernd weich zustande bringt, grenzt an Marter. Besonders, wenn man ein Mann ist. Besonders, wenn man ein Mann ist, dessen Kopf von Aqivi und dem Tritt des Pferdes, das er reitet, beeinträchtigt wurde.

Warum also überhaupt traben? Weil ich Del einen Vorteil überlassen hätte, wenn ich in Schritt verfallen wäre, aber ich vermute, es war nicht wirklich ein Vorteil, da wir eigentlich kein Wettrennen veranstalteten. Aber sie kann manchmal so verflucht gönnerhaft sein… besonders wenn sie glaubt, daß ich mich irre oder etwas Dummes getan habe. Ich denke, es hat *tatsächlich* Situationen gegeben, in denen ich mich geirrt oder in denen ich mich so verhalten habe, daß man an meiner Intelligenz Zweifel hegen konnte, aber diese gehörte nicht dazu. Es war nicht mein Fehler gewesen, daß mich der Hengst getreten hatte. Und auch nicht meine Entscheidung, soviel Aqivi zu trinken. Und überhaupt, ich *hatte* es doch geschafft, sie zu retten.

Egal, was sie sagte.

Wir erreichten den ersten Abschnitt der Mauer aus Adobeziegeln, die Harquhal umgab. Ich parierte den

Hengst zum Schritt durch und murmelte Verwünschungen, als er den Hauptteil des Gangartwechsels auf die Vorderbeine verlagerte, anstatt ihn auf seinen ganzen Körper zu verteilen. Das zwang mich dazu, mich aufzusetzen und gut auf mich aufzupassen.

Del warf mir einen Blick über die Schulter zu. »Wir sollten nicht lange bleiben. Nur um Vorräte einzukaufen...«

»...und etwas zu trinken«, fügte ich an. »Hoolies, ich brauche einen guten Schluck.«

Gewissenhaft eröffnete sie den Tanz mit Worten, auf diese eiskalte Art, die sie um drei Jahrzehnte älter wirken läßt. »Wir werden keine Zeit mit solchen Dingen wie Wein oder Aqivi verschwenden...«

Ich parierte den Hengst neben ihrem Schecken durch, verhakte ein Knie genau unter der inneren Beuge des ihren. Dies ist eine Technik, die, wenn man sie völlig beherrscht, einen Feind vom Pferd werfen kann. Und obwohl Del und ich nicht wirklich *Feinde* waren, waren wir zeitweise doch nah daran. »Wenn ich nichts zu trinken bekomme, werde ich den Tag nicht überstehen. In diesem Fall ist die *medizinische*... Hoolies, Bascha, hast du niemals etwas davon gehört, daß man einen Hund zurückbeißen soll?«

Del befreite ihr Bein, indem sie den Schecken seitwärts führte. Sie schaute erstaunlich verwirrt drein. »Einen Hund zurückbeißen? Welchen Hund? Du wurdest nicht gebissen. Du wurdest *getreten*.«

»Nein, nein, so ist das nicht gemeint.« Ich rieb über mein stoppeliges, schmutziges Gesicht. »Es ist ein im Süden gebräuchliches Sprichwort. Es hat damit zu tun, daß man zuviel zu trinken hat. Wenn man eine Ahnung hat, was einen krank gemacht hat, dann fühlt man sich schon besser.«

Blonde Brauen wurden zusammengezogen. »Das ergibt überhaupt keinen Sinn. Wenn dich etwas krank macht, wie kann es dann bewirken, daß du dich besser fühlst?«

Ein Gedanke kam mir in den Sinn. Ich betrachtete sie nachdenklich. »Die ganze Zeit, seit ich dich kenne, habe ich dich niemals betrunken erlebt.«

»Natürlich nicht.«

»Aber du trinkst. Ich habe dich trinken sehen, Bascha.«

Ihre Stimme war sehr ausdrucksvoll. »Man kann trinken, ohne betrunken zu werden. Wenn man Zurückhaltung übt...«

»Zurückhaltung ist nicht immer erstrebenswert«, erklärte ich. »Warum soll man Zurückhaltung üben, wenn man betrunken werden *will*?«

»Aber warum betrinkt man sich überhaupt?«

»Weil man sich dann gut fühlt.«

Sie furchte die Stirn. »Aber du hast gerade eben gesagt, daß geistige Getränke einen krank machen können. So krank, wie du heute morgen warst.«

»Ja, nun... das war etwas anderes.« Ich runzelte die Stirn. »Geistige Getränke, wie du sie nennst, sind nicht geeignet, wenn man gerade einen Tritt an den Kopf bekommen hat.«

»Es ist *niemals* gut, so viel zu trinken, Tiger. Besonders für einen Schwerttänzer.« Sie strich sich eine Haarsträhne zurück. »Das habe ich in Staal-Ysta gelernt: Überantworte deinen Willen oder dein Können niemals starken geistigen Getränken, oder du verlierst vielleicht gegen dich selbst.«

Ich kratzte müßig an meinen Sandtigernarben. »Ich verliere nicht oft, weder mit starken geistigen Getränken noch ohne. Tatsächlich habe ich *niemals* verloren, wenn es darauf ankam...«

Dels Tonfall klang gleichmütig, als sie mich unterbrach. »Weil wir beide niemals ernsthaft gegeneinander getanzt haben.«

Dieser Gegenschlag war zu einfach. »Oh, aber *gewiß*

haben wir das getan, Bascha. Wir wurden fast dabei getötet.«

Das brachte sie vollkommen zum Verstummen, was ich auch beabsichtigt hatte. So gewinnt man einen Tanz: indem man den Schwachpunkt findet und ihn dann nutzt. Das ist eine Strategie, die man sogar auf das Leben außerhalb des Kreises übertragen kann, in jeder Hinsicht. Del wußte das sehr gut. Del wußte, wie man das machte. Del wußte, wie man siegt.

Aber dieses Mal siegte sie nicht.

Und dieses Mal wußte sie, daß sie nicht siegen könnte.

2

In der Morgensonne stiegen Del und ich an der scharfen Biegung einer schmalen, stauberstickten Straße ab. Sie eilte in eine Richtung, führte ihren gescheckten Wallach hinter sich her, ich eilte mit dem Hengst in die andere Richtung, bis wir erkannten, was geschehen war, uns beide wieder umwandten und gleichzeitig sprachen. Der eine warf dem anderen vor, die falsche Richtung gewählt zu haben.

Ich deutete in meine Richtung. Sie deutete in ihre.

Ich deutete ein wenig bestimmter. »Das Wirtshaus ist da vorn.«

»Vorräte gibt es in *dieser* Richtung.«

»Bascha, wir haben keine Zeit zu streiten …«

»Wir haben keine Zeit, überhaupt etwas anderes zu tun, als unsere Vorräte aufzustocken und wieder fortzureiten.«

»Etwas zu trinken zu besorgen, *bedeutet*, die Vorräte aufzustocken.«

»Für *einige* Leute vielleicht.« Schluß. Sie dachte offensichtlich, daß das reichte. Del ist sehr gut darin, viel mit wenigen Worten zu sagen. Das ist eine weibliche Kunst, denke ich: Frauen können mit dem Tonfall ihrer Stimme mehr erreichen als ein Mann mit dem Messer.

Natürlich könnten einige Menschen ins Feld führen, daß die Zunge einer Frau schärfer ist.

»Oder«, fuhr ich fort und überging damit das, was sie unzweifelhaft als vernünftig ansehen würde, »wir könnten uns in einem der Wirtshäuser verkriechen.

Uns ein Zimmer nehmen.« Was *ich* für vernünftig hielt. Wir hätten viele Vorräte und ein Dach überm Kopf.

Eine Hand ruhte auf einer vom Burnus verhüllten Hüfte. Ein hervorstehender Ellbogen durchschnitt die Luft, sogar in der Stille beredt. »Und was tun, Tiger? Darauf warten, daß sie uns finden?«

Ich knirschte mit den Zähnen. »Vielleicht glauben sie, daß wir weitergeritten sind.«

»Oder sie erkennen, daß wir Vorräte und Ruhe brauchen, und durchsuchen alle Zimmer. Jedes einzelne.« Sie hielt inne. »Andererseits denke ich, daß solcher Aufwand gar nicht notwendig wäre. Glaubst du, daß es auch nur eine lebende Seele in Harquhal gibt, die uns nicht an sie verkaufen würde?«

Vielleicht eine oder zwei. Vielleicht drei oder vier.

Aber es war nur eine nötig.

Wir sahen einander an, und keiner gab auch nur einen Zentimeter nach. Der Schecke sabberte an Dels linker Schulter. Mit angewidert verzogenem Gesicht schüttelte sie den grünlichen Grasschleim ab. In der Zwischenzeit grub der Hengst ein Loch und wirbelte dadurch körnigen südlichen Staub auf, der sich zwischen meine in Sandalen steckenden Zehen schlich.

Was mich an ein Bad denken ließ. Ich bin meist so sauber wie möglich, obwohl das in der Wüste schwer zu bewerkstelligen ist. Die Sonne bringt einen zum Schwitzen. Staub bleibt am Schweiß kleben. Sehr bald ist man schmutzüberzogen.

Ich hatte seit Tagen kein Bad mehr gehabt. In diesen letzten Tagen hatte ich wirklich geschwitzt, mich betrunken und geblutet, ganz zu schweigen von der Staubkruste. Ich brauchte dringend ein Bad. Und wenn wir ein Zimmer hätten, könnte ich *tatsächlich* ein Bad nehmen.

Aber …

»Wie viele, glaubst du?« fragte ich schließlich und ließ den Streit gänzlich unbeachtet.

Sie zuckte die Achseln, umging ihn ebenfalls, stellte, genau wie ich, andere Überlegungen an. »Wir haben den Jhihadi getötet –zumindest den Mann, den sie für den Jhihadi gehalten haben. Es ist jetzt alles zunichte gemacht – die Prophezeiung, das Orakel, die Versprechen, daß sich etwas ändern wird. Viele werden nicht kommen, aber die Eiferer werden nicht aufgeben.«

»Es sei denn, dein Bruder konnte ihnen ein wenig Vernunft beibringen. Sie überzeugen, daß Ajani absolut nicht ihr Mann war.« Und daß statt dessen *ich* es war. Würden sie es glauben? Ich bezweifelte es. Für jedermann im Süden – nun, zumindest für die Menschen, die mich kannten, und das waren wirklich nicht *alle* Südbewohner (wenn ich das mal so sagen darf) – war ich der Sandtiger. Ein Schwerttänzer. Kein Messias. Niemand, der irgendwie Sand in Gras verwandeln konnte.

Del hob veranschaulichend einen Finger, in der Absicht, wie ich wußte, mich in meine Schranken zu verweisen, indem sie mir logische Fehler nachwies. Sie wiegte sich gern in dem Glauben, daß sie das könne. Sie wiegte sich gern in dem Glauben, daß sie sie *benennen* könne. »Wenn mein Bruder sprechen *kann*. Du sagst, er kann. Du sagst, er hätte es *getan*...«

»Das hat er auch. Ich habe ihn gehört. Und ich war nicht der einzige. Wenn du nicht damit beschäftigt gewesen wärst, gegen Ajani zu tanzen, hättest *du* es auch nicht verpaßt.«

»Es war kein Tanz«, konterte sie sofort. (Verlaß dich darauf, daß eine Frau mitten in der Diskussion das Thema wechselt.) »Beim Tanz geht es um Ehre. Dies war eine Hinrichtung.«

»Nun ja...« Das war es gewesen, aber darüber wollte ich im Moment, unter den gegebenen Umständen, nicht streiten. »Sieh mal, ich weiß nicht, was diese religiösen Narren tun werden, und du auch nicht. Sie könnten noch immer in Iskandar sein...«

»Und woher kam dann der ganze Staub, den wir zuvor gesehen haben?«

Manchmal trifft sie den Nagel auf den Kopf.

Ich seufzte. »Kauf du die Vorräte, Bascha. Ich werde uns ein wenig Wein besorgen.«

»*Und* Wasser.«

»Ja. Wasser.«

Und auch Aqivi. Aber das sagte ich ihr nicht.

Schließlich kam sie nachsehen. Ich hatte gewußt, daß sie das tun würde, weil Frauen das immer tun. Sie lassen dich ewig warten, wenn *du* irgendwo hingehen möchtest, aber wenn *sie* gehen möchten, lassen sie dir nicht einmal einen Moment Zeit. Ich hatte kaum meinen Aqivi getrunken.

Meinen *zweiten* Becher immerhin, aber das würde ich Del nicht sagen.

Das Wirtshaus war düster, denn Wirtshäusern in Grenzstädten – in jeder Wüstenstadt, was das betrifft – fehlt es immer an Licht, außer dem, was die Sonne liefert. Hier im Süden reicht ein wenig Sonne lange Zeit aus, so daß es fast keine Fenster gibt, und wenn, dann üblicherweise nur in die östlichen Wände eingelassen, weil die Morgenstrahlen der Sonne am kältesten sind. Was bedeutet, daß der veränderte Einfallswinkel der Sonne am Mittag einen großen Teil des Lichts wegnimmt, das sonst durch ein Fenster fallen und den Raum beleuchten würde. Am späten Nachmittag wird es dann allmählich regelrecht düster. Aber zumindest ist es nicht so heiß.

Del schob den Türvorhang beiseite, der den Staub abhalten sollte, und betrat das Wirtshaus. Ein schneller, abschätzender Blick durch den Raum: klein, schmutzig, verwahrlost. Ein kaum noch atmender Körper lag auf dem schmutzigen Boden, in einer Ecke nahe der Tür ausgebreitet, in Huvaträumen verloren. Ein zweiter, etwas lebendiger wirkender Körper kauerte auf einem Stuhl bei einem der Fenster an der Ostseite. Als Del eintrat, murmelte er etwas und setzte sich auf. Ich hatte mich daran gewöhnt. Ich fragte mich, ob Del sich auch daran gewöhnt hatte.

Nur diesen vergänglichen Augenblick lang sah ich sie so wie die anderen. Wie *ich* es zu Anfang, als ich mich für sie interessiert hatte, so häufig getan hatte. Sie war – und *ist* – aufregend: groß, langbeinig, anmutig, ungewöhnlich schön. Nicht nur weiblich, sondern eine Vollblutfrau, in der ganzen vielschichtigen Bedeutung dieses Wortes. Sogar nur in einen weißen Burnus gehüllt, wirkte ihr Körper großartig. Das makellose Gesicht war jedoch noch besser.

Etwas flackerte tief in meinen Eingeweiden auf. Etwas, das mehr war als Verlangen: das Wissen und das Erstaunen darüber, daß sie mit mir aus freiem Willen teilte, wovon andere Männer vielleicht träumten.

Einen kurzen, heftigen Moment lang. Ich hob zum Tribut meinen Becher. »Möge dir die Sonne auf den Kopf scheinen.«

Del sah mich mißtrauisch an. »Bist du schon betrunken?«

Ich grinste einfältig, noch immer seltsam berührt von dem Moment. »Ein Schluck, nur ein Schluck...« Ich leerte meinen Becher.

Blaue Augen verengten sich unter nach unten gebogenen, zweifelnden Brauen. »Wie viele hast du gehabt?«

Der Augenblick war vorbei. Die Wirklichkeit drängte sich herein. Ich seufzte. »Nur so viele, wie der sehr kurze Moment der Freiheit zeitlich zugelassen hat, während du Vorräte eingekauft hast.« Ich begutachtete das Innere des Bechers, aber der Aqivi war alle.

»So wie *du* Wein schluckst, hättest du in der Zeit eine ganze Flasche haben können.« Sie betrachtete stirnrunzelnd die zahlreichen, verdächtigen Botas über meinen beiden Schultern. »Kannst du reiten?«

Ich rückte die Botabänder zurecht. »Ich wurde auf dem Pferderücken geboren.«

»Dann tut mir deine Mutter leid.« Del zuckte mit einer Schulter und streckte die Hand nach dem Türvorhang aus. »Kommst du?«

»Bin schon unterwegs.« Ich schritt schnell an ihr vorbei und hielt nur gerade lang genug inne, um ihren ausgestreckten Arm mit fünf schwappenden Botas zu beehren.

Del, die vor sich hinmurmelte, während sie versuchte, die Riemen zu entwirren, folgte mir hinaus. »Ich trage deinen widerlich schmeckenden Aqivi nicht.«

»Ich habe den Aqivi. *Du* hast das Wasser.«

Sie schaute zu mir, während ich auf den Hengst kletterte. »Gerechte Aufteilung. Ich habe mehr Botas als du.«

»Zusätzliches Wasser«, bestätigte ich. »Ich dachte, daß du dir vielleicht irgendwann einmal das Gesicht waschen möchtest.«

Ich wandte den Hengst um, während sie aufstieg, und grinste vor mich hin, als sie verstohlen über ihr Gesicht rieb. Sie ist keine eitle Frau, obwohl die Götter sie dreifach gesegnet haben, aber ich habe noch niemals eine Frau gekannt, die nicht auf das, was meine Worte beinhalteten, hereingefallen wäre.

Wir alle lieben unsere kleinliche Rache.

Reiten. Wieder das gleiche. Aber dieses Mal ging es meinem Kopf besser. Dieses Mal konnte ich geradeaus sehen. Den Hund zurückzubeißen bewirkt für die Seele Wunder.

Del parierte ihr Pferd neben mir durch, als wir Harquhal hinter uns ließen und den direktesten Weg nahmen. »Also«, sagte sie, »wohin?«

Ich stieß eine Ferse in die Schulter des Hengstes, als er versuchte, den Schecken zu verbeißen. »Laß es gut sein, Flohsack... Nun, da wir bereits in südlicher Richtung reiten, dachte ich, es sei sozusagen entschieden.«

»Wir haben letzte Nacht darüber *gesprochen*. Es war noch nichts entschieden.«

Ich erinnerte mich vage an unsere Unterhaltung: An Bruchstücke davon. An etwas, was damit zu tun gehabt hatte, jemanden zu finden.

Die Erkenntnis versetzte mir einen Stich in den Magen. »Shaka Obre«, platzte ich heraus.

Del löste eine Haarsträhne von ihrer Unterlippe. »Und ich sage noch einmal, es wird schwierig. Wenn nicht unmöglich.«

Ich regte mich im Sattel. Mein Nacken kribbelte: Die Haare standen aufrecht. Sogar meine Unterarme kribbelten. »Hoolies, Bascha, jetzt hast du alles wieder aufgewühlt.«

Sie schlug die neugierige Nase des Hengstes beiseite, die ihrem linken Knie zu nah gekommen war. »Einer von uns mußte es tun.«

Ich bewegte meine Schultern, versuchte, das kribbelnde Gefühl abzuschütteln. Ich hatte mich den ganzen Morgen damit abgemüht, meine Kopfschmerzen und das Unbehagen in meinem Magen loszuwerden. Obwohl beides noch nicht vollständig beseitigt war, war es doch erheblich besser geworden – wodurch ich Gelegenheit hatte, über etwas anderes nachzudenken. Etwas regelrecht Verwirrendes und Beunruhigendes.

»Das gefällt mir nicht«, murmelte ich.

»Es war deine Idee, Shaka Obre zu suchen.«

»Genau das war es: eine *Idee*. Nicht jeder führt Ideen auch aus.«

Del nickte weise. »Also ziehen wir nur weiter? Wir suchen nicht?«

»Das würde die Dinge vielleicht vereinfachen. Ich kenne eine Menge Orte im Süden. Wir könnten einen

Platz finden und uns dort verkriechen, bis alle Aufregung vorbei ist.«

Del nickte erneut. »Das ist eine Möglichkeit. Wenn man ihm genug Zeit läßt, vergeht sogar ein heiliger Krieg.«

Ich hielt nicht viel von dem Tonfall ihrer Stimme, die mir zu arglos klang. »Warte.« Ich tauchte die Hand in meinen Burnus und holte meine Geldbörse hervor. Jahre der Erfahrung hatten mich gelehrt, ihren Inhalt nach dem Gewicht zu beurteilen. »Wieviel Geld hast du?«

Del machte sich nicht einmal die Mühe nachzusehen. »Ein paar Kupfermünzen, nicht mehr. Ich habe das meiste für die Vorräte ausgegeben.«

Ich zog den Burnus wieder zurecht und aus den Harnischriemen heraus. »Nun, wir müssen einfach hier und da einige Tänze organisieren. Das füllt die Geldbeutel ein wenig. Und dann suchen wir uns ein Versteck.« Ich seufzte. »Ein Versteck kostet immer etwas.«

Helle Brauen wurden angehoben. »Du meinst, wir sollten Schwerttänze annehmen, um Geld zu verdienen?«

Ich runzelte die Stirn. »So verdienen wir nun mal unser Geld.«

»Aber nur, wenn die Leute bereit sind zu bezahlen, um den Kampf zu sehen, oder uns aus einem anderen Grund zum Tanzen verdingen wollen. Warum sollten sie uns jetzt fürs Tanzen bezahlen, in der Hoffnung, eine geringfügige Wette zu gewinnen, wenn sie uns doch nur gefangennehmen müssen? Sicherlich übersteigt der auf unsere Köpfe ausgesetzte Preis jeglichen Gewinn bei einem Tanz.«

»Ich bin nicht so sicher, daß ein Preis auf unsere Köpfe ausgesetzt worden ist...« Der Hengst stolperte über einen Stein. »Heb die Füße hoch, Schlappohr, bevor du auf die Nase fällst.«

»Wir – *ich* – habe den Jhihadi getötet. Was glaubst du?«

Ich beugte mich im Sattel vor und spie Sand aus. »Was ich glaube? Ich glaube, sie werden sich wie die Hunde der Hoolies aufführen und uns erbarmungslos verfolgen. Ich glaube nicht unbedingt, daß ein Preis auf unsere Köpfe ausgesetzt worden ist... ich glaube, daß sie uns töten wollen, um der Sache willen und weil wir ihre Träume gestohlen haben.«

»Und solche Leute werden dafür bezahlen, uns zu finden. Selbst ein Gerücht darüber, welche Richtung wir eingeschlagen haben, wird ihnen eine oder zwei Kupfermünzen einbringen.«

»Vielleicht. Vielleicht auch nicht.« Ich seufzte und kratzte an stoppeligen Narben. »In Ordnung. Ich stimme zu, daß es vielleicht das beste ist, wenn wir uns nicht um Tänze bemühen. Aber es gibt andere Beschäftigungen... Wir könnten uns einer Karawane verdingen. Heiliger Krieg oder nicht, es wird bestimmt Karawanen geben, die versuchen, die Punja durch borjuni-geplagte Gebiete zu durchqueren. Sie werden uns brauchen.«

»Auch das ist eine Möglichkeit«, stimmte sie mir zu. »Aber ein heiliger Krieg bringt den Handel zum Erliegen, und daher gibt es eine Zeitlang vielleicht nicht mehr so viele Karawanen wie vorher. Und wenn du ein Karawanenführer wärst, würdest du dann die beiden Menschen anheuern, die den Messias getötet haben?«

»Er brauchte ja nicht zu erfahren, wer wir sind.«

Del betrachtete mich eindringlich. Ihr Gesichtsausdruck war ausgesprochen sanft, was bedeutete, daß ich in Schwierigkeiten war. »Wie viele *andere* südliche Schwerttänzer gibt es, die einen Kopf größer sind als andere Männer, mindestens um zwei Schattierungen heller, ohne so blaß wie ein Nordbewohner zu sein, die Sandtigernarben im Gesicht haben – ganz zu schweigen von den *grünen* Augen – und die ein nordisches *Ji-vatma* tragen?«

Ich runzelte die Stirn. »Wahrscheinlich genauso viele wie sechs Fuß große, blonde, blauäugige, großmäulige nordische Baschas, die *ebenfalls* ein Schwert tragen. Und noch dazu ein magisches.«

Dels Stimme klang heiter. »Der Preis, den ein Pan-jandrum bezahlen muß.«

»Ja, nun…« Ich dirigierte den Hengst stur nach Süden, wollte, daß er seine weiche, langschrittige Gangart wiederentdeckte. »Wir müssen etwas tun. Wir haben fast kein Geld mehr. Unterwegs zu sein, kostet Geld.«

»Es gibt noch eine Möglichkeit.«

»So?«

»Wir könnten stehlen.«

Ich starrte sie entsetzt an. »*Stehlen?*«

Dels nordischer Akzent und ihre Wortwahl färben ihre ganze Sprache, aber es gelang ihr eine recht ordentliche Nachahmung meiner gedehnten südlichen Sprechweise. »Dein ganzes ungeheuer ehrenhaftes Leben lang hast du niemals dieses Wort gehört?«

Ich hielt es für unter meiner Würde zu antworten. »Aber *du. Du* schlägst Diebstahl vor? Ich meine, widerspricht das nicht dem Ehrenkodex von Staal-Ysta oder so? Du redest immer davon, wie nachdrücklich ihr Nordbewohner euch um Ehre bemüht.« Ich betrachtete sie forschend. »Hast du jemals in deinem ganzen nordischen Leben etwas gestohlen?«

»Hast du es getan?«

»Ich habe dich zuerst gefragt. Und überhaupt, ich bin kein Nordbewohner. Das zählt nicht.«

»Es zählt. Von dir würde ich es erwarten… du hast selbst immer wieder gesagt, daß du alles tun würdest, um überleben zu können.«

»Ein gewisses Maß an Rücksichtslosigkeit hilft bei meiner Art Arbeit.«

»Da meine Art Arbeit und deine dieselbe ist, unabhängig vom Geschlecht, scheint es nur logisch anzunehmen, daß ich den Begriff ›Stehlen‹ verstehe.«

»Verstehen und *tun* sind zwei verschiedene Dinge«, erinnerte ich sie. »Hast du jemals etwas gestohlen? Du persönlich? Du, die nordische Schwerttänzerin, Gebieterin eines *Jivatma*? Gewöhnt an all die traditionellen und bindenden Ehrenkodexe von Staal-Ysta?«

Jetzt runzelte Del die Stirn. Aber ihre ist hübscher. »Warum kannst du dir nicht vorstellen, daß ich vielleicht schon einmal etwas gestohlen habe? Habe ich nicht Menschen getötet? Hast du nicht gesehen, daß ich Menschen getötet habe?«

»Nur jene, die dich töten wollten. Es besteht ein kleiner Unterschied zwischen Selbstverteidigung und Stehlen, Bascha.« Ich grinste. »Und dieses ›Vielleicht-schon-einmal-gestohlen‹-Gerede ist wohl kaum ernst zu nehmen.«

Del seufzte. »Nein, ich persönlich habe niemals etwas gestohlen. Aber das bedeutet nicht, daß ich es nicht kann. Bevor Ajani meine Familie umgebracht hat, habe ich auch niemals getötet. Und jetzt ist es mein Geschäft.«

Ein beunruhigendes Frösteln schlich sich mein Rückgrat entlang. »Es ist nicht dein Geschäft, Bascha. Du hast getötet, ja … aber es ist nicht dein *Geschäft*. Du bist eine Schwerttänzerin. Wir töten nicht alle. Wenn einige von uns es tun, dann weil sie es müssen. Wenn unser Leben in Gefahr ist.«

Ihre Kinnlinie war fest angespannt. »Während der letzten sieben Jahre meines Lebens habe ich kaum etwas anderes getan als zu töten.«

»Ajani ist tot«, belehrte ich sie. »Dieser Teil deines Lebens ist vorüber.«

»Tatsächlich?« Ihre Stimme klang grimmig.

»Natürlich. Die Blutschuld ist bezahlt. Was mußt du noch tun?«

»Leben«, stieß sie hervor. »Ich bin fast dreiundzwanzig Jahre alt. Wie viele Jahre bleiben mir noch? Weitere zwanzig? Dreißig? Vielleicht sogar vierzig...«

»Eventuell«, stimmte ich in dem Versuch zu, die Stimmung aufzuheitern.

»Und was soll ich mit *vierzig weiteren Jahren* anfangen?«

Ein Mann meines Alters – sechsunddreißig? siebenunddreißig? – hätte liebend gern noch vierzig Jahre vor sich. Del schaffte es, diese Zeitspanne anrüchig klingen zu lassen. Das konnte ich nicht akzeptieren.

»Hoolies, Bascha – *lebe* sie! Was willst du sonst tun?«

»Ich bin ein Schwerttänzer«, sagte sie fest. »Ich habe mich für einen bestimmten Zweck dazu herangebildet. Aber jetzt sagst du, dieser Zweck sei nicht mehr gegeben, weil Ajani tot ist.«

»Del, im Namen Valhails...«

Natürlich ließ sie mich nicht ausreden. »Denk nach, Tiger. Du sagst, dieser Teil meines Lebens sei vorüber. Der Teil des Tötens, der Teil, in dem ich meine Menschlichkeit der Besessenheit untergeordnet habe.« In ihren Augen glitzerte etwas auf: Verärgerung und Enttäuschung. »Wenn das stimmt, was bleibt mir dann noch? Was bleibt einer Frau dann noch?«

»Nicht *das* schon wieder...«

»Soll ich mich in den Harem eines Tanzeers zurückziehen? Sicherlich würde ich einen hübschen Preis erzielen. Ich bin aus dem Norden verbannt worden... Sollte ich deshalb einen südlichen Farmer oder einen südlichen Karawanenführer oder einen südlichen Wirtshausbesitzer heiraten?« Sie hob belehrend einen Finger. »Erinnere dich, ich bin jetzt unfruchtbar. Ich kann niemals wieder Kinder bekommen, die den Namen weiterführen können.« Die Hand sank ruckartig herab. »Welchen Nutzen habe ich dann noch?«

Ich grinste verzerrt; ein wenig belustigt und sehr selbstbewußt, weil die Antwort so leicht war. Die Antwort war *zu* leicht. Del hatte mich gelehrt, die Antwort zu erkennen. Nichtsdestoweniger war sie richtig. »In deinem Fall würden vielleicht einige Männer – *viele* Männer! – sagen, daß Kinder nicht notwendig sind, um das Interesse aufrechtzuerhalten.«

Del errötete. Dann knirschte sie mit den Zähnen. »Ich bin jetzt schön, schön genug, um ›das Interesse aufrechtzuerhalten‹, aber welchen Nutzen werde ich haben, wenn die Schönheit ganz vergangen ist? Was mache ich *dann*, Tiger? Was bleibt mir dann noch?«

»Nun, ich hatte eigentlich nicht daran gedacht, daß du fortgehen und einen südlichen Farmer heiraten würdest...«

»Soll ich ein Wirtshausmädchen werden? *Du* scheinst sie zu mögen.«

»Also, Del...«

»Oder soll ich versuchen, die Aufmerksamkeit des Tanzeers von Julah auf mich zu ziehen?«

»Der Tanzeer von Julah ist eine Frau.«

Sie warf mir einen Blick zu. »Du weißt, was ich meine.«

»Der Tanzeer von Julah würde uns auch gern töten, erinnerst du dich? Besonders dich. Du hast ihren Vater getötet.«

»*Töten*«, sagte Del heftig. »Das ist es, was ich am besten kann.«

»Aber du magst es nicht? Dann ändere es«, erklärte ich. »Du hältst mir seit mindestens – wie lange, seit fast zwei Jahren? –Vorträge darüber, wie eine Frau kämpfen muß, um ihren Weg in einer Männerwelt zu machen. Du hast gekämpft, und du hast gesiegt. Aber wenn du von mir erwartest, dir deine Antworten zu geben, dann wertest du damit das ab, was du erreicht hast. Du bist zu dem geworden, was du für einen bestimmten Zweck sein mußtest. Dieser Zweck ist nicht mehr gegeben. Also finde einen anderen.«

Del beobachtete mich. Ich konnte nicht sagen, was

sie dachte. Sie ist, sogar für mich, schwer zu ergründen. Aber sie hatte die brennende Inbrunst ihrer Verärgerung schon vor einer Weile verloren. Ihr Tonfall war jetzt weitaus weniger schneidend. »So wie du einen Lebenszweck gefunden hast?«

Ich zuckte die Achseln. »Ich habe keinen Lebenszweck. Ich *bin* einfach.«

Schließlich lächelte Del. Die letzten Spuren der Anspannung wichen aus ihrem Gesicht. »Der Sandtiger«, murmelte sie. »O ja, das ist mehr als genug. Ein echtes Panjandrum.«

»Da wir gerade davon sprechen«, sagte ich, »wir haben noch immer keine Entscheidung getroffen.«

»Worüber?«

»Wohin wir reiten.«

»Nach Süden.«

»Das habe ich verstanden. Aber *wohin* im Süden?«

Sie runzelte ratlos die Stirn. »Woher, zu den Hoolies, soll ich das wissen?«

Was ziemlich genau das zusammenfaßte, was auch ich empfand.

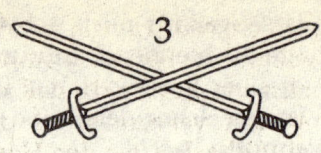

3

Die Oase war kaum mehr als ein Gewirr fast quadratischer, gelblich-rötlicher Steine, die wie zufällig gegen den südlichen Übergriff von Wind und Sand aufgeschichtet worden waren, und einiger weniger spärlicher Palmen mit vereinzelten graugrünen Wedeln. Es war kaum Schatten zu entdecken, außer einem welligen Fleck, der sich im Norden am Fuß der ›Mauer‹ aus Stein erstreckte, aber nicht viel ist besser als gar nichts. Und außerdem waren wir noch nicht allzu weit in den Süden hineingelangt. An der Grenze zwischen den beiden Ländern ist es erheblich kühler, und es gibt keine Punjakristalle.

Das Wasser, aufgefangen in einem natürlichen, von handgemauerten Steinen gesäumten Felsbecken, war kaum mehr als handtief und daher kaum als ausreichende Versorgungsquelle geeignet – aber tief im Boden, unter Sand, Erde, Kieselsteinen und spinnwebartigem, rotkehligem Gras gab es eine natürliche Quelle. Während es sehr leicht war, das Becken innerhalb von Minuten zu leeren – ein Pferd konnte es noch schneller schaffen –, füllte es sich doch schnell wieder selbst auf. Die Quelle schien unerschöpflich; aber niemand im Süden ließ es darauf ankommen. Der handgemauerte Steinrand verhinderte, daß das Becken durch den vom Wind herangewehten Sand verunreinigt wurde. Die grobe, in jeden Stein gemeißelte Schrift sollte die Oase vermutlich vor jedem Feind, ob Mensch oder Ding, schützen, der danach trachtete, ihre Freigebigkeit zu mißbrauchen.

Ich schwang mich vom Hengst herab und ließ die Zügel locker, ließ ihn das Becken austrinken. Der sandfarbene Stein glitzerte kurzzeitig naß und war dann wieder unter Wasser verborgen, als die Quelle das Becken erneut auffüllte. Ich ließ den Hengst erneut die Hälfte trinken und zog ihn dann fort.

Del runzelte auf ihrem Schecken die Stirn, als ich begann, die Knoten der Satteltaschen und Packgurte zu lösen. »Du willst doch wohl nicht, daß wir hierbleiben ...?«

»Die Sonne wird bald untergehen.«

»Aber die Oase liegt so frei ... Sollten wir nicht besser woanders hinreiten? Irgendwohin, wo wir nicht so leicht entdeckt werden können?«

»Wahrscheinlich«, stimmte ich ihr zu. »Aber hier gibt es Wasser. Du weißt genausogut wie ich, daß man sich im Süden keine Gelegenheit entgehen läßt, Wasser zu bekommen.«

»Nein, aber wir könnten die Botas wieder auffüllen, die Pferde sich abkühlen lassen und weiterreiten.«

»Wohin weiterreiten?« Ich ließ die Satteltaschen auf den Boden fallen. »Die nächste Wasserstelle ist einen guten Tagesritt von hier entfernt. Es wäre dumm, jetzt, da die Nacht bald hereinbricht, weiterzureiten. Heute nacht scheint kein Mond ... willst du es wirklich riskieren, dich in der Dunkelheit zu verirren?«

Del seufzte und kämpfte wie abwesend über kurzgehaltene Zügel mit ihrem Schecken. Der Wallach schnaubte feucht. »Ich dachte, du hättest mir mal erzählt, daß du den Süden wie deinen Handrücken kennst.«

»Das stimmt auch. Ich kenne ihn besser als die meisten. Aber das bedeutet nicht, daß ich dumm bin.« Ich löste den Sattel, nahm ihn mitsamt der Satteldecke ab und ließ alles auf die Satteltaschen fallen. Der Rücken des Hengstes war naß und runzlig. »Wir sind einige Zeit nicht mehr hier entlang gekommen, Bascha. Meines Wissens hat es seitdem zwanzig Sandstürme gegeben. Ich werde die Veränderungen der Landschaft sofort erkennen, wenn ich sie *sehen* kann.«

»Ich verstehe«, sagte sie geduldig. »Aber wenn wir hierbleiben, können andere uns leicht finden.«

Ich deutete auf das Becken. »Siehst du diese Schrift? Zusätzlich dazu, daß sie das Wasser schützt, gewährt sie auch Wüstenreisenden Schutz.«

Sie hob das Kinn ein wenig an. »Sogar Reisenden, die beschuldigt werden, einen Messias getötet zu haben?«

Ich knirschte mit den Zähnen. »Ja.« Normalerweise kannte ich dieses Wort nicht, aber ich war nicht in der Stimmung zu streiten.

Sie drückte deutlich ihre Skepsis aus. »Werden sie das respektieren?«

»Das hängt ganz davon ab, wer kommt.« Ich stemmte die Füße auf den Boden und hielt stand, während der Hengst seinen Kopf gegen meinen Arm drückte und sich heftig zu reiben begann, um das durch Hitze und Staub verursachte Jucken zu lindern. »Die Stämme haben die Ruhepause der Reisenden immer respektiert. Sie sind Nomaden, Bascha... Orte wie dieser sind bedeutungsvoll. Die Schrift im Stein ist ein Stammeszeichen, das dem Wasser und den Reisenden Schutz zusagt. Ich glaube nicht, daß sie mit diesem Brauch brächen, selbst *wenn* sie uns einholen würden. Und letzteres ist noch nicht sicher.«

»Was ist, wenn jemand anderer hierher kommt? Jemand, der diesen Brauch *nicht* respektiert?«

Der Hengst rieb sich noch stärker, brachte mich fast aus dem Gleichgewicht. Ich schob den aufdringlichen Kopf beiseite. »Dann müssen wir uns einfach darum kümmern. Früher oder später. Heute oder morgen.« Ich blinzelte zu ihr hoch. »Meinst du nicht, es wird Zeit, daß du dein Pferd trinken läßt? Er reißt an den Zügeln, seit wir hier angekommen sind.«

Das stimmte. Der Schecke, der das Wasser roch, stampfte mit den Hufen, schlug mit dem Schweif und versuchte, auf das Becken zuzugehen. Del hatte ihn mit festem Zügeldruck daran gehindert, hatte gegen seinen Willen angekämpft.

Sie verzog das Gesicht und nahm die Füße aus den Steigbügeln, schwang ein langes, vom Burnus verhülltes Bein über den Sattel, während sie von dem Schecken herabglitt. Sie ließ ihn trinken, wie ich es mein Pferd hatte tun lassen, indem sie beiläufig auf die Menge achtete – man läßt ein erhitztes Pferd nicht sofort viel trinken –, hatte die hellen Brauen aber noch immer zu einem schwachen, beunruhigten Stirnrunzeln zusammengezogen. Dieser Gesichtsausdruck schwand jedoch, während sie den Schecken vom Wasser fortzog und ihn absattelte. Das Arbeiten ließ ihr Gesicht weicher wirken, verbannte die Angespanntheit des Kiefers und die Falten zwischen ihren Brauen. Es ließ sie wieder jung aussehen. Und unendlich schön, auf eine eindringliche, *schneidende* Art, wie eine frisch geschliffene Schwertklinge.

Normalerweise hätte ich dem Hengst das Zaumzeug abgenommen, ihn angepflockt und angebunden. Aber die gegenwärtigen Umstände verlangten ein wenig mehr Sorge und Vorbereitung. Wir mußten sofort aufsteigen und davonreiten können. Ein angepflocktes, abgezäumtes Pferd bedeutet zuviel Verzögerung. Also ließ ich den Hengst zurück, die Zügel unter einem flachen Stein befestigt, obwohl er nicht viel vom Umherwandern hielt, wenn Wasser in der Nähe war. Wüstengeboren und -aufgezogen würde er eine bekannte Versorgungsquelle nicht verlassen.

Ich stapelte den Sattel und die Satteldecke an der Steinmauer auf, die rauhe Seite zum Trocknen nach oben gerichtet, und richtete mich dann selbst mit den Decken, Botas und Satteltaschen ein. Insgesamt war ich recht guter Dinge. Mein Kopf hatte aufgehört zu schmerzen, obwohl ein leichtes Unbehagen geblieben war, und mein Magen rebellierte nicht mehr. Ich war wieder Mensch. Ich grinste Del an.

Sie sah mich fragend an und kümmerte sich um den Schecken, machte ihn auf die gleiche Art fest, wie ich es mit dem Hengst getan hatte, und befreite ihn vom Sattel und den Satteltaschen. Er war ein recht gutes Pferd, wenn auch sehr groß – aber ich bin an meinen kurzbeinigen, wuchtigen, felsenharten Hengst gewöhnt, nicht an einen langgliedrigen, dickfelligen, nordischen Wallach, der zuviel Fett unter dem Fell hat. Andererseits war es im Norden kalt, und die zusätzliche Fettschicht hielt ihn unzweifelhaft wärmer, zusätzlich zu dem dichten Fell. In diesem Moment schüttelte sich der Schecke: Del strich sich mit verzogenem Gesicht einige Händevoll feuchter, bläulich gefärbter Haare von der Kleidung und ließ sie durch die reglose Luft abwärts schweben. Nachdem der Schecke versorgt war, wandte sich Del mir zu. »Also bleiben wir heute nacht hier.«

Ich betrachtete sie einen Moment nachdenklich. »Ich dachte, das hätten wir geklärt.«

Sie nickte einmal entschieden, wandte mir dann den Rücken zu und stolzierte durch Gras, Erde und Kieselsteine zu einem gen Norden gerichteten Platz davon. Dort nahm sie ihr Schwert aus der Scheide.

»Nicht schon wieder«, murmelte ich.

Del hob die nackte Waffe über ihren Kopf, balancierte die Klinge und den Knauf über der Fläche ihrer bloßen Handflächen aus und sang. Ein kleiner, ruhiger Gesang. Aber sein Friede hatte nichts mit Macht zu tun oder mit deren Beschaffenheit. Sie klang gelöst und ließ geschehen, was kam: ein lachsfarben-silbernes Schimmern, ein blendendweißer Funke, das Blau eines Sturms im tiefsten Winter. All das lief die Länge der Klinge hinab, wirbelte herab wie der Atem eines todverkündenden Geists und umhüllte ihre erhobenen Arme.

Sie behielt die Haltung bei. Ich konnte ihr Gesicht nicht sehen, nur den Bogen ihres Rückgrats unter dem Burnus, das sich über ihren Rücken ergießende Haar. Dennoch genügte es. Tief in mir rührte Del schmerzliche Empfindungen auf, die ich nicht vollständig annehmen konnte. Mehr als einfache Begierde, obwohl sie immer da ist. Weniger als Anbetung, weil sie nicht Vollkommenheit ist. Aber alles dazwischen. Gut und böse, schwarz und weiß, männlich und weiblich. Zwei Hälften ergeben ein Ganzes. Del war meine andere Hälfte.

Sie sang. Dann nahm sie das Schwert herunter, schnitt durch den Atem des Frosts und steckte die Klinge in die Erde.

Ich seufzte. »Ja, schon gut.«

Ein weiterer kleiner Gesang. Zweifellos wollte sie nicht, daß ich ihn hörte. Andererseits war es ihr vielleicht auch gleichgültig. Sie hatte ihre Empfindungen offenbart. Dieses kleine Ritual, so unendlich *nordisch,* war unzweifelhaft genauso für mich bestimmt wie für die Götter, die sie um Hilfe bat.

Plötzlich mußte ich kichern. Wenn ich *tatsächlich* dieser Jhihadi war, könnte sie genausogut zu mir beten. Zumindest war ich ein Südbewohner.

Dann kroch unerwartet ein Zweifel aus der Dunkelheit heran, um mich im Tageslicht zu bestürmen. Ein leiser, beunruhigender Zweifel, uralt in seinem Geist, aber in neuerer, jüngerer Verkleidung.

War ich ein Südbewohner? Oder etwas völlig anderes?

Ich zuckte mit einer Schulter, runzelte die Stirn, versuchte, den beunruhigenden Zweifel abzuwehren. Hier war kein Platz dafür, kein Platz in meinem Geist für solche Dinge. Ich war nach zu vielen Monaten der Abwesenheit wieder zu Hause: warm, heil und zufrieden mit dem Leben, fühlte mich wieder wohl. Vertraut.

Zu Hause.

Del sang ihren nordischen Gesang, geschützt in ihrem Erbe, ihrer Verwandtschaft, ihren Bräuchen. Mir fehlten diese Dinge.

Ich runzelte verärgert die Stirn. Hoolies, welchen Sinn hatte das? Ich *war* ›zu Hause‹, egal wie merkwürdig es sich anfühlte, Wenn ich einmal darüber nachdachte. Ich meine, selbst wenn ich nicht *vollständig* Südbewohner war, so war ich doch zumindest hier geboren. Hier aufgewachsen.

Hier versklavt worden.

Del riß die Klinge aus dem Boden und wandte sich wieder mir zu. Ihr Gesicht war weich und ernst, verbarg Gedanken und Gefühle.

Mit großer Anstrengung verbarg ich auch meine. »Hat es dir geholfen?« fragte ich.

Sie zuckte mit einer seidenverhüllten Schulter. »Sie müssen es entscheiden. Wenn sie uns Schutz gewähren wollen, werden wir doppelt gesegnet sein.«

»*Doppelt* gesegnet?«

Del deutete mit einer Hand kurz auf das von Felsen umgebene Becken. »Südliche Götter. Nordische Götter. Nichts ist falsch daran, beider Gunst zu erbitten.«

Ich grinste mühsam. »Vermutlich nicht. Doppelt gesegnet, hm?« Ich nahm meine Scheide auf und zog meinerseits das Schwert, ließ es herausgleiten. »Ich bin nicht so sehr für die kleinen Gesänge, wie du weißt, aber dies sollte genü… *Hoolies!*«

Del runzelte die Stirn. »Was ist?«

Ernsthaft angewidert betrachtete ich den Schnitt an meiner rechten Hand. »Oh, nicht viel… nur ein Ausrutscher…« Ich runzelte ebenfalls die Stirn, saugte den flachen, aber schmerzhaften Schnitt in dem Gewebe zwischen Daumen und Zeigefinger aus. »Aber es sticht wie die Hoolies.« Ich spuckte das Blut aus und betrachtete den Schnitt erneut. »Ah, nun, zu weit von meinem Herz entfernt, um mich umzubringen.«

Del, die ich auf diese Weise beruhigt hatte, setzte

sich auf ihre Decke, die neben meiner ausgebreitet lag. »Du wirst auf deine alten Tage unvorsichtig.«

Ich runzelte die Stirn, als sie ihre Aufmerksamkeit, ganz Unschuld, dem Reinigen ihrer Klinge widmete, die mit körnigem Staub und klebrigen Grassäften beschmutzt war.

Ich hatte eigentlich dasselbe vorgehabt. Ich hatte Öl, Schleifstein und Lappen ausgepackt. Das benötigt man, wenn der Stahl makellos und hart bleiben soll, und das ist nichts, was ich als unangenehme Aufgabe ansehe. Es ist genauso ein Teil von mir wie das Atmen. Man *tut* es, man denkt nicht darüber nach.

Ich legte mir das Schwert im Schneidersitz über beide Oberschenkel. Es schimmerte im ersterbenden Licht, bis auf die geschwärzte Spitze. Ungefähr eine Handbreit Schwärze, die wunderschönen Stahl befleckte, während sie immer weiter auf das Heft zukroch. Wie immer fluchte ich leise. Einst war die Klinge reines, makelloses Silber gewesen, rein und schön und neu. Aber die Umstände – und ein Magier – hatten sich verschworen, das zu ändern. Hatten sich verschworen, *mich* zu ändern.

»Dreimal verfluchter Sohn eines Ziegenbocks«, murmelte ich. »Warum hast du dir *mein* Schwert ausgesucht?«

Es war eine alte Frage. Niemand machte sich die Mühe zu antworten.

Ich legte eine Hand um das Heft, legte schwielige Haut an Lederriemen, die fest um den Stahl gewickelt waren. Ich spürte Wärme, Willkommen, etwas Wunderbares: Das Schwert war ein *Jivatma*, von nordischen Göttern gesegnet, auf nordische Art von einem als Südbewohner geborenen Schwerttänzer ›gemacht‹, der keinen Anteil daran hatte haben wollen. Ich hatte es unangemessen getränkt, indem ich statt eines Menschen einen Schneelöwen getötet hatte. Später, als ich gerade genug wußte, um mich in ernsthafte Schwierigkeiten zu bringen, hatte ich es erneut in Chosa Dei getränkt, einem Magier der Legende, der sich als nur zu real erwiesen hatte. Mit dem erneuten Tränken hatte ich es letztendlich auch gestimmt. Das Schwert lebte jetzt und war magisch – aber ich hatte dieses Leben und diese Magie zum Schlechten gewendet, indem ich das Schwert in Chosa Dei erneut getränkt hatte.

Wobei unwichtig zu sein schien, daß ich kaum eine Wahl gehabt hatte. Mein *Jivatma*, Samiel, beherbergte die Seele eines Magiers. Die Seele eines *zornigen* Magiers.

»Erzähl es mir noch einmal«, sagte Del.

Ich schaute sie nur verwirrt an: »Was?«

»Erzähle es mir noch einmal. Das von Jamail. Wie er *gesprochen* hat.«

Ich betrachtete stirnrunzelnd den fleckigen Stahl. »Er hat es einfach getan. Die Menge hat sich geteilt, ließ ihn freistehen, und ich habe ihn gehört. Er machte Prophezeiungen. Er war immerhin das Orakel – zumindest sagten dies alle.« Ich zuckte die Achseln. »Es paßt, auf seltsame Weise. Dem Gerücht zufolge ist das Orakel weder Mann noch Frau ... Erinnerst du dich nicht an den alten Mann in Ysaa-den? Er sagte etwas von ...« Ich runzelte die Stirn, versuchte mich zu erinnern. »...›einem Mann, der kein Mann war, aber er war auch keine Frau‹.« Ich nickte. »Das hat er gesagt.«

Dels Stimme klang beunruhigt. »Und du glaubst, daß er Jamail gemeint hat?«

»*Ich* weiß nicht, was er gemeint hat. Ich weiß nur, daß Jamail bei dem Schwerttanz aufgetaucht ist und mich als den Jhihadi bezeichnet hat. *Nachdem* er gesprochen hatte.«

»Aber seine Zunge war *herausgeschnitten* worden, Tiger! Aladar hat das getan, erinnerst du dich?« Dels Gesicht war bleich und angespannt. Die Worte zischten in ihrer Kehle. »Er hat ihn zu einem Stummen gemacht und ihn *kastriert* ...«

»Und ihn vielleicht zum Orakel gemacht.« Ich zuckte die Achseln, führte einen weichen Lappen über die Länge der Klinge. »Ich weiß es nicht, Bascha. Ich weiß keine Antwort. Ich kann dir nur sagen, daß er auf mich gezeigt hat.«

»Jhihadi«, sagte sie. Dieses eine Wort war in ein Durcheinander von Empfindungen eingebettet: Unglauben, Verwirrung, Enttäuschung. Und eine weitgreifende, beharrliche Bestürzung, die meiner in nichts nachstand.

»Ich weiß es nicht«, sagte ich erneut. »Ich kann nichts davon erklären. Und außerdem weiß ich nicht, ob es wirklich wichtig wäre. Ich meine, gerade jetzt will jedermann mich nur *töten*, nicht mich verehren. Das klingt für mich nicht nach einem wahren Messias.«

Del seufzte und ließ das Schwert wieder in die Scheide gleiten. »Ich wünschte ...« Sie brach ab und begann dann erneut. »Ich wünschte, ich hätte mit ihm reden können. Ihn *sehen* können. Ich wünschte, ich hätte die Wahrheit herausfinden können.«

»Wir mußten weiterziehen, Bascha. Sonst hätten sie uns getötet.«

»Ich weiß.« Sie schaute nordwärts. »Ich wünschte nur ...« Sie unterbrach sich und sagte dann drängender: »*Staubwolken.*« Hoolies. Tatsächlich.

Ich sprang auf, während Del ihr Schwert aus der Scheide zog. »Wir könnten davonlaufen«, schlug ich vor. »Die Pferde sind ausgeruht.«

»Ich auch«, sagte Del und ging in Bereitschaftsstellung. Sie machte keinerlei Anstalten, auf den Schecken zu steigen.

Zwei Schritte, und ich stand neben ihr. »Hiernach könnte ich etwas zum Abendessen gebrauchen.«

Del zuckte die Achseln. »Du bist dran mit Kochen.«

»*Ich* bin dran?«

»Ich habe das Frühstück zubereitet.«

»Was wir da gegessen haben, entsprach nicht meiner Vorstellung von einem Frühstück.«

»Spielt das eine Rolle? Du hast es ohnehin ausgespuckt.«

Verlaß dich darauf, daß sie sich an so etwas erinnert. Verlaß dich darauf, daß sie es auch *sagt*.

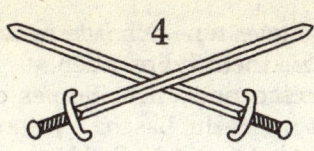

4

Der Staub, der vom Sonnenuntergang orange gefärbt wurde, formierte sich zu einem einzelnen
Reiter. Ein Mann mit dichtem, rötlichblondem Haar
und einem gewaltigen, weit herabhängenden roten
Schnurrbart, dessen Spitzen unter seinem Kinn wog-
ten. Er war noch zu weit entfernt, als daß ich seine Au-
genfarbe hätte ausmachen können, aber ich kannte sie:
Sie war blau. Ich kannte sogar *ihn*: Rhashad, ein Grenzbewohner, halb Süd- und halb Nordbewohner, der sich
seinen Lebensunterhalt auf die gleiche Art verdiente
wie ich.

Ein wertvoller, blauer Burnus wölbte sich im pferde-
geborenen Wind, während er auf die Oase zugalop-
pierte. Ich sah große Zähne zu einem halb unter dem
Schnurrbart verborgenen Grinsen entblößt, die Hand
zum freundlichen Gruß erhoben. Er parierte den Fuchs
vor uns durch, wirbelte Staub und Sand und Gras auf;
während zahlreiche Botas schwappten. Über seiner
Schulter ragte der Knauf seines Schwertes hervor, das
er in einem Harnisch südlichen Stils trug. Erneut sichtbare Zähne: für Del. Blaue Augen glänzten in runzliger, sonnenverbrannter Haut. »Hoolies, Ihr seid eine
Frau, die für einen Mann wie mich gemacht wurde!
Ich habe *gesehen*, was Ihr mit Ajani gemacht habt...«
Rhashad lachte vergnügt und warf einen verschla-
genen Blick in meine Richtung. »Nein, Sandtiger, es besteht noch kein Grund, die Krallen zu wetzen – *noch
nicht*. Ich stehle einem Freund nicht die Frau.«

Ich grunzte. »Als ob Ihr das könntet.«

»Oh, ich könnte es tun – ich *habe* es schon getan. Allerdings nicht bei meinen Freunden.«

Er wölbte vielsagend rötliche Brauen und starrte Del dreist an. »Was meint Ihr, Bascha – wenn Ihr den Sandtiger einmal satt habt, werdet Ihr dann mit mir reiten?«

Ich erinnerte mich, daß Rhashads großspurige Art Del aus irgendeinem seltsamen Grund weder verletzte noch störte. Tatsächlich schien sie Spaß daran zu haben, was ich als irgendwie verwirrend empfand. *Andere* Männer, die sich genauso verhielten, wurden kälter abgefertigt.

Wie *ich* einmal. Vor sehr langer Zeit.

Und manchmal auch vor nicht so langer Zeit. Das hing alles von ihrer Stimmung ab.

Del zuckte nicht einmal mit der Wimper. »Würde das Eurer Mutter gefallen?«

Rhashad lachte schallend auf. Er schlug sich auf einen dicken Oberschenkel und parierte dann den stampfenden Fuchs durch. »Oh, ich denke schon. Sie ist Euch sehr ähnlich... Wie *sonst*, denkt Ihr, hätte sie mich bekommen sollen?«

Ich senkte mein Schwert und stand linkisch da. »Seid Ihr aus einem bestimmten Grund gekommen oder nur, um mich zu verspotten?«

»Um Euch zu verspotten, um mit ihr zu scherzen.« Aber noch während er sprach, wich ein Teil seiner Fröhlichkeit. Rhashad nahm einen Fuß aus dem Steigbügel und schwang das Bein über den Sattel, der reichlich mit Botas behangen war. Er sprang leichtfüßig herab und wirbelte dadurch Staub auf, den er wie abwesend fortwedelte. »Ja, ich bin aus einem bestimmten Grund gekommen. Ich dachte, Ihr würdet vielleicht Hilfe brauchen.« Er führte seinen Fuchs zu dem Becken und ließ ihn trinken, wobei er die Zügel locker hielt. »Wie ich bereits sagte, habe ich gesehen, was sie getan hat. Nun, *wir* wissen alle, daß Ajani kein Jhihadi war, aber alle Stämme glaubten, er wäre es. Zumindest sind sie sich alle sicher, daß der Orakelbursche genau auf ihn gezeigt hat. Was bedeutet, daß sie jetzt alle denken, Del hätte den Jhihadi getötet, als sie Ajani den Kopf abgeschlagen hat.«

»Ja«, stimmte ich ihm geduldig zu. »Das haben wir bereits selbst erkannt.«

Meine Ironie brachte ihn nicht aus der Ruhe. »Und *das* wiederum bedeutet, daß sie Euch jetzt alle töten wollen.« Rhashad zuckte mit den breiten Schultern. Der Grenzbewohner war größer als ich. »Und zwar im Moment um jeden Preis.«

Del, die unter dem Burnus noch immer ihren Harnisch trug, steckte ihr Schwert mühelos in die Scheide, ließ das meiste davon unter dem Schutz glatter, weißer Seide verschwinden. Es war, wie immer, beeindruckend. Ich sah das anerkennende Aufflackern in Rhashads Augen. »Im Moment?« wiederholte sie.

»Vielleicht werden sie innehalten«, erklärte er. »Immerhin können sie Euch nicht durch den ganzen Süden jagen. Nicht ewig. Selbst wenn sie Nomaden sind. Eines Tages wird dieser kleine Fehler ganz ausgebügelt sein, und Ihr beide werdet nicht mehr gejagt werden.«

»›Dieser kleine Fehler‹«, murmelte ich.

»In der Zwischenzeit«, sagte sie leichthin, »könnten sie uns jedoch erwischen und uns töten.«

»Nun, ja, das könnten sie.« Rhashad zog seinen Fuchs vom Becken fort, wobei dieser Wassertropfen versprühte. »Wenn Ihr dumm genug seid, Euch erwischen zu lassen.«

Ich nickte. »Irgendwie hatten wir gehofft, das vermeiden zu können.«

»Darum *bin ich* hier.« Rhashad schaute an Del und mir vorbei zu den Pferden. »Ich bin vor der Dämmerung hinausgeritten, in der Hoffnung, Euch einzuholen. Unter den Stämmen herrscht noch immer das blanke Chaos. Immerhin sind sie nicht daran gewöhnt zusammenzuarbeiten, da normalerweise jeder Stamm für sich lebt.« Er zuckte die Achseln. »Aber das wird nicht andauern. Inzwischen werden sie sich für einen gemeinsamen Zweck zusammengeschlossen haben: um die Mörderin des Jhihadi zu töten. Also habe ich mich entschlossen, alles zu tun, um Euch zu helfen.« Er deutete mit dem Kinn auf unsere Pferde. »Ich bin gekommen, um eines Eurer Pferde zu holen.«

Ich blinzelte. »Warum seid Ihr gekommen?«

»Ich bin gekommen, um eines Eurer Pferde zu holen.«

»Einzelheiten«, schlug Del vor und winkte fordernd mit dem Finger. »Ich bin versessen auf Einzelheiten.«

»Eine hübsche kleine Frau wie Ihr?« Rhashad grinste sie an. Er war groß, unverschämt, absolut nicht zurückhaltend, überhaupt nicht Dels Typ. (Glaube ich.) »Das ist Männersache, Bascha ... Tiger und ich werden uns um die Einzelheiten kümmern.«

Für den Moment bot Del nur ein kühles Lächeln und gewölbte Augenbrauen an. »Erzählt Ihr das Eurer Mutter?«

Er lachte. »Hoolies – *nein* –, so dumm wäre ich niemals. Sie würde mir die Hoden abreißen.« Das Lächeln entglitt zu einem verzerrt nachdenklichen Gesichtsausdruck. »Natürlich wäre dann niemand mehr da, der die Linie fortführen könnte ... Nein, ich glaube, sie würde sich statt dessen eines Ohrs bedienen, was aber dann mein gutes Aussehen zerstören würde.« Blaue Augen zwinkerten unter dichten Brauen. »Was wäre *Euch* lieber, Bascha? Die Hoden oder ein Ohr?«

Wenn er sie schockieren wollte, so war das Bemühen fehlgeschlagen. Erneut das kühle Lächeln. Nur ich sah das Glitzern in ihren Augen. Niemand sonst kannte sie so gut wie ich. »Und Ihr glaubt, ich könnte Euch keines von beidem nehmen?«

Rhashads Grinsen verschwand in den Tiefen des rotblonden Schnurrbarts. Er runzelte die Stirn, erwog das in Dels Tonfall enthaltene Versprechen, aber nur einen Moment lang. Der Gesichtsausdruck klärte sich schnell wieder. Seine Haltung wirkte prahlerisch, während er sein Gewicht im Sand verlagerte, aber ich konnte erkennen, daß ihre Drohung verstanden worden war. Rhashad gefiel, was er sah. Es war einfach, nur daran zu denken, und zu vergessen, was sie tun konnte. »Nun, ich glaube, das ist eine Frage, die ein andermal geklärt werden muß. Jetzt sollte wir uns lieber um jene Einzelheiten kümmern.« Er sah mich an. »Sie werden *zwei* Pferde verfolgen. Warum reitet Ihr nicht nur mit einem weiter?« Er betrachtete erneut unsere Reittiere. »Ich würde den Schecken nehmen. Er ist größer, besser geeignet, zwei Reiter zu tragen, und Ihr seid beide nicht klein …«

Ich schüttelte den Kopf und unterbrach ihn. »Er würde es niemals schaffen, wenn wir in die Punja hineinreiten. Er ist im Norden aufgezogen worden … Der Hengst ist zwar kleiner, aber er ist zäh. Er wird nicht aufgeben.«

Rhashad zuckte die Achseln. »Wie immer Ihr wollt. Gebt mir eines von beiden – ich werde in die andere Richtung reiten und ihnen eine hübsche Jagd bieten.«

»Wenn sie Euch erwischen …«, begann Del.

»Wenn sie es tun, bin ich nur ein Grenzbewohner. Meine Hände –*und* mein Gesicht sind sauber.« Er warf einen Blick auf die Narben an meiner Wange. »Ich bin nicht der Sandtiger. Ich bin auch nicht seine Frau. Ich denke, sie werden mich ziehen lassen.«

Ich erhob meine Stimme, bevor Del über Rhashad herfallen konnte, weil er es gewagt hatte zu unterstellen, sie sei meine Frau. Auch wenn sie es war, nach südlichem Verständnis. Nordbewohner sind so. (Oder vielleicht ist nur *Del* so.) »Unterdessen haben wir Zeit, einige Meilen Abstand zwischen sie und uns zu bringen.« Ich nickte. »Ein guter Plan, Rhashad.«

Er hob lässig eine große Schulter. »Er würde sogar

meiner Mutter gefallen.« Er begutachtete unser kleines
Lager und schaute dann zum Horizont, der gerade die
Sonne verschlang. »Heute nacht scheint kein Mond.
Ihr könnt ein paar Stunden schlafen und dann kurz
vor der Dämmerung losreiten. Inzwischen werde ich
das andere Pferd nehmen. Sie denken vielleicht auch,
daß Ihr ihnen weit voraus seid. Das wird sie noch eher
dazu bringen, ihre eigenen Pferde zu überfordern.«

»Warum?« fragte Del. »Warum tut Ihr das?«

Rhashad lächelte, kaute auf seinem Schnurrbart.
»Tiger und ich sind alte Freunde. Er hat mir einen oder
zwei Kniffe für den Kreis gezeigt, Kniffe, die mir das
Leben gerettet haben. Ich denke einfach, ich schulde
ihm etwas. Und was Euch betrifft, nun …« Der Grenzbewohner grinste. »Meine Mutter hätte nichts dagegen, wenn ich eine kesse Bascha wie Euch mit nach
Hause brächte. Aber da ich das nicht tun kann, werde
ich mich darauf beschränken, Euch zur Flucht zu ver-
helfen. Es wäre eine solche Verschwendung, wenn sie
Euch töten würden.« Rhashad warf mir einen Blick zu.
»Und eigentlich keine so große, wenn sie *ihn* töteten.«

»Ha-ha«, sagte ich pflichtgemäß, wandte mich wieder um und lehnte mein Schwert gegen den Wind- und
Sandschutz. »Könnt Ihr zum Essen bleiben? Del wollte
gerade kochen.«

»Del wollte gerade nichts dergleichen tun«, erwiderte sie. »Versuch nicht, mich dazu zu überlisten, nur
weil Rhashad hier ist. Ich kann nicht gut kochen, erinnerst du dich? Ich halte nichts von häuslichen Pflichten.« Del lächelte süßlich. »Ich habe *überhaupt* keine
Fähigkeiten dieser Art – ich bin ein Schwerttänzer,
nicht wahr?«

Ich achtete nicht auf den Unterton in ihrer Stimme.
»Er ist ein *Gast*«, erklärte ich.

»Nein, das ist er nicht«, konterte sie. »Er ist einfach
einer von uns.«

Rhashad winkte lachend ab: »Nein, nein, ich kann

nicht bleiben. Ich werde jetzt losreiten. Aber – da ist noch etwas.«

Die Belustigung war aus seinen Augen verschwunden. Del und ich warteten.

Der Grenzbewohner wandte sein Pferd um und stieg auf. »Erinnert Ihr Euch, was ich Euch darüber erzählt habe, wie die Dinge in Julah stehen? Darüber, daß Aladars Tochter die Tanzeerschaft übernommen hat?«

»Ja«, antwortete ich. »Und damals haben wir auch die Tatsache erörtert, daß sie wahrscheinlich nicht lang Tanzeer bleiben wird. Dies ist der Süden. Sie ist eine Frau. Jemand wird ihr diese Position streitig machen.«

»Vielleicht«, sagte Rhashad. »Und vielleicht auch nicht. Sie hat die Goldminen, erinnert Ihr Euch? Sie mag vielleicht eine Frau sein, aber sie ist eine sehr *reiche* Frau. Geld verschafft Männer. Geld verschafft auch Loyalität. Wenn sie ihnen genug zahlt, kümmert es sie vielleicht nicht, daß sie eine Frau ist.«

Ich wußte nur zu gut, daß sie Goldminen besaß. Ihr Vater hatte die Minen für sie aufgebaut, und ich war einer seiner Sklaven gewesen.

Ich unterdrückte ein unfreiwilliges Schaudern. Selbst jetzt träumte ich noch manchmal davon: »Aber was hat das mit uns zu tun? Del und ich wollen nicht unbedingt nach Julah.«

»Das spielt keine Rolle«, erklärte Rhashad. »Sie ist hinter *Euch* her.«

Del sah mich an, betrachtete meinen Gesichtsausdruck. »Dann weiß sie es also? Oder ist es nur praktisch, die sogenannten Mörder des Jhihadi für jeden Tropfen Blut, der von heute an vergossen wird, verantwortlich zu machen?«

Rhashad zuckte leicht die Achseln. »Wahrscheinlich. Aber Sabra weiß auch ziemlich genau, wer ihren Vater getötet hat. Ich habe Euch das schon zuvor gesagt: Es gab Gerüchte über einen großen, südlichen Schwerttänzer mit Krallenspuren im Gesicht und eine phantastische nordische Bascha, die in Aladars Harem gelebt hat.«

»Aber nicht freiwillig«, fauchte Del. »Und was seinen Tod betrifft, so hatte er ihn verdient.«

»Zweifellos«, nickte Rhashad, »aber seine Tochter ist nicht damit einverstanden. Sie hat einen Preis auf Euren Kopf ausgesetzt.«

»Oh?« Ich strahlte. »Wieviel sind wir wert?«

Rhashad blieb ernst. »Genug, um sich die Dienste von Schwerttänzern zu erkaufen.«

Ich seufzte. »Sonst noch was?«

Rhashad nickte. »Letzte Nacht, nachdem Ihr und Del fortgeritten wart, habe ich mit Abbu Bensir einige Aqivis getrunken.«

Ich zuckte die Achseln. »Und?«

»Und er sagte mir, daß Sabra nach ihm geschickt hätte.«

Del runzelte die Stirn. »Aber... er würde nicht...« Sie sah mich an. »Würde er? Er ist dein Freund. Wie Rhashad.«

»Nicht wie Rhashad«, widersprach ich. »Und nicht eigentlich ein *Freund*. Abbu und ich, wir waren – und sind – Rivalen.« Ich tat es achselzuckend ab. »Es ist gleichgültig. Wenn er sich verdingt, dann wegen des Geldes. Und wegen eines Vertrages.«

»Hat er nicht geschworen, den Kodex des Tanzes zu ehren?« fragte sie scharf.

»Südliche Kreisschwüre haben nicht das geringste damit zu tun, daß man nicht dennoch bestimmte Leute töten kann«, belehrte ich sie. »Es steht uns frei, uns zu verdingen, an wen auch immer... selbst wenn das bedeutet, daß man auf Leben und Tod gegen jemanden tanzen muß, den man ziemlich gut kennt.« Ich wechselte einen Blick mit Rhashad. »Seid Ihr Euch all dessen ganz sicher?«

Er nickte. »Iskandar war voll von diesen Gerüchten, desgleichen Harquhal, als ich anhielt, um Wasser aufzunehmen... Ihr wurdet genannt und Del, obwohl man sie meistens als die nordische Bascha bezeichnet.« Er grinste kurz. »Oder mit anderen, weniger schmeichelhaften Namen belegt.«

»Das ist unwichtig.« Dels Brauen waren zusammengezogen. »Wenn sie Abbu Bensir in ihre Dienste gestellt hat – und *andere* Schwerttänzer –, dann ändert das die Situation.«

»Ein wenig«, stimmte ich zu. »Stämme sind hinter uns her, weil wir den Jhihadi getötet haben, und ausgesuchte Schwerttänzer –vielleicht sogar Abbu Bensir –, weil sie den Vertrag mit einem Tanzeer erfüllen wollen. Falls sich Abbu verdingt hat, was wir nicht wissen.«

»Wenn er es getan hat, ist er gefährlich.« Dels Stimme klang todernst. »Er ist sehr, sehr gut. Ich habe gegen ihn getanzt. Erinnerst du dich?«

»Ich auch«, seufzte ich, »vor sehr langer Zeit.«

Rhashad berührte lächelnd seine Kehle. »Er macht kein Geheimnis daraus. Andere Männer würden sich vielleicht schämen, aber nicht Abbu Bensir. Die Verletzung an seiner Kehle ist eine Narbe von einem Kampf im Kreis gegen einen ehrenwerten Gegner.«

Ich stieß zischend einen weiteren Fluch aus. »Ich war siebzehn«, murmelte ich. »Hat er das auch erzählt?«

Rhashad lachte. »Nein, das nicht. Euer Name genügt vollauf. Laßt die anderen denken, was sie wollen.«

Del nahm einige Dinge aus ihren Satteltaschen, verstaute sie in meinen und sattelte den Schecken. Langsam führte sie ihn zu Rhashad hinüber. »Was werdet Ihr mit ihm tun?«

»Ihn einige Tage lang nach Südosten führen, einfach um sie abzulenken, und dann in Richtung Grenze zurückreiten. Meine Mutter kann ein gutes Pferd gebrauchen.«

Sie nickte. »Das ist er.« Sie tätschelte den bläulich gesprenkelten Rumpf. »Möge dir die Sonne auf den Kopf scheinen.«

Rhashad zeigte große Zähne. »Es ist kaum zu erwarten, daß das nicht der Fall sein wird.« Er führte den Fuchs beiseite und zog den Schecken nah heran, während er mich ansah. »Das wird vielleicht für eine Weile klappen. Die Stämme sind zur Zeit zu durcheinander, um die Dinge zu durchdenken, was bedeutet, daß sie Fehler machen werden. Ich bezweifle, daß sich viele der erfahrenen Schwerttänzer gegen Euch verdingen werden, da Ihr einer der ihren seid – und sie immerhin eine Frau ist. Ich würde sagen, daß überwiegend die jüngeren versuchen werden, sich einen Namen zu machen. Den Sandtiger zu erwischen, würde wirklich etwas bedeuten, und vielleicht macht sie das vor lauter Eifer, Euch einholen zu wollen, unvorsichtig.« Er kaute auf einer Seite seines Schnurrbarts. »Aber wenn sich *Abbu* verdingt hat…« Der Grenzbewohner zuckte die Achseln. »Ihr kennt Abbu. Er ist nicht dumm.«

»Das ändert die Dinge nicht«, stimmte ich zu, um dann fortzufahren: »Ich schulde *Euch* etwas, Rhashad.«

Er zuckte die Achseln. »Wir kommen irgendwann darauf zurück.« Dann eilte er mit dem nordischen Schecken an fest gespannten Zügeln im Trab davon.

Ich wandte mich jäh um. »Wir sollten packen.«

Sie war bestürzt. »Jetzt?«

»Wir werden es genauso machen wie er: jetzt losreiten und einige Stunden Vorsprung herausholen. Vielleicht verschafft uns die Tatsache, daß wir nur die Spur eines einzigen Pferdes hinterlassen, einen zusätzlichen Vorteil.« Ich beugte mich hinab, um mein Schwert aufzuheben. »Es war eine gute Idee. Ich hätte selbst daran… *Hoolies*…«

»Was ist jetzt los?« fragte Del.

Ich starrte auf mein herabgefallenes Schwert hinab. Ich hatte die Hand ausgestreckt, die Finger um den

Griff geschlossen, es aufgehoben – und das Ding hatte sich aus meinem Griff befreit. Dann war es herabgefallen. Es lag jetzt über meinem rechten Fuß. Ich bin ein Südbewohner: Ich trage Sandalen. Man ist absolut nicht gegen ein herabfallendes Schwert geschützt, wenn man Sandalen trägt, aber andererseits denkt man auch nicht daran, daß so etwas passieren könnte. Nicht wenn man ein Schwerttänzer ist und weiß, wie man ein Schwert handhabt.

Ich war ein Schwerttänzer. Ich wußte, wie man ein Schwert handhabte. Das Ding hatte sich *selbst* befreit.

»Hoolies«, murmelte ich, sehr vorsichtig.

Blut sickerte aus der Wunde.

»Tiger!« Del stand neben mir und starrte auf die Bescherung hinab. »Tiger...« Sie griff nach dem Schwert, zog die Hand dann zurück. »Ich kann es nicht berühren, das weißt du. Ich kenne vielleicht seinen Namen, aber da ist immer noch Chosa Dei.«

»Ich erwarte von dir nicht, daß du es berührst«, murmelte ich und zog meinen Fuß unter der Klinge hervor. Ich ließ die Waffe dort liegen.

»Du blutest... hier.« Sie kniete sich hin und machte sich daran, meine Sandale zu öffnen. »Ich fange an zu glauben, daß du *tatsächlich* unvorsichtig wirst... Zuerst schneidest du dir in die Hand, jetzt das...«

Ich zog meinen Fuß fort. »Laß es sein. Du mußt das nicht tun.« Ich stützte den Ballen meines noch immer sandalenbekleideten Fußes gegen die Sandschutzmauer und machte da weiter, wo Del aufgehört hatte, indem ich die Lederriemen löste. »Pack ein, was immer wir brauchen, und sattle den Hengst... Ich komme gleich zu dir.«

Sie wandte sich ab, sammelte unsere Ausrüstung und die Satteltaschen ein und sagte nichts mehr über Unvorsichtigkeit, weder spöttisch noch auf andere Weise. Was mich betrifft, so schlüpfte ich aus einer Sandale heraus, die nicht mehr viel wert war. Die Klinge hatte durch die Lederriemen geschnitten, bevor sie sich ins Fleisch grub.

Ich benutzte den Saum meines Burnus, um das Blut aufzusaugen. Der Schnitt war nicht sehr tief, und die Blutung kam bald zum Stillstand. Das Ganze würde mich nicht sehr beeinträchtigen, obwohl die Sandale repariert werden mußte. Dazu war aber jetzt keine Zeit. Fürs erste würde ich einfach barfuß reiten.

Ich zog auch die unversehrte Sandale aus und ging durch Sandmulden und spinnwebartiges Gras zu dem Hengst. Ich schob die Sandalen in eine der Satteltaschen und wandte mich dann zu dem Schwert um. Es lag nackt im Staub: vier Fuß tödliches *Jivatma*.

Del, die ein letztes Mal das kleine Lager überprüfte, warf mir einen Seitenblick zu. »Willst du es dort lassen?«

»Noch vor einer Minute hätte ich es getan«, erklärte ich. »Wenn ich es könnte. Aber du hast mich davon überzeugt, daß es nicht klug wäre. Sieh, was es mir antut – wenn jemand *anderer* es anrührte …« Ich schüttelte den Kopf. »Ich erinnere mich zu deutlich daran, was Chosa Dei in diesem Schwert Nabir angetan hat. Wie es Nabirs *Füße* entfernt hat …« Ich schüttelte ein plötzliches Frösteln ab. »Stell dir vor, was es – *er* – tun könnte, wenn er die Herrschaft über einen schwächeren Mann erlangte.«

»Du sagst *Chosa* …?« Del brach ab, starrte das Schwert an. »Die Spitze ist noch immer schwarz.«

»Und wird es bleiben, glaube ich, bis es vollständig befreit ist. Und du weißt, was *das* bedeutet.«

»Shaka Obre«, keuchte sie.

»Shaka Obre«, wiederholte ich, »und die Kraft, Chosa Dei zu vernichten, bevor er mich vernichtet.«

5

Wir ritten vielleicht eine Stunde lang ununterbrochen nach Süden. Eine gerade Linie würde uns ins Herz der Punja führen. Ich hatte zu diesem Zeitpunkt nicht geplant, tatsächlich in die Punja *hineinzureiten*, aber das Furchtbare ist oft eigensinnig. Dank häufiger Sandstürme, Samume genannt, ist die Punja selten so, wie man es erwartet. Windgepeitscht und unruhig, bewegt sie sich. Alles in ihrem Weg, selbst etwas so Banales wie eine Grenze – oder eine Stadt, oder das ganze Gebiet eines Tanzeers – wird von den Sandmassen verschluckt. Was bedeutet, daß einem die Punja fast immer in die Quere kommt, egal wie sehr man es zu vermeiden versucht.

Wir unterbrachen unseren Ritt, weil ich wußte, wenn wir weiterritten, bestünde durchaus die Gefahr, daß wir uns verirrten. Sich im Süden zu verirren, ist lächerlich einfach, besonders wenn man dumm genug ist, es herauszufordern, indem man in einer mondlosen Nacht, nur mit den Sternen als Sichthilfe, zu weit reitet. Sterne erleichtern einem die Wahl einer allgemeinen Richtung, aber sie können nicht genug Licht für einen gefahrlosen Weiterritt liefern. Also hielten wir an. Del fragte warum, und ich erklärte es ihr. Irgendwie gereizt, wie ich zugeben muß. Ich war nicht besonders zufrieden mit dem Leben, und wenn ich nicht zufrieden bin, kann ich gereizt sein. Manchmal regelrecht widerwärtig. Aber nicht sehr häufig. Ich bin von Natur aus ein besonders gutgelaunter, ausgeglichener Mensch.

»Es ist schon genug«, grollte ich. »Steig ab, Bascha –

du sitzt auf seinen Nieren. Und du bist nicht das, was ich als leicht bezeichnen würde.«

Del, die hinter mir saß, erstarrte. Aber dann tat sie, was ich gesagt hatte: Sie glitt rückwärts über den Rumpf des Hengstes und dann über seinen Schweif hinab.

»Nun?« fragte sie kurz darauf. »Du bist schwerer als *ich* – willst *du* nicht absteigen?«

Damit beschäftigt, meine Harnischriemen von den Botariemen zu entwirren, die vor meinen Knien befestigt waren – und da ich kein Narr war, hatte ich den Harnisch *nicht* wieder angelegt, falls das Schwert es als nächstes auf meinen Hals abgesehen haben sollte –, antwortete ich nicht sofort. Der Hengst seinerseits schnaubte geräuschvoll. Dann schüttelte er sich. Heftig. Vom Kopf bis zum Schweif.

»O *Hoolies* ...« Ein Pferd, das sich schüttelt, denkt nicht an den Reiter auf seinem Rücken. Es schüttelt sich einfach wie ein großer, nasser Hund, nur weitaus inbrünstiger.

Die Botas schwappten. Die Verzierungen am Zaumzeug rasselten. Die gesamte Ausrüstung klapperte. Und was mich betrifft, so protestierte jedes Gelenk. Wie auch meine Innereien.

»Du dickköpfiger, flohgebissener *Ziegenbock* ...« Ich kletterte schmerzerfüllt hinab, zog den Harnisch und das Schwert mit mir hinunter und versicherte mich, daß mein Kopf noch auf den Schultern saß. Gerade, als ich mich besser zu fühlen begann ... »Und?« fragte Del.

»Und *was?*«

»Was machen wir?«

»Wie sieht es denn aus?«

Sie dachte ernsthaft darüber nach. »Rasten?«

»Gut getippt!« sagte ich herzhaft und stampfte in die Dunkelheit davon.

Del fing den Hengst ein, bevor er mir folgen konnte. »Wohin gehst du?«

Mußte sie alles wissen? »Etwas erledigen.«

»Geht es dir wieder schlecht?«

»Nein.«

»Was ist dann – oh. Schon gut.«

»Das ist es auch nicht«, murmelte ich. »Immer der Reihe nach.« Oder umgekehrt, das kommt darauf an, wer man ist und was man vorhat.

Mit einem Schwert.

Mit *meinem* Schwert.

Dessen wahrer Name Samiel war: heißer Wüstenwind, mit der Kraft eines Sturms hinter sich.

Dessen Name von einem als Chosa Dei bekannten Mann verfälscht worden war, einem Magier der Legende, dessen Gabe, wenn er sie benutzen konnte, darin bestand, mächtige Magie zu *sammeln*. Wenn sie richtig gesammelt wurde, würde ihre ursprüngliche Form zunichte gemacht, und Chosa Dei formte sie für seine eigenen Zwecke neu.

Er hatte viele Dinge zunichte gemacht, einschließlich eines großen Teils des Südens. Er hatte Menschen zunichte gemacht. Und jetzt wollte er mich.

Ich schlüpfte aus meinem Burnus, trug jetzt nur noch einen Wildlederdhoti und die Kette aus Sandtigerkrallen. Nicht einmal Sandalen schmückten meine Füße, und Sand setzte sich unter Zehennägeln fest. Lange Zeit stand ich in der Wüstendunkelheit einfach da und hielt das im Harnisch steckende Schwert fest. Der bloße *Gedanke*, die Klinge aus der mit Runen versehenen Scheide herauszuziehen und sie zum Leben zu erwecken, ließ meine Knochen brennen. Das bewirkt die Magie bei mir: Sie frißt sich ihren Weg durch meine Knochen, läßt sogar meine Zähne schmerzen und vereinnahmt mich völlig. Ein durch Magie kranker Magen ist schlimmer als der beißende Hund, der in einer Weinflasche lebt.

Sinnlosigkeit wallte auf. Meine Stimme klang dadurch belegt. »Götterverfluchtes, hooliesgezeugtes Schwert... warum konnten mich die Nordbewohner nicht eine Klinge *ausborgen* lassen, anstatt mich zu zwingen, dieses dreimal verfluchte Ding, das man *Jivatma* nennt, zu nehmen – anstatt mich zu zwingen, es zu ›*gestalten*‹.«

Schweiß rann mir an den Schläfen und die narbigen Furchen meiner in Muskeln und Haut eingebetteten Rippen hinab. Wie ich bereits sagte, hatte ich zu lange kein Bad mehr genommen. Ich roch mich, ich roch Schweiß, ich roch Angst. Und den beißenden Geruch der Magie, der sogar meine Zähne überzog.

Ich riß Samiel frei. Im Sternenlicht war das Schimmern des Stahls gedämpft. Ein Aufblitzen, ein Glänzen, ein Schimmern. Und die Schwärze von Chosa Dei, der ein Drittel der Klinge vereinnahmte. Ich beugte mich vor. Spie aus. Sehnte mich nach Wein, Aqivi, Wasser. Nach etwas, was den Geschmack verdrängen würde. Nach etwas, was meinen Magen beruhigen würde. Nach etwas, was das in meinen Knochen schmerzende Brennen lindern würde.

Ein kurzer Schauder schüttelte mich. Die Haare auf meinen Armen und Oberschenkeln richteten sich auf. Mein Nacken kribbelte.

»Ich weiß, daß du da bist«, flüsterte ich fest. »Ich weiß, daß du da drinnen bist, Chosa. Und du weißt, daß ich hier *draußen* bin.«

Ein herabrinnender Schweißtropfen drohte mir ins Auge zu geraten. Ich wischte die salzige Feuchtigkeit schroff mit einem angespannten Unterarm fort, rieb mit dem Handgelenk über brennende Augenbrauen. Und biß den Kiefer fest zusammen, während ich die Erinnerungen als Vorbereitung für den Tanz fließen ließ.

Ich erinnerte mich an das, was ich getan hatte, in den Tiefen des Drachenschlundes. Wie ich es, an die äußerste Grenze meiner Kraft und meines Willens und meiner *Dringlichkeit* getrieben, irgendwie geschafft hatte, Chosa Dei innerhalb der Mauern seines Gefängnisses, tief im Drachenberg, zu besiegen. Indem ich alle meine Reserven heraufbeschworen und all meinen Glauben an etwas anderes als die Magie, an die Macht des Fleisches, nicht der Götter der Magie, über Bord geworfen hatte. Ich hatte die Skepsis beiseite geschoben, weil ich es tun *mußte*, und hatte die tief im Stahl ruhende nordische Magie willkommen geheißen. Ich hatte sie benutzt, sie in diese und jene Richtung gebeugt, sie *gesungen*, auf nordische Art, sie gezwungen, *mir* zu dienen – bis ich auch nicht besser war als Chosa, bis ich zunichte machte und *neu* gestaltete... das Schwert für meine Bedürfnisse neu tränkte. Ich stimmte es, als ich es nicht hätte tun sollen, am Rande der Tore zu den Hoolies, und als ich genau wußte, warum ich es tat, es sehr, sehr genau wußte. Als ich genau wußte, was ich tat und für welche Frau ich es tat.

Warf ich es ihr vor? Nein. Sie hätte dasselbe für mich getan. Monate zuvor waren wir uns bei einem Kampf begegnet, der über ihr Schicksal, und über meines, entscheiden sollte. Wir hatten beide verloren, aber keiner hatte sich ergeben. Und wenn es soweit käme, würden wir beide es noch einmal genauso machen. Aber in dem Moment in Chosas Höhle, im Herzen des Drachenberges, hatte ich alle Macht heraufbeschworen und mein nordisches *Jivatma* zu etwas umgestaltet, das mehr war als ein Schwert. Etwas, das mehr war als Magie.

Und etwas, das *weniger* als gut war.

Ich ließ den Harnisch aus meiner linken Hand gleiten. Jetzt hielt ich nur das Schwert, wie man ein Schwert stets hält: fest, am Heft, die Finger um. geknüpftes Leder gelegt, wobei sich die zwanzig Jahre alten Schwielen der Handflächen in Haut und Leder und Stahl einpaßten. Sich in Seele und Geist einpaßten und in das Ding, das aus einem Mann macht, was immer er sein soll.

Fast die Hälfte meines Schwertes war schwarz, verkohlt wie durch Feuer. Aber die Flamme war kalt wie der Tod und lebte *in* dem Stahl. Bestand auf unerfreuliche Weise neben dem, was das Schwert sein *sollte*: ein *Jivatma* namens Samiel, Vorläufer der Stürme, genau wie Dels Boreal. *Ihre* Stürme waren nordisch kalt. Meine waren südlich heiß.

Aber Chosa lebte auch dort. Chosa erfüllte jede Faser der mit der Klinge verflochtenen Magie. Das unsichtbare Netz pulsierte, angeschwollen durch sein Gift. Wenn Chosa nicht vernichtet würde, wenn die Klinge nicht befreit würde, würde Samiel sterben. Und Chosa würde hervorbrechen, würde den nächstbesten Körper beanspruchen, um sich darin einzunisten. Der Schwerttänzer, der als Sandtiger bekannt war, würde einfach aufhören zu existieren. An seiner Stelle befände sich Chosa Dei, sechshundertzweiundvierzig Jahre alt.

Oder *drei*undvierzig?

Hoolies, wie die Zeit verrinnt.

Ich hob das Schwert an und versenkte es dann tief in südlichem Sand. Ich hörte das Zischen der beiseite gedrängten Sandkörner, das Eindringen des Stahls in die Erde. Dann kniete ich mich hin und umschloß das lederumwickelte Heft mit einem harten, schwieligen Gefängnis. Ein weiteres Gefängnis für Chosa.

Eines, das er bereits zu zerstören begonnen hatte.

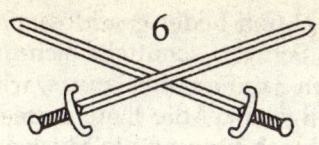

6

Das Brüllen brach aus meiner Kehle hervor. Im Moment kümmerte es mich nicht. Es genügte einfach zu schreien, meine Kehle mit dem Willen und der Kraft aufzurauhen, zu versuchen, Chosa zu besiegen.

Aber das Brüllen erstarb fast augenblicklich, und auch das Begreifen. Ich wußte nur, daß ich das Schwert festhielt, oder es hielt mich fest, und das war alles.

Er war stark, das war Chosa Dei. Und er war sehr, sehr zornig. Er haßte es, in einem Gefängnis aus nordischem Stahl gefangen zu sein. Er haßte das Schwert selbst, weil es wagte, ihn gefangenzuhalten. Und er haßte auch mich, weitaus tiefer und weitaus stärker, mit kalter, beharrlicher Kraft. *Ich* war derjenige. *Ich* war der Mensch. Ich war der Feind, der ihm die Seele genommen und sie in einem Schwert eingesperrt hatte.

Der schmale Schnitt im Gewebe zwischen Daumen und Zeigefinger schmerzte. Wie auch der Schnitt an meinem Fuß. Und ich wußte mit untrügerischer Sicherheit, daß solch ungeschickte ›Unfälle‹ nicht aufhören würden. Wenn überhaupt, würden sie schlimmer werden. Vielleicht sogar tödlich. Chosa hatte Samiel ein wenig kennengelernt. Jetzt streckte er sich aus, dehnte die Begrenzung, tat, was immer er konnte, um mir zu schaden. Um das Schwert für mich genauso gefährlich zu machen wie für meine Feinde.

Also war es jetzt an mir, ihm zu zeigen, wer der Herr war. Leichter gesagt als getan. Nicht nur, daß Magie so schlecht riecht, sie *schmerzt* auch.

Ich klammerte mich mit aller Kraft an das Heft, die

Hände um Stahl und Leder geschlossen. Ich schüttelte mich, und das Schwert schüttelte sich mit mir, schnitt tief in südlichen Sand ein. Ich spürte, wie die Anspannung die Handgelenke, die Unterarme und dann die Schultern vereinnahmte und die Muskeln sich verknoten ließ. Sehnen standen, wie straff gespannte Seile, überall an meinem Körper hervor. Ich knirschte mit den Zähnen und stieß zischend Salsetflüche aus, spie all die Schmähungen aus, mit denen der Stamm mich bedacht hatte, als ich in südlicher Sklaverei geschuftet hatte, körperlich zu stark, um gebrochen zu werden, geistig zu schwach, um zu kämpfen.

Jetzt kämpfte ich. Die Salset hatten mich lediglich besiegt. Chosa Dei würde mich *vernichten*.

Schweiß rann mir das Gesicht herab, tropfte auf eine staubige Brust. Nicht durch Sandalen behindert, gruben sich die Zehen krampfhaft in den Sand. Mein ganzer Körper kribbelte. Gallenflüssigkeit kitzelte meine Kehle, hinterließ einen bitteren Geschmack.

»…nicht…«, sagte ich. »…NICHT…«

Mehr konnte ich nicht hervorbringen.

Das Sternenlicht flackerte. Oder lag es an meinen Augen? Weiße und schwarze Flecke, die die Sicht in einen Flickwerkvorhang aus mit Pech getränkter Dunkelheit und blendendem, rasendem Licht verwandelte.

Ich roch den Geruch der Magie. Der Macht, die so rein und wild war, daß nur ein Narr versuchen würde, sie zu beherrschen. Nur ein Narr würde sie heraufbeschwören.

Ein Narr, oder ein Wahnsinniger. Ein Mann wie Chosa Dei.

Oder ein Narr wie ich?

Hoolies, ich hatte Schmerzen. Dumpfe Kopfschmerzen flammten erneut auf, pochten hinter weit geöffneten Augen. Ich spürte den mühsamen Schlag meines Herzens, das sich hinter dem Brustbein wand, das beunruhigende Kribbeln feiner Haare, die sich auf

Armen und Beinen aufrichteten, das tiefe, hohle Zusammenkrampfen eines vor Angst übersäuerten Magens.

Ein zischendes, gehauchtes Röcheln: hinein und hinaus, hinein und hinaus, zwang die Lungen, zu arbeiten. Der Versuch, einen benebelten Kopf freizubekommen, der sowohl von einem Pferdehuf als auch von der Gegenwart fremdartiger Magie und dem Versprechen von Chosas Macht erschüttert war.

Wenn ich ihm nur *beweisen* könnte, daß meine Seele stärker war... Ich lachte innerlich. Spöttisch und verächtlich, vor Selbstverachtung triefend. Wer, zu den Hoolies, war *ich?* Ein unnützer, alternder Mann mit schmerzenden Knien und einer von vielen Narben überzogenen Haut, der sein Schwert verkauft, um leben zu können, der nur die Fähigkeiten ehrt, die reine Verzweiflung geschmiedet hat, und das Verlangen, etwas Besseres zu sein – jemand, der *mehr* ist –, mehr als ein namenloser Sklave, der als Kind von einer Mutter verlassen wurde, die zu erschöpft gewesen war, um sich um ihn zu kümmern.

Unsicherheit flackerte kurz auf. Del hatte einmal gesagt, es gäbe keinen Beweis. Daß die Salset vielleicht gelogen hätten. Daß ich vielleicht *nicht* zum Sterben zurückgelassen worden war, zumindest nicht absichtlich.

Aber das würde ich niemals erfahren können. Das einzige Verbindungsglied zu meiner Vergangenheit, die einzige Person, die bereit gewesen wäre, darüber zu sprechen, war nur Tage zuvor gestorben, von ihrem Volk verspottet, weil ein eifersüchtiger, alter Magier, dem man alle schwindende Macht genommen hatte, gesagt hatte, sie verdiene Bestrafung, weil sie mir geholfen hatte. Und obwohl niemand sie wirklich getötet hatte, war sie doch sowohl geistig als auch körperlich krank geworden.

Sula. Die, ohne jemals zu schwanken, *immer* an mich geglaubt hatte.

Die Selbstverachtung schmolz dahin.

Ich atmete ganz tief ein und überließ mich der Macht, die sich als Antwort auf meinen Ruf sammelte. Als Antwort auf Chosa Dei. Wir wollten sie beide. Wir brauchten sie beide. Aber nur einer konnte sie handhaben. Nur einer konnte siegen.

Ein Gesang kam mir in den Sinn. Ein kleiner, ruhiger Gesang. Ich versuchte, ihn zu fassen, hatte Mühe damit, setzte ihn wieder zusammen. Schnürte alle Riemen, knüpfte alle Knoten. Und machte ihn dann wieder zu einem Ganzen. Machte ihn wieder zu etwas *von mir*. Eine Brise kam auf. Sand küßte rauh meine Wange, setzte sich zwischen meine Zähne, trieb Tränen in weit geöffnete Augen. Aber ich konnte meinen Gesang nicht aufgeben.

Die Welt wurde weiß. Ich schaute, blinzelte, schaute erneut. Ich konnte nichts sehen. Nichts als nur das Weiß.

Stahl erzitterte in meinen Händen. Er erwärmte sich, wurde weicher, bis ich spürte, daß er frei ausfloß, sich seinen Weg durch Lederbänder und den gelösten Griff starrer Finger erzwang. Ich umfaßte den Stahl fester, versuchte ihn wieder hineinzudrängen, aber er floß weiter aus. Er tropfte aus zusammengeballten Händen und befleckte den sternenbeschienenen Sand.

Wenn Chosa das Schwert vernichtete ...

»... *nicht* ...«, sagte ich erneut.

Die Brise wehte stärker, aber ich konnte nichts davon sehen. Nur Weiß, nichts als *Weiß* ...

Und dann, plötzlich, Rot. Das Rot von Feindesblut, das Rot von innerlich durch die Anstrengung zu starren Sehens blutenden Augen. Augen, die so verbissen versucht hatten zu unterwerfen.

Das Schwert erzitterte. Runen flammten kupferhell auf, glühten dann kurzzeitig blutrot, bevor sie erneut

silbern verblaßten. Als die Klinge den Sand berührte, sah ich ein aschfarbenes Brodeln aufbrechen. Und
dann die stille Explosion von Staub und Sand und
Erde, den silber-goldenen Hauch von Kristallen von
tief unter der Oberfläche.

Durchscheinende Punjakristalle, tödlich im südlichen Sonnenlicht. Sand rieselte davon, bis der größte
Teil der Klinge bloßlag, die verkohlte, schwarze Verfärbung offenbarte. Sie war einen Fingerbreit höher gestiegen.

»Kann nicht sinken«, murmelte ich. »…muß *höher*
gelangen, zu mir…«

Aber natürlich würde ich es nicht zulassen.

Ich klammerte mich an den Gesang, umhüllte mich
mit seiner Macht. Del sagt, ich kann nicht singen, sagt,
daß ich meistens mißtönend krächze, nicht weiß, wie
man Noten oder Melodien gestaltet, aber das war mir
gleichgültig. Samiel kümmert sich nicht um *Können*,
sondern nur um die Konzentration und die Kraft, die
Magie zu singen, bevor Chosa alles vernichtet.

Geräuschlos zerriß eine dünne Linie die Sandmulde.
Ich beobachtete, wie sie aus der Schwertspitze heraus-
tropfte und sich dann ausbreitete. Die Lautlosigkeit
dieses Vorgangs war unheimlich. Ein Riß hier, ein Riß
dort, bis ich inmitten eines Netzwerks kniete, das sich
in alle Richtungen ausbreitete, schwarz im Licht der
Sterne.

Es zog sich nicht zusammen, wie man vielleicht erwarten würde, den Sand hierhin und dorthin schie-
bend. Es blieb liegen, flach wie Glas, ein komplexes
Netzwerk von Rissen, die in die Wüste ausströmten.

»Kann es nicht vernichten«, stieß ich zähneknirschend hervor. »…kann *mich* nicht vernichten…«

Ich preßte die Hände noch fester zusammen. Sang
meinen Gesang noch inbrünstiger, als sei ich geistig
weggetreten. Und spürte, wie die Macht zunahm.

Rauch. Zuerst eine Rauchwolke, ein Rauchfaden,

wie warmer Atem an einem kalten nordischen Morgen. Von den Rissen ausgestoßen.

Rauch, gefolgt von Feuer.

Aber nur ein wenig.

Die Luft wurde wärmer. Am Horizont, der sich vor mir erstreckte, knisterte Wetterleuchten. Die Luft stank danach. Die Haare an meinem Körper richteten sich auf. Mein Nacken kribbelte. Die Haut zuckte und kam dann zur Ruhe. Das Atmen wurde noch schwerer. Die Brise wurde zum Wind. Er kam, um mich zu besuchen, brachte körnige, unwillkommene Gesellschaft mit und warf sie mir ins Gesicht. Er zischte, als er sich gegen die mit Runen versehene Klinge warf, als er an meiner Haut schabte, Falten und Runzeln und Narben fand und Sand hinterließ, um seine Spur zu markieren. Entfernte die Haare aus meinem Gesicht, damit es noch sicherer zerkratzt wurde.

Ich spie aus. Blinzelte. Ergriff das Schwert noch fester. Kein verflüssigter Stahl floß mehr durch starre, verkrampfte Finger. Was ich jetzt festhielt, war etwas Heiles.

»... hörst du mich, Chosa. Ein Teil von mir ...«

Der Wind blies die Flammen aus. Trug den Rauch davon.

»Ein Teil von mir«, sagte ich erneut.

Der Wind erstarb lautlos. Der Sand ließ sich nieder. Die Welt war wieder die Welt und ich noch immer ich selbst in ihr.

Ein Gedanke kam auf: War ich es? War ich ich selbst? Was *war* ich?

Was, zu den Hoolies, hatte ich gerade getan?

Chosa Dei ... heraufbeschworen ... und bekämpft.

Ein Frösteln kräuselte meine Haut. Ich wußte, warum und was ich getan hatte. Ich stellte die Notwendigkeit nicht in Frage. Ich stellte die Realität nicht in Frage.

Ich stellte nur in Frage, wer es getan hatte: Ich? Ich? *Ich?*

Einige Monate zuvor hätte ich über die Möglichkeit gelacht. Über den *Gedanken* gelacht, daß ein Mann so etwas tun könnte. Hätte mich mit Selbstverachtung bestraft, wenn ich einen solchen Gedanken zugelassen hätte.

Zu Wissen, daß man an solche Dinge denkt, an solche Siege des Geistes, öffnet Qual und Schmerz die Tür.

Bei den Salset hatte ich es nicht gewagt.

Aber bei Chosa Dei wagte ich es. Ich wagte es nicht nur, sondern ich *tat* es auch.

War ich wegen der Magie stärker? Wegen des nordischen Schwerts? Oder war ich nur eher bereit, in bezug auf Dinge, die ich nicht verstand, Risiken auf mich zu nehmen?

In mir erklang eine grausame Stimme: *Du bist ein Narr, Chula. Du bist, wozu du dich selbst gemacht hast und wozu du alle erreichbaren Werkzeuge benutzt hast. Wenn du der Magie den Rücken zukehrst, kehrst du dir selbst den Rücken zu.*

Ich fluchte. Lachte leise. Bedachte mich mit Schimpfnamen. Richtete meine Aufmerksamkeit auf die bestehende Aufgabe: mich mit dem auseinanderzusetzen, was geschehen war.

Das krampfartige Atmen verlangsamte sich. Ich schluckte und wünschte, ich hätte es nicht getan. Der Sand und das rauhe Atmen hatten meine Kehle wundgescheuert. Ein Schaudern durchlief meinen Körper, während die Anspannung verging und einen dicht mit Staub und Sand überzogenen, ziehenden, schmerzenden Körper zurückließ. Der Geruch der Magie war fort. Jetzt lag der scharfe Gestank von verausgabter menschlicher Anstrengung in der Luft.

Als ich mich letztendlich wieder rühren konnte, löste ich meine schmerzenden Hände voneinander. Das Schwert fiel zu Boden. Als es aufprallte, zerbrach etwas.

Einen Moment lang konnte ich mich nicht bewegen. Ich konnte nur knien, zu steif, um mein Gewicht zu verlagern, bis sich die Muskeln schließlich lockerten und ich unbeholfen aufstand. Rund um mich herum zerbrach noch mehr, und ein Schauer silbrigen Staubs ging hernieder.

Hoolies, das juckte. Sand, körniger Sand und Staub, klebte auf der vom Schweiß feuchten Haut wie eine Hülle, grub sich in Gelenke und Hautfalten und ahmte Punjawürmer nach. Ich schüttelte mich von Kopf bis Fuß, befreite mich von einer Schicht Dreck und hörte das leise Klingen.

Ich schaute hinab. Wie ausgeworfene Orakelknochen lagen winzige Glasstückchen um meine Füße verstreut. Sich in alle Richtungen erstreckend, bildeten sie einen fast vollständigen Kreis, glatt und flach und glänzend.

Irgendwie hatte ich Glas produziert. Aus Sand beschworen, in Feuer geboren, hatte ich einen Kreis aus Glas geschaffen.

Glas, das zerbräche, könnte ich hinzufügen, wenn ich auch nur zuckte.

Und ich trug keine Sandalen.

Ich dachte daran zu fragen, wie und warum, wollte aber meinen Atem nicht verschwenden. Es würde keine Antwort erfolgen.

Das Schwert war heil. Das Herausfließen, das ich für real gehalten hatte, war nichts als Illusion gewesen. Samiel lag ruhig in einem Teich zerbrochenen Glases, das im Sternenlicht funkelnde und glitzernde Risse in alle Richtungen schuf.

Dann wandte ich mich um und sah Del.

Sie stand am Rande des Glaskreises, Boreal ungeschützt in den Händen. Das Schwert war ein Blitz sternenbeleuchteten Stahls, der ihre Brust diagonal teilte. Sie hatte den weißen Burnus abgelegt. Sie trug nur die nordische Tunika aus weichem cremefarbenen Leder, die ihre glatten, geschmeidigen Arme und den größten Teil wohlgeformter Beine offenbarte, auch Entschlossenheit offenbarte. Sie sang mit angespannten, deutlich hervorgehobenen Muskeln und der wachsamen Neigung ihres Kopfes, sang mit und durch ihren Körper. Sang mit der rückhaltlosen Bereitschaft ihrer Augen. Aber es gab auch noch etwas anderes. Etwas, das mich erschreckte. Del hatte Angst.

Sie ist eine Frau, die tötet, aber nicht aus einer Laune heraus. Nicht aus Verärgerung oder einem boshaften Verlangen, zu schaden. Sie tötet, wenn sie töten muß, wenn die Umstände sie dazu zwingen. Wenn sie eine Frau ist, die sich durch ihre Willenskraft und Hingabe im Namen der ermordeten Familie in jene Umstände *bringt*, so wertet das die Leistung nicht ab und läßt das Talent nicht weniger gefährlich werden. Sie hat ihr Können, ihre Befähigung, ihren Geist vervollkommnet, hat die Frau zu einer Waffe geformt. Sie weiß, wie und wann sie töten muß. Sie weiß sogar warum.

Eine von Dels Stärken ist eine bemerkenswerte Beherrschtheit: die Fähigkeit zu tun, was getan werden muß, ohne mehr an Kraft, Atem und Geisteszustand zu geben als der Augenblick unbedingt erfordert. Angst zerstört diese Beherrschtheit. Das ist bei jedermann beängstigend. Bei Del ist es tödlich.

Ich hob Samiel nicht an. Ich blinzelte nicht einmal.

Del wartete. Die Lider kurzzeitig gesenkt, während sie schnell die Spitze der Klinge betrachtete und die Verfärbung abschätzte. Dann wieder zu mir sah, mich *maß*, bis die Bewertung schließlich abgeschlossen war.

Fast unmerklich entspannte sich ihre Haltung. Aber nicht das Bewußtsein darüber, was geschehen war oder was ich in meinem ›Gespräch‹ mit Chosa Dei erreicht hatte.

Ich beschloß, daß jetzt nicht die Zeit war, wieder Zuflucht zur Ironie zu nehmen. »Sulhaya«, sagte ich ruhig, gebrauchte ihre eigene Sprache. »Das ist es, was ich

auch gewollt hätte, wenn ich den Kampf an Chosa verloren hätte.«

Del wartete noch immer. Maß und schätzte ab, wenn
auch weniger angespannt. Die anfängliche Gefahr war
eindeutig vorüber. Sie maß mich jetzt anders.

Schließlich lächelte sie. »Deine Aussprache ist entsetzlich.«

Die Erleichterung war überwältigend. Ich wollte
mich im Moment nicht mit Dels Ängsten befassen,
weil sie meine eigenen vergrößerten. »Ja, nun … du be-
dankst dich nicht sehr oft. Wie soll ich es dann also
wissen?«

Sie verzog die Lippen. Sie nahm das Schwert herab,
veränderte die Schräglage der Klinge. »Bist du in Ordnung?«

Jetzt konnte ich das Ich sein, das ich besser kannte.
»Steif. Wund. Ein wenig zittrig.« Ich zuckte die Achseln. »Und ich brauche jetzt noch dringender ein Bad
als zuvor …« Ich kratzte mit einer Hand über meinen
Bauch. »Hoolies, dieses Zeug *juckt* …«

Del hockte sich hin, nahm einen Splitter auf und betrachtete ihn. Während sie ihn ansah, glitzerte er wie
Eis. »Interessant«, murmelte sie.

Ganze zehn Fuß trennten uns. Del kniete im Sand.
Vor mir schimmerte ein zerrissenes Tuch aus glitzern-
dem magischem Glas. »Tu mir einen Gefallen«, sagte
ich. »Hol mir bitte meine Sandalen.«

In der Wüste, bei Nacht, ist es kühl, wodurch die
Hitze des Tages Lügen gestraft wird. Ich lag auf ausgebreiteten Decken, eingehüllt in ein Untergewand
und den Burnus, und versuchte einzuschlafen. Wir
hatten höchstens drei Stunden Zeit, bevor die Sonne
aufgehen würde. Nur ein Narr würde diese Zeit verschwenden. Ich regte mich jede Minute, versuchte,
Del nicht aufzuwecken, die einen leichten Schlaf hat,
versuchte aber auch immer wieder, selbst zur Ruhe zu

kommen. Einen Moment lang fühlte sich die Lage gut an – dann befiel mich erneut der Drang, wie es so viele Male geschehen war, und ich kratzte juckende Haut.

Ein Finger bohrte sich in mein Rückgrat. »Setz dich hin«, sagte sie. Dann: »Setz dich *hin*. Glaubst du, ich will die ganze Nacht hier liegen, während du dir die Haut wundkratzt?«

Sie klang ungewöhnlicherweise wie viele Mütter, die ich ihre Kinder tadeln gehört hatte. Was bewirkte, daß ich mich schlechter fühlte. »Ich kann nichts dagegen tun. All der Schmutz und Sand und Glasstaub machen mich sandkrank.«

Der Finger bohrte sich erneut in meine Haut. »Dann setz dich hin, und ich werde mich darum kümmern.«

Ich rollte herum und richtete mich auf einen Ellbogen auf, während sich Del neben mich kniete. »Was wirst du tun?«

Sie machte eine ungeduldige Handbewegung, während sie ein Tuch aus den Satteltaschen hervorzog und nach einer Bota griff. »Zieh alles aus. Das hätten wir schon früher tun sollen.«

»Ich kann nicht *baden*, Del ... wir können das Wasser nicht verschwenden.«

»Für mich ist die Wahl einfach: Wir waschen soviel Staub ab wie möglich, hier und jetzt, oder wir verbringen den Rest der Nacht wach, während du dich kratzt und herumjammerst.«

»Ich habe kein *Wort* gesagt.«

»Du sagst mehr als die meisten anderen, ohne auch nur den Mund aufzumachen.« Del drückte das zusammengelegte Tuch an den Hals der Bota und wrang es aus. »Zieh dich aus, Tiger. Du wirst mir dankbar sein, wenn ich fertig bin.«

Wenn Del sich einmal etwas in den Kopf gesetzt hat, gibt es keine Diskussion mehr. Ich tat, wie mir geheißen, und zog alles bis auf den Dhoti aus. Ein Blick auf Arme und Beine, von den Sternen beleuchtet, offenbarte die an Haut und Haaren klebende Glas- und Sandschicht.

Del schnalzte mit der Zunge. »Sieh dich an. Du hast dich so sehr gekratzt, daß du schon wunde Stellen hast. Und *Kratzspuren*...«

»Macht nichts«, grollte ich. »Tu einfach, was du tun willst.«

Del lachte unerwartet auf. »Eine verlockende Einladung...« Aber sie unterbrach ihre Bemerkung und machte sich an Armen und Beinen zu schaffen, wobei sie sehr vorsichtig die Hautfalten an den Innenseiten der Knie und Ellbogen versorgte. Sie hatte recht: Ich war wund. Die wunde Haut schmerzte.

Wie auch mein Stolz. »Ich hätte das *selbst* tun können.«

»Was? Du? Willst du damit sagen, du magst es nicht, wenn eine Frau zu deinen Füßen kniet und sich liebevoll um dich kümmert?« Del grinste kurz und hob beredt die Brauen. »Das ist nicht der Sandtiger, den ich vor so vielen Monaten in jenem dreckigen, stinkenden Wirtshaus getroffen habe.«

»Gib *mir* das.« Ich beugte mich hinab, entriß ihr das feuchte Tuch und begann, meine Rippengegend zu schrubben. »Wir alle ändern uns, Bascha. Keiner bleibt immer gleich. So ist das Leben.«

Sie stand jetzt vor mir, eine Hand auf der sehr muskulösen Trennlinie zwischen ihrer schmalen Taille und der geschwungenen Hüfte. Das Sternenlicht umschmeichelte sie. Aber es ist schwer, grausam zu sein, wenn ein Körper so vollkommen wirkt. »Gib es zu«, schlug sie vor. »Du bist jetzt ein besserer Mensch als zu der Zeit, als ich dich traf.«

Ich schrubbte sandige Haut. »Und soll das bedeuten, daß du dir diese Verbesserung zuschreibst?«

Ein langsames, träges Achselzucken einer einzigen, sehnigen Schulter. Ihre Antwort war unmißverständlich: Wenn ich sie *nicht* getroffen hätte, wäre ich nicht der Mann, für den sie mich jetzt hielt.

Welche Art Mann auch immer das *war*. Wer weiß, was eine Frau denkt?

Das Schimmern in ihren Augen schwand. Sie wirkte jetzt nachdenklich. Sie streckte eine Hand aus und zog sanft die so tief über meine Rippen verlaufende, wulstige Narbe nach. Die verletzte Haut war noch immer bläulich, würde noch mehr Zeit benötigen, bis Purpur zu einem Rotton und später zu Silberweiß werden würde.

Die Haut erzitterte unter ihrer Berührung. Die Anspannung verkrampfte meinen Magen und tiefer Liegendes. Del sah mich an.

»Was erwartest du?« grollte ich. »Ich habe niemals ein Geheimnis daraus gemacht, was du bei mir bewirkst.«

Dels Mund wurde zu einer schmalen Linie. »Was ich bei dir bewirke? Oder was ich dir *antue?*« Sie zog ihre Hand von der Narbe zurück. »Ich hätte es getan, Tiger. Das Töten. Wenn es nötig gewesen wäre.«

»Welches?« konterte ich. »Das in Staal-Ysta? Oder das vorhin?«

»Egal. Beides.« Ihr Gesicht zuckte kurz. »Du weißt nicht, wie es damals war... damals, als ich dein Schwert berührte und Chosas Macht spürte. Die Heftigkeit seines *Verlangens* spürte.« Del erschauderte, was untypisch für sie war. »Wenn er die Gelegenheit bekommt, wird er mich vereinnahmen, mit einem Schwert, das aus Stahl gefertigt ist. *Oder* mit einem Schwert aus Fleisch und Blut.«

Sie war von Ajani vergewaltigt worden und später beinahe auch von den als Loki bekannten Dämonen. Solche Gewalt fordert ihren Tribut. Ich konnte es in ihren Augen erkennen. Die meisten, die es nach ihrem Körper verlangt, würden sich nicht einmal die Mühe machen, in sie hineinzusehen.

Ich atmete tief ein, seltsam benommen. »Also hättest du mich wirklich getötet, in dem Glauben, ich sei Chosa.«

Dels Gesicht war angespannt. Weiß. Starr. »Es wird vielleicht eine Zeit kommen, in der du es bist.«

Seltsamerweise schmerzte es nicht. Ich hatte es bereits selbst erkannt, mit Chosa Dei auf dem Sand.

Ich gab ihr das Tuch zurück. »Und es wird vielleicht eine Zeit kommen, in der du es tun mußt.«

7

Hmpf«, kommentierte ich und dachte, das würde genügen.

»*Sieh* es dir an«, drängte Del. »Siehst du, was du getan hast?«

Ich zuckte die Achseln. »Spielt das eine Rolle? Ich wollte es nicht *wirklich*. Und überhaupt weiß ich nicht, welchen Wert es hat, daß du dich so darüber aufregst. Ich meine, was kannst du damit anfangen?«

»Sehr reiche Leute fertigen damit Fenster.«

»Damit?«

»Es ist Glas, Tiger.«

»Ich *weiß*, was es ist.« Ich betrachtete stirnrunzelnd den zerbrochenen Kreis. Der unmittelbare Mittelpunkt war ein spiralförmig abwärts führender Trichter aus hellem Sand, gesäumt von einem aufgeworfenen Rand, der an den Rand einer Schüssel erinnerte. Ein komplexes Netzwerk haarfeiner Risse verlief nach außen, erstreckte sich in alle Richtungen. Ein zerbrechlicher, vollkommener Kreis, aber gefährlich für einen Schwerttänzer, wenn er dumm genug war, ihn barfuß zu betreten. (Ich nicht. Ich hatte meine Sandale repariert.) »Aber jedes Fenster, das *ich* jemals gesehen habe...« (was in der Tat nicht sehr viele waren: eins) »...hatte richtige Glas*scheiben*. Dickes Glas vielleicht, schwer hindurchzusehen... aber nicht lauter kleine Stücke, die nicht größer als mein Daumen sind.«

»Du hast es letzte Nacht zerbrochen«, erklärte sie. »Du hast letzte Nacht eine Menge Dinge getan, wobei Glas zu zerbrechen noch zu den geringsten gehörte.«

Ich regte mich gereizt, noch immer steif von der Nacht zuvor. »Mit der Magie, die ich heraufbeschworen habe.«

»Mit *etwas*, Tiger – ich glaube nicht, daß es dein gutes Aussehen war.« Del lächelte süß.

Ich betrachtete sie verärgert. »Sind wir heute morgen nicht glücklich?«

»Glücklich?« Helle Brauen wurden gewölbt. »*Ziemlich* glücklich. Wieviel glücklicher sollten wir sein, wo wir doch gedungene Mörder auf unserer Spur wissen?«

Ich schaute Richtung Norden. »Da wir gerade davon sprechen, wir sollten wirklich weiterreiten.«

»Willst du kein Andenken mitnehmen?«

»An was? Nein. Warum sollte ich? Es ist nur *Glas*, Bascha!«

Del zuckte fast verteidigend die Achseln. »Bei Sonnenaufgang ist es sehr hübsch. All die Cremefarben und Rottöne und das Silber. Fast wie Tausende von Diamanten.«

Ich knurrte und wandte mich ab. »Komm schon, Delilah! Das hat im flammenden Tageslicht keinen Sinn.«

Sie schaute mir nach, während ich durch den Sand und die Erde zu dem wartenden Hengst schlurfte. »Du hast *überhaupt* keine Phantasie.«

Ich nahm die herabhängenden Zügel auf. »Als ich es das letzte Mal nachgeprüft habe, hattest du auch keine.«

»Ich!« Del folgte mir wütend.

»Hoolies, Frau, alles, woran du sechs ganze Jahre deines Lebens lang gedacht hast, war, dich an Ajani zu rächen. Diese Art Besessenheit erfordert keine Phantasie. Sie erfordert einen *Mangel* daran.« Ich stellte einen sandalenbekleideten Fuß in den Steigbügel und zog mich hoch. »Ich mache dir daraus keinen Vorwurf, weißt du – du hast getan, weswegen du ausgezogen warst. Der Sohn eines Ziegenbocks ist tot – aber jetzt gibt es uns.«

Del wartete darauf, daß ich den Steigbügel freigeben würde, damit sie ihn benutzen könnte. »Uns?«

»Viele andere Menschen ohne Phantasie sind hinter uns her. Glaubst du wirklich, wir hätten Zeit, kleine Glassplitter aufzusammeln?«

Del knirschte mit den Zähnen und stieg auf. »Ich dachte nur, du würdest vielleicht ein Andenken an die Magie haben wollen, mit der du es letzte Nacht zu tun hattest. Es tut mir leid, daß ich etwas gesagt habe.«

Ich stemmte mich in den rechten Steigbügel, um ihr Gewicht auszugleichen und den Sattel gerade zu halten. Ich wartete, bis sie saß, richtete Beine, Satteltaschen und Harnisch und wandte den Hengst dann südwärts. »Das ist das Problem bei Frauen. Sie sind zu sentimental.«

»Sie sind phantasievoll«, murmelte sie. »Und noch vieles mehr.«

»*Darauf* trinke ich.« Ich sortierte die Zügel und drängte den Hengst mit den Knien vorwärts. »Los, alter Junge... wir haben noch ein gutes Stück vor uns.«

Das ›gute Stück‹ entpuppte sich als erheblich weiter als erwartet. Und es lag in einer anderen Richtung. Aber immer der Reihe nach.

Wie... Fluchen.

Es war jetzt spät am Mittag. Nicht heiß, aber auch kaum kühl. Nicht einmal *annähernd* kalt. Es schwankte irgendwo dazwischen, aber je weiter wir nach Süden ritten, desto heißer würde es werden. Und die Erwartung würde es immer noch schlimmer erscheinen lassen.

Im Moment war es ausreichend warm. Unter Burnus und Untergewand stach der Schweiß in meine Haut.

Er stach in die aufgekratzten Stellen der vom Staub wundgescheuerten Kratzer.

Del wischte sich mit dem Handrücken über eine feuchte Oberlippe. Der helle Zopf hing schlaff herab, fiel über eine Schulter. »Zu Hause war es kühler.«

Ich machte mir nicht die Mühe, auf eine solch alberne, wenn auch wahre Bemerkung einzugehen. Del weiß es im allgemeinen besser, aber ich denke, daß jedermann sich irren kann. Ich *hätte* darauf hinweisen können, daß ›zu Hause‹ für mich nicht zu Hause bedeutete, weil ich ja Südbewohner war. Andererseits bedeutete ›zu Hause‹ für sie auch nicht mehr zu Hause, da sie formell daraus verbannt worden war. Was sie genausogut wußte wie ich, aber sie dachte nicht darüber nach. Vielleicht weil es ihr heiß war und die Wahrheit noch nicht ganz in ihr Bewußtsein gedrungen war. Ich würde sie nicht daran erinnern. Statt dessen fluchte ich nur. Was wahrscheinlich auch nicht sinnvoller war als Dels unnötige Bemerkung, aber ich fühlte mich dadurch besser.

Kurzzeitig.

Aber nur ein wenig.

Ich stand neben dem Markierungszeichen: einem gemörtelten Stapel aus neun gesprenkelten, grau-grünen Steinen, die behauen worden waren, um richtig aufeinander zu passen. In den obersten Stein waren Pfeile eingemeißelt, die die Richtungen anzeigten, und das bekannte segnende (oder *gesegnete*) Zeichen für Wasser: eine grobe Tränenform, die oft vom Wind und Sand und der Zeit verwischt, aber nichtsdestoweniger ausdrucksvoll war. Steinhaufen wie diesen gab es im Süden häufig, um Wasserstellen anzuzeigen.

In diesem Fall trog das Markierungszeichen.

»Nun?« fragte Del.

Ich atmete geräuschvoll, erschöpft und staubig Widerwillen aus. »Die Punja war hier.«

Sie wartete einen Moment. »Und das bedeutet?«

»Das bedeutet, daß sie den Brunnen zugeschüttet hat. Siehst du, wie flach es hier ist? Wie verkrustet?« Ich schabte mit einer Sandale über eine festgebackene Fläche feinen, knochenfarbenen Sandes und löste eine Staubwolke aus, ohne etwas zum Vorschein zu bringen. »Es ist alles sehr hart, was bedeutet, daß der Samum schon vor längerer Zeit hier hindurchgekommen ist. Der Sand hatte Zeit genug zu verkrusten... und das bedeutet, daß es keine Hoffnung gibt, tief genug graben zu können, um an Wasser zu kommen.« Ich hielt inne. »Selbst wenn wir die Mittel dazu hätten.«

»Aber...« Del vollführte eine Geste. »Zehn Schritt in jene Richtung gibt es Erde und Gras und Bewuchs. Könnten wir nicht dort graben?«

»Es ist ein *Brunnen*, Bascha, kein unterirdischer Fluß. Ein Brunnen ist ein Loch im Boden.« Ich deutete mit einem steifen Finger abwärts. »Gerade hinunter, wie eine Schwertklinge... Es gibt nichts anderes, Bascha. Hier ist keine Chance auf Wasser.«

»Warum ist dann überhaupt ein Brunnen da?«

»Tanzeers und Karawanenführer ließen sie für die Handelsrouten ausheben. Diese Brunnen sind überall verstreut, obwohl einige von ihnen bereits ausgetrocknet sind. Du mußt einfach wissen, wo sie sind.«

Sie nickte nachdenklich. »Aber... wir sind noch nicht weit genug im Süden, um die Punja erreicht zu haben. Noch nicht.« Sie runzelte die Stirn. »Oder?«

»Normalerweise würde ich nein sagen. Die Punja *sollte* sich noch mehrere Tagesritte vor uns befinden, wenn wir diese Richtung beibehalten.« Ich richtete eine Hand geradeaus nach vorn. »Aber darum ist es die Punja. Sie geht, wohin sie will, und verwirft alle Regeln.« Ich zuckte ergeben die Schultern. »Landkarten sind hier meistens nicht viel wert, es sei denn, man kennt die Eigenheiten des Wetters. Die Grenzen ändern sich ständig.«

Del betrachtete nachdenklich die verkrustete Schicht festgebackenen Sandes voller glitzernder Punjakristalle. »Also reiten wir woandershin.«

Ich nickte. »Das werden wir müssen. Im Moment geht es uns gut ... wir können bis heute abend zurechtkommen, aber vor dem Morgen werden wir Wasser brauchen. Warte mal ...« Ich rief mir im Geist die Landkarte, die ich so viele Jahre lang bei mir getragen hatte, vor die Augen. Wenn man sich die Markierungszeichen nicht merkt, wenn man sich die Brunnen nicht merkt, wenn man sich die Oasen nicht merkt, könnte man genausogut tot sein.

Und selbst *wenn* man sie sich merkt, kann man vielleicht dennoch sterben.

»Also?« fragte sie schließlich.

Ich blinzelte ostwärts. »Dieser Weg ist der nächste. *Wenn* er noch dort ist. Manchmal weiß man es nicht ... man zieht einfach weiter und riskiert es.«

Del, die noch immer auf dem Pferd saß, wog die schlaffen Botas ab. Schwindendes Wasser schwappte. »Das meiste für den Hengst«, murmelte sie.

»Da er derjenige ist, der doppelt trägt.« Ich trat zu seinem Kopf. »Zeit, um zu Fuß zu gehen, Bascha. Wir werden dem alten Kerl ein wenig Ruhe gönnen.«

Der Sonnenuntergang erglühte gespenstisch orangefarben, schimmerte auf den in den Stirnriemen des Zaumzeugs des Pferdes eingearbeiteten Messingverzierungen. Spiegelte sich auf den einzelnen Metallteilen der Ausrüstung und den Waffen – noch ein gutes Stück entfernt, aber plötzlich zu nah.

»Oh-oh«, murmelte ich und parierte den Hengst durch.

Del, die zusammengesunken hinter mir gesessen hatte, richtete sich jetzt beunruhigt auf. »Was ist los?«

»Gesellschaft an der Oase.«

»Ist das unser Ziel? Eine Oase?« Sie beugte sich zur

Seite und spähte um meinen Körper herum. Der Hengst spreizte die Beine, um das veränderte Gewichtsverhältnis auszugleichen. »Sicherlich glaubst du nicht, daß *jedermann* im Süden nach uns sucht!«

»Vielleicht. Vielleicht auch nicht.« Ich schaute stirnrunzelnd über eine Schulter. »Setz dich gerade hin, oder steig ganz ab. Der arme alte Kerl ist müde.«

Del glitt hinab, löste die Beine aus einem Gewirr von Satteltaschenriemen und herabbaumelnden Botas, ganz zu schweigen von der übrigen Ausrüstung. »Er ist kein alter Kerl, er ist ein Pferd. Er wurde für solche Arbeit gezüchtet. Aber so, wie du immer mit ihm zu reden beliebst – *und* über ihn zu reden beliebst –, wie mit einem Menschen, fange ich an zu glauben, daß du *tatsächlich* sentimental bist.«

»Er wurde nicht dafür gezüchtet, *zwei* Riesen wie uns herumzuschleppen. Einer ist mehr als genug. An einen ist er gewöhnt.«

Ich spähte zu der Oase. Ein dünner Rauchfaden schwebte in der Luft, vom Sonnenuntergang verschluckt. Es konnte ein Herdfeuer sein. Es konnte etwas anderes sein. »Ich kann nicht gut genug sehen, um zu erkennen, wie viele Leute dort sind ... oder um zu erkennen, *wer* sie sind. Es könnte eine Karawane sein, oder ein Stamm ...«

»... oder Schwerttänzer, angeheuert, um uns zu töten?« Del zog ihren Harnisch zurecht, glättete Burnusfalten. »Und was meinst du mit ›Riesen wie wir‹? Für nördliche Verhältnisse bist du nicht so groß.«

Nein, im Norden war ich vergleichsweise nicht so groß gewesen. Ich war irgendwie Durchschnitt gewesen, was für mich eine ziemliche Veränderung bedeutet hatte und auch ein wenig ärgerlich gewesen war. Im Süden *war* ich ein Riese, da ich einen ganzen Kopf größer war als die meisten südlichen Männer, während ich über Frauen hoch aufragte. Ich hatte mich daran gewöhnt, mich bei niedrigen Eingängen zu ducken, und war geschickt darin, herabhängende Lattendächer zu umgehen. Ich hatte mich auch daran gewöhnt, den Vorteil im Kreis zu nutzen: Ich bin groß, aber gut proportioniert, mit ausgewogener Arm- und Beinlänge. Meine Reichweite ist größer als die der meisten, und das gilt auch für meinen Schritt. Ich bin groß, aber ich bin schnell. Kein schwerfälliger Koloß. Und viele Männer des Südens hatten das zu ihrem Entsetzen erfahren.

Dann war da natürlich Del. Ihre blonde, blauäugige Schönheit hob sie in einem Land voller dunkelhäutiger, schwarzhaariger Völker von jedermann sonst ab. Ihre geschmeidige, langgliedrige Anmut verbarg nichts von ihrer Macht oder der Kraft, die sie auch zugunsten der Sitten des Südens, die sie für verabscheuungswürdig hielt, nicht verstecken würde.

Ach, ja: Delilah. Die absolut keine Ahnung davon hatte, was sie bei einem Mann bewirken – oder einem Mann *antun* – konnte. Ich streifte sie mit einem Blick. Und wandte mich dann betont ab. »Wenn du meinst, Bascha.«

Was natürlich sofort die von mir erwartete Reaktion hervorrief. »Wenn ich meine? Wenn ich was meine? Was meinst du?«

»Wenn es dir gefällt, dich für eine zartes Weibchen zu halten...« Ich verstummte.

»Was? Du würdest mich wegen dieses Gedankens nicht eines Besseren belehren?« Del schritt an dem Hengst vorbei und trat neben mich. Flach auf dem Boden stehend, in Sandalen, war sie fast so groß wie ich. Ich bin volle vier Zoll über sechs Fuß groß. »Ich will keine einfältige, verweichlichte Frau sein...«

Ich grinste und unterbrach sie. »Auch gut, Bascha. Du hast auch eigentlich nicht das Zeug dazu.«

»Und ich will es auch nicht haben.« Jetzt war Del an der Reihe, mich von Kopf bis Fuß zu betrachten. »Aber wenn wir über *Nachgiebigkeit* sprechen sollten...«

Ich ließ sie nicht ausreden. »Wir sind hier, um über Wasser zu sprechen und darüber, ob wir unser Leben in dem Versuch aufs Spiel setzen wollen, es zu bekommen.«

Sie schaute an mir vorbei zu der entfernten Oase, schützte ihre Augen durch wie Fächer geformte Handflächen. Wir konnten Rufe hören, konnten aber die Worte nicht verstehen. Es konnte eine Feier sein. Es konnte etwas anderes sein.

Del verzog den Mund. »Die Botas sind fast leer.«

»Was bedeutet, daß es das Risiko wert ist.«

»Alles ist das Risiko wert.« Eine Schulterbewegung überprüfte das Gewicht des bequem diagonal über ihren Rücken hängenden nordischen *Jivatma*. »Wir sind, was wir sind, Tiger. Eines Tages werden wir sterben. Ich hoffe von ganzem Herzen, daß ich ein Schwert in Händen halten werde, wenn es soweit ist.«

»Wirklich?« Ich grinste. »Ich hatte immer irgendwie gehofft, ich würde mit einer heißen, kleinen südlichen Basca in den Armen im Bett sterben, mitten in eifriger körperlicher Arbeit …«

»Das würdest du«, murmelte sie.

»… oder vielleicht mit einer *nordischen* Bascha.«

Del lächelte nicht: Sie ist sehr gut darin. »Wir sollten Wasser holen.«

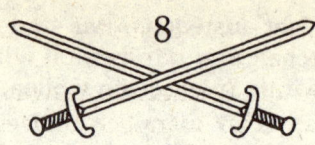

8

Als wir die Oase erreichten, war alles Rufen erstorben. Wie auch alles Leben.

»Töricht«, murmelte ich verkrampft. »Törichte, einfältige, unwissende *Trottel*...«

»Tiger!«

»Sie lernen niemals dazu, diese Leute... sie laden einfach alles auf und tappen mitten in die Wüste hinein, ohne auch nur darüber *nachzudenken*...«

»Tiger!« Sehr sanft, aber fest.

»...daß nur Valheil weiß, was sie erwartet! Werden sie niemals dazulernen? Werden sie niemals innehalten und nachdenken...?«

»*Tiger!*« Boreal war noch immer blankgezogen, obwohl die Bedrohung längst vorbei war. »Laß es gut sein, Tiger. Was sie jetzt brauchen, ist ein Todesgesang.«

Ich verzog das Gesicht: »Du und deine Gesänge...« Ich winkte barsch ab. »Tu, was du willst, Bascha. Wenn du dich dann besser fühlst.« Ich wandte mich um und schritt davon, stieß mein nordisches, *Jivatma* ruckartig in die Scheide. Ich ging dahin, bis ich schließlich anhielt und mit steifem Rückgrat dastand, den Rücken der kleinen Oase zugewandt, die Hände um die Hüften gekrampft. Ich beugte mich vor, spie angewidert Sand aus, wollte nichts anderes, als den Geschmack von Zorn und Sinnlosigkeit aus dem Mund auszuspülen. Aber nichts, was wir hatten, würde das bewirken können: weder Wasser noch Wein noch Aqivi. Überhaupt nichts würde das bewirken können.

»Törichte Narren«, murmelte ich. Und fühlte mich danach nicht besser.

Es waren nicht die Leichname. Es war nicht einmal die Tatsache, daß einer männlich und einer weiblich war und ein dritter die Überreste eines Kindes zeigte, dessen Geschlecht man jetzt nicht mehr erkennen konnte. Es war die Verschwendung. Die unglaubliche Unvernunft und *Dummheit*...

Die vertraute *Südlichkeit* daran.

Die Erkenntnis war schmerzlich. Ich war ganz plötzlich fertig und versenkte eine Faust in meine Magengegend, denn ich wollte den Zorn und die Enttäuschung und die Hilflosigkeit ausspeien. Es stimmte, was ich gesagt hatte: Sie hatten sinnlos und dumm, unwissend und einfältig gehandelt, weil sie fälschlicherweise glaubten, die Wüste sicher durchqueren zu können. Weil sie glaubten, ihre Heimat stelle keine Bedrohung dar.

Ich wußte, daß sie töricht gewesen waren. Ich konnte sie Trottel und unwissende Narren nennen, weil ich wußte, warum es so sinnlos war: Niemand, der die Wüste durchquert, war vor irgend jemandem sicher. Das war die Natur des Südens. Wenn die Sonne einen nicht erwischt. Wenn die Punja einen nicht erwischt. Wenn der Wassermangel einen nicht erwischt. Wenn die Stämme einen nicht erwischen. Wenn habsüchtige Tanzeers einen nicht erwischen. Wenn die *Sandtiger* einen nicht erwischen...

Hoolies. *Der Süden.* Rauh und grausam und tödlich – und Plötzlich fremdartig. Sogar für mich.

Besonders für mich: Ich begann mich zu fragen, ob ich ein wahrer Sohn des Südens war, im Geiste, wenn nicht im Fleische. Er war meine Heimat. Bekannt. Vertraut. Tröstlich in seinen Bräuchen, in den Kulturen, in der Rauheit, weil ich nur das kannte.

Aber ist es leichter, einen tödlichen Feind zu mögen, nur weil man ihn kennt? Ist es schwerer, ihn zu vernichten?

Ich hörte den Hengst hinter mir an dem gesäumten, mit Runen versehenen Becken schnauben; sein Verlangen nach Wasser war weitaus größer als die Angst vor dem Tod. Und ich hörte Del, ganz leise, ihren nordischen Gesang singen.

Mein Kiefer verhärtete sich. Ich murmelte zwischen den Zähnen hervor: »Törichte, unwissende *Narren* ...«

Zwei Erwachsene, allein. Und ein Säugling. Leichte Beute für Borjuni.

Ich fuhr herum. »Wenn sie nur einen Schwerttänzer angeheuert hätten ...« Aber dann verstummte ich. Del kniete im Sand, das Schwert in der Scheide, und hüllte die Überreste des Kindes sorgfältig in ihren einfachen Burnus. Sie sang, sehr sanft.

Ich dachte plötzlich an Kalle, das fünfjährige Mädchen, das Del in Staal-Ysta zurückgelassen hatte. Sie hatte das Mädchen geboren und dann aufgegeben, zu besessen von ihrer Rache, um Zeit für ein Baby zu haben. Ich hatte gelernt, daß Del ihren Verhaltensmustern nach zu allem fähig war. Darum hatte sie mich für den Zeitraum eines Jahres zum Austausch gegen die Gesellschaft ihrer Tochter angeboten. Sie hatte gewußt, daß sie nicht mehr bekommen konnte. Sie hatte gewußt, daß sie nur mich im Gegenzug anbieten konnte, und hatte entschieden, daß es den Preis wert war.

Der Preis war hoch geworden: Wir waren fast beide gestorben.

Aber Besessenheit und Zwang sprachen sie nicht von Schuld frei. Und auch nicht von einem tiefgehenden und beharrlichen Schmerz. Ich schlief mit der Frau: Ich wußte es. Wir beide bekämpften, aus verschiedenen Gründen, im Traum unsere Dämonen.

Während ich zusah, wie sie sich um den kleinen Leichnam kümmerte, fragte ich mich, ob sie auch an Kalle dachte. Sicherlich würde sie an die ihr so ähnlich geratene, blonde, blauäugige Tochter denken, wenn sie die Verbannung beendet sehen und in Zukunft mit ihr zusammenleben wollte. Mit der Tochter, die sie aufgegeben hatte. Die Tochter, die aufzugeben sie *gezwungen* gewesen war, um einen Drang zu befriedigen, der über das Normale hinausgegangen war.

Jetzt war Ajani tot. Und auch der Zwang, wodurch ihr – was blieb?

Del schaute zu mir hoch, den blutigen Burnus an ihrem Körper geborgen. »Könntest du ein Grab für sie ausheben, Tiger?«

Für *sie*. Ich fragte mich, wie Del das erkennen konnte.

Die Sinnlosigkeit erstickte mich fast. Ich wollte ihr sagen, daß dies nicht der Süden war, nicht *wirklich* der Süden. Daß er sich verändert hatte, seit wir in den Norden hinaufgezogen waren. Daß etwas Furchtbares geschehen war.

Aber das stimmte nicht. Es wäre eine Lüge. Der Süden hatte sich nicht verändert. Der Süden war noch immer der gleiche.

Ich starrte unverwandt auf das in Dels Armen geborgene Bündel. Wir hatten keine Schaufel. Aber an den Enden meiner Arme hingen ein Paar vollkommen gesunder, starker Hände, die nichts anderes zu tun hatten, da im Moment keine Borjuni da waren, die ich hätte umbringen können.

Sie kamen in der Dämmerung zurück. Das war nicht typisch – Borjuni schlagen im allgemeinen schnell zu und wenden sich dann anderer Beute zu –, aber wen kümmert Typisches, wenn man acht zu zwei unterlegen ist?

Del und ich hörten sie bei Einbruch der Dämmerung sofort kommen, da wir angesichts der Umstände nur sehr leicht geschlafen hatten, und wir hatten mehr als genug Zeit, unsere Klingen aus den Harnischen zu ziehen, die dicht neben uns lagen, und uns bereitzuhalten. Jetzt standen wir ihnen gegenüber, vollkommen bereit, die Rücken der Wand aus Palmbaumstämmen zugewandt, die in der Nähe des Felsenbeckens senkrecht aufragten.

»Ich dachte, du hättest gesagt, daß diese Runen Reisende beschützen«, murmelte Del. »Soviel zur Verbindlichkeit der Wüste.«

»Sie schützen gegen die Stämme, ja. Aber kaum etwas kann einen gegen Aasfresser wie die Borjuni schützen – es sei denn, man will sich auf ein Schwert verlassen.« Ich betrachtete die acht versammelten Männer, die auf stämmigen, in der Punja gezüchteten Pferden saßen. Sie waren alle typische Südbewohner: dunkelhaarig, dunkeläugig, dunkelhäutig, der aufsteigenden Sonne gemäß gekleidet, mit glitzernden Messern und Dolchen und Schwertern behangen.

»Ein Lager«, murmelte ich nachdenklich. »Es muß in der Nähe ein Lager geben...«

Del, neben mir: »Willst du ihnen einen Besuch abstatten?«

Ich grinste. »Später vielleicht. *Nachdem* wir mit diesen fertig sind.«

Diese Worte in klarem, deutlichem Wüstendialekt waren für ihre Ohren bestimmt, wenn Dels Aussprache auch von einem Akzent gefärbt war. Nicht, daß es wichtig gewesen wäre: Sprachvermögen war das letzte, worüber die acht berittenen Borjuni nachdachten, während sie auf die sich so sehr von ihren Frauen unterscheidende nordische Frau hinabstarrten.

Was wirklich in Ordnung war, wenn man die gegenwärtige Lage betrachtete. Es bedeutete, sie bemerkten nicht – oder es *kümmerte* sie nicht –, daß sie ein Schwert in Händen hielt.

Wahrscheinlicher war, daß es sie nicht kümmerte. Man kann Boreal nur schwer übersehen.

Ich lachte tief innerlich. Ich hatte auch ein *Jivatma*.

»Nun?« forderte ich sie auf.

Einer der Männer regte sich. Er hatte ein dunkles, pockennarbiges Gesicht. Lange, streng zurückgestrichene Haare glänzten von zuviel Öl. Die gelockten Spitzen befleckten schmutzig grau-braun die Schultern seines staubigen, cremefarbenen Burnus. Er blickte mich herausfordernd an. »Schwerttänzer?« fragte er.

Ich änderte ganz leicht die Schrägstellung meiner Klinge, gerade genug, um das neugeborene Sonnenlicht einzufangen und ihn damit zu blenden. Eine ausreichende Antwort, dachte ich. Man spielt mit Borjuni nicht herum und kümmert sich auch nicht um Empfindlichkeiten. Man kommt direkt auf den Punkt. In diesem Falle war es *mein* Punkt, von Chosa Dei geschwärzt.

Der Borjuni fluchte, blinzelte, riß einen Unterarm hoch, um das Licht abzuwehren. Seine Männer murmelten hinter ihm, aber ein einziges gezischtes Wort hielt sie an ihren Plätzen. Er nahm den Arm wieder herab, legte eine Hand auf sein Messerheft, schaute an seiner pockennarbigen, knochigen Nase herab. Er sah Del nicht an. Aber das brauchte er auch nicht. Er hatte alles gesehen, was er sehen mußte, um zu wissen, wieviel er wollte.

Er nahm die andere Hand von den Zügeln fort und vollführte eine fließende Geste umfassenden Besitzerbewußtseins: sieben berittene Männer, alle gefährlich skrupellos. Sie hatten ihren Wert bereits bewiesen, wenn man die Toten in Betracht zog, die wir begraben hatten.

Die Hand lag erneut still. Er wartete zuversichtlich.

»Ich bin nicht beeindruckt«, erklärte ich ihm.

Dunkle Augen verengten sich. Er warf Del einen schnellen Blick zu, betrachtete einen Moment lang die gezogene Klinge, schaute dann wieder zu mir. »Die Frau«, grollte er, »und Ihr kommt frei.«

Ein Handel, immerhin. Einem Borjuni *sehr* unähnlich. Ein Schwerttänzer zu sein, hat seine Vorteile, aber

657

in diesem Fall war ich mir der Dinge nicht so sicher. Acht zu zwei war keine gute Voraussetzung, selbst wenn die Borjuni in ihrer Unwissenheit glaubten, acht zu eins zu kämpfen. Ich bin groß, ja, und schnell, und ich biete ein zähes Erscheinungsbild, aber ich bin nicht *so* groß oder schnell oder boshaft.

Dennoch war ich gewillt, die Chance zu nutzen.

Ich bot ihnen ein heiteres, die Zähne entblößendes Grinsen. »Ich komme ohnehin frei. Glaubt Ihr, Ihr könntet den Sandtiger gefangennehmen?«

Del, die nach den außergewöhnlichen Ehrencodexen von Staal-Ysta ausgebildet worden war, hielt dies zweifellos für unnötige Prahlerei, aber so wird das im Süden gehandhabt. Den Borjuni gegenüber braucht man jeden Vorteil. Wenn sie sich überhaupt Gedanken über mich und die Gefahren, mein Können auszuprobieren, machten, um so besser. Das konnte die Waage zu unseren Gunsten ausschlagen lassen.

Schwarze Augen flackerten. Der Anführer der Borjuni versuchte eine andere Annäherung. »Warum hat die Frau ein Schwert?«

»Weil sie auch ein Schwerttänzer ist.« Ich sah keinen Sinn darin zu lügen. Außerdem würde er mir nicht glauben. »Und sie hat Magie zu ihrer Verfügung«, fügte ich beiläufig hinzu. »Mächtige nordische Magie.«

Er blinzelte, blickte Del abschätzend an. Suchte zweifellos nach der Magie. Aber er würde keine sehen, nicht so offensichtlich, anders als die Magie einer allzu langbeinigen nordischen Schönheit mit einem dicken Zopf weißblonder Seide, der über eine muskulöse, in der fast ärmellosen Ledertunika freiliegende Schulter fiel. Es kam ihm nicht in den Sinn, das Schwert ernst zu nehmen, oder das, wozu es fähig war.

Andererseits, wer würde das schon tun? Boreal ist sehr gut darin, Geheimnisse zu bewahren. Fast so gut wie Del.

Ein leichtes Zucken der Finger. Die sieben Männer

hinter ihm begannen auszuschwärmen. Del und ich änderten sofort schweigend unsere Haltung, stellten uns Rücken an Rücken. Ich balancierte sehr genau aus, spürte die vertraute Anspannung in den Oberschenkeln und Waden, das Sich-Verfestigen des Bauches. Hinter mir summte Del. Einleitung zum Gesang. Vorspiel zum Tanz.

Der Anführer rührte sich nicht. »Sandtiger«, sagte er, als wolle er ganz sichergehen.

Es kam mir in diesem Moment, und nur in diesem Moment, in den Sinn, daß auch ein Borjuni es vielleicht für angemessen hält, den Gerüchten zu lauschen. Vielleicht war es nicht so klug gewesen, ihm meinen Namen zu nennen. Vielleicht war es regelrecht *töricht* gewesen, ihm die Wahrheit anzubieten, wenn man den Erzählungen Glauben schenkte. Wenn es stimmte, was Rashad gesagt hatte – und ich hatte keinen Grund, daran zu zweifeln –, dann war auf unsere Köpfe Gold ausgesetzt worden.

Ich fluchte sehr leise.

Dels Gesang nahm in dem Moment an Lautstärke zu, als die Borjuni angriffen.

9

Eine der leichtesten – und zerstörerischsten – Arten, einen berittenen Feind zu überwältigen, ist, sein Pferd zu Fall zu bringen. Das ist nicht ehrenwert, das ist nicht schön. Aber es geschieht schnell. Und gelegentlich hat es den Nutzen, daß damit alle Arbeit getan ist. Ich habe Gegner gekannt, die von fallenden Pferden oder durch den Fall an sich getötet wurden. Das spart Zeit und Kraft. Und während man natürlich immer darauf hoffen kann, hofft man auch einfach darauf, daß der Schreck einem den berittenen Mann in den Weg fallen läßt. Dann führt man seine Arbeit zu Ende.

Wenn ich kämpfe, ob nun innerhalb der Grenzen des Kreises oder in der Welt draußen ohne Ehrenkodex, erfahre ich eine Art Verlangsamung der Zeit. Während nichts wirklich stillsteht, ist *dennoch* alles verlangsamt, so daß mein Sehvermögen nicht von Bewegungen getrübt wird, die sonst zu schnell ausgeführt werden, als daß man sie verfolgen könnte.

Ich hatte einst geglaubt, es sei die Art, in der jedermann einen Kampf oder Tanz sieht, bis ich es meinem Shodo gegenüber einmal beiläufig erwähnte. Am nächsten Tag hatte er mich eine Übungsstufe hinaufbefördert und mich einem wohlbekannten, erfahrenen Schwerttänzer namens Abbu Bensir übergeben, der meine Behauptung überprüfen sollte. Ich besiegte ihn nicht nur, sondern zeichnete ihn auch fürs Leben, indem ich ihm fast die Kehle zerquetschte.

Nachdem ich den Schock, den Übungstanz tatsächlich

gewonnen zu haben, überwunden hatte, erklärte ich meinem Shodo, daß Abbus Kampfmuster ziemlich leicht zu parieren waren, weil er träge und selbstzufrieden war, aber hauptsächlich, weil ich den Weg-innerhalb-des-Weges gesehen hatte: die Bögen und Streiche und Stöße, bevor Abbu sie ausgeführt hatte. Es war einfach eine Sache des Sehens der Möglichkeiten, Wahrscheinlichkeiten und Alternativen und des Auswählens der Handlungsweise, der mein Gegner am ehesten einen Erfolg zutraute. Es erforderte eine schnelle Beurteilung seiner Technik, ein blitzschnelles Abschätzen seines Stils und eine sofortige Gegenbewegung.

Ich dachte, jedermann mache es so. Wie sonst sollte man den Tanz gewinnen?

Schließlich erfuhr ich, daß *nicht* jedermann die Fähigkeit besaß, Bewegung zu sehen, bevor sie ausgeführt wurde, oder den wahrscheinlichsten Handlungskurs des Gegners zu erspüren und dann eine Gegenbewegung zu gestalten, bevor die Handlung stattfand. Eine solche Fähigkeit der Voraussicht und der entsprechenden Reaktion war, wie mir mein Shodo erklärte, die reinste Gabe, auf die ein Schwerttänzer jemals hoffen konnte. Und daß ich, der ich begnadeter war als die meisten, den Lohn sehr lange Zeit ernten würde, sogar *Jahre* – wenn ich diese Gabe nicht wegwerfen würde, indem ich träge oder zu selbstzufrieden werden würde.

Hochmütig, ja. Vollkommen selbstsicher. Aber niemals, niemals selbstzufrieden.

Der berittene Borjuni kam heran. Alles verlangsamte sich pflichtgetreu, so daß ich alle Möglichkeiten und den Weg-innerhalb-des-Weges sehen konnte. Ich wartete geduldig, das Schwert bereit, und beobachtete, wie er auf mich zuritt, erpicht auf ein Todesversprechen.

Oh, der Tod war versprochen, in Ordnung. Aber nicht *mein* Tod. Ich brachte das Pferd unter ihm zu Fall und durchbohrte ihn, noch während er herabfiel.

Einer weniger: sieben waren noch übrig. Natürlich würde sich Del einiger von ihnen annehmen.

Ich fuhr auf der Stelle herum, gerade als das Pferd um sich schlug und schrie, bedauerte kurz die Verschwendung, wußte aber, daß das Überleben viele widerliche Dinge erfordert. Später würde ich dem Pferd, wenn ich überlebte, den endgültigen Todesstoß geben, aber im Moment...

Die Sinne dröhnten. Meine Ohren konzentrierten sich auf die sich durch den Sand grabende Vielfalt von Hufen. Auf das Klappern der Messingverzierungen am Zaumzeug. Auf das heftige Schnauben eines Pferdes, das kurz durchpariert wird. Ich duckte mich, führte eine blitzschnelle Finte auf die Vorderbeine aus, ließ den Borjuni sein Pferd beiseite reißen, während er mit blitzender Klinge abwärts schlug. Ich fing sie ab, Stahl kreischte. Stieß zu, wandte mich um, führte eine Gegendrehung aus, riß mich ruckartig los, trat beiseite, duckte mich ein zweites Mal. Wieder der Schlag auf die Vorderbeine. Wieder das Beiseitereißen. Er schätzte sein Pferd zu hoch ein. Das beeinträchtigte seine Konzentration.

Ich stach mit ausgerichteter Klinge blitzschnell zu, schnitt tief in sein von einem knöchelhohen Stiefel bekleidetes Bein ein, hörte ihn entsetzt und wütend schreien. Der Schmerz würde schnell genug einsetzen – aber ich wartete nicht darauf. Als er im Sattel zur Seite rutschte und das fast abgetrennte Bein schwach umklammerte, griff ich hinauf, bekam einen Arm zu fassen, riß ihn vom Pferd. Schnitt die empfindliche Kehle mühelos durch.

Zwei.

Die runenbeschriftete Klinge wurde naß von hellem, frischem Blut. Ich hörte in meinem Kopf einen Gesang, das geflüsterte Murmeln eines Gesangs, das mir in die Knochen kroch. Dafür war es geschaffen worden, mein göttergesegnetes *Jivatma*. Das war seine spezielle Aufgabe, das Blut des Feindes zu verspritzen. Das war seine besondere Gabe: das Fleisch von den Knochen zu trennen, sogar diese zu zerteilen und den Feind zu *vernichten*...

Wut und Macht und Verlangen.

Ich erkannte undeutlich, daß nichts davon aus mir geboren wurde, sondern aus etwas – *jemand* – anderem.

Der Gesang wollte nicht weichen.

Ich fuhr herum, schoß vorwärts, schlug zu. Pferde überall. Sie bevölkerten die kleine Oase, beengten meinen persönlichen Kreis. Ich hörte Dels rauhes Atmen, Bruchstücke nordischen Gesangs, die gemurmelten Selbstermahnungen, mit abgehacktem, hastigem Atem ausgestoßen. Pferde *überall*, schnaubend und stampfend und schreiend und um sich schlagend...

Zuschnappende Zähne, schlagende Hufe...

Wilde, rollende Augen...

Geschriene südliche Flüche und Drohungen zu zerstückeln...

Der dichte, heiße Geruch von sich mit Sand vermischendem Blut...

Del, die das Sonnenlicht mit einem Weberschiffchen magischen Stahls wob...

Zorn... und *Macht*... und *VERLANGEN*...

Chosa Dei wollte freikommen.

Das Tageslicht um mich herum explodierte.

Der Feind rief etwas. Ich konnte es nicht verstehen, konnte die Worte nicht enträtseln. Wußte nur, daß der Feind vernichtet werden mußte...

»Tiger... Tiger, *nein*...«

Am Ende der Klinge gefangen. Von Verfärbung gefangen: Ich mußte nur in den Hals des Feindes einschneiden, die empfindliche Haut kaum schlitzen, und der Feind wäre vernichtet.

»Tiger... zwing mich nicht *dazu*...«

Es flüsterte in meinem Kopf. Ein kleiner, vollkommener Gesang. *Nimm sie jetzt,* sang er. *Nimm sie JETZT, und laß mich frei.*

So viele Pferde getötet. So viele Feinde...

Das Fluchen erklang jetzt in nordischer Sprache. Einen Moment verwirrte es mich... dann schwoll der Gesang in meinem Kopf an.

»...vernichten...«, murmelte ich laut.

Ich mußte nur mit der geschwärzten Schwertspitze ihre Kehle berühren...

»Du dreimal verfluchter Sohn eines Ziegenbocks!« schrie sie. »Welche Art Dummkopf bist du? *Willst* du diesen Tanz, du Narr? Willst du wirklich, daß wir einander das antun, was niemand sonst uns antun kann?«

Niemand sonst?

Zorn.

Und Macht.

Und *Verlangen.*

Blut tropfte von der Klinge. Ein Tröpfchen lief den Bogen eines vertrauten nordisch-hellen Schlüsselbeins hinab und unter die elfenbeinfarbene Tunika.

Del hob ihre Waffe. In ihren Augen sah ich, wie heftige Anklage durch grimmige Entschlossenheit ersetzt wurde.

Mir fiel etwas ein.

Ich sprang in dem Moment zur Seite, als sie die Klinge in Vorbereitung auf eigenes Handeln beiseiteriß. Ich sprang, stieß zu, ließ mich fallen und rollte herum, schabte durch blutgetränkten Sand. Verlor irgendwie das Schwert und stand mit leeren Händen wieder auf...

Um gewaltigen nördlichen Stahl zu küssen, der auf meinem Mund lag.

Ich kauerte da auf den Knien, rang nach Luft, versuchte angestrengt, nicht zu zucken oder Schmerz zu zeigen oder zu blinzeln, während Del aus zornigen Bansheesturmaugen auf mich herabsah.

Sie sah mich an und maß mich. Betrachtete das Schwert, das zehn Fuß entfernt lag. Sah mich wieder eindringlich an.

Nach einem langen angespannten Moment knirschte Del mit den Zähnen. »Wie, zu den Hoolies, soll ich wissen, wann du es bist und wann nicht?«

Weil ich es tun konnte, weil ich ihren Namen kannte, legte ich einen Finger auf Boreals Schneide und schob sie ein wenig von meinem Mund fort. »Du könntest *fragen*«, schlug ich sanft vor.

»Fragen! *Fragen!* Inmitten der Feindseligkeiten, wenn ich nicht weiß, ob ich auf eine Borjuniklinge aufgespießt werden soll – *oder auf deine* –, soll ich *fragen*, ob ich dem Mann, der mein Partner sein soll, trauen kann?« Blaue Augen blitzten, während sie einen sarkastischen Tonfall annahm. »Entschuldige, Sandtiger, bist du mir heute freundlich gesinnt oder nicht?« Del schüttelte den Kopf. »Was für ein Narr bist du?«

»Schlechter Scherz«, murmelte ich. »Entweder das, oder du hast keinen Sinn für Humor.«

»Ich finde überhaupt nicht witzig, was gerade geschehen ist.« Del runzelte düster die Stirn. »*Weißt* du überhaupt, was geschehen ist?«

»Ich glaube, ich habe einige Leute getötet.« Ich sah mich kurz um und registrierte entseelte Körper. Ich zählte acht davon. »Hast du etwas dagegen, wenn ich aufstehe?«

»Von mir aus kannst du Steine pinkeln, solange du dich nicht diesem Schwert näherst.«

Mein Gott, sie *war* erschreckt. Ich atmete tief ein und stand auf, bemerkte Schmerz und Qual und Ziehen und Zwicken, den ganzen Nachklang des Kampfes.

Ich machte einen Schritt. »Del, ich bin nicht…« Ich brach mit einem erstickten Fluch der Erkenntnis ab und setzte mich dann schwerfällig in den Sand.

»Was ist los?« fragte Del mißtrauisch.

Ich war zu sehr mit Fluchen beschäftigt, um antworten zu können: Ganz vorsichtig streckte ich mein rechtes Bein aus, spürte das knirschende Krachen darin, beugte mich dann im Gebet an die Götter zerschmetterter Knie darüber.

»Hoolies... nicht mein Knie... *bitte* nicht mein Knie...« Ich atmete stoßweise, Schweiß brannte in Kratzern und Schnitten. »Das kann ich nicht gebrauchen... das kann ich *wirklich* nicht gebrauchen... o Hoolies, nicht mein *Knie*...«

Dels Stimme klang jetzt normaler. »Bist du in Ordnung?«

»*Nein*, ich bin nicht in Ordnung – sehe ich so aus? *Klinge* ich so?« Ich schaute zu ihr hoch, versuchte den Schmerz fortzuzwingen. »Wenn du mich nicht gezwungen hättest, anzugreifen und mich herumzurollen, dann wäre jetzt...«

»*Mein* Fehler! Mein Fehler? Du Sohn eines Ziegenbocks – *meine* Kehle befand sich an der Spitze deines Schwertes!«

»Ich weiß... ich weiß... es tut mir leid...« Das tat es auch, aber ich konnte in diesem Moment noch nicht damit umgehen. Es war zu gewaltig, zu bedrohlich – außerdem brachte mein Knie mich um, und es war einfacher, sich darauf zu konzentrieren als auf das, was ich Del angetan – oder fast angetan – hatte. »O Hoolies, laß es gut sein... nichts Dauerhaftes...«

»Was hast du getan?« fragte sie.

»Es verdreht«, platzte ich heraus. »O Hoolies, ich hasse Knie... sie versagen immer, wenn man sie am meisten braucht, oder halten dich die ganze Nacht wach...« ich wischte mir den Schweiß aus den Augen. »Vermutlich geht es dir ganz einfach *gut*. Dir mit deinen einundzwanzig Jahren.«

»Zweiundzwanzig«, verbesserte sie mich.

»Einundzwanzig, zweiundzwanzig – wen kümmert das? Du kannst alles tun, was du willst, deinem Körper alles abverlangen, und er folgt ohne Murren...«

Ich bewegte vorsichtig das Knie, suchte nach Dingen, die es nicht geben sollte, wimmerte unter Schmerzen. »Ich wünschte, ich wäre noch mal so jung wie du …«

»Nein, das tust du nicht«, sagte sie barsch und steckte ihr Schwert schließlich in die Scheide, um sich neben mich zu hocken und mein Knie zu untersuchen. »Ich kenne keine Menschenseele, die die Weisheit, die sie statt eines jüngeren, unwissenderen Körpers erlangt hat, dagegen eintauschen würde.« Sie hielt inne. »Natürlich nur, wenn sie Weisheit erlangt hat.«

Ich sah Blut an Armen und Beinen und auf ihrer Tunika. Ihr Zopf klebte vor Blut. »Bist *du* in Ordnung?«

»Einer von uns muß es sein, und du bist bereits verletzt.« Ihre Handfläche lag kühl auf meinem Knie. »Wirst du reiten können?«

»Wenn ich eine Wahl habe: nein!«

Del verzog den Mund. »Das kommt darauf an«, sagte sie, »ob du abwarten willst, ob ihre Borjunikameraden hierher kommen, um nachzusehen, was ihre restlichen Leute von der Mittagsmahlzeit fernhält.«

Ich betrachtete die Gefallenen. Acht, wie zuvor. Auch eine Handvoll toter und sterbender Pferde. Mein Hengst stand noch da, wo ich ihn zurückgelassen hatte, an einer Palme festgebunden. Er war nicht sehr glücklich, von so viel Tod umgeben.

Ich runzelte die Stirn. »Vier Tiere fehlen.«

»Sie sind davongestürmt. Wenn es ein Lager gibt, werden sie dorthin flüchten.«

»Und von der Niederlage künden.« Ich streckte das Bein erneut aus, prüfte das Knie. »Du hast recht: Wir haben keine Wahl. Hol mir etwas, womit ich dies verbinden kann, und wir werden aufbrechen. Wir können es nicht einmal wagen, lang genug zu bleiben, um uns um die Leichen zu kümmern – das überlassen wir den anderen Borjuni.« Und als sie davonging, fügte er hinzu: »Vergiß nicht, die Botas wieder aufzufüllen.«

Del warf mir einen beredten Blick zu, der besagte,

daß sie sehr wohl wußte, was getan werden mußte, bevor wir aufbrächen, aber sie schwieg. Sie trat grimmig zu dem nächstgelegenen Körper, schnitt ein Stück von dem Burnus ab und kam zurück, während sie den Stoff zerriß. Sie ließ die Streifen auf mich herabregnen.

»Hier. Ich werde mich um die Botas kümmern. Du kümmerst dich um dein Knie – und dann wirst du dich um jenes Schwert kümmern.«

Jenes Schwert.

Als sie davonging, schaute ich hin und sah das gefürchtete Schwert. Es lag ruhig im Sand, rot und schwarz und silbern gefleckt.

Das Schwert, mit dem ich eine Handvoll Borjuni getötet hatte, die es zweifellos verdient hatten ... und mit dem ich auch Del zu töten versucht hatte?

Hoolies, ich hatte *Angst,* aber ich wagte nicht, sie es merken zu lassen, weil sie dann erkennen würde, wie fragwürdig meine Selbstsicherheit war.

Ich rieb mir erschöpft über das Gesicht und verband dann mein schmerzendes Knie.

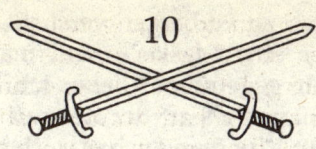

10

Ich wartete. Ich beobachtete, wie sie den Hengst absattelte und dann anpflockte, angesichts meines Knies meine Arbeit für mich tat, und dann sah ich zu, wie sie uns ein Lager für die Nacht bereitete. Es war noch nicht *eigentlich* Nacht, aber nah daran. Außerdem war der Hengst besonders müde, weil ich nicht hatte zu Fuß gehen können, um ihm Ruhe zu gönnen.

Wir hatten keinen nennenswerten Schutz, nur eine verstreute Ansammlung kärglicher, verkrüppelter Bäume, die fast kein Laub an den knorrigen Zweigen trugen, und einen schmalen Streifen spärliches, verbranntes Wüstengras. Einige Steine und ein wenig Anmachholz dienten als Feuerstelle. Ein trauriges, schäbiges Lager, aber unseren Bedürfnissen angemessen.

Was auch immer diese Bedürfnisse waren, unter den gegebenen Umständen.

Ich wartete. Ich beobachtete, wie sie Decken ausbreitete, das kleine Feuer schürte, Nahrung und Wasser austeilte. Sie sagte nicht viel. Sah mich kaum an. Tat einfach, was getan werden mußte, ließ sich dann auf ihrer Decke nieder.

Auf der *anderen* Seite des Feuers.

Eine Vorahnung flackerte auf, aber ich verdrängte sie, versuchte die Normalität wiederherzustellen, indem ich in die vertraute Neckerei verfiel. »Es ist nur ein Knie«, sagte ich zu ihr. »Eigentlich nicht ansteckend.«

Del runzelte kurz, aber vielsagend die Stirn. Es gibt solch einen gewissen Blick in ihren Augen, egal wie sehr sie ihn auch zu verbergen versucht. Sie trägt der Welt gegenüber eine Maske – und manchmal auch immer noch mir gegenüber –, aber ich kann sie jetzt besser durchschauen als zu der Zeit, als wir uns zum erstenmal trafen. Was man auch erwarten sollte.

Mühsam behielt ich einen unbefangenen Tonfall bei. »Aha«, nickte ich, »es ist gar nicht das Knie. Das bedeutet, daß *ich* es bin.«

Del kniff ganz kurz die Lippen zusammen. Sie warf mir einen schnellen Blick zu, kaute kurz und nachdenklich auf ihrer Unterlippe und verzog das Gesicht dann zu einer Grimasse der Nichtigkeit.

»Nun?« drängte ich. »Ich weiß, daß ich lange kein richtiges Bad mehr genommen habe, aber das gilt auch für dich. Und das hat *mich* niemals abgehalten.«

»Weil du keine Selbstbeherrschung besitzt. Wie die meisten Männer.« Aber die Erwiderung klang halbherzig, es war kein unterschwelliges Sticheln in ihrem Tonfall.

Ich gab die Normalität auf. »In Ordnung, Bascha – sag, was du sagen mußt.«

Del war eindeutig unglücklich. »Vertrauen«, sagte sie weich.

Ich legte meine Hand auf das in seiner Scheide steckende Schwert neben mir. »Dies.«

»Es ist ein Greuel. Die Seele des Schwertes ist schwarz. Chosa Dei hat das *Jivatma* verdorben, den Ehrenkodex verdorben ...«

»... und du hast Angst, daß er mich verdorben hat.«

Del antwortete nicht sofort. Farbe stieg in ihre Wangen und wich dann genauso schnell wieder. »Ich schäme mich«, sagte sie schließlich. »Zu vertrauen und dann doch auch nicht zu vertrauen. Die Wahrhaftigkeit der Treue in Frage zu stellen ...« Sie vollführte eine hilflose Geste, als fehlten ihr die richtigen Worte. »Wir, du und ich, haben viel im Namen der Ehre und anderer Dinge getan. Das Vertrauen wurde niemals in Frage

670

gestellt, wie es im Kreis angemessen ist, ob es nun ein gezogener oder ein im Geiste existierender Kreis ist.« Ihr Akzent trat deutlicher hervor, sie mühte sich mit den südlichen Worten ab. »Aber jetzt steht es in Frage. Jetzt muß es in Frage stehen.«

Ich seufzte tief. Mein verbundenes Knie schmerzte unaufhörlich, wie auch alles andere. »Ich sollte dich vermutlich fragen, was ich getan habe. Nur um verstehen zu können. Ich erinnere mich nach dem zweiten Borjuni kaum an etwas.«

»Du hast sie getötet«, sagte Del einfach. »Und dann hast du mich zu töten versucht.«

»Wirklich versucht? Oder nur *scheinbar*...« Ich ließ von der Ironie ab. Der aus Prahlerei und Sarkasmus gestaltete Schild war nicht erforderlich. Die Vorstellung war zu unheimlich. Die Wahrheit zu schmerzlich. »Bascha...«

»Ich bin sicher«, kam sie mir zuvor. »Ich weiß, daß nicht du es warst, nicht *wirklich* du – aber spielt das eine Rolle? Chosa Dei will mich. Chosa Dei will *dich*... und für kurze Zeit hatte er heute Besitz von dir ergriffen.« Del zupfte heftig an ihrer Decke, riß eine abgenutzte Ecke ein. »Der Gesang, den du gesungen hast, war... nicht richtig. Es war kein Gesang aus dir selbst heraus. Es war ein aus *ihm* entstandener Gesang...«

Ein erster Hauch von Erkennen verursachte mir Unbehagen, und ich regte mich auf meiner Decke: Es war leichter, ihre Ängste auszuräumen, als darauf einzugehen. »Ich kann ihn beherrschen, Del. Ich muß nur stärker sein.«

»*Er* wird stärker. Tiger, verstehst du nicht? Wenn du dich der Gewalt überläßt, verleiht ihm das die Macht. Wenn er erst genug davon erlangt hat, wird er das Schwert als Brücke zu *dir* und dann dich als seinen Körper benutzen.« Sie verzog angewidert das Gesicht. »Ich habe es heute gesehen, Tiger. Ich habe *ihn* heute gesehen, wie ich ihn in dem Drachen gesehen habe.«

Ich war schnell mit Ablehnung bei der Hand. Es war einfach. »Ich glaube nicht ...«

Sie ließ mich den Satz nicht beenden. »Chosa Dei hat aus deinen Augen geschaut. Chosa Dei war in deiner Seele.«

Ein ganz schwaches Aufflackern der Angst entzündete sich in meinem Magen. »Ich habe ihn besiegt«, platzte ich drängend heraus. »Letzte Nacht, und heute wieder. Ich werde ihn *weiterhin* besiegen.«

Die Sonne war jetzt vollständig untergegangen. Feuerschein lag auf ihrem Gesicht. »Bis er zu stark wird.«

Verzweiflung, verbunden mit schwacher Verärgerung. Aber der Ausbruch erfolgte heftig. »Was *erwartest* du? Ich kann dieses Schwert nicht auf die Art loswerden, wie ein vernünftiger Mensch es tun würde – du hast gesagt, es sei zu gefährlich, es zu verkaufen, es fortzugeben oder wegzuwerfen, weil er dann seinen Körper hätte. Und ich kann das Schwert nicht *vernichten* – du hast gesagt, dann käme sein Geist frei. Was bleibt mir also übrig? Was, bei den Hoolies, soll ich tun?«

Dels Stimme klang fest. »Du hast zwei Möglichkeiten«, sagte sie ruhig. »Eine kennst du bereits: Finde einen Weg, das Schwert zu befreien. Die andere ist noch schwerer.«

Ich fluchte heftig. »Was, bei den Hoolies, ist schwerer, als einen Magier aus der Legende aufzuspüren – Chosas *Bruder*, keinen Geringeren! –, der vielleicht gar nicht existiert?«

»Sterben«, antwortete sie sanft.

Das war ein Schlag in die Magengrube, aber ich ließ es sie nicht merken. »Sterben ist leicht«, erwiderte ich.

Del antwortete nicht.

»Und außerdem hat Chosa – in diesem Schwert – bereits versucht mich zu töten. Erinnerst du dich? Warum sollte Sterben also sinnvoll sein?«

Sie verzog den Mund. »Ich bezweifle, daß er dich

töten wollte. Es ist eher wahrscheinlich, daß er dich *verletzen* wollte. Ernsthaft, ja, weil du dann geschwächt wärst. Dann könnte er das Schwert... und schließlich auch dich vereinnahmen. Aber wenn du sterben solltest...« Sie verstummte. Es waren keine weiteren Worte mehr nötig.

In dem Bemühen, mein Knie nicht zu belasten, warf ich mich mit dem Rücken voran auf meine Decke und starrte in den sich verdunkelnden Himmel. Die Nachtluft war, wie immer in der Wüste, kühl, im Gegensatz zur Hitze des Tages. »Also, so wie ich es verstehe...« – ich runzelte die Stirn –, »... muß ich nur am Leben bleiben... und unversehrt... lang genug, um Shaka Obre zu finden, der mir dabei helfen kann, dieses dreimal verfluchte Schwert zu befreien... oder jegliche Form von Gewalt vermeiden, um ihm keine Macht zu geben... oder dir nicht den Rücken zuwenden.«

Das verblüffte sie. »*Mir!*«

Ich wandte den Kopf, um sie anzusehen. »Sicher. Damit du nicht über Möglichkeiten nachzudenken beginnst, Chosa zu bekämpfen – durch mich –, ohne daß eine Befreiung erfolgt.«

Del keuchte vor Empörung. Es war fast komisch.

Ich brachte ein halbherziges Grinsen zustande. »Das ist ein Scherz, Bascha. Aber ich vergesse immer: Du hast keinen Sinn für Humor.«

»Ich würde nicht... ich *könnte* nicht... ich würde niemals...« Sie brach verärgert ab, verlor den Faden.

»Ich *sagte* bereits, daß es ein Scherz war!« Ich rollte mich auf eine Hüfte, entlastete das wunde Knie und stützte mich auf einen Ellbogen auf. »Siehst du jetzt, was ich damit gemeint habe, daß du keinen Sinn für Humor hast?«

»Es ist nichts Lustiges daran, die Ehre zu verlieren, die *Selbst*...«

Plötzlich sehr müde, rieb ich mir mit einer Handfläche übers Gesicht. »Vergiß es. Vergiß, daß ich etwas gesagt habe. Vergiß, daß ich überhaupt hier bin.«

»Das kann ich nicht. Du *bist* hier... und jenes Schwert auch.«

Wieder ›jenes Schwert‹. Ich seufzte tief, war mir einer erschöpften Niedergeschlagenheit bewußt und legte mich erneut auf meiner Decke zurück. »Geh schlafen«, schlug ich vor. »Am Morgen wird es besser sein. Alles ist am Morgen besser – darum haben sie ihn erfunden.«

»Wer?«

»Die Götter vermutlich.« Ich zuckte die Achseln. »Woher, bei den Hoolies, soll ich das wissen? Ich bin nur ein Jhihadi.«

Del legte sich nicht hin. Sie saß auf ihrer Decke und betrachtete mich nachdenklich.

»Geh *schlafen*«, sagte ich.

Ein abwehrendes Achselzucken. »Ich werde noch eine Weile hier sitzenbleiben. Wache halten.«

Ich zuckte ebenfalls die Achseln, nahm es nur allzu bereitwillig hin. Es kam häufig genug vor. Ich kuschelte mich vorsichtig unter meine Decke, fluchte leise wegen der festen Verbände, die es mir schwer machten, mein Knie bequem zu lagern, und hörte dann ganz auf, mich zu bewegen.

Etwas Neues kam mir in den Sinn. Etwas, was mir nicht gefiel, wovon ich aber wußte, daß es möglich war. Noch eher *wahrscheinlich*.

»Du willst Wache halten?« grollte ich. »Mich vor Gefahren beschützen – oder dich vor *mir* beschützen?«

Del antwortete gelassen. »Was auch immer nötig sein wird.«

11

Ich wachte verdrießlich auf, wie es bei mir manchmal der Fall ist. Nicht sehr oft, insgesamt gesehen. Wie ich schon zuvor sagte, bin ich im allgemeinen ein ausgeglichener Mensch. Aber gelegentlich erwischt es auch die Besten von uns.

Normalerweise nach einem Abend mit zuviel Aqivi (und früher hin und wieder nach Abenden mit zu vielen Frauen, aber es scheint, daß sich alles ändert, wenn man älter wird). In diesem Fall war es nach einer Nacht mit zu regem Schlaf und einem wunden Knie, das sehr wenig erfreut war, sich bewegen zu müssen.

Del, einer jener absolut verabscheuungswürdigen Menschen, die ziemlich heiter erwachen und nicht verärgert darüber sind, daß die Sonne wieder erschienen ist, beobachtete, wie ich mich aus meiner Decke befreite und leise vor mich hin murmelte, während ich dies tat, und sah dann schweigend zu, wie ich mich aufzusetzen versuchte. Sitzen war recht einfach: Aber das Stehen nicht. Und das Gehen war das schlimmste.

Ich humpelte davon, erledigte meine Angelegenheiten, humpelte wieder zurück. Ich war steif, und die heilenden, sanderfüllten Kratzer juckten, ich stank mangels eines Bades, Kinn und Wangen waren stoppelig. Mein Knie schmerzte wie die Hoolies. Wie auch einige andere Dinge: hauptsächlich mein Stolz.

»Du hast gesprochen«, bemerkte Del und faltete ihre Decke ordentlich zusammen.

»Gesprochen?«

»Diese Nacht. Im Schlaf.« Sie kniete sich hin und

machte sich daran, die Kohlen in der Feuerstelle wieder anzufachen. »Ich hätte dich beinahe aufgeweckt, aber … ich hatte … nun …«

»Angst?« Ich stieß es zwischen zusammengebissenen Zähnen hervor. »Hast du geglaubt, ich würde das Schwert aus der Scheide reißen und dich damit mitten in der Nacht angreifen?«

Del schwieg.

Was am meisten weh tat: Es bestand tatsächlich die Möglichkeit, daß meine sarkastische Frage den Tatsachen näher kam, als mir lieb war.

Aufbrausend forderte ich sie auf: »Hoolies, Bascha, dies muß ein für allemal geklärt werden. Wenn du wirklich Angst vor mir hast …«

»*Um* dich«, sagte sie ruhig.

»Um mich? Warum? *Um* mich?«

Sie beugte sich hinab, blies auf die Kohlen, schaute durch Aschestaub und Rauch zu mir hoch. »Ich habe Angst davor, was er dir antun wird. Was er aus dir machen wird, wenn du erst *vernichtet* bist.«

Ich gebe es zu: Es war beunruhigend. »Ja, nun … ich glaube nicht, daß er so weit kommt, nicht bei mir. Ich bin irgendwie stur, wenn Magier versuchen, mich zu einer Art *Ding* umzugestalten, wie jene Männer, die zu Hunden wurden.« Ich verzog angewidert das Gesicht. »Hoolies, welch eine Art zu sterben …« Ich brach ab, dachte absichtlich über etwas anderes nach, während ich mich unbeholfen hinsetzte. »Was habe ich im Schlaf gesagt?«

»Du hast über Muster gesprochen«, antwortete Del und schob mir eine Bota zu. »Über Linien und Muster und Spuren.«

Ich starrte sie an. »*Darüber* habe ich gesprochen?«

»Eine Zeitlang. Einiges konnte ich nicht verstehen. Zeichnungen im Sand, sagtest du.« Sie deutete auf eine Stelle. »Siehst du?«

Ich schaute hin. Neben meiner Decke, in Reichweite,

war ein ›Muster‹ aus vier geraden Linien zu erkennen und die ganz schwache Andeutung einer Kurve. Als hätte jemand einen Stock genommen und eine Linie nach der anderen gezogen.

Ich runzelte die Stirn. »Das habe ich gezeichnet?«

Sie nickte, durchwühlte die Satteltaschen. »Du hast etwas von Mustern und Linien gemurmelt. Dann hast du alle vier Finger in den Sand gestreckt und das gezeichnet.« Sie berührte ihre Wange. »Es sieht aus wie du.«

›Du‹ bedeutete meine eigene Wange, unter den Stoppeln: vier eingegrabene Linien, sehr gerade, bis unter den Kiefer. Wo der Sandtiger letztendlich überzeugt worden war, seine Krallen aus meinem Gesicht zu nehmen.

Die Linien im Sand sahen *tatsächlich* genauso aus wie Krallenspuren. Man konnte es schon als ›Muster‹ bezeichnen.

Ich brummte unbeeindruckt. »Wer weiß? Ich erinnere mich nicht einmal daran, geträumt zu haben.« Ich trank Wasser und verschloß die Bota dann wieder. »Wir sollten am besten nach Quumi weitereilen. Das ist eine Händlersiedlung am Rande der Punja – das heißt, *normalerweise* am Rande. Es hängt davon ab, in welchem Zustand sich die Punja befindet.«

Del nickte wie abwesend, starrte an mir vorbei zum Horizont. Sie blinzelte, runzelte die Stirn. Dieser Gesichtsausdruck wirkte wenig beruhigend.

Ich war sofort auf der Lauer. »Was ist?«

»Staub. Glaube ich. Bei dem schwachen Licht ist es schwer... doch, es stimmt. Staub.« Sie stand auf, ließ die Satteltaschen fallen und beugte sich schnell vor, um die lachsfarben-silberne Klinge aus ihrer runenbeschrifteten Scheide zu ziehen. »Wenn es Borjuni sind...«

»...dann können wir ihnen genausogut Frühstück anbieten«, beendete ich ihren Satz. »Ich bin im Moment nicht sehr beweglich ...« Aber ich versuchte es dennoch, mühte mich hoch und zog mein Schwert ebenfalls aus der Scheide.

Wünschte, ich könnte ihm vertrauen.

Wünschte, ich könnte *mir* vertrauen.

Kein Borjuni. Ein Schwerttänzer. Ein junger Mann aus dem Süden, schwach von Statur, aber nicht, was den Hochmut anging. Er schaute von einem sandfarbenen Pferd auf mich herab und reckte die Nase gebieterisch in die Luft.

Er trug einen hellen, gelb gefärbten Burnus, und das Heft eines ordentlich in einem Harnisch hängenden Schwertes ragte über seine Schulter hinaus. »Sandtiger?« fragte er.

Es ist nicht leicht, ein erhebliches Maß an Verachtung in ein einziges Wort zu legen – in diesem Fall in einen einzigen *Namen* – ohne zu übertreiben, wenn man achtzehn oder neunzehn ist, aber er schaffte es. Das erfordert Übung. Ich fragte mich, ob er bei seinem Tanz genauso achtsam war. Sein Tonfall war überwiegend verächtlich und noch einiges andere mehr – hauptsächlich dumm. Glaubte er wirklich, ich würde in meinen Sandalen zittern, weil er meinen Namen kannte?

»Wenn ich nein sagte«, begann ich sanft, »würde Euch das dann davon überzeugen, uns allein zu lassen und geradewegs weiter in die Punja hineinzureiten? Mit fast leeren Botas?«

Dunkle Augen glitzerten. Sein Pferd tänzelte nervös. Er beruhigte es, indem er ungeduldig an den Zügeln riß. »Meine Botas sind so, wie sie sind, weil ich beschlossen hatte, härter und schneller zu reiten als die anderen, um die Ehre für mich zu beanspruchen.«

Die ›Ehre‹ bedeutete zweifellos, daß er mich zu einem Tanz herausfordern wollte. Die Erwähnung der ›anderen‹ jedoch – das beunruhigte mich.

»Ihr seid ziemlich töricht, nicht wahr?« fragte ich

678

freundlich. »Wie wollt Ihr mit so wenig Wasser zurückkommen?«

»Ich werde Eure Botas bekommen, wenn ich gesiegt habe.« Sein Blick flackerte kurz zu Del, dann wieder zu mir. »Die Botas – und Eure Frau.«

»Und meine *Frau*«, wiederholte ich. »Nun, laßt mich Euch einen Hinweis geben – Ihr solltet sie vielleicht vorher fragen. Sie *mag* es im allgemeinen, gefragt zu werden... obwohl ich bezweifle, daß Ihr sehr weit kommen würdet. Del sucht sich ihre Bettgefährten eigentlich immer selbst aus.«

Del senkte beiläufig ihre Klinge. Sie blitzte im neuen Tageslicht auf. Er schaute an seiner Nase vorbei zu ihr herab, eindeutig beleidigt, ein Schwert in den Händen einer Frau zu sehen, *irgendeiner* Frau, aber besonders in den Händen einer Fremden. Dann ging sein Blick wieder zu mir. »Mein Name ist Nezbet. Ich fordere Euch nach allen Ehrenkodizes des südlichen Schwerttanzes dazu heraus, in den Kreis einzutreten, wo wir unsere Streitigkeit bereinigen können.«

»Worin *besteht* diese Streitigkeit?« fragte ich. »Darin, daß ich den Jhihadi getötet habe?« Ich lächelte und schüttelte den Kopf. »Aber das habe ich nicht getan. Ich *bin* der Jhihadi. Und ich bin ganz offensichtlich nicht tot, so daß kein Grund für einen Schwerttanz besteht.«

Dieses Argument hatte die erhoffte Wirkung. »Ich bin Nezbet. Ich bin ein Schwerttänzer des dritten Grades. Ich bin beauftragt worden, Euch nach Iskandar zurückzubringen.«

»Des *dritten* Grades?« Ich grunzte, beugte mich zur Seite, spie bedächtig aus. »Ich bin Schwerttänzer des siebten Grades, Junge. Haben sie dir das nicht gesagt?«

Vornehme Nasenflügel bebten. »Ich weiß wer – *und* was – Ihr seid. Werdet Ihr in den Kreis eintreten?«

Ich musterte ihn offen, herausfordernd, ließ ihn erkennen, was ich tat. Dann hob ich mit einer trägen, vielsagenden Geste die Schulter. »Es ist die Sache nicht wert«, antwortete ich müßig.

Sein Gesicht verfärbte sich dunkelrot. »Ich muß nicht Euren Grad haben, um Euch herauszufordern. *Jeder* Grad kann herausfordern – das ist ein in den Ehrenkodizes enthaltener Grundsatz …«

»Ich *weiß*, was in den Ehrenkodizes enthalten ist und was nicht, Junge. Ich habe sie bereits gelernt, bevor du geboren warst.« Ich veränderte meine Haltung ein wenig, um das wunde Knie zu entlasten. »Ich weiß viele Dinge, die Nezbet in seiner Jugend noch lernen muß.«

Der jugendliche Nezbet war verwirrt. »Wenn Ihr sie also kennt, wißt Ihr auch, daß Ihr – gemäß der Kodizes – geächtet werden könnt, wenn Ihr Euch weigert, gegen mich zu tanzen, nachdem die formelle Herausforderung ausgesprochen wurde.«

»*Jeder* Mann kann einen Tanz verweigern«, erinnerte ich ihn. »Es ist nicht gut für seinen Ruf, und auf lange Sicht würde er jede Chance auf Verdienst des Lebensunterhalts verlieren, weil die Leute ihn nicht mehr in ihre Dienste nehmen würden, aber er kann sich dennoch weigern.«

»Dies ist eine *formelle* Herausforderung«, betonte er und äußerte dann einen der langen, gewundenen, verdrehten Sätze, die zu lernen ich mir ebenfalls mühsam erarbeitet hatte, damals, als ich in seinem Alter war.

Ich fluchte kurz und betont und heftig. Del sah mich fragend an, da der Junge in einem seltenen südlichen Dialekt gesprochen hatte. Ein Nordbewohner würde ihn nicht kennen, selbst nicht ein so Weitgereister – und gut ausgebildeter – wie Del. ›Die Sprache des Kreises‹ wurde er im Wüstendialekt genannt. Den formelleren Namen kann man kaum aussprechen.

»Die Herausforderung des Shodo«, klärte ich sie auf und erläuterte ihr die verkürzte – und verständliche – spracheigentümliche Form. »Es scheint, daß dieser Junge und ich gewissermaßen dieselbe Ausbildung erhalten haben ... Mein Shodo ist schon lange tot, aber er hatte Lehrlinge. Und einer von ihnen hat anscheinend diesen Punjawurm von einem Jungen ausgebildet.« Ich lächelte heuchlerisch zu ihm hinauf, obwohl ich noch immer zu Del sprach. »Es bedeutet, daß ich *tatsächlich* gegen ihn tanzen muß oder meinen Status verliere. Was bedeutet, daß ich zu kaum mehr als einem Borjuni würde, weil niemand mich mehr in seinen Dienst nehmen würde.« Ich sah sie an. »Erinnerst du dich, als sie oben im Norden sagten, du seist eine Klinge ohne Namen, bar aller Ehre und Rechte? Nun, das ist ungefähr dasselbe.«

»Aber ...«, begann sie und hielt dann inne.

»Aber«, stimmte ich zu. Ich schaute wieder zu dem südlichen Jungen, dessen Stolz so offensichtlich war. War ich jemals so eingebildet gewesen?

Anders ausgedrückt: War ich in *jungen* Jahren jemals so eingebildet gewesen?

»Ich kann die Herausforderung nicht annehmen«, belehrte ich ihn. »Herausforderung des Shodo oder nicht. Eine wahre Herausforderung setzt gesundheitliche Gleichheit voraus, wenn nicht sogar auch rangmäßige Gleichheit ...« – ein weiterer Seitenhieb. Häufig wirkt es –, »... und ich habe ein verletztes Knie. Siehst du?« Ich deutete auf den Verband. »Ich würde dir nur zu *gern* mit diesem Schwert den Bauch aufschlitzen, Nezbet, aber ich bin im Moment ein wenig behindert. Und eine Verwirkung aufgrund einer Verletzung ist keine wirkliche Verwirkung, da wir uns noch nicht im Kreis befinden.«

Sein Kiefer mahlte. Die bartlose Haut spannte sich straff über entschieden wüstentypische Knochen. Er war dunkelhäutig, wie fast alle Südbewohner. Sein Alter und seine Haltung erinnerten mich ein wenig an Nabir, den Vashnimischling, der mein von Chosa Dei besessenes Schwert unbedingt besitzen wollte. Und dafür gestorben war. Furchtbar.

»Ich werde warten«, sagte er schließlich. »Ich werde Euch folgen und warten, bis Euer Knie verheilt ist.«

»*So* sehr willst du mich erwischen?«

»Euch zu besiegen und wieder zurückzubringen, wird mir einen weiteren Grad einbringen. Vielleicht sogar *zwei*.«

Das war es also. Wichtiger als Geld. Es ging um Stolz, um Status, um den Namen, der den Jungen formen würde, wie der meine mich geformt hatte.

Ich fluchte. »Du einfältiger kleiner Punjawurm – der einzige wahre Weg, sich einen Grad zu verdienen, ist, bei deinem Shodo zu bleiben! So lange, wie es nötig ist! Es gibt keine *Aufgaben* zu erfüllen, keine zugewiesene Suche zu unternehmen. Es ist *Arbeit*, Nezbet, nicht mehr. Jahre um Jahre der Disziplin, bis der Shodo erklärt, daß du den Grad erreicht hast, für den du als würdig erachtet wirst ...« Ich brach ab, weil ich zu verärgert war. Warum wollen so viele junge Schwerttänzer Abkürzungen nehmen? Wissen sie nicht, daß ihr Leben von dem einen oder den zwei – oder drei – zusätzlichen Ausbildungsjahren abhängen könnte? Nein. Sie wissen es nicht. Oder es kümmert sie einfach nicht. Einfältiger Punjawurm.

Jetzt wünschte ich, mein Knie *wäre* gesund. Damit ich ihm eine Lektion erteilen könnte.

»Ich kann das übernehmen«, bot Del an.

Ich runzelte die Stirn. Nezbet schwieg, verstand nicht, was sie meinte. Er würde es auch nicht verstehen: Sie ist eine Frau.

»Ich kann das übernehmen«, wiederholte sie. »Ich werde den Sandtiger vertreten.«

Nezbet starrte sie an. Schaute dann zu mir zurück. »Ich werde warten. Ich werde Euch folgen.«

Del trat einen Schritt vor. »Und wenn der Sandtiger mir *erlaubt*, ihn zu vertreten? Euren Kodizes entsprechend?«

»Ihr seid eine Frau«, sagte Nezbet.

Del lächelte kühl. »Und dies ist ein Schwert.«

»Wenn das für dich einen so großen Unterschied macht«, unterbrach ich die Debatte, »warum arbeitest du dann für eine Frau?«

»Das tue ich nicht.«

Ich runzelte die Stirn. »*Warum* bist du beauftragt worden, mich nach Iskandar zurückzubringen?«

»Ihr habt den Tanzeer von Julah getötet.«

Del runzelte die Stirn. Sie war niemals stolz zu töten, aber sie war es zweifellos leid, daß stets mir zugeschrieben wurde, was sie getan hatte. Ich konnte es ihr wirklich nicht verdenken.

»Das habe ich nicht getan«, sagte ich sanft, »aber im Moment ist das wirklich nicht wichtig. Wer hat dich beauftragt?«

»Der neue Tanzeer von Julah.«

»Sie ist eine *Frau*, Nezbet. Oder bist du zu jung, um solche Dinge zu bemerken?«

Er errötete. »Ich habe nicht mit dem Tanzeer selbst gesprochen.«

»Aha«, sagte ich. »Ich verstehe. Also willst du weiterhin glauben, daß der Tanzeer ein Mann sei, weil du den Tanzeer nicht wirklich *getroffen* hast. Und du schließt die Möglichkeit aus, daß es eine Frau sein könnte.«

Dunkle Augen schimmerten. »Ich habe Euch formell herausgefordert.«

»Würdest du die Herausforderung zurückziehen, wenn du wüßtest, daß der Tanzeer eine Frau ist?« fragte ich neugierig.

Del regte sich. »Das kannst du nicht beweisen«, murmelte sie. »Er wird dir niemals glauben.«

Nein. Er glaubte mir nicht. So wenig, wie er glaubte, daß Del ein Schwerttänzer war.

Was uns wieder zu der Herausforderung zurückführte.

»Sie ist mein Stellvertreter«, sagte ich, »formell ernannt.« Ich grinste Nezbet freundlich an und stützte mich auf meine auf den Boden aufgestellte Waffe. »Zu schade, daß nicht genügend Leute hier sind, um eine Wette abzuschließen.«

Nezbet sah mich an. »Ihr würdet einer *Frau* erlauben...«

»Versuch es mit ihr, und finde es heraus.« Ich zuckte die Achseln. »Warum nicht? Finde heraus, wie sie im Kreis ist, bevor du herausfindest, wie sie im Bett ist.«

Del zuckte zusammen. Taktlos, vielleicht. Aber es wirkte.

Nezbet reckte die Nase hoch. »Wenn sie Euer Stellvertreter ist, wird der Tanz den gültigen Kodizes gemäß durchgeführt. Eine Niederlage entspricht einer Verwirkung. Wenn sie verliert, verliert *Ihr* ... und werdet mein Gefangener.«

»Wenn«, stimmte ich zu und beugte mich hinab, um den Kreis zu zeichnen.

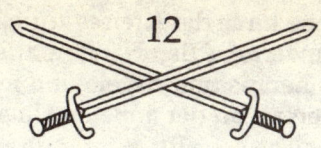

12

Eine Farce. Schlicht und einfach. Der Bursche war jung, stark, flink und geübt. Del war das und mehr. Del war einfach sie selbst: große Klasse. Ein überzeugender, tödlicher Gegner, fähiger als alle, die er kannte, ungeachtet des Geschlechts.

Sie brauchte nicht lang. Sie machte sich nicht einmal die Mühe zu singen, was ihrer Konzentration sonst hilft. Del ist nicht eingebildet, und sie hat auch keine Interesse an den Spielen, die ich zu spielen beliebe und die dazu gedacht sind, einen Gegner aus dem Gleichgewicht zu bringen. Sie verschwendet überhaupt keine Zeit, denkt nur an den Tanz und an die Möglichkeiten, einen Sieg herbeizuzwingen. Dabei ist es ihr egal, ob der Tanz Schauzwecken dient oder auf Leben und Tod getanzt wird. Sie nimmt beides gleichermaßen ernst, weil eine Frau, wie sie mir einmal sagte, bei jeder Tätigkeit, die als typisch männlich angesehen wird, unbeachtet bleibt, es sei denn, sie erzwingt eine Entscheidung, egal um welches Spiel es geht.

Es war aufschlußreich. Es lehrte mich auch eine Menge darüber, wie man schnell auf den Punkt kommt. Verschwendete Anstrengung, sagte sie, war verschwendete Energie. Sie hatte für beides keine Zeit.

Jetzt, wo ich älter war und Schmerzen und Steifheit an Bedeutung gewannen, brauchte ich jede Unterstützung. Und Del war keine Närrin.

Auch jetzt nicht. Sie fing Nezbets Klinge schon zu Beginn des Tanzes ab und hielt sie unter Kontrolle, ließ ihn nicht davonkommen und drängte ihn leicht an die dünne, gebogene Linie des Kreises zurück. Dort schlug sie ihm das Schwert aus den Händen, stieß es wirbelnd aus dem Kreis heraus und nagelte ihn mit einem ganz sanften Kuß Boreals an der äußeren Umgrenzungslinie fest.

»Wie viele?« fragte sie. »Wer? Und wie weit entfernt?«

Nezbets bereits dunkle Augen starrten sie entsetzt an. Leere Hände griffen in die Luft, der Mund war wenig vornehm aufgesperrt. Aber er wagte es nicht, den Kreis zu verlassen, aus Angst, Boreal könnte etwas dagegen haben. Ihre Berührung ist niemals harmlos, aber voller Versprechen. Er wußte genausogut wie ich, daß ein einziger unüberlegter Schritt seinen Tod bedeuten konnte. Del hatte sich das Recht dazu erworben.

»Einen Tag oder zwei«, keuchte er und beantwortete damit die letzte Frage zuerst. »Schwerttänzer und Krieger. Die Schwerttänzer wollen den Sandtiger. Die Krieger wollen den Jhihadimörder.«

»Mich«, sagte sie fest. »Ich habe sie beide getötet: Aladar und Ajani.«

Ich sah den Blick in seinen Augen: männlicher Unglaube, betont durch eine Spur Zweifel. Die Anfänge des Verstehens, eingeschränkt durch die überwältigende Macht südlichen Glaubens. Sie würde ihn nicht überzeugen, nicht einmal hier und jetzt. Aber sie hatte die Saat des Zweifels gesät.

»Der, Jhihadi ist nicht tot«, belehrte ich ihn, wohl wissend, daß die Stämme eine größere Bedrohung bedeuteten. Der Glaube macht aus Menschen Narren. »Der Name jenes Mannes war Ajani. Er war ein Nordbewohner und Borjuni, der auf beiden Seiten der Grenze ritt. Er hat den Leuten *erzählt*, er sei der Jhihadi, aber nichts davon stimmte. Die Stämme halten sich an die Prophezeiung, nicht an die Wahrheit der Dinge ... sie müssen nur das Orakel fragen.« Das Dels Bruder war.

Nezbet zuckte vorsichtig die Achseln. »Sie wollen Euch hinrichten. Sie haben Euch gesehen, in der Stadt... sie haben gesehen, wie Ihr mit Eurem Schwert Feuer vom Himmel herabbeschworen habt.«

»Das war Magie«, sagte ich und hatte keine Zeit, mich über meine Sachlichkeit zu wundern. »Keine verdrehte Wahrheit, nur Magie. Ajani war ein Borjuni. Ein Schänder und Mörder. Er hat den Bruder dieser Frau an Sklavenhändler verkauft – er hätte auch sie verkauft, aber sie konnte ihm entkommen. Und sie wurde ein Schwerttänzer.« Ich machte mir nicht die Mühe zu lächeln. Es war mir gleichgültig, ob er mir glaubte. »Er war nicht der Jhihadi. Ich bin der Jhihadi.«

Es gelang Nezbet auszuspeien. »Ihr wart ein Schwerttänzer, der als Vorbild galt. Und *das* ist aus Euch geworden: ein Lügner und ein Mörder.«

»Ich habe gelogen«, stimmte ich zu. »Und sicherlich habe ich gemordet, wenn man die Feinde zählt, die versucht haben, *mich* zu töten. Aber in diesem Fall bin ich keins von beidem.« Ich atmete tief ein und änderte dann das Thema. »Was Aladars Tod betrifft, so kann ich nur sagen, daß er ihn verdient hat. Es war eine persönliche Angelegenheit. Ich werde Herausforderungen annehmen, wie ich es tun muß, selbst *wenn* Del ihn getötet hätte.« Ich warf ihr einen Blick zu und sah dann zu Nezbet zurück. »Aber egal, was du glaubst, du arbeitest *in der Tat* für eine Frau. Sie hat einen Mann vorgeschickt, um dich zu anzuheuern, wohl wissend, wie du empfindest. Was bedeutet, daß sie dich unter falschen Voraussetzungen angeheuert hat. Das von dir angenommene Geld ist schmutziges Geld.«

»Ich bekomme kein Geld, solange ich Euch nicht übergeben habe!« bellte er.

»Wirklich?« Ich wölbte die Augenbrauen: »Dann bist du noch törichter, als ich dachte.«

»Tiger«, sagte Del. Ihre Art, eine Frage zu stellen.

Ich zuckte die Achseln. »Er hat verloren: Der Tanz ist

vorüber. Und er wird uns nicht wieder belästigen, es sei denn, er wird ein Borjuni und opfert seinen Status und seinen Stolz.« Ich vollführte eine Geste. »Laß ihn laufen. Schick ihn zurück zu den anderen. Er kann ihnen überbringen, was wir gesagt haben.« Während sie Boreal senkte, hielt ich seinen Blick mit meinem gefangen. »Hör mir zu, Nezbet, ein Schwerttänzer einem anderen. Ich schwöre beim Namen meines Shodo, daß sie dich belogen haben. Sag das den Kriegern.«

Nasenflügel bebten. Der plötzlich alt wirkende Mund war nur noch eine grimmige, schmale Linie. »Dann seid Ihr entehrt und der Name Eures Shodo ebenfalls«, spie er aus.

Ich bedeutete ihm zu gehen. »Raus hier, Punjawurm. Du bist zu dumm, um zu leben, aber ich werde dich nicht töten. Mein Schwert mag den Geschmack von Männern.«

Nezbet nahm seine Klinge auf und stieß sie heftig in die diagonal hängende Scheide. Er warf mir einen letzten vernichtenden Blick zu, wandte sich um und stieg auf sein sandfarbenes Pferd. Staub regnete auf uns herab, als er sein Pferd herumriß und in hartem Galopp davonritt.

Ich seufzte tief. »Er hat kaum Wasser«, sagte ich, »und jetzt läßt er sein Pferd galoppieren. Er wird sich glücklich schätzen können, wenn er die anderen überhaupt *erreicht*. Wir sind vielleicht noch sicher.«

»Nein«, sagte Del.

»Nein«, stimmte ich zu: »Zeit, ebenfalls loszureiten.«

»Tiger?«

»Was?«

»Warum hast du ihm nicht sein Pferd genommen? Die anderen kommen, sagte er … Sie hätten ihn doch auflesen können.«

Ich dachte darüber nach. Runzelte die Stirn. Sah Del an. »Ich denke, wir sind trotz allem einfach nicht zu Dieben geboren.« Del grinste. »Vermutlich nicht.«

Es begann unmerklich, wie es bei den schlimmsten für gewöhnlich der Fall ist. Eine winzige Brise, die den Sand kräuselte. Ein Flüstern des Windes, das herabwirbelte und den seidenen Burnus bewegte. Der Druck der Luft auf dem Gesicht, der das Haar aus der Stirn und den Augen wehte. Vom Hengst aufgewirbelter Sand wurde aufgefangen, festgehalten, freigeweht, stach in Knöchel und Augen. Del und ich, die wir zu zweit ritten, zogen uns unter die heraufgezogenen Kapuzen zurück, bis ich meine herunterriß und den Hengst durchparierte.

»Samiel«, sagte ich. Meinte den Wind, nicht mein Schwert.

Del brauchte einen Moment. Dann erstarrte sie hinter mir. »Bist du sicher?«

»Ich kann ihn riechen.« Ich blinzelte. Die Sonne blendete die Augen noch immer, wurde nicht von dem aufgewirbelten Sand verdeckt, aber wenn der Wind weiter anschwoll, würde sich der Samiel in einen Samum verwandeln. Ein heißer Wind war schlimm genug. Ein Sandsturm war schlimmer. »Unsere beste Chance wäre, irgendeine Art Schutz zu finden, etwas wie einen Sandwall in einer Oase…« Ich schüttelte den Kopf, schirmte mein Gesicht mit der Hand gegen Sonne und Sand ab. »Wir sind schon zu weit gelangt. Alles, worauf wir hoffen können, ist eine aus Sand und Gestrüpp entstandene Bodenrinne.«

Del erschauderte. »Ich erinnere mich an den Samum…« Sie brach ab.

Ich erinnerte mich ebenfalls daran. Wir hatten uns gerade erst kennengelernt, und Del war noch immer entschieden uneinnehmbar gewesen…

Ich lächelte verzerrt, erinnerte mich an jene Zeit. Und an die langen, dunklen Nächte der Enttäuschung.

Del knuffte mich in den Rücken. »Reiten wir weiter? Oder bleiben wir hier?«

»*Einer* von uns muß laufen. Um dem Hengst Ruhe zu gönnen.«

Vorzügliche Ironie: »Oh, laß mich diejenige sein ...«
Sie glitt hinab, tätschelte den braunen Rücken des
Hengstes und tat einige Schritte nach vorn. »Direkt vor
uns sind Büsche.«

Ich zuckte die Achseln. »Auch gut. So sehr es mir
mißfällt anzuhalten, mit den neuen Hunden der Hoolies auf unserer Spur ...« Ich wandte mich um, schaute
blinzelnd den Weg zurück, den wir gekommen waren.
»Wenn sie so nah sind, wie Nezbet gesagt hat, werden
sie uns bald eingeholt haben. Einige von ihnen. Wir
sind aufgrund meiner Verletzung zu langsam. Viel zu
langsam.«

»Was sollen wir sonst tun? Wenn wir anhalten und
auf sie warten, werden sie uns sicherlich zahlenmäßig
überlegen sein.«

»Vielleicht«, stimmte ich zu. »Wir können nur hoffen, daß für jene, die sich eventuell bald zeigen, dasselbe gilt wie für Nezbet: daß sie der größeren Verfol-
gergruppe vorausreiten.«

Del schaute grimmig drein. »Der Gedanke, daß so
viele Schwerttänzer angeheuert wurden, um zwei ihrer
eigenen Leute aufzuspüren, gefällt mir nicht.«

Ich wandte mich wieder nach vorn. »Mit Schwerttänzern können wir fertig werden. Wir sind zwei der
besten, erinnerst du dich? Wenn nicht *die* besten.« Ich
nahm ihr alle Zweifel, weil ich ›wir‹ sagte, und ich
glaubte auch, daß sie es verdiente. »Und außerdem
werden sie sich nicht alle auf einmal auf uns stürzen –
das ist nicht die Art des Kreises. Sie werden uns einer
nach dem anderen herausfordern. Nein, ich mache mir
mehr Sorgen wegen der Stämme.«

Del verharrte bei den Schwerttänzern. »Und wie
viele kannst *du* mit deiner Verletzung – sogar im Ein-
zelkampf – besiegen?«

»Ich? Hoolies, Bascha – ich kann mich sehr lange hinter dem verletzten Knie verstecken.« Ich grinste. »Vielleicht, bis sie es leid sind zu warten und aufgeben.«

»Hast du jemals aufgegeben, wenn du mit einer Aufgabe betraut wurdest?«

»Einmal. Der Mann wurde wirklich krank ... Er lag im Sterben, also ließ ich ihn in Ruhe. Habe aber auch die zweite Hälfte meines Honorars nicht abgeholt, was einen Teil deines Glaubens an mich wiederherstellen dürfte.«

»Einen Teil«, stimmte sie zu. »Aber du hättest die erste Hälfte zurückgeben sollen, da du deinen Vertrag nicht erfüllt hast.«

»Ja, nun ...« Ich blinzelte gegen den stechenden Sand an. »Wir sollten zu den Büschen gelangen. Und hoffen, daß sich dieser Wind austobt, bevor er zu einem ausgewachsenen Samum wird.«

Kurz darauf, als wir inmitten der Büsche kauerten, stellte Del das Offensichtliche fest: »Er hört nicht auf.«

»Nein.«

»Wenn überhaupt, ist er schlimmer geworden.«

»Ja.«

»Dann *wird* er zu einem Samum.«

»Scheint so.« Ich verlagerte mein Knie, fluchte unterdrückt und setzte mich dann wohlüberlegt auf. Sie hatte recht. Der Wind hörte nicht auf. Er war schlimmer geworden. Und das war erst der Anfang ...

Nein. Es *war* bereits soweit.

»Hoolies«, murmelte ich.

Del, die sich unter das karge Buschwerk drückte, wandte sich um. Und sah, was ich sah: eine dunkle, ockerfarbene Sandwolke, die über den Horizont rollte.

Der Hengst wieherte unbehaglich und stampfte auf, trug noch zu dem Chaos bei. Ich stand auf, humpelte die zwei Schritte bis zu ihm, streichelte beruhigend seinen Hals. »Ruhig, alter Junge. Du kennst den Tanz. Leg dich hin, schließ die Augen ...« Ich legte eine Hand auf seinen Stirnriemen und wollte ihn hinabdrängen.

Ein Gedanke wurde zu einer Idee.

Stirnrunzelnd betrachtete ich die rollende Sandmasse am Horizont. Im Moment war es noch ein Samiel, kein Samum, dort wo wir uns befanden, aber innerhalb von Minuten würden die ganze Gewalt und der Zorn des Sandsturms uns verschlingen. Es war denkbar, wenn auch unwahrscheinlich, daß wir dadurch sterben würden. Wir hatten Wasser und Decken und Nahrung. Selbst wenn der Samum Tage andauerte, würden wir ...

Nein. Nicht darüber nachdenken.

Denk über etwas anderes nach. Zum Beispiel über Magie.

Nezbet hatte es gesagt: Ich hatte mit meinem Schwert Feuer vom Himmel herabbeschworen. Ich hatte auch erst vor einem oder zwei Tagen Glas entstehen lassen. Zweimal hatte ich etwas aus nichts erschaffen, indem ich die Magie in Samiel gebraucht und ihr meinen Willen aufgezwungen hatte. In Iskandar hatte ich einen kontrollierten Feuersturm erschaffen, um uns die Flucht zu erleichtern. Der Glaskreis war unbeabsichtigt entstanden und war – für mich – kaum interessant, aber er bedeutete, daß ich seltsame und wunderbare Dinge mit Samiel tun konnte, wenn ich einen Grund, das Verlangen und die Mittel dazu hatte.

Und die Herrschaft über ihn.

Der Jhihadi, so glaubten die Stämme, konnte unmögliche Dinge tun, wie Sand in Gras zu verwandeln. Warum glaubten sie also nicht, daß *ich* der Jhihadi war, wo ich doch Feuer vom Himmel herabbeschworen hatte?

Weil der Sandtiger nur ein Schwerttänzer war, der einst ein Chula gewesen war. Ajani – der große, mächtige, kluge Ajani, dessen Glanz, wie Bellin die Katze behauptet hatte, wirklich sehr hell gestrahlt hatte – hatte sie mit weitschweifiger, peinlich genauer Sorgfalt in seine Richtung geführt.

Der einzige Weg, wie ich jemals beweisen könnte,

daß ihr Orakel auf *mich* gedeutet hatte, bestand darin, ihnen zu zeigen, was ich vermochte.

Auf angemessen jhihadihafte Art.

Was natürlich Magie bedeutete.

Der Hengst nickte unglücklich, schwang dann den Kopf herum, preßte die Stirn gegen meine Brust und rieb sich heftig. Das untergrub mein ohnehin gefährdetes Gleichgewicht. Ich blieb nur aufrecht stehen, weil ich mich am Sattel festklammerte, und ich fluchte, als mein verletztes Knie protestierte.

Der Gesang des Windes veränderte sich.

»Tiger ...«

Ich hörte auf zu fluchen und schaute hin. Die Nacht verschlang den Tag.

Mir blieb keine Zeit mehr.

Ich band den Hengst vorsorglich von dem Busch los, den er leicht hätte entwurzeln können, was er aber nicht getan hatte, weil es ihm nicht in den Sinn gekommen war, daß er erheblich stärker – und klüger – als der Busch war. Pferde sind so. Ich schlang die Zügel über seinen Hals und hakte sie am Sattel fest. Wenn er das Bedürfnis verspüren würde davonzulaufen, was ich befürchtete, dann sollte er es unbedenklich tun können. Ein herabhängender Zügel reißt normalerweise, wenn das Pferd darauftritt. Aber ich hatte einmal einen Ausbrecher mit einem Vorderhuf in die Schlaufe eines herabhängenden Zügels geraten, sich verheddern und fallen sehen. Er hatte sich beim Sturz den Hals gebrochen.

»Bleib unten«, belehrte ich Del. »Leg dich hin, wenn du willst. Du kannst auch deine Augen bedecken oder dich unter eine Decke verkriechen. Ich weiß wirklich nicht, was passieren wird.«

Del setzte sich ruckartig auf. »Was willst du ... *Tiger!*«

Ich nahm das Schwert aus der Scheide. »Solange ich das Ding habe, kann ich genausogut ausprobieren, was ich damit tun kann.«

»Und was es mit *dir* tun kann!«

»Ja, nun…« Ich blinzelte gegen den Sand an, spie aus, zuckte die Achseln. »Ich muß die Möglichkeiten nutzen. Betrachte es so, Bascha – vielleicht verlangsamt es unsere Hunde.«

»Es könnte dich *töten!*«

»Nein«, höhnte ich. »Das wird *dir* überlassen bleiben, wenn Chosa Dei zu anmaßend wird.«

Das brachte sie sofort zum Schweigen.

So ähnlich hatte ich es mir gedacht. Ich war nicht glücklicher als Del über das, was ich tun wollte.

Und ich riskierte eine Menge mehr.

Glaube ich.

Hoolies, ich hasse die Magie.

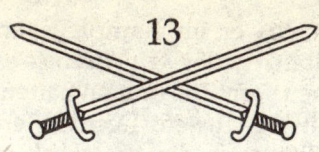

13

Ich dachte an einen Gesang. Nur ein albernes, kleines Lied. Ich kann nicht sehr gut singen (Del würde sagen, ich kann *überhaupt nicht* singen), und daher fühle ich mich immer ein wenig töricht, wenn ich inmitten der Wüste stehe und mir einen Gesang ausdenke, geschweige denn ihn *singe,* aber es schien erforderlich zu sein. Zumindest war es das all die anderen Male gewesen.

Die Nordbewohner auf Staal-Ysta hatten mir den Ritus des Gesangs gewissenhaft erklärt, jenen Ritus, den man anwandte, um das Schwert auszurichten, um dem Tänzer Konzentration zu gewähren und alle Macht heraufzubeschwören, die dem in Rituale und Runen getauchten *Jivatma* innewohnte. Wenn es nach mir ginge, wäre Konzentration herbeizusingen ungefähr das letzte, was ich tun würde. Ich war den inneren Pfad gelehrt worden, den Weg, auf dem die Seele innerhalb einer Seele angerufen wird, wenn man sich auf den Tanz vorbereitet. Es gibt geistige Vorbereitungen...

Ach, Hoolies, das klingt *alles* albern, wenn man darüber nachdenkt. Und noch törichter, wenn man es laut ausspricht. Also sollte ich es einfacher ausdrücken: Ich betrachte mich als eine Waffe und das Schwert als eine Erweiterung meiner selbst. Wenn ich daran denke, daß *ich* in einer bestimmten Richtung angreife oder eine Drehung auf eine genau *solche A*rt ausführe, tut mein Schwert das gleiche.

Einzelhieb war für mich die vollkommene Ergänzung gewesen, bis er im Kampf gegen einen nordischen Schwerttänzer, der sein *Jivatma* erneut getränkt hatte, zerbrochen war. Zusammen hatten wir uns einen Teil des Südens als unsere Domäne erobert, obwohl das von den Tanzeers, die *tatsächlich* regierten, nicht anerkannt wurde. Aber in der Gattung der Schwerttänzer, die den Süden durch Kampfvermögen und eine Bereitschaft, gegen Bezahlung zu töten, regierten, waren Einzelhieb und ich einvernehmlich die besten gewesen.

Natürlich könnte Abbu Bensir dem widersprechen und behaupten, *selbst* der beste gewesen zu sein, aber Abbu und ich waren uns nur selten begegnet. Er hatte sein Revier im Süden, und ich hatte meins. Wir respektierten einander.

Ich wußte allerdings nicht, ob er mich noch immer respektierte.

Wahrscheinlich. Daß er sich verdingt hatte, uns aufzuspüren, bedeutete nicht, daß er uns weniger respektierte, sondern nur, daß wir das Geld wert waren. Immerhin war es Abbu gewesen, der mir mitten in dem Chaos in Iskandar sein Schwert zugesteckt hatte, als ich meines kurzzeitig verloren hatte.

Natürlich war das, bevor auf meinen Kopf ein Preis ausgesetzt war.

Jetzt würde er mir kein Schwert mehr zustecken, um mein verlorenes zu ersetzen. Er würde mir meines *nehmen*, wenn er es bekommen könnte ... was mich wieder zu Samiel brachte – und zu Chasa Dei.

Wind und Sand dämpften mein Hörvermögen. Ich vernahm ein gereiztes Grollen, die Beschwerde eines Sandsturms, der seinen unersättlichen Appetit zu stillen versuchte. Ich hatte diesen Lärm schon früher gehört und spürte die Macht. Wenn ich nicht bald etwas unternähme, wäre es vielleicht das letzte, was ich hörte – und spürte.

Ich warf einen Blick über die Schulter zu Del. Sie

kauerte in der Sandrinne, ein vom Wind – der den Sand gegen irgendein Hindernis zu einem schief stehenden Haufen geweht hatte – geschaffener Sandwall, die Burnuskapuze hochgezogen und eine Decke um ihren Körper geschlungen. Ich dachte für einen Augenblick an diesen Körper, erinnerte mich der langen, mit meinen eigenen verschlungenen Glieder, des Geruchs ihres weiß-seidigen Haars, des Geschmacks nordischer Haut. Ich wollte dies – oder das, was es beinhaltete – nicht an einen Samum verlieren.

Und auch nicht an ungezähmte Magie.

Hoolies!

Ich mußte also um jeden Preis beweisen, daß ich der Herr war. »In Ordnung«, murmelte ich in den Wind, »wir sollten uns ein wenig unterhalten, du und ich, über den Sinn, in *diesem* Teil der Wüste zu wehen – oder in dem Teil, in dem sich all jene Schwerttänzer befinden, die es auf unsere Haut abgesehen haben … und natürlich das damit verbundene Geld.«

Der Samum grollte weiter, heulte und zischte und brüllte. Obwohl ich die Augen fast geschlossen hatte, stachen Sandkörner hinein. Meine Wimpern waren verklebt und verkrustet, meine Nase halb verstopft, mein Mund starr und ebenfalls verkrustet. Sand knirschte zwischen meinen Zähnen, rieb am Zahnfleisch und in der Kehle. Aber wenn ich dem Wind den Rücken zuwandte, leistete ich dem Samum Vorschub.

Hinter mir protestierte der Hengst lautstark. Ich war etwas überrascht, daß er noch nicht davongelaufen war. Aber andererseits dachte er wahrscheinlich, er sei noch angebunden … Ich hätte ihm einen Klaps auf die Hinterhand geben und ihn davonschicken sollen.

Ich ergriff mit beiden Händen das Heft und hob das Schwert hoch. Der Wind jaulte gegen den Stahl, schrie und kreischte dagegen an, als sich die Schneide hineinbiß. Um mich herum heulte die Welt. Das Haar wurde mir aus dem Gesicht gestrichen und fast schmerzhaft zurückgeweht. Ich breitete beide Beine aus und stemmte sie, behindert durch mein verletztes rechtes Knie, so fest auf den Boden wie möglich und grub zusätzlich Vertiefungen für meine sandalenbekleideten Füße. Ich hob beide Hände hoch über den Kopf, schnitt vertikal durch den Sturm, bis die Arme – und die Klinge – ausgestreckt waren.

Das ist die klassische Pose des Eroberers. Der barbarische Schwertkämpfer, der sich im Erfolg sonnt oder – eher mit der Haltung als mit der Stimme – seinen eigenen Lobgesang singt. *Ich bin der Herr*, bedeutet sie. *Ich bin der Herrscher. Du, der du meinen Platz einnehmen willst, mußt mich erst davon vertreiben.* Ich hielt es angesichts der Situation für recht passend.

»Mein«, sagte ich laut.

Der Sturm hielt unvermindert an.

»*Mein*«, sagte ich mit mehr Nachdruck.

Der Samum sang weiter, rieb an vom Wind bloßgelegten Beinen und Armen. Und dann an mehr als an Beinen und Armen. Er riß mir den Burnus und das Untergewand vom Körper, zerriß sie wie morsche Gaze und ließ mich in jeder Beziehung nackt zurück, bis auf die Sandtigerkette, die klapperte, den zu gut um meine Hüften befestigten Wildlederdhoti, die südlichen, bis zu den Knien über kreuz gebundenen Sandalen und den nordischen Harnisch, der Rippen und Rückgrat und Schultern umgab.

Wahrhaftig barbarisch.

»MEIN«, brüllte ich, und der Gesang in meinem Kopf hob an und machte mich taub.

Samiel antwortete dem Samum. Ich spürte es, bevor ich es hörte: Ein pochendes, betäubendes Zittern tief in den Eingeweiden, das die Knochen meines Ellbogens zum Klappern brachte und die Handgelenke zu zerschmettern drohte. Ich spannte jeden Muskel an, den ich besaß, verhärtete die Gelenke in der eingenommenen Position. Die Macht, die ich spürte, war süß, verführerisch – oh, so anziehend! Das Schwert kannte mich. Es kannte meinen Gesang. Ich hatte es getränkt und dann erneut getränkt. Wir waren doppelt miteinander verbunden, Samiel und ich.

Und dann veränderte sich die Macht. Samiels Wesenheit verlöschte wie ein in einem Mahlstrom gefangener Funke, und ich spürte etwas anderes an ihrer Stelle aufflammen. Etwas sehr Starkes. Etwas sehr *Zorniges.*

Es dehnte sich von dem Schwert aus aus, funkelte wie ein über den Horizont der Punja flammender Blitz. Schwarzes Licht. *Schwarzes* Licht. Keine wirkliche Beleuchtung, denn es war kein Sonnenschein oder Mondschein oder Feuerschein. Es war schwarz. Und dennoch glühte es.

Schweiß brach auf meiner Haut aus. Sand klebte sofort. Jede Vertiefung, Falte und Furche begann zu jucken.

Hoolies. Auf ein neues.

Schwarzes Licht, strahlend. Es floß die Klinge hinab, berührte zögernd meine Hände um das Heft, floß dann weiter abwärts, verschlang Finger, Hände, Handgelenke.

Ich fluchte. Ich sagte etwas sehr Ungeschicktes. Weil ich plötzlich ängstlicher war als jemals zuvor.

Das Licht *berührte* mich...

Schwarzes, strahlendes Licht überzog Haut mit Dunkelheit. »Hoolies«, krächzte ich.

Keine Magie. Ich wußte es. *Keine* Magie. Etwas Schlimmeres. Etwas Mächtigeres. Etwas unendlich Gefährlicheres.

Das Schwert war teilweise schwarz gewesen. Die Verfärbung hatte zu- und abgenommen, wie der Mond, abhängig von Chosa Dei. Abhängig von mir und der Willenskraft, die ich einsetzte, um den Magier zu vertreiben.

Die ganze Klinge war schwarz. Das Heft. Die Hände darum.

Mit schwarzen Armbändern versehene Handgelenke.

Er hatte darauf gewartet.

Ich schrie. Versuchte loszulassen. Versuchte, das geschwärzte Schwert fortzuwerfen, es in weitem Bogen in den Wind zu werfen, wo der Samum es verschlingen würde. Aber ich konnte die Waffe, die Chosa Dei gefangenhielt, nicht loslassen.

Die jetzt mich gefangenhielt.

Dann spürte ich ihn. Eine federleichte Berührung. Liebkosung. Ein schwaches Atmen an meiner Seele. Die Schwärze breitete sich aus.

»Del«, krächzte ich. »Del, tu es *jetzt*...«

Aber Del hörte mich nicht – oder konnte mich nicht hören.

Ich dachte: *Wenn ich sie auf mich selbst richte* – fragte mich aber, ob mein Tod Chosa tatsächlich vernichten würde, erinnerte mich daran, daß ich auch meinen Körper aufgäbe, wenn ich mein Leben aufgäbe. Chosa hatte sich bereits als fähig erwiesen, Dinge, die er für seine Zwecke als geeignet befand, zunichte zu machen und neu zu gestalten. Ein sterbender Körper würde ihn kaum aufhalten. Selbst meiner nicht.

Der Samum heulte weiter. Er drückte Augen und Ohren zu, setzte sich in meiner Seele fest. Ich spürte Chosas Fingerspitze – oder *etwas* – meinen rechten Unterarm berühren. Dann meinen linken Unterarm. Schwärze ergoß sich zaghaft, spielte und verschlang dann einen weiteren Teil meiner Haut.

Die Haare auf meiner Haut standen aufrecht. Mein Magen wand und verkrampfte sich, drohte alles auszuspeien, was ich gegessen hatte.

O Hoolies, was habe ich getan?

Schwärze.

So viel Schwärze.

Verschlang mich Zentimeter um Zentimeter.

Tief in mir schmerzten die Knochen.

Versuchte er, sie zu zerstören?

Angst und Sand hatten meinen Mund trockengerieben. Ich schluckte schmerzhaft, sehnte mich nach Wasser, nach Wein, nach der Kraft und dem Mut, die ich so verzweifelt brauchte.

Ich ergriff das Schwert fester, umklammerte die Lederriemen, bis sich meine Gelenke beschwerten. Die Zehen rollten sich gegen die Ledersohlen ein und knackten geräuschvoll. Sogar mein gesundes Knie schmerzte. Ich spannte die Muskeln an, lockerte sie wieder, spannte sie erneut an.

Ein letzter Versuch.

»Mein«, formulierte ich lautlos. »Dieses Schwert, dieser Körper, diese *Seele*...«

Ruckartig öffneten sich meine Augen. Ich starrte blind in den Sturm. Den Sand und den Wind nicht beachtend, wußte ich es plötzlich.

Es gab Dinge, die Chosa nicht verstand. Den Geist betreffend. Er kannte Magie und Haut und Knochen. Er wußte *nichts* über den Geist. Nichts über den zwanghaften Drang eines jungen Chula aus dem Süden, der zu einem Leben als Lasttier verurteilt war... und schließlich etwas erhielt, wovon niemand sonst etwas wußte. Etwas Geheimes. Etwas, was er behalten konnte. Etwas, was er berühren und streicheln und womit er sprechen konnte, von seinen Zukunftsträumen erzählen konnte, von Zaubern, die seine Dämonen vernichten würden, die lebenden und die toten.

Etwas *Eigenes*.

Ich grinste zähneknirschend in den Samum hinein.

»*Mein*«, flüsterte ich triumphierend, mit mächtiger, seltsamer, aus der Kindheit eines Chula geborener Bitterkeit, aus dem erwachsenen Jungen geboren, der als fremdartig und seltsam und töricht gebrandmarkt wurde.

Der alles glaubte, was ihm gesagt wurde.

»Mein«, sagte ich erneut.

Dieses Mal hörte Chosa mich.

Schmerz.

Er ließ mich auf die Knie sinken.

Warf mich in den Sand.

Bruchstücke von Vernunft und Bewußtheit und Selbstwertgefühl. Er nahm mir alles außer Angst und Verstehen.

Chosa Dei war keine Legende. Die Geschichte seiner Gefangenschaft durch die Hand seines Magierbruders, Shaka Obre, war wahr, nicht das fragwürdige Geschwätz eines Märchenerzählers. Chosa Dei war alles, was sie von ihm behaupteten.

Chosa Dei war *mehr*.

Das Schwert wand sich in meinen Händen. Die geschwärzte Spitze – *nein*. Nicht schwarz. Die Spitze war silbern. Wie Stahl. Reiner, unbefleckter Stahl, in nordischen Feuern gehärtet, in nordischen Wassern gekühlt, von nordischen Göttern gesegnet.

Samiel?

Schwarzes Licht blitzte auf. Chosa Dei schlug zu, verschlang ein weiteres Stück von mir, kroch an meinen Unterarmen höher. Halb bis zu den Ellbogen.

Das Schwert war nach unten gerichtet, wand sich in meinem Griff. Ein weiterer Abschnitt Samiels zeigte seine wahre Färbung. Und dann verstand ich.

Chosa Dei verließ das Schwert. Chosa ließ es im Stich. Chosa tauschte ein im Norden gefertigtes *Jivatma* gegen einen im Süden aufgezogenen Schwerttänzer ein.

Befreite Samiel.

Wenn das Schwert von Chosa befreit war …

Wenn.

Aber wenn Samiel befreit wurde, war ich gefangen.

Von Chosa Dei.

Wenn.

Wenn ich ihn aufnahm. Wenn ich ihn kommen ließ. Wenn ich ihm meinen Körper überließ, das Schwert

702

aufgab, wäre das Schwert dann stark genug, ihn zu besiegen?

Aber niemand könnte es führen.

Hoolies.

Die Eingeweide verkrampften sich. Die Zähne knirschten. Die Augen wölbten sich vor und wollten sich nicht schließen lassen.

Schwarz bis zu den Ellbogen.

Die Muskeln zogen sich zusammen. Durch die Luft abwärts, schnitt durch Wind und klagte. Schwarzes Licht flammte auf. Reiner Stahl schimmerte. Die Schultern verhärteten sich, als ich die Schwertspitze in den Sand trieb. Dann tiefer. Sie hinabtrieb, immer weiter hinab. Sand an dem Stahlmantel reiben ließ.

Auf Knien umklammerte ich das Schwert. Kauerte da, erstarrt. Machtlos vor dem Schwert. Vor dem Magier. Nicht mehr als die Hülle, die er füllen wollte.

»Nein«, flüsterte ich.

Meine Sicht verschwamm. Versagte. Blind starrte ich mit weit geöffneten Augen in den reibenden Wind.

»Tiger...«, krächzte ich. »Der hölzerne Tiger des Magiers...«

Die Erinnerung war weit entfernt. Ein kleiner hölzerner Sandtiger, gestaltet, um betrachtet zu werden. Er hatte mir gehört. Nur mir. Und ich hatte ihn gebeten, ihn um Macht gebeten. Um die Mittel zu entkommen.

Sandtiger hatte ich ihn genannt. Zum Sandtiger hatte ich ihn gemacht.

Leibhaftig: Befreiung.

Kinder und Männer, gefressen. Mehr getötet bei dem Versuch. Dann hatte *ich* ihn aufgespürt. *Ich* hatte sein Lager gefunden. *Ich* hatte den Speer ausgerichtet und ihm diesen Speer in den Leib gerammt. Hatte vor Schreck und Schmerz geschrien, als die Krallen meine Wange zerkratzten. Als das Gift den Körper erfüllte.

Ich hatte den Sandtiger getötet. Er hatte mich fast getötet. Chosa tötete mich.

Das Fleisch würde weiterleben, aber der Geist, die Seele, würden es nicht.

Die Sicht verschwamm. Versagte.

In mir lachte etwas.

Das innere Auge öffnete sich. Und sah.

»Del!« schrie ich. »Del... *Delilah*... Del... Tu es! Tu es! Laß nicht... *Laß* nicht... Del... *Tu, was du tun mußt*...«

Das innere Auge *sah*.

»Del«, krächzte ich.

Sandalenbekleidete Füße. Windgepeitschter Burnus. Das Schimmern eines nordischen Schwertes.

Ich konnte ihren Gesichtsausdruck nicht erkennen. Vielleicht war es besser so. »Tu es, Del... *tu* es!«

Wind blies ihr das Haar aus dem Gesicht, legte es frei, starr und bleich und gequält. Das *Jivatma* zitterte in ihren Händen.

»...mußt...«, brachte ich mühsam hervor. »Du sagtest... du könntest... du sagtest... wie Ajani...«

Del wich zurück. Der Wind schrie um uns herum, verbarg erneut ihr Gesicht.

Hoolies, Bascha. Tu es.

Tief in mir lachte etwas.

Chosa war *belustigt*

»Wie Ajani«, krächzte ich. »Schnell. Sauber. Kein Risiko für dich... *Del*...«

Warum brauchte sie so lang?

Das nordische Schwert schimmerte. Es schnitt durch das Heulen des Samums und sang seinen eigenen Gesang. Von Farbtafeln am Nachthimmel, vom Geschrei eines Bansheesturms, der durch nordische Berge brüllte.

Zu kalt für mich.

Ich war im Süden geboren.

Mein Sturm war der Samiel.

Ich riß das Schwert aus dem Sand. Schwärze funkelte.

»Zu spät«, flüsterte ich. »...*hast zu lange gezögert*...«

Der Wind wehte ihr Haar zurück. Ich sah ihr Gesicht erneut: die perfekte Gestaltung der Knochen, die glatte, makellose Haut, die Konturen der Nase, der Wangenknochen, die Symmetrie des Kinns. Die gebogene Linie ihres sich gerade öffnenden Mundes.

Delilah begann zu singen. Todesgesang. Lebensgesang. Der Gesang vom Leben eines Schwerttänzers. Von einem südlichen Chula, der aus der Welt der freien Menschen kam, die er sich zu eigen zu machen versucht hatte.

Warte nicht, Bascha.

Eine neue Entschlossenheit trat in Dels Ausdruck. Sie brach ihren Gesang mittendrin ab und hob das tödliche *Jivatma*, dessen Name Boreal war.

Genauso wie ich meines hob.

Wozu Chosa mich veranlaßte.

»Samiel«, sagte sie.

Aber es ging im Heulen des Windes unter.

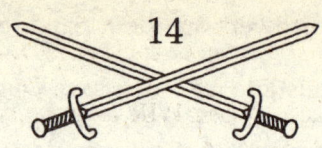

14

*S*ein Bruder auf der Zinne, der über die Weite des Landes
hinwegschaut, das sie erschaffen hatten, verwundert,
daß sie es konnten, denn sie waren Magier, keine Götter...

Er runzelte die Stirn.

*Oder ist es möglich, fragt er sich, daß Götter lediglich Ge-
bilde sind? Gebilde einer so tiefen und beharrlichen und gefährlichen Magie, daß bis jetzt niemand sonst gewagt hatte,
sie zu ergründen, sie heraufzubeschwören, sie zu sammeln,
sie zu handhaben, etwas aus nichts zu gestalten...*

*Zu vernichten, was gewesen war, zu erschaffen, was jetzt
ist.*

Er lächelte.

Ich habe das getan.

Er hält inne. Formuliert neu.

WIR haben das getan. Shaka und ich.

*Er sieht seinen Bruder an. Chosa Dei und Shaka Obre.
Zwillinge. Untrennbar, nicht voneinander zu unterscheiden.
In Willen, Kraft und Macht einander gleich. In so sehr vielen Dingen, zwei Hälften eines Ganzen, die Ausgewogenheit
von Dunkelheit und Licht.*

In allem gleich, außer im Ehrgeiz.

»Was wir getan haben...«, beginnt Chosa.

*Shaka lächelt, vollendet den Satz: »...ist wahrhaftig be-
merkenswert. Ein Geschenk für das Volk.«*

*Chosa runzelt die Stirn, von dem Triumph verwirrt. »Ein
Geschenk?«*

*»Sicherlich erwartest du nicht, daß sie dafür BEZAH-
LEN«, sagt Shaka lachend. »Sie haben nicht darum gebeten,
haben es nicht gefordert...«*

»... außer in Gebeten an Götter.«

Das Lachen erstirbt, Shaka zuckt die Achseln. »Menschen bitten um viele Dinge.«

»Aber dieses Mal haben WIR reagiert. Wir haben ihnen gegeben, was sie wollten.«

»Und jetzt willst du Bezahlung?« Shaka schüttelt den Kopf. »Wie können wir uns so ähnlich, aber auch so unterschiedlich sein? Die Macht, die wir gehandhabt haben, ist als Vergütung ausreichend.« Shaka streckt eine Hand veranschaulichend aus, umfaßt das sich unter ihnen ausbreitende Grasland. »Siehst du nicht? Wir haben das Land üppig gemacht. Wir haben das Land fruchtbar gemacht. Anstelle von Sand ist dort jetzt Gras.«

Chosa macht ein grimmiges Gesicht. »Wir haben auf ihre wertlosen Bitten reagiert. Jetzt müssen sie uns entschädigen.«

Shaka seufzt schwer. »Womit? Mit Geld? Mit Ziegen? Mit Töchtern? Mit nutzlosen Edelsteinen und Domänen?« Er legt seine Hand auf die starre Schulter seines Bruders. »Sieh es dir noch einmal an, Chosa. Schau, was wir bewirkt haben. Wir haben die Welt neu erschaffen.«

Chosas Gesicht verkrampft sich. »Ich bin nicht so mildtätig.«

Shaka nimmt die Hand von der Schulter seines Bruders. »Nein. Du warst immer ungeduldig. Du hast stets mehr gewollt.«

Chosa schaut über die Weite des Grases hinweg, die einst eine Sandwüste gewesen war. Er spricht eine Wahrheit aus, die keiner von ihnen jemals zuvor erwogen hat, die er aber schon lange erahnt: »Wir sind zwei verschiedene Wesen.«

Shakas Augen weiten sich. »Aber wir wollen das gleiche!«

»Nein«, sagt Chosa verbittert. »Nein. Du willst DAS«. Und deutet auf das Gras.

»Chosa ... du nicht?«

Chosa zuckt die Achseln. »Ich weiß nicht, was ich will. Nur ... mehr. MEHR. Ich langweile mich ... Sieh, was wir getan haben, Shaka. Wie DU sagst: Sieh, was wir bewirkt haben. Was bleibt uns noch zu tun?«

Shaka lacht. »Wir werden uns etwas anderes ausdenken.«

Sein Bruder runzelt düster die Stirn. »Wir sind sehr jung, Shaka. Es ist noch so viel Zeit, so VIEL Zeit ...«

»Wir werden Möglichkeiten finden, sie auszufüllen.« *Shaka betrachtet das sich unter ihnen ausbreitende Grasland und nickt zufrieden.* »Wir haben einem sterbenden Volk das Geschenk des Lebens gegeben, Chosa ... Ich denke, ich möchte sehen, wie sie es nutzen.«

»Oh? Wie?«

Chosa Dei lächelte. »Ich habe Geschmack an der Magie gefunden.«

Shakas Gesichtsausdruck ändert sich von Nachsicht zu wachsamer Bewußtheit. »Wir hatten stets Magie zu Verfügung, Chosa. Was hast du vor?«

»Sie sammeln«, *sagt Chosa.* »Mehr finden und sammeln. Denn wenn es so einfach war, dies zu ERSCHAFFEN, dann wird es noch unterhaltsamer sein, es zu zerstören.« *Er sieht das Entsetzen in Shakas Blick und zuckt lässig die Achseln.* »Oh, nicht sofort. Ich werde dich noch eine Weile damit spielen lassen. Ich werde dich sogar einen Teil davon behalten lassen, wenn du willst. Genau die Hälfte, wie immer.« *Chosa lacht.* »Immerhin ist alles, was wir jemals gehabt haben, stets in zwei genau gleiche Hälften geteilt worden. Warum nicht das Land, das wir gerade erschaffen haben?«

»Nein«, *sagt Shaka.*

Chosas Augen weiten sich aufmerksam. »Aber so haben wir es IMMER gehalten. Die Hälfte für dich, die Hälfte für mich.«

»Nein«, *sagt Shaka.* »Hier sind Menschen mit betroffen.«

Chosa beugt sich nah zu seinem Bruder heran und spricht mit scharfer, flüsternder Stimme. »Wenn einer von ihnen stirbt, werden wir einfach MEHR erschaffen.«

Shaka Obre schreckt zurück. »Wir werden nichts dergleichen tun. Sie sind MENSCHEN, Chosa – keine Dinge. Du wirst sie in Ruhe lassen.«

»Die Hälfte von ihnen gehört mir.«

»Chosa ...«

»*So HALTEN wir es, Shaka! Halbe-halbe. Erinnerst du dich?*«

Shaka sieht ihn an. »*Nur über meine Leiche.*«

Chosa denkt darüber nach. »*Das macht vielleicht Spaß*«, *sagt er schließlich.* »*Das haben wir noch niemals zuvor getan.*«

Jetzt ist Shaka mißtrauisch. »*Was getan?*«

»*Wir haben noch nie zuvor versucht, einander zu töten. Denkst du, daß wir es könnten? Wirklich sterben, meine ich?*« *Die Begeisterung blüht auf Chosas Gesicht.* »*Wir haben alle diese Worte und Zauber ... Glaubst du, wir sollten versuchen, sie außer Kraft zu setzen, nur um zu sehen, ob wir es wirklich könnten?*«

»*Geh fort*«, *sagt Shaka.* »*So mag ich dich nicht.*«

Chosa bleibt beharrlich. »*Aber wäre das nicht ein Spaß?*«

Shaka schüttelt den Kopf.

Enttäuschung tritt in Chosas Augen. »*Warum mußt du immer ein solcher Spielverderber sein, Shaka?*«

»*Weil ich mehr Verstand habe. Ich habe Verantwortungsgefühl.*«

Shaka nickt in Richtung des Graslands. »*Wir haben dies für Menschen in Not erschaffen, Chosa. Wir haben auf dem Feld gesät. Jetzt müssen wir uns um die Früchte kümmern.*«

Chosa stößt einen spöttischen Laut aus. »*DU kümmerst dich um die Früchte. Ich sammle sie ein.*«

Shaka beobachtet, wie er sich abwendet. »*Weh dir, du tust etwas! Weh dir, du schadest diesen Menschen, Chosa!*«

Chosa hält inne. »*Noch nicht. Ich werde dich mit deinem Spielzeug spielen lassen. Eine Weile. Bis mir nichts anderes mehr zu tun einfällt. Bis dahin werden Jahrhunderte vergangen sein, und du wirst dieses Spielzeugs auch überdrüssig sein. Bereit für etwas NEUES.*« *Er lächelt.* »*Ja?*«

Geräusche. Keine Sicht: Ich kann die Augen nicht öffnen. Nur Geräusche, nicht mehr. Fleisch und Knochen sprechen nicht auf mein Verlangen an.

»Verflucht seist du«, flüsterte sie. »Ich hasse dich dafür.«

Das hatte ich nicht erwartet.

»Ich *hasse* dich dafür!« Ein verzerrter, erstickter Laut, der aus einer zu angespannten Kehle hervorbricht. »Ich hasse dich für das, was du getan hast, für das, was du geworden bist, trotz und *wegen* dieses Magiers...« Sie brach jäh ab und fuhr dann in beherrschterem, aber nicht weniger tadelndem Tonfall fort. »Was soll ich tun? Dich ihm überlassen? Was soll ich tun? Dir den Rücken zuwenden? Fortgehen? Mich weigern, die Bedeutung der Ereignisse, den Wert des Mannes anzuerkennen, weil es leichter ist, es *nicht* zu tun?«

Ich konnte ihr keine Antworten geben. Aber andererseits wollte sie auch keine Antworten von mir erfahren. Wenn sie gewußt hätte, daß ich sie hören konnte, hätte sie nichts gesagt... außer vielleicht jene Worte, die dazu angetan waren, das Blut gefrieren zu lassen. Selbst jetzt versuchte sie es. Ganz unwissentlich. Was die Macht ihres Zorns mehr als alles andere unterstrich.

»Wenn du sehen könntest, was er getan hat...« Verzweiflung schlich sich in ihren Tonfall ein. »Wenn ich ihn töten könnte, würde ich es tun. Wenn ich ihm den Kopf abschlagen könnte, wie ich es bei Ajani getan habe, würde ich es tun. Wenn ich Magie gebrauchen könnte oder was immer sonst nötig wäre, um dich zu befreien, *würde ich es tun*...« Dann brachen hastig Worte und Gefühle hervor. »Es gibt Dinge, die ich dir sagen würde, wenn ich könnte, wenn ich sie aussprechen könnte..., aber wir geben beide nicht gern Schwächen oder Fehler zu, weil die Tür zu weit geöffnet wird, wenn man sie zugibt. Ich weiß es. Ich verstehe es. Aber jetzt, wo ich wissen *muß*, wer und was du bist... bietest du mir nichts an – und ich kann nicht fragen: Ich habe nicht den Mut dazu.«

Tief innen kämpfte ich. Aber es kamen keine Worte hervor. Die Lider hoben sich nicht.

»Was soll ich tun?« keuchte sie. »Ich bin schwach. Ich habe *Angst*. Ich bin nicht der Mensch, der ich sein muß, um diesen Feind besiegen zu können. Ich bin nicht der Sandtiger.«

Und dann ein Schwall gemurmelter Hochlandworte, alles zischende Silben gewundener fremdartiger Worte, die zur Abwehr der Angst zu einer Litanei aneinandergereiht wurden.

Stille. Eine hartnäckige, zerrissene Stille. Ich wollte sie ausfüllen, wollte es so sehr ...

»Du hast meinen Gesang entstellt«, erklärte sie. »Du hast alle Worte neu gestaltet und die ganze Musik verändert.«

O Bascha, es tut mir leid.

»Bitte«, sagte Del. »Ich bin so vieles gewesen und habe so viele Gesänge gesungen, um ausreichend hart zu werden. Um ausreichend stark zu werden. Ich bin, was ich bin. Ich bin nicht wie andere. Ich kann nicht wie andere *sein*, weil Schwäche damit zu tun hat. Aber du hast mir mehr gegeben ... du hast mich zu mehr *gemacht*. Du hast mich nicht zu weniger gemacht, als ich bin – zu weniger, als ich sein mußte und noch *immer* sein muß ... du machst mich zu mehr.«

Ich wollte so gern antworten, ihr sagen, daß ich sie zu überhaupt nichts gemacht hatte, sondern daß sie *mich* zu etwas machte, zu etwas Besserem. Zu *mehr* ...

Ihre Stimme klang rauh. »Was soll ich tun? Dich zu deinem eigenen Besten töten?«

Das war es nicht, was ich im Sinn hatte.

Und auch Chosa Dei nicht, der einmal mehr auf dem Ausguck neben Shaka Obre stand.

Wieder Geräusche. Das Zischen von geschliffenem Stahl, der aus einer Scheide gezogen wird. Das Schaben und Reiben südlicher Sandalen. Der weiche Schlag eines sanft laufenden Pferdes, das über den Sand herankam.

»Also kommt er doch noch zu uns«, murmelte sie leise. Metallisches Klappern: Zaumzeugmessing, Gebißstücke. Das Knarren eines südlichen Sattels. Ein etwas widerspenstiges Pferd, das durchpariert wurde.

»Steigt ab«, forderte sie auf. »Ich überlasse Euch die Ehre: Ihr dürft den Kreis zeichnen.«

Eine männliche Stimme antwortete, verfing sich seltsam in gebrochen hervorgebrachten Silben. »Warum sollte ich einen Kreis wollen?«

»Seid Ihr nicht gekommen, um ihn herauszufordern?«

Er antwortete nicht sofort. Dann sagte er: »Er scheint ein wenig unpäßlich.«

»Im Moment«, stimmte sie zu. »Aber ich bin auch noch da.«

»Ich bin nicht Euretwegen gekommen. Zumindest nicht, um Euch im Kreis zu treffen. Betten sind viel weicher.«

»Ein Kreis ist der einzige Ort, an dem wir uns treffen werden.«

»Es sei denn, ich besiege Euch. Wenn das Bett der Preis wäre.« Erneut knarrendes Leder. »Aber deshalb bin ich nicht gekommen.«

»Sie hat Euch gesandt.«

Ein Spur von Überraschung war aus seinem Tonfall herauszuhören. »Ihr wißt über sie Bescheid?«

»Vielleicht besser, als ihr lieb ist.«

»Nun.« Er räusperte sich, aber die Heiserkeit blieb. »Was ist ihm widerfahren? Sicherlich nicht Nezbet … es sei denn, der Sandtiger wäre so alt und achtlos geworden, daß sogar Jungen ihn besiegen können.«

Ihre Stimme klang verächtlich. »Nezbet hat ihn nicht besiegt. Es war …« Sie hielt inne. »Das würdet Ihr nicht verstehen.« Zaumzeugmessing klapperte, als das Pferd den Kopf schüttelte. »Ich verstehe nur, daß er schon ei nige Zeit nicht mehr er selbst ist. Es gibt Gerüchte in Iskandar und sogar in Harquhal ... Geschichten, die sich gut erzählen lassen, wenn Männer zusammensitzen und trinken und würfeln.«

»*Ihr* seid zweifellos das Objekt solcher Erzählungen. Wie häufig sind sie wahr?«

Er lachte heiser. »Na ja, aber selbst ich habe bemerkt, daß er nicht mehr derselbe ist. Und das *ist* er nicht mehr, Del ... Andererseits habt ihr ihn niemals in seiner besten Zeit gesehen.«

»In seiner *besten* Zeit.« Sie war verärgert. »Er war – ist – in seiner besten Zeit und Euch somit dreifach überlegen.«

»*Dreifach*.« Er war belustigt. »Und was seine Beurteilung als Mann betrifft – wie eine Frau einen Mann beurteilt –, könnt nur Ihr das sagen. Ich habe niemals mit ihm geschlafen.«

»Euch dreifach überlegen«, sagte sie kühl, »im Bett – und im Kreis.«

Die gebrochene Stimme klang gefährlich sanft. »Und ich habe niemals mit *Euch* geschlafen.«

»Das werdet Ihr auch nicht«, erwiderte sie.

»Es sei denn, ich gewinne es von Euch als Preis.«

Der Tonfall ihrer Antwort klang gleichermaßen tödlich. »Typisch Mann«, sagte sie, »den Körper einer Frau anstatt ihr Können zum Thema zu machen.«

Er stieg ab, ließ das Zaumzeug klingen. »Ich weiß, daß Ihr über das Können verfügt. Wir haben gegeneinander getanzt, erinnert Ihr Euch? Ich war, wie kurz auch immer, der Shodo der ...«, er hielt inne, »... *Anistoya?*«

»Ihr habt einem Zweck gedient«, antwortete sie und umging damit die Frage. »Das ist alles, Abbu.«

Schritte streiften durch den Sand. Hielten neben meinem Kopf inne. »Ist er tot?«

»Natürlich nicht: Denkt Ihr, ich halte Totenwache?«

Die Stimme war sehr nah. »Ich weiß nicht, was Ihr

vielleicht tut. Ihr seid Nordbewohnerin, nicht Südbewohnerin - *und* Ihr seid eine Frau. Frauen tun oft seltsame Dinge.«

»Er ist erschöpft. Er ruht sich aus.«

»Er ist *bewußtlos*, Bascha. Denkt Ihr, ich kann das nicht erkennen?« Er hielt inne. »Was fehlt ihm?«

»Nichts.«

»Wirkt er deshalb halb tot?«

»Er ist es nicht.«

Er klang nachdenklich. »Ich war in Iskandar, erinnert Ihr Euch? Ich befand mich inmitten der Raserei, wie jeder andere auch. Nur daß ich kein Mann für glaubensbedingten Sinnentaumel bin.« Er hielt inne. »Hat sein Zustand etwas mit Magie zu tun?«

Widerwillig: »Ja.«

»Das dachte ich mir«, sagte er. »Und ich beginne mich zu fragen ...«

»Was zu fragen?« fauchte sie.

»Die Stämme glauben, daß Ajani der Jhihadi war.«

»Ja. Weil Ajani alle Mühen auf sich nahm, diesen Anschein zu erwecken.«

»Aber der Sandtiger nahm überhaupt keine Mühen auf sich, wegen nichts, weil es nicht seine Art ist. Er *tut* einfach etwas.« Einen Schritt näher, er kniete sich neben mich. »Ich frage mich – jetzt – wie*viel* genau er tun kann.«

»Tiger ist Tiger«, sagte sie. »Er ist nicht der Jhihadi, egal was er sagt.«

»*Er* sagt, er sei der Jhihadi?«

Schweigen.

»Natürlich könnte es sein, daß er es nur sagt, um Euch auf die Probe zu stellen und zu beeindrucken«, kam es dann trocken.

»Nein.« Es klang widerwillig. »Er sagt, mein Bruder habe auf ihn gezeigt.«

»Euer Bruder? Was, zu den Hoolies, hat Euer Bruder mit alledem zu tun?«

»Er ist das Orakel.«

Schweigen. Dann sagte er spöttisch. »Erscheine ich Euch so leichtgläubig? Oder ist das ein Spiel, das Ihr und der Sandtiger Euch ausgedacht habt?« Er schnaubte. »Wenn es das ist, glaube ich nicht, daß es funktioniert. Gerade jetzt habt Ihr ein Dutzend *sehr* verärgerte Krieger auf Eurer Spur, ganz zu schweigen von den ungefähr zehn Schwerttänzern, die Aladars Tochter in ihre Dienste gestellt hat.«

»Glaubt, was Ihr glauben wollt.« Sand knirschte, als sie ihre Lage änderte. »Werdet Ihr den Kreis zeichnen?«

»Nicht jetzt.« Ein heiseres Kichern. »Ihr habt mir große Angst eingejagt, Bascha. Ich wage keinen Tanz gegen Euch.«

Sie sagte etwas in beredter Hochlandsprache. Ich öffnete den Mund zu einer Antwort.

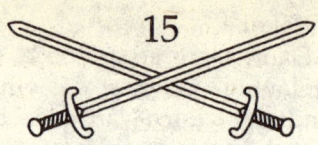

15

*C*hosa Dei nickt. »*Du wirst müde werden, Shaka. Du wirst dich genauso langweilen wie ich. Und es wird nichts anderes zu tun geben, als alles noch einmal von vorn zu beginnen.*«

Shaka Obre schüttelt abwehrend den Kopf. »Ich werde nicht zulassen, daß du diesen Menschen schadest.«

»Sie sind unbedeutendes, zerbrechliches Spielzeug.«

Shaka braust verärgert auf. »Dann geh und erschaffe dir deine eigenen! Wenn du so gut darin bist, geh und erschaffe deine eigenen. Irgendwo ANDERS, Chosa. Laß meine Welt in Ruhe.«

»Deine Welt! DEINE Welt? Wir haben sie zusammen erschaffen, Shaka.«

»Das ist gleichgültig. Du willst sie nicht mehr – ich schon.« Verachtung überzieht Chosas Gesicht. »Du weißt nicht, was du willst.«

»Du auch nicht, Chosa. Das ist ein Teil deines Problems.«

»Ich HABE kein Problem. Und wenn, dann bist du es!«

Shaka Obre seufzt. »Geh einfach fort. Du bringst meine Welt durcheinander.«

»Du wirst mich vermissen, wenn ich gehe.«

Shaka zuckt die Achseln. »Ich weiß, wie ich mich beschäftigen kann.«

Erneut Abbu. »Was genau habt Ihr mit ihm *gemacht,* Del?«

»Das würdet Ihr nicht verstehen.«

»Erzählt es mir dennoch.«

»Es ist eine sehr lange Geschichte.«

»Erzählt es mir dennoch. Wir haben Zeit.«

»Die anderen werden kommen, und was wird dann sein? Ich kann nicht gegen sie alle tanzen, und Ihr *werdet* nicht gegen sie alle tanzen.«

Er war belustigt. »Natürlich nicht. Ihr denkt immerhin, ich sei einer von ihnen.«

»Seid Ihr es nicht? Warum sonst solltet Ihr gekommen sein?«

»Aus Neugier.«

»Wohl eher aus Habgier. Hat sie Euch genug geboten?«

»Sie hat mir sehr viel geboten. Ich bin immerhin eine Art Legende.«

»Panjandrum«, murmelte sie.

»Auch das«, stimmte er zu. »Nun, und jetzt zum Sandtiger ...« Eis sank plötzlich herab. »Ihr würdet *zuerst* gegen mich tanzen müssen.«

»Das weiß ich, Bascha. Das habt Ihr mir sehr deutlich gemacht.«

Er regte sich. »Was habt Ihr mit ihm getan? Und was hat *er* getan, um Euch dazu zu bringen, daß Ihr sein Leben aufs Spiel setzt?«

Ich kämpfte darum, die Augen zu öffnen. Versuchte zu sprechen. Versuchte irgend *etwas* zu tun, das ihm klargemacht hätte, daß ich lebte, wach war, bei Bewußtsein war.

Nichts gelang.

Chosa Dei auf der Zinne, der das grasbewachsene, von baumbestandenen Hügeln umgebene Tal überschaute, das Sonnenlicht von den Seen zurückgeworfen ...

»Ich habe dies erschaffen«, sagt er. »Ich könnte es zunichte machen.«

Zurück.

»Hoolies«, bemerkte Abbu. »All das habt Ihr getan, indem Ihr ihm sein *Schwert* abgenommen habt?«

717

»Nicht... ganz.« Dels Stimme war eine Mischung aus mehrerem: Erschöpfung, Sorge, Zurückhaltung. »Wie ich bereits sagte, es ist noch weitaus mehr damit verbunden. Eine lange Geschichte.«

»Und wie *ich* bereits sagte, Bascha, wir haben Zeit.« Del seufzte. »Ich verstehe nicht, warum Ihr das tut.«

»Auszugleichen, anstatt zu behindern?« Er lachte mit seiner gebrochenen, heiseren Stimme. Das hatte ich bewirkt. »Weil ich mich vielleicht nicht verdingt habe, um ihn zu erwischen. Habt Ihr jemals an diese Möglichkeit gedacht? Und selbst wenn ich es getan *habe*, bedeutet es keine Herausforderung, einen Mann in seinem gegenwärtigen Zustand gefangenzunehmen. Nützt dem Ruf nichts. Er ist immerhin der *Sandtiger*...« Abbu hielt inne. »Zumindest *war* er es.«

»Und wird es wieder sein.« Eine kühle Hand berührte meine Stirn, strich schweiß- und sandverkrustetes Haar zurück. »Die Geschichte beginnt mit seinem Schwert«, sagte sie schließlich. »Einem nordischen Schwert. *Jivatma.*«

Abbu grunzte. »Ich weiß davon. Und ich habe Eures gesehen, erinnert Ihr Euch? Als wir tanzten.«

Die Finger legten sich kurzzeitig fester auf meine Stirn. Ich erkannte, daß meine Augen mit einem feuchten Tuchverband gewaltsam geschlossen gehalten wurden. »Es ist mehr damit verbunden«, sagte Del ruhig. »Ein Magier. Chosa Dei.«

Abbus Stimme klang ungläubig. »Chosa Dei? Aber er ist nur eine *Legende.*«

»Wachen!« kreischt Chosa. »Du hast Wachen auf dem Land aufgestellt!«

»Natürlich«, sagt Shaka ruhig. »Ich wollte nicht, daß du eines Tages auftauchst, todkrank vor Langeweile, und aus Boshaftigkeit beschließt, zunichte zu machen, was ich erschaffen habe.«

»Was DU erschaffen hast!« Chosa bleckt die Zähne. »Was

718

WIR *erschaffen haben, meinst du. Wir beide waren es, Shaka – und du weißt das!«*

»Aber nur einer von uns will es zerstören.«

»Nicht zerstören, sondern es zunichte machen«, erklärte Chosa.

»Und wenn du willst, können wir es wieder neu gestalten, wenn wir erst einmal fertig sind.« Er grinst, streckt die Hand aus und umfaßt die Schulter seines Bruders. *»Das würde Spaß machen, wie? Zunichte zu machen, was wir erschaffen haben, und es dann wieder ganz neu gestalten. Nur besser ...«*

»Ich werde die Wachen nicht abziehen.«

Chosas Griff wird fester, die Finger graben sich in Shakas Schulter. *»Du wirst. Du mußt. Denn wenn du es nicht tust ...«*

Es ist klar, was er meint. Aber Shaka schüttelt den Kopf.

Sie stehen erneut auf der Zinne, überschauen das üppige, grüne Grasland, das sie, Jahrhunderte zuvor, aus karger Wüste erschaffen haben. Fünf Generationen haben das Land bearbeitet, haben fruchtbare Erde, Wasser in Hülle und Fülle und Früchte im Überfluß gekannt. Shakas mildtätiger Segen hat ihnen die Freiheit verschafft, zu gedeihen und zu wachsen, und sie haben kaum Not kennengelernt.

Und jetzt will Chosa Dei das alles zunichte machen. Aus Langeweile.

»Nein«, sagt Shaka. *»Das Land bleibt so, wie es ist.«*

»Teile es«, kontert Chosa. *»Die Hälfte gehört immerhin mir. Ohne meinen Anteil an Macht hättest du nichts von alledem bewirken können.«*

Shaka schaut angewidert drein. *»Ich habe alles über dich erfahren. Chosa. Du zerstörst. Du tötest. Du ...«*

»Ich mache zunichte«, erklärt Chosa. *»Und gestalte neu, nicht wahr?«* Er lächelte. *»Wir lernen aus unseren Fehlern. Jede Generation ist eine Verbesserung gegenüber der vorangegangenen. Glaubst du nicht, daß wir es dieses Mal noch besser machen könnten?«*

Shaka schüttelt den Kopf.

Wut verzerrt Chosas Züge. »Zieh die Wachen ab, Shaka. Genug dieser Narrheit. Zieh die Wachen ab, oder ich werde sie vernichten, und dann werde ich DICH vernichten.«

Shaka lacht. »Ich glaube, du vergißt etwas.«

»Was vergesse ich?«

»Auch ich habe Magie zur Verfügung.«

»Sie ist nicht wie meine«, flüstert Chosa. »Oh, nicht wie meine. Vertrau mir Bruder. Prüf mich, stell dich mir entgegen, und du wirst leiden.«

Shaka mustert seinen Bruder. Er schüttelt sehr traurig den Kopf. »Du warst nicht immer so. Als Kind warst du freundlich und nett und großzügig. Was ist geschehen? Wo hast du den falschen Weg eingeschlagen?«

Chosa Dei lacht. »Ich habe Geschmack an der Magie gefunden.«

»Dann wird die Magie deine Bettgefährtin.« Shaka lächelt nicht mehr und musterte ihn auch nicht mehr. Seine Entscheidung ist gefallen. »Teste meine Wachen, Chosa, und du wirst herausfinden, wie mächtig sie sind. Und wie mächtig ich bin.«

Chosa grinst höhnisch. »Du bist schon seit zweihundertfünfzig Jahren hier, stets gleich. Während ich in die Welt hinausgegangen bin und alle Magie gesammelt habe.« Er hält inne. »Hast du ÜBERHAUPT eine Vorstellung davon, wie mächtig ich geworden bin?«

Shaka lächelt traurig. »Ja. Ich glaube schon. Und das ist der Grund, warum ich nicht zulassen kann, daß du ›zunichte machst‹, was ich mühsam beschützt habe.«

»Du mußt teilen«, macht Chosa heimtückisch geltend. »So wie wir stets geteilt haben.«

»Nicht in diesem Fall.«

Zorn verkrampft Chosas Züge. »Dann wirst du erleben, was ich bin, nicht wahr? Du wirst erleben, was ich tun kann!«

»Wahrscheinlich«, stimmt Shaka zu. »Da ich deine Meinung nicht ändern kann.«

»Und du wirst leiden.«

Shaka schaut auf das üppige Grasland hinab. »Irgend jemand wird leiden«, *sagt er traurig.* »Du. Oder ich. Oder sie.«

»SIE!« *Deutliche Verachtung.* »Was kümmern sie mich? Ich kann so viele von ihnen erschaffen, wie ich brauche.« *Er zeigt die Zähne.* »Aber ich brauche sie nicht, nicht wahr?«

»Doch«, *sagt Shaka.* »Du brauchst sie. Aber du hast nicht den Verstand, es zu erkennen.«

Chosa Dei hebt eine Hand. »Dann laß den Versuch beginnen.«

Shaka Obre seufzt. »Er hat bereits begonnen. Aber du hast ebenfalls nicht den Verstand, DAS zu erkennen.«

Ein Finger deutet auf das sich unter ihnen ausbreitende Tal. »Ich werde es in die Hoolies zurückverwandeln!«

Shaka zuckt die Achseln. »Und ich werde es wiederherstellen. Eines Tages.«

»Nicht, wenn du vernichtet bist. Nicht, wenn DU zunichte gemacht BIST!«

»Irgend jemand wird es tun«, *sagt Shaka.* »Wenn nicht ich, dann jemand anderer. Die Hollies können nicht ewig bestehen.«

»Ich werde sie bestehen lassen«, *droht Chosa.*

Shaka lächelt nur. »Versuche es«, *schlägt er vor.* »Du verdirbst mit deinem Geschrei eines Danjac einen wundervollen Tag.«

Chosa blickt feindselig drein. »Du wirst sehen«, *sagt er.* »Du wirst SEHEN, was ich tun kann.«

Shaka Obre streicht mit einer erschöpften Hand durch sein dunkles Haar. »Ich warte noch immer.«

Chosa starrt ihn an. »Du meinst es ernst«, *sagt er schließlich.*

»Ja.«

»Aber du bist mein Bruder.«

»Du bist nicht mein Bruder. Mein Bruder hätte dies niemals getan. Wäre niemals GEWORDEN.« *Shakas dunkle Augen blickten hart.* »Du mußt dein Gehirn zunichte gemacht haben, als du alle deine Spiele gespielt hast.«

»Ich werde dich in die Hoolies schicken!« schreit Chosa.

Shakas Lächeln ist frostig. »Nachdem ich dich hinge-schickt habe.«

»Shaka!« schrie ich. »*Shaka.*«

Hände schlossen sich um meine Handgelenke, klammerten sich darum, zwangen mich wieder auf die Decke hinab.

»Shaka!« schrie ich. Meine Stimme war eine Farce.

Zwei weitere Hände schlossen sich den ersten an. »Hoolies«, keuchte Abbu.

»Seht Ihr?« Del preßte gespreizte Finger gegen meine Brust, sprach ruhig auf mich ein. »Lieg still, Tiger. Shaka ist nicht hier. Shaka ist niemals hier gewesen.«

»Die Wachen«, krächzte ich. »Seht ihr nicht. Chosa hat sie vernichtet. Er *hat* es getan. Shakas Magie hat nicht standgehalten... Chosas Magie war zu mächtig...« Ein bis auf die Knochen dringendes Schaudern erschütterte meinen Körper. »Er hat die *Wachen* vernichtet...«

»Und sich dadurch selbst eingesperrt, erinnerst du dich?« sagte Del. »So ist es geschehen.«

Atmen war schwierig. Meine Lungen fühlten sich zusammengepreßt an. Der Bauch verkrampfte sich, während ich darum kämpfte, ein- und dann wieder ausatmen zu können. »Ich weiß nichts von den Geschehnissen. Ich kenne nur die Wahrheit. Ich war *dort*...«

»Dort!« Dels Griff wurde fester.

»...Bascha... Götter, Del...« Ich schmeckte Blut im Mund.

»Er phantasiert«, bemerkte Abbu. »Erinnert Ihr Euch, wie er war, als ihm das Pferd gegen den Kopf getreten hat?«

»...Bascha, ich kann nichts sehen.«

»Du wirst wieder sehen«, versprach sie. »Du bist

nicht blind. Aber du hast zuviel Sand in die Augen bekommen ... Sie müssen heilen, das ist alles.«

»Ich muß sehen ...« Ich versuchte, meine Hände Abbus Griff zu entziehen, und konnte es nicht. »Laßt los. Abbu ... nehmt Eure Pfoten von mir!«

Er tat es. Ich nahm das Tuch von meinen Augen und erkannte sofort, was Del meinte. Meine Augen waren sandig, juckten, und waren sehr wund. Das Sonnenlicht ließ sie tränen.

Aber ich vergaß meine Augen. Was ich wollte, waren meine Hände. Flach auf dem Rücken liegend, hielt ich sie in die Luft und untersuchte jeden Zentimeter Haut. Dann seufzte ich erleichtert auf. »Er ist fort«, murmelte ich benommen. Und dann zu mir selbst, zu verwirrt und ängstlich, um es laut auszusprechen: *Nein, das ist er nicht. Er ist IN mir. Ich kann ihn spüren.*

Ich sprang auf, warf mich gegen ihre Arme. Fiel wieder zurück, als mein Knie versagte. Ich war schwach, zitterte, war erledigt. »Hoolies«, würgte ich hervor. »Bin ich er?«

Ein dünner Schweißstrich erschien auf Dels Oberlippe. Sie wischte ihn mit dem Unterarm fort. »Aber du sagtest, er sei fort.« Sie tauschte einen Blick mit Abbu Bensir. »Glaubt Ihr mir jetzt?«

Sein Gesicht war aschgrau. »Sandtiger ...« Aber er brach ab, als wüßte er nicht, was er sagen sollte.

»Bin ich er?« wiederhalte ich. Und dann: »Wo ist mein Schwert?«

Del deutete auf eine Stelle. »Dort.«

Ich schaute hin. Das ›Dort‹ war nicht so weit entfernt.

Ungeschützt lag es im Sand. Das Sonnenlicht badete verkohlten Stahl.

»Schwarz«, brach es erleichtert aus mir heraus. »Jetzt die Hälfte ..., aber das ist besser als nichts. Besser als ...« Ich brach ab, ließ mich auf die Decke zurücksinken und betrachtete meine Arme und Hände, hob sie gegen die Sonne. Wandte sie um und um.

»*Nicht* schwarz«, murmelte ich.

Nein. Blaß-weiß. Als wären sie zu lang im Schnee gewesen. Aber alle Haare waren versengt, und die Haut war schuppig. Von den Ellbogen bis zu den Fingerspitzen. Die Fingernägel waren alle verfärbt, als wären sie erfroren.

Del atmete tief ein. »Du hast mich gebeten, dich zu töten«, sagte sie. »Du hast mich *angefleht*, dich zu töten.«

Ich betrachtete meine Hände, bewegte verwirrt und fasziniert mit blauen Nägeln versehene Finger. »Irgend etwas sagt mir, daß du es nicht getan hast.«

»Nein. Ich habe etwas anderes getan. Ich wußte, es würde dich vielleicht töten, aber da du das ohnehin wolltest ...« Sie strich sich erschöpft das Haar aus dem Gesicht. Die Anspannung hatte sie aller Farbe, allen Lebens beraubt. »Ich habe einen Gesang gesungen, und dann habe ich dein Schwert fortgeschlagen. Chosa hatte dich noch nicht ganz eingenommen, nur einen Teil von dir. Ich dachte, es wäre das Risiko wert.«

Ich runzelte die Stirn, biß mir auf die Lippen. »Und indem du mich und das Schwert getrennt hast ...«

Del nickte. »Ich hoffte, daß Chosa dich loslassen müßte, weil ein Teil von ihm im Stahl geblieben war.«

Ich wich der Wahrheit aus, indem ich sie laut leugnete. »Es hätte anders kommen können. Chosa hätte zu mir springen können.«

»Ja«, stimmte sie zu. »Und hätte ich geglaubt, daß das geschehen sei, hätte ich getan, um was du mich gebeten hattest.«

Die Erinnerungen waren undeutlich, zumindest *meine* Erinnerungen. Sie waren alle mit Chosas Erinnerungen durcheinander geraten. »Was war es?« fragte ich vorsichtig. »Um was hatte ich dich gebeten?«

»Dir den Kopf abzuschlagen«, antwortete sie. »Wie ich es mit Ajani gemacht habe.«

»Hoolies.« Erneut Abbu.

Was mich verwirrte. »Was tut Ihr hier?« fragte ich. »Vertreibt Ihr Euch die Zeit mit Del?« Das war schon früher nicht unter seiner Würde gewesen.

Er grinste flüchtig. »Nein, aber jetzt, wo Ihr es erwähnt...« Er winkte ab. »Nezbet erschien an meinem Lagerfeuer, erzählte irgendeinen Unsinn über einen blonden, weiblichen Schwerttänzer.« Er zuckte die Achseln. »Ich wußte sofort, wen er meinte. Und da ich den anderen ein gutes Stück voraus war, schickte ich ihn weiter und kam selbst hierher.«

»Hat Nezbet keine Ahnung, wer ich bin?« fragte Del. »Man konnte denken, Tiger sei der einzige, um den es geht, so wie dieser Junge gesprochen hat.«

›Dieser Junge‹ war wahrscheinlich nur zwei oder drei Jahre jünger als Del.

Wodurch ich mich noch älter fühlte.

»Nezbet ist ein Narr.« Abbu strich sich mit einer Hand durch das von grauen Fäden durchzogene schwarze Haar. »Wie die meisten Südbewohner hat er wenig Achtung vor Frauen – außer als Bettgefährtinnen. Andererseits gilt das für mich genauso.« Er grinste Del an. Durch sie hatte er seine Meinung erheblich geändert, aber das würde er nicht zugeben. »Als er also hörte, daß eine Frau damit zu tun hat, tat er es als unwichtig ab.« Er zuckte die Achseln. »Daher hat er die Ermordung Ajanis dem Tiger zugeschrieben.«

»Die Leute haben mich *gesehen*«, erklärte Del. »Sind sie alle sandkrank geworden? Hunderte von ihnen haben gesehen, wie ich ihm den Kopf abschlug!«

»Na ja, aber es geht eine Geschichte um, daß Ihr ein böser nordischer Dämon seid, der vom Tiger herbeibeschworen wurde, um die Aufmerksamkeit des Jhihadi lang genug zu beanspruchen, daß der Tiger ihn töten konnte.« Er lachte. »Ich habe Euch schon von den Geschichten erzählt.«

»Ein böser Dämon!« Del war verblüfft. »*Ich bin* kein Geist!«

Abbu bedachte sie mit einem betont lüsternen Blick. »*Das* weiß ich.«

Das ärgerte mich. Ich regte mich auf meiner Decke, trotz Schmerzen und Jucken, der Protest eines über seine letzten Reserven hinaus beanspruchten Körpers. »Bascha ...«

Aber was ich hatte sagen wollen, verklang im Nichts.

»Tiger?« fragte sie.

Nein, Bascha.

Chosa.

16

Dämmerung. Wir drei versammelten uns, als die Sonne über den Horizont hereinbrach. Die beiden anderen würden Wache halten. Ich würde mehr als das tun.

Dels Stirnrunzeln zeigte eindeutig Besorgtheit, die hellen Brauen waren zusammengezogen. Boreal glitzerte in ihren Händen, wie auch Abbus Klinge in seinen. Nur *ich* hatte keine Waffe, meine lag am Boden.

»Du wirst nicht...« Aber sie brach ab.

»Doch, ich werde«, belehrte ich sie.

»Warum?« fragte Abbu mit seiner halb erstickten, gebrochenen Stimme. »Wenn es so gefährlich ist...« Sein Tonfall war eine Mischung aus Unglauben und Abscheu darüber, daß er unter Umständen bereit war, auch nur einen Teil von alledem zu glauben. Unterstrichen durch widerwillige Anerkennung. Er hatte wie so viele andere gesehen, wie ich Feuer vom Himmel herabbeschworen hatte.

»Weil ich es nicht einfach hierlassen kann«, sagte ich zu ihm. »Glaubt mir, wenn ich könnte, würde ich... Aber Del hat mir immer wieder gesagt, daß es zu riskant wäre. Wenn jemand *anderer* an dieses Schwert geriete... ein Unschuldiger...« Ich zuckte die Schultern, unterdrückte ein aus dem Morgenfrost geborenes Schaudern. Ich trug noch immer nur einen Dhoti, wünschte, ich hätte meinen anderen Burnus aus den Satteltaschen angezogen. Aber wir waren mit anderen Dingen beschäftigt gewesen.

»Oder jemand, den Chosa Dei zunichte machen

und dann zu seinen eigenen Zwecken umgestalten könnte«, fügte Del hinzu. »Aber ... ich wünsche mir ...« Sie seufzte, strich sich gelöstes Haar aus den Augen. Sie mußte es noch in einem fest geflochtenen Zopf bändigen. Es ergoß sich über ihre Schultern, wallte ihr Rückgrat hinab, ruhte auf ihren Brüsten. Verfing sich in der runengesäumten Ledertunika, die so viel Arm und Bein freigab.

Chosa Dei hatte sie gesehen. Tief im Drachenberg, als er das Schwert von ihr gefordert hatte, das die von Shaka Obre aufgestellten Wachvorrichtungen durchbrechen konnte. Chosa *erinnerte sich* an sie.

Mühsam verdrängte ich den Gedanken an ihn. »Du weißt, was zu tun ist«, sagte ich rauh. »Warte nicht darauf, bis ich dich herausfordere ... ich kann nicht ... ich glaube nicht ...« Ich hielt inne, rang nach Luft, versuchte, ruhiger zu sprechen. »Ich habe nicht die Kraft, ihn fernzuhalten. Dieses Mal nicht.« Aber ich konnte ihr nicht sagen warum.

»Tiger ...« Aber sie unterdrückte den Rest.

Ich warf Abbu einen schnellen Blick zu. »Wenn sie es nicht kann – oder will –, seid Ihr an der Reihe.«

Sein dunkles südliches Gesicht, älter als meines, war seltsam hager und angespannt. Er nickte schweigend.

Ich grinste breit. »Betrachtet es so, Abbu ... Ihr werdet letztendlich in der Lage sein zu behaupten, daß Ihr wirklich der Beste seid.«

Er hob sein südliches Schwert, die Andeutung eines Lächelns auf dem Gesicht. »Wie es auch kommen mag.«

Ich sah Del nicht an. Ich beugte mich hinab und nahm das Schwert auf.

»Tiger?« fragte sie zögerlich, und ich erkannte, daß ich, die Götter wissen wie lange, dort gestanden und darauf gewartet hatte, daß etwas geschähe.

Ich dachte nach. »Mein Knie schmerzt«, sagte ich.

»Meine Augen jucken wie die Hoolies. Ich brauche noch immer ein Bad.« Ich wölbte die Augenbrauen. »Es scheint sich nichts verändert zu haben.«

»Ist er – dort drinnen?«

Ich betrachtete das Schwert in meinen Händen. Samiel war bis zur Mitte der Klinge geschwärzt. Meine Hände um das Heft zeigten blau verfärbte Nägel, die Finger waren bleich weiß, noch immer aufgesprungen und schuppig, aber kein Tropfen Schwärze berührte sie. Nicht außen. Wieviel war *innen*?

»Er ist dort drinnen«, bestätigte ich und gab damit einen Teil der Wahrheit preis. »Aber ... ich glaube, er ist verletzt.«

»Verletzt?« brach es aus Abbu hervor. »Zuerst erwartet Ihr von mir, daß ich glaube, daß sich ein Magier *in Eurem Schwert* befindet, und jetzt sagt Ihr, er sei *verletzt*?« Er ließ sein eigenes Schwert geräuschvoll in die diagonal auf seinem Rücken befestigte Scheide gleiten. »Ich glaube, Ihr habt das erfunden. Ich glaube, daran ist überhaupt nichts wahr, und Ihr *benutzt* diese Geschichte, um nicht gegen mich tanzen zu müssen. Weil Ihr wißt, daß Ihr verlieren würdet.«

»Oh, ich würde verlieren«, stimmte ich zu, »Ich habe nur ein Knie.«

Er runzelte die Stirn. »Und wie lange werdet Ihr das als Krücke benutzen, Sandtiger?«

»Es stimmt«, sagte Del ruhig. »Worauf soll ich schwören, damit Ihr mir glaubt?«

Abbu grinste. »O Bascha ...«

»Denkt nicht *daran*«, unterbrach ich ihn. »Wie ich bereits sagte, ich glaube, er ist verletzt.« Ich betrachtete stirnrunzelnd das Schwert. »Ich kann Euch nicht sagen, warum. Es fühlt sich einfach anders an. Irgendwie ... *verletzt*.« Ich sah die beiden an, wußte, wie es klang. »Es fühlt sich sehr ähnlich dem an, wie ich mich fühle: wie ein Pferd, das zu hart geritten und naß eingestellt wurde.«

»Poetisch«, sagte Abbu trocken. Er rieb sich müßig die vernarbte Haut an seiner Kehle, wo mein hölzernes Schwert ihn vor so vielen Jahren fast getötet hatte. »Also belassen wir es dabei? Ihr auf einem Knie, mit einem *verletzten* magischen Schwert...« Er brach ab und lachte. »Ich sollte Euch dennoch herausfordern.«

Del verkrampfte sich. Wir wußten beide, was sie sagen wollte, aber Abbu brachte sie mit einer erhobenen Hand zum Schweigen. Er betrachtete sie nachdenklich, während er die Hand wieder senkte. »Wir haben den Tanz, den wir in Iskandar begonnen haben, niemals beendet.«

»Und das werdet Ihr auch nicht«, fauchte ich. »Knie oder nicht Knie, *ich werde* tanzen. Ich habe es satt, daß Ihr stets Del an meiner statt herausfordern wollt.«

Das Lächeln geriet wie erwartet, seine unausgesprochene Erwiderung war darin enthalten.

»Nun?« fragte Del kurz, mit großem Verständnis für die Art – und die Gedanken – von Männern. »Wie wird es geregelt?«

Abbu und ich sahen einander einen langen Augenblick vielsagend an. Dann beendete er den Wettbewerb. »Hoolies«, sagte er leutselig, »ich kann nichts dabei gewinnen. Ich bin ohnehin reich genug.« Er tätschelte die von seinem Gürtel herabhängende Geldbörse. »Der Shodo hat immer gesagt, mit Geld könne man keine Freundschaft – oder Rivalität – erkaufen. Wenn der Sandtiger und ich unseren letzten Tanz bestreiten, wird dies aus einem anderen Grund geschehen.«

»*Mehr* Geld«, unkte ich.

»Zweifellos«, sagte er gedehnt und wandte sich zu seinem Pferd um. »Wenn ich Ihr wäre, Ihr beide, würde ich nicht nach Julah reiten.«

»Warum nicht?« fragte Del. »Wenn es einen Grund gibt...«

Er unterbrach sie. »Es gibt einen Grund, es *nicht* zu

tun.« Alle Verstellung war geschwunden, Abbu war nicht mehr belustigt. »Ja, ich wurde gebeten, Euch beide aufzuspüren, gefangenzunehmen und nach Iskandar zurückzubringen. Weil Sabra genau weiß, wer ihren Vater getötet hat. Im Gegensatz zu all den Stämmen, ist ihr der Jhihadi gleichgültig. Sie will nur Rache.«

»Und Ihr arbeitet für sie«, sagte ich.

»Ich soll für eine Frau arbeiten?« Er grinste. »Was glaubt Ihr, Sandtiger? Ihr wart früher ein Südbewohner.«

Das hatte die beabsichtigte Wirkung auf mich. »*Früher?*«

Abbu schwang sich in den Sattel und wandte sein Pferd zu uns um. »Bevor Ihr die Grenze überschritten habt.« Er vollführte eine nachlässige Geste in Richtung Del und Samiel. »Nordisches Schwert. Nordische Frau.« Er grinste verstohlen und verzerrt. »Aber eines davon ist den Ärger vielleicht wert.«

Ich sah ihn stirnrunzelnd an. »Bei den Hoolies, verschwindet.«

»Wartet«, sagte Del.

Er parierte sein Pferd durch, die Augenbrauen gewölbt.

»*Arbeitet* Ihr nun für sie?« fragte Del ruhig.

»Ihr solltet die Antwort kennen«, belehrte er sie. Er deutete mit dem Kopf in meine Richtung. »Tiger weiß es. *Fragt* ihn.«

Del wartete, bis er fort war. »Nun?«

»Nein«, antwortete ich.

Sie verengte die Augen. »Wie kannst du da so sicher sein? Du hast selbst gesagt, daß ihr keine Freunde seid, und er hat es auch gesagt. Woher willst du wissen, daß er nicht lügt?«

»Er arbeitet nicht für sie. Weil er genau das tun würde, womit er beauftragt worden wäre, *wenn* er von ihr beauftragt worden wäre: mich in den Kreis zu fordern, mich unter allen Umständen zu besiegen und dann nach Iskandar zurückzubefördern.«

Dels Gesichtsausdruck war seltsam. »Denkst du, er kann dich besiegen?«

»Im Moment, mit dem Knie, kann sogar Rhashads *Mutter* mich besiegen.« Ich hob das Schwert. »Glaub mir, wenn er sich verdingt hätte – Tanzeerfrau oder nicht – würde er die Aufgabe zu Ende bringen. Abbu Bensir beendet stets, was er beginnt.«

Del beobachtete, wie ich mein Knie ausprobierte, es streckte, um es knacken zu lassen, es dann wieder beugte, um die Beweglichkeit zu testen: »Wie geht es dir? Wie geht es dir *wirklich*?«

Es hatte nichts mit meinem Knie zu tun. Die Frau kennt mich gut, aber nicht gut genug.

Ich stieß ein leises, halb grunzendes, halb lachendes Geräusch aus. »Wie es mir geht? Ich weiß es nicht. Wund. Müde. Von Schmerzen gepeinigt. Stinkend. Innerlich und äußerlich zu Tode erschöpft.« Ich wandte mich ruckartig um, humpelte zu meiner neben der kleinen Feuerstelle ausgebreiteten Decke zurück. »Ziemlich angewidert von der ganzen Situation.«

Del folgte mir, half mir nicht, als ich mich ungeschickt niederließ. Ohne darüber nachzudenken, legte ich das Schwert beiseite – im Moment war es ruhig – und machte mich daran, den Knieverband abzunehmen. Sie hatte ihr Schwert noch nicht wieder in die Scheide gesteckt. »Was du gesagt hast ... was du gefragt hast. Vorhin.« Sie klang halb beschämt, halb besorgt. »Du hast gefragt, ob du er seist.«

Ich zuckte gleichgültig die Achseln, wickelte zerrissenen Stoff ab, der einst einen Borjuni gekleidet hatte. »Ich war nur ein wenig verwirrt.« Als der Verband abgenommen war, lag das Knie ganz frei. Ich betastete es vorsichtig mit einem Zeigefinger, untersuchte es auf Schwellungen und Schmerzen. »Nicht so schlecht«, stellte ich fest. »Sollte in ein bis zwei Tagen einigermaßen verheilt sein. Dann kann Abbu, wenn er zurückkommt, seinen Tanz haben.«

Del seufzte und hockte sich hin, steckte schließlich ihr Schwert in seine Scheide. »Es wäre tollkühn, das zu tun. Besser oder nicht, dein Knie wird dich bei einem richtigen Tanz nicht tragen... Und warum bist du so sicher, daß er zurückkommen wird? Er hätte dich jetzt herausfordern können und hätte eine bessere Chance gehabt. Warum es später tun, wenn du ein schwierigerer Gegner sein wirst?«

»Weil er es tun wird. Ich würde es tun.« Ich warf ihr einen Blick zu und lächelte. »Das hat nichts mit weiblichen Tanzeers zu tun. Das hat mit etwas zu tun, was seit Jahren ungeklärt zwischen uns steht.«

»Seine Kehle.« Sie berührt ihre eigene.

»Das ist ein Teil davon. Aber auch Stolz. Und der Ruf.« Ich lächelte. »Der Süden ist nicht groß genug für *zwei* Schwerttänzer wie uns.«

»Also wird einer von euch den anderen töten.«

»Nur wenn einer von uns darauf besteht. Ich selbst könnte es, glaube ich, ertragen, wenn er mich fertigmachte und mich zur Aufgabe zwänge... Ich sehe nicht viel Sinn darin, im Namen des Stolzes zu sterben. *Tanzen*, ja, das war schon lange Zeit abzusehen. Und Abbu?« Ich zuckte die Achseln. »Ich weiß es nicht. Ich weiß nur, daß er zurückkommen wird. Er hat im Moment nur aufgegeben, weil er *nicht* für Sabra arbeitet und weil er nicht will, daß jemand denken könnte, er habe den Tanz gewonnen, weil ich in schlechter Verfassung war.«

»Das glaubst *du*.«

»Ich weiß es. Diese Dinge sind wichtig, Del... Abbu Bensir und ich haben den größten Teil unserer beachtlichen Laufbahnen damit verbracht, Geschichten über den anderen zu hören. Und da *er* vor mir hier war, trifft ihn das noch härter. Niemand, der der erste Schwerttänzer im Süden war, will auch nur einen klei-

nen Teil dieser Ehre einbüßen... und dann kam ich
daher.« Ich wölbte die Augenbrauen. »Natürlich war
er eindringlich vorgewarnt. Als ich ihm mit einem hölzernen Schwert beinahe die Kehle zerschmettert habe.«

Del lächelte verzerrt. »Wird es für dich auch so
sein?«

»Du meinst, ob ich mich ärgern werde, wenn einer
daherkommt, der besser ist?« Ich zuckte die Achseln.
»Wenn das geschieht, werde ich ein alter Mann sein.
Dann wird es nicht mehr wichtig sein.«

Del lachte laut. »Alter Mann«, neckte sie, »es *ist* bereits geschehen.«

»Ah, aber du wirst niemals anerkannt werden«,
konterte ich, »womit ich nicht zugebe, daß du besser
bist. *Gut,* ja... aber besser?« Ich zuckte die Achseln.
»Wie dem auch sei, du bist eine Frau. Kein südlicher
Schwerttänzer wird dich jemals anerkennen.«

»Du tust es. Abbu tut es.« Sie runzelte die Stirn.
»Glaube ich. Entweder das, oder er sagt nur, er täte es,
weil er glaubt, daß er mit süßen Worten mein Wohlge-
fallen erregen und mich dazu bringen wird, sein Bett
zu teilen.« Sie schob sich das Haar hinter die Ohren.
»Männer tun das.«

»Weil es wirkt.« Ich grinste, als sie mich anstarrte,
und machte mich dann daran, mein Knie neu zu verbinden. »Zu schade, daß er uns nicht sein Pferd dagelassen hat.«

Das verwirrte sie. »Dachtest du, er würde es tun?«

»Vielleicht. Wenn die anderen Schwerttänzer noch
immer nur einen Tag zurückliegen, hätte er auf sie
warten und dann nach Iskandar zurückkehren können.«

»Sie liegen nicht nur einen Tag zurück. Die Schwerttänzer *oder* die Stämme. Es sind vielleicht *zwei* Tage,
wegen des Samums.« Del runzelte die Stirn. »Erinnerst
du dich nicht?«

»Woran soll ich mich erinnern?« fragte ich wachsam.

Sie strich sich das Haar aus den Augen. »Du hast den Samum umgewendet. Du hast dem Wind, dem Sand Einhalt geboten ... und sie dann um uns herum gelenkt und weitergeschickt.«

»Aber – ich dachte ...« Ich runzelte die Stirn, versuchte mich zu erinnern. Ich wußte noch, daß ich all das hatte tun *wollen*, aber ich konnte mich nicht daran erinnern, es ausgeführt zu haben. Chosa Dei hatte einen zu großen Teil meiner Seele beansprucht gehabt. »Nun, gut«, sagte ich schließlich. »Es wird uns helfen, ein wenig Vorsprung zu erlangen, wenn der Samum sie zurückgeschlagen hat.«

»Außerdem wäre Abbu ein Narr gewesen, wenn er uns sein Pferd dagelassen hätte.«

Das machte mich hellhörig. »Du glaubst, Abbu Bensir könnte niemals ein Narr sein?«

Del taxierte mich einen Moment lang. Ihr Gesicht war eine Maske, aber etwas – war es Belustigung? – lauerte in ihren Augen. »Vermutlich könnte er ein Narr sein«, sagte sie schließlich, mühsam ernst bleibend. »Ihr seid euch sehr ähnlich.«

»Also, Bascha ...«

Sie tat übertrieben überrascht. »Aber das seid ihr. Er ist natürlich älter, obwohl ich nicht sagen könnte, wieviel älter.« Hoolies, sie *war* belustigt! »Und er ist zweifellos weiser, durch Erfahrung ... aber es gibt dennoch bemerkenswerte Ähnlichkeiten.« Sie nahm ihr Haar auf und teilte es in drei Stränge. »Aber wahrscheinlich nur, weil ihr von demselben Shodo ausgebildet wurdet.«

»Ich bin überhaupt nicht wie Abbu! Du hast gehört, was er gesagt hat: ›Ich soll für eine Frau arbeiten?‹ – als würde ihn das beschmutzen.« Ich betrachtete ihre geweiteten Augen. »Er wünscht sich nichts sehnlicher, als dich in sein Bett zu bekommen, weil er glaubt, daß du für nichts anderes geeignet bist. Wie die meisten Südbewohner es glauben.«

Del flocht weiterhin ihren Zopf. »Wie du früher.«

Ich runzelte die Stirn. »Ich bin noch immer ein Südbewohner. Nur weil ich die Grenze übertreten habe, um dir zu helfen…« Ich betrachtete stirnrunzelnd mein Knie. »Vielleicht habe ich mich in mancherlei Beziehung geändert, dank dir, aber ich bin noch immer ein Südbewohner. Was sollte ich sonst sein?«

Del sprach sanft, während sie ihren Zopf festband. »Du weißt es nicht, erinnerst du dich? Die Salset haben es dir niemals gesagt.«

Ich verknotete energisch den Verband um mein Knie und wechselte das Thema. »Wir sollten am besten nach Quumi weiterziehen und ein weiteres Pferd kaufen. Dann können wir nach Julah hinunterreiten.«

»Julah! Aber Abbu hat gerade gesagt…«

»Abbu weiß nicht, was ich weiß.« Ich stand von meiner Decke auf und rollte sie zusammen. »Niemand weiß, was wir wissen – beziehungsweise was *ich* weiß.«

»Wir?« Del erhob sich, richtete ihren Harnisch. »Wenn du *mich* meinst, dann kläre mich auf… ich weiß nicht, wovon du sprichst.«

Mit dem ›Wir‹ war nicht Del gemeint gewesen. Aber das konnte ich ihr nicht sagen.

»Wir sollten aufbrechen«, sagte ich. »Wir verschwenden schon wieder Tageslicht.«

17

„Sie ist nicht groß, nicht wahr?« Del saß eng an mich geschmiegt hinter mir auf dem Rücken des Pferdes, wodurch wir in der Hitze des Tages schwitzten. »Als du von einer Händlersiedlung sprachst, dachte ich, du meintest etwas Bedeutendes.«

»Das war sie einmal.« Ich führte den Hengst auf das lose an der zerbrochenen Lehmziegelmauer hängende Lattentor zu. »Quumi war einst eine der größten Ansiedlungen im Süden, die vor Karawanen und Händlern aus den Nähten platzte. Aber die Punja dehnte sich bis hierher aus und verschluckte sie, und die Karawanen nahmen einen anderen Weg. Bald zogen die meisten Händler fort. Quumi hat sich niemals wieder davon erholt.«

»Aber dies ist nicht die Punja.«

»Sie ist nah genug.« Ich deutete mit der Hand in südliche Richtung. »Einen halben Tag entfernt. Wie dem auch sei, jedermann gewöhnte sich an die neue Strecke, so daß Quumi fast in Vergessenheit geriet. Es wurde niemals wieder zu dem, was es einst war.«

Und würde es auch niemals wieder werden. Was einst eine blühende Ansiedlung gewesen war, war jetzt nur noch ein Schatten dessen. Latten anstatt Lehmziegel. Pulverisierter Staub anstatt Ziegelsteine. Die engen Straßen waren von angewehten Sandhaufen verstopft, und die meisten Gebäude hatten sich den Jahrzehnten scheuernden Wüstenwinds ergeben. Quumi war zusammengebrochen wie jahrhundertealte Orakelknochen, Splitter von Ziegelsteinen hier und dort, Anhäufungen pulverisierten Staubs, eingefallene Behausungen, deren Ecken abgeschabt waren. Quumi hatte ein rundes und weiches Profil: knochenfarbene, von der Sonne ausgedörrte Ziegel, die zerrieben worden waren.

Wir näherten uns von Norden, hielten an dem zerbrochenen Stadttor inne, um dem sogenannten Wächter eine Kupfermünze zuzuwerfen, und ritten dann hindurch.

Del war entsetzt, daß wir bezahlen mußten, um die Stadt betreten zu können. »Die Mauer ist zerbrochen«, sagte sie. »Nur fünf Schritte vom Weg entfernt kann jedermann einfach *hindurchspazieren*... Warum also bezahlen, um durch ein verfallenes Tor reiten zu dürfen?«

»Weil man das eben tut.« Ich hielt diese Antwort für ausreichend. Jedermann, der wußte, was Quumi einst gewesen war, übersah ihren verfallenen Zustand. Es war ein Spiel, das jedermann mitspielte.

Durch das zerbrochene Tor in die Stadt selbst: Der Hengst scharrte über festgetretenen Untergrund, ließ Kieselsteine klappern und lief in den Irrgarten hinein. Quumi war ein Gewirr eingestürzter Gebäude, aber ich kannte meinen Weg darum herum. Ich eilte direkt auf die Wirtshausgasse zu.

»Es ist irgendwie... grau«, stellte Del fest, als wir in die enge, von Sand verstopfte Gasse einbogen.

»Wir befinden uns am Rande der Punja.«

»Aber sogar der Himmel ist grau.«

»Das ist Staub«, belehrte ich sie. »Punjastaub, vermischt mit Schmutz. Er ist sehr fein, wie Puder... wenn du atmest, wird er fortgeblasen. Siehst du?« Ich deutete auf den puderartigen Staub, der von den Hufabdrücken des Hengstes aufstieg.

»Er sieht aus wie Asche«, sagte sie. »Wie eine zu Asche verglühte Feuerstelle... oder ein Scheiterhaufen.«

Die sonnengebleichten, vom Wind zerfetzten Planen, die von zerbrechlichen Gittern herabhingen und Pfosten über tiefliegenden Fenstern und Türen umrahmten, verliehen dem allgemeinen Grau-Beige der Stadt nur eine Spur ausgewaschener Farbe. Sie flatterten in einer halbherzigen Brise schwach hin und her. Sonnenschein ließ helle Mauern streifig wirken, bildete blockartige, flickenähnliche Muster auf schiefstehenden Ziegelsteinen. Der mit den Händen geglättete Verputz der Ziegel war abgerieben worden, und verwehte Büschel längst verdorrten Grases waren freigelegt. Der Hengst versuchte, etwas davon zu erhaschen, während wir daran vorbeiritten.

»Solange wir ein Pferd – und ein Bad – bekommen können, ist es mir egal, wie die Stadt aussieht.«

»Gibt es hier Wasser?«

»Ja. Aber wir werden dafür bezahlen müssen.«

»Wir haben bereits am Tor bezahlt.«

»Das war die Zugangsgebühr. Es wird in Quumi auch eine Wassergebühr verlangt. So überlebt der Ort.«

»Aber ... für *Wasser* etwas zu verlangen! Was ist, wenn man kein Geld hat?«

Der Hengst verfing sich mit dem Huf in einer herabgefallenen Plane, stolperte und schnaubte. Von der Sonne mürbe gewordener Stoff riß und ließ ihn frei. Ich zog seinen Kopf hoch. »Du stolperst aber auch über jedes Hindernis.«

»Es ist bodenlos«, erklärte sie.

»Zweifellos«, stimmte ich ihr zu und schaute zu meinem Lieblingswirtshaus, das vor uns lag.

Del verstand, sobald ich den Hengst durchparierte. Das Gebäude war den anderen sehr ähnlich: Die äußere Hülle aus Adobeziegeln war zerbrochen und gab das Innere schiefstehender Ziegel frei. Eine gebleichte, flickenartige, orangebraune Plane baumelte von dem einzigen verbliebenen Pfosten herab und verbarg den größten Teil des Eingangs. Der Geruch von

Wein, Aqivi und anderem Alkohol schwebte durch die Gasse.

Sie runzelte die Stirn, parierte den Hengst durch. »Was tun wir *hier*?«

»Ich kenne den Besitzer.«

»Ihn oder sie?«

»Ihn natürlich. Dies ist der Süden.« Ich wartete. »Steigst du ab? Oder muß ich auf die umständliche Art hinabklettern?«

»Zunächst mußt du mir erklären, warum wir *erst* an einem Wirtshaus anhalten müssen, bevor wir Wasser oder ein Pferd kaufen.«

»Hier wird ein Zimmer vermietet.«

»Wie lange bleiben wir?«

»Zumindest über Nacht. Ich möchte ein Bad nehmen, eine gute Mahlzeit essen, in einem Bett schlafen. Du kannst dich mir anschließen, wenn du willst.« Ich hielt es nur für höflich, eine Einladung auszusprechen. Del haßt es, für selbstverständlich genommen zu werden.

Sie glitt von dem Hengst herab. »Ich dachte, du wolltest ein Pferd kaufen.«

»Zuerst etwas trinken. Und ein Bad nehmen. Dann etwas essen. Dann in einem Bett schlafen. Morgen früh kommt das Pferd dran.« Ich befreite mich von dem Steigbügel und hob mein verletztes Knie über den Sattel. »Am liebsten möchte ich eine Weile ruhig im Schatten sitzen, raus aus der Sonne, und zufrieden über einem Becher Aqivi – oder Wein, wenn es keinen Aqivi gibt – sinnieren, und dann werde ich mich um den Rest kümmern.«

Del lächelte, als ich die Straße ein wenig zu schwungvoll mein Gewicht aufnehmen ließ. Alles an mir schmerzte. »Geh nur hinein«, sagte sie freundlich, als ich mir nach einem Fluch auf die Lippen biß. »Ich werde mich um den Hengst kümmern.«

Ich widersprach nicht, wenn ihr Verhalten auch ungewöhnlich war. Normalerweise versucht sie mich von Aufenthalten in Wirtshäusern abzubringen. »Dort herum.« Ich deutete mit einer Hand in die entsprechende Richtung. »Es ist kein richtiger Stall, aber dort gibt es Schatten und Wasser.«

Del nahm die Zügel auf. »Werde ich dafür bezahlen müssen?«

»Ich sagte es dir bereits: Ich kenne den Besitzer.« Ich hielt inne. »Er berechnet mir nur die Hälfte.«

»Die Hälfte«, murmelte Del und führte den Hengst um die Ecke herum.

Als sie zurückkam, saß ich auf einem klapprigen, dreibeinigen Stuhl in dem klapprigen Wirtshaus, an dem klapprigen Tisch vornübergebeugt, das Kinn in eine Hand mit blauen Nägeln gelegt, den Ellbogen so aufgestützt, daß ich mich halten konnte. In meiner anderen Hand befand sich ein gelbbrauner, unglasierter Tonbecher mit Aqivi, der schon fast geleert war. Insgesamt fühlte ich mich selbst auf eine irgendwie dumpfe, trunkene, verdrehte Art ziemlich klapprig.

Es war niemand sonst in dem Wirtshaus. Del, die sich ihren Weg durch die zerrissene Plane erkämpfte, blieb stehen, kurz nachdem sie mich und niemanden sonst gesehen hatte, und sah sich nachdenklich in dem Raum um.

»Nun«, sagte sie schließlich. »Ich wußte, daß du ein Bad brauchst, aber vielleicht habe ich mich einfach an dich gewöhnt, und es ist schlimmer, als ich dachte.«

»Du weißt«, hielt ich dagegen, »daß du darin nicht besonders gut bist.«

Helle Brauen wölbten sich. »Worin?«

»Darin, Witze zu machen.« Ich hob den Tonbecher an den Mund, schluckte mehr Aqivi und setzte den Becher dann wieder ab. »Aber andererseits war das noch niemals eine Eigenschaft, die ich bei einer Frau gesucht habe.«

Helle Brauen wurden wieder gesenkt. Und zusammengezogen. »Wie viele hattest du schon?« Sie bewegte sich vorsichtig durch ein Dickicht gebrechlicher Stühle und Tische. »Ich war nicht *so* lange weg.«

Ich dachte darüber nach. »Lang genug«, belehrte ich sie schließlich. »Lang genug, daß ich herausfinden konnte, daß Akbar tot ist.«

Sie blieb an meinem – unserem? – Tisch stehen. »Akbar war dein Freund, der Besitzer?«

»Ja.« Ich trank mehr Aqivi.

»Das tut mir leid«, sagte sie.

»Ja.« Der Becher war leer. Ich setzte ihn ab, nahm den Keramikkrug auf – dessen Rand zersplittert und gebrochen war – und goß Alkohol in die grobe Richtung des Bechers. Der scharfe Geruch sehr jungen Aqivis erfüllte meine Nase. »Trink ein wenig Aqivi, Bascha.«

Sie sah sich um. »Wasser wäre gut ... gibt es hier etwas?«

»Wasser kostet drei Kupfermünzen pro Becher. Aqivi ist billiger.«

»Ich *mag* keinen Aqivi.« Sie sah sich noch immer um, spähte in die Dunkelheit. »Sind wir allein hier?«

»Akbars Cousin ist irgendwo da hinten.« Ich wedelte mit der Hand.

»Ist das dieser Borjuni, der mir zehn Kupfermünzen berechnet hat, damit ich den Hengst einstellen konnte, und mir dann noch fünf weitere Kupfermünzen für Wasser abgenommen hat?«

»Ich sagte dir bereits, daß Aqivi billiger ist.«

»Du kannst einem Pferd kaum Aqivi geben.« Sie zog sich mit dem Fuß einen Stuhl heran. »Natürlich könnte man bei seinem Temperament auch genausogut das tun.« Sie beäugte meinen Krug. »Willst du das alles trinken?«

»Es sei denn, du willst mir dabei helfen.«

Del betrachtete mich abschätzend. »Bist du in Ordnung?«

»Ich bin müde«, sagte ich zu ihr. »Ich bin es müde zu erfahren, daß meine Freunde den Tod gefunden haben. Und ich frage mich, ob ich der nächste bin.«

Ein knappes Lächeln verzog ihre Mundwinkel und erstarb dann. »Es tut mir leid, daß dein Freund tot ist. Aber ich glaube, daß *du nicht* in Gefahr bist.«

»So? Warum nicht? Mein Beruf ist gelegentlich ziemlich riskant.«

Sie spielte mit einem für die Arbeit mit der Klinge kurzgeschnittenen Fingernagel an den Splittern des Tisches: »Weil du deinem Pferd sehr ähnlich bist: zu starrköpfig, um aufzugeben.«

»Im Moment bin ich nicht starrköpfig. Nur ein wenig betrunken.« Ich trank mehr Aqivi. »Du wirst vielleicht sagen, ich hätte zuerst etwas essen sollen, und du hättest recht. Du wirst vielleicht sagen, ich sollte jetzt aufhören, und du hättest recht. Du wirst vielleicht sagen, daß ich mich nach einer Nacht voller Schlaf am Morgen besser fühlen werde, und du hättest recht.« Ich sah sie über den von Daumenabdrücken überzogenen Rand des Tonbechers hinweg kläglich an. »Gibt es irgend etwas, womit du einmal *nicht* recht hättest?«

Del hörte auf, an den Splittern zu spielen. »Ich hatte unrecht als ich Staal-Ysta deine Dienste angeboten habe.«

Ich strahlte. »Das stimmt.«

»Und ich hatte in bezug auf dich zeitweise unrecht.« Sie beäugte düster den Becher, sagte aber nicht, daß der Aqivi meine Stimmung verdarb. Aber das brauchte sie auch nicht. »Als wir uns zum erstenmal trafen, lehnte ich dich heftig ab. Und du hattest es verdient. Du *warst* alles, wofür ich dich hielt. Ein typischer Mann des Südens.« Sie verzog den Mund. »Aber du hast dich mit der Zeit gebessert. Du bist jetzt weitaus erträglicher.«

»Danke schön.«

»Hmmm.« Sie sah sich erneut um. »Wenn Akbars Cousin nicht bald kommt, werde ich mir selbst Wasser besorgen. Umsonst.«

Das würde sie nicht tun. Sie würde ihm das Geld hinlegen. »Hier.« Ich hielt ihr den Becher hin. »Das wird deine Kehle benetzen.«

»Ich will es nicht.«

»Hast du es jemals probiert?«

»Einmal.«

»Einen ganzen Becher? Oder nur einen Schluck?«

»Ein Schluck hat genügt.«

»Mich mochtest du zunächst auch nicht. Das hast du gerade gesagt.«

Del seufzte, kratzte müde ihre Schulter. »Bleib hier sitzen und trink, wenn du willst... ich denke, ich werde die Botas nehmen und sie auffüllen.«

Ich wedelte mit einer Hand. »Am Marktplatz gibt es einen großen Brunnen. In dieser Richtung. Sie werden es dir berechnen.«

»Drei Kupfermünzen pro Becher?« Del erhob sich, schob ihren Stuhl zurück. »Und wieviel kostet eine Bota voll?«

Ich dachte darüber nach. »Ich weiß es nicht. Die Preise schwanken. Es kommt darauf an, wie gut du feilschen kannst.« Ich betrachtete sie: groß, schmal, wunderschön. Und unglaublich tödlich. »Wenn du es richtig handhabst, kannst du wahrscheinlich einige Kupfermünzen sparen.«

»Wahrscheinlich«, sagte sie trocken. »Aber ich glaube nicht, daß es ein fairer Handel wäre, wenn ich meine Würde für einige wenige Kupfermünzen Nachlaß aufgäbe.«

Ich füllte meinen Mund mit Aqivi, während Del das Wirtshaus verließ.

Weil ich keine Antwort wußte.

Sonnenuntergang. Und keine Kerzen, Lampen oder Fackeln, weil man dafür bezahlen mußte. Im Moment sah ich keine Notwendigkeit dafür. Der orangefarben-rötlich-purpurfarbene Sonnenuntergang färbte das mit Latten vernagelte Wirtshaus hellviolett.

Die Hand lag auf meiner Schulter. »Komm mit«, sagte sie ruhig. »Zeit, um zu Bett zu gehen.«

Ich schaute verschwommen von meinem Teller mit ungenießbarem Brei, der Hammelstew sein sollte, hoch. »Kann ich zuerst meine Mahlzeit beenden?«

»Ich glaube, das würde *dein* Ende bedeuten.« Jetzt ruhten ihre beiden Hände mit unweiblich festem Griff, der durch Burnus, Untergewand, Harnischriemen und Haut bis auf die darunter liegenden Muskeln schnitt, auf meinen Schultern. Es fühlte sich wunderbar an. »Du kannst morgen früh mehr essen, wenn du erst den Hund getötet hast.«

Ein seltsames Bild. »Welchen Hund?«

»Den, der dich beißt. Oder beißt du *ihn?*«

Oh. Jetzt verstand ich. »... Götter, Bascha ... hör nicht auf ...«

»Damit?« Sie knetete meine Haut fester. »Du bist so angespannt wie Draht.«

»... Hoolies ... *das fühlt sich so gut an* ...«

»Ich habe unsere Sachen in dem abscheulich teuren Raum gelassen, der wahrscheinlich noch vor Sonnen-aufgang über uns zusammenbrechen wird. Die Betten sind gemacht. Sollen wir dich hineinbringen?«

»Gerade jetzt möchte ich einfach hier sitzen, während du damit weitermachst.«

Ihre rechte Hand wanderte zu meinem Nacken. Kühle Finger drückten wunde Sehnen, kämpften sich durch die Steifheit. »Auf«, sagte sie nur.

Ich erhob mich schwankend, spürte sie unter einen Arm gleiten, ließ sie das Gewicht übernehmen, das mein Knie nicht tragen wollte. »Ich bin furchtbar be-trunken, Bascha. Unglaublich, entsetzlich betrunken.«

»Ich weiß. Hier. Hier entlang... bitte, fall nicht hin. Dein Totgewicht wäre weitaus beträchtlicher als sonst.«

»Totgewicht...«, echote ich. »Wie Akbar.«

Del schwieg. Sie führte mich einfach in den winzigen, entsetzlich teuren Raum, der wahrscheinlich *tatsächlich* vor Sonnenaufgang über uns zusammenbrechen würde, und half mir, mich auf dem Bett niederzulassen. Es roch nach Pferd und Schweiß und menschlicher Haut, die dringend ein Bad benötigte.

Ich legte mich nicht hin. Ich stützte mich gegen die Wand und starrte benommen durch die violette Düsterkeit des Sonnenuntergangs zu der blonden nordischen Frau, die vor mir kniete. Schweigend befreite ich mich unbeholfen von den Harnischriemen und legte dann das in der Scheide steckende Schwert beiseite.

»Er war ein guter Freund«, erzählte ich ihr. »Als ich die Salset verlassen hatte, war Quumi einer der ersten Orte, wo ich hinging. Ich war sechzehn Jahre alt; meine Hände und Füße waren für den übrigen Körper entschieden zu groß. Ich war mein ganzes Leben lang ein Chula gewesen. Ich wußte nicht, wie man frei ist.«

Del schwieg.

»Ich wußte nicht einmal, wie man mit Menschen spricht. Oh, ich kannte die *Sprache*... ich meine, ich wußte nicht, wie ich die Menschen ansprechen sollte. Ich hatte gelernt, nichts zu sagen und nur zu antworten, wenn eine Antwort gefordert war.« Ich zog eine Grimasse. »Ich besuchte vier Wirtshäuser, bevor ich zu diesem kam, in der Hoffnung, irgendeine Art Arbeit zu finden, um mir eine Mahlzeit kaufen zu können... In allen vieren stand ich einfach da, innen hinter der Tür, schwieg, hoffte, daß mich jemand ansprechen würde, weil ich nicht zuerst sprechen konnte. Wenn ich es tat, würde ich geschlagen werden...« Ich richtete mich an der Wand auf. »Niemand sagte etwas zu mir. Oh, sie sprachen *über* mich – Beschimpfungen, Späße, du weißt schon –, aber niemand sprach *mit* mir. Daher konnte ich nicht nach Arbeit fragen. Konnte nicht nach Essen fragen.«

Dels Gesicht war starr.

»Als ich also in dieses Wirtshaus kam, das fünfte, erwartete ich eigentlich das gleiche. Ohne zu verstehen, warum. Und ich bekam es. Bis Akbar mich ansprach.« Ich lächelte in der Erinnerung ein wenig. »Er fragte mich, ob ich etwas trinken wollte. Ich dachte, er meinte Wasser, und nickte zustimmend. Statt dessen gab er mir Aqivi.«

Dels Augen waren seltsam hell.

»Ich hatte niemals zuvor Aqivi getrunken. Nur Wasser. Aber ich hatte Durst. Und es stand mir frei zu trinken, was ich wollte. Also trank ich *alles.* So schnell ich konnte.« Ich rieb mit einer Hand über müde, sandwunde Augen. »Ich war fast augenblicklich betrunken. Akbar merkte es, aber anstatt mich auf die Straße hinauszuwerfen, führte er mich zu einem Raum. Er ließ mich meinen Rausch ausschlafen.« Ich ließ eine Hand auf das Bett fallen. »In diesem Raum.«

Del schluckte angespannt.

»Jedesmal, wenn ich hierherkam, gab er mir diesen Raum. Zum halben Preis. Und soviel Aqivi, wie ich wollte.« Ich seufzte, spähte zu dem verflochtenen Lattendach hinauf, von dem Streifen von Rinde und getrocknetem Wüstengras herabhingen. Durch die Risse und Lücken konnte ich die sich purpurn verfärbende Nacht sehen. »Als ich einmal hierherkam, sagte er, er hätte ein Pferd, einen Hengst. Niemand könnte ihn reiten, sagte er. Er versuchte, jeden zu töten, der in den Sattel kletterte. Niemand wollte ihn kaufen. Akbar wollte kein Pferd durchfüttern, das nicht genutzt werden konnte. Also sagte er, ich könnte ihn haben, wenn ich wollte.« Ich lächelte schief. »Er sagte, ich sei dickköpfig genug, um den flohgebissenen, querköpfigen, knickohrigen Punjawurm von einem Pferd in seinem eigenen Spiel zu besiegen.«

Schweigen.

»Er hat mich viermal abgeworfen. Dann gab er auf. Vermutlich sagte er sich, daß jemand, der dumm genug war, es immer wieder zu versuchen, die Mühe nicht wert war.«

Del lächelte. Ihre Stimme klang rauh. »Aber er bemüht sich immer noch. Gelegentlich.«

»Und manchmal gewinnt er sogar. Nur daß ich wieder hinaufklettere.« Ich seufzte und rieb müde über mein stoppeliges, schmutziges Gesicht. »Ich bin müde. Ich bin betrunken. Ich muß schlafen ... aber ich glaube nicht, daß ich es kann.«

»Leg dich hin«, sagte sie ruhig.

»Bascha ...«

»Mit dem Gesicht nach unten«, sagte sie und unterband damit eine überflüssige Diskussion über zuviel Aqivi, um miteinander zu schlafen. Was mir sehr recht war. Wer will so etwas schon zugeben? »Du bist angespannt wie Draht, Tiger. Und viel zu nah daran zu reißen. Vielleicht kann ich die Anspannung ein wenig lösen.« Mit dem Gesicht nach unten, wie befohlen. Den Kopf auf ineinander verschränkte Hände gelegt. Es fühlte sich gut an, einfach stillzuliegen.

Und noch besser, wenn sie mich berührte.

Nacken. Schultern. Schulterblätter. Die Schichten starrer Muskeln, die zu verknotet waren, um sich zu entspannen. Dann das Rückgrat hinauf und hinab, vorsichtig drückend und reibend, die Anspannung hinausstreichend. Am Ansatz des Rückgrats, tief am Rücken. Dann wieder hinauf zum Nacken, bis unmittelbar hinter die Ohren.

Sie lachte, als ich zufrieden brummte und unverständliche Dankesworte murmelte.

Aber das Gelächter erstarb. Wie auch die Lebhaftigkeit ihrer Bemühungen. Sie glättete das wellige braune

Haar, das im Nacken zu lang gewachsen war. »Es tut mir leid«, sagte sie weich. »Es ist niemals leicht, jene zu verlieren, die dir etwas Besonderes bedeuten.«

Besonders wenn es nur so wenige gibt, für die das gilt. Sula. Akbar. Mein Shodo, seit zwölf Jahren tot. Sogar Einzelhieb, ein Schwert, das mir dennoch ganz besonders viel bedeutet hatte.

Alle tot. Sogar das Schwert.

Nur Del war mir noch geblieben.

18

Ich erwachte von einem vertrauten, sich wiederholenden Geräusch: dem metallischen, klingenden Schaben eines Schleifsteins über eine Klinge. Ich roch Öl, Stein, Stahl.

Und Del.

Ich rollte mich herum, verfluchte durcheinander geratenes Bettzeug und spähte blinzelnd durch den Morgen. Keine Dämmerung, bereits jenseits davon. Die Sonne war reichlich und wahrhaftig aufgegangen, traf durch das Lattendach auf schieferähnliche Muster staubvernebelten Lichts und Schattens.

Was mich an etwas erinnerte. »Es ist noch immer da«, bemerkte ich. »Das Dach.«

Del schaute nicht hin. »Ja«, stimmte sie angespannt zu und arbeitete weiterhin konzentriert mit dem Schleifstein.

Gekämmtes, feuchtes Haar lag lose um ihre Schultern. Die cremefarbene Tunika darunter zeigte Wasserflecken, die aber bereits trockneten. »Du hast gebadet«, stellte ich fest.

»Ja.« Schaben. Gleiten. Klingen. Zischen. »Ich bin vorhin zum Badehaus gegangen.«

»Akbar würde Wasser bringen ...« Ich brach jäh ab. Del bedachte mich mit einem kurzen Blick und wandte ihre Aufmerksamkeit dann wieder ihrer Arbeit zu. »Ich fühle mich besser«, erzählte ich ihr und befreite mich von dem Bettzeug. »Du hast alle Starre aus meinem Nacken und meinen Schultern vertrieben. Natürlich ist da immer noch mein Kopf ...« Ich brach ab. Sie hörte nicht zu. »Was ist los?«

Schaben. Gleiten. Zischen.· »Nichts.«

»Es ist nicht ›nichts‹. Was ist es?«

Sie schüttelte den Kopf.

»Wenn es deswegen ist, weil ich gestern betrunken war ...«

»Nein.«

Ich dachte darüber nach. »Etwas, was ich gesagt habe? Ich meine, als ich weggetreten war ...?«

»Du warst nicht weggetreten. Du hast einfach geschlafen. Ich kenne den Unterschied. Und nein, es ist nichts, was du gesagt hast. Du hast gesprochen, ja, aber ich konnte nichts davon verstehen, so daß ich dich nicht der Ungehörigkeit beschuldigen kann.«

Fortschritt. Ich hatte mehr als nur ein Achselzucken oder einen einzigen Satz bewirkt. »Was stört dich dann?«

Sie hielt in ihrer Arbeit inne. Zeigte mir die Klinge. »Dies.« Ich schaute hin. Die Klinge schimmerte im Morgenlicht. Lachsfarben-silberner Stahl, mit gewundenen Runen versehen, die nur Del allein entziffern konnte. »Bascha ...«

»Dies«, wiederholte sie. Und legte die Fingerspitze auf die Klinge, rieb sie mit Öl ein, aber ich wußte, daß sie sie wieder sauberwischen würde.

Dann sah ich es. Ein Fleck. Ein Makel. Ein Stück Schwärze. »Ich verstehe nicht ...«

»Ich habe dir dein Schwert mit meinem aus der Hand geschlagen«, sagte sie tonlos. »Ich habe deine heimgesuchte Klinge mit meinem *Jivatma* beiseite geschlagen. Und das ist das Ergebnis.«

Heimgesucht. Interessante Bezeichnung.

Und auch angemessen.

Ich schürzte die Lippen, kaute dann darauf herum. »Es könnte etwas anderes sein.«

»Nein.« Sie bearbeitete den Stahl erneut. »Nein, es ist nichts anderes. Es ist Chosa Deis Werk. Er hat mein *Jivatma* befleckt.«

»Du weißt nicht ...«

»Ich weiß.« Ihre Augen blickten frostig, als sie mich über die Klinge hinweg ansah. »Glaubst du, ich kann es nicht erkennen? Sieh dir deine Fingernägel an, Tiger. Sieh dir deine Hände und Arme an. Und dann sage mir noch einmal, daß es etwas anderes sein könnte.«

Ich sah mir alles an, wie sie vorgeschlagen hatte. Die Farbe meiner Nägel hatte sich von Blau zu Schwarz gewandelt. Nicht Chosa Deis Schwarz, obwohl er es verursacht hatte, sondern die Schwärze schwerwiegender Quetschungen. Die Nägel schälten sich von den Fingern hoch, bereit abzufallen. Die unbehaarte Haut der Hände und Unterarme war noch immer aufgesprungen und schuppig. Und noch immer von einem seltsam leichenähnlichen Weiß.

Ich erschauderte, setzte mich dann ruckartig auf, warf alles beiseite. Blinzelte ins Licht. Die Kopfschmerzen waren immerhin nicht so schlimm ... aber ich mußte den Hund zurückbeißen. Zumindest an seinem vorderen Ende. »Ich weiß nicht, was ich dir sagen soll. Wie lange arbeitest du schon mit dem Schleifstein?«

»Ausreichend lang, um zu wissen, daß es nichts nützt.« Sie sah mich verzweifelt an. »Tiger ... meine *Blutklinge* ...«

»Ich verstehe.« Das tat ich. Mehr als sie glaubte. »Bascha, ich weiß nicht, was ich dir sagen soll. Kann ein Zauber es beseitigen? Vielleicht ein Gesang?«

Sie schüttelte stumm den Kopf. Feuchtes Haar fiel ihr über die Schultern. Die sanften Locken um ihr Gesicht waren fast trocken. Solch helle, glänzende Seide ... und so fremdartig im Süden.

Ich räusperte mich. »Du kannst nicht sicher sein, daß es nicht von selbst wieder vergeht.«

»Ich sagte es dir bereits. Chosa Dei will dieses Schwert. Er wollte dieses Schwert schon immer. Es ist der Schlüssel zu seiner Macht. Wenn er es hätte – wenn er dieses Schwert innerlich berührte –, würde er über die nötige Macht verfügen, dich zu überwältigen und freizubrechen. Verstehst du?«

Ich verstand. Und ich spürte es auch. Ich wußte sehr wohl, warum Chosa Dei Boreal wollte – und brauchte.

»Dann sollten wir uns lieber auf den Weg machen.« Ich stand vorsichtig auf, achtete auf mein Knie, humpelte mit kaum mehr Standhaftigkeit in unserem gemeinsamen Zimmer umher. »Ich brauche zum Anfang des Tages einen Becher und ein Bad...« Ich hielt inne und wandte mich wieder um. »Kannst du noch so lange warten, bis ich ein Bad genommen und mich rasiert habe?«

Del war ebenfalls aufgestanden. Sie stand am Eingang, eine Hand hielt den dünnen Gazevorhang beiseite. In der anderen hielt sie ihr Schwert. »Dafür«, sagte sie ernst, »werde ich den ganzen Tag und die ganze Nacht warten.«

»Vielen Dank«, sagte ich säuerlich. »Ich glaube nicht, daß ich *so* lange brauchen werde.«

»Vielleicht nicht«, stimmte sie mir höflich zu. »Aber du bist sehr schmutzig.«

Das war ich. Aber ich machte mir nicht die Mühe, einen angemessen bissigen Kommentar zurückzugeben. Wenn Del mich damit aufziehen konnte, wie schwach auch immer, daß ich ein Bad brauchte, war sie nicht so beunruhigt, wie ich befürchtet hatte.

Andererseits war ich vielleicht auch einfach *tatsächlich* so dreckig

Zuerst das Bad. Dann der Aqivi.

Der Hund würde warten müssen.

Der Preis für Bad und Rasur war natürlich ungeheuer, wie auch für alles andere in Quumi. Aber die Sache war es auch wert, weshalb sie Mondpreise verlangen *konnten.* Auch wenn es meine Geldbörse fast leerte, fühlte ich mich wie neu geboren, als ich wieder auf die Straße trat, wohlig über die frisch rasierte Wange strich

und den Harnisch zurechtrückte. Jetzt brauchte ich nur
noch einen Becher Aqivi, und dann wäre ich bereit auf-
zubrechen. Aber ich hatte eines nicht bedacht.

Sie saß auf einer kastanienbraunen Stute, hielt die
Zügel des Hengstes fest. Sie trug einen weißen Burnus,
das helle Haar war zurückgeflochten. Sie trug ihren
Harnisch. Die Satteltaschen waren beladen und an den
entsprechenden Sätteln befestigt.

Mir blieb beinahe der Mund offenstehen. »Eine
Stute?«

Del zuckte die Achseln. »Etwas anderes war nicht
da.«

»In ganz Quumi gibt es keinen Wallach zu kaufen?«

»Nein. Ich habe gefragt. Ich habe *nachgesehen.*«

»Hast du von dem Hengst erzählt?«

»Das Verhalten des Hengstes ist nicht meine Sache.
Du mußt ihn unter Kontrolle behalten.« Sie lächelte
süß. »Sicherlich weißt du, wie ein Mann sein Verlangen
zügeln kann.«

»Hoolies, Bascha ...«

»Sie ist nicht rossig.«

Ich fluchte. »Bist du sicher?«

Del sah mich an. »Siehst du etwa, daß er sie be-
steigt?«

Ein Punkt für sie. »Aber wenn es dazu kommt, wird
er den Verstand verlieren.«

»Wenn er welchen zu verlieren hätte.« Sie regte sich
im Sattel. »Kommst du?«

Ich ergriff die Zügel des Hengstes. »*Wohin* soll ich
kommen? Weißt du überhaupt, wohin wir reiten?«

Sie runzelte die Stirn. »Du sagtest etwas von Julah.«

»Ja. Julah. Die Domäne der Tochter Aladars.«

»Aber sie ist in Iskandar. Zumindest war sie dort.
Wir können uns von ihr – und von der Gefahr – fernhalten, wenn wir *bald* aufbrechen.«

»Ich dachte, du sagtest, du wolltest den ganzen Tag
und die ganze Nacht warten, damit ich baden könnte.«

»Du hast gebadet. Ich merke es. Meine *Nase* merkt es.« Del grinste kurz, als ich die Stirn runzelte. »Wollen wir aufbrechen?«

Ich warf dem Hengst die Zügel über den Hals und klettere hinauf. »Warum hast du es so eilig?«

»Wenn mein Schwert dadurch, daß wir Shaka Obre finden, von Chosa Deis verderblichem Einfluß befreit werden kann, würde ich das lieber heute als morgen erledigen.«

»Du weißt nicht einmal, wo er sich befindet.«

»Du auch nicht.« Sie hielt inne. »Oder doch?«

Ich führte den Hengst auf das südliche Tor zu, das von eingefallenen, schmutziggrauen Gebäuden halb verborgen war, und vollführte eine Geste in die entsprechende Richtung. »Irgendwo dort draußen.«

Del stieß einen spöttischen Laut aus. »*Das* klingt vielversprechend.«

»Dann solltest du uns vielleicht führen.«

In ernstem Schweigen führte sie die kastanienbraune Stute um den Hengst herum und blieb davor stehen. Er bemerkte sie. Wie beabsichtigt. »So?« fragte Del unschuldig.

»Schon gut«, murmelte ich.

Der Hengst war weniger glücklich, als ich ihn erneut vor die Stute führte. Ich hatte eine kurze, aber heftige Auseinandersetzung mit ihm und überzeugte ihn, *mich* führen zu lassen. Ich glaubte nicht, daß wir den ganzen Weg nach Julah im Rückwärtsgang schaffen würden.

Um die Mittagszeit hielten wir an. Schweigend betrachteten wir grimmig die Weite der kristallüberzogenen Wüste vor uns. Die Grenze war kaum sichtbar, aber eindeutig festgelegt. Auf dieser Seite waren wir sicher: Wenn wir sie überquerten, gerieten wir in Gefahr.

Aber wir waren schon früher in Gefahr gewesen.

Dels Stute bewegte den Kopf auf und ab. Der Hengst

antwortete mit einem rumpelnden, tief aus der Brust heraufsteigenden Wiehern, das zu einem Schreien zu werden drohte. Ich trat ihn hoch an die Schulter. »Sie ist nicht interessiert«, sagte ich.

Del lächelte nur. Hob dann ihr Kinn in Richtung Punja. »Wie viele Tage bis Julah?«

»Das hängt von der Punja ab.«

»Das weiß ich. Wie viele Tage haben wir zuvor gebraucht?«

»Ich weiß es nicht. Wer kann sich schon so weit zurück erinnern?« Ich tätschelte den breiten Hals des Hengstes und führte ihn beiseite. »Außerdem hatten wir mit einigen Verzögerungen zu kämpfen, erinnerst du dich? Wie zum Beispiel die Hanjii und ihr Sonnenopfer ... das einige Tage gedauert hat. Und die Erholung hat noch länger gedauert.«

»Und Elamain«, erinnerte sich Del. Natürlich erinnerte sie sich daran. »Wir haben Elamains Karawane vor den Borjuni gerettet. Dann haben wir sie zu diesem Tanzeer gebracht ...«

»Hashi.«

»... der dich zum Eunuchen machen wollte.« Del warf mir einen Seitenblick zu. »Ich erinnere mich daran.«

»Wie er es auch auf einige *meiner* Körperteile abgesehen hatte.«

»Dann haben wir in Rusali angehalten ...«

»... und Alric und Lena und die Mädchen getroffen.« Del hielt inne. »Damals nur zwei. Aber sie erwartete bereits das dritte Mädchen ...«

»... und als wir sie das letzte Mal sahen – vor nur vier Tagen –, erwartete sie bereits schon *wieder* ein Kind.«

Del verzog den Mund. »Ich hoffe, daß es dieses Mal ein Junge wird. Vielleicht kann sie sich dann ausruhen.«

»Mir scheint, daß Lena nicht viel dagegen einzuwenden hat, Alrics Babys zu bekommen.« Ich schob die fordernde Nase des Hengstes mit einem sandalenbekleideten Zeh beiseite. »Denk bloß nicht darüber nach.«

»Und da war Theron«, erinnerte sich Del.

Den ich im Kreis getötet hatte.

»Und Jamail«, konterte ich.

Dels Gesicht wurde starr. »Und Jamail«, echote sie. Dann sah sie mich an. »Bist du *wirklich* dieser Jhihadi?«

»Woher, bei den Hoolies, soll *ich* das wissen?«

Sie sah mich an. »Aber du sagtest, Jamail hätte auf dich gezeigt. Du hast es auf dein *Jivatma* geschworen.«

»Das hat er. Das habe ich. Ich erfinde das nicht.«

»Dann... vielleicht...« Sie runzelte die Stirn. »Nein. Es kann nicht sein. Es ist unmöglich.«

»Was? Daß ich ein Messias sein könnte?« Ich grinste. »Ich kann mir keinen einzigen Mann vorstellen, der besser für diese Aufgabe geeignet wäre.«

Ihr Blick war vernichtend.

»In Ordnung. Ich weiß, daß das alles albern klingt. Aber es ist wahr, Del – er hat wirklich auf mich gezeigt.«

»Wann also wirst du den Sand in Gras verwandeln?«

Ich kicherte. »Als ob ich das könnte.«

»Der Jhihadi soll es können.«

»Vielleicht kann er es.«

»Und du *hast*...« Del verstummte. Ihr Gesicht wurde zuerst rot, dann weiß. Sie wandte sich um und starrte mich mit großen Augen an. Ihr Gesichtsausdruck war absolut furchterregend.

»Was ist los?« fragte ich scharf. »*Was ist?*«

Sie schluckte krampfhaft. Ihre Stimme war nur ein Flüstern: »Du hast Sand in *Glas* verwandelt.«

Del und ich sahen einander einige Augenblicke lang nur an, versuchten mit den neuen Gedanken und dem, was sie beinhalteten, umzugehen. Dann gelang mir ein Lachen. Es war nicht mein übliches Lachen, aber es war ausreichend, um die Situation zu überbrücken.

»Hoolies, Bascha ... wäre es nicht lustig, wenn es sich herausstellte, daß dieser Wüstenprophet das Wort falsch verstanden hätte?«

Sogar ihre Lippen waren weiß. »Was meinst du damit?«

»Daß dieser Jhihadi den Süden nicht wieder zur Fruchtbarkeit führen, sondern ihn in *Glas* verwandeln wird.«

»Aber ...« Del runzelte die Stirn. »Wozu wäre Glas gut?«

»Es bedeutete, daß es sich jedermann leisten könnte, es als Fenster einzusetzen.« Ich grinste. »Glas, Gras – wer weiß das schon? Ich glaube, das ist alles Unsinn.«

»Aber ...« Sie kaute auf ihrer Unterlippe, gab dann auf, seufzte. »Ich denke, es wäre tatsächlich albern, wenn du der Mann wärst.«

Das traf. »Warum?«

Sie sah mich nachdenklich an. »Weil du ein Schwerttänzer bist. Warum solltest du mehr sein?«

»Du hältst mich nicht für gut genug? Du glaubst nicht, daß ich es tun könnte?«

»Ein Messias sein? Nein.«

»Warum nicht?«

»Dir fehlt ein gewisses Maß an Feingefühl. Diplomatie.« Sie lächelte. »Deine Vorstellung davon, Weisheit zu verbreiten, beschränkt sich darauf, jemanden in einen Kreis zu fordern.«

»Das Schwert ist ein sehr *guter* Verbreiter von Weisheit.«

»Aber Jhihadis sind keine Schwerttänzer.«

»Woher willst du das wissen? Bevor ich es dir erklärt habe, wußtest du nicht einmal, was ein Jhihadi war.«

»Weil ... ich weiß es einfach.«

»Das genügt nicht.« Ich schlug den Hengst zwischen

die Ohren. »Nicht jetzt, Flohhirn … nein, Bascha, wirklich … ich will eine Antwort.«

Sie zuckte die Achseln. »Du bist einfach – du. Du hast deine guten Seiten. Hier einige und dort einige, hinter all der Prahlerei verborgen. Aber ein Jhihadi? Nein. Jhihadis sind etwas *Besonderes*, Tiger.« Sie beobachtete, wie ich den Hengst erneut maßregelte, als er sich an die Stute heranzuschleichen versuchte. »Jhihadis haben keine Schwierigkeiten damit, mit Pferden umzugehen.«

»Woher willst du das wissen? Iskandar ist selbst gegen den Kopf getreten worden, erinnerst du dich?«

»Und starb zehn Tage später, oder zumindest hast du mir das erzählt.« Del betrachtete mich nachdenklich. »Wie viele Tage ist es her, seit *du* gegen den Kopf getreten wurdest?«

»Siehst du? Das ist der Beweis – ich bin auch getreten worden.«

»Nein«, konterte Del. »Ein *wahrer* Beweis wäre, wenn du daran gestorben wärst.«

Ich runzelte die Stirn. »Welch ein Jhihadi wäre ich, wenn ich stürbe, bevor ich etwas tun könnte?«

»Nun, wenn du wirklich den Sand in *Glas* verwandelt solltest, anstatt in Gras …« Dels Gesichtsausdruck war arglos. »Wie viele Tage noch?«

Ich drängte den Hengst mit den Knien zum Lauf. »Laß es gut sein. Wir sollten einfach weiterreiten.«

»Vier?« Del folgte mir. »Also bleiben noch sechs Tage übrig.«

»Und du wirst sie vermutlich *zahlen!*«

Ihr Tonfall klang ausgesprochen friedlich. »Ich bin gern vorbereitet.«

Hoolies. Welch eine Frau.

Es kommt auf die Sichtweise an.

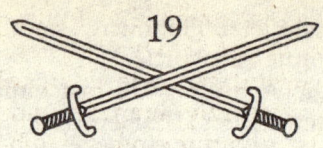

19

Das schmerzt aber sehr auf meiner Haut«, sagte Del.

Schließlich wachte ich auf. »Was?«

Wir ritten die meiste Zeit nebeneinander her. Sie schaute zu mir herüber. »Schläfst du?«

»Nein.«

»*Hast* du geschlafen?«

»Nein. Ich habe nur nachgedacht.«

»Aha.« Sie nickte weise. »Deine Darstellung tiefgründiger Gedanken ähnelt dem, was man bei anderen Menschen als Schlaf bezeichnen würde. Verzeih mir.«

Wir ritten noch immer. Ritten noch immer von Quumi aus in südlicher Richtung. Es war bereits später Nachmittag. Wir hatten vor ungefähr einer Stunde unterwegs gegessen, und ich hatte meine Mahlzeit mit Wein hinuntergespült. Die Bewegungen des Hengstes, der eintönig weiterlief, in Verbindung mit Essen, Wein und der Wärme des Tages – ganz zu schweigen von der Langeweile – hatten sich als überwältigend erwiesen.

Was bedeutete, daß ich *tatsächlich* geschlafen hatte, wenn auch nur kurz. In Wahrheit war es eher ein kurzzeitiges Nickerchen zwischen zweimal Augenzwinkern gewesen. Wenn man so viel Zeit auf dem Pferderücken verbringt wie ich, lernt man wie auch immer und wann auch immer zu schlafen.

Aber man gibt es Del gegenüber nicht zu.

Ich runzelte die Stirn. »*Was* schmerzt auf deiner Haut?«

»Der Süden. Die Sonne. Die Punja.« Del bewegte ihre vom Gewicht des Schwertes belasteten Schultern. »Ich erinnere mich daran, wie es damals war. Als die Sonne so unbarmherzig brannte und ich so krank wurde.« Sie rieb sich mit einer gewölbten Hand über einen vom Burnus verhüllten Arm. »Ich erinnere mich sehr deutlich daran.«

Ich ebenfalls. Del war fast gestorben. Ich übrigens auch, aber die Sonne war zu meiner kupferverfärbten Haut nicht ganz so unbarmherzig gewesen. Oh, sie hatte ihr Bestes versucht, mich völlig zu verbrennen, aber ich hatte überlebt. Del wäre dies beinahe nicht gelungen.

»Nun, dieses Mal werden wir uns darüber keine Gedanken machen müssen«, stellte ich zufrieden fest.

Sie wölbte eine Augenbraue. »Warum nicht? Wir könnten den Hanjii erneut begegnen, nicht wahr? Und sie könnten uns erneut ohne Pferde oder Wasser in der Wüste aussetzen.«

Die Zufriedenheit schwand. Ich grunzte ablehnend. »Es ist eher wahrscheinlich, daß wir dieses Mal im Kochtopf enden würden.«

»Oh. Das hatte ich vergessen«, sagte Del blinzelnd und spähte über den Sand. »Die Punja sieht immer noch gleich aus.«

»Sie ist heiß. Trocken. Sandig.« Ich nickte. »Ziemlich gleich.«

»Aber *wir* sind nicht mehr dieselben.« Sie sah mich von der Seite an. »Wir haben beide ein wenig mehr Erfahrung als beim letzten Mal.«

Ich wußte, was das bedeutete. »Und wir sind älter?« Ich grinste sie mit gebleckten Zähnen heuchlerisch an. »Glaub mir, Bascha, jetzt, wo wir wieder dorthin zurückgekehrt sind, wo es warm ist, fühle ich mich *erheblich* jünger.«

Ihr abschätzender Blick drückte sehr deutlich aus, daß ich nicht jünger *aussah*. Das Problem war, daß ich nicht sagen konnte, wieviel davon Spott und wieviel echt war.

»Sechsunddreißig ist nicht so alt«, grollte ich.

Dels Lächeln war zu herzlich und daher verdächtig. »Nicht, wenn man siebenunddreißig ist.«

»*Dir* erscheint das vielleicht alt – du bist der Kindheit noch nicht allzu lang entwachsen. Aber *mir*...«

»In Schwerttänzerjahren ist es alt.« Sie hatte die Neckerei abgelegt. »Du bist jetzt in einem Alter, das viele niemals erreichen, wenn sie ihr Leben im Kreis verbringen.« Sie klang sehr ernst. »Du solltest ernsthaft darüber nachdenken, ein *An-Kaidin* zu werden, ein...« Sie runzelte die Stirn und brach ab. »Wie lautet das südliche Wort?«

»Shodo«, sagte ich gereizt. »Ich glaube nicht, daß ich dazu schon bereit bin.«

»Du bist schon viele Jahre lang Schwerttänzer von Beruf. Du hast von den besten gelernt. Sogar auf Staal-Ysta haben sie dein Können honoriert...«

»Nein, das haben sie nicht getan. Sie wollten nur einen weiteren Körper.« Ich führte den Hengst von der Stute fort. »Dafür bin ich nicht geschaffen, Del. Ein Shodo zu sein, erfordert weitaus mehr Geduld, als ich habe.«

»Ich glaube, wenn du einen Schüler hättest, würdest du Geduld im Überfluß finden. Wenn du wüßtest, daß das, was du den *Ishtova* gelehrt hast, Überleben oder Tod bedeutete, dann würdest du erkennen, wieviel du zu geben hast.«

»Nichts«, sagte ich grimmig. »Welch ein Shodo wäre ich wohl mit Chosa Dei in meinem Schwert?«

»Nachdem es befreit wäre...«

»Nein, Bascha. Ich bin Schwerttänzer. Ich tue es einfach, ich lehre es nicht.«

»Du hast *mich* gelehrt«, sagte sie. »Du hast mich sehr vieles gelehrt.«

»Ich habe dich auch fast getötet. Was hast du daraus gelernt?«

»Daß du ein Mann mit enormer Willenskraft bist.«
Ich starrte sie an. »Du meinst es ernst!«

»Natürlich meine ich es ernst.«

»Bascha, ich hätte dich fast *getötet*. Einmal in Staal-Ysta und einmal in der Oase, nachdem ich alle diese Borjuni abgeschlachtet hatte.«

»Aber du hast dich beide Male zurückgehalten.« Sie zuckte die Achseln. »In Staal-Ysta hast du dich einem neuerwachten *Jivatma* verweigert, das frisch gestimmt und gierig nach dem Geschmack von Blut, nach einer Gelegenheit zur ersten Tötung verlangte. In der Oase hast du dich Chosa Dei verweigert. Ein schwächerer Mann mit weniger Willenskraft hätte sich in beiden Fällen verloren. Und ich würde nicht mehr leben.«

»Ja, nun…« Ich zuckte unbehaglich die Achseln. »Das macht mich noch nicht zum Shodo.«

»Ich beharre nicht darauf«, sagte sie ruhig. »Ich stelle nur fest, daß dir dieser Weg offensteht.«

Etwas zwickte mich von innen in den Bauch. »Oder ist es einfach so, daß du dein Ziel, Ajani zu töten, erreicht hast und jetzt nach einer anderen Art zu leben Ausschau hältst?« Und nach anderen Menschen in diesem anderen Leben?

Del preßte die Lippen zusammen. »Wir haben schon früher darüber gesprochen. Es gibt nichts anderes für mich. Ich bin aus dem Norden verbannt worden, und ich könnte hier niemals ein Shodo sein. Wer würde sich von einer Frau unterrichten lassen?«

Ich zuckte die Achseln. »Andere Frauen vielleicht.«

Blaue Augen umwölkten sich. »Wie viele südliche Männer würden ihren Frauen diese Freiheit gewähren?«

»Vielleicht wären es Frauen, die keine Männer haben, die sie versöhnlich stimmen müssen.«

Del stieß einen spöttischen Laut aus. »Es gibt im Süden keine Frauen, die das Risiko einzugehen bereit wären, einen Mann zu verlieren oder das Interesse eines Mannes zu erringen, indem sie bei mir in die Lehre gingen.«

Nein. Wahrscheinlich nicht.

»Was uns wieder genau dorthin führt«, sagte ich, »wo wir begonnen haben. Warum akzeptieren wir nicht einfach, was wir sind, und machen uns keine Gedanken um die Zukunft?«

Del schaute in die Ferne.

Ich wartete. »Nun?«

»Dort.« Sie zeigte in eine bestimmte Richtung. »Bewegt sich dort etwas?«

Ich folgte ihrem Finger und sah, was sie meinte. Ein dunkler Fleck vor dem Horizont. »Ich sehe nicht ... warte. Ja, ich glaube, du hast recht ...« Ich stellte mich in den Steigbügeln auf, spähte über die Ohren des Hengstes hinweg. »Es sieht aus wie ein Mensch.«

»Zu Fuß«, erklärte Del. »Wer würde bei klarem Verstand durch die Punja *laufen*?«

»Wir haben es getan«, sagte ich. »Natürlich warst du sandkrank so daß du *nicht* bei klarem Verstand warst ...«

»Vergiß das«, fauchte sie. »Wir sollten keine Zeit mehr damit verschwenden, darüber zu sprechen. Er – oder sie – hat vielleicht keine mehr.«

Del ließ ihre Stute durch die Wüste jagen und wirbelte damit Staub auf: Der Hengst schnaubte laut und folgte ihr dann. Es gab nichts Besseres zu tun. Also ließ ich ihn laufen.

Der Mensch entpuppte sich als ein ›Er‹, nicht als eine ›Sie‹. Und Del hatte recht gehabt: Er hatte nicht mehr viel Zeit. Als ich ihn erreichte, war Del bereits abgestiegen und kniete neben dem Mann, half ihm dabei, aus einer ihrer Botas Wasser zu trinken. Sie sah mich über eine staubige, vom Burnus verhüllte Schulter hinweg an. Sie sagte nichts. Es war nicht nötig. Del kann mit einfachen Körperbewegungen – ganz zu schweigen von ihrer Mimik – eine Menge Dinge sagen. Alles in allem dachte ich, daß Kritik nicht gefragt sei – ich war nicht lange nach ihr dort eingetroffen, wenn auch nicht mit ihrer Hast –, und sah sie ebenfalls stirnrunzelnd an, um ihr mitzuteilen, daß die unausgesprochene Rüge unbeachtet bliebe.

Ob es sie kümmerte, blieb nur ihr allein überlassen.

Der Mann trug einen einfachen Burnus aus zerrissener, safranfarbener Gaze und ein dazu passendes Untergewand. Kein Schwert. Er war vielleicht Anfang Zwanzig, aber Staub bedeckte sein Gesicht, so daß es schwer zu sagen war. Schweiß – und vielleicht Tränen? – hatten entstellende Rinnen gebildet.

Jetzt, als er mit dem reinen Physischen Vergnügen eines erfüllten Bedürfnisses mit geschlossenen Augen aus der Bota trank, lief ihm Wasser das Kinn hinab. Es tropfte auf seinen schmutzigen, fadenscheinigen Burnus und trocknete schnell. Bevor Del etwas sagen konnte, hob er eine Hand unter sein Kinn und fing das herabrinnende Wasser auf.

Ein Südbewohner, der sowohl mit den Gebräuchen als auch mit den Farben geboren und aufgewachsen war.

Der anfängliche, verzweifelte Durst war gestillt, er öffnete zum erstenmal die Augen und spähte über die Bota hinweg zu Del. Braune Augen weiteten sich, als er mehrerer Dinge gewahr wurde, unter anderem ihr Geschlecht.

Er setzte sich abrupt auf. Entdeckte dann mich hinter ihr. Er sah sie erneut an, ungläubig. Und wieder mich. Er hauchte ein einziges Wort: »Afreet?«

Ich kicherte. Del schaute über die Schulter hinweg zu mir, drückte stirnrunzelnd Verwirrtheit über meine Belustigung aus und wandte sich wieder um. Daß sie die Sprache nicht verstand, war eindeutig, sonst hätte sie etwas gesagt. Aber andererseits hatte ich es auch nicht erwartet. Die Sprache, die er benutzte, war ein veralteter Wüstendialekt, den niemand außerhalb der Punja kannte. Ich hatte ihn seit Jahren nicht gehört.

Ich dachte einen Moment über den Nutzen einer Lüge nach. Es wäre amüsant, ihm zu erzählen, daß sie *tatsächlich* ein südlicher Geist sei, aber ich entschied mich dagegen. Der arme Mann war ausgetrocknet bis auf die Knochen, fast bewußtlos. Das letzte, was er brauchen konnte, waren überzeugende Argumente dafür, daß er tot sei – oder dem Tode nah –, die ich ihm lieferte, wenn ich zustimmte.

»Nein«, belehrte ich ihn. »Sie ist eine Nordbewohnerin.«

Er saß ganz still da, sah sie an, trank sich an Del satt, als sei sie süßer als Botawasser.

Was mich kurzzeitig belustigte, bis ich darüber nachdachte, daß diese Belustigung als eine Art Beleidigung aufgefaßt werden könnte. Del war es wert, angeschaut zu werden. Del war es wert, daß man von ihr träumte. Del war es sogar wert, daß man sie als Rettung ansah: Sie *hatte* ihm Wasser gegeben.

Ich grinste. »Du hast ihn beeindruckt.«

Del zuckte selbstbewußt eine Schulter. Sie hatte noch nie auf ihr Aussehen gebaut oder viel darüber geredet. Hier unten im Süden brachte dieses Aussehen ihr überwiegend Schwierigkeiten ein, weil zu viele südliche Männer ein Stück von ihr für sich selbst wollten.

»Mehr?« fragte sie kurz angebunden und hielt ihm die Bota erneut hin.

Er nahm sie mechanisch entgegen, sah sie noch immer an. Und trank mechanisch, da der erste Durst gestillt war. Jetzt trank er aus Vergnügen anstatt aus Bedürfnis.

Und weil sie ihn dazu verleitete, dachte ich.

Der Hengst beugte den Kopf, versuchte die Stute zu erreichen, die Del in einem oder zwei Schritt Entfernung angebunden hatte. Er schnaubte ungestüm und verursachte dann tief in seiner Brust rumpelnde Geräusche. Der Schweif wurde gehoben. Die Oberlippe aufgeworfen, wobei wuchtige Zähne sichtbar wurden – *und* sein Interesse daran, die Stute näher kennenzulernen.

Daß der Hengst eine Beziehung zu Dels Stute anknüpfte, war das letzte, was ich gebrauchen konnte – das letzte, was *irgend* jemand gebrauchen konnte. Und da ein Hengst einen Mann gewichtmäßig erheblich übertrifft, sind harte Methoden erforderlich, um ihn von solchem Interesse abzubringen. Bevor jemand verletzt wurde. Ich schlug ihn auf die Nase.

Messingbeschläge klangen, als sein Kopf himmelwärts schoß. Ich ergriff fest die Zügel, schaffte es, sie zu halten, schaffte es, *ihn* zu halten – und vermied es geschickt, sandalenbekleidete Füße unter seine stampfenden Hufe zu stellen.

Del warf mir natürlich einen tadelnden Blick über eine Schulter zu. Aber sie stand nicht bei einem ungeschliffenen Pferd, das entschiedenes Interesse an einer Stute zeigte, an *ihrer* Stute, möchte ich hinzufügen. Wenn sie in Quumi einen Wallach gekauft hätte, wären wir um einiges besser dran gewesen.

Inzwischen wieherte die kastanienbraune Stute zaghaft einladend. Und inzwischen stand auch der junge Mann vom Boden auf. Zumindest halbwegs: Er kniete sich hin, legte dann eine Hand mit gespreizten Fingern über sein Herz und verbeugte sich. Die ganze Zeit über schwatzte er etwas in einem Dialekt, den nicht einmal *ich* kannte.

Und dann hörte er auf zu schwatzen und stand auf. Er deutete gen Westen. »Karawane«, erklärte er und wandte der tiefen Punjawüste den Rücken zu.

Ich blinzelte. »Wie weit entfernt?«

Er sagte es mir.

Ich übersetzte es für Del, die verwirrt die Stirn runzelte. Dann forderte ich ihn auf, etwas mehr zu erzählen.

Er tat es. Als er geendet hatte, strich ich über braunes Haar und murmelte einen halbherzigen Fluch.

»Was ist los?« fragte Del.

»Sie wollten nach Iskandar«, erzählte ich ihr. »Er und einige andere. Sie haben zwei Führer angeheuert, die sie durch die Punja bringen sollten. Diese sogenannten Führer haben sie hier herausgebracht und sie dann sich selbst überlassen.«

»Sich selbst überlassen«, wiederholte sie.

Ich deutete in eine Richtung. »Ein Stück weiter dort draußen. Sie haben niemanden verletzt. Haben sie nur hier herausgebracht, ihnen alles Geld und Wasser abgenommen und sind davongeritten.« Ich zuckte die Achseln. »Warum Zeit mit Töten verschwenden, wenn die Punja es für einen tun wird?«

Del verengte die Augen. »Hatte er kein Pferd?«

»Danjac. Er wurde abgeworfen, und der Danjac lief davon.« Ich grinste. »Das tun sie häufig.«

Del betrachtete den jungen Mann. »Also suchte er Hilfe.«

»Er fand sehr schnell heraus, daß sie in die Irre geführt worden waren. Abseits bekannter Pfade, weit entfernt von jeglichen Markierungszeichen…« Ich zuckte die Achseln. »Er wollte einfach Hilfe finden, jemanden, der den Weg zu einer Ansiedlung oder zu einer Oase kannte. Er hofft, ein Pferd und Botas erstehen zu können.« Ich zuckte erneut die Achseln. »Derweil sind die anderen bei den Wagen geblieben.«

Del schaute himmelwärts, blinzelte gegen das Gleißen an. »Kein Wasser«, murmelte sie nachdenklich. Dann schaute sie den jungen Mann abschätzend an, prüfte ihn.

Ich wußte, was jetzt kam.

Ich wußte auch, daß ich nicht widersprechen sollte. Sie hatte nicht wirklich unrecht damit. Ich seufzte heftig und hob vorsorglich eine Hand. »Ich weiß. *Ich* weiß. Du willst dort hinausreiten. Du willst ihn zu seiner Ka-

rawane zurückbringen und sie dann alle nach Quumi
führen.«

»Das ist die nächstgelegene Ansiedlung.«

»Das stimmt.« Ich schaute gen Westen. »Das geht in
Ordnung, denke ich. Ich meine, die Salset haben *uns*
aus der Wüste aufgelesen und dafür gesorgt, daß wir
uns erholen konnten.«

»Sag das nicht so undankbar.«

»Ich bin nicht undankbar. Ich denke nur darüber
nach, wieviel Zeit uns das kosten wird. *Und* darüber,
was wir vielleicht vorfinden werden, wenn wir erst
wieder in Quumi sind.«

Del runzelte die Stirn. »Was meinst du?«

»Schwerttänzer«, antwortete ich. »Und außerdem
gläubige Narren wie diesen.«

Ihre Augen weiteten sich. »Warum nennst du ihn
einen gläubigen Narren? Nur weil er an etwas glaubt,
woran du nicht glaubst ...«

Ich unterbrach sie, beugte einer langen Diskussion
über den Nutzen des Glaubens vor. »Er *ist* ein Narr«,
erklärte ich. »Und ich habe jedes Recht der Welt, es so
auszudrücken.«

Sie wurde zornig. »Warum? *Was* gibt dir das
Recht ...«

»Weil jeder Mann, der mich verehrt, ein Narr sein
muß.«

Das ließ sie innehalten. »Dich?« fragte sie schließlich.
»Warum sagst du das?«

»Ich bin derjenige, dessentwegen er und die anderen
nach Iskandar wollten.«

Sie blinzelte. »*Wes*wegen?«

»Anscheinend haben sie die Geschichten des Orakels
über den Jhihadi gehört.« Ich zuckte die Achseln. »Sie
haben all ihre Habseligkeiten aufgeladen und sind gen
Norden gezogen.«

Del öffnete den Mund zum Widerspruch. Aber sie
schwieg. Sie sah den gläubigen Narren lange an, wägte

ab, was ich gegen den Mann selbst gesagt hatte, und seufzte schließlich, rieb sich mit einer Hand über die Stirn.

»Siehst du, was ich meine?« fragte ich. »Du hältst ihn auch für einen Narren.«

Sie verzog den Mund. »Ich gebe zu, daß man seine Meinung ändern kann, aber es macht ihn noch nicht zu einem Narren, daß er an einen Mann glaubt, dessen Erscheinen seiner Heimat nützen soll.«

»Richtig«, stimmte ich zu. »Ihn und seine Leute nach Quumi zu bringen, ist also das mindeste, was ich für ihn tun sollte. Das scheint mir ein angemessen jhihadihaftes Verhalten, was meinst du?«

»Wirst du es ihm sagen?« fragte sie.

Ich grinste. »Was – daß ich ein Betrüger bin?«

Del machte ein verärgertes Gesicht. »Das würde er wahrscheinlich schon selbst herausfinden.«

»Ich dachte, du sähst es genauso wie ich.« Ich tätschelte dem Hengst den Hals. »Nun, alter Junge, sieht so aus, als müßtest du wieder zwei Leute tragen.«

Del richtete einen Harnischriemen. »Warum reitet er nicht mit mir? Wir beide wiegen zusammen weniger als *ihr* beide.« Ich betrachtete den gläubigen Narren, der Del hingerissen ansah.

»Ja«, stimmte ich säuerlich zu. »Das würde ihm wahrscheinlich gefallen.«

Del runzelte die Stirn.

»Vergiß es«, murmelte ich. »Laß uns einfach losreiten.«

20

Sein Name war Mehmet. Mehmet war wie Bauchschmerzen.

Er wollte nicht so sein. Er war, was er war: ein erschöpfter, durstiger junger Mann, der dringend Hilfe brauchte. Das Problem war, daß wir ihm diese Hilfe angeboten hatten und er uns beim Wort genommen hatte.

Nun, ich bin nicht wirklich so unfreundlich, wie es vielleicht manchmal erscheint. Ich gebe zu, daß ich gelegentlich so klinge, aber die Wahrheit ist, daß ich ein ausreichend weiches Herz habe, um mich in Schwierigkeiten zu bringen. Und hier waren wir, halfen Mehmet, der seinen Gefährten helfen wollte.

Der ihnen *jetzt* helfen wollte.

Das Problem war, daß er bei ›jetzt‹ davon ausging, wie er die Dinge sah. Während Del und ich das Ganze als eine Angelegenheit betrachteten, die man am nächsten Morgen erledigen konnte, da die Sonne bereits untergegangen war und wir keinen großen Nutzen darin sahen, durch die Nacht zu reiten.

Mehmet jedoch sah diesen Nutzen.

Del, die eifrig eine Decke unter einem düsteren Himmel ausbreitete, schaute stirnrunzelnd zu mir herüber, während ich das gleiche mit meiner Decke tat. »Was sagt er *jetzt*?«

»Was er schon vor einer Minute gesagt hat. Daß wir nicht bis zum Morgen warten können, während sein Aketni in Not ist.«

»Sein was?«

»Sein Aketni. Ich bin nicht ganz sicher, was es bedeutet, aber ich glaube, es hat etwas mit den Leuten zu tun, mit denen er reist. Eine Art Familie, glaube ich ... oder vielleicht nur eine Gruppe von Leuten, die an dasselbe glauben.«

»Eine religiöse Sekte.« Del nickte. »Wie jene lächerlichen *Khemi*-Eiferer, die Frauen meiden.«

»Sie treiben die Dinge ein wenig zu weit. Mehmet scheint jedoch nicht so zu empfinden.« Ich sah ihn an, wie er erwartungsvoll zwischen uns stand, die Hände vorn in seinen schmutzigen Burnus verkrampft. »Tatsächlich würde Mehmet Frauen als so ziemlich das *letzte* meiden, glaube ich – er starrt dich schon wieder an.«

Del runzelte düster die Stirn.

Wir machten uns nicht die Mühe, ein Feuer zu entfachen, da es auf dem kristallinen Sand kein Holz gab und die Holzkohle, die wir bei uns trugen, für Notfälle gedacht war. Wir hatten ausreichende Vorräte für eine Reise durch die Punja, und obwohl wir im Hinblick auf die langwierige Durchquerung als Reisende nicht allzu zuversichtlich waren, wußten wir, daß sie uns dorthin führen würde, wo wir hinwollten. Also richteten Del und ich uns für den Abend ein. Die Sonne war untergegangen, das Zwielicht brachte Kühle. Jetzt wollten wir etwas essen und schlafen.

Mehmet, der dies erkannte, begann erneut zu argumentieren, daß wir nicht warten könnten, sondern zu seinem Aketni reiten müßten. Wo wir, wie er verkündete, für unsere Dienste reichlich entschädigt werden würden.

»Wie das?« fragte ich trocken. »Ihr sagtet, daß Euch die Führer alles Geld gestohlen hätten.«

Sein Kinn nahm eine sture Haltung ein. »Ihr werdet mit etwas weitaus Besserem als Geld entlohnt werden«, erklärte er.

»*Das* habe ich schon früher gehört.« Ich breitete

meine Decke vollends aus, glättete Falten und Unebenheiten. »Seht, Mehmet, ich weiß, daß Ihr Euch um sie sorgt, aber schlafen ist das beste, was wir tun können. Wir werden beim ersten Tageslicht aufbrechen und sie um die Mittagszeit erreichen. *Wenn* Ihr die Entfernung richtig in Erinnerung habt.« Ich warf ihm einen bedauernden Blick zu. »Ihr erinnert Euch richtig, nicht wahr, Mehmet?«

»In diese Richtung.« Er streckte deutend die Hand aus. »Wenn wir *jetzt sofort* aufbrächen, wären wir vor dem Morgen dort.«

»Wir brechen nicht *jetzt sofort* auf«, belehrte ich ihn. »*Jetzt sofort* werde ich etwas essen, es in stiller, ruhiger Würde verdauen und dann schlafen.«

Er fühlte sich beleidigt. »Wie könnt Ihr schlafen, wenn mein Aketni in Not ist?«

Ich seufzte und kratzte an den Krallennarben. »Weil ich«, sagte ich geduldig, »kein Teil Eures Aketni bin, was auch immer das ist.«

Mehmet zog sich hoch. Er war ein schlanker, ausgetrockneter Stock von einem jungen Mann, mit sehr wenig Fett unter der Haut, was seine Wüstengesichtszüge noch deutlicher hervortreten ließ. In der Punja geboren, in Ordnung – er hatte die hervorstehende Nase, die mich an einen Falken erinnerte, aber seinen braunen Augen fehlte der stechende Blick des raubgierigen Menschen.

Er stand aufrecht zwischen Del und mir, schaute auf uns beide herab. Er war jung und vollkommen von sich überzeugt, wenn auch auf eher subtile Weise. Mehmet war nicht so unangenehm wie ein eingebildeter junger Schwerttänzer, der sich einen Namen zu machen versuchte, so wie Nezbet, aber er hatte diesen kilometerweit sichtbaren Anstrich jugendlicher Sturheit, die die Weisheit der Erfahrung und des Alters ausschloß. Für ihn waren Del und ich einfach selbstsüchtig – nun, vielleicht nur ich; ich glaube nicht, daß er

Del als etwas anderes als ein Wunder ansah, und Wunder sind nicht selbstsüchtig – und absichtlich schwierig. Hinter ihm entrollte der Nachthimmel seine eigene Art von Bettdecke, mit glitzernden Sternen geschmückt. Der kaum sichtbare Neumond glühte über uns.

Und Mehmet sah uns weiterhin an, obwohl ich merkte, daß er mich jetzt schärfer betrachtete. Man konnte darauf vertrauen, daß Del dem Zorn eines Mannes entgehen würde, der von ihrer Schönheit vollkommen eingenommen war.

»Es ist ein *Aketni!*« zischte er. »Ein *vollständiges* Aketni!«

Del registrierte seinen Tonfall, auch wenn sie den Sinnzusammenhang nicht erfaßte. »Worüber regt er sich so auf?«

»Über nichts Neues«, erklärte ich. »Es ist das gleiche alte Lied.« Ich setzte mich auf meine Decke, lagerte mein Knie automatisch in die am wenigsten belastende Position und schaute dann zu Mehmet hoch. »Ich weiß nicht, was ein vollständiges Aketni *ist*, ganz zu schweigen davon, was es bedeutet. Also, warum breitet Ihr nicht einfach diese übriggebliebene Decke aus, richtet Euch für die Nacht ein und sorgt Euch morgen früh darüber.«

Er stand so krampfhaft da, daß ich dachte, er könnte zerbrechen. Aber er zerbrach nicht. Schließlich schwankte er, fiel dann auf die Knie und beugte den Kopf, während er sich eine Hand aufs Herz legte und in dem Dialekt, den nicht einmal ich verstand, etwas zu murmeln begann.

»Das schon wieder«, brummte ich.

Mehmet hörte auf zu murmeln. Er wirkte ungeheuer beherrscht. »Dürfte ich mir dann ein Pferd ausleihen?« fragte er ruhig. »Und Wasser? *Ich* werde jetzt aufbrechen. Ihr könnt am Morgen folgen.«

Es kam mir in den Sinn, daß wir nicht mehr folgen

müßten, wenn wir ihm ein Pferd und Wasser überließen. Aber das brachte uns nichts ein, was wir nicht schon zuvor gehabt hätten: zwei Leute auf einem Pferd, mit weniger Wasser denn je. »Nein.« Ich grub in den Satteltaschen nach flachen, zähen Laiben Brot und zwei gewundenen Stücken getrocknetem Cumfafleisch. »Wartet es einfach ab.«

Mehmet wandte sich jäh Del zu, die ihn, durch seine Eindringlichkeit gebannt, wachsam beobachtete, während er eine Erklärung für sie hervorstieß, ebenso wie die Bitte um ihre Stute und etwas Wasser.

»Sie versteht nicht«, belehrte ich ihn. »Sie spricht Eure Sprache nicht.«

Er dachte einen Moment darüber nach. Und begann erneut in dialektgefärbter Wüstensprache zu reden.

Del sah mich an. »Wenn ich nein sage, wird er nicht versuchen, sie zu stehlen, nicht wahr?« Sie wollte genausowenig wie ich erneut zu zweit reiten und laufen müssen. Lächelnd wiederholte ich Dels Frage für Mehmet, der entsetzt war. Er sprang auf, fiel dann wieder auf die Knie, umklammerte seinen zerrissenen Burnus, als wollte er ihn noch weiter zerreißen, und plapperte weiterhin etwas vor sich hin, was einem vorwurfsvollen Dialog ähnelte, nur daß Teile davon gleichermaßen an Del, an mich und an den Himmel gerichtet waren.

»Ich weiß es nicht.« *Bevor* Del fragen konnte. »Aber vermutlich haben wir ihn beleidigt.«

»Oh.« Sie seufzte und griff in die Satteltasche, um ihren Anteil an dem abendlichen Mahl hervorzuziehen. »Das tut mir leid, aber wenn er so entsetzt ist, wird er sich wahrscheinlich nicht an die Stute heranwagen.«

»Besser an die Stute als an den Hengst.« Ich kaute auf zähem Brot herum, während Mehmet Gebete murmelte. »Glaubst du, daß er das die ganze Nacht lang tun wird?«

Dels Gesichtsausdruck zeigte Verwirrung, während sie ihn betrachtete. »Wenn er *so* besorgt ist…«

»Nein.«

»Wenn sie in Gefahr sind…«

»Das sind sie nicht. Sie sind wahrscheinlich ziemlich durstig aber sie werden die Nacht überleben. Es sind Leute aus der tiefsten Punja, Bascha… ein oder zwei Tage ohne Wasser wird sie nicht umbringen. Sie wissen, wie man sich anpaßt. Glaub mir, wenn man die Tricks kennt…«

»Mehmet hat Angst…«

»Mehmet glaubt einfach, daß er Schwierigkeiten bekommt, weil er so lange braucht.« Ich stopfte mir zuviel getrocknetes Cumfafleisch in den Mund und kaute sehr lange Zeit darauf herum.

Del schnalzte angewidert mit der Zunge.

Ich grinste mit vollem Mund.

»Jamail pflegte das zu tun«, bemerkte sie. »Natürlich war er erheblich jünger und wußte es nicht besser.«

»Seht Ihr?« Ich betrachtete Mehmet, der verdrießlich die übriggebliebene Decke ausbreitete. »Typisch Frau – immer versuchen, den Mann zu ändern. Was *ich* nicht verstehe, ist, wenn sie ihn zuerst mag, warum will sie ihn dann ändern?«

»Ich habe dich nicht gemocht«, antwortete Del kühl, während Mehmet mich mit ausdruckslosem Gesicht verständnislos ansah. War er wirklich *so* jung? Oder einfach nur langsam darin, sich so zu behaupten, wie ein Mann es einer Frau gegenüber tut?

Ich kaute nachdenklich weiter. »Du hast auch versucht, mich zu ändern, Bascha.«

»In einigen Dingen ist es mir sogar gelungen.« Del biß ein kleines Stück Cumfa von ihrem eigenen getrockneten Stück ab und aß es auf vornehme Art.

Ich deutete mit Luftstößen meines Stückes auf sie. »Seht Ihr?« sagte ich erneut zu Mehmet. »Welche Art Frauen habt Ihr in Eurem Aketni?«

Mehmet sah Del an. »Alte«, antwortete er. »Und meine Mutter.« Was eine Menge aussagte, dachte ich.

Ich hob eine Bota hoch. »Und sie haben vermutlich ihr Bestes gegeben, auch *Euch* zu ändern.«

Er zuckte die Achseln. »Im Aketni tut man, was einem gesagt wird. Wie auch immer es vorherbestimmt ist ...« Er unterbrach sich. »Ich habe zuviel gesagt.«

»Heiliges Zeug, hm?« Ich nickte. »Das tun Frauen einem an. Sie verdrehen die Dinge immerzu, machen ein Ritual daraus, weil sie einen auf keine andere Art davon überzeugen könnten, einige der Dinge zu tun, die sie verlangen. Alt, jung – das ist gleichgültig.« Ich warf Del einen flüchtigen Blick zu. »Selbst bei nordischen Frauen.«

Del kaute schweigend weiter.

Ich schaute zurück zu Mehmet. »Was diese Entschädigung betrifft ... irgend etwas Lohnendes?«

Mehmet zog Cumfa aus der Satteltasche. »Sehr wertvoll.«

Ich wölbte eine skeptische Augenbraue. »Wenn es so wertvoll ist, wieso haben die ›Führer‹ es Euch dann nicht abgenommen?«

»Sie waren blind.« Mehmet zuckte die Achseln. »Ihre Seelen haben sich davor verschlossen.«

»Und meine nicht?« Ich kam Del zuvor. »Vorausgesetzt, daß ich eine Seele habe, nicht wahr?«

Mehmet kaute Cumfa. »Ihr seid hier.« Was ebenfalls etwas aussagte.

Ich regte mich verwirrt, rückte mein Knie zurecht und trank noch etwas Wein. »Nun, wir werden dafür sorgen, daß Ihr nach Quumi gelangt. Es wird nicht lange dauern – Ihr seid nicht so weit ab vom Weg. Vielleicht wollten Eure Führer nicht wirklich, daß Ihr sterben solltet.«

Mehmet zuckte erneut die Achseln. »Das ist unwichtig. Ihre Zukunft ist vorherbestimmt.«

Ich hob eine Augenbraue. »So?«

Aber Mehmet hatte jetzt genug gesprochen. Er aß schweigend sein Cumfa, spülte es mit Wasser hinunter, legte sich auf den Rücken auf seine Decke und starrte in den Himmel hinauf.

Murmelte erneut. Als könnten die Sterne – oder Götter – ihn hören.

Ich legte den Kopf zurück, starrte ebenfalls in die Dunkelheit hinauf und fragte mich, ob irgend jemand es hörte.

Ich erwachte, als der Hengst schrie und stampfte. Ich war aufgestanden und in Bewegung, bevor ich an mein Knie gedacht hatte, aber da war es schon zu spät. Phantasievoll fluchend, humpelte ich auf den Hengst zu.

Mehmet wandte sich um, als ich ankam. Er hielt den Sattelgurt fest. Als er meinen Gesichtsausdruck – und das blankgezogene Schwert – bemerkte, trat er einen Schritt zurück. »Ich wollte nur helfen«, wandte er ein. »Nicht stehlen, *helfen*. Indem ich ihn für Euch bereitmache.« Er legte eine Hand auf sein Herz. »Beim ersten Tageslicht, sagtet Ihr.«

Das erste Tageslicht *war* hereingebrochen, aber gerade erst. Mehr eine schwache Dämmerung. Aber ich wollte ihm den Vorzug des Zweifels lassen. Wenn er wirklich ein Pferd hätte stehlen und lautlos davonreiten wollen, hätte er die Stute gewählt. Soviel wußte er bereits, nachdem er am Tag zuvor mit uns geritten war. Del war ebenfalls aufgestanden und faltete ihre Decke zusammen. Der helle Zopf hatte sich gelöst und war zerzaust, fiel auf eine Schulter. »Wir können unterwegs essen.«

Ich rieb mir Sand aus Augen und Gesicht, wandte mich wieder dem unordentlichen Lager zu. Die Klinge schimmerte im schwachen Licht einer neuen Dämmerung mattschwarz. Ein wenig mehr Schlaf wäre sehr willkommen gewesen. Träume hatten mich die ganze Nacht immer wieder aufwachen lassen.

»Kommt fort von ihm«, sagte ich zu Mehmet. »Er ist morgens ungehalten.«

Del kicherte leise, unterdrückte aber eine Bemerkung.

Mehmet trat bereitwillig fort, betrachtete über eine Schulter hinweg den gründlich wach gewordenen Hengst und kniete sich dann hin, um seine Decke wieder zusammenzufalten. Ich beugte mich hinab, nahm den Harnisch auf und ließ das Schwert in die Scheide gleiten. Und fluchte, als sich ein Fingernagel an dem Lederrand verfing und brach.

Der körperliche Schmerz war weniger stark als das, was mit diesem Vorfall verbunden war. Der geschwärzte Nagel löste sich aus der Nagelhaut, schälte sich vollständig zurück und fiel ab. Zurück blieb das gekerbte Bett rötlichen Untergrunds.

Ich schwankte.

Del kam herüber, untersuchte die ›Verletzung‹, betrachtete mein starres Gesicht. »Es ist ein *Fingernagel*.«

»Es ist – scheußlich.«

»Scheußlich?« Sie sah mich an, lachte dann kurz und rauh und ungläubig. »Nach allen Verletzungen, die du erlitten hast – ganz zu schweigen von dem, was ich dir beinahe in Staal-Ysta angetan hätte –, beunruhigt dich *das*?«

»Es ist scheußlich«, sagte ich erneut, wohl wissend, wie es klang.

Del ergriff mein Handgelenk und hielt meinen Handrücken in mein Blickfeld. »Ein Fingernagel«, wiederholte sie. »Ich glaube, du hast schon Schlimmeres erlitten.«

»Das macht dir Spaß«, beschuldigte ich sie.

Del ließ meine Hand los. Ein Lächeln nahm dem Ganzen den Stachel. »Ja, das stimmt wohl. Ich finde es belustigend.«

Ich rieb mit dem Daumenballen über das freiliegende Bett des betreffenden Fingernagels und unterdrückte ein Schaudern. Ich weiß nicht warum, aber es ließ irgendwie meine Knochen schrumpfen. Und meine Knie weich werden – und da eines bereits geschwächt *war*, brauchte ich die Hilfe nicht.

»Laß los«, sagte ich barsch. »Mehmets Aketni wartet.«

Del kicherte erneut, als ich mich abwandte. »*Jetzt* will er schnell aufbrechen.«

»Vergiß es«, grollte ich und kniete mich hin, um meine Decke zusammenzufalten.

Del ging zu ihrer Decke zurück und lachte leise in sich hinein. Ich hasse es, wenn Frauen dies tun. Sie nehmen ihre kleinliche Rache auf die schändlichsten Arten.

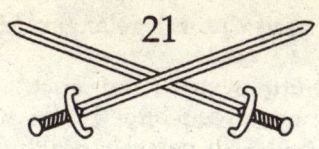

21

Um die Mittagszeit verlor ich die Nägel meines rechten Daumens und zweier anderer Finger und beinahe auch mein Frühstück. Aber wir hatten Mehmets Aketni gefunden.

Fünf kleine Wagen, gegen die Sonne zusammengeschoben, mit gewölbten Baldachinen aus einst blauem Segeltuch, das jetzt von der Sonne knochengrau gebleicht und fest über gebogene Rahmen gezurrt war. Ausgespannte Danjacs, die in nur wenigen Schritt Entfernung als unordentliche Herde mit gefesselten Vorderbeinen dastanden, schrien zur Begrüßung, als wir heranritten. Ich fragte mich, ob Mehmets übelgelaunter Danjac zu den anderen zurückgekehrt war. Wie erwartet, war jedermann erfreut, Mehmet wiederzusehen, aber noch erfreuter, als sie erfuhren, daß er Wasser mitgebracht hatte. Del und ich reichten die Botas herab, während Mehmet von der Stute heransprang und die Botas schnell verteilte, wobei er in dem Punjadialekt, den ich noch entschlüsseln mußte, ebenso begeistert aufgeregte Fragen beantwortete. Dunkle Augen schimmerten vor Freude und Erleichterung, und gebräunte Hände streichelten die Botas.

Aber niemand trank. Sie nahmen die Botas mit glühendem Dank entgegen, hielten sich jedoch zurück, während sich Mehmet an Del und mich wandte. Wir saßen noch immer auf unseren Pferden und beobachteten verblüfft die Szene.

»Sie gehören Euch«, belehrte ich Mehmet in der Wüstensprache. »Wir haben genug zurückbehalten, daß wir alle nach Quumi gelangen können – trinkt nur.«

Mehmet schüttelte den Kopf, auch als die anderen vor sich hin murmelten. Ich zählte fünf Leute, die Köpfe mit Turbanen umwickelt, die dunklen Gesichter halb unter sandverkrusteten Gazeschleiern verborgen. Ich konnte unter den gewaltigen Burnussen nicht viel von den einzelnen Leuten sehen, nur gerade genug, um erkennen zu können, daß die fünf erheblich älter waren als Mehmet, nach den geäderten, fleckigen Händen und den sehnigen Handgelenken zu urteilen. Aber andererseits hatte er uns das auch bereits gesagt.

»Was ist los?« fragte Del.

Ich zuckte die Achseln, parierte den Hengst durch, der die Danjacs besuchen wollte, um ihnen zu zeigen, wer hier das Sagen hatte. Pferde hassen Danjacs. Die Abneigung wird erwidert. »Niemand hat Durst.«

Mehmet trat einen Schritt vorwärts. »Wir schulden Euch unseren Dank, Schwertträger. Die Dankbarkeit des Aketni, weil Ihr uns Wasser und Hilfe angeboten habt.«

Ich wollte es gerade achselzuckend abtun, brach aber ab und wurde still, als Mehmet und seine Gefährten auf die Knie fielen und ihre Köpfe tief beugten, dann die mit Sandalen bekleideten Füße unter das Gesäß rückten, vorwärts schaukelten und die Stirn auf die Knie legten. Zutiefste formelle Ehrerbietung. Viel mehr, als wir verdient hatten. Fünf von ihnen mit Turbanen, mit dünnen, grauschwarzen Zöpfen, die unter der als Schutz der Haut vor Sonne gedachten Halskrause hervorbaumelten. Alles Frauen? fragte ich mich. Wer konnte das bei so viel Kleidung und Verschleierung sagen?

Mehmet stimmte eine Art Singsang an und erhielt sofort von einem fünffachen nasalen Echo Antwort. Sie alle schlugen mit der flachen Hand auf den Sand, wirbelten Staub auf, zogen dann unter dem Turbanrand eine Linie über ihre Stirn, hinterließen puderartige Flecke kristallinen Sandes, der schimmerte, als sie die Köpfe wieder anhoben.

Vier Frauen, entschied ich, und ein alter Mann. Sechs Paar dunkler Wüstenaugen, die sich mit blauen und grünen Augen verbanden.

Ich fühlte mich plötzlich fremdartig. Man frage mich nicht, warum. Es war einfach so. Ich erkannte, während ich sie ebenfalls ansah, daß nichts von mir in diesen Leuten zu erkennen war. Und nichts von ihnen in mir. Welches Blut auch immer durch meine Adern lief, es gehörte nicht zu Mehmets Aketni.

Ich regte mich im Sattel. Del schwieg. Ich fragte mich, was sie dachte, so weit fort von zu Hause.

»Ihr werdet mitkommen«, sagte Mehmet ruhig, »weil Ihr uns Wasser gespendet habt.«

»Gespendet…?« Ich wechselte einen verwirrten Blick mit Del.

»Ihr werdet mitkommen«, wiederholte Mehmet, und die anderen nickten heftig und winkten uns zu sich.

Sie schienen eine harmlose Gesellschaft zu sein. Keine Waffen waren zu sehen, nicht einmal ein Küchenmesser. Del und ich glitten nach einem weiteren Blickwechsel von unseren Pferden. Ich führte den Hengst zu dem nächststehenden Wagen und band ihn an einem Rad fest. Del führte ihre Stute zur anderen Seite herum und band sie dort fest.

Mehmet und sein Aketni versammelten sich um uns, und zwar mit großer Ehrerbietung. Wir wurden respektvoll zum letzten Wagen geführt, und es wurde uns bedeutet zu warten. Dann zogen Mehmet und der andere Mann Stoffalten zurück und kletterten in den Wagen, während sie sich, höflich etwas murmelnd, nach innen wandten. Der Wagen spie schließlich eine seltsame Fracht aus: einen uralten, verwitterten, mit einem graublauen, über ein gazeartiges weißes Untergewand drapierten Burnus bekleideten Mann.

Mehmet und seine Gefährten hoben den alten Mann ganz vorsichtig von dem Wagen herab, unterstrichen seine Zerbrechlichkeit durch ihre Aufmerksamkeit noch, während die anderen Kissen, einen Palmwedel-fächer und Behelfssonnensegel herbeibrachten. Der alte Mann wurde auf die Kissen gelagert, während die anderen den gazeartigen Stoff, der einen großen Teil der Sonne ausschloß, über seinem Turban aufspannten. Dann kniete sich Mehmet mit einer der Botas hin und murmelte dem alten Mann leise etwas zu.

Ich bin schon vielen Shukars, Shodos und jungen Priestern begegnet, ganz zu schweigen von betagten Tanzeers. Aber ich hatte noch niemals in meinem Leben einen so alten Menschen gesehen. Und schon gar nicht jemanden mit so lebendigen Augen.

Die Haare an meinem Nacken richteten sich auf. Meine Knochen begannen zu jucken.

Mehmet murmelte weiterhin, deutete gelegentlich auf Del und mich. Ich kannte das Kauderwelsch nicht, aber es war ziemlich offensichtlich, daß Mehmet von seinen Abenteuern seit seinem Weggang von der Kara-wane berichtete. Ich erinnerte mich meines Widerwil-lens, durch die Nacht zu reiten. Ich hatte meine Gründe gehabt. Aber jetzt, angesichts der strahlenden schwarzen Augen des uralten Mannes, befielen mich Schuldgefühle.

Ich verlagerte mein Gewicht, entlastete das Knie und wechselte erneut einen Blick mit Del. Keinem von uns entging die Scharfsichtigkeit des alten Mannes, wäh-rend er den Wahrheitsgehalt von Mehmets Geschichte abwog. Wenn Mehmet nur *gesagt* hätte …

Nein.

Mehmet *hatte* es gesagt. Ich hatte nur beschlossen ge-habt, nicht zuzuhören.

Wie die anderen trug auch er einen Turban. Das Ge-sichtstuch hatte sich gelöst und baumelte unter einem faltigen Kinn und einer ebensolchen Kehle. Das dunkle

Wüstengesicht wirkte wie zerknautschte Seide, mit einem eingesunkenen Ausdruck um den Mund, der auf fehlende Zähne hinwies. Er kauerte auf seinem Kissen, musterte Del und mich und lauschte den Worten des so viele Jahrzehnte jüngeren Mannes.

Der Großvater? fragte ich mich. Vielleicht der *Ur*großvater. Mehmet kam schließlich zum Ende. Und bot dem alten Mann dann mit einer tiefen Verbeugung die Bota an.

Das Spenden des Wassers. Alle anderen rund um uns herum knieten. Del und ich hätten es ihnen beinahe gleichgetan. Aber wir waren für das Aketni Fremde, und wir beide wußten, daß auch gutgemeinte Höflichkeit fehl am Platz sein kann. Man kann dadurch in ernsthafte Schwierigkeiten geraten. Wir warteten. Und dann legte der alte Mann eine knorrige, zittrige Hand auf die Wölbung von Mehmets Bota und murmelte leise etwas. Einen Segen, dachte ich. Oder vielleicht einfach einen Dank.

Mehmet goß eine kleine Menge Wasser in die zitternde, gewölbte Hand. Der alte Mann öffnete seine Finger, um das Wasser hindurchrinnen zu lassen, beobachtete, wie es hinabspritzte und schlug dann seine Handfläche auf den nassen Sand, als schlage er ein Kind.

Ich weiß nicht, was er sagte. Aber alle anderen lauschten versunken und seufzten dann, als er eine feuchte, sandige Linie über eine vom Alter runzlige Stirn zog.

Es war nichts. Aber ich schaute hin. Betrachtete die Runzeln. Die Furchen. Die Linien. Tief in seine Haut gegraben, jetzt mit nassem Sand ausgefüllt.

»Tiger?« flüsterte Del.

Ich betrachtete den alten Mann. Blasse Unterarme regten sich, meine Kopfhaut juckte plötzlich. Etwas Kaltes umgab meine Eingeweide.

Ich sollte sehen, daß ich hier wegkam...

Linien und Rinnen und Furchen.

Del erneut: »Tiger?«

Ich sollte diesen Ort verlassen, bevor mich dieser alte
Mann entlarvte ...

Ich hob eine Hand zu meinem Gesicht und zog die
Sandtigernarben nach. Linien und Rinnen und Furchen. Ganz zu schweigen von tiefen Striemen, die Ril-
len in meinen Nacken gruben.

Der Alte lächelte. Und dann begann er zu lachen.

Dämmerung. Wir saßen in einem Kreis, der alte Mann
auf seinem Kissen. Die Gesichtstücher waren gelöst
und zurückgebunden worden und gaben zumindest
eine Ansammlung sehr ähnlicher, scharfgeschnittener
Stammesgesichter mit breiten Nasenrücken frei, die
eine zusätzliche, feuchtigkeitsspeichernde Fettschicht
aufwiesen. Ich hatte Del die Wahrheit gesagt: Diese in
der Punja aufgewachsenen Menschen waren an be-
grenzte Wasservorräte gewöhnt und brauchten nicht
soviel wie andere. Die Körper ließen das erkennen.

Wir hatten die Bota herumgereicht, und jeder von
uns hatte einen Schluck genommen, wir hatten das
Cumfa und das Brot herumgereicht, und jeder von uns
hatte einen Bissen genommen. Nachdem das Ritual
ordnungsgemäß ausgeführt worden war, begannen die
anderen, leise untereinander zu sprechen.

Sie waren alle, so erklärte Mehmet, nah miteinander
verwandt. Aketni waren so, sagte er – auf Blut und
Glauben aufgebaut. Er war der jüngste von allen, der
Letztgeborene seines Aketni, und wenn er keine Ehefrau fand, würde es keine weiteren Nachkommen des
alten Hustapha geben.

»Des Hu-*was?*« fragte ich.

Mehmet zeigte Geduld. Der Hustapha, erklärte er,
war der Älteste des Stammes. Der Vater des Aketni.
Jedes Aketni hatte einen, aber ihrer war etwas Besonderes.

Hm-hm. Das waren sie immer.

Ihr Hustapha, fuhr er fort, hatte drei Mädchen und zwei Jungen mit einer Frau gezeugt, die jetzt tot war. Diese hatten wiederum weitere Kinder gezeugt, von denen aber keines im Aketni geblieben war. Zwei waren bei einer Fieberepidemie gestorben, drei weitere waren abtrünnig geworden.

Del und ich sahen einander an.

Abtrünnig geworden, wiederholte Mehmet. Sie hatten ihr Aketni verlassen und sich ein verdorbenes Leben erwählt.

Ah, ja. Jedes Leben außerhalb des Aketni – oder außerhalb jeglichen Glaubenssystems – mußte stets verdorben sein. Das war leicht zu erklären.

Hoolies, ich hasse den Glauben.

Das Aketni war sehr klein. Sieben Leute, nicht mehr, und nur noch ein junger Mensch, der Nachkommen zeugen konnte. Mehmet brauchte eine Frau.

Ich sah Del an. Mehmet sah Del an. Jedermann im Kreis sah Del an.

Die Empfängerin solch verzückter Aufmerksamkeit spannte sich jäh wie Draht an. Selbst ohne die Sprache zu verstehen, wußte Del, daß etwas geschehen war. Die Luft vibrierte davon.

»Er will eine Frau«, erzählte ich ihr und genoß den Moment.

Del sah Mehmet an. In habe mich schon in wärmeren Bansheestürmen befunden.

Aber Mehmet war nicht dumm. Er hob eine kraftlose Hand. »Oh, blonder Afreet des Nordens, ich bin zu gering für Euch.«

Es war, so dachte ich, eine geschickte Art, ihrem Zorn zu entkommen und die sofort aufkeimenden Hoffnungen des Aketni zu zerstören, ohne zu hart zu sein. Es war Mehmet während des Rückritts zweifellos bei mehr als einer Gelegenheit in den Sinn gekommen, daß er Del gern in seinem Bett hätte – nur ein toter

Mann würde sich dies nicht wünschen, und selbst ihn könnte sie vielleicht wiedererwecken –, aber er wußte es besser. Eine Frau wie Del war nicht für ihn bestimmt.

Er mußte sich damit zufriedengeben, Hilfe und Wasser gebracht zu haben. Genug für einen Anfang, dachte ich säuerlich. Er sollte nicht so habgierig sein.

Del richtete sich langsam ein, wie ein Hund, der sich seiner Umgebung nicht sicher ist. Ihre Stacheln waren kaum sichtbar, aber ich konnte sie unter dem äußeren Gehabe erkennen.

Mehmet gab weiterhin Erklärungen ab, erzählte uns, wie sogar sie, tief in der Punja, Nachricht von dem Jhihadi erhalten hatten und von dem, was er vollbringen sollte.

Ich richtete mich auf. Er sprach über *mich*.

Natürlich hatte ihr Hustapha schon lang erwartet, daß ein solcher kommen würde. Das war der Grund, warum ihr Aketni existierte. Ich runzelte die Stirn. Mehmet sah es. Redegewandt wie er war, erklärte er auch das ausführlich.

Als er geendet hatte, nickte ich. Aber Del nicht. Er hatte das meiste davon in dem Dialekt hervorgebracht, den sie nicht verstand.

»Was ist?« fragte sie prompt.

»Ein Aketni ist das, was wir vermutet haben: eine Gruppe von Leuten, die ihren eigenen Glauben entwickelt haben. Diese Art Dinge geschehen in der Punja häufig ... Stämme zerfallen in kleinere Gruppen, wann immer die Vorzeichen schlecht stehen oder wenn sie einen Kampf verlieren oder wenn eine Krankheit hereinbricht, die ›Magie‹ schwächer wird und so weiter. Manchmal handhaben ganze Familien es so, wie es hier der Fall zu sein scheint. Sie verlassen einfach den Stamm und leben ihr eigenes Leben, erschaffen sich ihre eigenen Regeln und ihren eigenen Glauben.«

Ich zuckte die Achseln. »Ich habe niemals besonders darauf geachtet, außer wenn ich dazu gezwungen war.«

»Dann sind die *Khemi* ein Aketni?«

Ich verzog den Mund. »Die *Khemi* sind anders. Jene Gruppe wurde früh festgelegt, streckte ihre Wurzeln in die Punja aus. Dann brachte jemand Schriftrollen aus einer zerstörten Stadt hervor und beschloß, diese zu verehren.«

»Die Hamidaa'n«, sagte sie säuerlich, »die behaupten, Frauen seien ein Greuel?«

»Vergiß das«, sagte ich hastig, bevor sie sich darauf versteifen konnte. »Der Punkt ist, daß Mehmets Aketni schon eine geraume Weile existiert. Dieser alte Mann – der Hustapha – ist der Enkel des Gründers. Was bedeutet, daß es sie schon ziemlich lange gibt, was der Zeitrechnung in der Punja nun mal entspricht.« Ich zuckte auf ihr Stirnrunzeln hin die Achseln. »Gruppen – Stämme – sterben aus. Manchmal innerhalb einer einzigen Generation. Borjuni, Samume, Trockenheit, Krankheit... diese Gruppe besteht schon seit fünf Generationen. Das ist ein langlebiges Aketni.«

Sie betrachtete den alten Mann. »Dieser – Hustapha. Was ist er?«

»Ein heiliger Mann«, antwortete ich. »Ein Seher, wenn man so will. Das ist es, was das Wort grundsätzlich bedeutet, soweit ich weiß.« Ich zuckte die Achseln. »Jedes Aketni entwickelt Hand in Hand mit dem Glauben seine eigene Sprache. Ich kann nur die Hälfte von dem verstehen, was Mehmet sagt, und Übersetzungen kann man nicht trauen.«

»Warum sind sie hier?« fragte Del. »Warum sind sie so weit gezogen?«

»Sie wollten nach Iskandar«, erklärte ich ernst, »um die Ankunft des Jhihadi zu sehen.«

Del schrak zurück. »Nein!«

Ich hob tadelnd einen Finger. Dieser hatte noch immer seinen Nagel, wie lange noch, wußte ich nicht.

»Nun, nun... du betrachtest das nach dem, was du über mich weißt. *Diese* Leute wissen nur, was sie gehört haben... und was der Hustapha ihnen erzählt hat.«

»Du kannst mir nicht erzählen, daß sie ihre *Heimat* verlassen haben...«

»Andere haben es auch getan«, erklärte ich. »Alric und Lena, Elamain und Esnat, ganz zu schweigen von all jenen Tanzeers und den Stämmen.«

Sie sah mich an. »Aber du sagst, *du* seist der Jhihadi...«

»Jemand *muß* es sein!« Ich runzelte die Stirn, wechselte mitten im Gespräch zur nordischen Sprache über, damit das Aketni mich nicht verstand. »Schau, ich weiß nicht, was vor sich geht oder warum dein Bruder auf mich gezeigt hat...«

»...wenn er nicht auf Ajani gezeigt hat...«

»...und ich weiß nicht, was von mir erwartet wird...« Ich schaute unglücklich drein. »Aber ich *weiß* eines: Du kannst ihnen nicht sagen, wer ich bin.«

Del blinzelte. »Was?«

»Du kannst ihnen nicht sagen, daß ich der Jhihadi bin. Selbst wenn *du* es glauben würdest.«

Sie runzelte die Stirn. »Warum nicht? Wenn sie gekommen sind, um den Jhihadi zu sehen, sollte es ihnen doch wohl gestattet sein, oder?«

Ich betrachtete den alten Hustapha, dann Mehmet und das restliche Aketni. Und war froh, daß ich die nordische Sprache benutzen konnte, damit sie mich nicht verstanden.

»Weil«, quetschte ich durch fest zusammengebissene Zähne hervor, »du es auch nicht herausfinden wolltest, wenn du dein Leben auf einer Lüge aufgebaut hättest.«

»Auf einer *Lüge?*«

»Diese Leute verehren den Jhihadi. Laut Jamail bin ich es. Würdest *du* mich verehren?« Ich fuhr fort, bevor sie antworten konnte, denn ich wußte, was sie sagen würde. »Sie verehren auch diese alberne Prophezeiung, daß Sand in Gras verwandelt werden wird.« Ich runzelte die Stirn, erinnerte mich an Dels Entdeckung der Wortähnlichkeit. »Gras oder Glas, was auch immer. Das ist es, worauf sie hinleben. Darum geht es bei dieser Geste...« Ich schlug auf den Sand und zog dann einen sandigen Strich auf meine Stirn. »Es bedeutet, daß der Sand eines Tages wieder Gras sein wird, wie bei der Schöpfung. Wenn der Jhihadi kommt.«

»Die Schöpfung«, murmelte Del. »Du meinst... wie ein *Jivatma?*«

»Sie sprechen über die *Welt*, Del... nicht über ein mit Magie belegtes Schwert.«

»Also«, sagte sie schließlich, nachdem sie das verdaut hatte, »wollen sie nach Iskandar, um den Jhihadi zu sehen.« Sie warf dem alten Mann einen flüchtigen Blick zu. »Wirst du ihm die Wahrheit sagen? Das heißt, *deine* Version?«

»Nein. Das sagte ich dir bereits.«

»Du wirst sie einfach weiterhin das glauben lassen, was sie schon seit fünf Generationen glauben, nämlich daß der Jhihadi kommt.«

»Das wird niemandem weh tun.«

Sie zog nachdenklich die hellen Augenbrauen hoch. »Es könnte alten Knochen eine lange, anstrengende Reise ersparen.«

Ich betrachtete den Hustapha. Sah das Schimmern in den so dunklen Augen, daß die Pupillen nicht genau auszumachen waren. Maß die Macht des alten Mannes. Ich konnte deren Gestank riechen. Niemand, weder Mehmet noch sonst jemand, mußte mir sagen, daß er etwas Besonderes war. Ich konnte die Wahrheit *schmecken*.

»Tiger?«

Die Haare an meinem Nacken richteten sich auf. Mein Bauch zog sich schmerzhaft zusammen. »Nein«, sagte ich schwerfällig und wußte, daß es nicht genug war.

Dels Lippen spannten sich. »Ist dir so sehr an deiner Entschädigung gelegen?«

Ohne nachzudenken, antwortete ich in südlicher Sprache. »Die Entschädigung ist mir gleichgültig. Diese Leute haben nichts.«

Mehmet erstarrte. »Aber wir *haben* etwas«, beharrte er, »und wir beabsichtigen, Euch zu entschädigen.«

Ich winkte ab und seufzte. »Nein, nein ... es ist nicht nötig ...«

Mehmet achtete nicht auf mich, sprach schnell auf den alten Mann ein. Der Hustapha lächelte, führte eine Hand zum Mund, antwortete etwas. Sein Enkel wandte sich wieder um. »Der Hustapha stimmt mir zu.«

»Stimmt Euch worin zu?« fragte ich wachsam.

»Er wird für Euch den Sand befragen.«

Etwas drehte sich in meinem Bauch. Schweiß benetzte meine Stirn. Sogar die Worte waren mächtig. »Befragen ...« Ich brach benommen und überrascht ab. Etwas drückte mich nieder. Eine riesige, allumfassende Hand. »Ihr meint ...« Ich dachte über etwas nach, was er am Vortag gesagt hatte, über den Mann, der Nahrung, Wasser und Geld gestohlen hatte. »Ihr sagtet, ihre Zukunft sei vorherbestimmt.«

Mehmet nickte. »Natürlich.«

»Dann ...« Ich sah den alten Mann an. Schwarze, in uralten Falten funkelnde Augen schauten auch mich an.

»Was ist los?« fragte Del. »Was sagt er, Tiger?«

Mehmet sah sie an. »Er ist ein Sandstreuer.«

»Ein Sandstreuer ...« Blaue Augen richteten sich auf mich, baten um eine Erklärung.

Meine Brust verkrampfte sich. Atmen war schwierig. »Ein Wahrsager«, sagte ich dumpf. »Er kann die Zukunft voraussagen.«

Del wölbte die Brauen. »Aber du glaubst diesen Unsinn doch nicht … zumindest hast du das immer gesagt.«

Ich fühlte mich elend, ich leckte über trockene Lippen und betrachtete über den Kreis hinweg den alten Mann. »Du verstehst nicht.«

»Er sagt die Zukunft voraus«, sagte sie leichthin. »Viele tun das. Im *Kymri*, in Basars, sogar auf den Straßen …«

»Dies ist etwas anderes«, fauchte ich. Etwas rührte sich tief in mir. »Ich will es nicht wissen. Heute nicht, morgen nicht … nächsten Monat nicht. Ich will es einfach nicht wissen.«

Del lachte. »Glaubst du, er würde dir ein *schlechtes* Schicksal vorhersagen, nachdem du ihnen geholfen hast?«

»Er sagt die *Wahrheit* voraus!« zischte ich. »Gut oder schlecht ist gleichgültig. Er zeigt dir, was geschehen wird, egal was du tust.«

Del zuckte die Achseln. Sie verstand einfach nicht.

Ich auch nicht wirklich.

Aber Chosa Dei verstand.

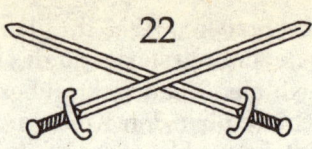

22

Das Ritual wurde peinlich genau durchgeführt. Ein auserwählter Fleck weißen Punjasandes wurde von allen Mitgliedern des Aketni außer dem Hustapha sorgfältig vorbereitet. Er saß auf seinem Kissen und überwachte die unmittelbar vor ihm ausgeführten Arbeiten.

Reihum benutzte jedes Mitglied einen kleinen Rechen, um den Fleck von Unreinheiten zu befreien. Dann kam ein feinerer Rechen an die Reihe, mit dem derselbe Fleck erneut bearbeitet wurde. Und schließlich ein schmaler Richtscheit, um den Fleck völlig zu glätten. Beide Rechen und der Richtscheit waren aus gemasertem, vom Alter verfärbten Holz, das mit ockerfarbenen Schnörkeln versehen war. Ich vermutete, daß die Schnörkel Runen waren, aber ich erkannte sie nicht.

Ich erschauderte. Schweiß rann meine Schläfen hinab. Ich wischte ihn mit einem unbehaarten, schuppigen Unterarm fort und ließ den Arm dann sinken. Der alte Mann sah mich an.

Die Dämmerung war zur Nacht geworden. Mehmet und ein anderer Mann hatten zwei Stabfackeln aus dem Wagen des Hustapha geholt, sie zu beiden Seiten des alten Mannes befestigt und die ölgetränkten Umhüllungen dann entzündet. Die Fackeln warfen unheimliche, scharf abgegrenzte Schatten über den vorbereiteten Fleck und bescheinigten ihm perfekte Glätte.

Mehmet brachte dem Hustapha mehrere kleine Beutel, legte jeweils drei davon auf beiden Seiten neben ihm ab und den siebten direkt vor das Kissen des alten Mannes. Die Beutel waren aus hellem, weichem Leder und mit geflochtenen Schnüren geschlossen. Mehmet öffnete sie alle sorgfältig, wobei er darauf achtete, ihr Inneres nicht zu berühren, den geheiligten Inhalt nicht auszuschütten, und zog sich dann zurück, um sich wieder dem Halbkreis des burnusbekleideten, verschleierten Aketni zuzugesellen, dessen Mitglieder zusammengekauert hinter dem Hustapha saßen.

Del und ich saßen nebeneinander. Zwischen uns und dem Hustapha erstreckte sich ein flaches Rechteck seidenweichen Sandes und ein Morgen Widerwillen.

Zumindest von meiner Seite.

Schweiß tropfte, hinterließ an meiner rechten Schläfe einen runenartigen Schnörkel, bis er in Sandtigernarben aufgefangen und zu meinem Kinn geleitet wurde.

Fingerspitzen hoben sich aus eigenem Antrieb, um die angefeuchteten Narben nachzuziehen, folgten dem Muster der in mein Gesicht gegrabenen Linien.

Del sammelte sich. Ich wußte, daß sie aufstehen, mich mir selbst überlassen wollte. Aber ich streckte eine Hand aus und ergriff ihr Handgelenk. »Bleib!«, zischte ich.

»Aber ... das ist für *dich* ...«

»*Bleib*«, wiederholte ich.

Nur einen Moment Zögern. Dann setzte sie sich wieder neben mich. Ich schluckte schmerzhaft, würgte fast durch eine verengte Kehle. Mein Nacken juckte. Sehnenschichten spannten sich an, drohten kribbelnde Haut zu durchbrechen.

Der Hustapha schloß die Augen. Einen Moment lang dachte ich verrückterweise, er sei lediglich eingeschlafen, bis ich das Zucken faltiger Augenlider und das Verziehen seiner Lippen bemerkte. Knorrige Hände wanden sich schwach über angezogenen Knien.

Das Aketni blieb vollkommen still.

Die Fackeln flackerten in einer Brise, die einen

Augenblick zuvor noch nicht dagewesen war. Der Rauch zerriß lautlos uralte Gaze, als ob sie von der Sonne brüchig geworden wäre.

Der alte Hustapha murmelte vor sich hin. Dann öffnete er ruckartig die Augen. Er war blind, wie ich erkannte. In seiner Trance sah er nichts von der Nacht. Nichts von dem Sand. Nichts von dem beunruhigten Schwerttänzer, der vor ihm saß, während der glatte Fleck Punja rein und unverfälscht vor ihm schimmerte.

Blind griff er unbeirrt nach dem ersten Beutel. Schüttete eine abgemessene Menge Sand in eine Hand. Feinen, bronzefarbenen, schimmernden Sand. Er verstreute ihn über die geglättete Fläche, schüttelte ihn aus der Hand, während er unbekannte Dinge sang und ihn wahllos rieseln ließ.

Sechsmal tat er dies. Sechs abgemessene Mengen Sand: Bronzefarben, zinnoberrot, ockerfarben, karneol, sienafarben, schieferblau. Alles über den Boden verstreut.

Es war keinerlei künstlerische Gestaltung dabei im Spiel. Kein Versuch, Farben zu vermischen oder Farbe zum Kontrast nebeneinander anzuordnen. Er verstreute den Sand einfach und ließ ihn rieseln.

Ein letzter Beutel. Er griff in seinen weiten Burnus, entnahm ihm einen Gegenstand und hielt ihn ins Licht. Ein kleiner hölzerner, löffelähnlicher Gegenstand, hohl, mit einem über den Boden gespannten und mit Kupferdraht befestigten Gazeviereck. Er drückte eine Handfläche gegen die Gaze und verschloß sie, damit nichts herausrieseln konnte, schüttete dann eine abgemessene Menge Sand aus dem letzten Lederbeutel hinein. Vollkommen durchsichtige Punjakristalle glitzerten im Fackellicht, wie ein nordischer Schneeschauer.

Er nahm die verschließende Hand vom Boden des löffelähnlichen Gegenstandes fort. Er schüttelte ihn leicht, langsam, mit methodischer Genauigkeit. Punjakristalle wurden durch die Gaze gesiebt, überstäubten den ausgestreuten, farbigen Sand. Alle Farbe wurde von einer fast durchsichtigen Schicht glitzernder, eisähnlicher Kristalle verschluckt.

Das Sieb wurde wieder weggesteckt. Der Beutel wurde geschlossen und beiseite gelegt. Der Hustapha, der jetzt nicht mehr blind war, beugte sich über das rechteckige Fenster wahllos ausgestreuten Sandes.

Er blies darauf. Ein einziger Atemstoß, der die Kristalle kaum bewegte, nicht viel mehr als der Atem eines Säuglings. Dann zog er sich zurück und bedeutete mir, es ihm gleichzutun.

Ich würgte an dem Gestank der Magie. Der Inhalt meines Magens kroch halbwegs meine Kehle hinauf.

Der alte Hustapha wartete.

Ich knirschte mit den Zähnen. Beugte mich vor. Blies einmal flüchtig, überwand das Gefühl der Peinlichkeit.

Schwarze Augen schimmerten. Er hob zittrige Hände, schlug sie einmal zusammen, verschränkte dann die eine über der anderen und legte die flachen Handflächen auf seine dünne Brust.

Die Fackeln flüsterten im Wind.

Nur eine Brise. Sie umspielte die Augenlider, strich über die Lippen, neckte schwitzende Haut. Ließ sich dann auf der Palette mit Kristallen bedeckten, farbigen Sandes nieder.

Ich beobachtete sie. Die Brise berührte die Punjakristalle, verlagerte einige, stahl andere, zupfte Korn um Korn fort. Als alle gazeartigen Schichten angehoben waren, entstand eine neue Farbe. Der wahllos ausgestreute Sand bildete ein Muster. Und ein Muster innerhalb eines Musters.

»Schaut«, forderte der Hustapha mich auf.

Die Brise erstarb, ließ den Sand ruhen. Der Hustapha wartete geduldig, ließ mich das hingestreute Bild betrachten. Das Aketni hinter ihm schwieg und rührte sich nicht. Del saß neben mir genauso still.

Ich war plötzlich allein. Ich schaute hin, wie ich

es sollte. Las, was dort geschrieben stand, in sandbeschworenen Bildern, die sich wie Ansammlungen von Würmern noch immer wanden. Bronzefarben, ockerfarben, aschfarben. Und in anderen Farben. Alle Farben des magisch Hingestreuten waren vorhanden, abhängig vom Gegenstand der Abbildung. Ich betrachtete die dreifache, vom Wind und dem Atem in den Sand geschriebene Zukunft.

Was sein könnte. Vielleicht sein mochte. Sein würde. Was ich nicht geschehen lassen wollte.

Dels Stimme klang in der sternenschimmernden Dunkelheit sanft. »Du schläfst nicht.«

Schlafen? Wie konnte ich schlafen?

»Was ist los?« fragte sie. Ihr Atem berührte die vom Schweiß starren Haare an meinem Nacken.

Ich setzte mich schnell auf, rieb mir heftig den Nacken. »*Tu* das nicht!«

Sie richtete sich auf einen Ellbogen auf. Wir lagen ein Stück von den Wagen entfernt, in angemessenem Abstand vom Aketni, aber es war noch immer viel zu nah, da mein Behagen beeinträchtigt war. Sie strich sich das Haar aus dem Gesicht. »Warum bist du so nervös?«

Ich starrte angestrengt durch die Dunkelheit. Ich wußte, daß der Hustapha und die anderen die in den Sand gestreuten Muster beseitigt, die Magie zerstreut hatten, aber ich betrachtete sie noch immer. Ich roch noch immer den Geruch. Ich suchte noch immer nach sich im Sand windenden Bildern und hoffte, sie würden sich ändern.

Ich atmete tief und stoßweise ein. »Ich hasse Magie.«

Dels Lachen klang gutmütig. Eher erleichtert. »Dann kannst du genausogut dich selbst hassen. Du hast deinen eigenen Anteil daran.«

Eis liebkoste mein Rückgrat. »Nicht so«, brach es aus mir heraus. »Nicht wie jener alte Mann.«

Del schwieg.

Ich wandte den Kopf, sah sie an. Fragte letztendlich: »Du hast es gesehen, nicht wahr? Was der Sand vorhergesagt hat?«

Ein Muskel an ihrem Kinn zuckte.

»Du hast es gesehen«, sagte ich.

»Nein.«

Das ließ mich innehalten. »Nein?«

»Nein, Tiger. Es war eine persönliche Angelegenheit.«

Ich runzelte die Stirn. »Willst du damit sagen, du hast nichts *gesehen*? Oder willst du diese Ausschließlichkeit herstellen, indem du nichts dazu sagst?«

»Ich habe nichts gesehen.« Sie schob sich das Haar hinter ein Ohr. »Nichts als Sand, Tiger. Kleine Anhäufungen vom Wind verwehten Sandes.«

»Dann ... hast du nicht gesehen ...?« Aber ich brach ab. Als ich die Fäuste öffnete, schälte sich ein weiterer Fingernagel ab. »Wenn also niemand anderer es gesehen hat, wird es vielleicht auch nicht geschehen. Vielleicht kann ich dafür sorgen, daß es nicht geschieht.«

Dels Gesicht war im Sternenlicht blaß. Ihre Stimme war ein schwaches Flüstern. »War es so schlimm?«

Ich runzelte in der Dunkelheit die Stirn. »Ich bin nicht sicher.«

Sie setzte sich auf ihrer Decke auf. »Wenn du also nicht *sicher* bist, wie kann es dann so schlimm sein?«

Ich schaute in die Nacht.

»Tiger?«

Ich riß mich zusammen. Zog mit dem Finger die Sandtigernarben nach. »Ich bin nicht sicher«, wiederholte ich. Dann sah ich sie an. »Wir müssen nach Julah ziehen.«

Del runzelte die Stirn. »Du hast schon mal etwas davon gesagt. Du hast keinen Grund genannt, sondern nur gesagt, daß wir dorthin ziehen müßten. Warum? Das ist Sabras Domäne. Sie wird nicht ewig in Iskandar bleiben. *Ich* würde es nicht als Ziel wählen.«

»Wenn du eine Wahl *hättest*.«

Del verengte die blauen Augen. »Hast du keine Wahl?«

»Wir.«

»Wir?«

»*Wir* haben keine Wahl.«

Helle Brauen wölbten sich. »Was willst du damit sagen?«

»Daß deine Zukunft von allen, die ich gesehen habe, die mächtigste war.«

»*Meine* Zukunft!« Del richtete sich ruckartig auf. »Du hast *meine* Zukunft in dem Hingestreuten gesehen?«

Ich streckte die Hand aus und ergriff eine Locke blonden, seidigen Haars. Wand es um einen schwieligen Finger, wünschte, ich könnte es spüren. Ließ die Hand dann hinter ihren Nacken gleiten und zog sie zu mir heran, ganz nah heran, hielt sie ganz fest an meine linke Schulter gepreßt. Verlor die dreifache Zukunft im Vorhang ihres Haars.

Wollte sie so festhalten, daß ich ihr die Knochen bräche.

Bevor Chosa Dei es an meiner Stelle tat.

23

Ich öffnete ruckartig die Augen. Ich war sofort und ohne Umschweife wach: in einem Moment im Schlaf, im nächsten vollständig wach, ohne zurückbleibende Taumeligkeit oder das Bedürfnis, die innere Stimme, die mich aus der Vergessenheit gerissen hatte, zu verfluchen.

Ich lag vollkommen still unter meiner Decke, die zu einer wurstähnlichen Umhüllung aus im Süden gefertigtem, ungleichmäßigem, grau und blutrot und braun gefärbtem Gewebes zusammengerollt war. Del schlief neben mir, das helle Haar von der Decke verborgen, außer an der Stelle, an der sich eine Locke von den anderen gelöst hatte und sich um die himmelaufwärts gerichtete Schulter rankte.

Etwas kroch aus meiner Magengrube herauf. Zittern befiel meine Glieder.

Angst? Nein. Nur ... Zittern. *Kribbeln.* Ein Beben der Knochen und Muskeln, die nicht länger stillhalten wollten.

Ich knirschte mit den Zähnen. Preßte die Augen fest zu. Wollte mich zwingen, wieder zu schlafen. Aber das Kribbeln nahm zu. Die Füße wanden sich. Ein Knie zuckte: Eine Lähmung verschlang meine Hände und spie sie dann wieder aus. Meine Haut *juckte* von Kopf bis Fuß. Aber es half nichts zu kratzen.

Ich schlug die Decke zurück. Stieß mich hoch. Nahm das in der Scheide steckende Schwert auf und ging bewußt von Del, den Danjacs, den Wagen und dem Aketni fort. Aber nicht fort von dem Hengst. Ich ging direkt auf ihn zu, band die Hanffesseln los, warf ihm die Zügel über den Hals. Ich nahm mir nicht die Zeit, ihn zu satteln oder ihm die Satteldecke überzuwerfen, sondern schwang mich einfach auf seinen bloßen Rücken, umklammerte mit den Beinen den seidenweichen Rumpf, verhakte bloße Fersen in den Wölbungen hinter Schultern und Vorderbeinen.

Er schnaubte. Scharrte. Stampfte zweimal auf und ließ Staub aufwirbeln. Und beruhigte sich dann wieder, wartete wachsam ab.

»Auf die Sonne zu«, befahl ich ihm und unternahm nichts, um ihn zu führen.

Er wandte sich sofort um, ostwärts, und entfernte sich von den Wagen. Kein Sattel, keine Steigbügel, keine Satteldecke. Nur der Wildlederdhoti zwischen uns, wodurch es Haut und Muskeln ermöglicht wurde, in der Sprache von Pferd und Reiter miteinander zu reden.

Er lief weiter, bis ich ihm Einhalt gebot, indem ich nur ein Wort sagte. Ich schwang ein Bein über die abfallende Kruppe, sprang herab, trat vier Schritte weiter. Zog das verfärbte *Jivatma* aus der Scheide und ließ die Dämmerung seinen Makel begutachten. Eine Frage kam auf: *Warum bin ich hier?*

Sie wurde mit einem Erschaudern fortgespült.

Ich setzte die Schwertspitze auf dem Sand auf und zog einen vollkommenen Kreis, indem ich die oberste Schicht von Staub und Sand zum darunter liegenden Lebensblut durchschnitt, das in kristallisiertem Eis glitzerte.

Noch eine Frage: *Was tue ich?*

Ein Schulterzucken tat sie als unerheblich ab.

Als der Kreis fertiggestellt war, trat ich über die Linie hinweg hinein und setzte mich hin. Legte das Schwert über meinen Schoß, so daß Klinge und Heft auf überkreuzten Beinen ruhten. Der Stahl war kühl und glatt auf südlicher (südlicher?) Haut, die für viele

Stämme zu hell und für einen im Norden Geborenen zu dunkel war. Etwas dazwischen. Etwas, das keines von beidem war. Etwas, das nicht paßte. Etwas – *jemand* – anderer. Gestaltet von einem fremdartigen Gesang, den er nicht zu hören verstand.

Ich legte die Handflächen über die Klinge. Schloß die Augen, um den Tag auszuschließen. Schloß *alles* aus, bis auf das knochenreizende Jucken, das Muskeln und Haut sich winden ließ.

Und eine dritte Frage: *Was ge…*

Unbeendet.

Das innere Auge öffnete sich. Ich sah viel zu weit.

Würde er mich zunichte machen? fragte ich mich. Oder brauchte er mich zu sehr?

Die Klinge wurde unter meinen Handflächen warm.

Die Augen öffneten sich ruckartig. Ich sprang auf, ließ das Schwert fallen, stolperte zwei Schritte auf den Rand des Kreises zu und fiel dann auf die Knie. Der Magen stieg mir in die Kehle. Aber es gab nichts auszuspeien.

Ich würgte. Hustete. Vergoß Schweiß.

Hoolies, was habe ich…

Die Glieder knickten plötzlich ein. Ich landete mit dem Gesicht zuerst im Sand, rang nach Atem.

Grub mit Fingern, die jeden geschwärzten Nagel abgeworfen hatten, vergebens im Sand. Und jetzt wurde jeder verlorene Nagel durch einen neuen ersetzt.

Der Drang, der mich hierher geführt hatte, erstarb zu nichts. Das innere Auge schloß sich.

Ich rollte mich auf den Rücken, die Arme und Beine verdreht. Atmete vom Sand befreite Luft. Schaute in den sich verändernden Himmel hinauf, während die Sterne vom Licht verschluckt wurden. Hörte den Hengst sanft wiehern, beunruhigt von den Auswirkungen einer Macht, die er nicht kannte und nicht verstehen konnte. Er haßt Magie genauso sehr wie ich.

Aber er kennt nicht das Verlangen, das aus dunklen

Orten ans Tageslicht drängt und an eine Seele rührt. Er weiß nicht, was es einem antun kann. Er weiß nicht, was es *ist*.

Er weiß nicht, was *ich* weiß: Seligkeit liegt in der Unwissenheit.

Ich schaute in den Himmel und lachte, denn lachen ist besser als weinen.

Hoolies, ich bin ein Narr.

Hoolies, ich habe *Angst*.

Die Danjacs waren vor die Wagen gespannt. Die Mitglieder des Aketni saßen auf den Sitzen. Del wartete ruhig auf ihrer kastanienbraunen Stute. Ihr Gesicht war angespannt und blaß.

Ich hielt an, glitt von meinem Pferd, beugte mich hinab, um meine Ausrüstung aufzusammeln, sattelte schnell den Hengst, rückte Botas und Satteltaschen zurecht. Spritzte mir etwas Wasser ins Gesicht und stieg wieder auf. Jetzt war die Verständigung gestört. Der Sattel und die Satteldecke beeinflußten sie.

»Auf geht's«, sagte ich kurz.

Mehmet, der den ersten Wagen lenkte, rief dem vor seinen Wagen gespannten graubraunen Danjac den Aufbruchsbefehl zu. Hob dann die Gerte von seinem Schoß und berührte damit den borstigen Rumpf. Der Danjac machte sich bereit, ließ Harnischbeschläge und Ausrüstung klirren. Der Wagen wurde ruckartig angezogen. Die anderen folgten in einer Reihe.

Del führte ihre Stute zu mir heran, als ich die Fersen in die Flanken des Hengstes bohrte, um ihn zum Laufen zu bewegen, und pflanzte sich vor mir auf. Ich fluchte, parierte den Hengst durch, riß seinen Kopf beiseite, bevor er Del beißen oder auf die Stute losgehen konnte. »Was, bei den Hoolies...«

»Wo warst du?« fragte sie schroff und unterband damit meine Verärgerung.

»Da draußen.« Ich dachte, das wäre ausreichend.

»Und was hast du da draußen gemacht?«

»Wonach auch immer es mich verlangt hat«, fauchte ich. »Hoolies, Bascha ... wie viele Male bist du allein fortgegangen, um deine kleinen Gesänge zu singen?«

Das öffnete dem Zweifel die Tür. Del runzelte leicht die Stirn. »Hast du das gemacht?«

»Was ich gemacht habe, geht dich nichts an.«

»Du hast das mitgenommen.« ›Das‹ war mein Schwert.

»Und du nimmst *jenes* mit.« Mit diesem ›jenes‹ war *ihr* – Schwert gemeint.

Weitere Zweifel. Ein stärkeres Stirnrunzeln. Ein Zucken der Kinnmuskulatur. »Es tut mir leid«, sagte sie leise, wandte die Stute dann um und ritt hinter den Wagen her.

Ich folgte ihr. Fühlte mich schuldig.

Wir hätten Quumi in eineinhalb Tagen erreichen können. Mit den Wagen dauerte es zwei Tage. Bei Sonnenuntergang des zweiten Tages erreichten wir die graubeigefarbene Ansiedlung, und Mehmet rief mich zu sich.

»Dort ist das Tor«, sagte er.

Ich nickte.

Sein dunkles Gesicht wurde noch dunkler. »Die anderen haben uns unser Geld genommen.«

Ja. Das hatten sie. »Wollt Ihr, daß ich sie suche? Das Geld zurückhole?« Ich hielt inne, sah seinen bestürzten Gesichtsausdruck. »Sie sind wahrscheinlich hier, Mehmet. Quumi ist die einzige Ansiedlung in diesem Teil der Punja, wo ein Mann Essen, Alkohol und Frauen kaufen kann ... wo sonst sollten sie hingegangen sein, nachdem sie Euch alles Geld geraubt hatten?«

Mehmet spähte zum letzten Wagen hin, mit dem Del die Nachhut bildete. Der Hustapha fuhr darinnen. Dann wurde Zweifel zu Entschlossenheit. »Nein.« Er schüttelte den Kopf. »Es ist nicht unsere Art, einen Schwerttänzer anzuheuern, um uns widerfahrenes Unrecht wiedergutzumachen.«

»Aber es ist *Euer* Geld.«

Er zuckte die Achseln. »Sollen sie es behalten. Wir werden neues Geld bekommen, wenn sich erst einmal herumspricht, daß wir einen Sandstreuer bei uns haben.«

Es widerstrebte mir. Dann tat ich es achselzuckend ab. »Und woher wollt Ihr wissen, daß sie Euch Euer Geld nicht erneut stehlen?«

»Der Hustapha hat ihre Zukunft ausgestreut.«

Tief in meinem Bauch krampfte sich etwas zusammen. »Er hat nicht...« Ich brach ab, wollte die Angelegenheit fallenlassen, aber der Gedanke ließ mir keine Ruhe. »Ich meine, er kann es nicht, nicht wahr? Das Ausgestreute seinen Launen gemäß formen?«

Dunkle, gewölbte Brauen zogen sich über einer Punjanase zusammen. »Meint ihr, ob er eine Zukunft bewußt gestalten kann? Zum persönlichen Vergnügen oder als Strafe?«

»Wenn er es für notwendig hielte.«

Die Brauen senkten sich. Mehmet lächelte leicht. »*Ihr* habt Eure Zukunft letzte Nacht in den Sand gestreut. Der Hustapha hat Möglichkeiten ausgestreut.«

»*Ich* habe...« Ich schaute zum letzten Wagen zurück. »Ihr meint, all diese Salbaderei, die wir letzte Nacht...«

»Das Ritual. Das Ritual ist erforderlich.«

Ich winkte ab. »Ja, ja, das Ritual... Mehmet, warum ist es erforderlich, wenn *ich* verantwortlich bin? Warum diese ganze heilige Heimlichtuerei?«

»Er ist heilig«, sagte Mehmet einfach. »Heilige Männer sind anders. Der Hustapha ist ein Seher. Vater des Aketni, das auf den Jhihadi wartet.«

Ich unterließ es, über den Jhihadi nachzudenken, obwohl mich das mehr als alles andere davon überzeugte, daß dies alles Torheit war. Mein Geist war mit dem Hustapha beschäftigt. »Er ist ein Magier«, fauchte ich. »Ich konnte den Gestank der Magie riechen, mit oder ohne den Wind und ein erfundenes Ausstreuen der Zukunft.«

Mehmets dunkle Augen richteten sich auf das über meine linke Schulter herausragende Schwertheft. »Alle Männer mit Macht *sind* Macht: Der Name ist unwichtig.«

Seltsam, dachte ich. Und untypisch für Mehmet. Es veranlaßte mich zu der Frage, wie vieles *tatsächlich* bei dem Sandstreuen in der vorigen Nacht bekannt geworden war. Del hatte gesagt, sie hätte nichts gesehen. Aber das war *Del*, nicht die anderen, die besser als ich verstanden, worum es bei diesem Ausstreuen ging.

»Wollt Ihr mir damit etwas sagen, Mehmet? Etwas über mich?«

Der junge Mann lächelte. »Ein Mann mit einem Messer hat Macht. Ein Mann mit einem Schwert hat Macht. Ein Mann mit einem Messer *und* einem Schwert hat noch mehr Macht.«

»Ich spreche nicht über Messer und Schwerter.«

»Das hat der Hustapha auch nicht getan.«

Ich knirschte mit den Zähnen. »Das ist es nicht, was …« Aber ich brach angewidert ab. »O Hoolies, es reicht mir …« Ich ritt vor der Karawane her auf die zerbrochenen Tore Quumis zu und zahlte die Einlaßgebühr für das Aketni. Was alles war, worum Mehmet mich ursprünglich gebeten hatte.

Ich hatte mehr gewollt.

Ich hatte mehr *gebraucht*, um zu erfahren, was ich tun konnte, um die dreifache Zukunft zu vermeiden.

Weil sie vielleicht wahr sein *könnte*.

Die dreifache Zukunft: Sie könnte sich erfüllen. Sie würde sich vielleicht erfüllen. Sie würde sich erfüllen.

Ich hatte die Wahl.

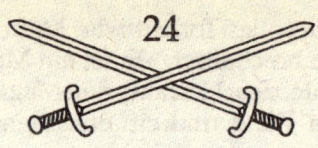

...

24

V on der Karawane aufgewirbelter Staub wehte heran, zog auf die Straße zu. Del und ich saßen auf den Pferderücken an Quumis zerbrochenem Tor. Der Sonnenuntergang verfärbte die grau-beigefarbenen Adobeziegel zu einem fahlen Kupferrot mit einem Hauch Lila.

»Warum bist du hierherkommen?« fragte sie.

»Warum ich hierher*gekommen* bin?« fragte ich stirnrunzelnd zurück. »Ich hatte den Eindruck, dem Aketni zu helfen. Was *dein* Vorschlag war.«

Mein Sarkasmus blieb wirkungslos. »Du hättest anhalten können, als Quumi in Sicht war. Du mußtest nicht ganz mit hineinkommen.«

Ich wölbte die Brauen. »Da gibt es eine Kleinigkeit namens Wasser.«

Del zuckte nachlässig eine Schulter. »Du hättest Mehmet bitten können, dir das Wasser herauszubringen.«

»Das hätte ich tun können«, stimmte ich ihr zu. »Aber warum hätte ich es tun sollen? Da wir schon einmal so nah sind, können wir die Nacht genausogut wieder einmal unter einem Dach verbringen.«

Ihr Blick blieb fest. »Du sagtest, du machtest dir Sorgen wegen Schwerttänzern und Borjuni. Daß sie inzwischen hiersein könnten, um uns beide zu erwischen.«

»Es könnte sein. Es könnte vielleicht sein…« Ich brach jäh ab, unterdrückte das plötzliche Erschaudern, das von unerwartet vertrauten Worten hervorgerufen wurde. »Wir sollten einfach weiterreiten, Bascha. Wir können auf uns selbst aufpassen.«

Wir ritten gerade auf Akbars Wirtshaus zu, als die Sonne hinter dem Horizont versank. Der Mond hing als Sichel am Himmel, drängte die Sterne aus ihren Verstecken. Sie glitzerten wie Punjakristalle auf dem geharkten Rechteck eines Sanddeuters.

Verdreht, mürrisch und griesgrämig führte ich den Hengst um das Wirtshaus herum und stellte ihn in den Stall ein, in eine der winzigen, abgeteilten Boxen, die sich Stall schimpften. Del stellte ihre Stute klugerweise in einer der am anderen Ende von Akbars schäbigem Stall gelegenen Boxen ein und nahm ihr die Ausrüstung und die Vorräte ab. Messingbeschläge klirrten. Ich hörte sie in der Hochlandsprache sanft mit der Stute sprechen. Diese Sprache war meiner Zunge noch immer fremd, aber ich beherrschte sie gut genug, um überleben zu können, und verstand noch mehr davon. Und dennoch waren es nicht die Worte, die so vieles ausdrückten, sondern der ihnen zugrunde liegende Tonfall. Del sorgte sich wegen etwas.

Ich versorgte den Hengst, nahm ihm Zaumzeug und Vorräte ab, wie Del es auch bei ihrer Stute gehalten hatte, gab ihm Futter und Wasser und ging den Weg zurück zu Del. Wir trugen beide Satteltaschen und Botas, wagten nicht, sie anderen zu überlassen.

»Hungrig?« fragte ich freundlich, in dem Versuch, die Luft zu reinigen.

Del schüttelte den Kopf.

»Also durstig.«

Ich erntete nur ein Achselzucken.

»Vielleicht ein Bad, morgen früh?«

Ein schiefes Verziehen des nordischen Mundes, das nichts preisgab.

Alle Geduld schwand. »Was willst du *dann?*«

In der Dämmerung wirkten blaue Augen blaß. »*Das* loswerden.«

›Das‹ wieder. Mein Schwert. »Hoolies, Bascha ... du übertreibst. Ich gebe zu, daß es nicht beruhigend ist, und ich würde es lieber hier wegwerfen, als es mit nach Julah zu nehmen, aber ich habe anscheinend keine Wahl.« Ich ging an ihr vorbei und verließ den Stall. »Wir sollten dieses Zeug loswerden. Ich möchte etwas essen und Aqivi trinken.«

Del folgte mir seufzend. »Das zumindest hat sich nicht geändert.«

Wir entledigten uns unverzüglich unserer Lasten, mieteten uns eine Unterkunft und zogen uns in die Schankstube zurück, in der sich bereits eine Reihe von anderen Gästen aufhielten. Huvakrautgeruch schwebte zur Decke. Vergossener Wein hatte den Boden klebrig werden lassen. Ranzige Kerzen warfen ein trübes Licht. Der Ort roch nach jungem Alkohol, altem Essen, noch älteren Huren und ungebadeten, verschwitzten Körpern.

So wie ein Wirtshaus riechen *sollte*.

Wenn man kein gutes Riechvermögen hat.

Del murmelte leise etwas vor sich hin. Ich deutete auf einen kleinen, schiefen Tisch in einer Ecke des Raums, eilte durch den menschlichen Viehhof hindurch, verhakte einen Zeh um ein Stuhlbein und zog den Stuhl unter dem Tisch hervor.

»Aqivi!« rief ich einem schwerfälligen Wirtshausmädchen zu, das bereits mit Bechern und einem Krug mit irgendeinem Getränk beladen war. »Und zwei Schüsseln Hammeleintopf mit Danjackäse!«

Del hielt an dem Tisch inne und sah sich schweigend um. Sie gibt ihrem Abscheu niemals laut Ausdruck, aber ich kann ihre Gemütsverfassung ergründen.

»Setz dich«, sagte ich knapp. »Hast du erwartet, daß es irgendwie besser geworden wäre?«

Del wandte ruckartig den Kopf. Sie betrachtete mich eine Weile lang und setzte sich dann auf den anderen Stuhl. Der Tisch war in eine schmale Ecke geschoben worden, vom Haupttrubel entfernt. Der Platz, den ich Del überlassen hatte, würde ihr von hinten und von zwei Seiten Schutz gewähren. Ich *hatte* mich bemüht. Sie wollte es einfach nicht sehen.

Das Wirtshausmädchen kam mit dem Bestellten heran. Mit einem Krug, zwei Bechern, zwei dampfenden Schüsseln mit Löffeln. Ich öffnete den Mund, um Wasser zu bestellen, zählte im voraus die Kupfermünzen ab, aber Del unterbrach mich. »Ich werde Aqivi trinken.«

Ich sperrte fast den Mund auf, beherrschte mich aber sofort wieder und hob nur eine Augenbraue an. »Starkes Zeug, Bascha.«

»Es scheint dir zu bekommen.« Sie griff nach dem Krug und goß beide Becher voll. Der scharfe Geruch war so intensiv, daß ich dachte, ein Schwert könne ihn zerschneiden.

Ich warf dem Wirtshausmädchen eine Extramünze zu und entließ sie dann. Ich hatte andere Sorgen. »Sieh mal, Bascha, ich weiß, ich habe in der Vergangenheit gesagt, du hättest kein Recht, mich dafür zu schelten, daß ich von dir nicht geschätzte Sachen in größeren Mengen trinke, aber ...«

»Du hast recht«, sagte sie ruhig und hob ihren Becher an den Mund.

»Du *mußt* das nicht tun, Bascha!«

»Trink du deinen Aqivi«, sagte sie kühl und nahm einen ordentlichen Zug.

Ich bin nicht besonders feinsinnig. Ich lachte ihr ins Gesicht. »O Götter, Del ... wenn du dein Gesicht sehen könntest!«

Sie schaffte es, den Mundvoll Aqivi mit bemühter Würde hinunterzuschlucken. Dann nahm sie einen weiteren Zug.

»Bascha ... es reicht! Du brauchst nichts zu beweisen.«

Blaue Augen blickten unbeirrt drein. Sie verarbeitete diesen Schluck schon besser – und auch den dadurch hervorgerufenen Gesichtsausdruck. »Man kann einen

Mann nicht beurteilen, solange man seine Laster nicht ausprobiert hat.«

Ich blinzelte. »Wer hat dir *das* denn erzählt?«

»Mein *An-Kaidin*, in Staal-Ysta.«

Ich grunzte. »Nordbewohner. Ganz Schwülstigkeit und Aufgeblasenheit.«

»Hat dein Shodo dich nichts Ähnliches gelehrt?«

»Mein Shodo hat mich sieben Grade der Schwertarbeit gelehrt. Das war das einzig Wichtige.«

»Aha.« Ein dritter Schluck. »Südbewohner. Ganz Schweiß und Fürze.«

Immer inmitten eines Schlucks... Ich spie aus, würgte, wischte mir über das Gesicht. »Was soll denn *das* bedeuten?«

Del dachte einen Moment nach. »Etwas, was du im Schlaf tust nach zuviel Käse.«

»Nach... oh. *Oh.*« Ich runzelte die Stirn. »Ich kann mir schönere Themen vorstellen.«

Del lächelte süß und trank noch mehr Aqivi.

»Sei vorsichtig«, warnte ich sie unbehaglich. »Ich habe dir erzählt, was mit mir geschehen ist. Einen Becher davon zu schnell hinuntergeschüttet, und ich bin betrunken zusammengesackt.«

Sie zog ihren Zopf aus dem Burnus und ließ ihn über eine Schulter baumeln. »Es gibt Dinge, die ich besser kann als du. Dies ist vielleicht eines davon.«

»Trinken? Das bezweifle ich. Ich habe etliche Jahre mehr Erfahrung darin. Außerdem bin ich ein Mann.«

»Aha. Das erklärt es.« Del nickte und schluckte. »Es macht also einen Teil des Stolzes eines Mannes aus, mehr trinken zu können als eine Frau.«

Ich dachte an Wettbewerbe zurück, in denen genau das festgelegt worden war, wenn auch immer nur unter Männern. Frauen waren nicht daran beteiligt gewesen, außer als Preis.

Hitze breitete sich in meinem Bauch aus, stahl sich

zum Nacken hinauf, zog ins Gesicht. Del, die es bemerkte, lächelte. Meine Antwort war deutlich.

Was mich ein wenig gereizt machte. »Männer können eine Menge Dinge besser tun als Frauen. Einige Männer tun Dinge auch besser als andere Männer. Daran ist nichts falsch. Es ist nichts falsch daran, stolz zu sein. Und es ist nichts falsch an einem Wettbewerb, der erweisen soll, wer der beste ist.«

»Einen Mann im Trinken zu übertrumpfen ist eine Art, sich selbst zu beweisen?«

»In einigen Fällen ja.« Ich konnte mich an viele Fälle erinnern.

»Pinkelwettbewerbe auch?«

»Woher weißt du davon?«

»Ich hatte eine Menge Brüder.«

Ich grunzte. »Das solltest du nicht verallgemeinern. Aber ich leugne nicht, daß es vorgekommen ist.«

»Was ist mit Frauen?«

»Was?«

»Hast du auch an Wettbewerben um eine Frau teilgenommen?«

Ich runzelte die Stirn. »Was soll das? Bist du wegen irgend etwas ärgerlich auf mich? Was habe ich *jetzt* wieder verbrochen?«

Del lächelte und trank Aqivi. »Ich versuche nur zu verstehen, was einen Mann zu einem Mann macht.«

Ich fluchte. »Es gehört mehr dazu, ein Mann zu sein, als trinken und pissen – und verführen – zu können.«

Del legte ihr Kinn auf die Hände. »Und es gehört mehr dazu, eine Frau zu sein, als Brot backen und Babys bekommen zu können.«

»Hoolies, weiß ich das nicht? Hast du es mir nicht klargemacht?« Ich goß weiteren Aqivi in meinen Becher. »Willst *du* noch mehr?«

Del lächelte. »Ja, bitte.«

»Iß deinen Eintopf«, murmelte ich und stocherte in meinem herum.

»Der Käse ist grün«, bemerkte sie.

Das galt teilweise auch für das Hammelfleisch. »Dann iß darum herum. Du wirst nichts Besseres bekommen.«

Sie stocherte in ihrem Eintopf. »Kein Wunder, daß Quumi zugrunde geht. Wie viele Leute überleben das Essen?«

Ich fand ein Stück fleischfarbenes Fleisch. »Wir haben noch Cumfa in unseren Satteltaschen.«

Del zog eine Grimasse. Ich grinste.

»Iß«, wies ich sie freundlich an. »Damit du etwas zu erbrechen hast.«

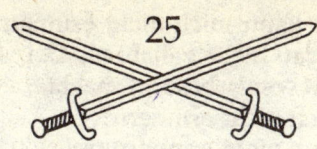

25

Sie trank mehr als erwartet und aß weniger, als ich gehofft hatte. Aber ich habe gelernt, daß man einer Frau nichts sagen kann. Besonders nicht einer betrunkenen Delilah.

Obwohl ich gar nicht sicher war, daß sie *tatsächlich* betrunken war. Ein wenig vielleicht. Ein wenig angeheitert, mit einem Schimmern in den blauen Augen und leicht geröteten Wangen. Aber hauptsächlich war sie glücklich.

Nun ist es, wie man einwenden könnte, für einen Mann nichts Schlechtes, ganz allgemein glücklich zu sein. Aber eine glückliche Frau ist noch besser. Und eine glückliche Del ist vielleicht das beste von allem – nur daß ich nicht wußte, was ich mit ihr tun sollte.

Nun, doch, ich wußte es. Aber sie war nicht in der entsprechenden Verfassung.

Oder war sie es doch?

Aber es war keine gute Idee. Sie würde nur behaupten, daß ich Vorteil aus ihrer Situation gezogen hätte, und vermutlich hätte sie damit halbwegs recht. Und wenn ich halbwegs sage, dann ist das ein großes Zugeständnis. Wir *waren* Bettgefährten. Wie übervorteilt man jemanden, der ohnehin das Bett mit einem teilt? Indem ich zuließ, daß sie sich betrank, und sie anschließend zu einem Beischlaf verführte, an den sie sich ohnehin bei ihren Kopfschmerzen und der Übelkeit nicht erinnern würde.

Ich lasse eine Frau lieber mit einer besseren Erinnerung zurück. *Habe* zurückgelassen. Ich hatte schon

lange – oh, ich kann mich nicht erinnern, wie lange –
keine andere Frau mehr gehabt als Del.

Was mich ein wenig besorgt machte.

Sollte ich mich nicht erinnern?

Sollte ich mich nicht erinnern *wollen*?

Hoolies, es war es nicht wert. Ich goß mir weiteren
Aqivi ein.

Del sah ihn vor mir, was nicht wirklich überraschend
war, da sie mit dem Rücken zur Wand und ich mit dem
Rücken zum Raum saß. Was bedeutete, daß Del bereits
jede seiner Bewegungen eindringlich und fast gierig
beobachtet hatte, als er herankam.

Die Hände hingen an seinen Seiten herab. Ringe glitzerten in dem schwachen Licht. Ein gazeartiges Safran-
untergewand, mit einem Goldfaden gesäumt, ein ausgezeichnet geschnittener kupferfarbener Burnus aus
edlem Stoff, ein breiter, mit Achaten und Jade verzier-
ter Ledergürtel. »Ich habe Geld«, sagte er. »Für wieviel
verkauft Ihr sie?«

Nur einen Moment brachte mich das aus dem
Gleichgewicht. Und dann erinnerte ich mich: Dies war
der Süden. Ich war ausreichend lange im Norden gewesen, um einige der Bräuche vergessen zu haben, wie
zum Beispiel das Kaufen und Verkaufen von Menschen, wann immer die Notwendigkeit gegeben war.

Ich sah Del an. Sah die täuschende Sanftheit, die
Auftakt zum Angriff war.

Ich kam ihr zuvor. »Wen? Sie?« Die schnelle Bewegung eines neugewachsenen Fingernagels bezeichnete
das Objekt des Gesprächs. »Ihr wollt nicht *sie* kaufen.«

»Ich will sie. Wieviel?«

Ich schaute nicht zu ihm hoch. Ich brauchte es nicht
zu tun. Ich wußte, daß er Geld hatte. Er trug es zu
offen zur Schau. »Sie ist nicht zu verkaufen«, sagte ich
und trank noch mehr Aqivi.

»Nennt Euren Preis.«

Ich seufzte innerlich. »Woher wollt Ihr wissen, daß sie es wert ist?«

»Ich kaufe – Verschiedenheiten.« Das Wort klang seltsam abgewandelt. »Ich urteile anders als andere Männer ... Der Wert ist das, was ich daraus mache.«

Vorsichtig setzte ich den Becher ab. Drehte mich leicht auf meinem Stuhl um und schaute zu dem Mann hoch. Behielt meine Überraschung für mich: Er war ungefähr in meinem Alter, mit sehr hellen Gesichtszügen. Ein Südbewohner, zweifellos, aber auch anderes hatte Anteil an seinem Aussehen gehabt. Die scharfen Stammesmerkmale waren abgeschwächt, die Gesichtszüge weicher. Die aqivihellen Augen blickten klug drein und sehr, sehr geduldig. Das konnte Ärger bedeuten.

»Nein«, sagte ich kurz angebunden.

»Was wollt Ihr?« fragte er sanft. »Ich habe mehr als nur Geld ...«

»Nein.« Ich sah Del an, erwartete eine Bemerkung. Sie wartete stumm ab, lehnte lässig an der Wand, was nicht heißen sollte, daß sie unvorbereitet war. Andererseits war sie betrunken. »Ich kann sie nicht erkaufen.«

»Aha.« Verstehen flackerte in fast farblosen Augen auf, und ich erkannte, daß ich mich degradiert hatte, ohne es zu wollen. Jetzt hielt er mich für einen Leibwächter oder eine andere Art Angestellten. »Mit wem muß ich dann sprechen, wenn ich sie kaufen will?«

»Mit mir«, antwortete Del.

Dunkelbraune Augenbrauen wölbten sich leicht, drückten gelinde Überraschung aus. »Mit Euch?«

»Mit mir.« Sie lächelte ihr strahlendstes Lächeln. Ich verfiel von aqivibedingter Entspannung in angespannte Wachsamkeit. Wenn Del *so* lächelt ...

»Mit Euch?« Dieses Mal klang er belustigt. »Und wie hoch würdet Ihr Euren Preis festsetzen?«

Weiße Zähne schimmerten kurz auf. »Mehr als Ihr zu zahlen bereit wärt.«

Helle Augen blickten belustigt drein. »Oh, aber Ihr habt keine Ahnung, wieviel ich ausgeben kann.«

»Und *Ihr* habt keine Ahnung, wieviel es Euch kosten würde.«

»In Ordnung«, sagte ich, »das genügt. Das hat keinen Sinn. Wir sollten das hier und jetzt beenden und uns jeweils wieder um unsere eigenen Angelegenheiten kümmern.« Ich stand auf. »Ich glaube, es ist an der Zeit...«

»Setz dich *hin*, Tiger«, sagte sie.

»Bascha, das geht schon zu weit...«

»Er hat es so weit getrieben. Und da ich der Grund dafür bin, werde ich entscheiden.« Ihre Stimme klang kühl, aber ihr Gesicht war von Röte überzogen. Blaue Augen glitzerten. »Ich will *genau* herausfinden, wieviel er zahlen wird.«

Es gelang mir, nicht zu schreien. »Und wenn er es bezahlt? Was dann?«

»Nun, dann hat er mich gekauft.« Del zog gemächlich das Lederband um ihren Zopf auf, schüttelte das helle Haar frei, teilte es erneut.

»*Das reicht*«, zischte ich. »Wenn du glaubst, daß ich hier sitzen und zusehen werde, wie du dich in die Sklaverei verkaufst...«

»*Nicht* in die Sklaverei«, mischte sich der Mann ein. »Ich kaufe keine Sklaven. Ich kaufe – Verschiedenheiten.«

»Wen kümmert das?« fauchte ich. »Ihr könnt sie nicht kaufen.«

Del flocht ihr Haar erneut. »Vertraust du mir nicht, Tiger?«

Ich sah sie an, knirschte mit den Zähnen. »Du bist *betrunken*«, warf ich ihr vor. »Betrunken und töricht und albern...«

»Wie du es auch schon oft genug warst.« Sie lächelte sanft. »Habe ich dich jemals daran gehindert, genau das zu tun, was du wolltest?«

»Dies ist etwas *anderes* ...«

»Nein, das ist es nicht.« Sie lächelte den Mann an. »Ihr werdet Euch verpflichten, meinen Preis zu bezahlen?«

Die Pupillen weiteten sich. Er glaubte, sie gehöre bereits ihm. »Ich sagte bereits, daß ich ihn zahlen werde.«

»Egal, wie hoch er ist?«

»Ja.« Ringe glitzerten, als Finger zuckten. »Nennt Euren Preis.«

Del nickte einmal und flocht ihren Zopf zu Ende. Schob ihren Stuhl zurück und stand auf. Löste den Gürtel ihres Burnus, hakte den gespaltenen Rand ihres Schwerthefts aus, ließ weiche Seide zu Boden gleiten. Der Harnisch teilte die Brüste, betonte ihren Körper. Er preßte ihre Tunika eng an den Körper.

Bloße Arme wirkten im trüben, übelriechenden Licht blaß. Das Silberheft schimmerte hell lachsfarben. »Wählt einen Mann«, sagte sie.

»Einen ... Mann ...?« Er war zum erstenmal verwirrt.

»Für den Tanz. Wählt.«

Ich regte mich. »Komm, Del ...«

»Wählt«, wiederholte sie. Dann wurden blonde Brauen angehoben. »Es sei denn, Ihr wollt selbst tanzen?«

»Tanzen?« Er sah mich an. »Wovon redet sie?«

Resignation gewann Überhand über Verdruß. »Warum fragt Ihr sie nicht selbst? Ihr wollt doch sie.«

»Mein Preis«, sagte Del. Und zog Boreal, setzte ihre Spitze auf die Tischplatte auf. Das Schwert ragte aufrecht empor, von einer langfingrigen Hand, die locker um das Heft lag, am Umfallen gehindert. Sie sagte sanft: »Ich *liebe* es zu tanzen.«

Sie ist betrunken, sagte ich mir. Sie ist betrunken und wütend ... was, bei den Hoolies, soll ich tun?

Konnte ich etwas tun?

Niemand hatte mich jemals davon abgehalten.

Er widersprach sofort. »Ich bin kein Schwerttänzer ...«

»Aber *ich*.« Sie lächelte. »Dann wählt einen anderen.«

»Ihr seid nicht...« Er hielt inne. Man mußte sie nur ansehen. Und dann sah er mich an. »Sie ist kein Schwerttänzer.«

»Ich sage Euch etwas«, bemerkte ich leichthin, »warum wetten wir nicht darum?«

»Aber ... sie ist eine Frau...«

»Ich dachte mir bereits, daß Ihr das schon herausgefunden habt.« Ich wärmte mich an dem Wortgeplänkel, begann Erleichterung zu erspüren. Del wollte nicht tanzen. Sie spielte mit ihm. »Ich kenne niemandem, dem diese Tatsache entgehen könnte.«

»Wählt«, sagte Del. »Wenn ich verliere, habt Ihr gewonnen.« Inzwischen war natürlich jedermann sonst im Wirtshaus auf unser Gespräch aufmerksam geworden. Stille erfüllte den Schankraum ebenso wie all der Gestank.

Was mich an etwas erinnerte. »Was, bei den Hoolies, *macht* Ihr hier?« fragte ich ihn. »Ihr scheint nicht der Typ Mann zu sein, der viel Zeit in Akbars Wirtshaus verbringt. In einem anderen, besseren Wirtshaus vielleicht...« Ich zuckte die Achseln. »Ihr seid völlig fehl am Platz.«

»Ich habe Informanten. Einer brachte Nachricht über eine Frau, die es wert sei, völlig fehl am Platze zu sein.« Er lächelte träge, bediente sich meiner Worte. »Ich werde ihm eine Belohnung zukommen lassen müssen.«

»Sie ist Nordbewohnerin«, erklärte ich. »Sie ist nicht zu verkaufen. Dort *tun* sie das nicht.«

»Hier. Dort. Das ist kein Unterschied. Die meisten der Dinge, die ich besitze, waren niemals zu verkaufen. Aber ich habe sie dennoch erworben.« Er zuckte leicht die Achseln. »Auf die eine oder andere Art.«

Ein Mann trat aus der Menge hervor. Jung. Südbewohner. Eifrig. Ein in einer Scheide steckendes Schwert hing von seiner Hüfte herab, was bedeutete, daß er kein Schwerttänzer war. Er *wollte* nur einer sein. Näher als in diesem Fall würde er diesem Wunsch wahrscheinlich niemals kommen. »*Ich* werde gegen sie tanzen.«

Del verengte die Augen. Sie taxierte ihn sorgfältig.

Der reiche Mann lächelte. »Ich werde Euch natürlich bezahlen.«

»Wieviel?« fragte der junge Mann.

»Das können wir später regeln. Ich verspreche Euch, daß ich großzügig sein werde. Ich sehe keinen Grund, Euch zu betrügen, wenn Ihr den Tanz gewinnt.«

Jetzt stand ich auf. »Das ist jetzt weit genug gegangen ...«

»Tiger – *setz dich hin*.«

»Del, mach dich nicht lächerlich ...«

Sie sagte nur ein Wort in knapper, eisiger, nordischer Sprache.

Ich dachte schweigend, daß sie die Gossensprache besser beherrschte, als ich ihr zugetraut hatte.

»Gut«, sagte ich liebenswürdig.

Dann warf ich den Tisch um und versetzte ihr einen heftigen Schlag gegen das Kinn.

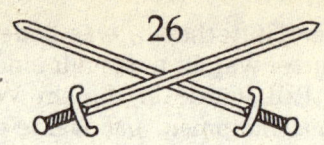

26

Del sackte zusammen, ließ ihr Schwert fallen. Ich fing sie auf, setzte sie unsanft in der Ecke ab und wirbelte dann zu den anderen herum.

Ich hielt Samiel in Händen.

»Mein Name ist Sandtiger«, sagte ich. »Jedermann, der tanzen will, kann es mit mir versuchen.«

Eine Woge der Unruhe ging durch den Raum. Aber niemand sagte etwas.

»Nein?« Ich vollführte mit dem Schwert eine ruckartige Bewegung und ließ einen zweifarbigen Blitz durch das Wirtshaus zucken: Silbern und schwarz. »Niemand? *Überhaupt* niemand?« Ich sah den Mann an, der Del hatte kaufen wollen. »Wie ist es mit Euch?«

Er hatte den Mund fest zusammengepreßt und schwieg ebenfalls.

»Nein? Seid Ihr sicher?« Ein weiterer Blick durch das Wirtshaus. »Letzte Gelegenheit«, warnte ich. Dann verschränkte ich meinen Blick mit dem des jungen Mannes, der angeboten hatte, gegen Del zu tanzen. »Was ist mit *Euch*? Ihr wart schrecklich eifrig. Wollt Ihr nicht mit mir vorlieb nehmen?«

Er leckte sich nervös die Lippen. »Ich wußte nicht, daß Ihr es seid. Ich wußte nicht, daß sie Euch gehört.«

»Nicht *mir*.« Ich sah mich erneut in dem Raum um. »Ich sollte Euch alle zu einem wahren Tanz herausfordern. Ich langweile mich, und ich brauche die Übung.«

»Sandtiger.« Wieder der junge Mann. »Niemand hier hätte eine Chance gegen Euch.«

Ich lächelte schwach. »Ich bin froh, daß Ihr das erkannt habt.« Hinter mir regte sich Del.

»Bleib sitzen«, fauchte ich und machte mir nicht einmal die Mühe hinzusehen. Ich berührte Boreal mit einem Zeh und ließ sie in die Ecke schliddern: Ich bezweifelte, daß jemand es versuchen würde, aber ich wollte kein Risiko eingehen. Sie würde mir dafür dankbar sein. »Also«, sagte ich, »warum macht nicht jeder wieder da weiter, wo er aufgehört hat?« Ich wandte mich zu Dels ›Käufer‹ um und senkte meine Stimme. »Denn wenn keiner von *Euch* tanzen will, ist die Vorstellung vorüber.«

Aqivihelle Augen schimmerten. Ringe glitzerten, als die Finger sich verkrampften. Aber er schüttelte schweigend den Kopf.

»Dann geht nach Hause«, schlug ich vor. »Geht dorthin zurück, wohin Ihr gehört.«

Er neigte mit gemessener Anerkennung kurz den Kopf und verließ Akbars Wirtshaus.

Das war geschafft. Jetzt das übrige.

»Die Vorstellung ist *vorüber*«, erklärte ich.

Alle stimmten mir hastig zu.

Als ich der Meinung war, daß sich die Stimmung in dem Wirtshaus ausreichend beruhigt hatte, wenn sie auch nicht ganz wieder so wie vorher war, steckte ich mein Schwert ein und wandte mich zu Del um. Sie hatte Boreal aufgehoben und saß in die Ecke gelehnt, barg ihr Schwert.

»Komm.« Ich griff nach Boreal. »Laß sie mich wegstecken, bevor du dir ein Bein abhackst.«

Geschickt umfaßte Del das Schwertheft mit einer blitzschnellen Bewegung mit beiden Händen und richtete das Schwert aufwärts. Ich merkte, daß die Spitze sehr persönlichen Kontakt mit meinem plötzlich eingezogenen Bauch aufzunehmen drohte. Unerwarteterweise stand die Klinge felsenfest.

»Zurück«, sagte sie.

»Bascha ...«

»*Zurück*, Tiger.«

Ich betrachtete ihre Augen genauer und wich dann zurück. Del beobachtete jeden meiner Schritte, betrachtete den Abstand zwischen uns als ausreichend, schob sich an der Wand hoch, während sie den fallengelassenen Burnus wieder aufnahm. Der irreführende Glanz in ihren Augen und auf ihren Wangen war fort und gab die Wahrheit preis, die mir entgangen war: Del war nicht betrunken. Del war niemals betrunken *gewesen*.

»Was, bei den Hoolies ...«

»In unser Zimmer! Jetzt!«

Ich erwog, mit ihr zu streiten. Aber wenn sich ein Mann am Ende eines Schwertes befindet – am scharfen Ende –, tut er normalerweise, was ihm gesagt wird. Ich folgte ihrem Vorschlag.

Der Raum war winzig, ein rechteckiges, an der Nordseite verstecktes Fleckchen mit einem schiefen, in abgesplitterte und rissige Adobeziegel eingelassenen Fenster, das nur wenig Licht hereinließ. Die Wand zwischen diesem Raum und dem nächsten bestand aus von der Hitze brüchigen Latten und vom Kleister steifem, von Käfern zerfressenem Stoff. Nicht der Raum, den ich von Akbar gemietet hatte, oder der, den wir zuvor geteilt hatten. Er war, so dachte ich ein wenig unzusammenhängend, nicht wesentlich besser als der Stall, der den Hengst beherbergte. Vielleicht kleiner.

Zwei Schritte in den Raum hinein, dann wandte ich mich zu Del um: »In Ordnung. Was glaubst du ...«

»Eine Prüfung«, sagte sie ruhig und zog ruckartig den ausgefransten Vorhang zu, der uns Ungestörtheit gewähren sollte.

»Prüfung? Welche Art Prüfung? Wovon redest du?«

»Setz dich, Tiger.«

Wir wurde übel, und ich war es leid, gesagt zu bekommen, ich solle mich setzen. Ich zeigte die Zähne, ließ sie in den vollen Genuß meines grünäugigen Tigerblicks kommen. »Mach mich fertig.«

Sie blinzelte. »Dich *fertig*machen?«

»Du hast mich gehört.«

Sie dachte darüber nach. Stieß das Schwert dann beiseite, aus dem Weg, drehte sich auf einer Hüfte, erwischte mich mit einem gut plazierten Fußtritt voll sehr hoch am rechten Oberschenkel.

Das war es nicht, was ich erwartet hätte. Am Tag zuvor wäre ich zu Boden gegangen. Aber jetzt nahm ich den Fuß, die Macht, ließ sie weiter wirken, während ich meine Hüfte nach rechts abrollte, um den Stoß vorbeizuleiten, und nahm dann ruckartig wieder meine alte Position ein.

Dels Lächeln erstarb.

Ich wedelte herausfordernd mit den Händen. »Willst du es noch mal versuchen?«

Sie verengte plötzlich die Augen. »Dein Knie …«

Ich zuckte die Achseln. »So gut wie neu.«

»Ich dachte, es würde nachgeben … ich hatte *geplant*, daß es nachgeben sollte.«

»Ein schmutziger Trick, Bascha.«

»Nicht schmutziger als dein Trick an diesem Morgen, der mich so lange hat schlafen lassen.« Das Schwert glitzerte zwischen uns. Erneut kitzelte die Spitze meinen Bauch. »Was glaubst du, warum ich das getan habe?«

»Ich habe keine Ahnung, warum du *das* getan hast. Dummheit vielleicht?«

Jetzt war es an ihr, die Zähne zu zeigen, aber sie lächelte nicht. »Du bist anders. *Anders*, Tiger! Zuerst erzählst du wenig von dem, was das Sandstreuen dir offenbart hat, als ginge es mich nichts an, und dann verschwindest du mit nichts als diesem Schwert. Was *glaubst* du, warum ich das getan habe?«

»Ein Test, hast du gesagt. Aber warum, weiß ich nicht – was erwartest du von mir?«

Dels Gesicht war angespannt und verkniffen. »Ich

sage mir selbst, es sei die Anspannung, das ständig vorhandene Wissen um Chosa Deis Anwesenheit... und daß du bist, wie du bist, weil du so hart darum kämpfst zu siegen. Und manchmal denke ich, *daß* du siegen wirst... Ein andermal weiß ich es nicht.«

»Also hast du beschlossen, die Betrunkene zu spielen, um zu sehen, wie ich reagieren würde?«

»Ich habe nicht ›die Betrunkene gespielt‹... ich habe dich nur glauben lassen, was du glauben wolltest: daß eine Frau, die soviel Aqivi trinkt, betrunken werden *muß*. Und dann würdest du unvorsichtig werden, weil du bei mir leichtes Spiel zu haben glaubtest.« Del hob das Kinn. »Eine Prüfung, Tiger: Wenn du Chosa Dei gewesen wärst, hättest du nicht gezögert, mein Schwert – *oder mich* – zu nehmen. Er will uns beide.«

Ich erinnerte mich, daran gedacht zu haben, sie ins Bett zu nehmen. Schuldgefühle kamen kurzzeitig auf und erstarben dann genauso schnell wieder. Was ich gedacht hatte, unterschied sich in nichts von dem, was jeder Mann denken würde, wenn er eine sanfter gewordene, entspannte Delilah betrachtete. Es war kein Zeichen von Besitzgier. Nur typisch männlich.

Was als Grund nicht ausreichte, dachte ich ungehalten, um mich mit einem Schwert festzunageln.

Ich wandte mich dem Nächstliegenden zu. »Aber da ich nicht versucht habe, dein Schwert – oder dich – zu nehmen, kann ich nicht Chosa Dei sein. Nicht wahr?«

Del verzog den Mund. »Es war eine Möglichkeit, eine Antwort zu bekommen.«

Ich deutete auf ihr Schwert. »Warum steckst du es nicht ein?«

Del betrachtete das *Jivatma*. Sie zog die Brauen zusammen. Etwas verzerrte kurzzeitig ihre Gesichtszüge: Ich erkannte Verzweiflung. »Weil... ich Angst habe.«

Das tat weh. »Vor mir?«

»Vor dem, was du sein könntest.«

»Aber ich dachte, das hätten wir gerade geklärt!«

Ihr Blick suchte meinen und hielt ihn fest. »Verstehst du nicht? Du bist heute morgen hinausgeritten, ohne mir ein Wort davon zu sagen. Ich bitte dich nicht, mir alles zu erzählen – ich achte die Privatsphäre, selbst für einen Gesang –, aber was sollte ich denken? Letzte Nacht wurde deine Zukunft ausgestreut, und du hast mir gesagt, *ich* käme darin vor.«

Ich zauberte ein kleines Lächeln herbei, im Gedenken an andere Frauen, die ein wenig besitzergreifend geworden waren. »Willst du in meiner Zukunft nicht vorkommen?«

»Nicht wenn es Chosa Deis Zukunft ist.« Sie richtete eine Hand auf mein Knie. »Und jetzt – *das*. Dein Knie ist plötzlich geheilt. Was soll ich denken?«

»Und meine Arme.« Ich hob die Hände, bewegte die Finger. »Auch neue Fingernägel.«

»*Tiger* …«

»Bascha … warte … Del …« Ich seufzte tief und hob beschwichtigend die Hände. »Ich verstehe. Ich glaube, ich weiß, wie du empfindest. Und glaube mir, ich bin genauso verwirrt …«

Das traf die Sache auf den Punkt. »Bist du Chosa Dei?«

Ich zögerte nicht einmal. »Ein Teil von mir ist er.« Ich zuckte die Achseln. »Ich werde nicht lügen, Del – du hast gesehen, was er mit dem Schwert getan hat. Er hat es verlassen – ein *Teil* von ihm hat es verlassen … und er hat diesen Teil in mich verlagert. Aber ich bin nicht vollständig er. Das kann ich dir versprechen, Bascha.«

Sie blieb beharrlich: »Aber ein Teil von dir *ist* er.«

»Ein Teil von mir ist er.«

Dels Augen waren mit etwas überzogen, was ich für Tränen hielt. Aber ich beschloß, daß ich mich irren mußte. »Welcher Teil von dir hat sich selbst geheilt? Welcher Teil hat dich *neu gestaltet?*«

Ich atmete sehr tief ein. »Ich habe ihn berührt. Ich habe ihn benutzt.«

»Ihn *benutzt!* Ihn?«

»Ich bin absichtlich dort hinausgegangen, habe ihn heraufbeschworen und ihn benutzt. Ich habe mir Chosas Magie ausgeborgt.« Das Schwert schwankte. »*Wie* konntest du das tun?«

»Unter Schmerzen.« Ich zog eine Grimasse. »Ich habe es einfach – *versucht*. Ein wenig von ihm ist in mir, Bascha. Das sagte ich dir bereits. Und das verleiht mir gewisse ... Kräfte. Aber es ist mehr von *mir* in mir.«

»Du hast ihn deinem Willen gebeugt? Chosa?«

»Ein wenig.« Ich zuckte die Achseln. »Du hast selbst einmal gesagt – und das vor gar nicht so langer Zeit –, daß ich ein Mann mit enormer Willenskraft sei.« Del schwieg. Aus Unsicherheit zuckte ich abwehrend die Achseln. »Nun, ich dachte, ich sollte *das* ausprobieren. Um zu sehen, ob du recht hattest.«

Sie bewegte kaum die Lippen. »Wenn du dich geirrt hättest ...«

»Ich habe es gut vorbereitet. Ich zog einen Bannkreis.«

»Einen was?«

»Einen Bannkreis. Um Chosa gefangenzuhalten.« Ich verlagerte unbehaglich mein Gewicht. Ich verabscheute die Magie zutiefst, und sie selbst zu benutzen, verwirrte mich. Es machte mich zu dem, was ich verabscheute, und ich haßte es, das zuzugeben. »Sam ... mein *Jivatma* ist nicht tot oder leer. *Diese* Macht ist noch immer verfügbar, wenn ich mich daran erinnere, wie ich es stimmen muß, wie ich an Chosas Verfärbung vorbeigelangen kann. Und ich habe die Mittel, die Macht zu benutzen, wenn ich mich danach fühle. Wenn ich es kann.« Ich kratzte mich an einer Schulter. »Ich bin nicht sehr gut darin. Ich habe mir beinahe selbst Übelkeit verursacht.«

»Das bewirkt Magie bei dir, erinnerst du dich?« Del zog die Brauen zusammen. »Dann hast du dich selbst geheilt. Hast dich selbst neu gestaltet. Indem du Chosas Macht benutzt hast.«

»Einen Teil davon. Ich veranlaßte sie zu tun, was *ich*

wollte.« Ich seufzte. »Mir wurde vor Schmerzen furchtbar übel.«

»Warum hast du es nicht schon zuvor probiert? Du hättest dir vielleicht einigen Ärger ersparen können.« Ihre Augen schimmerten kurz auf. »Deinem Knie einige Schmerzen ersparen können.«

»Vielleicht. Aber zuvor habe ich nicht gedacht, daß ich es tun könnte. Als es mir zum erstenmal in den Sinn kam...« Ich schüttelte den Kopf. »Es ist nicht meine Art, Magie zu benutzen oder davon abhängig zu sein. Sie ist eine *Krücke*, genau wie die Religion.«

Blaue Augen verengten sich. »Was hat deine Meinung geändert?«

Ich seufzte. »Die dreifache Zukunft.«

»*Was?*«

»Was sein könnte. Vielleicht sein wird. Sein wird.« Ich schüttelte traurig den Kopf. »Ich wollte das niemals... *nichts* von diesem ganzen Unsinn. Aber Staal-Ysta gab mir einen Klumpen Eisen und zwang mich, es zu erschaffen. Ein *Jivatma* zu tränken und zu stimmen...«

»Aber nicht, es in Chosa Dei *erneut* zu tränken! Niemand hat dich dazu gezwungen!«

Ich lächelte traurig. »Du hast es getan, Bascha. Sonst hätte ich verloren. Und Chosa hätte dich gehabt.«

Sie wußte es genausogut wie ich. Gefangen im Drachenberg, von den Hunden der Hoolies eingesperrt, hatte Del keine Chance gehabt. Er hätte ihr Schwert genommen und sie, und hätte dann seine eigene zunehmende Macht vermehrt, um Shaka Obres Wachen zu zerstören.

Del senkte ihre Klinge ein wenig. Fortschritt. »Was soll als nächstes geschehen? Was ist mit dieser dreifachen Zukunft?«

Ich zuckte die Achseln. »Bilder. Ich sah Tod. Und Leben. Anfang und Ende. Teile. Stücke. Fragmente. Zerbrochene Träume und zerbrochene *Jivatmas*.«

»Werden wir sterben?«

»In einer Zukunft. In einer anderen überleben wir

beide. In wieder einer anderen stirbt einer von uns. In einer anderen stirbt der andere.«

»Das sind vier«, sagte sie scharf. »Vier Zukünfte, Tiger. Du nanntest sie *drei*fach.«

»Vielfache Zukünfte«, erklärte ich. »Nur drei Möglichkeiten für jede: Es könnte sein, es wird vielleicht sein, es wird sein.« Ich spreizte hilflos die Hände, wußte, wie es klang. »Aber jede Zukunft verändert sich ständig, ändert sich in dem Moment, wenn ich sie betrachte – selbst wenn ich daran *denke*. Wenn man sie direkt ansieht, ändert sie sich. Nur wenn man sie entgleiten läßt und nur die äußeren Ränder betrachtet...« Hoolies, es wurde noch schlimmer, wenn ich es zu erklären versuchte! »Wie dem auch sei, das ist letzte Nacht geschehen, als der Hustapha den Sand ausgestreut hat.« Ich glättete wirre Haare an meinem Nacken, rieb die Anspannung fort. »Ich habe alles gesehen. Es bewegte sich, in ständiger Veränderung. Wand sich, wie eine Schale voller Würmer.« Ich versuchte, die richtigen Worte zu finden, diejenigen, die sie verstehen lassen würden, damit sie es mir erklären könnte. »Ich sah alles, was da war, was nicht da war, was sein wird. Und du und ich, wir stecken mittendrin.«

Dels Gesicht war bleich. Sie schien genauso überwältigt wie ich. »Es *gefällt* mir nicht!« fauchte ich. »Es gefällt mir überhaupt nicht – ich hätte genauso gern überhaupt nichts mit irgend etwas davon zu tun... Aber was soll ich machen? Ich bin mit diesem Schwert verhaftet, und *es ist* mit Chosa Dei verhaftet! Ich kann überhaupt nichts dagegen tun, nicht wahr? Außer mich hilflos fühlen.«

Ich seufzte, strich mir schweißnasses Haar aus der Stirn. »Ich wollte zuerst nicht, daß der Hustapha den Sand ausstreute...«

Ihre Stimme klang rauh. »Weil du wußtest, was du vielleicht sehen würdest?«

»Ich ... wollte es einfach nicht.« Ich zuckte die Achseln »Ich hatte nicht viel Gelegenheit, über die Zukunft nachzudenken, als ich ein Salsetchula war. Sklaven lernen, über vieles überhaupt nicht nachzudenken, außer darüber, wie man überlebt.« Ich zuckte erneut leicht die Schultern, fühlte mich bei diesem Thema unbehaglich. »Ich könnte genausogut herausfinden, was meine Zukunft für mich bereithält, wenn ich mich mittendrin befinde.«

Del nickte abwesend. Lächelte dann ein wenig, kam auf etwas scheinbar Unlogisches zurück, weil es etwas war, was sie fassen *konnte*, was die Hilflosigkeit verbannte. »Dann ... bleiben wir zusammen. Und nichts, was ich jetzt tue und sage, wird etwas ändern.«

»Oh, es könnte sein. Es wird vielleicht sein. Es wird sein.«

Ich spreizte die Hände, lachte lahm vor Hilflosigkeit. »Verstehst du, Delilah? Man kann die Wahrheit nicht kennen, weil sie sich ständig verändert. In dem Moment, in dem eine Wahrheit zu einer anderen wird, wird die alte Wahrheit zu einer Lüge.«

Del wischte die Feuchtigkeit auf ihrer Oberlippe fort. »Ich verstehe dich nicht. Du bist nicht der Mann, den ich gekannt habe.«

Ich zwang mich zu einem Grinsen. »Findest du das nicht gut? Ist das nicht genau das, was eine Frau will?«

Sie spie einen nordischen Fluch aus. »Ich weiß nicht, was ich sagen soll. Du hast mich vollkommen verwirrt.«

»*Ich*«, sagte ich einfühlsam. Dann schloß ich meine Hände, bevor sie mich aufhalten konnte, um Boreals Klinge. »Ich bin nicht Chosa Dei. Ein Teil von ihm ist in mir, aber das meiste von mir bin *ich*.« Ich hielt inne. »Könnte Chosa Dei dies tun, ohne sie zu vereinnahmen? Ohne dich zu vereinnahmen?«

Sie schaute auf die Hand auf der Klinge herab. Auf fleischfarbene Unterarme, die mit feinen, von der Sonne bronzefarbenen Haaren und normalen Fingernägeln versehen waren.

»Ich kenne ihren Namen«, sagte ich. »Sie gehört mir, wenn ich sie will. Wenn ich Chosa Dei wäre.«

»Und ich?« fragte sie. »Gehöre ich dir, wenn du mich willst?«

Ich schüttelte langsam den Kopf. »Diese Wahl würde ich niemals für dich treffen. Du hast mich eines Besseren belehrt.«

Ein langer Moment verging. Dann: »Laß los, Tiger.« Als ich es tat, ließ sie das Schwert in die Scheide gleiten.

Ich setzte mich auf unser Bett, froh, daß es vorüber war. Zu viel Aqivi für einen Verstand, der von neuen und umfassenden Wahrheiten verwirrt war. »*Ich* möchte wissen, wie du soviel Aqivi trinken konntest, ohne betrunken zu werden.«

Del lächelte. »Ein Teil der Ausbildung in Staal-Ysta.«

»Ausbildung. Im Trinken?«

Sie setzte sich mit gekreuzten Beinen hin und lehnte sich gegen die Wand. »Es heißt, daß Alkohol Schwerttänzer unvorsichtig macht. Ich habe dir das häufig gesagt.«

»Ja. Sehr häufig. Erzähl weiter.«

»Darum ist das eine Lektion, die wir lernen müssen, *bevor* wir unser Leben riskieren.«

»Was?«

»Wir werden gezwungen, eine Nacht hindurch zu trinken. Dann wieder den nächsten Tag hindurch.«

»Die ganze Nacht – und den ganzen *Tag*?«

»Ja.«

»Hoolies, muß dir übel gewesen sein!«

»Das ist der Punkt.«

»Daß dir übel wird?«

»Daß uns so übel wird, daß wir kein Verlangen danach haben, erneut zu trinken.«

»Aber … du hast getrunken. Heute abend.«

»Trunkenheit beeinträchtigt das Gleichgewicht.«

»Das ist *eine* Folge.«

»Also werden wir betrunken gemacht. Mehrere Male in jedem Jahr unserer Ausbildung, um unsere Widerstandsfähigkeit zu steigern. So daß wir, falls wir zuviel trinken sollten, den Tanz nicht verlieren.«

Ich dachte darüber nach. So verdreht es klang, machte es doch irgendwie Sinn. »Ich trinke schon seit vielen Jahren … Was ist mit *meiner* Widerstandsfähigkeit?«

»Meine wurde durch Disziplin vervollkommnet. Durch Kontrolle. Deine – ist nur *deine* und gewissen Schwächen der Selbstkontrolle unterworfen.«

»Nordischer Pomp.« Ich dachte noch ein wenig länger darüber nach. »Also ist diese ganze Geschichte, daß du mehr trinken könntest als ich …« Ich brach ab.

»Ich kann es«, sagte Del sanft.

Ich lächelte, überheblich. »Aber ich kann weiter *pinkeln.*«

Sie erstarrte, und dann taute sie wieder auf. »Da könntest du recht haben.«

»Gut.« Ich stand auf. »Warum schläfst du jetzt nicht ein wenig, während ich nach den Pferden sehe?«

»Ich kann mit dir gehen.«

Ich lächelte. »Ich weiß, daß du nicht betrunken bist, Bascha. Aber ich *habe* dich ziemlich fest geschlagen, und ich wette, daß dein Kopf schmerzt.«

Sie berührte mit einer Hand ihr Kinn. »Das stimmt. Ich hatte das nicht erwartet.« Ihre Brauen senkten sich. »Ich sollte es dir heimzahlen.«

»Das wirst du«, erklärte ich. »Mit deiner Zunge, wenn nicht mit der Faust.« Ich lächelte, um meine Worte abzumildern. »Schlaf ein wenig, Bascha.« Ich ging auf den Vorhang zu. »Oh … noch etwas …«

Del hob die Brauen.

»Was, bei den Hoolies, war in dich gefahren, daß du diesen Punjawurm herausgefordert hast?«

»Welchen?«

»Den reichen. Denjenigen, der dich kaufen wollte.«

»Oh. Der.« Sie runzelte die Stirn. »Er hat mich sehr verärgert.«

Ich beobachtete sie mißtrauisch. »Es hat dir Spaß gemacht.«

Del grinste. »Ja.«

»Schlaf jetzt.« Ich wandte mich um.

»Tiger?«

Ich hielt inne, wandte mich wieder um. »Was?«

Dels Blick war fest. »Wenn du einen Bannkreis gezogen hast, um Chosa Dei gefangenzuhalten, warum hast du dann dein Schwert nicht zurückgelassen?«

»Mein Schwert?« Und dann verstand ich. «Das hätte ich tun können.«

»Und Chosa wäre gefangen gewesen.«

Ich nickte.

Del runzelte finster die Stirn. »Ist das nicht genau das, was wir zu tun versuchen? Einen Weg zu finden, ihn gefangenzuhalten?«

Ich nickte erneut. »Es *gibt* eine Möglichkeit. Ich habe sie gefunden. Mein *Jivatma* ist der Schlüssel.«

Blaue Augen brannten. Ihre Worte waren sorgfältig abgewogen, wie auch ihre Bestimmtheit. »Warum *tust* du es dann nicht einfach und machst *Schluß* mit dieser Torheit?«

»Deshalb«, antwortete ich einfach.

»Deshalb? *Weshalb?*«

Ich lächelte traurig. »Ich müßte auch in dem Kreis bleiben.«

»Du ...?«

»Er ist *in mir*, Bascha. Ich muß mehr tun, als nur ein Schwert loswerden ... ich muß auch *mich* loswerden.«

Del wurde blaß. »O Hoolies ...«, murmelte sie.

»Ich dachte, du würdest es vielleicht genauso sehen wie ich.« Ich wandte mich erneut um und verließ den Raum.

27

Ich ging nicht nach den Pferden sehen. Ich ging, um nach dem alten Mann zu sehen.

Mehmets Aketni hatte auf dem Platz sein Lager errichtet, der zum Karawanenviertel geworden war. Ursprünglich war dies ein weitläufiger Basar gewesen, in der Zeit, als Quumi ein lebendiger Ort gewesen war und Karawanen außerhalb der Stadt gelagert hatten. Aber als Qummis Kraft und Präsenz schwand, begannen Borjuni zunehmend, Karawanen und Reisende außerhalb der Mauern auszurauben. Der Basar, der immer verlassener wurde, als Quumi erstarb, änderte seinen Zweck. Jetzt beherbergte er kleine Karawanen auf dem Weg nach Harquhal und in den Norden.

Die sonnengebleichten, kuppelartig überdachten Wagen waren leicht zu finden, selbst im Sternenlicht und der trüben Lumineszenz der Mondsichel. Ich bahnte mir meinen Weg durch den staubbedeckten Freiluftbasar und suchte nach dem Wagen des Hustapha.

Auf seine typische, unheimliche Art wartete der alte Mann bereits auf mich.

Oder er war einfach wach gewesen und ließ es so *scheinen*.

Er war allein, saß auf der Rückseite des Wagens auf seinem Kissen am Boden. Graubraune Danjacs, von dem fahlen Licht silbern und safranfarben angehaucht, waren in einiger Entfernung angepflockt, schnaubten und schnüffelten im Staub, während sie Körner und grobes Futter aufnahmen. Riesige, spitz zulaufende

Ohren zuckten hierhin und dorthin, fransige Schweife schlugen als Warnung an zudringliche Insekten aus.

Strahlende schwarze Augen schimmerten, als ich vor ihm stehenblieb. »Habt Ihr das gesehen?« fragte ich. »Daß ich kommen würde?«

Er lächelte, dehnte die runzligen Lippen, die daran gewöhnt waren, sich ungehindert über einem zahnlosen Mund zu schließen, weit aus.

Ich kniete mich hin, zog mein Messer hervor, malte Muster in den festgebackenen Schmutz des Basars. Keine Worte. Ich kann nicht lesen oder schreiben. Nicht einmal Runen, obwohl ich davon einiges verstehe. Und auch keine Symbole, die Wasser oder einen Segen oder eine Warnung angezeigt hätten.

Nur ... Linien. Einige gerade, einige gewunden, einige, die sich kreuzten. Und dann steckte ich mein Messer fort und sah den alten Mann an.

Eine Zeitlang sah er sich die Zeichnungen nicht einmal an. Er sah nur mich an, sah mir in die Augen, als könne er meine Gedanken lesen. Ich wußte, daß er es nicht konnte – nun, vielleicht konnte er es doch, aber ein Sandstreuer liest normalerweise nur Sand –, so daß ich annahm, daß er nach etwas anderem suchte. Nach einer Art Zeichen. Einer Bestätigung. Vielleicht nach Anerkennung. Aber ich wußte nicht, was ich ihm geben sollte, oder auch nur, ob ich es konnte.

Schließlich betrachtete er meine Zeichnungen. Er betrachtete sie forschend, bewegte die Augen nur dann, wenn er die Linien verfolgte. Dann beugte er sich herab, keuchend, und schlug mit seiner zerbrechlichen, blassen Handfläche mitten hinein. Die Hand hinterließ einen unscharfen Abdruck mit ausgefransten Rändern, der den größten Teil der Muster verdeckte. Dann nahm er seine Hand fort und zog eine Linie über seine Stirn.

Was mir alles und nichts sagte.

Oder vielleicht ein *wenig*. Diese Geste bezog sich in seinem Aketni auf den Jhihadi.

Ich atmete besonders tief ein, ließ meinen Kopf Sauerstoff aufnehmen. »*Bin* ich der Jhihadi?«

Er sah mich an: ein alter, verwelkter Mann mit einem Sandstrich auf der Stirn.

»Wenn ich es bin«, beharrte ich, »was, bei den Hoolies, soll ich dann tun? Ich bin ein *Schwerttänzer*, kein heiliger Mann… kein Messias mit der Fähigkeit, Sand in Gras zu verwandeln!« Ich hielt inne, befangen, dachte über andere Möglichkeiten nach. Und fühlte mich deswegen töricht. »Oder… soll er in *Glas* verwandelt werden?«

Schwarze Augen glitzerten. In betonter Wüstensprache sagte er mir, daß sein Aketni nur in der Erwartung zusammenhielt, daß Iskandars Prophezeiung wahr würde.

Ach, ja. Iskandar. Der sogenannte Jhihadi, der gegen den Kopf getreten wurde und starb, bevor er irgendwelche der wundersamen Dinge tun konnte, die zu tun er versprochen hatte.

Natürlich hatte er, *bevor* er starb, auch gesagt, er würde zurückkommen, auf die eine oder andere Weise. Offensichtlich bedeutete es nicht, wenn Jamail – in seiner Orakelgestalt – recht hatte, daß Iskandar *selbst* zurückkommen würde, sondern jemand, der seine Funktion übernehmen würde.

Ich hatte nicht die Absicht, *irgend jemandes* Funktion zu übernehmen, vielen Dank.

Ohne Vorwarnung flackerte es in meinem Bewußtsein auf. Erinnerungen stiegen wie zufällig an die Oberfläche meines Denkens: fremdartige, unheimliche, *am Rande* auftauchende Erinnerungen, die Bilder eines Landes zeichneten, das noch üppig und grün und fruchtbar war. Ich erkannte es mühsam, indem ich meine eigene, weit entfernte Version ausschloß: Chosas Erinnerungen an den Süden vor den Unstimmigkeiten mit seinem Bruder.

Dank Chosa ›erinnerte‹ ich mich sehr gut daran, daß

Shaka Obre erklärt hatte, er würde einen Weg finden, ihn wiederherzustellen – er würde *jemanden* finden, der ihn wiederherstellen könnte –unabhängig davon, was Chosa tat.

Und es war möglich, daß er es geschafft hatte, der Jhihadi in Iskandar. Niemand wußte viel über ihn, außer daß die Stadt nach ihm benannt worden war und sein eigenes Pferd ihn gegen den Kopf getreten hatte – was genügt, um die meisten Erlöser in der Erinnerung zu behalten, ungeachtet ihrer Heiligkeit. Also *war* Iskandar vielleicht gar kein Mensch gewesen, wie wir einen Menschen beurteilen.

Immerhin weiß niemand wirklich, wie Magie wirkt, woher sie kommt oder wie sie beherrscht werden kann. Nicht vollständig. Nicht *vollkommen.* Sie borgen sich nur *Teile* davon und hoffen, daß sie es richtig machen.

Was bedeutete, so seltsam es auch klang, daß Iskandar ein künstliches Gebilde hätte sein können, ein Aspekt von Shakas Magie, dazu gedacht, den Süden wiederherzustellen, indem der Sand in Gras verwandelt würde.

Gebilde. Ein für etwas *erschaffener* Mensch, wie Chosa Dei Dinge erschuf. Es schien durchaus möglich, daß Shaka Obre auch Dinge erschaffen konnte, sogar Menschen …

Ich stand jäh auf, bis ins Knochenmark erschüttert. Eine vollständig neue Möglichkeit breitete sich vor mir aus. Und sie gefiel mir überhaupt nicht.

»Nein«, erklärte ich.

Der Hustapha saß auf seinem Kissen, und Sand glitzerte auf seiner Stirn.

»*Nein*«, wiederholte ich mit aller Entschlossenheit meines von Chosa neugestalteten Körpers.

Der alte Mann zuckte die Achseln, gab seine Absicht auf, mir etwas zu sagen.

Oder wußte er mir vielleicht nichts zu sagen?

Mein Atem ging rascher. »Ich bin ein Mensch«, sagte ich drängend. »Ein *Mensch*mensch, kein Gebilde. Kein heraufbeschworenes *Ding*...« Mehmet kam um den Wagen herum und hielt inne, sah mich milde überrascht an, was sich nur zu schnell änderte, als ihm die Situation klar wurde. Sein Gesichtsausdruck drückte Mißbilligung darüber aus, daß ich den alten Mann belästigte.

»Was *ist* der Jhihadi?« fragte ich Mehmet gespannt. »Ein Messias?... Oder ein magischer, von einem Magier aus eigennützigen Beweggründen heraufbeschworener Mensch?«

Er war empört. »Der Jhihadi ist der Heiligste von allen!«

»Nicht ›der Jhihadi‹ – *ein* Jhihadi«, verdeutlichte ich zunehmend verzweifelt. Das Atmen war durch die Beengtheit von Brust und Kehle schmerzhaft. »Wißt Ihr, wo ein Jhihadi herkommt?«

Mehmet zuckte die Achseln. »Ist das wichtig? Eine Vergangenheit ist nicht notwendig – nur die Gegenwart und die Zukunft. Wichtig ist, was er *tut*, nicht, was er *ist*.«

Ich schluckte schmerzhaft. Wandte mich dann auf dem Absatz um und schritt schnell von den beiden fort.

Von der Möglichkeit fort – nein, der *Un*möglichkeit –, die ich nicht anerkennen wollte.

Ich brach eine der wichtigsten Regeln, die ein Schwerttänzer jemals durch Zungenschläge, hölzerne Übungsschwerter *und* richtige Klingen in seinen Kopf – und seinen Körper – eingehämmert bekommen hat.

Und zwar die Regel, sich von seinen Gedanken nicht dermaßen ablenken zu lassen, egal wie verwirrt man ist, daß man seine Umgebung nicht mehr wahrnimmt.

Besonders wenn diese Umgebung aus irgendeinem unbekannten Grund beschließt, feindselig zu werden.

Was meine Umgebung jetzt tat.

Zu meinem ausdrücklichen – und schmerzlichen – Bedauern. Ich gelangte niemals aus dem Basar in die Seitenstraßen, Gassen und Durchgänge. Nicht vollständig zumindest. Ich gelangte halbwegs dorthin, gerade so weit, daß ich von der freien Fläche aus die Ausläufer labyrinthartiger Straßen erreicht hätte, als ein ganzes Heer von Männern auf mich zukam.

Nun, vielleicht nicht ein Heer. Es wirkte nur so.

Vielleicht ein halbes Heer.

Normalerweise wird man in einer Stadt nur von einem oder zwei – oder drei oder vier – Gelegenheitsdieben überfallen, die Geld wollen, aber kein großes Risiko eingehen wollen. Sie kommen einer nach dem anderen heran, wie sich versammelnde Wölfe, die durch ihre Anzahl und ihr Verhalten einschüchtern wollen. Das funktioniert bei vielen Leuten. Aber einem als Schwerttänzer geübten Mann gegenüber dienen solche Taktiken nur dazu, ihm die Zeit zu verschaffen, sein Schwert zu ziehen. Und wenn erst einmal eine Waffe in den Händen eines geübten, erfahrenen Schwerttänzers liegt, gibt es nichts mehr, was die Angreifer tun könnten. Weil normalerweise einer von ihnen eine Hand verliert, einen Arm – vielleicht sogar seinen Kopf, wenn er beharrlich bleibt – und die anderen im allgemeinen beschließen, daß sie etwas Besseres zu tun haben.

Normalerweise. Aber dieses freundliche Volk waren keine Diebe. Zumindest glaube ich das nicht. Sie gebrauchten keine diebesähnlichen Taktiken. Sie *drangen* einfach auf mich *ein*, in Massen, wimmelten plötzlich überall um mich herum. Ich fand mich auf einmal flach auf dem Rücken mitten auf der Straße liegend wieder, spuckte Sand, Schmutz, Blut und fluchte.

Lag *auf* meinem in der Scheide steckenden Schwert, möchte ich hinzufügen.

Hoolies, wie peinlich.

Als ich erst einmal dort lag, Arme und Beine weit ausgebreitet, waren sie tatsächlich eher zurückhaltend. Einige wenige Tritte, ein paar Hiebe, Knüffe, Schläge ins Genick, nicht mehr.

Bis jemand sie ruhig daran erinnerte, daß ich weder einschätzbar noch vertrauenswürdig sei und keiner von ihnen überleben würde, wenn sie mich verlören. Daß *er* sie töten lassen würde, wenn ich es nicht selbst täte.

Was sie ausreichend davon überzeugte, daß sie keine weitere Zeit verschwenden sollten, und daher schlug mir jemand mit etwas sehr Hartem seitlich an den Kopf.

Ich wachte im Halbdunkel auf, fluchte, war mir der Tatsache bewußt, daß meine Nieren mich umbrachten. Und mein Kopf, aber das war nichts Neues. Die Nieren aber schon, das ist ziemlich gemein. Und auch wirkungsvoll: Man hat keine große Lust, sich zu wehren, wenn einem jede Bewegung sagt, daß es wie die Hoolies schmerzen wird und einen veranlaßt, während der nächsten Tage Blut zu pinkeln.

Innen. Eine Art Raum. Er war trocken, muffig und staubig, stank nach Ratten und Ungeziefer und schalem Urin. Ich schien nahe einer Wand oder einer Art Abtrennung zu liegen, weil ich hinter mir ein Hindernis spürte. Ich lag auf der rechten Hüfte und Schulter, zusammengerollt wie ein Teppich mit Händlerwaren. Hinter mir bemerkte ich ein schwaches, perlmuttartiges Schimmern. Fahl gelbgrün. Es beleuchtete sehr wenig, aber ich erhaschte einen Blick auf etwas – oder *jemanden* – auf der anderen Seite des Raumes, in den tieferen Schatten verborgen.

Ich hörte auf zu fluchen, als ich erkannte, daß ich nicht allein war, und ebenfalls erkannte, daß es eher schwierig war, überhaupt Töne hervorzubringen, weil etwas Festes und Schmerzhaftes um meinen Hals gewunden war. Die Handgelenke waren auf dem Rücken zusammengebunden, und ein Stück von etwas – Draht? Seil? – verlief von den Handgelenken zu den Fesseln um meine Fußknöchel. Ein besonders *kurzes* Stück. Meine Beine waren so stark angezogen, daß die Fersen fast mein Gesäß berührten. Es war höchst unbequem. Wodurch ich die Situation als nicht sehr zuversichtlich einschätzte.

»Sandtiger.«

Soviel zu der Frage, ob sie – oder er – wußte, wer ich war. Einerseits hatte ich das Gefühl, als sei dies alles aus einem bestimmten Grund geschehen. Andererseits hatte ich das Gefühl, als sei ich in größeren Schwierigkeiten, als wenn ich nur in einen planlosen, wenn auch gewalttätigen Überfall geraten wäre. Besonders weil ich die wenigen Kupfermünzen in meiner Tasche klimpern hörte, als ich mich bewegte, um die Fesseln zu prüfen.

»Sandtiger.«

Ich lag still. Mein Nacken juckte, die Unterarme auch. Ich verspürte Übelkeit.

»Tut Ihr mir einen Gefallen?« fragte ich. »Verschafft uns ein wenig mehr Licht, damit ich erkennen kann, zu welcher Gesellschaft ich geladen wurde.«

Nichts. Und dann fragte die Stimme mit einer Spur Belustigung, ob ich *sicher* sei, daß ich Licht wollte. »Denn wenn Ihr mich seht, werdet Ihr dann nicht getötet werden müssen?«

Eine gebildete, gebieterische Stimme, die Art Stimme, die untauglich scheint, bis man einen Beweis für ihre Kraft fordert. Ein leichter, nicht ganz reiner Grenzlandakzent. Er klang vage vertraut, aber ich konnte ihn nicht einordnen.

Ich stieß ein keuchendes, zynisches Grunzen aus. »Hoolies, Ihr werdet mich ohnehin töten – wenn es *darum* geht. Wenn nicht, dann ist es Euch auf die eine oder andere Weise ohnehin gleichgültig.«

Ich bewegte meine Handgelenke ein wenig, spürte kein Nachgeben der Fesseln. Wenn es überhaupt etwas bewirkte, dann, daß sie sich fester zuzogen.

Stille. Und dann Licht.

Ich fluchte trotz der Schlinge um meinen Hals.

»Genau«, stimmte er mir zu. »Wollen wir jetzt erneut darüber sprechen, welche Art von Bezahlung Ihr für die nordische Frau haben wollt?«

Ich riet ihm, was er mit sich selbst tun könnte.

»Das ist meine Absicht«, sagte er gütig. »Ich bin ziemlich verdorben, wißt Ihr. Das ist ein Teil meines Rufs. Umir der Grausame werde ich genannt.«

Ich knirschte mit den Zähnen. »Wollt Ihr Del darum haben?«

»Ist das ihr Name?«

Ich fluchte erneut. Dieses Mal über mich selbst.

»Nein.« Das Licht kam von einer groben Tonlampe, die auf einem Fenstersims stand. Er stand davor, wodurch ich ihn hauptsächlich als Silhouette wahrnahm und seine Wirkung gemildert wurde, aber der schwache Schimmer, der hinter mir herandrang, glich die Beleuchtung aus und ließ mich sein charakteristisch dunkles, südliches Gesicht mit der hochgewölbten Nase, den scharfen Wangenknochen, den dünnen Lippen und den tiefen Höhlungen erkennen, und die Augen darin waren von einem ungewöhnlich hellen Grau. Grenzbewohner, entschied ich angesichts des Akzents. Die Ringe und der verzierte Gürtel glitzerten. »Ich will – *Del* – aus genau den Gründen, die ich Euch zuvor genannt habe: Ich sammle Verschiedenheiten.«

»Was, bei den Hoolies, soll *das* bedeuten?«

Er vollführte eine Geste. »Einige Leute sammeln Edelsteine, goldene Ornamente, Pferde, Frauen, Männer, Teppiche, Seidenstoffe ...« Erneut die weiche Geste, die das Offensichtliche unterstrich. »Ich sammle viele verschiedene Dinge. Ich sammle Dinge, die mich wegen ihrer entschiedenen Unterschiedlich*keit* interessieren.«

»Daher wollt Ihr sie.«

»Sie ist eine bemerkenswert schöne Frau, auf sehr gefährliche, tödliche Art. Die meisten Frauen – *südliche* Frauen – sind weiche, anschmiegsame Wesen, ganz Tränen und Kichern – abhängig von ihren Stimmungen, die zahllos sind. Sie ist ganz entschieden *nicht* weich. Sie ist hart. Sie ist stark. Sie ist geschliffen, wie Stahl. Wie Glas.« Sein Lächeln war im dichten Schatten nur schwach erkennbar. »So scharf geschliffen, daß sie einem Mann, der es nicht besser wüßte, die Haut zerteilen und ihn zu ihren Füßen verbluten lassen würde, während sie die ganze Zeit über lächelt.«

»Wie sie Eure zerteilen wird«, versprach ich ihm. »Sie ist ein *Schwerttänzer*, Borjuni... ein vollständig ausgebildeter, *jivatma*gebundener Schwerttänzer. Habt Ihr auch nur eine Ahnung, was das bedeutet?«

»Es bedeutet, daß ich sie mehr will denn je.« Er lächelte. »Und ich bin kein Borjuni. Ich bin ein Tanzeer.«

»In *Quumi*?«

Er zuckte die Achseln. »Wenn es richtig geführt würde, könnte Quumi wieder ertragreich werden. Aber es ist erst vor kurzem in meinen Besitz gelangt. Ich habe es meinem Gebiet einverleibt.« Er deutete nach Norden. »Harquhal.«

»Harquhal gehört *Euch*?« Ich runzelte die Stirn. »Harquhal hat seit Jahren keinem Tanzeer mehr gehört. Es ist eine Grenzstadt – eine Stadt von *Grenzbewohnern*. Ihr könnt nicht einfach dort hineinspaziert sein und sie übernommen haben.«

»Wenn Leute glauben, daß man etwas nicht tun kann, dann *kann* man es tun.« Er vollführte eine großspurige Geste. »Aber wir sind nicht hier, um Übernahmen zu erörtern. Wir sind tatsächlich nicht hier, um überhaupt irgend etwas zu erörtern – ich dachte einfach, Ihr würdet vielleicht gern erfahren, daß meine Männer die Frau für mich entführen, während wir uns unterhalten.«

Ich versuchte, die Fesseln zu zerreißen, und schaffte es lediglich, mich beinahe bis zur Bewußtlosigkeit zu würgen. Vor Zorn zitternd, gab ich auf. »Soviel zu dem Angebot, sie *kaufen* zu wollen.«

»Ich kann mich rühmen, ein guter Menschenkenner zu sein. Als ich erfuhr, wer Ihr seid, wußte ich, daß Ihr nicht so leicht aufgeben würdet. *Ihr* habt einen gewissen Ruf, Sandtiger... Es heißt, daß die Gefangenschaft in Aladars Goldmine Euch verändert hat.« Er hielt inne. »Und die Frau.«

»Wie?« spie ich aus. »Wollt Ihr damit sagen, *ich sei* weich, wie die südlichen Frauen?«

»Im Gegenteil – obwohl einige zweifellos darüber streiten würden. Aber andererseits haben sie keine Ahnung davon, was einen Mann bewegt.« Er glättete den wertvollen, seidendurchwirkten Stoff des grob gewobenen Burnus, wobei seine Ringe glitzerten. »Diejenigen, die Menschen verstehen – oder *Euch* verstehen –, sagen, daß die Mine und die Frau Euch konzentrierter gemacht haben. Tödlicher denn je. Vorher habt Ihr Euch hauptsächlich um Eure eigene Genußsucht gekümmert... jetzt, wo Leben und Freiheit Euch so viel mehr bedeuten – jetzt, da es diese Frau gibt –, seid Ihr nicht mehr so gleichgültig.«

»Gleichgültig?« Das war so ungefähr der letzte Begriff, den ich auf mich angewendet hätte.

»Männer, die Nomaden sind – oder einst waren –, treiben mit der Punja dahin, Sandtiger. Es ist kaum wichtig, wohin sie ziehen, solange es eine Aufgabe, eine Frau oder Wein gibt.« Er lächelte. »Ihr seid mit ungewöhnlicher Größe, Kraft und Schnelligkeit und einer großartigen angeborenen Fähigkeit gesegnet... Warum sollte ein so begabter Mann seine Kraft unnötig vergeuden? Nein, er schiebt das Ungeziefer einfach beiseite, anstatt es zu zerquetschen, weil er weiß, daß er es *kann* ... und daß es mit der größtmöglichen Schnelligkeit geschehen wird, wenn er sich entschließen sollte, es doch zu zerquetschen.«

Er brach ab. Ich sah ihn an, beunruhigt von seiner Zusammenfassung. Von seiner Fähigkeit, so leicht zu urteilen und mit solcher Sicherheit zu sprechen.

Ich lag unbeweglich da, war mir der Fesseln nur allzu bewußt. »Laßt sie in Ruhe.«

»Nein.« Er trat einen Schritt näher. »Habt Ihr verstanden, was ich gerade gesagt habe? Ihr seid ein Mann, den man nicht kaufen kann. Eine Besonderheit, Sandtiger – eine andere Art Schwerttänzer, dessen ganzer Lebensstil darauf *basiert*, gekauft zu werden. Sklaverei einer anderen Art.«

Ich drängte den Zorn zurück und gab mich ganz ruhig. »Also wollt Ihr mich auch in Eure Sammlung aufnehmen?«

»Nein. Schwerttänzer bekommt man für eine Kupfermünze das Dutzend... zugegeben, *Ihr* seid vielleicht mehr wert, aber nicht so viel, daß Ihr es wert wärt, in meine Sammlung aufgenommen zu werden. Nein«, sagte er nachdenklich, »sollte ich einen Schwerttänzer darin aufnehmen, dann wäre es Abbu Bensir.«

Ich sprudelte los, ohne nachzudenken. »Abbu!«

»Ich will den Einzigartigen, Sandtiger. Das ist der *Punkt.* Ihr seid sehr gut – siebter Grad, glaube ich? –, aber Abbu ist, nun, Abbu ist Abbu. Abbu *Bensir.*«

Ich weiß. Ich weiß. Es war dumm, auch nur annähernd eifersüchtig zu sein, angesichts der Umstände. Aber es nagte an mir. Es *schwärte.* Denn auch wenn es schlimm genug ist, verschnürt und in ein stinkendes Loch gesperrt zu werden, wird es dadurch, daß man gesagt bekommt, man sei nicht so viel wert wie sein Hauptgegner, nur noch schlimmer.

Ich runzelte düster die Stirn. »Habt Ihr jemals von Chosa Dei gehört?«

Er lächelte leicht, die Brauen belustigt, wenn auch

etwas verwirrt angehoben. »Chosa Dei ist eine südliche Legende. Natürlich habe ich von ihm gehört.«

Ich grunzte. »Er hat auch Dinge gesammelt. Jedoch hauptsächlich magische Dinge.«

Der Tanzeer lachte weich. »Dann sind wir uns sehr ähnlich, die Legende und ich. Ich habe mir während all dieser Jahre auch ein wenig magisches Wissen angeeignet.«

Magisches *Wissen*, nicht wirklich Magie. Ich hielt dies für einen wesentlichen Unterschied. »Was geschieht als nächstes, Tanzeer? Soll ich als Rattenfutter hier zurückgelassen werden, oder habt Ihr etwas anderes im Sinn?«

»Ich habe die Frau im Sinn.« Er lächelte, während sich meine Muskeln gegen die Fesseln anspannten. »Ich würde an Eurer Stelle nicht ganz so heftig versuchen, mich zu befreien, Sandtiger. Ihr werdet nicht von einem Seil gefangengehalten, sondern von Magie.«

Ich erstarrte. »Von Magie?«

»Runenwissen, um genau zu sein.« Er zuckte die Achseln. »Ich besitze ein Grimoire.«

»Ein Grim-*was*?«

»Grim-oire«, erklärte er. »Eine Sammlung magischer Zauber und verwandter Beschwörungsformeln. Das *Buch von Udre-Natha* wird es genannt. Das Buch der Vereinnahmten Seele.« Der Tanzeer lächelte. »Meine Seele ist ziemlich intakt, noch ... aber sicherlich ausgetauscht.« Er griff in seinen Burnus und zog etwas heraus, das in dem gedämpften Licht dumpf graubraun glühte. »Dies ist nur ein Muster, ein übriggebliebenes Bruchstück – könnt Ihr es sehen?« Er murmelte leise ein einziges Wort, und das Ding, das er in der Hand hielt, erwachte zum Leben. Es glühte fahl gelbgrün. »Seht! Runenwissen. Das *Buch von Udre-Natha* ist voll von solch kleinen und auch größeren Magien.« Er kam näher heran, beugte sich etwas herab, um das Stück vor meinen Augen baumeln zu lassen. »Seht Ihr die

Runen? Hunderte davon, alle zu einem einzigen Strang verknoteter, unzerstörbarer Verbindungen verwoben, stabiler als Seil oder Draht. Das hält Euch gefangen, Sandtiger. Am Hals, an den Handgelenken, an den Fußknöcheln.« Er vollführte eine Geste. »Mit Können oder ohne, mit einem Schwert oder ohne, Ihr könnt Euch nicht von *Magie* befreien.«

Wie gebannt starrte ich das von seinen Fingern herabbaumelnde, verkürzte Ding an. Schwaches, pulsierendes Licht, zu einem bizarren, lebenden Seil vom Durchmesser des kleinen Fingers einer Frau verwobene Runen.

Er steckte die Runen ein. »Ich würde mich nicht zu sehr dagegen wehren«, warnte er. »Ein Teil des Runenwissens, wenn es erst für diese Funktion eingesetzt wird, zielt darauf ab, solche Bemühungen zu unterbinden. Wenn Ihr zu heftig kämpft, könnte die Schlinge um Euren Hals Euch leicht erdrosseln. Und ich würde es hassen, wenn das geschähe.«

»Warum?« fragte ich heiser. »Welchen Nutzen habe ich für Euch?«

»Nicht für mich. Für Sabra.«

Jeder Muskel erstarrte.

»*Ich* will Euch nicht«, sagte er, »sondern sie. Und da ich nicht abgeneigt bin, etwas zu verdienen, würde ich Euch gern loswerden, während ich gleichzeitig Geld – *und* Sabras Dankbarkeit – verdiene. Man weiß nie, wann solche Dankbarkeit nützlich sein kann.«

»Sie ist eine Frau«, sagte ich auf der Suche nach einem Angriffspunkt. »Ihr handelt mit einem weiblichen Tanzeer?«

»Ich handle mit jedem, mit dem ich handeln muß, um mir die Dinge zu sichern, die ich haben will.« Er zuckte die Achseln. »Ich bin ein praktischer Mensch, Sandtiger... Im Moment regiert Sabra das Gebiet ihres Vaters, aber das wird sich ändern. Das tut es letztendlich immer.« Er schüttelte seine schweren Ärmel aus.

»Inzwischen haben meine Leute die Frau – Del? – bestimmt geschnappt.« Er nickte. »Also werde ich gehen.« Er wandte sich der Lampe zu und blies sie aus. Das perlmuttartige Schimmern der Runenfesseln warf ein schwaches Licht auf sein hartes, umschattetes Gesicht. »Sabra sollte in ein oder zwei Tagen aus Iskandar eintreffen. Bis dahin werdet Ihr zurechtkommen müssen, so gut Ihr könnt. Und wenn Ihr daran denkt, um Hilfe zu rufen, erinnert Euch daran, daß Ihr Euch in meinem Gebiet befindet. Ich habe den Menschen versprochen, daß ich es wieder zu seinem früheren Glanz führen werde – und ich habe ihnen *auch* gesagt, daß sie sich nicht in meine Angelegenheiten einmischen sollen.«

Ich schwankte und versteifte mich dann, als sich die Runenfesseln fester zuzogen. »*Wartet...*«

Er trat zur Tür und legte eine Hand auf die Klinke. »Ich bin kein Mörder, Borjuni oder Räuber. Ich erwerbe Dinge, um sie zu *bewundern*. Vielleicht wird es Euch erfreuen zu erfahren, daß ich nicht die Absicht habe, der Frau Schaden zuzufügen.«

Das war immerhin etwas. Aber als er die Tür schloß und sie verriegelte, fragte ich mich, ob er log.

Ob er in bezug auf *alles* log.

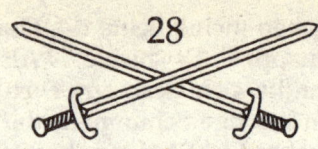

28

Kein Licht, bis auf das geisterhafte Glühen der Runenfesseln. Ich lag in fahler Dunkelheit, in dichte Schatten gebadet, und fragte mich, wie weit ich die Fesseln dehnen konnte, ohne mich zu erwürgen. Umir der Grausame war klug gewesen. Indem er das eine Stück Runenfessel auch durch die Schlingen an Handgelenken und Fußknöcheln geführt hatte, hatte er sichergestellt, daß jegliche Art von Befreiungsversuch die um meinen Hals liegende Schlinge zuziehen würde.

Die Hoolies sollten ihn holen.

Andererseits glaubte er anscheinend, dachte ich, daß seine Seele durch den Besitz des *Buchs von Udre-Natha* – oder was immer, bei den Hoolies, es war – bereits überantwortet war.

Ich blickte stirnrunzelnd in die Dunkelheit. Indem ich mich während des größten Teils meines Erwachsenenlebens geweigert hatte, über Magie nachzudenken, hatte ich anscheinend eine Menge Wissen und althergebrachte Schlußfolgerungen versäumt. Allem Anschein nach war der Süden von Magischem *durchsetzt*, von Grim-Was-Auch-Immers, Möchtegernmagiern, Afreets … ach, Hoolies, es ist mir gleichgültig, was sie sagen, es ist alles Bluff und Unsinn.

Nur daß Umirs ›Unsinn‹ gut genug funktionierte, um mich aus dem Verkehr zu ziehen.

Ich lag ganz still und überprüfte genau meine körperliche Verfassung. Meine Nieren schmerzten noch immer unaufhörlich, was zweifellos auch noch einen oder zwei Tage anhalten würde. Einige Quetschungen hier und dort, Abschürfungen. Mehrere schmerzhafte Wunden. Eine wunde Stelle an der einen Seite meines Kopfes.

Hinzu kam ein angespanntes Unbehagen, das mein Rückgrat hinablief und mir etwas vermittelte: Sie hatten mir mein Schwert gelassen. Noch immer in der Scheide steckend und im Harnisch eingehakt, den ich noch immer trug.

Eine Frage tauchte auf: Warum?

Andererseits, warum nicht? Mit gefesselten Armen nützte mir das Schwert nicht viel. Und nach allem, was ich wußte, wollte Sabra es genauso sehr wie mich.

Und noch etwas: Was wäre, wenn jemand versucht hätte, mir mein Schwert zu *nehmen*, und Samiel sich ihm verweigert hätte?

Wenn man seinen Namen nicht kannte, konnte er geradezu verdrießlich sein. Das war die erste Strategie der Verteidigung eines *Jivatma*, die zweite war seine Fähigkeit, unglaubliche magische Dinge tun zu können.

Magie.

Ich kaute nachdenklich auf der Innenseite meiner Wange. Hatte ich nicht am Vortag Magie benutzt, um das verletzte Knie zu heilen und die Arme und Fingernägel wieder gesunden zu lassen?

Hatte ich Chosa Dei – nun, einen *Teil* von ihm – nicht meinem Willen gebeugt?

Ich erschauderte. Die Fessel um meinen Hals, meine Handgelenke, meine Fußknöchel zog sich fester zu.

Ich lag in der staubbeschmutzten Dunkelheit, klebrig vor Schweiß, versuchte so zu schlucken, ohne daß sich die Schlinge dazu gereizt sah, sich noch fester zusammenzuziehen. Versuchte eine Möglichkeit zu ersinnen, Umirs Magie außer Gefecht zu setzen.

Versuchte nicht daran zu denken, was sie Del antaten, die -betrunken oder nicht – viel zuviel Aqivi getrunken und einen Schlag aufs Kinn von einer nicht allzu freundlichen Faust erhalten hatte.

Ich schlief und wachte dann ruckartig auf, wodurch sich die Schlinge fester zuzog. Jetzt war es *wirklich* unbequem. Ich legte den Kopf nach hinten, versuchte die Schlinge zu lockern, stieß mit dem Kopf gegen das aufragende Heft meines Schwertes und fluchte, stieß angewidert, entmutigt, verzweifelt zischend einen Fluch aus.

»Einfältig...«, murmelte ich heiser. »Dein Shodo würde dich auslachen...«

Aber ich brach ab. Ich wollte gerade jetzt nicht wirklich über meinen Shodo nachdenken. Obwohl er bereits seit zwölf Jahren tot war, hatte er noch immer erheblichen Einfluß auf mein Verhalten. So sehr es mir auch mißfiel, dies zuzugeben. Was auch für die Tatsache galt, daß ich nachlässig geworden war und mich auf Größe, Kraft, Schnelligkeit und natürliche Begabung verließ, um meine Tänze zu gewinnen, anstatt auf die genauen Techniken, die mich zu lehren mein Shodo sieben Jahre lang verzweifelt bemüht gewesen war.

Genau wie Umir gesagt hatte.

Ach, Hoolies. Ich könnte es genausogut versuchen.

Ich schloß die Augen und dachte über Magie nach. Und über Macht. Und Verlangen.

Ich dachte über Del nach und wie Umir sie, wenn ich mich nicht befreien könnte, mit Runenseilen fesseln und zu einem Lager verschleppen würde, das genauso uneinnehmbar wäre wie der Drachenberg, sie hinter Wachen verborgen halten würde, die ich nicht überwinden könnte, egal, *wie*viel Magie ich heraufbeschwor, weil er ein Grim-Etwas hatte.

Ich dachte über mich nach, der ich hier in einem stinkenden, rattenverseuchten, staubigen, düsteren, von Trockenheit vermoderten Raum ohne ausreichende Luft zum Atmen und sicherlich ohne Nahrung oder Wasser zurückgelassen worden war, natürlich auch ohne eine Möglichkeit, mich zu erleichtern.

(Was ohnehin sehr schmerzen würde, weil jemand – oder mehrere Jemande – seine Füße in meinen verlängerten Rücken gepflanzt hatte, irgendwo in die weitläufige Umgebung meiner Nieren.)

Bis Aladars rachsüchtige Tochter über Harquhal aus Iskandar einträfe und mich zu einem Lager verschleppte, das genauso uneinnehmbar wäre wie…

Ach, *Hoolies*.

»Magie«, murmelte ich grimmig, »und sie sollte schnell heraufbeschworen werden.«

Aber Schnelligkeit verträgt sich nicht gut mit Magie. Besonders wenn ein abtrünniger Magier – nun, ein *Teil* von ihm – irgendwo in einem steckt.

Und der Rest von ihm in deinem Schwert.

Ich dachte über Runen nach und über fahles Licht und darüber, alle diese Knoten zu lösen.

Umir hatte das letzte Stück Runenseil aus seinem Burnus gezogen. Es war nichts gewesen, ein langer, dünner Fleck Dunkelheit. Bis er ein einziges Wort ausgesprochen hatte.

Was, bei den Hoolies, hatte er gesagt?

Ich dachte darüber nach. Angestrengt. Bis mein Kopf genauso wie alles andere schmerzte, Schweiß mir in die Augen biß und die Verkrampfungen an Hals, Armen und Beinen mich ernsthaft überlegen ließen, mich wider besseres Wissen zu bewegen, denn wenn ich mich nicht bald bewegte, würde der Schmerz unerträglich werden.

Umir der Grausame. Der gesagt hatte, daß Sabra in einigen *Tagen* hier eintreffen könnte.

Der gesagt hatte, daß er mich nicht wirklich töten wollte. Der aber unzweifelhaft gewußt hatte, daß ich innerhalb von zwei Tagen ohnehin sterben würde, weil mich die Gelöstheit des Schlafes und die Anspannungen der Muskelkrämpfe zwingen würden, mich zu be-

wegen, was die Fesseln veranlassen würde, sich zusammenzuziehen. Bis ich erwürgt würde.

Was bedeutete, daß ich eines ›natürlichen‹ Todes
stürbe, bevor Sabra ankäme, um mich mitzunehmen,
wenn ich das Ganze nicht selbst – so bald wie möglich – durchkreuzte.

Magie. Ich schloß die Augen und dachte darüber
nach, zwang mich, mich zu entspannen.

Und schlief ein.

Ich wachte ruckartig auf, würgte und spie ein Wort
aus. *Das* Wort. Ich erinnerte mich, wie die Silben zu-
sammengehörten und wie Umir sie ausgesprochen
hatte. Ein die Zunge verwirrendes, verdrehtes Wort,
wie das störrische Rückgrat des Hengstes, wenn er
buckelt und springt und schreit. Aber ich kannte es,
und ich sagte es … Und nichts geschah.

Oh, Hoo …

Nein. Es geschah *doch* etwas: Das Glühen wurde heller.

Nicht, was ich im Sinn hatte.

Ich versuchte es erneut, änderte die Betonung.

Nichts.

Und doch wieder. Nur daß dieses Mal der Druck *zunahm.*

»*Nein* …« Verzweifelt preßte ich den Schädel fester
gegen das Schwert, versuchte der Enge zu entkommen.
Mein Rückgrat bog sich durch, die Beine verkrampften
sich, das Gesäß spannte sich an. Die Nieren heulten ihr
Unbehagen heraus.

»*Lösen* …«, würgte ich. »… nicht … fester ziehen …
lösen …«

Ich berief das Wort erneut herauf, sah es sich in meinem Kopf formen, versuchte es noch einmal.

Dieses Mal sagte ich es rückwärts.

Das Licht verblaßte. Der Druck ließ nicht nach, verstärkte sich aber auch nicht.

Im Moment genügte das.

Ich sprach das Wort – *rückwärts* – erneut aus.

Nichts.

»Lösen…«, murmelte ich. Und dachte an sich lösende Knoten.

Nichts.

Fluchend konzentrierte ich mich: Stellte mir Runenfesseln bildhaft vor, die ich nicht sehen konnte, niemals gesehen hatte, bis auf den kurzen Blick auf das Ende in Umirs Hand.

Von seinen Fingern herabbaumelnd: ein Gewirr glühender Runen, wie ein vierfach geflochtener Salsetzügel.

Die Erinnerung kam näher.

Ich hatte es. Sah die Linien, die Muster, die Knoten. Dachte über meine *eigenen* Linien und Muster und Knoten nach, die in die Haut eingegrabenen Striemen, die weiß durch den Zweitagebart schnitten, die Schnittpunkte, die ich vor dem alten Hustapha in den Sand und den Staub gezeichnet hatte, die miteinander verwobenen Schichten von Knoten an Knoten: zweifach, dreifach, vierfach, zwei- und dreimal umwickelt, dann wieder verknotet, dann geflochten, dann mit einem und zwei und drei und vier anderen verbunden…

Eine von meinem eigenen Keuchen ausgelöste Staubwolke wehte mir ins Gesicht. Gereizte Augen tränten. Rinnen überzogen die Wangen, erinnerten mich an Mehmets Gesicht, als ich ihn zum erstenmal gesehen hatte, staub- und sandüberzogen, durstig, erschöpft. Mehmet, dessen Aketni einen Hustapha beherbergte, einen Sandstreuer, der den Sand für mich ausgestreut und mich einen Jhihadi genannt hatte…

Oder hatte er nicht?

Eine Gänsehaut überlief mich. Zumindest zogen sich die Runen nicht sofort zu, aber es fühlte sich noch immer nicht *gut* an. Die Haut kribbelte. Jeder Zentimeter juckte: Und ich konnte nichts dagegen tun.

»... denk nicht ... darüber nach ...«

Aber ich tat es dennoch. Weil ein angespanntes Frösteln meine Glieder beeinträchtigte und meine Gelenke schmerzen ließ. Es erinnerte mich seltsam an den Norden, eingehüllt in den Atem des Winters.

Übelkeit stieg in mir auf.

Hoolies, nicht *jetzt!*

Ich fluchte zum Boden hin. Ich schwitzte, erschauderte dann krampfhaft unter der heuchlerischen Berührung des Fiebers. Jetzt ist nicht die *Zeit* ...

Mein Magen reagierte mit Sodbrennen.

Jetzt brauche ich Magie und nicht dies ...

Magie.

Die mir stets Übelkeit verursachte.

Hoolies, vielleicht funktionierte es *tatsächlich!*

Mit neuerlicher Entschlossenheit – und einem noch immer unwohlen Gefühl der Übelkeit im Magen – wandte ich mich mit vermehrter Kraft wieder meinen Bemühungen zu, Umirs Fesseln zu lösen. Ich keuchte. Schwitzte. Knirschte mit den Zähnen. Dachte über Runen nach: Südliche, nördliche, Grenzlandrunen. Dachte über gelöste, entwirrte, wirkungslos gewordene Knoten nach. Dachte *träge* über alles nach.

Mattigkeit.

Die Augen öffneten sich ruckartig. Der Atem brauste in meinen Ohren. Ich stieß mich hoch, die Brust hob und senkte sich heftig. Asche glitt von Hals, Handgelenken und Fußknöcheln ab. Ich stieß ein rauhes Triumphlachen aus, das unerwartet mit einem erstickten Aufstoßen zusammentraf, dann schwächer wurde und verging, während ich Luft und Schmutz und Blut einsaugte.

O Hoolies. Ich hasse Magie. Sie verursacht mir *Übelkeit.*

Die Krämpfe verringerten sich schließlich auf ein er-

trägliches Maß. Ich lag noch einen Moment länger keuchend da, trocknete in der Dunkelheit und stemmte
mich dann wieder hoch.

O Bascha! Gib mir eine Chance – ich komme.

Ich stand auf, stolperte zur Tür, riß sie aus den von
der Sonne mürbe gewordenen Lederscharnieren.

Und fiel durch sie hindurch in die Dämmerung.

29

Ich stolperte in den schattenverhangenen Raum, prallte vom Türrahmen ab, als ich die Entfernung dazu falsch einschätzte, und überfiel Akbars Neffen. »Wo ist sie? Wohin haben sie sie gebracht? In welche Richtung sind sie gegangen?«

Der Neffe war gebührend beeindruckt und keuchte.

Mit einer Hand – in der anderen hielt ich das Schwert – packte ich ihn vorn an der Kleidung und riß ihn von seinem Kissen hoch.

»Ich will wissen, *wo sie ist!*«

»Die Frau?« brachte er mühsam hervor.

»Nein, ich meine die *Stute.*« Ich ließ sein Nachtgewand los. »Es waren vorhin Männer hier...«

Er zupfte an seiner verrutschten Kleidung. »Ja, aber...«

»In welche Richtung sind sie gegangen?«

»Auf das Nordtor zu, aber...«

»Haben sie sie verletzt?«

»Nein, aber...«

»Harquhal«, murmelte ich angespannt. »Sie werden sie nach Harquhal bringen – es sei denn, es gibt noch woanders...«

Die Stimme erklang vom Eingang her. »Wo, bei den Hoolies, bist du gewesen?«

Ich sprang auf, wirbelte herum, starrte sie an. »Was tust du *hier?*«

Stille. Del zog die Brauen zusammen. Wunderschöne, helle Brauen, auf einer makellosen, vertrauten Stirn – bis auf die Anzeichen schlechter Laune von allem unbeeinträchtigt.

Aber das war unwichtig. »Ich meine...« Ich runzelte ebenfalls die Stirn. Allmählich kam ich mir ziemlich dumm vor. »Haben sie dich nicht geholt?«

Boreal schimmerte in ihren Händen. »Jene Männer? Doch, haben sie.«

»Aber...« Ich setzte mich auf das Bett von Akbars Neffen – nein, ich sackte darauf nieder. »Ich verstehe nicht.«

»Sie sind gekommen«, erklärte Del. »Glücklicherweise war ich nicht im Zimmer. Ich war im Stall und habe dich gesucht.«

O-ho. »Mich?«

»Ja. Als letztes hatte ich von dir gehört, daß du nach den Pferden sehen wolltest.« Das Stirnrunzeln vertiefte sich: ein deutlicher Vorwurf. »Als du nicht zurückkamst, ging ich dich suchen.« Sie zuckte die Achseln. »Ich hörte sie kommen. Ich blieb, wo ich war. Im Stall, bei dem Hengst.« Sie sah mich prüfend an. »Du siehst jetzt schlechter aus als vor zwei Tagen.«

Ich fühlte mich auch schlechter. Vor zwei Tagen schmerzten Kopf und Knie. Jetzt schmerzte alles andere. »Ich *dachte*«, begann ich sehr würdevoll, »ich würde dich retten.«

»Es geht mir gut.« Dann wurde ihr Gesichtsausdruck weicher.

»Danke für die gute Absicht.«

Akbars Neffe regte sich. »Kann ich jetzt weiterschlafen?«

»Oh.« Ich stand auf, rieb ungeschickt über meine schmutzige Wange und versuchte dann, meinen Rücken so auszurichten, daß die Nieren nicht schmerzten. Nun, nicht so *sehr* schmerzten. »Wir sollten lieber von hier verschwinden.«

Del trat beiseite, als ich an ihr vorbei in den Schankraum ging, und folgte mir dann. »Bist du so sicher, daß sie zurückkommen werden? Sie sind einmal hergekommen und haben nicht gefunden, was sie gesucht haben. Manchmal bietet ein bereits durchsuchter Raum das beste Versteck.«

»Sie werden zurückkommen.« Ich bahnte mir meinen Weg durch Tische, stieß mürrisch Stühle beiseite und eilte auf unser Zimmer zu. »Ich habe das Gefühl, daß Umir nicht aufgeben wird.«

»Wer?«

»Umir. Der Grausame. Der Mann, der dich kaufen wollte.«

»*Der?*«

»Jetzt will er dich rauben.« Ich riß Stoff beiseite und hielt auf der Türschwelle inne. »Wirke ich auf dich real?«

Ihre Brauen schossen in die Höhe. »Was?«

»Vergiß es.« Ich winkte müde ab. »Pack einfach unsere Sachen zusammen. Ich werde mich um die Pferde kümmern.«

»Unsere Sachen *sind* bei den Pferden.« Del betrachtete mich eingehend. »Nachdem diese Männer gegangen waren, habe ich gepackt und die Pferde bereitgemacht.«

»Bereitgemacht...?«

»Gesattelt, aufgezäumt... die Satteltaschen an ihrem Platz befestigt.« Ihr Gesichtsausdruck war vollkommen nichtssagend, als wollte sie mich nicht beleidigen, während sie sehr wohl wußte, daß jede Bemerkung dies bewirken würde. »Und alle Botas gefüllt.«

Ich mußte *wirklich* schlecht aussehen.

»Nun, dann...« Ich richtete mich auf, zuckte zusammen. »Ich denke, wir sollten losreiten.«

Ausdruckslosigkeit wurde von einer ganz schwachen Spur nüchterner Besorgnis ersetzt. »Du scheinst nicht in der Verfassung zu sein, irgendwohin zu reiten.«

»Das hat mich bisher noch nie davon abgehalten.« Zähneknirschend preßte ich eine Hand gegen mein

Rückgrat. »Laß uns aufbrechen, Bascha. Sabra ist auf dem Weg hierher, und Umir wird zurückkommen.«

Wir kehrten in angemessener Eile zum Stall zurück und führten die Stute und den Hengst hinaus, woraufhin der Hengst mit dem Schweif ausschlug und die Zähne bleckte. Ein schrilles, gebieterisches Wiehern – was die Stute beeindrucken sollte – durchbohrte das fahle, neue Licht. *Und* mein rechtes Ohr, das dem Maul des Hengstes viel zu nah war. Pferde können laut sein.

Ich versetzte ihm einen Schlag auf die Nase. »Nicht jetzt, Dummkopf...«

Del schwang sich auf ihre Stute, richtete die Falten ihres weiten Burnus. Boreals Heft über ihrer Schulter schimmerte im Dämmerlicht. »Wenn du es so eilig hast...«

»Ich komme. Ich *kom*... o Hoolies, Pferd, mußtest du das tun?«

Ich wischte mir einen Klumpen feuchten Schleims von der schmutzigen linken Wange. »Die Stute wird weggegeben«, erklärte ich, »sobald wir eine Ansiedlung erreichen, wo ein *Wallach* zu verkaufen ist.« Ich pflanzte meinen linken Fuß in den Messingsteigbügel, ergriff die spärliche Mähne des Hengstes – ich halte sie kurzgeschoren – und zog mich hoch. Zum Nachteil für meine Nieren. »Sie haben die Stadt durch das Haupttor verlassen, was bedeutet, daß wir sie durch das andere Tor verlassen sollten.« Ich wandte den Hengst um und führte ihn eilends um die Ecke des Wirtshauses herum. »Umir weiß nicht, wohin wir ziehen, aber er weiß, daß Sabra hinter uns her ist und wir davon Kenntnis haben. Julah ist deshalb der letzte Ort, an dem er uns vermuten würde.«

»Wird er an dem anderen Tor nicht Männer postiert haben?«

»Die Mauern verfallen, falls du das nicht bemerkt hast. Wir werden nach einer der Bruchstellen Ausschau halten.« Wir umrundeten das Wirtshaus und ritten auf die Straße hinaus. »Ich glaube nicht ...«

Aber was ich nicht glaubte, wurde niemals ausgesprochen. Ein Mann trat aus der schwindenden Dunkelheit heraus, ergriff meinen Zügel und brachte den Hengst ruckartig zum Stehen. »Ich fordere Euch«, erklärte er, »zu einem formellen Kampf im Kreis heraus.«

»Nezbet«, knurrte ich, »wir haben keine *Zeit* dafür.«

»Die Herausforderung des Shodo«, erläuterte er. »Oder wollt Ihr Euch erneut auf eine Verletzung anstatt auf Feigheit berufen?«

Del reagierte sofort darauf. »Töte ihn einfach, Tiger.«

»*Die Herausforderung des Shodo*«, zischte Nezbet und hielt noch immer die Zügel fest.

»Später«, schlug ich vor. »Im Moment sind wir ziemlich beschäftigt ...«

»Tiger.« Dels Stimme, aus ihrem Gleichmut aufgeschreckt. »Es kommen noch andere.«

»Umirs Männer? Nein.« Ich beantwortete die Frage fast genauso schnell, wie sie gestellt worden war, weil ich die anderen sah.

»Schwerttänzer«, sagte Nezbet. »Osman. Mahoudin. Haasan. Zweiter und dritter Grad. Ehrbare Männer, sie alle.« Er lächelte. »Werdet Ihr vor ihnen ablehnen, Sandtiger der Feigling?«

Ich schob Del den losen Zügel zu. »Halt ihn fest«, sagte ich. »Es wird nicht sehr lang dauern.«

Überraschung flackerte in Nezbets dunklen Augen auf. Dann Stolz und plötzliches Vergnügen. Zuletzt Erkenntnis: Er hatte letztendlich seinen Tanz mit dem größten Schwertkämpfer des Südens bekommen.

Es sei denn, er schrieb diesen Titel, wie Umir der Grausame, Abbu zu.

Ich streifte meinen Burnus ab, unterdrückte ein von meinen Nieren verursachtes schmerzhaftes Zusammenzucken und legte den Burnus über meinen Sattel.

»Wir sollten anfangen«, sagte ich kurz angebunden. »Wir verschwenden Tageslicht.«

Nezbet ließ den Zügel los. »Meint Ihr?«

Ich zeigte ebenmäßige Zähne. »Die Herausforderung des Shodo, nicht wahr? Mich an meinen Platz verweisen wollen?« Ich vollführte eine gebieterische Geste. »Beeilt Euch und zieht einen Kreis.« Brauen wölbten sich. »Aber *Ihr* seid der Herausgeforderte. *Ihr* habt das Recht...«

Ich legte eine Hand mit gespreizten Fingern über mein Herz und neigte den Kopf. »Ich überlasse Euch die Ehre. *Zieht* das Ding einfach, Nezbet!«

»...ist nicht richtig«, murmelte er, ging aber von mir fort ein Stück die Straße hinab, um den angemessenen Kreis zu ziehen.

Ich schaute zu den drei sich nähernden Schwerttänzern. Schaute in die andere Richtung, spielte an einer Schnalle meines Harnischs. Betrachtete das Trio erneut. Schließlich sah ich Del an. »Vielleicht solltest du einfach weiterreiten. Ich kann dich einholen.«

»Nein.«

»Umir will *dich*, nicht mich. Wenn du jetzt hier herumtrödelst...«

»Ich bleibe.« Del lächelte. »Du brauchst jemanden, der dein Pferd hält.«

Ich seufzte. Beugte mich hinab, um meine Sandalen aufzuschnüren. »Zeitverschwendung«, murmelte ich. »Dieses einfältige Möchtegern-Panjandrum...« Ich schüttelte die Sandalen ab. »Er hätte es besser wissen sollen, als mich herauszufordern... Der einfältige Punjawurm hätte gelehrt werden sollen, die Sache nicht persönlich werden zu lassen.« Ich zog meine Arme aus dem Harnisch, entledigte mich der Riemen. »Dieser dreimal verfluchte Sohn eines Ziegenbocks – was glaubt er, wer er ist?«

Del, von ihrer Stute herab, mit belustigter Neugier: »Hörst du dich jemals selbst?«

»Ob ich mich selbst höre? Natürlich höre ich mich selbst. Ich bin nicht taub. Wie könnte ich mich *nicht* hören?«

Das Lächeln erblühte, ungehemmt. »Dann solltest du dir vielleicht eines Tages auch einmal *zuhören*.«

»Dazu habe ich keine Zeit«, grollte ich. Schaute erneut die Straße hinab. »Ist das Ding *immer noch nicht* fertig?«

Nezbet richtete sich auf. Zeigte mir weiße Zähne in einem dunklen südlichen Gesicht. »Betretet den Kreis.«

»Wird auch Zeit.« Ich zog mein Schwert aus der Scheide, ließ den Harnisch auf die Sandalen fallen und schritt die Straße hinab. Sah aus dem Augenwinkel, wie sich Nezbets drei Zeugen an der Wirtshauswand niederließen. *Mein* Zeuge, auf dem Pferderücken, stieß dem Hengst eine Sandale gegen die Nase, um ihn an seine Manieren zu erinnern. Zu spät kam mir der Gedanke, daß ich ihn vielleicht besser woanders gelassen hätte. Er *war* immerhin ein Hengst, und die Stute war eine Stute. »In Ordnung, Nezbet.« Ich blieb am Kreis stehen. »Die Herausforderung des Shodo, sagt Ihr.«

»Ja.« Er lächelte noch immer.

»Tanz auf Leben und Tod«, sagte ich und betrat den Kreis. Mezbets Lächeln schwand. »*Tanz auf Leben und Tod!*«

Ich stand genau in der Mitte des Kreises, die von Chosa Dei heimgesuchte Klinge ein diagonaler Strich von der Hüfte zur Schulter. »Ihr habt den Kreis gezogen. Ich wähle den Tanz.«

»Aber …« Er brach ab, erkannte seinen Fehler.

»Seht Ihr?« Ich lächelte, zog harmlos dreinblickend die Brauen hoch. »Wenn Ihr von dem Shodo *gelernt* hättet, wärt Ihr nicht auf diesen Trick hereingefallen.«

»Dies sollte kein Tanz auf Leben und Tod werden«, zischte er, und die dunkle Hautfarbe verblaßte zu Grau. »Ich wurde beauftragt, Euch zu finden, Euch zu *schlagen* – Euch zu Sabra zurückzubringen!«

»Pläne mißlingen manchmal.« Ich forderte ihn mit einem dreifachen Fingerschnippen auf. »Betretet den Kreis.«

Er wurde unsicher. »So sollte es nicht *sein*.«

Ich zuckte müßig eine Schulter. »So spielt das Leben häufig, Nezbet. Aber das *wissen* Schwerttänzer des dritten Grades bereits.«

Edle Nasenflügel wurden zusammengepreßt. Er warf einen Seitenblick auf Osman, Mahoudin und Haasan, die an der Wirtshauswand kauerten. Dann sah er wieder mich an. »Ihr sagtet …« Rote Flecke erschienen auf seinem Gesicht. »Ihr sagtet … jeder Mann könne einen Tanz verweigern.«

»Das sagte ich. Stimmt. Aber normalerweise verweigert der *Herausgeforderte*, nicht der *Herausforderer*. Es wäre sinnlos – und irgendwie albern –, wenn sich der Herausforderer zurückzöge, nachdem er um den Tanz gebeten hat.« Ich zuckte erneut die Achseln. »Und die Herausforderung eines Shodo, die angenommen wurde, kann niemals rückgängig gemacht werden, sonst verliert man den Grad des Könnens und auch die Ehre. Besonders vor Zeugen.« Ich ließ die Klinge im neuen Licht aufblitzen. »Ein Mann wie Ihr – ein Schwerttänzer des *dritten Grades*, nicht weniger! – würde so etwas niemals tun. Es würde seine Ehre beschmutzen, auch nur daran zu denken.«

Nezbet wurde grau. »Ich könnte die Bedingungen rückgängig machen.«

»Das glaube ich nicht.« Ich blinzelte an ihm vorbei zu dem Trio hin. »Aber wenn Ihr wollt, könnte Ihr mit Euren Freunden darüber sprechen. Vielleicht können sie dazu überredet werden, zu Eurem Nutzen zu lügen.«

»Lügen!«

»Der Kodex des Kreises«, erwähnte ich beiläufig, »sagt etwas über andere Schwerttänzer, die bestätigen können, daß ein Mann auf eine rechtmäßige Herausforderung nicht eingegangen ist.«

»Aber...« Nezbet knirschte mit den Zähnen. »Ihr *wollt*, daß ich sie zurückziehe!«

»Es ist mir gleichgültig, *was* Ihr tut.« Ich senkte das Schwert ein wenig. »Ich bin ziemlich beschäftigt, Nezbet – würdet Ihr Euch bitte entscheiden?«

Die Kinnmuskeln mahlten heftig. Dann riß er sich den Burnus vom Leib, löste die Riemen seiner Sandalen, zog ruckartig die Arme aus dem Harnisch. Und betrat den Kreis.

»Das ist besser«, bemerkte ich und legte mein Schwert in der Mitte des Kreises ab.

Das überraschte Nezbet. Ein Teil der Anspannung und Verzweiflung schwand aus Augen und Körper. »Ich dachte...« Aber er beendete den Satz nicht. Er lächelte leicht und legte sein Schwert neben meines.

»Wer ist Schiedsmann?« fragte ich. »Wer aus Eurem freundlichen Trio?«

Er wurde plötzlich großzügig. »Die Frau soll das übernehmen.«

»Del«, rief ich.

Nezbet und ich stellten uns einander gegenüber am Rande des Kreises auf. Wir beide würden loslaufen, jeweils das Schwert aufnehmen und beginnen. Eine wahre südliche Herausforderung, mit dem Wettlaufteil des Tanzes.

»Macht euch bereit«, sagte sie ruhig.

Nezbet sah mich an. Er war schnell, jung und beweglich, voll von Leben, bereit, loszuspringen und das Schwert an sich zu reißen. Er wußte, daß er mich besiegen konnte. *Wußte*, daß er mich besiegen konnte. Ich war alt. Schwerfällig. Langsam.

Und mein Knie hatte seit unserer letzten Begegnung nicht ausheilen können.

Einfältiger Punjawurm.

Nezbet lächelte.

»Tanzt«, sagte Del.

30

Ich wollte nichts mehr, als dem Jungen eine gemächliche, anhaltende Lektion erteilen, eine Lektion über Kraft und Ausdauer. Aber ich hatte keine Zeit dazu.

Also stellte ich mich statt dessen auf Schnelligkeit ein.

Er keuchte unvornehm, als ich Samiel hochriß, die Spitze unter Nezbets Klinge verhakte und sie aus dem Kreis heraussegeln ließ, bevor er sie auch nur erreichen konnte. Hände schlossen sich um Sand. Ich nagelte seine linke Hand mit der Schwertspitze fest und legte gerade genug Gewicht darauf, daß es stach.

Ich beugte mich über den Jungen hinab, der in peinlicher Achtung vor dem in seine Hand beißenden Stahl am Boden kniete. »Die Frau hat Euch besiegt«, zischte ich. »Was läßt Euch glauben, daß *ich* es nicht könnte?«

Nezbet bedachte mich mit einem Schimpfnamen.

Die Schwertspitze stach tiefer zu. »Das ist nicht sehr nett. Wo habt Ihr solche Reden gelernt?«

Natürlich wiederholte er den Namen.

Ich hob die Schwertspitze von seiner Hand an, zog eine Stahlspur seinen bloßen Arm hinauf, tippte ihm wiederholt unters Kinn, um jedem meiner Worte Nachdruck zu verleihen. »Überhaupt nicht nett.«

»Chula«, spie er hervor. »Jedermann kennt die Wahrheit.«

»*Tatsächlich?*« Ich legte die Klinge auf sein linkes Ohr. »Kann ein ohrloser Mann noch immer Klatsch hören?« Jetzt auf den Mund. »Kann ein *zungenloser* Mann ihn weiterverbreiten?«

Schwarze Augen glitzerten. »Jhihadimörder. Ihr habt keine Ehre mehr.«

»Nein, ich hätte vermutlich wirklich keine Ehre mehr – wenn es stimmte, daß ich den Jhihadi getötet hätte. Aber diese Diskussion hatten wir vorher schon, und ich möchte mich nicht wiederholen.« Ich nahm das Schwert fort, deutete auf seines. »Dort ist es, Nezbet. Holt es zurück, wenn Ihr wollt... der Tanz hat kaum begonnen.«

Ein kleines Blutrinnsal tropfte von seinem linken Handrücken, als er sich erhob. »Ihr würdet es zulassen ...?«

»Ich bin höflich«, sagte ich leichthin. »Jhihadimörder oder nicht, ich erinnere mich an die sieben Jahre bei meinem Shodo und an alle erlernten Lektionen.«

Das starre Kinn lockerte sich. »Ihr wollt sagen, ich habe den Tanz verwirkt, wenn ich den Kreis verlasse.«

»Nicht, wenn ich es Euch erlaube. Auch das steht im Kodex.« Nezbet fuhr zu dem Trio im Schatten herum. »Ihr habt ihn gehört!« rief er. »Er erlaubt mir, mein Schwert zurückzuholen, ohne daß der Tanz verwirkt ist!«

Dummer, dummer Nezbet. Hast du gar keinen Verstand? Hast du keine Ahnung, was persönliche Würde und Selbstbeherrschung sind?

Ich war selbst dumm, daß ich diese Frage stellte.

Ich legte mein Schwert erneut ab und trat mit bloßen Händen an meine Seite des Kreises. Meine Nieren schmerzten wie die Hoolies, ich brauchte etwas zu essen und hatte ein irrsinniges Verlangen nach einem Nachttopf.

Aber immer der Reihe nach.

Nezbet kam mit seinem Schwert zurück, hielt dann unmittelbar innerhalb des Kreises inne, als er mein abgelegtes Schwert sah. »Aber... noch mal? Laufen?«

Es war nicht erforderlich. Wir hatten bereits begonnen. Es war ganz entschieden unangebracht, aber nicht verwerflich.

»Legt Eures auch dort ab.« Ich deutete auf die Stelle. »Ihr hattet einen schlechten Start. Warum wollt Ihr es nicht erneut versuchen?«

Er sah mich lange an, konnte meine Absichten nicht erkennen. Dann legte Nezbet sein Schwert langsam und stirnrunzelnd neben meines. Zog sich an seine Seite des Kreises zurück.

»Tanzt«, sagte Del.

Dieses Mal erreichte er sein Schwert und nahm es sofort auf. Aber als er es tat, wartete ich bereits auf ihn. Samiels Spitze kitzelte seine Kehle.

Ich drückte zungenschnalzend Mitgefühl aus. »Tut mir leid, Nezbet. Ihr müßt im Sand ausgerutscht sein.« Ich beugte mich hinab und legte mein Schwert hin: »Wir sollten es noch einmal versuchen.«

Einer von Nezbets Freunden regte sich an der Wirtshauswand. Osman oder Mahoudin oder Haasan, ich wußte nicht wer. »Tötet ihn«, schlug er vor.

»Ich glaube, er versucht es«, sagte ich.

Der andere grinste. »Nein, Sandtiger. Ich meinte, daß Ihr *ihn* töten sollt.«

»Aha.« Ich sah Nezbet an. »Ich glaube, sie langweilen sich allmählich.«

Nezbet, der sein Schwert *nicht* abgelegt hatte, sprang direkt auf mich zu. Daß er dadurch jeglichen Rest Ehre verwirkte – aber offenbar dachte er nicht an Ehre oder auch nur an Sieg. Jetzt wollte er töten.

Der Stahl sang, beschrieb in der aufgehenden Sonne Bögen. Ein schwarzer Klingenstrich, eine Silhouette vor dem heller werdenden Licht. Ich trat einen kleinen Schritt beiseite, ergriff sein Handgelenk und brach es, verhakte dann den Fuß um Nezbets Knöchel und ließ ihn auf dem Gesäß landen.

Währenddessen fing ich sein Schwert ab, bevor es auf dem Sand auftraf.

Ich schaute mitleidig auf den einfältigen Punjawurm hinab: »Ich hasse es, mich zu wiederholen, aber dieses

Mal werde ich es wohl tun.« Ich beugte mich näher zu ihm hinab. »Ihr seid zu dumm zum Töten.«

Nezbet, der zitterte, war stumm. Und er war besiegt. »Wo ist sie?« fragte ich. »Wie weit zurück?«

Der Junge schwieg noch immer. Tränen des Schrecks und der Demütigung stiegen in seinen dunklen Augen auf.

»Wo ist sie?« wiederholte ich.

»Sie kommt«, murmelte er. »Sie und alle ihre Männer.«

»Wie weit entfernt ist sie?«

Er zuckte die Achseln. »Einen Tag vielleicht. Sie reitet wie ein Mann.«

Keine Zeit zu verschwenden. Ich nahm mein Schwert, trat dann aus dem entweihten Kreis heraus und ging zu seinen Freunden hinüber. Osman. Mahoudin. Haasan. Oder vielleicht andersherum. »Wer von Euch ist der nächste?«

Drei Gesichter waren völlig unbewegt: Dann lächelte einer von ihnen.

Ich gab ihm Nezbets Schwert. »Wer seid Ihr?«

»Mahoudin. Schwerttänzer des dritten Grades.« Er reichte die Klinge an den jüngeren Schwerttänzer neben ihm weiter. Sie waren *alle* jung. »Ihr erweist mir Ehre, Sandtiger. Aber ich habe die Lektion gelernt: Jeder Mann kann einen Tanz verweigern.«

Ich sah den nächsten an. »Und Ihr?«

Er schüttelte schweigend den Kopf.

»Ihr.« Der dritte und letzte Mann.

»Haasan«, sagte er einfach. »Und der Preis ist nicht hoch genug.«

»Oh?« Ich wölbte die Augenbrauen. »Jeder Preis ist hoch genug, wenn man einen Grad mehr erwerben kann.«

Haasan widersprach. »Der Tod ist nicht der von mir erstrebte Grad.«

»Hoolies, Junge. Ich will Euch nicht *töten!* Wie könnt

Ihr Kunde von meinen Taten verbreiten, wenn Eure Eingeweide über den Sand verstreut sind?«

Weiße Zähne schimmerten kurz auf. »Möge Euch die Sonne auf den Kopf scheinen.«

»Das tut sie.« Ich schaute hinauf, schätzte die Zeit, zuckte die Schultern. »Dann ein anderes Mal. Wenn der Preis das Risiko wert ist.«

Mahoudin spreizte kurz die Hand über seinem Herzen. »Ihr hättet ihn töten sollen. Er hat sein Schwert verloren und seine Ehre –der Kreis ist ihm verschlossen. Wofür soll er noch leben?«

Ich hielt inne. »Für die Chance, ein wenig Verstand zu erlangen.« Der zweite – Osman? – schüttelte den Kopf. »Ihr habt ihn zu einem Borjuni gemacht. Ihr hättet ihn besser töten sollen.«

»Nezbet hat sich selbst dazu gemacht.« Ich wandte mich um und schritt davon, eilte zu Delilah.

Hinter mir erklangen drei leise Stimmen, die ungehört bleiben wollten. »Groß«, murmelte einer. »Stark«, erklang es von einem anderen. Gefolgt von dem dritten: »*Schnell* für einen so alten Mann.«

Man kann nicht siegen, ohne zu verlieren.

Erneut Reiten, erneut Schmerzen. Und Del bemerkte es.

»Was ist los?« Sie führte die Stute seitwärts einen Schritt von dem Hengst fort: »Du siehst irgendwie – grau aus.«

»Ich muß ... anhalten ...«, stieß ich durch zusammengebissene Zähne hervor.

Del hielt sofort an. »Warum hast du nichts gesagt?«

»Weil ... wir ... *weiter*reiten mußten ...«

»Das war vor Stunden.« Sie beobachtete mich besorgt, als ich mich halbwegs über den Hals des Hengstes beugte. »Was *fehlt* dir?«

»Ich muß nur ... absteigen ... eine Weile ... sollte etwas tun ...«

Ich glitt aus dem Sattel, schaffte es, auf den Boden zu gelangen, klammerte mich noch an den Hengst. »Im Moment kann ich mich nicht fürs Laufen begeistern … macht es dir etwas aus?«

Del schaute bestürzt drein.

»Dann beobachte mich weiter«, murmelte ich. »Im Moment ist mir das ziemlich egal.«

»Was willst du … *oh*.«

Oh, wahrhaftig. Ich hing an dem Hengst und erledigte mein Geschäft, während ich die ganze Zeit fluchte. Das Ergebnis war wie erwartet, die Nieren schmerzten.

Als ich wieder in korrektem Zustand war, zog ich mich erneut in den Sattel hoch. Del hörte das Knarren, das Fluchen und wandte sich zu mir um. »Was haben sie mit dir gemacht?«

»Mich ganz allgemein fertiggemacht.« Ich preßte eine Hand gegen meinen Rücken. »Jemand hatte große Füße.«

»Wir sollten einen Platz finden, wo wir anhalten und uns ausruhen können. Sofort.«

Ich grunzte. »Wir befinden uns mitten in der Punja.«

»Es gibt Oasen, nicht wahr? Und Ansiedlungen? Und Brunnen?«

Ich blinzelte. »In der Nähe gibt es keine Ansiedlung. Aber Wasser ist nicht das Problem. Das kann noch bis morgen abend warten. Im Moment können wir nicht anhalten.« Ich setzte den Hengst in Bewegung. »Ich traue Umir nicht.«

Del folgte mir, schnalzte der Stute zu. »Sicherlich wird er nicht soweit kommen. Meinetwegen? So weit in die Punja?«

»Ich hatte das Gefühl, daß Umir überall hingehen würde, wohin er gehen müßte, um das zu erlangen, was er haben will.«

Ich sah sie an. »Du siehst dich selbst nicht so wie andere. Du bist anders. Und so was sammelt er.«

»Niemand sieht sich so wie andere. Du auch nicht.«

»Nein«, stimmte ich säuerlich zu. »Und anscheinend sehe ich mich auch nicht so wie Osman und Haasan und Mahoudin.«

Del war verwirrt. »Was meinst du?«

»Nichts.« Ich warf ihr einen Seitenblick zu. »Wie siehst *du* mich?«

»Ich?«

Ich bildete mein eigenes Echo: »Ich meine nicht die Stute.«

Del sah mich an. Dann verschwand der Ausdruck, wurde durch Nachdenklichkeit ersetzt. »Ich sehe die verborgenen Seiten.«

»Die *was?*«

»Die verborgenen Seiten.« Sie kaute auf ihrer Unterlippe, dachte nach, die Brauen zusammengezogen. »Die nicht offensichtlichen Seiten.«

Ich lachte und rieb mir übers Gesicht. »Ich vergesse manchmal – du bist immer noch eine Nordbewohnerin ... die Sprache ist nicht dieselbe.«

»Ich werde selbst auch daran erinnert, wenn *du* manchmal redest.«

So gütig. Ich nickte zu diesem Punkt zustimmend. »Also, welche verborgene Seite siehst du? Welche nicht offensichtliche Seite?«

»Den Menschen unter der äußeren Hülle.«

Etwas Kaltes tippte mir mit dem Fingernagel gegen das Rückgrat. Fast hätte ich mich gekrümmt. »Was ist mit der *äußeren Hülle.*«

Del runzelte die Stirn. »Was meinst du?«

»Sehe ich ...«, ich hielt inne »... anders aus?«

»Natürlich.«

Noch kälter. »*Wie* anders?«

»Nicht wie jeder andere.«

»Del ...«

»Was glaubst du?« fragte sie ungehalten. »Du bist größer als die meisten Südbewohner, aber nicht so groß wie die meisten Nordbewohner. Du bist dunkler als ich, als jeder Nordbewohner, aber nicht so dunkel wie ein *Südbewohner*. Deine Augen sind grün, nicht blau oder braun oder auch, wie es manchmal vorkommt, grau. Und du bist braunhaarig, nicht schwarzhaarig – und auch *nicht* blond.« Sie seufzte. »Genügt dir das?«

»Nein.«

Sie murmelte etwas in der Hochlandsprache. »Dann zu deiner Nase.«

»Zu meiner *Nase?*«

»Sie verläuft anders herum.«

»Meine Nase verläuft *anders herum?*«

Die Empfindungen kämpften auf ihrem Gesicht miteinander, während sie die beste Erklärung suchte. Schließlich griff sie zu einem Beispiel. »Du hast Abbus Nase gesehen.«

»Abbu hat eine Kerbe darin. Abbus Nase war gebrochen. Meine niemals.«

»Aber man kann erkennen, wie sie war, Abbus Nase. Und viele andere. Sie sind alle so geformt.« Sie bog einen Finger hakenförmig nach unten und bog den Knöchel nach außen.

Ich überprüfte meine. »Ich habe keinen Haken.«

»Nein. Deine ist viel gerader, obwohl sie nicht so gerade ist wie die Nasen mancher Stämme, die ich gesehen habe. Deine ist mehr wie die eines Nordbewohners. Und deine Wangen sind nicht so hager, so gewölbt.« Del betrachtete mich. »Wir haben schon früher darüber gesprochen. Du bist beides und keins von beidem. Du vereinst Merkmale des Südens in dir und auch Merkmale des Nordens. Wie ein Grenzbewohner.«

Ich nickte ungeduldig. »Wirke ich auf dich *real?*«

»Real!« Sie runzelte die Stirn. »Das hast du mich schon einmal gefragt.«

»Sag es einfach – wirke ich real?«

Helle Brauen wölbten sich. »Willst du damit fragen, ob du der Mann meiner Träume bist?«

»*Nein!*« Ich funkelte sie an. »Kannst du nicht ernst sein?«

»Im Moment nicht«, murmelte sie und brach in Gelächter aus.

Was nur den Beweis lieferte, daß man mit einer Frau nicht *sprechen* kann.

Das Lager war mit wenig Aufhebens errichtet worden: zwei auf dem Boden ausgebreitete Decken, zusammengeknüllte – in *ihrem* Fall zusammengefaltete – Burnusse als Kissen. Kein Gedanke an ein Feuer: Wir lagen auf unseren Decken und kauten unermüdlich auf getrocknetem Cumfa. Schauten in die Sterne hinauf.

»Du hast es tatsächlich so gemeint«, murmelte sie.

»Ich meine manchmal, was ich sage.« Ich lag ganz still. Es war besser, mich nicht zu bewegen.

»Vorhin. Über das reale Erscheinungsbild.«

»Ich mache mir nur mal so meine Gedanken.«

»Darüber, ob du real bist?«

Ich überlegte und kam schließlich mit einer Antwort heraus. »Du würdest es nicht verstehen.«

»Ich verspreche dir, nicht zu lachen.«

»Oh, ich weiß nicht … ich höre dich gern lachen.«

»Solange ich nicht über dich lache.« Del lächelte in den Himmel hinauf. »Manchmal gibt es einen Grund.« Sie rollte sich zu mir herum, legte ihren Kopf auf eine gespreizte Hand am Ende eines aufgestützten Arms. »Fühlst du dich nicht real?«

»Meine Nieren überzeugen mich davon, daß ich es bin.«

»Dann hast du den Beweis. Schmerz bedeutet, daß du real bist.«

»Aber …« Ich runzelte die Stirn, kaute heftig auf

dem letzten Bissen Cumfa. »Ich weiß nichts über mich. Ich habe keine Vergangenheit.«

Die Belustigung in ihren Augen schwand. »Du hast zuviel Vergangenheit.«

»Das meine ich nicht. Ich meine, ich habe keine Geschichte. Nur eine andersherum verlaufende Nase und die Farbe eines braunen Burnus, der zu viele Jahre in der Sonne liegengelassen wurde.«

»Das trifft auf die meisten Grenzbewohner zu. Sieh dir Rashad an: Er hat *rote* Haare.«

»Ich sehe überhaupt nicht wie Rashad aus.«

»Die Grenzbewohner sehen sich selten ähnlich. Die Farbanteile sind immer gemischt.« Del lächelte. »Ich will dich nicht aufziehen. Aber du wirkst nicht wie ein Mann, der eine Vergangenheit *braucht*. Du machst aus der Zukunft deine eigene Vergangenheit.« Das traf genau den Punkt. »Sie sagten, der Jhihadi war – *sei* – ein Mann vieler Gebiete.«

Dels Blick schärfte sich. Sie hörte auf, das Cumfa zu kauen.

Ich kratzte an einer Quetschung. »Es weiß auch niemand viel über Iskandar.«

»Er starb.«

Ich zählte. »Vor acht Tagen.«

»Schon? ... oh.« Del zuckte die Achseln. »Ich glaube, du wirst Iskandar weit überleben.«

»Nicht wenn Sabra etwas dazu zu sagen hat. Oder vielleicht Umir. Der Grausame.«

»Zuerst müssen sie dich erwischen.«

»Umir hat mich erwischt.«

»Und du bist freigekommen.« Del zog die Brauen zusammen. »*Wie* bist du freigekommen? Du hast mir nichts darüber erzählt.«

Ich zuckte die Achseln. »Es gibt nichts zu erzählen.«

»Aber sie haben dich geschlagen, und du bist freigekommen.«

»Ich hätte es nicht geschafft ohne die Verwendung von ...« Ich hielt inne.

Del wartete. Und dann schärfte die Erkenntnis ihren Blick. Sie richtete sich auf. »Magie«, beendete sie meinen Satz.

Ich seufzte tief. »Der bedauerlichste Tag meines Lebens hatte mit Magie zu tun.«

»Aber sie hat dich aus Umirs Gewalt befreit. Das hast du gerade gesagt.«

»Sie ist auch schuld daran, daß ich mich mit einem heimgesuchten Schwert herumschlagen muß. Mit einem Schwert, das ich zuerst gar nicht wollte, aber *jetzt* ...« Ich seufzte erneut, sehr müde, und beließ es dabei. »Hoolies, es ist nicht wichtig.«

Del legte sich wieder hin. »Du hast ihn gedemütigt.«

»Wen? Oh, ihn.« Ich schnalzte mit der Zunge. »Nezbet hat bekommen, was er verdient.«

»Du hättest ihn fair besiegen können.«

»Ich *habe* ihn fair besiegt! Ich habe ihm die Gelegenheit gegeben, von dem Tanz abzulassen, bevor wir begannen, und habe ihm *zwei* Gelegenheiten gegeben aufzugeben. Was hätte ich sonst noch tun sollen – ihm den Kopf abhacken, wie du es bei Ajani gemacht hast?«

Ihre Stimme klang tonlos. »Nein. Aber ...«

»Aber? *Wolltest* du, daß ich ihn töte?«

Del schwieg.

»*Wolltest* du es?« beharrte ich.

Sie seufzte. »Mir scheint, als hättest du ihn verletzt und zornig und gedemütigt zurückgelassen. Einige Leute, die an nichts anderes denken konnten, haben dir schon zuvor Ärger bereitet. Sie können ernstzunehmende Feinde werden.«

»*Nezbeth?*«

»Du weißt nicht, ob es nicht so kommt.«

Ich kicherte. »Mit Feinden wie Nezbet werde ich ewig leben.«

877

»Ich habe sie gehört. Was sie gesagt haben. Ein Borjuni. Warum?«

»Warum ich ihn zu einem Borjuni gemacht habe? Oder wie es soweit gekommen ist?«

»Beides.«

»Ich habe ihn nicht zu einem Borjuni gemacht. Er hatte die Wahl. Und er hat diese Wahl *getroffen*, indem er dem Kodex entsprechend seine Ehre aufgegeben hat.« Ich zog eine Cumfafaser zwischen zwei Zähnen hervor. »Du kennst den Kodex. Du weißt etwas über Ehre.«

»Ja.«

»Wenn ein von einem Shodo ausgebildeter Schwerttänzer wissentlich seine Ehre aufgibt, nur um zu siegen oder zu töten, gibt er sich selbst auf. Er verbannt sich selbst aus dem Kreis.« Ich zuckte die Achseln. »Er muß nicht *zwingend* ein Borjuni werden. Aber ich kenne keinen einzigen Schwerttänzer, der zufrieden damit wäre, Ziegen zu züchten oder der südlichen Wüste eine Ernte abzuringen.«

»Es gibt noch andere Möglichkeiten.«

»Ja, Karawanenwächter. Aber Karawanenführer ziehen es vor, richtige Schwerttänzer anzuheuern, keinen entehrten Mann. Sie können sich seiner Ergebenheit nicht sicher sein – was wäre, wenn er ein Borjuni *wäre* und sie in eine Falle führte?« Ich schüttelte den Kopf. »Es gibt keine größere, wahrhaftigere Freiheit als die eines Schwerttänzers. Und keine größere Unehre, als den Kodex zu brechen. Das verfolgt dich dein ganzes Leben lang, verhöhnt dich jeden Tag. Bis du keinen anderen Ausweg mehr siehst, als ein Borjuni zu werden, weil es ihnen egal ist. Sie wollen nur, daß du wie sie bist: Du mußt schnell und mühelos töten können.«

»Und dazu hast du Nezbet gemacht.«

»Nezbet ist jung. Nezbet kam irgendwoher. Er *könnte* darum bitten, erneut als Lehrling angenommen zu werden, noch einmal ganz neu anfangen – aber wenn

er klug ist, wird er dorthin zurückgehen, woher er gekommen ist, und den Kreis vergessen. Er war nicht
dafür geeignet.«

»Hast du ihm deshalb das Handgelenk gebrochen?«

»Nein. Nun, vielleicht. Ich habe es hauptsächlich
getan, weil ich wußte, daß ich ihm keine andere
Chance geben konnte. Wenn er es erneut versucht
hätte, wäre er vielleicht erfolgreich gewesen.«

»Nein«, meinte Del spontan.

Ich lächelte. »Falsch eingesetztes Vertrauen.«

»Du bist der erste, den ich jemals gesehen habe.«

»Außer Abbu?«

Schweigen.

»Nun?« drängte ich.

»Abbu ist – gut.«

»Umir sagt, er sei der beste.«

Del rollte sich auf die Seite. »Vertraust du dem Wort
eines Mannes, der eine Frau rauben wollte?«

»Die Moral eines Mannes – oder der Mangel daran –
beeinträchtigt nicht sein Vermögen, das Schwerttanzen
zu beurteilen.«

Sie murmelte etwas in der Hochlandsprache.

»Natürlich hat er meinen Tanz nicht *gesehen*. Hat nur
von mir gehört.« Ich hielt inne. »Glaube ich.«

»Eitelkeit«, murmelte sie. »Eitelkeit und Stolz.«

Ich war müde und schläfrig. Ich rollte mich vorsichtig auf die Seite, wandte ihr den Rücken zu. »Du hast
dein eigenes Maß an beidem.«

Keine Antwort.

Ich begann in den Schlaf zu entgleiten.

Dann berührte sie meinen Rücken, zog mit einem
Finger sanft die Linie meines Rückgrats nach. »Real«,
sagte sie weich. »Bin ich nicht ein Beweis dafür?«

»Du?« fragte ich schläfrig.

»Ich bin kein Afreet. Wenn du nicht real wärst, wer
außer einem Afreet könnte dann dein Bett teilen?«

Ich lächelte in die Dunkelheit. »Woher soll ich wissen, daß du keiner bist? Weil *du* es sagst? Ein wenig voreingenommen, würde *ich* sagen.«

Der Finger verließ mein Rückgrat. Preßte dann sanft eine wunde Stelle. »Wenn ich ein Afreet wäre, wäre ich weder stolz noch eitel.«

Ich grunzte. »Dann sind wir vermutlich beide real.«

Del wandte sich auf eine Hüfte um und stieß gegen mich. »Schlaf jetzt.«

»Dann hör auf zu schwatzen.«

Die Nacht war voller Stille.

Bis auf mein Schnarchen natürlich.

Del schwört, daß ich schnarche. Aber *ich* höre es nie.

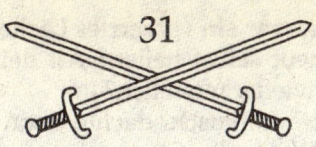

31

In mir – *knisterte* etwas. Es rumorte in meinem Geist, rührte alte Erinnerungen auf und ersetzte sie durch seine eigenen.

Es war Shaka. Shakas Fehler. Er hat Wahrheiten aus der Kindheit verdreht und sie in Unwahrheiten umgewandelt, weil er eifersüchtig auf mich war. Auf die Dinge, die ich zu tun gelernt hatte.

Auf die Magie, die ich zur Verfügung hatte.

Es war alles Shakas Fehler.

Und meine Aufgabe, es wieder richtigzustellen ...

Ich setzte mich auf, würgte und spie einen Klumpen von – etwas aus.

Del erwachte neben mir ebenfalls, stützte sich auf einen Ellbogen auf. »Bist du in Ordnung?«

Der Atem wurde ruhiger. Die Welt rückte sich wieder zurecht. Ich sah sie an, kratzte an den verhaßten Bartstoppeln. »...bin in Ordnung. Ich hatte nur einen Frosch im Hals.« Ich hustete, räusperte mich, spie aus. »Entschuldige.«

Sie erforschte den Morgen. »Dämmerung«, verkündete sie. »Wir können genausogut aufstehen. Wie du sagen würdest: Wir verschwenden Tageslicht.«

»Noch nicht. Die Sonne ist nicht einmal aufgegangen.«

»Aber bald.« Del rückte herüber, kniete sich in den Sand, begann ihre Decke zusammenzufalten. »Wir sollten schon unterwegs sein.«

»Wir sollten«, stimmte ich zu. »Aber das bedeutet, daß ich mich bewegen muß.«

Ihre Antwort war ein verzerrtes Lächeln. »Kannst du dich nicht erneut selbst heilen? All deine schmerzenden Knochen wiederherstellen?«

Ich schnaubte höhnisch, dachte dann über den Vorschlag nach. Wenn die Chance bestünde, daß ich so etwas tun *könnte*... »Verlockend«, stimmte ich nachdenklich zu. »Du weißt...«

Aber es war fort.

Einfach – *fort*.

Etwas anderes war an seine Stelle getreten. Kein Gedanke, das *Fehlen* eines Gedankens. Eine Art Abwesenheit von allem. Bis auf Chosa, der an meine Tür klopfte, an mein Tor pochte, an meine Seele rührte.

Tu es. *Tu* es.

Tu es JETZT.

O Hoolies, Bascha... er ist hier. Er ist zurückgekommen... Ich preßte die Augenlider zusammen und zwang ihn fort. Zwang ihn zu gehen, mich in Ruhe zu lassen. Immerhin war nur ein kleines Stück von ihm in mir. Irgendwo verborgen. Ich war viel größer, viel stärker.

Wenn ich mich auf das konzentrierte, was Del gesagt hatte, konnte ich ihn vielleicht vertreiben. Wenn ich das versuchte, was sie vorgeschlagen hatte...

Nein.

Ich erinnerte mich lebhaft an das letzte Mal, als ich es getan hatte. Etwas flammte auf, versprach viel. Etwas anderes wartete ungeduldig. Wollte, daß ich es tat, weil er dann Macht hätte: Mein Magen rebellierte. Ich schrak vor dem Bild zurück. »Ich... glaube nicht. Ich glaube, ich sollte es wahrscheinlich besser lassen.«

»Aber wenn du so etwas *tun* kannst...« Sie zuckte die Achseln, kümmerte sich um ihre Sachen. »Stell dir vor, welche Art Legende du werden könntest, wenn du, egal wie schwer du im Kreis verletzt worden wärst, am nächsten Tag genauso unversehrt wie zuvor zurückkehrtest.«

»Stell dir vor«, murmelte ich und massierte eine starre Schulter. »Stell dir vor, was sie noch sagen könnten – mich vielleicht einen Magier nennen?« Ich schüttelte den Kopf. »Nein danke. Ich habe bereits ein magisches Schwert. Ich brauche nicht noch *selbst* magisch zu werden.«

Del begann die Satteltaschen zu packen. »Ich meinte nur, daß du heute morgen aussiehst, als hättest du Schmerzen. Ich dachte nur, wenn sie ein Stück ...«

»Ich weiß. Aber ich will es nicht ...« Ich beließ es dabei, verbiß mir den Rest des Satzes, den ich hatte sagen wollen: »... riskieren.« Es bestand kein Anlaß, Del zu sagen, daß ich mich merkwürdig fühlte, verwirrt und irgendwie im Ungleichgewicht. Sollte sie denken, daß ich es einfach nicht tun wollte. Irgendwie schien das sicherer.

Ich stand ganz langsam auf, bewegte mich abschnittsweise, biß die Lippen zusammen, um nicht fluchen zu müssen. Ich hatte Prellungen und war steif und wund von dem Überfall durch Umirs Männer. Meine Nieren brannten. »Im Moment möchte ich nur alles langsam angehen lassen und aufbrechen.« Ich mühte mich zu dem Hengst, der mir ein gewisses Maß an Ungestörtheit gewähren würde.

Del mußte zufrieden sein mit dem, was ich ihr zu geben bereit war. *Ich* mußte mit dem zufrieden sein, etwas mehr zu wissen: daß Chosa Dei nicht fort war. Chosa war nicht ruhig. Chosa wurde *ungeduldig.*

Ich schlang einen Arm über den braunen Leib des Hengstes, lehnte mich an ihn und schloß die Augen. Die Prellungen würden vergehen, wie ich wußte. Der Schmerz würde weniger werden. Die Nieren würden sich daran erinnern, ihre Aufgabe zu erfüllen, ohne Blut zu produzieren. Aber Chosa würde bleiben.

Und weiterhin mit brutaler Gewalt und ausgesprochen raffinierten Mitteln versuchen, mir meinen Willen zu nehmen, bis nichts mehr übrig wäre, so daß er meinen Körper beanspruchen könnte. Wenn ich noch weitere Magie benutzte, gäbe ich ihm die Mittel zum Erfolg in die Hand. Weil jedes bißchen Magie, das ich heraufbeschwor, aus welchem Grund auch immer, *ihm* in die Hände spielte. Chosa Dei war ähnlich wie Umir der Grausame ein Sammler. Er sammelte alle Arten von Magie, damit er sie *einschmelzen* und in seinem Sinn neugestalten konnte.

Wie er mich neugestalten würde.

Del führte die Stute einen Schritt vom Hengst fort. »Wie weit ist es noch bis zur Oase?«

Ich sah mich um und blinzelte. »Nicht mehr weit. Noch zwei oder drei Stunden.«

»Und dann morgen Rusali?«

»Das kommt darauf an, wie hart wir die Pferde vorantreiben wollen.« Ich rieb mit dem Handrücken über meine Stirn. »Und wie hart wir uns selbst vorantreiben wollen.«

Del zog die Brauen zusammen, während sie meinen Gesichtsausdruck erforschte. »Machen dir die Nieren Schwierigkeiten?«

Ich runzelte die Stirn. »Den Nieren geht es gut.«

»Du lügst.«

»Ja, nun…« Ich regte mich im Sattel. »Nichts, was ein wenig Ruhe nicht wieder in Ordnung brächte.«

Ihr Stirnrunzeln verstärkte sich. »Wir könnten eine Weile rasten.«

»Wir können es uns nicht leisten anzuhalten«, sagte ich barsch. »Unsere beste Chance besteht darin, so lange weiterzureiten, wie wir können und so viel Abstand zwischen Umir und uns zu legen wie möglich.«

»Ja, aber…«

»*Reite* einfach«, fauchte ich ungehalten. »Wir verschwenden schon Zeit damit, überhaupt darüber zu reden.«

Del antwortete nicht. Sie trieb einfach ihre Stute wieder an und ritt weiter.

Die Zeit... verschwamm. Ich saß auf dem Hengst, der verwirrt an den Zügeln riß: Er wollte hinter der Stute herlaufen, aber ich hielt ihn zurück.

Ich wußte nicht warum.

Vor mir wandte sich Del im Sattel um und schaute zurück. Runzelte die Stirn. »Was ist los?«

Ich wollte sagen: nichts. Aber das war nicht die richtige Antwort.

»Tiger?«

Ich saß einfach da und zitterte.

Del wandte die Stute um, eilte zu mir zurück. Ihr Tonfall wurde plötzlich schärfer. »Bist du in Ordnung?«

Nein. Ich fühlte mich... dicht. Schwer. Meine Haut fühlte sich angespannt und hart an.

Innerlich fragte ich: *Bist du das, Chosa?*

Chosa kicherte in mir.

O Hoolies. Die Sonne brannte in meinen Augen.

Del parierte die Stute durch, bevor der Hengst sie ganz erreichen konnte. Sie musterte mich eingehend. »Was ist los?« Etwas Kaltes lief mein Rückgrat hinab. *Laß sie gehen*, schlug Chosa vor. *Du brauchst SIE nicht.*

»Ich werde nicht...« Ich schüttelte den Kopf. »Nichts. Nur... müde.«

Sie fluchte durch zusammengebissene Zähne. »Glaubst du, ich bin blind? Du bist furchtbar blaß. Eine Art Grüngrau zwischen all den Prellungen.«

Laß sie gehen, sagte Chosa. *Im Moment will ich nur dich.*

Ich fragte mich, ob ich es vielleicht wirklich tun sollte. Er hatte zuvor sehr deutlich gemacht, daß er Del wollte, daß er die Magie ihres Schwertes genauso wie Del selbst vereinnahmen wollte. Ich wußte, daß es sicherer wäre, wenn sie woanders wäre, wo er sie nicht verletzen konnte.

Aber wie sage ich *ihr* das?

Dels Stimme klang unerbittlich. »Es gibt eine Möglichkeit, Tiger. Du könntest die Magie erneut heraufbeschwören.«

Nein, Bascha. Ich wage es nicht.

»Es ist *dumm*, die Chance, dich selbst zu heilen, ungenutzt zu lassen. Warum solltest du einer Gabe den Rücken zuwenden?« Ihr Tonfall wurde deutlicher. »Und wenn du es nicht tust, wirst du es niemals durch die Punja schaffen.«

Ich knirschte mit den Zähnen. »Ich *sagte* bereits, ich bin nur müde. Wund. Es wird vergehen, Del. Es hat mich schon schlimmer erwischt.«

»Warum sitzt du dann hier?«

Ich grinste verzerrt. »Es schien das leichteste.«

Sie spannte den Kiefer an. »Ich glaube dir nicht. Kein Wort.«

»Pech für dich«, spottete ich.

Ihre Augen flackerten. Sie preßte die Lippen zusammen. »Wenn du so einfältig sein willst ... sehr gut. Aber wenn du anhalten mußt, dann sage es. Die Oase ist nicht mehr weit entfernt.«

Ich zitterte. Ich fühlte mich ... *angeschwollen*. »Dann sollten wir weiterreiten.«

Laß sie gehen, sagte Chosa. *Ich verliere allmählich die Geduld.*

Ich schlug dem Hengst die Fersen in die Flanken und ließ ihn mit der Stute laufen.

Ein Fehler, flüsterte Chosa. *Ich mag keine Fehler.*

Ich zitterte. Aber ich ritt weiter.

Dels Beine näherten sich. Blieben vor mir stehen. Ich sah sie in, Kniehöhe. Es schmerzte zu sehr, von der Stelle aufzuschauen, an der ich zusammengekauert auf der Decke saß.

»Wieviel länger noch?« fragte sie starr. Eine herabfallende Bota traf neben der Hand, die meinen Arm und damit mich stützen sollte, auf dem Sand auf. »Der Tanz gegen Nezbet hat vor zwei Tagen stattgefunden, der Überfall durch Umir vor drei Tagen, und es geht dir schlechter.«

Viel schlechter. »Ich weiß nicht«, murmelte ich.

Enttäuschung und Angst ließen ihre Stimme grell werden. »Du kannst nicht einmal mehr reiten, Tiger! Wie sollen wir der von dir angekündigten Bedrohung entkommen, wenn du nicht einmal reiten kannst?«

Ich legte den Kopf zurück und biß die Zähne gegen den Schmerz zusammen. »Was, bei den Hoolies, soll ich, deiner Meinung nach tun? Beten? Es wird vorbeigehen, Del ... ich bin einfach schlimmer zusammengeschlagen worden, als ich dachte. Es wird vorbeigehen.« Tief in mir freute sich Chosa hämisch.

»Tatsächlich?« Sie hockte sich hin. Ihr Gesicht war ein Zerrbild, dünn und blaß und fest angespannt, und ihre Worte klangen hart. »Die Prellungen werden schlimmer ... deine Haut ist schwarz und blau und angeschwollen, weil du unter der Haut blutest. Und auch *innerlich* ... Glaubst du, ich hätte es nicht bemerkt, wenn du ausspeist?«

»Also ist vielleicht eine Rippe gebrochen ...« Ich riß mich zusammen und regte mich. »Hör zu, Bascha ...«

»*Du* hörst zu!« erwiderte sie. »Wenn es so weitergeht, könntest du sterben. Willst du das? Iskandars Schicksal erfüllen, damit jeder weiß, daß du *wirklich* der Jhihadi bist?«

»Ich brauche einfach ein wenig Genesungszeit. All dies Davonlaufen ...« Ich brach ab, sammelte die Kraft zum Aufstehen. »In Ordnung ... laß mir nur einen Augenblick Zeit.«

Dels Stimme klang eisig, wie sie immer klingt, wenn Del sehr ärgerlich – oder ängstlich – ist. »Du blutest noch immer.«

Ich stand absolut still, gab meinem Körper keinen Grund zum Protest. »Weil mich jemand – oder mehrere Jemande – in die Nieren getreten und geboxt haben«, keuchte ich. »Was, bei den Hoolies, erwartest du?«

»Ich habe einen Mann daran sterben sehen.«

Ich hörte auf, mein Befinden zu ergründen. »Was?«

»Ich habe einen Mann daran sterben sehen.«

Verärgerung flammte auf, brannte den letzten kleinen Rest Kraft fort. »Ich kann *nichts dagegen tun!*«

»Du kannst dich um dich selbst kümmern«, sagte sie. »Du hast die Magie – *benutzte* sie!«

Ich konnte ihr nur antworten. »Ich sagte dir, warum ich es nicht tun werde.«

»Nein, das hast du nicht gesagt. Du sagtest nur, du würdest es nicht tun. Nicht mehr.« Del stand steif auf. Ihr Gesicht war angespannt und blaß. »Ich glaube, du hast aufgegeben. Ich glaube, du *willst* sterben.«

Ich schwankte. »Oh, im Namen...«

»Also kannst du als der Jhihadi sterben und auf diese Weise besser als Abbu sein.«

»*Was?*«

Ihre Lippen waren zusammengepreßt. »Er ist nur ein Schwerttänzer. *Du* bist der Jhihadi.«

Nein, nein, Bascha... es ist nur, weil ich mich so schlecht fühle.

Aber warum sollte ich ihr das sagen?

»Del...«

»Wenn du ihn nicht im Kreis besiegen kannst, wirst du ihn im Tod besiegen.«

Ich lachte mühsam. »Du bist sandkrank.«

»Tatsächlich?«

»Glaubst du wirklich, daß ich *sterben* will, um mich als der Bessere zu erweisen?«

»Mehr noch«, sagte sie verbittert. »Um dich als *der Beste* zu erweisen.«

»Sandkrank«, murmelte ich. Hoolies, konnte die Frau nicht erkennen, daß ich einfach Ruhe brauchte?

Mich wieder hinlegen mußte und schlafen und *ausruhen* und den Körper sich erholen lassen? *Laß sie gehen,* sagte Chosa. *Im Moment brauche ich nur dich. Sie wird später drankommen.*

Es war leichter aufzugeben. »Reite weiter«, krächzte ich. »Wenn du dich so stark fühlst ... schau, ich brauche Ruhe. Reite weiter zu der Oase. Ich kann dich später einholen.«

Das überraschte sie eindeutig. »Das will ich nicht. Ich will, daß wir *beide* ...«

»Reite weiter. Du allein. Reite weiter.«

»Die Oase ist nicht mehr weit entfernt. Du kannst sie erreichen und dich *dann* ausruhen.«

»Reite ohne mich weiter. Ich werde dich einholen.«

Ihre Schultern bildeten eine unglaublich harte Linie. »Wenn du einfach die Magie gebrauchen würdest ...« Sie knirschte mit den Zähnen. »Du weigerst dich nur, weil du sie so sehr haßt. Weil du nicht zugeben willst, daß du mehr als nur dich selbst brauchst.«

Ich lachte kurz auf. Setzte mich ganz vorsichtig hin. Zog die Knie an und legte die Stirn darauf. »Du verstehst überhaupt nichts ... du hast keine Ahnung, welchen Tribut die Magie verlangt ...«

Ihre Selbstbeherrschung schwand. »Sie verursacht dir Übelkeit«, fauchte sie. »Und? Zuviel Aqivi bewirkt dasselbe, aber das hindert dich nicht.«

Ich murmelte etwas zu meinen Oberschenkeln hin.

Del fluchte. Ich hörte sie forsch durch den Sand stapfen, murmelnd innehalten und dann wieder zurückkommen. »Ich *werde* gehen«, erklärte sie. Ein wenig Drohung. Ein wenig Bitte. Aber auch die vertraute Überzeugung, die ich besser kannte, als daß ich sie unbeachtet gelassen hätte.

Ich hob mühsam den Kopf. Tief in mir verwandelte sich etwas von Teilnahmslosigkeit in Angst.

Dels Gesicht war kalt wie Eis. Blaue Augen glitzerten. Sie spie alles auf einmal aus, fast ein Singsang, nahm mit jeder Silbe eine entschlossenere Haltung ein. »Du hast gesagt, ich soll gehen, obwohl ich das ohnehin getan hätte. Und so sage ich folgendes: Wenn du nichts tust – wenn du es nicht einmal *versuchst* –, werde ich nicht hierbleiben und zusehen. Der Tod des Jhihadi wird ohne Zeugen stattfinden. Und daher wird sein Körper von der Punja vereinnahmt werden, bis nur noch Knochen übrig sind, und sie werden mit der Zeit zerrieben und fortgetragen und über den Sand verstreut werden... bis nichts mehr übrig ist. Kein Jhihadi. Kein Schwerttänzer. Und überhaupt nichts mehr vom Tiger.«

Tief getroffen, bedachte ich sie mit einer eher unschmeichelhaften Bezeichnung.

»Ja«, stimmte Del zu und schritt zu ihrer Stute.

Ich beobachtete ihren Weggang. Ich beobachtete, wie sie die Stute sattelte, die Botas aufteilte, mir die Hälfte überließ und dann aufstieg. Sie hielt die Zügel kurz. »Ich werde bis zur Dämmerung in der Oase sein. Wenn du dann nicht da bist, werde ich weiterziehen.«

Sie meinte es nicht ernst. Ich wußte, daß sie es nicht ernst meinte.

Del verzog kurz das Gesicht. Riß dann die Stute herum und ritt davon.

Ich beobachtete, wie Del *davonritt*.

»Hoolies«, krächzte ich, »sie *hat* es ernst gemeint.«

Sandwolken schwebten in ihrer Spur, überstäubten mich.

Dumpfer Ärger flammte erneut auf. »Das tut sie nur, damit ich hinter ihr herkomme.«

Natürlich tat sie es deshalb. Alles andere hatte sie bereits versucht.

Der Ärger verrauchte zu Asche. Niemand – und nichts – antwortete. Chosa war in mir ruhig.

Es gibt Zeiten, in denen man den Stolz beiseite drängen muß. Ich seufzte schwer und nickte. »In Ordnung,

Bascha … ich komme.« Ich zwang mich auf die Knie, bereitete mich darauf vor aufzustehen. Die Welt stellte sich auf den Kopf und spie mich aus wie eine Mahlzeit.

Angst durchfuhr mich: Was wäre, wenn ich sie nicht erreichen *könnte*?

»Warte …«, keuchte ich. »Del … geh noch *nicht* …«

Aber Del, die es gut meinte, war bereits fort.

Chosa Dei war es nicht.

Die Angst verging. Ersetzt wurde sie durch eine dumpfe, farblose Verwunderung darüber, daß Chosa so vieles tun konnte, wenn ich nicht einmal hinsah.

»Punjawurm«, krächzte ich.

Während ich mich auf der Decke ausbreitete, tauchte die Frage in einem Kopf auf, ob sich die Nähte von Shaka Obres Gebilde lösten. Sich von innen nach außen aufzogen, weil Chosa den Stoff, aus dem ich beschaffen war, in Stücke schnitt.

»Iskandar«, murmelte ich. »Ist es auf diese Weise mit dir geschehen?«

* * *

Hände. Sie drängen auf meinen Burnus ein, auf den Gürtel, lösten ihn und streiften mir den Burnus ab: Eine Hand ruhte auf meinen Rippen, wurde dann zurückgezogen.

»Tot«, sagte ein Mann.

»Oder fast«, sagte ein anderer.

Dann eine Stimme, die ich kannte. »Nehmt das Pferd und das Schwert und alles Geld, das er vielleicht hat. Laßt den Rest für Sabra zurück. Er ist mir egal. Ich will nur die Frau.«

Vorsichtig: »Er ist … der Sandtiger.«

Umir, ungeduldig: »Was kümmert mich das? Er ist es nicht wert, in meine Sammlung aufgenommen zu werden.«

Nein. Abbu war es wert.

Erneut Hände. Der Gürtel wurde unter mir fortgerissen, wodurch ich von der Brust bis zum Dhoti nackt war. Münzen klapperten kurz. Jemand fluchte. Wenn ich gekonnt hätte, hätte ich gelächelt: eine fast leere Tasche. Schwache Einkünfte von der Legende.

Ein Geräusch: Bewegung. Eine Hand an meiner Kehle, die die Sandtigerkrallen ergriff. »Laß das«, befahl Umir. »Wir wollen sicherstellen, daß Sabra erkennt, wer er war.«

»Da ist noch sein Gesicht«, sagte jemand. »Die Narben ...«

»Vielleicht wird sein Gesicht – und sein *restlicher* Körper – von Raubtieren zerfressen, bevor Sabra hier ankommt. Laß die Kette hier. Abbu Bensir kann selbst entscheiden, ob er sie als Andenken nehmen will.«

Abbu? Abbu – bei Sabra?

»Wasser?« eine andere Stimme.

»Befestige es an dem Pferd. Wir werden alles mitnehmen.« Umir schritt davon. »Wir sollten mit der Erinnerung an Legenden keine weitere Zeit verschwenden. Er ist jetzt erledigt, und ich will die Frau.«

Ich hörte den Hengst schnauben. Dann das drängende, polternde Wiehern, das kein Gruß, sondern Warnung war. Südliche Stimmen riefen etwas. Dann schrie der Hengst. Und dann schrie ein Mann. Ah. Guter Junge.

Stimmen, die über den Hengst redeten. Er hatte den Kopf eines Mannes zerschmettert.

»Laßt ihn hier«, fauchte Umir. »Ihr kommt jetzt nicht an ihn heran.«

Jemand neben mir, der sich herabbeugte. Er nahm den Harnisch auf, die Scheide. Hielt inne. Durch geschlossene Lider konnte ich es sehen: Der Mann betrachtete es. Das legendäre Schwert. Seine Hand so sehr nah – warum sollte er die Klinge nicht aus der Scheide ziehen und sehen, wie sie ausbalanciert war? Das Schwert des *Sandtigers* ...

892

Er schrie. Lang und laut und entsetzt, als sich die Magie in seine Knochen fraß.

Einfältiger Punjawurm.

Erneutes Reden, rund um mich herum. Der Mann schrie noch immer. »Tötet ihn«, sagte Umir. »Ich will solchen Lärm nicht haben.«

Sofort hörte das Schreien auf.

Schweigen. Eine Ansammlung anderer, die das Schwert betrachteten.

»Hebt es auf«, befahl Umir.

Ein Mann widersprach, es sei eine magische Klinge, und niemand kenne den Zauber.

»Hebt es auf«, wiederholte Umir. »Benutzt etwas, um euch zu schützen… Hier, benutzt die Decke.«

Sie rissen sie unter mir fort, so daß meine Glieder verdreht wurden. Einfältiger Punjawurm. Eine *Decke* gegen Samiel?

Ein zweiter Mann schrie auf, rief seinen (tauben) Gott an und verfiel dann in Schluchzen. Nüchtern befahl Umir der Grausame, auch ihn zu töten, weil er den Lärm nicht mochte.

»Laßt es hier«, sagte er kurz. »Vielleicht ist es eine magische Klinge, aber deswegen werde ich nicht die Frau verlieren. Wenn niemand es aufheben kann, wird es noch hier ein, wenn wir zurückkommen.«

»Aber… was wäre, wenn Sabra selbst…?«

Umir lachte. »Wir sollten hoffen, daß sie es versucht. Es steht einer Frau nicht an zu versuchen, anstelle eines Mannes zu regieren.«

Rückzug. Wieder Pferde, die bestiegen wurden. Davonreitende Männer.

Ich lag kraftlos im Sand und fragte mich, ob es das wert war. Vielleicht war *ich* es nicht wert. Aber Del war alles wert.

Der leiseste Hauch von einem Laut drang zischend durch trockene, regungslose Lippen. »Chosa?« flüsterte ich.

In mir knisterte etwas. Erwachte dann zum Leben, plappernde Begeisterung: Die Schlacht war gewonnen.

Jetzt begann der Krieg.

»O Hoolies«, murmelte ich, »ich will das *wirklich* nicht.«

32

Ich hockte mich neben das Schwert: widerliche, unbeabsichtigte Huldigung. Aber meine Knochen waren so spröde, daß sie sogar innerhalb meiner lebenden Haut vermutlich zerbrechen und zu Staub zerfallen würden.

Gesprenkelte, verfärbte Haut, aber nichtsdestotrotz lebendig. Ich streckte eine Hand aus. Die Finger zitterten. Die Nägel waren wieder bläulich geworden, die Unterarme mit schwarzen, violett angehauchten, sich unheimlich von einem gelben Netzwerk abhebenden Streifen versehen. Was als normale – wenn auch schmerzhafte – Prellung begonnen hatte, hatte sich inzwischen ausgebreitet, um mich ganz zu verschlingen. Die Haut war aufgedunsen und weich, von austretender Flüssigkeit angeschwollen.

Hoolies, ich war fertig. Kein Wunder, daß Del außer sich geraten war.

Weil auch sie erschrocken war.

Der Schmerz konzentrierte sich auf den unteren Rücken. Feuer brannte hell, klomm mein Rückgrat herauf und dann an jeder der Rippen entlang, wand sich um meine Brust und traf am Brustbein zusammen, wo noch mehr Schmerz tobte. Mein ganzer Körper war ein Scheiterhaufen.

Zeit, ihn zu löschen.

Das Schwert lag ungeschützt im Sand. Ich war sehr dankbar. Hätten Umirs Männer es in der Scheide liegen gelassen, hätte jemand es aufheben und forttragen können. Weder die Decke bot Schutz noch sonst etwas so Einfaches, aber die in das Leder eingearbeiteten Runen dämpften den Biß der Waffe. Wenn sie in meinem Harnisch steckte, wenn man nur die Riemen oder die Scheide berührte, konnte jedermann sie stehlen.

»...Gesang...«, krächzte ich. »Hoolies, ich hasse es zu singen...«

Ich schwankte, fiel beinahe hin. Ich hatte Chosa gegenüber keine Versprechungen gemacht – würde sie auch nicht einhalten –, und das wußte er nur zu gut. Er würde kein Risiko eingehen. Wenn ich die Heilkräfte heraufbeschwöre, öffne ich die Tür für ihn. Und er wird versuchen, sie zu ergreifen und aus der Wand zu reißen, hineinzurauschen, um den Raum auszufüllen, der wie mein Körper doppelt verwendet wurde.

Das Risiko gefiel mir nicht. Es gefiel mir überhaupt nicht. Aber Umir war hinter *Del* her.

Ich berief meinen kleinen Gesang herauf. Krächzte ihn in den Tag hinein. Griff hinab und nahm das Schwert auf, zog es dann auf meinen Schoß.

Kreis, Tiger, vergiß den Kreis nicht...

Chosa rührte sich in mir.

Er hatte gewollt, daß ich vergesse.

Auf Knien und Händen führte ich mit der halb gezogenen und halb geschwungenen Schwertspitze einen ungleichmäßigen Kreis aus, sorgte dafür, daß die Enden zusammengefügt waren. Es durfte keine Unterbrechung, keinen Riß in der gezogenen Linie geben, oder Chosa würde sie finden und nutzen.

Kreis. Ich hockte mich innerhalb der Begrenzung hin, barg das Schwert und sang meinen kleinen Gesang.

Welche Verschwendung von...

Die Macht streckte sich aus und ergriff mich. Sie schüttelte mich vom Kopf bis zu den Zehen durch, ließ jeden einzelnen Knochen klappern und warf mich dann wieder zu Boden.

Der Magen kletterte mir die Kehle herauf. Chosa,

der hervorkroch? »...*übel*...«, würgte ich. »...schlimmer als Aqivi...«

Jeder Knochen war beeinträchtigt, wand sich im Gelenk, zog sich von den Sehnen zurück.

»...*warte*...«

Blut brach mir aus der Nase hervor.

»Ich nehme es zurück...«, murmelte ich, »...will es nach allem doch nicht...«

Die Macht grub sich in mein Haar und riß meinen Kopf gerade hoch. Ich habe eine widerstandsfähige Kopfhaut, aber dies war zuviel.

»...*Halt*...«

Das Schwert glühte dumpf schwarz. Chosa antwortete in mir. Ich keuchte. Schluckte krampfhaft. Wand mich von Chosas Berührung fort, spürte sein Eindringen. Versuchte es – *ihn* – auszuschließen, ihm den Eintritt zu verweigern.

Aber der Versuch, sich Chosa zu verweigern, bedeutete auch, sich der Magie zu verweigern.

Die Macht hatte keine Geduld. Ich hatte ihr eine Einladung geschickt, und sie brachte Freunde mit.

»Ich *nehme es zurück*...«, rief ich. »Vergiß, daß ich etwas gesagt ha...«

Die Macht beugte sich sehr tief herab und sah mir in die Augen, als wolle sie die Wahrheit ergründen. Als wolle sie *mich* ergründen.

»Ich bin nur ... ein Schwerttänzer...«

Die Macht war anderer Meinung. Sie ließ mich von ihrer Hand herabbaumeln, wie Umir die Runen hatte baumeln lassen.

Blut lief mir am Kinn herab. Ich hatte nicht die Kraft, es wegzuwischwn, etwas anderes zu tun als zu atmen.

Hoolies, was habe ich getan? Was habe ich ausgelöst?

Soviel zu dem Bannkreis.

Aber er war dazu gedacht, Chosa im *Innern* zu halten, nicht die Macht auszusperren.

Und wer würde es überhaupt versuchen?

»Ich muß ... nur ... genesen ... um gehen ... um Delilah helfen zu können ...«

Der kleine Teil von Chosa spielte mit meinem Herzschlag Karussell. Er nahm zu und wieder ab, wie der Mond.

Krämpfe quälten meinen Körper. Die Macht schüttelte mich erneut durch. Ließ dann mein Haar los.

Das Schwert fiel aus schlaffen Händen und Armbeugen. Ich landete darauf.

Die Schneide schnitt in einen Arm ein, rasierte die Haare von der Haut ab. Ich konnte nur lachen, rührte mit meinem Atem Staub und Sand auf.

Dann erstarb das Gelächter.

Weil Chosa sehr verärgert war.

Chosa würde auf die eine oder andere Art Rache nehmen. Ich lag im Sand, auf dem Schwert. Fragte mich, was, zu den Hoolies, ich war.

Fragte mich, was ich *tun* konnte.

Und was Chosa Dei versuchen würde.

Oase. Fast Abenddämmerung, und die Sonne malte alles orangefarben. In Form scharf abgegrenzter Silhouetten sichtbare Palmen sprossen zufällig, ließen Fasern und Datteln herabbaumeln. Darunter, rund um das Wasser, standen Umir und seine Männer.

Ein Körper lag am Boden, ein herabgefallenes Schwert daneben. Ich fragte mich, ob Del ihn getötet hatte – oder Umir, wegen seines Lärms.

Sie stand da, die Beine fest auf den Boden gestemmt, die bloße Klinge in den Händen. Blut rann am Stahl herab, von den Runen geleitet und vom Heft ferngehalten, bevor es ihre Hände beflecken konnte. Obwohl einige sagen würden, die Flecken befänden sich auf ihrer Seele.

Umir war, wie ich erkannte, durch seine Habsucht wie auch durch seine Erziehung gehemmt. Er wollte sie unversehrt, unverletzt, um sie seiner Sammlung einverleiben zu können. Gleichgültig, wie einmalig ihr Talent war, sie *war* eine Frau und er ein Südbewohner. Er hatte sicherlich damit gerechnet, daß Del ihn sehr heftig ablehnen würde.

Es war beinahe lächerlich. Aber niemand lachte.

Ich parierte den Hengst leise durch, bevor mich jemand bemerkte, sorgte dafür, daß Umir und seine Männer zwischen Del und mich gelangten. Sie waren uns zahlenmäßig überlegen, aber wir hatten den größeren Vorteil. Umir wollte sie unversehrt. Del und ich waren hinsichtlich Umirs Männern nicht so heikel.

Sie schaute an ihnen vorbei. Sah mich. Zuckte nicht einmal mit den Wimpern. Wandte ihre Aufmerksamkeit wieder Umir zu, bevor jemand es auch nur bemerkte.

Ich lächelte, ahnte die Überraschung, die überwältigende Erregung ... Dann mischte sich der Hengst in das Spiel ein, indem er der Stute gebieterisch zuwieherte, worauf diese einen schrillen Willkommensgruß ausstieß.

»Hoolies«, murmelte ich angewidert und riß das Schwert aus der Scheide, als Umir und seine Begleiter herumfuhren, die Schwertklingen im Sonnenuntergang glitzernd.

Die Männer gafften mich mit offenem Mund an. Geweitete Augen gaben das Weiße preis. Jemand murmelte ein Gebet an den Gott der Geister.

Umir der Grausame runzelte nur die Stirn.

Vor freudiger Erregung spannte sich mein Bauch an. Ich beugte mich ernst und vorsichtig vor, in vollkommenem Wohlbefinden, bestens vorbereitet. »Jemand«, sagte ich leichthin, »hat meinen Gürtel und mein Geld. Gebt ihr sie mir zurück?«

»Tötet ihn«, befahl Umir.

Niemand bewegte einen Muskel. Bis ein Mann es zaghaft tat und Gürtel und Geldbörse fallen ließ.

Ich grinste. Ich wußte sehr wohl, wie es aussah: Hier bin *ich*. Ich zeigte mich, ich, was für sich gesehen ziemlich bedrohlich sein kann, da ich viele Jahre Erfahrung hatte. Die Legende in der Haut – feste, schnelle, *gefährliche* Haut – nicht der aufgedunsene, gesprenkelte, verfärbte Körper, den Umirs Männer gefunden hatten. »Tot, bin ich das?« fragte ich. »Vielleicht *fast* tot? Oder vielleicht keins von beidem, nur jemand, der sich einer Falle bedient hat – oder großer und mächtiger Magie.«

Und damit hatte ich nicht einmal gelogen.

Nun, halbwegs vielleicht. Es war niemals eine Falle gewesen, aber warum sollte ich ihnen das verraten.

Umirs Männer regten sich. Aber niemand gehorchte seinem wiederholten Befehl, mich zu töten. Wer könnte einen Mann töten, der bereits tot war?

Ich schwenkte die bloße Klinge: »Möchte noch jemand mein Schwert nehmen? Ich glaube, er ist noch immer hungrig.«

»Narren«, fauchte Umir. »Er ist genauso ein Mann wie jeder andere von euch. Laßt euch nicht von ihm foppen – *tötet* ihn!«

»Geht nach Hause«, sagte ich ruhig, »bevor ich die Geduld verliere.«

Umirs Männer gingen nach Hause. Oder *irgendwohin*. Wie dem auch sei, sie zogen alle davon. Überließen Umir sich selbst. Ich führte den Hengst zu ihm, langsam und bewußt. Warf Del einen schnellen Blick zu. Hielt Umir dann mit meinem Blick fest.

»Ihr habt drei Fehler gemacht«, erklärte ich. »Als erstes habt Ihr mich mit Magie gefesselt und mich dazu herausgefordert zu entkommen. Zweitens habt Ihr mich als tot zurückgelassen, was ich als Beleidigung ansehe. *Abbu* tätet Ihr das nicht an.«

Umir, der vollkommen gelassen blieb, barg die Hände in den weiten, mit Edelsteinen beschwerten Ärmeln. »Was war der dritte Fehler?«

Ich deutete mit der Klinge auf Del. »Ihr habt *sie* unberücksichtigt gelassen.«

Er sah nicht einmal zu ihr hin. »Vielleicht habe ich Euch unterschätzt. Vielleicht *seid* Ihr besser als Abbu Bensir, und vielleicht *sollte* ich das überdenken.«

Ich grinste. »Das klingt schon besser.« Ein Blick zu Del. »Willst du ihn töten?«

Sie zuckte eine Schulter. »Ich habe heute schon einen Mann getötet. Noch einer wäre zuviel.«

Ich nickte, während sie sich hinabbeugte, um ihre Klinge am Burnus des Toten zu reinigen. »Dann werde ich mich darum kümmern.«

Umir erblaßte, aber nur unwesentlich. »Ich hätte Euch bereits zweimal töten können. Ich habe Euch Gelegenheit zum Entkommen gegeben ... Und beide Male habt Ihr es geschafft.«

»Und ich werde *Euch* eine Gelegenheit lassen.« Ich steckte das Schwert brüsk in die Scheide, sprang von dem Hengst, näherte mich Umir dem Grausamen. »Eure Hände«, sagte ich freundlich. Dünne Lippen lächelten. »Ihr müßt Euch nehmen, was Ihr haben wollt.«

»In Ordnung.« Ich ergriff seine Handgelenke, drückte zu. Die Hände verkrampften sich heftig, während er keuchte, und stießen aus den schweren Ärmeln hervor. Noch immer zudrückend, zwang ich ihn, sich hinzusetzen. Dann umschloß ich die Handgelenke mit einer großen Hand, zog mit der anderen mein Messer und fügte ihm Schnitte zu.

Umir wurde aschgrau. »Wollt Ihr, daß ich *verblute?*«

»Ich will, daß Ihr gar nichts tut, außer hier zu sitzen.« Ich ließ das Messer erneut in ihn hineingleiten und verschmierte dann sorgfältig das Blut über beide Handgelenke: »Hübsche Armbänder«, bemerkte ich. »Jetzt ein wenig guter Rat ...«

Umirs Lippen waren blaß. »Was wollt Ihr ...« Er zuckte zurück.

Del kam herüber. Sie stellte sich neben mich und beobachtete die Szene, eine Hand um ihr Schwertheft geschlossen. Ich hörte, wie sie den Atem anhielt.

»So.« Ich ließ seine Handgelenke los. Beide waren fest mit dicken gedrehten Seilen aus runengewirktem Blut gefesselt, rotschwarz in der untergehenden Sonne. »Was nun den Rat betrifft ...« Ich beugte mich nahe zu Umir hinab. »*Ärgert niemals einen Mann, dessen Magie größer ist als Eure.*«

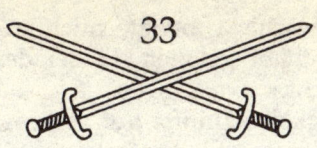

33

K omm mit«, sagte ich zu Del. »Wir brauchen nicht
mehr hierzubleiben.«

Sie schaute hinter mir her, als ich mich wieder dem
Hengst zuwandte. Ich schwang mich weich hinauf,
nahm die Zügel auf, bemerkte die Anspannung ihrer
Schultern, die Fragen in ihren Augen. Aber sie stellte
keine einzige, weil sie es besser wußte: Man gibt einem
Feind nicht die kleinste Waffe in die Hand. Sie steckte
einfach nur ihre frisch gereinigte Klinge in die Scheide
und trat zu ihrem eigenen Pferd.

Umir öffnete den Mund. »Ihr geht?«

Ich zuckte die Achseln, während der Hengst tänzelte, weil es ihn zu der Stute zog. »Kein Grund zu
bleiben. Mir gefällt die Gesellschaft nicht.«

»Aber...« Er hob seine blutgefesselten Hände. »Was
ist damit?«

»Die Farbe steht Euch gut.« Ich richtete den Hengst
südwärts, regelte die Angelegenheit über die Zügel mit
ihm. »Ihr solltet eine Gewohnheit daraus machen.«

»Ihr könnt mich nicht hier *zurücklassen!*«

»Natürlich kann ich das. Ihr habt Wasser, nicht
wahr? Gleich hier in dem Becken. Wenn Eure Hände
gefesselt sind, bedeutet das doch nicht, daß Ihr nicht
trinken könnt. Und was das Essen betrifft, nun...« Ich
zuckte die Achseln, hielt den Hengst unter mir im
Zaum. »Vermutlich solltet Ihr einfach auf Sabra warten.«

»Aber...« Er brach ab.

Ich setzte mich tiefer im Sattel zurecht und beruhigte

903

den Hengst geschickt, beugte mich zu Umir vor. »Es sei denn, Ihr habt gelogen. Es sei denn, sie kommt überhaupt nicht.«

Unschlüssigkeit kämpfte auf seinem Gesicht. Dann schwand die Härte. »Sie kommt«, sagte er tonlos. »Von Iskandar nach Julah. Sie wird Quumi bereits verlassen haben.«

»Gut. Sie kann Euch etwas zu essen geben, wenn sie hier ankommt.«

Der Hengst tänzelte erneut, als ich ihm mehr Zügel ließ und zu Del hinüberschaute. »Bist du fertig?«

Sie nickte stumm.

»Gut. Dann sollten wir losreiten. Wir verschwenden das letzte bißchen Tageslicht.« Aber gerade als Del losritt, parierte ich den Hengst noch einmal durch. Das gefiel ihm überhaupt nicht. Er schnaubte und warf den Kopf hoch. »Umir«, sagte ich ruhig, »ich würde an Eurer Stelle nicht sehr gegen die Fesseln ankämpfen. Diese Runen werden Euch nicht erwürgen, aber sie könnten Euch die Hände abschneiden.«

Umir saß ganz still.

Ich wandte den Hengst um und ritt hinter Del her, lachte in den hengstgeborenen Wind.

Die Belustigung war nur von kurzer Dauer. Del ließ mich, wie erwartet, nicht sehr weit kommen, bevor sie mich mit Fragen bedrängte. Das Problem war, daß sie zu viele hatte, selbst für *ihren* Mund: Sie begann ganz normal, endete aber in einem Gewirr nordischer Sprachfetzen.

»Fang noch einmal an«, schlug ich vor.

Del sah mich eisig und mit zusammengebissenen Zähnen an. »Fang *du* an«, befahl sie.

»Ich bin nicht gestorben.« Ich hob die Augenbrauen, als ich ihren Gesichtsausdruck bemerkte. »Ich habe getan, was du wolltest, also warum beschwerst du dich?«

Sie biß weiterhin die Zähne zusammen. »Weil du es *vorher* hättest tun können.«

»Wovor? Vor Umirs Ankunft? Hoolies, es ist sehr gut gelungen. Jetzt flüchten seine Männer in vollem Galopp nach Quumi zurück und erzählen Geschichten von einem Sandtigergeist ... das sollte ein wenig zu der Legende beitragen und uns etwas Schutz gewähren.«

»Wie?«

»Einige Möchtegernjäger beschließen vielleicht, ihr Glück nicht mehr zu versuchen.«

Sie dachte darüber nach. »Aber du hattest das Gefühl, es sei notwendig, mich davonzujagen ...«

»Nein.« Die gute Laune schwand. »Ich hielt es für notwendig, Chosa Dei nichts zu überlassen. *Das* ist der Grund, warum ich mich geweigert habe, die Magie erneut heraufzubeschwören.«

Sie sah mich verärgert an, wog die Wahrheit ab. Prüfte meinen Gesichtsausdruck, die Ernsthaftigkeit meines Tonfalls. Schließlich wurden ihre Gesichtszüge weicher, aber der Zweifel behielt die Oberhand. »Aber du *hast* sie heraufbeschworen.«

»Ja, aber nicht für mich.«

»Wenn es ein solches Risiko war, wie du sagst, warum hast du dann ...« Sie brach ab. Die Erkenntnis machte ihr Gesicht genauso bleich wie ihr Haar, das nach hinten zurückgeflochten war. »Aber nicht für dich«, murmelte sie tonlos.

Ich verfolgte das Thema nicht weiter. »Und was den Grund dafür betrifft, warum wir Umir dort zurückließen, wo er war, und zwar sehr schnell – nun weiß ich nicht, wie lange diese Runenfesseln halten. Meiner Erfahrung nach dürfte er bereits frei sein.«

Brauen schossen herab. »Wie hast du das gemacht? Wie hast du sie geschaffen? Was hast du ihm angetan?«

»Ich habe mir einen kleinen Trick von Chosa Dei ausgeborgt.«

Del parierte die Stute ruckartig durch. Sie geht normalerweise nicht hart mit Pferden um, und die Stute hat ein weiches Maul. Mit weit geöffnetem Maul und dunklen rollenden Augen blieb die Stute stehen. Ich parierte den Hengst ebenfalls durch. »Was hast du getan?« fragte Del. Ihr Blick durchforschte mein Gesicht. »Was hast du dir selbst angetan?«

Ich zuckte die Achseln.

Pupillen erweiterten sich in blauen Augen und ließen sie schwarz werden. Sie betrachtete mein Gesicht mit gieriger Anspannung. Dann schwand ein Teil der Konzentration. Jetzt suchte sie nach etwas anderem, nach einer anderen Wahrheit. »Umirs Männer haben dich nicht getötet, weil sie dachten, du seist bereits tot. Darum hast du sie so erschreckt.«

Ich zuckte erneut die Achseln. »Das ist ziemlich nahe an der Wahrheit.«

Was sie offensichtlich beunruhigte. »Bist du mir aus Stolz nicht nachgeritten oder weil du nicht *konntest?*«

Ich grinste. »Das ist ziemlich nahe an der Wahrheit.« Aber ich war nicht so gut, wie ich gehofft hatte. Alles Blut wich aus ihrem Gesicht. Der Ausdruck ihrer Augen machte mir angst. »Ich wäre nicht ... *gestorben*«, erklärte ich ihr eilig. »Nicht durch Chosas Machenschaften. *Umirs* Männer hätten mich vielleicht getötet, aber Chosa hätte es nicht getan. Er will den Körper.«

Ihre Stimme klang seltsam tonlos. »Wenn er gesiegt hätte, wärst du nicht mehr Tiger.«

Ich zuckte die Schultern. »Wahrscheinlich nicht.«

Del schluckte krampfhaft. »Ich habe dich zurückgelassen, um dich zum Handeln zu zwingen.«

»Das weiß ich.«

»Ich dachte, du kämst mit.«

»Auch das weiß ich.«

»Aber du hättest dennoch sterben können ... weil du nicht kommen *konntest*.« Dels Gesichtsausdruck war verzweifelt. »Was habe ich dir angetan?«

»Nichts.« Ich schlug dem Hengst die Fersen in

die Flanken. »Es ist vorbei, Del. Nichts davon ist wichtig, weil ich ganz geheilt und noch immer ich bin.«

»Wirklich?«

Ich wölbte eine Augenbraue. »Das werde ich dir später beweisen.« Sie lächelte nicht über die Zweideutigkeit. »Tiger...«

Ich seufzte. »Ich habe einfach einige Tricks gelernt.«

»Hat *er* das auch getan?« fragte sie, als ich an der Stute vorüberritt. »Hat Chosa auch Tricks gelernt?«

Ich schüttelte den Kopf, riß den Hengst herum, als er nach der Stute Ausschau hielt. »Er kennt sie bereits alle.«

* * *

Es war eine kühle, sanfte Nacht, und wir behandelten sie als solche. Ich lag auf dem Rücken, betrachtete die Sterne und den Mond, die Glieder vor Befriedigung gelockert. Ich war bis auf den Dhoti nackt, die durch die Anstrengung hervorgebrachte Feuchtigkeit trocknete langsam auf meinem Körper. Ich fühlte mich merkwürdig entspannt, schaute schläfrig zum Himmel hinauf, aber Del war hellwach. Ich habe niemals verstanden, warum eine Frau, obwohl sie vollkommen befriedigt ist, über den Zustand der Welt diskutieren will, während ich am liebsten die Welt vorüberschweben und mich mit sich nehmen ließe.

Ihr Oberschenkel klebte an meinem, ihr leicht abgewinkeltes Schulterblatt lag an meiner Brust. Del löste sich von mir, während sie sich auf eine Hüfte rollte. Sie zog ihren Burnus hervor, um ihn über ausgesprochen lange bloße Beine zu breiten, wie auch über die Hüften und den festen Leib darüber. Helles Haar war gelöst und zerzaust. Ein silbernes Fanal in der Dunkelheit.

»Woran denkst du?«

Hoolies. Sie fragen immer.

Ich erwog zu lügen. Aber Del war nicht sonderlich romantisch – nicht wie die meisten anderen Frauen –, und die Wahrheit würde sie nicht stören. »An Abbu.«

Sie erstarrte. »An Abbu Bensir? *Jetzt?*«

Vielleicht wollte sie doch weniger Wahrheit. »Es ist so … Vergiß es.«

Und sie entspannte sich wieder. Eine Hand berührte meine Brust und zählte die Narben. Es war eine Angewohnheit von ihr, gegen die ich niemals protestierte, weil sich ihre Berührung gut anfühlte. »Du willst ihn *so* gern besiegen.«

»Das wollte ich früher nicht.« Ich lagerte meinen Kopf auf einem angewinkelten Arm. »Nun, das stimmt nicht ganz … Ich habe ihn *immer* besiegen wollen … Aber es war noch nie so wichtig.«

»Und jetzt ist es wichtig – nach dem, was Umir gesagt hat?«

»Was Umir sagt, ist immer darauf ausgerichtet, ihm das einzubringen, was er will.« Ich runzelte leicht die Stirn und dachte nach.

»Ich glaube, es hat mehr mit Sabra zu tun.«

»Warum? Du weißt nichts über sie.«

»Ich weiß etwas. Ich weiß, daß sie ein weiblicher Tanzeer ist und daß sie es geschafft hat, ihre Position zu verteidigen.«

»Das wird nicht von Dauer sein. Das hast du selbst gesagt.«

»Das wird es auch nicht. Aber wenn Abbu mit ihr reitet, nachdem er uns versichert hat, er werde es nicht tun …« Ich befreite eine helle Haarsträhne, die sich in meiner Kette verfangen hatte. »Es ist nicht seine Art zu lügen.«

Del zuckte die Achseln, zählte noch immer meine Narben. »Vielleicht hat er seine Meinung später geändert. Vielleicht hat Sabra ihn überzeugt.«

»Es ist auch nicht seine Art, sich von den Schmeicheleien einer Frau einnehmen zu lassen.«

»Das kannst du nicht wissen. Hast du jemals mit ihm geschlafen?«

Ich grunzte. »Hältst du das bei mir für möglich?«

»Man sollte nicht vorschnell urteilen.« Dels Stimme klang träge. »Ich meine nur, daß viele Männer viele Dinge abhängig vom Bett tun.«

»Du klingst ungewöhnlich gut unterrichtet.«

»*Du* weißt es besser.«

»Ich weiß nur, was du mir erzählt hast.«

Sie erwog, verdrießlich zu werden, ließ es aber aus Interesselosigkeit sein. »Ich sage es noch einmal: Männer können von vielen verschiedenen Dingen überzeugt werden.«

»Ich habe an Abbu niemals als an einen Mann gedacht, der durch einen Beischlaf gekauft werden könnte.« Ich hielt inne. »Und auch an *mich* nicht, könnte ich hinzufügen.«

»Ich habe zu wenig Geld.« Del rückte näher heran. »Wenn sie eine schöne Frau ist, könnte er überzeugt worden sein, ihrem Zweck dienlich zu sein. Oder aus dem anderen Grund.«

»Aus welchem anderen Grund?«

»Die Möglichkeit, gegen dich zu tanzen. Er wollte es in Iskandar, bevor dich der Hengst an den Kopf getreten hat.«

Ich lächelte. »Vielleicht mißt er sich an meinem Ruf.«

»Wie du dich an seinem mißt?«

Ich zuckte die Achseln. »Vielleicht.«

»*Ja.*«

Ich gab mich geschlagen. »Ja.«

»Nun, ich denke, das wird eines Tages zwischen euch geregelt werden. Vielleicht nicht in den nächsten Jahren, aber eines Tages.« Ihre Finger fanden den fausttiefen faserigen Riß, der sich auf meiner Brust links unter den Rippenbögen befand. Ich spürte den Druck durch das dicke Narbengewebe kaum. »Es tut mir leid«, flüsterte sie.

Sie sagte es jedes Mal. Meinte es jedes Mal. Und erinnerte sich jedes Mal daran, wie sie mich beinahe getötet hätte, im Kreis von Staal-Ysta.

»Es hätte schlimmer sein können«, sagte ich. »Es hätte... *tiefer*... sitzen können...« – ich rollte mich herum und auf sie, schlang ein Bein um ihre Hüfte –, »... und dann täte es uns beiden leid.«

Dels Lachen ist Rauch. Es wand sich seinen Weg um mich herum und entschwebte in die Nacht.

Wenn ich mit dieser Frau zusammen bin, vergehen alle Zweifel. Weil ich wenigstens soviel habe, auch wenn ich *nicht* wirklich sein sollte.

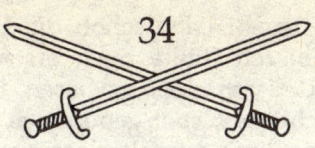

34

*E*is, überall. Eisgirlanden, rauhreifbedeckte Felsen, im saf*franfarbenen Sonnenlicht glitzernd, in der Wärme eines südlichen Tages ...*

Warte, sagte ich zu mir selbst. Eis? Im Süden?

Sogar im Tiefschlaf wußte ich es besser.

Wodurch ich natürlich aufwachte.

Del rollte herüber, als ich mich hochstieß, finster die Stirn runzelte und den Morgen betrachtete. Eine durch zerzaustes Haar geführte Hand konnte mich nicht von dem Nachbild befreien, auch nicht das heftige Reiben blinzelnder, vom Schlaf getrübter Augen. Der Eindruck war sehr deutlich: Eis, im Süden.

»Ich muß sandkrank sein«, murmelte ich und griff nach der nächsten Bota in Reichweite.

Del gähnte, streckte sich, hielt das Gesicht blinzelnd in das fahle neue Sonnenlicht, spähte mit einem Auge zu mir. »Warum?« Ich zuckte die Achseln, trank Wasser.

Das andere blaue Auge wurde geöffnet. »Ich will dir nicht unbedingt widersprechen, aber ich bin neugierig, warum *du* das behauptest.«

Ich schluckte und nahm die Bota herunter. »Man muß seine Träume nicht erklären, wenn man es nicht will.«

»Aha.« Sie streckte eine Hand nach der Bota aus. »Es sei denn, man ist der Jhihadi.«

»Jhihadis müssen sich auch nicht erklären. Jhihadis ... sind einfach.«

»Wie der Sandtiger.«

»Ein Beweis mehr.« Ich schob die Decken beiseite und stand auf. Ich fühlte mich erstaunlich gut für einen Mann, der von einer gewissen, nicht näher bestimmten Macht ins Gebet genommen und später als tot inmitten der Punja zurückgelassen worden war. Ich fühlte mich *äußerst* gut ...

Und dann erinnerte ich mich daran, wie ich geheilt oder neugestaltet worden war – oder wie immer man es nennen will.

Was bedeutete, daß mein *wahres* Ich noch genauso zerschlagen und geprellt und nicht jünger war als zuvor.

Oder welches Ich immer ich war.

Ich schaute stirnrunzelnd zu Del hinab. »Wie war ich letzte Nacht?«

Helle Brauen schossen in die Höhe. Del blinzelte mich gespielt erstaunt an. Ich erkannte ihre Deutung der Frage, was angesichts der Intimität, die wir geteilt hatten, nicht so unerwartet kam. Ich formulierte meine Frage neu und winkte ab. »Nicht das. *Darüber* brauche ich keine Beteuerungen. Ich meinte nur ...« Ich brach ab.»Ich drücke mich nicht sehr deutlich aus.«

Del schlüpfte, leicht belustigt, mit dem Fuß in eine Sandale und verschnürte die bis zu den Knien über Kreuz verlaufenden Riemen. »Was willst du sagen? Oder fragen? Oder – Was auch immer?«

»Schien ich dir ... *wirklich* ... zu sein?«

Die unterschiedlichsten Empfindungen wechselten sich auf ihrem Gesicht ab. Belustigung, Neugier, Verwirrung und auch ein kurzes Aufflackern von Unsicherheit. Und schließlich, als sie zu mir hochschaute, eine unvertraute Gelassenheit, als wisse sie, wieviel mir ihre Antwort bedeute, und sei erfreut, höchst ehrlich sein zu dürfen. »Unbestreitbar.«

Ich ließ nicht locker, noch nicht. »Du hast nicht einmal daran gezweifelt, daß ich es war?«

Sie hielt in ihrer Tätigkeit inne. »Hätte ich zweifeln *sollen?*«

»Nein. Ich glaube nicht. Ich meine, *ich* fühlte mich wie ich.« Ich kratzte heftig über meine Bartstoppeln. »Vergiß es. Ich wollte nur ... Vergiß es.«

»Tiger.« Del beendete das Zuschnüren ihrer Sandalen und lächelte zu mir hoch. Helles Haar verbarg ihre Schultern. »Du warst wie immer. Ich habe keine Beschwerden vorzubringen. Ich bezweifle auch, daß Elamain ... oder irgendeine der tausend Frauen, die eine Nacht mit dir verbracht haben, sich beschweren würden.«

Nein, Elamain hatte sich niemals über irgend etwas beschwert, bevor sie mich fast hatte kastrieren lassen. Und auch keine der anderen Frauen (nicht *tausend*, Del übertrieb), aber ich machte mir nicht wirklich Gedanken über sie. Ich machte mir Gedanken darüber, daß Del vielleicht irgendeine *Veränderung* an mir bemerkt – oder nicht bemerkt – haben könnte. Irgend etwas, das darauf hindeuten könnte, daß ich etwas von Shaka Obre hatte, und desgleichen etwas von Chosa.

Ich fühlte mich noch gleich. Aber wer war ich?

»Sandkrank«, murmelte ich erneut und schritt davon, um mir den Schmutz vom Körper zu waschen.

Dels absichtlich müßiger Tonfall schwebte mir hinterher. »Und da sagen die Männer, *Frauen* seien seltsam.«

Was deshalb geschieht, weil sie seltsam sind.

Aber ich war zu beschäftigt, um es ihr erklären zu können.

Rusali war genauso, wie wir es vor ungefähr einem Jahr verlassen hatten. Eine typisch südliche Stadt. Eine typische Punjastadt in einem typischen Punjagebiet – nur daß gerade ein Tanzeer gestorben war, als wir sie verlassen hatten, weil ein nordischer Schwerttänzer ihn getötet hatte, um ein *Jivatma* erneut zu tränken.

Nicht Del. Theron. Der gekommen war, um sie für

den Tod des *An-Kaidin* Baldur zu jagen, den sie getötet hatte, um ihre Klinge zu tränken.

Im nachhinein klang beider Erklärung ähnlich. Aber Dels Situation war eine andere gewesen. Theron hatte sein Schwert entgegen allen nordischen Tabus *erneut* getränkt, um einen Punkt gutzumachen. Lahamu, der Tanzeer von Rusali, beschäftigte sich ein wenig mit Magie und hatte einige Erfahrung mit Schwerttanztechniken. Theron beschloß, sein Schwert erneut zu tränken, damit er gegen Del einen besseren Stand im Kreis hätte. Dadurch, daß er das Schwert in Lahamu erneut tränkte, nahm er den südlichen Stil an, was Del aber nicht wußte.

Er hatte sie auch fast besiegt, aber ich hatte herausgefunden, daß etwas nicht stimmte. Ich hatte Del gewaltsam aus dem Kreis gezogen. Normalerweise wäre der Tanz damit an Theron gegangen, aber Del hatte schnell die Hintergründe erkannt. Therons Regelüberschreitung machte den Tanz ungültig, aber ich hatte für mich entschieden, ihm eine Lektion zu erteilen.

Und das hatte ich getan. Ich hatte ihn getötet.

Und dabei entdeckt, was es bedeutete, ein *Jivatma* zu führen, wenn man seinen Namen kennt.

Ah ja. Theron. Teleks Bruder, Sohn des alten Stigand, die sich in Staal-Ysta zunächst beide verschworen hatten, Del zu verbannen, und dann, uns beide zu töten. Zu diesem Zweck wollten sie bei dem tödlichsten aller Kämpfe einen gegen den anderen ausspielen, denn jeder von uns wollte – *mußte* – siegen: Del, um ein Jahr mit ihrer Tochter zu erringen, und ich, um mich aus einem mit einem Eid beschworenen, bindenden Dienst zu befreien, in den Del mich mit einem Trick gelockt hatte.

Hoolies, so vieles war geschehen. Seht uns *jetzt* an.

Seht *mich* jetzt an.

Andererseits lieber nicht. Ihr könntet etwas sehen, das keinem von uns gefiele.

Rusali. Ohne Laharnu, aber jetzt auch ohne Alric, den verpflanzten nordischen Schwerttänzer, und Lena, seine südliche Frau, und alle ihre Mischlingsmädchen.

Wir ritten durch die wie zufällig hingestreuten Randgebiete von Rusali und dann ganz in die Stadt hinein. Del war seltsam nachdenklich. »Was ist los?« fragte ich.

»Erinnerungen«, antwortete sie. »Damals kannten wir uns kaum … Sieh uns jetzt an.«

Das entsprach meinen eigenen Gedanken. Verdrießlich sagte ich: »Jetzt wissen wir zuviel.«

Sie lächelte. »Manchmal.«

»Andererseits gibt es noch eine Menge, was ich über dich nicht weiß – und eine Menge, was du über mich nicht weißt.« Das brachte mir einen Seitenblick ein. »Das kann sein – aber es gibt auch eine Menge über dich zu wissen, was *du* nicht weißt.«

Ich grunzte: »Ich weiß genug.«

»Warum fragst du mich dann immer wieder, ob ich dich für real halte?«

Ich führte den Hengst um einen umgestürzten Korb herum, der uns auf der engen, staubigen Straße den Weg versperrte. »Fragst du dich niemals, ob *du* real bist?«

»Nein.«

Ich duckte mich unter einer tiefhängenden Plane hindurch und stieß mit dem linken Knie gegen das rechte Knie von Del, als uns die immer schmaler werdende Straße näher aneinanderdrängte. »Du hast dich nicht einmal gefragt, ob du nicht vielleicht eine Art … Gebilde bist?«

»Gebilde?«

Ich suchte nach der besten Erklärung. »Ein heraufbeschworenes Wesen. Ein *magisches* Wesen, von der Magie für einen bestimmten Zweck erschaffen.« Wie wenn man Sand in Gras verwandelt?

Del runzelte die Stirn. »Nein. Warum sollte ich?«

Ich versuchte, den einfachsten Weg einer Erklärung zu finden, ohne wirklich etwas zu erklären. »Hast du, als du erkanntest, wie gut du mit dem Schwert umgehen konntest, nicht gedacht, daß du vielleicht etwas Ungewöhnliches seist?«

Del lächelte schwach. »Meine Verwandten haben mir *stets* erzählt, ich sei etwas Ungewöhnliches.«

Ich runzelte die Stirn. »Das meine ich nicht. Ich meine... als du tief in dir wußtest, daß du besser warst als jeder andere... Hast du da gedacht, es gebe vielleicht einen Grund dafür?«

Brauen wurden ruckartig angehoben. »Besser als *jeder* andere?«

»Nun, nicht besser als ich. Das ist noch nicht erwiesen.«

Sie lachte weich. »Nein, ich habe mich das niemals gefragt. Als ich jung war und meine Brüder und Onkel und mein Vater mich in Waffenkunde zu unterrichten begannen, war es einfach eine Beschäftigung. Niemand sonst tat es. Meine Mutter hatte den Großmut, mir diese Gelegenheit nicht zu verwehren, und die anderen Frauen hatten den Großmut, meine Mutter dafür nicht zu tadeln. Und als ich in Staal-Ysta erkannte, daß ich *so* gut sein würde... nun...« Sie brach ab. Als sie fortfuhr, hatte ihr Tonfall sich von müßiger Erinnerung auf erbarmungsloses Bekenntnis eingestellt. »Zu dem Zeitpunkt wollte ich nur gut genug sein, um zu tun, was ich tun mußte: Ajani zu vernichten. Ich dachte nicht einmal an etwas anderes und stellte auch das Glück, mit diesem Talent bedacht worden zu sein, nicht in Frage.«

»Oh«, sagte ich schließlich.

»Also nein, ich habe mich niemals gefragt, ob ich ein – wie nanntest du es? – Gebilde sei.«

Sie wartete auf meine Zustimmung. »Ich war immer, was ich bin. Was ich sein mußte.«

Ich schwieg. Es war mir auch niemals in den Sinn

gekommen, bis ich vor dem alten Hustapha gekauert und zum erstenmal gedacht hatte, daß all dies Gerede über Jhihadis und Sand und Gras tatsächlich irgendeine Grundlage haben könnte.

Ich erschauderte vor Unbehagen. Spürte das Gewicht des *Jivatma* auf dem Rücken und das des Magiers, den es beherbergte.

Wir mieteten einen Raum in einem kleinen, überwiegend unbelegten Gasthof, dessen Besitzer so froh über die Kundschaft war, daß er uns seinen allerbesten Raum überließ. Was nicht wirklich viel bedeutete, aber zumindest war das Bett länger. Erstmals ruhten meine Fersen am Ende des Bettrahmens, anstatt darüber hinauszuragen.

Del kniete auf dem festgestampften Erdboden und sortierte die Botas, entwirrte Riemen von Sattelknäufen. »Wir können nicht lange bleiben.«

»Über Nacht.« Ich löste einen Knoten in einem meiner Sandalenriemen. »Wir können jetzt Proviant aufnehmen oder bis morgen damit warten.«

»Ich werde jetzt gehen. Du kannst zuerst baden.« Sie stand auf, legte die Satteltaschen neben mich auf das Bett. »Vorausgesetzt, du *willst* baden.«

»Dem Tonfall deiner Stimme nach zu urteilen, setze ich voraus, daß du es für nötig hältst.«

Del lächelte. »Ja.« Und ging auf den Türvorhang zu.

»Wohin gehst du?«

Mit wohlerwogener Klarheit: »Vorräte kaufen, das sagte ich bereits.«

»Das können wir zusammen tun.«

Sie zuckte die Achseln. »Ist nicht nötig. Ich werde zurück sein, wenn du fertig bist, und dann ebenfalls baden.«

Alles in allem kam es mir etwas merkwürdig vor. Obwohl Del vollkommen in der Lage war, sich allein um unsere Vorräte zu kümmern, erledigten wir das normalerweise zusammen, einfach deshalb, um die Dinge zu erleichtern. Aber ich sah keinen Grund zu widersprechen. Vielleicht brauchte sie Zeit für sich selbst. Frauen sind so. Besonders wenn sie Geld ausgeben.

Nun war es an mir, die Achseln zu zucken. »In Ordnung. Wenn ich nicht mehr hier bin, werde ich im Schankraum sein.«

»Und Aqivi trinken. Wo sonst?« Del zog den zerschlissenen Stoff des Türvorhangs beiseite und war fort.

Ich bestellte ein Bad in unseren Raum. Der Besitzer kam dieser Bitte nach, indem er eine völlig verzogene halbhohe Tonne hereinrollte und dann eimerweise Wasser herbeischleppte. Nicht viele Eimer, nicht genügend. Aber es war besser als nichts. Es gab Badehäuser in Rusali, aber dort kann man niemals sagen, wie viele Körper in dem Wasser bereits gewaschen wurden. Zumindest bekam Del auf diese Weise meines, und mich kannte sie bereits.

Es war auch nicht genügend Seife vorhanden, aber ich kam zurecht und ließ ausreichend viel für Del übrig. Dann führte ich mein frischgewaschenes Selbst in den Schankraum, wo ich Aqivi bestellte und einige Zeit damit verbrachte, ihn zu trinken. Del kam schließlich schwer beladen zurück, nickte mir zu und verschwand dann in unserem Zimmer. Ich erwog, ebenfalls hineinzugehen, um ihrem Bad beizuwohnen, entschied dann aber, daß sie vielleicht überhaupt nicht baden würde, angesichts dessen, was manchmal geschah, wenn sie nackt und naß war, und ich blieb, wo ich war. Und trank.

Der Aqivi schwand. Ich bestellte nicht mehr. Ich betrat unseren Raum, um nachzusehen, wofür, zu den Hoolies, Del so lange brauchte.

Sie saß mit dem Rücken zu mir, eingehüllt in einen Burnus mit Kapuze. Ich öffnete den Mund, um sie zu fragen, was, zu den Hoolies, sie tat, als sie sich erschreckt umwandte und mich mit geweiteten Augen anstarrte.

Wie betäubt starrte ich sie ebenfalls an. Keiner von uns rührte sich.

Ich sah nur blaue Augen. Die blauesten, strahlendsten Augen. Es waren dieselben alten Augen, mit derselben alten Farbe und Klarheit, aber alles andere war anders.

Schließlich gelang es mir zu sprechen. »Was hast du dir angetan?«

Ihre Antwort war sehr eindringlich, als versuche sie, sich selbst genauso zu überzeugen wie mich. »Ich habe mich zu jemand anderem gemacht.«

Schließlich rührte ich mich. Trat neben das Bett. Streckte zaghaft eine Hand aus und zog die Kapuze vom Kopf auf die Schultern herab. »Die ganzen Haare?«

Del wölbte eine schwarz gefärbte Augenbraue. »Blonde *und* schwarze Haare würden mich noch auffälliger machen, als ich ohnehin schon war.«

»Aber ... ich mag dich blond.«

Sie runzelte die Stirn. »Es wird sich herauswaschen lassen.«

»Was ist damit?« Ich berührte eine dunkler gewordene Wange.

»Das auch.« Eine schwarzhaarige, dunkelhäutige Del, finster, unterschied sich auf seltsame Art von der üblicherweise helleren Version, obwohl der Gesichtsausdruck der gleiche geblieben war. »Sehe ich sehr südlich aus?«

»Nicht mit *diesen* Augen.«

Sie hob eine Hand, ließ sie dann wieder sinken. »Ich bin eine Grenzbewohnerin.«

»Aha.«

»Das wirst du natürlich behaupten.«

Ich betrachtete sie. Vorher weißblondes Haar, sonnengebleicht, war jetzt mattschwarz und noch immer naß und glatt. Dunkler gefärbte Augenbrauen wirkten jetzt betonter, machten ihren Gesichtsausdruck härter, und sie hatte sogar die Wimpern verändert. Die Haut war gleichmäßig braun, mehrere Schattierungen heller als die normale südliche Hautfarbe, nicht sehr viel anders als meine eigene – nur daß ihr der Kupferton fehlte.

Ich runzelte die Stirn. Trat zurück. Kaute auf der Unterlippe, während ich nachdachte.

Ich fühlte mich... seltsam. Ich hatte sie niemals zuvor als jemand anderen angesehen als sie selbst: die blonde, blauäugige Delilah, von einer kühleren Sonne gestaltet. Sie war ihrem Äußeren nach nordisch gewesen, unbestreitbar fremdartig und um so auffallender durch die Andersartigkeit. Aber jetzt war sie, ihrer Färbung nach, südlicher als alles andere. Jetzt, da sie fast genauso wie andere Frauen aussah, hatte Del viel von der Besonderheit verloren, die jedes männliche Auge anzog. Sie war noch immer auffallend schön, aber auf vollkommen andere Weise. Auf seltsam *vertraute* Weise, da die Färbung, genau wie der Knochenbau und die Hautbeschaffenheit, die Erscheinung einer Frau beeinflußt.

Im Vergleich der alten Del mit der neuen wurde überdeutlich, wie Männer empfinden, wenn das Vertraute zu etwas anderem wird. Zu etwas Quälenderem.

Empfand Umir so? Angezogen durch Unterschiedlichkeiten?

Sie war noch immer bemerkenswert schön. Haut- und Haarfarbe konnten die Klarheit ihrer Züge, die Makellosigkeit der Knochen und auch die zarte Selbstbewußtheit und die ausgesprochene körperliche Kraft, die sie von anderen unterschied, nicht zunichte machen.

Die Farbe war sehr schlecht. Die Hautfarbe war verschwommen. Aber unter dem matten Äußeren lag das Schimmern prächtigen Stahls.

»Warum?« fragte ich.

Sie hob ihr Kinn an. »Ich bin eine südliche Frau – eine *Grenz*bewohnerin –, die von einem verdingten Schwerttänzer nach Julah begleitet wird.«

Ich blinzelte leicht. »Warum?«

»Weil niemand danach *sucht.* Oder was glaubst du, warum?«

»Oh, und soll *ich* mir auch die Haare färben?«

Sie zuckte die Achseln. »Das mußt du nicht. *Ich* falle auf.«

Ich nickte nachdenklich. »Haben wir nicht bereits über die Tatsache gesprochen, daß ich in diesen Teilen des Landes nicht ganz unbekannt bin? Daß es gewisse körperliche Unterschiede gibt, die auch *mich* auffällig machen?«

»Natürlich werden sie nach dir fragen... Aber sie werden auch nach einer blonden nordischen Bascha fragen, die ein Schwert trägt – und gebraucht.« Del lächelte nicht. »Nicht nach einer normalen Grenzbewohnerin, die zu ihrem Schutz einen Schwerttänzer verdingt, anstatt ein *Jivatma* zu führen.«

»Und du denkst, das wird sie von unserer Spur abbringen.«

»Entweder das, oder wir müssen uns trennen.«

»Nein.« Ich verschwendete keinen Moment mit dieser Überlegung. »Es stimmt, daß sie nach der nordischen Bascha fragen werden... das könnte sie ein wenig verwirren. Aber nur sehr wenig.«

»Wenn es uns die Freiheit einräumt, Julah – und jeden anderen Ort, den wir aufsuchen müssen – zu erreichen, ohne belästigt zu werden, dann erfüllt es seinen Zweck.«

Ich lächelte leicht, betrachtete noch immer eine schwarzhaarige, dunkelhäutige Del. »Ist das eine Art, mein... Interesse zu prüfen?«

»Nein«, antwortete sie trocken. »So *interessiert*, wie du bist – und bei der Häufigkeit deines Interesses –, könnte ich getrost auch kahlköpfig sein, denke ich.«

Ich grunzte abwehrend. »Kahlköpfige Frauen begeistern mich nicht.«

Del war nachdenklich. »Du könntest dir den Kopf rasieren.«

Entgeistert: »*Wofür?*«

»Um festzustellen, ob kahlköpfige Männer *mich* begeistern.«

»Schließ die Augen«, schlug ich fest vor. »Und dann kannst du einfach so tun, als ob.«

Dels Lächeln war noch immer Dels Lächeln, trotz der Farbe. Und so reagierte ich.

35

*Es war kalt, kalt wie Eis ... kalt wie der Fels in nordi-
schen Bergen, die von einem nordischen Wind heimgesucht werden. Die Luft war messerscharf, so daß die Haut
sich zu einer Gänsehaut zusammenzog. Ich zitterte, hüllte
mich fester in die zerschlissene Decke ...*

Und ich erkannte, daß ich wach war und mich
im Süden befand und aufgrund der Wärme
schwitzte.

Ich warf die Decke zurück, fluchte schläfrig und erkannte, daß Del nicht mehr im Bett lag.

Ich öffnete mühsam die Augen und sah sie auf der
anderen Seite des Raumes, gegenüber dem Bett, an der
Wand sitzen. Einfach – dasitzen. Und ihr bloßes
Schwert betrachten, das sie in Augenhöhe waagrecht
vor sich hielt.

Es war eine ungewöhnliche Haltung, besonders für
jemanden, der ansonsten sehr entspannt war. Sie sang
nicht, keines ihrer kleinen Rituale. Schliff den Stahl
nicht. Betrachtete ihn einfach nur. Von meinem Blick-
winkel aus verbarg die Schwertklinge ihre Augen. Ich
sah ein Kinn, einen Mund, eine Nase und den oberen
Teil ihrer Stirn.

Ich richtete mich auf einen Ellbogen auf. »Was tust
du?«

»Ich betrachte mein Spiegelbild.« Del senkte die
Klinge und legte sie über die Oberschenkel. Eine
Hand berührte schwarzgefärbtes Haar, das jetzt
trocken und glanzlos war. Ihr Blick war starr, auf
etwas außerhalb dieses Raums gerichtet. Es war ein

unheimlicher, unkonzentrierter Gesichtsausdruck. Die Hand sank von den Haaren herab, landete schlaff auf tunikabedeckten Oberschenkeln. »Weißt du, was ich getan habe?«

Das Bewußtsein wurde klarer. »Was meinst du? Die Farbe? Du sagtest, sie wäscht sich aus.«

Del sah mich blind an. »Was ich getan habe«, murmelte sie. Und sank dann mit dem Schwert auf den Knien gegen die Wand. Ihr Gesicht zeigte eine seltsame Mischung aus Erkenntnis und Erleichterung. Erschöpfte Erkenntnis und eine übernatürliche Offenbarung, bei der sie sich eindeutig nicht sicher war, ob sie ihr Frieden bringen konnte. Sie schloß die Augen, erschauderte einmal, lachte dann weich in sich hinein. Murmelte etwas in der für mich unverständlichen Hochlandsprache.

Ich setzte mich auf, schwang die Beine über den Rand des Bettes, preßte die Füße auf festgestampfte Erde. »Del …«

Blaue Augen öffneten sich und sahen auch mich an. »Es ist vorbei«, sagte sie ernst. »Erkennst du das nicht?«

»Was ist vorbei?«

Sie lachte laut auf. Brach ab. Lachte dann erneut, halb erstickt, breitete beide Hände in einer seltsam verletzlichen, weiblichen Geste über ihr Gesicht. »Ajani«, sagte sie durch ihre Finger hindurch.

Ich blinzelte. »Das war vor fast zwei Wochen. Erkennst du erst *jetzt*, daß er tot ist?«

Glasige blaue Augen sahen mich über gefärbte Fingerspitzen hinweg starr an. »Tot«, wiederholte sie. Und dann brach sie ohne Vorwarnung in Tränen aus und begann zu lachen.

Völlig hilflos, beobachtete ich sie wachsam. Daß sie aus einem anderen Grund als aus Traurigkeit weinte, war offensichtlich, denn ihre Züge waren nicht vor Kummer verzerrt. Sie lachte einfach und weinte und barg letztendlich das Schwert an ihrer Brust, wie eine Frau ein Kind birgt.

»Vorbei«, sagte sie heiser, als das Gelächter erstarb. »Mein Gesang ist wahrhaftig beendet.«

Tränen benetzten noch immer ihr Gesicht, zerstörten ihre Bemühungen, sich zu einer Südbewohnerin machen zu wollen. Aber im Augenblick schien das ihre geringste Sorge zu sein. »Bascha…«

»Ich hatte mir nicht erlaubt, darüber nachzudenken«, sagte sie. »Verstehst du? Es war keine Zeit. Es waren Leute hinter uns her…«

»Sie sind noch immer hinter uns her.«

»…und niemals war Zeit nachzudenken…«

»Auch jetzt ist nicht viel mehr Zeit. Wir sollten wieder aufbrechen.«

»…und auch keine Zeit, darüber nachzudenken, was ich *jetzt* bewältigen muß.«

Das ließ mich innehalten. »Bewältigen?« O Hoolies, was jetzt?

Del lächelte traurig. »Mich.«

Ich schaute sie verständnislos an.

»Du hast mich so viele Male gefragt, Tiger… und jedesmal habe ich dir die Antwort verweigert, habe die Überlegung auf einen anderen Zeitpunkt verschoben.«

»Del…«

»Verstehst du nicht? Ich habe letztendlich zu mir selbst gefunden. Ich weiß, was ich getan habe… aber nicht, was ich tun *werde*.« Sie lächelte verzerrt. »Du hast gesagt, daß es soweit kommen würde. Ich hatte es vorgezogen, nicht zuzuhören.«

Es war, meiner Meinung nach, nicht die richtige Zeit, das zu vertiefen. Statt dessen machte ich sie auf ein anderes, entschieden wichtigeres Thema aufmerksam. »Im Moment befinden wir uns irgendwie in der Mitte von etwas anderem.«

Die Ablenkung gelang nicht. »Alle diese Jahre«, sagte sie nachdenklich. »Ich habe ihm alle diese

Jahre geopfert, wodurch nichts für mich selbst übrigblieb.«

Ich wartete ab, beschloß, daß sie meiner Kommentare nicht bedurfte.

»Er hat mir alles genommen, was mir vertraut war, im Zeitraum eines Morgens – die Familie, den Lebensstil, die Unschuld. Mit Stahl und Haut hat er mich innerlich und äußerlich gleichermaßen zerrissen…« Sie legte den Kopf in eine feste, ausgebreitete Hand und zerzauste mattes schwarzes Haar. »Und weißt du, was ich getan habe?«

»Du bist entkommen«, sagte ich ruhig. »Hast die Blutschuld für deine Familie eingetrieben, gemäß den nordischen Bräuchen.«

Del lächelte. Solch ein trauriges, verzweifeltes Lächeln, sowohl die Erfüllung der Aufgabe als auch das erkennend, was sie ihr abverlangt hatte. »Mehr«, sagte sie mit hohler Stimme. »Und ich habe es ihm willentlich gegeben, alle jene Jahre in Staal-Ysta und die anderen Jahre, die ich mit der Suche nach ihm verbracht habe. *Ich* habe sie ihm gegeben – Ajani wollte sie nicht. Er *brauchte* sie nicht.« Sie lehnte den Kopf gegen die Wand, kämmte das schwarze Haar mit dunkler gewordenen Fingern durch. »Ich tat, was die meisten Menschen, auch Männer, sich vielleicht zu tun geweigert hätten, oder sie hätten unterwegs aufgegeben, wenn ihnen die Durchführung zuviel abverlangt hätte.«

»Du hast die von dir geleisteten Schwüre geehrt.«

»Schwüre«, sagte sie müde, »Schwüre können eine Seele entstellen.«

Ich sah sie fest an. »Aber Schwüre sind es, durch die wir leben. Schwüre sind die Nahrung und das Wasser, wenn sich der Magen vor Leere verkrampft und der Mund knochentrocken ist.«

Del sah mich an. »Überzeugend«, murmelte sie. Und dann finster: »Wir haben beide zuviel davon erfahren.

Und haben es zugelassen, daß unsere Schwüre uns vereinnahmen konnten.«

Ich saß ganz still. Sie sprach zu sich selbst, aber von mehr, auch von mir, legte Vertrauen in die Schwüre, die dazu gedacht waren, mich durch die Nacht zu bringen oder durch den darauffolgenden Tag. Ein Chula gestaltet seine eigene Zukunft, wenn die Wahrheit zu freudlos ist, um sich ihr zu stellen.

»Es ist vorbei«, sagte ich. »Ajani ist tot. Und wenn du deinen Atem mit Klagen verschwendest...«

»Nein.« Sie unterbrach mich. »Nein, keine Klagen – soviel gestehe ich mir nicht zu... Ich habe meinen Gesang gesungen, wie ich es sollte, und die Aufgabe ist letztendlich erfüllt. Die Ehre ist zufriedengestellt...« Ein kurzes, wunderbares Lächeln. »Aber ich erkenne erst jetzt – jetzt, *in diesem Moment* –, daß ich letztendlich wirklich frei bin. Frau oder Mann, ich bin zum erstenmal, seit ich geboren wurde, vollkommen frei, das zu sein, was immer ich mir erwähle, anstatt daß es für mich erwählt wird.«

»Nein«, sagte ich ruhig. »Solange du bei mir bleibst, während ein Preis auf meinen Kopf ausgesetzt ist, bist du für nichts frei.« Sie saß gegen die Wand gelehnt, hielt das Schwert, das sowohl süße Erlösung gewesen war, als ihr auch schwere Aufgaben auferlegt hatte. Und dann lächelte sie, griff nach dem Harnisch und steckte das Schwert in die Scheide. »Diese Wahl wurde schon vor langer Zeit getroffen.«

»Tatsächlich?«

»O ja. Als du mit mir nach Staal-Ysta gekommen bist. Als ich den Mann, in meiner Besessenheit, zu barer Münze gemacht habe, um sie den *Voca* zum Tausch anzubieten.«

Ich zuckte die Achseln. »Du hattest deine Gründe.«

»Falsche«, sagte sie, »wie du mir eindringlich klargemacht hast.« Sie stand auf, sammelte die Satteltaschen und die verstreute Ausrüstung ein. »Nach allem, was du mir gegeben hast, inmitten meines eigenen Gesangs, glaubst du, daß ich dich verlassen würde?«

»Du«, sagte ich betont, »bist durchaus in der Lage, alles zu tun, was du willst.«

Del lachte. »Das ist die beste Art von Freiheit.«

»Und die Art, die du nicht kennen würdest, wenn du Ajani nicht getötet hättest.«

Sie hielt inne. Wandte sich um und sah mich an. »Suchst du nach Entschuldigungen für mich?«

Ich zuckte gleichgültig die Achseln. »Wenn ich damit anfangen wollte, hätte ich keine Zeit mehr für andere Dinge.«

»Ach«, erwiderte Del. Aber sie betrat die Brücke gnädigerweise. Sie fühlt sich, genau wie ich, bei Wahrheiten unbehaglich, die an die Seele rühren.

* * *

Das Problem tauchte auf, als ich vorschlug, es sei eine gute Idee, Dels Schwert bei mir zu behalten.

»Warum?« fragte sie scharf.

»Weil du es selbst gesagt hast: Du bist eine Grenzbewohnerin, die einen Schwerttänzer als Begleiter verdingt hat.«

»Das bedeutet aber nicht, daß du mein *Jivatma* tragen mußt.«

»Es bedeutet, daß jemand anderer als *du* es tragen sollte. Und wer, zu den Hoolies, ist sonst hier?«

Wir standen draußen im Morgensonnenlicht, die gesattelten Pferde neben uns, die Satteltaschen bereits sicher befestigt. Wir mußten nur noch aufsteigen und losreiten ... Aber Del machte keinerlei Anstalten.

»Nein«, erklärte sie.

Ich betrachtete sie. »Du vertraust mir nicht.«

»Ich vertraue dir. Aber ich vertraue deinem Schwert nicht.«

»Es ist *mein* Schwert… Glaubst du nicht, daß ich es beherrschen kann?«

»Nein.«

Ich verbiß mir einen Fluch, trat gegen einen Stein und sog heftig Luft ein, während ich den Boden, die Pferde, den Horizont anstarrte, alles, nur nicht Del. Schließlich nickte ich angespannt. »Dann kannst du genausogut die Farbe abwaschen.«

»Warum?«

»Weil du, ungeachtet deiner Hautfarbe, alle Aufmerksamkeit auf dich ziehst, wenn du dieses Schwert mit dir führst.«

»Ich werde es auf meinem Pferd tragen«, sagte sie. »Hier… ich werde es in eine Decke wickeln und am Sattel festbinden… Niemand wird wissen, was es ist.«

Ich beobachtete, wie sie eine zusammengerollte Decke von der Stute herabzog, sie auf dem Boden ausbreitete und dann das im Harnisch steckende *Jivatma* darin verbarg. Sie klappte die Enden der Decke um, rollte sie zusammen, band das Bündel oben auf ihren Sattel.

»Jetzt kannst du nicht mehr drankommen«, bemerkte ich.

»Du sollst mich beschützen.«

»Und wann hättest du das jemals zugelassen?«

Del lächelte flüchtig. Weiße Zähne blitzten in einem verschmutzten Gesicht. »Dann müssen wir vermutlich beide etwas Neues lernen.«

Ich grunzte. »Vermutlich.« Und kletterte auf den Hengst.

Die Punja wurde schmaler, als wir uns den südlichen, jenseits von Julah aufragenden Bergen näherten. Der Sand war jetzt mit dem Rippenmuster des Skeletts des Südens gesprenkelt, die Verdickungen eines Rückgrats ganz zerbrochen, bröcklig und dunkel. Dünner Bewuchs brach hindurch und winkte mit dürren Sten-

geln, und dornige, gewundene Schwertbäume bahnten
sich ihren Weg zum Horizont, hier und da unterbrochen von Tigerkrallengestrüpp: Sogar der Geruch veränderte sich, von dem beißenden Staub-und-Sand der
Punja zu dem bitteren Geruch von Bewuchs und dem
metallischen Geschmack porösen Rauchgesteins, das
weitaus heller war, als es aussah. Auch die Farben veränderten sich. Anstatt des hellen, kristallinen Sandes
in Schattierungen von Elfenbein, Safranfarbe und Silber gab es tiefere, üppigere Färbungen: Umbra, Ocker,
Gelbgold, gemischt mit dem Blauschwarz bröckliger
Rauchfelsen und dem Olivgrau des Bewuchses. Es ließ
die Welt kühler scheinen, obwohl sie es nicht war.

»Also«, sagte Del, »was werden wir tun, wenn wir
Julah erreicht haben?«

Ich antwortete nicht sofort.

Sie wartete, schaute herüber, wölbte die Augenbrauen. »Nun?«

»Ich weiß es nicht«, murmelte ich.

»Du... weißt es nicht?« Sie verlangsamte die Stute
bis zum Schrittempo. »Sagtest du nicht, wir müßten
nach Julah reiten?«

»Das stimmt.«

»Aber...« Sie runzelte die Stirn. »Hast du einen
Grund dafür? Oder war das eine willkürliche Entscheidung?«

»Wir sollen dorthin reiten.«

»Befindet sich Shaka Obre irgendwo in Julah?«

»Ich weiß es nicht.«

Sie schwieg eine Weile. »Ich will dich nicht kritisie-
ren...«

»Das tust du aber.«

»...aber wenn wir erneut in den Drachenschlund
hineinmüssen, meinst du nicht, daß es dann zu einem
bestimmten Zweck sein sollte?«

»Es gibt einen Zweck.« Ich schlug nach einer lästigen
Fliege, die sich am Hals des Hengstes zu nähren ver-

suchte. »Der Zweck besteht darin, Shaka Obre zu finden.«

»Aber du weißt nicht ...«

»Ich werde es wissen.« Entschieden.

»Woher willst du wissen, daß du es wissen wirst?«

»Ich werde es einfach wissen.«

»Tiger ...«

»Frag nicht warum, Del. Ich weiß keine Antwort. Ich ... weiß nur, daß wir genau dies tun müssen.«

»Trotz der Gefahr.«

»Vielleicht *wegen* der Gefahr. Woher soll ich das wissen?«

»Du hältst es nicht für seltsam, daß du uns hier herabgeführt hast, ohne dir unserer Aufgabe sicher zu sein?«

»Ich halte alles für seltsam, Bascha. Ich glaube, alles, was wir in den letzten zwei Jahren getan haben, war seltsam. Ich weiß nicht einmal, warum wir es getan haben oder *noch immer* tun ... Ich weiß nur, daß wir so handeln müssen.« Ich hielt inne. »*Ich* muß so handeln.«

Das mußte sie erst verkraften. »Ergibt sich das alles aus dem Sandstreuen des alten Hustapha?«

»Teilweise.« Ich beließ es dabei.

»Was noch?«

»Das verstündest du nicht.«

»Vielleicht doch.«

»Nein, du verstündest es nicht.«

»Woher willst du das wissen?«

»Ich ... weiß es einfach.«

»Wie du auch ›einfach weißt‹, daß wir nach Julah reiten müssen.«

Ich runzelte die Stirn. »Du mußt es nicht tun.«

Del knirschte mit den Zähnen. »Das ist nicht die Frage. Ich bin hier, nicht wahr? Ich will nur wissen, was uns vielleicht bevorsteht. Ist das so schlimm? Ist es nicht angemessen? Ich bin immerhin eine Schwerttänzerin ...«

»Del, belaß es einfach dabei. Ich kann dir die Antworten, die du verlangst, nicht geben. Ich kann nur sagen, daß wir nach Julah reiten müssen.«

»Und wohin danach?«

»Woher, bei den Hoolies, soll *ich* das wissen?«

»Aha«, murmelte Del.

Was keinen von uns zufriedenstellte, aber mehr konnte ich nicht sagen.

Dunkle, gezackte Felsen, ganz verwittert und gewunden und zerklüftet, glitzernd vor Eis. Kalte Luft strich über nackte Haut, bedrängte ein runenbeschriftetes Jivatma, floß durch die enge Kehle in den Mund und entschwebte in wärmeren Atem. Nicht der Drache nahe Ysaa-den, sondern ein älterer, kleinerer Ort, ganz gewunden und erstarrt und zerklüftet: düstere, von Frost gesäumte Hohlheit ...

»Tiger?«

Ich wandte mich im Sattel um. »Was ist?«

»Bist du in Ordnung?«

»Ich denke nur nach. Ist das verboten?«

Sie wölbte eine geschwärzte Augenbraue. »Verzeih mir meine Eindringlichkeit. Aber die Sonne geht bald unter, und ich dachte, wir sollten vielleicht für die Nacht eine Rast einlegen.«

Ich vollführte eine Geste. »Gut.«

Del blickte mich prüfend an. »Du warst während der letzten Stunden unheimlich still.«

»Ich *sagte* bereits, daß ich nachgedacht habe.«

Sie seufzte, führte die Stute in einer diagonalen Linie auf eine Ansammlung von Tigerkrallengestrüpp zu und schwieg. Verärgert über meine Heftigkeit und Dels Fragen, folgte ich ihr. Sprang vom Hengst und löste Schnallen und Riemen.

Hielt inne. Starrte bestürzt meine Hände an: breitflächige, narbenübersäte Hände, die die Mühen der Sklaverei genauso deutlich zeigten wie die Schwielen des Schwerttänzers. Aber während ich hinsah, verblaßten die Narben, die Handflächen wurden schmaler, die Haut dunkler braun. Sogar die Finger veränderten sich, wurden länger und schmaler, von einer kraftvollen Anmut.

»Tiger?«

Ich schaute auf. Ich wußte, daß es Del war, aber ich konnte sie nicht sehen. Ich sah statt dessen das Land: ein üppiges grünes Land, von Hügeln durchsetzt.

Ich werde vernichten, was du geschaffen hast, um dir zu zeigen, daß ich es kann ...

»Tiger.« Del warf die Zügel der Stute über ein Tigerkrallengestrüpp und trat einen Schritt auf mich zu. »Geht es dir gut?«

Ich werde seine üppige Fruchtbarkeit zerstören und es den Hoolies übergeben, nur um zu beweisen, daß ICH ES KANN ...

Dels Hand lag auf meinem Arm. »Ti ...«

Ich werde das Gras in Sand verwandeln ...

Ich zuckte bei ihrer Berührung zusammen und erschauderte dann. Trat fort, schüttelte den Kopf und rieb über die Stelle, an der sie mich berührt hatte. Meine Hände waren wieder meine eigenen, ohne eine Spur dessen, was ich gesehen hatte.

Keine Spur dessen, was ich gehört hatte.

Dels blaue Augen in einem dunklen Gesicht blickten mich deutlich zwingend an. »Wohin gehen wir?« fragte sie. »Wo ist Shaka Obre?«

Ohne nachzudenken, deutete ich in eine bestimmte Richtung. Sie wandte sich um. Schaute hin. Sah zu mir zurück, versuchte, meine Stimmung einzuschätzen. »Bist du sicher?«

»Ja ... *nein*.« Ich runzelte die Stirn. Ließ die Hand langsam sinken. »Als du fragtest, wußte ich es. Aber jetzt ...« Ich schüttelte den Kopf, um meiner Verwirrung Herr zu werden. »Es ist fort. Ich habe keine Ahnung, was ich gemeint habe.«

»Du hast in diese Richtung gezeigt, auf die Berge jenseits von Julah.«

Ich zuckte die Achseln. »Ich weiß es nicht, Bascha. Es ist fort.« Sie kaute auf der Unterlippe. »Vielleicht...« Sie brach ab, seufzte dann. »Vielleicht solltest du Chosa Dei fragen.«

»Chosa Dei hat in letzter Zeit schon viel zuviel zu sagen gehabt, danke. Ich möchte es lieber dabei belassen.«

»Aber er wüßte es. Er hat Shaka Obre gefangengenommen.« Ihr Gesichtsausdruck veränderte sich. »Weißt du es daher, daß wir nach Julah ziehen müssen? Durch ihn?«

Ich zuckte beunruhigt die Achseln. »Einige Dinge... spüre ich einfach.«

Sie nickte nachdenklich. »Da ist dieser Teil von ihm in dir...«

Ich wandte mich wieder dem Hengst zu, löste erneut Schnallen. »Im Augenblick verhält er sich ruhig.«

»Tatsächlich?«

»Er versucht mich nicht zu vernichten, wenn du das meinst. Das würde ich merken.« Ich zog die Satteltaschen und den Sattel herab, trat von dem schweißbedeckten Hengst fort und legte die Gegenstände mit der feuchten Seite nach oben in die Sonne. »Ich verspreche dir: Ich werde es dir mitteilen.«

»Tu das«, sagte Del betont und wandte sich wieder ihrer Stute zu.

Ich setzte mich mitten in der Nacht ruckartig auf, stieß mich dann hoch und lief zwei stolpernde Schritte, bevor ich innehielt, fluchte und mir den Schweiß vom Gesicht wischte. Wie erwartet war Del auch aufgewacht. Und wartete.

Ich wandte mich wieder um, atmete tief und angewidert und voller Selbstverachtung aus, kehrte zu den Decken zurück. Stand ziellos im Sand, spürte seine

Kühle zwischen den Zehen. Sah das Schimmern von Dels *Jivatma:* drei Fuß blanker Stahl.

Ich winkte ab. »Nein.«

Kurz darauf steckte sie es ein. Und wartete.

Ich hockte mich hin. Nahm ein Stück Rauchfelsen auf. Warf es in die Dunkelheit und grub nach weiteren Stücken. »Kalt«, sagte ich schließlich. »Kalt – und *eingeschlossen.*«

»Sind es Chosas Erinnerungen?«

»Und meine. Sie sind ganz und gar durcheinandergeraten, überlagern sich. Ich sah Aladars Mine. Und den Drachenberg. Und einen Ort, den ich nicht kenne, aber ich weiß, daß ich ihn kennen *sollte.*«

»Chosa«, murmelte sie grimmig.

Ich erschauderte, setzte mich auf die Decke, zog den Burnus über bloße Beine. »Du weißt, was mit mir geschehen ist. Du hast es gesehen. Als Aladar mich in die Mine warf.«

»Ich weiß.«

Ich schmeckte Bitterkeit. »Es vergeht nicht.«

»Eines Tages wird es vergehen.«

»Es war schlimm genug, als wir bei den Canteada waren, in ihren Höhlen in der Schlucht…« Ich zitterte. »Im Drachenberg war es nicht viel besser, aber zumindest hat Chosa mich dazu gebracht, über etwas anderes nachzudenken: Als er dich erst hatte, habe ich überhaupt nicht mehr darüber nachgedacht. Ich wußte einfach, daß ich ihn töten mußte.«

Sie legte ihre Hand auf mein rechtes Bein, glättete Burnus und Haut. »Was war es heute nacht?«

»Ein kalter kleiner Ort. Rinnen und Tunnel und Nischen…« Ich runzelte die Stirn. »Und ich war *darin.*«

»Nun, vielleicht war es nur ein Traum. Ein Alptraum.«

»Ich träume nicht mehr.«

Das erschreckte sie. »Was?«

»Ich träume nicht mehr. Ich habe schon mehrere Wochen lang nicht mehr geträumt.«

»Was meinst du damit? Jedermann träumt. Du hast früher geträumt.«

Ich zuckte die Achseln. »Es ist nicht das gleiche. Ich sehe jetzt *Erinnerungen*, keine Träume. Immer wieder. Shaka und Chosa, aber Chosa ist immer verschwommen. Als ob...« Ich brach mit einer abwehrenden Handbewegung ab.

»Als ob er und du eins wären?«

Ich zog eine Grimasse. »Nicht ganz. Chosa ist noch immer Chosa, und ich bin noch immer ich. Aber die Erinnerungen sind vermischt. Ich sehe meine, und ich sehe seine – und manchmal kann ich sie nicht voneinander unterscheiden.«

Del legte ihre Hand fester auf mein Bein. »Es wird aufhören. Es wird vorbeisein. Wir werden Shaka finden und das Schwert mit allen deinen Erinnerungen loswerden.«

»Vielleicht«, sagte ich grimmig. »Aber wenn wir mich von Chosa befreien, wie vieles von mir wird dann mit verbannt?«

36

Im Hintergrund ragten die Berge auf: blauschwarz, ein staubiges Indigoblau, übereinandergestürzte Haufen dunklen Rauchgesteins. Davor breitete sich Julah aus, ein grobes, vernachlässigtes Lager schiefer Schuppen...

Nein.

Jula?

Julah war eine *Stadt*, eine blühende Provinzstadt, die durch ihre Minen und den Sklavenhandel reich geworden war. Ich blinzelte. Runzelte die Stirn. Rieb mir die Augen. Blickte erneut auf die Stadt, während Chosas Erinnerungen mit meinen Erinnerungen den Platz tauschten. Diesesmal *war* es eine Stadt. Dels Stimme klang grimmig. »Ich hatte gehofft, niemals wieder hierherkommen zu müssen.«

»Genau wie ich«, stimmte ich ihr zu und erinnerte mich unserer Ausflucht. Del, in Ketten gelegt wie eine Sklavin, einem Eisenband um den Hals, hinter dem Hengst herlaufend.

Das war die einzige Möglichkeit gewesen. Ich hatte sie zu einem bekannten Sklavenhändler gebracht und ihm erzählt, daß ich mit ihr züchten wolle und einen nordischen männlichen Sklaven brauchte. Er hatte mich dann zu dem Bevollmächtigten des Tanzeer geschickt, der zugestimmt hatte, daß sie einen angemessenen Partner verdiente. Das Ganze war dazu gedacht gewesen, ihren Bruder aufzuspüren, der fünf Jahre zuvor entführt und in die Sklaverei verkauft worden war. Letztendlich war der Plan mißlungen, so daß sie in Aladars Gewalt und ich in Aladars Mine geraten war. Wir waren beide entkommen. Aber Del hatte den Tanzeer getötet, und jetzt regierte seine Tochter an seiner Statt und hegte Rachegedanken.

Julah war eine Ansammlung dichtstehender Gebäude, die gegeneinanderzukippen schienen, wenn man sie aus bestimmten Winkeln betrachtete. Enge Straßen waren vollgestopft mit Ständen, Waren, Vieh, Abfall. Durchgänge wurden zu Basaren. Der eigentliche Händlermarkt befand sich mitten in der Stadt, aber Handel trieb man am besten in schattigen Winkeln, abseits der Hitze des Tages und der Rituale des Marktes. Julah roch nach Reichtum, aber es stank nach den Mitteln, mit denen dieser Reichtum erlangt wurde. Die Stadt war der größte Sklavenmarkt des Südens, dank Aladar, dessen Minen lebende Menschen verschluckten und Leichen ausspien.

Ich wäre beinahe darunter gewesen.

Wir ritten durch die Vielfarbigkeit des Mittags, Schatten fielen als schräge, scharf abgegrenzte Flächen über Gebäude aus Adobeziegeln, die aneinanderkauerten und Straßen aus festgestampftem Schmutz überragten. Planen hingen über Fenstern und Türen herab, die gegen das blendende Licht tief in die Mauern eingelassen waren. Man erkannte am Zustand der Planen und der Farbe der Häuser, wie wohlhabend eine Familie war. Helle, neue Planen und saubere, hell gestrichene Adobeziegelwände rühmten eine erfolgreiche Familie. Jene, die weniger Glück hatten, vertrauten darauf, daß die Sonne den Stoff nicht zu allzuschnell zerschliß. Und wenn tatsächlich sehr wenig Glück im Spiel war, gab es überhaupt keine Planen.

Wir bahnten uns unseren Weg durch die Randgebiete in die bevölkerte Innenstadt, die von breiten Blockhäusern und engen Straßen beherrscht wurde, die in alle Richtungen verliefen. Dunkeläugige Kinder liefen überall umher, plapperten und schrien, duckten sich unter den Köpfen des Hengstes und der Stute hinweg. Ziegen, Geflügel, Katzen und Hunde trugen zu dem Gewimmel bei.

»Was tun wir?« fragte Del über den Lärm hinweg.

»Was wir immer tun. Ein Wirtshaus mit Zimmern suchen, eines mieten und etwas trinken, während wir im *Schatten* sitzen.« Ich lächelte. »Ich schlage auch vor, ein Bad zu nehmen, aber das würde deine Grenzbewohnerfarbe abwaschen.«

Del zuckte die Achseln. »Ich habe noch mehr Farbe dabei.«

Der Hengst tänzelte zur Stute hinüber, schlug mit dem erhobenen Schweif aus und öffnete das Maul, um zuzubeißen, als ich ihn daran erinnerte, daß *ich* der Herr war und ihn ohnehin zurückhielt. »Wir haben vergessen, die Stute in Rusali gegen einen Wallach einzutauschen.«

»Sie ist nicht so schlecht.«

»Wir werden sie hier loswerden.«

»Oder du könntest den Hengst loswerden.«

Das verdiente keine Antwort. »Wir können durch diese Gasse hier zu Fouads Wirtshaus reiten«, schlug ich vor und zeigte die Richtung an. »Es ist ein sauberes, ehrbares Haus, deinen Ansprüchen durchaus angemessen ...« Ich grinste. »Und Fouad kennt mich.«

Del wölbte eine dunkle Augenbraue. »Unter den gegenwärtigen Umständen bin ich nicht sicher, ob das klug ist.«

»Fouad ist ein *Freund*, Bascha, aus alten Zeiten ... Außerdem bezweifle ich, daß hier unten jemand von unseren Schwierigkeiten weiß. Es liegt zu weit von Iskandar entfernt.«

»Sie *werden* es wissen, wenn Sabra zurückkehrt.«

»Wir sind ihr voraus.«

»Aber wie lange noch? Sie war einen Tag hinter uns, sagte Nezbet ...«

»Umir sprach von zwei Tagen.«

Del zuckte die Achseln. »Wie auch immer, wir haben wenig Zeit. Wir sollten unsere Angelegenheiten besser rasch erledigen...« Sie warf mir einen Seitenblick zu, während wir die Pferde über die Straße auf die kleine, von mir angewiesene Gasse zu führten. »Wenn du weißt, welche Angelegenheiten wir zu erledigen haben.«

»Chosa weiß es«, sagte ich grimmig. »Er weiß es nur zu gut.«

Del schaute unbehaglich drein. »Wenn wir doch nur wüßten, was wir tun sollen. Was notwendig ist, um das Schwert zu befreien.«

»*Und* mich zu befreien.«

»Und dich zu befreien.« Sie führte die Stute um einen Stapel grob gewobener Teppiche herum, die aufgerollt an einer Mauer übereinander lagerten. »Dein Schwert ist im Norden gemacht, gemäß nordischen Ritualen, gesegnet von nordischen Göttern – hoffentlich versteht Shaka Obre, daß wir ihn nicht entehren wollen.«

»Wir wissen nicht einmal, ob er noch lebt.«

Sie klang ein wenig verärgert. »Dann kannst du Chosa auch danach fragen – wenn du ihn ohnehin fragst, wohin wir gehen sollen.«

Ich grinste. »Viele Leute auf dieser Welt können mir sagen, wohin ich gehen soll. Aber nicht Shaka Obre.«

Sie preßte die Lippen zusammen. »Wo ist dieses Wirtshaus?«

»Direkt vor uns. Siehst du die purpurfarbene Plane?«

Del blickte hin. »Sie ist *tatsächlich* purpurfarben. Und die Ziegel sind gelb gestrichen.«

»Fouad mag Farbe.«

Del schwieg beredt.

»Du schätzt einfach die edleren Dinge im Leben nicht, Bascha. Hier. Fouad beschäftigt Jungen, die sich um die Pferde kümmern – du kannst ihnen die Stute überlassen.«

Ich parierte den Hengst durch, sprang ab, wartete auf den Schwarm dunkeläugiger, südlicher Jungen, die alle die Aufgabe übernehmen wollten, die Pferde in den Stall zu bringen. Die Straßen waren viel zu eng und verstopft für weitere Gebäude, und so hatte Fouad Jungen eingestellt, die die Pferde am Ende der Gebäude zwischen zwei Häusern versorgten.

Sie kamen wie erwartet. Braunhäutige, schwarzhaarige Jungen in dünnen Tunika und gazeartigen Dhotis mit braunen, schwieligen, bloßen Füßen. Sie alle wetteiferten um den Auftrag, versprachen, besser aufzupassen als die anderen.

Ich wählte eine geschickt wirkende Hand aus und legte die Zügel hinein. »Bring die Satteltaschen zurück«, sagte ich. »Wir werden uns einen Raum mieten.«

»Ja, Herr«, sagte der Junge. Er glich den anderen fast aufs Haar.

»Er ist leicht reizbar«, warnte ich.

»Ja, Herr.«

Mehr konnte ich aus ihm nicht herausbekommen. Ich gab ihm eine Münze, beobachtete, wie Del geistesabwesend einen Jungen für ihre Stute aussuchte, und grinste, als sie sich schließlich mir zuwandte und sich durch die Meute hindurchmühte. »Ist es nicht schön, hilfreiche, ehrgeizige Kinder zu sehen?«

Del brummte. »*Ist* es nicht schön?«

»Das hält sie von Schwierigkeiten fern.«

Sie hatte das in eine Decke gewickelte Schwertbündel unter einen Arm geklemmt, wollte sich nicht von Boreal trennen. »Kann man deinem Freund vertrauen?«

»Fouad kennt jeden, und er weiß, was jedermann getan hat. Wenn er seine Freunde verriete, wäre er bereits tot.« Ich deutete auf den tiefer liegenden offenen Eingang. »Ich werde uns ein Zimmer mieten. Wenn du zuerst schlafen willst, bitte. Ich werde mich ein wenig im Schatten niederlassen und mich mit Aqivi und Essen entspannen.«

Del zuckte die Achseln. »Ich habe auch Hunger.«

Innen war es kühl, höhlenartig, schattig. Ich seufzte, streifte meinen Harnisch ab, fand den richtigen Tisch in der Nähe der Tür und zog mir einen Stuhl heran. »Fouad!« rief ich ungestüm. »Aqivi, Hammel, Käse!«

Wie erwartet kam Fouad aus seinem Hinterzimmer hervor und mit weit ausgebreiteten Armen auf mich zu. »Sandtiger!« schrie er. »Man erzählte sich, du seist tot!«

Del blieb stehen und sah mich vielsagend an.

Ich beachtete sie nicht. »Wirke ich auf tot dich?«

Der Südbewohner lachte. »Ich habe nicht geglaubt, daß es wahr ist. Sie sagen *immer*, du seist tot.«

Ich zuckte die Achseln und lehnte mich an die Wand zurück, während Del sich einen Stuhl holte. »Die Risiken dieses Berufes. Eines Tages wird es vermutlich wahr *sein*, aber vorerst noch nicht.«

Fouad blieb am Tisch stehen. Er war klein, feinknochig, freundlich, hatte graue Fäden im schwarzen Haar. Er trug einen grellgelben Burnus und ein scharlachrotes Untergewand. Dunkle Augen schimmerten gierig, während er zu Del hinablächelte. »Und ist das die nordische Bascha?«

Del tat ihr Bestes, diese Feststellung nicht gelten zu lassen. Aber Fouad kaufte es ihr nicht ab. Er grinste, als sie erklärte, sie sei eine Grenzbewohnerin, die den Sandtiger als Begleitung geworben habe. Und er nickte, stimmte höflich zu, warf mir dann einen strahlenden, belustigten und verständnisvollen Blick zu, während er davonging, um meine Bestellung auszuführen.

»Es gelingt nicht«, bemerkte ich. »Ich denke, du solltest es wissen.«

Sie verzog den Mund. »Du hättest ein Wirtshaus

aussuchen können, dessen Besitzer dich nicht kennt.«
Sie hielt inne. »Wenn es einen solchen Ort gibt.«

Ich seufzte tief. »Im Moment bin ich sehr zufrieden.
Du könntest dich auch entspannen. Morgen früh
werde ich wissen, was zu tun ist, also können wir den
Rest des Nachmittags genausogut genießen.«

Sie stützte die Ellbogen auf den Tisch, saß aber jetzt
aufrechter. »Morgen früh?«

Ich sah mich in dem Raum um und bemerkte hier
und da einige Männer, die würfelten, tranken, redeten.
Verdrießlich murmelte ich: »Vielleicht hast du recht.
Daß ich Chosa fragen sollte. Es ist an der Zeit, ihm die
Gelegenheit zu geben, seinen Bruder zu bestrafen.«

»Wirst du ihm das sagen?«

Ich schnaubte. »Ich werde ihm einfach zu verstehen
geben, daß ich mich ihm nicht entgegenstelle. Ich
glaube nicht, daß Chosa die Gelegenheit ungenutzt
läßt, Shaka bestrafen zu können, so daß er mir sagen
wird, wo er steckt.«

Sie wölbte die Brauen. »Einfach so?«

Ein Teil der Belustigung schwand. »Nichts, was mit
Chosa zu tun hat, geschieht ›einfach so‹. Wenn ich die
Wahl hätte, spräche ich niemals wieder mit ihm...
Aber um diese Wahl zu haben, *muß* ich es tun.« Ich
runzelte finster die Stirn. »Laß uns über etwas anderes
reden.«

Fouad kam mit Aqivi, Hammelfleisch und Käse
zurück und stellte alles auf dem Tisch ab. »Bascha«,
sagte er ehrerbietig, »möge Euch die Sonne auf den
Kopf scheinen.«

Del lächelte leicht. »Und Euch auch, Fouad.«

Zufrieden mit dieser Antwort, verließ er uns. Ich
goß uns beiden die Becher voll – überging dabei Dels
Proteste – und schob ihren Becher über den Tisch. »Paß
auf deinen Akzent auf«, riet ich ihr.

»Ich bin eine Grenzbewohnerin«, murmelte sie.
»Grenzbewohner *haben* einen Akzent.«

»Einen Grenzbewohnerakzent, ja. Du hast einen Hochländerakzent.«

»Hier unten werden sie den Unterschied nicht kennen.«

»Fouad doch. Aber Fouad ist unwichtig.« Ich hob den Zinnbecher. »Auf das Ende einer Suche und auf eine abenteuerliche Zukunft.«

Del verzog ein wenig den Mund, stieß aber mit mir an. »Die Suche ist kaum beendet, und das Abenteuer wird langweilig.«

»O nein, wir sollten das nicht so negativ betrachten. Sieh dir an, was wir alles vollbracht haben.«

Del trank und nickte. »Tatsächlich, sieh es dir an. Wir sind beide Panjandrums – aber ich bin mir nicht so sicher, daß das etwas Gutes ist.«

Ich trank den Becher halb leer und grinste. »Keiner von uns kann irgend etwas tun, ohne Aufmerksamkeit zu erregen. So sind wir nun einmal.«

Del trank noch mehr Aqivi und setzte den Becher ab. »Und sollen wir unsere Gewohnheiten ändern, wenn dein Schwert endlich von seinem Bewohner befreit ist?«

»Ich weiß es nicht. Sollten wir?«

Sie beugte sich auf einem Ellbogen vor, legte das Kinn in die gewölbte Hand. »Weit davon entfernt, Sand in Gras zu verwandeln, kannst du niemanden von der Wahrheit überzeugen: daß du der Jhihadi bist. Wenn das tatsächlich die Wahrheit *ist*.« Sie setzte sich zurück, seufzte, zupfte sich gefärbtes Haar aus den Augen. »Werden wir ewig davonlaufen?«

»Nicht ewig.« Ich zuckte die Achseln. »Du hast dein Ziel erreicht. Ajani ist tot, und jetzt liegt eine andere Zukunft vor dir. Ich muß *mein* Ziel noch erreichen, und dann werde ich über meine Zukunft entscheiden.«

»Die ›dreifache Zukunft‹«, zitierte sie.

Ich regte mich unbehaglich auf meinem Stuhl. »Darüber sollten wir später nachgrübeln. Jetzt möchte ich einfach ein wenig essen, viel trinken und in einem bequemen Bett schlafen.« Ich schaute müßig auf, als ein Mann hinter Del am Tisch stehenblieb. Ich war es gewöhnt, daß Männer sie anstarrten, ihre Kameraden mit den Ellbogen anstießen oder stehenblieben, um sie näher zu betrachten. Aber dieser Mann starrte *mich* an.

Er sagte etwas. Man frage mich nicht, was. Es war unverständlich. Es war eindeutig keine südliche Sprache, und er war ebenso eindeutig kein Südbewohner. Er war zu groß, zu breit, zu helläugig, und sein Haar hatte eine rotbraune Färbung, die der meinen sehr ähnlich war. Ich tat seine Worte achselzuckend ab, als Del sich umwandte und zu dem Mann hochsah. Ihr müßiger Blick wurde prüfender.

Er hörte auf zu sprechen, bemerkte meinen leeren Gesichtsausdruck. Mit gerunzelter Stirn verlegte er sich auf eine mit leichtem Akzent gesprochene südliche Sprache. »Vergebt mir«, sagte er kurz. »Ich habe Euch versehentlich für Skandic gehalten.« Er breitete beredt die Hände aus, lächelte arglos und entschuldigend und verließ dann das Wirtshaus.

»Wer immer er ist«, murmelte ich und hob erneut meinen Becher. Del schaute nachdenklich hinter dem Mann her. Dann verging die Nachdenklichkeit, als sie zu mir zurückschaute. »Kennst du ihn?«

»Nein. Und Skandic auch nicht, wer immer er ist.«

Del trank Aqivi. »Ich glaube, er sah dir ein wenig ähnlich.«

»Wer? Er?« Ich schaute zum Eingang, aber der Fremde war fort. »Das glaube ich nicht.«

Del zuckte die Achseln. »Ein wenig. Dieselbe Größe, dieselbe Knochenstruktur, dieselbe Färbung …«

Ich schaute erneut zum Eingang, zögerndes Interesse kam auf. »Du glaubst wirklich, daß er mir ähnlich sah?«

»Vielleicht nur dadurch, daß er nicht wie ein Südbewohner aussah.« Sie lächelte leicht. »Oder vielleicht

dadurch, daß ich mich daran gewöhnt habe, dich anzusehen.«

Ich brummte. Kaute an der Unterlippe, dachte nach.
Ich schaute noch einmal zum Eingang.

Del lächelte, bemerkte meine Unentschlossenheit
und auch die Versuchung. Sie hob ihren Zinnbecher.
»Geh und frag ihn«, schlug sie vor. »Finde ihn und frag
ihn. Du weißt nichts. Ich will nicht behaupten, daß er
ein Verwandter von dir ist, aber wenn du seinem Skandic ähnelst, dann könnte dieser Mann etwas über das
Volk wissen, dem du angehörst.«

Ich spannte mich an, um aufzustehen, und entspannte mich dann wieder. »Nein. Das glaube ich
nicht.«

Sie betrachtete mich über den Becher hinweg. »Du
weißt nichts über deine Herkunft«, sagte sie ruhig.
»Sula ist tot. Vielleicht bekommst du niemals wieder
eine Gelegenheit. Und er sieht dir *tatsächlich* ähnlich.
Genauso wie Alric mir ähnlich sieht.«

Etwas zwickte mich in den Magen. Ihr Vorschlag
war gut, aber ... »Das ist albern.«

Del zuckte die Achseln. »Es ist besser zu fragen, als
sich zu quälen.«

Ich kaute erneut und noch immer unentschlossen
auf der Unterlippe.

»Geh«, sagte sie fest. »Ich werde hier auf unsere Sachen aufpassen.«

»Das ist *töricht*«, murmelte ich, während ich meinen
Stuhl zurückschob. Aber ich verließ Fouads Wirtshaus
und fragte mich, ob Del vielleicht recht hatte.

Fragte mich, ob ich, tief im Innern, wollte, daß sie
recht hatte.

37

Ich hielt außerhalb des Wirtshauses inne und spähte in alle Richtungen. Die Straße war bevölkert. Sie barg ihre eigenen Geheimnisse. Ich zögerte, stieß einen leisen Fluch aus und wollte mich wieder umwenden. Dann sah ich die Pferdejungen an der Gebäudewand hocken und auf den nächsten Kunden warten.

Ich zog eine Kupfermünze aus der Tasche. Vier Jungen kamen sofort angelaufen. »Ein großer Mann«, sagte ich. »Mir sehr ähnlich. Er kam eben erst heraus.«

Ein Junge deutete sofort nach rechts. Drei andere Gesichter wurden lang. Ich warf dem Jungen mit einem schnellen Dank die Münze zu und eilte hinter dem großen Fremden her, von dem Del behauptete, er sehe mir ähnlich.

Ich fühlte mich – seltsam. Ich hatte den größten Teil meines Lebens verzweifelt geglaubt, niemals etwas über mich zu erfahren – außer den Kenntnissen, die ich im Kreis gewonnen oder aus meinen Kinderträumen als Chula bei den Salset gestohlen hatte. Aber vor zwei oder drei Wochen hatte es eine Gelegenheit gegeben, eine geringe Aussicht, die Wahrheit zu erfahren. Diese Aussicht war mit Sula gestorben, die gesagt hatte, sie wisse nichts. Ich hatte mich dafür getadelt, so etwas auch nur erhofft zu haben, und mich der Aufgabe gewidmet, solche Hoffnungen abzulegen.

Aber Hoffnungen sterben auch im Erwachsenenalter nur schwer. Jetzt gab es eine weitere Gelegenheit. Sie war fast aussichtslos, aber doch eine oder zwei Fragen wert. Julah war, wenn man vom Meer heraufkam, jen-

seits der Südlichen Berge das erste Gebiet und die erste
Stadt einer gewissen Größe. Es war nicht unmöglich,
daß der Fremde, der mir ähnlich sah, aus einem Nach-
barland kam, aus dem Landesinneren, zum Beispiel
aus der Hafenstadt Haziz.

Und dennoch wunderte ich mich. Es gab genügend
Grenzbewohner, meistens Mischlinge, die mir ähnlich
sahen. Grobknochige, hellhaarige Nordbewohner verbanden sich mit kleineren, dunkleren Südbewohnern,
und Menschen wie ich waren das Ergebnis. Dennoch.

»Töricht«, murmelte ich und bahnte mir einen Weg
durch die Menge. »Du wirst ihn in der Stadt niemals
finden, und selbst wenn du ihn findest, wird er dir
wahrscheinlich nichts erzählen können. Nur weil er
dich fälschlicherweise für jemand anderen gehalten
hat...«

Hoffnung flammte auf, erstarb dann wieder, gedämpft von Vorsicht und Geringschätzung.

»Töricht«, wiederholte ich. Und stolperte in einen
einäugigen Mann hinein, der einen Korb Melonen be-
wachte.

Ich entschuldigte mich für meine Tolpatschigkeit,
tätschelte ihm den Arm und wandte mich dann um,
um meine Suche fortzusetzen. Und bemerkte, als ich
mich umwandte, daß sich meine Glieder träge und kalt
anfühlten.

Ich blieb stehen. Schwitzte. Zitterte. Blinzelte, als die
Sicht verschwamm.

Chosa?

Nein. Er ging nicht auf diese Art vor. Chosa war
nicht so feinsinnig. Außerdem ahnte ich seine Versuche, mehr Macht auszuüben, allmählich voraus. Dies
war kein solcher Versuch.

Was dann...?

Hoolies, der *Aqivi* – den wir beide getrunken hatten.

Ich fluchte, fuhr herum, stolperte drei Schritte und
fiel aufs Knie, als die tauben Beine versagten. Zog mich

hoch und taumelte erneut, stolperte über eine Katze, die zwischen den Beinen eines dösenden Danjac hervorgeschossen kam. Der Danjac wachte auf, als ich gegen seine Rippen fiel und seine rauhe Mähne ergriff, um mich aufrechtzuhalten.

Ein Weibchen. Sie regte sich, wandte den Kopf, spie einen Klumpen ätzendes Wiedergekäutes aus. Es landete auf meinem Oberschenkel, aber das war mir im Augenblick gleichgültig. Ich wollte mein Schwert, mit oder ohne Chosa Dei.

Ich schlug schwach nach dem Maul des Danjac, als er die Zähne bleckte. Dann versuchte ich, das *Jivatma* mit der fast völlig gefühllosen Hand aus der Scheide zu ziehen. Ich stolperte, als der Danjac mir meine Stütze entzog, hatte aber mein Gleichgewicht breitbeinig wiedererlangt, als das Schwert letztendlich freikam.

»Bascha...«, murmelte ich. »Hoolies, Del... das ist eine Falle...«

Augen. Sie starrten mich an, erschreckt, ängstlich und wachsam: Ein offensichtlich in Schwierigkeiten geratener Mann schwankte über die Straße, eine schwarz verkohlte Klinge nur mühsam in der Hand haltend. Ich konnte ihnen wirklich keinen Vorwurf machen. Schwerttänzer oder nicht, im Moment war ich eine Gefahr für jeden, der mir nahe kam. Selbst wenn ich es nicht wollte.

»...Bascha...« Aber selbst mein Mund war gefühllos.

Die Sicht verschwamm. Die Straße fiel unter mir weg, Hüfte und Ellbogen landeten im Dreck. Es gelang mir, das Schwert bei der Landung auf Armeslänge von mir fernzuhalten, damit ich mich nicht verletzte.

Hoch. Die Klinge schlug dumpf an, als ich sie über den Boden zog, während ich mich auf wacklige Knie hochmühte. Jedermann drückte sich an die Mauern oder floh in die Häuser und schloß die Türen. Bis auf die Männer mit den Schwertern, die alle in dunkle Burnusse gekleidet waren, die sich kräuselten, als sie aus den Schatten ins Sonnenlicht traten.

Aha. Jetzt würde ich es erfahren.

Meines Wissens habe ich ein Schwert niemals anders gebraucht als auf die Art, für die es bestimmt war. Aber jetzt tat ich es. Ich trieb die Spitze in den Boden, lehnte mein Gewicht darauf, hievte mich hoch.

Die Männer kamen nicht näher heran.

Ich lächelte. Lachte ein wenig. Hob das Schwert sofort in Position und kämpfte mit zu weit gespreizten Füßen verzweifelt um mein Gleichgewicht. Wenn jemand mich anspuckte, fiele ich um. Aber ein gewisser Ruf kann sehr hilfreich sein.

Das – und Samiel.

Der Danjac stand noch immer neben mir und schnaubte unzufrieden. Dann schlüpfte eine dunkel gekleidete, sich schnell bewegende Gestalt unter seinem Bauch hindurch, kam mit einem Messer drunter hervor und schnitt glatt und wirkungsvoll in die weichere Unterseite meines Unterarms ein.

Ich ließ das Schwert natürlich fallen. Und genau das hatte die Gestalt beabsichtigt.

Und dann zwang sie *mich* durch das Verhaken ihres beweglichen Fußes um meinen wackligen Knöchel zu Boden.

Ich landete unter großen Schmerzen flach auf dem Rücken und schlug mit dem hilflos herabhängenden Kopf auf dem festgetretenen Erdboden auf. Ich biß mir auf die Lippen, schluckte Blut, spürte noch mehr Blut aus meinem Arm fließen.

Aber nur einen Moment lang. Alles wurde gefühllos.

Die Gestalt bedeutete den anderen, etwas Bestimmtes zu tun. Sie kamen heran, steckten ihre Schwerter ein. Ein Mann trat näher als die anderen heran, beugte sich dann vor, um mich zu untersuchen. Ich sah undeutlich die eingekerbte südliche Nase. Hörte in dröhnenden Ohren die bekannte gebrochene Stimme.

»Warum«, begann Abbu, »wälzt Ihr Euch jedesmal, wenn ich Euch sehe, im Dreck?«

Ich spie Blut. »Soweit zu Euren Schwüren.«

Dunkle Brauen wölbten sich. »Aber ich habe meinen Schwur eingehalten. Und Sabra ist meine Zeugin.«

Sabra. Ich schaute mich um. Keine Frau. Nur Männer in südlicher Seide und Turbanen.

Und dann sah ich sie. Die kleine flinke Gestalt, die unter dem Danjac hindurchgeglitten war und mir das Schwert aus der Hand geschlagen hatte. Jene Gestalt, die ich für einen Mann gehalten hatte.

Sie streifte den Sandschutz von der unteren Hälfte des Gesichts, ließ den Stoff von ihrem Turban herabbaumeln. Ich sah das kleine dunkle Gesicht, unendlich südlich, die ausdrucksvollen schwarzen Augen, unendlich hochmütig, die flüchtige Rötung der Wangen und die geteilte Rundung des Mundes: Unendlich wach.

Sabra kniete sich hin. Sie war klein, schlank, dunkeläugig: eine ausgesprochene südliche Schönheit. Stumm griff sie nach meinem verletzten Arm, schloß ihre Finger um die Haut. Das Blut floß noch immer reichlich und befleckte ihre Hand. Sie ließ meinen Arm los, betrachtete angestrengt ihre blutige Hand, sah mir dann in die Augen.

Ihre Stimme war sehr sanft. »Ich habe Umir die Frau gegeben.«

Ich zuckte einmal zusammen. Mehr brachte ich nicht zustande. »Zu den Hoolies mit Euch«, krächzte ich, »und auch mit Eurem Bettgefährten mit der gebrochenen Nase.«

Die blutige Hand zuckte vor und schlug mir voll ins Gesicht, hinterließ klebrige Rückstände. Meine Sicht schwankte.

Erstarb.

Ein Riß im Boden ... eine aufgesprungene Öffnung, die den Boden zerteilte, ganz schwarz und gewunden wie ein zum Schreien geöffneter Mund. Innen glitzert etwas, funkelnd wie Punjakristalle, nur daß es keine Punjakristalle sind, sondern etwas anderes. Etwas Weißes und Helles und Kaltes ...

Tief in mir raschelte Chosa.

Die Berge sind vertraut, übereinandergestürzte Trümmer magischer Kriegführung, Bruder gegen Bruder und die Verschwendung von Stärke und Macht. Shaka Obre will beschützen, aber Chosa Dei ist entschlossen, zu zerstören, was immer er vermag.

Die Art, den Krieg zu führen, gerät aus den Fugen, bis sogar das Land protestiert und sich erhebt, um sie beide zu bekämpfen. Die Haut fällt ab, aber es ist nicht die Haut des Menschen. Es ist die Haut des Landes. Das Grasland schält sich ab, hinterläßt bloßen Fels und verwüstete Erde.

In mir lacht Chosa.

»Ich kann alle vernichten, nur um es neu zu gestalten ...«

Die Berge erzittern und stürzen ein, bilden neue Ketten von Gipfeln und kleinen Hügeln.

Chosa hebt die Arme. Die Worte, die er singt, sind sogar für Shaka fremdartig und unbekannt. Wiesen werden zur Wüste. Eine Kette von Süßwasserseen wird zu einem Sandmeer.

Shaka Obre schreit, als er seine Schöpfung zerstört sieht.

Sein Bruder lacht nur. »Ich habe dir GESAGT, daß ich es tun könnte!«

»Dann werde ich DICH verletzen!« schreit Shaka.

Tief in den Bergen ist die letzte Bastion von Shakas Schöpfung gegen ständige Hitze und das unbarmherzige Auge der Sonne geschützt.

»Ich werde es DIR zeigen!« brummt Shaka.

Aber da ist es bereits zu spät. Chosa hat ein Gefängnis errichtet.

»Fort!« ruft Chosa und deutet gebieterisch auf den nächstgelegenen eingefallenen Berg.

Ein Spalt erscheint darin: Der gähnende Mund windet sich. Tief innen glitzert es.

»Geh dorthin!« befiehlt Chosa. »Geh dorthin, und lebe dein Leben ohne Sonne oder Sand oder Sterne.«

»Geh DORTHIN!« Shaka deutet in Richtung Norden, fort von sich selbst. Ein feiner rubinroter Nebel dringt aus seinen Fingern und schließt Chosa Dei ein. »Dorthin!« wiederholt Shaka. »In seinen eigenen neuerschaffenen Berg…«

Aber Shaka Obre verschwindet durch den gähnenden Mund in die in dem Berg gelegene Beständigkeit, in eine Kette von Nischen und Höhlungen, die den neugebildeten Berg durchziehen.

»Siehst du?« sagt Chosa. »Du hast nicht die richtige Magie.«

Und dann verschwindet auch er, von schimmernden Wachen zu der entfernten Beständigkeit des neuen Nordens begleitet, der sich so sehr vom Süden unterscheidet.

Was einst ein einziges Land war, üppig, grün und fruchtbar.

Ich zuckte zusammen, erschlaffte dann wieder. Sah die Muster und Windungen und Raster und wie die knorrige Hand des Hustapha flach auf den feuchten Sand aufschlug.

In mir regte sich Chosa.

In den Sand gezogene Linien…

Die Hand wurde in meine Rippengegend gestoßen und geschlossen. Ich krümmte mich, versuchte zu schreien und erkannte, daß ich geknebelt worden war. Ich erkannte, daß ich in einem kleinen, teilweise schattigen Raum, der nur einen schmalen Fensterschlitz aufwies, mit dem gestreckten Rückgrat nach unten auf einer splittrigen Holzbank lag. Arme und Beine waren zu Boden gestreckt und an Ringe gekettet. Ich trug nur einen Dhoti, der wenig Schutz vor Sabras Hand bot. Ich wand mich so gut wie möglich, selbst als sie lachte.

»Wollt Ihr sie behalten?« fragte sie. Und drückte ein

wenig fester zu. »Was soll ich mit Euch tun, um Euch seinen Tod heimzuzahlen?«

Ich konnte durch den Knebel nicht antworten. Er war aus Leder, das, einmal angefeuchtet, jetzt zu schmerzhafter Starre trocknete. Es war noch mehr in meinem Mund: eine harte glatte Rundheit, die mich zu erwürgen drohte.

Sabra ließ los. Schwarze Augen blickten unbarmherzig drein. »Ich könnte noch viel Schlimmeres tun.«

Zweifellos konnte sie das tun. Zweifellos würde sie das tun.

Del. Bei Umir.

Sabra lachte, als ich mich anspannte. Eisen rasselte dumpf, scheuchte mich zurück in Aladars Mine. Schweiß benetzte mein Gesicht. Dies war Aladars Tochter.

»Ich hatte einen Bruder«, sagte sie leichthin. »Er hätte geerbt. Aber als er neun Jahre alt war – und ich zehn –, ließ ich ihn ermorden. Der Mord wurde perfekt ausgeführt, und niemand hat jemals etwas davon erfahren. Aber keines der Haremsmädchen hat jemals wieder einen Jungen geboren... oder sie haben sie fortgegeben, damit keine weiteren Unfälle geschähen.«

Sie hatte den schwarzen Burnus und den Turban abgelegt und trug jetzt statt dessen eine langärmlige, knöchellange, weiße Leinentunika über einer bauschigen karneolfarbenen Hose. Winzige Füße steckten in Lederschuhen mit Goldspitzen. Glänzendes schwarzes Haar hing gelöst bis zu ihren Knien herab und wellte sich, wenn sie sich bewegte. Ich spannte mich auf der Bank an.

Sie war düstere südliche Vollkommenheit und ausgesprochene Anmut. Keine verschwendete Bewegung. Kein verschwendeter Gedanke. Eine Locke ihres Haars strich über meine Rippen, glitt dann abwärts auf den Bauch zu. Ich erstickte fast an dem Knebel.

»Er hatte erwartet, länger zu leben«, sagte sie. »Er

hatte erwartet, weitere Söhne zu bekommen. Aber er hatte nur Mädchen bekommen, und ich war die älteste von allen. Die anderen waren wertlos.«

Eine kleine Hand berührte den Riß, den Dels Schwert in meiner Rippengegend hinterlassen hatte, hielt inne und zog dann die Narbe nach, genauso wie Del es so viele Male zuvor getan hatte: Aber jetzt wirkte die Geste abstoßend auf mich. Ich wollte Sabra anspucken.

Nachdenklich sagte sie: »Ihr seid schwer zu töten.«

Ich schluckte krampfhaft. Wünschte dann, ich hätte es nicht getan, da der Knebel meine Kehle kitzelte.

Und ich wünschte, ich hätte mein Schwert gehabt.

Mein ... Schwert?

Sabras Hand verweilte, zog noch immer die Narbe nach. Glitt dann wie beiläufig zu den anderen Narben, einschließlich denen auf meinem Gesicht. »*Sehr* schwer zu töten.«

Was war mit Samiel geschehen? Ich erinnerte mich deutlich, was mit Umirs Männern passiert war, als sie zuvor versucht hatten, ihn zu berühren. Hatte Sabra das *Jivatma* auf der Straße liegenlassen?

»Ich habe ihn gehaßt«, sagte sie. »Ich war froh, daß Ihr ihn getötet habt. Aber das kann ich niemandem sagen. Man muß die Form wahren ... Ich sollte Euch danken, aber ich kann es nicht. Es wäre ein Zeichen von Schwäche. Ich bin ein weiblicher Tanzeer ... Die Männer würden mich vernichten. Sie würden mich zu Tode vergewaltigen.« Die Hand bewegte sich von meinem Gesicht fort und erneut auf meine Rippengegend zu, die Finger preßten jede einzelne Rippe und krochen dann auf den Saum meines Dhoti zu. Nägel berührten kupferfarbenes Haar, glitten unter das Leder. »Würdet Ihr mich vergewaltigen, Sandtiger?«

Hatte Abbu das getan?

Kleine Zähne wurden ach, so kurz sichtbar. »Sollte ich Euch kastrieren, damit Ihr es nicht tun könnt?«

Hoolies, die Frau war sandkrank.

Finger fanden das Zugband. »Er hat Euch für mich gekauft, wißt Ihr. Dieser einfältige Esnat von Sasqaat. Er wollte mich beeindrucken, damit ich ihm wohlgesonnen sei und ihn heiraten würde.« Sabra lachte leise. »Als ob ich überhaupt heiraten würde, wenn ich ein eigenes Gebiet habe.«

Die Erinnerung erwachte. Esnat von Sasqaat, Hashis Erbe, der mich zum Tanzen verdingt hatte, damit er eine Frau beeindrucken konnte. Er hatte mir ihren Namen genannt: Sabra. Aber ich hatte sie damals noch nicht gekannt. Ich hatte überhaupt nichts von ihr gewußt.

Esnat, du willst sie nicht. Diese Frau würde dich lebendig verspeisen.

Sabra löste das Zugband und lockerte es. Riß den Dhoti beiseite, ungeachtet meines Zusammenzuckens. »Abbu wüßte sicher gern, wie Ihr im Vergleich zu ihm dasteht«, sagte sie nachdenklich.

Hoolies, sie *war* sandkrank.

Sabra lachte weich. »Im *Kreis*, Ihr Narr. Könnt Ihr nur daran denken? Wie jeder andere Mann?« Sie ließ den Dhoti mit einer verächtlichen Geste wieder über meine Lenden gleiten. »Männer sind leicht zu durchschauen. Umir. Abbu. Ihr. Sogar mein eigener Vater. Sie denken *damit* statt mit dem Kopf. Es ist so *einfach* für mich, daß ein Mann tut, was immer ich will. Wenn man sich daraus« – sie berührte erneut meine Genitalien – »oder daraus« – jetzt streichelte sie ihre Brüste – »nichts macht, ist es so leicht zu bekommen, was man will. Weil man nichts riskiert.« Schwarze Augen schimmerten strahlend. »Mit einem Mann zu schlafen, ist eine unbedeutende Angelegenheit. Aber es bindet ihn sicherer, als irgend etwas sonst es vermag – und dann tut er, was ich ihm sage.«

Ich fragte mich, wie es bei Abbu gewesen war.

Sabra fuhr mit den Fingern durch ihr Haar und

strich es aus dem Gesicht zurück, unbewußt verführerisch für eine Frau, die sich nicht darum kümmerte, wie der Mann vielleicht reagierte. Oder vielleicht wußte sie es, und es kümmerte sie *doch*. Die Frau war nicht leicht zu durchschauen, auch wenn sie Männer anders einschätzte.

Sie ließ das Haar über den Rücken fallen. »Der Jhihadi ist mir gleichgültig«, fuhr sie gelassen fort. »Er hat mir nichts bedeutet und sein Orakel auch nicht. Aber er war nützlich, dieser Tod und der des Orakels auch. Er hat alle Stämme aufgerührt und Euch zu einer leichteren Beute gemacht.« Sie lächelte, strich sich mit einem langen Fingernagel über die Unterlippe. »Als meine Leute das Orakel getötet hatten, setzten sie mit Hilfe schwärzester Magie das Gerücht in die Welt, Ihr und die Frau wärt es gewesen. Das Orakel konnte Euch nicht entlarven, denn Ihr habt es vernichtet, um es daran zu hindern. Jetzt werdet Ihr auch dafür gehaßt.« Sabra lachte kehlig. »Klug, nicht wahr? Das hat alle noch mehr verärgert. Es hat alles sehr leicht gemacht.«

Das Orakel. Tot. Dels Bruder. Wieder tot?

»Jhihadimörder«, sagte sie. »Mörder meines Vaters.«

Ich hatte keinen von beiden getötet, aber das war jetzt unwichtig.

Sabra zuckte die Achseln. Seidenes Haar wellte sich. »Ich hätte ihn letztendlich ohnehin ermorden lassen, um das Gebiet zu übernehmen. Ihr habt mir einige Schwierigkeiten erspart. Wenn ich Euch belohnen könnte, täte ich es. Aber man muß die Form wahren.« Sie schob einen Vorhang aus Haaren hinter die schlanke Schulter. »Ruht Euch heute nacht aus, Sandtiger. Morgen früh werdet Ihr tanzen.«

Schweiß tropfte von meinen Schläfen.

Sie kam erneut näher heran, zog die Fingernägel über meine bloße Brust. Die Haut darunter zog sich zusammen. Es war kein Verlangen, sondern zunehmende Besorgnis. Die Frau beunruhigte mich.

»Abbu will Euch«, belehrte sie mich. »Er sagt, er habe Euch schon immer gewollt. Als ich ihn fragte, was er als Bezahlung für seine Hilfe verlangte, sagte er, er wolle den Tanz. Den letzten Tanz, sagte er. Die wahre und verbindliche Prüfung für die Lehre des Shodo.«

Ein kleiner Hoffnungsfunke sprang auf. Abbu und ich waren Rivalen, aber niemals Feinde.

»Ich habe zugestimmt«, sagte Sabra. »Aber es müssen *Bedingungen* eingehalten werden.«

Der Funke erlosch.

Aladars Tochter verließ den Raum.

38

Als die Dämmerung nahte, kamen Männer herein. Einer von ihnen war Abbu Bensir, der sein Schwert abgelegt hatte. Er wartete schweigend unmittelbar hinter der Tür, während die anderen die Handfesseln lösten, mir den Knebel abnahmen, mir den verkrusteten Messerschnitt am rechten Arm verbanden und mir etwas zu essen und zu trinken daließen.

Sie verließen den Raum wieder, schlossen die Tür hinter sich. Abbu blieb im Raum, lehnte sich gegen die Wand. Er trug einen bronzebraunen Burnus aus einem schweren Seide-Leinen-Gewebe, das sogar in dem schwachen Licht seltsam metallisch schimmerte. Es war weitaus edler als seine übliche Kleidung, die im allgemeinen schäbig zu nennen war. Ich wußte, daß das Sabras Einfluß zuzuschreiben sein mußte.

Licht von dem schmalen Fensterschlitz fiel quer durch den Raum. Er trat in den Schatten, um nicht blinzeln zu müssen. »Für den Tanz«, sagte er und nickte mit dem Kopf in Richtung des Essens.

Ich saß auf der splittrigen Bank, band das Zugband des Dhoti wieder zu und schwieg.

»Sie hat auch Euer Schwert. Ich habe ihr gesagt, was es ist... sie wollte es natürlich haben. Also ließ sie Umir Del herbringen. Das gefiel der Bascha nicht sonderlich, aber sie hat es für uns in die Scheide gesteckt. Sie sagte in etwa, es sei besser, wenn wir es hätten, als wenn irgendein unschuldiges Kind auf der Straße es berührte.«

Ich antwortete nicht.

Die heisere Stimme klang ruhig. »Ihr wißt, daß es auf die eine oder andere Art geregelt werden muß.«

Ich beugte den Unterarm, spannte die Faust an und entspannte sie wieder, um Haut und Muskeln zu überprüfen. Die Wunde schmerzte wie erwartet, aber das Bluten hatte aufgehört, und der Verband würde sie schützen. Sie würde mich nicht beeinträchtigen.

»So entstehen Legenden, Sandtiger. Ihr seid Euch dessen bewußt. Für alle jungen Schwerttänzer *seid* Ihr eine Legende.«

Schließlich hob ich den Kopf und sah ihn direkt an. Meine Stimme krächzte, und mein Mund schmerzte von dem Knebel. »Bedeutet es Euch soviel?«

Abbu zuckte unter dem Burnus die Schultern. »Was gibt es außer der Legende noch? Genau das kaufen die Leute, wenn sie einen Schwerttänzer verdingen. Den Mann, das Können, *die Legende.*«

»Ihr hättet fragen können«, belehrte ich ihn. »Wir hätten unseren eigenen, persönlichen Tanz haben können, nur wir beide, und es ein für allemal regeln können. Dies alles wäre nicht notwendig gewesen.«

Er lächelte, furchte das südliche Gesicht, das fast zehn Jahre älter war als meines. Das Licht schimmerte kurz auf Silberfäden in dunklem Haar. Älter, härter, weiser. Legende in Fleisch und Blut, sehr viel mehr als ich. »Welchen Nutzen hätte das Fragen gehabt, Sandtiger? Ich wollte es einmal tun und erlebte Euch besessen, besessen von Chosa Dei, wie Del behauptete. Konnte ich da fragen?« Er winkte ab. »Und als Ihr Euch erholt hattet, war keine Zeit für einen richtigen, vorschriftsmäßigen Tanz. Da waren Sabra und alle die anderen, die den Mörder jagten. Und ich wußte, daß Ihr niemals innehalten würdet, niemals mit mir einen Kreis betreten würdet, es sei denn unter Zwang.« Schwaches Licht umschattete seine Gesichtszüge. Ich sah die ruhigen hellbraunen Augen, die Narbe, die das Kinn zerteilte, die stete Bereitschaft. Er war jetzt und immer schon jemand, der ich nicht war: ein Mann, der seiner selbst sicher war. Ein Mann, der in seinem Tun so gut war, daß es sein ganzes Leben beeinflußte.

Im Kreis war ich genauso gut. Vielleicht sogar besser, obwohl wir das noch nicht wissen konnten. Aber ich war meiner selbst jetzt nicht sicher, und ich war auch niemals zuvor sicher gewesen. Ich hatte es nur niemals jemandem erzählt.

Abbu wartete schweigend. Ich wußte, daß er mich respektierte, denn er hatte sein Schwert abgelegt. Ich hielt es für unnötig. Ich war die ganze Nacht lang angekettet gewesen. So schnell, wie er war, konnte ich kaum etwas unternehmen, ohne daß er sofort gekontert hätte.

Ich blickte ihm ins Gesicht und sah gedämpfte Erwartung.

Mein Magen zog sich jäh zusammen. »*Ihr* wart es«, erklärte ich. »Sie war ein oder zwei Tage hinter uns. Und dann war sie plötzlich hier, wartete bei Fouads Wirtshaus.«

Er grinste. »Es hat einen Nachteil, eine Legende zu sein, Sandtiger. Die Leute erwarten bestimmte Dinge. Als wir erkannten, daß Ihr und Del Quumi verlassen hattet, sagte ich Sabra – und Umir, den wir in der Oase trafen –, daß Ihr nach Julah wolltet. Ich wußte nicht, warum, aber ich wußte, wohin. Dort geht Ihr immer hin: zu Fouads Wirtshaus. Also schlug ich vor, daß sie Pferde und Wasser teilen und Euch hierher nach Julah folgen sollten, damit die Falle errichtet werden konnte.«

Ich erinnerte mich an Fouads ungeheuchelte Freundlichkeit, an seine höfliche Art Del gegenüber. »Fouad?«

Abbu zuckte die Achseln. »Ihr habt keine Ahnung, wie entschlossen Sabra ist. Sie ist... nicht wie andere Frauen. Was Sabra will, das bekommt sie. Julah ist ihr Gebiet. Sie kann tun, was sie will, und das mit *jedem*

Menschen, der ihr in den Sinn kommt: Mann, Frau, Kind. Ihr wißt, wie Aladar war – ich habe gehört, was er Euch angetan hat. Seine Tochter ist schlimmer. Seine Tochter ist… anders. Fouad wäre ein Narr gewesen, sich ihr zu widersetzen.«

»Was geschieht mit Del?«

Er zuckte die Achseln. »Sie gehört jetzt Umir. Er wird tun, was immer er will.«

Ich suchte in seinem Gesicht nach etwas. Er hatte Del gekannt, bewundert, nach ihr verlangt. »Kümmert Euch das nicht?«

Abbu Bensir lachte sein heiseres, gebrochenes Lachen. »Vertraut Ihr der Bascha nicht? Umir unterschätzt sie… Ich weiß es besser. Er schläft mit Jungen, nicht mit Frauen… Und er will sie nur in seine *Sammlung* aufnehmen. Sammler hegen ihre Objekte.«

Er veränderte seine Stellung an der Wand, rieb wie abwesend über die Kerbe in der Nase. »Del ist wohl kaum hilflos zu nennen. Ich bezweifle, daß er sie lange behalten wird.«

»Womit wir wieder bei mir angelangt wären.« Ich nahm den Becher mit Wasser und trank.

»Es ist einfach, Tiger. Wir tanzen.«

Ich nickte nachdenklich, während ich den Becher senkte. »Sabra erwähnte gewisse *Bedingungen*.«

Die Haut unter einem braunen Auge zuckte kurz. »Sie hat mir den Tanz versprochen. Ich habe keine Bedingungen gestellt, nur die Möglichkeit, unsere Angelegenheit den Kodizes entsprechend zu regeln. Nur das.«

Ich grunzte. »Sabra hat vielleicht andere Vorstellungen.«

»Sabra ist grausam«, stimmte er mir zu. »Weitaus grausamer als Umir, aber…«

»Aber Ihr vertraut ihr.«

Er preßte die Lippen zusammen. Er stieß sich von der Wand ab und trat zu mir, ging um mich herum, spähte kurz aus dem als Fenster dienenden Schlitz. Ich hörte seinen Schritt hinter mir, das Kratzen seiner gebrochenen Stimme, deutlich und seltsam angespannt. Jedes Wort wurde betont und genau überlegt: »Hört mir zu.«

Ich schwieg.

Stille. Dann sagte er sehr leise und unendlich deutlich: »Sabra muß allen männlichen Tanzeers und überhaupt allen Männern ihres Gebietes ihre Macht beweisen. Um sich selbst zu beweisen. Um die Macht mit allen erforderlichen Mitteln zu behalten, weil sie eine *Frau* ist. Sie wird tun, was immer sie tun muß. Wenn es nur nach ihrem Wunsch gegangen wäre, hätte sie Euch vielleicht lebendig die Haut abgezogen – habt Ihr so etwas jemals gesehen?« Er wartete nicht auf meine Antwort. »Ein von unserem Shodo ausgebildeter Mann, ein Schwerttänzer des siebten Grades, verdient es, im Kreis zu sterben.«

»Seid nicht so wohlwollend.« Ich stellte den Becher ab. »Einst hätten wir diese Angelegenheit in einem Kreis regeln können, ohne daß der Tod erforderlich gewesen wäre.«

»Einst«, stimmte Abbu mir zu. »In Iskandar ... Aber ein Pferd hat eingegriffen. Und auch in der Punja, aber da hat Chosa Dei eingegriffen. Und jetzt ist es viel zu spät.«

Schritte knirschten erneut, als er um mich herumtrat, um mich anzusehen. Keine Belustigung mehr. Kein gelassenes Aufstacheln mehr. Er war vollkommen ernst. »Es wird schnell und sauber und schmerzlos vorübergehen. Es wird ein ehrenvoller Tod werden.«

Die Worte stiegen ungebeten auf. »Ihr *seid* Euch Eurer selbst sicher.«

Fältchen erschienen um seine Augen. Er lächelte nicht – nicht wirklich. »Ich bewundere Eure gespielte Tapferkeit. Aber denkt daran, Sandtiger ... ich bin *Abbu Bensir* ...«

Ganz leise sagte ich Abbu, wohin er gehen solle. Auch wann, wie schnell und in welchem Zustand.

Er schreckte kaum merklich, aber dennoch tatsächlich zurück. Und dann lächelte er. »Stahl, dieses Mal. Keine Holzklingen mehr.«

Ich betrachtete die Narbe an seiner Kehle. »Ich hätte Euch damals fast getötet. Ich war siebzehn Jahre alt, noch äußerst unerfahren... Heute sind wir zwanzig Jahre weiter, Abbu. Und Ihr seid viele Jahre älter: Langsamer. Steifer. *Älter*.«

»Weiser«, sagte Abbu sanft. »Und der Sandtiger ist auch nicht mehr so jung, wie *er* einmal war.«

Nein. Und er hatte auch eine an eine splittrige Bank angekettete, benommene Nacht mit den Gedanken an Del verbracht.

Ich betrachtete erneut seine Kehle. »Merkwürdige Sache, Abbu – ich hätte niemals gedacht, daß es Euch nach Rache verlangt.«

Sein Tonfall wurde schärfer. »Verwechselt mich nicht mit Sabra.«

Ich betrachtete ihn aufmerksamer.

»Dies hat nichts mit Rache zu tun. Was kümmert mich das? Was kümmert *Ihr* mich?« Er deutete mit der Schulter zur Tür. »Ich will nur tanzen.«

Ich suchte einen anderen Angriffspunkt. »Ist sie so gut im Bett?«

Abbu fuhr herum, lachte. »Alter Trick, Sandtiger.«

Ich zuckte die Achseln. »Zumindest wäre das ein Grund.«

»Sie ist... erfinderisch und ungehemmt. Aber insgesamt eine Frau wie jede andere.« Er vollführte eine Geste. »Ich habe Euch meinen Grund genannt. Ich tanze aus Freude, wegen der *Herausforderung*... wißt Ihr, wie lange es her ist, seit ich gegen einen würdigen Gegner getanzt habe?«

Gereizt sagte ich: »Ich würde es dennoch genausogern lassen.«

»Zu spät.« Er wandte sich um, trat auf die Tür zu, schaute zurück. »Da ist noch etwas.«

Ich wartete.

Braune Augen glitzerten im Sonnenlicht. »Ich *bin* älter, genau wie Ihr sagt … und werde täglich noch älter. Ich habe jetzt den Wunsch, etwas von mir selbst zurückzulassen, wenn ich die Welt verlasse. Eine Namen, wenn schon nichts sonst.« Der heisere Tonfall nahm eine Eigenschaft an, die ich bei Abbu noch nie bemerkt hatte: eindringliche, entschlossene Schärfe. »Alte Männer sind kraftlos im Geist, sterben betrunken in einem schmutzigen Wirtshaus, verlieren ihren Verstand an Huvaträume oder pissen ins Bett. Ich sterbe lieber im Kreis. Ich sterbe lieber ehrenvoll.« Er legte eine Hand auf die Türklinke. »Und wenn es geschehen soll, wäre es mir lieber, wenn es durch die Hand des Sandtigers geschähe als durch die irgendeines Punjawurms von einem Jungen, der mich an einem schlechten Tag erwischt.«

Ich schaute verwirrt zur Tür, während sie sich hinter ihm schloß und das Schloß einrastete. Ich war versucht, ihn einen Narren zu nennen. Aber ich dachte darüber nach, was er gesagt hatte.

Wandte es auf mich an. Und erkannte, daß er recht hatte.

Es wäre mir lieber gewesen, wenn Abbu mich jetzt tötete, als wenn Nezbet es später täte.

Wenn ich natürlich die Wahl hätte …

Ohne weiteres Aufhebens aß ich die Mahlzeit, die man mir zurückgelassen hatte, und trank das Wasser aus. Stand dann von der Bank auf und streckte und lockerte mich.

Abbu Bensir. Endlich.

Eine Vorahnung entzündete ein Freudenfeuer in meinem Magen.

39

Der beeindruckende Palast des toten Aladar war noch genauso, wie ich ihn in Erinnerung hatte: weiß gestrichene Adobeziegel, gefliste, anmutige Bogengänge, Palmen und Zitronenbäume, die als Schattenspender und wegen ihres Aussehens gepflanzt worden waren. Sogar der Hof bei den Ställen war mit Schichten creme- und kupferfarbenen Kieses bestreut.

Ich ging barfuß. Die Kiesel waren klein und fein, aber dennoch Kies. Ich runzelte leicht die Stirn, prüfte den Untergrund und konzentrierte mich auf den bevorstehenden Tanz. Noch war der Tag kühl, und das bedeutete, daß der Untergrund ebenso kühl war. Aber ich zog einen in festgetretenem Sand oder in Erde gezogenen Kreis einem in Kies gezogenen Kreis vor.

Der Hof bei den Ställen war – bis auf den Kreis und einen schmalen Streifen darum – voller Zuschauer. Abhängig von ihrer gesellschaftlichen Stellung standen sie an den Mauern, hockten im Kies oder saßen auf Bänken und Stühlen. Natürlich nur Männer. Die meisten waren wohl Wächter oder Söldner, die Sabra verdingt hatte, um Julah in ihrer Gewalt zu behalten. Die reichgekleideten Männer waren Händler und Politiker der Stadt, die ihrerseits an die Macht kommen wollten. Andere waren ausgebildete Schwerttänzer, die von Iskandar hierhergekommen waren. Ich kannte viele der letzteren dem Namen nach oder vom Sehen. Wie ein Mann sahen sie mich an, während ich von Wächtern flankiert dastand, und dann Abbu Bensir, als er aus dem luftigen, vornehmen Palast auf den hellen Hof bei den Ställen trat.

Ich hielt das Ganze für albern. Soviel Getue um einen Tanz. Aber es war natürlich Sabras Idee gewesen: Sie wollte, daß ich vor vielen Zeugen getötet würde, so daß kein Zweifel an ihrem Anteil bei dieser Angelegenheit bestehen konnte. Ihre Absicht war offensichtlich: Sie allein hatte den Sandtiger gefangengenommen, den Mörder ihres Vaters, des Jhihadi und des Orakels, als *alle anderen* versagt hatten. Was man jetzt sehen konnte, da sie Gerechtigkeit zumaß!

Hoolies, welch eine Farce.

Ich trug nur einen kurzen Dhoti und die Halskette, keine Sandalen, keinen Burnus oder Harnisch. Es ist die übliche Kleidung für einen Mann, der den Kreis betritt. Zusätzliche Kleidung kann den Tanz ungültig machen. Viele der hier anwesenden Schwerttänzer hatten mich schon früher in ähnlicher Kleidung tanzen sehen, aber keiner hatte mich richtig tanzen sehen, seit ich aus dem Norden zurückgekehrt war.

Außer Abbu natürlich. Er konnte nicht mehr überrascht werden. Aber ich sah und hörte die Reaktionen, als die anderen die von Dels *Jivatma* hinterlassene scheußliche Narbe sahen.

Noch mehr Stoff für eine Legende. Ich fand es ein wenig belustigend. Während ich inmitten meines Wächterpulks wartete, streifte Abbu ruhig Burnus, Harnisch und Sandalen ab. Wie ich trug auch er einen Dhoti. Anders als ich trug er keine Halskette und wies auch keinen faustgroßen, unregelmäßigen Riß in noch immer lebender Haut auf. Er war ein magerer, sehniger Mann weit über vierzig, von Narben übersät, die mit den Jahren hellrosa oder weiß geworden waren. Er war ein Südbewohner und daher kleiner, aber Abbu Bensir hatte keine Nachteile dadurch, daß er sich nur geringer Körpergröße rühmen konnte, und erst recht

967

keine Nachteile dadurch, daß die Größe zugunsten eines geringeren Gewichts aufgewogen wurde.

Verstohlen tat ich einen tiefen Atemzug, der die Rippen anhob und spreizte und mir Raum zum Atmen gab, stieß ihn dann langsam und gleichmäßig wieder aus. Ich gähnte einmal, zweimal, schüttelte Arme und Hände aus, spürte das Kribbeln in Oberschenkeln und Leistengegend. Spürte das wellenförmige, kitzelnde Zusammenziehen tief im Magen, das einem Tanz stets vorausging.

Umir der Grausame hatte mich als schlechten Schwerttänzer bezeichnet, als einen Mann, dessen Schnelligkeit, Kraft und Können niemals ausreichend überprüft worden waren, um die Legende zu beweisen oder zu widerlegen. Ich wußte, daß es dieses Mal anders war. Dieses Mal würde ich *genau* herausfinden, was – und wer – ich war.

Ich dachte an Sula. Ich dachte an Del. Ich dachte an die namenlose Mutter, die mich in der Wüste geboren und dort zum Sterben zurückgelassen hatte. Vor so vielen Jahren: sechsunddreißig, siebenunddreißig, achtunddreißig.

Hoolies, wen kümmerte das?

Ich stand *Abbu Bensir* gegenüber.

Es begann wellenförmig. Dann ein leises Murmeln. Und schließlich teilten sich die Körper: Sabra, Aladars Tochter, trat aus dem großartigen Palast ihres Vaters. Mit ihr kamen weißgekleidete Eunuchen, die Kissen, Fächer und gazeartige Schirme trugen, welche schnell aufgespannt wurden, damit sie vor der Sonne geschützt war, als sie sich auf den gestapelten Kissen niederließ. Sie trug lebhaftes, blutiges Karmesinrot: Tunika, Hose, Turban und einen ganz hellen Hauch von züchtigem Schleier, der mit winzigen goldenen Quasten beschwert war. Die Lederschuhe waren ebenfalls rot, die sehr dünnen Sohlen zeigten schimmerndes Gold mit frischen Spuren von Kies. Es war, so stellte ich fest, ihre Art, ihren Reichtum *und* ihre Verachtung den ärmeren Leuten und auch den hier versammelten Reichen gegenüber zu zeigen.

Sie hob eine kleine anmutige Hand, und alles wurde ruhig. Ihre Stimme klang über den Hof und wurde sogar bis in die hintersten Ecken getragen. Sie wußte, wie sie die Hände angemessen anheben konnte. »Geehrte Gäste, heute präsentiere ich Euch die Gerechtigkeit eines mächtigen, jedoch bescheidenen neuen Tanzeers, personifiziert im Kreis, der bekanntesten Tradition des Südens. Laßt mich Euch mitteilen, wer die beiden Tänzer sind: Abbu Bensir, den Ihr kennt, sowie der Sandtiger.«

Ich seufzte und verlagerte mein Gewicht auf eine Hüfte, während Murmeln den Hof bei den Ställen erfüllte. Dies konnte eine Weile dauern.

»Abbu Bensir«, wiederholte sie, »dem die Ehre zuteil wird, als größter Schwerttänzer des Südens anerkannt zu sein, ausgebildet von dem ehrenhaftesten und verehrtesten Shodo von Alimat, wo nur die Besten der Besten ausgebildet werden.«

Jedermann wußte das.

»Und der Sandtiger, der ebenfalls in Alimat ausgebildet und von demselben Shodo unterrichtet wurde, der aber die Ausbildung, seine Ehre und die Kodizes verleugnet hat, indem er schlimmste Schande auf sich lud: Er hat drei Männer ermordet: meinen Vater, Aladar, den früheren Tanzeer von Julah …« Ihre Stimme brach an diesem Punkt kunstvoll ab, worauf sie sich wieder vollkommen faßte. »… und auch den Jhihadi, der dem Süden durch Prophezeiung und Legende schon vor langer Zeit als der Mann versprochen wurde, der uns alle retten soll, indem er Sand in Gras verwandelt.«

»Oder vielleicht *Glas*«, murmelte ich.

»Und letztendlich ist er der Mann, der mit Hilfe schwärzester Magie das Orakel ermordet hat, denjenigen, der uns allen gesandt wurde, um dem Jhihadi den Weg zu bereiten, damit wir ihn ehren und willkommen heißen könnten.«

»Noch etwas?« murmelte ich.

Sabra legte eine Hand über ihr Herz und neigte bescheiden den Kopf. »Ich bin nur eine unwürdige Frau... aber ich werde folgendes tun – für Julah und für den ganzen Süden: *Ich entschädige Euch für den Tod der drei Männer, die wir liebten!*«

Hoolies, welch eine Vorstellung!

»Und daher«, sagte sie ruhig, »bringe ich Euch heute Gerechtigkeit. Ich präsentiere Euch heute einen Tanz, wie es niemals einen gleichen geben wird. Einen Tanz auf Leben und Tod. Einen wahren und verbindlichen Tanz, gestaltet aus wahren und verbindlichen Schwüren, wie sie in Alimat gelehrt werden. Alle Kodizes sollen gelten. Die Traditionen sollen in Ehren gehalten werden.«

»Es wäre vielleicht angemessen«, rief ich, »wenn mir jemand ein Schwert gäbe!«

Das bewirkte, was ich erwartet hatte: Es lenkte Sabras Einfluß ab, erschreckte Kaufleute und Politiker, brachte die Schwerttänzer zum Lachen. Die Spannung, die sie mühsam aufgebaut hatte, war plötzlich verflogen.

Das gefiel ihr überhaupt nicht.

»Hierher!« fauchte Sabra, und einer ihrer Wächter zog mich gewaltsam zu ihren Kissen hinüber. Schwarze Augen blickten wütend drein, aber ihre rot angemalten Lippen lächelten süß hinter dem hauchdünnen roten Schleier. »Ein Schwert?« fragte sie. »Aber natürlich bekommt Ihr ein Schwert. Ein ganz besonderes Schwert.« Sabra schnippte mit den Fingern. »Sicherlich werdet Ihr es kennen. Es ist ein Teil der Legende.«

Einen Moment lang, nur einen Moment lang, glaubte ich, es sollte Samiel sein. Und dann wußte ich es ebensoschnell, daß darauf nicht zu hoffen war. Sabra war nicht dumm. Wenn sie noch nichts über *Jivatmas* gewußt hatte, bevor sie mich verfolgt hatte, hatte Abbu ihr inzwischen alles darüber erzählt. Er wußte genug über *Jivatmas*, um sie zu respektieren und mit Vorsicht zu behandeln. Er hatte Dels Schwert gesehen, und er hatte auch meines gesehen. Abbu wußte es besser.

Also nicht Samiel, angefüllt mit Chosa und mit südlicher Magie. Die kurze Hoffnung erstarb.

Ein Eunuch trat mit einem purpurfarbenen Kissen vor. Darauf lag offen ein Schwert, ein südliches Schwert. Ein sehr bekanntes Schwert: vom Shodo gesegnet, mit blau gefärbter Stahlklinge und Perlschnüren umwickeltem Heft.

Alle Kraft verließ mich wie Sand. »*Woher habt Ihr dieses Schwert?*«

»Ihr wart unvorsichtig«, sagte sie, »und habt die Legende vernachlässigt. Was alles noch angenehmer macht.« Ihr Blick ruhte gierig auf meinem Gesicht, versuchte meinen Gesichtsausdruck einzuschätzen. Was sie sah, gefiel ihr. Sabra lächelte und lachte dann. Gehässig flüsterte sie: »Ich habe wieder hergestellt, was verlorenging, um die Legende vollständig zu machen.« Ich knirschte leicht mit den Zähnen. »Es war zerbrochen«, zischte ich kurz. »Einzelhieb war *zerbrochen.*«

»Und daher habt Ihr Euch seiner entledigt.« Sabra zuckte die Achseln. »Die Hälften wurden gefunden und wiedererkannt. Ich ließ sie mir bringen und reparieren. Daher konnte ich ihn für Euch wiederherstellen.«

»Hoolies, Frau ... Ihr seid *sandkrank.* Einmal zerbrochener Stahl ...« Aber ich brach ab, sah das Glitzern in ihren Augen. Sie wußte es. Genausogut wie ich. Genausogut wie jedermann, obwohl sie sich nicht die Mühe machte, es den anderen zu sagen.

Einmal zerbrochener Stahl wird immer wieder zerbrechen. Gleichgültig, wie fachmännisch er wieder zusammengefügt wird.

Was natürlich ihre Absicht war.

Sabra vollführte eine weitschweifende Geste, zeigte kleine weiße Zähne. »Nehmt es, Sandtiger. Damit die Legende wieder vollständig wird.«

Ich war es gründlich leid, immer als Legende bezeichnet zu werden. Zuerst Abbu, jetzt Sabra. Ich war ein Schwerttänzer, nicht mehr. Ein guter, das gebe ich zu. Ich würde sogar sagen, daß ich als großartig bekannt war… Aber wirkliche Legenden sind üblicherweise tot. Und das war ich nicht. Noch nicht.

Ich streckte eine Hand aus. Das Kissen wurde fortgezogen.

»Ah!« Sabra lachte und berührte geziert ihre Brust. »So werde ich daran erinnert… daß erst noch die Schwüre geleistet werden müssen!« Sie deutete auf Abbu und hob die Stimme, damit jedermann sie wieder hören konnte. »Wenn Ihr vortreten wollt? Alles muß unter Zeugen geschehen. Alles muß ordnungsgemäß durchgeführt werden, den Ehrenkodizes von Alimat entsprechend. Ihr beide müßt in einem geweihten Kreis verpflichtet werden.«

Ich fragte mich gereizt, wieviel sie bereits gewußt hatte. Und wieviel Abbu ihr erzählt hatte.

Sabra lachte erneut, als Abbu vortrat. »*Noch etwas* habe ich vergessen – typisch Frau!« Eine weitere anmutige Geste. »Ich habe besondere Gäste. Dort… seht Ihr?«

Wir schauten natürlich hin, wie sie es beabsichtigt hatte. Genau gegenüber von uns, auf der anderen Seite des Kreises, war eine Art Sonnenschutz errichtet und Kissen sorgfältig ausgelegt worden, und Eunuchen stellten sich mit Fächern auf. Umir der Grausame stand dort. An seiner Seite befand sich eine mit einer Kapuze bekleidete und reichlich in südliche Seide gehüllte Gestalt.

Einzelhieb. Und Del. Was konnte ich mehr verlangen?

Freiheit für uns beide.

Hoolies, welch ein Durcheinander.

Umir führte Del an den Rand des Kreises. Nahe genug, damit ich sehen konnte, daß ihre Handgelenke gefesselt waren. Nahe genug, damit ich ihr Gesicht und den Ausdruck darauf sehen konnte. Sie war eindeutig unverletzt, und genauso eindeutig war sie beunruhigt. Aber ihr fehlten genau wie mir das *Jivatma* und die Freiheit. Und als wir einander ansahen und die Wahrheit hinter den Masken suchten, wußten wir, daß es keinen Ausweg gab.

Umir hatte seine eigene Magie angewandt. Del trug einen weißen, schweren, golddurchwirkten Seidenstoff, die kostbare südliche Seide, die nur Tanzeers tragen konnten, weil sie jedermann sonst verboten war, es sei denn, ein Tanzeer hätte es gestattet. Einfachen, schmucklosen, golddurchwirkten Seidenstoff, zu hell im Sonnenlicht. Ein mit einer Kapuze versehener weiter Burnus, der die Spitzen bloßer Zehen berührte, weder mit einem Gürtel gehalten noch andersartig befestigt. Er stand von der Kapuze bis zum Saum in schweren, unbeweglichen Falten offen.

Umir lächelte mich an. »Sie wirkt bescheidener, nicht wahr? Und auch ihre Kleidung?«

Ich runzelte die Stirn, hielt ihn für einfältig.

»Ich bevorzuge bei allen Dingen Einfachheit, bei den Dingen, die ich der Welt zeige. Es kann *so* wirkungsvoll sein, wenn Oberflächliches unterschätzt wird... Aber unter dieser Oberfläche ist alles ganz anders. Bei Menschen – *und* bei der Kleidung.« Er legte eine Hand auf Dels Schulter, versenkte die Finger in den Seidenstoff. »Dieser Burnus ist Teil meiner Sammlung und hat den Wert von drei Gebieten. *Ihrer* würdig, denke ich.«

Umir ergriff plötzlich den Stoff, zog den Burnus mit

einem gekonnten Schwung auf und drapierte ihn mit der Innenseite nach außen über seinen linken Arm, wie ein Stoffhändler, der seine Ware zeigt. Der schwere weiße Burnus wurde plötzlich zu etwas anderem, zu unglaublich *mehr:* ein gespenstischer, südlicher, vom Morgenlicht überschwemmter Sonnenuntergang. Alle Gelbtöne und Orangefarben, alle die gespenstischen Rottöne und die Zwischentöne eines samumgeborenen Sonnenuntergangs, der aus dem Horizont der Punja heraufwirbelte, auf kostbarem, golddurchwirktem Stoff und auf einer noch kostbareren Frau aufblühte.

Umir breitete eine Hand über das glänzende Innenfutter. »Perlen«, flüsterte er weich. »Hunderte von Perlen, gefärbtes Glas und Gold und Messing… und Federn, *alle die Federn*, von hunderttausend Vögeln, die man im Süden nicht einmal kennt…« Er lächelte einfältig und liebkoste sanft das sonnenuntergangartige Innenfutter, wie ein Mann die Brust einer Frau liebkost. Perlen schimmerten, klapperten. Zarte Federn flatterten. »Drei Domänen wert«, wiederholte er. »Und jetzt eine Frau, die ihn trägt.«

Geschickt zog Umir die Kapuze weg. Auch sie war mit Glasperlen und Myriaden bunter Federn besetzt. Aber das kümmerte mich nicht. Jetzt war Dels Gesicht für jedermann sichtbar. Hinter mir hörte ich das Rascheln und Murmeln südlicher Männer, die eine nordische Frau betrachteten.

Sie war wieder blond, und die Haut war hell wie Honig. Sie trug auch unter dem Burnus Weiß: eine Tunika in nördlichem Stil aus weich gearbeitetem, unverfälschtem Wildleder, die bis zur Mitte der Oberschenkel reichte. Beine und Füße waren nackt und betonten ihre ausgeprägte, kraftvolle Anmut genauso wie Umirs Sieg. Kein südlicher Mann hat jemals so viel von einer Frau gesehen – oder sie so marktschreierisch gezeigt –, es sei denn, er hat mit dieser Frau geschlafen oder Geld für sie bezahlt.

Del lächelte nicht. Sie blinzelte nicht einmal. Aber andererseits brauchte sie das auch nicht zu tun. Sie war im Sonnenschein. Tageslicht gegenüber Sabras Nacht, Stahl gegenüber Sabras Seide. Und jedermann dort wußte es, einschließlich Aladars Tochter.

Besonders Aladars Tochter.

Eine kleine, aber würdige Rache.

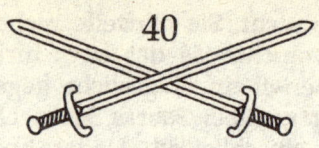

40

Sabra stand in einem Durcheinander von Kissen unter einem gazeartigen Sonnenschirm. »Ihr werdet schwören«, erklärte sie und ließ keinen Raum für Fragen. »Leistet den Schwur von Alimat, daß Ihr alle Kodizes so ehren werdet, wie Euer Shodo es Euch gelehrt hat.«

Ich warf Abbu, der neben mir stand, einen Seitenblick zu. »Muß man diese Leute, die alles zu wissen glauben, nicht einfach lieben?«

Er verzog einen Mundwinkel, wodurch mir etwas klar wurde. Er stand vielleicht sowohl in beruflicher als auch in privater Verbindung mit Sabra, aber er mußte nicht zwangsweise ihre übertriebene Handlungsweise schätzen.

Sabras schwarze Augen glitzerten. »Ich weiß, was ich weiß.« Sie streckte eine schlanke Hand aus und winkte. Ein kleines Messer mit kurzer Klinge wurde in ihre Handfläche gelegt. *Elaii-ali-ma*«, sagte sie kühl, »wie ich mühevoll gelernt habe.«

Meine Belustigung schwand. Ein zweiter, eindringlicher Blick zu Abbu zeigte mir, durch sein Stirnrunzeln und den fest zusammengepreßten Mund ausgedrückt, die gleiche Bestürzung. Ich nahm an, daß er ihr die Dinge beigebracht hatte, die sie über Alimat und die Schwüre wußte. Aber jetzt hatte sie an eine private, persönliche Sache gerührt, die kaum jemals angesprochen wurde, wenn das Ritual vollzogen war, und auch dann nur sehr indirekt. Sie sprach jetzt für uns beide, ruhig und überzeugend. »Ich bin in jeder Beziehung

Aladars Tochter, bis auf eins: Ich lebe. Eines Tages werde ich durch einen Meuchelmörder oder einen gedungenen Mörder sterben, wenn ich nicht gewisse Maßnahmen ergreife, aber im Moment lebe ich. Im Moment bin ich ein *Tanzeer*, ungeachtet des Geschlechts. Aladars Macht gehört mir ...« Sie hielt inne, versicherte sich unserer Aufmerksamkeit und fuhr zufrieden fort: »Wie auch alle seine Mittel, einschließlich gewisser Schriftrollen, die die Rechtschaffenheit vieler Dinge bekräftigen und die Magie enthalten, die notwendig ist, um jedes Ziel zu erreichen.« Hinter dem hauchdünnen karmesinroten Schleier mit den ihn beschwerenden goldenen Quasten war ihr junges Gesicht auf kühle Art ruhig, für sich allein schon beängstigend. »Diese Magie, diese Macht, ist Wissen. Aufgrund der Schriftrollen und der Voraussicht habe ich es zur Verfügung ... Und daher gehört die Macht mir. Ich habe es für mich entschieden, sie jetzt zu gebrauchen, um Ordnung in unser Leben zu bringen.«

Abbu verlagerte leicht sein Gewicht. »Sabra ...«

Schwarze Augen flammten auf. »Ihr werdet schweigen, Abbu Bensir. Wir haben das *Elaii-ali-ma* begonnen.«

Ich regte mich abwehrend und schüttelte den Kopf. »Nur der Shodo ...«

»In diesem Fall bin *ich* der Shodo.«

Abbu und ich wechselten einen Blick. Dann vollführte Sabra eine Geste. Wuchtige Eunuchen mit Messern in den Händen traten hinter uns beide und machten uns schweigend auf beeindruckende Weise klar, daß wir uns auf unsere Manieren besinnen sollten.

Abbus Rolle hatte sich eindeutig geändert. Er sah nicht sehr glücklich aus. Aber ich war auch nicht glücklich.

Wenn Abbu *sehr* unglücklich würde ... Hoffnung kam auf. Die beiden größten Schwerttänzer sollten Aladars Tochter vernichten, dachte ich grimmig, die mit jedem Augenblick, der verging, zu einer größeren Bedrohung wurde.

Nicht dumm, Aladars Mädchen. Und sehr gefährlich.

»*Elaii-ali-ma*«, wiederholte sie, »ist erforderlich, um den Kreis gegen eine Entweihung von außen zu verschließen, um die Tänzer im Innern einzuschließen, bis der Tanz vorüber ist.«

»Wir wissen, was es bedeutet«, murmelte ich.

Abbu nickte zustimmend. »Wir sollten beginnen.«

»Dann gebt mir Euer Blut«, befahl sie.

Ich bot meinen tuchumwickelten Unterarm dar. »Ich habe meinen Beitrag bereits geleistet.«

»Dann wird dies wenig Mühe kosten.« Sie vollführte eine scharfe Geste, und zwei Eunuchen ergriffen meinen Arm. Einer von ihnen zog den Verband ab und entblößte den fünf Zentimeter langen Schnitt, den Sabra selbst mir zugefügt hatte.

Bevor ich Einspruch erheben konnte, schnellte das kleine Messer vor. Ich fluchte, als es in einem Winkel über die verkrustete Wunde schnitt. Frisches Blut floß hervor. Sabra benetzte die Finger und tupfte dann drei Punkte auf Abbus Stirn. »Bei der Ehre Eures Shodo, bei den Kodizes von Alimat: Ihr werdet den Kreis nicht verlassen, bis der Tanz beendet und einer von Euch tot ist. Wenn Ihr dem zuwiderhandelt, wenn Ihr gegen Eure persönliche Ehre und die Ehre des Shodo verstoßt, wird Euch künftig die Gnade eines von einem Shodo gesegneten Schwerttänzerkreises, ob wahrhaftig oder von Euch gestaltet, verwehrt sein.«

Ein Muskel zuckte an Abbus Kinn. »Den Kodizes entsprechend, nach denen zu leben ich vor dreißig Jahren vor dem Shodo selbst geschworen habe, nehme ich den Tanz an. Er wird so durchgeführt werden, wir Ihr es fordert, im Einvernehmen mit allen Schwüren.«

Sie nickte und streckte eine Hand aus. Ohne die Hilfe der Eunuchen bot Abbu seinen Unterarm dar und beobachtete unbewegt, wie Sabra hineinschnitt. Er blutete weniger als ich, da er vorher keine Wunde gehabt hatte. Was mich betraf, so tropfte aus meiner Wunde noch immer langsam Blut herab. Abbus Blut lief in einer einzigen Bahn herab, bis Sabra die Finger darin versenkte. Drei Punkte auch auf meine Stirn, unter das zerzauste Haar. »Für Euch gilt das gleiche«, erklärte sie. »Ist Euch der Schwur klar?«

»Ich könnte vermutlich nein sagen…« Aber ich brach jäh ab, denn ich hatte keine Lust mehr, sie in irgendeiner Weise zu erheitern. »Da ist nur noch eine kleine Sache. Ihr erwähntet gewisse *Bedingungen*.«

»Ah.« Sabra lächelte. »Ihr könntet es als Ansporn bezeichnen. Ich will, daß dies der beste Tanz wird, der je getanzt wurde, bei dem sich keiner der beiden Männer aus alter Freundschaft oder alter Rivalität zurückhält. Solche Gedanken können den Erfolg behindern.« Schwarze Wimpern senkten sich kurzzeitig, dann sah sie Abbu Bensir an. »Ihr sollt ihn töten«, sagte sie deutlich, »so kunstvoll wie möglich. Ich will, daß es *lange* dauert. Schneidet ihn in Stücke, wenn Ihr wollt… Zerteilt ihn wie rohestes Fleisch – aber verschwendet meine Zeit nicht mit Beteuerungen Eurer Treue oder einem persönlichen Bedürfnis danach, gnädig sein zu müssen, indem Ihr ihn mit einem Streich tötet.« Ihr Tonfall wurde weich, träge. Bei einer anderen Frau hätte ich gesagt, dieser Tonfall sei im Bett angemessen. Ich fragte mich allmählich, ob ihr dies genausoviel bedeutete oder vielleicht sogar mehr. »Ich glaube, Ihr kennt mich gut genug, um zu wissen, was geschehen könnte, wenn Ihr nicht tut, was ich verlange.«

Sie meinte es tödlich ernst. Abbu blinzelte nicht einmal, aber seine Lippen waren fest zusammengepreßt und blaß. Er sah mich nicht an, weil er es wohl nicht fertigbrachte. Er hatte den Tanz den Schwüren gemäß angenommen. Ungeachtet Sabras blutdürstiger Prägung des Tanzes konnte er ihn nicht aufgeben, oder er würde alles das aufgeben, wofür er lebte. Und dafür war Abbu nicht geeignet.

Ich öffnete den Mund, um eine Bemerkung zu machen, aber jetzt sah Sabra mich an. »Hört mir zu«, sagte sie ruhig. »Ich bin rachsüchtig und nachtragend. Ich bin alles, was sie – und Ihr – jemals von mir behauptet haben. Denkt Ihr, ich sei nicht im Bilde?« Sie ergriff das Messer mit einer Hand. Die dunklen Knöchel wurden weiß. »Ihr seid mir *gleichgültig* ... ihr *beide*. Versteht Ihr? Ich will dies für mich, und ich will es auf *meine Weise*.«

Ich sah sie ebenfalls an, gab nichts preis. Sie hatte alles unter Kontrolle, mit den Söldlingen – und den großen, aufmerksamen Eunuchen – im Hintergrund.

Sie bleckte die Zähne. »Ich könnte Euch sofort töten, hier vor aller Augen – und vor dieser Frau. Würde Euch das befriedigen?«

Als ich keine Antwort gab, fuhr sie unbeirrt fort. »Nun, mich würde es nicht befriedigen. Ich ziehe weitgreifendere *Bemühungen* vor.« Sie hielt das Messer vor sich, und einer der Eunuchen nahm es ihr ab. »Hört mir zu, Sandtiger, während ich Euch meine Bedingungen nenne: Abbu Bensir soll Euch töten. Aber *Ihr* sollt auch ihn töten.«

Ich nickte ernst. »So verläuft ein Tanz auf Leben und Tod *üblicherweise:* Jeder versucht den anderen zu töten.«

· Sabra lächelte kühl, durch meine Überheblichkeit wenig beeindruckt. »Wenn Ihr ihn tötet, werde ich Euch freilassen.«

Ich wollte ausspeien, aber ich tat es nicht, sondern lachte statt dessen laut auf. »Ich glaube Euch kein Wort! Der einzige *Zweck* dieses Tanzes besteht darin, mich zu töten.«

»Tatsächlich?« Sie glättete eine Falte in ihrem Schleier. »Nein, das glaube ich nicht. Er dient nur zu meiner *Unterhaltung* – und um allen anderen zu beweisen, daß ich meiner Stellung wert bin.«

Ich knirschte so fest mit den Zähnen, daß mein Kiefer knackte. »Warum dann...«

Sie lachte belustigt auf und warf den turbanbedeckten Kopf zurück. »Ihr Narr – ich will einen guten Tanz sehen: Ich will einen *leidenschaftlichen* Tanz sehen: zwei Männer in einem Kreis, die einander mit Stahl bedienen anstatt mit Haut.« Die Belustigung schwand jäh, wurde von gieriger Eindringlichkeit ersetzt. »Tötet ihn, und Ihr kommt frei. Aber wenn er darin fehlt, *Euch* zu töten, wird er an Eurer Statt getötet werden. Dafür werde ich selbst sorgen.«

»Das sagtet Ihr bereits.«

Sabras Augen glitzerten. »Wenn Ihr darin fehlt, mich zu unterhalten, wenn es Euch in den Sinn kommt, mich zu reizen – *oder* wenn Ihr damit liebäugelt, Eure Kraft zu bewahren –, werde ich diesen Tanz sofort abbrechen und Schlimmeres tun, als Euch töten zu lassen.«

Ich lachte. »Was ist schlimmer?«

»Zunächst werde ich Euer Pferd kastrieren.«

Das erwischte mich vollkommen unvorbereitet. »Mein... Pferd?«

»Dann werde ich Euch kastrieren – und Euch in die Mine werfen.« Sabra lächelte selbstgefällig. »Ich habe Euer Pferd. Ich habe Euer Schwert – sogar das magische Schwert –, und ich habe auch Euch. Ich habe schon als Kind gelernt, daß Männer ihre Männlichkeit und die lebender Besitztümer am meisten schätzen... Ihr werdet Eure verlieren und zum Sterben in der Mine zurückgelassen werden, wenn Ihr mich nicht ausreichend unterhaltet.« Ein winziges bösartiges Lächeln. »Ich glaube, Ihr kennt die Mine. Ihr habt sie schon früher *besucht.*«

Ich hatte einen metallischen Geschmack im Mund. »Laßt mein Pferd in Ruhe.«

Es reichte aus, um sie zum Lachen zu bringen. Und dann erstarb das Gelächter. »Ihr werdet den Tanz den

Kodizes gemäß annehmen, denen zu gehorchen Ihr geschworen habt. Ihr werdet die verbindlichen Schwüre aufrechterhalten, die Ihr vor Eurem Shodo geleistet habt.«

O Hoolies, Bascha ... und du dachtest, *deine* Kodizes wären hart!

Ich zuckte gespielt gleichgültig die Achseln. »Was kann ich sonst tun?«

»Das Ritual vollenden!« fauchte sie.

Hoolies, sie kennt *tatsächlich* alles ...

Ich zuckte erneut die Achseln und sprach die Worte aus, die sie so gern hören wollte, die Worte, die Abbu auf mich angewandt hatte. Und ich wußte, daß der Kreis besiegelt war.

Wie auch mein Schicksal besiegelt war. Aber das war nicht mehr so wichtig. Abbu würde es sehr kurz machen, wenn ihm freie Hand gelassen würde.

Oder quälend lang, je nachdem, wie man es betrachtete.

Ich grinste Sabra an. »Ich sehe Euch in den Hoolies.«

Sabra lächelte ebenfalls. »Ihr werdet sie vor *mir* sehen.«

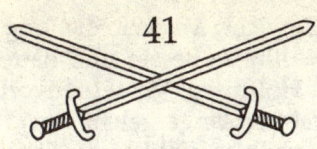

41

Sabra trug Abbus Schwert und Einzelhieb selbst zum Kreis hinüber. Abbu und ich beobachteten beide, aber keiner von uns sah. Wir hatten keine Zeit dafür.

Ich hatte mich in meinem Raum so gut wie möglich gelockert, bevor ich in den Hof hinausgebracht worden war. Es genügte nach einer Nacht in Ketten ohne Nahrung und Wasser nicht, aber ich hatte getan, was ich tun konnte. Insgesamt war ich körperlich bereit: Mein zuvor verletztes Knie war wieder geheilt, das Narbengewebe straff, Schultern und Oberschenkel waren gelockert. Und obwohl ich Kies nicht sehr mochte, würde er mich nicht beeinträchtigen. Die Sohlen der Füße eines Schwerttänzers sind von jahrelangem Barfußtanzen stets abgehärtet.

Ich fühlte mich recht gut, bis auf das bohrende Stechen der wieder geöffneten Wunde am Unterarm und des kleineren Schnitts, den Sabra hinzugefügt hatte. Aber ich hätte das alles vergessen, wenn der Tanz erst begonnen hätte. Man kann es sich nicht leisten, an etwas anderes als den Tanz zu denken, wenn man angefangen hat.

Ich warf Abbu einen Seitenblick zu. Seine Augen blickten sehr klar, sein Gesichtsausdruck war vollkommen gelassen, verriet keine Sorge darüber, was geschehen würde. Der südliche Körper war gut ausgewogen, und die Haut war straff, ohne die verräterischen Anzeichen von Alkohol- oder Huvamißbrauch. Er war älter, aber immer noch ausgesprochen fähig, ohne übermäßiges Gewicht, Verweichlichung oder Schwerfälligkeit. Ich wußte es besser und hatte daher keinen Anlaß zu der Hoffnung, er sei unvorbereitet. Abbu Bensir hatte nicht so lange gelebt – und so viele Männer besiegt –, weil er sich unzureichend vorbereitet hätte.

Aber er *war* älter. Älter als ich natürlich, aber auch *alt*, zumindest für einen Schwerttänzer. Das mußte ihm bewußt sein. Und auch wenn er mehr als einmal gesagt hatte, daß ich mich während der letzten Jahre verändert hatte, daß der Norden meine Eindringlichkeit und Fähigkeit beeinträchtigt hätte, würde ein Blick auf mich das jetzt widerlegen. (Und er hatte mehr als nur einen Blick riskiert, auch wenn er es sehr beiläufig getan hatte.) Die Flucht hatte meine Sinne geschärft, und Chosa Dei hatte mir bei der Heilung meines zerschlagenen Körpers geholfen. Ich war kein unwürdiger Gegner. Und ich war ein *jüngerer* Gegner.

Ich lächelte. Schüttelte lange, muskulöse Arme. Schwenkte große Hände. Lachte weich, während ich kurz breite Schultern rollte, den kräftigen Nacken von einer Seite zur anderen bewegte.

»Sollte interessant werden«, murmelte ich. »Zu schade, daß wir keine Gelegenheit haben, eine Wette abzuschließen.«

»Ich habe eine Wette abgeschlossen«, erwiderte er. »Ihr dürft raten, wie ich gewettet habe.«

Ich kicherte. »Kluges Geld wird auf mich gesetzt.«

»Nicht mit diesem Schwert.«

»Ich brauche kein Schwert.«

Er lächelte grimmig. »Wollt Ihr mit Eurer Zunge tanzen?«

»Ich wiege fast hundert Pfund mehr als Ihr.«

Abbu nickte weise. »Wodurch Ihr sicher langsamer seid.«

»Das war noch nie der Fall.«

Er beobachtete, wie die in blutrote Seide gekleidete

Sabra sich hinkniete, um sein Schwert niederzulegen. »Ich bin genauso fähig wie immer.«

»*Ich bin* so fähig, wie ich mit siebzehn Jahren war, als ich Eure Abwehr zerschlagen und fast Eure Kehle zerschmettert habe – tut sie noch weh, beeinträchtigt sie Eure Atmung? Nur daß ich jetzt ein wenig älter bin, ein wenig klüger ...« Ich hielt inne. »Und um einiges *besser*.«

Abbu antwortete nicht.

Ich atmete tief ein, lachte weich. »Wer glaubt sie zu sein, daß sie *uns* befiehlt, sie zu unterhalten? Hoolies, Abbu, wir haben – Wie lange? – fünfzig Jahre lang nichts *anderes* getan als zu unterhalten.« Ich kicherte erneut. »Ich denke, wir sollten – hm, zwei Durchgänge lang? – ziemlich glänzen, und dann werden wir den Tanz beginnen.« Ich hielt inne. »Den *Tanztanz*, meine ich ... die Art, aus der Legenden gemacht sind.«

Abbu sah mich mit festem Blick an. »Er hat mir gesagt, daß es eines Tages soweit kommen würde.«

»Wer?«

»Der Shodo. Eines Tages in Alimat. Als ich zusah, wie ein unbeholfener Chula vorgab, ein Mann zu sein.«

Ich lachte frei heraus. »Spart Euch das, Abbu. Das ist nicht Euer Stil – und Ihr habt mir ohnehin bereits erzählt, daß Ihr einer der ersten wart, die vermuteten, ich könnte besser als gut sein.«

Er zuckte die Achseln. »Das seid Ihr. Aber ich bin es auch. Ich bin Abbu Bensir.« Er lächelte leicht. »Ich bin die Legende, an der sich andere messen. Sogar Sandtiger.«

Ich widersprach höflich. »Ihr seid alt«, sagte ich freundlich. »Alte Männer sind langsamer als jüngere und anfälliger für Fehler, wenn die müden Glieder allmählich versagen. Ihr seid eine Legende, in Ordnung ... Aber das Licht einer solchen Legende schwindet normalerweise zusammen mit dem Sehvermögen eines alten Mannes.«

Abbu preßte die Lippen fest zusammen.

Bevor er etwas erwidern konnte, legte ich erneut los. »Ich bin froh, daß Ihr Sabra so gut aushelfen konntet, indem Ihr alle unsere Geheimnisse bezüglich der Schwüre und was sonst noch immer verraten habt. Eine andere Art des Tanzes – die *normale* Art des Tanzes – wäre viel zu langweilig gewesen. Zumindest haben wir auf diese Weise die Gelegenheit, Sabra – und jedermann sonst – zu zeigen, welche Art von Männern wir sind.« Ich zuckte die Achseln. »Wie viele Schwerttänzer können sich rühmen, in Alimat ausgebildet worden zu sein? Wie viele von uns haben tatsächlich die richtigen Schwüre geleistet?« Ich nickte. »Alle diese ganze Heimlichtuerei hat keinen Zweck… Es hat keinen Sinn, den Erwartungen eines einzigen Shodo gemäß zu leben. Wen kümmert es?« Ich zuckte die Achseln. »Es ist gut, daß Ihr alles ans Tageslicht gebracht habt.«

Das südliche Gesicht verdunkelte sich. »Ich habe *nichts* gesagt…«

Aber er wurde durch Sabras Rückkehr unterbrochen. »Geht zum Kreis«, fauchte sie kurz und setzte sich auf ihre Kissen. Abbu starrte ausdruckslos hinter ihr her, noch immer beschäftigten ihn meine Worte und das Bedürfnis, mir die Wahrheit mitzuteilen.

»Wartet…«

»Nein.« Sie deutete auf den Kreis. »Verschwendet keine Zeit mehr.«

»Sabra…«

»*Geht*«, zischte sie, »oder ich lasse Euch hintragen!«

Leise lachend wandte ich mich um und ging zum Kreis. Ich blieb auf dieser Seite des Kreises stehen und ließ Abbu, der noch immer über das Gesagte nachdachte, um den Kreis herumlaufen. Ich wollte, daß er so lange wie möglich darüber nachdachte. Geteilte

Aufmerksamkeit kann sehr nützlich sein ... solange sie einen nicht selbst betrifft.

Ich nickte. Stellte mich auf, die Arme hingen locker an den Seiten herab. Ich konzentrierte Augen, Ohren und Körper auf den bevorstehenden Tanz, richtete *meine* Aufmerksamkeit auf nur eine Sache: auf das Eröffnungsmanöver. Ich kannte die Parameter des Kreises, die Anordnung von Sabras Kissen, die Anordnung der Eunuchen und der Zuschauer. Hatte bereits abgeschätzt, wie schnell ich im Kies laufen konnte, wie viele Schritte bis zu den Schwertern nötig waren, wie bald ich meines aufnehmen könnte. Vollkommen im Gleichgewicht, wartete ich ruhig, sammelte im stillen Stärke und die rein körperliche Kraft, die mir schon so viele Jahre lang dienlich gewesen war. Wenn sie Unterhaltung wollte ... Ich lachte, ohne ein Geräusch zu verursachen.

Hoolies, welch eine Komödie. Eine einzige anfängliche Parade zwischen Abbu und mir würde mehr Unterhaltung bedeuten, als ihr zustand.

Ich nickte erneut, lächelte noch immer. Konzentrierte mich auf das Schwert. Weigerte mich, an Abbu vorbei zu Del zu schauen, die gegenüber im Schatten von Umirs Sonnenschutz stand. Ich sah verschwommen blendenden, golddurchwirkten Stoff, aber ich sah nicht hin. Statt dessen dachte ich an den Tanz. Dachte an Abbu. Dachte an die Bewegung, die ich vor so vielen Jahren vollführt hatte und die beinahe seine Kehle zerschmettert hatte.

Sabras Stimme: »Macht Euch bereit!«

Ich grinste zu Abbu hinüber. »Habt Ihr ihr auch das beigebracht?«

»*Tanzt!*« rief Sabra.

Ich bewegte mich bereits.

Aber Abbu ebenfalls.

Ein wahrer Kreis für einen wahren Tanz – wie dieser einer war – mißt fünfzehn Schritt im Durchmesser. Das bedeutet, daß ein Mann einen solchen Kreis mit fünf-

zehn Schritten durchmessen kann, und es sind siebeneinhalb Schritte bis zur Mitte. Aber eines vergessen
viele südliche Schwerttänzer, wenn sie gegen mich tanzen: Meine Beine sind länger als ihre.

Wie erwartet benötigte Abbu siebeneinhalb Schritte
bis zur Mitte des Kreises. Ich benötigte fünf.

Ich riß das Schwert vom Boden hoch. »Unterhaltet
uns«, sagte ich und lachte, als ich sein Gesicht sah.

Einzelhieb lag im Kies. Ich hatte *sein* Schwert genommen.

»Nicht nur jünger«, höhnte ich, »sondern auch *klüger*
als Ihr. Ganz zu schweigen von der Schnelligkeit...«

Er riß Einzelhieb hoch: Ein Schwert ist ein Schwert,
und keine Waffe wird verschmäht. Ich ließ ihn das per-
lenverzierte Heft ergreifen, beobachtete, wie sich sein
Gesichtsausdruck wandelte, bemerkte seine veränderte
Haltung. Der Schreck, das Schwert zu sehen, war vergangen. Einzelhieb war für mich zu lange ›tot‹ gewesen. Jetzt war er nur noch eine Gelegenheit für mich,
den Tanz durcheinanderzubringen.

»Zwei Durchgänge«, sagte ich. »Dann bricht die
ganze Hoolies los.«

Abbu zuckte mit keiner Wimper. Er kam einfach mit
Einzelhieb auf mich zu.

Er war gut. *Sehr* gut. Ich atmete hastig ein, duckte
mich fort, wehrte seinen Stahl mit meinem ab. Dies
war erst der Anfang – was würde am Ende geschehen?

Kies knirschte und rollte. Abbu trieb mich zurück,
ganz zurück, neckte mich mit Stahl. Ich wehrte die
Stöße ab, wandelte sie um, bedrängte ihn ebenfalls mit
Stahl. Seine Gewandtheit und Schnelligkeit waren unglaublich.

Zurück..., dachte ich. Fast...

Klinge schabte an Klinge entlang. Die Hefte verfingen sich, hingen aneinander, brachen los, als wir sie
auseinanderwanden. Um uns erhob sich das Murmeln
der Zuschauer.

Fast..., dachte ich. Noch zwei Schritte... •

Ich ließ es zu, daß er mich zurücktreiben konnte. Konterte dann sein Muster, antwortete mit meinem eigenen.

»Das genügt«, sagte ich.

Abbus Augen flackerten.

Ich grinste. Lachte. Blickte direkt auf die Narbe, die eine Höhlung in der Haut an seiner Kehle bildete, drehte dann eine Hüfte, verlagerte meine Stellung, hob die Ellbogen und drehte die Handgelenke, gab ihm, was er erwartete. Woran er sich so oft erinnert hatte, in der Dunkelheit seiner Träume, die Erinnerung an das Manöver, das fast sein Leben beendet hätte.

Er soll sich an alles erinnern.

Er soll sich bereitmachen.

Er soll die Abwehr vorbereiten, den angemessenen Gegenschlag überlegen...

Und dann werde ich es ihm – *ihnen* – zerstören, indem ich absichtlich sein Muster breche.

Indem ich absichtlich das Schwert zerbreche.

Indem ich absichtlich die Schwüre breche.

Genau acht Schritte – meine Beine sind viel länger als ihre –, und ich war aus dem Kreis hinausgelangt.

Ich befand mich *in* Sabras Schatten, bemerkte die Schnelligkeit, mit der sie aufsprang. Schätzte ab, wie weit sie kommen könnte. Hörte ihren erstickten Ruf nach Wächtern, während sie über Kissen und Seide stolperte.

Dann war Sabra in meinen Armen.

Aber ich hatte nicht die Absicht, sie zu küssen.

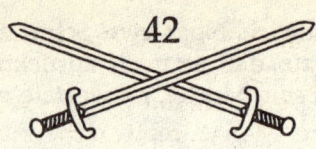

42

Ich schlug ihr den Turban vom Kopf, versenkte eine
Faust in dichtes schwarzes Haar und riß ihren Kopf
grob zurück, um die empfindliche Kehle freizulegen.
Legte meinen linken Arm darüber, drückte ein mit harten Muskeln versehenes Handgelenk in die stark ge-
streckte Luftröhre.

Ein erstickter Aufschrei entrang sich ihr, und dann
klammerte sie sich an meine Arme. Ich nahm ihr mit
einer geringen Druckzunahme leicht den Atem. »Ihr
habt die Wahl«, sagte ich zu ihr.

Sie schwankte, sackte jäh zusammen, und dann sanken die schlaffen Arme an den Seiten herab.

»Besser.« Ich schaute auf den Hof hinaus, bemerkte
geöffnete Münder und entsetzte Augen wie auch starre
Haltungen. Sah Abbu noch immer im Kreis stehen, den
zerbrochenen Einzelhieb in der Hand. Sah Umir neben einer weißgekleideten Frau gegenüber stehen, letztere vollkommen im Gleichgewicht und zum Handeln bereit. Sah – und spürte – die Anspannung von
Sabras Söldlingen, während sie Möglichkeiten erwogen. »Fünf Dinge«, sagte ich deutlich. »Sofort zwei
Pferde, und eines davon sollte besser meines sein...
zwei nordische Schwerter, in den Scheiden, bitte...
und eine nordische Bascha.« Ich blickte zu Umir hinüber. »Schneidet sie *jetzt* los.«

Für einen langen Augenblick unternahm niemand
etwas. Dann warf Abbu Einzelhieb zu Boden. Sein eigenes Schwert lag unmittelbar außerhalb des Kreises,
wo ich es auf meinem Weg zu Sabra hatte fallen lassen,

im Kies. Ich brauchte keinen Stahl. Ich wollte meine Hände für sie gebrauchen.

Das Klingen von Stahl auf Kies löste die allgemeine Erstarrung. Die Menge regte sich, murmelte. Umir schnitt Dels Handgelenke frei, und sie trat schnell von ihm fort. Jemand kam vom Stall mit dem Hengst und Dels Stute herbei. Ein anderer näherte sich mir mit zwei nordischen *Jivatmas.* In den Scheiden, wie gefordert.

»Auf die Pferde«, sagte ich.

So geschah es. Del trat zu der Stute, stieg auf und steckte die Arme durch die Riemen des Harnischs. Lose herabbaumelnde Ärmel verfingen sich an Leder und Schnallen, aber sie riß den Stoff los und richtete ihn gerade in dem Moment, als Umir lauthals protestierte. Dann griff sie abwärts und nahm die Zügel des Hengstes, wandte ihn mir seitlich zu.

Ich lächelte. »Jetzt seid Ihr an der Reihe«, sagte ich zu Sabra. Sie war vollkommen starr, atmete kaum, zitterte vor Anspannung und Wut. Ich spürte es durch die karmesinrote Seide, an der Steifheit ihres Nackens, an der leichten Biegung starrer Finger.

»*Elaii-ali-ma!*« rief ich. »Jeder einzelne Schwerttänzer hier weiß, was das bedeutet!«

Abbus Gesicht wurde aschfarben. »Wißt *Ihr* es auch?«

»Drei Tage«, belehrte ich ihn. »Es ist in den Ehrenkodizes enthalten: Ihr alle schuldet mir diese drei Tage.«

»Diejenigen von uns, die eingeschworen sind, ja ...«

»Das ist gleichgültig«, sagte ich. »Ich nehme Sabra mit. Das sollte die anderen dazu veranlassen, gründlich nachzudenken.«

Er schüttelte langsam den Kopf. »Solch ein Narr, Sandtiger.«

Ich lächelte über Sabras Kopf hinweg. »Ich habe gelernt, daß man, um zu überleben, Opfer bringen muß.«

»*Dieses?*«

»Dieses«, bestätigte ich. »Tut, was Ihr tun müßt. Alles ist jetzt anders ... Ich kann es mir nicht leisten, mich davon beeinflussen zu lassen.«

Abbu stieß eine Faust in die Luft. »*Elaii-ali-ma!*« rief er. »Die Schwüre der Ehre sind gebrochen! Es gibt keinen Sandtiger mehr unter uns, der einen wahren Kreis im Namen Alimats betreten darf!
Elaii-ali-ma!«

Alle Schwerttänzer nahmen seinen Ruf auf. Und dann wandten mir alle, angeführt von Abbu, den Rücken zu.

»Jetzt«, sagte ich heiser zu Sabra und führte sie über den Kies zu dem unruhig wartenden Hengst.

Del, deren Gesicht seltsam bleich war, hielt ihn kurz, damit er nicht seitwärts ausweichen konnte. Ein Blick zeigte mir, daß sie unverletzt schien und der Hengst auch. Dann wandte ich meine Aufmerksamkeit wieder Sabra zu, die starr in meinen Armen lag.

»Zeit, loszureiten«, belehrte ich sie. Sabra öffnete den Mund. Sofort ballte ich eine Faust und schlug sie ihr unter das Kinn, wodurch ihr Kopf zurückschnellte. Das würde sie für eine Weile ruhigstellen.

Sie sackte zusammen. Ich hob sie auf, warf sie mit dem Gesicht nach unten über den vorderen Teil des Sattels, kletterte hinter ihr hinauf. Ergriff eine Handvoll kohlrabenschwarzer Haare und riß ihren Kopf hoch, zeigte ihr schlaffes Gesicht. »Sie ist nicht tot«, sagte ich zu ihren Eunuchen. »Aber sie wird es bald genug sein, wenn uns jemand folgt.«

Ich ließ ihren Kopf wieder sinken. Sie war eine schwere Last über dem Sattel, deren Arme und Beine herabbaumelten. Ich preßte eine Hand auf ihren Rücken, nahm mit der anderen die Zügel auf und nickte Del zu.

Sie wandte die Stute um und ritt im Trab davon. Ich folgte in der gleichen Gangart, hörte den Kies unter den Hufen knirschen.

Hörte auch den widerhallenden Ruf, der den ganzen Hof erfüllte: »*Elaii-ali-ma!*«

Wir verschwendeten keine Zeit. Unser schneller Trab durch enge Straßen ließ Vorübergehende auseinanderstieben und brachte uns Verwünschungen ein, aber das war unsere geringste Sorge. Ich wollte nur so bald wie möglich aus Julah hinausgelangen, so weit von Sabras Söldlingen fort wie möglich, bevor sie doch noch handelten.

Del fiel zurück. »Wohin?«

»In die Berge hinauf.«

Sie betrachtete forschend mein Gesicht. »Bist du in Ordnung?«

»Ich werde es sein, wenn wir von hier weg sind.«

Sie nickte, ließ die Zügel locker, fiel hinter dem Hengst zurück, während wir uns unseren Weg durch Schluchten von Adobeziegelgebäuden und baufälligen Herbergen bahnten.

Wir wechselten aus der Innenstadt in die Außenbezirke, wo die Straßen ein wenig breiter und weniger bevölkert waren. Jetzt trieb ich den Hengst aus dem Trab in einen Kanter, führte ihn durch die gewundenen Straßen, während ich Sabra mit einer Hand im Sattel hielt. Es war nicht die bequemste Art zu reiten, aber ich hatte kaum eine Wahl. Ich hegte ernsthafte Zweifel, daß Sabra eine Frau war, die tat, was ich ihr sagte, selbst angesichts von Drohungen. Sie hätte mir ins Gesicht gespuckt und mich dazu herausgefordert, sie zu töten. Da ich das nicht wirklich tun wollte, war es einfacher gewesen, sie bewußtlos zu schlagen und fortzutragen.

»Hier entlang«, sagte ich und führte den Hengst in eine Gasse, die uns durch hochaufragende Schatten wieder ins Tageslicht brachte. »Reite weiter«, sagte ich über das Klappern der Hufe hinweg. »Genau geradeaus in die Berge.«

»Wie lange werden wir sie bei uns behalten?«

»Nicht mehr lange. Ich habe etwas für sie geplant.« Ich tätschelte Sabras Leib. »Sie wird uns den sicheren Weg zu unserem Ziel erkaufen.«

Del wandte sich im Sattel um. »*Wo* müssen wir hin?«

»Mach dir darüber keine Gedanken, Bascha. Ich weiß, was ich tue.«

Helle Brauen wurden leicht zusammengezogen. »Ich habe gelernt, besorgt zu sein, wann immer du das sagst.«

Ich grinste, fühlte mich seltsam zufrieden. »Ich sehe, daß Umir dich zum Baden verleitet hat.«

Del lächelte zurück. »Ich sehe, daß Sabra sich nicht die Mühe gemacht hat.«

Was im Moment genügte. Alles war wieder normal.

Aufwärts. Von dem sandigen Untergrund auf richtige Erde und gewebeartiges Gras, das in Flecken über den Boden verstreut wuchs. Katzenkrallen, Tigerkrallen, gestrüppartiges Fettholz. Bohnenhülsen, die von Federbäumen fielen, lagen über den Boden verstreut. Wir rissen die Erde auf und hinterließen Spuren, während wir aufwärtskletterten, mieden klingende Rechtecke aus Schiefer und graugrünem Granitschotter.

Aufwärts. Über kleine Hügel und Bergschultern und Haarnadelkurven hinaus auf zerklüftete Steilabbrüche, dann wieder einwärts an scharfgeschnittenen Wänden entlang. Wir ließen die erste Bergflanke hinter uns und ritten zur zweiten hinüber. Schiefer und Granit waren von Rauchgestein durchzogen, das unter den Hufen zerbröckelte.

»Wie weit noch?« fragte Del. »Es gibt keinen Pfad – steigen wir weiter aufwärts?«

»Wir steigen weiter aufwärts. Wir werden uns dieser Frau bald entledigen und dann höher hinaufsteigen.«

»Was wirst du mit ihr anstellen?«

»Du wirst schon sehen.«

Del schwieg, während sich die Stute ihren Weg den Berg hinauf bahnte. Beide Pferde strauchelten, stolperten, liefen breitbeinig, rutschten zurück, fingen sich wieder, kletterten weiter. Unter mir mühte sich der Hengst aufwärts, den Kopf gesenkt und den Leib angespannt. Die Schultern gestrafft, stemmte er die Beine durch lockeren Untergrund auf den festen Boden darunter. Er brummte im Takt.

Sabras schlaffer Körper rutschte auf eine Seite: Ich ergriff eine Haarsträhne und karmesinrote Seide, zog sie wieder hoch, balancierte sie sicherer aus.

»Ist sie tot?« fragte Del.

»Nein. Was würde uns eine Leiche nützen?«

»Was nützt sie uns überhaupt?«

»Hab Geduld. Du wirst schon sehen. Tatsächlich... warte einen Moment. Halt an.« Ich parierte den Hengst durch, riß Streifen fester Seide von Sabras Tunika und band ihre Handgelenke zusammen. »Es hat keinen Sinn, es ihr zu erleichtern.« Dann spornte ich den Hengst wieder an: »In Ordnung. Weiter geht's.«

Kurz darauf erwachte Sabra. Sie bewegte sich ruckartig, wand sich, bog den Rücken durch, während sie versuchte, ihre Haltung mit dem Kopf nach unten auszubalancieren.

Ich tätschelte ihren Leib. »Vorsichtig jetzt, Tanzeer... oder ich lasse Euch auf den Kopf fallen.«

Gelöstes Haar bedeckte ihr Gesicht. Ihre Worte erklangen gedämpft, aber der Tonfall ihrer Stimme nicht. »Haltet dieses Pferd an. Bindet mich los: Laßt mich *los*.«

Ich kicherte. »Unmöglich.«

Sie wand sich heftig. Ich ergriff Strähnen ihres Haars und ihrer Kleidung, bevor sie herunterfiel. »Laßt mich *los*«, wiederholte sie.

Ich parierte den Hengst durch. Kippte sie hintenüber. Seide verhakte sich und riß. Gefesselte Hände klammerten sich an Harnisch und Heft. Festgebunden baumelte sie an dem Hengst. Die Zehen berührten kaum den Boden.

»Wenn Ihr darauf besteht…« Ich ergriff ihr Haar, zog sie in eine aufrechte Haltung, löste gefangene Handgelenke und ließ sie zu Boden fallen. Die Beine gaben nach, und sie saß nach dem Aufprall schreiend da. »Jetzt«, sagte ich ruhig, »wollt Ihr vielleicht lieber laufen.«

Sie spie eine Reihe abscheulicher Verwünschungen aus, die alle dazu dienen sollten, daß ich errötete. Aber ich erröte nicht so leicht. Dann hörte sie auf zu fluchen und begann deutlicher, wenn auch nicht weniger überzeugend zu sprechen.

»Ihr habt sie gebrochen. Ihr habt sie *gebrochen*. Ihr habt die Schwüre und Ehrenkodizes verhöhnt.«

»Ich habe getan, was ich tun mußte.«

»Jetzt werdet Ihr *sterben!*« kreischte sie. »Glaubt Ihr, ich wüßte das nicht? Glaubt Ihr, ich wüßte nicht *wie?*« Sabra lachte schrill, strich sich das Haar aus dem Gesicht. »Sie werden keine Tänze mehr bezahlen, um Euch zu töten, alle diese Schwerttänzer… Ihr seid jetzt Freiwild für sie. Sie werden Euch bei der ersten Gelegenheit töten…«

»*Elaii-ali-ma.*« Ich nickte. »Ich weiß alles darüber, Sabra.«

»Ihr seid kein Schwerttänzer mehr. Ihr habt keine Ehre mehr. Ihr habt die Kodizes gebrochen. Ihr habt Euren Shodo und die Ehre von Alimat verleugnet. Glaubt Ihr, ich *wüßte* das nicht?«

Ich seufzte erschöpft. »Es ist mir gleichgültig, was Ihr wißt.«

»Ihr seid ein Borjuni«, spie sie hervor. »Sandtiger der Borjuni… Wie wollt Ihr *jetzt* leben? Wie wollt Ihr Arbeit finden? Niemand wird Euch verdingen… niemand wird Euch zum Tanz herausfordern. Ihr seid nichts als ein Borjuni, und Ihr werdet nach Borjuniregeln leben!«

»Ich werde nach meinen *eigenen* Regeln leben.«

»Tiger.« Das war Del. »Wir haben Gesellschaft.«

Ich schaute hoch. Nickte. »Ich habe mich schon gefragt, was sie so lange aufgehalten hat.«

Sabra, die noch immer auf Schiefer und Rauchgestein saß, wandte den Kopf und schaute nach hinten. Sie sah, was wir sahen: vier ledergeschürzte Vashnikrieger, die Ketten aus menschlichen Fingerknochen trugen und auf kleinen dunklen Pferden ritten. Sie stolperte hoch und trat nahe an den Hengst heran. »Vashni«, zischte sie. »Wißt Ihr, was Ihr getan habt?«

»Ziemlich genau. Das ist einer der Gründe, warum ich hier heraufgekommen bin.«

»*Vashni*, Ihr Narr! Sie werden uns alle töten!«

»Sie werden keinen von uns töten. Nun... vermutlich werden sie Euch töten, wenn Ihr nicht tut, was sie wollen.« Ich stieß ihr einen starren Zeh ins Rückgrat und trieb sie von dem Hengst fort. »Bedrängt ihn nicht, Sabra. Er könnte einen Bissen aus Eurem Gesicht fordern.«

Del saß ruhig da. Gleichermaßen ruhig fragte sie: »Weißt du, was du tust?«

Ich grinste. »Ziemlich genau.«

»Oh, gut«, murmelte Del. »Dann brauche ich mir vermutlich keine Gedanken zu machen.«

»Noch nicht.« Ich griff abwärts, umfaßte eine Strähne glänzender Haare und zog Sabra nahe heran. »Dies ist der Tanzeer von Julah.« Die vier Krieger saßen ungerührt auf ihren Pferden. Mit bloßer Brust, bis auf die Ketten. Auch mit bloßen Beinen. Dunkle Haut war eingefettet. Schwarzes Haar war mit Öl glattgestrichen und zu einzelnen fellgebundenen Zöpfen geflochten.

Ich lächelte die Krieger an. »Dies ist *Aladars* Tochter.«

Dunkle Augen glitzerten. Die vier Männer ritten hintereinander den Berg hinab. Sabra bedachte mich mit Schimpfnamen.

»Es ist nicht mein Fehler«, belehrte ich sie. »Macht Euren Vater dafür verantwortlich. Er hat sie bei dem Vertrag betrogen, und dann hat er einige junge Vashni und sie als Arbeiter in seine Minen gesteckt. Vashni sind solchem schlechten Benehmen gegenüber nicht freundlich gesinnt ... Ich frage mich, was sie mit Euch tun werden.«

Sie übte ihre Zunge noch ein wenig mehr, bis die vier Krieger nahe herangekommen waren. Dann wurde sie still, wand die Handgelenke in den Seidenfesseln. Glänzende karmesinrote Eleganz wurde zerrissen, beschmutzt, verunstaltet. Wirres Haar verbarg eine Hälfte des Gesichts. Die Farbe auf ihren Lippen war verwischt. Sie war vollkommen aufgelöst.

»Sabra«, sagte ich zu ihnen. »Aladars Tochter, jetzt an des Vaters Statt Tanzeer. Jede Angelegenheit, die Ihr mit Julah zu regeln habt, kann mit dieser Frau geregelt werden.«

Sie beachteten Sabra überhaupt nicht, richteten ihre Aufmerksamkeit auf mich. Del wurde schnell abgeschätzt, da sie eine Frau und offensichtlich fremd war, aber mich maßen sie genauer. Dann vollführte einer von ihnen eine Geste und legte einen Finger an die Wange. »Ihr seid der Sandtiger.«

Ich nickte.

»Ihr und jene Frau seid schon früher hierhergekommen und habt nach einem Nicht-Vashni-Jungen gesucht, nach einem von Aladars Sklaven.«

›Jene‹ Frau schwieg, aber ich spürte ihre geschärfte Wahrnehmung.

Ich nickte erneut. »Er ist bei den Vashni geblieben«, sagte ich. »Er hat sich selbst entschieden.«

Der Krieger warf einen schnellen Blick auf Del, bemerkte das helle Haar, die blauen Augen, das Schwert. Er vollführte eine weitere schnelle Geste, die ich nicht verstand, aber seine Gefährten verstanden sie. Die drei ritten langsam auf Del zu und umrundeten sie, schnitten sie von mir ab. Ich erstarrte im Sattel, nahm plötzlich Spannungen wahr, aber der Blick des Anführers untersagte mir jegliche Bewegung.

Jeder der drei Krieger streckte die Hand aus und berührte Dels Schulter. Nur eine Berührung, dann ein halb verborgenes Zeichen. Wortlos parierten sie ihre Pferde durch und ritten zu dem vierten Krieger zurück.

Er nickte. »Eine Verwandte des Orakels. Möge die Sonne auf Euren Kopf scheinen.«

Der übliche südliche Segensspruch klang aus dem Mund eines Vashni fremdartig. Aber ich war erleichtert. Wenn sie Del respektierten, würden sie uns nicht töten.

»Jamail«, sagte sie. »Ist er wieder bei Euch?«

Etwas zwickte mich im Magen. Ich erinnerte mich mit übelkeiterregender Erkenntnis daran, daß Del nicht dabei gewesen war, als Sabra mir erzählt hatte, daß ihre Männer Jamail getötet hatten.

»Bascha ...«

Aber der Vashni war schneller. »Das Orakel ist tot.«

Del öffnete entsetzt den Mund. Schloß ihn wieder. Das Entsetzen wurde zu Erkenntnis, ihr Mund zu einer grimmigen, festangespannten Linie. Die Haut um ihre Augen war zusammengezogen. »Dann werde ich seinen Gesang singen müssen, wenn es mir freisteht, es zu tun.«

»Es tut mir leid«, sagte ich leise. »Ich wollte es dir selbst sagen.«

»Was ist dies?« fragte Sabra. »Trauer um einen wertlosen Narren? Habt Ihr diesen Unsinn über Orakel und Jhihadis *geglaubt?*«

Ich zuckte die Achseln. »Das ist nicht mehr wichtig, nicht wahr?«

Die Vashni sahen mich an. »Werdet Ihr Aladars Tochter töten, wie Ihr Aladar getötet habt?«

Ich grinste. »Ich dachte, ich überlasse sie den Vashni,

als Entschädigung für die Krieger, die Aladar geraubt hat.«

Del sprach, bevor sie etwas sagen konnten. Sie hatte lange damit gewartet, um sicher zu sein, daß jedermann Bescheid wußte. »Tiger hat Aladar nicht getötet«, sagte sie deutlich. »*Ich* habe es getan.«

»Ihr!« Sabra versuchte ihr Haar aus meinem Griff freizuwinden. Es gelang ihr nicht, und sie gab schließlich auf, durch die Nachricht wie gelähmt. »*Ihr* habt meinen Vater getötet?«

»Wiedergutmachung«, spie Del hervor. »Für Tiger. Für meinen Bruder. Für alle anderen.« Kalte Augen glitzerten. »Euer Vater hatte den Tod verdient. Ich war dankbar für die Gelegenheit, die Farbe seiner Eingeweide sehen zu können.«

Sabra erstarrte. »Ihr«, flüsterte sie. »Ihr – *nicht* er.«

»Nein«, stimmte ich ihr zu. »Aber sie ist mir nur zuvorgekommen. Er war kein beliebter Mann.«

Sabra starrte Del an. »Ihr«, wiederholte sie.

Dann griff sie aufwärts und umklammerte mein Schwertheft, versuchte es vom Sattel zu ziehen.

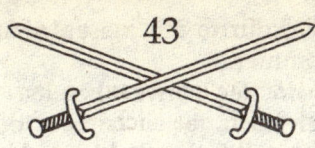

43

Der Hengst buckelte heftig, sprang seitwärts. Ich fluchte, ergriff Zügel und Harnisch, spürte Sabras rasendes Ziehen. Der Harnisch wurde vom Sattel losgerissen.

»Hoo ...« Ich sprang vor, beugte mich hinab, bekam den Harnisch zu fassen, spürte, wie der Hengst sich anspannte und dann mit einem Buckeln, das mich fast aus dem Sattel warf, wieder entspannte. Im Moment war meine Lage mehr als nur ein wenig unsicher.

Sabra schrie. Beide Hände waren um das Heft geschlossen, zogen es aus der Scheide. Ich klammerte mich an den Harnisch, zog ihn zurück, aber die Heftigkeit des Hengstes beeinträchtigte mich. Er strauchelte, stolperte, fiel beinahe hin. Ich hing halb aus dem Sattel, versuchte Sabra den Harnisch und die Scheide zu entreißen. Sabra zog.

Ich verlor das Gleichgewicht und fiel hinunter. Ein Fuß verfing sich kurz im Messingsteigbügel, kam aber frei, als der Hengst beiseite sprang und ich mich mitten im Fall drehte. Ich landete hart, ein Bein unter mir eingeknickt, warf mich dann in voller Länge vorwärts und fiel auf den Bauch, während Sabra am Harnisch zog und ihn mir aus den Händen zu reißen versuchte. Ich bedachte sie mit einem Schimpfnamen, aber sie hörte nicht hin. Zu diesem Zeitpunkt hatte sie das Schwert schon halbwegs aus der Scheide befreit.

»Tiger!« Das war Del. Ich sah Boreal schimmern, als sie das *Jivatma* aus der Scheide zog.

»Töte sie...«, knurrte ich heiser. »Laß sie nicht an das Schwert kommen!«

Aber Sabra *hatte* das Schwert bereits.

Ich stieß mich hoch, tat einen Satz, bekam Seide zu fassen. Spürte den Biß des Stahls in der Haut, als die Spitze über meinen Unterarm gezogen wurde. Ich streckte die Hand aus, um das Heft zu ergreifen, um ihre Hände davon zu lösen. »Sabra... Sabra, *tut es nicht*... Ihr wißt nicht, was es ist.«

Aber Sabra kümmerte sich nicht darum.

»Geh da weg!« schrie Del. »Tiger... du bist zu nahe.«

»Hoolies, sie hat das *Jivatma*...«

Etwas flammte in mir auf. Chosa Dei, der die Macht spürte, schwärmte aus der dunklen engen Ecke heraus, die er als Lebensraum benutzt und in der er seine Zeit geduldig abgewartet hatte. Jetzt war die Zeit gekommen.

Sabra schrie. Sie kroch durch losen Schiefer und herabgestürztes Rauchgestein, trat Erde, Schutt und Steine fort, während sie dem Schwert, das sie noch vor kurzem sosehr gewollt hatte, jetzt zu entkommen versuchte. Nasse Schwärze lief die Klinge hinauf, verdunkelte gewundene Runen, tanzte an der Kreuzspange entlang und kitzelte das Heft. Liebkoste ihre Finger.

»Laßt es los...«, keuchte ich. »Sabra... laßt es *los*...«

Aber Sabra tat es nicht. Oder konnte es nicht tun.

Eine Zuckung verkrampfte meinen Körper. Ich spannte mich an, krampfte, würgte, stieß vor Schmerz einen Laut aus.

Sabra schrie weiterhin.

Hoolies, stellt sie ruhig...

Schwärze verbrannte ihre Finger. Erreichte die Handgelenke. Dann nahm die Schwärze, die ungehinderte Gelegenheit erspürend, ihren ganzen Körper ein.

Das Schreien hörte jäh auf.

In mir regte sich Chosa. Kein zaghaftes Erproben

mehr. Kein Vorgeschmack mehr. Er ergriff auf unmittelbarem Weg das Herz und drückte zu.

Sabras Mund stand offen, aber kein Laut drang hervor. Sie saß aufrecht, umklammerte das Schwert. Wiegte sich vor und zurück, mit schwarzen, so weit geöffneten Augen, daß das Weiße rundum zu sehen war.

Chosa Dei war in ihr. Zumindest ein Teil von ihm. Der Rest befand sich noch immer in mir.

Sabras Gesichtszüge glätteten sich. Die Haut erschlaffte. Die Nase bog sich seitwärts, während der Mund zur Formlosigkeit verlief. Ein scharfes Ächzen drang aus ihrer Kehle.

Sie blutete aus Nase und Ohren. Die Hände um das Schwert schwollen an, bis die Haut wie eine Melone aufplatzte. Chosa Dei hatte sie ganz erfüllt und festgestellt, daß sie nicht genügte.

Ihre Atmung erfolgte unregelmäßig: Luft wurde eingesogen, angehalten und dann wieder ausgestoßen. Ich kroch über den Boden und griff nach Aladars Tochter. Bekam die Kreuzspange mit einer Hand zu fassen und die winzigen Handgelenke mit der anderen. »Laß sie los«, brachte ich zähneknirschend hervor. »Sie genügt nicht!«

Der Chosa in mir übersprang die Länge meines Arms und versuchte sich in Sabra zu ergießen, die er als Mittel zur Flucht ansah. Ich spürte ihn in die Kreuzspange schwärmen, das Heft hinauf und dann in ihre Fingerspitzen.

Ich wand ihre Hände frei. »Nein«, sagte ich heiser. »Ich sagte, sie genügt nicht!«

»Laß ihn los!« rief Del. »Laß ihn in sie eindringen!«

»Sie wird sterben... sie wird *sterben*... und er wird frei sein. Willst du wirklich, daß er freikommt?«

»Besser, als wenn er in dir ist.«

Nette Regung, Bascha.

Dann wogte Chosa zurück. Der kleine Körper war

eindeutig ungeeignet. Ich bot ihm bessere Möglichkeiten. Ich war größer. Stärker. Ich *lebte*.

Zumindest im Moment noch.

»Tiger ... laß das Schwert los!«

Er kam in Sprüngen und Sätzen, floß aus Sabras Körper heraus. Ich kroch rückwärts, stieß das Schwert fort, aber ich erkannte, daß ich es zu spät losgelassen hatte. Die Klinge war wieder schwarz – ebenso waren es meine Hände. Noch während ich fluchte, nahm die Schwärze die Unterarme ein und kroch bis zu den Ellbogen hinauf.

»Treib ihn zurück!« rief Del. »Du hast es schon früher getan – *tu es erneut ...*«

Meine Beine droschen kraftlos die Luft, während ich mühsam hochzukommen versuchte. Mein rechtes Knie versagte. Der Magen verkrampfte sich, spie seinen Inhalt aus. Ich ergriff das Heft und umklammerte es mit beiden Händen, bemühte mich, ihn zurückzuzwingen.

Es wäre so leicht gewesen, mich ihm einfach zu überlassen.

Ich richtete mich auf die Knie auf und hob das Schwert in die Luft. Senkte es erneut auf Schiefer und Granit hinab und spaltete dunkles Rauchgestein.

Wieder und immer wieder. Stahl erklang als Protest.

»Geh zurück ...«, keuchte ich, »... *geh zurück ...*«

Ich versuchte mich zu konzentrieren. Ich versuchte Chosa zurückzuschlagen, während ich den Stahl rhythmisch auf die harte Oberfläche südlicher Berge schlug.

»... geh zurück ...«

»... geh zurück ...«

»GEH ZURÜCK ...«

Dels schneidende Stimme: »Halt ... Tiger, *halt ...*«

»... geh zurück ... geh zurück ... geh zurück ...«

»Tiger ... nicht mehr!«

»... zurück ...«, keuchte ich. »*Geh zurück ...*«

Eine Litanei. Ein Gesang. Wie man es in Alimat lernt, um die Konzentration auszurichten.

Im Norden sangen sie. Im Süden tun wir das nicht.

»Tiger ... *laß los* ...«

»Geh. Zurück«, befahl ich.

Jemand schlug mich nieder.

»Es tut mir leid«, flüsterte Del.

Aber es kümmerte mich nicht mehr.

* * *

Ich kam äußerst mißmutig zu mir, war mir ständiger Bewegung bewußt, und das Blut pochte in meinem Kopf. »Was hast du mit mir getan?«

Del ritt auf der Stute voraus und führte den Hengst. »Ich habe dich auf deinem Pferd festgebunden.«

Das merkte ich selbst. »Hoolies, Bascha ... laß mich *normal* reiten, anstatt mich über den Sattel zu werfen wie ein Stück Fleisch!«

»Dasselbe hast du mit Sabra getan.«

Ich regte mich. Fluchte. Ich fühlte mich ausgesprochen unwohl, mit dem Bauch nach unten über dem Sattel hängend, genau wie es bei Sabra gewesen war. Handgelenke und Knöchel waren an die Steigbügel gebunden. »Macht es dir etwas aus, anzuhalten?« krächzte ich.

»Wir haben keine Zeit.«

»Zeit wofür? Wovon redest du? Del ... Was, zu den Hoolies, meinst du?«

»Shaka Obre«, sagte sie.

»Shaka ...« Mein Magen verkrampfte sich. »Del, hab Mitleid ...«

»Es ist zu deinem eigenen Besten.«

»*Wieso* ist es zu meinem eigenen Besten?«

»Sieh dir deine Hände an«, sagte sie.

Ich schaute hin. Sah die blasse, unbehaarte Haut, ganz rissig und schuppig. Die brechenden, verfärbten Fingernägel. »Nicht schon wieder«, murmelte ich.

»Sie haben mir erklärt, wo wir hinreiten müssen.«

»*Wer* hat es dir erklärt? Wovon redest du?«

»Die Vashni. Sie haben mir erklärt, wie man dorthin gelangt. Also reiten wir dorthin.«

»Haben dir gesagt, wie man *wohin* gelangt? Wovon redest du?«

»Von Shaka Obre.«

Ich verkrampfte mich. »Du *weißt*, wo er sich befindet?«

»Ich sagte es dir bereits: Sie haben es mir erzählt.«

»Woher wissen die Vashni, wo Shaka Obre ist? Und warum erzählen sie es *dir*?«

Sie wandte sich im Sattel um und schaute zu mir zurück. Ihr Gesicht war sehr blaß. »Sie wissen es, weil sie es immer gewußt haben. Es ist unter den Vashni niemals ein Geheimnis gewesen. Aber niemand hat sich jemals darum gekümmert, und niemand hat sich jemals die Mühe gemacht, sie zu fragen. Sie haben es *mir* erzählt, weil ich die Schwester des Orakels bin. Sie haben es mir auch erzählt, weil du Chosa Dei bist... zumindest glauben sie das.« Sie zuckte die Achseln. »Ich soll dich dorthin bringen und im Berg einsperren.«

»Mich einsperren!« Ich schlug um mich. »Aber ich bin *nicht* Chosa Dei. Ich bin *ich*. Hast du ihnen das nicht erklärt?«

»Du hast nicht gesehen, was geschehen ist. Sie haben es gesehen, und sie sind abergläubisch.«

Ich knirschte mit den Zähnen, versuchte, nicht zu schreien. »Ich habe es nicht gesehen... ich war *mittendrin*.«

»Es tut mir leid«, sagte sie. »Es war die einzige Möglichkeit, dich mitzunehmen. Sonst hätten sie dich sofort getötet... Ich habe ihnen erklärt, warum wir Shaka Obre finden müssen, und sie haben zugestimmt, daß ich dich mitnehme.«

»Du könntest mich *jetzt* losbinden. Es sind keine Vashni mehr hier.«

»Sie sagten, sie würden uns beobachten, um sicherzugehen, daß ich dich ungehindert dorthinbringen kann.« Sie hielt inne. »Und daß ich auch selbst ungehindert dorthingelange.«

»Also wirst du mich einfach so *lassen?*«

»Sie sagten, sie würden uns *beobachten,* Tiger.«

»Wissen sie wirklich, wo er sich befindet?«

»Sie haben es behauptet. Sie haben mir Anweisungen gegeben.« Sie war für einen Moment still, ließ die Stute klettern. »Sie sagten, sie hätten Jamail einmal dorthin gebracht.«

Mich fröstelte. »Jamail.«

»Er habe Träume gehabt. Da er keine Zunge hatte, konnte er nichts erklären.« Sie zuckte die Achseln. »Sie haben ihn zu Shaka Obre gebracht. Als er zurückkam, konnte er sprechen. Er hatte keine Zunge, aber er konnte sprechen.«

»*Wie?*«

»Ich weiß es nicht. Aber du sagtest, du hättest ihn in Iskandar sprechen hören.«

»Ja, aber ...« Ich war höchst erstaunt. »Wie konnte das geschehen?«

Die Stute kletterte stetig aufwärts. Ebenso der Hengst. »Die Vashni sagten, Shaka Obre habe ihn wieder zum Sprechen veranlaßt, damit er die Kunde vom Jhihadi im Süden verbreiten konnte. Um den Weg für ihn zu ebnen.« Del schaute zu mir zurück. »Wenn Shaka das tun kann, dann kann er auch dein Schwert befreien.«

»Das sollten wir wirklich hoffen.« Ich runzelte die Stirn. »Hast du mich niedergeschlagen?«

»Ich mußte es tun. Du hast versucht, dein Schwert zu zerbrechen.«

»Ich habe *was?*«

»Und das hätte alles noch verschlimmert. Chosa befand sich bereits wieder in dem *Jivatma* ... Aber du hast die Klinge immer weiter auf die Steine geschlagen und versucht, sie zu zerbrechen. Wenn du das getan hättest, wäre Chosa freigekommen.«

Ich runzelte die Stirn. »Daran erinnere ich mich nicht.«

»Ich bezweifle, daß du dich in dem Moment auch nur an deinen Namen erinnert hättest.« Del führte die Stute um eine Steingruppe herum. »Also habe ich dich mit meinem Schwertheft niedergeschlagen.«

»Vielen Dank.«

»Und jetzt bringe ich dich zu Shaka Obre, wo du dein Schwert befreien kannst.«

»Und mich.«

»Und dich.«

»Aber können wir das nicht tun, indem ich *aufrecht* reite?«

Dels Stimme klang gleichmütig. »Ich will mit diesem Teil von Chosa in dir nichts riskieren.«

»Hoolies, Bascha... ich bin nicht Chosa, wenn du das meinst.«

»Vielleicht jetzt nicht.«

»*Del...*«

Sie unterbrach mich. »Du verstehst nicht. Die Vashni haben es mir erklärt. Je näher wir an Shaka herankommen, desto stärker wird Chosa.«

Das brachte mich zum Schweigen.

Ich hing schlaff über dem Sattel und überdachte meine Lage. Geschwärzte Nägel, tote Haut... ein gequetschtes Knie (*wieder*)... allgemeines Unbehagen. Ich empfand Übelkeit, und ich fror und war müde. Ich brauchte etwas Aqivi. Ich brauchte ein heißes Bad. Ich brauchte einen gesunden Körper, der keinen Teil von Chosa beherbergte.

»Hoolies«, murmelte ich erschöpft. »Wann wird dies alles vorüber sein?«

»Bald«, antwortete Del.

Ich fühlte mich dadurch nicht besser.

44

Del warf einen Blick auf mein Gesicht. »Geht es dir gut?«

Ich räusperte mich betont, rieb mir mit sorgfältiger Aufmerksamkeit die Handgelenke. »Das kommt davon, wenn man gezwungen ist, über den eigenen Sattel geworfen auf dem eigenen Pferd zu reiten.«

»Nein, das stimmt nicht«, erwiderte sie. »Aber wenn das deine Antwort ist, muß es dir gutgehen.« Sie runzelte die Stirn, als ich nicht antwortete. »Geht es dir *wirklich* gut?«

»Nein«, antwortete ich wahrheitsgemäß. »Du willst, daß ich dort *hineingehe*, nicht wahr?«

›Dort‹ war der Mund, den ich in meinen Gedanken gesehen hatte, als ich angekettet in Sabras Palast gelegen hatte. Die geschwärzte, sich zurückziehende Öffnung, ein Loch, das in den Berg hineinführte.

Del und ich hatten die Pferde unten gelassen, in einem sandigen, ebenen Gebiet mit etwas Gras, wenn man südliches Gestrüpp als Gras bezeichnen will. Wir waren ein kleines Stück hinaufgeklettert, weil Del behauptet hatte, daß wir genau das tun sollten. Jetzt standen wir vor einer Öffnung. Vor der Öffnung, die ich in meinen Gedanken gesehen hatte, gleichzeitig mit den Erinnerungen Chosas daran, was er seinem Bruder angetan hatte. Ob es uns gefiel oder nicht, Shaka Obre war in der Nähe.

Oder das, was von ihm übriggeblieben war.

Del rutschte aus, warf die Arme hoch, gewann ihr Gleichgewicht wieder. »Hier soll sich Shaka befinden.

Sie sagten, es sähe genauso aus: ganz zerbrochenes, welliges Rauchgestein, wie ein Mund gähnend. Siehst du? Dort sind die Lippen... und unmittelbar dahinter sieht man Zähne.«

Es rieselte mir den Rücken hinab. »Das gefällt mir nicht, Bascha.«

»Die Höhlung beginnt eng und erweitert sich dann«, beharrte sie. »Sie sind alle in dem ersten Raum gewesen.«

Ich achtete nicht auf das Zwicken in meinem Bauch. »Der *erste* Raum?«

Sie zuckte die Achseln. »Sie sind nicht weiter gegangen.«

»Aber *wir* sollen weitergehen, richtig?«

Ein weiteres Achselzucken. »Wenn wir Shaka Obre finden wollen, müssen wir tun, was wir tun müssen.«

Ich atmete tief ein, hielt den Atem an, ließ ihn heftig wieder entweichen. Kratzte meine kribbelnde Kopfhaut. »Es erinnert sehr an die Mine.«

»Aladars ...? *Oh.*« Jetzt verstand sie. »Möchtest du, daß ich vorausgehe?«

»Nein, ich möchte nicht, daß du vorausgehst. Ich möchte nicht, daß *überhaupt* einer von uns hineingeht.«

»Dann sollten wir vermutlich besser umkehren.« Del wandte sich auf dem Absatz um, rutschte einen Schritt abwärts und mühte sich dann den restlichen Hang hinab.

»*Del* ...«

Sie hielt inne. Schaute zurück. »Du hast die Wahl«, sagte sie. »In *dir* ist ein Teil von Chosa gefangen.«

Ich trat einen Stein beiseite. »Ich bin in die Verstecke der Canteada eingedrungen. Und in den Drachenberg... wo ich dich gerettet habe. Wenn du mir nur *einen Augenblick* Zeit läßt, werde ich auch hier hineingehen.«

Sie kletterte den Hang wieder herauf, rutschte und schlidderte über rollende Kieselsteine und zerbrochenes Rauchgestein. »Wenn du willst ...«

»Mach dir keine *Gedanken,* Del.« Ich zog den Kopf ein und drängte mich in den ersten Raum, schabte an den ›Lippen‹ vorbei.

Der ›Mund‹ war klein. Sehr klein. Und sehr, sehr kalt. Innen blieb ich sofort stehen und spürte, wie sich die Haare in meinem Nacken aufrichteten; die auf meinen Armen versuchten es ebenfalls – aber Chosa Dei hatte sie fortgebrannt.

Tief in mir erzitterte etwas. Ich wußte nur nicht zu sagen, ob es Chosa war oder nur mein übliches Unbehagen, wenn ich eine Höhle oder einen Tunnel vor mir hatte.

»Tiger?« Del kam gebückt herein und sperrte das Licht aus. »Ist es – das?«

Ich atmete ein. »Es scheint so.« Mit uns beiden war der Raum voll. Mich drängte es wieder zum Tageslicht zurück, während Del sich umsah. »So… jetzt haben wir es getan. Ich denke, wir können gehen…«

»Dies kann nicht *alles* sein«, murmelte sie und sah sich um. »Eine kleine Zweipersonenhöhle?«

»Ich friere. Es ist dunkel. Wir haben es getan.«

»Warte.« Sie legte eine Hand auf meinen Arm. »Es ist *tatsächlich* sehr kalt.«

»Das sagte ich bereits. Laß uns gehen.«

»Aber warum? Dies ist der Süden. Warum sollte es sich hier so anfühlen wie im Norden?«

»Vielleicht ist alles durcheinandergeraten.« Ich drängte von der mich zurückhaltenden Hand fort. »Wir haben hier nichts zu schaffen…«

»Tiger, warte.« Sie kniete sich hin, preßte eine Hand auf den Boden. »Er ist kalt… kalt und *feucht.*«

»So?« Ich sah mich ungeduldig um. Der Raum war kaum größer als ein kleines Gemach und hatte eine große Felsendecke. Wenn Del und ich die Hände verschränkten und die Arme ausstreckten, würden wir uns an jeder Seite die Knöchel anstoßen. »Es *gibt* Wasser im Süden, Bascha… sonst wäre keiner von uns hier.«

Sie führte die Hand an der Wand entlang. Das feuchte Gestein war mit Höhlungen und Löchern übersät, die sich in der Dunkelheit verloren. Del folgte der Wand bis zur Rückseite und stieß dann einen überraschten Laut aus.

Ich erstarrte: »Was ist los?«

»Tritt zur Seite.«

»Was soll ich tun?«

»*Tritt zur Seite.* Du stehst im Licht.«

Widerwillig trat ich von der Öffnung fort, und Sonnenschein fiel in den winzigen Raum herein. Dann sah ich, was Del gemeint hatte.

Der erste Raum war genau das: der erste von weiteren. In die Rückwand eingeschnitten, in den Schatten verborgen, sobald ein Körper die helle Öffnung versperrte, befand sich ein enger Gang, der tiefer in den Berg hineinführte.

Die Haare in meinem Nacken und in der Lendengegend sträubten sich. »Ich glaube nicht«, platzte ich heraus.

Del, die noch immer in Umirs unbezahlbarem Burnus auf dem Boden kniete, sah prüfend zu mir hoch. »Wie fühlst du dich?«

»Ich bin das alles ziemlich leid.«

»Nein. Wie *fühlst* du dich?«

Ich seufzte, zauberte ein Lächeln auf mein Gesicht. »Er ist bisher sehr ruhig geblieben.«

Del runzelte die Stirn. »Wir sollten Shaka eigentlich nahe sein, und den Vashni sagen, Chosa werde stärker werden. Ich frage mich, warum er so ruhig geblieben ist.«

»Ich nicht. Ich bin nur froh, daß es so ist.« Ich trat einen Schritt vor und streckte die Hand nach unten aus, um ihren Ärmel zu ergreifen. »Laß uns gehen, Bascha.«

Sie entzog mir den Ärmel – und den Arm. »Ich dringe weiter vor. Bleib oder geh, wie du willst ... oder vielleicht solltest du lieber mit mir kommen.«

»Du weißt nicht, was sich dort *drinnen* befindet.«

Sie lächelte in dem gedämpften Licht. »Shaka Obre«, sagte sie, wandte sich um und betrat den Felsengang.

Im Handumdrehen wurde blendendweißer gold-durchwirkter Stoff von der Dunkelheit verschluckt. So war Del.

»O Hoolies«, murmelte ich. »Warum tut sie das immer?«

Ein gedämpftes Echo drang zu mir zurück. »Du wirst deinen Harnisch ablegen müssen. Hier ist nicht viel Platz für den Kopf.«

Oder viel Platz in *deinem* Kopf...

Aber das sagte ich nicht laut. Ich schlüpfte einfach aus den Harnischriemen, wickelte sie um die Scheide und folgte Del in die Dunkelheit.

Und ich fluchte ununterbrochen.

Sie war ganz zusammengekauert, als ich sie erreichte, saß mit deckenwärts hochgezogenen Knien auf dem Felsenboden. Ein Arm barg die vom Harnisch um-wickelte Scheide und das Schwert. Den anderen Arm hatte sie ausgestreckt und untersuchte Risse in der Wand.

»Eis«, sagte sie kurz.

»Eis?«

»Fühl selbst.«

Ich mühte mich an Felsauswüchsen vorbei, die die bloße Haut aufzureißen drohten, und setzte mich neben sie. Ich trug nur einen Dhoti und nicht einmal Sandalen. Ich saß nur einen Moment auf dem Felsen-boden, bevor ich hastig in die Hocke ging. »Hoolies! Ich werde mir die Hoden abfrieren!«

Del lächelte. »Eis.« Sie grub die Hand in den Riß, zog sie dann wieder heraus und zeigte ihre Fingerspit-zen.

Ich betrachtete sie. Berührte sie. Eis, in Ordnung. Stirnrunzelnd kratzte ich selbst etwas aus dem Spalt heraus. Es war körnig fest gefroren. Überhaupt nicht weich. »Wie Punjakristalle – hart, scharf und glitzernd.«

»Aber das ist richtiges Eis.« Del rieb die Fingerspitzen aneinander. »Wie bei den Eishöhlen in der Nähe von Staal-Ysta.«

»Aber dies ist der Süden.«

Sie zuckte die Achseln. »Vor sechs Monaten hätte ich noch gesagt, daß so etwas unmöglich ist. Aber vor eben jenen sechs Monaten habe ich auch behauptet, es sei nicht notwendig, einen südlichen Magier zu finden, um ein Schwert zu befreien.«

Ich brummte. »Wir tun anscheinend nichts anderes, als hier zu sitzen und über Eis zu reden.«

»Es *ist* seltsam«, grollte sie. »Eine Eishöhle im Süden? Vielleicht ist sie ja ein Überbleibsel aus der Zeit, als es noch kein südliche Wüste oder nordischen Schneefelder gab … Vielleicht war die Welt, die sie geschaffen hatten, einfach eine Welt ohne jegliche Aufteilung.« Ich regte mich, stand vorsichtig auf, rieb mein starres Genick. »Gehen wir weiter?«

Del stand ebenfalls auf, zog den Kopf ein, ging weiter.

Ich hielt inne, weil ich innehalten mußte. Behielt meine vornübergebeugte Haltung bei, die umwickelte Scheide in der Hand. Ich spürte das unregelmäßige Pochen in meiner Brust.

Ich konnte nicht *atmen*.

»Bascha …«

Del murmelte etwas vor mir. Sie bemerkte nicht, daß ich stehengeblieben war.

Ich schloß die Augen. Knirschte mit den Zähnen. Rieb mir den Schweiß vom Gesicht und stieß mir einen Ellbogen am Fels. Ich fluchte leise, legte dann eine Hand auf gebrochenen Fels und versuchte, mich wieder in die Gewalt zu bekommen.

Er wußte. Chosa *wußte*.

Ich war benommen. Punkte tanzten vor meinen Augen und nahmen mir die Sicht. Wenn ich sehen und atmen könnte ...

»Tiger?« Ihr Ruf hallte seltsam von irgendwo vor mir heran. Sie hatte bemerkt, daß ich nicht mehr hinter ihr war. Ich hörte ein kratzendes Geräusch, ein Ausrutschen. Sie gelangte wieder neben mich, rieb sich den Kopf. »Was ist los?«

Ich atmete stoßweise und keuchend aus. »Er ist hier. Irgendwo. Shaka.«

Sie hörte auf, sich den Kopf zu reiben, sah mir wachsam in die Augen. »In welcher Richtung?«

»Es gibt nur ... eine Möglichkeit weiterzugehen ... es sei denn, wir verlassen die Höhle schnell wieder ...« Ich schluckte schwer. »Schwer ... zu atmen ... hier drinnen.«

Sie kam stirnrunzelnd näher. »Kannst du weitergehen?«

»Ich muß«, murmelte ich.

Sie schwieg. Legte mir eine Hand auf den Arm. »Ich schwöre dir, ich werde dich nicht wieder alleinlassen. Was ich in der Punja getan habe, war falsch. Ich bin zu der Oase vorausgeritten, weil ich dachte, du würdest mir folgen – und ich wußte, daß es nicht weit war. Tiger ...« Ihr Gesicht wirkte sehr angespannt. »Ich will, daß du von Chosa befreit wirst, damit du wieder du selbst sein kannst. Aber ich will dich nicht verletzen. Wenn dies zu schwer ist ...«

»Nein.« Ich sog den Atem ein. »Ich habe schon schwerere Dinge getan. Es ist nur ... alles. Dieser Ort ... Chosa ... und Shaka. Dieses niederdrückende Gewicht ...« Ich rieb mir den Schweiß vom Gesicht. »Wenn ich nur wieder *atmen* könnte ...«

Sie berührte meine Brust. »Tu langsam«, sagte sie sanft. »Wir brauchen uns nicht zu beeilen.«

Ich nickte atemlos. Bedeutete ihr dann weiterzugehen. »Ich werde direkt hinter dir bleiben.«

Licht schimmerte matt. Es glitzerte auf Eisstücken und vertrieb die Schatten aus den Spalten.

»Vor uns«, sagte Del.

Ich umklammerte das in der Scheide steckende *Jivatma*, troff vor Schweiß, während ich weiterging. Ich fragte mich beiläufig, ob die Tröpfchen zu Eis gefrieren würden. Meine Füße schmerzten vor Kälte, aber ich schwieg. Del war ebenfalls barfuß.

Sie blieb stehen. Der golddurchwirkte weiße Stoff glänzte. Sie wandte ihr Gesicht in die Schatten zurück. »Es ist ein Spalt im Fels«, sagte sie. »Breit genug für einen Körper... Er verläuft durch das Dach aufwärts. Dort gibt es Licht und frische Luft. Willst du zuerst hindurchklettern?«

»Du verstehst mich nicht«, sagte ich mit belegter Stimme. »Ich habe keine Angst, Bascha... das ist schon seit einiger Zeit vorbei. Dies ist etwas... anderes. Dies ist... *Macht*.«

Sie spannte sich an. »Macht?«

»Spürst du es nicht?«

»Ich fühle mich... seltsam.«

Ich nickte. »Macht.«

»Verspürst du Übelkeit?«

»Du meinst... wie gewöhnlich?« Ich zuckte die Achseln. »Ich friere so sehr, daß ich es nicht sagen kann.«

Sie lächelte. »Armer Tiger. Ich habe wenigstens Umirs Burnus. Ich könnte teilen...«

Ich grunzte. »Behalt ihn. Ich bin nicht so sehr für Federn und Perlen, gleichgültig, wie wertvoll sie sind.«

»Willst du vorausgehen?«

»Gut.« Ich drängte mich an ihr vorbei, betrat den schmalen Spalt, trat ins Tageslicht hinaus.

Und in Shaka Obre.

»*Hoolies*...« Ich fiel auf die Knie. Würgte. Ließ Harnisch und Scheide und Schwert fallen. »O Götter... *Del*...«

Sie war ebenfalls durch den Spalt hindurchgelangt.

Sie trat einen Schritt vor, erstarrte dann. Murmelte etwas in ehrfürchtiger Hochlandsprache.

»... herausgelangen...«, keuchte ich, »... muß... *hinausgelangen*...«

Shaka Obre war überall.

Der Druck warf mich nieder. Ich versuchte wieder hochzukommen, aber meine Bemühungen brachten mir nichts ein. Ich lag mit dem Bauch nach unten und mit ausgebreiteten Gliedern da, die Wange in den körnigen hellen Sand gepreßt, während mich flammende Eiskristalle blendeten. Weil ich die Augen nicht schließen konnte. Meine Eingeweide wanden sich. Wurden zusammengedrückt. Mein Magen wandte sich von innen nach außen.

»... *Bascha*...«

Del rührte sich nicht.

Es war fast so hell wie am Tag. Es *war* innen Tag. Der Platz, auf den wir gelangt waren, stand nach oben offen. Aber ich konnte nicht aufschauen, um den Himmel zu sehen, weil ich mich nicht bewegen konnte.

Meine Finger wanden sich. Die Hände verkrampften sich. Die Zehen gruben sinnlos im Sand.

»Es ist Shaka«, keuchte Del.

Das wußte ich bereits.

»Shaka ist *überall*.«

Das wußte ich auch.

»Ich kann ihn nicht sehen, aber er ist hier. Ich spüre die Macht...« Sie sog hörbar den Atem ein. »Ist es so, wenn man die Magie schmeckt?«

Woher, zu den Hoolies, sollte *ich* das wissen? Ich war zu sehr mit dem Versuch zu atmen beschäftigt, um darüber nachdenken zu können, wie etwas schmeckte.

Del kniete sich neben mich. »Es ist Chosa, nicht wahr?«

»Shaka«, keuchte ich heiser. »Er weiß... er weiß von Chosa...«

Eine Hand lag auf meinem Rücken. »Kannst du aufstehen?«

»Ich bin zu müde, um es zu versuchen.«

»Hier.« Die Hand schloß sich um meine Schulter, drückte erstarrte Haut. »Ich werde dir helfen...«

Es half. Ich stemmte mich hoch, schaffte es, mich hinzusetzen, brach dann an der Wand zusammen. Der Fels war sehr kalt, aber ich war zu erschöpft, um mich zu rühren. Ich zog beide Knie an und preßte einen Arm auf meinen Bauch. Mein ganzes Körper wollte sich verkrampfen.

»Wir haben ihn hierhergebracht«, keuchte ich. »Chosa... wir haben ihn *hierhergebracht*.«

»Wir mußten es tun«, sagte sie.

Ich rollte den Kopf auf dem scharfen Fels hin und her. »Wir haben einen Fehler gemacht. Sie werden mich in Stücke reißen, sie beide... Hoolies, es ist ein Fehler...«

»Tiger.« Sie berührte ein Knie. »Es mußte getan werden. Du konntest nicht den Rest deines Lebens damit verbringen, ein Schwert zu bekämpfen. Eines Tages wäre es dir mißlungen, und Chosa hätte dich gehabt.«

»Er hat mich jetzt. Er hat mich jetzt, und Shaka hat *ihn*...« Ich zog eine Grimasse. »Verstehst du nicht? Einer von ihnen muß verlieren... Und ich bin mittendrin gefangen.«

Der Griff der Hand verstärkte sich. »Ich kann nicht glauben, daß Shaka dein Leben aufs Spiel setzen würde. Er hat Jamail veranlaßt zu sprechen.«

»Warum heilt er *mich* dann nicht?« Ich löste mich vom Fels und saß vollkommen aufrecht, beugte den Kopf nach hinten, um durch den massiven Bergeinschnitt den blauen Himmel über uns zu betrachten. »Heile mich, Shaka! Damit auch ich Chosa bekämpfen kann!«

Das Echo erstarb. Schweigend beobachtete ich Del.

Sie stand auf. Trat genau in die Mitte des Einschnitts. Beugte den Kopf nach hinten und schaute hinauf, blinzelte gegen das Gleißen an. Sonnenschein badete golddurchwirkten Stoff. Sie wirkte im Tageslicht weiß.

Sie senkte den Blick wieder und sah sich stirnrunzelnd um. Maß den am Boden breiten Einschnitt. Dann beugte sie sich hinab, nahm hellen Sand auf und prüfte ihn mit der Hand, bevor sie ihn wieder auf den Boden fallen ließ. »Punjasand«, sagte sie. »Fein und voller Kristalle...« Sie sah sich erneut um. »Dies ist ein Kreis.«

Ich grunzte. »Nein. Nur ein natürlicher Einschnitt. Siehst du?« ich deutete in die Runde. »Nur ein Teil des Berges.«

»Ein Kreis«, sagte sie erneut und schritt bis zur entgegengesetzten Wand. »Sechseinhalb«, murmelte sie.

»Siehst du? Es sind nicht die richtigen Maße. Ein richtiger Kreis mißt fünfzehn Schritt.« Ein Teil des Drucks und des Unbehagens war vergangen. Ich stemmte mich hoch, fluchte, stolperte zu meinem herabgefallenen Harnisch, hob ihn aber nicht auf. Ich war zu sehr damit beschäftigt, Del zu beobachten.

Sie umrundete den Einschnitt, prüfte die Risse und Spalte mit geschickten, forschenden Fingern. »Ein richtiger *südlicher* Kreis mißt fünfzehn Schritt. Meine Beine sind länger.«

Ich sah sie an. Stemmte die Beine auf den Boden, beugte den Kopf erneut nach hinten und schaute hinauf. Ich blinzelte benommen. Der Einschnitt *wirkte* natürlich, aber vielleicht war er es nicht. Die Magie hatte Shaka hierhergebracht und hatte dann vielleicht auch den Einschnitt geschaffen.

Er hatte laut Del einen Durchmesser von etwas mehr als fünfzehn Schritt, womit er ein wenig größer war als ein wahrer Kreis. Der untere Teil des Einschnitts war am breitesten, bog sich sanft zu einer Rundung. Er war dunkel wie Rauchgestein, aber Eis säumte die Risse, bedeckte knotige Auswüchse und glitzerte im Licht. Der runde Einschnitt war von Bändern facettierter

Felsrippen durchzogen, die sich himmelaufwärts wanden. Er war wenig symmetrisch, und es mangelte ihm eine gewisse Genauigkeit, da er einfach aus dem scharfwinkligen Fels herausgeschlagen worden war. Aber der Boden war richtig sandig, und der Umfang war *ausreichend* rund. Man mußte nur ein Schwert nehmen und einen formellen Kreis zeichnen. Was ich nicht mehr tun konnte.

Sie schob ihre Hand in einen Spalt und maß seine Tiefe und Breite. Dann zog sie die Finger zurück. Sie stand sehr still, wie in Gedanken verloren.

»Was tust du?«

»Ich dachte es mir«, keuchte Del und mißachtete mich vollkommen. »Wenn er heraus *herausgelockt* werden könnte ...«

Ich beobachtete sie genauer. »Del ...«

Sie schüttelte den Kopf. Preßte die Lippen zusammen. Schloß für einen kurzen, angespannten Moment fest die Augen und öffnete sie dann wieder. Ihre Kinnlinie zeichnete sich hart ab. »Wie fühlst du dich?«

Ich konterte: »Wie fühlst *du* dich?«

Sie sah durch mich hindurch, sah mich nicht an. Sie murmelte in einem Hochlanddialekt leise etwas Unverständliches. Sie biß sich auf die Unterlippe, preßte alles Blut heraus und ließ dann wieder los. Das Blut floß zurück.

»Es ist vollbracht«, sagte sie sanft.

»Bascha ...« Aber ich brach ab. Sie hörte nicht zu. »Ja, ich fühle mich besser. Warum?«

Del nahm ihr Schwert aus der Scheide und schob den Harnisch und die Scheide an die Wand. Mit geschickter Genauigkeit setzte sie die Schwertspitze auf dem Sand auf und zog einen Kreis. Sie sprach leise mit sich selbst, hielt keinen Moment inne. Als sie die Enden des Kreises auf der entgegengesetzten Seite, gegenüber des schmalen Risses, verbunden hatte, hob sie ihr *Jivatma* an.

»Was tust du?« fragte ich zum wiederholten Mal.

Del stand ganz still. Das Licht von oben badete sie, Haare und golddurchwirkter Stoff schimmerten. Sie hob das Schwert langsam an, bis es sich in vertrauter Position befand: das Heft an der linken Hüfte, beide Hände darumgelegt, der linke Ellbogen ausgestreckt, um Gleichgewicht und Gewandtheit zu gewährleisten, die runenbeschriftete Klinge eine diagonale Linie zu ihrer rechten Schulter, als unmißverständliche, beredte Herausforderung leicht nach außen geneigt.

»Nimm dein Schwert auf«, sagte sie.

Ich erkannte, daß ich fast in der Mitte des von Del gezogenen Kreises stand. »Bist du *sandkrank?*«

»Nimm es auf«, sagte sie.

Ich lachte beinahe. »Du hast selbst gesagt, daß wir niemals mit diesen Schwertern gegeneinander tanzen sollten. Du hast immer geschworen, es sei gefährlich.«

»Das ist es.« Sie blinzelte nicht einmal. »Nimm dein Schwert auf, Tiger. Dies ist ein wahrer Tanz.«

Ich sagte kurz angebunden: »Ich kann nicht.«

»Doch, du kannst.«

»*Elaii-ali-ma.* Ich habe alle meine Schwüre gebrochen, Bascha ... Ich habe meine persönliche Ehre verwirkt.« Ich wurde plötzlich ärgerlich, weil es sosehr schmerzte. »Ich dachte, das sei ausreichend klargeworden. *Dir* vor allem.«

»Dieser Tanz hat überhaupt nichts damit zu tun. Hier, an diesem Ort, bedeutet *Elaii-ali-ma* nichts. Dieser Tanz ist der Anfang. Dieser Tanz ist das Ende.«

Die Haare an meinem Nacken richteten sich auf. »Ich mag es nicht, wie das klingt.«

Ihre Stimme klang fest und sicher. »Nimm dein Schwert auf, Sandtiger. Wir werden es ein für allemal regeln.«

»Du bist sandkrank«, flüsterte ich.

Ein Windstoß zischte aus dem dahinterliegenden Gang durch den Riß. Er ergriff herabhängendes helles

Haar, blies es zurück und entblößte das makellose Gesicht. Dann kräuselte und ergriff er den Burnus, fuhr unter ausbalancierte Ellbogen. Schwere Falten bauschten sich, wölbten sich wieder nach innen, golddurchwirkter Stoff schlug gegen gebänderte Wände. Der volle Schein eines allumfassenden Sonnenuntergangs loderte in den Einschnitt: ganz Glas und Messing und Gold und Myriaden glänzender Federn. Umirs kostbarer Burnus setzte den falschen Kreis in Brand, wie auch die Frau, die ihn trug.

Eis glitzerte hinter ihr und fing das Feuer der Sonne und des Schwertes ein. »Tanz mit mir, Chosa Dei. Ich vertrete deinen Bruder.«

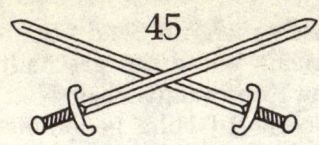

45

Ich nahm Harnisch und Schwert auf. Wandte mich dann um und trat aus dem Kreis hinaus ...

Versuchte aus dem Kreis hinauszutreten. Etwas stieß mich am Rand zurück, schleuderte mich wieder nach innen. Ich landete eher unbeholfen, fiel mit dem Rücken flach in den Sand.

Als sich der Staub gesetzt hatte und ich wieder sehen konnte – ganz zu schweigen vom Atmen –, setzte ich mich auf. Spie Sand aus. Betrachtete stirnrunzelnd den gewundenen Spalt, durch den ich auf meinem Weg aus dem Einschnitt hatte hinausschlüpfen wollen, was ich aber offensichtlich nicht tun sollte.

»Das kannst du nicht«, sagte Del. »Wir haben die Wachen passiert, als wir hereinkamen, aber wir können eindeutig nicht hier hinausgelangen. Zumindest ... kannst *du* es nicht.«

Ich wandte den Kopf und sah sie an. »Chosa hat keine Wachen um einen *Kreis* aufgestellt.«

»Nein. Das habe ich getan. Oder eher Shaka.« Sie zuckte die Achseln. »Hast du erwartet, daß er Chosa gehen ließe, so daß er einfach wieder hinausspazieren könnte, während Shaka zurückbleiben müßte?«

»Ich habe gar nichts erwartet. Außer vielleicht ein wenig mehr *Respekt*. Und außerdem – woher sollen wir wirklich wissen, daß Shaka Obre *hier* ist und daß es überhaupt Wachen gibt? Ich sehe gar nichts.«

»Nicht alle Macht ist sichtbar. Hast du mir nicht erzählt, Shaka wisse, daß du hier bist, und du wüßtest, daß *er* hier ist?«

Verärgert wischte ich mir Sand vom Kinn. »Ich verstehe einfach nicht, wie du es geschafft haben willst, Wachen um den Kreis aufzustellen.«

»Ich habe Boreal zu Hilfe genommen. Ich glaube, daß Shaka Obre bereitwillig jede mögliche Hilfe nutzen wird, da er offensichtlich körperlos ist. Genau wie Chosa es tut, was auch der Grund dafür ist, warum er dich will.«

Ich grunzte. »Ich werde mich mit meiner Meinung zurückhalten.«

Del antwortete nicht. Sie senkte nur ihr Schwert, steckte es in den Sand, um es kurzzeitig aus der Hand zu haben, und zog den Burnus aus. Sie ließ ihn in Falten eines südlichen Sonnenuntergangs auf ihren Harnisch fallen, zog dann das Schwert aus dem Sand heraus und trat über die Linie hinweg.

Jetzt waren wir beide gebunden. Ich durch die Wachen und das Schwert. Del durch die Ehre und die Schwüre.

Wir waren beide barfuß, wie es angemessen war. Ich trug einen Dhoti und die Halskette, Del eine nordische Tunika. Und wir hatten beide ein Schwert.

Ich stand auf. Zog Samiel aus der Scheide und schob den Harnisch beiseite. Wandte mich zu Delilah um. »Als wir dies das letzte Mal taten, wären wir beinahe beide umgekommen.«

Del lächelte leicht. »Damals waren wir jung und einfältig.«

»*Ich würde* gern noch älter und klüger werden. Aber du läßt mir vielleicht keine Gelegenheit.«

Dels Stimme klang sanft. »Keine Verzögerungen mehr, Tiger. Wir sind hierhergekommen, um dein *Jivatma* zu befreien. Wir sollten die Klinge reinigen, damit sie makellos wird.«

»Und mich auch«, murmelte ich.

»Und dich auch«, stimmte sie mir zu.

Ich trat zwei Schritte fort, wandte mich um. »Dann

laß es uns beenden!« fauchte ich und brachte Samiel ohne weitere Vorbereitungen in Position.

Es war ein schändlicher Anfang ohne Anmut oder Kraft. Wir prüften uns, schlugen die Klingen gegeneinander, lösten uns dann wieder, ließen Stahl an Stahl entlanggleiten, schlugen dann die jeweils andere Klinge ab, bevor die Nähe zunahm. Es geschah langsam, zusammenhanglos, stümperhaft, nichts von dem, was wir kannten, außer daß wir beide Angst hatten.

Wir gruben Höhlungen in den Sand, traten kleine Schauer glitzernder Kristalle in die Luft. Die Klingen schlugen aneinander, entfernten sich voneinander, berührten sich erneut für einen kurzen Moment, bevor die Handgelenke sie zur Seite drehten. Dann stimmte Del, nachdem sie etwas gemurmelt hatte, einen Gesang an.

Ich erstarrte. »Warte ...«

Aber Del wartete nicht.

Hoolies, wenn sie das Schwert stimmt ... o Bascha ... tu das nicht. Denn dann wird es ein wirklicher Tanz werden ... und das *will* ich nicht ... Ich will nicht, daß Staal-Ysta wieder auflebt ...

Del sang sehr sanft. Die Silberklinge nahm den lachsfarbenen Schimmer blassesten Silbers an.

Stahl klang aneinander, trennte sich mit einem kreischenden Geräusch. Ich spürte, wie ihr Muster fester wurde, spürte die zunehmende Kraft bei den Drehungen der Handgelenke. Sah das Flechtwerk in der Luft zurückbleiben, das Nachglühen eines in nordischen Ritualen geschmiedeten und gesegneten *Jivatma*, Rituale, die genauso bindend waren wie jene, die ich kannte: die Schwüre von Alimat.

»Tanz«, zischte Del. »Komm schon, Chosa ... *tanz* ...«

»Tiger«, sagte ich. »Tiger.«

»Tanz, Chosa. Oder kannst du es nicht?«

Ich schlug meine Klinge gegen ihre, spürte die

Macht ihres Gegenschlags, riß meine Klinge wieder fort. »Willst du ihn *tatsächlich* heraufbeschwören?«

Ein leichter Schweißfilm bedeckte ihr Gesicht. »Komm heraus und tanz, Chosa. Oder hast du nicht die Kraft, es zu tun? Kannst du kein Schwert führen? Kannst du die Muster nicht erschaffen?«

»Er ist kein Schwerttänzer, er ist ein *Magier* ...«

»Magier können tanzen. Chosa Dei gestaltet neu. Kann er sich in deinem Bild nicht selbst neu gestalten? Kann er deinen Körper nicht für sich benutzen? Kann er nicht gegen eine *Frau* tanzen?«

»Hoolies, Bascha ...« Ich sprang zurück, duckte mich unter einem Muster hindurch, kam wieder hoch und fing Klinge mit Klinge ab. Stahl kreischte. Ich durchbrach ihr Muster leicht, lenkte ihr Schwert durch die Kraft meines Gegenschlags praktisch wieder auf sie selbst zurück. »Was willst du tun?«

»Tanzen«, sagte sie. »Einfach nur ... tanzen. Aber ich glaube nicht, daß Chosa es kann.«

Und Del begann erneut zu singen, wodurch sich ihre Klinge noch stärker verfärbte.

Meine Sicht verschwamm. Von meiner eigenen gegenwärtigen Erinnerung überlagert, tauchte die Erinnerung einer vergangenen Zeit auf. Eines Magiers, der einen Magier mit solch gewaltiger Macht fortstieß, daß damit Berge hätten versetzt werden können.

In mir lachte Chosa.

»*Tu* das nicht!« rief ich.

Delilahs Gesang wurde lauter. Und Chosa hörte ihn in mir.

»Tu es nicht, Bascha ...« Ich würgte, erkannte vertraute Krämpfe. Schweiß rann mir die Brust hinab und befeuchtete den oberen Rand eines Dhoti. »Tu mir das nicht an ... zwing mich nicht, dies zu *tun* ...«

Ihr Muster wurde komplizierter, band meines ein, entglitt der Verflechtung. Ich fing sie ein, wand mich, schlug die Klingen auseinander.

Sie trafen fast augenblicklich wieder zusammen, klangen in dem Einschnitt aneinander. Wenn sie das wollte...

In mir wurde Chosa aufmerksam.

Boreal schimmerte lachsfarben-silbern. Mit jeder Verflechtung und jedem Streich malte Del Farben in die Luft. Ein glühendes Nachbild von Runen, Klinge und Macht.

Ich war verärgert. Ich hatte diesen Tanz nicht gewollt. Hatte diese Auseinandersetzung nicht gewollt. Ich hatte nicht einmal daran gedacht, weil ich mich jedesmal, wenn ich damit begann, des Tanzes auf Staal-Ysta erinnerte, als Del und ich durch Betrug und Hinterlist gegeneinander aufgestellt worden waren. Wir hatten damals beide mit unserem ganzen Können getanzt, weil so vieles – *zu vieles* – auf dem Spiel gestanden hatte. Letztendlich hatte der Tanz gewonnen, weil so viele Jahre der Übung selbst den stärksten Willen brechen können. Man *tanzt* einfach, weil man tanzen muß. Weil der Körper nicht innehalten und der Stolz einen aufgeben will.

Wir tanzten, Delilah und ich. Quälten uns mit Stahl, ließen Schwertspitzen auf Nasen und Kehlen zuschnellen, um zu versprechen, daß wir es besser konnten, wohl wissend, daß wir es nicht wagten. Dies war kein Tanz auf Leben und Tod, nicht wie es für Abbu und mich gewesen war, sondern ein Tanz bis zum *Ende*, wenn Chosa besiegt und das Schwert gereinigt wäre.

Wir schwitzten. Fluchten. Tanzten. Verhöhnten uns. Bissen uns auf die Lippen und spien Blut. Gruben tiefe Löcher in den kristallinen Sand, stemmten die muskulösen Oberschenkel und Hüften fest auf, um die Kraft in die Arme zu übertragen. Ich hielt der Kompliziertheit ihrer Muster körperliche Stärke entgegen, schlug sie mit reiner Kraft zurück, bis sie sich blitzartig auf Schnelligkeit und Anmut verlegte und mich zu

Eröffnungen herausforderte, die auszunutzen sie mehr als bereit war.

Del rammte Klinge in Klinge, ließ die Schneide an nordischen Runen entlanggleiten. Der Lärm in dem Bergeinschnitt war ohrenbetäubend, wurde von Echos vierfach verstärkt.

Ich fing die Klinge mit meiner eigenen ab, drehte mich und wandte den Stahl ab, zischte Del scharf an, weil sie uns so weit gebracht hatte. Ich hatte es schon lange aufgegeben, mich zu fragen, wer von uns besser war. Es war einfach nicht wichtig. Natürlich *sagten* wir, es sei wichtig, einfach um einander zu necken, aber ich wußte tief im Herzen, daß es für uns beide unwichtig war.

Del kam singend auf mich zu. Nordischer Stahl flammte im Sonnenlicht auf, warf Striche auf gebändertes Gestein. Zusammengeballte Sand- und Eiskristalle glitzerten in Rissen und Spalten. Die Sonne schaute als wohltätiger Schiedsrichter auf uns herab.

Stahlgesang erfüllte den Einschnitt, wand sich an den Rauchgesteinbändern aufwärts. Wir hämmerten aufeinander ein, wußten, daß jeder Streich aufgefangen, umgekehrt und wirkungslos gemacht würde. Weil keiner von uns sterben wollte. Wir wollten einfach ein Ende herbeiführen: Del, um die Klinge *und* mich zu befreien, und ich, um von der Dunkelheit des Geistes befreit zu werden, die nichts mit Chosa und alles mit Ehrlosigkeit zu tun hatte.

Elaii-ali-ma ist, was man daraus macht, und bindet jene, die gebunden werden wollen. Und ich hatte mich selbst gebunden, indem ich die Ausbildung und die Rituale vollendet hatte, indem ich vor dem legendären Shodo von Alimat die Blutschwüre geleistet hatte, weil ich wußte, daß ich ihrer trotz meiner Herkunft wert gewesen war. Ich hatte etwas aus mir gemacht, hatte den Chula im Kreis gebannt, hatte den Sandtiger geboren.

Und ich hatte ihn auch getötet, indem ich Sabras

Kreis verlassen und alle meine Schwüre zunichte gemacht hatte.

Elaii-ali-ma. Es machte dies zum letzten Kreis.

»Tanz«, zischte Del, zerteilte die Luft, hielt jäh inne, um sich zu drehen, umzuwenden und zuzustoßen.

Solch winzige komplizierte Muster, die sowohl unglaubliches Können als auch kräftige, bewegliche Handgelenke erforderten. Ich durchbrach die Muster, so gut ich konnte, schnitt durch lachsfarbenes Runenschimmern hindurch, sah dann das schwärzliche Schimmern auf meiner Klinge aufblitzen.

»Nein!« Ich riß meine Klinge zur Seite, spürte Dels Klinge vorbeigleiten, durch durchbrochene Muster tastend, um mich in den Unterarm zu schneiden. Blut schoß hervor, tropfte herab.

Chosa war *erwacht.*

»Tanz!« schrie Del und benutzte meine Unaufmerksamkeit, um meinen Arm erneut zu verletzen.

Ich stolperte rückwärts, hielt aber stand, schlug ihre hungrige Klinge ab. Sah die Schwärze höher steigen, sich über die Kreuzspange ergießen, an Fingern und Heft lecken.

Ich taumelte. Fiel fast hin. Meine Eingeweide kehrten sich von innen nach außen.

»Ja!« schrie Del. »Komm heraus und tanz, Chosa!«

Der Magier schoß auf diese Einladung hin aus seinem verborgenen Winkel hervor und fraß sich seinen Weg durch die Knochen, obwohl ich aufschrie.

»Komm heraus und tanz«, zischte sie.

»Del… nein…«

»Hier ist Shaka Obre, Chosa. Erinnerst du dich an ihn?«

Ich zitterte. Die Macht rann meine Arme hinab in die Klinge. Das Schwert in meinen Händen war schwarz. Das Schwert war *vollkommen* schwarz.

Ich war ohne Vorwarnung entleert.

Ich fiel auf ein Knie, kämpfte mich wieder hoch. Klinge traf auf Klinge, hielt fest. Del schrie schrill auf.

»Laß los!« rief ich heiser.

Boreal war plötzlich ausgelöscht, von Chosas Schwärze verschluckt.

»Nein!« schrie ich. »Bascha... *laß los!* Laß dein Schwert fallen! Laß Chosa nicht darankommen!«

Del ließ nicht los. Del ließ ihr Schwert nicht fallen.

Chosa Dei, der von Anfang an klargemacht hatte, daß er Schwert *und* Frau haben wollte, schwärmte den Stahl hinauf zur Haut aus.

»*Ja!*« schrie Del.

»Bascha... *laß los!*«

Sie durchbrach das letzte Muster, ließ meine Klinge hindurchgleiten, über ein Handgelenk schneiden und stolperte an den Rand des Kreises. Blut lief aus der Wunde, tropfte in den kristallinen Sand. Wo es hintropfte, stieg Rauch auf.

»Vernichten...«, murmelte sie benommen.

»Laß es fallen!« schrie ich.

Blut tropfte auf die von ihr in den Sand gezogene Linie.

Das schwarze Schwert Boreal erzitterte in Dels Hand. »Ich bin es, Shaka...«, flüsterte sie.

Die Linie und der Rauch entschwebten. Del stolperte hindurch, schob Boreal in den eisverkrusteten Riß, den sie so sorgfältig untersucht hatte... drückte die Klinge in den Riß... riß das Heft so ruckartig nach links, daß der Stahl entzweibrach.

Ich ließ Samiel genau in dem Augenblick fallen, als Del Boreal fallen ließ. »Bascha... *nein...*«

Chosa war frei von dem Schwert. Chosa war frei von mir. Chosa war frei von allem, außer von Shaka Obre.

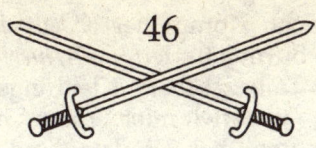

46

Sand flog umher. Er wurde vom Boden aufgenommen, allmählich in den Kreis geworfen und dann
gegen die gebänderte Wand geschleudert. Durch den
schmalen Riß drang heulender Wind, erschütterte
Haut und Fels. Er schrie wie ein nordischer Bansheesturm, pfiff über eisgesäumtes, durch Chosas Magie
gewelltes Rauchgestein.

Ich spie aus, warf eine schützende Hand hoch, fiel
auf die Knie, als der Windstoß in den Kreis heulte. Der
Dhoti bot nur wenig Schutz, fast jeder Zentimeter meiner bloßen Haut war dem heulenden Wind und dem
stechenden Sand gegenüber schmerzlich verletzbar.

»Del!« Sie antwortete nicht. Ich konnte sie durch den
Sand nicht sehen. »Bascha ... wo bist du?«

Aber was Heulen verschluckte meine Worte. Ich
hörte sie selbst kaum und verstand sie nur, weil ich sie
kannte.

Meine Augen waren krustenverklebt. Ich kauerte
dort im Kreis, den Rücken dem schmalen Spalt zugewandt, und spürte Eis und Punjakristalle an meinem
Rückgrat toben.

Vor meinem geistigen Auge sah ich, wo Del gewesen
war, als sie Boreal in dem Riß verkeilt und die Klinge
entzweigebrochen hatte.

Langsam, vorsichtig durchquerte ich den Kreis,
berührte ein stark angespanntes Bein.

»Del!«

»Tiger?« Hände ergriffen mich, klammerten sich an
mich. »Tiger ... ich kann nichts sehen!«

»Ich auch nicht. Komm her... *halt dich fest...* wir müssen Umirs Burnus finden... ah, *hier!*«

Ich zog das unbezahlbare Kleidungsstück zu uns beiden heran, kauerte mich dann nahe an Del, während ich es uns über Schultern und Köpfe zog. Es dämpfte die beißende Schärfe und erlaubte uns, die Augen zu öffnen und durch eine überdeckte Öffnung hinauszuspähen.

»Er wirbelt umher«, schrie Del über den Lärm hinweg. »Der Sand... er *wirbelt umher!*«

»Sanddämon«, sagte ich. »Wirbelwind. Das kommt in der Nähe der Punja manchmal vor... ich weiß nicht warum, aber es ist so. Sie verausgaben sich letztendlich, aber *dieser* ...« Ich schüttelte den Kopf. »Ich glaube nicht, daß dieser natürlichen Ursprungs ist, und er ist erschreckend heftig.«

Die beißende Schärfe nahm zu. Unheimliche, funkelnde Lichter knisterten und krachten, während umherwirbelnder Sand in einem durch Druck entstandenen Mahlstrom von den Wänden des Einschnitts aufgesaugt wurde und über die Bänder pfiff: Schmerzende Ohren knackten, ich schlug beide Hände darüber. Blut drang mir aus der Nase.

»Sie sind es...«, sagte Del. »Es sind Shaka Obre und Chosa Dei...«

»Eine kleine Meinungsverschiedenheit vielleicht?« Ich krümmte mich in dem Burnus zusammen. »Es ist mir gleichgültig, wer es ist... Sie sollen nur aufhören.« Ich wischte mir verärgert die Nase ab. Zog den Burnus fester um eine Schulter, als der Wind den Stoff ergriff und wild daran zog.

»Sieh mal.«

»Ich kann überhaupt nichts *sehen*, Bascha!«

»Sieh mal«, wiederholte sie.

Ich schaute, blinzelte und fluchte. Sah noch immer umherwirbelnden Sand und Kristalle, die durch Bänder, Nischen und Windungen aufwärtsgerissen und durch die Öffnung des weit über unseren Köpfen sonnenhell und freundlich strahlenden Einschnitts hindurchgesaugt wurden.

Etwas anderes flog noch umher. Etwas Orangefarbenes, Rotes, Gelbes und in allen Farbtönen Dazwischenliegendes. »Was?« Und dann lachte ich. Streckte die Hand aus und fing eine Feder ein. »Umirs Burnus zerreißt!«

Dels Kopf kam aus den Falten hervor. »Tatsächlich? Oh, *ja!* Oh, Tiger, nein ...«

Ich lachte einfach weiter.

»Tiger ... diese ganze kunstvolle Arbeit!« Eine gelbe Feder verfing sieh in Dels zerzaustem Haar. »All die Sorgfalt und Mühe ...«

»Nicht soviel Sorgfalt und Mühe, wie in dein *Jivatma* investiert wurde.« Ich streckte den Kopf weiter hinaus. »Der Wind erstirbt.«

So war es. Das Heulen verklang. Der Sanddämon verausgabte sich. Der Boden bestand jetzt nur noch aus Fels, aus eisfreiem, dunkelbraunem Rauchgestein, ohne das geringste Körnchen Sand. Nur Del und ich und die Federn waren noch in dem Einschnitt übriggeblieben.

Und zwei nordische *Jivatmas,* von denen eines zerbrochen war. Ich zog Del vom Boden hoch, ließ den Burnus von den Schultern gleiten. »Was Boreal betrifft ...«, begann ich.

Del legte mir eine Hand auf den Mund. »Horch!«

Ich horchte. Bog ihre Finger fort. »Es ist ruhig.«

»*Zu* ruhig.«

»Nach all diesem Heulen würde *alles* zu ruhig wirken.«

»*Horch!*« zischte sie.

Der Teil eines Felsbandes brach auf und fiel neben uns herab, zerschmetterte auf dem Boden. Gefolgt von anderen.

»Hinaus!« brüllte ich und schob sie auf den Spalt zu.

»Hoolies, *hinaus* hier!« Die Wände der Spalte stürzten ein.

Del rannte los, duckte sich, drehte sich, glitt durch den schmalen Spalt. Ich wollte ihr folgen, hielt inne, schaute zu meinem *Jivatma* zurück.

»Tiger!« Sie ergriff meine Hand und zog fest daran, so daß meine Schulter an einem Felsvorsprung vorbeischrammte.

»Samiel ...«

Der Einschnitt fiel in sich zusammen, zerbrach in einzelne Stücke Rauchgesteins, die groß genug waren, um ein Pferd zu zerquetschen.

»Tiger ... komm *mit!*«

»Warte«, murmelte ich tonlos und schaute noch in den Einschnitt zurück, als er schon einstürzte. »Warte ... ich habe dies *gesehen* ...«

»Tiger! Verschenk nicht deine einzige Gelegenheit!« Sie zog erneut an meinem Arm.

»Aber ich habe dies *gesehen* ... Es ist ein Teil der dreifachen Zukunft ...«

»Du hast uns auch sterben gesehen, dich oder mich. Komm *mit* ...«

Die Vision erstarb. »In Ordnung. Ich komme, Del ...«

Del ließ los. Gebückt, uns drehend und duckend krochen wir durch den Gang, während sich der Berg um uns herum neu gestaltete. Ich wußte, daß der Einschnitt verschwunden und mit eingestürztem Schutt erfüllt war. Wenn wir uns nicht beeilten, würde der Rest dieses Berges ebenfalls einstürzen.

Ich stieß mir die Ellbogen, die Knie, die Zehen und ein- oder zweimal den Kopf. Aber Del erging es genauso, also beschwerte ich mich nicht. Wir krochen durch die Rauchgesteingänge und erreichten schließlich den ersten Raum wieder, drangen aus dem Gang in schwaches Licht vor und von dort in den Tag.

Wir nahmen uns in unserer Eile nicht die Zeit, den Untergrund zu prüfen. Wir liefen einfach, ließen den

Schreck in Knie und Knöchel fahren, hielten unser Gleichgewicht mit starren Armen und gespreizten Händen, fielen hin, wenn wir uns verschätzten. Fluchend, Sand ausspeiend, um Atem kämpfend, schlidderten und krochen wir den Berg hinab, schrammten an Fels und Schutt und Dreck vorbei.

Der stolpernde und rutschende Abstieg endete schließlich, spie uns auf die Ebene hinaus, auf der wir die Pferde zurückgelassen hatten. Wir landeten, sogen den Atem ein, drehten uns auf den Bauch, schauten zu dem eingestürzten Berg hinauf.

Sand hing noch immer in der Luft. Einige wenige Federn schwebten herab: rot und gelb und orangefarben.

Wir warteten, hielt den Atem an. Sand und Federn sanken hernieder. Der Tag war strahlendhell und ruhig.

Ich warf mich mit dem Gesicht nach unten auf die Erde, sog große Mengen Luft in meine Lungen, stieß sie dann wieder aus. Dadurch wurde mein Gesicht mit Sand bestäubt, aber das kümmerte mich nicht. Ich lebte und merkte es. Auch wenn man zum Thema Schmutz etwas hätte sagen können.

Del tätschelte matt meine Schulter, streckte sich auf dem Rücken aus. Eine Locke verschmutzten Haars fiel über meinen Ellbogen. »Es ist vollbracht«, krächzte sie. »Das *Jivatma* ist nicht mehr verfärbt.«

Einen Moment lang machte ich mir nicht die Mühe zu antworten, da ich zu sehr mit Atmen beschäftigt war. Und als ich dann antwortete, geschah es halb lachend, halb keuchend. »...natürlich, wir können es jetzt nicht *holen*...«

»Aber es ist gereinigt. Es ist sauber.« Del atmete geräuschvoll. »Und auch du bist gereinigt.«

»Tatsächlich bin ich ziemlich schmutzig.«

Sie versetzte mir einen schwachen Schlag auf die Schulter. »Von Chosa Dei gereinigt.«

Ich fühlte mich ein wenig besser. Schaffte es, mich

umzuwenden und sogar aufzusetzen, stützte die Ellbogen auf die Knie. Spähte in den südlichen Tag hinaus, wischte Sand von der blutigen Lippe. Warf dann Del, die noch immer auf dem Rücken ausgestreckt dalag, einen Seitenblick zu und lachte rauh.

»Was ist los?«

»An dir kleben Federn.« Ich zupfte eine fort und zeigte sie ihr. »Ein schmutziges, verschwitztes, zum Rupfen bereites Sandhuhn.«

Del setzte sich auf. »Wo kleben Federn?«

»In deinen Haaren, hauptsächlich. Hier.« Ich zupfte eine weitere Feder fort.

Murrend untersuchte sie ihr Haar, riß Federn aus den wirren Strähnen.

Ich wandte mich um und schaute erneut zu dem Berg zurück, hob kribbelnde Schultern. »Shaka Obre und Chosa Dei...« Ein weiteres Kribbeln lief mir das Rückgrat hinab. »Was ist deiner Meinung nach geschehen?«

»Ich glaube, sie haben sich verausgabt, wie du es von den Sanddämonen erzählt hast.« Del schaute auf, blinzelte gegen den strahlenden Tag an. »Du bist derjenige, der Magie spürt. Sage mir: Sind sie dort?«

Ich betrachtete den hohlen Berg. Wartete darauf, daß sich meine Haare aufrichteten, daß ich Übelkeit verspürte. Überhaupt nichts geschah. Ich war sandüberkrustet, müde und wund, aber ich fühlte mich vollkommen gut. »Ich glaube nicht.«

»Wohin mögen sie entschwunden sein?«

Ich zuckte die Achseln. »Wohin Magie entschwindet, wenn sie keine Heimat hat...«

Del sah mich scharf an. »Magie ohne Heimat...«

Es klang für mich genauso seltsam, aber auf eigenartige Weise ergab es einen Sinn. Dann runzelte ich die Stirn. Deutete in die Ferne. »Schau, dort hinten, am Horizont.«

Del sah hin. »Blitze.«

»Es ist nicht die richtige Jahreszeit dafür. Im Sommer erhellen Hitzeblitze jede Nacht den Himmel, aber darum handelt es sich in diesem Fall nicht.«

Sie betrachtete das Schauspiel eingehender. »Glaubst du ...?«

Ich zuckte die Achseln. »Ich weiß es nicht. Aber sie waren beide auf das *Wesentliche* reduziert ... vielleicht auf nicht mehr als auf die Erinnerung an die Macht. Und das ist das Endresultat: ein Knistern in der Luft und hin und wieder ein Aufblitzen.«

Del erschauderte. »Warum besaß Chosa im Drachenberg einen Körper? Shaka besaß hier keinen.«

»Ich weiß es nicht. Aber wenn man bedenkt, wie Chosa gearbeitet hat, daß er unter anderem sogar Dorfbewohner für seine eigenen Zwecke zu dem Berg gelockt hat, könnte ich mir vorstellen, daß er einen Körper *gestohlen* hat. Das täte Shaka nicht.«

Del sah mich an. »War dies ein Teil der dreifachen Zukunft?«

Ich lächelte verzerrt. »Eine Zukunft, die ich gesehen habe, und völlig mit anderen Zukünften vermischt. Aber es ist schwer, sie deutlich zu sehen, wenn man sich mittendrin befindet ... Und als Chosas Erinnerungen meine dann ständig störten ...« Ich zuckte die Achseln. »Ich wußte nie, was was war oder wessen Erinnerungen wem gehörten. Aber so wie es aussah, würde ich vorhersagen, daß unsere Zukunft eher ruhig verläuft.« Ich streckte eine Hand aus und ergriff ihr Handgelenk, während sie müßig in der Erde wühlte. »Jetzt sag mir: Warum hast du Boreal zerbrochen?«

Del wölbte die Brauen. »Es war die einzige Möglichkeit. Und nur das: eine Chance. Ich dachte, daß Shaka Chosa vernichten oder zumindest überwältigen könnte, wenn Chosa hinter den Wachen, sogar hinter seinen eigenen Wachen, freigelassen würde. Aber ich wußte auch, daß du Samiel nicht zerbrechen könntest, solange Chosa in dir war und dich sehr brauchte. Also blieb nur Boreal übrig.« Sie zuckte abwehrend die Achseln. »Ich wollte ihn herauslocken, ihn während des Tanzes dazu bringen, in mein Schwert einzugehen… und es dann zerbrechen.«

»Aber… dein *Jivatma*…«

Del wühlte tiefer in der Erde. »Ich brauche es nicht mehr. Mein Gesang ist beendet. Jetzt beginne ich einen neuen.«

»Bascha…«

»Laß es gut sein«, sagte sie weich.

Ich nickte, respektierte ihre Wünsche. Dann mühte ich mich hoch, murrte, als die Knie knackten, humpelte zu dem Hengst.

»So, alter Junge, du konntest mich also noch nicht verlassen.«

Ich tätschelte eine schweißverkrustete Schulter. »Selbst inmitten dieses Durcheinanders hast du hier auf mich gewartet.«

Der Hengst schüttelte den Kopf und schnaubte, besprühte mich mit Feuchtigkeit.

»Ich danke dir«, sagte ich ernst. »Was ist mit der Stute geschehen?«

Der Hengst erzählte es mir nicht, aber ich hatte eine ziemlich genaue Vorstellung davon, was geschehen war. Sie hatte wahrscheinlich ihre Zügel zerrissen und war den Hang hinabgerannt, als der Berg einstürzte oder als das Heulen begann. Wir würden sie unten auf einen Menschen wartend vorfinden. Pferde sind so. Ich tätschelte erneut die Schulter des Hengstes. »Irgendwann mußte das alles sicherlich beendet werden…« Ich rieb über eine zerkratzte Schulter. »Das meiste vergäße ich am liebsten.«

»Tiger?« Del. »Wir haben Gesellschaft.«

Ich fuhr herum und sah sie an. »Wo?«

Sie zeigte in eine bestimmte Richtung. »Dort.«

Ich trat um den Hengst herum, einen Arm über seinen Leib gelegt, und wünschte, ich hätte ein Schwert, *irgendein* Schwert... sah dann, daß ich keines brauchte.

»Mehmet!« brach es aus mir heraus. »Was tut *Ihr* hier?«

Mehmet grinste. Er trug einen staubigen safrangelben Burnus und einen gleichermaßen staubigen weißen Turban. »Sandtiger«, sagte er. »Möge Euch die Sonne auf den Kopf scheinen.«

Ich blinzelte angestrengt. »Bin ich sandkrank? Oder tot?«

»Keins von beidem. Ich bin ich, und ich bin hier.«

Ich nickte stirnrunzelnd. »Das ist vermutlich etwas. Aber... *warum* seid Ihr hier?«

»Der alte Hustapha ist tot.«

Was mich noch mehr verwirrte. »Ich... hm... das tut mir leid. Ich meine...« Ich vollführte eine hilflose Geste. »Er war ein netter alter Mann... Es tut mir leid.«

»Er war alt, und seine Zeit war gekommen.« Mehmet kletterte den Hang herauf, der über die Ebene hinausragte. »Ich habe das Aketni unten zurückgelassen.«

»Ihr habt *sie* auch mitgebracht?«

»Der Hustapha sagte, ich müsse es tun. Er sagte, daß hier alles beginnt.«

»Was beginnt?«

Er grinste. »Ihr sollt mir eine Botschaft übergeben.«

Ich berührte mein Brustbein. »Ich?«

Mehmet nickte. »Der Hustapha sagte: der Jhihadi.«

»Aber...« Ich brach ab. Schaute den Hügel hinauf zu Del, die noch immer Federn auszupfte, als sei nichts anderes wichtig. Ich schaute stirnrunzelnd zu Mehmet zurück. »Ich habe keine Botschaft für Euch.«

Er war vollkommen ruhig. »Der Hustapha hat den Sand ausgestreut. Er hat gesehen, daß es so sein würde. Er hat uns hierhergeschickt, Euch zu finden, damit Ihr uns die Botschaft übergeben könnt.«

»Ich *habe* keine Botschaft ... ah, Hoolies, Pferd ... mußt du das hier tun?«

Der Hegst spreizte die Hinterbeine und die wässerte die Erde. Ich trat schnell beiseite, wich der Überschwemmung aus, trat hierhin und dorthin, während er plätscherte. Wir standen am Hang – Mehmet, der Hengst und ich –, und Wasser lief hügelabwärts ... wie auch andere Dinge.

»Wieviel hast du?« fragte ich grob, als der Hengst weiterhin ausfloß.

»Die Botschaft«, erinnerte Mehmet.

»Ich sagte es Euch bereits. Ich habe keine ...« Ich beobachtete, wie der Urin den Hang hinablief. Ich beobachtete, wie sich der Fluß teilte, sich verringerte, beobachtete, wie er durch Einsickern und Einbuchtungen geleitet wurde, sah, wie er von Rauchgesteinstücken abgelenkt wurde, die zu groß waren, um bewegt zu werden.

Muster in der Erde. Kanäle und Rinnen und Trichter. Linien, die angefüllt wurden und überliefen, in andere Richtungen gelenkt wurden.

»Wasser«, sagte ich verwirrt.

Mehmet wartete höflich.

»Wasser«, wiederholte ich. Sah mich dann gründlich um, fand den richtigen Zweig, beugte mich hinab, um etwas in die Erde zu zeichnen.

»Tiger.« Del. »Was *tust* du?«

Ich hörte sie herabkommen, wobei sie auf ihrem Weg über Erde und Kieselsteine scharrte. Aber ich antwortete ihr nicht, da ich zu sehr mit meiner Aufgabe beschäftigt war. Von dem Muster vereinnahmt.

Sie blieb neben mir stehen. Schwieg.

Schließlich schaute ich auf. Sah zwei Augenpaare, die mich ansahen: ein blaues und ein schwarzes.

Ich lachte sie beide an. »Versteht ihr nicht?«

Im Gleichklang: »*Nein.*«

»Weil ihr beide blind seid. Wir waren *alle* blind.« Ich

erhob mich, warf den Zweig beiseite. »Seht euch das an. *Seht* es euch an. Was seht ihr?«

»Pisse in der Erde«, sagte Del.

»Ich sagte bereits, daß du blind bist. Was noch?«

»Linien.«

»Und Pisse *in* den Linien. Versteht ihr nicht?« Ich sah sie beide eifrig an. »Ihr müßt nur *Wasser* in die Linien schütten. Die Linien nur breit genug ziehen. Die Linien tief ziehen. Pumpen an den Zisternen anbringen. Kanäle in die Erde graben. Im Norden gibt es Wasser – man muß es nur von *dort* herableiten.«

Del war erstaunt. »Wasser vom Norden herableiten?«

»Nach und nach. Die Flüsse umleiten, die Ströme ... Muster bilden, um sie hierherzuleiten.« Ich grinste und hob zerkratzte Schultern an. »Und den Sand in Gras verwandeln.«

Mehmet fiel auf die Knie. Er spie in die Hand, schlug sie flach auf den Boden und zog eine Linie über die Stirn. »Jhihadi«, krächzte er.

Ich zuckte die Achseln. »Das ist Ansichtssache.«

Del sah mich an. Dann sah sie den Hengst an. Zupfte eine weitere Feder aus dem Haar – diese war rot – und blies sie in die Luft. »Ich glaube, du bist sandkrank«, sagte sie.

»Jhihadi«, wiederholte Mehmet.

Ich grinste Del breit an. »Das war doch nicht so schwer.«

Sie wölbte skeptisch eine Augenbraue. »Wenn du so weise bist, o Jhihadi, dann sag uns, was wir *jetzt* tun sollen.«

Mein Grinsen erstarb. »Wir werden uns etwas ausdenken müssen.«

Mehmet richtete sich mühsam auf. »Kommt mit uns!« rief er. »Kommt mit dem Aketni. Wenn wir in den Norden ziehen sollen, um das Wasser herabzubringen ...«

Ich hob eine ruhebietende Hand. »Wartet. Zunächst einmal wird es nicht so einfach sein. Ihr könnt das nicht allein tun. Ihr werdet Leute brauchen. *Viele* Leute. Ihr werdet weitere Zisternen graben müssen, mehr Wasser finden müssen… Gräben ausheben müssen, um das Wasser zu leiten… aber vor allem müßt Ihr die Stämme, die Tanzeers und alle anderen davon überzeugen, daß es so geschehen muß.«

Mehmet nickte. »Es fängt mit einem einzigen Menschen an. Es hat mit dem Jhihadi angefangen. Es wird weitere geben, die glauben.«

Del zweifelte. »Das würde sehr lange dauern.«

»Wir haben Zeit. Und jetzt haben wir eine Zukunft.« Mehmet legte eine Hand auf sein Herz. »Möge Euch die Sonne auf den Kopf scheinen.«

»*Zweitens*«, sagte ich, »können wir nicht mit Euch kommen. Del und ich haben ein kleines… Problem. Wir müssen den Süden verlassen.«

»Verlassen?« echote Del.

Ich sprach weiterhin zu Mehmet. »Also können wir nicht mit Euch gehen.«

Del war noch nicht fertig. »Wohin gehen wir dann? Wir können auch nicht in den Norden ziehen. Aber wohin dann?«

Ich sprach weiterhin zu Mehmet. »Also werdet Ihr einfach Euer Aketni nehmen und Euer Bestes tun müssen. Redet mit den Leuten. Geht zu anderen Stämmen. Erzählt ihnen, was ich Euch erzählt habe.« Ich hielt inne. »Was der *Jhihadi* gesagt hat.«

»Tiger…« Eher noch beharrlicher: »…wohin, bei den Hoolies, gehen wir?«

Ich gab Mehmet einen Klaps auf den Arm. »Er war kein so schlechter alter Mann. Ich bin froh, daß ich ihn kennengelernt habe.« Ich wandte mich dem Hengst zu, band ihn los. »Grüßt das Aketni von mir.«

»*Tiger!*«

Ich kletterte auf den Hengst. »Kommst du? Nimm einen Steigbügel.«

Del sah mich vom Boden aus an, die Hände auf die Hüften gestemmt. »Wenn du mir sagst, wohin wir gehen.«

»Erst einmal über das Gebirge hinweg. Nach Süden zum Meer. Dort gibt es eine Stadt namens Haziz.« Ich streckte eine Hand nach unten aus, um ihre Hand zu ergreifen. »Komm schon, hoch, Bascha. Wir verschwenden hier Tageslicht.«

47

Ich habe in meinem Beruf alle Arten von Frauen kennengelernt. Einige wunderschöne Frauen. Einige häßliche Frauen. Einige einfach mittelmäßige Frauen. Aber als *sie* in die heiße, staubige Wirtsstube spazierte und die Kapuze ihres weißen Burnus herabgleiten ließ, wußte ich, daß keine, die ich jemals kennengelernt hatte, an sie heranreichte.

Jedermann in dem Schankraum unterbrach die Unterhaltung. Unterbrach jede Bewegung. Schauten einfach nur.

Die Vision in dem weißen Burnus blickte über den Raum hinweg direkt zu mir, mit Augen so blau wie nordische Seen. *Dieses* Mal wußte ich, was ein nordischer See war.

Ich streckte die Beine aus. Lächelte. Seufzte anerkennend, während sie die Schankstube durchquerte. »Ich habe die Stute verkauft«, sagte sie, an meinem Tisch angekommen. »Ich habe die Passage auf einem Schiff gebucht. Und Vorräte besorgt.« Sie betrachtete die rundlichen, auf dem Tisch aufgestapelten Botas. »Du trägst den Aqivi.«

»So hatte ich es geplant.« Ich stand auf, legte mir die Bota-Riemen über die Schultern und bedeutete ihr, mir vorauszugehen. »Wohin gehen wir?«

»Zum Schiff.«

»Nein ... ich meine, wohin *segeln* wir?«

»Oh.« Del bahnte sich ihren Weg durch die Menge der Fischer. »Du sagtest, es sei dir gleichgültig.«

»Es *ist* mir gleichgültig ... Ich war nur neugierig.«

»Das einzige Schiff, das morgen fährt, segelt zu einem Ort namens Skandi.«

»Wohin?«

»Skandi.«

»Nie davon gehört.«

»Ich auch nicht.«

Ich stieß mit der Schulter gegen einen Mann, entschuldigte mich und trat um eine verkrüppelte Frau herum. »Skandi?«

»Ja.«

»Das *Wort* klingt vertraut.« Ich machte zwei lange Schritte, holte sie ein und ging neben ihr weiter. »Hat mich so nicht der Mann in Julah genannt? Derjenige, von dem du sagtest, er sähe mir ähnlich?«

»Er sagte Skandi*c*. Er fragte, ob du Skandic seist.« Del blieb stehen und sah mich an. »Wir dachten, er habe eine Person gemeint… Vermutest du, daß er einen *Ort* gemeint hat? Daß er dachte, du kämst aus seiner Heimat?«

Ich sah sie für einen langen Moment ebenfalls an und überdachte die Möglichkeiten. Es waren zu viele, so daß ich aufgab.

Ich zuckte die Achseln. »Oh, nun. Wir werden es vermutlich herausfinden, wenn wir ohnehin dorthin fahren.« Ich spähte über ihre Schulter zu den Docks und der Masse von Segeln hinüber. »Ist das unser Schiff?«

Sie schaute hin. »Nein. Das daneben.«

Ich runzelte die Stirn, kaute auf der Unterlippe. Ich war mir bezüglich all dieser Ereignisse unsicher.

»Komm schon«, sagte sie. »Es wird alles gut werden.«

Bei Sonnenuntergang standen wir nebeneinander auf dem Dock und sannen über unsere Zukunft nach, die auf dem schwarzen Wasser dahinfloß. Dels Stimme klang gedämpft. »Tun wir das Richtige?«

Ich zuckte die Achseln. »Ich weiß es nicht. Es scheint, als hätten wir keine große Wahl.«

Sie seufzte. »Vermutlich nicht.«

Ich beschwor falsche Fröhlichkeit herauf. »Außerdem, denk an alle die Orte, die wir kennenlernen werden. An die Leute, die wir treffen werden. An die Abenteuer, die wir erleben werden.«

Sie sah mich von der Seite an. »Letzteres ist das, woran *du* Interesse hast.«

Ich legte eine Hand auf mein Herz. »Du verletzt meine Gefühle«, belehrte ich sie. »Du nimmst in bezug auf mich einfach Dinge *an*, ohne mir die Gnade des Zweifels zu gewähren.«

Del kicherte. »Ich weiß es besser.«

An diesem Punkt verfielen wir in unbehagliches Schweigen. Das Schiff war an dem Dock festgebunden, knarrte, rollte und rieb sich. Ein Holzsteg verband es mit dem Dock, wartete auf die Dämmerung und darauf, daß Del und ich auf das Schiff kletterten. Ich kratzte müßig meine Wange, rieb einen geschwärzten Daumennagel an den Krallennarben. »Du mußt es so sehen ... es ist eine Gelegenheit, neu anzufangen.«

»Es wird dir nicht gefallen«, erklärte sie.

Ich wölbte anmaßend eine Augenbraue. »Woher willst *du* das wissen?«

»Ich weiß es. Du warst zu lange ›der Sandtiger‹ – wie wirst du mit Anonymität zurechtkommen?«

»Ano-was?«

Del lächelte. »Wenn niemand weiß, wer du bist.«

»O Hoolies, wen kümmert das? Ich war ein Panjandrum und ein Jhihadi. Keins von beidem hat mir viel eingebracht, außer daß ich zu einem Ziel geworden bin.« Und jetzt zu einem Borjuni, aber das sagte ich nicht.

Del sah mir ins Gesicht, ergriff dann meinen Ellbogen. »Es tut mir leid, Tiger. Ich wünschte, es wäre anders gekommen.«

Ich zuckte abwehrend die Achseln. »Der Aqivi ist vergossen... Und außerdem hatte ich die Wahl. Niemand hat mir ein Messer an den Rücken gehalten und mir *befohlen*, den Kreis zu brechen. Ich habe es selbst getan. Und niemand kann leugnen, daß der Trick gewirkt hat.«

Sie schaute fort. »Nein.«

»Und außerdem...« Ich brach ab.

Sie wartete. Fragte dann sanft: »Was?«

»Dies ist nicht – meine *Heimat*. Nicht mehr. Der Süden ist nicht mehr derselbe...« Etwas kam mir in den Sinn. »Oder vielleicht ist er es *doch*, und ich kann nur nicht mehr damit leben. Ich weiß nur, daß ich mich vor Iskandar, als wir vom Norden herabkamen, gut gefühlt habe. Ich war zu Hause. Und dann kamen Iskandar und der alte Hustapha und sein Sandstreuen und dann Abbu und Sabra und alles andere...« Ich seufzte. »Ich bin kein Messias. Ich hatte nur eine *Vorstellung*. Vielleicht wird dieses Umleiten des Wassers gelingen, vielleicht auch nicht – aber mehr als eine Vorstellung ist es nicht. Jedermann hätte sie haben können. Es war nur zufällig ich.« Ich zuckte die Achseln. »Und jetzt ist es vorbei. Der Jhihadi ist nichts Besonderes oder Heiliges... nur ein geschlagener, gebrochener Schwerttänzer, der keinen wahren Kreis mehr betreten kann...« Ich brach jäh ab, betrachtete das knarrende Schiff. Bis das Thema erträglich wurde. »Außerdem hast du mehr verloren«, belehrte ich sie schließlich. »Du hast erneut Jamail verloren.«

Sie spannte sich an. »Ja.«

»Und auch ein *Jivatma*.«

Sie konterte. »Du auch.«

Ich schüttelte den Kopf. »Du weißt, daß mir dieses Schwert niemals so viel bedeutet hat wie dir das deine. Du *weißt* das, Bascha.«

Sie starrte blind das Schiff an. Schwieg. Wandte sich einfach um und ging davon.

Ich ließ sie widerspruchslos gehen, weil das manchmal am besten ist.

In der Dunkelheit, in der Still hörte ich das Einatmen. Es hielt inne, sanft und flüchtig: ein unterdrückter, intimer Moment. Sie hatte sich umgewandt, als ich schlief, so daß wir uns jetzt am Körper und an den Schultern berührten.

Ich drehte mich um. Glitt mit meinem Arm unter ihren und hob sie auf meine Brust, nahm sie fest in den Arm.

»Es ist dumm«, flüsterte sie.

»Nein.«

»Es ist nur ein *Schwert*.«

»Deswegen weinst du nicht.«

Sie schluckte ein ersticktes Lachen hinunter. »*Weswegen* dann? Ich habe meinen Gesang für Jamail gesungen, und dieser Teil ist beendet. Diesen Teil verstehe ich. Ich habe ihm seinen Übergang ermöglicht.« Sie schluckte geräuschvoll. »Warum weine ich um das Schwert?«

»Ich sagte es bereits: Du weinst nicht deswegen. Nicht um Boreal. Du weinst um *Delilah* ... um den Verlust dessen, was du gekannt hast.« Ich rückte noch ein wenig näher an sie heran, strich ihr eine Locke aus dem Gesicht. »Alle deine Schwüre sind vollendet. Deine Versprechen sind erfüllt. Deine Gesänge sind gesungen.«

»Ich verstehe nicht.«

»Du weinst um Delilah, weil du nicht weißt, wer sie ist.«

Sie hob in einer äußerst verletzlichen Geste eine Schulter an. »Ich bin nur – ich.«

»Du weißt nicht, was das ist. Vertrau mir, Bascha ... Ich habe schon selbst so empfunden.«

»Aber ...« Sie dachte darüber nach. »Wer bin ich dann?«

Ich sprach sanft in ihr Ohr. »Eine ehrenhafte Frau.«

Halb Schluchzen, halb Lachen. »Was ist *das* an dem Ort wert, den wir aufsuchen werden?«

»Ich weiß es nicht. Etwas. Sie wird einen Wert bestimmen.«

»Sie«, murmelte sie nachdenklich. Dann, sehr weich: »Ich bin *sieben Jahre* meines Lebens nicht mehr gewesen als eine rachedurstige, besessene Frau, die entschlossen war, Menschen zu töten. Jetzt sind alle diese Menschen tot. Das Blut ist vergossen. Welche Ehre liegt darin?«

»Die Ehre liegt in den Schwüren und in deiner Verhaftung darin.«

Del wandte sich plötzlich um, wandte mir ihr Gesicht zu. Ich sah den Glanz ihrer Augen. »Was ist mit dir?«

Ich zuckte leichthin die Achseln. »Es hat mir niemals das gleiche bedeutet. Jenes Schwert... oder die Ehre.«

»*Lüg nicht.*« Heftig. »Ich kenne dich besser.«

Ich lächelte. »Vielleicht. Aber wenn mir Ehre genauso viel bedeutete wie dir, hätte ich meine Schwüre niemals gebrochen.«

»Und du wärst tot.«

Ich grinste ihr ins Gesicht, das nur wenige Zentimeter von meinem entfernt war. »Bist du *so* sicher, daß Abbu gesiegt hätte?«

Sie antwortete zunächst nicht. Dann: »Das ist nicht fair.«

»Natürlich ist es fair. Wenn du wirklich denkst, daß er gesiegt hätte, dann kannst du es mir sagen.«

Schweigen. Dann: »Nein, ich kann es nicht.«

»*Denkst* du, daß er gesiegt hätte?«

»Was?«

»*Denkst* du es?«

Del lachte. »Wir werden es niemals erfahren, nicht wahr?«

»*Das* ist nicht fair.«

»Das Leben ist häufig nicht fair.« Sie lag still. »Sie war alles, was ich war. Meine Blutklinge. *Alles*. Sie war mein Talisman, meine Sicherheit... Solange ich Boreal hatte, konnte ich jedermann sein. Ich konnte das Schlimmste überleben.«

»Du wirst auch jetzt das Schlimmste überleben, gleichgültig, was geschieht.«

Del seufzte. »Ich weiß nicht.«

Ich berührte ihr Brustbein. »Du klingst wie eine richtige Frau.«

Sie erstarrte. »Was soll *das* bedeuten?«

»Nichts. Ich wollte dich einfach nur necken.«

Sie entspannte sich wieder. Das Necken hatte seinen Zweck erfüllt. »Wir werden Schwerter kaufen müssen.«

»Morgen. Wenn möglich werden wir neue fertigen lassen. *Richtig* fertigen lassen, nichts von diesem nordischen Firlefanz, bei dem Seelen von Menschen in den Stahl eingesaugt werden. Ich will ein altmodisches Schwert, wie Einzelhieb eins war.«

Sie berührte meine Wange, streichelte die Narben. »Es tut mir auch wegen ihm leid.«

Ich tat den Kummer achselzuckend ab. »Er war bereits tot.«

Ihre Stimme klang tonlos. »Wie auch Jamail.«

Ich küßte sie auf die Stirn. »Schlaf jetzt, Bascha. Morgen setzen wir für den Rest unseres Lebens die Segel.«

Sie war still. »Ich hoffe, du wirst nicht seekrank.«

Ich schnaubte. »Bewahr diese Gefühlsregung für dich auf.«

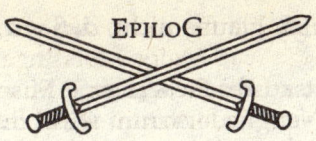

Epilog

Wir segelten beim ersten Tageslicht. Keiner von uns verspürte Übelkeit, es sei denn, man zählte weiterführende Gedanken dazu. An der Reling stehend, beobachteten wir, wie Haziz schwand. Wie unsere Vergangenheit schwand. Zweifel erschütterten uns, aber keiner von uns wollte es zugeben. Nicht so leicht und nicht dem anderen gegenüber.

Del strich sich das Haar zurück und schob es hinter die Ohren. Dann umklammerte sie erneut die Reling, so daß die Knöchel weiß hervortraten. Ihre Augen beobachteten gierig, wie der Saum vertrauten Landes unter dem Horizont verschwand.

Hilfreich schlug ich vor: »Du könntest über Bord springen. Ich kann das natürlich nicht tun, weil ich nicht schwimmen kann. Aber du könntest nach Haziz zurückschwimmen. Wir sind noch nicht so weit entfernt.«

»Weit genug«, klagte sie. Regte sich dann an der Reling, schob eine Hüfte an meine. »Wir tun das Richtige.«

»Das habe ich bereits beantwortet.«

»Es war keine Frage. Es war eine Feststellung.«

»Es klang nicht so.« Ich wandte dem Wasser den Rücken zu, stützte die Ellbogen auf die Reling. Wechselte absichtlich das Thema. »Warum heiraten wir nicht?«

Del keuchte. »*Was?*«

»Heiraten.« Ich zuckte müßig die Achseln, beobachtete aus den Augenwinkeln ihren Gesichtsausdruck. »Warum sollten wir das nicht tun?«

»Und als nächstes willst du eine Familie gründen!«

Ich lachte. »Ich glaube nicht, daß wir so weit gehen müssen.«

Dels Gesichtsausdruck war eine Mischung aus Verwirrung und Neugier. »Warum willst du heiraten?«

Ich wartete, absichtlich geistesabwesend. »Was? Oh. Ich weiß nicht.« Ich zuckte die Achseln. »Das war nur eine vorübergehende Laune. Es ist vorbei.«

Del war sehr still. Sie lehnte noch immer an der Reling, berührte mich aber nicht mehr. »Ich habe niemals darüber nachgedacht. Nicht seit ich nach Staal-Ysta ging. Heirat?« Sie schüttelte den Kopf. »Ich bin nicht die Frau dafür.«

Was einfach als Ablenkung von unserer beklommenen Abreise begonnen hatte, nahm plötzlich einen neuen Zug an. Obwohl ich es nicht ernst gemeint hatte, merkte ich jetzt, daß das bei Del ganz anders war. Und jetzt war ich neugierig. »Warum nicht?«

»Es wird zuviel erwartet.«

Ich forderte sie heraus. »Nicht mehr, als wir bereits haben.«

Sie dachte mit gefurchter Stirn darüber nach. »Ich... ich denke einfach nicht so darüber. Nicht für mich. Ich hatte nicht vorgehabt, *diesen* Schwur zu leisten. Nicht mit dir.«

Das tat unerwarteterweise weh. Jetzt war es eine *persönliche* Sache. »Warum nicht? Bin ich nicht gut genug?«

»Das meine ich nicht.«

»Oder hast du einfach Angst, irgendeine Art von Verpflichtung einzugehen?«

Del seufzte. »Nein.«

»Warum dann nicht? Was ist an dem Gedanken falsch?«

»Ich bin nicht bereit dazu.«

»Nein. Du meinst, du willst einfach nicht erwachsen werden.«

»Das hat damit nichts zu tun!«

»Natürlich hat es damit zu tun.«

Sie rieb sich mit der Hand über das Gesicht, murmelte etwas in der Hochlandsprache.

»Siehst du?« stichelte ich.

Del nahm die Hände vom Gesicht. »Es ist nicht so, daß ich dich für unwürdig halte oder daß es mir gleichgültig wäre. Es ist nur so, daß ich nicht bereit bin.«

»Das ist nur eine Ausrede. Du möchtest lieber keine Verpflichtung eingehen, damit du, wenn es hart auf hart kommen sollte, einfach aus dem Hyort hinausspazieren kannst.«

Del betrachtete mich nachdenklich. »Wir befinden uns nicht mehr im Süden. Es wird keinen Hyort geben.«

»Du weichst mir aus.«

»Nein.« Sie lachte und schüttelte den Kopf. »Frag mich später noch einmal, wenn ich mich wieder erholt habe.«

Es war nicht mehr wichtig, daß ich das Thema – oder die Frage – niemals ernst gemeint hatte. »Oh, *ich* verstehe. Es war eine dumme Idee. Ist es das?«

»Nicht dumm. Seltsam.«

Seltsam? Ich runzelte wütend die Stirn. »Du kannst mich nicht zum Narren halten. Du willst einfach den Aqivi haben, ohne dafür zu bezahlen.«

Del sah mich ausdruckslos an. Ihre Stimme klang ausgesprochen sanft. »Glaub mir, ich bezahle.«

Ich konnte die Gereiztheit nicht mehr aufrechterhalten. Lachend deutete ich mit erhobenen Händen Ergebung an. »In Ordnung. Ich gebe auf. Es war eine dumme Idee. Wie albern, wenn ein Mann etwas will, worauf er nicht zählen kann, nämlich jemanden, zu dem er nach Hause kommen kann.«

Wie erwartet regte sie sich sofort auf. »Jemanden, zu dem man nach Hause kommen kann? Stellst du es dir so vor? Jemanden, zu dem man ›nach *Hause* kommen kann‹?« Sie stieß sich von der Reling ab. »Du kennst mich besser. Ich bin keine fügsame südliche Frau, die zu Hause bleibt, um Kheshi und Hammel zu kochen und deinen Brecheimer zu leeren, wenn dir von zuviel Aqivi übel ist. Ich werde *neben* dir jeden Schritt deines Weges begleiten, ich werde deine Wunden nähen und mich um dein Fieber kümmern, wenn du dumm genug bist, dich verletzen zu lassen. Ich werde mich vor keinem Teil meiner Pflicht drücken, noch mein Schwert für dich ablegen. Und wenn *das* nicht genug Ehefrau bedeutet, dann sollten wir das Thema vergessen!«

Wellen schlugen gegen den Schiffsrumpf. Kurz darauf nickte ich. »Das sollte genügen.«

»Dann sei damit zufrieden!«

Ich grinste. »O Bascha, das bin ich. Ich wollte es nur von dir hören.«

Sie sah mich mit glühenden Augen an. »Und bist du dann auch damit zufrieden, daß ich soviel Unsinn geredet habe?«

Ich lachte laut auf. Legte einen Arm um sie. »Du redest hübscheren Unsinn als jeder andere Mensch, den ich kenne.«

Wenig besänftigt brummte sie: »*Hmmm.*«

Ich blinzelte an ihr vorbei, deutete mit dem um ihre Schultern geschlungenen Arm in die Ferne. »Sieh dir die Sonne auf dem Wasser an. Wie von der Punja abstrahlender Sonnenglanz.« Kurz darauf lachte sie. Ein seltsames, ersticktes Lachen kleinlauter Entdeckung. »Du hast nichts von alledem ernst gemeint!«

»Was habe ich nicht ernst gemeint?«

»Das Thema Heirat!«

Ich lachte. »Ich bin nicht der Mann zum Heiraten.«

Dels Gesichtsausdruck war herrlich: eine Mischung aus Bedauern, Erleichterung und Nachdenklichkeit. »Ich fühle mich seltsam.«

»Warum seltsam? Bist du nicht froh? Du bist genausowenig zur Ehe geschaffen wie ich.«

»So?«

»Das hast du *selbst* gesagt! Du hast mir während der letzten Jahre mehrere Male in verschiedenen dramatischen Momenten – einschließlich vor wenigen Augenblicken – auf verschiedene dramatische Arten gesagt, daß du nicht für eine Ehe geeignet bist. Ich habe nicht geglaubt, daß du deine Meinung *so* schnell geändert hast, auch nicht als Frau.« Ich hielt inne. »Warum fühlst du dich seltsam?«

»Ich glaube, ich fühle mich *glücklich*.«

»Glücklich? Daß wir nicht heiraten werden?«

»Daß wir es nicht tun müssen. Daß es keine Erwartungen gibt. Daß wir sind, die wir sind.«

»Oh.« Ich war nicht sicher, daß ich genau verstand, was sie meinte, aber ich hatte nicht das Bedürfnis, dieses Thema weiter zu verfolgen. Statt dessen hielt ich sie sehr fest, legte meine Schläfe gegen ihre, während vom Meer salziger Wind unser Haar zerzauste. Ich fühlte mich genauso glücklich wie Del. »Wir sind frei, Bascha. Wir beide. Zum erstenmal seit sehr langer Zeit.«

»Frei?«

»Frei von Gesängen und Schwüren. Frei von blutgeborenen Schwertern. Frei von denen, die wir *waren*, um zu werden, wer immer wir werden wollen.« Ich seufzte, fühlte mich jünger und sehr erleichtert. »Ich glaube, es wird uns gefallen, Bascha ... Alles wird anders sein.«

Tief unten im Laderaum stampfte der Hengst mit dem Huf auf dem Holz auf.

Mit einem gemurmelten Wort des Abscheus barg ich mein Gesicht in ihrem Haar. »Vielleicht nicht *alles*.«

Delilah umarmte mich lachend, während wir in den Sonnenaufgang segelten.